HEYNE

Das Buch

In einem von fehlgeschlagenen politischen Reformen erschütterten Russland gelingt es einer Gruppe von Anarchisten, die marode Regierung zu stürzen. Auch für eine Serie von internationalen Anschlägen in Peking, London und den Vereinigten Staaten sind die Terroristen verantwortlich.

Gleichzeitig wird der neugewählte US-Präsident Opfer eines Attentats. Gordon Davis, der erste schwarze Vizepräsident Amerikas, ist plötzlich für das Schicksal des Landes verantwortlich. China nutzt die Gunst der Stunde, zieht seine Truppen zusammen und fällt mit brutaler Gewalt in Sibirien ein. UN-Einheiten, bestehend aus Amerikanern, Briten, Franzosen und Deutschen, kämpfen an der Seite der Russen gegen die chinesischen Aggressoren. Es beginnt ein verzweifelter Kampf in den menschenfeindlichen Eiswüsten Sibiriens.

Es liegt nun in den Händen von Präsident Davis, der sich vor einer zerstrittenen Nation und den schwachen Vereinigten Nationen verantworten muss, Russland vor der chinesischen Invasion zu schützen und das politische Gleichgewicht wiederherzustellen …

Wie schon in seinem Erstlingserfolg *Gegenschlag* (01/13441) entwirft Eric L. Harry mit der Kompetenz und der Erfahrung eines Politik-Insiders ein beängstigendes, weil äußerst realistisches Konfliktszenario. Die inneren Konflikte der führenden Männer und die Schicksale der einfachen Soldaten werden zu einem authentischen, hochspannenden Militärthriller verwoben.

Der Autor

Eric L. Harry wurde 1958 in Ocean Springs, Mississippi, geboren. Vor seiner Tätigkeit als Schriftsteller machte er Karriere als Anwalt und Experte für Militärfragen. Er spricht fließend Russisch und hat in Russland sowohl studiert als auch gearbeitet.

Eric L. Harry und seine aus Moskau stammende Frau Marina leben mit ihren beiden Söhnen in Houston, Texas.

ERIC L. HARRY

KAMPFZONE

Roman

Aus dem Amerikanischen
von Bernhard Liesen

WILHELM HEYNE VERLAG
MÜNCHEN

HEYNE ALLGEMEINE REIHE
Band-Nr. 01/13567

Die Originalausgabe
PROTECT AND DEFEND
erschien 1999 bei Berkley

Umwelthinweis:
Dieses Buch wurde auf chlor- und
säurefreiem Papier gedruckt.

2. Auflage

Redaktion: Verlagsbüro Oliver Neumann
Deutsche Erstausgabe: 09/2002

Printed in Germany 2002
Umschlagillustration: Chris Moore
Umschlaggestaltung: Nele Schütz Design, München
Satz: Buch-Werkstatt GmbH, Bad Aibling
Druck und Bindung: Ebner & Spiegel, Ulm

ISBN: 3-453-21068-9

http://www.heyne.de

Für Gottes wunderbarste Geschöpfe,
die größte Freude meines Lebens:
Ethan und Jordan

Geplante
Stationierung
der Einheiten
Russland
Ochotskisches
Meer
Britische
Inf.-Bgd.
Swobodny
Urgal
Britische
Inf.-Bgd.
Raketenabschuss-
basis Zawitinsk
Deutsche
Inf.-Brd.
Nördliche
Strecke
Transsibirische
Eisenbahn
Komsomolsk
Frz. Inf.-
Bgd.
Amur
Luftstütz-
punkt
Birobidschan
Frz. Inf.-Bgd.
Wanin
Belgisches FSJ-
Rgmt.
Chabarowsk
10th Mtn. Div.
(Light)
Amur
Sungari
Tartarischer Sund
China
Ussuri
Charbin
Chanka-
See
Dt. FSJ-Rgmt.
Ussuriisk
1st Marine Exp.
Brig.
Wladiwostok
Hokkaido
Jalu
Nordkorea
Tsugaru-Straße
Japan
Japanisches Meer
Honschu
Meilen 0 50 100
Kilometer 0 81 161

PROLOG

»Unsere erste Aufgabe muss sein, alles gegenwärtig Bestehende zu vernichten.«

Michail A. Bakunin
Gott und der Staat (1882)

Umgebung von Tomsk, Sibirien
15. August, 10.30 Uhr GMT (20.30 Ortszeit)

Die einzigen Anzeichen menschlicher Zivilisation waren die überirdisch verlegten, riesigen schwarzen Pipelines, die sich von Horizont zu Horizont erstreckten. Weil er fröstelte schlug der Mann auf dem zotteligen russischen Pferd den Kragen hoch. In diesem nördlichen Landstrich wurde es langsam Nacht, aber schon lange vor Einbruch der Dunkelheit war der Wind schneidend kalt. Der Mann betrachtete den eintönigen, dunkelblauen Himmel, der schwer auf der Erde zu lasten und den Horizont gleichsam unter seine gewöhnliche Position zu drücken schien. Nie zuvor hatte er eine solche Wildnis gesehen. Hier schien der Himmel in der Ordnung der Dinge einen gewichtigeren Stellenwert einzunehmen.

Auf einen sanften Druck seiner Fersen hin setzte sich das Pferd in Bewegung. Zuerst war sein Reiter noch unbeholfen gewesen. Er hatte die Hacken hart in die Flanken des Tiers gepresst und ruckartig die Zügel zurückgerissen, um das losrasende Tier abzubremsen, aber im Laufe der Wochen, die ihn der Ritt in diese abgelegene Gegend gekostet hatte, waren Pferd und Reiter förmlich miteinander verschmolzen. Jetzt saß er bequem im Sattel – sein Körper hatte sich an die geschmeidigen Bewegungen des Pferdes gewöhnt. Nach einem sanften Ruck an den Zügeln blieb das Tier stehen, und der Mann stieg ab.

Lauschend wartete er neben dem Pferd. Das pechschwarze Gewirr der Rohrleitungen – und ein paar andere Pipelines dieser Art – versorgten die Haushalte und Fabriken Westeuropas mit fast der Hälfte ihres Energiebedarfs. Die riesigen Erdgasmengen, die hier durch die Rohrleitungen über die eurasische Erde schossen, verursachten keinerlei Geräusch, aber als der Mann näher an die Pipeline herantrat, spürte er Hitze.

Reibung, dachte er, während er seine verblichene blaue Decke vom Rumpf des Pferdes losband und sie mit einem schwachen Klicken auf die Erde legte. Als er die grob gewebte Decke entrollte, lagen die Utensilien seiner neuen Profession vor ihm wie die Instrumente eines Chirurgen.

Die hier herrschende Einsamkeit verschluckte die spärlichen, von ihm verursachten Geräusche genauso wie seine Gedanken. Er erinnerte sich an den schnell dahinfließenden Strom, den er vor ein paar Kilometern durchquert hatte, an den nächtlichen Himmel, den er ein Dutzend Male von ebenso vielen Lagerstätten aus betrachtet hatte, an die an einem windstillen Abend reglos vor ihm liegenden, dichten Wälder.

Tief atmete er die kühle und saubere sibirische Luft ein, wobei er seine Lungen durch die Nasenlöcher vollsog. Das Wetter hatte mitgespielt. Niemals hatte er einen schöneren Tag gesehen als diesen, der sich nun seinem Ende zuneigte.

Jetzt, während er zum heiklen Teil seiner seit langem geprobten Aktion kam, zwang sich der Mann zur Konzentration. Die Zeit verging nicht schneller als sonst auch, aber ihr Dahinrinnen war ihm nicht bewusst. Ständig wurde sein Bewusstsein von flüchtigen Erinnerungen gestreift. Das Bad, das er im kalten Wasser eines Flusses genommen hatte; am Ufer hatte die Sonne seine nackte Haut getrocknet. Das Pferd, das in den Fluss geschritten war, um von dem kühlen Nass zu trinken, stürmte mit überraschender Schnelligkeit durch das seichte Wasser, weil es von den Libellen verfolgt wurde. Er würde das Pferd und diese Sommernächte vermissen.

Während er mit geschlossenen Augen am Ufer gelegen hatte und das rötliche Licht der Sonne durch seine Lider gedrungen war, wurden seine Gedanken von anderen Erinnerungen heimgesucht, und er wurde ruckartig aus seinem leichten Schlummer gerissen. In der vergangenen Nacht waren sie erneut gekommen. Schweißgebadet und vor Kälte zitternd war er aufgewacht. Er hatte die Decke ans Kinn gezogen und mit pochendem Puls in die Finsternis jenseits seines kleinen Lagerfeuers gestarrt.

Jetzt atmete er tief durch und hielt inne, um auf den Himmel zu blicken. Die rötlichen Farbtöne des Sonnenuntergangs faszinierten ihn. Vielleicht würde er sich ändern können, hier, in dieser weiten Leere. Er würde in der Wildnis bleiben, von dem leben, was das Land ihm bot, die extreme Härte von ein oder zwei Wintern ertragen. Wenn er es überstanden hatte, wäre er ein neuer Mensch. Vielleicht würde die brutale Herrschaft Sibiriens über große und kleine Kreaturen den alten Menschen in ihm töten und einen neuen hervorbringen, der sich von der Vergangenheit gelöst hatte.

Doch in diesem Moment erkannte er die Wahrheit. Wo er auch war und wie weit er auch reisen mochte, er würde die Last all seiner Taten mit sich schleppen müssen. Es war die Strafe Gottes oder der Natur, das machte keinen Unterschied.

Er stieg wieder auf sein Pferd – durch die Last der Erinnerung schien ihm das jetzt schwerer zu fallen – und ritt ein kurzes Stück an der Pipeline entlang. Nachdem er ein zerknittertes Papier aus der Tasche gezogen hatte, stieg er wieder ab. Mit seinem Messer öffnete er eine kleine Dose mit dickflüssiger weißer Farbe. In der einen Hand das Papier und in der anderen den Pinsel haltend, übertrug er die Worte von dem Blatt auf die Rohrleitung.

Nachdem er sich erneut in den Sattel geschwungen hatte, gab er dem Pferd die Sporen, um langsam einen niedrigen Hügel hinaufzureiten. Dort wartete er und ertappte sich dabei, wie sein Blick instinktiv den Horizont absuchte. Es war eine Gewohnheit, die auf das Leben in einer anderen Welt zurückging, der Welt der Menschen. Natürlich sah er nichts und niemanden.

Während die blutrote Sonne im Westen unterging, überlief den Mann ein Frösteln, und er umschlang zitternd seinen Körper mit den Armen. In dieser Nacht würde die Kälte früh hereinbrechen.

Im Abstand von Sekundenbruchteilen gingen vier kleine Sprengstoffladungen hoch. Riesige Mengen Erdgas strömten aus den geborstenen Rohrleitungen. Die kleinen Explosionen hatten den Sauerstoff in der umliegenden Atmosphäre verringert, aber als das aus der Pipeline entweichende, erhitzte und komprimierte Gas auf Luft stieß, schoss ein gigantischer Feuerball in die Höhe. Wie ein riesiger Dosenöffner riss das brennende Gas die Pipeline zu beiden Seiten hundert Meter weit auf.

Ein markerschütterndes Dröhnen rollte über die öde Landschaft und erschreckte das Pferd.

»*Spokoyno*«, murmelte der Mann, während er das struppige Fell am angespannten Hals des Pferdes tätschelte. Da das Terrain so flach wie ein Billardtisch war, gab es keinerlei Echo. Nachdem die erste Druckwelle abgeebbt war, war nur noch das Geräusch brennenden Gases zu hören, das diese normalerweise so stille Welt mit einem sonoren Dröhnen erfüllte, welches an einen dahinrasenden Zug erinnerte. Durch den Großbrand stieg eine schwarze Rauchwolke empor, die den dunkler werdenden blauen Himmel unsichtbar machte.

Der Mann ließ seinen Blick über die mittlerweile zerstörte schwarze Pipeline gleiten, die zu beiden Seiten auf einer Länge von hundert Metern deformiert, aufgeschlitzt und zerborsten war. Aber die großen Blockbuchstaben, die er auf die Pipeline gepinselt hatte, standen unversehrt jenseits der Stelle auf dem Rohr, bis zu der die Explosion gewütet hatte. Wie weißes Blut liefen unter den Buchstaben Tropfen weißer Farbe hinab. »Zerstörung ist die Mutter aller Schöpfung!«, murmelte der Mann laut vor sich hin, während sein Blick über die Buchstaben glitt. Das aufgeregte Pferd stellte ein Ohr hoch, als es den Klang seiner Stimme vernahm.

Der Mann gab dem Pferd die Sporen. Er kam aus dem Nirgendwo, und dorthin kehrte er jetzt wieder zurück.

ERSTER TEIL

»Die ersten beiden Gesetze der Thermodynamik können so zusammengefasst werden: Der natürliche Verlauf im Universum führt von einem Zustand der Ordnung in einen Zustand der Unordnung. Mit diesen Gesetzen lassen sich auch die Systeme beschreiben, die vom Menschen geschaffen wurden.«

Valentin Kartschew
Die Gesetze der menschlichen Geschichte
(postum in Moskau erschienen)

1. KAPITEL

Roter Platz, Moskau
15. August, 23.00 Uhr GMT (01.00 Ortszeit)

»Anarchie, Anarchie, Anarchie«, sagte Kate Dunn, die von dem grellen Scheinwerfer von Woodys Minicam geblendet wurde. Direkt hinter ihr hallte das anhaltende, dröhnende Geräusch von hunderttausend menschlichen Stimmen über den Roten Platz. Wegen des Lichts der Kamera war ihre Sicht beeinträchtigt, aber sie konnte trotzdem erkennen, dass die Demonstranten die Fäuste in die Luft reckten. Die Menschenmenge verstummte, während sie auf das nächste Stichwort des Redners wartete.

»Der Ton ist in Ordnung«, sagte Woody, der sein Auge an das Okular der Kamera presste. »Aber das Licht ist beschissen. Mehr als die ersten paar Leute in der Masse da unten kriegen wir nicht drauf.« Er stöpselte seinen Kopfhörer ein. »Noch ein Soundcheck«, befahl er.

»Hier spricht Kate Dunn, Moskau-Korrespondentin von NBC News«, sagte die Journalistin. »Wie war das?«

»Gut.« Woodys Finger spielten an den Reglern der Kamera herum. Es ging auch alles automatisch, aber aus irgendeinem Grund zog er eine manuelle Feinabstimmung den vorgegebenen Einstellungen des Computers immer vor. Kate ließ ihren Blick über die Menschenmenge gleiten. Die angespannte Atmosphäre ließ ihr Herz schneller schlagen. Von ihrem Beobachtungsposten auf einem verlassenen Polizeiwagen aus konnte sie in der Ferne den Anführer der aufgebrachten Menschenmenge sehen, der in das helle Licht der Rampenscheinwerfer vorn an der Rednerbühne getaucht war. Der wütende Mann stieß gerade einen weiteren Schwall von Beschimpfungen hervor. Die Boxen auf dem Lautsprecherwagen waren voll aufgedreht, und die Stimme des Demagogen klang verzerrt. Erneut begann die Masse zu brüllen. Geballte Fäuste richteten sich gegen die Mauern des

Kremls, auf denen durch das flackernde Licht von Feuern und tausenden Kerzen die Schatten tanzten.

Kate spürte, wie sie eine Gänsehaut bekam. »Das ist Primetime-Material, Woody, ich spüre es.«

»Gut möglich«, antwortete der Kameramann, der an den Knöpfen auf seinem Stativ herumfummelte und noch immer förmlich am Okular der Minicam klebte. Die Szene um sie herum war Furcht erregend, aber Kate zwang sich, die Augen zu schließen, um noch einmal über ihren Bericht nachzudenken. Nicht über den Wortlaut, den kannte sie auswendig, sondern über die Stimmung, die Modulation ihrer Stimme, die Ruhe der erfahrenen Journalistin, die in wohl abgewogenen Worten über aufregende und dramatische Ereignisse berichtete. Ihr ganzes Leben lang hatte sie anderen Auslandsreportern dabei auf die Finger geguckt. Ihre Lippen bewegten sich, und sie nickte im Rhythmus der Slogans der Menschenmenge.

»Showtime!«, sagte Woody. Kate öffnete die Augen; sie war kein bisschen aufgeregt.

Mit den Fingern zählte Woody von fünf abwärts, aber als er bei null angekommen war und das Zeichen gab, wartete Kate noch auf den perfekten Augenblick. Ein donnerndes Gebrüll entströmte den Kehlen von hunderttausend wütenden Russen, von denen viele wild die schwarzen Fahnen der Anarchisten schwenkten. Nachdem das Geschrei abgeebbt und halbwegs Ruhe eingekehrt war, hielt die Korrespondentin den richtigen Zeitpunkt für gekommen.

»Anarchie«, begann Kate, während sie sich innerlich mahnte, langsam und ruhig zu sprechen. »Alle bisher gültigen Werte sind hinfällig. Kein heute bekanntes politisches System funktioniert. Das Leben, wie wir es bisher gelebt haben, ist sinnlos.«

Erneut schwoll das Gebrüll der Menge an, ebbte dann wieder ab. Kate hatte ihren Rhythmus genau auf sie abgestimmt. »Durch Zerstörung der gesamten bestehenden gesellschaftlichen Ordnung wollen diese russischen Anarchisten ihre ›spirituelle Verfassung‹ verbessern. ›Aus Zerstörung erwächst Schöpfung!‹ Das ist der Slogan einer neuen Generation.«

Lang anhaltender Beifall brandete auf, und Kate wandte sich halb um, um das Spektakel zu betrachten. Sie spürte es, dies war einer der Wendepunkte der Geschichte, dessen Schauplatz die Hauptstadt einer Großmacht war. Eine Umwälzung, deren Auswirkungen für die Menschheit die nächsten hundert Jahre bestimmen würden. Und sie war dabei und berichtete einer faszinierten Weltöffentlichkeit von den Ereignissen …

»Von allen Ideologien, denen weiterhin Bedeutung zugebilligt wird«, sagte Kate in die grellen Scheinwerfer der Kamera, »ist einzig beim Anarchismus noch nie versucht worden, ihn wirklich in die Praxis umzusetzen. Und es zeugt für seine intellektuelle Glaubwürdigkeit, dass er immer noch leidenschaftliche Anhänger findet, etwa diejenigen, die sich heute Abend hier versammelt haben. Die aufrichtige Faszination von der Idee individueller Freiheit und die Skepsis gegenüber der Regierung scheinen heute noch genauso lebendig zu sein wie im neunzehnten Jahrhundert. Und jetzt, hier in diesem Land großer sozialer Experimente, werden wir bald feststellen können, ob der Anarchismus einen Idealstaat oder nur einen weiteren Umweg durch die Hölle auf Erden verspricht.«

Als sie den Satz gerade beendet hatte, brach erneut das Gebrüll los. *Das ist es!*, dachte sie mitten in dem tumultartigen Lärm. *Jetzt darfst du dir keinen Patzer leisten!*

»Aber von was für einer Art Idee würde man erwarten, dass sie in einem Russland aufblühen könnte, das jegliche Hoffnung verloren hat?« Kate sprach weiter, während aus den fernen Lautsprechern aufpeitschende russische Worte an ihr Ohr drangen. »In einem Russland, das alles versucht hat und dabei gescheitert ist? Was für eine Ideologie könnte in den Köpfen von hundert Millionen verlorener Seelen Fuß fassen?«

»Anarchi-i-i-a-a!«, brüllte die Menge wie aus einem Mund. Fast wäre Kate von einer Welle von Emotionen überwältigt worden, als sie vor ihrem geistigen Auge die Szene aus der Perspektive des Kameramanns sah. *Das nenne ich Perfektion*, dachte sie, *absolute Perfektion.*

»Anarchie. Die Zurückweisung von allem, von jeglicher Ideologie. *Zerstören*, wenn man schon nichts schaffen kann! ›Denken heißt nein sagen!‹ Eine kompromisslose Idee, damit eine Nation des Stillstands ihre aufgestaute Energie und ihre Frustration abreagieren kann. Eine Idee, die von der Fantasie und den leeren Mägen eines schon lange leidenden Volkes Besitz ergreift. Schwarze Fahnen, hitzige Rhetorik und« – sie schwieg einen Augenblick – »Gewalt. Während sich die Aufmerksamkeit der Weltöffentlichkeit auf die Studentenproteste in Peking richtet, kam die Gewalt in Sibirien, die sich am heutigen Tag ereignet hat, völlig überraschend. Dort haben Saboteure in einer konzertierten Aktion Anschläge auf das System von Erdgas-Pipelines verübt, durch das ein Großteil von Westeuropas Energiebedarf gedeckt wird. Sprecher westlicher Ölunternehmen sagten später, wenn die Berichte zutreffend seien, könne wegen der abgelegenen Orte der Anschläge das gesamte Versorgungssystem zusammenbrechen.« Weil die Menge erneut zu brüllen begann, musste Kate ins Mikrofon schreien. »Weiter wiesen sie darauf hin, dass keine Reparaturteams geschickt werden würden, solange die russische Regierung nicht dafür garantieren könne, dass die Techniker vor terroristischen Anschlägen geschützt sind.«

Die Masse, die beständig zwischen Stille und Aufbrausen hin und her wechselte, beruhigte sich wieder. »Da der Gasdruck innerhalb des Systems permanent fällt, schießen die Preise auf den Energiemärkten weltweit in die Höhe. Die Preise für Nordseeöl und andere alternative Energiequellen für die europäische Versorgung waren am Ende des Handelstags über vierzig Prozent gestiegen, ohne dass es ein Anzeichen dafür gegeben hätte, dass …«

Einem plötzlichen grellen Blitz folgte ein ohrenbetäubendes Krachen, dessen Echo von den Fassaden der Gebäude am Roten Platz zurückgeworfen wurde. Instinktiv duckte sich Kate, und hunderttausend Menschen auf dem Platz zuckten gleichzeitig zusammen. »Da drüben!«, rief Kate, die Woody ein Zeichen gab, dass er die Kamera schwenken solle. Am Ende des Platzes, vor der Basilius-Kathedrale, wo

Soldaten zusammengezogen worden waren, die aber müßig herumstanden, stieg Rauch in die Luft. Schnell gingen die Sprechchöre in schrille Schreie über.

Beim Knattern von Maschinengewehrfeuer geriet die Menschenmenge in Angst und Schrecken. Es war, als würden alle gleichzeitig von Panik gepackt.

»Sieht so aus, als hätte die Armee das Feuer eröffnet!«, brüllte Kate, um sich angesichts des Lärms verständlich zu machen. Direkt hinter ihrer Schulter versuchte Woody, die Szene zu filmen. An ihrer Wange spürte Kate die Wärme des grellen Scheinwerfers der Minicam. Überall um sie herum zischten Gegenstände durch die Luft. Woody schaltete das Licht aus und ließ die Kamera sinken.

»Was tust du?«, übertönte Kate den Lärm der Masse, die jetzt dem Maschinengewehrfeuer zu entkommen suchte. »Willst du das etwa *nicht* filmen?«

Plötzlich bemerkte Kate das zischende Geräusch von Kugeln, und als der Polizeiwagen unter ihren Füßen zu schwanken begann, wurde sie zum ersten Mal von Angst erfasst. Woody zog sie auf das flache Dach des Wagens hinab, während das jetzt tiefer klingende Geknatter schwerer Maschinengewehre einen tödlichen Rhythmus annahm. »Wir müssen abhauen, Kate!«, brüllte der Kameramann und stieß sie an den Rand des Wagendachs.

Kate stürzte in das dunkle Meer zusammengepresster Körper. In letzter Sekunde schaffte sie es, auf den Beinen zu landen. Entsetzt sah sie, dass der Polizeiwagen durch den Druck der Menschenmenge auf die Seite kippte. Mit der Kamera in der Hand sprang Woody mit den Füßen zuerst in die menschliche Flut.

Überall um sie herum schrien Menschen in Panik. Andere knurrten wütend oder gaben kurze Rufe von sich. Rempelnd und unter Einsatz ihrer Ellbogen versuchten die Menschen, von denen die meisten größer als Kate waren, mit kleinen Schritten des Ende des Roten Platzes zu erreichen.

Jetzt war Kate wirklich verängstigt. Der Druck der Menschenleiber trieb ihr die Luft aus den Lungen, und ihr Kopf war so eingekeilt, dass sie sich nicht einmal umdrehen konnte. Schreiende Menschen, die von der Masse niedergetrampelt worden waren, zerrten an ihren Beinen.

Die pfeifenden Kugeln, die die Luft durchschnitten, und die dröhnenden Explosionen, all das war jetzt nur noch eine Geräuschkulisse im Hintergrund und zweitrangig. Ihr Leben hing davon ab, dass sie sich weiter auf den Beinen halten konnte. Dass sie für ihren nächsten Schritt ein kleines Fleckchen freies Kopfsteinpflaster fand. Wenn sie stürzte, würde sie sterben, das war ihr völlig klar.

Klammernd und kratzend versuchte Kate, sich ihren Weg durch die aufgebrachte Menge zu bahnen. Während die Masse mal in die eine, dann wieder in eine andere Richtung wogte, hielt sie sich an Revers und Ärmeln fest, schließlich sogar an Haaren. Unter verbissenem Einsatz ihrer Hände und Beine schaffte sie es irgendwie, nicht das Gleichgewicht zu verlieren. Plötzlich wogte die menschliche Flut in eine unerwartete Richtung. Kate hatte sich verspekuliert. In einem Gewirr von Beinen versuchte sie, sich weiter aufrecht zu halten, aber sie stürzte bereits. Verzweifelt bemühte sie sich, sich irgendwo fest zu klammern. Als sie ein Ellbogen mit voller Wucht an der Nase traf, durchzuckte sie ein greller Blitz des Schmerzes.

Kate schrie auf, als sie in der Finsternis zwischen mahlenden Knien und Beinen versank. Von hier würde es kein Zurück mehr geben. Wie in Zeitlupe wurde sie von der menschlichen Flut verschluckt, und die Geräusche der Explosionen und des Maschinengewehrfeuers schienen nur noch aus der Ferne an ihr Ohr zu dringen. Hier unten in dem Menschenmeer dominierten andere Geräusche. Durch die Geräusche der stampfenden Schuhe hindurch hörte sie die klagenden Laute der Sterbenden, die auf dem Kopfsteinpflaster zurückbleiben würden.

Auch ich werde sterben. Dieser Gedanke traf sie mit der Wirkung eines Boxhiebs, während ihre Knie auf dem kalten Pflaster aufschlugen und die Körper über ihr sie platt zu walzen drohten. In diesem Augenblick verließen sie alle Sinne, und sie wurde nur noch von einer bohrenden Angst beherrscht. Mit den Fäusten schlug sie gegen diese Körper, die aus ihrer

Perspektive keine Köpfe zu haben schienen und sie durch ihre Tritte dem Reich des Vergessens immer näher brachten. Ein unerwarteter Schmerz schoss durch ihre Rippen, und sie schrie mit vor Qual geschlossenen Augen lang und laut auf.

Der Schmerz in der Rippengegend rührte von einem festen Griff her. Schreiend und kratzend spürte sie, dass sie nach oben gezogen wurde, an die frische Luft. Irgendjemand hatte sie hochgehievt, aus dem Grab gerettet. Wer es gewesen war, konnte sie nicht erkennen, aber es war ihr auch egal. Jetzt kämpfte sie mit allen Mitteln. Noch einmal würde sie nicht stürzen. Mit zusammengebissenen Zähnen verzog sie das Gesicht zu einer hasserfüllten Grimasse. Jeder Einzelne um sie herum war ein Feind, den man stoßen, schlagen und kratzen musste, um sich einen Vorteil zu verschaffen. Jeder Einzelne – außer dem Mann hinter ihr. Noch immer hielten seine Hände ihren Brustkorb.

Langsam begann der zermalmende Druck der dicht zusammengepressten menschlichen Körper nachzulassen. Mittlerweile ging die Flucht etwas schneller vonstatten. Noch immer hörte man das Geknatter der Maschinengewehre, während die Demonstranten zum Rand des Platzes strömten. Auch Kate wurde mitgerissen. Jetzt, ohne die erstickende Enge, ließen auch die Rempeleien und der Einsatz der Ellbogen nach. Aber noch immer hielten die Hände des Fremden sie fest.

Kate blieb stehen und wandte sich um. Ein großer Mann, etwa Ende dreißig oder Anfang vierzig, blickte in dem Halbdunkel auf sie herab. Er hatte ein sympathisches, bleiches Gesicht, und der Ausdruck seiner Augen wirkte müde. Sein Haar war pechschwarz. Bevor Kate auch nur ein Wort sagen konnte, drehte er sich schweigend um und verschwand in der Menschenmenge. Der Mann trug die schwarze Kleidung der russischen Anarchisten.

Ein weiteres ohrenbetäubendes Krachen veranlasste alle, sich zu ducken und erneut die Richtung zu ändern. Über ihren Köpfen züngelten riesige rote Flammen in die Luft. Ein Feuerball schoss auf den Himmel zu, ein Donnern rollte über den Platz.

Die durch die Explosionen ausgelösten Flammen stiegen hinter den Mauern des Kremls auf – *innerhalb* des Kremls. Ein Helikopter wurde sichtbar. Im Licht der grellen Flammen konnte Kate auf den Seiten des Hubschraubers das Weiß, Blau und Rot der Trikolore der Russischen Republik erkennen. Es war der Hubschrauber des russischen Präsidenten, der drehte und durch die Schluchten der Moskauer Innenstadt davonflog. Der nächtliche Himmel wurde von hunderten Leuchtspurgeschossen erhellt, die mit enormer Geschwindigkeit hinter dem fliehenden Hubschrauber herrasten.

Bethesda, Maryland
16. August, 00.00 Uhr GMT (19.00 Ortszeit)

»Das ist die reine Anarchie, Elaine«, sagte Gordon Davis zu seiner Frau. In den lokalen Fernsehnachrichten wurden die Morde in der Innenstadt als »Verbrechen« bezeichnet, aber die adäquate Charakterisierung wäre »anarchistische Gräueltat« gewesen. »Diese Leute kennen keinerlei Gesetze und sind völlig unfähig, Mitgefühl für ihre Opfer zu empfinden. Von Sozialisation keine Spur. Nie wieder wird es so werden wie früher. Wir werden schlicht und einfach in einem Land leben, wo wilde Tiere die Straßen beherrschen.«

»Ich weiß, dass du das nicht wirklich glaubst«, sagte Elaine Davis, die vor dem Spiegel stand. »Und ich weiß auch, woran du stattdessen glaubst. Du bist ein absolut hoffnungsloser Idealist.«

»Wir unterbrechen das laufende Programm für eine Sonderausgabe von ABC News.«

Die beiden wandten sich zu dem kleinen Fernseher um, der in ihrem geräumigen Badezimmer stand. »In der ABC-Nachrichtenredaktion sind gerade Neuigkeiten eingegangen«, verkündete der Anchorman des Senders mit tiefer Stimme. »Wir verfügen über Informationen, nach denen es mitten in Moskau auf dem Roten Platz einen Aufruhr gegeben hat.«

Gordon sah, wie seine Frau sich wieder mit ihrem Make-up zu beschäftigen begann. *Wieder Unruhen wegen Lebensmittelknappheit*, dachte er, während er seine Krawatte band.

»Laut westlichen Auslandskorrespondenten haben anarchistische Demonstranten den Befehl der russischen Armee ignoriert, den Roten Platz bei Einbruch der Dunkelheit zu räumen. Wenngleich noch unbekannt ist, wer die ersten Schüsse abgegeben hat, steht doch fest, dass reguläre Armeeeinheiten früher am Tag damit begonnen hatten, die Spezialpolizei des Innenministeriums abzulösen. Bei Sonnenuntergang hatten sich dort tausende Soldaten versammelt. Schätzungen hinsichtlich der Anzahl der Demonstranten differieren, aber einige Quellen gehen von zweihunderttausend Menschen aus.«

»Diese armen Menschen«, kommentierte Elaine, die sich eingehend mit einem Stift um ihren Lidstrich kümmerte. Gordon musste wegschauen. Diese Prozedur machte ihn sowieso schon nervös.

»Zurzeit scheint sich die Gewalt vom Roten Platz in einen Großteil der Moskauer Innenstadt zu verlagern.« Diese Worte erregten Gordons und Elaines Aufmerksamkeit, und sie blickten sich an. »Da Gerüchte über bevorstehende Unruhen und eine wachsende politische Instabilität im Umlauf waren, haben Experten die Situation in der russischen Hauptstadt in den letzten Tagen sehr genau beobachtet. Heute Abend sind mehrere unbestätigte Berichte aus Moskau eingegangen, die von weit verbreiteten Kämpfen zwischen Truppen der Armee und russischen Anarchisten sprechen, aber ABC News muss noch einmal darauf hinweisen, dass diese Berichte bis jetzt noch nicht bestätigt sind. Bleiben Sie also dran, damit ABC Sie auch weiterhin über die Entwicklungen auf dem Laufenden halten kann. Jetzt schalten wir uns wieder in die lokalen Programme ein.«

»Glaubst du, dass Greer das Armed Service Commitee wieder einberufen wird?«, fragte Elaine, als der ABC-Anchorman verschwand und auf dem Bildschirm die Anzeige »Sondersendung« erschien.

»Nein. In diesen Tagen dreht sich alles um China, China und noch mal China. Außerdem sind alle beim Parteitag.«

»Was redet ihr da?«, unterbrach ihre ältere Tochter Celeste sie von der Schlafzimmertür her.

»Komm rein«, sagte Elaine, die sich an ihrem Toilettentisch die Nase puderte.

»Tusch!«, sagte Celeste lächelnd, während sie mit erhobenen Händen ihre jüngere Schwester Janet präsentierte, die ihr neues Cheerleader-Kostüm trug. Janet schüttelte ihre Pompons und schwang die Beine. »Sieht sie nicht komisch aus?«, fragte Celeste. Die Jüngere fuchtelte mit ihren Pompons vor dem Gesicht ihrer Schwester herum.

»Auch du warst mal Cheerleader, Celeste«, bemerkte Elaine. »Dass du jetzt aufs College kommst und so verdammt ›cool‹ bist, ist noch lange kein Grund, deiner Schwester den Spaß zu verderben.«

»Stimmt genau!«, brüllte Janet, während sie erneut mit ihren Pompons vor dem Gesicht ihrer Schwester herumwedelte, als sie das Badezimmer verließ. Celeste fegte die Pompons zur Seite und folgte Janet, worauf sofort ein Streit ausbrach.

»Das Opfer war elf Jahre alt«, verkündete die Sprecherin der lokalen Nachrichtensendung. »Seine Akte verzeichnet mehrere kleinere Straftaten und Schulverweise. Augenzeugen sagten aus, der Junge habe im Treppenhaus der Schule ein Messer gezogen und sei daraufhin von dem Angeklagten erschossen worden, der im selben Alter ist. Verantwortliche der Schule bestreiten ein Sicherheitsproblem im Treppenhaus des Gebäudes, obwohl Schüler behaupten, dass Angriffe in diesem engen und fensterlosen Raum an der Tagesordnung seien, wo Gangs mehrfach die Beleuchtung zerstört hätten, um ihre geplanten Überfälle im Dunkeln verüben zu können.«

»Mein Gott«, sagte Elaine, die behutsam mit einem Pinsel Wimperntusche auftrug. »Ich wüsste nicht, was ich tun würde, wenn die Mädchen eine staatliche Schule besuchen müssten. Vor lauter Sorgen würde ich keinen Augenblick Ruhe finden.«

»Ja, es ist entsetzlich«, pflichtete ihr Gordon bei. Schon berichtete das Fernsehen über einen weiteren Mord. Ein in eine blutige Decke eingewickelter Leichnam wurde gerade in einen Krankenwagen verfrachtet. Die Schaulustigen, die sich im Licht der Scheinwerfer um den Tatort herum versammelt hatten, waren sämtlich Schwarze, und Gordon war sich sicher, dass auch das Opfer ein Afroamerikaner war. Ein alltäglicher Mord im Drogenmilieu, keine sensationelle Story.

»Worüber wirst du heute Abend sprechen?«, fragte Elaine.

Gordon richtete seinen tadellosen, gestärkten weißen Kragen. »Rate mal.«

»Oh, Gordon!«, sagte Elaine, während sie sich ihrem Mann zuwandte. »Um Himmels willen, aber doch nicht bei dieser Sportveranstaltung, wo deine Tochter als Cheerleader dabei ist!«

»Verbrechen und Gewalt beschäftigen schließlich alle«, sagte er, während er auf den Fernseher zeigte. »Irgendjemand muss darüber reden. Wir müssen diese Menschen von der Straße holen. Mir ist gleichgültig, wie viele Polizisten, Gerichte, Gefängnisse oder elektrische Stühle dafür erforderlich sind, oder wie viel das Ganze kosten wird. Mit diesem Land geht's rapide bergab, und dafür sind in erster Linie Verbrechen und Gewalt verantwortlich.«

»Aber wer sind ›diese Menschen‹?«

»Guter Gott, Elaine«, schnappte er. Seine Frau bedeutete ihm, leiser zu reden, indem sie zu der Tür hinüberblickte, durch die die beiden Mädchen verschwunden waren. »Wir beide wissen, wovon ich rede«, sagte er mit gedämpfter, aber immer noch eindringlicher Stimme. »Es gibt Menschen, die dieses Land verlassen, Elaine! Einheimische Bürger verlassen das Hotel Amerika. Du hast in *Newsweek* den Artikel über Vancouver und Toronto gelesen. Wenn sich dieser Trend weiter fortsetzt, wird Mitte des Jahrhunderts die Hälfte der Stadtbevölkerung Kanadas aus ehemaligen Bürgern der Vereinigten Staaten bestehen.«

»Ich glaube, du selbst hast einmal gesagt, dass wir uns an diese Dinge gewöhnen müssten. Was kannst du denn überhaupt sagen? Was kann irgendjemand über dieses Problem sagen?« Gordon ließ die Schultern hängen und runzelte die Stirn. »Außerdem glaube ich nicht, dass das jetzt der richtige

Zeitpunkt ist, um kühne neue Initiativen zu starten«, sagte Elaine, während sie mit einer Kopfbewegung auf den Fernseher wies, wo in den Nachrichten gerade über den Parteitag der Republikaner berichtet wurde. Das Nationale Komitee der Republikaner hatte Gordon gebeten, seine Ankunft auf dem Parteitag bis zum letzten Tag der Veranstaltung aufzuschieben. Am nächsten Morgen um sechs Uhr sollte die ganze Familie Davis ein Flugzeug nach Atlanta besteigen.

»Und *außerdem*«, fuhr Elaine fort, »bist du dir denn ganz sicher, dass Verbrechen und Gewalt das Problem sind? Vielleicht sind sie nur Symptome dafür, dass an irgendeiner anderen Stelle etwas nicht stimmt.«

»Jetzt klingst du genau wie Daryl! Ist es einfach nur ›die Lage‹?«, fragte Gordon sarkastisch. Sie ließen das Thema fallen. Gordon blickte auf seine Uhr. »Lass uns heute Abend nicht zu lange bleiben, okay?«

»Hast du ihnen die Telefonnummer der Schule gegeben?«, fragte Elaine, die offensichtlich versuchte, möglichst beiläufig zu klingen.

»Ja«, antwortete Gordon. Es war überflüssig zu fragen, wer mit »sie« gemeint war. »Daryl hat sie ebenfalls. Er hat mir versprochen, sofort anzurufen, wenn er vom Parteitag etwas hören sollte, selbst wenn es nur Gerüchte sind.«

Elaine stand auf, und Gordon schlang seine Arme um sie. In den Spiegeln des Badezimmers sah er ihr Lächeln. »Entspann dich«, sagte er. »Wir werden es früh genug wissen.«

»Und was ist, wenn ...«, begann sie. Gordons Gedanken wurden in die Zukunft katapultiert. Aufregung überkam ihn angesichts dieser wilden Spekulationen, die er sich selbst untersagt hatte. »Und was ist, wenn niemand anruft?«, beendete Elaine ihren Satz. Jetzt war seine Stimmung auf dem Tiefpunkt. »Wir haben so viel aufgebaut, und wenn ...«

»Sie werden anrufen«, sagte Gordon, dessen Stimme selbstsicherer klang, als er war, und zudem einen Unterton von Verärgerung verriet. Alle Anzeichen sprachen für ihn. Sie hatten ausgiebig hinter den Kulissen recherchiert, und Gordon hatte mit allen maßgeblichen Leuten gesprochen.

»Weißt du, was ich glaube?«, fragte Elaine, die sich von ihm losmachte und zu ihm hinauflächelte. »Meiner Ansicht nach wirst du einen Posten im Kabinett kriegen.« Sie schüttelte ihn spielerisch.

»Pst! Das könnte Unglück bringen«, erwiderte er, während er sie küsste, um das Grinsen zu verbergen, das sich auf sein Gesicht geschlichen hatte. »Außerdem steht der Präsident in den Meinungsumfragen immer noch oben. Bevor Bristol mir einen Job anbieten kann, muss er bis November noch ein gutes Stück aufholen.«

»Bis dahin bleibt noch jede Menge Zeit, in der etwas passieren kann«, sagte Elaine, die an Gordons Brust sank. »Das Leben ist schon merkwürdig. Es ist doch wirklich so, Schatz. Wer hätte je gedacht, dass du Senator werden würdest? Man weiß nie, was als Nächstes geschieht. Man weiß es einfach nicht.«

»Wir alle glauben, dass wir hinter diesen Mauern sicher sind«, sagte Senator Gordon Davis, während seine gespreizten Arme die mit Efeu bewachsene Sporthalle der Privatschule seiner Tochter zu umfassen schienen. Mit verschlafenem Blick und apathisch saßen die Eltern auf ihren Stühlen und hofften vermutlich, dass es mit den angeberischen Sprüchen des Politikers bald ein Ende nehmen würde. »Aber wir sind nicht in Sicherheit. Wir betrügen uns selbst, wenn wir glauben, wir könnten uns isolieren und der Gewalt entkommen, die da draußen das System unseres Landes vernichtet.«

Das Publikum reagierte mit totalem Schweigen. »Aber das ist ein Irrtum. Wie Krebs ist auch die Anarchie eine Krankheit, die Amerikas Zellen angreift – seine Bürger. Die meisten von uns hier, wir, die Eltern der Kinder, die diese hervorragende Schule besuchen, halten uns für immun gegen diese Krankheit. Aber ich möchte Sie daran erinnern, meine Damen und Herren, dass wir in einer Gesellschaft von Bürgern und in einem großen Land leben. Und wenn dieser Wirtskörper *krank* wird, sind *alle* Zellen, aus denen diese Nation besteht, in Gefahr, die gesunden genauso wie die kranken. Ich danke Ihnen.«

Höflicher Applaus erfüllte die Sporthalle. Gordon war zum Senator berufen worden, weil sein Vorgänger vor dem Ende seiner Amtszeit wegen eines Skandals zum Rücktritt gezwungen worden war. Ein mitreißender Redner war er noch nie gewesen. Er verließ das Podium, um wieder zu seiner Frau zu gehen. In diesem Jahr war das die erste Veranstaltung der Vorbereitungsschule für das College, bei der die Sportler und die Cheerleader vorgestellt werden sollten. Elaine warf ihrem Mann ein gezwungenes und – wie er wusste – missbilligendes Lächeln zu. Noch schlimmer war der finstere Blick, mit dem Janet ihn aus der ersten Reihe der Cheerleader bedachte.

»Ein Anruf für Sie, Senator Davis«, flüsterte ihm eine weibliche Angestellte der Schule zu, während der Direktor ans Mikrofon trat, um das Footballteam vorzustellen.

»Vielleicht *der* Anruf«, sagte Elaine lächelnd, während sie sanft den Arm ihres Mannes drückte. Die Band spielte einen Marsch, und die grellen und dissonanten Töne der Instrumente klangen in dem geschlossenen Raum schmerzhaft laut, als Gordon mit der Frau die Bühne verließ und ihr durch einen Gang zwischen den Tribünen folgte. Nur Daryl Shavers, der Chef des Teams, das ihm als Senator zuarbeitete, und die Mitglieder des Nationalen Komitees der Republikaner wussten von seinem Plan, sich heute Abend in dieser Schule aufzuhalten. Außer ihnen verfügte niemand über die Telefonnummer.

Sein Herz begann zu klopfen. Weil er nicht enttäuscht werden wollte, versuchte er zum hundertsten Mal, seine Erwartungen zu dämpfen. In den vor dem Parteitag abgehaltenen Meinungsumfragen lagen die Republikaner achtzehn Prozentpunkte hinter Präsident Marshalls Demokraten zurück. Die Wirtschaft lief bestens, und Gouverneur Bristol, der Präsidentschaftskandidat der Republikaner, machte mit seiner neokonservativen, aber dennoch sozial orientierten Wahlkampfaussage keinerlei Boden wett. Wird schon nichts Großartiges sein, dachte er, um sich zu beruhigen.

Die Frau führte Gordon in ein Büro. Weil sich ein Kloß in seiner Kehle gebildet hatte, musste er schlucken. Aber so ein Kabinettsposten …, dachte er. Er war der geborene Kandidat.

»Hallo?«

»Senator Davis?«, erkundigte sich eine Stimme, die wie die eines Jugendlichen im Stimmbruch klang.

»Wer spricht da?«, fragte Gordon tief enttäuscht zurück.

»Sie müssen sofort aus der Sporthalle verschwinden, Sir. Tut mir Leid, aber ich glaube, ich hab' wirklich Scheiße gebaut! Ich … Ich habe bereits die Polizei benachrichtigt.«

»Wovon reden Sie da?«, fragte Gordon, während ein anderes Telefon klingelte und die Frau den Hörer abnahm.

»Vertrauen Sie mir einfach, Sir. Bitte, hauen Sie ab! Sofort!« Ein Klicken verriet, dass der Jugendliche aufgelegt hatte.

Die Frau schob ihm den anderen Apparat hinüber. »Sie sagen, es sei dringend.«

Er hob den Hörer ans Ohr. »Gordon Davis.«

»Mein Name ist Carl Jaffe, Sir. Ich bin stellvertretender Direktor des Secret Service. Wir möchten, dass Sie sich mit Ihrer Familie ins Büro des Sicherheitsdienstes der Schule begeben. Einige unserer Agenten sind unterwegs und werden bald bei Ihnen sein …«

Plötzlich waren aus der Sporthalle lange Salven aus automatischen Waffen zu hören. Neben ihm sprang die Frau abrupt auf, um mit offenem Mund auf die Glastür zu starren. Jetzt waren die ersten Schreie zu hören, die aber sofort von weiteren Schüssen übertönt wurden. Gordon ließ den Hörer fallen und stürmte auf die Tür zu. Das Dröhnen eines Kugelhagels schien seine Trommelfelle platzen zu lassen, während er das Büro verließ, vor dem der Krieg ausgebrochen war.

Gut gekleidete Eltern mit vor Panik weit aufgerissenen Augen strömten aus der Sporthalle. Einige hatten Kinder im Arm, andere wurden von Menschen vorwärtsgestoßen, die mit festem Griff ihre Schultern umklammerten. Andere hatten völlig die Kontrolle über sich verloren und kreischten wie wild, als Gordon sich in die Menge stürzte, die vor dem Terror floh. Gegen diese Menschenflut war nur schwer anzukommen. Die Salven aus den Schnellfeuergewehren waren jetzt kürzer, schienen dafür aber weniger wahllos abgefeuert zu werden. Während die Menge kopflos vor den entsetzlich lärmenden Schüssen flüchtete, wurde Gordon von Schultern gerammt und von Ellbogen getroffen. Einige Menschen rannten in gebückter Haltung.

Als er den Gang erreicht hatte, der in die Sporthalle führte, sah er zum ersten Mal Blut. Es lief einer benommenen Frau in mittleren Jahren unter ihrem sorgfältig frisierten Haar hervor übers Gesicht und färbte ihre weiße Seidenbluse mit grellen, karmesinroten Flecken. Ein weiterer, lang gezogener Kugelhagel, der diesmal aus der Nähe kam und deutlich lauter war, veranlasste die Flüchtenden, sich flach auf den Boden zu werfen, so dass Gordon den Gang schneller hinuntereilen konnte.

Plötzlich prallte er gegen einen Mann in einem knielangen schwarzen Mantel, der aus der Sporthalle stürmte und dabei über die Schulter blickte. Als der Mann sich umwandte, starrten er und Gordon sich einen Augenblick lang verdutzt in die Augen. Der Mann trat zurück und hob eine rauchende Maschinenpistole. Die Mündung der schrecklichen schwarzen Waffe beschrieb eine Linie über Gordons Körper, die er fast als ein Jucken auf seiner Haut wahrzunehmen glaubte. Während die blauen Augen des Mannes sich auf Gordon richteten und die Waffe seine Brust ins Visier nahm, überlief ihn ein Zittern, das seinen Ausgang in der Lendengegend nahm.

»Nein!«, rief Gordon, während eine Kugel direkt neben dem Attentäter auf der Stahltribüne aufprallte. Der blonde Mann zuckte zusammen. Aus seiner Maschinenpistole flammte Mündungsfeuer. Gordon spürte die sengende Hitze der Kugeln, aber sie trafen ihn nicht. Als er schnell unter einer Tribüne zu seiner Rechten Schutz suchte, wirbelte der Mann seine Feuer spuckende Waffe herum, aber wie durch ein Wunder prallten die Kugeln gegen einen im Weg stehenden Betonpfeiler. In gebückter Haltung und so schnell ihn seine Füße trugen, verschwand Gordon tiefer in der Finsternis unter den Tribünen. Der Krach des Maschinenpistolenfeuers schmerzte in seinen Ohren. Als der Kugelhagel eine oder zwei Sekunden später aussetzte, wandte er sich um, um einen Blick durch das Labyrinth von Stützpfeilern und Pfosten zu werfen. Dort lag in einer Blutlache ein Sicherheitsbeamter der Schule, der noch seine Waffe in der Hand hielt.

Ein furchtbarer Schlag traf Gordons Schläfe. In dem Halbdunkel ertastete er den Betonpfeiler, gegen den er geprallt war. Obwohl sein Kopf vor Schmerz pochte, wandte er seine Aufmerksamkeit wieder dem blauäugigen Killer zu, der ihn aus dem gut beleuchteten Gang heraus zu entdecken versuchte. Gerade schob der Mann ein weiteres langes Magazin in seine Waffe.

Erneut flammte Mündungsfeuer aus seiner Maschinenpistole auf, und Gordon suchte auf der anderen Seite des dicken Pfeilers Schutz. Überall um ihn herum pfiffen Kugeln durch die Luft, die hinter ihm gegen den Beton hämmerten. Das stroboskopartig flackernde Licht des Mündungsfeuers erhellte die Gerüste, Träger und Betonpfeiler.

Die Maschinenpistole verstummte, aber Gordons Ohren klingelten noch immer. »Wo immer Sie auch sein mögen, kommen Sie raus«, sagte der Killer in saloppem Tonfall. Zwischen den Stahlträgern unter den Tribünen hallte seine Stimme auf eine merkwürdige Art und Weise. Der Mann sprach das »R« im Gaumen aus – ein Ausländer. Die Geschosse eines weiteren langen Kugelhagels prallten an den Stahlträgern über Gordon ab, wodurch ein großer Funkenhagel niederregnete.

Erneut rannte Gordon los, flüchtete tiefer und tiefer in die Finsternis unter den Zuschauerrängen. In dem grellen Mündungsfeuer konnte er jetzt den zunehmend dichter beieinander stehenden Hindernissen besser ausweichen. Abprallende Querschläger ließen erneut einen Funkenregen niedergehen, pfeifende Geräusche zerschnitten haarscharf neben seinem Körper die Luft. Betonsplitter trafen sein Gesicht und seine Hände, während er, immer wieder Hindernissen ausweichend, durch das Labyrinth rannte.

Wieder verstummte die Maschinenpistole, und Gordon bremste ab, um sich hinzukauern. Sein Atem ging flach und keuchend, und sein Herz pochte so hart gegen seinen Brustkasten, dass zu seinen Sorgen eine weitere hinzukam. In dem niedriger werdenden Zwischenraum unter den Tribünen, die die ovale Basketball-Arena einfassten, wurde es immer finsterer. Gordon tastete sich in die dunkelsten Regionen vor. An seinem Gesicht klebte ein dünner Schleier Spinnweben. Ein klackendes Geräusch verriet, dass ein weiteres Magazin in die Maschinenpistole geschoben wurde. Bis zum nächsten Kugelhagel war es nicht mehr weit.

»Rennen können Sie ruhig, verstecken können Sie sich doch nicht«, ertönte die peinigende Stimme mit dem schweren Akzent, während Gordon sich durch eine mittlerweile fast völlige Finsternis vortastete. Er hatte seine Hände wie Antennen ausgefahren, und seine Finger stießen schmerzhaft gegen die Hindernisse vor seinem Körper.

Wieder beleuchtete das Mündungsfeuer einer Salve aus der Maschinenpistole für einen Augenblick den Weg vor ihm. Gordon ließ sich auf die Knie fallen, um in einer Höhle aus Stahl und Beton Zuflucht zu suchen.

Er zog sich durch die dicke Staubschicht, die den Boden der Sporthalle bedeckte. So weit es eben ging, zwängte er seinen Körper in den engen Raum unter dem untersten Rang der Tribüne und presste sich zwischen zwei schwere Stahlträger. In der Halle über ihm waren die Schüsse mittlerweile verstummt. Aber das Kreischen, die Schreie und die schweren Vibrationen des Fußbodens, die sich durch die Stahlträger auf seinen Körper übertrugen, kündeten von unaussprechlichem Entsetzen. Seine Frau, seine beiden geliebten Töchter. Tränen traten ihm in die Augen, die er sofort krampfhaft schloss, um das Bild zu verdrängen, das ihm jetzt durch den Kopf schoss. *Mein Gott, nein!*

»Hört sich ganz so an, als gäbe es da oben Ärger, was?«, fragte der Mann mit kühler Stimme und schwerem deutschem Akzent. »Machen Sie sich vielleicht Sorgen wegen Mrs. Davis?« Der Mann kannte seinen Namen! »Oder um ihre wunderbaren jungen Töchter?«

Der Killer war ganz in der Nähe. In dem engen Zwischenraum war jedes Wort deutlich zu verstehen. Das half

Gordon, sich besser zu konzentrieren. Die Hintergrundgeräusche des Tumults auf den Tribünen konnte er jetzt leichter ausblenden.

»Vielleicht könnten wir beide ja gemeinsam herausfinden, ob Ihre Familie in Sicherheit ist?« Der Mann war ruhig und gab sich fast jovial. Mittlerweile konnte Gordon an dem schwach sichtbaren Umriss der Maschinenpistole erkennen, dass der Mann in der Finsternis langsam an ihm vorbeikroch. In einer zusammengekrümmten, an einen Embryo erinnernden Körperhaltung lag Gordon völlig reglos da, wobei er langsam und leise durch den ausgetrockneten Mund atmete.

Etwa drei Meter von ihm entfernt hielt der Killer inne. Er fummelte an etwas herum, dann hörte man ein Geräusch wie von zerreißendem Papier, schließlich ein knackendes Geräusch.

Der grell aufflammende Schein einer Leuchtfackel durchschnitt die Dunkelheit und warf einen orangefarbenen Lichtfleck auf Gordons Gesicht. Sofort schloss er unfreiwillig die Augen. Als er sie wieder öffnete, blickte der Mann auf ihn hinab. In einer Hand hielt er die Fackel, in der anderen die Maschinenpistole. Das Licht unter seinem Kinn warf lange Schatten auf sein Gesicht, in dem sich dunkle Furchen um seine lächelnden Mundwinkel abzeichneten.

»Ah, da sind Sie ja«, sagte der Killer. Er legte die Leuchtfackel vor sich und richtete sich unter der niedrigen, abfallenden Decke fast ganz auf. »Hier ist dann wohl Endstation, Senator Davis.«

Mit beiden Händen hob er die Maschinenpistole. Über seinen Knöcheln war ein Hakenkreuz eintätowiert.

Das betäubende Dröhnen von Schüssen aus automatischen Waffen, das plötzlich die höhlenartige Umgebung erfüllte, versetzte Gordon in einen Schockzustand. Er wurde von einer so großen Furcht gepackt, dass er absolut nichts mehr empfand. Als er die Augen wieder öffnete, sah er den Mann neben der verglühenden Fackel auf dem Boden liegen. Gordon starrte ihn an und wartete darauf, dass er sich wieder bewegen würde. Weitere, diesmal einzeln abgefeuerte Schüsse lösten sich mit ohrenbetäubendem Dröhnen. Jede Kugel, die in seinen Körper einschlug, ließ den Verfolger zucken. Dunkles Blut füllte eine kleine Vertiefung neben der Leiche.

Vor Angst war Gordons Kehle so fest zugeschnürt, dass er nicht mehr in der Lage war, nach Luft zu schnappen. Jetzt tauchten drei Männer in dunklen Anzügen auf, die in beiden Händen schussbereite kurze Uzis hielten, kaum größer als Pistolen. Sie schwärmten aus, ganz wie erfahrene Kämpfer. Einer kam auf den hustenden Gordon zugekrochen.

»Sind Sie verwundet, Sir?«, fragte der Mann angespannt. Gordon schaffte es gerade noch, verneinend den Kopf zu schütteln, doch dann musste er sich abwenden, um sich in den Dreck neben ihm zu erbrechen. Hände tasteten seinen Körper ab, hoben sein Jackett an, als suchten sie nach einer Waffe. »Er ist in Ordnung«, hörte Gordon den Mann sagen. In dem ersterbenden Licht der Fackel beobachtete Gordon den aus dem Lauf der Waffe des Mannes aufsteigenden Rauch. »Sind noch mehr von diesen Typen hier?«, fragte Gordons Retter, aber der Senator war von dem dunkler werdenden, rötlichen Licht wie hypnotisiert. Sanft rüttelte der Mann ihn am Arm. »Können Sie meine Frage beantworten, Sir?«

»Nein«, krächzte Gordon, der sich den Mund abwischte und dann durch den Staub aus seinem engen Versteck kroch. In Richtung besserer Luft, nach der er sich plötzlich heftigst sehnte. »Nein, mehr sind nicht hier. Es war nur dieser eine …« Wegen des stinkenden Rauchs aus der Waffe musste er erneut husten.

Jeder der drei Männer zog eine kleine Taschenlampe hervor. Der Gordon am nächsten stehende Agent zog das Revers seiner Anzugsjacke dicht vor seine Lippen. »Big Top, Big Top, hier spricht Red Leader«, sagte er. »Das Paket ist in Sicherheit. Ich wiederhole. Das Paket ist in Sicherheit.« Während er den Mann beobachtete, fühlte Gordon sich noch immer benommen. Ein Kabel endete in einem Ohrknopf, der an ein Hörgerät erinnerte. Der Nadelstreifenanzug des Manns war in tadellosem Zustand. Wie beim Secret Service üblich, trug er eine Anstecknadel mit der amerikanischen Flagge am Revers.

»Geben Sie das weiter«, sagte der Mann, bevor er auf einen der anderen beiden Agenten zeigte. »Sie gehen, Skinner.« Ohne weitere Anweisungen machte sich der Mann auf den Weg zum Gang. Auch er hatte einen Kopfhörer. Der dritte Agent drehte die Leiche des toten Terroristen auf den Rücken.

Jetzt hatten sich Gordons pochender Herzschlag und sein paralysiertes Gehirn wieder so weit beruhigt, dass er sich erneut auf die »Hintergrundgeräusche« konzentrieren konnte, die von oben unter die Tribüne drangen. Der schmale Lichtstrahl der beiden Taschenlampen erhellte ihre augenblickliche Welt. Die Agenten diskutierten über die Leiche. »Diese Kugel hat ihm den Rest gegeben«, sagte einer der beiden, der den grellweißen Lichtstrahl unter den Mantel des Toten richtete.

»Guter Gott«, sagte der andere. »Sehen Sie sich das an. Der Typ muss zehn Magazine in das Futter seines Mantels eingenäht haben.«

Gordons Gedanken schweiften ab und verließen diese dunkle Welt, in der es nach dem beißenden Gestank des Rauchs aus den Läufen der Waffen roch.

»Mein Gott!«, jammerte eine Frau. *»Warum?«* Wegen des Klingelns seiner Ohren konnte Gordon die Worte kaum verstehen, aber bald übertönten die gequälten Schreie der Frau die klagenden und verzweifelten Laute der anderen Menschen oben in der Sporthalle. Es waren Geräusche, die von Tränen und Erschütterung kündeten. In der Sporthalle hatten sich nur Familien aufgehalten, Familien wie die Gordons.

»Ich muss gehen«, sagte er, während er sich auf die Knie erhob.

Die Agenten richteten den Lichtstrahl ihrer Taschenlampen in seine Richtung. »Sie sollten besser hier bleiben, Sir.«

»Es tut mir Leid, aber ich muss gehen ...«

»Jemand überprüft, was mit Ihrer Familie ist, Sir.«

Sie wussten es nicht und mussten erst überprüfen, ob die

Mitglieder seiner Familie lebten oder schon tot waren. Gordon ließ sich wieder in den Schmutz zurücksinken. Lebendig oder tot. Das auf ihm lastende Gewicht, das ihn hier hielt, war schwerer als der Stahl und der Beton über seinem Kopf. Tumultartige Geräusche, Sirenen. Die beiden Agenten standen reglos da und lauschten. Irgendetwas wurde ihnen über ihre Kopfhörer mitgeteilt. Gordon konzentrierte sich auf den ihm am nächsten stehenden Agenten.

»Red Leader hat verstanden.« Gordon schnappte nach Luft. Welche Richtung würde sein Leben nehmen? »Es geht ihnen gut, Sir«, sagte der Mann. Erneut hob er in dem trüben Licht das Revers seiner Anzugsjacke vor die Lippen. »Wir kommen raus, geben Sie das weiter.«

»Sie meinen, dass meine Frau und meine beiden Töchter in Sicherheit sind?«

»Ja, Sir. Sie sind unverletzt. Wir sind bei ihnen.« Die beiden Agenten standen auf, und einer half Gordon auf die Beine. »Passen Sie auf Ihren Kopf auf«, sagte einer der Männer genau in dem Augenblick, als Gordon gegen die Unterseite der Tribüne krachte. Er war so mitgenommen und erschöpft, dass er nur mit Hilfe der beiden Männer vorwärtstaumeln konnte. Mit ihren Uzis fegten sie die Spinnweben vor seinem Gesicht weg.

Gordon blieb stehen und wandte sich an den voran gehenden Agenten. »Hatten die es auf mich abgesehen?«, fragte er. Im heller werdenden Licht aus dem Gang konnte er erkennen, dass der Mann nickte. »Aber warum? Warum ich?«

»Das wissen Sie nicht?«, fragte er leise, fast flüsternd. Gordon schüttelte den Kopf. »Irgendein Jugendlicher«, erklärte der Agent, »eins von diesen Computer-Kids, hat eine Hacker-Attacke auf einen Server gestartet und E-Mails abgefangen. Dann hat er der Polizei von Bethesda am Telefon einen Hinweis auf einen geplanten Mordanschlag gegeben. Die Cops haben den Secret Service informiert. Daraufhin hat unser stellvertretender Direktor beim Nationalen Komitee der Republikanischen Partei angerufen und die Behauptung des Jugendlichen überprüft. Sie haben Glück gehabt, Sir. Wir waren gerade in Camp David abgelöst worden und auf dem

Rückweg nach Washington. Als der Anruf kam, waren wir gerade auf der Umgehungsstraße, etwa sechs Meilen von hier entfernt.«

»Was für eine Behauptung? Was für eine Behauptung von diesem Jugendlichen haben Sie überprüft?«

Es entstand eine Pause. Gordon vermutete, dass der Mann überlegte, ob er überhaupt antworten sollte. Dann tauschten die beiden Agenten einen Blick aus. »Der Hacker hat sich in den Computer der Republikanischen Partei eingeklinkt und dann seine Entdeckungen irgendwie an diejenigen verraten, die hinter dieser Sache stecken. Man ist im Begriff, Sie zum Kandidaten der Republikaner für das Amt des Vizepräsidenten der Vereinigten Staaten zu küren, Senator Davis.«

Als er diese Worte hörte, wurde Gordon schwindelig. *Vizepräsident*, dachte er. Die beiden Agenten packten seine Ellbogen und führten ihn ab wie einen Häftling. Trotz seines Schwindelgefühls, den Sirenen und den Schreien sank die Nachricht dennoch irgendwie in sein Bewusstsein ein. Erneut blieb Gordon stehen, diesmal ganz am Rand der dunklen Zone, wo die Finsternis seinen Gesichtsausdruck verhüllte. *Vizepräsident der Vereinigten Staaten*, dachte er, während er sich an einem Stahlträger festklammerte. *Der erste Afroamerikaner, der in der Geschichte der Vereinigten Staaten für das Amt des Vizepräsidenten nominiert wurde.*

Camp David, Maryland
16. August, 04.23 Uhr GMT (23.23 Ortszeit)

Thomas Marshall, der Präsident der Vereinigten Staaten, wachte schweißgebadet aus einem Traum vom Krieg auf. In jenem Zustand der Verwirrung, der sich vor der Rückkehr zu einem wirklich wachen Bewusstsein einstellte, empfand er ein schmerzliches Schuldgefühl wegen der schrecklichen Tragödie, die sich in seinem Albtraum infolge einer Kette von Irrtümern unbarmherzig entfaltet hatte.

Von draußen hörte er einen Schrei. Jetzt war er ganz wach und öffnete die Augen. Der Raum wurde nur durch die beleuchtete Digitalanzeige des Weckers ein bisschen erhellt. Es war noch nicht einmal halb elf. Die First Lady und er waren gerade erst eingeschlafen.

Weil er einen weiteren Schrei zu hören glaubte, stützte sich Marshall auf den Ellbogen auf. Wegen der studentischen Sitzstreiks in Peking war den ganzen Tag über eine Besprechung auf die andere gefolgt. Als die chinesische Regierung den Einsatz von Gewalt angedroht hatte, waren einige seiner Berater sogar auf dem Golfplatz erschienen. Wegen der 36 Löcher, die Marshall an diesem Tag absolviert hatte, schmerzten seine Muskeln. Diese Erholungspause in Camp David war auch nur Teil des Rituals, während des Parteitags der Republikaner von der Bildfläche zu verschwinden. Sollten sie sich doch einen Tag im Licht der Scheinwerfer sonnen – danach mussten die Republikaner ihren Hintern wieder hochkriegen und den Marathonlauf des Wahlkampfs bestehen.

Sein Kopf war schwer. Weil er sich für die Nacht entspannen wollte, hatte er Wein getrunken, und der hatte auch die gewünschte Wirkung erzeugt.

Draußen sprang stotternd ein Motor an. Das tiefe und dumpfe Geräusch erinnerte an einen Lastwagen. Bevor der Motor auf Touren kam und die Reifen quietschten, hörte er einen weiteren Schrei. Tiefe Männerstimmen brüllten sich in eindringlichem Tonfall etwas zu. Unter scharfem Krachen ging eine Reihe von Feuerwerkskörpern hoch, dann eine weitere. Marshall schwang seine Beine über die Bettkante und suchte auf dem tiefen Teppich nach seinen Pantoffeln. Seine Frau drehte sich im Bett um. »Was ist los?«, murmelte sie.

Marshall schlurfte zum Fenster und zog die schweren Vorhänge auseinander. In der Ferne, in Richtung Hauptstraße, am Häuschen der Wachtposten an der Einfahrt, schien ein Feuer ausgebrochen zu sein. Das, was er für Feuerwerkskörper gehalten hatte, waren, soviel begriff er jetzt, Schüsse, und auch sie kamen aus dieser Richtung.

Ein scharfes Krachen ließ die Fenster erzittern und ihn selbst überrascht einen Schritt zurückweichen. Entlang der

Straße zwischen dem Haupttor und dem Sommerhaus des Präsidenten schossen Flammen in die Luft.

»Was war das?«, murmelte seine Frau vom Bett her. Die Tür des Schlafzimmers flog auf. Als Marshall sich umdrehte, sah er eine dunkle Gestalt auf sich zustürzen, deren Silhouette sich vor dem Licht aus dem Wohnzimmer abzeichnete. Mit voller Wucht warf sich der Mann auf den Präsidenten. Da dieser noch die Vorhänge in der Hand hielt, wurden die beiden Männer darunter begraben.

»Tom?«, rief die First Lady aus dem Bett.

»Bleiben Sie vom Fenster weg, Sir!«, brüllte der Mann, der auf dem Präsidenten lag. Jetzt sah Marshall an der Decke das Licht des Blitzes einer weiteren Explosion. Allmählich wurden die Schüsse vom charakteristischen Geräusch eines Helikopters übertönt.

»Wir müssen weg!«, brüllte ein anderer Agent des Secret Service von der Tür her. Mit Erstaunen sah der Präsident einen Mann in einem dunklen Anzug mit einem M-16-Sturmgewehr in der Hand.

Marshall kroch unter dem Fenster hinter dem Agenten her, der sich auf ihn geworfen hatte. Vom Bett hörte er seine Frau stöhnen. Ein Agent hatte sie aufgesetzt und zog ihr eine schusssichere Weste über das Nachthemd.

An der Tür half ein dritter Agent Marshall, ebenfalls eine kugelsichere Weste über dem Pyjama anzulegen. Durch den dunklen Flur stießen ihn starke Hände auf den Lieferanteneingang zu. »Auf geht's, vorwärts!«, brüllte ein Agent. Am Ende des Korridors warteten zwei Marines mit kahl geschorenen Köpfen, die nur T-Shirts, Boxershorts und Kampfstiefel trugen. Sie bauten gerade ein Maschinengewehr vor dem Fenster auf, dessen Vorhangstoffe die First Lady persönlich ausgesucht hatte. Einer zog einen langen Patronengürtel aus einer Stahlkiste.

Sie rannten die Treppe hinunter; an der Tür, die auf den Rasen hinter dem Sommerhaus führte, traf der Präsident seine Frau wieder. Auf dem Hubschrauberlandeplatz, etwa vierzig Meter vom Haus entfernt, wartete ein Marine-One-Helikopter, bei dem sämtliche Lichter ausgeschaltet waren.

Der Motor übertönte alle Geräusche des Kampfes. Auf der Treppe hinter ihnen drängelten sich Geheimagenten, die aufgeregt in Funkgeräte sprachen. Der Widerschein einer Explosion beleuchtete etwa ein Dutzend Marines, die sich direkt vor der Tür versammelt hatten.

»Los jetzt!«, brüllte jemand, und sie rannten nach draußen. Um den Präsidenten und die First Lady herum fungierten die Agenten und die Marines als menschliche Schutzschilde.

»Was ist eigentlich los?«, brüllte der Präsident, während sie über den Rasen stürmten.

Niemand beantwortete seine Frage. Innerhalb von Sekunden waren alle an Bord, und der Helikopter hob ab, während die Türen noch offen standen. Hilfreiche Hände drückten den Präsidenten auf einen Sitz. Durch das Fenster konnte Marshall im grellweißen Licht des Scheinwerfers am Rumpf des Hubschraubers erkennen, wie sich die Menschentraube auf dem Rasen auflöste. Aus dem Haus der Wachtposten stiegen Flammen auf. Jetzt erkannte der Präsident, dass in den dunklen Wäldern am Tor aus beiden Richtungen Leuchtspurmunition abgefeuert wurde. Die dünnen Baumwipfel der Wälder von Maryland streiften die Unterseite des wendenden Marine-One-Helikopters.

McLean, Virginia
16. August, 04.55 Uhr GMT (23.55 Ortszeit)

»He, Dad!« In der Tür von Nate Clarks Arbeitszimmer erschien sein sechzehnjähriger Sohn. »Sieh dir doch mal an, was sie gerade im Fernsehen zeigen.« Jeffrey Clark verschwand genauso schnell, wie er aufgetaucht war.

»Warum bist du überhaupt noch auf, Jeff?«, rief Nate. »Es ist fast Mitternacht!« Er erhob sich hinter seinem Schreibtisch. »Wie sieht's mit American Express aus?«, fragte er seine Frau.

»Schon bezahlt«, antwortete Lydia, deren lässig hin- und herbaumelnde Beine über der Seitenlehne eines gepolsterten Ledersofas hingen. Sie studierte gerade einen Katalog. »Was hältst du hiervon?«, fragte sie, während sie ihrem Mann den Katalog hinhielt.

»*Papa!*«, brüllte Jeffrey.

»Hübsch«, murmelte Nate mechanisch, bevor er zu seinen Söhnen ins Wohnzimmer trat.

»Sieh dir das an!«, sagte der vierzehnjährige Paul, der auf die Nachrichtensprecherin im Fernsehen zeigte. Eingeschaltet war CNN, und im Bildhintergrund war »Sondersendung« eingeblendet.

»Bis jetzt gibt es noch keine unabhängige Bestätigung dieser Meldung«, verkündete die Moderatorin. »Aber falls die Nachricht zutreffen sollte, wäre dies ein absolut beispielloses Ereignis.« Einen Augenblick lang zögerte die Sprecherin, weil sie offensichtlich abgelenkt wurde. »Gerade höre ich«, fuhr sie dann fort, »dass wir jetzt telefonisch mit Elizabeth Crane von der Maryland Highway Patrol verbunden sind. Hören Sie mich, Miss Crane?«

»Ja.«

»Sie sind auf Sendung.«

Die Frau räusperte sich. »Nun, vor ungefähr einer Viertelstunde erhielten wir einen Anruf aus Camp David, in dem Verstärkung angefordert und behauptet wurde, dort sei ein ›Feuergefecht‹ – so die wörtliche Formulierung – ausgebrochen. Zwei unserer Einheiten haben auf diesen Hilferuf reagiert und berichtet, am Haus der Wachtposten und an mehreren Stellen auf dem Gelände sei Feuer ausgebrochen. Außerdem behaupteten sie, aus den umliegenden Wäldern seien Schüsse zu hören.«

»Augenblick, lassen Sie mich das mal gleich klarstellen«, unterbrach die Moderatorin. »Wollen Sie behaupten, dass es in Camp David irgendeine Auseinandersetzung gegeben hat? Dass Schüsse zu hören waren und ein ›Feuergefecht‹ ausgebrochen ist, wie Sie es ausgedrückt haben?«

»Unsere Leute haben von Opfern am Eingangstor berichtet, und die telefonische Bitte um Verstärkung kam über Handy von einem Marine. Der Fahrdienstleiter hat behauptet, über das Telefon seien Schüsse zu hören gewesen.«

»Wissen Sie, ob der Präsident zum Zeitpunkt des Angriffs noch in Camp David war? Der Produzent dieser Sendung sagt, Präsident Marshall sei am Nachmittag noch dort gewesen.«

»Mehr als das, was ich gesagt habe, wissen wir auch nicht. Wir raten allen Autofahrern, die nicht unbedingt dort etwas zu erledigen haben, diese Gegend zu meiden. Außerdem sind alle Straßen nach Camp David durch Straßensperren blockiert.«

Nate ging zum Telefon in seinem Arbeitszimmer, das schon klingelte, bevor er den Apparat erreicht hatte.

»Hallo«, meldete er sich, während er zugleich den Ton des Fernsehers lauter stellte.

»General Clark?«

»Am Apparat.«

»Hier spricht Captain Fairs, Sir. Ich arbeite für die Abteilung des Stabschefs. Wir schicken Leute vom Sicherheitsdienst zu ein paar Häusern, und ihres ist auf der Liste. Außerdem habe ich die Nachricht erhalten, dass General Dekker Sie bittet, sich um halb sieben Uhr morgens in seinem Büro einzufinden.«

»Okay, ich werde dort sein. Weshalb die Sicherheitsmaßnahmen, Captain?«

Lydia warf ihm einen besorgten Blick zu.

»Reine Vorsicht, Sir. Hier im Pentagon bestellen wir zusätzliches Sicherheitspersonal ein. Am Haus des Verteidigungsministers hat es Ärger gegeben. Es wurde Alarm ausgelöst, aber es war niemand dort.«

Lydia war bereits auf den Beinen und starrte auf den Fernseher. Was die Moderatorin sagte, konnte Nate nicht genau verstehen, aber die Bilder stammten aus Chicago. Flackernde Lichter von Polizeiwagen, eine Großstadtstraße, auf die ein abendlicher Regen niedergegangen war. Im Bildhintergrund sah man mehrere brennende Autos. Die Straße war übersät mit rauchenden Trümmern.

Nate legte auf.

»Was ist los?«, fragte Lydia.

»Keine Ahnung, vermutlich Terroristen. Schnapp dir die Jungs. Wir verschwinden von hier.«

»Nate?«, hörte er seine Frau wie aus der Ferne sagen, während er in Gedanken versank.

Er wandte sich Lydia zu. »Nur eine Vorsichtsmaßnahme«, sagte er. »Möglicherweise ist jemand ins Haus des Verteidigungsministers eingebrochen, das ist alles.«

Wie benommen ging Lydia auf das Wohnzimmer zu. »Und schick Jeff wieder her«, rief Nate ihr nach.

Als Nate gerade eine 9-mm-Beretta aus einer normalerweise verschlossenen Schublade zog, tauchte Jeffrey in der Tür auf. Erschrocken riss der Sechzehnjährige die Augen auf. Nate schob gerade ein Magazin in den Griff der Pistole und lud eine Kugel. Dann ließ er behutsam den Hahn zurückgleiten und steckte die Pistole in seinen Hosenbund. Jeffreys Blick folgte den Bewegungen der Hände seines Vaters, der gerade drei volle Magazine in den Taschen seiner Jeans verschwinden ließ.

»Komm mit, Junge«, sagte Nate, während er auf den Wandschrank im Flur zuging. Dort zog er eine dunkelgrüne Plane vom obersten Regal, in der sich eine auseinander genommene silberne Schrotflinte mit Gravuren befand. Innerhalb von Sekunden hatte er sie zusammengesetzt und lud zwei 12-Kaliber-Patronen in die nebeneinander liegenden Kammern des doppelläufigen Gewehrs, das er dann seinem ältesten Sohn reichte. »Sei vorsichtig damit«, sagte er. Dann gingen sie zu Lydia und Paul, die am Garagentor warteten. »Du fährst, Lydia. Und du sitzt auf dem Beifahrersitz, Jeff.« Nate griff nach seinem Handy und ging auf eine der Hintertüren des Hauses zu.

»Und was ist mit mir?«, fragte Paul mit brechender Stimme.

»Setz dich hinten rein und behalt den Kopf unten.« Er wandte sich seiner Frau zu. »Ich gehe ums Haus herum und überprüfe die Auffahrt. Wenn ich anrufe, ist die Luft rein. Dann steige ich an der Auffahrt zu euch ins Auto. Öffne das Garagentor erst, wenn ich es sage.«

Nate verschwand durch die Seitentür. Draußen war es finster und heiß. Als er den Hahn seiner Pistole spannte, erschien ihm das Geräusch unnatürlich laut. Ihn überkam ein unangenehmes Gefühl, das vielleicht auf seine übertriebene

Wachsamkeit zurückzuführen war. Er hatte Herzflattern, sein Atem ging flach. Die Pistole hielt er in Augenhöhe, wobei sich die Handfläche seiner Linken unter dem Griff der Pistole und der Kante seiner Rechten befand. Er zwang sich zu blinzeln. *Beruhige dich,* sagte er sich. Es war lange her, aber er erinnerte sich nur allzu gut an dieses körperliche Gefühl, das eine grässliche Angst gerade dann auslöste, wenn man auf nichts so sehr angewiesen war wie darauf, Ruhe zu bewahren.

Mit klopfendem Herzen ging Nate mit ausgestreckter Pistole den Weg hinab. Bei jedem Schritt knirschten die Kieselsteine unter seinen Füßen, und er fühlte sich schutzlos. Als er vom Kiesweg auf den Rasen getreten war, musste er gegen das Bedürfnis ankämpfen, sich zu Boden zu werfen und zu kriechen. Er schluckte und zwang sich, sich weiter aufrecht auf den Beinen zu halten. Seine Schultermuskeln schmerzten. Allzu viele finstere Orte gab es hier nicht. Die Büsche, die Mülltonnen, die Bäume. Letztere beunruhigten ihn am meisten. Als er überprüfen wollte, ob hinter ihm die Luft rein war, drehte er seinen ganzen Körper, um mit seinem rechten Auge weiterhin über das Visier der Pistole blicken zu können.

Es wäre besser gewesen, wenn er in Deckung gegangen wäre, dachte er. Hinter den Büschen und Mülltonnen konnten Scharfschützen lauern, hinter den Bäumen ein Mann mit Maschinenpistole. Langsam ging er zu der ruhig daliegenden Straße hinunter, dann wieder zur Seite der Garage zurück, wo er überprüfen wollte, ob über die schmale Auffahrt Drähte gespannt waren. Anschließend zog er das Handy aus der Tasche, um seine Frau im Range Rover anzurufen.

Als er das schwache Zischen von Störgeräuschen hörte, spürte er einen stechenden Schmerz in seiner linken Seite. Das Gefühl war so durchdringend, dass er die Stelle abtastete. Aber da war keine Wunde, zumindest keine neue. In den Jahrzehnten nach dem Vietnamkrieg, in dem er eine Schussverletzung davongetragen hatte, war der Schmerz gelegentlich in willkürlichen Schüben zurückgekehrt, als würden sich die Nervenenden an die Pein erinnern, die sie an jenem Tag übermittelt hatten. Als er damals im Dreck zwischen den hohen Gräsern lag, die seine einzige Deckung waren, war der Schmerz so groß, dass er nach dem Klammern der Wunde alle körperlichen Temperaturempfindungen kennen lernte – von eisiger Kälte bis zu sengender Hitze. Währenddessen hörte er nur das zischende Rauschen aus seinem Funkgerät, von dem sein Leben abhing.

In der Garage klingelte das Autotelefon, und Lydia nahm sofort ab. »Kommt jetzt raus«, sagte Nate, der sich wunderte, wie viel Anstrengung ihn diese Worte kosteten. Er lehnte sich gegen die Wand. Langsam und geräuschvoll öffnete sich das Tor der Garage.

Auf dem Rückflug zum Lazarett hatte Nate die nackte Brust von Chuck Reed betastet, der seit der Militärakademie sein bester Freund und in Vietnam wie er Platoon-Führer gewesen war. Weil er mit Morphium voll gepumpt war, spürte nur Nate, wie seine Haut langsam kalt wurde, während der Wind durch die offenen Türen des Hubschraubers pfiff und Chuck schneller Blut verlor, als es ihm durch intravenöse Infusionen wieder zugeführt werden konnte. Chuck hatte Nates Leben gerettet, aber seines aufgrund einer jener Abmachungen verloren, wie sie Soldaten untereinander schlossen.

Jetzt tauchte der Wagen aus der Garage auf. Behutsam ließ Nate den Hahn seiner Pistole zurückgleiten und setzte sich dann zu Paul auf die Rückbank. Lydia verschwendete keine Zeit und fuhr im Rückwärtsgang die Auffahrt hinab, während Jeffrey am Radio per Handabstimmung einen Sender suchte, der die aktuellen Nachrichten brachte.

»Du schwitzt ja, Dad«, sagte Paul leise.

Im Rückspiegel warf Lydia einen Blick auf ihren Mann. »Lass deinen Vater in Frieden, Paul«, meinte sie sanft.

»Ist schon in Ordnung, Papa«, sagte Paul, der schüchtern seine Hand auf den Rücken seines Vaters gelegt hatte.

Lieutenant General Nate Clark zog den Jungen in seine Arme und drückte ihn, wobei er sein Gesicht in den Haaren seines Sohnes verbarg. *Warum ich?*, dachte er. *Warum habe ich überlebt, während so viele andere zu früh sterben mussten?*

2. KAPITEL

Kreml, Moskau
16. August, 04.55 Uhr GMT (06.55 Ortszeit)

Oberst Pjotr Andrejew, Kommandeur der russischen Präsidentengarde, stieg die letzten Stahlsprossen im Lüftungsschacht des bombensicheren Bunkers hoch. Ein Dutzend seiner Männer, die überlebt hatten, folgte ihm auf dem Fuße. Andrejews Arme und Schulter, sein Rücken und seine Lungen schmerzten von dem strapaziösen halbstündigen Aufstieg, aber jetzt waren die breiten Lüftungslöcher in Reichweite, die sich im Falle eines Atombombenangriffs blitzartig schließen würden. Gemeinsam mit zwei seiner Männer begann Andrejew, mit Bajonetten die Schutzgitter zu lösen, die verhindern sollten, dass Vögel sich in den Lüftungsschacht verirrten. Weil jeglicher Lärm den sicheren Tod bedeutete, war das Ganze eine mühselige Angelegenheit.

Andrejew zwängte sich durch das Lüftungsloch. Im trüben Licht der Dämmerung kauerte er sich schwer atmend zwischen die Hecken, die den Schacht vor neugierigen Blicken schützten. Schweiß durchtränkte seine dunkle Hose und das weiße Oberhemd, das er unter seiner schusssicheren Weste und den um seine Brust geschlungenen Patronengurten trug. Er spähte durch die Büsche. Im Scheinwerferlicht gepanzerter Kampffahrzeuge, deren Türen weit offen standen, waren Soldaten der russischen Armee zu sehen, die in Reih und Glied Aufstellung nahmen. Die aus einer Tür und aus den Wracks einiger Wagen züngelnden Flammen waren der einzige Hinweis auf den brutalen Kampf, der auf dem Gelände der alten Festung getobt hatte.

Von der anderen Seite der Mauern des Kremls her waren freilich aus allen Richtungen Schüsse zu vernehmen. Der Kommandant des motorisierten bewaffneten Regiments, das geschickt worden war, um die bedrängten Verteidiger des Kremls abzulösen, hatte über Funk durchgegeben, sie seien in der Gorki-Straße aus einem Hinterhalt mit Panzerabwehrraketen beschossen worden. Jetzt blickten sich Andrejews Männer schweigend und mit offenem Mund an, als sie die grimmigen, durchdringenden Geräusche des Feuergefechts hörten, die die frische Luft des frühen Morgens erfüllten. Der Kreml lag ungefähr in der Mitte Moskaus, und es hatte den Anschein, als befände sich die ganze Stadt im Kriegszustand. Diese Geräusche konnten nur eins bedeuten – das Ende der Russischen Republik.

Auch in der Dunkelheit erkannte Andrejew den besten Weg zu der uralten Steinmauer und in die relative Sicherheit, die sie jenseits davon erwartete. An dieser Stelle schien die Mauer nicht besonders gut bewacht zu sein. Vor dem Hintergrund der Lichter der Stadt zeichneten sich die dunklen Silhouetten von nur zwei Soldaten ab. Einer ging mit geschultertem Gewehr langsam an der Mauer entlang, wobei er sich von ihnen entfernte, der andere spähte durch ein Fernglas in die Ferne. Andrejew und seine Männer rannten leise über eine offene Straße, die sich direkt unterhalb des Kamms eines Hügels befand, der sie von dem geschäftigen Kreml-Platz abschirmte. Über die Treppe schlich er auf den Soldaten mit dem Fernglas zu, dicht gefolgt von seinen Männern, die ihre Waffen gezückt hatten. Oben angekommen, sah Andrejew, dass der zweite Soldat gerade um einen der Türme auf der hohen Mauer gebogen und nun nicht mehr zu sehen war.

»Keine Bewegung«, sagte Andrejew mit tiefer Stimme. Der Soldat ließ zwar sein Fernglas sinken, stand aber ansonsten völlig reglos da. Unter seinem Kampfanzug trug er das blau gestreifte Hemd eines *Desantnik*, eines Fallschirmjägers. Nachdem Andrejews Männer den verängstigten Soldaten entwaffnet hatten, warfen sie ein Seil über die Mauer, an dem sie sich zu dem parkähnlichen Gelände hinunterlassen konnten. Dann zwangen sie den Soldaten, sich hinzuknien und die Hände an den Kopf zu legen. Mit vor Schreck weit aufgerissenen Augen, die aus einem mit Schminke schwarz gefärbten Gesicht hervorschauten, starrte der Mann auf den Lauf von Andrejews Gewehr.

»Zu welcher Einheit gehören Sie?«, fragte Andrejew, während sich seine Männer nacheinander an dem Seil hinabließen.

Als der Mann nicht antwortete, zog ein grauhaariger Feldwebel aus Andrejews Sicherheitseinheit ein Messer aus der Scheide. Die bedrohliche, wie eine Säge gezackte Klinge ließ den Mann blitzschnell reagieren. »Zur 104.«, antwortete er.

»Aus Omsk?«, fragte Andrejew. Der Mann nickte. Die Soldaten waren den ganzen Weg von Sibirien hierher gebracht worden, und das bedeutete, dass sie von den Luftstreitkräften eingeflogen worden waren. Und das wiederum hieß, dass die Rebellion schon weit um sich gegriffen hatte und gut koordiniert war. »Warum?«, fragte Andrejew, ohne darüber nachzudenken. Dem Soldaten stand der Mund offen. Augenscheinlich wusste er nicht, was er darauf antworten sollte. »Was haben Ihre Offiziere Ihnen erzählt, worum es bei diesem Einsatz geht?«

Der Mann schloss den Mund und schluckte. Vor seiner Antwort warf er einen Blick auf die große Klinge. »Sie ... Sie haben gesagt, dass wir Russland retten würden ...«

Jemand schüttelte das Seil, das gegen den Stein klatschte. Mittlerweile waren die anderen Männer sicher unten auf dem Boden gelandet. Jetzt warteten sie besorgt darauf, dass Andrejew sich zu ihnen gesellte.

»Seilen Sie sich zu den anderen ab«, befahl er dem Feldwebel.

Während der Mann sich an der Mauer hinabließ, erhellte grelles Licht die Baumwipfel. Hinter der niedrigen Steinmauer ließ Andrejew sich auf die Knie fallen. Auf dem offenen zentralen Platz, der kurzzeitig als Schlachtfeld gedient hatte, fuhr ein aus fünf Wagen mit eingeschalteten Scheinwerfern bestehender Autokonvoi vor. Jetzt machten sie sich um Sicherheit keine Sorgen mehr, weil sie alles unter Kontrolle hatten. Aus der schwarzen Limousine in der Mitte stieg eine einsame Gestalt aus.

Andrejew erkannte den kleinen Mann mit dem sich lichtenden Haar, der ein breites Lächeln aufgesetzt hatte und einem Offizier im Kampfanzug die Hand reichte, im grellen

Licht der Scheinwerfer sofort. Die Brille mit den runden Gläsern, wie sie gern von Akademikern getragen wurde, verriet den Zivilisten. Es war Valentin Kartschew, ehemaliger KGB-General und mittlerweile der anerkannte »Führer« der Anarchisten.

Dieser Scheißkerl, dachte Andrejew.

Er hob das Gewehr, legte den Lauf auf die Mauer vor sich und richtete das fest installierte Zielfernrohr auf Kartschews Brust. Bei einer Entfernung von knapp über einhundert Metern, das war Andrejew klar, würde er ihn erwischen, selbst bei diesem schlechten Licht. *Stirb, du kleines Stück Scheiße.*

Erneut schlug das Seil gegen den Stein. Am Fuß der Mauer würden Andrejews Männer den Strick straff halten und dort in ungeschützter Position pflichtgetreu auf ihn warten.

Sein Job war erledigt. Der Präsident war geflohen, Gott allein wusste wohin. Jetzt gab es andere Dinge, über die Andrejew nachdenken musste. Zum Beispiel über seine junge Frau Olga und ihre beiden kleinen Mädchen. Mittlerweile wandte ihm Kartschew den Rücken zu, aber Andrejews Zielfernrohr hatte die Bewegungen seines potenziellen Opfers automatisch verfolgt. Während er über den Lauf der Waffe auf den Mann starrte, spürte er die Spannung in seinem Finger, der am Abzug lag. Der geringste Druck würde den Schuss auslösen, die Kugel dem Dreckskerl das Genick brechen.

Dies war seine Chance. Andrejew kannte Kartschew, er hatte den Tod verdient.

Wieder klatschte das Seil gegen den Stein.

Während er langsam den Finger vom Abzug nahm, schloss Andrejew die Augen und atmete tief durch. In gebückter Haltung beugte er sich über den jungen Fallschirmjäger und hob dabei einen Finger an die Lippen. Der Soldat nickte. Schnell ließ sich Andrejew an dem Seil auf den Rasen am Fuß der Mauer hinab.

Ich hätte ihn erledigen können. Der Gedanke nagte an ihm. *Ich hätte ihn töten können.*

Heathrow Airport, London
16. August, 05.00 Uhr GMT (05.00 Ortszeit)

Vor der automatischen Landung wurde der riesige Airbus A-400 durch den Flugcomputer manövriert. »Ich sehe die Lichter«, sagte der Kopilot. Die Hände des Piloten lagen lässig auf dem Steuer, während der Computer eine fast perfekte Landung auf der hell erleuchteten Rollbahn vorbereitete, die noch sieben Meilen von ihnen entfernt lag. Die Nacht war klar, der Flug ohne Zwischenfälle verlaufen. Bei ihrem Start in Hongkong war das etwas anders gewesen, weil der britische Außenminister an Bord war, der von einer Protestveranstaltung zurückkehrte, die in den Medien große Beachtung gefunden hatte. Zu beiden Seiten hatten Sprechchöre skandierende, antiwestlich gesinnte Demonstranten die Startbahn gesäumt.

Die Motoren beschleunigten etwas, dann noch ein bisschen mehr, waren jetzt deutlich lauter. »Eigengeschwindigkeit zwei-zwanzig«, informierte der Kopilot.

»Dann müssen wir etwas Gegenwind haben«, bemerkte der Pilot. Jetzt wurden die Motorengeräusche noch lauter. Der Pilot spürte, wie sein Rücken durch die Beschleunigung gegen die Lehne des Sessels gepresst wurde. Die Geschwindigkeit des Airbus stieg weiter.

»Flug neun-zwei-neun«, meldete sich der Tower. »Sie befinden sich jetzt über dem Gleitweg. Reduzieren Sie die Eigengeschwindigkeit auf zwei-zehn.«

»Roger«, antwortete der Pilot. »Ich schalte den Autopilot aus.« Die Bedienungselemente im Cockpit reagierten selbst auf die leichteste Berührung sehr sensibel, und die Besatzung musste extrem aufpassen, während des Flugs bei eingeschaltetem Autopilot nicht das Steuer zu streifen, weil der Computer jede Berührung als manuelle Korrektur der automatischen Vorgaben interpretierte.

Mit einer sanften, gut koordinierten Bewegung zog der Pilot das Steuer und den Gashebel zurück.

Nichts geschah.

»Eigengeschwindigkeit zwei-vier-acht«, sagte der Kopilot.

Der Pilot riss am Steuer. Nichts. Selbst der schwerfällige Airbus hätte bei einer so brachialen Aktion einen Satz machen müssen.

»Hallo Tower, Flug neun-zwei-neun, British Airways. Ich muss eine Schleife fliegen.« Er zog das Steuer gegen seine Brust zurück, doch die Maschine reagierte nicht. Dann riss er das Steuer von einer Seite zur anderen. Entsetzt starrte ihn der Kopilot an.

»Flug neun-zwei-neun, beschreiben Sie Ihr Problem«, meldete sich der Tower.

»Heathrow Tower«, begann der Pilot trotz seiner wachsenden Angst mit ausdrucksloser Stimme. »Flug BA neun-zwei-neun ist in einer Notsituation.« Die Lautstärke der Motoren erreichte einen neuen Rekord, und dann setzte die Maschine zum Sturzflug an, noch immer in Richtung der Lichter am Ende der Landebahn.

»Um Gottes willen«, sagte der Kopilot, der die Gashebel ganz zurückriss, um den Schub zu ändern und sie dann wieder nach vorn zu stoßen. Das Heulen der Motoren änderte sich kein bisschen. »Eigengeschwindigkeit zwei-neunzig! Flughöhe vierhundert!«

»Schalten Sie den Computer auf Reset«, befahl der Pilot, der krampfhaft das Steuer umklammerte.

Nachdem der Kopilot eine Schutzkappe entfernt hatte, drückte er wieder und wieder auf den Reset-Knopf. »Es tut sich nichts!«

Jetzt warnte ein summender Alarmton vor einer Bruchlandung.

Fluchend schlug der Pilot wie wild auf das Steuer ein, trat dann auf die Pedale für die Seitensteuerung. Die Motoren beschleunigten auf Höchstleistung.

»Muttergottes!«, schrie der Pilot.

»Flug neun-zwei-neun«, meldete sich ein Lotse aus dem Tower über Funk. »Informieren Sie uns über ihre Situation, over.«

Aus der Ersten Klasse hinter ihnen hörte der Pilot Schreie. Der heulende, an den Scheiben des Cockpits vorbeipfeifende Wind verursachte ein Geräusch, das dem eines

Sturzbombers in einem alten Film glich. »Alles ausschalten!«, brüllte er, und die beiden Männer begannen, Unterbrecher gegen die Schalttafeln über ihren Köpfen zu schleudern. Nacheinander wurden alle Anzeigeinstrumente der Flugelektronik dunkel.

Wieder schoss die Spitze des Airbus in die Tiefe. Das Gefühl in seiner Magengrube verriet dem Piloten, dass es zu spät war. Angeschnallt in ihren Sesseln im Cockpit des riesigen Airbus sitzend, schossen er und der Kopilot mit den anderen Passagieren auf den harten Betonbelag der Landebahn zu.

Tage später, in einem Büro neben einem Hangar mit Trümmern der abgestürzten Maschine, hörten sich Ermittlungsbeamte wieder und wieder einen Schrei an, den der Voicerecorder im Cockpit aufgezeichnet hatte. Schließlich kam jemand auf die Idee, die Personalakte des Piloten zu überprüfen, und er entdeckte, dass dieser den Namen seiner Frau gebrüllt hatte, der aber sofort von dem Geräusch der monströsen Kraft übertönt worden war, die die zweihundert Passagiere in den Tod gerissen hatte.

Oval Office, Weißes Haus
16. August, 07.00 Uhr GMT (02.00 Ortszeit)

Im Oval Office klingelte das Telefon. Die Chefs des Nationalen Sicherheitsrats und der Gesetzesvollzugsbehörden des Landes lauschten und warteten auf eine Antwort des Präsidenten.

Aber es kam keine.

»Versuchen Sie es in seiner Datscha«, sagte Marshall schließlich. Einer seiner Berater wählte die Nummer der Datscha des russischen Präsidenten, die außerhalb Moskaus lag. Das Telefon klingelte und klingelte.

Außenminister Hugh Jensen blickte auf seine Uhr und schüttelte dann den Kopf. »In Moskau ist es jetzt kurz nach neun, und das an einem Freitagabend, Tom«, sagte er leise. »Wir haben alle Telefonnummern ausprobiert, über die wir Präsident Krestjanow erreichen könnten. Eine davon – die Nummer des militärischen Befehlsnetzes – müsste eigentlich vierundzwanzig Stunden am Tag eine Kontaktaufnahme garantieren.« Er hatte den Kopf in die Hände gestützt. »Und da meldet sich *niemand*.«

Nachdem die anderen Teilnehmer der Besprechung gegangen waren, las Präsident Marshall an seinem Schreibtisch im Oval Office die *Chicago Tribune*. »Der Terror geht weiter«, verkündete eine riesige Schlagzeile. Während er den Artikel flüchtig überflog, seufzte Marshall. Weitere gespenstische Details über die Anwendung von Gewalt folgten. »China schlägt Studentenproteste nieder«, lautete die Überschrift eines Artikels weiter unten auf der ersten Seite. Was normalerweise die Topstory gewesen wäre – man befürchtete, dass Hunderte von mit der Demokratie sympathisierenden Demonstranten getötet worden waren –, war jetzt nur noch eine zweitrangige Nachricht. Da erregte eine Meldung noch weiter unter auf der Seite seine Aufmerksamkeit: »Gewagte Nominierung für den Posten des Vizepräsidenten«. Marshall legte seine nur mit Strümpfen bekleideten Füße auf den Tisch, um den Artikel über Gordon Davis zu lesen.

Bereits jetzt waren die Ergebnisse der ersten Blitzumfrage nach dem Ende des Parteitags der Republikaner veröffentlicht worden. Marshalls Vorsprung hatte sich von achtzehn auf elf Prozentpunkte verringert. Der Kommentator der *Chicago Tribune* schrieb das einem meisterhaften Schachzug von Gouverneur Bristol zu. »So ein Unsinn«, flüsterte er angewidert. »Das übliche Theater direkt nach einem Parteitag.«

Die Gegensprechanlage brummte, und Marshall ließ die Zeitung sinken. »Ja?«

»Auf Leitung drei ruft der schwedische Premierminister aus Stockholm an, Sir.«

Marshall zog eine Grimasse. *Was zum Teufel will der denn?* Nachdem er seinen Sekretär aufgefordert hatte, seinen Stabschef herzubestellen, drückte er auf den Knopf für Leitung drei. »Herr Premierminister?«, sagte er in energischem, kraftvollem Tonfall, den er in offiziellen Angelegenheiten benutzte. »Was verschafft mir die Ehre?«

»Ich habe Neuigkeiten von einiger Bedeutung, über die Sie Bescheid wissen sollten, Mr. President«, erwiderte der Schwede mit tiefer Stimme in einem Englisch mit schwachem Akzent. Einen Kaffeebecher in der Hand, betrat eben der Stabschef den Raum, der dem Sekretär jovial zunickte. »Vor ungefähr einer Stunde hat ein russisches Flugzeug ohne Landegenehmigung auf einer Landebahn außerhalb von Kiruna im Norden unseres Landes aufgesetzt.«

»Wer ist dran?«, fragte Marshalls Stabschef, während er auf das Telefon zeigte. Nachdem er seinen Kaffeebecher auf einen Untersatz gestellt hatte, setzte er sich Marshall auf der anderen Seite des Schreibtischs gegenüber.

»Der schwedische Premierminister«, flüsterte Marshall.

»In dieser Maschine«, fuhr der Anrufer von der anderen Seite des Atlantiks über die etwas rauschende Verbindung langsam fort, »saßen der russische Präsident, sein Ministerpräsident, mehrere Kabinettsmitglieder und ihre Familien.« Der Stuhl des Präsidenten kippte nach vorn, und der Stabschef des Weißen Hauses beugte sich über den Schreibtisch, um näher an dem Telefon zu sein. »Sie haben alle politisches Asyl beantragt.«

»Um Himmels willen«, flüsterte Marshall.

National Airport, Washington, D.C.
16. August, 11.00 Uhr GMT (06.00 Ortszeit)

Ein gebräunter und gepflegt gekleideter Mann stieg an Bord des Business-Jets. »Senator Davis«, sagte er, »mein Name ist Arthur Fein. Ich leite Gouverneur Bristols Team für die Vizepräsidentschaft.« Er begrüßte Gordons Familie. »Du musst Celeste sein!«, sagte er, während die Motoren des luxuriösen Jets, den die Republikanische Partei gemietet hatte, auf Touren kamen. »Und du bist Janet. Seht euch die beiden an!«

Die Mädchen lächelten. Gordon staunte, wie schnell seine Töchter sich von dem entsetzlichen Erlebnis der letzten Nacht erholt hatten. Es musste daran liegen, dass alles neu war: die Limousinen, die Journalisten, der Jet. *Und sie sind noch jung,* dachte er. Hingegen hatte Elaine noch immer denselben starren Gesichtsausdruck wie seit der Heimfahrt von der Sporthalle.

Gordon wandte sich um, um Daryl vorzustellen, der in Personalunion sein Stabschef, seine rechte Hand und sein bester Freund war. Doch Stein begrüßte gerade die beiden Agenten vom Secret Service, die bisher geschwiegen hatten. »Sie haben schon zu Bushs Truppe gehört, stimmt's?« Einer der beiden nickte. »Viel schwarzer Kaffee mit Aufputschmitteln, was?« Fein lächelte.

»Stimmt genau, Mr. Fein«, antwortete der Agent, der jetzt auch zum ersten Mal lächelte.

Der Lärm der startenden Maschine war zu laut, um Daryl vorstellen zu können. Fein machte es sich bequem. Einer seiner Füße ruhte auf dem niedrigen Kaffeetisch und seine Hände, die aus tadellos weißen Doppelmanschetten mit goldenen Knöpfen hervorschauten, lagen mit verschränkten Fingern in seinem Schoß. Ungeachtet des warmen Sommerwetters trug er einen dicken Nadelstreifenanzug aus der Londoner Savile Row. Seine rote Krawatte war farblich auf das flott aus der Brusttasche seiner Anzugsjacke hervorlugende Einstecktuch abgestimmt. Der gestärkte weiße Kragen seines blauen Hemds wurde durch eine fast verborgene goldene Nadel zusammengezogen.

Als der Lärm der Motoren wieder nachgelassen hatte, schüttelte Fein Daryls Hand. Dann legte er eine flache Aktentasche auf den Tisch. »Es wird Sie hoffentlich nicht stören, wenn ich auf lange Vorreden verzichte«, begann er. »Wenn wir erst auf dem Parteitag angekommen sind, werden wir alle Hände voll zu tun haben. Also ist dies vielleicht die beste Möglichkeit, sofort zur Sache zu kommen.«

»Ganz meine Meinung«, sagte Gordon. Aus einer Mappe, die bei ihm die Aktentasche ersetzte, zog Daryl einen mit Notizen voll gekritzelten Block hervor. Gordon fuhr fort: »Es gibt jede Menge Dinge, über die wir sprechen müssen. Welches Statement werden wir zum Thema Terrorismus abgeben? Und zur Niederschlagung der Studentenproteste in Peking? Sie wissen, dass ich beim Thema Verbrechen eine harte Linie vertrete. Und die Welle der Anarchie, die über dieses Land hinweg schwappt, ist eigentlich nur eine Spielart …«

Gordon verstummte, als Fein eine große Show daraus machte, ein einzelnes Blatt Papier auf dem Tisch zu platzieren. »Okay«, sagte Fein in geschäftsmäßigem Ton. »Erster Tag. Hi, mein Name ist Gordon Davis. Ich bin ein junger, attraktiver, konservativer, gepflegt gekleideter, redegewandter, gut ausgebildeter Afroamerikaner mit einer ebenso attraktiven, mich perfekt unterstützenden und liebevollen Ehefrau und zwei Töchtern. So wie mich hätte sich unser berühmter Maler Norman Rockwell den idealen Mann der Neunzigerjahre vorgestellt. Ich bin die große Hoffnung, dass wir nach allem, was geschehen ist, möglicherweise doch noch irgendwann miteinander auskommen werden.« Er hob seinen Zeigefinger. »Erster Tag.« Daryl rollte die Augen, während Elaine aus dem Fenster blickte.

Gordon nahm das Blatt vom Tisch und sah, dass darauf exakt die Worte standen, die Fein gerade ausgesprochen hatte.

»Also dann«, fuhr Fein fort. »Wenn Sie gestatten, würde ich während der nächsten beiden Stunden gern ein paar Dinge mit Ihnen ausarbeiten …« Gordon beugte sich vor und stützte seine Ellbogen auf die Knie. »Zunächst«, sagte Klein, »müssen Sie daran arbeiten, was ich die ›Leerstellen‹ nenne. Bei Ihren Reden sind Sie auf Sprechpausen angewiesen, die sehr effektiv bestimmte Sachverhalte akzentuieren können. Reden Sie langsamer. Sie haben die Tendenz, in jeden Satz so viel Inhalt wie eben möglich hineinzupressen. Wenn Sie einprägsame Schlagworte wollen, müssen Sie Ihren Worten Nachhall verleihen, und da sind Kunstpausen sehr wichtig. Dasselbe gilt für die Modulation ihrer Stimme, die nie monoton klingen darf. Wir *wollen* ja etwas … von … dieser … *Leidenschaft* spüren!«, sagte er, um die Methode zu illustrieren, mit lauter werdender Stimme. In erster Linie akzentuierte er seines Worte durch das Sprechtempo.

Während Daryl die Vorstellung mit einem angewiderten »Guter Gott« quittierte, war Gordon beeindruckt.

»Versuchen Sie es«, schlug Fein vor, der sich zurücklehnte, die Arme vor der Brust verschränkte und dann wartete.

Einen Augenblick lang starrte Gordon ihn nur an. »Und was soll ich sagen?«, fragte er dann.

Fein sprach langsam und zog die Worte auseinander, wobei Kunstpausen seinen Worten Nachdruck verleihen sollten. »Das spielt eigentlich keine Rolle.«

»Und *das* ist etwas, das mir wirklich sehr wichtig ist«, sagte Gordon gedehnt in dem kleinen Waschraum.

»Noch langsamer«, mahnte Fein, der hinter ihm stand.

Jetzt wiederholte Gordon die Worte in einem unnatürlich langsamen Tempo, wobei er sich im Spiegel betrachtete.

»Da, sehen Sie«, sagte Fein, der über Gordons Schulter dessen Spiegelbild betrachtete. »Beugen Sie sich jetzt ein bisschen vor.« Er presste Gordon eine Hand in den Rücken. »Wenn man sich vorbeugt, wirkt das eindringlicher. Jetzt leeren Sie eine Ihrer Hosentaschen aus und stecken eine Hand rein.«

»Und welche?«

»Spielt keine Rolle.« Gordon legte ein Taschentuch und Pfefferminzbonbons auf das Waschbecken und schob dann seine Hand in die Hosentasche. »In Ordnung, dann fahren Sie mit der rechten Hand durch die Luft, um Ihren Worten noch mehr Nachdruck zu verleihen.« Feins Bewegung erinnerte an einen Karatekämpfer, der ein Brett zertrümmert. »Suchen Sie sich ein anderes Wort aus, und akzentuieren Sie es dann, indem sie meine Bewegung imitieren.«

Gordon betrachtete sich im Spiegel. »Und das ist etwas, das mir wirklich *sehr* wichtig ist«, sagte er, wobei er das Wort »sehr« durch den Karatehieb unterstrich. Es funktionierte.

»Jetzt wieder ein anderes Wort«, sagte Fein.

»Wie bitte?«

»Ein anderes Wort, wieder mit Karateeinlage.«

Erneut blickte Gordon in den Spiegel. »*Das* ist etwas, das mir wirklich sehr wichtig ist.« Die Bedeutung änderte sich mit der Geste. »Das ist etwas, das *mir«* – Kunstpause nebst Karatehieb – »wirklich sehr wichtig ist.« Er lächelte.

»Sehen Sie? Das Wunderbare daran ist, dass Sie den Leuten den Eindruck vermitteln, als würden Sie *leidenschaftlich* an Ihre Worte glauben«, sagte Fein, während er beide Hände hob und dann wieder herunterriss. »Und das fast nur aufgrund Ihrer Körpersprache.« Er klopfte Gordon auf die Schulter. »Lassen Sie uns noch einmal wiederholen.«

»Sich bewegen«, sagte Gordon. »Vorwärts und rückwärts, nie von einer Seite zur anderen. Nur Ansteckmikrofone, keine Handmikrofone. Nie die Hände über den Kopf heben. Lächeln. Vorbeugen akzentuiert die Worte, zurücklehnen bewirkt das Gegenteil. Blickkontakt halten. Tonfall modulieren. Immer langsam und mit vielen Pausen sprechen.«

»Dann können Sie später immer noch beschleunigen, um Stimmung zu machen. Okay, noch irgendwelche Fragen?«

Gordon blickte auf sein Taschentuch. »Warum sollte ich meine Tasche leeren?«

»Damit nicht der ganze Kram durch die Gegend fliegt, wenn Sie die Hand aus der Tasche ziehen. Eigentlich sollten Sie gar nichts in den Taschen haben. Ihre Brieftasche ruiniert den Sitz Ihres Anzugs.« Wie ein Schneider rückte Fein die Schultern seines Jacketts zurecht.

»Und wo soll ich sie hintun?«

»Wir werden schon jemanden finden, der sie für Sie aufbewahrt. Also, sind Sie so weit, Gordy? Sie werden umwerfend sein.« Gordon lächelte. »Wenn Sie auf einer weiteren Probe bestehen, kann ich den Piloten bitten, eine Warteschleife zu fliegen.«

Gordon schüttelte den Kopf und trat in den schmalen Gang hinaus. »In dieser Hinsicht bin ich nicht gerade ein politisches Naturtalent. So etwas ist einfach nicht mein Ding.«

»Das kann sich *ändern*!«, sagte Fein, während er Gordon den Weg versperrte, indem er beide Hände gegen die Wände presste. »Mit Ihnen habe ich ein Produkt, das die Amerikaner mir abkaufen werden. Ich *fühle* es. Mein Job besteht darin, dieses Produkt attraktiv zu verpacken. Das ist alles. Wenn Sie tun, was ich sage, Gordy …« Er beugte sich vor und senkte die Stimme. »Dann sind Sie schon fast im Politikerhimmel.« Fein hob die Augenbrauen, ließ die Arme sinken und ging in die Kabine zurück.

Jetzt kam Daryl in den kurzen Gang getreten und führte Gordon zurück in den Waschraum. »Was soll das?«, fragte Gordon.

»Dasselbe wollte ich dich auch gerade fragen«, antwortete Daryl.

»Ja, er ist ein Spinner«, flüsterte Gordon. »Aber er …«

»… ist der Chef? Und was bin ich?«

»Mein Stabschef. Hör zu, Daryl. Wenn's darum geht, Leute ins Weiße Haus zu bringen, sind diese Typen Profis. Um Himmels willen, wir sind zum Parteitag unterwegs, wo ich für den Posten des Vizepräsidenten der Vereinigten Staaten nominiert werden soll!«

Daryl nickte. »Okay, Gordon. Aber vergiss nicht, wer du bist und woran du glaubst.«

Als sie in die Kabine zurückkehrten, gab Fein Gordon sein Taschentuch und die Pfefferminzbonbons zurück.

Pentagon, Washington, D.C.
16. August, 11.15 Uhr GMT (06.15 Ortszeit)

Als Lieutenant General Nate Clark an der normalerweise dunkel daliegenden Einsatzzentrale vorbeikam, sah er dort hektisch umhereilende jüngere Offiziere aus allen Waffengattungen, die auf dem großen Kartentisch in der Mitte des Raums Papiere arrangierten. Im Vergleich mit denen von Army, Air Force und Marine Corps waren die Offiziere der Navy in der Überzahl.

»Was ist denn da los?«, fragte Clark einen jungen Offizier, der vor einem der Büros herumlungerte.

Der Mann nahm Haltung an. »Die Leute gehören zum PACOM, Sir«, sagte er. »Was los ist, weiß ich nicht, aber sie waren schon hier, als ich heute Morgen eintraf.«

»Hat ihre Anwesenheit etwas mit den Protesten vor unseren Militärstützpunkten in Japan zu tun?«, fragte Clark. Der Offizier zuckte die Achseln.

Eilig betraten oder verließen Männer und Frauen die Einsatzzentrale. Clark sollte das Kommando über die amerikanischen Streitkräfte in Korea übernehmen, und deshalb würden die Angelegenheiten des PACOM, des für den pazifischen Raum zuständigen Kommandos, seinen Zuständigkeitsbereich nur indirekt tangieren.

Als er den Raum betrat, standen einige Offiziere auf. Innerhalb des Pentagons war es nicht die Regel, dass auf einen Befehl hin salutiert und strammgestanden wurde.

»Was ist los, meine Herren ... und Damen?«

»Nicht viel, Sir«, sagte ein Captain der Navy. »Eine reine Vorsichtsmaßnahme.« Jetzt schleppten zwei Unteroffiziere Kisten mit Akten in den Raum und stellten sie auf eine Reihe ähnlich nummerierter Pappkartons, die an den Wänden aufgereiht waren. »In Peking hat es während der letzten Nacht ein paar Attentatsversuche gegeben, heute Morgen Unruhen in Charbin, aber wahrscheinlich hat das alles nichts zu bedeuten.«

Am Ende des Raums zogen zwei Lieutenants der Navy eine große, zusammengefaltete Karte aus einer der Kisten. »Wollen Sie damit sagen, dass das PACOM wegen der Ereignisse in China einen Krisenstab einberufen hat?«

»Nur eine Vorsichtsmaßnahme, Sir.«

»Aber heutzutage hat *jede* Regierung Probleme mit Terroristen. Moskau, Berlin, Tokio, Seoul – alle.«

»Ja, Sir, aber nicht alle haben ihre Streitkräfte in volle Alarmbereitschaft versetzt. Stündlich – immer zur halben Stunde – werden über Radio und Fernsehen Einberufungsbefehle ausgestrahlt. Und die chinesische Volksbefreiungsarmee hat direkt jenseits der Straße von Taiwan Manöver abgehalten. Der CNO ... ich meine, der Oberbefehlshaber für Marineeinsätze hat Flugzeugträger ins Ostchinesische Meer entsandt.«

Nickend verließ Clark den Raum. *China,* dachte er, während er sich vor der Tür an eine Wand lehnte. Aus der

Einsatzzentrale hörte er die Geräusche der Arbeitsroutine des PACOM-Teams. *Nicht deine Angelegenheit*, sagte er sich.

»Wer zum Teufel war das denn?«, hörte er jemanden fragen.

»Clark. Es geht das Gerücht, dass er Korea kriegt.«

Nate lächelte. Korea war der Gipfel seiner Laufbahn, die Krönung harter Arbeit. Kaum ein anderer Oberbefehl über einen Einsatzbereich stand so im Licht der Öffentlichkeit; und von niemandem wurde sofortige Kampfbereitschaft so erwartet wie von den amerikanischen Streitkräften in Korea.

»Das ist ein richtiger Scheißkerl«, sagte der erste Mann. »Bei welcher Waffengattung ist er noch?«

»Infanterie«, antwortete eine andere Stimme. »In Europa haben sie ihn übergangen, weil er kein Panzerführer war.« Amüsiert hob Clark die Augenbrauen. Er hatte schon vergessen, wie in diesen Krisenstäben getratscht werden konnte. »Der Mann ist ein komischer Kauz. Seine Frau ist Chinesin.« Jetzt lächelte Clark nicht mehr. »Irgendeine Professorin oder etwa in der Art.«

»Eine *chinesische* Chinesin?«

»Nein, natürlich eine Amerikanerin chinesischer Herkunft. Trotzdem, wie ich schon sagte: Vorsicht, der Mann ist von der Infanterie. Weil sie keine Soldaten anschreien, halten alle diese Typen für harmlose Papiertiger, aber hinter geschlossenen Türen werden sie dafür sorgen, dass man dir den Arsch aufreißt, wenn sie glauben, dass du dich nicht genug um deine Männer kümmerst. Warum haben sie gestern ihr Pensum nicht geschafft?« Der Sprecher imitierte den Kasernenhofton. »Warum zum Teufel mussten die Jungs in der Sonne herumstehen? Haben Sie nicht den Schatten hundert Meter weiter gesehen?«

»Also dann, alle herhören«, vernahm Clark die laute Stimme des Captains der Navy, mit dem er eben gesprochen hatte. »Uns bleibt eine Stunde, um in diesem Raum für unsere erste Besprechung alles auf Vordermann zu bringen. Lassen Sie uns also die Karte vorbereiten.«

»Welche Farbe soll ich für die chinesische Armee nehmen?«, fragte jemand. »Rot?«

»Meinetwegen, wie Sie wollen.«

»Und blau für die Russen?«

»Besser grün«, antwortete jetzt ein anderer. »Blau ist immer für die Guten reserviert.«

Als Clark diese Worte hörte, schlug seine Stimmung langsam um. *Blau ist für die Guten reserviert,* dachte er. Aber das war nicht möglich. Es war ausgeschlossen, dass man auf diesen Karten symbolisch amerikanische Truppen aufmarschieren lassen würde.

»Also, die erste Einheit«, sagte der Captain jetzt laut. »Chicom – 411th Infantry Division, Truppenstärke fünfundachtzig Prozent, Kiamusze.«

Während Clark den Korridor hinabging, sagte er sich wieder und wieder: »Das ist nicht deine Angelegenheit, das geht dich nichts an.«

Beim Betreten des großen Büros hatte Clark sofort das Gefühl, dass irgendetwas nicht stimmte. Er erwartete herzliches Lächeln, freundschaftliches Händedrücken, Schulterklopfen. Stattdessen führte man ihn zu einem Halbkreis von Stühlen, der gegenüber dem Schreibtisch von General Dekkers aufgebaut war, seines Zeichens Generalstabschef der U.S. Army. »Setzen Sie sich, Nate«, sagte Dekker. Auch die anderen Zwei- und Drei-Sterne-Generäle nahmen nach den Worten des Vier-Sterne-Generals Platz. Die Möglichkeit, dass man ihm gar kein Kommando übertragen würde, schoss Clark durch den Kopf. Ruhestand. *Aber Warum?*

»Also, Nate«, begann Dekker, »ich weiß von dem Gerücht, dass für Sie der Oberbefehl über die amerikanischen Truppen in Korea vorgesehen war. Und wenn ich ganz ehrlich sein soll, war dieser Posten *tatsächlich* für Sie vorgesehen.«

Clarks Gesichtsausdruck blieb ungerührt, aber er quälte sich mit der Frage, welchen Fehler er wohl gemacht haben könnte.

»Ich komme direkt zur Sache, Nate. Die endgültige Entscheidung lautet, dass Sie stattdessen Befehlshaber der U.S. Army im Pazifikraum werden.«

Weil er eine Antwort abwarten wollte, legte Dekker eine Pause ein. Um sein Temperament zu kontrollieren, sprach Clark langsam. »Die Stelle sollte doch abgeschafft werden.«

»Wir haben dafür gekämpft, dass sie erhalten bleibt, Nate.«

»Das ist ein Job für einen Zwei-Sterne-General.«

»Formal gesehen nicht. Der Kongress hat gerade einen Bericht vorgelegt. Es ist eine Stelle für einen Drei-Sterne-General, und es ist ein Kommando. Sie werden das Ninth Corps unter sich haben.«

»Dem Ninth Corps ist nur eine Division angegliedert.« Jetzt begann Clark sich zu wundern, was er eigentlich wollte. Entweder musste er die Offerte mit einem »Ja, Sir« annehmen oder aber ablehnen und an Ort und Stelle seinen Rückzug erklären. »Und wer kriegt Korea?«, fragte Nate.

»Tim Stanton«, antwortete der Chef für Personalfragen, der links neben Clark saß.

Auf der Militärakademie West Point hatte Tim zum gleichen Rekrutenjahrgang wie Nate gehört. *Wenigstens war er nicht in einer Klasse unter mir,* dachte Nate. »Ein guter Mann«, sagte er.

»So wie Sie, Nate«, entgegnete Dekker. »Manch einer, darunter auch einige von denen, die sich hier versammelt haben, würden behaupten, dass Sie der Beste überhaupt sind. Und deshalb vertraut man Ihnen USARPAC an.« Er sprach die Abkürzung wie ein Wort aus.

Clark seufzte tief. Auf seinem grünen Uniformrock prangten etliche Ordensbänder. Vom Platoon-Führer bis zum Corps-Kommandeur hatte er eine mustergültige Laufbahn in der Armee hinter sich. Seit ein paar Jahren allerdings befand er sich in einem Karrierestillstand, und es war gut möglich, dass er das Dekker zu verdanken hatte. Nach seiner Rückkehr aus Europa hatte er den größten Teil des letzten Jahres sogar damit verbracht, allen maßgeblichen Leuten im Großraum Washington in den Hintern zu kriechen. Und jetzt bot man ihm ein Kommando am Arsch der Welt an.

»Entschuldigen Sie, Sir«, sagte Nate, »aber ich muss mit gebührendem Respekt feststellen, dass das Mist ist.«

Dekker war nicht amüsiert. Er ordnete einige Papiere auf seinem Schreibtisch. Der blaue Stein seines Rings von der Militärakademie West Point funkelte. Als Clark noch Student der untersten Klasse in West Point gewesen war, war Dekker sein Kompaniechef. Immer war er Clark einen Dienstgrad voraus gewesen.

»Sie werden sich nach Fort Shafer begeben, um das Kommando für die U.S. Army Pacific zu übernehmen, Nate. Treten Sie diesen faulen Typen in den Hintern, damit sie ihre Golfplätze auf Hawaii verlassen, und scheuchen Sie auch die anderen aus ihren gut geheizten Winterbaracken in Alaska. Machen Sie aus dem USARPAC eine kampfbereite Truppe.« Jetzt klang seine Stimme hart. »Das ist ein *Befehl*.«

Doch Clark war ganz und gar nicht in der Stimmung, den guten Soldaten zu spielen. Er atmete tief durch und blickte zur Seite.

»Verdammt, Nate!«, brüllte Dekker. »Das USARPAC ist für die Verteidigung der amerikanischen Interessen und die unserer Alliierten vom Ural bis zur kalifornischen Küste und vom Nordpol bis zum Südpol zuständig, von *Korea* einmal abgesehen.«

»Und wofür genau?« fragte Clark.

Nacheinander blickte Dekker die ranghohen Offiziere an, die sich um seinen Schreibtisch herum versammelt hatten. »Dieses Gespräch hier hat nie stattgefunden, kapiert? Wir alle wissen, wo die potenzielle Bedrohung liegt.«

»Mir würde es besser gefallen, wenn Sie es aussprächen, Sir.«

Dekker atmete tief durch. »In China, Nate.« Jetzt herrschte absolutes Schweigen. »Seit über einem Jahrzehnt modernisieren die Chinesen ihre Armee. Sie wollen ihre Zwangsjacke sprengen. Sollten sie sich nach Süden wenden, ist das kein Problem. Der Kampf wäre Vietnams Sache. Nach Westen? Da liegt Indien. Auch gut. Wenn sie nach Norden marschieren, sollen sich die Russen darum kümmern. Aber wenn sie in Richtung Osten expandieren wollen und Japan, Taiwan und die Philippinen im Blick haben, haben sie es mit uns zu tun. Oder mit Ihnen, um genau zu sein. Ich will Folgendes sagen, Nate. Wenn dieses Land mit der Volksrepublik China Krieg führen wird, dann wird das Ihr Krieg sein. Ich will, dass die Kommandobehörde gerüstet ist, und dafür brauche ich Sie.«

Georgia Dome, Atlanta
17. August, 02.30 Uhr GMT (21.30 Ortszeit)

Allmählich wurde es spät, und Gordon Davis und seine Familie waren erschöpft.

Als sich die Tür öffnete, drang der Lärm der Menge in den kleinen, aber gut eingerichteten Warteraum. Der Krach übertönte den Smalltalk zwischen den Familien Davis und Bristol. Ein Mann mit Headset und einem Block in der Hand betrat den Raum. Im Flur warteten mit versteinerten Gesichtern kräftige Agenten vom Secret Service.

»Also dann«, sagte der Mann mit dem Headset. »Gouverneur Bristol, Senator Davis, uns bleiben etwa fünf Minuten, bevor der Vorsitzende die Delegation aus Connecticut aufruft. Mit Ihrem Heimatstaat ist bereits alles bestens gelaufen, Senator Davis, also können die Ihnen über den Berg helfen. Direkt nach ihrer Stimmabgabe wird der Vorsitzende die namentliche Abstimmung aussetzen und um eine Nominierung per Akklamation bitten. Dann kommt das übliche Programm: Luftballons, Bands, das ganze Theater. Lassen Sie uns also jetzt noch einmal schnell durchgehen, was genau Sie tun werden. Zuerst werden wir Ihnen ein Stichwort geben, allein herauszukommen. Bis zu Ihrer Markierung, Nummer vierundachtzig, sind es zweiundzwanzig normale Schritte. Die Zahl steht auf einem Klebestreifen auf dem Bühnenboden direkt links neben dem Podium. Wenn Sie dort angekommen sind, wird der Bühnenmanager ein Diagramm vorbereitet haben. Sollte es mit Konfetti übersät sein, erinnern Sie sich einfach an die zweiundzwanzig Schritte zu der Stelle links neben dem Podium. Okay?«

Gordon nickte.

»Für die Ovationen haben wir ungefähr drei Minuten eingeplant«, fuhr der Mann mit dem Headset fort. »Drei Minuten und zwölf Sekunden sind für den Song ›Proud to Be an American‹ vorgesehen. Dann kommt ein Schnitt auf Ihre Familie. Sie kommen auf die Bühne, Mrs. Davis, ihre Töchter links und rechts neben sich, die Kleine zwischen sich und dem Publikum.«

»Ich will sie nicht auf der Bühne haben«, sagte Gordon. Alle Augen richteten sich auf ihn, selbst die der Mitglieder seiner Familie. »Nach dem Erlebnis von gestern Abend möchte ich das lieber nicht.«

»Lassen Sie mich Ihnen versichern, Senator Davis«, sagte der Mann mit dem Headset, »dass wir hier außergewöhnlich strenge Sicherheitsmaßnahmen haben. Solche Veranstaltungen habe ich in meinem Leben schon dutzendfach organisiert, und bei mir hatte es solche Zwischenfälle noch nie gegeben. Selbst in den Pressekabinen hat der Secret Service Scharfschützen postiert.«

Jetzt mischte sich Arthur Fein ein. Er ergriff Gordon am Ellbogen und nahm ihn zur Seite. »Dies ist eine Primetime-Vorstellung, Gordy. Die Fernsehsender sagen, wir könnten am letzten Tag der Parteiversammlung vielleicht noch alle Rekorde brechen. Denken Sie an meine Worte, worauf es heute ankommt? Zehn oder fünfzehn Minuten heute Abend auf der Bühne, damit sind wir schon bei vierzig Prozent.«

»Aber ich werde ja noch nicht einmal etwas *sagen*«, protestierte Gordon.

»Umso besser. Wir haben Sie, Ihre hübsche Frau und Ihre Töchter auf der Bühne, mitten in einer bewundernden Menschentraube. Luftballons, Konfetti, aufpeitschende Musik – und das alles landesweit im Fernsehen!«

»Noch zwei Minuten«, bemerkte der Mann mit dem Headset.

»Gordy«, sagte Fein, während er dessen Arm drückte. Behutsam machte der Anwärter für die Vizepräsidentschaft sich los. »Wir werden dafür sorgen, dass alle vier Chefmoderatoren der großen Networks darüber reden, dass in einer Zeit, da tiefe Gräben unsere Gesellschaft spalten …«

»Okay, okay«, sagte Gordon. Für Fein hatten Worte keinerlei Bedeutung. Sie waren nur Futter, das in den Meinungsumfragen Punkte brachte. Gordon wandte sich dem Koordinator der Veranstaltung zu. »Wenn Sie für die Sicherheit meiner Familie garantieren können ...« Der Mann nickte beunruhigt und geleitete dann Gordon und seine Familie aus dem Raum, wobei Philip Bristol dem Kandidaten ein letztes Mal auf die Schulter klopfte. Unbeholfen gingen die Töchter an den Kindern der Bristol-Familie vorbei, die zwar lächelten, aber nichts zu sagen hatten. Durch das Labyrinth der Gänge mit den Betonwänden schritten sie zur Bühne. Gordon betrachtete das nackte Holz und die offen verlegten Kabel an der Rückseite der Bretterwand. Auf der der Öffentlichkeit zugekehrten Seite war alles makellos blau, aber von hier enthüllte sich dem Blick die wackelige Fassade.

Gordon trat in das grelle Licht hinaus, und zehntausende Menschen applaudierten begeistert. Als sie an dem Vorsitzenden des Parteitags vorbeikamen, reichte dieser Gordon die Hand. Der lächelte und winkte, lächelte und winkte, lächelte und winkte. Die ganze Zeit über hatte er eine Gänsehaut. Bei jedem Blitzlicht einer Kamera, bei jedem Schrei, der die der anderen übertönte, und bei jeder Bewegung der Masse spürte er die Anspannung. Als seine Familie neben ihn trat, verdoppelte sich das Gefühl der Angst noch. Achtundzwanzig Minuten später – nach »Proud to Be an Americam«, »We Shall Overcome«, und nachdem die letzten Luftballons zu Boden gesunken waren – war alles vorbei.

Als er die Bühne verließ, auf der sich jetzt prominente Persönlichkeiten der Partei tummelten, fiel Gordon ein, dass er nicht auf die Menge gezeigt oder gewinkt hatte. In einer der ersten Reihen erblickte er eine seltsame Frau mit einem roten Hut und einer Weste, die mit Wahlkampfansteckern der Partei übersät war. Gordon lächelte, zeigte in die Menge und winkte, während er mit einer Hand eine imaginäre Pistole formte und dann auf den »Abzug« drückte. Mit einem Schlag flammten hundert Blitzlichter auf. Am nächsten Tag zierte dieses Bild die Titelseiten aller überregionalen Zeitungen des Landes.

John F. Kennedy-Flughafen
17. August, 07.00 Uhr GMT (02.00 Ortszeit)

»*Smotri,* Papa,«, ertönte ein glockenhelles Stimmchen. Durch das Fenster zeigte Mascha mit dem Finger auf die Skyline von New York City.

»Nur Englisch, Maschenka«, flüsterte Pjotr Andrejew seiner dreijährigen Tochter ins Ohr. »Erinner dich an das, was Papa und Mama gesagt haben. Nur Englisch. Es ist ein Spiel, ja?«

»Okay«, sagte sie. Pjotr küsste ihr lächelndes Gesicht.

Seine Frau Olga und seine fünfjährige Tochter Oksana saßen schweigend da. Ihre Flucht aus der zusammenbrechenden Russischen Republik hatte perfekt geklappt. Jetzt blieb noch eine letzte Hürde. Niemand sagte mehr ein Wort, bevor sie gelandet waren, das Flugzeug verlassen und sich beim Zoll angestellt hatten.

Es herrschten außergewöhnliche Sicherheitsmaßnahmen. An den Wänden standen uniformierte, mit Gewehren bewaffnete Zollbeamte. Selbst der Hund in dem Käfig vor den Andrejews wurde herausgeholt. Das Tier kläffte und trat aufgeregt mit seinen kurzen Beinen um sich, während ein weiterer Zollbeamter mit einem langen Stab durch den Käfig fuhr, um nach Sprengstoff zu suchen. Das Bellen des Hundes zerrte an Pjotrs Nerven, aber die kleine Mascha genoss das Spektakel sehr. Sie blickte zwischen Pjotr und dem lärmenden Haustier hin und her. Der Vater hielt die Hand seiner Tochter, jederzeit bereit, schmerzhaft zuzudrücken, wenn das Mädchen ins Russische verfallen sollte.

Als sie an die Reihe kamen, war Pjotrs Kehle wie ausgetrocknet. Der Beamte blickte auf die Papiere aus der Schweiz, auf die Passfotos, auf ihre Gesichter, wieder auf die Fotos. Mehrmals wiederholte er die Prozedur. Pjotr fühlte sich an die untergegangene Sowjetunion erinnert. Seit seinem letzten Besuch in Amerika hatte sich einiges geändert.

»Sind Sie Schweizer?«, fragte der Zollbeamte, der den Reißverschluss einer Tasche aufriss.

»Ja«, antwortete Pjotr. Mit pochendem Herzen fragte er

sich, ob sie die Preisschilder und Etiketten an ihren neuen Kleidungsstücken bemerkt hatten. Auf dem schnellen Trip zu der Bank in Zürich hatten sie Geld und Pässe aus ihrem Depot im Safe des Geldinstituts geholt und anschließend westliche Kleidung und Toilettenartikel gekauft.

»Machen Sie hier Urlaub, Mr. Hoffmann?«

»Ja, wir wollen Disney World besuchen.«

»Haben Sie Tickets für Kalifornien?«, fragte der Zollbeamte in jovialem Tonfall, während er mit seinen weißen Latexhandschuhen ihre Klamotten durchwühlte.

»Für Florida«, berichtigte ihn Pjotr, der sein Ticket aus der Jackentasche zog. »Orlando. Wir besuchen Disney *World*, nicht Disneyland.« Der Mann blickte auf den Umschlag von Delta Airlines. Weil er nicht danach griff, steckte Pjotr ihn wieder ein. Es waren wirklich Tickets nach Orlando darin, doch die Andrejews hatten nicht die Absicht, sie zu benutzen.

Unter den Achselhöhlen begann Pjotr der Schweiß auszubrechen, doch dann signalisierte das laute Geräusch des Reißverschlusses, mit dem eine leichte Reisetasche zugezogen wurde, dass alles überstanden war. Ungelenk schob Pjotr einen Gepäckwagen durch die Menschenmenge, dessen Räder sich willkürlich mal in die, dann wieder in die andere Richtung drehten. Direkt vor ihnen blieb ein Mann, der seine Hände tief in den Taschen seiner Windjacke vergraben hatte, stehen, um sich eine Flasche Mineralwasser zu kaufen. Es war seltsam. Es war ein heißer, sonniger Augusttag, und dieser Mann trug eine Windjacke. Kein Sportsakko oder irgendein anderes Kleidungsstück, das eher aus modischen Gründen als wegen seiner Funktion getragen wurde, sondern eine dicke Windjacke.

Als sie an dem Mann vorbeigegangen waren, musste Pjotr sich zwingen, nicht über die Schulter zu blicken. Ein paar Mal blieb er stehen, um das Gepäck auf dem Wagen zu ordnen. Zwar sah er nichts, aber er spürte es. Das undefinierbare Gefühl, verfolgt zu werden.

Vor dem Russischen Innenministerium, Moskau
18. August, 17.30 Uhr GMT (19.30 Ortszeit)

Die russische Menschenmenge stimmte Sprechchöre an. »Autorität ist Unterdrückung«, hatte einer von den Anarchisten unten auf der Straße übersetzt.

»Wie ist das Licht?«, fragte Kate, die vor Woodys Kamera stand.

»Uns bleibt noch etwa eine Viertelstunde«, sagte Woody, der sorgfältig sein Objektiv einstellte.

Kate lehnte mit dem Rücken am Geländer eines Balkons im ersten Stock eines Hauses. Unter ihnen verhöhnten die Leute in den ersten Reihen der Menschenmenge die Männer der Sicherheitspolizei, die das Innenministerium schützten. »Auf die Scheinwerfer bin ich eigentlich nicht besonders scharf«, sagte Kate, der seit der panikartigen Massenflucht auf dem Roten Platz am ersten Tag der Kämpfe noch der Schreck in den Gliedern steckte. Und noch mehr Angst jagte ihr der anonyme Anruf über ihr Handy ein, der sie zum Innenministerium geführt hatte.

»Ich hab nichts dagegen«, antwortete Woody. »Die Batterien sind sowieso ziemlich leer.«

Über das Geländer des Balkons vor dem Speisesaal des schäbigen Hotels blickte Kate nach unten. Mit einem Eine-Million-Rubel-Schein hatten sie einen Küchenangestellten bestochen, der nach dem am Ende des Tages gültigen Wechselkurs zehn Cent wert war. Morgen würde er wahrscheinlich völlig wertlos sein.

Auf der Straße verteidigten in drei Reihen aufgebaute Männer der Sicherheitspolizei mit weißen Helmen ihre Stellung.

Sie waren mit durchsichtigen Schutzschilden aus Plexiglas und Schlagstöcken ausgerüstet. Gelegentlich rückten sie ein Stück vor, um die aufgebrachten Menschen zu schlagen oder sie mit Tränengas zu traktieren, bevor sie sich wieder zurückzogen. Im Gegenzug riss die Masse Pflastersteine aus dem Boden, um sie in hohem Bogen auf die Polizisten zu werfen.

»Okay, ich bin so weit, wie sieht's mit dir aus?«, fragte Woody.

Kate zupfte an ihrem marineblauen Jackett und griff dann darunter, um den Sitz ihrer weißen Seidenbluse zu korrigieren. Da nur Gesicht und Oberkörper gefilmt werden würden, trug sie Jeans und Turnschuhe. Nachdem sie ein letztes Mal in einen kleinen Spiegel geblickt und ihre Frisur geordnet hatte, räusperte sie sich ein paar Mal vernehmlich.

»Soundcheck«, sagte Woody.

Kate setzte einen ernsten Gesichtsausdruck auf. »Die russische Regierung bricht zusammen, aber zuerst noch etwas Werbung.«

»Deine Zähne sind viel zu weiß«, nörgelte Woody. »Schon mal darüber nachgedacht, dir ein paar Kronen verpassen zu lassen?« Kate zog eine Grimasse, und dann hob der Kameramann mit fünf ausgestreckten Fingern die Hand. Nach ein paar letzten Lockerungsübungen Kates begann Woody herunterzuzählen. Als er den letzten Finger eingezogen hatte, ging das rote Licht an.

»Während sich Dunkelheit über die Hauptstadt senkt, hängt die Lage in Moskau in der Schwebe«, begann Kate. »Hinter mir schirmen dem russischen Präsidenten loyal ergebene Männer der Sicherheitspolizei das Innenministerium ab. Sie haben sich von etlichen brutalen, blutigen Straßenschlachten mit Demonstranten am Nachmittag zurückgezogen. Über den Aufenthaltsort des Innenministers und seiner Stellvertreter ist bisher nichts bekannt, wenngleich Informationen aus Quellen in der Duma, dem Unterhaus des russischen Parlaments, darauf hindeuten, dass er ins Ural-Gebirge geflohen ist.«

»Okay«, sagte Woody, der seine Anzeigeinstrumente überprüfte. »Die Batterien sind fast leer.«

»Und du hast keine mehr in Reserve?«

»Du sagst es.« Der Kameramann blickte auf. »Gut, jetzt werden wir die Szenen einspielen, die wir auf der Brücke und drüben vor der Botschaft aufgenommen haben. Voiceover, du kommentierst aus dem Off.« Er beugte sich zu seiner Kamera hinab und begann erneut mit dem Countdown.

Tatsächlich, Woody holte das letzte bisschen Saft aus seinen Batterien heraus. Normalerweise würde er das Band einfach laufen lassen, und Kate würde beginnen, wenn sie so weit war. Jetzt versuchte sie, den nächsten Teil ihres Berichts sofort beim ersten Versuch hinzukriegen.

»Als der aufgebrachte Mob die Straßen eroberte, erinnerten die Szenen an das Jahr 1917. Die meisten durchschnittlichen russischen Familien verschanzen sich ängstlich hinter verschlossenen Türen. Früher am heutigen Tag haben wir mit einer Familie über die Kämpfe in Moskau gesprochen.«

Woody krümmte seinen Zeigefinger zusammen. An dieser Stelle würden sie das Interview einspielen.

»Befürchtungen wie diejenigen, denen die Familie Semjonow Ausdruck verleiht«, begann Kate mit perfektem Timing, »müssen die meisten Russen hegen, während sich die Nacht über die Stadt mit ihren elf Millionen Einwohnern senkt. Dir Straßen Moskaus werden nur durch brennende, umgestürzte Autos und die Kerzen erhellt, die die Menschenmenge auf der Straße unter mir bei sich trägt.« Sie blinzelte, als sie eine sich nähernde Gruppe von ganz in Schwarz gekleideten Männern sah, die Kerzen hoch über ihre Köpfe erhoben hatten.

»Sieh mal, Woody«, sagte Kate, während sie auf die Gruppe der von Kopf bis Fuß in Schwarz gewandeten Männer zeigte, die sich durch die verstopfte Straße hindurch ihren Weg zum Innenministerium bahnten. Woody schwenkte die Kamera herum und bedeute Kate durch ein Zeichen, dass sie weiterreden solle.

»Dort scheint sich eine Gruppe anarchistischer ›Schwarzhemden‹ zu nähern. Wegen ihrer unverwechselbaren schwarzen Hemden und Lederjacken nennt man sie mittlerweile überall so. Bei jedem Angriff der Schwarzhemden auf die Sicherheitspolizei hat sich diese schließlich zurückgezogen. Hier dürfte das den leidgeprüften Einheiten der russischen Sicherheitspolizei freilich schwer fallen, da sie im wörtlichen Sinn mit dem Rücken zur Wand stehen, nämlich direkt vor dem Gebäude, in dem ihr Hauptquartier untergebracht ist.«

Auf ein Zeichen hin blickte Woody seine Kollegin an, blieb aber in Position hinter der Kamera. Kate bedeute ihm, die in Reihen aufgebauten Einheiten der Sicherheitspolizei zu filmen, auf die jetzt die Schwarzhemden anrückten. Der Kameramann gehorchte ihrem Wunsch, kehrte dann aber zu der Szene direkt unter dem Balkon zurück. In den langen, von den Häusern geworfenen Schatten würde sich das flackernde Kerzenlicht dramatisch ausnehmen. Kate ließ ihm seinen Willen. Seit über zwanzig Jahren schon war Woody auf der ganzen Welt unterwegs und hatte dabei Kriege, zivile Unruhen und Hungersnöte auf Film gebannt. Folglich vertraute sie darauf, dass er wusste, was er tat.

Oben auf der Kamera begann ein tief orangefarbenes Licht zu blinken. »Jetzt kommen die Schwarzhemden direkt auf das Innenministerium zu, und die Menge beginnt unruhig zu werden. Viele Demonstranten, die schon seit längerer Zeit hier sind, suchen Deckung, und die allgemeine Unruhe scheint sich auch bei den Sicherheitspolizisten breit zu machen, die um sich blicken und die Hälse recken, um zu sehen, was in der Menschenmenge vor sich geht …«

Ein Piepen und ein Klicken signalisierten, dass die Batterien endgültig leer waren und die Videokassette nicht mehr weiterlief.

»Scheiße!«, fluchte Woody und schlug gegen den jamaikanischen Sticker mit dem Marihuanajoint, der auf dem Gehäuse der Kamera klebte. »Ich kann's nicht glauben, Mann!« Kate blickte auf die mittlerweile davoneilenden Demonstranten. Eine Schneise hatte sich für die Schwarzhemden geöffnet. In hohem Bogen schleuderten die Sicherheitspolizisten Behälter zwischen die Schwarzhemden, aus denen sofort Tränengas zu strömen begann.

Jetzt zerriss das Geräusch von Maschinenpistolensalven die Nacht, und Woody und Kate ließen sich auf den Boden des Balkons fallen. Sie beobachtete, wie zunehmend Konfusion ausbrach, während der Widerstand der Sicherheitskräfte zu bröckeln begann und einige Ordnungshüter auf dem Boden liegen blieben. Die meisten anderen warfen ihre Schutzschilde und Schlagstöcke weg, um hektisch die Flucht zu ergreifen. Das Mündungsfeuer kam nicht aus den Waffen der Sicherheitskräfte, sondern aus denen der Schwarzhemden.

Jetzt wurden aus den oberen Fenstern des Innenministeriums Schüsse abgefeuert, aber die disziplinierten Schwarzhemden stürmten den Vordereingang des Gebäudes. Kate und Woody beobachteten, wie sich die um sich schießenden Angreifer Stockwerk um Stockwerk vorkämpften. Als durch die Druckwelle einer Explosion die Fensterscheiben im obersten Stock zersplitterten, regneten die Scherben auf die mittlerweile verlassen daliegende Straße hinab.

In diesem Augenblick begriff Kate, was gerade passiert war. Es gab keine Polizei mehr und keine Sicherheitskräfte des Innenministeriums, von der Armee war nichts zu sehen. Von einer Regierung konnte in Moskau keinerlei Rede mehr sein.

Dies war das Ende jeglicher gesellschaftlichen Ordnung. Jetzt herrschte Anarchie.

3. KAPITEL

Weißes Haus, Situation Room
19. August, 01.00 Uhr GMT (20.00 Ortszeit)

In dem unterirdischen, speziell für Krisensitzungen vorgesehenen Raum ließ Präsident Marshall seinen Blick über die Fernsehbildschirme gleiten. Um ihn herum hatten sich die Mitglieder des Nationalen Sicherheitsrats versammelt – der Vizepräsident, der Verteidigungs- und der Außenminister, der Vorsitzende der Vereinigten Stabschefs, General Dekker, und die Direktoren der CIA und der National Security Agency.

»Steckt dieser mysteriöse Valentin Kartschew hinter diesen anarchistischen Gewalttaten, die mittlerweile weltweit Aufsehen erregen?«, fragte gerade die NBC-Auslandskorrespondentin Kate Dunn. »Während Russland auf den dritten Tag des Chaos zusteuert, verdichten sich die Hinweise auf die wachsende Macht eines Mannes: Valentin Kartschew, ehemaliger Professor für Politologie, früherer General des KGB, russischer Millionär, prominenter Mafioso und Chefideologe der Anarchisten.«

Die Fernsehbilder konsternierten Präsident Marshall und seine wichtigsten Sicherheitsberater. Massen von ganz in Schwarz gekleideten Männern standen Schulter an Schulter in geschlossenen Reihen da und setzten sich jetzt in Richtung auf ihr Ziel in Bewegung. Zahllose Menschen rannten in alle Richtungen davon, als orangefarbenes Mündungsfeuer aus automatischen Waffen aufflammte und viele tot auf das Pflaster fielen. Bald vernebelten die Rauchschwaden von Explosionen die Fernsehbilder, und auf dem Bildschirm erschien das Testbild.

»Das war die ungeschnittene Satellitenübertragung aus Moskau«, sagte der Direktor der National Security Agency. »Wenn Sie wünschen, können wir Ihnen noch Filmaufnahmen aus anderen Landesteilen zeigen, Mr. President, aber dies ist der erste Bericht, der den Eindruck erweckt, als würde er so etwas wie Insiderinformationen aus der anarchistischen Bewegung verwerten.«

»Wo hat die Korrespondentin ihre Informationen über diesen Kartschew her?«, fragte Marshall.

»Wir haben mit ihren Produzenten in New York gesprochen, und die behaupten, ein anonymer Anrufer habe sie über ihr Handy informiert. Das war schon der zweite Tipp, den sie in zwei Tagen erhalten hat.«

»Also steckt Kartschew hinter all dem?«, fragte der Präsident.

Der Direktor der CIA beugte sich vor, um sich mit den Ellbogen auf den Konferenztisch zu stützen. »Im Moment herrscht da ein solches Chaos, dass das nur schwer zu sagen ist, Mr. President. Der entscheidende Faktor ist die Armee, die sich laut unseren Quellen sofort mit ihrem ganzen Gewicht in die Auseinandersetzungen einschalten könnte. Allerdings besteht dass Problem darin, dass die Armee genauso gespalten ist wie die Gesellschaft insgesamt. Daraus ergeben sich offenkundige Risiken.«

»Was würde passieren, wenn die Armee auseinander bricht?«, hakte Marshall nach. »Was steht uns bevor?«

Die Anwesenden blickten sich an. Offensichtlich zögerten sie, Position zu beziehen. Schließlich meldete sich Außenminister Jensen zu Wort. »Meiner Ansicht nach besteht Konsens, dass die Situation sich eher verschlimmern als verbessern wird, Tom.«

»Guter Gott!«, brach es aus Marshall heraus. »Ich *weiß*, dass sich die Lage verschlechtern wird, wenn in Russland ein gottverdammter *Bürgerkrieg* ausbricht!«

»Ich wollte Folgendes sagen«, erwiderte Jensen. »Vor November wird sich die Situation nicht entscheidend verbessern. Die Europäische Union steht unter dem Druck, irgendwie zu handeln. Die Europäer suchen verzweifelt nach alternativen Energiequellen. Wenn das sibirische Erdgas vom Markt verschwindet, steigt der Ölpreis auf fünfundfünfzig Dollar pro Barrel.«

»Was für Aktionen könnten sie Ihrer Meinung nach starten?«, fragte der Präsident.

Jensen zuckte die Achseln. »Eine Intervention«, sagte er trocken.

Jetzt machte sich Unruhe breit. »Eine Intervention?«, rief Marshall aus. »In einem russischen Bürgerkrieg?«

Jensen hob die Hände, als wollte er die verbalen Attacken des Präsidenten abwehren. »Ich bin ja total dagegen, Tom, *absolut* dagegen. Aber es hat Debatten über eine mögliche UN-Friedenstruppe gegeben, falls es den Vereinten Nationen gelingen sollte, die Unterstützung der Befehlshaber der russischen Armee in Sibirien zu gewinnen, wo sich die Erdgasfelder befinden. Dort hat sich die Gewalt insgesamt in Grenzen gehalten und sich hauptsächlich gegen die Pipelines gerichtet. Im Osten ist das zivile und militärische Chaos überschaubar.«

»Die machen sich wegen China zu große Sorgen«, schaltete sich der Verteidigungsminister ein.

Marshall lehnte sich zurück und massierte seine pochenden Schläfen. *»Wer hat Russland verloren?«*, hörte er bereits die Republikaner fragen. »Was wissen wir über diesen Kartschew?«

Der Direktor der CIA öffnete einen Aktenordner. »Kartschew, Valentin Konstantinowitsch, 1949 in Nowgorod geboren. Studium am Pädagogischen Institut in Moskau. Vermutlich KGB-Informant an der Fakultät für Marxismus/Leninismus der Moskauer Staatsuniversität, bis er dann 1984 Oberstleutnant des KGB in dessen Hauptquartier am Dserschinski-Platz wurde.«

»Mit fünfunddreißig Jahren Oberstleutnant?«, fragte der FBI-Direktor. »Das ging ja ziemlich schnell, besonders für jemanden, der nur ein paar Professoren bespitzelt hat.«

»Er war einer von Andropows Protegés«, antwortete der Direktor der CIA. »Andropow war ein Intellektueller, ein äußerst belesener Bücherwurm. Vor seinem Tod hat er eine Clique ähnlicher Intellektueller um sich geschart, mit denen er stundenlang irgendwelche Ideen diskutiert hat. Während seiner letzten Jahre auf der Universität gehörte auch Kartschew zu diesem kleinen Kreis.«

»Und was war nach 1984?«, fragte Marshall.

Wieder las der CIA-Direktor aus seiner Akte vor. »Verbindungen zur GRU, dem militärischen Geheimdienst. In der schlimmsten Zeit des Afghanistan-Krieges, als die Presse Artikel über russische Grausamkeiten veröffentlichte – als Spielzeug getarnte Minen, Folter, Morde und dergleichen –, erhielten wir unerwartet Informationen. Ein Offizier der sowjetischen Armee, der der Botschaft der UdSSR im pakistanischen Karatschi zugeteilt war, sprach unseren ersten Mann vor Ort an und erzählte ihm Geschichten über ›exzessive Maßnahmen‹ durch eine abtrünnige KGB-Einheit, die angeblich für alle diese Operationen verantwortlich war. Für uns war damals ziemlich klar, dass der Mann vom Oberkommando der sowjetischen Armee kam, und folglich haben wir seine Informationen mit Vorbehalt aufgenommen.«

»Was wollen Sie damit sagen?«

Der CIA-Direktor zuckte die Achseln. »Unserer Meinung nach war es ein Versuch der sowjetischen Armee, die Schuld dem KGB zuzuschieben, damit das Militär mit weißer Weste dastand. Aber einige Informationen haben sich als wahr herausgestellt. Kartschews Verbindungseinheit und ihre afghanischen Stellvertreter *haben* in Afghanistan Operationen durchgeführt.«

»Und was ist aus dem Offizier geworden, der uns mit den Informationen versorgt hat?«, fragte der Präsident. »Vielleicht können wir mit ihm reden?«

»Er wurde wegen einer Besprechung nach Moskau zurückgerufen und drei Monate später in einem KGB-Gefängnis erschossen.«

Marshall hob die Augenbrauen. »Nette Zeitgenossen. Was steht sonst noch in Ihrer Akte über Kartschew?«

»Als Gorbatschow nach dem gescheiterten August-Putsch 1991 nach Moskau zurückkehrte, ist er nach Kirgisien geflohen. Seine Verbindungen zum KGB hat er gelöst, zumindest glauben wir das. Anschließend ist er für ein paar Jahre untergetaucht, bis sein Name dann im Zusammenhang mit Drogen- und Waffenschmuggel aus der ehemaligen Sowjetunion heraus in DEA- und ATF-Berichten wieder auftauchte. Die einzigen anderen Querverweise zu Kartschew, die wir in unserer Datenbank finden können, führen zu einer Reihe von Geschäftsleuten aus dem Westen, denen man Teilhaberschaften offeriert hat, darunter einige sehr lukrative. Ein paar haben die Deals durchgezogen und einen anständigen Profit gemacht, bevor sie von Kartschew wieder ausgeschaltet wurden. Dann haben sie die Finger davon gelassen. Aber einer von ihnen, ein Holländer, der Seminare über westliche Managementmethoden abhielt, hat Kartschew offensichtlich abgewiesen und versucht, in Moskau allein seinen Weg zu gehen. In seiner Moskauer Wohnung hat man ihn mit dreizehn Schusswunden am Hinterkopf tot aufgefunden. Er wurde mit einer kleinkalibrigen Waffe erschossen, die Nachbarn haben nichts gehört. Verdächtige gibt es nicht.«

»Okay«, sagte Marshall, der auf seine Uhr blickte, weil er einen Termin für ein Treffen hatte, bei dem die Finanzierung des Wahlkampfes besprochen werden sollte. »Also ist Kartschew ein übler Typ, der hinter den Anarchisten steht. Und die Anarchisten sind fanatische Terroristen, die die Welt mit Gewalt überziehen. Die Europäer tendieren dazu, in Russland zu intervenieren und ihnen den Garaus zu machen. Hoffen wir das Beste – viel Glück und gute Reise.«

»Den Chinesen wird das gar nicht gefallen«, sagte Jensen. »Eine UN-Truppe ohne asiatische Beteiligung direkt an ihrer Grenze?«

»Wir machen diesmal nicht mit«, sagte Marshall, um das Treffen zu beenden. »Sollen sich doch die Europäer über die Chinesen Gedanken machen. Ich sehe nicht, was das alles mit uns zu tun haben sollte.«

Seoul, Südkorea
19. August, 04.44 Uhr GMT (14.44 Ortszeit)

Durch das Fenster strömte die Nachmittagssonne in den Raum. Der südkoreanische Präsident führte den großen Löffel an die Lippen. Weil die Suppe so heiß war, blies er darauf, während ihm der schwache Knoblauchgeruch das Wasser im Munde zusammenlaufen ließ. Da sein Magen heftig knurrte, hatte er sich von einem schon den ganzen Tag andauernden Treffen, bei dem die chinesische Mobilmachung diskutiert wurde, in sein privates Esszimmer geflüchtet.

Behutsam nippte er an der Suppe, um deren Temperatur zu testen. In diesem Augenblick schoss mit Schallgeschwindigkeit ein 21.7-Millimeter-Projektil durch das Fenster. Noch bevor die Wucht der Kugel die gesamte Fensterscheibe aus dem Rahmen reißen konnte, hatte sie den Kopf des Präsidenten oberhalb der Ohren zerfetzt. Erst eine halbe Stunde später entdeckten die Berater des Präsidenten, was der Schuss angerichtet hatte.

Weißes Haus, Washington, D.C.
20. August, 10.00 Uhr GMT (05.00 Ortszeit)

»Mr. President?«

Thomas Marshall öffnete die Augen. Er lag in seinem verdunkelten Schlafzimmer im Bett. »Was gibt's?«

»Es tut mir sehr Leid, Sir, aber da ist ein Anruf für Sie. Gouverneur Bristol ist am Apparat. Er sagt, es sei dringend.«

»Bristol?«, krächzte Marshall, der sich erst einmal räusperte. »Phil Bristol?« Der Berater nickte. »Worüber zum Teufel will …?« Der Präsident stand auf und dachte über seine unvollendete Frage nach, als er in das angrenzende Wohnzimmer stapfte. *Worüber will der denn mit mir reden?*

Ein anderer Berater reichte Marshall das Telefon. Wieder räusperte er sich. »Hallo, Phil! Warum sind Sie denn so früh am Morgen auf den Beinen?«

»Nicht früh, Tom. Hier an der Westküste ist es spät am Abend. Entschuldigen Sie bitte, dass ich Sie auf diese Weise störe.«

»Wenn Sie das Handtuch werfen und ankündigen wollen, dass Sie in diesen schwierigen Zeiten doch lieber die Demokraten unterstützen möchten, brauchen Sie sich nicht zu entschuldigen.« Mittlerweile war Marshall hellwach. Er zwinkerte seinen grinsenden Beratern zu, während Bristol vom anderen Ende der Leitung ein leises Lächeln hören ließ.

»Tut mir Leid, Tom, aber mit dem Wahlkampf hat dieser Anruf nichts zu tun. Ich habe über eine wichtige Sache mit Ihnen zu reden. Gerade habe ich einen Großteil der California Army National Guard damit beauftragt, sich um ein Problem in Los Angeles zu kümmern. Darüber wollte ich Sie persönlich informieren.«

Jetzt spitzte Marshall die Ohren. »Von was für einem ›Problem‹ reden Sie?«

»Wir haben es hier mit ausgewachsenen Rassenunruhen zu tun. Sieht ganz so aus, als würde sich wiederholen, was sich damals zugetragen hat, nachdem weiße Polizisten Rodney King verprügelt hatten.«

»Guter Gott, Phil, was ist passiert?«

Bristol erzählte dem Präsidenten von der Ermordung eines Anführers der Bürgerrechtsbewegung in Los Angeles. »Seit der Bürgermeister in der Kriminalitätsfrage einen harten Kurs fährt, hat es in Los Angeles unter der Oberfläche gebrodelt«, sagte Bristol. Jetzt wurde sich der Präsident der Brisanz des Problems bewusst. Schließlich hatte er selbst seit den ersten terroristischen Anschlägen permanent eine unnachgiebig harte Linie bei der Verbrechensbekämpfung gefordert.

»Offensichtlich haben die für das Klima in der Stadt zuständigen Spezialisten des Los Angeles Police Department den Bürgermeister vor möglichen Rassenunruhen gewarnt«, bemerkte der republikanische Herausforderer im Präsidentschaftswahlkampf. »Sieht ganz so aus, als würde man auf der Straße denken, dass Ihre Antiterrorismus-Kampagne vornehmlich darin erfolgreich ist, möglichst viele Mitglieder ethnischer Minderheiten einzulochen.«

Jetzt hatte Marshall einen sehr energischen Gesichtsausdruck. Bristol glaubte wohl, seine Punkte bereits gemacht zu haben, aber da irrte er sich. »Also, wie schlimm ist es?«, fragte er.

»Überall in der südlichen Innenstadt breiten sich Plünderungen und Brandstiftungen aus. Die Feuerwehr berichtet von sechsundzwanzig brennenden Gebäuden. An die meisten kommt sie wegen Schießereien gar nicht heran. Besondere Sorgen machen mir die Koreaner. Seit den letzten Unruhen hat es unter den Ladenbesitzern ein kleines Wettrüsten gegeben. Bereits jetzt hat die Polizei etliche Ladenbesitzer angehalten, sämtlich bis an die Zähne bewaffnet, die mit ihren Familien zu ihren Geschäften unterwegs waren, um ihr Eigentum zu verteidigen. Ich bin entschlossen, keine Eskalation der Ereignisse zuzulassen. In meiner Funktion als Gouverneur von Kalifornien habe ich deshalb die California Army National Guard aufgefordert, diesem Spuk ein Ende zu bereiten.«

Vor seinem geistigen Auge konnte Marshall bereits den Rummel der republikanisch orientierten Medien sehen. Bristols Privatarmee besiegte auf den Straßen von Los Angeles das Chaos – die »Anarchisten«. Jede Menge anständige Bürger in Uniform reagierten auf Bristols starke und entschlossene Führung.

»Ich stimme hundertprozentig mit Ihnen überein, Phil«, sagte Marshall. »Und wenn die Dinge wirklich *so* schlecht stehen, werde ich reguläre Armeeeinheiten schicken, um Ihnen aus der Patsche zu helfen.«

»Ich weiß das zu schätzen, Tom, aber ich denke nicht, dass es nötig ...«

»Unsinn! In dieser Situation werde ich sie nicht allein lassen. Dieser verdammte Ärger mit den Terroristen ist kein lokales, sondern ein nationales Problem. Sie werden jedes bisschen Hilfe kriegen, das Sie brauchen, und noch mehr – ohne Wenn und Aber. Ich werde meine Leute sofort auf die Sache ansetzen.«

»Hören Sie, Tom, in diesen schweren Zeiten möchte ich Sie nicht damit belasten. Sie haben schon genug Sorgen mit der internationalen Krise. Warum warten wir nicht einfach ab, wie es morgen um diese Uhrzeit aussieht ...«

»So etwas will ich *nicht hören*, Phil. Solange Sie Ihren Bundesstaat nicht in die Unabhängigkeit führen, während ich meinen Schönheitsschlaf nachhole«, sagte Marshall jovial,

»ist Kalifornien ein Teil der Vereinigten Staaten, deren Präsident immer noch ich bin. Wir brauchen etwas Zeit, um unsere Möglichkeiten abzuwägen und zu einer eigenständigen Einschätzung der Lage zu gelangen, aber dann rufe ich Sie sofort an. Wir werden bald wieder miteinander reden. Wiederhören, Phil.«

Es entstand eine kurze Pause. »Auf Wiederhören, Tom.«

Marshall legte auf. Ein Berater nahm ihm das Telefon ab, aber der Präsident ergriff ihn am Arm. »Verbinden Sie mich mit dem Verteidigungsminister.« Er wartete und biss dabei nervös auf seiner Unterlippe herum. Erneut reichte ihm der Berater das Telefon. »Sind Sie über Bristol informiert?«

»Ja, Sir«, antwortete der Verteidigungsminister. »Ihr Berater hat es mir gerade mitgeteilt.«

»Ich möchte, dass Sie die California Army National Guard der nationalen Armee unterstellen. Rufen Sie dort an.«

Während der Mann am anderen Ende der Leitung erst schalten musste, entstand eine lange Gesprächspause.

»Nur die California Guard? Ich meine, ist das nicht ein bisschen …« Er ließ den Satz unvollendet in der Luft hängen.

Marshall begriff. Ein bisschen zu auffällig. »Ich möchte eine nationale Mobilmachung, damit wir mit den Unruhen im Inland fertig werden.«

»In welchem Umfang soll die Mobilmachung denn erfolgen?«

»Woher zum Teufel soll *ich* das wissen? Das müssen Sie mir schon sagen. Aber es müssen so viele Männer einberufen werden, dass sie landesweit auf den Straßen Präsenz zeigen können.«

»Sagen wir also … ungefähr sechs Brigaden?«

»Hört sich gut an. Außerdem will ich, dass in drei Stunden eine Sitzung des Nationalen Sicherheitsrats stattfindet.«

Befriedigt legte Marshall auf – er hatte die sich ihm bietende Gelegenheit beim Schopf ergriffen.

Bethesda, Maryland
21. August, 13.00 Uhr GMT (08.00 Ortszeit)

Daryl Shavers betrat das Schlafzimmer des Ehepaars Davis. Gordon nickte seinem Stabschef zu, der sich neben ihn vor den Fernseher setzte. In der Morgendämmerung loderten immer noch Flammen in den Himmel über Los Angeles. »Hast du gehört, dass Marshall die California Guard der nationalen Armee unterstellt hat?«, fragte Gordon. »Gouverneur Bristols Anwälte behaupten, Marshall könne diese Einheiten nicht einsetzen. Wenn sie erst einmal Teil der U.S. Army sind, dürfen sie der lokalen Polizei aufgrund des Posse-Comitatus-Gesetzes nicht aushelfen! Das war ein rein politischer Schritt! Jetzt warten wir nur noch auf Fein, um uns über den richtigen Tonfall für unsere Gegenattacke zu verständigen.«

»Fein ist bereits hier«, bemerkte Daryl. »Sein Wagen steht vor der Tür.«

Gemeinsam mit Elaine und Daryl ging Gordon nach unten. Fein wartete im Esszimmer, wo Gordons Töchter bereits am Tisch saßen. Die Tafel war festlich hergerichtet: Leinentischtuch, Silberbesteck, das beste Porzellan der Familie, Kristallgläser. Eine Frau, die Gordon noch nie gesehen hatte und die bereits um acht Uhr morgens Perlen trug, beugte sich gerade über Celeste, um die Gabeln zu ihrer Rechten noch ordentlicher zu platzieren.

»Die Fingerschale wird gleichzeitig mit dem Dessert gebracht«, sagte die Frau mit einem unverkennbar englischen Akzent, »aber du benutzt sie erst, wenn du fertig bist. Du solltest die Schale behutsam mit beiden Händen ergreifen und links oben neben die Servierplatte stellen. Dann nimmst du das Zierdeckchen von der Platte und faltest es sorgfältig auf.«

»Entschuldigen Sie bitte«, sagte Elaine, während sie an Gordon vorbei in das Esszimmer stürmte.

»Guten Morgen, Elaine«, sagte Fein lächelnd.

»Was ist denn *hier* los?«, platzte es aus Elaine heraus.

»Mr. Fein bringt uns gerade bei, wie wir uns bei einem offiziellen Bankett benehmen müssen«, antwortete Celeste lächelnd. Als sie begriff, dass ihre Mutter wütend war, murmelte sie ihr begütigend etwas zu.

Elaine konnte ihre Wut gerade noch im Zaum halten. »Das ist Mrs. Agnes Fillmore, Elaine«, sagte Fein, »die früher im Weißen Haus für protokollarische Fragen zuständig war.«

»Guten Tag«, sagte die Frau lächelnd. »Es ist mir ein Vergnügen, Sie kennen lernen zu dürfen. Und ich muss Ihnen *wirklich* ein Kompliment machen, Ihre Töchter haben wahrhaft tadellose Manieren.«

Als er schließlich überzeugt war, dass Elaine keinen Eklat verursachen würde, bat Gordon Fein nach draußen. Nachdem sie Elaine und Mrs. Fillmore mit den beiden Mädchen zurückgelassen hatten, schloss er die Schiebetür des Esszimmers. »Was werden wir wegen der Unruhen unternehmen?«, fragte er. »Bei seiner Politik des harten Durchgreifens hat Marshall den Bogen überspannt. Er ist sich selbst auf den Schwanz getreten, und jetzt sollten wir ihn fertig machen! Wie denkt Gouverneur Bristol darüber?«

Feins Gesichtsausdruck änderte sich nicht, während er antwortete. »Dies ist eine schwierige Zeit für unser Land. Terroristen attackieren Politiker, im Ausland lauern neue Gefahren, und jetzt herrscht auf den Straßen unserer Großstädte auch noch Gesetzlosigkeit. Es ist, als würde Anarchie die soziale Struktur unserer Gesellschaft zersetzen. In Zeiten wie diesen müssen wir *Härte* zeigen und unseren Feinden im In- und Ausland *offensiv* gegenübertreten.« Fein schlug sanft mit einer geballten Faust gegen die Innenseite der anderen Hand.

Das war eine gelungene Formulierung, und Gordon glaubte, dass er sie sich wörtlich einprägen sollte.

Die Tür des Esszimmers öffnet sich, und Elaine trat heraus. »Nein, nicht so«, sagte Mrs. Fillmore gerade. »Ihr müsst das Essen auf die Gabel schieben. Das Fleisch wird nicht aufgespießt wie mit einer Harpune. Wir sind hier nicht beim Walfang.«

Während seine Frau die Tür hinter sich schloss, warf Gordon ihr vorsichtig einen Blick zu. »Wie sieht Ihr Plan aus?«, fragte sie. Das ist ein gutes Zeichen, dachte Gordon. Sie begann, das Trauma des Anschlags in der Turnhalle zu überwinden.

»Ich habe mir gestattet, ein paar Notizen niederzuschreiben«, antwortete Fein, während er Elaine ein mit Schreibmaschine beschriebenes Blatt Papier reichte.

Nachdem sie es einmal schweigend überflogen hatte, las sie Feins Formulierungen ohne aufzublicken in einem ausdruckslosen Tonfall vor. »›Erstens: Gefühle kontrollieren. Keine Tränen oder Wutausbrüche, wenn wir nicht zuvor darüber gesprochen haben. Zweitens: Beim Make-up sind die Augen am wichtigsten. Mit Lippenstift sparsam umgehen. An Friseurbesuchen und Gesichtsmassagen wird hingegen nicht gespart, beides zweimal pro Woche. Drittens: Bei der Kleidung dezente Farben auswählen, grelle Töne sind unvorteilhaft. Weich fallende, langärmlige Blusen. Elegante Tücher sind gute Accessoires. Viertens: In der Öffentlichkeit die Beine nur über den Knöcheln übereinander schlagen, nicht über den Knien. Sich kratzen ist unvorteilhaft, keine Zappelei, keine Verrenkungen. Zuhören ist besser als selbst reden.‹« Elaine schluckte und befeuchtete ihre Lippen. »›Tun Sie immer so, als würden Sie die Worte Ihres Gegenübers interessieren. Seien sie stets auf dumme Fragen vorbereitet. Fünftens: Lächeln, lächeln, lächeln. Auch wenn sonst alles schief geht, immer schön lächeln.‹«

Kaserne der Taman-Division, Moskau
22. August, 20.00 Uhr GMT (22.00 Ortszeit)

Kate Dunn lag zusammengekrümmt neben Woody in einem Graben. Während die Kämpfe tobten, hielt sie sich ihre klingelnden Ohren mit den Händen zu. In ihrem ganzen Leben war sie noch nie so verängstigt gewesen. Ein weiterer anonymer Tipp hatte sie zu diesem Militärstützpunkt geführt. Der nächste Knüller, hatte sie gedacht, als sie mit Woody losfuhr, auf jener Straße, neben der sie jetzt im Graben lagen. Woody hatte sie gewarnt, dass sie auf der Straße waren, die zum Eingangstor der Kaserne führte. Und wenn der Anrufer Recht gehabt hatte damit, dass dort Kämpfe ausbrechen würden ... Aber Kate war zu sehr von dem Gedanken fasziniert gewesen, dass sie erneut im Fernsehen Furore machen würden, und sie hatte Woody mit Witzen über seine fragliche Männlichkeit geködert.

Überall um sie herum schossen Projektile der unterschiedlichsten Art durch die nächtliche Luft, die mit bösartig pfeifenden Geräuschen an ihren ungeschützten Körpern vorbeisausten oder, einen Feuerschweif hinter sich herziehend, vor dem dunklen Himmel über ihnen dahinjagten. Von dem Stützpfeiler, an dem sie kauerten, splitterten Betonstücke ab. Entsetzt begriff Kate, dass die gepanzerten Fahrzeuge, die über ihnen über die Straße rumpelten, wütend das Feuer erwiderten. Als über ihr eine Flamme aus dem langen, dicken Kanonenrohr eines Panzers schoss, schien die Welt in Flammen aufzugehen. Fünfhundert Meter weiter krachte die Granate gegen die Wand der Kaserne. Aus dem obersten Stock desselben Gebäudes schoss ein greller Blitz, aus dem sich eine schlingernde Rakete löste, die dann schnell ihren Kurs fand und auf sie zukam. Krampfhaft schloss Kate die Augen. Jeder einzelne Muskel ihres Körpers war angespannt, aber nichts geschah. Als sie die Augen wieder öffnete, hingen zwei glänzende Drähte, über die die Rakete geleitet und die Signale des Schützen übertragen wurden, schlaff über dem Graben. Die Rakete hatte den Panzer verfehlt.

Jetzt tauchten die verschwommenen Silhouetten von über einem Dutzend laut stöhnender russischer Soldaten in dem Graben auf. Nachdem ihnen brüllend Befehle erteilt worden waren, erhoben sie sich, um die von anderen russischen Soldaten gehaltene Kaserne zu stürmen. Weit kamen sie nicht, weil eine grelle Explosion mehrere Leichen in die Luft schleuderte. Unter sich hatte Kate die Erde erzittern gespürt. Entsetzt beobachtete sie, wie aus Fahrzeugen und Gebäuden heraus ein wahres Feuerwerk gezündet wurde. Auf beiden Seiten sahen die Männer und Fahrzeuge völlig identisch aus – die Kämpfe tobten in den Reihen der gespaltenen russischen Armee.

Der Angriff stockte. Über den völlig flachen Rasen kamen allein oder in Zweiergruppen in Panik flüchtende Männer auf sie zugerannt, die fast alle ihre Waffen weggeworfen hatten.

»Wie fühlt man sich, wenn man gegen Soldaten der eigenen Armee kämpft?«, brüllte Kate über den Gefechtslärm hinweg.

Der einzige russische Soldat, der gebrochen Englisch sprach, öffnete den Mund, um Kates Frage zu beantworten. Woodys mit einem Spezialobjektiv für schwierige Lichtverhältnisse ausgerüstete Kamera filmte Kate, die dem in schwach erkennbares Grün gekleideten Soldaten das Mikrofon vor den Mund hielt.

»Wirklich mies! Als ich feuerte, habe ich …« Er hob seine Kalaschnikow in die Luft.

»Sie haben absichtlich daneben geschossen?«, fragte Kate.

»Ja, genau. Ich habe in die Luft gefeuert.«

»Frag ihn, auf welcher Seite er kämpft«, flüsterte Woody hinter seiner Kamera.

Kate war sauer, dass er ihr eine Frage soufflierte, aber sie stellte sie trotzdem. Weil der Soldat verwirrt war, änderte sie ihre Frage. »Aus welchem Grund kämpfen Sie?«

»Weil sie es uns sagen.«

Weißes Haus, Situation Room
24. August, 22.00 Uhr GMT (17.00 Ortszeit)

»Halten Sie das Ganze für einen Trick?«, fragte Präsident Marshall, während er sich über den Lautsprecher der Freisprechtelefonanlage auf dem Konferenztisch beugte.

Nach einer kurzen Verzögerung kam über die abhörsichere Leitung die Antwort des amerikanischen Botschafters in Moskau. »Mit einiger Sicherheit können wir das nie sagen. Auf den ersten Blick scheint das Angebot des Generals sehr verantwortungsbewusst zu sein. Offensichtlich haben die Russen keinerlei Interesse daran, dass sich die Unruhen so weit auswachsen, dass die Aufständigen die Kontrolle über das Nukleararsenal übernehmen. Eine internationale Beaufsichtigung der Atomwaffen ist ein äußerst vernünftiger Vorschlag.«

»Darf ich eins gleich klarstellen?«, unterbrach General Dekker, auf den sich sofort alle Augen richteten. »Reden wir hier darüber, dass wir *amerikanische* Soldaten nach *Russland* entsenden sollen?«

»Nur in die östlichen Landesteile«, antwortete der Botschafter. »Nach Sibirien. Der General hat mir versichert, das Verteidigungsministerium habe die Nuklearwaffen im europäischen Teil Russlands unter Kontrolle.«

Dekker hatte seine Unterarme schwerfällig auf den polierten Holztisch gestützt. »Und wie sollen wir reagieren, wenn die Kämpfe sich geografisch in diese Richtung ausdehnen?«

»Es handelt sich um einen begrenzten Auftrag«, schaltete sich der Stabschef des Weißen Hauses ein. Marshall bemerkte, wie die Köpfe der Vereinigten Stabschefs zu dem Zivilisten herumwirbelten. Der politische Routinier jedoch, den die obersten Militärs verachteten, blickte seinen Chef an. »Dies ist ein Einsatz mit niedrigem Risiko, der sich für uns voll auszahlen wird.«

»Und in welcher Weise wird er sich auszahlen, wenn ich fragen darf?«, wollte Dekker wissen.

Jetzt blickten sich die beiden Männer direkt an. »Selbstverständlich im Hinblick auf den Schutz unserer nationalen Sicherheit.« Aber natürlich wussten alle Anwesenden, dass sich der Einsatz auch in politischer Hinsicht auszahlen würde, weil Bristol dem Präsidenten vorgeworfen hatte, er habe dem russischen Terrorismus nicht entschieden genug Paroli geboten.

Marshall atmete tief durch. »Wäre auch der Rest der NATO dabei?«, fragte er, während er sich dem Verteidigungsminister zuwandte.

»Großbritannien, Deutschland und Frankreich stehen hinter dem Plan. Vermutlich werden sie auch Belgien, die Niederlande und Dänemark mit ins Boot holen. Berlin wird nur noch einen oder zwei Tage benötigen, um sich mit Paris über eine Entsendung von Truppen in die Ukraine zu einigen, die sie als eine strategisch wichtige Pufferzone zwischen Russland und dem Westen ansehen. Eine Stationierung von Truppen in Sibirien würden sie als logische Fortsetzung ihrer Politik in Richtung Osten betrachten. Zusätzlich würde ihnen das gestatten, die Erdgaslieferungen aus Sibirien direkt an der Quelle zu sichern.«

»Es ist ein Fehler«, hörte Marshall leise jemanden sagen. Er wandte sich Außenminister Jensen zu, der mit vor der Brust verschränkten Armen zusammengesunken auf seinem Stuhl saß.

»Wenn Sie die Freundlichkeit hätten, uns das etwas näher zu erklären ...«, sagte Marshall gereizt.

»Wir werden da in ein Machtvakuum hineingezogen«, bemerkte Jensen, ohne aufzublicken. »Der Zusammenbruch der Sowjetunion hat auf dem Terrain der ganzen eurasischen Landmasse eine enorme geostrategische Leere hinterlassen. Seit wir unsere Soldaten nach Bosnien geschickt haben und Polen, die Tschechische Republik und Ungarn in die NATO aufgenommen wurden, werden wir immer weiter nach Osten gezogen. Und jetzt bringt diese Entwicklung NATO-Truppen in die Ukraine und nach Sibirien.«

Verstimmt rieb sich Marshall die Augen. »Das wäre ein gutes Thema für einen Artikel im *Foreign Affairs Quarterly*.« Als er mit der Faust auf den Tisch schlug, schreckten mehrere Anwesende auf. »Aber verdammt, hier haben wir es mit der Wirklichkeit und sehr realen Problemen zu tun!« Er wandte sich Dekker zu. »Ich möchte, dass Sie ein paar Pläne für die Truppenkontingentierung entwerfen. Finden Sie heraus, wie viele Soldaten erforderlich sein werden, um die Raketen und die Atomwaffendepots zu sichern. Machen Sie das Ganze nicht zu kompliziert, und versuchen Sie, möglichst wenige Soldaten einzuplanen. Solange uns die volle Kooperation der Russen sicher ist, sollten wir meiner Ansicht nach nicht über eine zu große Operation reden. Wie sieht's mit den Japanern aus?«

Der Verteidigungsminister nickte Jensen zu, der aber schwieg. »Mit denen haben wir ein paar Arrangements ausgearbeitet – sie werden ungefähr dasselbe zahlen wie im Golfkrieg.«

»Von *Zahlungen* rede ich nicht«, sagte Marshall. »Ich will, dass sie mit uns intervenieren.«

Jensen blickte auf. Der Verteidigungsminister lutschte an seiner Unterlippe herum. »Vor Ort?« Offensichtlich war ihm bei dem Vorschlag unbehaglich zumute. »In Japan könnte das hochgradig unpopulär sein.«

»Wir könnten ihnen ja anbieten, dass sie die Kurilen zurückkriegen«, sagte Marshall. Alle anderen schwiegen. »Das würde die Nationalisten auf unsere Seite ziehen.«

Marshall selbst gefiel seine Idee, alle anderen zuckten zusammen.

»Um Truppen ins Ausland schicken zu können, müssten die Japaner ihre Verfassung ändern«, bemerkte der Verteidigungsminister.

»Wird auch Zeit, dass sie das endlich tun!«, schnappte Marshall, der seinen Stuhl zurückschob.

Obwohl klar war, dass der Präsident den Raum verlassen wollte, ergriff General Dekker noch einmal das Wort. »Ich möchte noch darauf hinweisen, Sir, dass Japans Rückendeckung äußerst sinnvoll wäre. Petroleum, Öl, Schmierstoffe – entweder kommen sie aus Japan, oder sie müssen aus weiter Ferne herbeigeschafft werden. Wenn die Army sich nicht in großem Rahmen in Japan versorgen kann, stehen als Alternativen die Forts Richardson und Lewis in Alaska beziehungsweise Washington zur Verfügung. Und das ist *verdammt weit* weg, um unsere Truppen zu versorgen. Außerdem würden wir die Japaner nicht nur für logistische Unterstützung benötigen. Wenn's hart auf hart kommen sollte, würden wir sie für medizinischen Beistand und die strategische Aufklärung des Luftraums benötigen.«

»Dann sieht es also nicht so aus, als hätten wir einen Dissens«, sagte Marshall. »Sie können ja ihren Anteil bezahlen, indem sie den erforderlichen Treibstoff für den Einsatz liefern und uns die uneingeschränkte Nutzung all ihrer Militärstützpunkte und –flughäfen gestatten.«

»Und was ist mit den Chinesen?«, fragte Jensen wie aus weiter Ferne.

»Zum Teufel mit den Chinesen!«, erwiderte Marshall, bevor er den Raum verließ.

McLean, Virginia
25. August, 12.00 Uhr GMT (07.00 Ortszeit)

Nate und Lydia Clark saßen in Jeans und im Schneidersitz auf dem Fußboden ihrer Küche. Der Lieutenant General hielt die erste Seite der *Washington Post* in der Hand und starrte auf ein Foto mit verkohlten Leichen, die neben einem Kampffahrzeug der Infanterie auf einer Straße von St. Petersburg lagen. Nachdem er die Zeitungsseite geräuschvoll zusammengeknüllt hatte, stopfte er sie in ein Wasserglas, das er daraufhin in einen Pappkarton mit anderen Tellern und Gläsern stellte. Ein Zimmer pro Tag, so hatten sie es immer gehalten, wenn Nate im Lauf seiner Karriere hatte umziehen müssen: nach Panama, Frankfurt, Kansas, Brüssel oder Washington.

»Hat Jeff seiner Freundin erzählt, dass wir jetzt schon umziehen?«, fragte Nate.

Lydia rollte die Augen. »Noch nicht, schließlich ist er *verliebt*! Er bringt es einfach nicht fertig, es ihr zu sagen.«

»Ist es sehr schwer für ihn? Ich meine, dass wir umziehen?«

Stirnrunzelnd blickte Lydia ihren Mann an. »Er ist sechzehn und hat eine Freundin, Nate. Jetzt muss er schon wieder die Zelte abbrechen und an einen tausende Meilen entfernten Ort ziehen. Glaubst du, dass es ihn auch nur *im Geringsten* kümmert, dass du nicht das Kommando für Korea gekriegt hast?«

»Das habe ich nicht gemeint.«

»Doch, hast du.«

»Nein, hab ich nicht!« Nate log und vermied es, seine Frau anzusehen, weil er sicher war, dass sie dieses ärgerliche Grinsen aufgesetzt hatte. »In zwei Wochen wird's ihm wieder gut gehen. Um Himmels willen, *Hawaii*, das ist doch was! Wenn er erst mal die Mädchen an den Stränden in Augenschein genommen hat, werden wir ihn an der Stoßstange des Wagens anketten müssen.«

Lydia beugte sich über den Karton vor, küsste ihn, schlang die Arme um seinem Hals und presste die Stirn gegen die ihres Mannes. So war es immer. Die Veränderung ihres Alltagslebens, die jeder neue Posten Nates mit sich gebracht hatte, war gravierend, aber sie hatten diesen Tapetenwechsel jedes Mal mit Begeisterung begrüßt. Aber davor, dachte Nate, war es für ihn auf der Karriereleiter immer weiter nach oben gegangen. Nachdem er sich behutsam von seiner Frau gelöst hatte, machte er mit dem Packen weiter.

Eine Zeit lang ließ Lydia ihn mit seinen Gedanken allein, und er nutzte die Gelegenheit, um die Argumente perfekt auszuklügeln, die er in seinem Gespräch mit Dekker vorzubringen versäumt hatte.

»Wie denkst du über diese China-Geschichte?«, fragte sie schließlich in beiläufigem Ton.

»Was für eine China-Geschichte?«, murmelte er.

»Das weißt du doch. Die Möglichkeit, dass wir Krieg mit China führen.«

»Zum Teufel, wovon redest du? Woher hast du das eigentlich?«

»Natürlich von *dir*, Liebling!« Sie lächelte, trieb ihr Spielchen mit ihm. »Schatz«, sagte sie in einem Ton, dem man gemeinhin für Begriffsstutzige reservierte, »seit einer *Woche* höre ich nichts als China hier, China da. Und seit dem Tag deiner Rückkehr von dieser wichtigen Besprechung steht auf deinem Nachttisch der Band der Enzyklopädie für den Buchstaben ›C‹. Im Hintergrund läuft permanent der Fernseher, und auf einmal wirfst du ganz plötzlich die Zeitung in die Ecke, um dir einen Bericht über die Unruhen in Peking anzusehen. Hältst du mich für blöd? Und außerdem«, fuhr sie fort, während sie ihre kühle, weiche Hand auf seine Wange legte, »warum sonst sollte die Army ihrem besten General das Kommando für den gesamten Pazifikraum geben?«

»Ich habe nicht das Kommando für den gesamten Pazifikraum. Ich unterstehe dem PACOM und damit der *Navy*, um Himmels willen! Ich bin einem *Admiral* unterstellt!«

Lydia seufzte geräuschvoll. »Gott sei Dank hast du nichts mit diesen widerlichen politischen Intrigen zu tun. Du willst einfach nur für Gott und dein Land deine Pflicht erfüllen.«

»Das ganze letzte Jahr meines Lebens habe ich damit verbracht, auf sämtlichen Cocktailpartys in Washington den Arschkriecher zu spielen, weil das der einzige Weg war, jemals wieder ein Kommando zu kriegen, Lydia. Einem ganzen Dutzend von diesen hohen Tieren bei den Vereinigten Stabschefs bin ich so tief in den Hintern gekrochen, dass ich ihre Eingeweide hätte küssen können …!«

»Kein Grund, vulgär zu werden«, stellte Lydia sachlich fest. »Und außerdem *hast* du jetzt ein Kommando. Und eine Stationierung in Sibirien! So pervers das auch klingen mag, meiner Meinung nach solltest du darüber begeistert sein.«

Nate schnaubte. »Willst du wissen, wie diese Stationierungen in den Handbüchern genannt werden?«, fragte er angewidert. »Nicht-kriegerische Operationen.«

»Wäre dir Krieg lieber?«

»Nein. Es ist nur … Ich habe diese Uniform nicht angelegt, um Blauhelme zu kommandieren. Ausgebildet bin ich für den Krieg, Lydia, nicht für humanitäre oder friedenserhaltende Missionen. Auch nicht für Antiterrorismus-Operationen.«

Lydia ließ den Kopf hängen, und ihr Haar bedeckte ihr Gesicht. »Sei vorsichtig mit deinen Wünschen«, murmelte sie. Dann blickte sie wieder auf und sagte in verändertem Ton: »Aus den Akten, die du oben im Safe eingeschlossen hast, magst du ja Fakten und Statistiken über China kennen, Nate, aber ich weiß, wie die Chinesen über ihren Platz auf dieser Welt denken.« Das war nicht die Lydia, die seine persönliche Gesprächstherapeutin spielte, sondern die, der er begegnet war, während er in Berkeley für seinen Master in Geschichte büffelte – einen jener Universitätsabschlüsse, die ein viel verprechendes Karriereticket waren, wenn gerade kein Krieg vor der Tür stand.

»Du erinnerst dich doch, dass ich für die Armee eine wissenschaftliche Abhandlung über den Aufstieg des Nationalismus in …«

»Aber du bist durch und durch dem Eurozentrismus verhaftet, Nate. In China siehst du nur ein übervölkertes Land, das vor sehr langer Zeit mal eine Großmacht war. Dann kam die Entwicklung im Westen auf Touren, ihr habt die Dampfmaschine und den Traktor zum Rasenmähen erfunden, und schon war China ein Land der Dritten Welt. Menschen europäischer Herkunft denken immer hübsch geordnet und linear. Man beginnt bei Punkt A, gelangt durch harte Arbeit zu Punkt B und schließlich zu Punkt C. Aber die östliche Methode des Denkens, die chinesische Art, ist die von Yin und Yang.«

»Aber das *weiß* ich doch alles«, sagte Nate.

»Nein, tust du nicht! Die Chinesen haben eine zyklische Vorstellung von der Geschichte. Mal schwingt sie zu der Seite, mal zu jener, aber alles kommt immer wieder. Yin und Yang. Seit fünfhundert Jahren stehen die Chinesen auf der Schattenseite der historischen Entwicklung, doch jetzt glauben sie, dass sie für ein paar Jahrhunderte wieder an der Spitze sein werden. Als China schwach war, haben die Russen den nördlichen Teil Asiens okkupiert und ihn auf den Namen Sibirien getauft. Aber die russische Macht schwindet, und China ist wieder auf dem Weg nach oben. Schon jetzt ist das Bruttosozialprodukt Chinas doppelt so hoch wie das Russlands, und relativ gesehen zu dem der Vereinigten Staaten ist es größer als das der Sowjetunion während des Kalten Krieges. China ist das drittgrößte Land der Welt, von der Bevölkerungszahl her gesehen sogar das größte – 1,2 Milliarden Menschen. Kannst du dir vorstellen, welche Macht die Volksrepublik haben wird, wenn sie das Bruttosozialprodukt von Japan, Südkorea oder Taiwan erreicht? Seit einem Vierteljahrhundert hat China die am schnellsten wachsende Wirtschaft der Welt, und was hat es mit dieser wirtschaftlichen Macht angefangen?«

Nates Blick schien ziellos zu wandern. »Waffen gekauft und produziert.«

»Und jetzt gibt es dort eine Mobilmachung; Millionen Männer werden einberufen. Die riesige Bevölkerung ist das größte Kapital. Wie viele gesunde Männer im wehrfähigen Alter hat China? In deinen Akten steht sicher die genaue Zahl.«

So war es. Wenn man exakt sein wollte, verfügte die Volksrepublik über 189 Millionen wehrfähige Männer, und mit jedem Jahrgang konnten weitere zwölf Millionen Achtzehnjährige eingezogen werden. »Aber die schaffen es gerade mal, die Unruhe stiftenden Teenager von den Straßen zu treiben«, antwortete Nate. »Was hat Lin Hoa noch bei seiner Rede in Peking gesagt? Er behauptete, die chinesische Jugend sei ›besoffen vom Wohlstand‹. Und jetzt versuchen die kommunistischen Greise, einer Bevölkerung eine Entziehungskur zu verordnen, die ihrer Meinung nach durch Bluejeans und Coca Cola verdorben ist. Die Einberufungswelle ist ihre Methode, dieser Generation ein bisschen Disziplin beizubringen.«

Die ganze Zeit über hatte Lydia zustimmend genickt, doch jetzt schien ihr Blick gedankenverloren umherzuirren. Plötzlich ergriff sie die Hände ihres Mannes. »Du hast *Recht*, Nate. Es ist dasselbe wie während der Kulturrevolution in den Sechzigerjahren. Eine künstlich herbeigeführte Ausblutung der Jugend, eine Wiederkehr der Idee vom brutalen Krieg, eine erzwungene Einheit durch Kampf gegen alle Unwägbarkeiten.

Das neue Jahrhundert soll mit dem Comeback der *Disziplin* beginnen, und zwar einer Disziplin, die der Selbstvergewisserung dienen soll. Das einundzwanzigste Jahrhundert soll das Jahrhundert Chinas werden, wie das zwanzigste das Amerikas war. Begreifst du nicht, Nate? Sie wollen Disziplin, die Disziplin des Krieges!«

Fort Shafer, Oahu, Hawaii
27. August, 07.00 Uhr GMT (17.00 Ortszeit)

Nate stellte seinen Wagen in der Parklücke ab, auf deren steinerne Einfassung mit einer Schablone LT. GEN. CLARK, CINCUNSARPAC gesprüht worden war. Auf der Eingangstreppe seines neuen Hauptquartiers wimmelte es von Soldaten in Tarnanzügen. Die U.S. Army für den Pazifikraum hatte schnell auf die ersten offiziellen Befehle reagiert – bis zu einer weiteren Mitteilung an die Truppe waren Feldanzüge zu tragen. Nate stieg aus dem Wagen. Vor dem Flaschenhals der Eingangstür stauten sich Männer, von denen einige salutierten. Ein bewaffnetes Sonderkommando überprüfte Personalien, aber die Menge teilte sich, und Nate trat ein. Ein Captain der Militärpolizei begleitete ihn zu seinem Büro.

Es war über sechzig Quadratmeter groß, und an einer Wand hing eine riesige Karte des Pazifikraums. Bücherregale aus Kirschholz, Glasvitrinen, kleine Fahnenmasten. Seine persönlichen Gegenstände waren ordentlich arrangiert: Fotografien seiner Familie, Bücher und Bücherstützen, gerahmte Karten aus dem Vietnamkrieg, auf denen die Positionen von Armeeeinheiten verzeichnet waren. Aber dieses Büro würde Nate kaum länger als eine Woche nutzen. In Sibirien wurde bereits ein anderes für ihn eingerichtet.

In der Tür tauchte ein Offizier mit stark gebräunter Haut auf, der sofort Haltung annahm. »Major Reed, Sir.«

»Ja, natürlich«, antwortete Nate. »Ich erinnere mich an Sie.« Auch Nate salutierte und reichte dem Mann dann die Hand. »SHAFE. Sie waren in dem Stab, der die Operation vorbereitet hat, nicht?«

Der Major lachte. »Ja, soweit man das von einem Captain bei den Supreme Headquarters Europe überhaupt sagen kann, Sir. Aber *jetzt* gehöre ich definitiv zum Einsatzstab. Außerdem wurde ich damit beauftragt, heute Morgen Informationen zu Ihrer Orientierung und Instruktionen zu überbringen.« Der Mann wirkte auf eine seltsame Art und Weise befangen und blickte Nate nicht direkt an. »Dabei wurde der Gedanke geäußert, dass ich mit Ihnen nach Sibirien entsandt werden sollte. Acht Jahre lang war ich jetzt im Pazifikraum stationiert, inklusive Korea. Auch bei den anderen Waffengattungen kenne ich mich aus.«

Die über einer gewissen Linie hellere Gesichtshaut des ansonsten gut gebräunten Captains verriet Nate, dass dieser bis zu einem kürzlich erfolgten Friseurbesuch sein Haar länger getragen hatte. »Vermutlich spielen Sie und Ihre Kameraden von den anderen Waffengattungen Tennis und Golf. Oder surfen Sie vielleicht lieber, wo wir doch auf Hawaii sind?«

Reed zuckte die Achseln. »Ein guter Teil von uns joggt, darunter auch einige meiner Klassenkameraden von der Militärakademie.«

Nickend blickte Nate auf Reeds West Point-Ring. »Und was Ihre Abkommandierung zu meinem Stab angeht: Ich könnte jemanden gebrauchen, der sich mit der Kommandobehörde und dem potenziellen Kriegsschauplatz auskennt.«

»Ich sehe das als Privileg an, General Clark«, antwortete Reed. »Als eine wirkliche Ehre. Mein Vater war einer *Ihrer* Klassenkameraden in West Point. Ich bin Chuck Reed Junior.«

Nate versuchte, sich den Schock nicht anmerken zu lassen. Nach einem Augenblick streckte er seine Hand aus, die Reed zum zweiten Mal schüttelte. Erstaunt nahm Nate zur Kenntnis, dass sein Mund wie ausgetrocknet war. »Als ich Sie zum letzten Mal gesehen habe, natürlich nur auf einem Foto, da waren Sie …«, stammelte Nate. Mit einer Geste seiner Hände deutete er die Größe eines Babys an. Die beiden Männer lachten.

Deutlich konnte sich Nate an die abgegriffenen Fotos von Chucks hübscher Frau und ihrem gerade geborenen Kind erinnern. In ihrer letzten gemeinsamen Woche auf der Militärakademie hatte man es dem Kadetten Chuck Reed gestattet, sich trauen zu lassen. Die Hochzeit war eine große Sache mit Pomp und Säbelrasseln. Vor der Kapelle wurden Reiskörner geworfen. Als Chucks Frau im neunten Monat schwanger war, ging er mit Nate nach Vietnam. Zu diesem Zeitpunkt war der Krieg bereits in einem fortgeschrittenen Stadium, und sie hätten sich auch heraushalten können, aber so etwas taten frisch gebackene Second Lieutenants nicht. Mit der ersten Post traf das Foto des Babys in Vietnam ein, und der zweiundzwanzigjährige, an Heimweh leidende Reed nahm es überallhin mit. Als er Urlaub bekam, hielt er das Bild allen unter die Nase. Chuck und Nate waren Platoon-Führer in derselben Infanteriekompanie. Für beide war es der erste und einzige Ausflug dieses Kriegs. Nate sollte nach seiner Verwundung wieder genesen, Chuck überlebte seine nicht.

»Wir haben damals Ihren Brief erhalten«, sagte Chuck Reeds Sohn jetzt. »Mehr wussten wir nicht über das, was passiert war. Meine Mutter hat ihn bis heute aufbewahrt.« Nate nickte und senkte den Kopf. »Wir haben auch noch einige Briefe von meinem Vater, in denen er über den Vin-Phuoc-Fluss schrieb. Das war Ihr erster gemeinsamer Einsatz, nicht?« Nate nickte erneut. »Mein Vater hat geschrieben, Sie hätten ihm den Arsch gerettet.«

Durch die Flut der Erinnerungen war Nate wie benommen. »Die nordvietnamesischen Soldaten haben die Brücke in die Luft gejagt, folglich mussten wir den Strom durchwaten. Das Platoon Ihres Vaters war ganz allein am hinteren Ufer und hat uns Feuerschutz gegeben, während wir den Fluss durchquerten. Da begannen die Vietnamesen zu feuern.«

»Und Sie sind zurückgekommen und haben ihn aus dem Kugelhagel herausgeholt«, ergänzte Reed.

Für zwei unerfahrene Platoon-Führer war das damals eine üble Situation gewesen. Nate blickte auf die gerahmten Karten an der Wand, auf denen Grün und Braun die Dschungel markierten. Gewundene Konturlinien bezeichneten zerklüftetes Terrain, eine Rastereinteilung diente der Artillerie. Seine Karte des Flusses hatte die verschiedenen unfreiwilligen Bäder im kalten Wasser nicht überstanden. »An jenem Tag haben Männer aus beiden Platoons ihr Leben verloren.« Nate blickte zu Reed auf, dessen Vater zwei Monate später gestorben war, als er versucht hatte, sich für Nates Hilfe zu revanchieren.

Reed begleitete Nate zu dem Raum für die Lagebesprechungen. Dort standen zwei Dutzend mit einem oder zwei Sternen dekorierte Colonels, von denen Nate viele kannte. Er ging um den langen Tisch herum, um den Anwesenden die Hand zu schütteln. »Willkommen beim USARPAC« und »Es ist mir ein Vergnügen, Sir« waren die typischen Begrüßungsfloskeln. Alle wurden Nate mit Namen, Rang und Tätigkeitsbereich vorgestellt. Die ihm unterstellten Chefs für Personalfragen, nachrichtendienstliche Informationen und Logistik – J-1, J-2 und J-4 – waren sämtlich Brigadier Generals, desgleichen die stellvertretenden Korps- und Divisionskommandeure. Die beiden mit zwei Sternen Dekorierten waren Major Generals und standen somit einen Rang unter Nate. Einer – J-3 – war für die USARPAC-Einsätze verantwortlich, der andere der Kommandeur der 25. Light Infantry Division. Die Adjutanten der verschiedenen Flaggenoffiziere und die Befehlshaber etlicher untergeordneter Kommandos waren Colonels.

Als Clark nach den Begrüßungen Platz genommen hatte, wurde es sofort still. Nate war sicher, dass sich alle der Bedeutung der Neuigkeiten bewusst waren. »Vor etwas über zwei Stunden«, begann er, »sind bei einem terroristischen Bombenanschlag der amerikanische und der deutsche Verteidigungsminister ums Leben gekommen. Alle Anzeichen weisen auf russische Anarchisten hin. Wir werden dorthin gehen, wo sich die Operationsbasis dieser russischen Anarchisten befindet – nach Sibirien. Dort werden sie ausgebildet, dort rüsten sie sich für ihre Operationen aus. Und dorthin kehren sie auch zurück – falls sie ihre Missionen überlebt haben sollten. Während die Resolution 919 des Weltsicherheitsrats, gemäß der unsere Stationierung erfolgt, als unsere Ziele humanitäre Hilfe, friedenserhaltende Maßnahmen und Schutz der russischen Nuklearwaffen ansieht, erlauben unsere Richtlinien uns auch, in unserem Einsatzgebiet sämtliche Einrichtungen der Anarchisten zu zerstören.« Langsam ließ Nate nacheinander seinen Blick über die Gesichter der Anwesenden gleiten. Er wollte ganz sicher sein, dass sie das unausgesprochene Ziel des Weißen Hauses kannten, über das er von General Dekker direkt informiert worden war. »Sehr gut«, sagte Clark, während er sich Reed zuwandte. »Wenn ich Sie richtig verstanden habe, haben Sie Informationen für mich.«

Der junge Major trat zu einer großen Wandkarte hinüber, die um den Pazifischen Ozean herum die halbe Welt zeigte. Als Reed zu reden begann, richtete er sich in erster Linie an Clark. »Die U.S. Army für den Pazifikraum ist für einen geografischen Bereich zuständig, der sich von der afrikanischen Ostküste bis zu den Westküsten Nord, Mittel- und Südamerikas und von Pol zu Pol erstreckt. Dieses einhundert Millionen Quadratmeilen große Gebiet umfasst fünfzig Nationen und mehr als die Hälfte der Weltbevölkerung, wodurch das USARPAC zum größten der vereinigten Kommandos wird. Innerhalb dieses Gebiets sind außerdem die sieben größten Armeen der Welt stationiert, bei denen, was Bodentruppen anbetrifft, über zehn Millionen Mann unter Waffen stehen.« Mit seinem Zeigestock wies Reed auf die Volksrepublik China, was sicherlich kein Zufall war, auch wenn er seinen Blick weiterhin auf Clark richtete.

»Für unseren Einsatz in Sibirien«, fuhr Reed fort, »steht uns die 10th Mountain Division aus Fort Drum, Bundesstaat New York, zur Verfügung, die nach Chabarowsk gehen wird, des Weiteren die 1st Marine Expeditionary Brigade, die in Wladiwostok stationiert wird. Zusätzlich verfügen wir über sieben Brigaden und Regimenter, Fallschirmjäger und Infanterie, von denen jeweils zwei aus Großbritannien, Deutschland und Frankreich kommen, eine aus Belgien Unsere Reserve werden die wichtigsten ständigen Kampfformationen des USARPAC sein: die 25th Light Infantry Division, die 29th Infantry Brigade hier in Hawaii und das 1st Battalion, 501st Infantry (Luftlandetruppen) in Camp Zama in Japan. Die U.S. Army Readiness Group, Abteilung Pazifik, und das IX. Corps, zuständig für Verstärkung, haben zusätzlich Pläne für die Gewährleistung einer gleich bleibenden Truppenstärke des USARPAC in die Wege geleitet, indem sie Befehle an mehrere Nationalgarden und Reserveeinheiten erlassen haben. Dazu gehören das 29th Battalion, das hier auf Hawaii stationiert ist – 100th Battalion, 442nd Infantry – und die 205th Light Infantry Brigade von der Minnesota National Guard, die sich gut mit frostigen klimatischen Bedingungen auskennt. Aktionsbefehle hinsichtlich einer Vorbereitung für eine eventuelle Stationierung ergingen des Weiteren an die 73th Infantry Brigade von der Ohio National Guard, das 844th Engineer Battalion von der Tennessee Army Reserve, an das medizinische Personal vom Tripler Army Medical Center in Hawaii und an das Bassett Army Hospital in Alaska.«

Clark nickte kurz, während Reed zur nächsten Karte ging. Wenngleich diese Wandkarte genauso groß wie die mit dem gesamten Gebiet war, das in die Zuständigkeit des USARPAC fiel, zeigte sie nur den Ausschnitt zwischen der russischen Pazifikküste im Osten und der Mongolei im Westen. Im Norden lag die endlose Wildnis der sibirischen Ebenen, im Süden die Volksrepublik China.

Reed nahm seinen Vortrag wieder auf. »Die russische Regierung hat die United Nations Forces Russia oder UNRUSFOR« – Reed sprach die Abkürzung wie ein Wort aus – »unter der Bedingung eingeladen, dass sie nicht westlich der Stadt Tschita in Sibirien und nicht nördlich des Flusses Lena operieren. Infolge einer ähnlichen Einladung der Russen werden die deutschen, britischen und französischen Truppen die Transsibirische Eisenbahn westlich von Tschita bis hin zum europäischen Eisenbahnnetz sichern. Die europäischen Truppen werden auf dem Schienenweg eintreffen und ab Tschita unter den Befehl von UNRUSFOR gestellt. Unsere Truppen werden auf dem Luft- oder Seeweg eintreffen und in dem Augenblick dem Befehl von UNRUSFOR unterstehen, in dem sie das Flugzeug oder das Schiff verlassen.«

Reeds Zeigestock klatschte gegen die Karte und landete auf der chinesischen Grenze. »Die wichtigsten geografischen Charakteristika des UNRUSFOR-Einsatzgebiets sind der Fluss Amur und die Transsibirische Eisenbahn. Der Amur, den die Chinesen ›Fluss des schwarzen Drachen‹ nennen, bildet die Grenze zwischen Russland und China. Zugleich ist er der bedeutendste nordöstliche Wasserweg auf dem asiatischen Kontinent. Im Verlauf der Geschichte ist um die Oberherrschaft über den Amur mit militärischen Mitteln gestritten worden. An machen Stellen ist der Fluss so breit, dass er fast einem Binnenmeer gleicht, in anderen Gegenden schlängelt er sich durch steile Schluchten und bildet Flussarme in Einschnitten in sehr rauem Terrain. Er fließt von Westen nach Osten, bis er bei Chabarowsk in den Ussuri mündet, sich nach Norden wendet und schließlich in das Ochotskische Meer. Das Hauptquartier von UNRUSFOR wird in Chabarowsk in Gebäuden untergebracht, die die für den Fernen Osten zuständige Kommandobehörde der russischen Armee zur Verfügung gestellt hat. Der Ussuri fließt von Süden nach Norden und bildet die Grenze zwischen Russlands Küstenregionen und China. An seinem südlichen Ende liegt der einzige Hafen Russlands, der das ganze Jahr über zu nutzen ist – Wladiwostok. Der weiter im Norden gelegene Hafen Wanin kann bis in den November genutzt werden, dann friert er zu.

Das andere wichtige geografische Merkmal in unserem Einsatzgebiet ist die Transsibirische Eisenbahn. Die südliche Linie berührt die Grenze, die nördliche führt von Wanin durch den militärisch-industriellen Komplex in Komsomolsk-na-Amur zu westlich gelegenen Orten. Beide sind zweigleisig, um gleichzeitig in östlicher und westlicher Richtung befahren werden zu können, haben aber die größere russische Spurweite, so dass wir einheimische Wagons benutzen müssen. Aber die Eisenbahn ist am Boden praktisch das einzige Transportmittel, wenn man einmal von den Straßen für das Militär absieht, die die Einrichtungen der Verteidigungs-Infrastruktur miteinander verbinden. Die Bedeutung der Transsibirischen Eisenbahn kann gar nicht nachdrücklich genug unterstrichen werden. Tatsächlich gibt es *keine* Straßen zwischen dem europäischen Teil Russlands und dem Fernen Osten. Und wer die Transsibirische Eisenbahn kontrolliert, hat ganz Sibirien unter Kontrolle. So einfach ist das.«

Erneut wanderte der Zeigestock über die Karte. »Von Peking bis zum Arktischen Meer und von der Wüste Gobi und den mongolischen Steppen bis zum Pazifischen Ozean ist das ganze Terrain als Taiga zu charakterisieren – dichte, unberührte immergrüne Wälder mit ebenso dichtem Unterholz mit fingerlangen Dornen. Die Topografie ist rau und im Norden des Amurs zerklüftet. Südlich des Amurs, in der Mandschurei und den russischen Küstenregionen, verlaufen große Bergketten von Norden nach Süden. Die Ausläufer des Gebirges sind von engen, bewachsenen Schluchten durchzogen, die durch Gebirgsbäche gebildet wurden. Sie verwandeln sich in den kurzen Sommern in schlammige Sümpfe.«

»Wie zum Teufel kommen die Einheimischen denn ohne Straßen da durch?«, fragte Clark.

»In der Mandschurei gibt es überall Straßen, die die Dörfer mit Kleinstädten und Städten verbinden …«

»Ich rede von der *russischen* Seite der Grenze«, unterbrach Clark.

»In Sibirien gibt's nur ein paar kleine Städte, und die sind nur durch Schienen miteinander verbunden«, antwortete Reed. »Draußen in der Wildnis gibt es keine nennenswerten Niederlassungen, nur ein paar durch Trampelpfade miteinander verbundene Hütten, die im Sommer von Trappern und Jägern benutzt werden.«

Clark studierte die enormen Ausmaße Sibiriens. »Und wie hoch ist die Bevölkerungszahl in unserem Einsatzgebiet?«

Wieder wandte sich Reed der Karte zu, in deren Mitte in etwa der Amur verlief – südlich davon lag China, nördlich davon Russland. »Im Operationsgebiet von UNRUSFOR leben weniger als zwei Millionen Russen, und auch diese Zahl fällt rapide, weil die Menschen ihre Koffer packen und in den Westen ziehen.«

»Direkt in den Bürgerkrieg?«, fragte Clark. Reed nickte. *Wovor fliehen sie?*, dachte Clark, der seinen Blick über den Amur in südliche Richtung gleiten ließ. »Und wie groß ist die Population im Norden Chinas, direkt jenseits der Grenze?«

Reed blickte seinem Chef weiterhin fest ins Auge. »Schätzungsweise einhundert Millionen, General Clark.«

4. KAPITEL

Kansas City, Missouri
29. August, 18.00 Uhr GMT (12.00 Ortszeit)

»Und abschließend«, las Gordon Davis vom Teleprompter ab, während er zur Betonung seiner Worte mit der Hand durch die Luft fuhr und innerlich bis fünf zählte, »lassen Sie mich noch einmal ausdrücklich feststellen, dass *dies* sich an die Adresse aller Anarchisten richtet, die glauben, dass Amerikaner leicht einzuschüchtern seien.« Die versammelten Gewerkschaftsmitglieder lauschten schweigend. »Sollten Sie weiterhin in diesem großen und friedliebenden Land die Saat der Gewalt ausstreuen, wird Ihnen dieses gerechte, aber auch starke Volk eine *bittere* Ernte bescheren!«

Begeisterungsschreie und donnernder Applaus hallten durch die riesige, gewerkschaftseigene Halle. Eine Highschool-Band stimmte sehr laut »The Battle Hymn of the Republic« an. Gordon lächelte. Elaine trat zu ihm, ebenfalls lächelnd. Alle waren aufgesprungen. Obwohl Gordon wusste, dass alles für die Kameras arrangiert war, die jetzt über die Bühne und das enthusiastische Publikum schwenkten, konnte er nichts dagegen machen, dass er selbst von einer euphorischen Stimmung erfasst wurde.

Er hatte eine gute Presse gehabt. Man hatte ihn als Mann des Kompromisses präsentiert – als einen Heiler, durch den sich die klaffenden Wunden der Gesellschaft schließen ließen. Anschuldigungen, bei seiner Nominierung durch die Republikaner handele es sich eher um eine symbolische Geste, waren nicht so nachdrücklich oder so häufig vorgebracht worden, wie er befürchtet hatte. Teilweise lag das aber auch – da war Gordon sicher – darin begründet, dass die Medien sich weiterhin auf die anhaltende Welle von Attentaten konzentrierten.

Während er und Elaine die Bühne verließen, musste eine Absperrkette von über zwei Dutzend Agenten des Secret

Service die Menge zurückhalten. Mit erhobener Hand winkte Gordon dem Publikum noch einmal zu. Unter seinem Oberhemd spürte er das Gewicht seiner kugelsicheren Weste. Hinter der Bühne kam Fein auf ihn zugestürmt und ergriff ihn am Ellbogen. »Perfektes Timing«, übertönte er die lärmende Menge. »Sie haben genau den richtigen Ton getroffen!«

Feins Zustimmung erfüllte Gordon mit Genugtuung. Wieder und wieder hatte Fein seine Kompetenz unter Beweis gestellt. An den Abenden der aufreibenden Wahlkampftage hatten Gordon, Fein und Daryl sich vor den Fernseher gesetzt, um sich Videoaufnahmen von seinen Auftritten anzusehen. Die Medien reagierten ganz so, wie es der Wahlkampfmanager prognostiziert hatte. Feins einprägsame Slogans wurden wie geplant serviert, und Gordons Wahlkampf unterschied sich in nichts mehr von dem anderer. Das befriedigte ihn. Seine Auftritte ließen ihn als Profi erscheinen, und das erfüllte ihn mit Stolz.

Sie verließen die Gewerkschaftshalle durch die Küche. Auf der kurzen Strecke zwischen dem Ausgang und Gordons Limousine warteten hinter den Absperrungen um die hundert Reporter, die ihn lautstark mit Fragen bombardierten. Fein hatte Gordons Ellbogen gepackt und schob ihn auf den Wagen zu. »Senator Davis, ist es wahr, dass Sie auf dem College Marihuana geraucht haben?« Ein halbes Dutzend Fernsehkameras richtete sich auf Gordon.

»Ja, das stimmt«, antwortete Gordon ruhig.

»Und haben Sie auch inhaliert?«, fragte ein anderer Journalist nach kurzer Pause.

Alle brachen gleichzeitig in Gelächter aus. Die Hand ließ Gordons Ellbogen los. »Die nächste Frage«, antwortete er, was wieder mit Lachen quittiert wurde.

»Das Wahlprogramm der Republikaner ist sehr konservativ, Sir, aber Ihr Abstimmungsverhalten scheint uneinheitlich zu sein. Würden Sie sich selbst als einen Liberalen oder als Konservativen bezeichnen?«

»Das sind doch nur Etiketten«, hörte Gordon Fein hinter sich murmeln.

»Was die nationale Sicherheit und ökonomische Fragen angeht, vertrete ich konservative Ansichten«, antwortete Gordon. »Bei gewissen gesellschaftlichen Problemen nehme ich eine liberale Haltung ein.«

»Und was ist mit Ihrem Artikel in der *Dartmouth Review*, in dem Sie Programme gegen die Diskriminierung von Minderheiten kritisieren und Quotenkontingente attackieren? Halten Sie diese Programme wirklich ›eher für einen unverhofften Glücksfall für die schwarze Mittelklasse und deren obere Schicht, die schwarze Studenten und Geschäftsleute um die Früchte ihrer harten, ehrlichen Arbeit bringen, indem sie sie nicht würdigen?‹«

Hier konnte Fein Gordon nicht helfen. Tief in seinem Inneren flüsterte ihm eine Stimme zu, dass er auch gar keine Hilfe brauchte und dass dies genau die Fragen waren, die gestellt und beantwortet werden mussten. Aber er wurde immer mehr zu einem Profi, der im Licht der Medienöffentlichkeit stand, und dieser Teil seiner Persönlichkeit witterte Gefahr. »An den genauen Wortlaut meiner Formulierung in diesem Artikel erinnere ich mich nicht mehr.«

Fein schob Gordon auf die geöffnete Tür der Limousine zu. »Sind Sie gegen irgendwelche anderen Bürgerrechtsgesetze?«, brüllte jemand hinter ihm. Als die Autotür zuschlug, herrschte plötzlich völlige Stille. Während der Wagen an der Meute von Reportern vorbeifuhr, lehnten sich Gordon, Fein und Daryl hinten im Wagen zurück.

»Ich hatte Sie für einen Medienguru gehalten«, sagte Daryl zu Fein. »Für einen Fachmann, der immer alles unter Kontrolle hat.« Gordon runzelte die Stirn. Er hatte Fein seinen Job nicht tun lassen. »Gordon, wusstest du, dass unser guter Arthur hier früher eine Marketing-Führungskraft bei Pepsico war? Bevor er dem Publikum Menschen verkauft hat, war Limonade sein Markenartikel.«

»Was für einen Schaden habe ich angerichtet?«, fragte Gordon, der Daryl ignorierte. Jetzt schwieg sein Freund.

Fein zuckte die Achseln. »Es ist schwierig, Sie dem Fernsehpublikum zu verkaufen. Beim Vizepräsidenten sind wir in der Regel nicht an der Präsentation vielschichtiger Persönlichkeiten interessiert. Dann überhäuft man die Menschen nur mit zu vielen Botschaften. Folglich erwarten wir von dem Kandidaten für den Job des Vizepräsidenten ein solides, gleich bleibendes Image, durch das die Wähler nicht mit zu vielen Details belastet werden.«

»Mein Gott, Gordon!«, schnappte Daryl. »Hörst du etwa auf diesen Mist? ›Die Wähler mit zu vielen Details belasten.‹ Das würde ja bedeuten, über *Themen* zu sprechen! Und Gott bewahre, dass du *das* tust!«

»Sie wollen sich offensichtlich nach beiden Seiten des politischen Spektrums absichern«, sagte Fein, ohne Daryl auch nur eines Blickes zu würdigen. »Die Partei hat ein konservatives Wahlprogramm. Die Wähler auf dem rechten Flügel haben wir schon festgenagelt, also können wir nicht zulassen, dass Gouverneur Bristol zu weit nach links abdriftet …«

»Sie meinen doch wohl eher die verdammte Mitte!«, unterbrach Daryl verbittert.

»… ohne dabei zu riskieren, dass wir uns von unserer angestammten Wählerschaft entfremden. Die wird zwar nicht für Marshall stimmen, könnte aber zu Hause bleiben und sich der Stimme enthalten. Und dabei geht's auch nicht nur um ihre Stimmen, sondern um wahrscheinlich etwa hundert Millionen Dollar Wahlkampfspenden, die bis zur Wahl eingehen werden. Aber mit *Ihnen* verbindet sich für uns eine sehr interessante Chance. Computerprognosen sagen vorher, dass wir mit jeder Stimme, die wir im rechten Spektrum durch Sie verlieren, zwei oder drei schwarze oder liberale Wähler gewinnen. Allerdings können wir uns nicht zu weit nach links orientieren, weil das das Risiko interner Diskussionen in unserem Lager mit sich bringt. Aber wir versuchen doch, einige der traditionell demokratischen Bastionen zu besetzen, indem wir Sie links neben Bristol positionieren.«

»Dann meinen Sie also, dass die Geschichte mit dem Marihuana *von Vorteil* für uns ist?«, fragte Gordon. Daryl versank noch tiefer in seinem weich gepolsterten Ledersitz. »Aber was ist mit meinem Artikel über die Programme gegen die Diskriminierung von Minderheiten?«

Fein zuckte die Achseln. »Unmöglich, das vorherzusagen. Dieses Geschäft ist eine Kunst, keine Wissenschaft. Aber eines weiß ich: Wenn wir Sie als Kandidaten präsentieren, der gegen die Ziele der schwarzen Bürgerrechtsbewegung ist, werden uns genau die Leute die Hölle heiß machen, hinter deren Stimmen wir her sind. Diesen Artikel haben Sie geschrieben, als Sie noch nicht im Senat saßen. Damals waren Sie noch relativ jung. Seit Sie in der nationalen Politik aktiv sind, haben Sie eine Menge gelernt.« Erneut zuckte Fein die Achseln.

»Um Himmels willen, Gordon!«, brach es aus Daryl heraus. »Widerruf doch einfach den ganzen verdammten Artikel.« Er beugte sich vor. »Oh, jetzt hab ich's! Wir können ja sagen, du hättest den Artikel im Marihuanarausch geschrieben!« Er klatschte in die Hände, lehnte sich sarkastisch lächelnd zurück und verschränkte die Arme vor der Brust. »Ist das nicht großartig! Du bist einfach viel zu *konservativ* für die Republikanische Partei! Du sollst für sie nicht nur den Vorzeige*schwarzen*, sondern gleichzeitig auch den Vorzeige*liberalen* spielen! Zwei Persönlichkeiten zum Sonderpreis!«

Schweigend starrte Gordon seinen Freund an. Er war nicht wütend, sondern traurig. Jetzt begriff er, was getan werden musste, was *er* tun musste. Noch nie in seinem Leben hatte er eine so schwere Entscheidung treffen müssen. Aus dem Augenwinkel nahm er wahr, dass Fein ihn anblickte. Er wusste, was Gordon dachte, und die Partei billigte seinen Entschluss.

Moskau, Russland
30. August, 16.00 Uhr GMT (18.00 Ortszeit)

Irgendjemand schlug brutal gegen die Tür von Kate Dunns Wohnung, die schon mit einem lauten Krachen aufflog, während Kate und Woody sie noch anstarrten. Sechs Männer in dunklen Anzügen stürzten auf die Reporterin zu, die sofort zu schreien begann: *»Wer sind Sie?«* Sie versuchte den nach ihr greifenden Händen zu entkommen, rannte aber einem stämmigen Mann mit einem feisten Gesicht und kahl rasiertem Schädel in die Arme, der nach säuerlichem Schweiß stank. Während Woody von den Männern gegen eine Wand gepresst wurde, stieß er wirkungslos verpuffende Provokationen hervor.

»Lassen Sie mich *los*!«, kreischte Kate, die in Richtung Tür gestoßen wurde. »Ich bin Amerikanerin! Fernsehkorrespondentin, *korespondentka*!« Auf dem Weg zur Treppe versuchte sie, sich loszureißen. Dann probierte sie es mit Tritten gegen die Türen der Nachbarn. Bis zur Straße waren es drei Treppen, und Kate schrie die ganze Zeit. Am Bordstein wartete eine lange schwarze Limousine. *»Nein!«*, brüllte Kate, die ihre Absätze förmlich in den Asphalt bohren zu wollen schien, aber sie wurde brutal in das Auto gestoßen. Dann wurde die Wagentür zugeknallt.

Kate gegenüber saß ein kleiner Mann mit teilnahmslosem Gesichtsausdruck.

Die Tür ließ sich nicht mehr öffnen, der Fahrer warf den Motor an. Durch das Rückfenster sah Kate, dass ihnen zwei Autos folgten, in die sich die Männer gezwängt hatten, die in ihre Wohnung eingebrochen waren. Vor ihr, hinter einer dicken Glasscheibe, saß neben dem Fahrer ein weiterer Mann.

Der mit Kate hinten sitzende Mann beäugte sie mit freundlichen Blicken, blieb aber stumm. Ihr erster Eindruck ließ sie an einen Polizeiinspektor denken. Aber sein Nadelstreifenanzug war zu teuer, und er trug Lacklederschuhe. Seine kurzen Beine hatte er wie eine Frau übereinander geschlagen. Am auffälligsten waren allerdings der kahle Schädel und die Brille mit den runden Gläsern und dem schwarzen Gestell. Bei genauerem Nachdenken schien er ihr doch eher wie ein Professor als wie ein Polizist auszusehen. Vor lauter Angst zog sich Kate der Magen zusammen. »Wer sind Sie?«, fragte Kate.

Der Mann lächelte in sich hinein. Seine Zahnlücken verliehen ihm ein etwas ungepflegtes Aussehen, doch seine Manieren wirkten insgesamt nicht bedrohlich. »Sie sind doch eine gute Journalistin, Mrs. Dunn. Wissen Sie nicht, wer ich bin?«

Jetzt wurde Kate von einem mittelschweren Schock erfasst. »Valentin Kartschew?«, fragte sie leise.

»Es ist mir ein Vergnügen, Sie kennen lernen zu dürfen.« Das Englisch Kartschews war gut und hatte nur einen schwachen Akzent.

Weil ihr wegen der voll aufgedrehten Klimaanlage kühl war, presste Kate die Arme gegen den Oberkörper. »Was wollen Sie von mir?«

»Wir haben beide unsere Interessen, und da trifft es sich gut, dass sie miteinander vereinbar sind. Sie sind auf eine Story scharf – durch mich kriegen sie eine. Obendrein noch eine sehr, sehr große Story. Am Innenministerium und vor der Taman-Kaserne haben Sie ganze Arbeit geleistet. Deshalb haben wir Ihnen diese Tipps gegeben. Weil Sie gut sind, wurden Sie auch auf dem Roten Platz gerettet. Sie sind eine einnehmende und einfallsreiche Botschafterin und werden Ihre Sendezeit kriegen. Ich verlange nur, dass Sie Ihren Job tun, Miss Dunn. Berichten Sie über die Neuigkeiten, die Sie sehen. Sollte es in meinem Interesse sein, Ihnen zu helfen …« Kartschew grinste sarkastisch. »Nun, wir leben schließlich in einem freien Land.«

Der Konvoi raste die Straße hinab, die aus der Stadt hinausführte. Hier und dort kamen sie an ausgebrannten Autowracks vorbei, Erinnerungen an heftige Kämpfe, die sich jetzt über die Grenzen Moskaus hinweg ausdehnten. »Wohin bringen Sie mich?«, fragte Kate.

»Sie werden eine Tour durch das interessanteste Land dieser Erde machen«, sagte Kartschew, der jetzt aus dem Fenster sah. In seinen Brillengläsern reflektierte sich die vorbeiziehende Landschaft, als würde sie auf eine Leinwand vor seinen Augen projiziert. In erster Linie war Kate damit beschäftigt, nach Luft zu schnappen, aber sie ließ ihren Blick dennoch über die trostlosen Wohnkomplexe aus der Breschnew-Ära gleiten, die damals überall an der Moskauer Peripherie wie Pilze aus dem Boden geschossen waren. Aus den

Fenstern und an den Geländern der wackeligen Balkons hingen schäbige Bettlaken und trocknende Wäsche. Es waren riesige Hochhäuser, trotz des leeren, ungenutzten Landes, das sie umgab.

»Dies ist die Küche der Welt oder, was vielleicht zutreffender wäre, ihr Laboratorium. Im Gegensatz zu den Japanern sind wir nicht damit zufrieden, den Westen einfach nur zu kopieren. Schon immer haben wir es als unser Schicksal angesehen, den Westen übertreffen zu müssen. Vielleicht wussten wir tief in unsrem Inneren, dass uns das durch bloße Imitation niemals gelingen würde. Eventuell ist es aber auch eine hoffnungslos weltfremd-idealistische Sicht der Dinge, wenn wir uns selbst als Pioniere sehen. Trotzdem haben die Russen immer geglaubt, es sei ihre Bestimmung, die Welt mit revolutionären gesellschaftlichen Ideen zu infizieren.«

Kate konnte es nicht ertragen, ihr Gegenüber anzublicken. Gerade fuhren sie durch ein Dorf mit kleinen, blau oder grün gestrichenen Hütten mit nur einem Raum, von denen die Farbe abblätterte. Die zweispurige Hauptstraße war nicht asphaltiert. Am Rand der Landstraße trieb eine alte Babuschka mit einer Gerte ein Pferd vor sich her. Sie trug ein schwarzes Kleid und einen Schal, die Lippen ihres zahnlosen Mundes waren eingefallen. Das Pferd zog einen Karren, der, wenn man von den großen Gummireifen einmal absah, Jahrhunderte alt zu sein schien. »Dann wollen Sie also diese armen Menschen versklaven«, sagte Kate, während sie weiter aus dem Fenster blickte.

Kartschew lächelte liebenswürdig. »Was für eine ›-archistische‹ Bemerkung, Miss Dunn. ›-archismen‹ sehen Kontrolle als den obersten Wert an. Monarchie, Oligarchie, Matriarchat, Patriarchat – alle werden von Ideologien gestützt, die die verschiedenen Machtsysteme rechtfertigen. Aber der *An*archismus ist keine Ideologie, die vorgeschriebene Werte kennt. Wir verhalten uns zum Staat wie die Atheisten zu Gott und sind ganz einfach ›anti-archistisch‹ eingestellt.«

»Aber wofür steht Ihre Bewegung denn? Was wollen Sie erreichen?«

Erneut lächelte Kartschew in sich hinein. »Wir stehen für nichts, sind weder Republikaner noch Demokraten. Programme oder parteipolitische Grundsätze gibt es bei uns nicht. Aber wir wollen versuchen, eine experimentierfreudige, fortschrittliche und nicht-dirigistische Gesellschaft zu errichten. Tatsächlich halten wir ziemlich viel auf einige Grundsätze. Aber all die verschiedenen Ansprüche von Regierungen auf Legitimität weisen wir zurück – für uns lassen sich weder aus der Religion, noch aus dem Willen der Mehrheit oder einer Ideologie rassischer Überlegenheit Mandate ableiten. Bei diesen Ideologien tauschen die Menschen gemeinschaftlich und freiwillig ihre Selbstbestimmung gegen die Ordnung ein. Für pünktlich verkehrende Eisenbahnen haben sie ihre Freiheit verkauft. Aber die Regierung, die sie durch solche Geschäfte kriegen, wird sich unweigerlich durch die Ausübung von Zwang und Gewalt an der Macht halten, und zwar gegen den Willen des Volks. Wenn Sie mir nicht glauben wollen, können Sie es ja mal mit Ungehorsam gegenüber der Regierung oder Nichtzahlung Ihrer Steuern versuchen. Oder schütten Sie doch einfach einmal einen Erdwall um Ihr Grundstück auf, und erzählen Sie dem Sheriff, er solle verschwinden. Man wird Ihnen nicht nur das Grundstück wegnehmen, sondern sie angreifen, einsperren, töten – selbst in Ihrem Land. Wir sind strikt *gegen* den historischen Tauschhandel, der ursprünglich den Aufstieg der Regierungen ermöglicht hat, und fordern unsere Selbstbestimmung zurück. Um den Preis einer bedauerlichen gesellschaftlichen Unordnung verschaffen wir uns Erleichterung von der Bedrohung durch die offiziell ausgeübte Gewalt. Und in meinem Land ist das tatsächlich eine sehr große Erleichterung.«

Kates Mund war ausgetrocknet, und sie hustete. »Wen genau meinen Sie mit ›wir‹?«

»Alle, die den gesellschaftlichen Tauschhandel zurückweisen. Alle, die gegen jegliche Institution sind, die uns eine Ordnung aufzwingt und unsere Freiheit bricht. Technologiegegner, Laissez-faire-Anhänger, Syndikalisten, Individualisten, Pazifisten, Avantgardisten, Punker, Hausbesetzer, Freigeister, Atheisten, radikale Ökologen, Steuerverweigerer, Wehrdienstverweigerer, Widerständler jeglicher Art. Alle, die je vom Staat fälschlicherweise eines Verbrechens bezichtigt wurden, sind potenzielle Anarchisten, Miss Dunn. Folglich definieren wir uns nicht durch das, wofür wir sind, sondern durch das, wogegen wir sind, nämlich gegen durch Zwang zustande gekommene Gesellschaftsformen jeder Art.«

»Aber gerade diese so organisierten Gesellschaften holen doch Mörder von der Straße, damit sie nicht erneut töten.«

»Wer tötet Ihrer Meinung nach mehr Menschen – Mörder, die in Straßen wüten, wo die Anarchie ausgebrochen ist, oder nationale Armeen, die über ganze Kontinente hinweg Territorialkriege führen? Zwei – in der Regel autokratische – Staaten streiten sich um die Grenzen ihrer Macht, indem sie das Blut junger Menschen vergießen. Ohne den Staat gäbe es keinen Krieg, ohne den Krieg keinen Staat. Ich beabsichtige, den russischen Staat und jede die Macht stützende Institution in Russland zu zerstören. Selbst wenn nur auf den untersten Ebenen der Gesellschaft Strukturen existieren, werden daraus Ordnung, Hierarchien, Machtkungeleien erwachsen. Darum herum werden sich Beziehungen organisieren, wie sich Kristalle in einer flüssigen Lösung bilden.«

»Aber hat nicht jeder das Recht, eine Regierung zu bilden?«

Kartschew lächelte breit. »Rechte sind Ausdruck einer ›-archistischen‹ Konzeption und haben keinerlei Bedeutung mehr, wenn sie mit einer höheren Macht kollidieren. Wenn eine Regierung sich alles genommen hat, was sie begehrt, bleiben für die Menschen die Rechte übrig. Wie sichert denn die Bill of Rights in Ihrem Land beispielsweise die dort so geschätzten Freiheiten? Indem sie die rechtmäßige Macht der Regierung begrenzt, damit diese sie nicht verletzen kann. Aber alle diese *Rechte* können dennoch wieder von der Regierung kassiert werden. Und jetzt raten Sie mal, wer die Macht hat, darüber zu entscheiden, wann sie nichtig sind. Für uns Anarchisten sind Gesetze nicht notwendig, wenn es keinen Staat gibt, der sie verletzen kann. Aber um Ihre Frage zu beantworten: Ja, die Menschen können eine Regierung etablieren. Und ich werde sie vernichten.«

Der Wagen verlangsamte das Tempo und bog in eine Einfahrt. Am Tor standen zwei Wachtposten mit langen schwarzen Mänteln, die Sturmgewehre geschultert hatten. Die Auffahrt des Privatgrundstücks schlängelte sich durch einen parkähnlichen Wald. »Wo sind wir?«, fragte Kate mit leicht zitternder Stimme.

»Bei meiner Datscha.«

Im Zusammenhang mit einer Story hatte Kate einmal eine Datscha besucht, ein kleines Häuschen an einer nicht asphaltierten Straße, die überdies in einem schlechten Zustand war. Allmählich kam Kartschews riesiges Landhaus in Sicht. Der Konvoi fuhr an der Treppe vor dem Eingang vor, und einer von Kartschews Männern öffnete Kate den Schlag. Sie stieg aus. Aber anstatt mit ihr auf das Landhaus zuzugehen, geleitete Kartschew sie über einen mit Mulch bedeckten Weg. Kate sah, dass der Pfad in einen nicht besonders dichten Wald führte. Es war ein bedeckter Tag, etwas kühl, etwas feucht. Ihre Hände wurden kalt, ihr Herz pochte. Kartschews und ihre Schritte hinterließen simultan knirschende Geräusche. Außer den Schritten der hinter ihnen gehenden zwei Wachtposten hörte sie nichts. Als sie das Ende des Pfads erreicht hatten, ging es durch den Wald weiter. Die schlanken weißen Birken standen in großem Abstand voneinander und waren nicht besonders hoch. Unterholz gab es hier kaum.

In seinem teuren, dunklen Anzug wirkte Kartschew hier deplatziert. Er hatte die Finger hinter seinem Rücken verschränkt. »Also, was halten Sie von meinem Landhaus?«

»Scheint etwas abseits und einsam zu liegen.«

Kartschew bleib stehen. »Aber es ist nicht einsam, wir sind nicht allein.« Er zeigte auf den menschenleeren Wald. »Hier befinden wir uns in der Gesellschaft der Sozialwissenschaftler, die in Russlands Vergangenheit eine Rolle gespielt und große Expermimente mit bis dahin noch nicht ausprobierten Formen der Selbstverwaltung im Sinn hatten.« Er ging weiter. »Im Gegensatz zu meinen weniger wissenschaftlich gesinnten Vorgängern habe ich vor, für die Nachwelt alles exakt schriftlich aufzuzeichnen.« Er machte eine weit ausholende Armbewegung und blickte durch die dünnen, jungen Bäume in die Ferne. Ihre Panik ließ es Kate kalt den Rücken hinunterlaufen. Das pötzliche Gefühl der Unsicherheit ging darauf zurück, dass sie sich in der Gesellschaft eines Wahnsinnigen glaubte.

»Außer uns ist hier niemand, Mr. Kartschew.«

»Sie irren sich«, sagte Kartschew lächelnd. »Als ich ein Grundstück für meine Datscha suchte, fiel mir dieses große, nicht genutzte Stück Land auf, das der Regierung gehörte. Sie hatte es zu privatisieren versucht, aber keinen Käufer gefunden. Es liefen Gerüchte über Umweltprobleme um – die Rede war von chemischen oder strahlenden Abfällen –, aber ich war in einer vorteilhaften Position. Früher habe ich für den KGB gearbeitet, den man nie wirklich verlässt – Sie verstehen schon. Daher kannte ich die Wahrheit über die Geschichte dieses Grundstücks, und je länger ich darüber nachdachte, desto geeigneter erschien es mir.«

»Wovon … Was *meinen* Sie?«, fragte Kate. Es gab keinerlei Anzeichen dafür, dass der friedliche Wald irgendwelche Geheimnisse barg.

»Unter ihren Füßen befindet sich der Moskauer Hauptfriedhof des NKWD, der später vom der Nachfolgeorganisation KGB übernommen wurde. Im Augenblick stehen sie auf den sterblichen Überresten von Millionen meiner Landsleute, die über Jahrzehnte hinweg hierher gebracht wurden – allein, zu zweit oder gleich in ganzen Wagenladungen. Hier liegen die großen Forscher der Vergangenheit, meine Brüder, die wie ich auf der Suche nach Wissen über die Gesellschaft waren.« Er strahlte über das ganze Gesicht.

Kate blieb stehen und wandte sich dem Russen zu. »Was wollen Sie von mir?«

»Dass Sie die Botschaft verbreiten.«

»Welche?«

»Die der Anarchie.« Seine Lippen verzogen sich zu einem Grinsen, doch seine Augen, die durch die dicken Brillengläser stark vergrößert wurden, deuteten nicht darauf hin, dass er amüsiert war. »Anarchismus steht nicht für eine neue Form der Regierung, sondern für *keine* Regierung. Keine Gefängnisse, keine Lager, keine Armeen. Keine Arbeitgeber. Keine Parteien. Keine Religionen. Keine Klans, Cliquen, Klubs oder andere Vereinigungen, wo Macht an Menschen delegiert wird, die diese über andere ausüben. Und Sie sollen die Kunde von dieser neuartigen Revolution verbreiten, damit die Schockwellen möglichst weit ausstrahlen. Je größer die Explosion, desto lauter werden die Echos sein. Meine Hoffnung besteht darin, dass diese Echos dazu beitragen werden, jene Strukturen zu vernichten, die versagt haben und meine Gesellschaft niederdrücken. Unser soziales Netz hat verhindert, dass Russland so tief und so brutal stürzte, wie es notwendig gewesen wäre, damit aus den Trümmern neue Lebensformen hätten sprießen können. ›Zerstörung ist die Mutter aller Schöpfung‹, Miss Dunn, und wir treten in eine Epoche großer Kreativität ein.«

Kate starrte ihn ungläubig an. »Begreifen Sie denn nicht, was dann passieren wird?«

Die Antwort des Mannes mit den zuvorkommenden Manieren verriet die Distanz eines Wissenschaftlers. »Tod. Ruin. Spaltung. Obdachlosigkeit. Krankheiten. Horden von Menschen werden auf der Suche nach etwas Essen durch die Straßen vagabundieren. In seiner Not wird jeder alles fressen. Scheiterhaufen werden die Nacht erhellen, Miss Dunn.«

»Niemals wird die Armee das zulassen.«

»Aber genau die *Armee* ist die erste Zielscheibe. Haben Sie sich noch nicht gewundert, wo die Soldaten geblieben sind oder warum sie nicht in der Lage waren, meine Schwarzhemden zu besiegen? Die Armee macht die Erfahrung der Unordnung durch. Schon sehr bald werden die Anzeichen ihres Niedergangs sichtbar werden. Die Armee ist schließlich eine Organisation, und die Disziplin verlangt, dass sie zumindest den Anschein von Ordnung aufrechterhält. Aber die gleicht nur noch einem Skelett, an dem das verfaulende Fleisch des Staates hängen wird. Das dürfen wir nicht zulassen.«

»Dann glauben Sie also, dass sich diese gewalttätige und blutige Umwälzung nach Amerika ausweiten wird, wenn ich darüber berichte? Dass die Fernsehbilder eine aufsässige Unterklasse in den heruntergekommenen Vierteln der Großstädte in den USA anstacheln und auf die Straße treiben wird, um sich dort abschlachten zu lassen?«

»Nein. Das Publikum, das ich durch Ihre Berichte zu erreichen hoffe, ist die große Mittelklasse Ihres Landes. Sich abschlachten zu lassen ist leicht. Weitaus schwieriger ist es, Menschen dazu zu motivieren, *das Abschlachten selbst in die Hand zu nehmen*.«

Bronx, New York
1. September, 01.30 Uhr GMT (20.30 Ortszeit)

Es war so leicht, dass der Scharfschütze eigentlich gar nicht auf sein Nachtsicht-Zielfernrohr angewiesen war, in dessen Fadenkreuz jetzt, durch das Licht der Straßenlaternen und zweier brennender Autos deutlich erkennbar, die Brust eines berittenen Polizisten auftauchte. Problematisch war nur das Pferd.

Wegen der lärmenden Menge und gelegentlich über die von der Polizei errichteten Barrikaden geschleuderten Steine war das Pferd sehr aufgeregt. Es bewegte sich mal in die, dann wieder in die andere Richtung, so dass der Scharfschütze den Reiter immer nur zeitweise voll im Visier hatte. *»Chyort!«*, fluchte der Scharfschütze leise vor sich hin, der auf einem Dach vier Häuserblocks von der Demonstration entfernt Position bezogen hatte. »Zum Teufel!«

Aus dieser Entfernung klang das wütende Gebrüll der Anwohner, die gegen die Gewaltanwendung gegen drei Highschool-Schüler protestierten, eher wie das ferne Grollen des Publikums in einem Stadion.

Als das Pferd wieder ein paar nervöse Schritte tat, brachte der Polizist es mit einem energischen Ruck an den Zügeln zum Stehen. Erleichtert atmete der Scharfschütze auf – jetzt hatte er den Reiter voll im Visier. Fast unbeabsichtigt drückte er auf den Abzug.

Das krachende Geräusch des Schusses hallte zwischen den Häusern wider. Schnell lud der Scharfschütze neu durch, doch als er die Szenerie beobachtete, sah er genau das, worauf er gehofft hatte. Jetzt war das Pferd außer Rand und Band, und der Reiter konnte sich kaum noch im Sattel halten. Aber wahrscheinlich war er sowieso tödlich verwundet. Jetzt sah der Scharfschütze einen anderen Polizisten, der der aufgebrachten Menge den Rücken zugekehrt hatte, weil er sich zu dem durchgehenden Pferd umdrehen wollte. Der Mann hielt seinen Schutzschild nicht mehr richtig vor den Körper. Ein weiterer Druck auf den Abzug, ein weiterer scharfer Rückstoß, ein weiteres Krachen.

Wie ein Sack Kartoffeln knallte der Polizist auf den Boden. Wieder ertönte das Klacken des Schlagbolzens, aber ein dritter Schuss erwies sich als überflüssig. Aus den Reihen der Polizei hatte jemand das Feuer eröffnet, das prompt von einem der Unruhestifter erwidert wurde. Innerhalb von Sekunden flammte auf beiden Seiten an Blitzlichter erinnerndes Mündungsfeuer auf. Noch bevor der Attentäter sein Gewehr wieder eingepackt hatte, war auf der Straße der Krieg ausgebrochen.

Durch den Lärm und den Tumult hindurch bahnten sich Evelyn Faulk und ihr Sohn André mühsam ihren Weg in Richtung Süden. Wegen des dichten Rauchs, der von hunderten Bränden in der gesamten Bronx verursacht wurde, herrschte überall trübes Dämmerlicht. Die Reihen der Polizei waren noch zwei Dutzend Häuserblocks entfernt. Weder Busse noch U-Bahnen verkehrten. Die wenigen anderen Menschen, die an diesem Tag noch auf der Straße waren, huschten verstohlen wie Kriegsflüchtlinge auf den Bürgersteigen in Richtung Manhattan.

Evelyn taten die Beine und der Rücken weh. Sie kamen nur mühsam voran. Alle paar Kreuzungen mussten sie für einen Häuserblock auf die andere Straßenseite ausweichen, dann aber doch wieder auf den anderen Bürgersteig zurückkehren, um den Plünderern auszuweichen, denen keinerlei Widerstand geleistet wurde.

»Wohin *gehen* wir?«, fragte André zum wiederholten Male.

»Willst du wohl still sein?«, schnappte seine Mutter, die furchtbar wütend war. Wütend auf die Diebe, die wie losgelassene Raubtiere die Straßen um ihr Zuhause bevölkerten. Wütend auf die Polizei, die wegrannte, sich hinter Barrikaden versteckte und nur wenig mehr tat, als reiche Weiße vor armen Schwarzen zu schützen. Und wütend auf ihren Sohn. Als nach einer schlaflos verbrachten, durch Geschrei und Schüsse gestörten Nacht die Sonne aufgegangen war, hatte sie den erwartungsvollen Gesichtsausdruck des Siebzehnjährigen registriert, der bereits angekleidet und darauf vorbereitet war, zu seiner »Crew« zu stoßen. Sie bestand aus Jugendlichen, die offensichtlich nur aufgewachsen waren, um Mitglied dessen zu werden, was andere Menschen »Gang« nannten. Sein Blick hatte ihr alles verraten. Für ihn war dies eine aufregende, neue Welt voller Abenteuer. Sie hingegen hatte Angst vor dem Weg zur Leichenhalle, an den sie hatte denken müssen, als sie wach im Bett lag, während ihr Sohn auf der Straße war.

»Sieh dir das an«, sagte André mit ausgestrecktem Arm.

Evelyn blickte in die Richtung. Vor dem Eingang von Mr. Cantus‹ Geschäft lag überall Abfall herum. Leere Mineralwasserdosen, halb volle Schachteln mit Krapfen ... Menschen waren hingegen nicht zu sehen. Evelyn und André überquerten die Straße, um einen Blick in den Laden zu werfen.

In der gesamten Bronx gab es keinen Strom mehr. Folglich war der Laden dunkel, und vom Eingang her konnten sie wenig mehr sehen, als dass dort Chaos herrschte. Um die verderbenden Lebensmittel herum summten Fliegen. Der kleine spanische Laden war geplündert worden. Wenngleich hier alles überteuert war, waren die Einwohner aus Evelyns Viertel dennoch gern in das Geschäft gegangen, weil dessen tapfere Besitzer nicht vor der Kriminalität geflüchtet waren. Sie hatten die Fenster verrammelt, hinter der Theke Waffen deponiert und ...

»Komm schon, Mama!«, sagte André, der plötzlich nach draußen trat und auch seine Mutter mit auf den Bürgersteig zog. »Lass uns weitergehen.«

Evelyn machte sich von seinem Griff los und ging wieder ein paar Schritte in den Laden hinein. Fast wäre sie über den Mann gestolpert, der auf dem Boden lag und die weiße Schürze eines Metzgers trug, auf der sich drei dunkle Flecken abzeichneten. Der Mann hatte die Augen weit aufgerissen, und auch der Mund unter seinem buschigen Schnurrbart stand offen. Auf seinem Körper krochen überall Fliegen herum.

Evelyn wollte schreien, geriet aber nicht in Panik. Stattdessen verließ sie den Laden, packte Andrés Arm und zerrte ihn weiter in südliche Richtung. Sie ging sehr schnell, was auch ihren Sohn zur Eile zwang, der sich normalerweise nur schlendernd vorwärtsbewegte, jetzt aber mit seiner Mutter Schritt halten musste. Weil die Schnürsenkel seiner hundert Dollar teuren Basketballschuhe nicht zugebunden waren, war das gar nicht so einfach, aber so wollte es die Mode eben.

»Wohin *gehen* wir, Mama?«

»Ich hab doch gesagt, dass du die Klappe halten sollst.«

In der 96. Straße verhielten sich die Menschen wie an einem Feiertag. Hier schien niemand Angst zu haben, stattdessen herrschte eine aufgeregte, energiegeladene Atmosphäre. Alle unterhielten sich und zeigten lachend auf die Rauchwolken. Aus der Nähe, aus der Ferne, von überall her ertönte das Geheule aller möglichen Sirenen. Aber bis jetzt hatte Evelyn noch keine Polizeiautos oder Feuerwehrwagen gesehen.

Doch vor ihnen änderte sich das nun, und der Anblick ließ sie stehen bleiben. Durch die Lücken in der Menge erblickte man flackernde Blitzlichter. Es sah nach einem Krawall aus, aber Evelyn konnte keinerlei Anzeichen davon hören oder sehen. Mit zögernden, vorsichtigen Schritten begab sie sich in die Menschenmenge. »Entschuldigen Sie bitte, Entschuldigung«, wiederholte sie immer wieder, während die völlig gleichgültigen Passanten zur Seite traten. Bei ihnen schien es sich nur um Gaffer zu handeln, die neugierig waren, was für ein schauerliches Verbrechen sich hier wohl ereignet haben mochte. Nach etwa einer Minute hatten Evelyn und André die vordersten Reihen der Menschenansammlung erreicht.

Es war ein erstaunlicher Anblick. Soweit das Auge reichte, standen Stoßstange an Stoßstange Autos der New Yorker Polizei, über die gesamte Länge der 96. Straße. Die Blitzlichter auf den Dächern flackerten. Evelyn hielt sich an einer der in grellen Farben gestrichenen Holzbarrikaden fest, die ein paar Schritte vor den Wagen aufgebaut worden waren. Eine weitere Absperrung verlief auf der gegenüberliegenden Straßenseite.

»Was ist denn hier los?«, fragte sie eine neben ihr stehende Frau.

Die Passantin musterte Evelyn von Kopf bis Fuß. »Leute aus Harlem lassen sie hier nicht durch.«

Die Barrikaden wirkten auf Evelyn, als wäre mitten in der Stadt eine Mauer errichtet worden. Aber ein paar Schritte weiter links gab es zwischen den hölzernen Sperren einen Durchgang in der neuen Grenze, der von einem Kordon uniformierter Polizisten mit Hunden gesäumt wurde. Durch diese Passage konnte man der Anarchie in dem verwahrlosten nördlichen Stadtbezirk entkommen.

»Entschuldigen Sie!«, sagte Evelyn erneut, diesmal aber lauter. Mit André im Schlepptau drängte sie auf den Durchgang zu. Berittene Polizisten in dem Niemandsland zwischen den Absperrungen behielten die Menschenmenge im Auge. Erschöpfte Männer in Kampfuniformen irrten umher, die das Visier ihrer Helme hochgeschoben hatten. An den Polizeiautos lehnten durchsichtige Schutzschilde aus Plexiglas, daneben lagen lange schwarze Schlagstöcke auf dem Pflaster.

Am Beginn des Durchgangs stellte ein Mann Fragen, der eine schwarze, kugelsichere Weste trug und mit einer großen Schrotflinte bewaffnet war. Evelyn und André stellten sich an der Schlange an und warteten.

»Das ist Amerika!«, brüllte ein Mann an der Spitze der Schlange. Sofort entbrannte ein heftiger Wortwechsel. Schließlich wandte sich der Mann wütend ab.

Die nächste Wartende trug unter einem dunklen Sweater den weißen Kittel einer Krankenschwester. Sie konnte ohne Probleme passieren, musste allerdings ihre große Handtasche hoch über den Kopf halten, während die an ihren Leinen zerrenden Polizeihunde sie beschnüffelten.

»Ich bin Wartungsmechaniker im Garden«, vermeldete der nächste Mann.

»Und was wollen Sie damit sagen?«, fragte der Cop mit der Schrotflinte. »Kehren Sie die Elefantenscheiße auf, wenn der Zirkus in der Stadt ist?« Einen Augenblick lang herrschte Schweigen. »Weitergehen«, bellte der Polizist dann.

Schließlich waren Evelyn und André an der Reihe. »Wohin soll's denn gehen?«, fragte der weiße Cop, dessen Worte sich zwar an Evelyn richteten, der aber ihren Sohn beäugte. Nachdem der Mann, der Gummihandschuhe trug, sie mit einem Metalldetektor überprüft hatte, hob er einen Finger und bedeutete ihnen, dass sie umkehren sollten. Evelyn beschwerte sich, aber André starrte den Cop nur an. Evelyn gab ihrem Sohn einen Klaps. »Was ist los?«, fragte der Polizist. »Haben die Plünderer Ihnen die Zunge geklaut?«

»Ich muss nach Downtown«, sagte Evelyn leise.

»Tatsächlich? Und was haben Sie da heute vor?«

»Ich habe mich um ein paar Geschäfte zu kümmern«, antwortete sie mit gesenktem Blick, so dass ihr die kugelsichere Weste des Cops ins Auge stach.

»*Geschäfte*, sagen Sie? Vermutlich wollen Sie mit Aktien, Bonds und dem ganzen Dreck handeln.« Evelyn blickte auf. Durch die offene Passage sah sie Taxis, Menschen, Geschäftigkeit. Das Leben. »Weitergehen!«, knurrte der Cop, dessen feistes Gesicht sich zu einem Grinsen verzogen hatte.

Evelyn und André gingen weiter. Ein Schäferhund richtete sich auf den Hinterbeinen auf und sprang los. Die Leine gebot ihm Einhalt, aber vorher hatte er noch auf Evelyns gute Jacke gesabbert.

Es ist, als würde man die Grenze eines fremden Landes passieren, dachte André, obwohl er noch nie eine Grenze gesehen hatte. Nachdem sie diese hier überwunden hatten, konnten sie sich wieder frei auf den Straßen der Vereinigten Staaten bewegen.

Aber die Menschen auf diesen Straßen zuckten vor André zurück. Sie pressten Taschen dicht an ihre Körper oder nahmen sie in die andere Hand. Gespräche verstummten, bis sie vorbeigegangen waren. André bemerkte, dass man ihn wachsam anschaute, selbst die gut gekleideten schwarzen Geschäftsleute machten keine Ausnahme. Er lächelte bei dem Gedanken, dass er sie nur einmal anschreien müsste und dass sie ihm dann automatisch ihre Brieftaschen aushändigen würden.

»Wo zum Teufel gehen wir hin, Mama?«, fragte André nach etlichen Häuserblocks. Aber seine Mutter antwortete nicht, sondern ging nur mit hoch erhobenem Kopf und starr nach vorn gerichtetem Blick weiter.

»Da wären wir«, sagte sie schließlich, während sie André an seiner Jacke auf eine unauffällige Tür zuzog. In den Fenstern hingen Fotos, wie in einem Reisebüro. Auf dem Schild über der Tür stand: U.S. ARMY, REKRUTIERUNGSBÜRO.

»Was verdammt ist das hier, Mama?«

»Lesen kannst du doch!«

»Ja, ich weiß, was auf dem Schild steht, aber …«

»Dein Vater ist auf diesen Straßen ums Leben gekommen.« André ließ den Kopf hängen. »Es war ein Freitag, er hatte gerade seinen Lohn gekriegt. Er wollte dieses Geld einfach nicht herausrücken, er hatte zu hart dafür gearbeitet, um es sich abknöpfen zu lassen. Ich werde es *nicht* so weit kommen lassen, dass ich dich auch noch verliere. Hast du das kapiert?«

Noch immer wich André ihrem Blick aus. »Aber die *Army*?«

»Dein Vater war auch in der Army. Als wir geheiratet haben, war er Soldat.«

»Das *weiß* ich doch alles, Mama! Und ich weiß auch, dass er in den Krieg geschickt wurde.«

»Als er in den Krieg zog, war er noch ein Junge, genau wie du jetzt, aber als er aus der Wüste zurückkam, war er ein Mann.« André runzelte die Stirn. »Was willst du denn machen, wo du die Schule jetzt hinter dir hast? Den ganzen Sommer über habe ich dir Zeit gelassen, darüber nachzudenken, weil du die Abschlussprüfung mit guten Noten bestanden hast, aber was willst du denn jetzt tun?«

André zuckte die Achseln. »Ich suche mir einen Job«, murmelte er.

»Und was willst du machen? Lastwagen beladen? An kalten Wintertagen den Schnee wegschippen? Die Army nimmt niemanden ohne diesen Schulabschluss, Schatz, denen ist der etwas wert. In der Army wird man dir besondere Fähigkeiten beibringen, zum Beispiel den Umgang mit Computern. Außerdem wirst du dort lernen, mit den unterschiedlichsten Menschen auszukommen. Du bist jetzt ein Mann, André. Mein Ältester. Es wird Zeit, dass du dich auch wie ein Mann benimmst.«

»Wenn ich ein Mann bin, kann ich meine eigene Entscheidung treffen, Mama!«

Evelyn nickte, dann noch einmal. »Ja, das kannst du.« Ihre Augen wurden feucht. André konnte es nicht ertragen. Er konnte es nicht ertragen, mit ansehen zu müssen, dass seine Mutter ihn aufgab.

Philadelphia, Pennsylvania
4. September, 15.00 Uhr GMT (10.00 Ortszeit)

»Sie sind überall«, sagte Olga Andrejewa, die ihre Hände gegen den Mund presste, während sie die Fernsehbilder der brennenden Gebäude in Los Angeles betrachteten.

»Niemand hat gesagt, dass Kartschews Leute dafür verantwortlich sind«, sagte Pjotr, der seine von Panik gepackte Frau zu beruhigen suchte, obwohl er selbst diesen Verdacht hegte.

»Sei doch nicht so naiv! Natürlich sind sie dafür verantwortlich. Warum sonst sollte es denn gerade jetzt passieren? Bloßer Zufall?«

»Die Polizei ist hier jetzt aggressiver. Deshalb ist den Schwarzen der Geduldsfaden gerissen.«

»In solchen Dingen hast du keine Ahnung. Du denkst wie ein Mann. Immer nur hübsch geradeaus denken, aber wenn das nicht klappt, bist du aufgeschmissen.«

Jetzt zeigten die Fernsehbilder Leichen, die vor einem besonders verwüsteten Häuserblock lagen. Andrejew holte seine Brieftasche aus der Küche und ging auf die Tür zu.

»Was hast du vor?«

»Ich gehe ein bisschen raus«, sagte er, während er in der Tür stand und links und rechts den Flur hinabblickte. »Bin gleich wieder da.«

Andrejew stand vor der Theke mit der Glasplatte. »Darf ich fragen, wofür Sie die Waffe brauchen?«, fragte der Verkäufer.

»Schießübungen«, antwortete Andrejew.

Kichernd legte der Verkäufer eine große, mit Nickel überzogene Waffe auf die Gummimatte. »Das ist eine amerikanische Knarre – eine 10mm-Smith & Wesson.« Er zog zwei Schachteln mit Munition hervor. »Das ist 9mm-Parabellum-, dies hier 10mm-Parabellum-Munition«, fuhr er fort, während er auf die Schachtel mit den dickeren Kugeln zeigte. »Die Smith & Wesson wurde vom FBI entwickelt. Sie fasst dreizehn Kugeln, zwölf davon in einem in der Mitte geteilten Magazin, eine in der Kammer. Eine schwere Waffe, höllisch gut. Kostet zwar tausend Dollar, bläst aber ihrem … ihrem *Ziel* die Scheiße aus dem Leib.« Der Verkäufer und sein Mitarbeiter lachten.

Andrejew wog die wunderbare Waffe in seiner Hand. »Ich nehme sie«, sagte er spontan. Irgendwie hatte die Waffe ein geschäftsmäßiges Aussehen, und das Geschäft einer Pistole war nun einmal das Töten von Menschen. Er reichte dem Verkäufer ein Bündel Hundert-Dollar-Scheine. Als Chef der russischen Präsidentengarde hatte er gut verdient. Jetzt musste Andrejew sich mit diesem Geld seinen eigenen Schutz erkaufen.

»Die hier müssen Sie noch ausfüllen«, sagte der Verkäufer, der ein paar Formulare auf die Theke legte. »Es gibt eine einwöchige Wartezeit, aber falls Sie es eilig haben sollten …« Er hielt eine riesige Schrotflinte aus Kunststoff und Metall an ihrem Pistolengriff hoch. Pjotr blickte direkt in den breiten Lauf. »Vielleicht sollten Sie es dann mit dieser Kaliber-10-Pumpgun versuchen, da gehen fünf Patronen rein. Ich empfehle eine Mischung aus normaler Munition und Schrot. Bei *der* Knarre gibt's keine Wartezeit.«

»Ich nehme sie auch«, sagte Andrejew.

Weil sie in Amerika niemanden kannten, ließ das Klopfen an der Tür Pjotr und Olga zusammenzucken. Pjotr griff nach der Schrotflinte und riskierte es, durch den Spion zu blicken. Im Flur stand eine kleine Gruppe von Amerikanern. Er legte die Waffe zur Seite, bevor er gemeinsam mit seiner Frau zur Wohnungstür ging und öffnete.

»Guten Tag«, sagte eine freundliche alte Dame. »Wir sind Ihre Nachbarn und haben uns bis jetzt noch gar nicht vorgestellt.« Ihre Begleiter nickten, die Andrejews grüßten zurück. »Wir organisieren hier eine Nachbarschaftswache und haben uns gefragt, ob Sie gern mitmachen würden.«

»Und was ist eine Nachbarschaftswache?«, fragte Pjotr.

Die Besucher blickten ihn konsterniert an. »Was für ein wundervoller Akzent«, bemerkte die alte Dame. »Woher kommen Sie?«

»Aus der Schweiz«, antwortete Pjotr. Die Besucher entspannten sich wieder.

»Eine Nachbarschaftswache ist eine Art Patrouille«, erklärte ein alter Mann lautstark, der Pjotr für schwerhörig zu halten schien. »Wir passen auf, ob es irgendwo Anzeichen von Ärger gibt.«

Pjotr wandte sich seiner Frau zu. Sie nickte, und Pjotr schloss sich den Besuchern an. »Haben Sie eine Waffe?«, fragte die alte Dame, nachdem sie Pjotr willkommen geheißen hatte.

Der glaubte, nicht richtig gehört zu haben. »Wie bitte?«

»Eine *Waffe*«, wiederholte die betagte Frau, die mit ihrer

knochigen, klapprigen Hand einen kleinen Revolver aus ihrer Handtasche zog.

Pjotr war verdutzt, aber er nickte. »Ja, ich habe eine.«

»Na wunderbar«, antwortete die Frau lächelnd. »Dann heiße ich Sie nochmals in unserer Nachbarschaftswache willkommen. Und natürlich auch in Amerika!«

Sitz der Vereinten Nationen, New York
6. November, 15.00 GMT (10.00 Ortszeit)

Die Sitzung des Weltsicherheitsrats nahm eine überraschende Wendung. Angela Leighton, die Botschafterin der USA bei den Vereinten Nationen, wandte sich ihrem Berater zu, während sie auf die Informationsunterlagen der Chinesen warteten. »Worum geht's hier eigentlich?«, flüsterte sie.

Der Mann blätterte seine Papiere durch und schüttelte dann den Kopf. »Auf der Tagesordnung steht jedenfalls nichts davon.«

Jetzt wurde Angela Leighton ein roter Schnellhefter überreicht. Als sie ihn öffnete, erblickte sie eine Karte von Asien mit einer Überschrift: »Chinesische Territorien, die während der alten demokratisch-revolutionären Ära (1840-1919) von Imperialisten okkupiert wurden.« Der amerikanischen UN-Botschafterin fiel die Kinnlade herunter, dann biss sie die Zähne zusammen.

Schließlich beobachtete man sie. Die Grenzen Chinas waren auf der Karte deutlich markiert, aber andere Linien wölbten sich auf das Territorium von Nachbarstaaten. Große Gebiete dieser angrenzenden Länder waren schraffiert. Im Fall der schraffierten Teile Sibiriens war das am bedenklichsten.

»Was zum Teufel soll *das* denn?«, flüsterte Angela Leighton, die jetzt auch noch von anderen Mitarbeitern umringt war. Allmählich begann das Geräusch von in eindringlichem Tonfall geführten Gesprächen den Sitzungssaal des Weltsicherheitsrats zu erfüllen. Alle studierten die auf Chinesisch, Englisch und Französisch verfassten, erläuternden Anmerkungen, die sich auf Zahlen auf der Karte bezogen. In einer Randspalte waren Chinas territoriale Verluste aufgelistet. Auf der nächsten Seite fanden sich dann detailliertere Ausführungen. »1689 – Abkommen von Nertschinsk. Russland tritt das Amur-Becken an China ab, das das Gebiet für hundertfünfzig Jahre beherrscht. In den Jahren 1858 und 1860 zwingt die russische Armee die regionalen chinesischen Behörden, die Abkommen von Aihun und Peking zu unterzeichnen, durch die das nördliche Ufer des Amur und das östliche Ufer des Ussuri an Russland gehen. China erklärt die beiden Abkommen sofort für nicht verbindlich.«

»Mein Gott«, flüsterte die amerikanische UN-Botschafterin.

Während die Nachricht von dem unvorhergesehenen Zwischenfall bereits aus dem Sitzungssaal nach draußen drang, begann der chinesische Botschafter mit seiner Rede. Der britische UN-Botschafter beugte sich zu seiner amerikanischen Kollegin hinüber. »Darüber müssen wir noch reden.« Angela Leighton nickte, während sie ihren Kopfhörer ins Ohr stöpselte. Eine nervöse Simultandolmetscherin der Vereinten Nationen trug die englische Übersetzung der Rede vor.

»… zu einem historischen Zeitpunkt, als China schwach und Russland stark war.« Der chinesische UN-Botschafter las seine Rede vom Blatt ab. »Niemals hat irgendeine chinesische Regierung die Rechtmäßigkeit dieser Inbesitznahmen anerkannt. Doch jetzt hat sich dieses Kräfteverhältnis zugunsten Chinas verändert.« Der sechzigjährige Diplomat blickte auf. Nach chinesischen Maßstäben war er ein noch junger Mann, was angesichts der greisen Politiker des Landes als durchaus plausibel erschien. Jetzt wartete der Redner, bis seine bedacht vorgetragenen Worte in über ein Dutzend Sprachen übersetzt worden waren. Berater verließen hektisch den Sitzungssaal, die Galerie hinter dem runden Tisch füllte sich. »Asien ist das rechtmäßige Territorium der Asiaten. Aber wie Sie anhand der Karte sehen können, die Ihnen gerade überreicht wurde, haben habgierige westliche

Mächte die durch Schraffuren gekennzeichneten Gebiete durch Gewalt oder andere dubiose Mittel annektiert.«

»Sie sind nicht nur auf das russische Territorium scharf«, flüsterte ein anderer Berater Angela Leighton in das Ohr, auf dem sie noch aufnahmebereit war. Sein Finger glitt über die Kreuzschraffierungen, mit denen Gebiete jenseits der chinesischen Grenzen im Westen und Süden gekennzeichnet waren. »Sieht ganz so aus, als wollten sie jede Region zurückfordern, die irgendwann einmal gegenüber Peking tributpflichtig war.«

Die amerikanische UN-Botschafterin registrierte, dass die Chinesen außer auf Tibet und die Mongolei Forderungen auf Nepal, Bhutan und Assam an der Grenze zu Indien erhoben. In Indochina auf Myanmar, die Malaiische Halbinsel, Thailand, Vietnam und Laos. In Ostasien auf Taiwan, Okinawa und Korea. Vom Territorium der früheren Sowjetunion beanspruchten sie Pamir, die Insel Sachalin, Kasachstan, Kirgisien, Tadschikistan und die Ebenen der Flüsse Amur und Ussuri in Sibirien.

Sie blätterte um. Auf der nächsten Seite stand eine Resolution, von der sie nicht allzu viel zu lesen brauchte.

»Ein Vorgängerstaat der Russischen Republik hat auf ungesetzliche Weise und durch militärische Gewaltanwendung Territorien Chinas annektiert, insbesondere 650 000 Quadratkilometer von Sibirien, die durch das Abkommen von Aihun abgetreten wurden, und 400 000 Quadratkilometer, die durch das Abkommen von Peking abgetreten wurden ...«

»Verbinden Sie mich mit dem Präsidenten«, flüsterte Angela Leighton ihrem Berater zu.

Der Tonfall des Präsidenten verriet der amerikanischen UN-Botschafterin, dass dieser die Entwicklung für keine besonders ernsthafte Angelegenheit hielt. Sie saß in einem kleinen Konferenzraum im Gebäude der Vereinten Nationen und versuchte, sich zu entscheiden, wie sie den Präsidenten auf eine angemessene Weise informieren sollte. »Auf welchen Gewinn könnten die Chinesen denn hoffen, wenn sie theoretisch rechtmäßige Forderungen auf all diese Territorien erheben?«, fragte Marshall.

Jetzt musste sie sich schnell entscheiden, wie sie ihre Ausführungen beginnen und was sie überhaupt sagen sollte in diesen fünf Minuten, die der Präsident ihr widmete. »Darf ich einen Augenblick lang etwas weiter ausholen und Ihnen ein umfassenderes Bild der Lage vorstellen, Mr. President? Wirft man einen Blick auf die Karte, scheint Chinas gegenwärtiges Territorium groß genug zu sein, selbst angesichts seiner riesigen Bevölkerung. Aber nur zwei Drittel des Landes werden landwirtschaftlich genutzt, der größte Teil davon nicht intensiv. Ein Großteil des Territoriums, das die Chinesen während der imperialen Expansion retten konnten, ist gebirgig oder Wüste. Hier ernährt der Boden nicht einmal die zahlenmäßig vergleichsweise geringe örtliche Bevölkerung. Die Mandschurei, das so genannte Innermongolische Gebiet, und Tibet – Chinas inneres Reich, wenn Sie so wollen – sind beide erst seit etwa einhundert Jahren dicht bevölkert und tragen wenig zur Lebensmittelerzeugung bei. Das Resultat ist, dass die fruchtbaren zentralen Regionen Chinas alle stark überbevölkert sind. Aber die Gebiete direkt jenseits der Grenze im Norden – Zentralasien, die Mongolei und Sibirien – gehören zu den am *dünnsten* besiedelten Regionen der Welt. Die Mongolei ist halb so groß wie Europa, hat aber nur eine Population von einer Million Menschen. Jakutien, das sich über das nördliche Sibirien bis zur Beringstraße erstreckt, hat ungefähr die Größe der Vereinigten Staaten, aber nur 365 000 Einwohner! Sicher, der größte Teil dieses Lands ist gar nicht zu kultivieren, aber die Ausnahme sind die Küstenregionen, die im neunzehnten Jahrhundert an Russland abgetreten wurden.«

»Augenblick, Angela«, sagte Marshall ungeduldig. »Wollen Sie damit etwa sagen, dass die Chinesen eine Rückgabe dieses Territoriums fordern und in diese Richtung expandieren wollen?«

»Ja, Sir. Und damit hätten sie die strategische Kontrolle über das ganze Asien östlich des Ural-Gebirges.«

»Aber … das ist doch Wahnsinn!«, schrie Marshall. »Das

hört sich ja nach einer chinesischen Variante der Lebensraum-Ideologie an!« Die amerikanische UN-Botschafterin presste den Hörer hart gegen ihr Ort, sagte aber nichts. »Ich werde in diesem Fall *definitiv* nicht auf Appeasement setzen und den Neville Chamberlain spielen! Zum Teufel, dies ist ein gottverdammtes *Wahl*jahr!« Während der Präsident tobte, schloss Angela Leighton die Augen. Nur so konnte sie die unglaubliche innere Anspannung ertragen, die sich in ihr aufgebaut hatte.

ZWEITER TEIL

»›Zu jeder Kraft gibt es eine gleich große Gegenkraft: actio gleich reactio.‹ – Drittes Newtonsches Axiom. Auch die Verhaltensforschung kennt Gesetze. ›Zu jeder Aktion gibt es eine entgegengesetzte und ungleiche Überreaktion.‹ – Kartschews Erstes Axiom der Wissenschaft vom Menschen.«

Valentin Kartschew
Die Gesetze der menschlichen Geschichte
(postum in Moskau erschienen)

1. KAPITEL

Chabarowsk, Sibirien
7. September, 00.00 Uhr GMT (10.00 Ortszeit)

General Nate Clark und Major Reed gingen die abschüssige Rampe des Truppentransporters hinab. Kurz vor der wartenden Entourage seiner Vorhut, die sich um sein künftiges Hauptquartier gekümmert hatte, blieb Clark stehen, um die Truppen zu inspizieren, die in loser Formation an der Rückseite der gigantischen C-17-Transportmaschine standen. Der Morgen war kalt, und der strahlende Sonnenschein, der auf seine makellos weiße Uniformjacke fiel, wärmte ihn nicht im Geringsten.

»Waffen in die Luft!«, brüllte der Platoon Sergeant. Die Soldaten der Infanterie, mit denen er gemeinsam nach Russland eingeflogen war, hoben ihre Gewehre, automatischen Waffen und Maschinengewehre gen Himmel. Wie Clark waren auch sie alle weiß gekleidet, abgesehen von ihren Helmen, die mit dem blauen Tuch der UN-Truppen umwickelt waren. Neben den Soldaten lagen schwere weiße Rucksäcke auf dem Boden. Weitere Platoons kamen die Rampe hinunter und formierten sich in ähnlicher Weise.

»Waffen *sichern*!«, befahl der Sergeant lautstark. Es ertönten Dutzende von leise klickenden Geräuschen. »Okay, Ladies!«, fuhr der Sergeant fort, obwohl die Kampfeinheit nur aus Männern bestand. »Durchladen!«

Mit metallischen Geräuschen wurden die Waffen mit Magazinen und Patronengurten schussbereit gemacht. Der häufigste Anblick waren Soldaten, die die Spannhebel ihrer M-16 zurückrissen und Munition einlegten.

»Granatwerfer laden!«

Die Männer, bei deren M-16 unter den Läufen Granatwerfer angebracht waren, schoben kurze 40mm-Granaten in ihre Waffen.

»Sicherung überprüfen! Waffen sichern!« Alle Männer

blickten auf ihre Waffen, deren Läufe immer noch von ihren Kameraden wegzeigten. »In Ordnung, Ladies! Jetzt haltet ihr *geladene* Waffen in euren süßen kleinen Händen! Wenn sich ein Schuss löst, wird jemand sterben! Jetzt liegt es an euch, ganz sicherzugehen, dass dieser Jemand ein *übles* Subjekt und nicht der Mann ist, der gerade in der Formation neben euch steht!«

Die Soldaten marschierten in zwei Reihen davon. *War's damals genauso?*, dachte Clark. Raus aus dem Flugzeug, mit gut fünfzig Kilo Ausrüstung auf dem Rücken – und jetzt marschierten die Männer an grauen und schmutzig braunen Schneemassen vorbei, die mit einem Bulldozer an den Rand der Landebahn geschoben worden waren. Sie verschwanden in den dichten Wäldern, die Clark kurz vor der Landung der Maschine vor dem Fenster hatte vorbeigleiten sehen. Fragen waren nicht gestellt worden, niemand hatte eine Ahnung, was ihn erwartete.

Als er damals in Danang gelandet war, hatte brütende Hitze geherrscht, und sie waren mit Lastwagen fortgebracht worden, auf denen sie unter stinkenden Plastikplanen ausharren mussten. Erst nach zwei Wochen wurden sie ins Feld geschickt. Dann, am zweiten Tag des ersten Einsatzes ihrer Operation, wurde Chuck Reed senior am nördlichen Ufer des Flusses Vinh Phuonc zurückgelassen. Drei Monate später wurde er getötet und Nate schwer verwundet.

»Sir?«, hörte Clark jemanden fragen. Fast wäre er zusammengezuckt, als Chuck Reed junior ihm auf die Schulter klopfte. »Tut mir Leid, Sir«, sagte der Major leise. Jetzt sah Clark, dass ein Humvee vorgefahren war, und er stieg in den geheizten, gepanzerten Wagen, um sich zu seinem neuen Kommando bringen zu lassen.

Nate betrat den überfüllten, fensterlosen Konferenzraum. Hochrangige Offiziere aus einem halben Dutzend alliierter Armeen erhoben sich. »Ich würde Ihnen gern Lieutenant General Nate Clark von der U.S. Army vorstellen«, sagte Major Reed mit lauter Stimme. »Er ist der kommandierende General der Truppen der Vereinten Nationen in Russland.« Nate drehte seine Runde, um die Mitarbeiter seines Stabs zu begrüßen. Statt mit dem bei USARPAC üblichen J-Kürzel wurden die Aufgaben der Offiziere hier mit einem »G« bezeichnet. Diese Jobs waren höherrangigen Militärs vorbehalten.

»Ich bin Ihr G-3, zuständig für Operationen«, sagte der britische General, bevor er salutierte. Nate erwiderte den Salut und reichte dem Mann die Hand.

Insgesamt bestand der Stab aus Europäern und Amerikanern, aber die Clark unterstehenden hochrangigen Offiziere waren sämtlich Europäer. Mit der Zuständigkeit für Operationen hatte der britische General das große Los gezogen. Der Posten G-1, Zuständigkeitsbereich Personal und Verwaltung, ging an einen Niederländer, den Clark aus seiner Zeit im NATO-Hauptquartier gut kannte. Dieser beeindruckende Mann beherrschte fließend alle wichtigen europäischen Sprachen. Der G-2, zuständig für nachrichtendienstliche Informationen, war ein Franzose, der G-4, Fachmann für Logistik, ein Deutscher. Und dieser G-4 sorgte dafür, dass Clark sich auch an diesem Morgen einmal köstlich amüsieren konnte.

Der deutsche General, dessen Englisch einen schweren Akzent hatte, zog Clark zur Seite. »Entschuldigen Sie bitte, General«, sagte er, wobei er das »G« in *General* genauso wie in *gun* aussprach. »Da gibt es etwas, worüber ich mit Ihnen reden möchte.« Clark nickte. »Womöglich ist hier ein Missverständnis entstanden. Man hat mir gesagt, ich sei für die Logistik in unserem Operationsgebiet zuständig, doch dann habe ich zufällig ein Mitglied Ihres Stabs sagen hören, dass Sie hier den Zugverkehr regeln. Was Eisenbahnen und die Instandhaltung des Schienennetzes betrifft, habe ich beträchtliche Erfahrung, und viele meiner Reservisten arbeiten im Zivilberuf bei der Deutschen Bahn. Es scheint mir doch so zu sein …«

Clark lachte bereits und erklärte dem verwirrten Offizier, dass der umgangssprachliche Ausdruck *run the railroads* im übertragenen Sinne bedeute, dass er, Clark, bei diesem Einsatz die Weichen stelle. Schließlich entließ er den Offizier mit der beruhigenden Versicherung, dass selbstverständlich er für die Logistik des Schienenverkehrs verantwortlich sei.

Major Reed, der Zeuge der Unterhaltung gewesen war, hatte ein Lächeln auf den Lippen, das aber sofort verschwand, als Nate in einem todernsten Tonfall mit ihm zu reden begann. »Wir werden erst lernen müssen, bei diesem gemeinsamen Einsatz mit anderen Armeen alles richtig zu koordinieren«, sagte Nate. »Amüsante sprachliche Doppeldeutigkeiten wie die eben können zu Plastiksäcken mit Leichen toter Männer und Frauen führen. Unsere Alliierten stellen uns nicht nur hochgradig kompetente Offiziere zur Verfügung, sondern auch Männer, die unsere Sprache fast fließend beherrschen. Aber eben nur fast. In diesem Bündnis ist Englisch die offizielle Sprache, aber ich lege größten Wert darauf, dass vom einfachen Soldaten bis hinauf zum General jeder Amerikaner hier begreift, dass es *seine* Schuld ist, wenn Befehle falsch verstanden werden. Ich erwarte Sensibilität hinsichtlich der Nuancen idiomatischer Redewendungen. Meine Männer sollen geduldig, aber auf keinen Fall herablassend sein. Sie müssen definieren, wiederholen, langsam reden, gängige Worte mit präzisen Bedeutungen verwenden. Slang, Jargon und umgangssprachliche Wendungen sind zu vermeiden. Es geht um Leben und Tod, Major Reed. Sie verfassen das Memorandum, ich werde es unterschreiben.«

Detroit, Michigan
9. September, 15.00 Uhr GMT (09.00 Ortszeit)

Daryl stieg in die Limousine und blickte sich um. »Nanu!«, sagte er zu Gordon. »Dann darf ich also nicht nur vor dem Wahlkampfbus herfahren, sondern kann auch zum ersten Mal seit zwei Tagen unter vier Augen mit dir reden.«

Gordon fühlte sich fürchterlich mies. Seit Fein mit den Planern seiner Wahlkampfveranstaltungen vorgestern Abend dafür gesorgt hatte, dass sein Terminkalender ihm Zeit für ein Gespräch mit Daryl ließ, hatte Gordon diesen Augenblick gefürchtet.

»Ich habe den Entwurf deiner Rede vor den Mitarbeitern der Notaufnahme des Krankenhauses noch mit einigen Notizen versehen«, sagte Daryl, während er in der glänzenden neuen Lederaktentasche herumwühlte, die seine Frau ihm gerade geschenkt hatte. Dann reichte er Gordon einen Stapel Papiere. »Entschuldige, dass ich keine Zeit mehr hatte, alles abzutippen.« Er lachte. »Aber vermutlich kannst du nach all den Jahren meine Handschrift ja noch lesen.« Als Daryl Gordon anblickte, erstarb sein Lächeln allmählich.

»Die Rede ist abgesagt worden.«

Einen Augenblick lang verriet Daryls Gesichtsausdruck Irritation, doch dann wurde er wütend. »Und wann zum Teufel haben sie den Termin abgesagt? Das sollte deine programmatische Rede über die Krise des Gesundheitssystems sein! Also, was war los? Sind zu viele Kranke nicht nach dem Geschmack der Macher der Abendnachrichten?«

»Es ging um meine persönliche Sicherheit«, sagte Gordon. »In Chicago hat das FBI ein paar Terroristen verhaftet, bei denen Berufskleidung für Krankenhausangestellte gefunden wurde.«

Während er aus dem Fenster blickte, strich Gordon sich mit der Hand über das Gesicht. Seine Haut fühlte sich anders an. Noch immer hatte er sich nicht an das Make-up gewöhnt, das man ihm jeden Morgen im Hotel verpasste.

»Irgendetwas stimmt doch nicht«, sagte Daryl fast flüsternd.

»Wir müssen reden.« Die Veränderung von Daryls Gesichtsausdruck verriet, dass er genau in diesem Augenblick mit aller Klarheit begriff, was geschehen würde. Bevor sein Freund sich abwandte, konnte Gordon es an seinem Blick erkennen. Daryl war wie benommen und schwindelig, Gordon traten Tränen in die Augen. »Es tut mir Leid.« Jetzt betrachtete Daryl durch das Fenster die vorübergleitende Landschaft. Die Bilder des öden Straßenrandes verwischten sich. Der Konvoi fuhr mit hoher Geschwindigkeit, die Route des Wahlkampfteams war nicht bekannt gegeben worden.

Gordon atmete tief durch. »Es funktioniert einfach nicht«, hörte er sich selbst sagen.

Daryl blickte seinen Freund an. Er schien so tief und vernichtend getroffen zu sein, dass er Gordon nicht wütend, sondern eher vorsichtig und wachsam ansah. Als ob er nicht wüsste, was Gordon ihm jetzt antun würde, um ihn noch tiefer zu verletzen. Zumindest glaubte Gordon das.

»Ich brauche dich in Washington, damit du dich da um meine Angelegenheiten kümmerst«, sagte Gordon. »Du übernimmst mein Büro.« Gequält schloss Daryl die Augen. »Du wirst mir doch die Treue halten?« Daryl starrte auf die drei dunklen Fernsehmonitore in der Konsole gegenüber seinem Sitz. Dennoch wirkte sein Blick ziellos. »Wenn wir es schaffen, Daryl, wenn wir gewählt werden, will ich dich in meiner Mannschaft haben.«

»Lass den Wagen anhalten«, sagte Daryl, der es nicht mehr für nötig hielt, Gordon noch anzublicken. »Das kannst du doch noch tun, ohne vorher Fein zu fragen, oder? Kannst du den verdammten Wagen bitte abhalten lassen?«

»Daryl ...«

»Lass die elende Karre anhalten!«

»Du musst vernünftig sein, Daryl. Noch sind wir hier mitten im Niemandsland.« Gordon zeigt aus dem Fenster. Auf dem Weg in die Stadt flogen jetzt am Fenster die ersten niedrigen, verlassenen und mit Brettern vernagelten Gebäude vorbei. »Ich kann nicht einfach diesen ganzen Konvoi anhalten lassen, damit du aussteigen kannst.«

»Wenn du noch ein bisschen menschliches Mitgefühl oder einen letzten Rest freundschaftlicher Gefühle für mich empfinden solltest, wirst du doch wohl nicht von mir verlangen, dass ich an der nächsten Station deines Wahlkampfteams in dem ganzen Trubel aussteige und dabei noch Fein und seine Leute sehen muss. Mein Gott, Gordon, sie alle haben es *gewusst*, stimmt's? Jetzt begreife ich, was alle diese Blicke zu bedeuten hatten. Alle diese Gespräche, die plötzlich verstummten, wenn ich den Raum betrat ... Ich verstehe, warum ich gar nicht mehr zu wissen schien, was wirklich los war, warum mir niemand geholfen ...« Einen Augenblick lang konnte er nicht weiterreden. »Bis *zwei Uhr morgens* bin ich letzte Nacht aufgeblieben, um Kopien von den Tabellen für die Wahlkampffinanzierung zu machen. Aber als ich sie dir gebracht habe, bevor ich mich in meinem verdammten Büro schlafen legte, lag auf deinem Schreibtisch ein *anderer* Schnellhefter aus wirklich hübschem Kunststoff! Und als ich hineinblickte, fand ich eine neue, *völlig andersartige* Budgetplanung, die ich noch nie zu sehen bekommen hatte!«

Gordon empfand ein so tiefes Mitgefühl für Daryl und fühlte sich so ganz und gar auf seiner Seite, dass es ihn erschütterte, daran denken zu müssen, dass er selbst sein größter Feind war. Dass er selbst seinem besten Freund und ältestem politischem Verbündeten all dies angetan hatte. Und das alles nur wenige Tage nach seiner Nominierung als Kandidat für den Posten des Vizepräsidenten. Aber er erinnerte sich daran, dass es erledigt werden musste. Daryl wollte die unsinnige Attitüde des zornigen jungen Mannes einfach nicht aufgeben. In den Medien hatten sogar Gerüchte kursiert, dass in seinem Team nicht alles stimme, und noch schlimmer war, dass es versteckte Andeutungen gegeben hatte, die Spannungen seien auf Differenzen zwischen Weißen und Schwarzen zurückzuführen!

»Lass den Wagen anhalten«, sagte Daryl, der sich mittlerweile wieder gefangen hatte.

Gordon griff zum Telefonhörer. »Halten Sie an.« Der Agent mit dem Hörer am Ohr drehte sich um und sah ihn durch die Sicherheitsscheibe an. »Ich sagte, halten Sie an. Sofort.«

Der Agent zögerte, dann entgegnete er: »Ja, Sir« und unterbrach die Verbindung. Er tätigte mehrere Anrufe, während der Konvoi auf die Innenstadt zuraste. Mittlerweile fuhren sie durch die Slums. Hoch über den billigen Mietskasernen ragten die glitzernden Bürotürme von Downtown auf, auf die der Wahlkampfexpress des Kandidaten zusteuerte. Hier hingegen war jedes dritte Gebäude mit Brettern vernagelt. Auf den mit Abfällen und sonstigem Unrat übersäten Straßen standen in Gruppen Männer herum. Daryl sagte kein einziges Wort, starrte nur aus dem Fenster.

Schließlich kam der Konvoi langsam zum Stehen. Dieses unvorhergesehene Manöver hatte ziemlich lange gedauert, da die Vielzahl der Autos, Lastwagen und Wohnwagen eine Reaktion nur zögerlich zuließ. Agenten verließen ihre Fahrzeuge, und schäbig gekleidete Fußgänger blieben stehen, um die gut bewaffneten und eleganten Männer der Security in Augenschein zu nehmen. Daryl öffnet den Schlag.

»Daryl!«, rief Gordon, aber darüber hinaus fielen ihm keine passenden Worte ein. Sein Freund knallte die Tür zu. In seinem dunkelgrauen Anzug und dem gestärkten weißen Hemd wirkte Daryl in dieser Gegend völlig deplatziert. Er ging auf einen unrasierten, auf dem Bürgersteig herumlungernden Mann zu, der ein hageres Gesicht und stoppeliges graues Haar hatte und einen fleckigen Hut trug, dessen Krempe schlaff herabhing. Mit einem knochigen Arm zeigte der Mann die Straße hinab. Daryl ging los, sein Schritt wirkte jetzt zuversichtlich.

In der Limousine summte das Telefon, und Gordon nahm ab. »Können wir weiterfahren, Senator Davis?«, fragte der Agent, der vorn im Wagen saß.

Sprechen war jetzt fast zu viel für ihn. »Ja.«

Der Konvoi fuhr wieder los, und Gordon behielt den Bürgersteig im Auge, während die Fahrzeuge beschleunigten. Daryl sah er nicht mehr, dafür aber seine neue Aktentasche, die in einer offenen Mülltonne steckte.

Raketenabschussbasis Zawitinsk, Sibirien
11. September, 00.00 Uhr GMT (10.00 Ortszeit)

Ein Crewmitglied öffnete die Tür des Helikopters, und Nate spürte die kalte Luft des Frostwetters in die geheizte Kabine strömen. So rau das Wetter in Alaska auch gewesen sein mochte, wo die Soldaten eine kurze Zeit zugebracht hatten, um sich an die niedrigen Temperaturen zu akklimatisieren, so wusste Clark jetzt doch sofort, dass die sibirische Kälte von anderem Kaliber war. Dabei war es dem Kalender nach noch nicht einmal Herbst. Permanent beunruhigte ihn der Gedanke, was sie in diesem Winter noch alles erwarten mochte.

Nachdem er dem Wind unter dem Propeller entkommen war, trat ein Zivilist auf Clark zu, der sich als Angestellter der Internationalen Atomenergiekommission vorstellte. Er geleitete Clark zu einer unterirdischen Raketenabschussrampe. Russische Offiziere, die für strategische Waffen zuständig waren, warteten vor der schweren, offen stehenden Klappe, unter der sich die Rakete befand. Jetzt hob ein Kran langsam die pechschwarze Rakete aus der unterirdischen Abschussrampe. Clark wusste, dass sie mit einem thermonuklearen Sprengkopf bestückt war.

Er konnte sich nicht helfen, er musste seinen Blick über die nahe gelegenen Hügel gleiten lassen, die sich auf einer ansonsten freien Fläche erhoben. Jetzt ließ der potenziellen Angreifern schutzlos ausgelieferte Kranführer seine heikle Fracht langsam in einen schweren, gepanzerten Container sinken, der auf einem Tieflader befestigt war.

Der Zivilist beschrieb Clark gerade die Fortschritte beim Abtransport russischer Nuklearwaffen, die in Sicherheitsverwahrung genommen wurden, doch Nates Blick suchte noch immer die Linie der Bäume auf den umliegenden Hügeln ab. Dann überprüfte er die Senke neben der Piste für den Raketentransport, die mit einem Bulldozer geebnet worden war.

Auf einem der Hügel sah Nate jetzt die regelmäßige Kette von Pünktchen, nach der er Ausschau gehalten hatte. Nachdem er seinem Gastgeber für die Führung gedankt hatte, führte er Major Reed und das kleine, für die hiesige Sicherheit zuständige Sonderkommando in Richtung des Stützpunkts ihrer Soldaten.

Als sie sich dem Fuß des Hügels näherten, hörten sie von oben Männer, die sich auf Deutsch etwas zuschrien. Clark und die anderen erstarrten. Deutsche Soldaten kamen im Zickzackkurs den Hügel hinuntergestürmt und salutierten vor Clark. Mit weit aufgerissenen Augen nahmen sie die drei schwarzen Sterne auf Nates Kragen zur Kenntnis. Dann führten sie die Entourage durch ihre Abwehrstellung. Ständig wiederholten sie das deutsche Wort »Minen«, während sie zugleich in alle Richtungen zeigten. Die Sprengkörper waren durch dünne Stäbe markiert, an denen farbenfrohe Stofffetzen flatterten.

Oben auf dem ersten steilen Hügel angekommen, wurde Nate von einem Offizier in Empfang genommen, der vor dem Salutieren seinen Handschuh auszog. Nachdem er Clark begrüßt hatte, zog er den Handschuh schnell wieder an. Dann stellte er sich auf Englisch vor.

»Willkommen am Stützpunkt Zawitinsk, General Clark«, sagte er.

Die deutschen Fallschirmjäger hatten ihr Lager am Rand der Raketenabschussbasis aufgeschlagen. Bei Sonnenuntergang würden die Techniker der Internationalen Atomenergiekommission wieder in ihre warmen Behausungen zurückkehren, doch die zweihundert deutschen Soldaten mussten sich in ihrem Außenposten direkt nördlich des Flusses Amur auf eine ungemütliche Nacht einrichten. Von seinem Beobachtungsposten oben auf dem Hügel aus folgte Nates Blick der zweigleisigen Strecke der Transsibirischen Eisenbahn, die sich im Osten und im Westen im Dunst verlor. Nachdem er tagelang damit beschäftigt gewesen war, seinen Stab zu organisieren, hatte er sich für seine erste Inspektionstour für die Soldaten dieses Stützpunkts entschieden.

Diese Truppe war am dichtesten an der chinesischen Grenze stationiert.

»Entschuldigen Sie den unangemeldeten Besuch«, sagte Clark, der den Reißverschluss seines Parkas bis zum Kinn hochzog und an der Wollmütze zupfte, die er zum Schutz seiner eiskalten Ohrläppchen unter dem Helm trug. »Wie gewöhnen sich Ihre Männer an dieses Wetter?«

»Dieses Wetter?«, fragte der stattliche deutsche Oberst mit dem roten und vom Wetter gegerbten Gesicht, in dem die strahlenden Augen und die sehr weißen Zähne auffielen. »Heute ist das Wetter kein Problem, wir haben doch Sonnenschein.«

»Ich meinte die Kälte«, sagte Clark, während er dem Mann ein paar Stufen hinab in einen Schützengraben folgte, wo es so eisig kalt war, dass Clarks Zähne klapperten.

Der Deutsche schüttelte den Kopf. »Man tut, was man tun muss, stimmt's?«

Obwohl sie aufrecht standen, waren ihrer Körper hier voll in Deckung. Der Schützengraben war etwa einen Meter tief ausgehoben worden, aber auf seinem Rand waren in gleicher Höhe noch einmal Sandsäcke aufeinander gestapelt worden.

»An diesen Sandsäcken muss man Ihre Stellung eigentlich ziemlich gut erkennen können«, bemerkte Clark. »Sollten Sie den Graben nicht besser tiefer ausheben lassen?«

Der Deutsche zuckte die Achseln und trat dann mit der Stiefelspitze gegen die Erde. »Bis zum ersten Frost haben wir ja gebuddelt, aber jetzt ...« Wieder zuckte er die Achseln. »Wir könnten Sprengstoff zur Hilfe nehmen, haben aber noch nicht genug davon. Mit dem Nachschub läuft's nicht so gut.« Jetzt war sein Lächeln wie weggeblasen.

Clark betrachtete die in der Nähe stehenden Soldaten. Schneller als unter der Kälte würde die Qualität der Einheit unter knurrenden Mägen leiden. »Wir werden das Problem beheben.«

»Noch eines«, fuhr Clarks Gastgeber fort. »Wenn der Schnee kommt, wird er alles unter sich begraben.« Mit einer Handbewegung wies der Oberst auf einen dunklen Unterstand, den man von dem Schützengraben aus betreten konnte. »Kommen Sie, General Clark.« In gebückter Haltung trat Nale ein. Sofort brannten ihm wegen der Emissionen der Heizgeräte die Augen. Aufgrund der gekrümmten Körperhaltung fühlte er sich so unbehaglich, dass er sich lieber hinkniete. Neben ihm folgte seine Eskorte seinem Beispiel.

»Unsere Unterkünfte halten wir von den Kampfstellungen immer fünfzig Meter entfernt«, flüsterte der Deutsche. Als sich Clarks Augen an die Dunkelheit gewöhnt hatten, begriff er plötzlich, dass die dunklen Flecken auf dem Boden um ihn herum Männer in schwarzen Schlafsäcken waren, die oben wie in der Kapuze eines Parkas ausliefen. Nur die Gesichter hoben sich etwas von dem dunklen Hintergrund ab. »Hält man beide Bereiche getrennt, gibt's bei Artilleriebeschuss weniger Opfer.«

Bei der Erwähnung von Artillerie blickte Clark den Deutschen an. Die einzig denkbare Artillerie in dieser Gegend war die der Chinesen.

»Ja, Artillerie *ist* ein Problem, wenn man das umliegende Territorium nicht kontrolliert«, sagte der deutsche Oberst. »Wenn's schlimm kommt, holen wir uns Verstärkung und verlegen unsere Vorposten weiter auf ihr Gebiet. Das würde es uns gestatten, unsere Feuerstellungen besser zu verbergen und zu verteilen. Außerdem wären wir dann etwas mehr gegen Überraschungsangriffe geschützt. Aber in räumlich konzentrierten Stellungen haben wir eine gute Befehls- und Kontrollstruktur. Zudem ist die Kampfmoral der Soldaten besser, wenn sie zusammen sind.«

»Ich kann mir denken, dass es Ihre Männer nicht gerade in Begeisterung versetzen würde, wenn sie diese Schützengräben verlassen müssten«, sagte Nate.

Als ein Schweigen entstand, blickte Nate dem Offizier direkt in die Augen. »Meine Männer sind keine Soldaten für den Schützengraben, General Clark. Sollte ich es befehlen, würden sie angreifen.«

Nate blickte sich in dem Unterstand um. Zwischen den Männern in den Schlafsäcken, die wahrscheinlich in der letzten Nacht Dienst getan hatten, lagen Maschinengewehre, Panzerabwehrraketen und automatische Granatwerfer.

»Warum sind denn alle diese Waffen hier?«

»Tagsüber lagern wir sie in den Unterkünften, um sie warm zu halten, aber nachts sind alle Waffen und die Hälfte der Schützen in den Kampfstellungen.«

Wieder nickte Clark, und sie richteten sich auf, um zu gehen. Obwohl es in dem Unterstand relativ warm war – nach Clarks Vermutung etwas über null Grad –, genoss er doch draußen unter dem blauen Himmel die kalte, saubere Luft. Der Deutsche geleitete ihn einen engen Schützengraben hinab.

»Unsere Unterkünfte sind durch Splittergräben mit den Kampfstellungen verbunden.« Wenn sie an Soldaten vorbeikamen, mussten sie seitlich ausweichen. Beschädigte MG-Stellungen wurden nachts ausgebessert. Vor einem kleinen, verdeckten Loch in der Seitenwand blieben sie stehen. »Alle zwanzig Meter haben wir Unterstände für den Fall, dass wir bombardiert werden. Wir packen drei Sandsäcke darauf.« Der Deutsche tätschelte die drei grünen, mit Erde gefüllten Säcke. »Ein halber Meter über Kopfhöhe schützt uns vor indirektem Feuer, aber wir haben Probleme, genug lose Erde für die Sandsäcke zu finden.« Erneut kickte er mit der Stiefelspitze gegen die gefrorene Erde in dem Schützengraben, was ein kratzendes Geräusch verursachte.

Sie gingen weiter. Bald öffnete sich der enge Splittergraben auf einen sehr viel breiteren Schützengraben, in dem ein Trupp Soldaten auf dem Boden saß, die aßen, Waffen reinigten oder Briefe schrieben. Sofort ließen sie alles fallen, um Haltung anzunehmen.

»Machen Sie es sich bequem«, sagte Clark, doch die Männer standen weiter stramm. »Rührt euch.«

Nun gab der Oberst seinerseits einen Befehl auf Deutsch. Zwar nahmen die Soldaten jetzt eine entspanntere Haltung ein, aber sie bleiben weiterhin stehen. Clark begrüßte ein halbes Dutzend der Männer per Handschlag. Sein Nicken wurde jeweils mit einer kurzen Verbeugung beantwortet. Dann stiegen Clark und der deutsche Oberst zu den Stellungen hoch, die in die Vorderwände des Schützengrabens getrieben worden waren.

Der sanft abfallende Hügel war gerodet worden, und die wenigen noch verbliebenen Baumstümpfe würden die Schützen nicht nennenswert behindern. »Mir ist aufgefallen, dass Ihre Minen immer noch mit Wimpeln versehen sind«, sagte Clark.

»Stimmt, Sir. Wegen der nachts drohenden Gefahr lassen wir sie draußen. Wenn Schnee fällt, werden wir sie ausbuddeln. Das Problem bei den Landminen ist der durch den Schnee verursachte Druck. Bei schweren Schneefällen gehen sie hoch.«

»Was ist mit Stolperdrähten?«

»Wir könnten Stolperdrähte legen, aber dabei muss man immer etwas Spiel lassen. Bei niedrigen Temperaturen zieht sich der Draht zusammen. Hat man dann kein Spiel gelassen, explodiert die Landmine. Lässt man hingegen zu viel Spiel, hängt der Draht auf die Erde hinunter. Bald wird alles mit Schnee bedeckt sein, außerdem ist der Boden gefroren. Wir könnten die Minen einfach darauf legen, doch dann wäre es möglich, dass die Anarchisten sie nachts klauen. Und wenn wir sie draußen lassen, wird der Schnee die Explosion ersticken. Besonders effektiv sind Minen also nicht.«

Clark nickte. Zweierlei war ihm bereits klar. Erstens: Der Mann wusste, was er tat. Zweitens: Er selbst wusste es nicht und musste noch eine Menge lernen. Ab jetzt war dies weniger die Inspektion eines Außenpostens als vielmehr eine Vor-Ort-Erkundung, bei der ihm ein kundiger Führer zur Verfügung stand.

Der junge Oberst geleitete Clark durch ein weiteres Labyrinth zu einer Kreuzung der Schützengräben, die durch viele Sandsäcke gesichert war. Die dort postierten Männer verstummten und nahmen blitzschnell Haltung an. Wieder schüttelte Clark einigen die Hand. »Diese Soldaten stehen für blitzschnelle Gegenattacken bereit, *Gegenstöße*, wie wir in Deutschland sagen. Unsere Stellungen können aus allen Richtungen angegriffen werden. Unser Plan ist, die feindlichen Truppen unsere Schwachstellen attackieren zu lassen. Doch dann, bevor sie ihre Gewinne ausbauen können, attackieren wir diese Truppen mit einem *Gegenstoß*. Eine solche schnelle Gegenattacke durch ein Platoon ist besser als eine bei uns als *Gegenangriff* bezeichnete Aktion, also eine wohl überlegte Gegenattacke durch ein ganzes Bataillon am nächsten Tag. Aber diese Männer hier, sie müssen auf freiem Feld angreifen …« Der Deutsche spähte über die Sandsäcke, und Clark folgte seinem Blick, der sich auf die dichten Wälder richtete. Die Bäume würden die Männer decken, die in die Lücken in den Reihen vorstießen. »Tempo ist der Schlüssel des Erfolgs, verstehen Sie? Wenn tiefer Schnee liegt, werden wir ihn mit unseren Schneeschuhen platt treten und so Wege bahnen, auf denen unsere Leute schnell vorwärtskommen.«

»Sie wollen durch das Getrampel Ihrer Soldaten Pfade applanieren lassen?«

»Genau, das sind dann die Schneisen, durch die wir bei

unseren Gegenattacken marschieren, und zwar in diese Richtung und in *diese.*« Mit zwei aufeinander folgenden Handbewegungen bezeichnete er den projektierten Kurs seiner Soldaten. »Dies sind unsere absolut besten und tapfersten Männer«, sagte der Oberst, während er sich seinen Leuten zuwandte. Clark ließ seinen Blick über die Gesichter der Soldaten wandern, die alle jung waren. »Und für diesen Job müssen sie auch risikobereit sein«, fügte der Deutsche hinzu.

Wieder nickte Clark. »Und wo sind ihre Waffen?«, fragte er.

»Hier!« Der Oberst bückte sich und hob eine kleine Decke hoch, die zu Füßen eines der Männer lag. Aus dem Stoff zog er eine kleine schwarze Maschinenpistole hervor – eine Heckler & Koch MP-5. »Meine Männer sind für den Nahkampf ausgerüstet und deshalb nur mit Maschinenpistolen und Handgranaten bewaffnet.« Er zog den Reißverschluss des weißen Parkas eines der Männer auf. An einem um die Brust geschnürten Patronengurt waren unter der dicken Winterjacke Handgranaten befestigt.

Zum Abschluss ihrer Inspektionstour warfen sie noch einen Blick auf die Stellungen der Artillerie. Bevor Clark wieder in den geheizten Hubschrauber stieg, um in sein ebenfalls gut geheiztes Hauptquartier in Chabarowsk zurückzukehren, kletterte er auf das mit Sandsäcken bedeckte Dach eines Unterstands der deutschen Soldaten. Von diesem Beobachtungsposten aus ließ er das ganze Panorama auf sich wirken. Die Aussicht, die Gefühle, die Gerüche, die Geräusche einer Gefechtsstellung. Wie viele Jahre war es her, dass er zum letzten Mal diese Eindrücke empfangen hatte? Schon seit Vietnam nicht mehr?

War es hier anders, oder war es dasselbe?, fragte er sich. Überall auf dem Stützpunkt arbeiteten Männer. In Vietnam hätten sie nur mit bloßem Oberkörper arbeiten können und wären trotzdem schweißgebadet gewesen. Hier sah er klobige weiße Umrisse, die sich durch die gut vorbereiteten Verteidigungsstellungen bewegten, wo sie für ihre Zwecke in die Landschaft eingegriffen hatten. Sie erinnerten eher an

Astronauten in Raumanzügen, die auf dem Mond spazieren gingen. Und dennoch war es dasselbe, da war sich Clark sicher. Es war alles wie damals. Es war immer dasselbe.

Fort Benning, Georgia
15. September 13.00 Uhr GMT (08.00 Ortszeit)

Gay und Roger Stempel brachten Harold in ihrem Mercedes zum Fort. »Ich kann's einfach nicht glauben, dass er das wirklich getan hat«, wiederholte vom Beifahrersitz aus Gay zum hundertsten Mal, während sie ein Papiertaschentuch unter ihre Nase presste. »Ich *kann's* einfach nicht fassen.« Harolds Vater antwortete nicht, das hatte er schon längst aufgegeben. »Du hättest einen Rechtsanwalt anrufen sollen, Roger«, kreischte sie ihren Ehemann aufgebracht an.

»Er ist achtzehn, Gay«, antwortete Roger jetzt doch. Der Wagen kurvte durch den Militärstützpunkt in Georgia, wo brütende Hitze herrschte.

»Harold!«, platzte es aus Gay heraus, die sich kopfschüttelnd zum Rücksitz umwandte. »Welcher Teufel hat dich bloß geritten, als du dich für die Army gemeldet hast?« Sie blickte aus dem Fenster. Auch Harold schaute auf die gepflegten grünen Rasenflächen. Da er sie schon mehrfach vergeblich zu beantworten versucht hatte, ignorierte er die Frage seiner Mutter. »Mir ist ja klar, dass du sauer warst, weil man dich in Harvard auf die Warteliste gesetzt hat, während sich alle deine Klassenkameraden sofort einschreiben konnten. Aber du *hast* den Studienplatz! Nur das zählt.

Die Worths!«, brach es plötzlich aus ihr hervor, während sie sich wieder Harolds Vater zuwandte. »Wir haben doch in Boston einen Tisch für das Abendessen mit den Worths reservieren lassen!«

»Ich werde Harry Worth anrufen und es ihm erklären.«

Gay Stempel rollte die Augen und stöhnte. Dann wandte sie sich wieder Harold zu. »Deren Sohn kommt aus der Oberklasse. Für dich ist es wichtig, dass du vom ersten Tag an Beziehungen knüpfst. Wir haben dieses Dinner arrangiert, damit du einen guten Start hast. Freundschaften bilden sich in den frühen Jahren. Wieder und wieder haben dein Vater und ich dir erklärt, wie viel diese Freundschaften später im Leben für dich bedeuten können, wenn du mit deiner Karriere und in der Gesellschaft weiterkommen willst. Und das ist nicht mehr so einfach wie früher, heutzutage herrscht überall mehr Konkurrenz.

In einigen der besten Klubs braucht man heute nicht mehr eine, sondern zwei oder gar *drei* Empfehlungen von Mitgliedern, die die Aufnahme befürworten. Manche verlangen sogar vier! *Vier*, Harold!«

Ihr Sohn gab sich alle Mühe, sie zu ignorieren. Noch ein paar Minuten, dann war er sie los.

»Vielleicht stand er unter Drogen, Roger«, sagte Gay. »In diesem Fall wusste er nicht, was er tat. Vielleicht gibt's einen juristischen Ausweg.«

»Das da ist es wahrscheinlich«, sagte Harold, der seinem Vater auf die Schulter tippte und auf eine Ansammlung von grünen Armeebussen zeigte, deren Passagiere überall herumstanden.

Seine Mutter knurrte frustriert und wütend vor sich hin, während sie die Sonnenblende hinabzog und den kleinen Spiegel herunterklappte. Als sie einen Parkplatz gefunden hatten, war ihr Gesicht frisch gepudert. Die dunkle Sonnenbrille kaschierte ihre verquollenen Augen.

Alle drei Wagentüren öffneten sich gleichzeitig.

»Zur *anderen* Seite, du Wanze!« ertönte eine geisterhafte Stimme hinter einem Bus. Harold gab sich Mühe, seine Mutter nicht anzublicken, aber sein Vater ergriff ihren Arm.

»Mir geht's gut«, sagte sie, um seinen Versuch zurückzuweisen, ihr zu helfen. »Es ist nur so *heiß*!« Während sie um einen Bus bogen, fächelte sie sich mit ihrem Taschentuch Luft zu.

Schließlich sahen sie ein wahres Menschenmeer. Bei den in losen Gruppen herumstehenden Männern, die unterschiedlichste Kleidungsstücke in verschiedenen Farben trugen, handelte es sich wahrlich um eine gemischte Gesellschaft. Harold sah Langhaarige und Kurzhaarige, Shorts und Jeans. Eine traurige Gestalt hatte sich gar für einen Anzug entschieden. Schwarze, Weiße, Hispanics, Amerikaner asiatischer Abstammung – alle standen herum und warteten.

»Also, mein Sohn«, sagte Roger Stempel, der auf den Boden blickte und von einem Bein aufs andere trat. »Dies ist ein großer Schritt in deinem Leben. Offensichtlich hatten deine Mutter und ich ja andere Pläne, wie es in den nächsten paar Jahren bei dir weitergehen soll, aber so etwas passiert manchmal. Du brauchst Zeit, um dich selbst zu finden, und deshalb …« Er zuckte die Achseln. Harold schaute ihn an, doch der Blick seines Vaters war auf die unzähligen Rekruten gerichtet.

»Wird schon alles gut gehen«, sagte Harold. »Es sind ja nur zwei Jahre.«

»Das ist die richtige Einstellung, mein Sohn.« Sein Vater legte Harold eine Hand auf die Schulter. Jetzt schien sie ein seltenes Gefühl der Nähe zu verbinden. »Ich wollte ja nur sagen, dass deine Mutter und ich wissen, wie begierig du darauf sein wirst, mit dem Studium und im Leben voranzukommen, wenn du dies hier hinter dir hast. Trotz all der Worte, die in der Hitze des Gefechts gefallen sein mögen, sind wir doch immer noch deine Eltern, und ich wollte …« Er schwieg einen Augenblick und griff in seine Tasche. »Wir wollten, dass du die hier kriegst.«

Er hob Harolds Hand. »Das ist eine Gold Card. Im Gegensatz zu dem Zweitausend-Dollar-Limit deiner Visa Card hat diese hier ein Limit von zwölftausend Dollar. Solltest du jemals Probleme haben – gleichgültig, *was* für welche –, wird diese Kreditkarte dir heraushelfen. Keine Frage, wir werden uns darum kümmern, dass du die Karte jederzeit belasten kannst.« Sein Vater schniefte und wandte den Blick ab, weil ihm Tränen in die Augen traten. Dann räusperte er sich. »Komm, lass uns jetzt gehen.«

Nachdem Harold die Kreditkarte eingesteckt hatte, tauchte er mit seinem Blick in das amorphe Menschenmeer ein. Während er die Witze reißenden und lässig miteinander plaudernden Männer und Frauen beobachtete, bedauerte er erneut, dass er allein und nicht mit den anderen in den Bussen aus Atlanta hergekommen war.

Stattdessen hatte er den Wunsch seiner Mutter akzeptiert, sich von seinen Eltern im Auto hierher chauffieren zu lassen. *Es wird genauso wie in Dalton sein,* dachte er mit wachsender Wut. *Da habe ich die erste Woche in der Schule gefehlt, weil meine Mutter in Paris noch irgendwelche Anproben hatte, und als ich dann endlich ankam, hatte alle schon ihre Freundschaften geschlossen.*

Nach einer letzten Umarmung seiner Mutter waren Harolds Eltern schließlich verschwunden. Harold und sein Unteroffizier, der für den Drill der Rekruten zuständige Sergeant Giles, standen winkend nebeneinander. Als Harold den Sergeant lachen hörte, konnte er wider Willen die Gemütsverfassung seiner Mutter verstehen.

»Du bist eins von diesen beschissenen Muttersöhnchen, stimmt's, Stempel?«, sagte Giles leise.

Plötzlich war Harold aufgebracht. Er blickte zu Giles auf, der lächelnd noch einmal seiner Mutter zuwinkte, die hinter einem der Busse hervorspähte, bis sie von Harolds Vater fortgezogen wurde. Giles grinste noch immer.

»*Bist* du ein Muttersöhnchen?«, fragte er, ohne sich die Mühe zu machen, Harold auch nur anzublicken. »Hab ich's jetzt dreizehn Wochen lang mit einer Memme von Klassenstreber zu tun, Stempel?« Harold wollte sich eine Antwort einfallen lassen, doch bevor ihm eine Idee gekommen war, stellte der Sergeant bereits die nächste Frage. »Du weißt doch, was hier mit Muttersöhnchen passiert?« Harold begriff, dass dies eine rhetorische Frage war, die keine Antwort erforderte. Allerdings zuckte er zusammen, als der Sergeant erneut losbrüllte. Seine Stimme klang so laut wie Kanonendonner.

»*Antworte gefälligst, wenn ich dir eine Frage stelle!*«

Und damit begann die Grundausbildung des Soldaten Stempel.

»Wohin glotzt du denn?«, schrie jemand direkt in Stempels rechtes Ohr. Stempel konzentrierte sich auf einen imaginären Punkt direkt vor sich. »Antworten!«

»Nirgendwohin, Sergeant!«, bellte Stempel, dessen laute Antwort von dem Gebrüll der Unteroffiziere verschluckt wurde, die vor den Reihen der Rekruten auf- und abgingen. Stempel stand hinter einem rothaarigen Typ in der Reihe, dessen Schläfe gerade mit einer elektrischen Haarschneidemaschine bearbeitet wurde. Große Büschel roten Haars fielen auf den Boden.

»Und wohin glotzt du jetzt?«, brüllte ein Unteroffizier. Der Schmerz in seinem rechten Ohr ließ Stempel zusammenzucken.

»Was ist das für ein Stück Scheiße?«, drang eine andere Stimme an sein linkes Ohr.

»Ein gottverdammtes Arschloch«, antwortete der Sergeant rechts neben ihm. Stempel wurde von beiden Seiten in die Mangel genommen. »Davon gibt's in jedem Platoon eins.«

Die letzte Tolle roten Haars fiel auf den Betonboden. Die kalte Luft der Klimaanlage hatte Stempel zu einem Eisblock erstarren lassen. In Unterhosen trat er vor, durch die dicken Haarbüschel hindurch.

Das heiße Metall der laut brummenden Haarschneidemaschine bohrte sich hart gegen seine Schläfe. Mit seiner freien Hand hielt der Friseur Stempels Kopf, damit er ihn nicht bewegte. Innerhalb von Sekunden hatte er keine Haare mehr.

Stempel folgte den lautstarken Schreien, die alle an ihn gerichtet zu sein schienen. Besonders schlimm war es, als die Männer aus seiner Reihe an einer Theke aufgehalten wurden, wo Soldaten ihnen Tarnanzüge aushändigten. »Hände an die Hosennaht!«, brüllte jemand, obgleich Stempel nur Unterhosen trug. »Gerade stehen!« Stocksteif stand er da, mit vorgewölbter Brust, eingezogenem Kinn und stark schwitzenden Händen. »Maul zu, sonst fliegen noch Insekten rein!« Sein Mund war ausgetrocknet, er war durstig.

Ein Mann mit einem Maßband überprüfte den Umfang seiner Taille und die Länge seiner Beine. Eine aufgefaltete

Uniform wurde ihm unter die Arme geklemmt. Er folgte dem Glatzkopf, der eben noch einen roten Haarschopf gehabt hatte. Auf die anderen Klamotten wurden jetzt Socken, Stiefel und Unterwäsche gestapelt. »*Uniformen anziehen!*«, brüllte jemand von irgendwoher. »Ihr seid jetzt *Soldaten*!«

Stempel benötigte am meisten Zeit zum Anziehen. Der Raum hatte sich geleert, und die Schreie schienen schon aus weiter Ferne zu kommen, als er endlich die Jacke seiner Uniform zugeknöpft hatte. Nur noch ein einziger, geduldig an der Wand lehnender Unteroffizier war übrig geblieben. Er war mit einem Notizblock bewaffnet. Unter der breiten Krempe seines grünen Huts waren seine Augen kaum zu erkennen. Harold verkrampfte sich, als der Mann auf ihn zutrat.

»F-f-fertig, Sergeant!«, stotterte er, aber der Mann versperrte ihm den Weg. Stempel nahm Haltung an. Ihre Gesichter und Brustkörbe waren nur Zentimeter voneinander entfernt. Harold war auf das Schlimmste vorbereitet.

»Weißt du eigentlich, was du hier tust, Rekrut?« Der Tonfall war so unerwartet sanft, dass Stempel nicht wusste, wie er reagieren sollte. Ihm war nicht klar, was für eine Antwort der Mann erwartete. »Begreifst du, was *wir* hier heute tun, du und ich?«

»Ja, Sergeant«, sagte Harold laut, aber nicht schreiend.

»Sieh mich an, aber dann will ich deine Augen nie mehr sehen.« Harold blickte zu dem Mann auf. Es war Sergeant Giles, den er vom Parkplatz her kannte. »Du musst das hier schaffen, mein Sohn. Wie hart es auch werden mag, du musst es durchstehen. Wenn ich deine Persönlichkeit hier brechen kann, ist es mit deiner Männlichkeit vorbei. Damit will ich nicht behaupten, dass wir einen Mann aus dir machen werden. Hier können wir das nicht schaffen. Aber wenn du hier aufgibst, verspielst du deine vielleicht einzige Chance, ein Mann unter Männern zu sein, den aufrechten Gang zu lernen und ein Soldat zu sein. Haben wir uns richtig verstanden?«

Harold schluckte, traute seiner Stimme aber trotzdem nicht. Er nickte, und Giles trat zur Seite. Rennend stürmte

Harold den Gang hinunter, wobei er sich mit den Händen die Augen trocknete. Über der Tür hing ein Schild, auf dem DER SIEG BEGINNT HIER stand.

Tomsk, Sibirien
19. September, 22.30 Uhr GMT (08.30 Ortszeit)

Mit dem Telefonhörer am Ohr wartete Clark in dem eiskalten Kommandobunker des französischen Stützpunkts. Der stets freundliche Mann von der Vermittlung des Weißen Hauses hatte ihn gebeten, am Apparat zu bleiben. Obwohl er sich hier auf dem abgelegensten Außenposten im abgelegensten Winkel der Welt befand, ermöglichte die kleine Satellitenschüssel auf dem Dach die direkte Anwahl jedes Telefons auf der Erde. Nachdem er General Dekker über den Angriff informiert hatte, hatte der Stabschef der Armee seinen Anruf auf direkte Weisungen des Präsidenten hin ins Weiße Haus weitergeleitet.

Ein Klicken, dann eine Stimme. »Hallo? General Clark?«

Obwohl Clark noch nie mit Marshall gesprochen hatte, klang dessen Stimme sofort vertraut. »Guten Tag, Mr. President.« Schlagartig schossen die Köpfe aller Captains und Lieutenants in dem Raum mit der niedrigen Decke in die Höhe.

»Was ist denn da draußen vorgefallen?«, fragte Marshall.

»Ein Stützpunkt französischer Legionäre wurde angegriffen, Sir. Fünfzehn Tote, vierzig Verletzte.«

»Und wer war dafür verantwortlich?«, fragte Marshall. Mittlerweile war auch die durch die Satellitenverbindung bedingte Verzögerung schon ziemlich vertraut.

»Das lässt sich unmöglich sagen, Sir, da sie keine Opfer hinterlassen und wir keine Gefangenen gemacht haben. Aber wir vermuten, dass die russische Armee dahinter steckte. Es war ein gut koordinierter Angriff mit Mörsern. Also ein professioneller Job, den man irregulären Truppen nicht zutrauen würde.«

»Meiner Ansicht nach unterschätzen Sie diese Anarchisten vielleicht«, antwortete der Präsident. »Bei ihren terroristischen Anschlägen haben sie doch ganz schön beeindruckende organisatorische Fähigkeiten an den Tag gelegt.« Clark begann seine Einwände zu formulieren, doch der Präsident redete einfach weiter. »Was haben Sie vor, um künftig solche Angriffe wie in der letzten Nacht zu verhindern?«

»Dagegen kann man nicht viel tun, Sir … Zumindest nicht in der Situation, in der wir uns gegenwärtig befinden. Sicher haben Sie gehört, dass unsere europäischen Verbündeten einige Truppen abgezogen haben, weil es weiter westlich an der Transsibirischen Eisenbahn Ärger gegeben hat. Wir haben gerade genug Männer, um die isolierten Stellungen bei den Raketenabschussbasen und den Waffendepots besetzen zu können. Diese Einheiten können sich nicht gegenseitig unterstützen, sie können sich nicht einmal *selbst* helfen. Patrouillen mit angemessener Truppenstärke sind ausgeschlossen, und das bedeutet, dass wir praktisch das Land an die da draußen lauernden abtrünnigen Armeeeinheiten oder Anarchistenbanden abtreten.«

»Wollen Sie mich damit hintenherum um die Entsendung zusätzlicher Soldaten bitten? Sollte das der Fall sein, verschwenden Sie nur Ihre Zeit. Mehr Männer ist nur gleichbedeutend mit mehr Zielscheiben. Wir werden auch weiterhin dabei bleiben, dass dies eine einfache Operation ist, die zudem schnell über die Bühne gebracht wird. Ihre Aufgabe besteht einzig darin, die Nuklerarwaffen zu bewachen, nicht darin, draußen auf dem Land die Ordnungshüter zu spielen. Sobald die Dinge erst einmal unter Kontrolle sind, werden Sie unsere Fahne einholen und nach Hause zurückkehren. Haben Sie das kapiert?«

Nate atmete tief durch. »Ja, Sir«, antwortete er dann. »Ich habe verstanden.«

Weißes Haus, Oval Office
19. September, 22.30 Uhr GMT (15.30 Ortszeit)

Präsident Marshalls Stabschef drückte auf den Knopf, um die Verbindung abzubrechen.

»Nun«, sagte der Präsident, »das hört sich alles nicht so an, als wäre unser Mann vor Ort besonders glücklich.«

»Die wollen immer mehr«, antwortete der Stabschef. »Mehr Panzer, mehr Soldaten, mehr Flugzeuge. Und Sie wissen ja, wohin das führt. Zu einem zeitlich nicht absehbaren Engagement – und das ist ein Teufelskreis. Wir können nicht immer mehr Soldaten dahin schicken wie bei einer Invasion. Die Chinesen würden völlig aus dem Häuschen geraten! Außerdem glaube ich, dass wir Clark bereits entgegengekommen sind, als wir ihm diese zusätzliche Brigade bewilligt haben.«

»Und dennoch«, sagte Marshall. »Was ist, wenn tatsächlich die russische Armee hinter diesem Angriff steckte? Und was ist, wenn weitere Angriffe folgen und wir so dastehen, als hätten wir diese Männer und Frauen ohne ausreichende Unterstützung entsandt?«

»Das waren terroristische Anschläge der Anarchisten, und diesmal haben sie Schwein gehabt«, insistierte der Berater, der das Vertrauen des Präsidenten genoss. »Wir sollten zu Gegenmaßnahmen greifen, damit sie wissen, dass mit uns nicht gut Kirschen essen ist. Außerdem würden wir so unsere Wähler davon überzeugen, dass wir uns nicht herumschubsen lassen.« Marshall zuckte zusammen, als der Stabschef die denkbaren politischen Konsequenzen ansprach. »Wir können nicht einfach übersehen, dass wir uns im Wahlkampf befinden! Hier waren französische Soldaten betroffen, und den Franzosen ist es ziemlich schnuppe, was mit ihren Leuten passiert. Wenn aber in diesen Särgen die Leichen *unserer* Soldaten zurückkämen, müssten wir bestimmt einen höllischen Preis dafür zahlen. Dann müssten wir mit wirklich energischen Gegenmaßnahmen reagieren oder uns dem Vorwurf aussetzen, zu sanft mit diesen Anarchisten umzugehen.«

»Und wie hätten die energischen Gegenmaßnahmen auszusehen?«

»Es bedürfte einer Durchführungsverordnung, die nur vom Präsidenten persönlich erlassen werden kann«, erwiderte der Stabschef achselzuckend.

Überrascht runzelte Marshall die Stirn. »Wollen Sie damit sagen, dass ich einen politischen Mord autorisieren soll?« Erneut reagierte der Stabschef nur mit einem Achselzucken. »Und wessen Ermordung soll ich Ihrer Meinung nach sanktionieren, indem ich eine Durchführungsverordnung unterzeichne?«

Zwar war der Stabschef offensichtlich etwas verunsichert, aber er antwortete trotzdem. »Die von Kartschew.« Marshall blickte finster drein. »Wenn unsere Informationen zutreffend sind, hat er jede Menge Blut an den Händen kleben!«

»Das ist schwerlich die angemessene Vorgehensweise. Können wir ihn nicht auf der Grundlage dessen, was wir mit Sicherheit wissen, von irgendeinem Gericht verurteilen lassen?«

»Aber ich denke in diesem Fall nicht an ein Gerichtsverfahren!«, antwortete der Stabschef. »Ich rede davon, dass Gewalt mit Gegengewalt beantwortet werden muss.«

»Damit meinen Sie doch nur, dass die Öffentlichkeit *sehen* soll, dass wir auf Gewalt mit Gegengewalt reagieren. Sie denken an den Auftrieb, den wir in den Meinungsumfragen kriegen, wenn dieser Kartschew eines schönen Tages tot ist. Die Medien haben diesen Mann dämonisiert und ihn als denjenigen hingestellt, der allein hinter diesen terroristischen Anschlägen steht.«

»Er steckt *tatsächlich* dahinter, und ich weiß, dass Sie genauso darüber denken.«

»Aber ich kann es nicht abschließend beurteilen und bin kein Richter!«

»Doch, Sir, das *sind* Sie. Aus diesem Grund gibt es in unserem Land die Durchführungsverordnung des Präsidenten. Sie unterzeichnen sie einfach. Alles ist vollkommen rechtmäßig.«

Lächelnd schüttelte Marshall den Kopf. »Keine Frage, es

ist alles legal, aber ist es auch in moralischer Hinsicht vertretbar?«

Jetzt war der Berater mit dem Lächeln an der Reihe. »Was zum Teufel hat das alles mit *Moral* zu tun? Verdammt, Kartschew ist das personifizierte *Böse*! Es ist überhaupt keine Frage, dass das, was er da in diesen sibirischen Ausbildungslagern tut, verwerflich und amoralisch ist. Das sind praktisch mittelalterliche Methoden! Junge Mädchen verschwinden aus den Dörfern! Luftaufnahmen deuten auf Massengräber hin! Der Mann hat Sie und Ihre Frau umzubringen versucht! Bei Ihrem Verteidigungsminister und etlichen Politikern aus der ganzen Welt ist es ihm gelungen. Und der Tod der fünfzehn französischen Soldaten, die vergangene Nacht ermordet wurden, geht auf sein Konto.«

»Ich unterzeichne keinerlei Durchführungsverordnung.«

»Schon gut, schon gut. Dann unterschreiben Sie eben nichts. Vielleicht greifen Sie dann einfach zum Telefon und rufen im Pentagon an. Hin und wieder kriegen wir von der CIA die Nachricht, dass sie Kartschew irgendwo aufgestöbert haben. Vielleicht sichten sie ihn beim nächsten Mal ja irgendwo am Arsch der Welt. Wenn Sie sich so besser fühlen sollten, ist es dann kein ›Mordanschlag‹ durch eine Kugel, sondern wir lassen die Air Force einfach alles bombardieren. Vielleicht fällt ihm ja eine Bombe direkt auf den Kopf. Dann wäre alles hübsch ordentlich geregelt, ganz ohne Papierkram. Sollten wir ihn nicht erwischen, stellen wir aber auf jeden Fall sicher, dass das, was wir in die Luft jagen, auch von militärischem Wert ist.«

Schweigend starrte Marshall seinen Stabschef an. Schließlich griff er mit einem tiefen Seufzer zum Telefon. »Verbinden Sie mich mit General Dekker.«

2. KAPITEL

Luftraum über dem Tjumen-Oblast
23. September, 20.00 Uhr GMT (06.00 Ortszeit)

Nachdem Kate Dunn eine Nachricht für Woody hinterlassen hatte, war sie zum Kreml gegangen, wo sie um ein Interview mit Kartschew gebeten hatte. Zu ihrer Überraschung hatte ihr der schwarz gekleidete Wachtposten am Tor sofort den Zutritt gestattet. Kartschew saß in einem reich dekorierten Raum mit hoher Decke und trank Tee.

Sie stellte Fragen, er antwortete. Mehrfach blickte er auf seine Armbanduhr.

Nach zehn Minuten stand er mitten im Satz auf, versicherte Kate aber, das Interview sei noch nicht zu Ende, sie müssten allerdings von hier verschwinden. Vor dem Raum kamen sie an schwer bewaffneten Schwarzhemden vorbei, deren wiederholte Zurufe Kartschew nur mit einem Lächeln quittierte. Kate folgte ihm, ohne weiter darüber nachzudenken. Der Zusammenbruch Russlands war die sensationellste Story ihrer ganzen Journalistenlaufbahn, und Kartschew war ihre Quelle, ihr Führer und … derjenige, der schützend die Hand über sie hielt.

Kate, Kartschew und eine Eskorte gingen mehrere Treppen hinunter. Bald sah sie nur noch nackte und fleckige Wände. Die Gänge wurden schmaler, die Schwarzhemden untersuchten jeden einzelnen. Nie gab Kartschew einen Befehl, er blickte nicht einmal auf.

Die Anarchisten waren alle gleich gekleidet. Nylonjacken mit Reißverschlüssen, Nylonhosen, Stiefel, Handschuhe, alles in Schwarz.

Doch trotz der identischen Kleidung waren diese Männer in gewisser Hinsicht einzigartig. Einer trug das Haar unter seinem Helm kurz geschnitten, hatte aber einen buschigen Bart, ein anderer hatte sich den ganzen Schädel kahl rasiert, ein pockennarbiges Gesicht und humorlose schwarze Augen. Es gab kleine, stämmige Männer und große – Weiße, Asiaten und Schwarze.

Keiner von ihnen stieg mit Kate und Kartschew in den Lastenaufzug.

»Wo geht's denn hin?«, fragte Kate.

»Nach Sibirien«, erwiderte Kartschew lächelnd.

Als sie ihn weiter mit Fragen bombardierte, antwortete Kartschew stets höflich. Aber eigentlich antwortete er nicht wirklich. Sie verließen den Kreml auf einer speziellen U-Bahn-Linie als einzige Passagiere des Hochgeschwindigkeitszugs. Als sie ausstiegen, befanden sie sich auf einem Luftstützpunkt außerhalb Moskaus. Das einzige Licht, das sie auf der Startbahn erblickten, fiel durch die offene Tür eines Businessjets ohne Beschriftung.

Ein Donner rollte über die bewaldeten Hügel, und sie blieben lauschend für einen Augenblick auf der Rollbahn stehen. Wieder blickte Kartschew auf die Uhr. »Auf die Sekunde pünktlich«, lautete sein einziger Kommentar.

An dem dunkler werdenden Himmel über den Bäumen blitzte es, aber mit einem Gewitter hatte das nichts zu tun.

»Was ist denn los?«, fragte Kate.

»Sie greifen den Kreml an, um mich zu töten«, antwortete Kartschew, als die Tür des Jets sich hinter Kate geschlossen hatte. »Die letzte Szene des ersten Akts.« Auf eine eingehendere Erklärung wartete die Reporterin vergeblich.

Dennoch sprach Kartschew ohne Punkt und Komma weiter, stundenlang, ohne jemals direkt auf Kates Fragen zu antworten. Stattdessen erzählte er ihr Geschichten von uralten Dynastien, von denen Kate noch nie etwas gehört hatte. Bei seinen Geschichten über die dunkelsten Epochen der Menschheit schwelgte er in obskuren Details.

Bald war Kate in einen unruhigen Schlaf gefallen.

Das sich verändernde Geräusch der Flugzeugmotoren ließ Kate schlagartig aufwachen. »Wo sind wir?«, fragte sie, während sie aus dem kleinen Fenster blickte.

»Tjumen-Oblast, unmittelbar östlich des Urals«, antwortete Kartschew.

Mit quietschenden Reifen setzte der Jet zwischen zwei parallel verlaufenden Lichterketten auf der Landebahn auf. Das Flugzeug kam zum Stehen, verließ die Rollbahn aber nicht. Die Tür wurde von außen geöffnet, und Kartschew erhob sich.

Das Motorengeräusch wurde leiser. Kate starrte durch das Fenster auf die Lichter neben der Rollbahn. Bald wurden diese ausgeschaltet, doch in den wenigen Augenblicken davor erblickte sie noch den Umriss einer Limousine. Jetzt sah sie in der Fensterscheibe nur noch ihr Spiegelbild.

Kate folgte Kartschew in die Kälte und Finsternis. Über ihnen wölbte sich ein klarer Sternenhimmel. Auf dem kurzen Weg zu dem Wagen wurden sie von Windstößen gepeitscht. Wie in dem Jet setzten sie sich auch in der Limousine gegenüber. In gebückter Haltung kletterte ein Mann in den Fond der Limousine, der die Rollos vor den Fenstern herunterzog. Dann wurden die Türen zugeknallt, und sie waren wieder unter sich.

Immer allein. Nie schien Kartschew irgendwelche Leute um sich zu haben.

Die Straßen waren in einem bedauernswerten Zustand. Wenn sie große Schlaglöcher oder Risse in der Straße zu überqueren hatten, wurde der Wagen wie wild geschüttelt. Mit asphaltierten Straßen brauchte man in diesem Teil der Welt nicht zu rechnen. Sie waren im Niemandsland, unendlich tief im Niemandsland.

Kate begannen die Augenlider zuzufallen. Die schaukelnden Bewegungen, die Wärme, die späte Stunde – all das trug dazu bei, dass sie sich ungeachtet ihrer Sorgen nach Schlaf sehnte. Nach einer Zuflucht vor dem erstickenden Gefühl der Angst.

Aus Furcht, dass ihre Stimme zittern würde, sagte sie lieber nichts. Eigentlich hatte sie immer gedacht, dass selbstbewusste Menschen weniger Gefahr liefen, dumme Fehler zu begehen. *Wie etwa den*, dachte sie, *Woody gegenüber so zu tun, als hätte er es geschafft, mir den Plan mit dem Kreml auszureden, dann aber sofort dort hinzugehen, während er Lebensmittel aufzutreiben versucht. Dumme Fehler wie den, einem Verrückten ins*

Niemandsland zu folgen! Mit geschlossenen Augenlidern quälte sie sich mit diesen Gedanken.

Dann nickte sie ein, wachte aber abrupt wieder auf. Kartschew beobachtete sie.

Sofort war sie hellwach.

»Wir werden die Ausbildungslager besuchen.« Endlich beantwortete er die Frage, die sie ihm wiederholt gestellt hatte.

»Was sagen Sie da?«, platzte es aus Kate heraus. Sie setzte sich aufrechter hin. »Die Ausbildungslager der *Terroristen*?« Kartschew nickte. *Ruhe bewahren,* ermahnte sie sich selbst, *immer schön ruhig bleiben.* »Ich nehme *an*«, sagte sie in einem ruhigen, aber dennoch eine Spur zu schrillen Tonfall, »dass Sie mir das übliche Programm vorführen werden.« Allerdings hatte sie keine Ahnung, wie das aussah. »Sie wissen schon, Schießstände, Sportplätze mit Hindernissen, die die Männer überwinden müssen ... Denken Sie an so eine Vorführung?«

Kartschew zuckte die Achseln. »Wenn's Ihnen Spaß macht. Aber ich hatte gedacht, Sie wären eher an der *psychologischen* Dimension interessiert.«

Kate musste zweimal schlucken. »Wo genau sind wir hier?«

»Es ist wirklich besser, wenn Sie es nicht wissen, Miss Dunn, zu Ihrem eigenen Schutz ... Lassen Sie uns einfach provisorisch ›am Ende der Welt‹ sagen.« Kate spürte, wie ihre Unterlippe zu zittern begann. Sie schob ihre kalten Hände unter die Bluejeans. »Es wird Ihnen nichts zustoßen«, sagte Kartschew in einem fast beunruhigt wirkenden Tonfall. »Das kann ich Ihnen garantieren.« Kate blickte auf. Der Russe starrte sie mit einem besorgten Gesichtsausdruck an . »Sie können gehen, wann immer Sie wollen. Sie sind – ein freier Mensch.«

Kate atmete tief durch und wandte dann den Blick ab. Aber sie spürte, dass Kartschew sie weiter anstarrte. An seinen Manieren war nichts auszusetzen, er hielt Distanz zu all der Niedertracht. Das war eine Art persönliches Vorrecht, die seine Position mit sich brachte.

»Von was für einer psychologischen Dimension reden Sie eigentlich?«, fragte Kate, ohne aufzublicken.

»Wissen Sie, wer die Terroristen sind, die diese unaussprechlichen Dinge tun?«, fragte Kartschew. Kate senkte den Blick und schüttelte den Kopf. »Es sind armenische Selbstmordattentäter – Fedajin aus Nagorni-Karabach –, ihre aserbaidschanischen Feinde, Männer von der Hamas, Hisbollah und der IRA. Tamilische Rebellen aus Sri Lanka, Rote Khmer aus Kambodscha, phillipinische Kommunisten, UNITA-Rebellen aus Angola, bosnische Serben und Muslime, Georgier, Kurden, Tadschiken, Libanesen sogar Gang-Mitglieder aus Ihrem Land. Es sind Freiheitskämpfer, Banditen und Kriminelle, die von jedem Gebirgspass und aus jeder Großstadtstraße kommen, wo die Gesetze der Zivilisation außer Kraft gesetzt sind, unberechenbare Primitive, deren Loyalität sprunghaft wechselt. An Gewalt sind sie gewöhnt, in der zivilen Gesellschaft dagegen nicht verwurzelt.«

Als er sich vorbeugte, hörte Kate seine Jacke rascheln. Sie blickte weiterhin auf ihre Knie.

»Die wichtigste Funktion der Zivilisation besteht darin, die Menschen von Exzessen abzuhalten. Wir sind nicht die Kinder Rousseaus, Miss Dunn. Nicht die teuflische Regierung hält uns davon ab, friedlich und harmonisch zusammenzuleben, wie es uns irgendein Benetton-Plakat vorgaukelt. Der Homo sapiens tötet Tiere. Aus Angst vor Schlimmerem ordnen wir uns den auf Disziplin ausgerichteten Strukturen der Zivilisation unter. Wegen Ihrer sozialen Konditionierung in einer westlichen Gesellschaft haben Sie wahrscheinlich nur wenig Einblick in die düstere Welt der Leute, die wir rekrutieren. Sie leben an sehr dunklen Orten. Ich werde Ihnen einen flüchtigen Einblick in diese finstere Welt gewähren, die eine Alternative zur Zivilisation darstellt, in die anarchistische Welt. Wahrscheinlich kann ich Ihnen nur mit Worten gar nicht ausmalen, was Sie mit eigenen Augen sehen werden.«

Jetzt blickte Kate zu Kartschew auf. Ihr Mund war ausgetrocknet, und sie schluckte. Zum ersten Mal gingen ihr keine Fragen mehr durch den Kopf. Nun gab es nichts mehr, was sie noch wissen wollte.

»Gemeinsam ist allen diesen Männern, Miss Dunn, dass es ihnen völlig unmöglich ist, sich mit der Ordnung der Zivilgesellschaft auszusöhnen. Frieden ist für sie kein erstrebenswerter Zustand. Vor den Kriegen, an denen sie teilgenommen haben, waren sie nur bemitleidenswerte Außenseiter. Aber als ihre Gesellschaften dann kollabierten, lebten sie ihre Fantasien als Superhelden aus und schritten zur Tat. Sie töteten Frauen, Kinder, Alte. Was glauben Sie, was solche Männer tun, wenn der Krieg zu Ende ist? In ihren zusammengebrochenen Ländern rührt man keinen Finger für sie. Würden sie dort auch nur einen Job mit Mindestlohn kriegen? Es sind Männer, die Dorfbewohner aus ihren Betten gezerrt haben, damit sie Latrinen ausheben, und sie dann erschossen haben, weil das bequemer war, als sie nach Hause zurückzubringen. Sie ermordeten die Männer, die sie vor dem Krieg erniedrigt hatten, und raubten den Schwachen das, was sie auf rechtmäßigem Weg nie hätten erwerben können. Sie vergewaltigten die Frauen, die ihnen Verachtung entgegengebracht hatten. Im Gegensatz zu den Soldaten aus den großen westlichen Armeen, die mit dem Krieg nur die Opfer verbinden, die sie erbringen müssen, finden diese Männer an ihren Beutezügen Gefallen.«

Kate versuchte, sich wieder zu fangen, indem sie über eine Frage nachdachte. Schließlich war dies ein Interview. Eigentlich sollte sie die Gesprächsführung in die Hand nehmen und alles unter Kontrolle haben. »Und Sie geben all diesen Helden der ethnischen Säuberungen ein Zuhause?«

»Ethnische Säuberungen funktionieren sehr gut, Miss Dunn. Römische Legionäre vertrieben lästige Juden. Die amerikanische Armee hat die Indianer fast ausgerottet. Nach dem Ersten Weltkrieg wurden ethnische Griechen brutal aus Anatolien vertrieben, nach dem Zweiten Weltkrieg Deutsche aus Ostpreußen, Pommern, Schlesien und der Tschechoslowakei – Millionen kamen ums Leben. In jedem Fall war die Gewaltanwendung äußerst wirkungsvoll, um eine Region mit brisanter ethnischer Bevölkerungszusammensetzung zu stabilisieren.«

Kate schnaubte angewidert. »Also suchen Sie weltweit die besten Experten für ethnische Säuberungen?«

Kartschew schüttelte den Kopf. »Das ist gar nicht notwendig, sie kommen zu uns. Wir nehmen zwei verschiedene Typen von Männern auf. Die größte Gruppe entstammt der Unterschicht.« Mit einer betonenden Bewegung seiner Finger zählte der Russe die Charakteristika auf. »Keine Ausbildung, keine nennenswerten Verdienstmöglichkeiten, keine Anziehungskraft auf Frauen, keine Zukunft. Diesen Leuten vermittelt die ihrerseits nur halb verstandene Rhetorik, mit denen man ihnen einen Grund ihres Daseins nahe bringt, das trügerische Gefühl persönlicher Würde. Aber noch wichtiger ist, dass das Ende von Kriegen für sie gleichbedeutend mit dem Ende einer guten Zeit ist. Für sie ist das eine ausweglose Situation, denn je länger die Kämpfe andauern, desto unrettbarer sind sie verloren. Aber die Männer des zweiten Typus sind die gefährlicheren.« Kartschew beugte sich vor. »Das sind vertriebene Militärs, unehrenhaft entlassene Offiziere und Soldaten mit gescheiterten Karrieren, die die Kunst des Krieges beherrschen. Durch ihre Fähigkeiten nimmt das Töten eine andere Größenordnung an. Ihr einziges Problem besteht darin, dass vielen von ihnen die moralischen Vorstellungen und die Verhaltensweisen der europäischen Streitkräfte oder der amerikanischen Armee eingeimpft worden sind. Man hat ihnen eine hochgradig ausdifferenzierte, fast schon ritualisiert zu nennenden Form der Kriegsführung beigebracht, die Gesetze, Bräuche und Traditionen kennt. Soldaten werden ausgebildet, um gegen andere Soldaten zu kämpfen. Sie lernen, eine symmetrische Reaktion zu erwarten und auch selbst so zu reagieren. Wir lehren sie, asymmetrisch zu handeln. Organisiertes militärisches Vorgehen und Polizeiarbeit mit unorthodoxen Methoden zu unterlaufen. Es ist wie damals, als britische Rotröcke gegen die amerikanischen Indianer kämpften. Oder die amerikanischen Ranger in Mogadischu. Sie schießen scharf, legen Hinterhalte, täuschen und betrügen. Es ist schon ziemlich erstaunlich, was ein paar tausend solcher Männer anrichten können. Die Lehre von der Komplexität bietet eine wissenschaftliche Demonstration, wie scheinbar belanglose Variablen immens disproportionale Reaktionen hervorrufen können.«

»Und was wollen Sie damit sagen?«

»Dass nicht allzu viel Gewalt erforderlich ist, um den Lauf der Geschichte zu ändern.«

Kate hob den Blick. »Reden wir hier immer noch über die Ausbildung von Terroristen? Oder denken Sie an etwas ganz anderes?«

Kartschew lächelte. »Meiner Ansicht nach treten wir in eine neue Epoche ein, in eine Ära des Zerbrechens aller Glaubenssysteme, wie es sie seit dem sechzehnten Jahrhundert nicht mehr gegeben hat. Dieses soziopolitische Erdbeben hat damals direkt zum Dreißigjährigen Krieg geführt, der das größte Trauma des modernen Europas ist. Dadurch wurden alle Moralvorstellungen und die gesellschaftliche Ordnung hinweggefegt. Noch eine ganze Generation später verbreiteten die Überbleibsel der aufgelösten imperialen Armeen auf dem Kontinent Syphilis und Räuberei.«

Wieder schluckte Kate. »Was wollen Sie mir zeigen?«, fragte sie leise.

Kartschew zog eine Grimasse. »Wir lassen diese Männer so leben, wie sie leben wollen. Wir füttern sie mit allem, wonach es sie verlangt. Und dabei geht es nicht in erster Linie um Munition, Drogen oder Lebensmittel, sondern um das Rohmaterial, dass sie am meisten zu schätzen wissen – Menschen. Meistens Frauen, aber ... Wie auch immer. In ihrer Welt sind sie die souveränen Herrscher. Sie ...«

»Schweigen Sie«, stieß Kate hervor, die sich die Ohren zuhielt. »Sie sind das personifizierte Böse«, fügte sie leise hinzu.

Der Wagen hielt an.

»Wir sind da«, sagte Kartschew.

Er öffnete den Schlag. Draußen sah Kate ein schwach beleuchtetes Gebäude, dessen Löschbetonwände weiß gestrichen waren. Fenster oder Türen hatte das Gebäude nicht.

»Kommen Sie, Miss Dunn?«, fragte Kartschew von der offenen Wagentür her. Kate saß reglos da, starr vor Angst. »Nun gut«, sagte der Russe, während er ihr die Hand entgegenstreckte. »Vermutlich wollen Sie sich doch lieber verabschieden. Der Wagen wird Sie zum Flugplatz, der Jet nach Moskau zurückbringen.«

Kate blickte auf Kartschews ausgestreckte Hand, rührte sich aber nicht. »Bis zum nächsten Mal, Miss Dunn.« Zwei knirschende Schritte auf dem Kies, dann wurde ihr die Tür förmlich ins Gesicht geknallt. Auf Russisch gab Kartschew dem Fahrer eine Anweisung. Kate öffnete die gegenüberliegende Autotür und erbrach sich auf den Boden.

Als die Limousine plötzlich von der Straße herunterfuhr, glaubte Kate, ihre schlimmsten Ängste würden sich bewahrheiten. Sie hörte, wie die Vordertüren geöffnet wurden. Furchtbare Vorstellungen, was mit ihr geschehen würde, quälten sie. Doch dann hörte sie etwas – Donner. Plötzliche Blitze erhellten die Dunkelheit.

Trotz ihrer Anspannung – oder gerade wegen ihr – spürte sie, dass etwas nicht in Ordnung war. Die Männer von vorn unterhielten sich. *Die Nacht ist doch völlig klar!*, dachte Kate. An dem sternenübersäten sibirischen Himmel war nicht ein Wölkchen zu sehen – dafür aber etwas anderes. Die Blitze glichen Ketten explodierender Lichter, und der Lärm ähnelte weniger dem Donner eines Gewitters als vielmehr dem von fernen Explosionen.

Die Türen schlossen sich, und die Limousine raste mit hoher Geschwindigkeit weiter.

Fort Benning, Georgia
28. September, 20.00 Uhr GMT (15.00 Ortszeit)

Jeder einzelne Muskel in André Faulks Körper schmerzte, aber der weiße Junge neben ihm schien halb tot zu sein.

»Alle mal herhören, Gentlemen!«, brüllte der für den Umgang mit Waffen zuständige Unteroffizier, ein Lieutenant mit dunkler, bruchfester Sonnenbrille. »Dies hier ist eure Waffe.« Er hielt ein schwarzes Sturmgewehr hoch. Trotz Andrés Qualen lächelte der Mann. Jetzt blickte er mit zunehmender Aufmerksamkeit zu dem zusammengesunken dasitzenden jungen Weißen hinüber. Dessen Gesicht war gerötet, die Augen waren halb zugefallen, sein Mund stand offen. Er schien krank zu sein. »Wenn sich bei dieser Waffe ein Schuss löst, wird jeder, der in diesem Moment im Weg steht, von einer 5.56-Millimeter-Kugel getroffen, die eine höllische Geschwindigkeit hat. Und diese Waffe, Gentlemen, wird losgehen, wenn ihr sie fallen lasst.«

Wie betäubt sackte der weiße Rekrut gegen Andrés Schulter. »He«, sagte André. Der Unteroffizier stürzte auf ihn zu und bombardierte ihn mit so lauten Flüchen, dass Andrés Trommelfelle in Gefahr gerieten zu platzen. Nach dieser Unterbrechung ging der Vortrag weiter. Aus dem Augenwinkel sah André, dass der Kranke erneut einzuschlafen schien. Er schwankte, die Augen waren ihm fast zugefallen. *Verdammter Mist, der Typ ist eingepennt,* dachte André, *und mir werden sie dafür den Arsch versohlen!* Dies war praktisch das einzige Mal gewesen, dass er einen der anderen Rekruten angesprochen hatte, und sofort hatte es Scherereien gegeben.

»Wie wär's denn mit dir?«, fragte der Lieutenant, der auf den erschöpften weißen Rekruten zeigte. André lächelte.

»*Stempel!*«, ertönte die Stimme des Lieutenants mit der Lautstärke eines Schusses, gefolgt von dem ebenso lärmenden Gelächter der restlichen Rekruten. »Du dämliches Stück Scheiße!« Der Unteroffizier ging zwischen den im Schneidersitz dasitzenden Männern hindurch und beugte sich über das arme Schwein, das wieder eingenickt war. »Hattest du in der letzten Nacht nicht genug Zeit zum Pennen, Stempel? War's das? Und da hast du dich mal eben entschlossen, während der wichtigsten Unterrichtsstunde deines ganzen kurzen und erbärmlichen Lebens ein Nickerchen zu halten?«

Wieder lachten alle.

»Was zum Teufel gibt's da zu lachen?«, brüllte der Unteroffizier und ließ seinen Blick über die vierzig Männer gleiten. Jetzt wandte sich der Sergeant mit geballten Fäusten und in bedrohlichem Ton an die Rekruten, denen das Lachen vergangen war. »Ihr seid eine *Einheit* und dieser Scheißkerl gehört auch dazu! Die Opfer versehentlich ausgelösten Feuers aus den eigenen Reihen, vor dem euch der Lieutenant gewarnt hat, seid *ihr*! Findet ihr es etwa komisch, dass unser Stempel hier von den grundlegenden Sicherheitsmaßnahmen im Umgang mit einem Sturmgewehr nichts wissen will?«

Mit funkelnden Blicken starrten alle den hageren Stempel an.

»Zwanzig Liegestützen!«, schrie der Unteroffizier, doch als Stempel sich bereit machte, brüllte er erneut los. »Nicht *du*, Stempel! Alle anderen! Zwanzig Liegestützen, laut mitzählen!«

»Eins!«, rief André gemeinsam mit den anderen, während seine Brust den Boden berührte.

»Also, Stempel«, verkündete der Unteroffizier lautstark. »Ich will, dass du lachst!« André zählte weiter. *»Lach jetzt, verdammt!«* Stempel brach in ein unaufrichtiges Gelächter aus. *»Lauter!«* Unter Stempels Gelächter absolvierten die anderen Rekruten ihre zwanzig Liegestützen. Einige kamen über die ersten paar nicht hinaus, die anderen versuchten, sie durch Zurufe aufzumuntern. Als André fertig war, setzte er sich schweigend hin, um das Weitere abzuwarten. Dann war alles überstanden, und Stempel wurde zum Aufstehen aufgefordert.

»Also, Rekrut Stempel«, sagte der Lieutenant, »warum erklärst du mir jetzt nicht mal das M-16, und zwar unter korrekter Bezeichnung aller Einzelteile?«

Stempel sah furchtbar aus, ratterte aber trotzdem los. »Sir, das M-16A1 ist ein mit 5.56-Millimeter-Munition in Magazinen betriebenes und mit Gasdrucklader augestattetes Sturmgewehr, das mittels eines Hebels wahlweise auf halbautomatischen Betrieb oder auf dreischüssige Feuerstöße eingestellt werden kann, *Sir*!« Stempel durfte sich wieder setzen, dann ging die Vorstellung weiter.

»Ich werde euch das nur zweimal demonstrieren – einmal in normalem Tempo, einmal etwas langsamer.« Der Lieutenant legte die Waffe auf einen Stahltisch. »Wenn man das M-16 im Feld auseinander nehmen will, muss zuerst das Magazin herausgenommen werden.« Das leere schwarze Magazin fiel in seine Hand. »Zuerst wird der Ladegriff ausgeklinkt und nach hinten gezogen.« Er schob das schwarze Metallstück auf den Kolben zu. »Ihr entfernt den Ladegriff, indem ihr darauf drückt und ihn dann zurückzieht.« Schon hatte er ihn in der Hand. »Zieht den Sicherheitsstift heraus und lasst den Schlagbolzen herausfallen.« Ein pfeilförmiges Objekt kam zum Vorschein. »Dreht den Bolzen nach rechts, bis der Nockenstift nicht mehr von dem Bolzenschlittensplint verdeckt ist.« Hier konnte André endgültig nicht mehr folgen. »Dreht den Nockenstift um eine Viertelumdrehung und nehmt ihn weg. Dann zieht ihr den Bolzen von dem Schlitten.« Überall auf dem Tisch lagen die Einzelteile herum. »Drückt den Patronenhülsenauswerfer nach unten, um die Federspannung aufzufangen. Dann zieht ihr behutsam den Splint des Auswerfers heraus und nehmt Letzteren heraus.« Vorsichtig zog der Lieutenant eine lange Feder hervor, in der ein Metallstück steckte. Jedes Teil hatte einen speziellen Namen. Der Vortrag wollte und wollte kein Ende nehmen.

André ließ seinen Blick über die Gesichter der anderen wandern, um sich zu vergewissern, dass auch sonst niemand begriff, was der Lieutenant da erzählte. In diesem Moment sah er Stempels Gesicht – seine Nase lief, und er weinte.

London, England
2. Oktober, 21.00 Uhr GMT (21.00 Ortszeit)

Der Mann fuhr den Wagen bis zu dem Schachtdeckel in der Seitenstraße, um dort mit behutsamen Lenkbewegungen und unter Zuhilfenahme der Bremse das Fahrzeug genau an die richtige Stelle zu manövrieren. Als das erledigt war, zog er die Handbremse. Dann wandte er sich um und klopfte gegen die Wand. Die enge Straße lag verlassen da. Seit der Befehl zum Losschlagen gekommen war, hatte es in London nur neun Anschläge gegeben, darunter einen im Wembley-Stadion, den er selbst durchgeführt hatte. Aber noch immer gingen die Menschen nachts nicht vor die Tür.

Ein dumpfes Geräusch ließ den Boden des alten Volkswagens vibrieren. Nach ein paar Sekunden zerriss ein fernes Donnern die friedliche abendliche Stille. »Zehn runter, zwanzig links«, meldete jemand prompt über Funk auf Russisch. Seine Partner hinten im Wagen mussten zwei Knöpfe am Zielmechanismus des Mörsers bedienen, um korrekt zu zielen – ein Druck auf den Knopf für die Richthöhe, zwei auf den für die Einstellung des Seitenwinkels. Ein weiteres dumpfes Geräusch ließ das Fahrzeug erzittern. Aus der Ferne hörte der Mann das erste Heulen einer Sirene.

Ein erneutes Donnern zerriss die Nacht. »Macht weiter, damit es mehr Eindruck hinterlässt«, meldete der Mann vor Ort über Funk. Im hinteren Teil des Volkswagens wurde es lebendig, als die Männer am Granatwerfer durch das offene Dach feuerten. Dies war nicht einer der leichten, tragbaren 60- oder 70-Millimeter-Mörser, sie arbeiteten mit einem Granatwerfer für 120-Millimeter-Projektile. Die Geschosse würden durch das Dach im Haus Downing Street Nr. 10 einschlagen und in den unteren Stockwerken des Wohnsitzes des britischen Premierministers explodieren.

Durch die Windschutzscheibe sah der Fahrer einen Bobby an der Straßenecke stehen bleiben, der dann im Laufschritt flüchtete. Fluchend öffnete er die Tür, um mit seiner Maschinenpistole hinter dem Polizisten herzurennen, aber als er um die Ecke bog, war von diesem nichts mehr zu sehen. Er verlangsamte das Tempo und ging die Straße hinab. Die Eingangstreppen der Reihenhäuser reichten bis auf den Bürgersteig. Vorsichtig schlich er an der ersten Treppe vorbei, aber auf der anderen Seite versteckte sich niemand. Das Spiel wiederholte sich, wieder ohne Erfolg.

An der dritten Treppe blieb er stehen. Er hatte ein Gefühl dafür und konnte innerlich abschätzen, wie weit ein fliehender Mann gerannt sein konnte. Mit angewinkeltem Arm hob er die Maschinenpistole mit einer Hand.

Langsam schlich er um die Treppe herum, hinter der eine schwach erkennbare Gestalt in der Dunkelheit kauerte. Der Bobby hob den Kopf, dann seinen nutzlosen Schlagstock – er war keiner von den bewaffneten Spezialpolizisten, die es erst seit kurzem gab.

Während er seine Waffe auf den Bobby richtete, überkam ihn eine Welle von Selbstekel. Der Polizist wich zurück, den Rücken jetzt dicht an die Backsteinwand hinter sich gepresst.

Ich könnte ihn laufen lassen.

Dieser Gedanke, der wie aus dem Nichts aufgetaucht war, überraschte ihn. Während beide Männer reglos und schweigend verharrten, wälzte er den Gedanken in seinem Kopf hin und her, um ihn von allen Seiten zu betrachten.

Aber warum?, kam jedes Mal die Gegenfrage einer inneren Stimme.

Das Mündungsfeuer aus den Lauf der Waffe erhellte die Finsternis. Mit gespreizten Gliedern lag der Polizist am Boden.

John F. Kennedy Airport, New York
6. Oktober, 15.00 Uhr GMT (10.00 Ortszeit)

»He, Kate«, sagte Woody, während er seine Kollegin sanft schüttelte. Kate Dunn öffnete die Augen. Durch die Fenster des Flugzeugs, das bereits auf der Landebahn zum Stehen gekommen war, flutete strahlender Sonnenschein. Sie lag zusammengerollt und auf der Seite unter einer Decke auf ihrem Sitz am Fenster. Ein Gefühl der Aufregung überkam sie, weil sie wieder in den Vereinigten Staaten war.

»Sind wir schon da?«, fragte sie schläfrig, während sie ihr Gesicht Woody zuwandte. Abgesehen von den beiden Männern, die vor ihnen standen, hatte sich das Flugzeug bereits geleert. Woody hatte sich die Decke bis unters Kinn gezogen.

»Sieht ganz so aus, als hätte man uns ein offizielles Empfangskomitee geschickt«, sagte er. Seine Augen waren geschwollen. Offensichtlich hatte auch er die Landung verschlafen. Er blickte zu den beiden Männern auf. »Ich hab nichts zu verzollen.«

»Würden Sie bitte beide mitkommen«, sagte einer der

Männer, der lässig eine Marke in seiner Brieftasche aufblitzen ließ, die sich sofort wieder schloss.

»Immer mit der Ruhe«, sagte Woody. »Lassen Sie mich das Ding da erst noch einmal sehen.«

Der mürrische Mann runzelte die Stirn, als er erneut die Brieftasche aus seinem Jackett zog, sie zum zweiten Mal öffnete und Woody unter die Nase hielt. Nachdem der Kameramann die Kennmarke des FBI sorgfältig überprüft hatte, wandte er sich Kate zu. »Scheint echt zu sein.«

Sie standen auf und suchten ihre Sachen zusammen. »Hören Sie, ich habe diese ganze Prozedur schon einmal über mich ergehen lassen«, sagte Woody, während er die Taschen mit seinen Kameras aus dem Gepäcknetz nahm, die mit strahlend grünen Aufklebern in der Form von Marihuanablättern übersät waren. »Ja, ich kannte Jimmy Hoffa, *okay*? Aber zwischen uns gab's nur eine kleine Auseinandersetzung, das ist alles. In den Müllsäcken, die ich in den Golf von Mexiko geworfen habe, befanden sich nur ein paar Tierkadaver, die ich am Highway gefunden hatte, kein Gewerkschaftsführer. Mit einem Auftragsmord der CIA habe ich nichts zu tun, verstanden? Womit ich natürlich nicht sagen will, dass die CIA ihn umgebracht hat.«

»Woody«, ermahnte Kate ihren Kollegen sanft, aber es war vergeblich. Woody amüsierte sich einfach zu gut.

»Sagen Sie«, fuhr der Kameramann fort, während er den Agenten näher zu sich winkte. »Ist das wahr, was ich über J. Edgar Hoover gehört habe?«, flüsterte er. »Dass er wegen seiner Gewichtsprobleme eine besondere Vorliebe für dunkle, gedeckte Farben und den Schichtenlook hatte?« Die beiden Agenten blickten sich an, als versuchten sie herauszufinden, wer eine gleichgültigere Miene aufsetzen konnte. »Klar, ich begreife ja, dass er eine große Show abgezogen hat, wenn er sich für Partys und anderes mit Klamotten im Blümchenmuster oder einem heißen rosa Einteiler aufstylte, aber im Amt war er ja immer hübsch konservativ gekleidet. Flache Schuhe statt hohen Absätzen, stimmt's?« Grinsend zeigte er auf einen der beiden Agenten. »Hab ich nicht Recht?«

»Lassen Sie uns gehen«, war der einzige Kommentar des Mannes.

Während sie in einem Privatjet nach Washington geflogen wurden, machte Woody die ganze Zeit über weiter bissige Bemerkungen. Die Agenten hatten nur das Ziel ihres Flugs genannt und gesagt, dass sie ihnen lediglich ein paar Fragen stellen wollten. »Junge, Junge«, sagte Woody, während er sich in dem gut ausgestatteten Jet umblickte. »Da sieht man mal, wo die Steuergelder bleiben. Gibt's hier etwa auch ein Bidet?«

Kate gab sich alle Mühe, nicht hinzuhören, aber im weiteren Verlauf des Flugs war sie bald mehr und mehr genervt. Ihr war klar, dass das Woodys Methode war, mit den Mächtigen umzugehen. Bei der russischen Polizei hatte er es – mit wechselndem Erfolg – mit denselben Mätzchen versucht. Wenn er es mit Autoritätspersonen zu tun hatte, die ihm das Steuer aus der Hand nahmen, bombardierte er sie einfach mit seinen Bemerkungen.

Zwar waren das eher Nadelstiche, die man einem Elefanten versetzte, doch Woody war davon überzeugt, dass er früher oder später die Oberhand gewinnen würde, wenn er seine Widersacher so lange nervte, bis sie mit ihrer Geduld am Ende waren.

Woody nickte, zog dann eine Grimasse und beugte sich vor. »Mit Ihren Schuppen sollten Sie besser keine marineblauen Klamotten tragen«, flüsterte er. Mit versteinerten Gesichtern saßen die beiden Agenten Kate und Woody an dem Kaffeetischchen gegenüber, aber der Mann, den Woody gerade attackiert hatte, lächelte jetzt affektiert. Und warf einen verstohlenen Blick auf seine Schulter … Der Kameramann tippte Kate auf die Oberschenkel. Offensichtlich glaubte er, ein Stück vorangekommen zu sein.

»Schon lange her, seit ich zum letzten Mal in Washington war«, sagte Woody zu Kate, bevor er sich grinsend wieder den beiden Agenten zuwandte. »Das war damals im Zusammenhang mit den Anhörungen wegen der Iran-Contra-Affäre. Ich hatte mit dem Teleobjektiv ein paar Fotos geschossen, auf denen Oliver North seinen Rasen sprengt. Er trägt ein T-Shirt mit der amerikanischen Flagge und dem Spruch ›Diese Fahne wird nicht eingerollt‹.« Er grinste immer noch. »Haben Sie's kapiert? Diese Fahne wird nicht eingerollt.«

»Ich hab's verstanden«, erwiderte der Agent. Seine ausdruckslose Stimme und seine absolut unnachsichtige Miene verrieten Kate, dass er allmählich die Nase voll hatte.

»Ziemlich komisch, finden Sie nicht? *Double entendre*«, sagte Woody jetzt mit seinem törichten Lächeln. »Das war übrigens Französisch.«

»Ich weiß.«

»Beherrschen Sie Fremdsprachen?« Der Mann antwortete nicht. Noch immer hatte Woody sein breites Grinsen aufgesetzt. Sein langes, ergrauendes Haar war zu einem Pferdeschwanz zurückgebunden. Der Agent, etliche Jahre jünger als er, hatte kurz geschnittenes Haar und eine blasse Gesichtshaut. Amüsiert war er nicht. »Fremdsprachen sind nicht Ihr Ding, stimmt's?«, fragte Woody. »Ganz schön provinziell. Macht Sie zum typischen, hässlichen Amerikaner.«

»Woody«, mahnte Kate.

»Aber *sieh ihn dir doch an*«, beharrte Woody, während er mit der Hand auf den Agenten wies, um Kate zu einer genaueren Betrachtung einzuladen. »Er war auf irgendeinem obskuren College in der Provinz und hat Seminare in englischer Literatur belegt, die er eigentlich schon auf der Highschool hätte absolvieren sollen. Dann hat er irgendwie seinen Abschluss gemacht. Anschließend drückte ihm der Geheimdienst eine Knarre in die Hand, und er hat sich erst einmal im Kaufhaus einen Dreihundert-Dollar-Anzug gekauft, weil er glaubte, das große Los gezogen zu haben. Aber er beherrscht noch nicht mal irgendwelche Fremdsprachen.«

»Lass ihn in Ruhe«, sagte Kate nachdrücklich.

»Sie würden nicht mal wissen, was jemand in einer Fremdsprache zu Ihnen sagt, stimmt's? Zum Beispiel: ›Teufel, Mr. Officer, Sie sehen heute echt scharf aus.‹ Es könnte aber auch jemand sagen: ›*Job twoyu mat.*‹«

Der Agent, der zuvor die Beine übereinander geschlagen hatte, setzte sich gerade hin und beugte sich dann vor. Sein

Kollege tippte ihm gegen die Brust, um ihn von einem Wutanfall abzuhalten.

Jetzt grinste Woody bis über beide Ohren. Er lehnte sich zu Kate hinüber, hatte den Blick aber weiterhin auf den wütenden Agenten gerichtet. »Die kommen nicht vom FBI, sondern von der CIA. Ich wette hundert Dollar, dass sie uns nach Langley bringen.«

»Wovon redest du da?«, fragte Kate.

»Offiziell mögen sie vielleicht zum FBI gehören, tatsächlich stehen sie bei der CIA auf der Gehaltsliste.«

»Wo um alles auf der Welt hast du diesen Unsinn her?«

»Sie verstehen Russisch, Kate«, sagte er, während er seine Kollegin endlich anblickte. »Als ich auf Russisch ›Fick deine Mutter‹ gesagt habe, hat das den Typ ganz schön angekotzt. Wie viele dieser durchschnittlichen Schnüffler vom FBI nehmen sich deiner Meinung nach die Zeit, von der Mühe ganz zu schweigen, Russisch zu lernen? Denk an meine Worte, wir sind auf dem Weg nach Langley.«

Das unauffällige Auto fuhr vor dem Haupttor des CIA-Hauptquartiers in Langley in Virginia vor, aber dann steuerten sie nicht auf den Eingang zu, sondern parkten in einer Tiefgarage.

Woody wirkte wie die Katze, die den Kanarienvogel gefressen hatte. Bei jeder Kurve oder Abfahrt, die der Wagen nahm, hatte er sich mit gerunzelter Stirn Kate zugewandt, ihr auf den Arm getippt und auf die Schilder neben der Autobahn gezeigt, während sie ihrem Ziel immer näher kamen. Schließlich war Kate ein Stück von ihm abgerückt. »Lass es endlich *bleiben*!« Jetzt saß er einfach nur da und genoss seinen vermeintlichen Triumph.

Schließlich wurden sie in das Gebäude und dann in einen langen, klinisch sauberen Korridor geführt, wo keine Namensschilder an den Türen angebracht waren. Auch gab es keinerlei Schilder, die den Weg zu verschiedenen Abteilungen gewiesen hätten. »Wo gehen denn die LSD-Experimente über die Bühne?«, fragte Woody, während sie nacheinander durch eine Reihe von Schiebetüren gingen, die sich wie in einem Krankenhaus automatisch öffneten. Dann betrat die kleine Gruppe einen weiteren schmucklosen Korridor. »Nach allem, was ich über diese Experimente gelesen hatte, habe ich mich freiwillig als Versuchskaninchen beworben, aber nie eine Antwort gekriegt.«

Geradeaus ging es nicht mehr weiter, links und rechts befanden sich weitere Schiebetüren.

»Bitte in diese Richtung«, sagte einer der beiden Agenten, ergriff Kate am Ellbogen und zog sie nach rechts.

Der andere Mann verschwand mit Woody in dem nach links abzweigenden Flur.

»Sag ihnen bloß nichts, Kollegin!«, rief Woody Kate zu, als sich auf beiden Seiten die Schiebetüren öffneten. »Lang lebe die Partei!« Die Türen glitten zu.

Der sie begleitende »FBI-Agent« schien sich, wie Kate registrierte, in dem Labyrinth von Korridoren in diesem Keller bestens auszukennen. Vor einer Tür mit der Nummer 141 blieb er stehen. Er klopfte, und einen Augenblick später wurde geöffnet.

Kate hatte nackte Betonwände, einen einzigen Stahltisch, zwei Stühle und grelle Neonröhren an der Decke erwartet, doch jetzt erblickte sie in dem mit einem Teppich ausgelegten Raum mehrere Männer und zwei Frauen, die sich von ihren Sofas und Stühlen erhoben. Insgesamt wirkte der Raum eher wie das auf gemütlich getrimmte Studio eines der großen Fernsehsender als wie eine Zelle für Verhöre. Auf einem Kaffeetisch waren sogar Appetithäppchen arrangiert, und seitlich davon gab es eine Hausbar und eine Kochnische.

»Guten Tag, Miss Dunn«, sagte eine Frau in mittleren Jahren, die ein geschäftsmäßig wirkendes Kostüm trug. Sie streckte Kate die Hand entgegen. An ihrem Revers hatten die meisten dieser Männer und Frauen in Plastik eingeschweißte Ausweise, andere hatten darauf verzichtet. »Ich heiße Eve Fitzgerald und werde Ihnen während Ihres Aufenthalts in Langley, der unserer Meinung nach nicht länger als ein paar Stunden dauern wird, als Begleitperson zur Verfügung stehen.« Die Frau begann, Kate die Anwesenden vorzustellen.

Irgendjemand vom »Staat«, irgendjemand aus dem Weißen Haus. Die Namen gingen zum einen Ohr rein, zum anderen wieder raus. Doch Kate sah, dass die Namen alle in leicht zu lesenden, großen Buchstaben auf die »Besucherausweise« in der glänzenden Plastikfolie gedruckt waren.

Nicht vorgestellt wurden ihr die Männer ohne Schildchen am Revers; zur CIA gehörte angeblich nur Eve Fitzgerald. Allmählich machte Kate das Ganze Spaß, es war wie in einem Film.

Man servierte ihr den Tee, um den sie gebeten hatte, und dann nahm sie Platz. »Sie verstehen doch, dass unser Gespräch aufgezeichnet wird, Miss Dunn«, sagte Eve. Kate nickte. »Und Sie sind mit der Aufnahme einverstanden?«

Kate lächelte in sich hinein. »Hört sich so an, als würden Sie mich wie bei einer bevorstehenden Verhaftung über die mir verfassungsmäßig zustehenden Rechte informieren.«

Eve lächelte liebenswürdig. »Ich versichere Ihnen, dass nichts von dem, was Sie hier sagen, vor irgendeinem Gericht von der Regierung der Vereinigten Staaten verwendet werden kann.« Jetzt grinste sie. »Wenn Sie also auf Straffreiheit aus sind, weil Sie Ihre Einkommenssteuer nicht gezahlt haben, sollten Sie es sofort sagen.«

Einige lachten, und damit war das Eis gebrochen. »Hoffentlich geben Sie meinem Kameramann Woody nicht dieselbe Chance«, antwortete Kate lächelnd. »Wenn er seine Sünden beichtet, könnte es ein paar Tage dauern.« Erneut lachten einige der Anwesenden. »Aber um auf Ihre Frage zurückzukommen – ich stimme der Tonbandaufnahme zu.«

»Wunderbar. Lassen Sie mich die Gelegenheit nutzen, um Ihnen für Ihre kooperative Haltung zu danken. Mir ist klar, dass Sie müde sein müssen, und wir wissen Ihre Bereitschaft zu einem so kurzfristig anberaumten Treffen zu schätzen.«

Kate beschloss, diese Äußerungen nicht zu kommentieren, konnte sich aber lebhaft vorstellen, wie Woody reagieren würde. »Wenn's Ihnen nichts ausmacht, würde ich gern wissen, warum ich eigentlich hier bin.«

»Aber natürlich, Miss Dunn«, sagte ein Mann, der auf der anderen Seite des Kaffeetischs saß, Kate direkt gegenüber.

»Eigentlich ist gar keine besondere Geheimniskrämerei erforderlich, aber wir hätten doch gern Ihre Zustimmung, dass alles, was wir Sie fragen – und selbst die bloße Tatsache Ihrer Anwesenheit hier –, vertraulich behandelt wird. Und das, darauf sollte ich Sie hinweisen, *ist* eine juristisch verbindliche Zustimmung.«

Die auffällige Höflichkeit des Mannes und die Freundlichkeit aller Anwesenden hätten Kate fast veranlasst, ähnlich zuvorkommend zu antworten, doch sie zögerte. »Nun, ich bin mir ... Ich bin mir nicht sicher, ob ich dazu bereit bin«, sagte sie. Jetzt starrten sie alle schweigend an. Kate registrierte Enttäuschung und Missbilligung. Alle waren so nett zu ihr, und sie reagierte nicht mit der angemessenen Höflichkeit.

Der Mann ohne Namensschild am Revers nickte. »Wie Sie wünschen, das ist Ihr gutes Recht.« Er blickte einen anderen Mann ohne Besucherausweis an, der auf dem Stuhl neben ihm saß.

»Wir alle haben mit großem Interesse Ihre Berichte aus Moskau verfolgt, Miss Dunn«, sagte der zweite Unbekannte. »Lassen Sie mich gleich sagen, dass die Qualität Ihrer journalistischen Arbeiten exzellent ist. Sie scheinen die seltene Fähigkeit zu besitzen, das Recherchieren von Fakten mit deren Einbindung in einen größeren Zusammenhang kombinieren zu können, während sich die Ereignisse um sie herum entwickeln. Dafür verdienen Sie Lob, und dieses Lob kommt von Leuten, die ihr Leben damit verbracht haben, die Qualität von Berichten für Informationssendungen zu beurteilen.«

Alle nickten zustimmend, aber niemand sonst ergriff das Wort. »Danke für das Kompliment«, sagte Kate.

»Angesichts dessen, was sich heutzutage in Russland abspielt, waren Ihre Berichte über die Anarchisten natürlich von besonderem Interesse, besonders der Beitrag über einen gewissen ... Valentin Kartschew.« Kate nickte – das machte Sinn. Und dennoch, als sie Kartschews Namen hörte, überlief sie ein leichtes Frösteln. »Ist Ihnen nicht gut, können wir Ihnen etwas anbieten?«, fragte der offensichtlich sehr aufmerksame Fragesteller.

»Nein«, antwortete Kate, die verärgert war, dass man ihr ihre Gefühle anmerken konnte. »Alles in Ordnung.«

Der Mann räusperte sich. Unterdessen hielt Kate nach einer Kamera Ausschau, konnte aber keine entdecken. »Wir werden Ihnen ein paar Fragen stellen, die meisten sind ganz harmloser Natur. Dabei geht es um Mr. Kartschew betreffende Kleinigkeiten, was Sie vielleicht amüsieren wird, weil sie anscheinend so unwichtig sind. Und die meisten – um der Wahrheit die Ehre zu geben – sind auch irrelevant. Aber wir stellen die Fragen trotzdem, weil man nie wissen kann, ob nicht doch ein kleines Detail in das Bild passt und nützlich ist. Das verstehen Sie doch sicherlich?« Kate nickte. »Weil die meisten der hier Anwesenden nicht lange bleiben werden, möchte ich Ihre Aufmerksamkeit zuerst auf die kleine Reise lenken, die Sie mit Kartschew zu diesem Ausbildungslager in Sibirien unternommen haben.« Wieder nickte Kate, aber sie hatte einen Kloß in der Kehle. »Mit Ihrem Bericht über diesen Ausflug sind wir alle vertraut. Uns interessiert Folgendes: War Kartschew noch bei dem Lager, als Sie aufgebrochen sind, um nach Moskau zurückzukehren?«

Jetzt waren alle Augen auf Kate gerichtet. »Ich habe den Wagen nicht verlassen. Kartschew ist ausgestiegen, hat etwas zu dem Fahrer gesagt und ist dann zurückgeblieben, während ich zum Flugplatz chauffiert wurde.«

»Entschuldigen Sie«, sagte jemand, der weiter seitlich saß. »Ist das hier der Wagen?«

Der Mann kam um das Sofa herum und zeigte Kate ein Foto der Limousine. Es war von oben aufgenommen worden und schien eine Schwarzweißaufnahme zu sein. »Ja, das könnte sein.«

Während der Mann wieder zu seinem Platz ging, setzte der Fragesteller das Verhör fort. »Was hat Mr. Kartschew getan, als Sie ihn zuletzt gesehen haben? Haben Sie beobachtet, in welche Richtung er ging, als sie abfuhren?«

Während Kate den Kopf schüttelte, schien sie nicht nur die Frage verneinen, sondern auch die Erinnerung an diese unangenehme Nacht abschütteln zu wollen.

Schon wurde ihr ein weiteres vergrößertes, glänzendes

Foto präsentiert. Auch diese Aufnahme war von oben gemacht worden. Sie zeigte einen Komplex unauffälliger Gebäude, die man durch Baumkronen hindurch erkennen konnte. »Können Sie sagen, wo sich das Auto befand, als Kartschew ausstieg?«

Kate griff nach dem Foto und suchte angestrengt nach einem Anhaltspunkt. Ein Kiesweg, ein weißes, fensterloses Gebäude. Wo Scheinwerfer waren, wirkte es heller.

»Bei diesem Gebäude hier«, sagte sie zu dem Mann mit dem Foto, während sie auf eine bestimmte Stelle zeigte. »Genau hier.«

»C-19«, kommentierte der Fragesteller, der sich entschuldigte und zu einer kleinen Gruppe von Leuten trat, die sich an der Bar über einen Stapel Papiere beugten. Innerhalb weniger Augenblicke hatte sich der Raum fast völlig geleert. Alle hatten sich freundlich verabschiedet. Nur Kates »Begleitperson« und zwei andere blieben, um ihr noch stundenlang eine Frage nach der anderen zu stellen.

Das Ganze war äußerst merkwürdig. Die nächsten Fragen konzentrierten sich auf die Blitze und die Donnerschläge, die den Angriff begleitet hatten. Man versuchte abzuschätzen, wie weit sie bereits entfernt gewesen war, als die Bomben gefallen waren, und wie viel Zeit verstrichen war, seit Kartschew den Wagen verlassen hatte.

»Sie glauben, dass er tot ist, stimmt's?« fragte Kate schließlich. »Ihre Bomben haben das Gebäude getroffen, und Sie glauben, dass Sie ihn getötet haben.«

Niemand antwortete.

Philadelphia, Pennsylvania
10. Oktober, 00.00 Uhr GMT (19.00 Ortszeit)

An der Tür war ein Klopfen zu hören. Durch den Spion sah Pjotr Andrejew, dass es einer der Männer von der Nachbarschaftswache war. Also öffnete er die diversen Sicherheitsschlösser.

»Pete! Wir haben Ärger, und die Polizei ist noch nicht da. In der Garage sind drei Typen mit schwarzen Klamotten. Anarchisten!«

Nachdem Pjotr der verängstigten Olga ihre Pistole gegeben hatte, griff er selbst nach der Schrotflinte. »Guter Gott«, sagte der Nachbar, während er auf die Waffe starrte. Die beiden Männer schlichen durch das Gebäude. Auf der untersten Ebene der dreistöckigen Garage schien alles ruhig zu sein. »Sie waren im zweiten Stock«, flüsterte der Mann. Pjotr ging zum Treppenhaus vor.

»Da sind sie!«, rief die alte Frau aus, die die Nachbarschaftswache organisierte. Angesichts ihres lautstarken Organs zuckte Pjotr zusammen. Jetzt winkte ihm die Frau zu, die am Fuß der Treppe kauerte.

»Marge!«, zischte Pjotrs Begleiter. »Um Himmels willen, mach nicht solchen Lärm.« Pjotr seufzte.

»Sie bleiben hier«, flüsterte er, bevor die anderen eintrafen. »Sorgen Sie dafür, dass niemand runtergeht oder nach oben kommt.« Er ging auf die verrostete Stahltreppe zu. Wegen seiner Turnschuhe waren seine Schritte nicht zu hören. Plötzlich ging in einem Auto die Alarmanlage los. Im Laufschritt nahm er die letzten paar Stufen; wegen der Alarmanlage war auch davon nichts zu hören.

Die drei »Anarchisten« hatten einen Sportwagen geknackt. Zwei schwarze Jugendliche hatten sich vorn in das Auto geklemmt, ein Dritter stand Schmiere. Während Pjotr in gebückter Haltung auf die drei zuschlich, verstummte die Alarmanlage. Nachdem er die Umgebung überprüft hatte, richtete er sich auf, die Schrotflinte gegen die Schulter gepresst. Er zielte auf die Brust des Wachtpostens. Als der junge Mann den Lauf für die großkalibrigen Projektile sah, riss er entsetzt den Mund auf.

»He, He!«, rief er flehend, während er die Hände mitsamt einem Revolver hob.

»Keine Bewegung!«, brüllte Pjotr. »Wenn ihr euch rührt, schieße ich!« Die anderen beiden Jugendlichen tauchten aus dem Wagen auf. »Rührte euch nicht vom Fleck!« schrie Pjotr, der die Lage durch Einschüchterungsversuche unter Kontrolle bringen wollte. Langsam hoben die Jugendlichen die Hände. Sie trugen schwarze Kleidung, wie die Anarchisten. Schwarze Mäntel. *Aber warum brechen sie ein Auto auf?*, fragte er sich.

»Immer mit der Ruhe, Mann«, sagte einer der Jugendlichen mit den wehenden dunklen Mänteln.

»Bewegt euch von dem Wagen weg«, rief Pjotr. »Los, vorwärts! Macht schon!«

»Schon gut«, sagte einer der Autoknacker, der mittlerweile entspannter war, weil er gesehen hatte, dass Pjotr allein war. »Ganz wie Sie wollen, Mann.« Er ließ die Arme sinken, stand aber reglos neben dem Wagen.

»Verschwindet!«

»Aber sicher doch, Mann, na klar«, sagte der Jugendliche, während er lässig auf Andrejew zukam. »Sagen Sie mal, Mann ...«

»Stopp! Keine Bewegung!«

»Hören Sie, Kollege ...«, begann der Typ, der ein freundliches Grinsen aufgesetzt hatte, aber nach und nach die Arme sinken ließ. Er kam immer näher. Pjotr erwog eine letzte Warnung, aber ein schneller Blick in die Runde bestätigte ihm, dass auch die anderen beiden langsam die Arme sinken ließen und auf ihn zukamen.

Da drückte er den Abzug durch. Ein donnerndes Krachen, der harte Rückstoß der Schrotflinte. Er hatte den Oberschenkel eines der Jugendlichen erwischt, der jetzt auf die Kühlerhaube des Sportwagens geschleudert wurde. Pjotr feuerte erneut, von den Betonwänden der Garage hallte das donnernde Echo des Schusses wider. Als er herumwirbelte, um die Waffe auf die beiden anderen zu richten, sah er, dass diese wie erstarrt mit erhobenen Armen dastanden.

Die Tür des Vernehmungsraums in der Polizeistation öffnete sich, und ein Ordnungshüter mit ergrauendem Haar, der einen gut gebügelten Anzug trug, unterbrach das Verhör.

»Okay, Sie können gehen«, sagte er.

»Aber ich bin noch nicht fertig mit ihm«, protestierte der Polizist, der Pjotr befragt hatte.

»Er kann gehen, die Untersuchung ist abgeschlossen.«

»Was zum Teufel soll das denn …«

»Der Fall ist *abgeschlossen*, Kozlowsky!« Einen Augenblick lang saß der Polizist schweigend da, dann klappte er sein Notizbuch zu. Mit einem lauten, kratzenden Geräusch schob er seinen Stuhl zurück. Die beiden Polizisten beäugten sich noch einen Moment, bevor derjenige, der das Verhör geführt hatte, den Raum verließ und Pjotr mit dem älteren Mann zurückblieb. »Sie können verschwinden, Cowboy«, sagte der Polizist in einem Tonfall, in dem nicht die leiseste Spur von Höflichkeit auszumachen war.

»Das war's?«, fragte Pjotr. »Ich kann gehen?«

»Sie können verschwinden, also tun Sie es auch!«

Als Pjotr gerade den Raum verlassen wollte, packte der Polizist mit festem Griff seinen Arm. »Schießen Sie nie wieder auf jemanden in dieser Stadt, haben wir uns verstanden?«, presste er zwischen zusammengebissenen Zähnen hervor. Pjotrs Arm schmerzte. Dann schubste ihn der Cop durch die Tür.

Im Vorzimmer fühlte sich Pjotr von den verstohlenen Blicken der Polizisten verfolgt, die Zivilkleidung trugen. Als er den Raum durchquerte, wurde es plötzlich still.

Olga und seine Töchter fielen ihm um den Hals. Seine Frau weinte, seine Töchter quiekten vor Freude, weil ihr Vater wieder bei ihnen war. Dennoch ließ Pjotr seinen Blick weiter über die uniformierten Polizisten hinter der Theke gleiten, von denen einige schnell wegblickten. Irgendetwas stimmte hier nicht.

3. KAPITEL

Fort Benning, Georgia
14. Oktober, 20.30 Uhr GMT (15.30 Ortszeit)

»Komm schon, Stempel!«, drang es aus einem Dutzend Kehlen zu Harold hinüber, der sich verzweifelt etwas zu erholen suchte, während er unter dem harten Seil baumelte, an dem er sich mit Händen und Füßen festklammerte. Den halben Weg über das Wasser hatte er sich vorgehangelt, jetzt war er in ernsthaften Schwierigkeiten.

»Mach schon, du kannst es schaffen!«, bedrängten ihn die anderen Rekruten aus seinem Platoon.

Stempel versuchte es mit aller Macht, doch jetzt begannen seine schon vorher schmerzenden Arme zu zittern. Eine Hacke rutschte ab. Er konnte nur noch versuchen, einen Stiefel auf dem Seil zu behalten.

»Stem-p-e-e-l!«, ertönte die unverwechselbare Stimme von Sergeant Giles. »Komm schon rüber! Du hältst das ganze verdammte Platoon auf!«

Stempels Stiefel rutschten ab. Jetzt baumelte er an dem Seil und konnte sich nur noch mühsam mit den Fingern festhalten. Das Seil schwang hin und her und zitterte. Hinter ihm klammerte sich noch ein weiterer Rekrut verzweifelt an dem Strick fest.

»Was zum Teufel machst du denn da, Stempel?«, schrie Giles. »Guter Gott!«

Jetzt wusste Harold, dass alles verloren war. Seine ausgestreckten Arme pressten sich an seine Schläfen. Nur noch mühsam bekam er Luft, seine Kräfte schwanden. Seine Kameraden schrien immer noch, aber wegen seiner dröhnenden Ohren verstand er ihre Worte nicht mehr.

Er probierte es noch ein letztes Mal, doch nicht etwa, weil er es zu schaffen glaubte, sondern weil er den anderen zeigen wollte, dass er nichts unversucht ließ. Mühsam brachte er seine Knie hoch, ließ die Beine wieder fallen, um

Schwung zu holen, aber er umklammerte das Seil nur noch mit den Fingerspitzen, die vor Angst eiskalt zu sein schienen.

Stöhnend brachte er einen Absatz in die Nähe des Seils, aber er glitt ab, wirbelte durch die Luft und krachte ins Wasser, das ihm wie eine brennende Flut in die Nase stieg. Mühsam versuchte er, seinen Orientierungssinn wieder zu finden. Als er unter Wasser die Augen öffnete, sah er zwischen seinen Knien Licht. Er machte eine Rolle und schwamm nach oben.

Als sein Kopf durch die Wasseroberfläche brach, schnappte er nach Luft. Wegen des Absturzes spürte er ein schmerzhaftes Ziehen in seinem Rücken. Um nicht wieder unterzugehen, schlug er wie wild auf das Wasser ein.

»Zum Teufel, Stempel, komm schon rüber!«, brüllte der Unteroffizier.

Harold zog den Kopf ein und schwamm los. Verzweifelt suchten seine Hände den Schlamm am Ufer. Nach dem nächsten Atemzug hatte er den Mund voller Wasser. Er hustete, spuckte, hustete erneut. Irgendjemand packte seine Uniformjacke und zerrte ihn an Land.

Sergeant Giles stand bis zu den Knien im Wasser. »*Sieh zu, dass du wieder auf deine beschissenen Beine kommst, Stempel!*« Völlig erschöpft rappelte Stempel sich hoch. »Hände an den Kopf!«

Stempel gehorchte. Immer noch musste er gegen ein Schwindelgefühl ankämpfen. Die anderen Rekruten aus seinem Platoon feuerten jetzt den nächsten Mann an, der sich an dem Seil zum Ufer vorhangelte, aber ihr Gebrüll klang weniger enthusiastisch. Durch Stempels Sturz hatten sie das Kopf-an-Kopf-Rennen mit einem rivalisierenden Platoon verloren. Seine Kameraden schenkten ihm keine Beachtung mehr.

Sergeant Giles trat vor Harold. Ihre Gesichter waren nur wenige Zentimeter voneinander entfernt. »Du hast mich im Stich gelassen, Junge.«

»N-nein, Sergeant, nein!«, stotterte Stempel, der weiterhin die Hände an seinen Kopf hielt.

»Du hast deine Kumpels im Stich gelassen, Stempel. Das macht dich zum Feigling. Weißt du, wie man Feiglinge in der Army nennt? Weicheier. Sie rennen weg und lassen ihre Kameraden abkratzen, um ihre eigene Haut zu retten. Sie sind Feiglinge und Drückeberger, Stempel.« Tränen traten Harold in die Augen, und er bemühte sich verzweifelt, dagegen anzukämpfen. Seine Lippen und sein Unterkiefer zitterten. Mit jeder nur erdenklichen Mühe versuchte er, den Anschein einer halbwegs gefassten Haltung zu vermitteln, aber sein Körper spielte nicht mit. »Du hast deine Kumpels im Stich gelassen«, fuhr der Unteroffizier fort. »Damit bist du für sie gestorben. Du hast weder für dein Land noch für die Army einen Nutzen. Aber am wichtigsten ist, Stempel, dass du für deine Kameraden nicht mehr zählst, weil du sie sitzen gelassen hast. Geh zurück und zieh dich um, Stempel. Für den Rest des Tages hast du frei, damit du darüber nachdenken kannst.«

Stempel zögerte.

»Verschwinde!«, bellte Giles.

Stempel wandte sich um und trottete mit hinter dem Kopf verschränkten Fingern davon, ganz wie ein Häftling. Zwar war er glücklich, dem Unteroffizier entkommen zu sein, doch ihm liefen Tränen die Wangen hinunter. Als er sich umwandte, sah er den Rest seines Platoons auf das nächste Hindernis zurennen, eine hohe Mauer, über der ein Seil hing. Sie alle würden erfolgreich den Weg bewältigen, für den sie hier ausgebildet wurden – als ein Team, in dem einer dem anderen half. So sehr Stempel auch jede einzelne Sekunde jedes Tages der Grundausbildung hassen mochte, eines hasste er noch mehr, und zwar den Gedanken, den ganzen Tag über auf seiner Pritsche in der Kaserne darauf warten zu müssen, bis die Türen aufflogen und seine Kameraden zurückkehrten. Er gehörte nicht zu ihnen. Sie konnten es schaffen, er nicht.

»Komm mal her, Faulk!«, rief Sergeant Giles mit dröhnendem Organ.

Während die restlichen Rekruten des Platoons in der Kaserne verschwanden, eilte Faulk zu dem Unteroffizier hinüber. Die Sonne ging unter, und dies war die einzige Viertelstunde des ganzen Tages, die jeder für sich hatte. Jeder einzelne Knochen in seinem Körper schmerzte, aber er bereitete sich innerlich schon auf eine weitere körperliche Kraftanstrengung vor, die nichts als Zeitverschwendung war.

»Du und Stempel, ihr kommt doch beide aus New York, stimmt's?«, fragte der Sergeant in einem seltsam höflichen Tonfall.

»Keine Ahnung, Staff Sergeant!«

»Du weißt nicht, wo du herkommst?«

»Doch, Staff Sergeant. Ich wollte damit nur sagen, dass ich nicht weiß, aus welcher Gegend Stempel stammt!«

»Nun, augenscheinlich kommt ihr beide aus New York City, also werde ich euch verkuppeln.« Er blickte zu André auf, um dessen Reaktion abzuschätzen. »Weißt du, was ich damit sagen will?«

»Nein, Staff Sergeant.«

»Damit will ich sagen, dass ich dich dafür verantwortlich mache, dass Stempel die Grundausbildung schafft.« Erneut studierte er Andrés Miene. Dieser begriff, dass Giles wartete, und versuchte, sich irgendeine Antwort einfallen zu lassen. Aber Giles bat ihn nicht darum, sich um Stempel zu kümmern, er befahl es ihm.

»Wird gemacht, Staff Sergeant!«

Giles nickte. »In Ordnung. Geh rein und dusch dich. Du bist entlassen.«

André trat einen Schritt zurück, machte eine Kehrtwendung und rannte auf die alte Holztreppe vor der Kaserne zu. Erst in dem Gebäude, als er an den Männern vorbeikam, die sich nackt oder mit einem Handtuch um die Hüften zum Duschen angestellt hatten, merkte er allmählich, dass der Befehl ihn ankotzte. Als er dann an Stempels Pritsche vorüberging, war er bereits total wütend. Was zum Teufel erwartete der Unteroffizier von ihm? Was konnte er schon tun?

Stempel saß verdreckt auf dem Boden, als wollte er nicht riskieren, die ordentlich zurecht gezogenen weißen Laken seines Betts zu beschmutzen. Schon seit Stunden musste er so dasitzen. Lethargisch und resigniert zupfte er an den Knoten seiner Schnürsenkel, weil er vermutlich befürchtete, für immer an die mit Wasser voll gesogenen Stiefel gefesselt zu sein. Langsam blickte er zu André auf, aber als ihre Blicke sich trafen, senkte Stempel den seinen wieder. Er schlang die Arme um die an seine Brust herangezogenen Knie.

André kniete sich hin und begann geduldig, die Knoten in Stempels Schnürsenkeln zu lösen.

Cincinnati, Ohio
18. Oktober, 19.00 Uhr GMT (14.00 Ortszeit)

»Und diese Regierung hat unter Beweis gestellt«, rief Präsident Marshall, um zum furiosen Höhepunkt seiner Rede zu kommen, »dass wir *keinerlei* Gesetzlosigkeit auf unseren Straßen tolerieren werden! Wir werden dieser Gewalt *ein Ende setzen*, wie hart und ungewiss diese Mission auch immer sein mag! Gott segne die Vereinigten Staaten!« Winkend ging er die Stufen hinter dem Rednerpult hinab, wo er sogleich einem seiner Berater in die Arme lief.

»Es tut mir Leid, Sie stören zu müssen, Sir!«, übertönte der Mann die Beifallsstürme des Publikums und die Musik der Kapelle. Mit erhobenem Finger bedeutete Marshall dem Berater, er solle einen Moment warten. Dann stieg er wieder auf das Podium, um seinen Zuhörern erneut zuzuwinken. Der Lärm der Menge wurde noch lauter. »Ich habe eine Nachricht vom Außenminister, Sir!« Marshall folgte ihm zwischen ein paar mit Tuch bezogene Trennwände. »Außenminister Jensen hat gerade eine Mitteilung Pekings erhalten. Der chinesische Botschafter ist praktisch ohne Voranmeldung im Außenministerium aufgekreuzt, um sie dort persönlich vorzutragen.«

Durch den Lärm und die hektische Betriebsamkeit, die die Szene beherrschten, war Marshall völlig abgelenkt. Lächelnd winkte er den Prominenten zu, die ebenfalls auf dem Podium saßen und ihm immer noch applaudierten. »Sir!«, rief der junge Sicherheitsberater. »Der chinesische Botschafter fordert, dass die UNRUSFOR-Truppen innerhalb von dreißig Tagen aus Sibirien verschwinden!«

Marshall wandte sich um und legte eine Hand an sein Ohr, um den Mann besser verstehen zu können. »*Wie bitte?*« Der Präsident war extrem wütend. »Nun, *die können mich mal*! Hoffentlich hat Jensen sie mit einem Arschtritt aus dem Außenministerium befördert!« Der Berater zuckte die Achseln. »Er *hat* ihnen doch wohl gesagt, dass sie zur Hölle fahren können, oder?«

»Meiner Ansicht nach wollte der Außenminister vor seiner Antwort erst mit Ihnen reden.«

Marshall schnaubte und schüttelte den Kopf, während sein Zorn noch größere Ausmaße annahm. Sein Außenminister war ein Scheißkerl, der keinerlei Mumm hatte. *Ich muss ihn feuern!*, dachte Marshall, der sich danach sehnte, alles sofort hinter sich zu bringen. Zum Telefonhörer greifen und seine Wut an dem Dreckskerl abreagieren – schon wäre alles überstanden. Doch das würde keinen guten Eindruck machen, also musste er bis nach der Wahl warten.

»Außenminister Jensen hat gesagt, das Verhalten des Botschafters sei irgendwie gespreizt und äußerst förmlich gewesen. Er hat sich mit äußerster Vorsicht und Präzision ausgedrückt. Die ganze Delegation schien sich unbehaglich zu fühlen, als wollte sie sich entschuldigen. Außenminister Jensen glaubt, dass es vielleicht etwas mit Taiwan zu tun hat.«

»Und wie zum Teufel kommt er darauf?«

»Der chinesische Botschafter und seine Berater trugen alle einen Cut mit gestreifter Hose, komplett mit Zylinder und allem Drum und Dran.«

Was das zu bedeuten hatte, musste sich Marshall nicht eigens erklären lassen. Offizielle diplomatische Anlässe verlangten einen bestimmten Rahmen und eine besondere Kleiderordnung. Am 7. Dezember 1941 waren japanische Diplomaten im Stresemann im amerikanischen Außenministerium aufgetaucht.

Marshall saß in seiner Hotelsuite neben dem Lautsprecher der Telefonanlage mit Freisprecheinrichtung. Um ihn herum standen Mitarbeiter seines Wahlkampfteams, die von den aufregenden Mitteilungen der telefonischen Konferenzschaltung fasziniert waren, aber selbst nichts dazu beizutragen hatten.

»Unsere schlüssigste Analyse ist die«, sagte Außenminister Jensen, »dass das alles Teil eines Machtkampfs in Peking ist. Irgendeine Splittergruppe versucht, die Unterstützung der Nationalisten zu gewinnen, indem sie im Zusammenhang mit der Stationierung unserer Truppen in Sibirien harte Töne anschlägt. Außerdem sollten wir nicht vergessen, wie dies alles auf die chinesische Bevölkerung wirkt. Dort herrscht ein autoritäres Regime, aber die Splittergruppe, die die Unterstützung des Volkes für ihre Politik in Anspruch nehmen kann, hat bei den parteiinternen Kämpfen einen Vorteil.«

»Okay«, unterbrach Marshall. »Aber mit genau wem haben wir es jetzt da drüben zu tun?«

»Es ist wirklich unmöglich, das mit Sicherheit zu sagen«, antwortete Jensen. Marshall rollte die Augen, sehr zum Amüsement seiner Wahlkampfberater. »Der wichtigste Machtfaktor in China bleibt weiterhin Lin Tsochang. Anfang August haben mehrere Tageszeitungen aus allen Landesteilen darüber berichtet, dass Mr. Lin künftig nicht mehr wie bisher als ›Oberster Führer‹, sondern als ›Vorsitzender‹ angeredet werde, was eine deutliche Aufwertung ist. Natürlich besteht hier eine enge Verbindung zum Vorsitzenden Mao, der in China auch weiterhin fast wie eine Gottheit verehrt wird. Nach dem Erscheinen der Artikel war von der Sache allerdings nichts mehr zu hören. Seitdem haben unsere offiziellen Kontaktpersonen von Mr. Lin weiterhin als dem ›Obersten Führer‹ geredet.«

Marshall wartete. »Und weiter ...?«, fragte er schließlich, wiederum zur Erheiterung seines Wahlkampfteams.

»Offensichtlich war das ein Versuchsballon, der sich als nicht flugtüchtig erwiesen hat. Als liberalen Reformer wird man Mr. Lin schwerlich bezeichnen können, aber er war an einer Reihe von ›liberalen‹ Entscheidungen beteiligt, die mit Hongkong zu tun hatten. Dazu gehörte die Genehmigung, dass oppositionelle Zeitungen wieder erscheinen dürfen, die Abschaffung der Zensur in den dortigen Kinos und die Rücknahme angekündigter Einschränkungen bei Auslandsreisen der Einwohner von Hongkong. Besonders Letzteres hatte die Bevölkerung verängstigt.«

Einer von Marshalls obersten Wahlkampfchefs zeigte auf seine Armbanduhr. Er hatte einen Fototermin in einer Kindertagesstätte vereinbart, die ohne staatliche Unterstützung von mehreren einheimischen Unternehmen geführt wurde. Dann sollte ein Abstecher zu einer örtlichen Fabrik folgen, wo DVDs hergestellt wurden. Anschließend war ein Fund-Raising-Diner für einen in Bedrängnis geratenen demokratischen Kongressabgeordneten angesetzt – das erste von zwei Abendessen, die der Präsident für diesen Abend eingeplant hatte.

»Okay, Hugh, lassen Sie uns zur Sache kommen. In zehn Worten oder weniger – mit wem haben wir es zu tun und was wollen sie?«

»Nun, da wäre zuerst einmal Lin Tsochang, der Staatsoberhaupt, Oberbefehlshaber der Armee und Generalsekretär der Kommunistischen Partei ist. Zweifellos ist er der mächtigste Mann in der Regierung, aber er ist schon Mitte achtzig, und um seine Gesundheit ist es nicht gut bestellt. Seine Gegner sind so ungefähr alle aus der ›jüngeren‹ Generation, Männer, die sämtlich auf die Siebzig zugehen. Da wäre der Chef des ›Staatsrats‹, eine Art ›Premierminister‹, der für die täglichen Regierungsgeschäfte zuständig ist. Er hat öffentlich verlauten lassen, es sei Zeit für eine neue ›Kulturrevolution‹, um China von Pornographie und westlichem Materialismus zu säubern. Dann ist da noch der Vorsitzende des Nationalen Volkskongresses, praktisch ihr Speaker of the House, der einem Dschingis Khan alle Ehre machen würde. Und letztlich wäre noch der Präsident zu erwähnen, den Mr. Lin zu seinem Nachfolger erkoren hat und der persönlich die Sicherheitspolizei zur Pekinger Universität befohlen hat, wodurch während der Studentenproteste im August sechzig Menschen ums Leben gekommen sind. Alle diese Männer versuchen, sich gegenseitig auszuspielen, um gegenüber dem siebenköpfigen Politbüro, dem sehr viel größeren Zentralkomitee und durch dieses der fünfzig Millionen Mitglieder zählenden Kommunistischen Partei ihre reaktionäre Gesinnung zu demonstrieren. Alle fünf Jahre gibt es einen Parteitag. In zwei Jahren findet der sechzehnte Parteitag statt, und dieses Ereignis wirft seine Schatten schon voraus. Wir haben es dort mit einem sehr komplexen politischen System zu tun, in das wir nur wenig Einblick haben. So verfügen zum Beispiel auch die Parteichefs von Peking, Schanghai und Hongkong über große Macht ...«

»Okay, Hugh«, sagte Marshall, der seinem Außenminister wieder in die Parade fuhr. »Bringen Sie es endlich auf den Punkt. Was ist los in Peking?«

»Wahrscheinlich haben wir es mit einer Machtdemonstration der Nationalisten zu tun, die als diejenigen gesehen werden wollen, die wieder rückgängig machen wollen, was ein starker Westen einem schwachen China angetan hat. Mr. Lin und seine Sympathisanten scheinen ihnen bei diesem Thema Angriffsfläche zu bieten, und gerade das macht die Sache so gefährlich, Mr. President. Mr. Lin wird ihnen dadurch den Wind aus den Segeln nehmen müssen, dass er selbst noch nationalistischere Standpunkte einnimmt.« Die Meinungsforscher, Berater, Redenschreiber und Public-Relations-Experten, die sich mit Marshall in der Hotelsuite aufhielten, nickten alle. »Er wird eine härtere Linie einschlagen müssen, oder wir werden es mit in der Wolle gefärbten Hardlinern zu tun kriegen.«

»Dann wollen Sie mir damit also sagen, dass ich mir wegen einer internationalen politischen Konfrontation Sorgen machen muss?«, fasste der Präsident zusammen. »Und das alles nur als Resultat einer *innenpolitischen* Entwicklung in China?«

»Jede Politik hat auch innenpolitische Aspekte, Mr. President.«

Chabarowsk, Sibirien
22. Oktober, 14.30 Uhr GMT (04.30 Ortszeit)

»General Clark?«

Nate Clark öffnete die Augen und setzte sich auf die Bettkante. Selbst in seinem Hauptquartier schlief er in Uniform – ansonsten hätte er nicht wirklich das Gefühl, sich im Einsatz zu befinden. Er schaltete die Nachttischlampe an. Neben seinem Feldbett stand Major Reed.

»Was gibt's?«, fragte Nate.

»Probleme mit den Chinesen, Sir. Meiner Ansicht nach sollten Sie besser in die Zentrale für Einsatzbesprechungen hinunterkommen.«

»Schon seit einigen Stunden sind uns diese Rundfunksendungen aufgefallen«, sagte der Clark unterstellte Nachrichtenoffizier. Der britische Colonel und Clark standen vor einem Kurzwellenradio. Aus dem klotzigen grünen Empfänger drang laut die verzerrte, schrille und aus der Ferne kommende Stimme eines chinesischen Rundfunksprechers an ihr Ohr. »Sie strahlen permanent Propagandasendungen über den teuflischen Kapitalismus aus, wie sie ihn in Taiwan und Hongkong am Werke sehen. Die Einbeziehung von Hongkong ist neu, bisher hatten wir das noch nicht registriert. Dann, vor noch nicht allzu langer Zeit, wurden plötzlich alle Rundfunk- und Fernsehsender, die ihre Programme von Hongkong aus senden, einfach abgestellt. Wenn nicht, senden sie nur noch patriotische Musik. In unserer Nachrichtenabteilung scheint Konsens zu herrschen, dass die Chinesen irgendeine militärische Aktion planen. Vielleicht hat sie bereits begonnen.«

Clark blickte dem Mann direkt in die Augen. »Sind sie in unserer Richtung unterwegs?«

Jetzt hatte der Brite einen besorgten Gesichtsausdruck. »Mit Sicherheit haben sie ihre Truppenkontingente ausgebaut. Letzte Schätzungen ihrer Truppenstärke an der vordersten Linie in der Mandschurei gehen von achtzig Prozent aus, vorher waren es fünfundsechzig.« Er schüttelte den

Kopf. »Ich persönlich glaube nicht daran. Da oben im Norden haben sie nur Material für dreißig Tage, und ihre Transportmöglichkeiten in dem Einsatzgebiet würden es nicht zulassen, eine Operation in großem Rahmen durchzuführen. Längere, inakzeptable Pausen wegen der Nachschublieferungen wären dabei unvermeidlich.«

»Also gut, worum geht's dann?«, fragte Clark.

Der Mann zuckte die Achseln. »Es muss sich um etwas anderes handeln, aber ich habe keine Ahnung worum. Doch irgendetwas stimmt nicht.«

Clark marschierte sofort in sein Büro, schloss die Tür und ging zu dem Telefon für die abhörsicheren Gespräche. Als General Dekker schließlich den Hörer abnahm, war Clark klar, dass dieser geschlafen hatte. »Ich brauche eine schwere Division für Chabarowsk und eine Marinedivision für Wladiwostok«, sagte Clark. »Außerdem benötige ich zwei Air Force-Geschwader – hier, in Sibirien, nicht vier Flugstunden entfernt in Japan. Und ich brauche Ihr persönliches Versprechen, dass Sie mich, falls die chinesische Volksbefreiungsarmee wirklich massive Truppen im Norden des Landes zusammenziehen sollte, rückhaltlos unterstützen, wenn ich noch mal *dreimal* so viele Männer verlange oder aber für den völligen Abzug aus Sibirien plädiere.«

Die Antwort ließ lange auf sich warten, viel länger, als dass man es nur der Verzögerung durch die Satellitenverbindung hätte zuschreiben können. Aber als es dann so weit war, verlangte Dekker keinerlei Erklärung. Offensichtlich hatte er die Entwicklung der Lage im Fernen Osten sehr aufmerksam verfolgt. »Sie haben mein Versprechen, Nate. Noch heute Nacht werde ich den Stab einberufen, morgen früh dann persönlich mit dem Präsidenten sprechen. Ich werde dafür sorgen, dass Sie die 1st Infantry Divison – Big Red One – und die 3rd Marine Division aus Okinawa kriegen. Wir werden Sie da drüben nicht im Stich lassen. Darauf gebe ich Ihnen mein Wort.«

Nachdem Clark das Gespräch beendet hatte, blieb er noch in dem stillen Büro in dem ehemals sowjetischen Militärstützpunkt sitzen, der zehntausend Meilen von seiner

Heimat entfernt war. Vor seinem geistigen Auge sah er die eiskalte Einöde der asiatischen Landschaft. Seine Truppen waren verstreut, isoliert, verwundbar. Sie konnten nicht einmal mit aufs Geratewohl ausgeführten Mörserangriffen fertig werden, noch viel weniger mit … den Chinesen?

Würden zwei zusätzliche Divisionen ausreichen, oder brauchte er eher sechs oder gar sechzehn?

Er drückte auf den Knopf der Gegensprechanlage. »Holen Sie Major Reed.«

Am Persischen Golf hatte Nate Clark eine motorisierte Infanteriedivision in die Schlacht geführt, doch von all den Besprechungen der Lage, der Planung, der Logistik und des konkreten Einsatzes, die dem Vorstoß in den Irak vorausgegangen waren, hatte keine dieser Sitzung geglichen. An dem großen Konferenztisch, um den sich hochrangige Offiziere aus einem halben Dutzend Ländern versammelt hatten, herrschte eine extrem angespannte Atmosphäre.

Major Chuck Reed junior erhob sich. Was die Bezahlung anging, rangierte er bestimmt zwei Gehaltsklassen unter den Bezügen der anderen anwesenden Offiziere. Trotzdem war er der beste Mann für eine Lagebesprechung, der Clark je über den Weg gelaufen war. »Die chinesische Volksbefreiungsarmee«, begann Reed, »wird so ausgebildet, dass sie sich zurückhält und auf den Nahkampf verlegt. Dadurch verringern sich die Vorteile, die ihr Gegner durch technisch überlegene Waffen haben mag, und die zahlenmäßige Überlegenheit der Chinesen kommt zum Tragen. Diese chinesische Taktik setzt extremes Selbstvertrauen und Mut bei ihren Soldaten voraus. Ihre Moral – Bereitschaft zum Kampf, zum Opfer und zum Tod – ist der Schlüssel ihrer Effektivität. Maos Verteidigungsminister Lin Piao pflegte zu sagen, bei Entfernungen unter zweihundert Metern könne die Volksbefreiungsarmee jeder Armee dieser Welt Paroli bieten. Also muss UNRUSFOR den Krieg jenseits dieser zweihundert Meter gewinnen, wenn die Volksbefreiungsarmee geschlagen werden soll. Folglich würden wir ihr Selbstvertrauen, ihren Mut und ihre Moral erschüttern müssen, bevor sie in der Reichweite von Handfeuerwaffen auftauchen. Ansonsten würden wir riskieren, durch einen Großangriff überwältigt zu werden.«

Die Aufmerksamkeit aller Anwesenden war ausschließlich auf Major Reed gerichtet. In der Regel wurde bei solchen Lagebesprechungen das Thema »Feind« erst an zweiter Stelle behandelt. Den üblicherweise ersten Tagesordnungspunkt – »Einsatz« – hatte Reed übersprungen. Die militärische Operation war Sache der Verteidigungsministerien in Europa und Nordamerika, was dafür sprach, dass die genaue Definition des UNRUSFOR-Auftrags ein extrem wichtiges Thema war.

»Die chinesische Volksbefreiungsarmee hat drei Millionen Männer unter Waffen«, fuhr Major Reed fort. »Außerdem verfügen die Chinesen über eine Miliz, deren Stärke auf sieben bis zwölf Millionen Mann geschätzt wird, und über fünfzehn spezielle Grenzdivisionen. Diese sind mit der Infanterie vergleichbar, verfügen aber nur über wenige schwere Waffen und Transportmittel. Die letzte Schlacht in unserem Operationsgebiet begann am 2. März 1969 am Fluss Ussuri.« Reeds versilberter Zeigestock bewegte sich auf der Karte in nördlicher und südlicher Richtung an der Grenze zwischen Wladiwostok und Chabarowsk entlang. Auf der russischen Seite waren Nadeln mit blauen Köpfen zu sehen, die für Einheiten in Kompanie- und Bataillonsstärke standen: deutsche und belgische Fallschirmjäger, amerikanische Marines und zusätzliche Truppen, die für Unterstützung bereit standen. »Bei den ersten beiden Schlachten – am 2. und 4. März – waren die Chinesen siegreich. Dabei töteten sie fast hundert russische Soldaten, die in kleinen Außenposten an der Grenze stationiert waren. Am 15. März haben die Russen dann freilich Truppen mit schweren Raketen anrücken lassen, die über die Grenze hinweg eine Stadt tief im chinesischen Landesinneren beschossen haben. Die Stadt wurde völlig zerstört, mehrere hundert chinesische Zivilisten kamen ums Leben. Insgesamt hat die Volksbefreiungsarmee bei diesen Auseinandersetzungen schätzungsweise viertausend Männer verloren.«

Stellungen der Einheiten am 22. Okt.
Ochotskisches Meer
Russland
Britische Inf.-Bgd.
Swobodny
Urgal
Britische Inf.-Bgd.
Raketenabschussbasis Zawitinsk
Deutsche Inf.-Brd.
Komsomolsk
Frz. Inf.-Bgd.
Amur
Luftstützpunkt Birobidschan
Wanin
Frz. Inf.-Bgd.
Chabarowsk
Belgisches FSJ-Rgmt.
10th Mtn. Div. (Light)
Amur
Kleiner Chingan
Sungari
China
Tartarischer Sund
Ussuri
Charbin
Östliches Hochland
Zentrale Tiefebene
Chanka-See
Dt. FSJ-Rgmt.
Ussuriisk
1st Marine Exp. Brig.
Wladiwostok
Hokkaido
Japan
Jalu
Tsugaru-Straße
Japanisches Meer
Honschu
Meilen 0 50 100
Kilometer 0 81 161

Erstaunt blickten sich einige der Anwesenden an, weil ihnen die Zahl der Opfer angesichts eines Scharmützels an der Grenze doch sehr hoch erschien.

»Für die chinesische Volksbefreiungsarmee gibt es zwei direkte Routen in den russischen Fernen Osten«, fuhr Reed fort. »Beide gehen von Charbin aus und haben eine einzige Hauptroute für den Nachschub, die durch die zentrale Ebene führt. Eine Einfallsschneise führt durch das östliche Hochland und kreuzt dann die Grenze im Tal des Ussuri nördlich von Wladiwostok, bricht aber bei einigen Bergtunneln östlich von Suifenhe ab. Das ist die kleinere Bedrohung. Aber auf der anderen Route ist das feindliche Vorrücken nicht so leicht zu unterbinden. Sie verläuft in nördlicher Richtung über das Kleine Chingan-Gebirge und führt dann westlich von Chabarowsk über den Amur. Da sind extrem weitläufige Gebiete zu verteidigen.«

Reed wartete, während die hochrangigen Offiziere ihre eigenen Karten konsultierten. Clark beobachtete sie – er wusste, was die ihm unterstellten Kommandeure innerlich durchmachten. Nächtelang hatte er sich damit herumgeschlagen, nach dem Dienst, und das für Monate ... Was sie auf den Karten von Sibirien studierten, war ihm völlig klar: die Entfernungen, die immer dürftiger werdenden Verteidigungslinien, die von der unendlichen Weite verschluckt wurden. Anschließend, da war Clark sich sicher, würde die große Frage kommen: *Sind meine Männer in Gefahr?*

Das war eine Einstellung, die zur Niederlage führen würde.

»In welchem Tempo würden sie bei ihrem Vormarsch vorankommen?«, fragte Nate Reed, wenngleich er dessen Antwort eigentlich schon gehört hatte.

»Eine Armee mit Panzern und guter Unterstützung durch Pioniere würde einhundert Kilometer pro Tag schaffen, zumindest dann, wenn nicht hartes winterliches Klima oder Tauwetter mit anschließenden Überflutungen den Vormarsch behindern. Allerdings sind die *chinesischen* Truppen lediglich motorisiert, und die schlechte Unterstützung durch Pioniere würde ihren Vormarsch bremsen. Die Soldaten werden mit Lastwagen transportiert, die sehr gute Zielscheiben abgeben. Verschleiß ihrer Ausrüstung könnte sie dazu zwingen, zu Fuß durchs Land zu gehen, wobei sie sich dann nur noch auf ihren starken Rücken und Packesel verlassen könnten. Auf diese Weise würden sie höchstens drei Kilometer pro Tag schaffen. Und bedenken Sie auch, dass sie ohne robuste Panzer keine Chance hätten, schnell befestigte Stellungen auszuschalten.«

»Punkt eins«, unterbrach Nate. »Sie müssen Ihre Befehlskette sichern und sich an die entsprechenden Leute wenden. Wir brauchen Pioniere, und zwar so viele Einheiten, wie Sie eben kriegen können. Mir ist klar, dass dafür Einberufungen erforderlich sind. Wahrscheinlich müssten wir die gesamte Reserve der Army und die Nationalgarde einberufen. Sie wissen, dass wir das Nine Corps nicht an die Chinesen verlieren werden – die U.S. Army verliert kein ganzes Korps. Also brauchen wir Pioniere, die unsere Stellungen vorbereiten, Hindernisse im Terrain kartografisch erfassen und Straßen und Schienenwege bauen und warten. Außerdem benötigen wir sie für die Aufklärung der Pionierarbeiten der Chinesen.«

»Ohne Pioniere«, sagte Reed, »wären die Chinesen in enge Bahnen gezwängt und hätten nur vereinzelte Einheiten entlang einer begrenzten Anzahl von Routen. Abgesehen von dem See Chanka, der relativ leicht passierbar ist, müsste die Infanterie für die Nachschubverbindungen Wald roden. Fahrzeugverkehr auf diesen provisorischen Straßen würde deren Zustand so verschlechtern, dass sie bald unbefahrbar wären, und ihre Instandhaltung würde ihre Pioniere vollends beschäftigen und binden. Wenn die Nachschublieferungen nach vorn nur noch selten ankommen, wäre das Tempo ihres Vormarschs dahin.«

»Und was ist mit *unseren* Pionieren?«, fragte Clark.

»Wir brauchen eine extensive Feldvermessung, doch das schwierigste Problem der Pioniere würde darin bestehen, Brücken über die Flüsse zwischen Wladiwostok und Chabarowsk zu bauen. Also werden wir unsere Truppen mit Flugzeugen transportieren. Wir werden Angriffe durch ein Bataillon oder sogar durch eine Brigade organisieren, wobei wir den Zeitpunkt bestimmen und so lange bleiben, bis der Sieg unser ist. Dann werden wir uns zurückziehen und uns für einen anderen Einsatz entscheiden. Um manövrieren zu können, müssten die Chinesen durch körperliche Arbeit zwanzig Meter breite Wege schlagen. Mitten im Winter, und zwar bei völliger Luftüberlegenheit des Feindes.«

Dennoch ließen die meisten Anwesenden weiter die Köpfe hängen. Wahrscheinlich beschäftigten sie sich in Gedanken mit den vielen Opfern, die ihre Operationen kosten würden.

»Unser Ziel in der Luft ist der totale Sieg«, sagte Reed. »In fünfzehn Tagen habe ich noch kein einziges chinesisches Flugzeug über unserem Operationsgebiet gesehen.«

Die Gespräche gingen weiter. Die Kommandeure nahmen das Ruder in die Hand. Verschiedene Akzente, aber ein gemeinsames Vokabular. Leicht verständliche Ausführungen über die Arbeit der Pioniere. Technisch hoch moderne Navigations- und Orientierungshilfen für Fahrer, die Tag und Nacht in Wäldern ohne Wege unterwegs sein mussten. In Schneestürmen, die drei Meter hohe Verwehungen hinterlassen konnten. In den tiefen Wäldern, schlugen Pioniere vor, könnten sie Knüppeldämme aus Holz bauen. Panzerfahrer behaupteten, das sei sinnlos, da die Panzerketten sie völlig zerstören würden. Besser wäre es, wenn ihre Kampffahrzeuge junge Bäume niederwalzen würden. Hinter ihnen könnten die Pioniere dann die Wege verbessern. Doch weder den Amur noch den Ussuri könne man durchwaten, bemerkten die Pioniere.

»Aber im Winter sind alle diese Wasserläufe zugefroren«, sagte Nate. »Das dicke Eis lässt Fahrzeugverkehr zu, sogar mit Panzern. Diese Tatsache allein verändert all unsere Analysen des Terrains. Im Winter verwandeln sich die Wasserläufe, die uns sonst als Hindernisse erscheinen, in Nachschublinien aus tragfähigem Eis. Und im Winter«, fügte er bedächtig hinzu, »sind wir anfällig für Angriffe der Chinesen.«

Weißes Haus, Situation Room
22. Oktober, 19.30 Uhr GMT, (14.30 Ortszeit)

Direkt nach dem Aufwachen hatte Marshall die Neuigkeiten erfahren. Dreizehn chinesische Raketen hatten Taiwan getroffen, Inseln vor dem chinesischen Festland wurden mit Granaten beschossen. Dazu kam, dass es in Hongkong von chinesischen Soldaten nur so wimmelte. Peking schwieg, als die Truppen außer Rand und Band gerieten. Alle Abmachungen, die mit Hongkong vereinbart worden waren, wurden jetzt gebrochen.

Der Präsident wartete mit einigen Beratern im unterirdischen Konferenzraum.

»Warum haben wir nicht irgendeine nachrichtendienstliche Warnung erhalten?«, fragte Marshall. Die Captains und Majors vom Military Office schwiegen betreten. Einige tauschten Blicke aus. »Oder wenigstens die Briten? Der ehemalige Premierminister hat mir versichert, sie hätten noch immer gute Nachrichtendienste … bevor er umgebracht wurde.«

Einer der Armeeoffiziere riskierte eine Antwort. »Wir haben mit den Briten gesprochen, Sir. Die Chinesen befanden sich gerade mitten in einer Truppenrotation. Ihre handverlesene Spezialgarnison wurde zum großen Teil in den Kasernen gehalten. Das sind ihre am besten qualifizierten Soldaten. Die erste Warnung erhielten die Briten, als Lastwagen mit gewöhnlichen Infanteristen von Shenzhen herüberkamen, die alle bewaffnet waren und Kampfanzüge trugen.«

»Wir haben gerade das erste Video gekriegt, Sir«, verkündete ein Marineoffizier, der soeben in den Raum trat. Dann schaltete er die vier großen Bildschirme ein. »Die Bilder wurden vom japanischen Fernsehen ausgestrahlt.«

Soldaten schlugen mit ihren Gewehren Schaufenster ein. Organisiert wirkte das Ganze auf Marshall nicht, aber um isolierte Vorfälle schien es sich auch nicht zu handeln. Aus Geschäften wurden Kartons gekarrt, vermutlich im Auftrag der Armee. Gepanzerte Fahrzeuge stießen Abgaswolken aus. In Türeingängen standen Zivilisten, die die Fäuste schüttelten. Dicht über dem Meer flogen große Helikopter. Dann war das Video beendet, und das Testbild erschien.

Außenminister Jensen traf ein.

»Können Sie den Mist glauben?«, fragte Marshall wütend.

»Wollen Sie nicht die anderen rausschicken?«, fragte Jensen.

Die jüngeren Berater des Präsidenten waren überrascht. Einen Augenblick lang starrten sich Marshall und Jensen schweigend an. Als die Tür sich endlich geschlossen hatte, atmete der Außenminister tief durch. »Wir sollten unsere Truppen sofort aus Sibirien abziehen und ankündigen, dass wir einer Konfrontation mit China aus dem Weg gehen«, sagte er. »Sollten Sie anderer Meinung sein, werde ich Ihnen meinen Rücktritt anbieten müssen.«

Marshall kochte, aber er zuckte nicht mit der Wimper. »Sind Sie sicher, dass Sie das erst meinen?«, fragte er.

»Ich habe viel über die internationale Entwicklung nachgedacht und nicht mehr das Gefühl, noch Ihr Außenministerium leiten zu können, Sir.«

Ich trete zurück, hörte Marshall aus seinen Worten heraus. »Was glauben Sie, was auf uns zukommt, Hugh?«

»Krieg!«, platzte es aus Jensen heraus. »Wir bewegen uns auf den *Krieg* zu, Tom. Das ist so sicher wie das Amen in der Kirche!«

»Nein, ist es nicht, Hugh. Bevor es so weit kommt, werde ich den Stecker rausziehen. Das war von Anfang an so geplant. Wir sind nicht dazu da, für die Sicherheit der russischen Grenze zu kämpfen. Noch ein paar Monate, dann sind wir da wieder weg.«

»Das ist unsere letzte Warnung durch die Chinesen«, sagte Hugh Jensen ruhig.

»Die *Chinesen*«, antwortete Marshall laut, »treten in Hongkong *Schaufenster* ein! Wir werden die Plünderungen *verurteilen*, Hugh, aber um Himmels willen, *Krieg führen* werden wir deshalb nicht. Mein Gott, Hongkong gehört *ihnen*. Was zum Teufel kann *ich* denn daran ändern?«

Mit einem besonderen Gesichtsausdruck blickte Jensen zu Marshall auf. »Hat man Sie bereits informiert, Tom?«

»Mit eigenen Augen habe ich Bilder des japanischen Fernsehens gesehen, die im Geschäftsviertel von Hongkong aufgenommen wurden. Was muss ich denn noch wissen …?«

»Ich rede von Taiwan.«

Marshall starrte seinen Außenminister an. »Die Raketen?«

Jensen stützte sich schwerfällig auf den Tisch, als wäre er physisch erschöpft.

»Sie sind in Taiwan einmarschiert, Tom. Eine Invasion.«

USS Laboon, Straße von Taiwan
23. Oktober, 17.30 Uhr GMT (07.30 Ortszeit)

In der fensterlosen, verdunkelten Kommandozentrale des Kriegsschiffes herrschte eine angespannte Stimmung, doch nur ein Eingeweihter hätte anhand bestimmter Anzeichen die Veränderung registriert. Dem Mann am Radargerät war der Schweiß auf die Stirn getreten, sein Kollege am Sonar presste den Kopfhörer fester gegen seine Ohren. Der Koordinator für die Feuerleitung hockte aufmerksam vor seinem Bildschirm. Das blaue Hemd des Seaman First, der gerade seinen Arm hob, um mit einem fluoreszierenden Stift Ziele auf eine transparente Kunststoffscheibe zu zeichnen, hatte sich unter der Achsel dunkel verfärbt.

Lieutenant Commander Richards war sich aller Systeme bewusst, die auf diesem Schiff arbeiteten. Er war der Kapitän, sie waren gleichsam seine zweite Haut. Dieses Empfinden aller simultan ablaufenden Vorgänge war unabdingbar, wenn man jederzeit auf der Höhe der Situation sein wollte. Vor seinem inneren Auge sah er praktisch die Flugrichtung der F-14-Jagdbomber, die dutzendweise MiGs vom Himmel holten, er spürte die Nähe der lauten Unterseeboote, deren Ende in ein paar Minuten besiegelt sein würde, er ahnte die meilenweit entfernten Stellen, wo chinesische »Seidenraupen«-Raketen explodierten, ohne irgendwelchen Schaden anzurichten.

Doch in erster Linie konzentrierten sich seine Gedanken auf den Bildschirm des Radarsystems, das die Meeresoberfläche abtastete. Die wahre Gefahr, daran bestand für Richards kein Zweifel, war der immer kürzer werdende Abstand seines Schiffs zu der chinesischen Invasionsflotte. Am Tag zuvor hatte die erste Landung chinesischer Schiffe an der taiwanesischen Küste die einheimische Armee an der Westküste gebunden. Diese zweite und sehr viel größere Invasionsflotte umrundete die Insel in Richtung Nordosten und nahm somit direkt Kurs auf die taiwanesische Hauptstadt Taipeh.

»Irgendwelche Sichtkontakte?«, fragte Richards den Koordinator für die Feuerleitung.

»Negativ, Sir. Dafür gibt's auf dem Radarschirm jede Menge Ziele.«

In der Mitte des Radarschirms war die *Laboon* zu sehen, zu beiden Seiten in einem Abstand von ein paar Meilen von ihren Schwesterschiffen flankiert – der *John McCain* und der *John Paul Jones*. Davor erschienen Hunderte von grün dargestellten Echosignalen: Schiffe der chinesischen Küstenwache, schnelle Angriffsboote, Minenwerfer, Ausbildungsschiffe, Transportschiffe für Nachschub, Hebe-, Reparatur- und sogar Beobachtungsschiffe. Ozeantaugliche Schlepper zogen Lastkähne. Nur bei einem Bruchteil dieser Schiffe handelte es sich um eigentliche Landungsschiffe, aber alle Schiffe dieser improvisierten Invasionsflotte waren bis an die Grenzen ihrer Kapazität ausgelastet und beförderten siebzigtausend Männer.

Am frühen Morgen, noch in der Dunkelheit, hatte die *Laboon* zum ersten Mal in die Kämpfe eingegriffen. Sie hatte ein Dutzend TASM auf Schiffe abgefeuert, die von Xiamen ausliefen, dann Tomahawk-Marschflugkörper auf die Hafenanlagen. Jetzt lautete der Befehl, Geschütze und Torpedos einzusetzen. Es war eine eher altmodisch anmutende Seeschlacht, die aber auf amerikanischer Seite mit umfassenden Luftangriffen koordiniert war. Gleichzeitig würden aus südlicher Richtung sechs Unterseeboote angreifen. Sie mussten der chinesischen Invasionsflotte in der Straße von Taiwan Einhalt gebieten, siebzigtausend Männer in einem flammenden Inferno zum Untergang verdammen.

Richards versuchte, den Gedanken zu verdrängen. Es würde eine Tragödie unvergleichlichen Ausmaßes sein, doch sein Job bestand darin, diese Tragödie Realität werden zu lassen.

»Eine Nachricht vom Taskforce-Kommandeur, Sir«, sagte der Nachrichtenoffizier.

»Schalten Sie den Lautsprecher ein.«

»... an die *Laboon*, Sie werden bald vom Radar des chinesischen Zerstörers erfasst werden. Wiederhole, Sie werden bald vom Radar des chinesischen Zerstörers erfasst werden.«

Die drei amerikanischen Zerstörer waren ihren chinesischen Pendants haushoch überlegen, aber dennoch waren die feindlichen Schiffe mit tödlichen Waffen ausgerüstet. Schon jetzt war über ein Dutzend taiwanesische Schiffe angegriffen worden, die vor einer Stunde mit der chinesischen Flottille zusammengestoßen waren. Die *Huei Yang* und die *Lo Yang*, ehemals die *USS English* und die *USS Taussig* mit den Bugnummern DD-696 und und DD-746, waren versenkt worden.

»Auf dem Radarschirm sehen wir innerhalb von zwölf Seemeilen feindliche Ziele«, sagte der für die Feuerleitung zuständige Offizier. Jetzt konnten sie jederzeit zuschlagen.

»Wir feuern erst bei Sichtkontakt«, sagte Richards. Trotz der eingeschalteten Klimaanlage war dem vor dem Kapitän sitzenden Mann am Radar arg der Schweiß ausgebrochen. »Alle mal herhören«, verkündete Richards laut. »Da draußen sind taiwanesische Kriegsschiffe in die Kämpfe verwickelt. Zerstörer, Fregatten, Korvetten und schnelle Angriffsboote. Ich möchte nicht, dass es unter unseren Verbündeten Opfer gibt. Unsere Vorschriften erfordern Sichtkontakt. Die Sichtweite beträgt über zehn Meilen. Wir werden langsam und methodisch vorgehen, verstanden? Bevor wir feuern, will ich mit Sicherheit wissen, wen wir im Visier haben.«

»Aye, aye, Sir«, antwortete der für die Feuerleitung zuständige Lieutenant Junior Grade, ein Mann Mitte zwanzig.

Die Antwort beruhigte Richards' Nerven nicht, sondern ließ seine Anspannung noch stärker wachsen. Dass seine

Mannschaft seinen Befehlen folgte, war selbstverständlich, und dass der Kapitän persönlich für sein Schiff verantwortlich war, glich einem unveränderlichen Naturgesetz.

Aber für solche Schlachten war die *Laboon* einfach nicht gebaut. Wenngleich die Modelle der Arleigh-Burke-Klasse nicht aus Aluminium, sonder aus Stahl bestanden, der Rumpf zusätzlich mit über siebzig Tonnen Kevlar verstärkt war, würden selbst chinesische 3.9inch-Granaten kurzen Prozess mit ihr machen. Und jeder Treffer durch schwere Geschütze oder Raketen würde unweigerlich Tote bedeuten.

»Wie hoch ist unsere Geschwindigkeit?«, fragte Richards.

»Dreiunddreißig Knoten, Sir. Alle Maschinen volle Kraft voraus. Kurs eins acht sechs.«

Unter seinen Füßen fühlte Richards das Deck vibrieren. Vier Gasturbinen drehten zwei Wellen, jede mit zweihunderttausend PS. Die das Wasser durchpflügenden Schiffsschrauben ließen den Zerstörer auf hundert Bildschirmen erscheinen. Zwischen den Philippinen und den Riukiu-Inseln konnte jeder, dem ein Sonargerät zur Verfügung stand, den Lärm hören.

»Entfernung zum nächsten Kontakt auf dem Meer?«, fragte Richards.

»Elf Punkt zwei«, antwortete der für die Feuerleitung verantwortliche Mann.

»Jetzt irgendwelche Sichtkontakte?«

»Negativ, Sir. Zu dem Dunst, der in der Luft hängt, kommt noch jede Menge Rauch, aber es müsste jeden Augenblick so weit sein.«

Richards fühlte die Sekunden verstreichen. Sichtkontakte würden die Gefahr nicht vermindern, sondern verstärken. Wenn die *Laboon* die Chinesen sah, konnten diese auch den amerikanischen Zerstörer sehen.

»LAMBS hat nur noch wenig Treibstoff, Sir«, sagte der Fluglotse. »Bittet um Landeerlaubnis.«

An Bord des Zerstörers befand sich ein Anti-Unterseeboot-Hubschrauber, der den Raum hinter dem Schiff kontrolliert hatte und jetzt zurückkehrte. Durch den Lärm des Propellers würde eine tote Zone entstehen.

»Keine Landeerlaubnis«, sagte Richards. »Leiten Sie ihn zur *Eisenhower* um.«

»Radarkontakt Position eins neun fünf, Entfernung elf Punkt eins, bewegt sich nach links.« Richards blickte den für die Feuerleitung zuständigen Offizier an. »Sie nimmt Kurs auf die *McCain*. Neue Positionsbestimmung, Kurs konstant, Kurs konstant. Kurs hat sich stabilisiert. Entfernung zehn Punkt acht. Position drei vier ...«

»Vampire! Vampire!«, meldete das Zentrum für die Verteidigung gegen Luftangriffe. »Ich sehe hier eine Rakete! Entfernung zehn Meilen, Position eins sieben neun! Flugrichtung konstant, Entfernung wird kleiner! Die Rakete kommt direkt auf uns zu!«

»Ausweichmanöver!«, befahl Richards. »Bei vier Meilen feuern Sie Stanniolstreifen zur Radarstörung und Leuchtkugeln ab.« Unter seinen Füßen begann das Deck sich zu heben und zu senken. »Entsichern Sie die Phalanxes, und stellen Sie sie auf automatischen Betrieb.« Er hielt sich an der nächsten Konsole fest. »Ich werde auf die Brücke gehen.«

Nachdem Richards die Einsatzzentrale verlassen hatte, wurde er in dem kurzen Gang von einer Wand gegen die andere geschleudert, weil das Schiff mit Höchstgeschwindigkeit fuhr. Nur mit Mühe konnte er die gepanzerte Luke aufziehen. Strahlendes Tageslicht schlug ihm entgegen.

»Der Käpt'n ist auf der Brücke!«, verkündete ein Seaman.

»Ich übernehme die Brücke, Mr. Lawrence«, sagte Richards, der nicht auf seinen hohen Stuhl kletterte, sondern nach dem Fernglas griff. Er ging zu der Glasscheibe, durch die er die einzige Kanone des Schiffs sehen konnte. Der Steuermann riss das Schiff in die entgegengesetzte Richtung herum, das Schiff hob sich. »Schalten Sie den Lautsprecher für die Einsatzzentrale ein«, befahl Richards, bevor er das Fernglas an die Augen hob.

Über den Lautsprecher kamen blechern klingende Meldungen über auf das Schiff zukommende Raketen.

Plötzlich meldete sich eine andere Stimme, die des Koordinators der Feuerleitung. »Sichtkontakt! Es ist eine Fregatte mit leeren Raketenschienen.«

Richards hob das Mikrofon an den Mund. »Feuerleitung, hier spricht der Kapitän. Haben Sie das Schiff identifiziert?«

Der erste Teil der Antwort wurde von dem Dröhnen der Maschinen übertönt, die Unmengen von Stanniolstreifen ausspien. »Bugnummer fünf null acht. Es ist die Fregatte *Xichang*, definitiv ein feindliches chinesisches Schiff, Sir! Entfernung neun Punkt sieben.«

»Zwei Harpoon-Raketen abfeuern«, befahl Richards. »Geschütze einsetzen.«

»Aye, aye, Sir! Wir feuern.«

»Ich sehe sie«, schrie einer der Männer im Ausguck. »Position elf Uhr.«

Richards sah die Rakete auf der Backbordseite, direkt über dem Bug. Mit jeder gegen das Schiff prallenden Welle spritzte weiße Gischt hoch, die sie unsichtbar machte. Aber zwischen den Wogen konnte man die kleine, runde Spitze der Rakete sehen, deren Hitzeschweif den Himmel dahinter flimmern ließ.

»Richtung konstant, Entfernung abnehmend«, berichtete der Beobachter. »Die Rakete kommt direkt auf die *Laboon* zu!«

Als eine der Harpoon-Raketen abgefeuert wurde, erzitterte das Schiff. Dann folgte die zweite. Die Verteilermaschinen für die Stanniolstreifen dröhnten. Ganz plötzlich eröffnete das Kaliber 38-Geschütz das Feuer. Rauch vernebelte das Fenster der Brücke, doch er wurde vom nächsten Windstoß hinweggefegt. Und da war die Rakete.

»Hart steuerbord!«, befahl Richards dem Steuermann. »Bringen Sie sie auf Kurs zwei sieben fünf! Ausweichmanöver fortsetzen!« Damit kehrte er dem feindlichen Schiff die Breitseite, präsentierte ein leicht zu treffendes Ziel. Zugleich aber würden so die beiden sechsläufigen Vulcan-Geschütze in Stellung gebracht. Hätte er den alten Kurs beibehalten, dann hätte nur das Geschütz am Bug feuern können. Jetzt würden die beiden neu aktivierten Geschütze auf das Radarbild reagieren, zumindest dann, wenn es eins gab. Wieder feuerte das Geschütz unter der Brücke, bei dem alle drei Sekunden automatisch nachgeladen wurde.

Richards öffnete die Tür, um auf das Beobachtungsdeck auf der Backbordseite hinauszutreten. Kalter Wind erfasste ihn. Wieder donnerte das Kaliber 38-Geschütz. Als er sein Fernglas auf die feindliche Fregatte richtete, sah er die siebzig-Pfund-Geschosse in die Schiffsaufbauten einschlagen. Der Blitz zerfetzte den Radarmast. Kochend heißer Rauch stieg aus dem Schiffsrumpf aus.

Richards suchte den Himmel nach der auf sie abgefeuerten Rakete ab.

Jetzt stieg sie in die Luft auf, etwa eine Meile von der *Laboon* entfernt. Doch Richards blickte nicht mehr auf die feindliche Rakete, sondern auf das nächste Phalanx-Raketenabwehrgeschütz. Die sechsläufige Waffe ruhte auf einem weißen Stahlsockel. *Feuer!*, flehte Richards innerlich. Die beiden computergestützten Vulcan-Geschütze legten los. Sie hatten eine Kapazität von zweihundert Schuss pro Sekunde.

Die feindliche »Fliegender-Drache«-Rakete schoss in den Himmel, dann steil nach unten, direkt auf die Aluminiumschornsteine der *Laboon* zu.

Die Phalanx-Raketenabwehrgeschütze hörten sich wie Kreissägen an, ihr explosiven Granaten hagelten nur so durch die Luft.

Die Rakete ging in einem grellen, orangefarbenen Feuerball auf, was mit Beifall quittiert wurde. Direkt neben dem Ladebaum auf der Backbordseite sah Richards die Trümmer niederregnen. Zuvor hatte er den Atem angehalten, jetzt sog er wieder tief die Luft ein.

»Da kommt was!«, schrien die Männer im Ausguck unisono. Das schrille Pfeifen eines Marine-Artilleriegeschosses, direkt gefolgt von heißen Feuerzungen. Als Richards das Donnern hörte, war ihm klar, dass das Geschoss sein Ziel nur knapp verfehlt hatte. Eine Wasserfontäne stürzte wieder in sich zusammen.

»Erneuter Treffer bei der *Xichang*!«, schrie jemand auf der Brücke. Richards hob das Fernglas. Die Fregatte, von der aus die beinahe tödliche Rakete abgefeuert worden war, hatte Schlagseite und lag tief im Wasser. Mitten auf dem Schiff, wo der Treffer eingeschlagen war, stieg Rauch auf. Noch waren seine Geschütze nicht verstummt, doch der Kapitän ließ wenden, weil er Angst vor dem Kentern hatte.

Direkt über der Wasseroberfläche schlugen kurz nacheinander zwei Harpoon-Raketen in den Schiffsrumpf ein.

Eine orangefarbene Explosion schleuderte eine riesige Fontäne in die Luft, durch die die *Laboon* unbeirrt hindurchfuhr. Bisher hatte die *Xichang* ihr Ziel noch nie so knapp verfehlt. Wasser regnete auf den Bug nieder, Gischt beschlug die Linsen von Richards' Fernglas.

Die an Bord der *Xichang* explodierende Munition erleuchtete den dunstigen Tag wie ein Feuerwerk. Als das Hauptmunitionslager hochging, stieg eine pilzförmige Wolke in den Himmel auf.

Neue sichtbare Ziele wurden ausgerufen, und Richards kehrte auf die Brücke zurück, wo er die letzten seiner sechs einsatzbereiten Harpoon-Raketen abfeuern ließ. Das Kaliber 38-Geschütz musste unter Beweis stellen, das es zwanzigmal pro Minute zuschlagen konnte. Das Resultat war eine weitere in Flammen aufgehende chinesische Fregatte, ein Zerstörer sank in einer brennenden Öllache.

»Mit dem Geleitschutz sind wird durch!«, kam die Meldung aus der Einsatzzentrale. Jetzt wurden andere Schiffe ausgerufen. »Bugnummer neun zwei acht! Ein Landungsschiff. Entfernung vier Punkt zwei!«

»ASROC-Raketen abfeuern«, befahl Richards, der mittlerweile schon ruhiger war.

»Aye, aye, Käpt'n«, kam die aufgeregte Antwort von der Feuerkoordination.

Einen Augenblick später sorgte eine enorme weiße Rauchwolke dafür, dass Richards durch die Fenster der Brücke nur noch eine nebelhafte Sicht hatte. Ein riesiges Torpedo mit dem weißen Schweif der Zündstufe im Schlepptau schoss aus dem Rohr, das auf gleicher Höhe wie das Deck angebracht war. Als neue Ziele gesichtet wurden, folgten weitere ASROC-Raketen. Normale Torpedos wurden von leistungsstarken Antriebsaggregaten zu den feindlichen Schiffen getragen. Richards Blick folgte der Flugbahn der ersten ASROC-Rakete.

Das chinesische Landungsschiff brach entzwei, der mittlere Teil flog in die Luft, Bug und Heck sanken gleichzeitig. Überall auf dem Wasser schwammen Lattenkisten und leichte Fahrzeuge.

Weil die *Laboon* immer noch manövrierte, ändert sich der Blick durch das Fenster permanent. Von Horizont zu Horizont stieg Rauch in den Himmel auf. Richards schonte seine Schiffsabwehrraketen. Mehr als Geschützfeuer oder eine einzelne ASROC-Rakete waren nicht erforderlich. Sie wendeten sogar so weit, um aus den sechs am Achterschiff angebrachten Rohren normale Torpedos absetzen zu können. Nach einer halben Stunde glich die Straße von Taiwan einem brennenden Friedhof.

4. KAPITEL

Austin, Texas
6. Oktober, 15.00 Uhr GMT (09.00 Ortszeit)

»Im hart umkämpften Bundesstaat Texas«, las Kate ab, während ihre Stoppuhr lief, »scheint jeder der beiden Kandidaten die Wahl gewinnen zu können. Das Ergebnis der jüngsten Meinungsumfrage von NBC News/*Wall Street Journal* lässt auf Landesebene und hier in Texas auf ein Kopf-an-Kopf-Rennen zwischen Präsident Marshall und Gouverneur Bristol schließen. Die Resultate dieser Umfrage wurden nicht aufgrund strenger wissenschaftlicher Methoden gewonnen, sondern basieren auf einer Befragung von Menschen auf dem Weg zu ihrem Arbeitsplatz.« Kate hielt ihre Stoppuhr an und sah, dass die Länge ihres gesprochenen Textes der des gefilmten Materials in etwa entsprach. Dann wirbelte sie in ihrem Bürostuhl herum und drückte die »Play«-Taste, um die Interviews mit dem »Mann von der Straße« zu betrachten. Schließlich wechselte sie zu einem anderen Rekorder, um die Videoaufnahme ihrer Zusammenfassung zu betrachten.

Die noch nicht geschnittene Aufnahme begann damit, dass Kate ihre Schultern bewegte, um sich zu entspannen. Dass sie ein stärkeres Make-up als üblich aufgetragen hatte, fiel nicht weiter auf. Sie beobachtete, wie sie sich die Haare aus der Stirn strich. Mit ihrem marineblauen Tuchmantel hatte sie eine gute Wahl getroffen. Nach einem Räuspern blickte sie in die Kamera.

»Die Wähler scheinen zwei Fragen zu stellen.« Kate hielt das Mikrofon in ihrer behandschuhten Hand. Eine kleine, aber vielleicht dennoch etwas störende Haarsträhne fiel ihr in die Stirn. »Erstens: Wie konnte die Regierung Marshall es zulassen, dass die Spannungen im Verhältnis zu China zum Krieg eskalierten? Wenngleich die Invasion Taiwans für die Chinesen verheerend war, hat Gouverneur Bristol den Großteil des Tages damit verbracht, die Demokraten mit den verbitterten Bemerkungen zu bombardieren, die der ehemalige Außenminister Jensen in einem Interview mit *Newsweek* gemacht hat.« *Zu lang,* dachte Kate. »Gouverneur Bristols großer Augenblick kam, als er sagte, die U.S. Army müsse *vor* dem Angriff auf einen Verbündeten Stärke demonstrieren, nicht danach.« *Ich hätte den Originalton verwenden sollen,* dachte sie. »Doch weitaus bedrohlicher kann für den Präsidenten die Frage werden, die viele Wähler im Zusammenhang mit der Stationierung amerikanischer Truppen an der russisch-chinesischen Grenze in Sibirien stellen. Viele Analysten sehen hinter dem fehlgeschlagenen Angriff der chinesischen Volksbefreiungsarmee auf Taiwan die Absicht, in China die Unterstützung der Regierung durch die Bevölkerung zu verstärken. Dort sieht eine riesige Mehrheit der Menschen Taiwan als abtrünnige chinesische Provinz und die amerikanische Verteidigung Taipehs als Einmischung in rein innerchinesische Angelegenheiten an. Aber die Frage ist, warum muss die Unterstützung durch die Bevölkerung so massiv mobilisiert werden? Schließlich hat der Weltgerichtshof doch zugesagt, Chinas Ansprüche auf einen Großteil des östlichen Sibiriens zu prüfen …«

Kate drückte die Stopp-Taste. Woody – wenn er denn jemals auftauchen sollte – würde Videoaufnahmen vom Hafen von Wladiwostok hineinmontieren, während Kates Kommentar weiterlief. Sie wandte sich einem weiteren Videorekorder zu. Vielleicht sollte sie stattdessen mit der Japan-Story fortfahren. »Mist«, flüsterte sie, während sie das Band so ablaufen ließ, wie es eingespult war. »… eine Verfassungsänderung würde es den japanischen Militärs gestatten, Truppen nach Übersee zu entsenden. Im Parlament wurden Anträge gestellt, wegen der Spannungen in der Region die Beschränkungen zu lockern, die Japan nach dem Zweiten Weltkrieg auferlegt wurden. Demnach sollte die erste Handlung des Parlaments darin bestehen – zumindest legen das Meinungsumfragen nahe –, die ›Selbstverteidigungsarmee‹ umzubenennen. Der aussichtsreichste Vorschlag lautete einfach ›Bewaffnete Streitkräfte‹, doch selbst diese Worte erregen Anstoß in einem Asien, das sich immer noch vor japanischem Militarismus fürchtet. Unterdessen trifft in japanischen Häfen Kriegsmaterial aus Amerika ein, aber diese gehören sämtlich zu den Militärstützpunkten der Vereinigten Staaten. Doch jetzt, wo in Südkorea erhöhte Alarmbereitschaft ausgerufen worden ist, herrscht an der ostasiatischen Pazifikküste eine Atmosphäre der Instabilität. Abend für Abend werden in Tokio die allen auf den Nägeln brennenden Fragen debattiert, in vornehmen Klubs genauso wie bei Straßendemonstrationen. Hinter vorgehaltener Hand beschweren sich Politiker, Amerika behandle Japan nur wie einen weiteren Flugzeugträger. Einst war dies ein Tabuthema, mittlerweile findet man es sexy.«

»Verdammt!«, sagte Kate, während sie das Band anhielt. Wollte sie sich die Zeit nehmen, das Wort sexy herauszuschneiden?

Doch stattdessen wandte sie sich wieder dem ersten Videorekorder zu.

»Der Einsatz der UN-Truppen im östlichen Russland geht jetzt in den zweiten Monat. Heute hat das Pentagon angekündigt, jeweils eine zusätzliche Infanterie- und Marinedivison nach Sibirien zu entsenden. Ein Sprecher des Verteidigungsministeriums verneinte, dass diese Stationierung zusätzlicher Truppen irgendetwas mit dem chinesischen Angriff auf Taiwan oder der Unterdrückung Hongkongs zu tun habe. Aber der Stabschef des Präsidenten stellte klar, dass man eine solche Aggression in Sibirien nicht hinnehmen werde. Doch es gibt noch eine *andere* Story. Heute forderte Präsident Marshall den Kongress auf, eine Einberufung des Pentagons abzusegnen, die zahlenmäßig über die zweihunderttausend Mann hinausgeht, die der Präsident ohne Zustimmung einberufen kann. Die gegenwärtig gültige Resolution würde es gestatten, bis zu fünfhunderttausend Männer und Frauen der Reserve zu aktivieren. Trotzdem weigerten sich Mitarbeiter der Regierung, noch höhere Forderungen auszuschließen. Außerdem kündigte das Pentagon an, dass die sechs aus Mitgliedern der Nationalgarde rekrutierten Brigaden, die zuvor an die nationalen Unruheherde entsandt wurden, jetzt in drei neue Army-Divisionen umfunktioniert würden.«

Schnitt, dann bin ich wieder an der Reihe, dachte Kate, die auf ihre Uhr blickte und sich dann zu der offenen Tür vorbeugte. »Woody-y-y!«, schrie sie, bevor sie erneut auf die »Play«-Taste drückte.

»Als Reaktion auf die Vorwürfe der Republikaner verwiesen Mitglieder der Regierung auf deren Erfolge im Kampf gegen die anarchistischen Gewalttaten auf der ganzen Welt. Heute bestätigte eine Sprecherin der CIA zum ersten Mal umlaufende Gerüchte, man gehe davon aus, dass Valentin Kartschew bei der Bombardierung des anarchistischen Ausbildungslagers kurz nach meinem Interview mit ihm im letzten Monat getötet worden sei.«

Kate zuckte zusammen. Sie hatte Woody bereits darauf hingewiesen, dass diese Bezugnahme auf ihr Interview hohl klang. Jetzt mussten sie diese ganze Passage neu filmen.

»In einem Präsidentschaftswahlkampf, bei dem die meisten davon ausgegangen waren, dass er von innenpolitischen Themen wie Wirtschaft, Terrorismus und zivile Unruhen dominiert werden würde, ist jetzt die Außenpolitik der entscheidende Faktor. Angesichts der äußerst knappen Entscheidung, auf die das Rennen zwischen Präsident Marshall und Gouverneur Bristol zuzusteuern schient, stellen die Analysten folgende Fragen: Wird die außergewöhnliche Unterstützung, mit der der Amtsinhaber in Zeiten internationaler Krisen immer rechnen kann, diesmal dadurch zunichte gemacht, dass die Wählerschaft glaubt, die Regierung sei mit der chinesischen Aggression falsch umgegangen? Müssen die Kandidaten in der Woche vor der Wahl noch mit weiteren Überraschungen rechnen? Kate Dunn berichtete für NBC News vom Wahlkampf in Austin, Texas.«

Trotz der Warnungen ihres Zahnarztes knirschte sie mit den Zähnen, zwang sich dann aber, es doch lieber zu lasen.

»Woody, würdest du jetzt *bitte* …!«, schrie sie.

Plötzlich tauchte der Kameramann tatsächlich im Türrahmen auf.

»Mann, wir müssen noch jede Menge schneiden, bevor …«

»Da ist ein Anruf für dich«, unterbrach Woody, der Kate ihr Handy entgegenstreckte, das er sich ausgeliehen hatte, um Pizza zu bestellen. Der Kameramann konnte seine Aufregung kaum kaschieren.

»Wer ist dran?«

Er zuckte die Achseln. »Lass dich überraschen. Er ist etwa einen Meter siebzig groß, hat eine Glatze und ist ein verrückter russischer Massenmörder, der weltweit den anarchistischen Terrorismus kontrolliert.«

Kate hielt das kleine Handy an ihr Ohr. Das Rauschen ließ auf einen Anruf aus weiter Ferne schließen.

»Wie *wundervoll*, Ihren Atem zu hören, Miss Dunn.«

Kate spürte, wie sie eine Gänsehaut bekam. »Mr. … Kartschew?«, fragte sie fast flüsternd.

»Ja, und zwar gesund und munter, trotz aller Gerüchte.«

Kate war verdutzt. »Wo waren Sie denn?« Plötzlich fühlte sie sich unbehaglich und unsicher, fast so, als wäre er mit ihr in diesem Raum.

»Die meiste Zeit war ich damit beschäftigt, mich in Sicherheit zu bringen. Außerdem habe ich viel geschrieben. Wie Sie sich denken können, habe ich es sehr genossen, die weltweiten Entwicklungen zu beobachten.«

Als Woody ihr einen Gummiring reichte, war es mit Kates Trancezustand endlich vorbei. Ein Kabel mit einem Stecker am Ende war an dem Ring angebracht. Es war ein Mikrofon. Sie schloss das Mikro an einen Rekorder an und legte den Ring um den Lautsprecher des Handys. Ein rotes Licht zeigte an, dass der Rekorder mitschnitt.

»Ich habe bedeutende Fortschritte mit meinem Manuskript gemacht«, fuhr Kartschew fort. »Hoffentlich wird es zu einem Werk von einiger Bedeutung werden. Es soll meine Gedanken und Schlussfolgerungen hinsichtlich der aktuellen Ereignisse ausdrücken.«

»Und zu welcher Schlussfolgerung sind Sie gelangt?«, fragte Kate.

»Dass es schwierig ist, so komplexe Dinge wie die Weltereignisse zu kontrollieren. Aber es ist überraschend leicht, ›die Kugel ins Rollen zu bringen‹, ein ›Katalysator zu sein‹, wie man das wohl nennt. Hier eine Kugel, da eine Bombe, dort ein Computervirus oder zwei … voilà. Es ist eine Analogie zur Plattentektonik-Theorie, nur dass hier nicht geologische, sondern gesellschaftliche Kräfte am Werk sind, die aufgestaut unter der Oberfläche lauern. Um sie freizusetzen, bedarf es nur eines Auslösers.«

»Darf ich fragen, warum Sie anrufen, Mr. Kartschew?«

»Aus zwei Gründen. Ich habe Ihre Gesellschaft vermisst. Jetzt ist es mitten in der Nacht, und ich leide an Schreibhemmung.« Nachdem Kate auf ihre Uhr geblickt hatte, notierte sie auf einem Block die Zeit. Nach einigen schnellen Berechnungen begriff sie, dass er irgendwo in Sibirien steckte. »Um zum zweiten Grund zu kommen: Ich dachte mir, dass Sie vielleicht an einer Story interessiert wären, und deshalb wollte ich so höflich sein, Ihnen eine anzubieten.«

Ihr Herz pochte erwartungsvoll. »Was für eine Story?«

Kartschew räusperte sich. »Sehr gut. Sind Sie bereit?«

Chicago, Illinois
26. Oktober, 23.30 Uhr GMT (17.30 Ortszeit)

In Gordon Davis' Hotelsuite hatte sich ein Dutzend Menschen um den Fernseher versammelt.

»… um exakt vierzehn Uhr Greenwich Mean Time«, erklang die Stimme Valentin Kartschews, »werden morgen alle Einheiten der russischen Armee, die im gegenwärtigen Bürgerkrieg auf verschiedenen Seiten kämpfen, ihre Waffen niederlegen. Alle Soldaten und Offiziere der bewaffneten russischen Streitkräfte werden dann sofort aus den Diensten der Armee entlassen und können als freie Männer nach Hause zurückkehren. Aufgrund seiner früheren Stellung in den bewaffneten Streitkräften wird kein Bürger der Russischen Republik mehr über Autorität oder andere Privilegien verfügen.«

»Und was wird dann aus den Waffen der Armee?«, fragte die weibliche Korrespondentin von NBC News.

»Die bleiben an Ort und Stelle.«

»Und die Nuklearwaffen?«

»Die auch. Wir verlassen uns auf die Präsenz der UN-Truppen, damit diese die Sicherheitsverwahrung aller Massenvernichtungswaffen überprüfen können.«

»Warum das alles? Aus welchem Grund löst sich die Armee auf diese Weise auf?«

»Das geht auf eine Abmachung zwischen den Bürgerkriegsparteien zurück. Beide Seiten mussten bei den Schlachten schreckliche Verluste hinnehmen, noch mehr Männer sind desertiert. Dazu kommt – und darüber wissen Sie als Russland-Korrespondentin ja sicher Bescheid –, dass es in vielen Teilen unseres Landes so extreme Versorgungsprobleme gibt, dass militärische Einheiten als marodierende Banden auf der Suche nach Nahrung die Bevölkerung terrorisieren. Die militärische Produktion steht völlig still. In diesem Erschöpfungszustand haben sich die beiden Seiten zusammengesetzt und sind zu der Abmachung gelangt, in Zukunft die feindseligen Auseinandersetzungen einzustellen.«

»Wird es eine Amnestie für diejenigen Soldaten geben, die dem russischen Oberkommando loyal ergeben waren, für die so genannte Weiße Armee?«

Man hörte Kartschew lachen. »Da scheinen Sie den entscheidenden Punkt zu übersehen, Miss Dunn. Es wird keine Amnestie geben, weil es niemanden mehr gibt, der eine Amnestie gewähren könnte. Ab morgen, vierzehn Uhr GMT, wird es in Russland schlicht und einfach keinerlei Regierung mehr geben.«

»Verdammter *Mist*!«, rief einer von den um Gordon Davis versammelten Fernsehzuschauern aus.

Jetzt begann der Anchorman von NBC News sein Interview mit der Reporterin, die mit Kartschew gesprochen hatte.

»Das war definitiv Valentin Kartschew. Es gibt ein Interview mit ihm, das ein unabhängiges niederländisches Filmteam aufgenommen hat, und NBC hat bei einem Vergleich festgestellt, dass die Stimmen identisch sind. Außerdem habe ich dem Mann mehrere Fragen über Einzelheiten unserer früheren Treffen gestellt, von denen meiner Meinung nach außer Mr. Kartschew niemand etwas wusste. Er hat alle korrekt beantwortet.«

»Dann komme ich zu meiner nächsten Frage, Kate. Hat Kartschew die Wahrheit gesagt? Wird sich die russische Armee morgen früh um neun Uhr dortiger Zeit auflösen – an dem Tag, wo in unserem Land gewählt wird?«

»Bis zu diesem Zeitpunkt ist es unmöglich, eine Antwort zu geben, aber bei meinen früheren Treffen mit Mr. Kartschew habe ich die Erfahrung gemacht, dass er immer absolut ehrlich und aufrichtig war. Er hat nicht geblufft oder sich in Szene zu setzen versucht.«

»Danke, Kate«, sagte der Anchorman. Die Kamera richtete sich wieder ganz auf ihn, während er einen Stapel Papiere ordentlich aufeinander legte. »Nun, in etwas über vierzehn Stunden werden wir sehen, ob die anarchistische Revolution, die über Russland hinweggeschwappt ist, ihren letzten Sieg erreichen und dieses riesige Land gänzlich ohne Regierung zurücklassen wird. Um die Hauptschlagzeile noch einmal zu wiederholen: Wir wissen, dass Valentin Kartschew, von dem Quellen aus dem Weißen Haus, die namentlich nicht genannt werden wollen, behauptet haben, er sei bei einem von Präsident Marshall angeordneten Bombenangriff ums Leben gekommen, wieder aufgetaucht ist und – man kann es wohl kaum anders ausdrücken – jetzt seinerseits Präsident Marshall eine Bombe auf den Kopf geworfen hat.«

In Gordons Hotelsuite brach Beifall aus, den der Kandidat für die Vizepräsidentschaft sofort zum Verstummen brachte. Der Moderator wandte sich zur Seite, und die Kamera richtete sich auf einen neben ihm sitzenden Gast. Hinter den beiden war eine Karte der Vereinigten Staaten zu sehen. In dem Studio war schon alles für die Berichterstattung am Wahlabend vorbereitet. »Bei mir ist jetzt Bill Luck, unser politischer Kommentator. Bill, es sieht ganz so aus, als wäre die Truppe, die das Weiße Haus bisher nicht richtig unter Beschuss nehmen konnte, gegen Ende des Wahlkampfs noch einmal auf die Beine gekommen. Wird all dies einen politischen Nebeneffekt haben, oder ist die Wahl so oder so schon entschieden?«

»Bisher ist sie definitiv noch *nicht* entschieden. Bei den letzten Meinungsumfragen lag fast gleich oft mal die und mal die andere Partei knapp vorn. Die Fehlerquote dieser Umfragen hält sich innerhalb der Grenzen, die angesichts der inhärenten Probleme der Methoden unvermeidlich sind. Allerdings verraten uns die Zahlen, dass diese Wahl dadurch entschieden werden wird, wie eine sehr kleine Gruppe von Wechselwählern sich in den nächsten achtundzwanzig Stunden verhält. Dann werden auf Hawaii die letzten Wahllokale geschlossen.«

»Fast ein Jahr Wahlkampf, Milliarden Dollar zur Finanzierung der Kampagnen«, kommentierte kopfschüttelnd und grinsend der Moderator. »Und nach all diesen Debatten, Reden und Statements wird der Präsident von einer sehr kleinen Gruppe der Wählerschaft erkoren, die noch nicht weiß, wie sie stimmen wird.«

»Nun, es war mit Sicherheit ein an aufregenden Nachrichten äußerst reichhaltiges Jahr«, fügte der Kommentator hinzu. »Angesichts des ungeschickten Lavierens und der Patzer, die zu Präsident Marshalls Abrutschen in den Meinungsumfragen beigetragen haben, hätten meine Kollegen und ich selbst nicht beschäftigter sein können, wenn der Kongress ein Gesetz zur Vollbeschäfigung von politischen Kommentatoren verabschiedet hätte. Also passt es wahrscheinlich ganz gut, dass bei dieser Wahl alles auf Messers Schneide steht, um uns am Reden zu halten.«

»Wenn Sie eine Prognose stellen müssten, Bill, was glauben Sie, wie die Wahl laufen wird?«

Der Kommentator zuckte die Achseln. »Wenn ich eine wilde Spekulation anstellen müsste, würde ich sagen, dass diese jüngste Neuigkeit von Kartschew der Tropfen war, der das Fass zum Überlaufen gebracht hat. Vermutlich werden die Republikaner im nächsten Januar wieder ins Weiße Haus einziehen.«

Gordons Wahlkampfhelfer brachen in donnernden Applaus aus, der Kandidat für die Vizepräsidentschaft selbst war jedoch zu verdutzt, um reagieren zu können. Zum ersten Mal begriff er, dass es tatsächlich so kommen könnte – dass er Vizepräsident der Vereinigten Staaten von Amerika werden könnte.

Fort Benning, Georgia
28. Oktober, 08.00 Uhr GMT (03.00 Ortszeit)

André Faulk spürte, wie sich etwas Hartes in seine Seite bohrte. Als er die Augen öffnete, sah er den Lauf eines Gewehrs. Über ihm stand ein Mann, der unter seinem Helm eine eng anliegende Nachtsichtbrille trug. Sein Gesicht war mit Fettschminke geschwärzt. Der Mann hielt einen Finger vor die Lippen, um André zu bedeuten, er solle schweigen. Gleichzeitig weckte ein anderer Mann unsanft Stempel, der eigentlich Wache schieben sollte, aber in dem Erdloch neben André in einen tiefen Schlaf gefallen war.

Als Stempel abrupt aufwachte, trat er unbewusst nach André, der mit gleicher Münze zurückzahlte, während Stempel sich der Mündung eines M-16 über sich bewusst wurde. Nur Zentimeter von seiner Brust entfernt sah er den orangefarbenen Metallschutz, an dem die Übungsgeschosse der Weißen abprallen würden, ohne Schaden anzurichten.

Der Mann mit dem geschwärzten Gesicht zog ein Gummimesser und fuhr damit langsam über Andrés Hals. Dann zeigte er mit dem Gummimesser auf Stempel. »Ihr seid beide tot«, sagte er, bevor er erneut einen Finger an die Lippen hob.

Aus den Büschen um sie herum tauchte über ein Dutzend schwarz gekleideter Angreifer auf. Die dunklen Silhouetten kamen den Hügel hinauf auf die Stelle zu, wo die Soldaten des Platoons schliefen. Stempel war völlig durcheinander. Gemeinsam mit André beobachtete er, wie die gegnerischen Streitkräfte, die bei diesem Manöver aus Ausbildern bestanden, ohne Gegenwehr durch ihre Verteidigungsstellungen stürmten. Mehr konnten Stempel und André nicht tun – sie waren erledigt.

André schlug Stempel unsanft auf den Arm. »He!«, zischte der, was ein scharfes »Pst!« eines der »feindlichen« Soldaten provozierte, der ein Maschinengewehr direkt in das Herz ihrer Stellung brachte. »Warum tust du das?«, flüsterte Stempel kaum hörbar.

»Weil du *eingepennt* bist, verdammt!«

Mit einem verzweifelten Gesichtsausdruck ließ Stempel sich in das Erdloch zurücksinken.

Als das Dröhnen von Schüssen die Luft zerriss, sprangen die beiden Rekruten auf. Harold wandte sich um und sah, dass der dunkle Hügel jetzt vom Mündungsfeuer aus einem Dutzend Läufen erhellt wurde. Es klang, als wäre eine Unmenge Feuerwerkskörper gleichzeitig gezündet worden, nur war der Krach hundertmal lauter. Stempel hielt sich mit beiden Händen die Ohren zu, ließ sie aber sofort wieder sinken, als er Faulks angewiderten Gesichtsausdruck bemerkte.

Genauso schnell, wie alles begonnen hatte, war es auch wieder vorbei.

In der Finsternis hörte André jemanden durch den Dreck schlittern. Wie aus dem Nichts tauchte ein Mann auf, der ihm die heiße Mündung eines M-16 in die Seite bohrte.

»Los geht's!«, bellte der Mann, während André vor dem heißen Metall zurückzuckte.

Den harten Lauf der Waffe im Rücken, wurden sie den Hügel hinaufgetrieben. In ihrem Lager bot sich ihnen ein verwirrender Anblick. Der Rest ihres Manövertrupps kniete im Schein des Lichts von einem halben Dutzend Taschenlampen auf dem Boden.

»Hinknien!«, brüllte jemand direkt in Andrés Ohr. Er und Stempel gehorchten dem Befehl, und die Männer, die sie gefangen genommen hatten, pressten ihnen hart die Hände gegen den Kopf. »Wenn ihr elenden Kreaturen bei diesem Manöver eines lernen sollt, dann das, *eure gottverdammten Waffen zu benutzen!*«, brüllte Staff Sergeant Giles. »Tut ihr das nicht, seid ihr nicht nur nutzlos, sondern auch ein gefährliches *Loch* in der Linie!« Mehrere lange Sekunden herrschte Schweigen. »Die Chinesen machen keine Gefangenen!«

Damit war André gewarnt; schon ertönte das Krachen eines Schusses. Ein greller Lichtblitz versetzte André den Schock seines Lebens. Für einen Sekundenbruchteil sah er auf dem Boden vor sich seinen Umriss – kniend, die Hände am Kopf, hilflos.

»Mrs. Faulk!«, brüllte Giles. »Die U.S. Army bedauert, Ihnen mitteilen zu müssen, dass Ihr Sohn *tot* ist!«

André wurde brutal nach vorn zu Boden gestoßen. Er konnte seine Hände kaum noch rechtzeitig vor das Gesicht bringen, um den Aufprall zu dämpfen.

Ein weiterer Schuss, und auch Stempels Oberkörper landete mit einem dumpfen Geräusch unsanft auf dem Boden.

»Mrs. Stempel! Die U.S. Army bedauert, Ihnen mitteilen zu müssen, dass Ihr Sohn tot ist!«

»Gott sei Dank, die wären wir los«, murmelte jemand hinter ihnen.

Bei jedem der vierzig Rekruten wiederholte sich die Prozedur.

Sergeant Giles ließ den Rekruten des Platoons keine Verschnaufpause. »Gewehrkolben an die Schulter, über das vordere Visier auf den Feind zielen und *auf den Abzug drücken*! Wenn ihr das tut, macht ihr schon mehr als über fünfzig Prozent eurer Vorgänger in der Geschichte der U.S. Army in irgendeinem beliebigen Feuergefecht getan haben.« Dann nahm er Faulk und Stempel zur Seite. Die Dämmerung tauchte alles in ein trübes, graues Licht. »Also, ich will wissen, welches Miststück Wache hatte. Wer von euch beiden Arschlöchern ist eingepennt und damit dafür verantwortlich, dass im Ernstfall die ganze Einheit massakriert worden wäre?«

Stempel ließ den Kopf hängen und schloss die Augen. André bemerkte, dass er zitterte und die Tränen zurückhalten musste.

»Ich war's, Sergeant«, sagte André.

Aber Giles hatte seinen durchbohrenden Blick bereits auf Stempel gerichtet. Es dauerte seine Zeit, bis er sich wieder André zugewandt hatte. »Ist dir eigentlich klar«, sagte er mit ruhiger Stimme, »dass du, auch wenn dies hier nur ein

Manöver ist, vor das Kriegsgericht gestellt werden kannst, weil du während des Wachdienstes eingeschlafen bist?«

»Ja, Staff Sergeant!«, antwortete André.

»Und dass du vielleicht erschossen worden wärest, wenn wir Krieg hätten?«

»Ja, Staff Sergeant!«

»Da ich dich nicht erschießen kann, muss ich mir die Höchststrafe einfallen lassen, mit der man einen Lebenden strafen kann, wie immer die auch aussehen mag.«

»Ja, Staff Sergeant!«

»Er musste gar nicht Wache schieben«, rief Stempel plötzlich mit tränenerstickter Stimme. »Ich war dran, Staff Sergeant!«

Erneut wandte sich Giles Stempel zu. »Na gut«, sagte er. »Sieht ganz so aus, als würde einer von euch beiden lügen, und das ist ein *verdammt* ernsthaftes Vergehen.« Er blickte zwischen den beiden hin und her. »Ich sehe keine Möglichkeit, wie ich herausfinden sollte, wer hier lügt und wer nicht. Aber das spielt auch keine große Rolle, weil einer von euch lügt und der andere während des Wachdienstes eingeschlafen ist. Also sieht's ganz so aus, dass ihr beide in der Scheiße steckt.«

André bemerkte den Anflug eines Lächelns in Giles verkniffenem Blick.

Offizierskaserne Schenjang, China
29. Oktober, 13.00 Uhr GMT (23.00 Ortszeit)

Leutnant Chin konnte nicht schlafen. Weil von der Arbeit dieses Tages jeder Einzelne seiner Muskeln schmerzte, hatte er sich jetzt drei Stunden lang auf seiner Pritsche herumgewälzt. Schnarchen erfüllte den langen Saal, in dem die anderen Unteroffiziere in tiefen Schlaf gefallen waren. Chin vertrieb sich die Zeit damit, sich mit besänftigenden Bildern des Bauernhofs seiner Familie zu beruhigen, aber es funktionierte nicht. Bald waren an ihre Stelle wieder Bilder der Entwürdigung getreten. Vor seinem geistigen Auge sah er erneut den Anblick des jungen Unteroffiziers, der wie er aus einer bäuerlichen Familie stammte. Am heutigen Morgen hatte dieser es während der Felddienstübung unterlassen, korrekt die Vorschriften für die Säuberung von Trinkwasser aus Flüssen zu befolgen. Er selbst und alle anderen Männer aus seinem Platoon waren erkrankt. Der Regimentskommandeur persönlich hatte den jungen Offizier auf eine Art Bühne zitiert, wo er ihn über eine Stunde lang anbrüllte, während das gesamte Regiment unter ihnen in Habachtstellung zusah.

Während der nicht enden wollenden Schimpftirade sah Chin, dass der junge Mann wiederholt zusammenzuckte, was aber weniger an den gelegentlichen Schlägen lag, die ihm der Regimentskommandeur mit seinem Offiziersstöckchen auf die Beine oder auf den Hintern versetzte, sondern an seinen lauten Worten. »Sie können nicht lesen, stimmt's? Lesen Sie das hier! Lesen Sie es!« Aber Chin hatte den jungen Mann nur schluchzen gehört. Jetzt setzte sich Chin wütend und zugleich ängstlich auf die Bettkante, wobei er sich fragte, welchen Abschnitt aus den Dienstvorschriften er kennen sollte, aber nicht kannte. Er kannte seinen Beruf und hatte in der theoretischen Ausbildung wie in der Praxis der Felddienstübungen alles gelernt. Er konnte lesen, kannte alle zweitausend chinesischen Buchstaben. Nur gelegentlich kam es vor, dass er etwas nicht verstand.

Chin stand auf und ging durch die dunkle Kaserne zum Waschraum. Dort angekommen, hörte er aus einer Besenkammer Geflüster. Er tastete nach dem Lichtschalter an der Wand, öffnete die Tür der Besenkammer und drehte dann den Schalter, bis er das Klicken hörte. Sofort war der kleine Abstellraum in Licht getaucht.

Dort kauerten vier Männer in einem Kreis. Überall an den Wänden hingen Besen und Mopps. Sofort stürmte einer der Männer auf Chin zu und schaltete das Licht aus.

Die Männer waren sämtlich Offiziere aus Chins Infanteriebataillon und zu seiner großen Erleichterung schienen sie nur miteinander zu reden.

»Treten Sie näher«, sagte eine Stimme in der Finsternis. Jemand griff nach Chins Arm und zog ihn weiter in die Mitte des kleinen Raums. Chin hockte sich zu den anderen.

»Leutnant Hung?«, fragte Chin, der die Stimme eines anderen Platoon-Führers aus seiner Kompanie erkannt zu haben glaubte.

»Was tun Sie hier?«, flüsterte ein anderer Mann, der Chins Frage ignorierte.

»Ich wollte ein Glas Wasser trinken«, antwortete Chin, der jetzt ebenfalls flüsterte. »Was ist denn los?«

Niemand antwortete.

»Wer zum Teufel ist das?«, fragte jemand.

»Irgendein Ochsentreiber vom Ende der Welt.« Chin war sich sicher, die Stimme von Leutnant Hung erkannt zu haben.

»Haben Sie die Schule besucht, Ochsentreiber?«

»Natürlich«, antwortete Chin, der sich sofort in die Defensive gedrängt fühlte. »Das Polytechnikum in Peking.«

Die anderen lachten. »Dann haben Sie sich also vom Ochsentreiber zum Traktorfahrer weitergebildet«, bemerkte jemand.

»Hat Ihre Familie Ihnen durch Bestechung die Offiziersausbildung ermöglicht, Traktorfahrer?« Weil der Mann Chins empfindlichste Stelle getroffen hatte, schwieg dieser. »Ich wette, dass Sie sich nie mehr als zwanzig Kilometer vom Bauernhof Ihrer Mama entfernt haben, der Ihre einzige Schule war. Sie sind nur da draußen herumgelaufen, mit Schlamm zwischen den Zehen, und haben Geld gescheffelt, indem Sie landwirtschaftliche Produkte verkauften, und zwar an …«

Der Mann beendete den Satz nicht. Jetzt begriff Chin, was hier los war. Nachdem seine Kameraden ihn während der Offiziersausbildung monatelang auf dieselbe Art und Weise beleidigt hatten, hatte sich Wut in ihm aufgestaut. Ständig mussten er und die anderen Soldaten aus bäuerlichen Familien sich von den Scheißkerlen von der Universität diesen Mist um die Ohren hauen lassen. Aber sie konnten genauso gut austeilen wie einstecken: Wenn sie Ausgang hatten und in die Stadt konnten, nahmen sie Rikschas und aßen in Restaurants. Die Söhne der Bauern hatten Geld, die aus der Stadt waren arm. Diese Armut weckte Neid.

»An wen verkauft?«, fragte Chin in die Stille hinein. *Na los, sie sollen es schon ausspucken,* dachte er aufgebracht. *Verkauft an die Blockwarte, die verdammten Typen von der Partei. Sie sollen es endlich sagen!*

»Sehen Sie, Chin, wir wollten damit gar nichts sagen«, bemerkte Hung. »Ehrlich. Wir wollten Sie nur ein bisschen verarschen. Nehmen Sie es uns nicht übel, ja?«

Jetzt war Chin klar, dass er sie in der Hand hatte. Nur eine Erwähnung dieses kleinen Treffens, dann würden sie schon herausfinden, wie schwer einem die Beine wurden, wenn man bis zur Hüfte im Schlamm steckte und Ochsen vor sich hertreiben musste. Vor seinem Besuch des Polytechnikums war er tatsächlich nur bis zu dem ländlichen Marktplatz gekommen, aber immerhin weit genug, um unterwegs das örtliche Umerziehungslager zu sehen, in dem jede Menge dieser Kotzbrocken von der Uni eingelocht waren.

»Kommen Sie schon, Chin«, sagte eine andere Stimme. »Wie wär's mit unserem Vorschlag?«

»Sie können mich alle am Arsch lecken«, sagte Chin, während er aufstand und die Besenkammer verließ. *Die sollen heute Nacht mal ruhig schlecht schlafen,* dachte er. Vor der Tür zum Waschraum blieb er stehen, um angestrengt auf weitere Beleidigungen zu lauschen. Ein höhnisches Wort – oder auch nur ein unangemessener Tonfall –, und er würde sofort zum Kommandeur der Kompanie gehen.

Aber sie erwähnten ihn gar nicht mehr. Während sie leise miteinander sprachen, sah Chin durch die Ritze unter der Tür den unstet umherirrenden Lichtstrahl einer Taschenlampe. »In Ordnung«, sagte jemand. »Schlag das mal nach.« Das nächste Wort entstammte einer Fremdsprache. »*Un-alien-able.*«

»Unveräußerlich«, las nach ein paar Sekunden jemand vor.

»Aha«, hörte Chin mehrere Stimmen zugleich sagen. »Das macht Sinn«, flüsterte jemand. »Lies es noch mal vor.«

Das war Englisch, Chin war sich fast sicher. »*We hold this truths to be self-evident, that all Men are created equal, that they are endowed by their Creator with certain unalienable rights, that among these are Life, Liberty, and the Pursuit of Happiness …«*

Chin lauschte, verstand aber überhaupt nichts – bis auf das Wort *unalienable*, das »unveräußerlich« bedeutete. Als er wieder im Bett lag, fragte er sich, was denn wohl »unveräußerlich« sei. Was immer es sein mochte, es war etwas Gefährliches. Diese Kotzbrocken von der Uni gingen ein hohes Risiko ein, wenn sie diesen Text lasen.

Seine Gedanken schweiften umher. Was konnte unveräußerlich sein? Darüber dachte er nach, bis er endlich einschlief.

Fort Richardson, Alaska
30. Oktober, 09.00 Uhr GMT (17.00 Ortszeit)

Clark saß in seinem Humvee, das Funktelefon gegen ein Ohr gepresst. Der Scheibenwischer schob den regelmäßig fallenden Schnee von der Windschutzscheibe. Da Clark den Leerlauf eingelegt hatte, wärmte die Heizung das Innere des Wagens. Beunruhigt dachte Clark über den Benzinverbrauch seiner Truppen nach. Wurde Alarm ausgelöst, liefen Motoren oft stundenlang, und zwar einzig aus dem Grund, dass das Fahrzeug im Notfall sofort startklar war. Da kam einiges an Treibstoff zusammen. Durch den Lautsprecher des Telefons hörte er ein Klicken. Den ganzen Nachmittag über hatte er vergeblich versucht, den Präsidenten über die üblichen Verbindungen zu erreichen, aber es gab eine Möglichkeit, wie man ihn immer an den Apparat kriegen konnte.

»Zentrale des Nationalen Militärkommandos«, ertönte eine Stimme aus dem »*Tank*« im dritten Stock des Pentagon.

»Hier spricht General Clark, CINCUSARPAC. Verbinden Sie mich mit dem Präsidenten.« Ein paar Augenblicke später meldete sich ein Fernmeldeoffizier von der Federal Emergency Management Agency aus einem Lieferwagen vor dem Alamodome, der Clark informierte, dass der Präsident bei einer Wahlkampfveranstaltung sei und nicht ans Telefon kommen könne. Nur mit Mühe konnte Clark seinen Zorn beherrschen. »Ist es nicht Ihr Job, dafür zu sorgen, dass der Präsident permanent mit den Befehlshabern der Armee kommunizieren kann?« Der Fernmeldeoffizier bestätigte, dass Clark damit Recht habe. »Und wissen Sie, wer ich bin?« Der Mann wusste es. »Blicken Sie in Ihre Dienstvorschriften, wenn Sie es so nicht wissen, aber es gibt nur acht wichtige Kommandobehörden, und USARPAC ist eine davon. Also, was hat es wohl zu bedeuten, dass USARPAC eine dieser wichtigen Kommandobehörden ist und ich ihr Befehlshaber bin?«

»Sie … Sie können mir eine Menge Ärger einbrocken.«

Clark knirschte mit den Zähnen. »Ich habe direkten telefonischen Zugang zum Präsidenten, und genau darauf bestehe ich jetzt.«

Ein Klicken, dann das Freizeichen. »Hallo?«, übertönte eine Stimme den Lärm einer Band.

Clark musste brüllen, um sich verständlich zu machen. »Hier spricht General Nate Clark! Verbinden Sie mich mit Präsident Marshall!«

»Er kann jetzt nicht ans Telefon kommen«, antwortete eine jung wirkende Stimme. »Wollen Sie nicht eine Nachricht hinterlassen?«

Clark hatte ein halbes Dutzend dringender Nachrichten in petto. »Wenn Sie mich nicht mit dem Präsidenten verbinden, werden ich dafür sorgen, dass man Ihnen den Arsch aufreißt!«

»Sie sind der Clark, der alle diese Memoranden gefaxt hat, stimmt's? Der Präsident hat Ihre Bitten erhalten, weitere Truppen zu entsenden, aber heute Nacht wird das nicht mehr passieren. So Leid es mir auch tut, General.«

Plötzlich erschien alles absurd. Das Schicksal der zweihunderttausend UNRUSFOR-Soldaten, vielleicht gar die Zukunft des gesamten asiatischen Kontinents für mehrere zukünftige Generationen hing jetzt von der Laune eines Jünglings ab, der in Clarks Armee allenfalls Platoon-Führer geworden wäre. »Ist der Präsident sich darüber im Klaren, dass dreihundertfünfzigtausend Soldaten aus Schenjang in der Nähe der Grenze zu Russland aufziehen? Und Soldaten aus *Peking* ziehen in nördlicher Richtung …«

»Der Präsident kümmert sich bereits darum, General!«, unterbrach der Mann. »Er hat ein Telegramm nach Peking geschickt. Um Himmels willen, morgen ist hier Wahl, das müssen Sie verstehen!«

Clark verstand vollkommen. Ein Klicken, dann war die Verbindung unterbrochen. Die Technik hatte perfekt funktioniert, hier hatte er es eher mit menschlichem Versagen zu tun. Irgendetwas ging immer schief. Nie war der Krieg das Resultat einer Reihe von Erfolgen.

Als Clark die in Alaska aufgewachsenen Kundschafter im Feld operieren sah, empfand er sofort den Wunsch, diese Männer in Sibirien zur Verfügung zu haben. Obwohl starker Frost herrschte, ließen sie sich nicht beeindrucken, während der Kommandeur der Einheit Clark instruierte. »Artilleriegeschosse, Mörser, Landminen und Handgranaten gehen entweder nicht los oder werden in tiefem Schnee erstickt oder haben nur äußerst punktuelle Wirkung. Ferngezündete, in Baumkronen angebrachte Minen sind die einzige funktionierende Alternative. Die Feuergeschwindigkeir der Artillerie sinkt rapide. Selbst mit kälteresistentem Fett und Öl verkleben die Mechanismen und funktionieren nur noch schwerfällig. Schlagbolzen und Triebfedern brechen wie Glas, Schnee gefährdet die Funktionstüchtigkeit des Lademechanismus.« Clark sah Läufe von Waffen, die aus gut getarnten Feuerstellungen hervorragten. »Schnee und Eis gelangen in Zielfernrohre und Läufe. Man kann die Handschuhe nicht ausziehen, um seine Waffe zu reinigen, aber wenn Sie sie in die Truppenunterkunft mitnehmen, müssen Sie sie gleich ganz auseinander nehmen. Dann bildet sich Kondenswasser, das wieder gefriert, wenn Sie nach draußen gehen.«

»Ihre Männer kommen mit Leichtigkeit mit diesem Wetter klar«, bemerkte Clark. »Liegt das daran, dass sie aus dem Norden stammen?«

»Nein, Sir. Das ist eine Sache des Trainings und hat weniger damit zu tun, ob jemand an die klimatischen Verhältnisse gewöhnt ist. Es ist ein großer Unterschied, ob jemand in der Kälte aufgewachsen ist oder ob der Frost nie mehr aufhört, wenn man draußen im Feld steht. Dasselbe gilt für diese Nordchinesen. Bei eisiger Kälte verschwinden sie in ihren Kasernen. Wenn sie nicht speziell für extreme klimatische Verhältnisse ausgebildet sind, sterben sie draußen nach einer halben Stunde.«

Ein Kiowa-Aufklärungshubschrauber flog dicht über ihnen und entschwand dann wieder in den bleiernen Schneehimmel. Clark hatte das in Friedenszeiten übliche Minimalpensum für die Flugzeugbesatzungen der Armee aufgehoben – er wollte Piloten, die sich in gefährlichen Situationen auf den Ernstfall vorbereiteten.

»Sie müssen Ihre Männer permanent im Auge behalten«, fuhr der Colonel fort. »Darauf achten, dass sie die Socken wechseln, sich die Füße waschen, Fußpuder benutzen. Die Kälte stumpft die Empfindungsfähigkeit ab. Sie werden ein Nickerchen im Freien halten wollen und das mit dem Leben bezahlen. Oder sie werden sich die Schneeblindheit zuziehen, weil sie ihre Sonnenbrille vergessen haben. Sie müssen sie auf Trab halten. Ihre Soldaten müssen mit den Füßen stampfen, Zehen und Arme bewegen, Kniebeugen machen. Wenn Ihre Männer urinieren, müssen Sie die Flecken im Schnee überprüfen. Entdecken Sie ein dunkles Gelb, sterben sie an Dehydration. Und Sie können sie ja schlecht Schnaps trinken lassen. Bei einem Manöver hier hatten wir einen Unteroffizier, der einen Schluck aus einer Flasche Black Jack genommen hat, die er die Nacht über draußen stehen gelassen hatte. Alkohol friert nicht. Was da durch seine Kehle rann, war minus zwanzig Grad kalt. Es hat ihn so verbrannt, dass er fast keine Luft mehr gekriegt hätte.«

Der Vietnam- und der Golfkrieg, an denen Nate teilgenommen hatte, waren wegen der sengenden Hitze völlig andersartig gewesen. Er stellte die Frage nach den Opfern.

»Sie werden sie auf Schlitten evakuieren müssen, die in der Ebene von zwei, in den Bergen von drei Männern gezogen werden. Stapeln Sie so viele Decken wir irgend möglich auf die Verwundeten. Glücklicherweise wird deren Zahl gering sein, weil die Intensität der Kämpfe im Winter immer abnimmt. Dann geht's nur noch um Selbsterhaltung. Wenn die Temperaturen auf minus zwanzig Grad fallen, nimmt die Wartung von Fahrzeugen fünfmal so viel Zeit in Anspruch. Bei minus vierzig Grad können sie Operationen in größerem Rahmen sowieso vergessen. Außerdem wird's in Sibirien noch kälter. Dazu kommt der Windabkühlungsfaktor. Den kriegen Sie schon zu spüren, wenn Sie nur etwas gehen. Offene Fahrzeuge und die Winde unter den Propellern von Helikoptern sind gefährlich. Die Stürme sind extrem lebensbedrohlich. Zwanzig Knoten Windgeschwindigkeit plus zwanzig Grad minus Außentemperatur – das macht mit dem Windabkühlungsfaktor fünfundsechzig Grad minus. Dann ist es mit maximaler Anstrengung verbunden, auch nur die simpelsten Aufgaben im Freien zu verrichten. Ungeschützte Haut erfriert in dreißig Sekunden. Ihre Männer in Zelten, die Fahrzeuge in einer Wagenburg, dann kann man so gerade überleben. Eine Zehn-Mann-Spezialzelt für die Arktis und ein Yukon-Ofen – dann werden sie es überstehen, wenn auch nur knapp.«

»Hört sich ganz so an, als würde man nur rumhängen und warten, bis der Winter vorbei ist.«

»Unglücklicherweise wird das nicht möglich sein, Sir. Sie werden dennoch Männer auf Patrouille schicken müssen, weil sonst die Moral der Truppe leidet. Unter diesen Umständen hat man es mit zwei Feinden zu tun – der gegnerischen Armee und der eisigen Kälte. Letztere ist immer da. Dagegen hilft nur Aktivität. Man kann nicht einfach nur Wache stehen, weil man sich dann einlullen lässt. Selbst wenn man unter seiner Kapuze hervorlugt, sieht man nichts mehr. In psychologischer Hinsicht ist das sehr gefährlich. Sie müssen Ihre Männer auf Patrouille schicken, sie vor die Tür scheuchen. Sie müssen über ihr Leben nachdenken und sich darum *kümmern*.«

Sie gingen weiter, während um sie herum eine immer steifere Brise herrschte. »Und wie weit schickt man seine Männer bei diesen Patrouillen hinaus?«, fragte Clark.

»Man kann weder weit noch schnell gehen. Bei Fußmärschen in sechzig Zentimeter tiefem Schnee schafft man eine halbe Meile pro Stunde. Liegt noch mehr Schnee, läuft man Gefahr, dass die Männer ins Schwitzen geraten und dann erfrieren. Planen Sie die Routen so, dass die Wege durch dichte Wälder oder über hohe Bergkämme führen, wo sich nicht so viel Schnee ansammeln kann. Zugefrorene Flüsse oder Seen sind gleichfalls leichter zu bewältigen, gute Landezonen und selbst als Flugplätze zu benutzen. Aber mit seismologischen Schallmessmethoden wird man auf Eis Ihre Position entdecken. Außerdem kann man sich im Schnee sehr gut verstecken, wenn man einen Hinterhalt legen will. Sie werden nach Schatten Ausschau halten müssen. Ansonsten bleibt Ihnen nur die Hoffnung, dass sie während des Wartens erfroren sind.«

Obwohl hier weniger als dreißig Zentimeter Schnee lagen, schmerzten Nates Oberschenkel jetzt schon. »Wie sieht's mit der Schneeausrüstung aus.«

»Für die Aufklärung über längere Distanzen sind Skier gut geeignet. Man kann sich von einem Humvee ziehen lassen oder den Schnee platt treten und so Wege für nachfolgende Soldaten bahnen. Aber im Kampf muss man die Skier abnehmen. Außerdem verliert man die Dinger ständig. Dazu kommt, dass Soldaten auf Skiern keine schweren Lasten transportieren und sich in wirklich tiefem Schnee nicht gut weiterbewegen können. Wo der Schnee *wirklich* tief liegt – im Buschland oder in Gräben – müssen Sie entweder Schneeschuhe tragen oder darauf hoffen, dass der Schnee stark genug verkrustet ist, um Ihr Gewicht zu tragen. Aber auf hart gefrorenem Schnee verursacht man verdammt viel Lärm, und der ist in einer kalten Nacht *sehr* weit zu hören. Bei der Planung von Patrouillen kommt es letztlich darauf an, wie weit man kommt und dabei dennoch überlebt. Fünfzig Kilogramm Gepäck werden auf zwanzig reduziert, bei Männern auf Skiern auf fünfzehn Kilo. Jeder Trupp muss zwei Funkgeräte und Reservebatterien mit sich führen, weil hier eine Taktik des Vorgehens mit kleinen Einheiten angezeigt ist. Sie wären überrascht, wie viel Wasser und wie viel

Nahrung mit hohem Brennwert wie Fette, Brot und Zucker man da mitschleppen muss. Nur um seinen Körper warm zu halten, verbrennt man unter diesen Umständen Kalorien wie ein Sprinter. Und natürlich muss man zudem noch die automatischen Waffen schleppen. In der Arktis wird nur auf nahe Entfernungen gekämpft, und deshalb ist man auf eine hohe Feuergeschwindigkeit angewiesen. Ein Maschinengewehr mit tausend Schuss Munition ist wertvoller als tausend Männer mit je einer Patrone in der Waffe.«

Auf dem Hügel unter ihnen wurde ein Angriff simuliert. Die Infanteristen schienen sehr schwere Beine zu haben. Auch der Colonel bemerkte es. »Unter arktischen Bedingungen kann man keinen klassischen Angriff durchführen. Man kriecht vorwärts und buddelt sich dabei ein. Von der Vorarbeit der Artillerie kann man nicht profitieren, weil man nicht schnell genug vorankommt. Der Feind hat den Kopf schon wieder oben, bevor man überhaupt in seiner Reichweite auftaucht. Bleibt der Angriff stecken, zieht man sich besser zurück. Schweißgebadete Männer erfrieren draußen in einer halben Stunde. Eine Alternative zum direkten Angriff könnte Infiltration sein. Die Winterkleidung eines gefangenen Soldaten anziehen, sich von Kopf bis Fuß vermummen und sich unter zurückkehrende Patrouillen mischen, besonders bei auseinander gezogener Formation. So gelangt man ins Lager des Feindes. Bei uns schiebt ständig jemand mit einem M-60-MG am Zaun Wache, um alle Zurückkommenden zu zählen. Wenn sie zehn Männer losschicken und elf zurückkommen, müssen Sie wohl oder übel einen umlegen.«

Sie unterhielten sich noch eine weitere halbe Stunde. Über windfeste Parkas für Patrouillen, Gore-Tex-Kleidung für schwitzende Skifahrer, Jacken für Wachtposten und Fahrer. Über Saunabesuche, die den Körper abhärteten, die Widerstandskräfte gegen Krankheiten stärkten und die Moral der Truppe verbesserten. Über Hunde, die nach Verletzten und Toten suchen sollten. »Schnee bedeckt die Opfer, und im harten Licht der Arktis kann man die Verwundeten nicht sehen. Und in der eisigen Kälte machen sie es nicht mehr lange – zehn, vielleicht fünfzehn Minuten. Dazu kommt, dass Piloten dort üble Probleme mit der Navigation haben. In der Eiswüste gibt es keine optischen Anhaltspunkte. Niedrig über der Erde hängende Dunstschichten kann man nicht vom Schnee unterscheiden. Die Landung mit einem Helikopter kann da ziemlich riskant sein.«

Nach diesem langen Gespräch, das für Clark gleichsam ein Crashkurs über Kriegsführung im Winter gewesen war, erinnerte er sich am besten an eine beiläufige Äußerung des Colonels, die dieser gegen Ende ihrer Unterhaltung hatte fallen lassen. Sie prägte sich seinen Gedanken ein, war maßgeblich für seine Pläne und vielleicht der wichtigste Ratschlag, den man ihm je erteilt hatte. Der Colonel hatte alle Schwierigkeiten, die die harten klimatischen Bedingungen mit sich brachten, in einer einzigen schlagkräftigen Behauptung zusammengefasst: »Im Winter gewinnen Verteidiger die Schlachten.«

Philadelphia, Pennsylvania
2. November, 05.00 GMT (24.00 Ortszeit)

Pjotr und Olga Andrejew lagen unter einer Decke auf ihrem Sofa und verfolgten mit müdem Blick die Wahlberichterstattung im Fernsehen. Hinter dem Anchorman war eine Karte der Vereinigten Staaten zu sehen. Die südlichen und westlichen Bundesstaaten erschienen in einem dunklen Rot, das für die Republikaner stand, die in Reihen übereinander liegenden nördlichen Bundesstaaten in einem strahlenden Blau für die Demokraten.

»Gerade höre ich«, sagte der Anchorman, der seinen kleinen Kopfhörer ins Ohr stöpselte, »dass ABC News jetzt eine Hochrechnung für Kalifornien hat, das über eine ausreichende Anzahl von Wahlmännern verfügt, um die Präsidentschaftswahl zu entscheiden.« Olga drückte Pjotr aufgeregt an sich.

Von der Wohnungstür her war ein energisches Klopfen zu hören. »Bisher haben wir erst die Ergebnisse aus drei

Wahlkreisen …«, sagte der Anchorman. Pjotr schaltete den Ton ab und griff nach der Schrotflinte. Olga kauerte im Flur, während ihr Mann durch den Spion spähte. »Es ist Fred«, sagte Pjotr, während er die Tür öffnete.

»Jetzt sind Sie an der Reihe, Pete«, verkündete Fred. »Bisher ist alles ruhig, aber die Dame in 304-D hat uns gebeten, ungefähr alle vier Stunden nach ihr zu sehen. Sie ist Diabetikerin und muss etwas Saft nehmen.«

Olga reichte Pjotr seine Jacke. »Wollen Sie nicht einen Moment hereinkommen?«, fragte Pjotr. »Gleich wollen sie den Gewinner der Präsidentschaftswahlen bekannt geben.«

»Das kümmert mich einen Dreck«, antwortete Fred. »Nichts wird sich ändern. Bevor die Luftballons geplatzt sind, haben die ihre Versprechen bereits wieder vergessen. Dann beginnt schon die Stimmenjagd für die nächste Wahl. Wenn Sie mich fragen, hat's in diesem Land seit Abraham Lincoln keinen anständigen Präsidenten mehr gegeben. Das Land geht vor die Hunde, und wir können uns zwischen Marshall und Bristol entscheiden! Ich gehe nicht einmal mehr wählen, warum auch. Hier geht alles kaputt, wie man bei Ihnen in der Schweiz vermutlich sagen würde. In hundert Jahren wird die Welt den Schlitzaugen gehören.«

»Wem?«

»Sie wissen schon.« Er zog die Haut an seinen Augenwinkeln zurück. »Den Japanern und den Chinesen. Früher war das hier mal ein großartiges Land, aber jetzt geht's bergab, die harte Arbeit war umsonst.« Fred lachte. »Wenn wir Greise sind, Pete, werden wir noch von den alten Zeiten schwärmen wie die Briten, nachdem ihr Empire verloren war.« Er schüttelte den Kopf. »Kein Zweifel, dieses Land hat mal etwas dargestellt. Hier lief alles rund. Es ist eine verdammte Schande, dass es keinen Abe Lincoln mehr unter uns gibt, eine verdammte Schande.«

DRITTER TEIL

»›Löst der Flügelschlag eines Schmetterlings in Brasilien in Texas einen Tornado aus?‹ Bei Systemen wie dem Wetter addieren sich kleine Störungen zusammen, und an die Stelle der Vorhersagbarkeit tritt das Spiel des Zufalls. Dasselbe Problem tritt auch auf, wenn es um die Beeinflussung des Verlaufs der menschlichen Geschichte geht. Man kann die Richtung ändern, die die Geschichte nimmt, aber man kann nicht wissen, wo diese Veränderung hinführt.«

Valentin Kartschew
Die Gesetze der menschlichen Geschichte
(postum in Moskau erschienen)

1. KAPITEL

Bethesda, Maryland
16. Januar, 13.30 Uhr GMT (08.30 Ortszeit)

»Wenn du die Auffahrt vom Schnee befreien willst, solltest du dich besser an die Arbeit machen, Gordon«, sagte Elaine, die gerade die Teller vom Frühstückstisch nahm.

»Augenblick«, murmelte Gordon, der gerade in die Lektüre eines dreiteiligen Fortsetzungsartikels der *Washington Post* über den Alltag der UN-Truppen in Sibirien vertieft war. »Wusstest du«, fragte er laut, »dass es in Sibirien so kalt ist, dass einem der Atem gefriert? Beim Ausatmen gefriert er direkt vor deinem Mund und fällt dann zu Boden.«

Hinter der Zeitung erklang ein Räuspern. Elaine starrte ihren Mann stirnrunzelnd an. »Und wusstest du schon, dass es in Maryland so kalt ist, dass der Regen zu Schnee wird und auf die Auffahrten fällt?«

Mit einem tiefen Seufzer legte Gordon die Zeitung zur Seite. »Man sollte morgens den Schnee nicht gleich wegräumen«, murmelte er, während er seine Überschuhe anzog. »Man könnte einen Herzinfarkt kriegen.«

»Nicht, wenn man einen Sharper Image Snowblower für fünftausend Dollar hat«, sagte sie im Hinausgehen.

»Fünf*hundert* Dollar!«, rief Gordon ihr nach.

»Du wolltest den ›Snowblower‹ haben«, antwortete Elaine aus der Küche. »Das Ding verstopft die halbe Garage.« Sie kam zurück, um weitere Teller zu holen. »Ist dir eigentlich klar, wie oft wir für fünfhundert Dollar das Kind eines Nachbarn hätten bitten können, bei uns Schnee zu schippen?«

Gordon schüttelte den Kopf. Jetzt hatte er sie. »Darum geht's ja gerade. Kinder von Nachbarn sind unzuverlässig.«

»Im Gegensatz zu dir?«

Mit einem langen Knurren macht Gordon seiner Verärgerung Luft. Dann stand er auf, um seinen Mantel anzuziehen. Die Garage war dunkel, aber das Licht ging an, als er auf den Türöffner drückte. Geräuschvoll öffnete sich das Tor der Garage und gab den Blick auf die Auffahrt frei, auf der eine über zehn Zentimeter hohe Schneedecke lag.

Lächelnd klatschte Gordon in die Hände. Er trug Handschuhe und setzte seine Schutzbrille auf. Der Snowblower war mit einem Kawasaki-Motor ausgerüstet. Nachdem er seine Muskeln gestreckt und ein paar Mal mit den Fingerspitzen seine Zehen berührt hatte, begann er an der Kordel zu zerren, um den Motor anzuschmeißen. Energisch zog er fünfmal, doch der Motor gab immer noch kein Lebenszeichen von sich. Schwer atmend sammelte Gordon Kräfte für einen neuen Versuch. *Männerarbeit*, dachte er. Trotzdem hätte er das Topmodell kaufen sollen, das ihn zwar zweihundert Dollar mehr gekostet hätte, aber über eine patentierte Quick Start-Zündung verfügte.

Wieder und wieder zog er an der Schnur. Dann gab der Motor ein paar sputternde Geräusche von sich, sprang aber immer noch nicht richtig an. »Brauchen Sie Hilfe, Sir?«, fragte ein Mann mit dunkler Sonnenbrille und in einem dunklen Anzug, der direkt vor der Garage stand. Seine Uzi hatte er so lässig geschultert wie ein Tourist seine Kameratasche.

»Nicht's da. Ich hab's fast.« Noch immer schwer atmend zog Gordon weiter, bis der Motor endlich lief. Während er ihn aufdrehte, blickte er den Agenten lächelnd an. »Schnurrt wie ein Kätzchen!«, brüllte er. Der Agent des Secret Service ging wieder in den Vorgarten, wo er seine Finger mit kreisenden Bewegungen geschmeidig zu halten versuchte.

Gordon trat aus der Garage in das strahlende Sonnenlicht hinaus. Weil der Motor so dröhnte, konnte er die lautstarken Befehle des Chefagenten rechts neben ihm kaum verstehen. Während er den Motor noch einmal aufdrehte, begann der Griff des Snowblowers zu vibrieren. »Achtung!« rief er den beiden Männern zu, die rechts neben der Auffahrt die Grenze seines Grundstücks bewachten. Sie hielten wachsam die Augen offen, die Hand am Abzug ihrer Uzis, und blickten sich nicht einmal um, um Gordon zu verstehen zu geben, dass sie seine Warnung gehört hatten.

Gordon begann, den Schnee wegzublasen, der wie ein

weißer Geysir seitlich aus der Maschine schoss und dann die Rücken der etwas weiter entfernt stehenden Agenten befleckte, die sich jedoch nichts anmerken ließen. Rechts hinter Gordon bezog ein zweiter Agent Position, direkt gegenüber seinem Chef zu Gordons Linker. Gordon war nicht entgangen, dass die Männer einen Sinn für Symmetrie hatten. Ein dritter Mann, dessen Kopf sich unruhig hin und her bewegte, trat direkt vor Gordon.

Die 180-Grad-Wende am Ende der Auffahrt fiel etwas unbeholfen aus. Um zwei auf der Straße geparkte Broncos standen weitere Agenten herum, von denen einige mit langen Gewehren mit Zielfernrohr bewaffnet waren. Etwas weiter die Straße hinab, direkt hinter der Absperrung der Polizei, blockierten zwei Lieferwagem den Zugang zu Gordons kleinem Grundstück am Spring River Drive. In einem saßen Mitglieder des örtlichen SWAT-Teams, auf dem anderen waren Satellitenschüsseln angebracht. Seine Entourage musste ihre Positionen wechseln.

Zwei Häuser weiter war mit seinem eigenen Snowblower einer von Gordons Nachbarn beschäftigt, der von zwei Männern im Auge behalten wurde, die ihn jederzeit mit ihren Pistolen erwischen konnten. Lächelnd winkte Gordon seinem Nachbarn zu, dieser grüßte breit grinsend zurück.

»Tut mir Leid!«, schrie Gordon dem Agenten an der Seitentür zu, der seine Sonnenbrille abnahm, um sich den Schneematsch aus dem Gesicht zu wischen. Bei der nächsten Wende achtete er darauf, den Motor etwas zu drosseln. »Ein wunderschöner Tag, nicht wahr?«, brüllte Gordon über den Lärm hinweg dem Mann rechts hinter ihm zu, der allerdings keine Antwort gab. Das Kabel eines kleinen Kopfhörers verschwand in seinem Sakko.

Nachdem Gordon mit der Auffahrt und dem Bürgersteig fertig war, stellte er direkt vor der Garage den Motor ab, um tief durchzuatmen. Noch hing der Benzingestank des Snowblowers in der Luft, aber sie war kühl und trocken. Gordon hatte keine Lust, sofort wieder ins Haus zu gehen. Deshalb wartete er, bis sich sein erhitzter Körper von der Anstrengung erholt hatte. Durch die Vibration des Griffs schmerzten

Chabarowsk, Sibirien
17. Januar, 22.00 GMT (08.00 Ortszeit)

Nate Clark schloss die Augen und rieb sich die Stirn. Er saß zusammengesunken auf seinem Stuhl, den Telefonhörer an ein Ohr gepresst. Mittlerweile hatte UNRUSFOR das gesamte frühere Hauptquartier der Kommandobehörde der russischen Armee für den Fernen Osten mit Beschlag belegt. Am anderen Ende der abhörsicheren Verbindung ins Pentagon war General Dekker, der Stabschef der Armee.

»Die gesamte Truppe aus Schenjang ist in Richtung Norden unterwegs, Ed«, sagte Nate. »Fünf Panzerdivisionen, dreiundzwanzig Infanteriedivisionen, insgesamt dreihundertfünfzigtausend Mann. Und die Soldaten aus Peking bereiten sich ganz offensichtlich auf einen Einsatz vor. Das sind dann weitere vier Panzer- und fünfundzwanzig Infanteriedivisionen. Dreihundertfünfzigtausend *weitere* Soldaten, die nachrücken.«

»Die potenziell dazu in der Lage wären, Nate«, korrigierte Dekker, dessen Stimme aber nicht gerade energisch klang. Es war einzig eine sachliche Feststellung.

»Es sind nicht nur die Satellitenaufnahmen, die elektronischen Lauschangriffe, die nachrichtendienstlichen Erkenntnisse oder die Warnungen von Kontaktpersonen aus Diplomatenkreisen«, sagte Nate, um seinen Worten Nachdruck zu verleihen. »Es gibt da etwas ... Alle meine Kommandeure sagen, dass sie ein flaues Gefühl im Magen haben. Irgendetwas liegt in der Luft, man spürt es überall, in den Wäldern, in den dunklen Nächten. Das ist schon tagelang so, Ed, eigentlich bereits seit *Wochen*.«

»Wovon zum Teufel reden Sie?«, fragte Dekker gereizt.

»Die Chinesen ... Sie kommen über die Grenze, und zwar in großer Zahl.«

»Wo bleiben die Beweise, Nate?«

»Ein *Beweis* sind die fünfzehn chinesischen Leichen, die eine deutsche Patrouille vor zwei Tagen gefunden hat!«

»*Fünfzehn* Soldaten, Nate!«, konterte Dekker. »Als ›große Zahl‹ würde ich das nicht gerade bezeichnen.«

»Um Himmel willen, Ed! Erzählen Sie mir nicht, dass *Sie* mir wieder denselben …«

»Jetzt hören Sie mal zu!«, unterbrach Dekker in aggressivem Tonfall. Nate war klar, dass er nicht nur gerade dabei war, gegenüber einem Vorgesetzten eine Grenze zu überschreiten – er trampelte geradezu auf dessen Nerven herum. »Ich habe Ihre Bitte nach oben weitergeleitet, aber sie haben sich nicht davon überzeugen lassen. Vielleicht sähe es anders aus, wenn Ihre Männer einen Gefangenen gemacht und ihn zum Reden gebracht hätten.«

»Die chinesischen Soldaten waren alle Pioniere«, antwortete Nate niedergeschlagen. »Nach den ersten Schüssen haben sie sich sofort das Leben genommen.« Dekker schwieg, er war über die Einzelheiten informiert. »Wie weit nach oben haben Sie meine Bitte weitergeleitet?«

»Bis zum Präsidenten.«

Mit den Fingerspitzen rieb sich Nate seine schmerzenden Augen.

»Bald könnten sie überall sein und jeden unserer Stützpunkte unter Beschuss nehmen, Ed. Hier ist alles so verdammt weitläufig, der größte Teil des Terrains ist bewaldet … Ich habe meine Patrouillen so weit vorgeschickt, wie ich mich getraut habe, aber ich mache mir Sorgen, Ed, verdammte Sorgen, wenn ich nur daran denke, was diese Spähtrupps entdecken könnten. Bei einer dieser Patrouillen, die über eine weite Distanz ging, haben die deutschen Soldaten die chinesischen Pioniere gefunden, die zwanzig Kilogramm C4-Sprengstoff dabei hatten, und zwar *pro Person*. Das war keine Aufklärungseinheit, Ed. Sie wollten irgendetwas in die Luft jagen.«

»Ich will ganz offen reden und Ihnen keinen Unsinn erzählen, Nate. Ich habe Ihre Bitte so nachdrücklich wie nur möglich vorgebracht, aber Marshall wird uns keinerlei Verstärkung mehr gewähren.«

»Was ist mit der 2nd Infantry?«

»Wie bitte?«, schnappte Dekker. »Dann können wir die Nordkoreaner ja gleich nach Seoul einladen.«

»Wir könnten sie nach Wladiwostok entsenden. Von der

russischen Grenze aus können Sie Nordkorea immer noch angreifen, falls Südkorea attackiert werden sollte.«

Dekker seufzte vernehmlich. »Bis zur Amtseinführung des neuen Präsidenten sind es nur noch drei Tage. Gouverneur Bristols Mitarbeiter lassen verlauten, ihr Chef sei ›bestens über die Situation informiert‹ und bringe ›Ihrer Bitte Sympathie entgegen‹. Im Augenblick sind uns allerdings die Hände gebunden.«

»Das ist doch Unsinn. Er könnte sich mit Marshall und dem Kongress beraten …«

»Das wird nichts, Nate. Augenblicklich befinden wir uns in der Übergangsphase, die ein Regierungswechsel nun mal mit sich bringt. Zwischen November und Januar hängen wir in einem solchen Fall in der Luft. Bis zur Amtseinführung des neuen Präsidenten wird man Ihnen keinerlei neue Truppen bewilligen. Ich kann Ihnen jedenfalls keine besorgen. Trotzdem werde ich alles in meiner Macht Stehende tun, um Ihnen zu helfen. Also, was kann ich sonst für sie tun, Nate?«

Clark atmete tief durch. »Erzählen Sie mir, warum ich überhaupt hier bin, Ed. Was soll ich hier tun? Wann kann ich nach Hause zurückkehren?«

Jetzt herrschte am anderen Ende der Leitung tiefes Schweigen.

»Ich werde meinen Soldaten zu verstehen geben, dass sie jetzt keine Blauhelme mehr sind und auf weiße Helme und Schneetarnanzüge umsteigen sollen«, sagte Nate noch, bevor er auflegte und den Befehl erteilte.

Es war ein rein symbolischer Akt. Aber der Wechsel von den Blauhelmen zur weißen Farbe war wenigstens etwas. Zumindest das konnte er tun. Als Vorbereitung auf den Krieg. Blauhelme waren für humanitäre und friedenserhaltende Einsätze reserviert, weiße Tarnkleidung bedeutete, dass man sich damit in dieser Gegend in der Schlacht besser verstecken konnte. Den Männern in seinem Hauptquartier entging die Bedeutung dieser Veränderung nicht. Die Stimmung änderte sich, es wurde schneller gearbeitet. Generäle und Soldaten in Schneelöchern – sie alle bereiteten sich auf den Schock vor, der sie erwartete.

Fort Benning, Georgia
18. Januar, 19.00 Uhr GMT (14.00 Ortszeit)

Vor dem mit einer Glasscheibe versehenen Schwarzen Brett informierte sich André Faulk darüber, wo er stationiert werden würde. Nach zwei Monaten Grundausbildung und zwei weiteren auf der Infanterieschule, wo die individuelle Ausbildung für Fortgeschrittene im Mittelpunkt stand, wurden die Rekruten jetzt an höherrangige Offiziere weitergereicht. Als er seinen Namen gefunden hatte, erstarb Andrés Lächeln. Die anderen brüllten und klopften sich auf die Schulter. André musste nach der seltsamen Nummer sehen, die neben seinem Namen auf der Liste der Versetzungen stand.

»André!«, rief Stempel.

Bevor Stempel bei Faulk angekommen war, wurde er von einem stämmigen, gebräunten Rekruten aus Kalifornien am Hals gepackt, direkt am Haaransatz. »Hast du gehört, was für eine Nachricht über seine Einquartierung hier gelandet ist?«, brüllte der Strandmuskelmann aus Kalifornien. Er ließ Stempel etwas den Kopf heben, damit dieser es André selbst mitteilen konnte.

»11-B!«, sagte Stempel strahlend. »Infanterie. Die 25th Light Infantry Division.«

»Hawa-ii«, fügte der Surfer in der Aussprache der Inselbewohner hinzu. »He, Stemp, gut möglich, dass dich da eins von den Weibern flachlegt.« Er drückte Stempels Kopf fast bis auf die Erde hinab. Harold grinste bis über beide Ohren. Wie alle anderen war auch er zu einer Truppe versetzt worden, die für den Ernstfall bereit stand. Er hatte es geschafft.

Um sie herum versammelten sich weitere Männer aus ihrem Ausbildungs-Platoon.

»Was ist mit dir?«, fragte Stempel. Alle warteten auf die Antwort.

»2nd Infantry«, murmelte Faulk.

»Na bitte!«, sagte der Surfer, der Faulk auf den Arm boxte. »Da kann's jederzeit *losgehen*, Mann! Abgesehen von den

Luftlandetruppen ist das die Einheit der Armee, die am schnellsten einsatzbereit ist.«

»Spezialisierung?«, fragte Stempel genau so, wie André es erwartet hatte.

»71-L«, antwortete Faulk. Das Gelächter und der Lärm wurden allmählich leiser.

»Und was wirst du da?«

»Verwaltungsspezialist«, antwortete André, bevor er davonging.

Sofort rannte Stempel los und holte ihn ein. »He, André, das spielt doch keine Rolle. Jeder hier weiß, dass du der beste Soldat in unserem ganzen Platoon bist. Die Army hat einfach Scheiße gebaut. Dich machen sie zum Verwaltungsangestellten und mich zum Infanteristen. Das muss man sich mal vorstellen!« André starrte nur auf seine Stiefel. »Vielleicht kannst du das Empfehlungsschreiben verwenden, das Sergeant Giles für dich geschrieben hat.«

»Als ich zur Army gegangen bin, hat niemand etwas davon gesagt, dass ich aus Flugzeugen springen soll!«

»He, weißt du, was passiert sein muss?«, rief Stempel. »Sie hatten eine Stelle bei den Luftlandetruppen für dich reserviert, und als du Sergeant Giles gegenüber abgelehnt hast, waren die Plätze bei den Bodentruppen bereist *vergeben*! Warum nimmst du das Angebot nicht einfach an? Wenn du deine Meinung änderst, hast du mit dem Empfehlungsschreiben deinen Ausbildungsplatz bei den Luftlandetruppen sicher!« Irgendetwas stimmte hier nicht. »Was ist denn?«, fragte Harold.

Schon immer hatte André an Höhenangst gelitten, aber nie etwas davon gesagt. Er konnte nicht einmal aus den Fenstern der Wohnung seiner Mutter schauen, ohne schwindelig zu werden. Um in Ruhe nachzudenken, ging er auf den Übungsplatz mit den Hindernissen zu.

»Ohne dich hätte ich es nie geschafft!«, rief Stempel ihm nach, doch André ging weiter. Er fühlte sich gedemütigt und musste sich die Tränen abwischen. Eigentlich hatte er gedacht, das Zeug zu einem guten Soldaten zu haben.

Wladiwostok, Sibirien
19. Januar 22.00 Uhr GMT (10.00 Ortszeit)

»Brrrr.« Kate Dunn schauderte vor Kälte, während sie mit Woody aus dem Flugzeug stieg und die Gangway hinabging. Sofort knöpfte sie ihren Parka bis zum Kinn zu, dann zog sie Handschuhe an. Aber es half alles nichts. »Gütiger Gott«, stieß sie zwischen zusammengebissenen Zähnen hervor. Als sie von der steifen Brise erfasst wurden, die über die Landebahn fegte, begann ihr Unterkiefer zu zittern.

Woody hingegen schien sich kein bisschen unbehaglich zu fühlen. »Wie ich bereits sagte, du brauchst eine Kopfbedeckung.« Mit einer Hand hielt Kate unter ihrem Kinn ihren Parka zusammen, um keinen unnötigen Zentimeter ihrer Haut der Kälte auszusetzen. Die andere Hand hatte sie fest gegen ihre Seite gepresst. Der Kameramann trug die lächerlichste Pelzmütze, die Kate je gesehen hatte. »Für das Ding mussten bestimmt zwanzig oder dreißig Ratten ihr Leben lassen.«

»Sie ist aus Kaninchenfell«, verkündete Woody stolz.

»Wood-man!«, rief jemand, der hinter einer Absperrung stand, wo die abreisenden Passagiere warteten. Die Maschine, die sie von Anchorage in Alaska nach Wladiwostok gebracht hatte, war fast leer gewesen. Hingegen schienen die Geschäfte in der Gegenrichtung deutlich besser zu gehen.

»He!«, rief Woody. Kate folgte ihm zu der Absperrung, wo der Mann wartete, der ein halbes Dutzend Kameras um den Hals baumeln hatte und jetzt von Woody mit einem herzlichen Handschlag begrüßt wurde. *»Qué pasa, hombre!«*

»Wie oft muss ich dir noch erzählen, dass ich kein Spanier bin?«, fragte der Mann mit einem unverkennbar irischen Akzent. Er hatte ein strahlend weißes Gebiss und einen dunklen Bart, der teilweise grau gefleckt war. Seine rötliche Gesichtshaut war von den Elementen gegerbt.

»Aber du hast die *Seele* eines Spaniers, Mann, und nur das zählt! Darf ich dir unsere Nachwuchsreporterin Kate Dunn vorstellen?« Mit einem Grinsen begrüßte Kate den Mann, der ebenfalls Handschuhe trug. Dann zog sie schnell wieder ihren Kragen zusammen, durch den die eiskalte Luft an ihren Hals gedrungen war. Aber es half kaum. Ihre Orvis-Winterkleidung schien gegen den Frost nichts ausrichten zu können. »Mick ist so eine Art schwarzer Ire. Nachdem die spanische Armada in jenem großen Sturm gesunken war, wurden seine Vorfahren an die irischen Gestade gespült.«

»Erfreut, Sie kennen zu lernen«, sagte der Mann.

Ein eiskalter Windstoß erfasste Kate, die ihre Arme dicht an ihren Oberkörper anlegte und die Beine eng zusammenpresste. »Wir sollten jetzt besser gehen«, stieß sie mit klapperndem Gebiss hervor.

»Sie brauchen eine Kopfbedeckung«, bemerkte Woodys Freund.

»Das hab ich ihr auch schon gesagt«, sagte Woody.

Kate rollte die Augen und wies dann mit einer Kopfbewegung auf das Terminal. Ein Russe, der einen so dicken Mantel trug, dass er an einen Bären erinnerte, öffnete die Absperrung, und die Passagiere, die für den Rückflug gebucht hatten, stapften auf die Maschine zu, deren Motoren nicht einmal abgestellt worden waren.

Mick packte Woody und flüsterte ihm etwas ins Ohr. Der Ire blickte Kate an, und dann brach er mit dem Kameramann in lautes Gelächter aus. »Hee!«, rief Woody aus. »Immer ein Vergnügen, dich zu sehen, compadre!« Nachdem sie sich getrennt hatten, rannte Kate förmlich auf das Terminal zu. In dem Gebäude ging sie sofort zu einem altmodischen Heizkörper hinüber, wo sie ihren Parka und ihre Handschuhe ablegte, die selbst zu einer Kältequelle geworden waren.

Kate stöhnte erschöpft auf, während sie ihre blau gefrorenen Finger über das heiße Metall hielt.

»Ich hab dir doch gesagt, dass es hier saukalt ist«, kommentierte Woody. »Beim nächsten Mal würde ich es zu schätzen wissen, wenn du nicht ausdrücklich mich als Kameramann verlangen würdest.«

»Ich hab' mir den Arsch aufgerissen, um diesen Auftrag zu kriegen, Woody.« Kate biss noch immer die Zähne zusammen, während sie beide Seiten ihrer Hände wärmte, um sich dann um ihren Rücken zu kümmern. »Du bist mit Abstand der beste Kameramann und …«

»Schon gut«, sagte Woody, der dann einen Augenblick schwieg. »Wie auch immer, sieh dich doch nur an. Wir sind gerade mal von der Maschine zum Terminal gegangen, und du bist jetzt schon völlig durchgefroren.«

»Gleich geht's mir wieder gut! Dieser Trottel in San Francisco hatte keine Ahnung, wovon er überhaupt redete. ›Gore-Tex‹ hier, ›Polymer‹ da. Mein Gott!« Aber Woody war abgelenkt, weil er sich in der Halle des Flughafens umblickte. »Versuchst du noch ein paar weitere alte Freunde wie diesen anzüglich grinsenden Dreckskerl eben zu finden?«

»Wenn er anzüglich war, liegt das an seinem spanischen Blut.«

»Und was war mit diesen beschissenen, obszönen Macho-Sprüchen, die er dir ins Ohr geflüstert hat und die mich zum Gegenstand hatten?«

Woody legte den Kopf in den Nacken und gab sich geschockt. »Du glaubst, dass es darum ging? Warte hier.« Er ging auf die Herrentoilette zu.

Unterdessen beschäftigte Kate sich damit, wieder ihre Winterkleidung anzulegen. Weil der Parka noch immer eiskalt war, hielt sie ihn über den Heizkörper, doch da erinnerte sie sich an die Warnung des Verkäufers, dass die Kunstfasern schmelzen könnten. »Zum Teufel mit Gore-Tex«, brummte sie, während sie den Parka anzog. Kichernd kam Woody aus der Toilette zurück.

»Was ist denn mit dir *los*?«, fragte Kate. »Ist dir das Rattenfell auf deiner Birne nicht gut bekommen?«

Woody öffnete seinen geräumigen Mantel und zog eine große Plastiktüte aus der Innentasche – eine Riesenportion Marihuana.

»Mein Gott, Woody!«, flüsterte Kate, die näher an ihn herantrat und sich ängstlich umblickte. Mittlerweile war das Terminal verwaist. »Wo zum Teufel hast du den Stoff her?«

»Mick hat keine schlüpfrigen Bemerkungen über deine Kurven gemacht, Kate, sondern mir nur ins Ohr geflüstert, wo er sein *sensimillia* versteckt hat.«

»Was zum Teufel hast du damit vor, Woody?«, flüsterte sie. »Und der Zoll?«

Lachend zeigte er mit einer Armbewegung auf das menschenleere Gebäude. »Das hier ist Russland, Kate. Keine Regierung, kein Zoll, nur Anarchie. Hier kann man tun und lassen, was man will!«

Oval Office, Weißes Haus
20. Januar, 02.30 Uhr GMT (21.30 Ortszeit)

Bereits jetzt fühlte sich Präsident Marshall wie ein Außenseiter. Schon vor einer Woche waren im Wohntrakt des Weißen Hauses Marshalls persönliche Sachen zusammengepackt worden. Jetzt spielte der Präsident mit den Stiften und Füllfederhaltern auf seinem Schreibtisch herum. Seine Akten hatten seine Mitarbeiter ebenfalls schon verstaut. Niemand erwartete von Marshall, dass er an einem Samstag arbeitete, schon gar nicht einen Tag vor der Amtseinführung seines Nachfolgers.

Wahrscheinlich besuchte Bristol jetzt in der ganzen Stadt eine Party nach der anderen. Er würde mit seinen Freunden bis in die frühen Morgenstunden durchfeiern. Während Marshall sich in dem Büro umblickte, in dem nichts Persönliches mehr übrig geblieben war, sah er, dass er seinem Nachfolger alles in einem guten Zustand hinterlassen würde, und er wünschte, dasselbe auch von der internationalen politischen Lage behaupten zu können. Marshall schüttelte den Kopf und runzelte dann die Stirn. Es gab so viel, was er unerledigt zurücklassen musste.

Die Tür flog auf. Zwei geschäftig wirkende Männer blieben wie angewurzelt stehen, als sie den Präsidenten sahen. Ihre Gesichter waren Marshall unbekannt.

»Oh, entschuldigen Sie, Sir«, sagte einer der beiden. »Wir wussten ja nicht …« Sie hatten Aktenstapel für den neuen Präsidenten dabei.

»Nein, nein, kommen Sie ruhig herein«, sagte Marshall, der den Männern mit einem gütigen Lächeln und einer ausladenden Armbewegung bedeutete, dass der Raum ihnen gehöre.

Bevor sie sich zögernd an die Arbeit machten, tauschten die beiden Männer einen Blick aus. Die Hände tief in den Hosentaschen vergraben, ging Marshall an den Wänden seines Büros entlang, an denen Porträts seiner Vorgänger hingen. Weil er geglaubt hatte, später noch Zeit dafür zu finden, hatte er den Gemälden nie Aufmerksamkeit geschenkt.

»Nein, legen Sie die Akte oben auf den Stapel. Die Schriftstücke mit den roten Aufklebern kommen immer nach oben.«

Lächelnd wandte sich Marshall zu den beiden Besuchern um. »Sie besuchen heute nicht die Partys?«

Der Mann, der die Anordnungen gab und auch gegenüber dem Präsidenten das Wort führte, zuckte die Achseln. »Wir waren die ganze Zeit über unten im Situation Room beschäftigt.«

»Arbeiten Sie im Bereich der nationalen Sicherheit?«, fragte Marshall. Der Mann nickte. »Ich wusste nicht …« Der Präsident unterbrach sich, weil er nicht wusste, dass der Übergang bei den Teams für nationale Sicherheit bereits vollzogen war. Er wandte sich ab. »Ich hatte keine Ahnung, dass heute Abend jemand im Situation Room war.« Er trat auf ein Washington-Porträt zu.

»Dort ist ein Krisenstab zusammengetreten, Mr. President«, sagte der Mann. Als Marshall zu ihm aufblickte, machte der Mann einen etwas unbeholfenen Eindruck. »Es ist ein *gemeinsames* Team. Auch einige aus der *abtretenden* Regierung sind mit von der Partie.«

Marshall nickte und nahm dann wieder seine Besichtigung der Porträts seiner Vorgänger auf. »Und was ist das Thema des Tages?«

»China, Sir.«

»Gibt's irgendwelche Neuigkeiten?«

Der Mann räusperte sich. »Einige weitere Truppenbewegungen, diesmal näher an der Grenze. Statt der üblichen Programme werden jetzt patriotische Sendungen ausgestrahlt. Im Fernsehen laufen alte Dokumentarfilme über den Langen Marsch, im Radio gibt's klassische Musik. Zuerst haben wir geglaubt, jemand aus der Führungsriege wäre gestorben.«

»Überraschend käme das ja wirklich nicht«, sagte Marshall, der die Finger hinter dem Rücken verschränkt hatte. Sein Blick glitt über die Wände. »Selbst der Jüngste von den Parteioberen muss über neunzig sein.« Die beiden Männer lachten lauter, als es angemessen gewesen wäre. Sie waren aufgeregt – für sie war dies ein guter Start.

»Und dann«, fügte der Mann hinzu, »gab es da noch einen Befehl, von dem wir in der letzten Nacht aus Peking gehört haben. Demnach wurde allen Armeeangehörigen – vom General bis hinab zum gemeinen Soldaten – befohlen, sich den Schädel kahl rasieren zu lassen.« Marshall blickte den amüsiert lächelnden Mann an. »Fast drei Millionen Friseurbesuche, stellen Sie sich mal die Masse an Haaren vor.« Marshalls besorgter Blick ließ den Mann unsicher werden. »Sie … Sie hatten Probleme mit Kopfläusen, behauptet die National Security Agency. Glauben sie. In der Armee. In der chinesischen Armee.«

Marshall eilte zur Tür, weil er beabsichtigte, auf schnellstem Weg zum Situation Room zu gehen, aber er überlegte es sich anders. Noch einmal blickte er zu den beiden jungen Beratern hinüber, die hinter seinem Schreibtisch standen. *Bristols Berater,* dachte er. Zum letzten Mal verließ er das Oval Office, um nach einem Gästeschlafzimmer zu suchen. Wie üblich würde er sich auch heute den nächtlichen Snack servieren lassen.

Kreml, Moskau
20. Januar, 04.25 Uhr GMT (06.25 Ortszeit)

Kartschew war rechtzeitig aufgestanden, um sich in seinem Büro auf C-SPAN die Fernsehübertragung der Gala am Vorabend des Amtsantritts des neuen amerikanischen Präsidenten anzusehen. Dies war die Nacht, in der sein Experiment in sein finales Stadium trat, die Nacht seines letzten Anschlags auf die gesellschaftspolitische Ordnung. Die besten Männer, die ihm noch geblieben waren, hatten sich versteckt, um den günstigsten Augenblick abzupassen. Allerdings waren die meisten seiner Anhänger während der langen Periode der Untätigkeit gestorben, etwa an einer Überdosis Drogen oder bei gewalttätigen Zwischenfällen. Andere waren auf Liste A gesetzt worden, weil sie ansonsten die Sicherheit geplanter Operationen gefährdet hätten. Zudem lag die Selbstmordrate pro Monat bereits bei zehn Prozent.

Der Raum wurde nur durch das flackernde Licht des Fernsehers beleuchtet. Auf dem Bildschirm sah Kartschew eine große Halle, die in einen mittlerweile überfüllten Ballsaal umfunktioniert worden war. Den Ton hatte Kartschew abgestellt, nur gelegentlich weckte eine Nahaufnahme vorübergehend seine Aufmerksamkeit. Die Besucher waren politische Würdenträger, deren Namen Kartschew nichts sagten, wenn sie anlässlich einer Nahaufnahme des Betreffenden eingeblendet wurden.

Als dann gezeigt wurde, wie ein Autokonvoi in einer Tiefgarage eintraf, drehte Kartschew den Ton wieder auf, und gleichzeitig nahm auch seine Anspannung zu.

»... sind gerade unter massivem Schutz durch Polizei und Secret Service eingetroffen. Nach der Welle politischen Terrors, die im letzten Jahr über dieses Land hinweggeschwappt ist, wird diese Amtseinführung durch rigorose Sicherheitsmaßnahmen begleitet, für die es in der Geschichte keinerlei Beispiel gibt.«

»Entschuldigen Sie, Tim«, unterbrach eine andere Stimme, als der designierte Präsident gerade aus seiner Limousine stieg. »Gouverneur Bristol ist gerade eingetroffen.« Die Fernsehreporter identifizierten die weiteren Besucher, die den Limousinen entstiegen. Wie im Wahlkampf winkten alle lächelnd in die Kameras. Nachdem Bristols und Davis' Familien sich versammelt hatten, schritten sie durch einen Kordon von Sicherheitsbeamten auf den Aufzug für das Personal zu. Jetzt sah und hörte Kartschew gespannt und mit klopfendem Herzen zu.

Willard-Hotel, Washington, D.C.
20. Januar, 04.30 Uhr GMT (23.30 Ortszeit)

Die durch das Metallblechrohr strömende Luft war heiß. Von der zermürbenden Anstrengung, kriechend nur einen oder zwei Meter pro Minute zurücklegen zu können, war dem Mann der Schweiß ausgebrochen. Die Stelle jeden Kontakts mit dem Lüftungsrohr musste wohl überlegt sein. Hier entschied er sich für eine Nietstelle, die er in der Finsternis ertasten konnte, dann setzte er sein Knie dort auf, wo er die letzte der Trageschlaufen vermutete, die das Lüftungsrohr unter der Decke hielten. Jetzt drang durch das Gitter am Ende des Rohrs, auf das er zentimeterweise zukroch, der Lärm der Veranstaltung an sein Ohr.

Bereits dreimal hatte das Metallblech nachgegeben, und jedes Mal hatte sich das laute Geräusch so angehört, als hätte er mit der Faust gegen die Wand des Rohrs geschlagen, das einen Durchmesser von einem Meter hatte und an schwarzen Stoffgurten unter der Decke des großen Ballsaals schwebte. Bei jeder Bewegung spürte er die sanfte Schwingung des Lüftungsrohrs, bei jeder Gewichtsverlagerung zuckte er innerlich zusammen. Nicht, dass er den Tod gefürchtet hätte – er würde in dieser Nacht sowieso sterben. Aber er stand dem Tod auch nicht gleichgültig gegenüber, die Aussicht darauf machte ihn ganz krank. Wie auch immer, er hatte einen langen Weg hinter sich. Die meisten seiner Mitkämpfer waren bereits tot. Sibirien, die Bronx, das Wembley-Stadion, Downing Street Nr. 10 – eigentlich hätte auch er längst tot sein müssen. Es war nicht das erste Mal, das er der Leere gegenüberstand, doch diesmal war er sich ganz sicher, dass er ihr nicht mehr entgehen würde.

Wieder gab es ein Geräusch, das so laut wie ein Schuss dröhnte, doch es war nur dadurch zustande gekommen, dass das ausgebeulte dünne Metallblech wieder zurückgesprungen war, nachdem er sich weiterbewegt hatte. Aber der Lärm der Kapelle und das Stimmengewirr waren zu laut. Wieder war ihnen das Geräusch entgangen, auf das die vier Dutzend Männer angespannt lauschten.

Er versuchte herauszufinden, ob er Dellen hinterlassen hatte, die seinen Widersachern Hinweise geben konnten. Wenn das Lüftungsrohr stärker hin- und herschwang, hielt er regungslos inne und wartete, bis die Bewegung wieder abgeklungen war. Insgesamt brauchte er für gut sechzig Meter eineinhalb Stunden.

Schließlich hatte er das Gitter erreicht. Er wischte sich den Schweiß aus den Augen und spähte hindurch. Die Bühne war gar nicht zu sehen! Direkt vor ihm hingen riesige Netze mit roten, weißen und blauen Luftballons.

Die Luftballons werden schon noch herunterfallen, dachte er, während er nach einem Schraubenzieher griff und sich an zwei nebeneinander liegenden Rippen des Gitters zu schaffen machte, bis sich eine etwas größere Öffnung gebildet hatte. Für die Mündung der Waffe würde das reichen. Anschließend öffnete er ein paar Zentimeter darüber ein weiteres Loch. Die Kapelle spielte nicht mehr, jetzt hatten die Reden begonnen. Nur mit Mühe war er rechtzeitig fertig geworden.

Nachdem er sein Werkzeug in der Westentasche hatte verschwinden lassen, nahm er das Gewehr von seinem Rücken. Das Magazin war bereits eingelegt, in der Kammer befand sich eine Kugel. Selbst das Zielfernrohr war schon korrekt auf die richtige Entfernung eingestellt.

Während er das Gewehr anlegte, spielte die Kapelle gerade »America the Beautiful«. Die Mündung ragte ein Stück weit durch das Gitter. Als er durch das Zielfernrohr blickte, für das er das obere Loch geweitet hatte, sah er verschwommen die Luftballons. Sein Daumen lag auf dem »Power«-Schalter für das Laservisier.

Jetzt musste er warten. Der Beifall der Menge wurde um ein paar Dezibel lauter, schwoll dann noch stärker zu lang anhaltendem, donnerndem Applaus an. Die Netze wurden geöffnet, durch sein Zielfernrohr sah er die Luftballons vorübergleiten. Wegen der starken Vergrößerung hatte er nur ein sehr eingeschränktes Sichtfeld. Er sah bloß eine Masse kugelförmiger, bunter Körper. Plötzlich war das Netz leer, und er hatte das Podium im Visier. Er schaltete den Zielpunkt des Lasers ein.

Während die festlich gekleidete Menge bewundernd applaudierte, hielt Bristol Gordons Hand hoch, wie es Zirkusdirektoren bei ihren Artisten taten. Eine Viertelstunde, höchstens noch zwanzig Minuten, dann war die nächste Jubelveranstaltung an der Reihe. Auf der nächsten Party waren immer die Leute, die auf der Leiter des gesellschaftlichen Erfolgs eine Sprosse weiter oben standen; auf der letzten warteten diejenigen, die am meisten für den Wahlkampf berappt hatten.

Gordon winkte unbeholfen mit der linken Hand, während Bristol weiterhin seine Rechte umklammerte. Hin und wieder zielte er mit ausgestrecktem Zeigefinger auf ein Gesicht in der Menge. Bristol, der geborene Wahlkämpfer, hielt Gordons Hand sehr viel länger, als es diesem lieb war. Gordons Grinsen wirkte erstarrt und unnatürlich. Hingegen war Bristols Lächeln so wie immer – nie ganz natürlich, aber auch nie völlig aufgesetzt.

Auf Bristols zugeknöpftem Jackett pendelte sich ein kleiner roter Punkt ein, und Gordon brauchte einen Augenblick, bis er begriffen hatte, was er da sah. Als der Punkt auf Bristols Brust ruhte, warf Gordon sich auf den größeren Mann.

Fast gleichzeitig ertönte ein dröhnender Schuss. Die beiden Männer landeten auf dem harten Boden. Gordon lag auf dem designierten Präsidenten und rollte sich von dessen Körper hinunter. Aus der Menschenmenge stiegen Schreie auf. Sie lagen hinter dem Podium. Sekundenbruchteile schienen eine Ewigkeit zu dauern. »Nein«, sagte Bristol, bevor das Podium zersplitterte. Gordon spürte heiße Klingen in seine Brust und seine Hüften eindringen. Überall bohrten sich Löcher in das Podium, durch die der grelle Schein der Rampenlichter fiel. Bristols Körper erzitterte und prallte dann gegen den Gordons. Aus fürchterlichen Wunden fuhr ein sengender Schmerz durch seinen ganzen Körper.

An der Decke über der Bühne hingen Scheinwerfer, die dem Blick der kurzen Vorhänge wegen entzogen waren. Wie der Tisch im Esszimmer seiner Eltern. Das unbearbeitete Holz unter dem trügerischen Glanz der Tischdecke.

Lange Salven von Schüssen erinnerten an die Feuerwerkskörper auf einer chinesischen Silvesterfeier. »*Feuer einstellen!*«, brüllte ein halbes Dutzend Männer. »*Feuer einstellen!*«

Ein Agent, der sich auf Gordon geworfen hatte, erhob sich wieder. Keinen Augenblick zu früh, denn sein Gewicht hatte Gordon den Atem geraubt. Kühle Luft strich über seine blutende Brust. So sehr er sich auch bemühte, Gordon bekam keine Luft. Er musste Atem schöpfen, um die Wörter aussprechen zu können, die er unbedingt aussprechen wollte. Stattdessen formte er sie nur immer wieder unhörbar mit den Lippen: »Man hat auf mich geschossen, man hat auf mich geschossen, man hat auf mich geschossen.«

2. KAPITEL

Bethesda Naval-Krankenhaus, Maryland
23. Januar, 15.00 Uhr GMT (10.00 Ortszeit)

Klangfetzen und flüchtige Bilder schwirrten um das rotierende Bett, dessen Laken schweißgetränkt waren. Gordon war so geschwächt und fühlte sich so übel, dass er nicht wieder zu vollem Bewusstsein kommen konnte. Es war, als wäre er in dunkle Fluten gestürzt, er wusste nicht, in welcher Richtung es wieder an die Wasseroberfläche ging. Aber er sah das verängstigte Gesicht Elaines, die wie ein Kind schluchzend nach Luft schnappte. Von der Wasseroberfläche aus riefen ihm Stimmen etwas zu.

»Können Sie mich hören?«, fragte wieder und wieder ein Mann mit tiefer Stimme, der ihm sehr nah sein musste, weil Gordon seinen Atem spürte. Wenn er schluckte, hatte Gordon einen fürchterlichen, metallischen Geschmack im Mund. Als jemand ihm die Augen öffnete, blendete ihn ein schmerzhaft grelles Licht.

Während er den Kopf hob, wurde es wieder dunkel. Schmerz schien seinen Schädel zu spalten, der sofort auf das kalte, verschwitzte Kopfkissen zurückfiel. In seinen Träumen tauchten flüchtige, geisterhafte Gestalten an seinem Bett auf.

»Können Sie mich hören?« Gordon öffnete die Augen und sah einen grauhaarigen Mann in einem dunklen Anzug. Dann starrte er an die gekachelte Decke. Der Raum war grell beleuchtet. Er schluckte die bittere Galle hinunter, die wie ein Schwall aus seinem Magen hervorzubrechen drohte. Innerhalb eines verwirrenden Stimmengewirrs hörte er mehrfach den Satz »Ich bin ganz Ihrer Meinung«, der von verschiedenen Menschen ausgesprochen wurde, die an unterschiedlichen Stellen um sein Bett herum standen. Als er den Kopf zu heben versuchte, stieg aus seinem Unterleib ein Schmerz auf, als wäre Gewebe zerrissen. Vom Schmerzen gepeinigt, sank er wieder zurück, die Augen fest geschlossen. Aber zuvor hatte er noch die Männer in Anzügen gesehen, die sich um sein Bett versammelt hatten.

Fragen. Irgendjemand stellte ihm Fragen, versuchte, ihm mit Stichwörtern auf die Sprünge zu helfen. Mit geschlossenen Augen gab er sein Bestes, um dem grauhaarigen Mann krächzend die Antwort zu geben, die dieser von ihm erwartete. Aber er verstand nur Fragmente, Wörter, die er einfach wiederholte. Wegen seines ausgetrockneten Munds musste er ständig schlucken. »Ich schwöre … schwöre feierlich …« Und: »… beschützen und verteidigen …« An diese Wörter erinnerte er sich – »beschützen und verteidigen.«

Als Gordon die Augen öffnete, strömte Sonnenlicht durch die geöffneten Vorhänge. »Er ist aufgewacht!«, hörte er jemanden ausrufen. Danach vernahm er das raschelnde Geräusch einer Zeitung, und plötzlich standen mehrere Männer in Anzügen an seinem Bett.

»*Entschuldigen* Sie«, sagte eine Krankenschwester, die sich unter Einsatz ihrer Ellbogen einen Weg durch die Umstehenden bahnte.

»Holen Sie alle her, und zwar sofort!«, befahl einer der Männer, den Gordon nicht erkannte.

»Guten Morgen«, sagte die Krankenschwester, die an der Infusionsflasche über seinem Bett herumfingerte und auf die Uhr blickte. »Wie fühlen Sie sich?«

Ihre Stimme verriet den lässigen Umgangston eines ganz normalen Arbeitstags. Jetzt begriff Gordon, dass er im Krankenhaus lag.

»Fürchterlich«, murmelte Gordon, der mit seiner ausgetrockneten Zunge seine Lippen berührte. Aber die Schwester wusste genau, was er wollte. Sie hielt eine Schnabeltasse in der Hand, wie Gordon sie auch bei seinen Töchtern benutzt hatte, als diese noch Kleinkinder gewesen waren. Nach nur einem winzigen Schluck zog sie die Tasse wieder zurück.

»Nicht zu viel auf einmal«, sagte sie.

Hinter ihr bildete sich eine Mauer aus Männern, von

denen Gordon einige kannte. Wiederholt kamen Neuankömmlinge herein. Er sah Fein und Bristols Wahlkampfmanager.

Dann erblickte er eine weinende Elaine, die von den Männern durchgelassen wurde. Aber als sie sich über ihn beugte und ihn umarmte, lächelte sie. Auf seinen Wangen spürte Gordon ihre Tränen. Erst als er ein merkwürdiges Ziehen spürte, wurde ihm klar, dass in seiner Nase irgendein Schlauch steckte. Jetzt wurden auch seine Augen feucht.

»Gordon«, gurrte Elaine. »Mein Schatz, mein Liebling, ich liebe dich ja so sehr.«

»Elaine«, brachte Gordon mühsam hervor. »Man hat … Man hat auf mich *geschossen*.«

»Ich weiß, Darling, ich weiß über alles Bescheid. Bald wird es dir wieder gut gehen, alles kommt wieder in Ordnung!« Sie starrte ihn an, zugleich weinend und lächelnd, ließ dann ihren Kopf auf seine Schulter sinken. »O Gordon«, flüsterte sie, »ich war ja so verängstigt, ich hatte so fürchterliche Angst.« Jetzt verlor sie die Selbstbeherrschung, und Gordon fühlte, dass sie zitterte. Auch er weinte, aber es traten nur wenige Tränen in seine Augen.

Als Elaine sich erhob, schniefte sie zwar, lächelte aber auch. Mit zwei Handbewegungen wischte sie sich die Tränen von den Wangen, doch ihre andere Hand ruhte weiterhin unter seiner Schlafanzugsjacke auf Gordons Brust.

»Wo sind die Mädchen?«, fragte Gordon.

»Draußen«, antwortete Elaine und wandte sich den Männern zu, die in vier oder fünf Reihen vor Gordons Bett warteten. »Aber … Es gibt da einige wichtige Dinge, um die diese Herren sich sofort kümmern müssen, Gordon.«

Sie blickte wieder ihren Mann an. Irgendetwas an seinem Gesichtsausdruck musste ihr aufgefallen sein. »Erinnerst du dich, was geschehen ist, Gordon?«, flüsterte sie ihm ins Ohr, während sie mit ihrer kühlen Hand seine Wange streichelte.

»Ich … Ich stand auf einer Bühne.«

»Nein, danach. Gestern Nacht.« Nachdem er einen Augenblick nachgedacht hatte, schüttelte Gordon den Kopf. »Phil Bristol ist tot, Gordon«, sagte Elaine mit leiser, ruhiger und klar artikulierender Stimme. »Auch auf ihn wurde geschossen, erinnerst du dich nicht? Du hast versucht, ihm das Leben zu retten, aber es war zu spät.« Wieder schüttelte Gordon den Kopf. »Jetzt bist du der Präsident, Gordon, Präsident der Vereinigten Staaten. Gestern Abend bist du vereidigt worden. Du hast den Eid geleistet, kannst du dich daran erinnern?« Erneutes Kopfschütteln. »Es gab eine Abstimmung darüber, wer die Kompetenz hat, dich in deinem Amt zu vertreten. Jetzt fungiert der Speaker of the House als amtierender Präsident. Diese Männer sind wegen einer weiteren Abstimmung hier, bei der entschieden wird, ob du in der Lage bist, deine Pflichten als Präsident wahrzunehmen.«

Gordon ließ seinen Blick über die Gesichter der Besucher gleiten. Kabinettsmitglieder des vormaligen Präsidenten Marshall und Kandidaten für dieselben Posten in Bristols Regierungsmannschaft. *In meiner Regierung,* dachte er. In seinem Kopf drehte sich alles, weil der Gedanke so unfassbar war.

»Wo ist Präsident Marshall?«, fragte er im schleifenden Tonfall eines Betrunkenen.

»Er wurde umgebracht, Sir«, antworte der grauhaarige Vorsitzende des Obersten Bundesgerichts. »In der Nacht des Anschlags auf Sie wurde er durch seinen Mitternachts-Snack im Weißen Haus vergiftet.« Gordon schloss die Augen. »Können wir weitermachen, Mr. President?« Gordon blickte auf und nickte. »Können Sie Ihren Namen nennen, Sir?«

»Gordon Davis.«

»Ihren vollen Namen, bitte.«

»Gordon Eugene Davis.«

»Danke. Sagen Sie mir doch jetzt bitte, wo und wann Sie geboren wurden, Sir.«

»In Jackson, Tennessee, am 17. März 1945.«

Der grauhaarige Mann verbeugte sich leicht. »Können Sie mir die Namen und das Alter Ihrer Kinder nennen?«

»Celeste ist …« Er musste einen Augenblick nachdenken. »Sie ist achtzehn, Janet vierzehn.«

Wieder nickte der Vorsitzende des Obersten Bundesgerichts anerkennend – Gordon hielt sich gut. »Also, Sir, können Sie mir jetzt erzählen, was Sie von den Ereignissen am Abend des 20. Januars wissen? Nach dem Augenblick Ihrer Verwundung?«

»Nun, man hat … Man hat auf mich geschossen.« Der Vorsitzende des Obersten Bundesgerichts nickte, als wollte er Gordon auf die Sprünge helfen. »Genau wie auf Phil Bristol, nur dass Phil … es nicht überstanden hat. Und ich erinnere mich an den Krankenwagen.« Er wandte sich seiner Frau zu. »Du warst dabei, Elaine.« Sie nickte und zwang sich zu einem Lächeln. »Danach gibt es nicht mehr viel, woran ich mich erinnern könnte.« Köpfe fuhren herum. »Doch, der Eid«, fügte Gordon schnell hinzu. Noch immer heftete der Vorsitzende des Obersten Bundesgerichts seinen Blick auf ihn. Dessen tiefe Stimme hatte ihm die Wörter »beschützen und verteidigen« vorgesprochen. »Ich habe den Eid geleistet, Sie haben ihn mir abgenommen.«

Jetzt schien sich die Spannung zu lösen. Der Vorsitzende des Obersten Bundesgerichts sprach kurz mit dem Speaker of the House, der zustimmend nickte.

»Ich werde jetzt die Abstimmung beaufsichtigen«, sagte der Vorsitzende des Obersten Bundesgerichts zu den Anwesenden. »Sie müssen die Frage beantworten, ob Gordon Eugene Davis in der Lage ist, seine Pflichten als Präsident der Vereinigten Staaten wahrzunehmen.«

Zuerst war Marshalls Verteidigungsminister an der Reihe. »Meiner Ansicht nach ist er dazu in der Lage.«

»Ich halte ihn für fähig, sein Amt auszuüben«, bestätigte der amtierende Außenminister. Nacheinander antworteten auch alle übrigen Minister des Kabinetts. Gordon hingegen musste darum kämpfen, einen klaren Kopf zu behalten. Stechende Schmerzen drohten alle seine Gedanken auszulöschen. Nach kurzen Verschnaufpausen überkamen ihn erneut ekelhafte Anfälle von Übelkeit.

Elaine drückte seinen Arm. »Du hast dich prima gehalten, Schatz«, flüsterte sie ihm ins Ohr.

Mittlerweile war Stille eingekehrt. In dem Raum, in den so viele Menschen gezwängt waren, war es warm geworden, die Luft war verbraucht. Arthur Fein trat neben Elaine, mit einer Ledermappe bewaffnet, die er jetzt öffnete. »Dies ist eine schriftliche Erklärung, Sir, in der festgehalten wird, dass Sie in keinerlei Hinsicht darin beeinträchtigt sind, die Macht und die Pflichten des Präsidenten der Vereinigten Staaten wahrzunehmen. Wenn Sie diese beiden Kopien unterzeichnen, lege ich sie sofort dem Speaker of the House vor, dem vorübergehend amtierenden Präsidenten. Dann werden die Macht und die Pflichten sofort auf Sie übergehen.«

Alle Gesichter richteten sich auf Gordon. Die Anwesenden hatten einen feierlichen Gesichtsausdruck, einige von ihnen gehörten zu den mächtigsten Männern und Frauen dieser Welt. Und indem er diese Papiere unterzeichnete, würde er ihr Chef werden, der wichtigste Mann der freien Welt. Er blickte Elaine an, die ihm zuzwinkerte. Jetzt sah Gordon, dass Celeste und Janet ans Fußende seines Betts geführt worden waren. Tränen traten ihm in die Augen. Eine Filmkamera und zwei Fernsehkameras wurden dicht an sein Bett geschoben, über dem ein Mikrofon schwebte.

Man reichte ihm einen teueren Füllfederhalter. Blitzlichter flammten auf, als er die Dokumente unterzeichnete. Elaine nahm ihm den Füllfederhalter wieder aus der Hand. Fein bahnte sich seinen Weg zum Fußende des Betts. Der provisorisch amtierende Präsident nahm die Ledermappe mit dem Dokument entgegen. Nachdem er dessen Inhalt verlesen hatte, sagte er: »Herzlichen Glückwunsch, Mr. President.«

Sofort brachen die Anwesenden in Applaus aus. Kameras schnitten alles mit, erneut flammten Blitzlichter auf. Gordons Töchter tauchten am Kopfende des Betts auf und umarmten ihren Vater. Ihre Wangen waren kühl, von Tränen benetzt. Die Lichter der Kameras erloschen, der Beifall verstummte, der Raum begann sich zu leeren. Durch das Haar seiner Töchter, deren lieblicher Geruch sein stärkster Eindruck war, drangen noch ein paar Glückwünsche an sein Ohr.

Einen Augenblick lang glaubte Gordon, man würde ihn

»Mr. President«, begann Bob Hartwig, den Marshall für das Amt des Verteidigungsministers nominiert hatte. »Es tut mir Leid, Sie damit behelligen zu müssen, aber während der letzten drei Tage waren uns die Hände völlig gebunden. Die Situation wird stündlich schlimmer und bedrohlicher.«

Jetzt tauchte General Dekker auf, der Vorsitzende der Vereinigten Stabschefs. Unter den helleren Lichtern an Gordons Bett wurde eine große Landkarte installiert, die von zwei Männern herabgezogen wurde. »Elf Stunden nach dem Anschlag«, sagte Dekker, »also vor drei Tagen, ist die Armee der Volksrepublik China in der Mongolei einmarschiert.« Mit einem Zeigestock wies Dekker auf die Mongolei, deren Terrain fast völlig mit roten Schraffuren versehen war. »Es war eine massive Invasion, bei der nur sehr wenig Gegenwehr geleistet wurde. Mittlerweile ist die Okkupation fast abgeschlossen.«

Unterdessen ließ Gordon seinen Blick über das weiter nördlich gelegene Sibirien gleiten. Kleine blaue Inseln markierten die Standorte der Amerikaner und der anderen UN-Truppen.

»Mr. President«, sagte Hartwig. Ohne jede Ahnung, wie lange er geschlafen hatte, riss Gordon die Augen auf. Angestrengt versuchte er, wieder einen klaren Kopf zu bekommen. »Es tut mir Leid, Mr. President, aber es gibt noch schlimmere Neuigkeiten.« Jetzt zeigte man ihm eine Karte von Sibirien und den angrenzenden Gebieten. »Vor ungefähr zwölf Stunden«, fuhr Dekker fort, »sind die Chinesen über den Amur in die frühere Russische Republik eingedrungen.«

»Zu diesem Zeitpunkt haben wir Ihre Ärzte veranlasst, die Analgetika abzusetzen«, sagte Hartwig. »Ihre Frau hat ihr Einverständnis gegeben.«

»So kann ich auf der Karte nichts erkennen«, sagte Gordon.

Die Karte wurde dichter vor seine Augen gebracht, Hartwig und der Stabschef der Marine schoben ihm ein weiteres Kissen unter den Kopf. Der Schmerz war fast unerträglich. Angesichts der Körperstellen, von denen er ausstrahlte, wusste Gordon, dass er etliche, vermutlich lebensgefährliche Wunden davongetragen haben musste.

Unterdessen redete Dekker weiter.

Gordon blickte auf. Rote Linien erstreckten sich über die Grenze der »früheren Russischen Republik«. Die Karte wirkte wie ein Malbuch, in dem ein ungezügeltes Kind im Vorschulalter herumgekritzelt hatte. Auf militärischem Gebiet hatte Gordon keinerlei Erfahrung, doch er erkannte, dass die roten Linien für die Chinesen standen. Auf der größeren Karte erstreckten sie sich von Nordkorea bis zur Mongolei, auf der kleineren reichten sie über die Flüsse Amur und Ussuri gefährlich nahe an die Stützpunkte der UNRUSFOR-Truppen hinan. Fehlerhafte Interpretationen waren somit fast ausgeschlossen. Dies war kein Versuchsballon der Chinesen, die die amerikanische Reaktion testen wollten. Hier herrschte Krieg. Krieg. Zum ersten Mal empfand Gordon die volle Bedeutung dieses Worts, und dieses Gefühl war genauso schmerzhaft wie seine unbarmherzigen körperlichen Qualen.

Er konzentrierte sich auf Dekkers Zeigefinger, der auf eine blaue Stelle wies, die den roten Markierungen der Invasionstruppen am nächsten lag. Lange würde es nicht mehr dauern, bis die Truppen aufeinander trafen.

»Feindberührungen hat es bisher nur in der Luft, nicht aber am Boden gegeben«, sagte Dekker.

Jetzt meldete sich ein General der Air Force. »Seit Stunden schießen wir MIGs und Tupolews ab. Die meisten davon befanden sich eindeutig im russischen Luftraum.«

Schon das Atmen bereitete Gordon Schmerzen. »Haben Sie die Chinesen gewarnt, dass sie sich zurückziehen sollen?«, brachte er mühsam hervor.

»Ja, Sir«, antwortete Horton Cates, der Marshall zuletzt als Außenminister gedient hatte. »Die Chinesen behaupten, unseren früheren Außenminister gewarnt zu haben, was passieren würde, wenn die westlichen Truppen nicht abgezogen würden.«

»Ich würde gern mit Jensen reden«, sagte Gordon.

Cates blickte erst Hartwig, dann Gordon an. »Heute Morgen hat man Jensen tot aufgefunden, Mr. President.«

Gordon seufzte. »Terroristen?«

Cates schüttelte den Kopf. »Nach den Neuigkeiten vom Grenzübertritt der Chinesen hat er sich erschossen. Das FBI untersucht den Fall, aber sie sind sich praktisch sicher, dass es Selbstmord war.«

Allmählich nahm das ganze Ausmaß der Tragödie Gestalt an. Wieder blickte Gordon auf die Karte. Nur mit Mühe konnte er die Augen offen halten, das Atmen bereitete ihm weiterhin Qualen. »Also gut, was tun wir?«, fragte er Dekker mit schwacher Stimme. Jedes Wort klang, als wäre es sein letztes.

Dekker räusperte sich. »Nun, Sir, das ist nicht wirklich meine … Das muss jemand über mir entscheiden, Sir.«

»Bisher sind Sie doch noch der Vorsitzende der Vereinigten Stabschefs, oder?«

»Schon, Sir. Aber ob wir unsere Truppen abziehen oder Krieg führen ist jetzt eine rein politische Entscheidung.«

»Augenblick«, krächzte Gordon, der husten musste. Schmerz überkam ihn, er musste regelmäßig ein- und ausatmen. Langsam sammelte er wieder genügend Kräfte, um mit rauer Stimme reden zu können. »Ich habe Sie nicht gefragt, ob wir in den Krieg ziehen sollen.« Der Schmerz wurde unerträglich, ein Schwindelgefühl übermannte ihn. »Meine Frage lautet: Wie stoppen wir die Chinesen? Ich befehle Ihnen, die Chinesen mit Waffengewalt aus Sibirien zu vertreiben.«

Oahu International Airport, Hawaii
24. Januar, 01.00 Uhr GMT (15.00 Ortszeit)

Während Harold Stempel die Gangway hinabstieg, starrte er auf eine Unmenge weiß gekleideter Soldaten. Es mussten Tausende sein, die dort etliche dunkelgrüne Transportmaschinen der Army und Zivilflugzeuge beluden.

»Aloha«, sagte eine Frau in einem Baströckchen, die am Fuß der Gangway wartete. Sie legte Harold einen Blumenkranz um den Hals und küsste ihn auf beide Wangen. Harold lächelte die schöne Frau mit dem langen, glatten Haar und der olivfarbenen Haut an, doch diese begrüßte bereits den dicken Mann hinter ihm, der ebenfalls mit Küsschen empfangen wurde.

»Verzeihung«, sagte Harold. Die Frau schien überrascht zu sein, dass er immer noch da war. »Wer ist das?«, fragte er, während er auf die Soldaten zeigte.

Sie blickte über ihre nackte Schulter. »Das sind Soldaten, die schon den ganzen Tag hier sind.« Schon begrüßte sie den nächsten Passagier mit einem »Aloha«.

Aus Neugier steuerte Harold auf die Uniformierten zu. Es tat gut, wieder die Beine zu bewegen, nach den vielen Flugstunden die Muskeln zu entkrampfen. Das Kreuzfahrtschiff hatte in San Juan angelegt. Anschließend hatte er auf dem Flughafen ein paar Stunden mit seinen Eltern verbracht, um sich von ihnen zu verabschieden. Dann war er nach Orlando geflogen, von dort nach Los Angeles, anschließend weiter nach Hawaii.

Zwei neben ihren Humvees stehende Militärpolizisten bemerkten Harold, zeigten aber keinerlei Interesse an ihm.

»Entschuldigen Sie …«, begann Harold.

»Ja?«, fragte einer der Männer mit gelangweiltem Gesichtsausdruck.

»Tut mir Leid, Sie zu stören, aber was für eine Einheit ist das?«

Die beiden bewaffneten Männer traten auf Harold zu. »Wer zum Teufel bist du denn?«

Harold erstarrte. »Stempel, Harold, Soldat der U.S. Army, Nummer …«

»Damit will er *sagen* … Was glaubst du eigentlich, wer du bist, hier einfach nach militärischen Geheimnissen zu fragen, du Idiot?«

»Ich suche die 25th Infantry Division. Ich dachte, Sie wüssten vielleicht …«

»Zeig mal deine Papiere.«

Stempel durchwühlte seine Tasche. Die Militärpolizisten überprüften seine Papiere und gaben sie zurück. Dann zeig-

verlaufs bei dem Treffen gesehen. Der chinesische Botschafter ist auf Englisch und Mandarin aufgeklärt worden, und unser Außenminister hat seinem chinesischen Kollegen telefonisch dieselbe Botschaft übermittelt.« Clark beugte sich vor. »Gibt es auch nur ein *Anzeichen* für den Einsatz chemischer, biologischer oder nuklearer Waffen, werden wir unverhältnismäßig, massiv und ohne jede Eingrenzung der Ziele zurückschlagen.«

Howard saß weiterhin kerzengerade da, ohne sich an die Rückenlehne seines Stuhls anzulehnen. Seine Finger waren verschränkt, doch lagen seine Ellbogen nicht auf dem Tisch. Es wirkte, als wäre er bei einem Diner. »War denn überhaupt auch von den … den gegenwärtigen Feindseligkeiten die Rede? Wurden irgendwelche Bedingungen oder Forderungen gestellt?«

»Wir forderten den sofortigen Rückzug der Chinesen, sie haben ihren Anspruch auf große Teile Sibiriens erneuert.«

Jetzt meldete sich der französische Kommandeur. »Haben Sie bereits mit dem Kampfeinsatz begonnen?«, fragte der General.

»Das Space Defence Command hat alle sieben Aufklärungssatelliten der Chinesen vom Himmel geholt. Wenn sie einen neuen starten, werden wir auch den abschießen. Die Chinesen werden völlig blind agieren müssen. Und das Embargo, dass die U.S. Navy nach den Ereignissen in Taiwan verhängt hat, ist mittlerweile eine Blockade. Potenzielle Blockadebrecher sind gewarnt. Wir werden jedes Schiff versenken, unter welcher Flagge es auch fahren mag. Die chinesische Marine hat keine Kriegsschiffe auf dem Meer, wir versenken sie bereits in den Häfen. Elf Unterseeboote mit Diesel- und Elektroantrieb wurden verfolgt. In nur siebenundzwanzig Minuten haben unsere Unterseeboote elf Treffer gemeldet. Die Blockade wird den Export der Chinesen drastisch einschränken und ihnen den Zugang zu harter Währung erschweren. Wenn ihnen die Möglichkeit genommen wird, Kriegsmaterial zu bezahlen, sollte das auch ihre Importe auf dem Landweg begrenzen. Entlang der Küste werden wir mit allen Mitteln einen Luftkrieg führen, und

3. KAPITEL

Südlich von Birobidschan, Sibirien
26. Januar, 03.00 Uhr GMT (13.00 Ortszeit)

Die Motoren der C-130 heulten auf, hinter der Maschine wurde Schnee von der einspurigen Straße geblasen. Als er den Lärm hörte, blickte Stempel sich noch einmal um. Gerade erst hatte das Flugzeug ihn und das 2nd Battalion, 263nd Infantry, in Sibirien abgesetzt. Sie waren von Japan aus über Wladiwostok eingeflogen worden, und jetzt würden sie sich gleich auf den Weg machten. Der Luftzug des startenden Flugzeugs ließ Stempel frösteln. Mühelos erhob sich der klobige, dunkelgrüne, mittlerweile leere Truppentransporter in die Luft.

»Zweites Platoon, sichern und laden!«, rief der Lieutenant. Überall um Stempel herum machten sich die Soldaten an ihren Waffen zu schaffen. Weil Stempel keine hatte, fühlte er sich gleichsam nackt, noch mehr als zuvor. Es war wie in einem dieser Träume, wo man ohne Unterhose in der Schule auftauchte. Nur träumte er jetzt nicht. Die schwere Ausrüstung drückte auf seinen Rücken. Ganz oben war die voll gepackte weiße Tasche für den Einsatz unter arktischen Bedingungen angebracht, die eine Luftmatratze und eine Tasche für die Berge enthielt, welche mit einem Spezialreißverschluss besonders schnell geöffnet werden konnte.

Der Sergeant hängte Stempel vier Munitionsgurte um den Hals, die für die beiden M-60-MGs des Platoons bestimmt waren. »Bleib in der Nähe des Lieutenants«, sagte er. Stempel war eine unbekannte Größe, sie trauten ihm nicht.

»Hast du nicht ein Taschenmesser oder sonst irgendetwas dabei?«, fragte jemand. Die anderen lachten, doch es klang ängstlich und nervös. Vor ihren Mündern bildeten sich weiße Wolken. Harold betrachtete den klaren Himmel. Es war früh am Nachmittag, und die Sonne stand immer noch hoch, doch sie schien kein bisschen Wärme zu verbreiten.

Die Transportmaschinen waren verschwunden. Wenn man von den im Schnee knirschenden Schritten der Soldaten absah, die jetzt die Straße verließen, herrschte völlige Stille.

Die Kälte war durch Harolds dicke Kleidung gedrungen, jeder Windstoß kratzte beißend an seinen Wangen.

Nacheinander marschierten die Squads in Richtung Süden ab. Das Platoon formierte sich zu einer Schützenlinie – drei Squads nebeneinander. Der Platoon Sergeant vergrößerte die Abstände, die Lücken zwischen den Männern wurden größer und größer. Bei fast fünfzehn Meter Abstand deckten die dreißig Soldaten eine Frontlinie von gut vierhundert Metern ab. Stempel hielt sich mit dem Platoon-Führer und einem Maschinengewehrschützen in der Mitte. Mittlerweile konnte er die Flanken des Platoons kaum noch sehen.

Jede der aus zehn Männern bestehenden Squads schickte einen Kundschafter ein paar hundert Meter weit vor und rückte dann nach. Stempel und der kleine Gefechtsstand des Platoons hielten sich etwa dreißig Meter hinter der Hauptlinie. Alle schienen zu wissen, was sie taten. Die knisternden Wortwechsel, die aus dem Funkgerät des Funkoffiziers des Lieutenants drangen, wirkten irgendwie beruhigend. Sie erreichten den Waldrand. Dann, zwischen den Bäumen, wurde das Gehen auf dem gestrüppreichen Boden sehr viel mühsamer. Um das Unterholz herum hatten sich tiefe Schneeverwehungen gebildet. Sie kamen nur noch langsamer voran, und es wurde merklich dunkler und stiller. Ruhig und in Frost erstarrt lagen die tiefen Wälder da.

Als Stempel bis zu den Knien im Schnee versank, mussten die anderen ihn wieder herausziehen. Seine Oberschenkel begannen zu schmerzen. Er spürte, wie ihm unter seiner dicken Kleidung das erste Rinnsal Schweiß den Körper hinunterlief, und zog den Reißverschluss des Parkas auf. Dann nahm er die Kapuze ab. Zwar waren seine Gesichtshaare mit Eis verkrustet, aber er schwitzte dennoch.

Mit einer Handbewegung signalisierte der Lieutenant, dass sie stehen bleiben sollten. Nach einem kurzen Wortwechsel über das Funkgerät klemmte er sich die Karte zwischen die Zähne und zeigte auf den Boden. Die Soldaten ließen ihre Rucksäcke fallen und begannen, in dem stillen Wald Schnee auszuheben. Nachdem Stempel dem Maschinengewehrschützen die Patronengurte gegeben hatte, ertönte sein Befehl. »Heb dein Loch aus, Arschgesicht!« Auch Stempel ließ seinen Rucksack fallen, klappte seine Schaufel auseinander und begann zu graben. Den Puderschnee hatte er in Nullkommanichts weggeschippt, doch dann stieß er auf die hart gefrorene schwarze Erde. Während die anderen Männer ihre Waffen aufbauten und sich mit den Führern ihrer Squads über die Ausrichtung des Feuers einigten, musste Stempel weitergraben. Weil die Erde so hart gefroren war, vergrößerte er lieber den Durchmesser des Lochs. Als es ihm breit genug erschien, errichtete er vor sich eine Brustwehr aus Schnee, bis diese überall gut sechzig Zentimeter hoch und am Fuß ebenso breit war.

Als er mit dem Bau seiner kleinen Festung fertig war, blickte Stempel auf. Der Maschinengewehrschütze lag hinter seiner Waffe und einem mit hundert funkelnden Patronen bestückten Munitionsgurt, der das hungrige M-60-MG füttern würde, dessen Lauf durch die Lücken in ihrer Linie auf den weglosen Wald zeigte. Stempel hörte sein Herz pochen und fühlte seine Halsschlagader pulsieren. Mit ihren weißen Parkas und Helmen waren die im Schnee liegenden Männer fast unsichtbar.

Der kühle und gefasste Sergeant schritt direkt vor Stempel die Linie des Platoons ab. Er hatte sich eine nicht angezündete Zigarre zwischen die Lippen geklemmt und stieß lautstark knappe Befehle hervor. Hinter ihm blieben standfeste, gut organisierte Soldaten zurück. Jetzt sah Stempel sich wieder in einer vertrauten Welt. Er atmete tief durch und entspannte sich. Dies hier waren gute Soldaten – richtige Soldaten –, die auf alles vorbereitet waren.

»Köpfe einziehen!«, brüllte der Lieutenant. »Da kommt was auf uns zu!« Er hielt das Funkgerät unter seinen Helm und presste seine behandschuhten Finger gegen sein schutzlos der Kälte ausgeliefertes Ohr. Über sich hörten sie ein schwaches Knistern. Alle pressten sich flach auf den Schnee.

Eine betäubende Explosion schüttelte Stempel durch, die Druckwelle schien seine Trommelfelle platzen lassen zu wollen. Von den Zweigen von tausenden Bäumen rieselte Schnee herab.

Werfen wir Granaten oder die?, fragte sich Stempel

Er schloss seinen ausgetrockneten Mund und schluckte. Ein weiteres Knistern ließ ihn auf dem Grund des Lochs Schutz suchen. Schon vor der Explosion spürte er den Boden erzittern. Da diese sich nicht allzu sehr in der Nähe ereignet zu haben schien, hob er den Kopf. Kein schwarzer Krater, keine umgestürzten Bäume, kein Rauch, der vom Wind herangetragen wurde. Um seine angespannten Nerven zu beruhigen, atmete Stempel tief durch. Mit seiner energischen Warnung vor feindlichem Artilleriebeschuss musste Sergeant Giles wohl etwas übertrieben haben.

»Woher kam das Feuer, over?« brüllte der Lieutenant. Der Platoon-Führer saß auf dem Rand seines Lochs. »Unsinn, Sir!«, schrie er. Eine weitere Explosion übertönte weitere laute Worte. »... erwarten von uns, dass wir diese Stellung halten? Verdammt, wir brauchen Feuerunterstützung! Wie sieht's mit Luftunterstützung aus? Over!«

Zwischen den Bäumen vor Stempel tauchten kleine Gruppen Soldaten auf, die eilig zu ihren Linien zurückkehrten und, von Panik gepackt, beide Teile der Parole brüllten, ohne dann noch auf eine Anrufung oder Antwort zu warten. »Nicht schießen!«, riefen die Männer entlang der Linie. Eine zurückkehrende Gruppe stürmte direkt auf den Gefechtsstand des Platoons zu. Der Lieutenant schleuderte das Funkgerät in den Schnee, was sein Funkoffizier mit einem entsetzten Blick quittierte. Stempel begann, vor Kälte zu zittern. Der Ausdruck der weit aufgerissenen Augen des Platoon-Führers wirkte gehetzt. Der nächste Atemzug schien Stempel in der Kehle stecken zu bleiben.

Die beiden Männer vom Beobachtungsposten sanken neben dem Lieutenant auf den Boden. »Allmächtiger Gott, Lieutenant!«, japste der schwarze Sergeant, nach Luft schnappend. »Da muss ein ganzes gottverdammtes *Regiment* in unserer Richtung unterwegs sein! Sie sind nur noch vierhundert Meter weg! *Guter Gott*, Sir!« Als er seine Kapuze und seinen Helm abnahm, stieg Dampf von seinem kahl rasierten Schädel auf. »Ihr Artilleriebeobachter hat uns sofort entdeckt! Wir müssen feuern, was das Zeug hält!« Der Lieutenant murmelte etwas vor sich hin. »Wie bitte?«, fragte der Sergeant. »Was, *das* soll alles ein? Um Himmels willen, Lieutenant, sie werden … Wir müssen uns zurückziehen, einen anderen Ausweg gibt es nicht! *Keinen*!«

Wieder konnte Stempel die Worte des Lieutenants nicht verstehen, aber die beiden Männer fluchten die ganze Zeit, während sie auf Harolds Loch zukamen. Ein Private First Class rutschte neben Stempel in das Erdloch, der dadurch an den Rand seiner Festung gedrängt wurde. Hinter ihm zwängte sich der Sergeant in das Loch. Beide kümmerten sich überhaupt nicht um Stempel.

»Nicht mehr lange, und wir sind total im Arsch!«, knurrte der Sergeant, der jedes verfügbare Magazin und jede Handgranate aus der Tasche zog. Der Private First Class war sprachlos und wirkte verängstigt. »Genau das ist es! Diese Arschlöcher haben uns zum Verrecken hierher geschickt! Nur zum Abkratzen!«

»Verzeihung«, sagte Stempel mit zitternder Stimme. »Könnte ich auch eine Handgranate oder sonst etwas kriegen?«

»*Was* faselt der da?«

»Er hat keine Waffe«, bemerkte der Private First Class, dessen Atem förmlich nach Angst stank. Er lachte, als hätte er einen großartigen Witz gerissen. »Dieser verblödete Scheißtyp kommt frisch aus der Grundausbildung!«, grölte er, während ihm sein Gelachter die Tränen in die Augen steigen ließ.

»Du bist also sozusagen noch Jungfrau, Schneewittchen?«

»Ja, Sergeant.«

Lachend und kopfschüttelnd griff der Sergeant nach einer seiner sechs Handgranaten. »Wirst du sie auch benutzen?«

»Ja, Sir, werde ich.« Der Sergeant warf ihm die Handgranate. Jetzt war auch Stempel bewaffnet.

»Seht euch das an!«, rief jemand aus der vorderen Linie.

Zwischen den Bäumen tauchten tänzelnde und springende Rehe auf – erst eins, dann zehn, schließlich dreißig Tiere. Sie rannten und hüpften wie Gazellen und wichen dichteren Stellen des verschneiten Unterholzes aus. Total verdutzt beobachteten Stempel und seine Kameraden, wie die Rehe an den amerikanischen Stellungen vorbeirasten. Die Tiere flüchteten in Panik – hier musste irgendein großer Brocken auf sie zukommen.

Sie hörten zwei scharfe Pfiffe, die sofort von links, rechts und aus der Mitte vor ihnen durch ebenso schrille Pfiffe anderer Chinesen beantwortet wurden. Stempel glaubte, sich erbrechen zu müssen. Sein Mund war staubtrocken. Alles war ruhig, wenn man von diesem knirschenden Geräusch absah, das lauter wurde ... Irgendwie erinnerte es an eine Schneelawine.

»Da sind sie«, sagte der Sergeant, »Sie kommen.«

Das Geräusch tausender knirschender Schritte wurde lauter und kam immer näher. Bittere Galle stieg Stempel aus dem Magen in die Speiseröhre. Plötzlich kamen zu dem Geräusch knirschenden Schnees Sprechchöre dazu. Eine einzelne Stimme erhob sich über die der anderen und skandierte unverständliche chinesische Worte, die rhythmisch auf ihren Marschschritt abgestimmt waren.

Auf einen Schlag ertönten tausende Stimmen, die direkt auf sie zukamen, doch auf beiden Seiten erhoben sich aufs Stichwort weitere Sprechchöre. In der Linie vor Stempel fuhren die weißen Helme der verängstigten amerikanischen Soldaten herum, die sich anblickten und die Lücken zwischen ihren Stellungen abzuschätzen versuchten.

Ein tiefer, lauter Schrei entrang sich den Kehlen der Angreifer. Im Gegensatz zu der hohen Stimme, die die Stichworte gab, war dieses Geräusch markerschütternd. Stempel fragte sich, ob die Chinesen sich mit ihren Sprechchören Mut machen oder die Nerven ihrer Gegner zerrütten wollten. Er fror und zitterte wie Espenlaub. Er zwängte seine Hände in die Achselhöhlen, aber es war zwecklos. Gegen das Zittern war nichts auszurichten. Jetzt begannen auch seine Zähne zu klappern. Sein Magen hatte sich so fest zusammengezogen, dass seine Eingeweide zu schmerzen begannen. Plötzlich fühlte er den überwältigenden Drang zu urinieren.

Mit einem Schlag wurden die Schritte und die Sprechchöre rechts von ihnen durch eine Feuersalve übertönt. Sofort waren die Einheiten auf beiden Seiten in ein Feuergefecht verstrickt, aber noch waren alle in ihren Stellungen. Der Lieutenant hatte sein M-16 gegen die Schulter gepresst. Jetzt war auch er nur noch ein einfacher Schütze. Innerhalb von wenigen Sekunden war Stempel von einer Eisschicht bedeckt. Erst jetzt wurde er sich seiner Lage richtig bewusst. Nie hätte er auf das vorbereitet sein können, was jetzt geschah, aber schon vor dem ersten Schuss war er durch den Schock völlig betäubt. Die paar Claymore-Minen, die sie gelegt hatten, gingen fast simultan hoch. In einer wahren Kakophonie ertönten gleichzeitig Pfeifen und Signalhörner. Die Chinesen begannen, alle auf einen Schlag zu schreien.

Jetzt eröffneten die amerikanischen Schützen in der Linie vor Stempel das Feuer. In dem Wald hallten die Schüsse ohrenbetäubend laut. Bis die Chinesen ihrerseits schossen, konnte Stempel sie noch nicht einmal sehen. Grelle, orangefarbene Blitze erhellten den Wald. Das Maschinengewehr begann zu knattern, die beiden Männer in Stempels Erdloch feuerten ebenfalls. Davor spritzte Schnee in die Luft. Stempel duckte sich und musste sich übergeben. Während er würgte, wurde ihm schwindelig. Trotz des enormen Risikos richteten sich die beiden Soldaten neben ihm auf, um selber Salven abzufeuern. Zum Zielen blieb ihnen dabei nicht viel Zeit. Wieder wurde Stempel von Brechreiz übermannt. Er presste die Handgranate fest gegen seinen schmerzenden Bauch. Der Schnee unter ihm war mit übel riechender Galle befleckt.

Als sich nichts mehr in seinem Magen befand, was er noch hätte erbrechen können, versuchte er, den Kopf zu heben, doch bei jedem Zentimeter zuckte er zusammen. Haarscharf neben seinem Helm pfiffen Kugeln vorbei. Jedes Mal zog er den Kopf wieder ein, aber mit halbgeschlossenen Augen und zusammengebissenen Zähnen gelang es ihm schließlich doch, sich zu überwinden. Zwischen den Bäumen hing Rauch, hunderte Männer stürmten in gebückter Haltung und mit flatternden Mäntelschößen vor. An ihren Gewehrläufen, aus denen Mündungsfeuer schoss, waren glänzende Bajonette angebracht. Hinter der ersten Linie folgte eine zweite, dann eine dritte. Zitternd vor Angst und stöhnend verkroch sich Stempel wieder in den Tiefen seines Erdlochs. Der Private First Class wurde rückwärts gegen die hintere Wand des Schützenlochs geschleudert und fiel dann auf Stempel.

Das schwere Gewicht des Toten schien Stempel erdrücken zu wollen. Überall um sie herum explodierten Granaten wie Feuerwerkskörper. Sie regneten förmlich herab, trafen die oberen Zweige der Bäume. Einige detonierten in der Luft, andere am Boden, der durch das ohrenbetäubende Krachen erzitterte. Eine Granate prallte auf dem hinteren Rand des Schützenlochs auf, direkt neben Stempel. Er zuckte zusammen, aber sie explodierte nicht – ein Blindgänger!

Bumm! Die Explosion war betäubend laut. Neben Stempel ließ der Sergeant sein Gewehr fallen. Er griff nach Stempels Schaufel und holte damit wie ein Baseballspieler nach den niederregnenden Granaten aus. Es wurde weiter gefeuert, Schnee stürzte in das Schützenloch. Überall schrien Männer: »Sie haben mich getroffen!« Oder: »Sie haben mich noch mal erwischt!« Abgesplitterte Äste krachten auf den Boden, oben in den Bäumen explodierende Granaten ließen dünnere Zweige niederegnen.

»Schnapp dir sein Gewehr!«, brüllte der Sergeant Harold zu, dem sich schon wieder der Magen umzudrehen begann. »Guter Gott!«, hörte Stempel ihn rufen. Überall um ihn herum schlugen Kugeln in die Schneewälle ein, überall detonierten Granaten. Wieder drang eine Lawine in das Schützenloch, Schneematsch trübte seinen Blick. Zu dem Gewicht des schweren Obergefreiten kam jetzt noch das des Sergeants hinzu.

Tongduchon, Südkorea
26. Januar, 03.30 Uhr GMT (13.30 Ortszeit)

André Faulk schleppte den Postsack in die Kaserne des 3rd Platoon, Charlie Company, 2nd Battalion. Wie alle anderen auf dem Militärstützpunkt bereiteten sich auch hier die Männer auf den Aufbruch vor. Sie reinigten ihre Waffen und packten Rucksäcke und Taschen.

»Post!«, verkündete André. Normalerweise löste dieser Ruf einen Massenansturm auf, doch diesmal hörte André nur ein »Pst!« vom hinteren Ende des langen Korridors. Um eine offene Tür herum hatten sich Männer in Tarnanzügen versammelt, die alle angespannt und schweigend lauschten. Faulk ließ den Sack fallen und ging auf sie zu. Durch offene Türen blickte er in Räume, wo auf Pritschen Ausrüstung für den Einsatz unter arktischen Bedingungen gestapelt war. Das schwankende, heulende Geräusch eines Funkgeräts wurde lauter. Durch die Menschenansammlung vor der Tür hindurch sah André einen auf seinem Bett sitzenden Soldaten, der ein Funkgerät in der Hand hielt und permanent an einem Knopf drehte, um die Frequenz besser einzustellen. Eine ferne Stimme drang durch die Störgeräusche, doch sie war so verzerrt, dass Faulk nichts verstehen konnte. Dann wurde das Signal plötzlich wider Erwarten stärker. Jetzt war die Stimme lauter und deutlicher zu verstehen.

»... null-neun-neun Echo!«, schrie die Stimme. »Feuert, was das Zeug hält! Ich wiederhole, feuert ...!« Das Signal verebbte wieder.

Jetzt war eine andere, deutlicher vernehmbare Stimme zu hören. »Negativ, negativ, November Echo sieben-zwei. Hier spricht Bravo India, drei-neun. Das angesprochene, durch die Koordinaten bezeichnete Gitternetz auf der Karte ist die Stellung einer unserer – ich wiederhole: *unserer* – Einheiten. Ich mache den Feuerbefehl rückgängig. Over.«

Die gebrüllte Antwort war nur eine hektische Abfolge unidentifizierbarer, durch elektromagnetische Störgeräusche verschluckter Wörter. Das Signal wurde wieder stärker, und André hörte eine verzweifelte Stimme, die von einem auf-

und abschwellenden Pfeifton begleitet wurde. »… übrig! Sie sind alle tot – alle tot! Die Chinesen überrennen ihre Stellungen und kommen direkt auf uns zu. Feuert! Feuert, was das Zeug hält!«

»Charlie Foxtrot sieben-sieben?«, fragte die lautere Stimme des Mannes, der für die Feuerleitung zuständig war. »Können Sie bestätigen, dass das Gitternetz überrannt worden ist? Over.«

Wieder wurde das Signal aufgrund der riesigen Entfernung verschluckt. »Feuert! Feuert! Um Himmels willen, *feuert!*«

»Charlie Foxtrot sieben-sieben, haben Sie verstanden, over? Charlie Foxtrot sieben-sieben, *haben Sie verstanden,* over?« Keine Antwort. »Charlie Foxtrot sieben-sieben, nehmen Sie das angesprochene Gitternetz unter Beschuss.« Die verzerrte Antwort war unverständlich. »Feuern, was das Zeug hält, verdammt! Auf *meine* Verantwortung! Out.«

Mit einem Klicken verstummten die Geräusche aus dem Funkgerät. Es war ein gewöhnliches Funkgerät für den Einsatz, das man auf dem Rucksack mit sich trug, genau wie bei dem Mann, der eben um Feuer gebettelt hatte. Die Männer begannen, den Raum zu verlassen. »Diese elenden atmosphärischen Störungen«, murmelte jemand.

André packte den Mann am Arm. »Wer war das?«

Der Soldat zuckte die Achseln. »Irgendjemand, der in der Scheiße sitzt.« Das war sein einziger Kommentar, doch André konnte seinem niedergeschlagenen Gesichtsausdruck entnehmen, dass er völlig durcheinander war.

»Es war die 25th Light Infantry Division«, sagte ein anderer Mann.

André stellte sich eine Frage … Aber nein, das war unmöglich. Stempel war noch mit seinen Eltern auf dem Kreuzfahrtschiff.

»Kommst du jetzt mit der Scheißpost rüber, oder was ist los?«, fragte einer der Soldaten. Weiter unten im Flur machten sich Männer an seinem Sack zu schaffen.

»He-he-*he*!«, warnte André, der losstürmte und den anderen den Postsack aus den Händen riss. Dann lächelte er.

»Das *ist* doch hier die Kaserne des 3rd Platoon, Charlie Company, 2nd Battalion, oder?«

»Mach schon, du Arschloch!«

»Jetzt musst du erst mal warten. Hier wird die Post strikt nach *Vorschrift* ausgeliefert!« Er griff in den Sack und zog einen Stapel zerknitterter Briefumschläge und kleiner Päckchen hervor, der von dicken Gummibändern zusammengehalten wurde. André räusperte sich theatralisch, was weitere Flüche provozierte. »Gibt's hier einen Aguire?«

»Allerdings!«

André warf dem Mann seinen Brief zu. »Okay«, sagte er, während er einem Ungeduldigen auf die Finger schlug. »Wie steht mit einem Alvarez?« Schon riss der Mann André das Päckchen aus den Händen. André hielt den nächsten Brief hoch, als wäre er weitsichtig. »Dann hätten wir hier einen Be…, Bej… Oh, Mann!«

»Bejgrowicz!«, brüllten einige Ungeduldige wie aus einem Mund. Einer riss den Brief an sich und schleuderte ihn durch die Luft. Bejgrowicz musste auf dem Boden suchen. Und so ging es weiter, bis sich Wolfson mit einem wattierten Umschlag trollte, in dem sich offensichtlich eine Videokassette befand. Aber noch fast die Hälfte der Männer wartete, weil sie sich vergewissern wollte, ob es nicht noch einen Brief gab, der bei der alphabetischen Einordnung übersehen worden war.

Am Amur, russisch-chinesische Grenze
26. Januar, 14.00 Uhr GMT (04.00 Ortszeit)

Seit dem Tag, als man ihnen mitgeteilt hatte, die NATO habe China angegriffen, hatte Leutnant Chin aus der Ferne das Grollen gehört. Zuerst hielt er nach Gewitterwolken Ausschau. Genau wusste er nicht mehr, wann er begriffen hatte, was wirklich die Ursache dieses tiefen Donnerns war. Er erinnerte sich nur an das Gefühl der Niedergeschlagenheit, das jenem glich, das er früher einmal empfunden hatte, als er sich während eines angeblichen Lepra-Ausbruchs in seiner Provinz vor der Krankheit fürchtete. Die Meldungen erwiesen sich als voreilig, doch bis sein Arzt Entwarnung gab, nagte eine psychisch zersetzende Angst an ihm. Aber eigentlich handelte es sich weniger um Angst als um eine tiefe Schwermut. Damals hatte ihn das Schicksal zu ereilen gedroht. Das Schicksal näherte sich nun mit unheilvollem Grollen, und diesmal konnte er ihm nicht mehr ausweichen.

Von dem letzten Bergkamm vor dem Amur aus sah er den Fluss des Schwarzen Drachen, der sich wie eine weiße Schlange durch die Hügel wand. Wenngleich man es ihnen nicht gesagt hatte, war Chin klar gewesen, dass der Amur ihr Ziel war. Chin und die Soldaten seines Zugs verließen die Lastwagen und gingen bergab. Die zum Ufer hinabführende Straße war mit ausgebrannten Lastwagen übersät. Das Ufer war felsig, der Fluss zugefroren. Lange Reihen von Männern, die aus der Ferne kleinen Flecken glichen, überquerten den Amur. Chin trat auf das Eis, seinen Zug im Schlepptau. Die Soldaten gingen hintereinander. Es war mindestens ein halbes Dutzend solcher Kolonnen zu sehen, bevor die Biegungen des Flusses die Sicht versperrten. Als Chin ungefähr die Hälfte des Flusses überquert hatte, sah er zwei verwundete Männer, die in Richtung Süden humpelten. Ihre Gesichter wirkten mitgenommen und bleich. Einer stützte sich auf einen gegabelten Ast, der ihm als Krücke diente, sein Bein war mit blutverschmierten Bandagen umwickelt. Der andere hatte einen Kopfverband und legte seinem Kameraden eine Hand auf die Schulter. Zwar kamen sie nur langsam voran, aber sie hatten ein Ziel. Für diese beiden Glücklichen führte der Weg wieder nach Hause.

Chabarowsk, Sibirien
26. Januar, 07.30 Uhr GMT (17.30 Ortszeit)

Nate Clark stand vor einer Reihe von Funkgeräten, aber es war klar, dass sie das 2nd Battalion des 263rd Infantry Regiment nicht verstärken konnten. Er taumelte durch den belebten Raum, ohne die Männer und Frauen aus verschiedenen Nationen auch nur wahrzunehmen, wenn er an ihnen vorbeikam. Schließlich ließ er sich auf seinen Stuhl fallen. Sein Kopf schien genauso schwer zu sein wie seine Glieder. Er fühlte sich, als würde ihn eine gigantische Schwerkraft auf der Oberfläche eines riesigen Planeten platt drücken.

Clark griff nach dem Telefonhörer. »Verbinden Sie mich mit General Dekker.« Mehrere klickende und zischende Geräusche verrieten, dass die Verbindung über eine immer weitere Entfernung geschaltet wurde. Einige Sekunden später war er mit dem Pentagon verbunden.

»Nate?«, fragte Dekker, ohne eine Antwort zu erhalten. »General Clark? Sind Sie dran?«

»Bin ich, Ed. Ich habe schlechte Neuigkeiten.« Er atmete tief durch. »Das 2nd Battalion, 263rd Infantry Regiment, ist von den Chinesen überrannt worden.«

»Wie schlimm sieht es mit unseren Opfern aus?«

Clark schloss die Augen. »Ich habe es doch bereits gesagt, sie sind überrannt worden, Ed. Sie sind auf die vorrückende chinesische Infanterie gestoßen und haben sie aus hastig eingerichteten Stellungen heraus bekämpft. Sie wurden überrannt, genau wie ihre Nachhut. Brigadier General Merrill, der Kommandeur der 2nd Brigade, brauchte eine Truppe als Schutzschirm, weil er so Zeit gewinnen wollte, um die Verteidigung des Luftstützpunkts bei Birobidschan organisieren zu können. Und das 2nd Battalion des 263rd Infantry Regiment hat diese Schutzschirmfunktion zu erfüllen versucht. Jetzt sind sie alle tot.«

»Mein Gott, Nate«, sagte Dekker. »Um Himmels willen, wir verlieren *Squads*, Nate, vielleicht manchmal *Platoons*, aber nie ein ganzes *Bataillon*! Und jetzt erzählen Sie mir, dass Merrill gerade fünfhundert GI's geopfert hat?«

»Ich weiß es nicht, Sir. Aber sind Sie bereit, sich den Rest meiner Geschichte anzuhören?« Dekker schwieg. »Wir werden nicht in der Lage sein, Merrills Brigade von Birobidschan nach Chabarowsk zurückzuziehen. Den Chinesen ist es gelungen, unentdeckt zur Straße vorzudringen und diese zu blockieren.«

»Können wir diese Stellungen nicht einfach durchbrechen?«, fragte Dekker. »Wie groß ist denn die Truppenstärke der Chinesen?«

»Keine Ahnung. Wir haben nur sporadisch über Funk Berichte von einigen Transporteinheiten erhalten, die in einen Hinterhalt geraten sind. Satellitenaufnahmen zeigen über hundert Fahrzeuge, meistens Lastwagen, die zerstört und brennend auf der Straße stehen. Von den Besatzungen fehlt jede Spur.«

»Guter Gott«, murmelte Dekker. »Das ist ja ein Desaster größten Ausmaßes.«

»In Birobidschan hatte General Merrill drei Bataillone«, fuhr Nate fort. »Auf meinen Befehl hin hat er packen lassen. Ihr gesamtes Material stand in Lattenkisten und auf Paletten neben der Rollbahn. Ein Mörsergeschoss hätte alles in die Luft gejagt. In diesem Fall wären sie nur noch auf das angewiesen gewesen, was sie in ihren *Rucksäcken* schleppen können. Außerdem hatte Merrill noch ein viertes Bataillon, eben jenes 2nd Battalion des 263rd Infantry Regiment, das auf dem Rückweg war, aber dann zu einer Straße weiter südlich umgeleitet wurde. Was genau für Erwartungen er mit diesem Bataillon verbunden hat, weiß ich nicht, Ed. Aber Birobidschan hat bereits drei Großangriffe zurückgeschlagen. Durch eine verdammte raketengetriebene Granate haben sie eine C-130-Maschine inklusive Crew verloren. Dieses Bataillon hat ihnen ein paar Stunden Zeit verschafft, und wenn sie es schaffen, haben diese paar Stunden es ermöglicht. Wäre der Vormarsch der Chinesen nicht abgebremst worden, hätten sie unmöglich die Verteidigung organisieren können. Ich werde mehr wissen, wenn ich mich dort heute Abend persönlich informiert habe.«

»Wenn Sie *was* getan haben? O nein, das werden Sie nicht tun, Nate. Angesichts Ihres Rangs können Sie sich nicht persönlich in die Scharmützel einer Brigade einmischen. Der verdammte Luftstützpunkt ist *umzingelt*! Ist Ihnen eigentlich klar, was für einen propagandistischen Wert Ihre Gefangennahme oder Ihr Tod für die Chinesen haben würde? Das ist eine der egoistischsten Ideen, die mir je untergekommen ist! Was ist eigentlich in Sie gefahren, Nate?«

Weil er so wenig geschlafen hatte, war Clark etwas schwindelig. »Verdammt, Ed, was für einen Nutzen habe ich denn hier? Ich bin nicht in der Lage, diesen Krieg richtig zu führen. Da kann ich mir genauso gut ein verdammtes M-16 schnappen und den anderen zur Seite springen.«

»Sie werden Ihren Saftladen zusammenhalten, Nate. Das ist ein Befehl. Wenn Sie mich so in die Scheiße reiten, werde ich dafür sorgen, dass die Armee Ihnen den Stuhl vor die Tür setzt. So wie es im Moment aussieht, wird's eine Nacht der langen Messer geben, wenn Nachrichten über dieses Massaker bekannt werden.« Clark rieb sich die schmerzenden Augen. Verschwommen sah er, dass Major Reed ihm einen Umschlag mit einer Nachricht hinhielt. Clark nahm sie entgegen. Die Botschaft war kurz. Schon meldete sich wieder Dekker. »Ich könnte in der Lage sein, den Schaden für Merrill zu begrenzen. Aber sollte es weitere Debakel wie dieses geben, wird es *mich* im Weißen Haus den Kopf kosten.«

»Merrill ist tot.«

Dekkers Antwort kam mit einer fast anomalen Verzögerung bei Nate an. »Sagen Sie das nochmal.«

Clark las vor: »General Merrill ist gefallen. Er wurde durch die Kugeln eines Scharfschützen ...« Nate sprach nicht weiter, er hatte nichts mehr zu sagen.

Nach dem Ende des Telefonats warf er das zerknüllte Blatt in den Papierkorb. Dann ließ er seinen Blick über die Papiere auf seinem Schreibtisch gleiten. Schon vor Stunden hatte er alle gelesen. Die Markierungen auf den Karten hatten sich nicht geändert. Clark schaukelte auf seinem Stuhl hin und her, dann ordnete er sorgfältig seine Stifte auf dem Schreibtisch, um sie sofort zur Hand zu haben. Schließlich seufzte er tief und starrte ins Leere.

Reed erschien. »Haben Sie es General Dekker gesagt?«

Clark nickte. »Besorgen Sie mir einen Helikopter.«

»Wollen Sie nach Birobidschan?«, fragte Reed. Ein weiteres Nicken. »Kann ich mitkommen?«

Südlich von Birobidschan, Sibirien
26. Januar, 08.00 Uhr GMT (18.00 Ortszeit)

Stempel lag in einem Grab aus Schnee. Noch immer mit einer Hand die Granate umklammernd, durchsuchte er mit der anderen seine Taschen nach dem Schokoriegel, der vor dem Einsatz verteilt worden war. Stattdessen fand er den Blumenkranz aus Plastik, den ihm die Frau bei der Ankunft auf Hawaii um den Hals gehängt hatte. Er wühlte tiefer und ertastete die Kreditkarte, die sein Vater ihm vor der Grundausbildung gegeben hatte. *Solltest du jemals irgendwelche Probleme haben – gleichgültig, was für welche –, wird diese Kreditkarte dir heraushelfen.*

Er lag unter zwei Leichen, befleckt mit dem geronnenen Blut der Toten. Er wusste nicht, wo er war. Er war völlig allein. Er wartete auf den Tod, hatte aber keine Ahnung, wie lange es bis dahin noch dauern würde. Wasser, er brauchte Wasser. Ohne Wasser, hatte er gelesen, starb man innerhalb von vier Tagen. Eine Zeit lang dachte er darüber nach, ob der Frost ihn nicht schon vorher töten würde.

Schon lange hatte er keine Geräusche mehr gehört. Davor ... Gequält schloss er die Augen. Innerlich wollte er vor Schmerz aufschreien. Mit zusammengebissenen Zähnen versuchte er, die Bilder aus seinem Bewusstsein zu verdrängen. *Nein, nein, nein, nein, nein!*, wiederholte er gebetsmühlenhaft. Das hatte eine bemerkenswert beruhigende Wirkung. Jetzt konnte er wieder mit kühlem Kopf über seinen Tod nachdenken.

Das Zischen seines flachen Atems war das einzige Geräusch. Über den Baumkronen wurde es dunkel. Mit überraschender Eindringlichkeit überkam ihn der Gedanke, dass er handeln – sich bewegen – sollte. Er musste sich zwingen, ruhig liegen zu bleiben und sich nicht aufzurichten, um aus dem Schützenloch zu spähen.

Langsam hob er den Arm, um auf die schwarze Uhr zu blicken, die er über dem Ärmel trug. »*Das ist Sibirien!*«, hatte der Platoon Sergeant beim Verlassen der Transportmaschine ausgerufen. »Wir haben jetzt vierzehn Uhr fünfzig Ortszeit –

zehn Minuten vor drei!« Mehr wusste Stempel nicht über diese Welt, in der man ihn ausgesetzt hatte. Die korrekte Ortszeit, vielleicht noch die ungefähre Position auf diesem fremden Kontinent.

Mittlerweile war es achtzehn Uhr. Kopfschüttelnd ließ sich Stempel wieder zurücksinken. Drei Stunden waren seitdem vergangen ... Drei Stunden, die ihm so lang wie ein Menschenleben erschienen. Die Körper der auf ihm liegenden Toten waren mittlerweile gefroren. Sie hatten Stempel mit ihrer verlöschenden Körperwärme noch etwas vor der bitteren Kälte geschützt. Eine riesige Wolke bildete sich vor seinem Mund. Er atmete noch einmal aus, um das Phänomen zu studieren. Es schien, als würde sich der gesamte Inhalt seiner Lungen sofort weiß färben. In dieser Form hatte er das noch nie erlebt. Ein dünner Nebel bei Frost, das kannte er, aber so eine dichte Wolke frierenden Atems ... Er versuchte es noch einmal, mit ähnlichem Ergebnis.

Es wurde dunkel, die Temperaturen sanken weiter. Stempel versuchte zu schlucken, aber sein Mund war pulvertrocken. »Das Wasser in den Feldflaschen wird gefrieren, wenn ihr sie nicht dicht am Körper tragt!«, hatte der Sergeant gewarnt. Harold war durstig. Vielleicht war das Wasser in den Feldflaschen jetzt noch nicht gefroren, aber bald würde es so weit sein. Jetzt begann sein Gehirn wieder kühl zu kalkulieren. Auch er hatte eine Feldflasche, doch der Inhalt würde nicht lange reichen. Er konnte unter der Kleidung der anderen suchen ...

Unerwarteterweise war der denkende Teil seines Gehirns wieder zum Leben erwacht. Mittlerweile hatte Stempel sich an das Gewicht der auf ihm lastenden Körper gewöhnt, doch diese waren Leichen – die des Sergeants und die des Private First Class. Langsam begann er sich zu befreien, doch schon mit der ersten Bewegung meldete sich erneut ein fast unbezwingbarer Brechreiz. Eigentlich hatte er bedächtig aufstehen wollen, doch jetzt glich es mehr einer panikartigen Flucht.

Stöhnend und keuchend kletterte Stempel aus dem Schützenloch. Oben warf er sich ohne jeden Gedanken an Deckung rücklings auf den Boden.

Überall um ihn herum sah er reg- und leblos die Opfer des Krieges. Eine große Anzahl gefallener Chinesen lag zwischen den Bäumen, doch es waren die toten Amerikaner, die Stempel einen Schock versetzten. Natürlich hatte er gewusst, dass alle ums Leben gekommen waren. Schließlich hatte er mit anhören müssen, wie sie gestorben waren. Das Flehen sich ergebender Männer, die erbarmungslosen Exekutionen. Schüsse, die näher gekommen waren, ein Schützenloch nach dem anderen ... Das Mündungsfeuer, das Blut, das aus den neuen Wunden des bereits toten Sergeants und des Private First Class geströmt war. Aber als Stempel jetzt die halb nackten Leichen sah, hätte es ihn fast wieder in sein Loch zurückgetrieben. Die Chinesen hatten die meisten seiner toten Kameraden bis auf die Unterwäsche entkleidet – ein entsetzlicher Anblick. »Mein Gott«, flüsterte er vor sich hin. Als er den Blick hob, sah er an einem Ast einen vom Körper abgetrennten Arm hängen.

Wenn ich von hier verschwinde, werden sie mich nie finden. Nach dem Krieg würde die Armee Leute schicken, um nach den Vermissten zu suchen. Wenn er sich nur ein kurzes Stück von dem Schlachtfeld entfernte, würde auch er für immer zu den Vermissten gehören. Man würde ihn nie beerdigen, es gäbe kein Grab, wo seine Mutter bei ihm sein könnte.

»He!«, hörte er plötzlich jemanden rufen. Sein Kopf fuhr herum. Neben einem Baum kauerte ein Mann in der strahlend weißen Spezialuniform. Neben ihm waren schemenhaft noch andere uniformierte Männer zu erkennen. Alle hatten ihre Gewehre im Anschlag.

Ich bin gerettet, dachte Harold, während er sich hochrappelte. Langsam begann er, durch tiefe Schneeverwehungen auf die Männer zuzulaufen. Als er energische Gesten registrierte, blieb er verwirrt stehen. Man bedeutete ihm, sich auf den Boden fallen zu lassen, und Stempel warf sich in den Schnee. Er ließ sie nicht aus den Augen. Diesen Moment würde er nie vergessen.

Langsam und bedächtig kam der Mann auf Stempel zu. Er tat jedes Mal nur ein paar Schritte und ließ sich dann fallen, um in alle Richtungen zu schauen, bevor er weiterging.

Schließlich ließ er sich atemlos mit einem knirschenden Geräusch neben Stempel in den Schnee fallen.

Der Mann beäugte die Blutflecken auf Stempels Uniform. »Verwundet?«, fragte er. Stempel schüttelte den Kopf, während der Blick des amerikanischen Soldaten den Wald absuchte. »Hast du irgendetwas gehört?«, flüsterte er. Auch vor seinem Mund bildeten sich große Atemwolken.

»Schon lange nicht mehr«, antwortete Stempel. An den drei Winkeln auf dem Helm erkannte er, dass der Mann ein Sergeant war.

»Hat hier sonst noch jemand überlebt?« Stempel schüttelte den Kopf und bereitete sich auf die nächste Frage vor: *Warum bist du nicht auch tot?* »Okay, du kommst mit uns«, flüsterte der Sergeant. »Keinen Lärm!« Sie erhoben sich. Stempels Parka war mit tief bräunlichen, fast schon schwarzen Blutflecken übersät. Jetzt war sein demütigendes Geheimnis für alle offensichtlich. »Wo ist deine Waffe?«, fragte der Sergeant. Stempel spürte, wie ihm Tränen in die Augen stiegen. »Macht nichts, hier liegen ja genug herum. Wir werden dir eine Waffe suchen.«

Stempel folgte dem Mann. Natürlich fanden sie jede Menge Ausrüstung auf dem Schlachtfeld. Die Einheit war frisch aus der Kaserne ausgerückt, jeder Mann hatte die komplette Ausrüstung mitgeführt. Die Chinesen mussten es eilig gehabt haben. Einigen Toten war die Ausrüstung abgenommen worden, doch die blutbefleckten Rucksäcke und Taschen anderer waren noch prall gefüllt.

Nachdem sie alles Nützliche an sich genommen hatten, stießen sie schließlich auf den wertvollsten Fund. Im Schnee neben einem Schützenloch fand einer von Stempels neuen Kameraden ein M-16. Sorgfältig säuberte er den schwarzen Lauf der Waffe von Schnee und Eis, um sie genau zu inspizieren. Dann gab er das Sturmgewehr befriedigt an Stempel weiter.

Harold sagte nichts und ließ sich nichts anmerken, aber innerlich, im Stillen, da, wo es zählte, schwor er sich, dass er sich nie wieder von dieser Waffe trennen würde. Er würde sterben, die Waffe gegen die Schulter gepresst, mit hoch erhobenem Kopf. *Genau wie der Private First Class und der Sergeant*, dachte er. *Genau wie der Private First Class und der Sergeant.*

Wladiwostok, Sibirien
26. Januar, 09.30 Uhr GMT (19.30 Ortszeit)

»Das ist die dümmste Idee, die dir je gekommen ist«, flüsterte Kate ihrem Kameramann Woody zu. Sie saßen an einem Tisch in der Mitte einer düsteren Bar. An den anderen Tischen hockten Russen mit Goldzähnen und Arbeiter ausländischer Ölunternehmen, bei denen es sich um harte Jungs zu handeln schien. Alle starrten Kate an, der der Alkohol zunehmend zu Kopf stieg. Die anderen Frauen in der Bar waren Prostituierte.

Mit zurückgeworfenem Kopf stürzte Woody ein Glas Wodka hinunter. Die Flasche hatte fünfzig Dollar gekostet, die praktisch ihr Eintrittsgeld für die Bar gewesen waren. Woody schüttelte sich und wischte sich dann den Mund ab. »Nein«, antwortete er. »Die *dümmste* Idee war, dass wir versucht haben, heimlich an die Front zu gelangen.«

»Aber die Army hat die Journalisten ja nicht einmal in die *Nähe* der umkämpften Gebiete gelassen, Woody«, flüsterte Kate.

»Ja, schon, aber hast du mal darüber nachgedacht, dass es dafür auch einen Grund geben könnte?«

Kate lehnte sich zurück. Über der Lehne des Stuhls hing ein riesiger, dicker russischer Pelzmantel, in dem sie eher wie ein Bär als wie ein Model aussah. Zwar stank der Mantel, aber er war warm. »Ich kann einfach nicht glauben, dass ausgerechnet *du* so einen Kotau vor den Militärs machst.« Woody schenkte sich ein weiteres Glas Wodka ein und stürzte ihn hinunter. »Glaubst du nicht, dass du mittlerweile genug getrunken hast?«, fragte Kate. Woody war ein alter Hase, der sich mit solchen Aktionen auskannte und sie durch diese gefährliche Welt manövrieren konnte. Für hundert Dollar hatten sie einem früheren Offizier der russischen Armee einen ramponierten Wagen hiesiger Bauart abgekauft. Während sie auf der Suche nach der heruntergekommensten Bar in ganz Russland durch die Stadt gefahren waren, hatte Woody einen daumendicken Joint geraucht, und jetzt kippte er den Wodka herunter, als würde es sich um Wasser handeln.

»Eigentlich habe ich noch gar nicht richtig angefangen«, antwortete er, während er das dreckige Glas erneut mit Wodka füllte.

Der Kameramann hob das Glas an die Lippen, doch Kate drückte sein Handgelenk wieder nach unten. »Bitte, Woody«, flüsterte sie. Woody schnüffelte laut, ließ das Glas aber auf dem Tisch stehen.

Hinter ihm stieg ein dickbäuchiger Russe mit starkem Haarwuchs die Treppe hinauf, wobei er zwei Begleiterinnen mit einem lasziven Grinsen bedachte. Eine Hand lag mit festem Griff auf dem fetten Hintern der einen, während er die andere auf widerwärtige Art mit offenem Mund küsste. Kate zuckte zusammen und blickte weg, als eine der Frauen den Hosenschlitz des Manns zu bearbeiten begann.

»Dann willst du also zur *Front*, wie du dich auszudrücken beliebst«, sagte Woody streitlustig. »Ich würde eher von der anstürmenden chinesischen Armee reden. Aber lass uns der Einfachheit halber bei dem Wörtchen ›Front‹ bleiben. Also, die feinen Pinkel von NBC behaupten, dass sie vom Pentagon keine Genehmigung kriegen. Und vielleicht ist dir auch aufgefallen, dass sie uns nicht ausdrücklich und unmissverständlich dort hingeschickt haben. Was glaubst du, warum so viele Rechtsanwälte anwesend waren, als wir unsere kleine Telefonkonferenz mit ihnen hatten? Warum hätten sie sich so extrem vorsichtig ausdrücken sollen, als du ihnen gesagt hast, dass du loslegen willst? Sie haben ein paar schnelle juristische Manöver bedacht, damit sie nicht zahlen müssen, wenn unsere Erben sie verklagen, falls wir bei dem Job draufgehen sollten.«

»Komm schon, Woody, die Zeiten von Watergate sind graue Vergangenheit. Vergiss endlich diese paranoiden Konspirationstheorien, okay?«

Woody kicherte. »Also gut, alles nur mein Verfolgungswahn.« Er schnüffelte erneut. »Die Army behauptet, es sei zu gefährlich.«

»Das ist doch alles Unsinn!«, antwortete Kate, die sich in der Bar umblickte. Aus allen Richtungen starrten sie geile, unrasierte und ungewaschene Männer mit schlechten Zähnen an. »Das behaupten die Militärs doch nur, weil sie irgendetwas zu verbergen haben müssen«, fuhr Kate flüsternd fort. »Irgendwo haben Sie Scheiße gebaut, und jetzt versuchen sie, es zu vertuschen.«

»Wer hat hier die Verschwörungstheorien im Kopf?« Woody saß zusammengesunken auf seinem Stuhl. Er wirkte müde.

»Was ist los mit dir?«

»Nichts«, antwortete er, aber Kate ließ nicht locker. »Ich halte das für eine beschissene, *dumme* Idee!«, sagte er schließlich. »Das hier ist keine Provinzveranstaltung, Katie, sondern das ganz große Ding. Ständig sterben Menschen. Kameras und die Plaketten der UN für die akkreditierten Journalisten halten keine Kugeln auf!«

»Das weiß ich auch, Woody. Mir ist klar, dass dies ein gefährlicher Job ist, aber zumindest *ich* will ihn trotzdem erledigen.«

Der höhnische Unterton ihrer letzten Worten ließ Woody noch mehr auf seinem Stuhl zusammensinken. Neben der Bar ging eine Tür auf, durch die der Lärm aus einem kleinen, rauchgeschwängerten Spielkasinos in den Raum drang. Es gab keinerlei Gesetze mehr, keine Polizei. In den Straßen patrouillierten britische Soldaten, die gelegentlich auf die leidenschaftlichen, flehenden Bitten um Hilfe eingingen, die Ausländer oder englisch sprechende Russen an sie richteten. Die meisten britischen Soldaten kontrollierten aber nur vorsichtig auf beiden Seiten die Bürgersteige der verdunkelten Straßen. Gepanzerte Fahrzeuge rollten mit Schrittgeschwindigkeit über die Fahrbahnen. Der letzte Mann in einer Reihe von Soldaten wirbelte herum, um einen oder zwei Schritte zurückzugehen – ganz wie in Nordirland.

»Wenn wir nicht mit einer offiziellen Genehmigung dorthin gelangen können, sind Orte wie dieser am besten geeignet, um andere Arrangements zu treffen«, sagte Kate, die ihrer alten Linie treu blieb.

Jetzt öffnete sich die auf die Straße führende Tür. Alle Gespräche verstummten, die Besucher der Bar blickten aufmerksam auf den Neuankömmling. Aber es war nur ein weiterer dieser unheimlich wirkenden Männer, an denen Sibirien genauso unerschöpflich reich zu sein schien wie an Bodenschätzen. Die Gäste wandten sich wieder ihren Drinks zu – offensichtlich akzeptierten sie den Neuankömmling als einen Mann ihres Schlags. Als der Barkeeper aber auf Kate und Woody zeigte, bekam es die Journalistin mit der Angst zu tun.

»Haben wir auf *den* Typ gewartet?«, fragte sie ungläubig.

»Der Barkeeper hat doch gesagt, er könne uns helfen«, antwortete Woody.

Der Mann drehte einen Stuhl um und setzte sich rittlings darauf. Seine Unterarme ruhten auf der Rückenlehne, sein Kinn auf den Händen. Er stieß wie ein Lasttier einen Luftschwall durch die Nasenlöcher aus. Seine blutunterlaufenen Augen musterten Kate von Kopf bis Fuß – speziell einige Stellen dazwischen. Wegen des voluminösen Pelzmantels konnte man seine Gestalt kaum erkennen. Dieser urtümliche Pelzmantel ließ den Kates so wirken, als hätte sie ihn im Kaufhaus von der Stange gekauft. Der Mann roch sogar wie ein Urelefant, was das Bild in Kates Kopf komplettierte.

Der Fremde wandte sich Woody zu. »Sprechen Sie Englisch?«, fragte er mit einem schweren russischen Akzent. Der Kameramann nickte. »Amerikaner?« Woody nickte erneut. »Sie wollen bestimmte Orte sehen?«

»Wir wollen zur Front«, sagte Kate.

Der Mann wandte sich der Reporterin zu. Über seinem Bart war die Haut seiner Wangen pockennarbig und genauso rot wie seine blutunterlaufenen Augen. Offensichtlich rasierte er sich nie. »Haha!« Kate brauchte einen Augenblick, um zu begreifen, dass das ein Lachen gewesen war. Der Mann erhob sich genauso lethargisch, wie er sich zuvor gesetzt hatte. Als sich seine riesige Gestalt über den Tisch beugte, war die lange Bar mit den Hockern nicht mehr zu sehen. Er griff nach Woody Glas, kippte den Wodka hinunter und schüttelte dann das Glas, um keinen Tropfen verkommen zu lassen. Anschließend leckte er das Glas wie ein Frosch mit seiner dicken Zunge aus. Kate zuckte zusammen, während Woody den Mann ehrfürchtig anstarrte, ganz so, als wäre er irgendein Wunderwesen aus dem Tierreich. Langsam zog sich das struppige Biest zurück.

Woody setzte die Wodkaflasche an den Mund und nahm einen Schluck. Sein Gesichtsausdruck verzerrte sich, ein Schauder lief ihm über den Rücken. »Ich glaube nicht, dass der Typ zur Front will, Katie.« Er wischte sich mit dem Handrücken den Mund ab. »Zu schade!« Jetzt sprach er im undeutlichen Tonfall eines Betrunkenen. »Wahrscheinlich wird man dir den P-Pulitzer-Preis p-postum verleihen«, sagte er mit einem dümmlichen Grinsen, das seine von der Kälte brüchige Haut aufzuplatzen lassen drohte.

Moskau, Russland
27. Januar, 06.00 Uhr GMT (08.00 Ortszeit)

»Liste A«, sagte Valentin Kartschew. »Wer ist der Nächste?«

»Victor Afanasjew«, antwortete der junge Berater, während die Limousine mit hoher Geschwindigkeit über die mittlere Fahrspur des breiten Boulevards fuhr. »Er hat gelacht, als bei einer Abendgesellschaft Programm 412B erwähnt wurde.«

»Um was für ein Programm handelt es sich da?«

»Um den aufgegebenen Plan, Stahlarbeiter für die Holzindustrie umzuschulen.«

»Oh.« Kartschew lächelte in sich hinein. Durch die Vorhänge sah er Schlangen von Menschen, die geduldig wie immer auf etwas warteten. *Wahrscheinlich auf Lebensmittel,* dachte er. »Das war ein echtes Fiasko.« *Wer hätte denn gedacht, dass die Stahlarbeiter keine Holzarbeiter werden wollen?* Der Berater starrte ihn abwartend an, weshalb es Kartschew unbehaglich zumute wurde. Er verachtete den grauenhaften

Papierkram, speziell dann, wenn es um dieses Thema ging. »Liste A. Wer ist jetzt an der Reihe?«

Nach kurzem Zögern wandte sich der junge Berater wieder der Liste zu. *Es gibt doch mit Sicherheit einen besseren Weg, das zu erledigen,* dachte Kartschew. »Ludmila Wawarow«, las der Mann vor.

»Wer ist das?«

»Eine der untergeordneten Sekretärinnen im Schreibbüro, die mit einem heiklen Job beauftragt war, bei dem jede Sekretärin eine andere Seite tippen musste. Bevor sie ihr Blatt abgab, hat sie mit einer anderen Sekretärin geredet. Als sie sich verabschiedete, nahm sie das Blatt mit, das ihre Kollegin gerade abgetippt hatte – ihrer Aussage nach aus Versehen.«

»Hatte sie die Möglichkeit, es zu lesen?« Der Berater zuckte die Achseln. »Was mussten sie denn abtippen?« Erneutes Achselzucken.

Der junge Mann studierte Kartschews Miene, und dieser starrte zurück, bis der Berater den Blick abwandte. »Macht«, sagte Kartschew, »die *Anhäufung* von Macht, war stets die ultimative Leistung des Menschen. Alles andere – Ruhm, Reichtum, politische Ämter – sind nur Mittel, das wahre Ziel zu erreichen – Macht über andere zu gewinnen. Und die ultimative Macht besteht darin, jedes menschliche Wesen dazu bringen zu können, das zu tun, was man will, und zwar dann, wann man es will. Das erfordert eine detaillierte Beschäftigung mit allen Details und die Willenskraft, genau dann zu handeln, wenn das Herz einem zu verstehen gibt, dass es notwendig ist.«

Der Blick des Beraters ließ keinerlei Anzeichen dafür erkennen, dass er wirklich etwas begriffen hatte. Tatsächlich verriet sein Gesichtsausdruck gar nichts, so groß war seine Angst vor Kartschew. Zu einer anregenden Unterhaltung trug das nichts bei, dafür brauchte man jemanden, der keine Angst hatte. Kartschew fragte sich, wo Kate Dunn wohl sein mochte, dann seufzte er. »Noch eine Kandidatin für Liste A«, sagte er müde. *Eine weitere Kugel in den Hinterkopf.*

4. KAPITEL

Luftstützpunkt Birobidschan, Sibirien
27. Januar, 09.00 Uhr GMT (19.00 Ortszeit)

Während es allmählich dunkel wurde, verfolgte Clark durch die Plexiglasscheibe des Blackhawk-Helikopters ihren Anflug auf Birobidschan. Selbst in der zunehmenden Dämmerung konnte er den rings um den Luftstützpunkt aufsteigenden Rauch erkennen. Geschützfeuer von beiden Seiten trug zu dem Dunst bei, der die Verteidigungsstellungen am Rande des Luftstützpunkts markierte, aber die meisten Brände gingen auf die massiven, rund um die Uhr geflogenen Luftangriffe zurück, durch die die Erde direkt außerhalb des Drahtzauns aufgewühlt wurde.

Clark stand breitbeinig da, um nicht das Gleichgewicht zu verlieren. Unter dem Rumpf des Helikopters glitten mit erstaunlicher Geschwindigkeit Baumkronen vorbei. Während der Pilot im Zickzackkurs flog, um Schüssen aus Handfeuerwaffen auszuweichen, klammerte Clark sich an den Sitzen für die Crew fest. Der Korridor, durch den sie manövrierten, war besonders dunstig. Er war für intensive »Vorbereitungen« auserkoren worden und glich praktisch einer einzelnen Speiche im »Rad« des belagerten Luftstützpunkts. Alle Flüge – in beide Richtungen – wurden durch diesen Korridor dirigiert, doch in ein paar Stunden würde man sich für eine andere »Speiche« entscheiden und eine neue Flugschneise einrichten müssen.

Helikopter mit Spezialeinheiten trafen ein. Die Green Berets waren Clarks einzige verfügbare Reserve. Auf dem Rückweg flogen dieselben Hubschrauber Verwundete aus. Bevor Clark mit Reed, zwei Schützen und einem Dutzend Green Berets an Bord gegangen war, hatte er gesehen, wie Verwundete aus dem Helikopter herausgebracht worden waren.

Durch den oberen linken Teil der Plexiglasscheibe sah

Clark eine zur Landung bestimmte, weiß gestrichene C-130-Maschine. Einen Augenblick lang schob sich das dicht über ihnen fliegende Flugzeug vor den Himmel. Der kleinere Helikopter wurde von der Wirbelströmung erfasst. Hinter der Transportmaschine öffnete sich ein riesiger Fallschirm, der eine Palette von der rückwärtigen Rampe zog. Sicher vertäute Lattenkisten krachten sechs Meter tiefer auf den Boden, wo sie zerbrachen und ihr Inhalt sich am Ende der Rollbahn verteilte.

Clark wurde von einem Geräusch abgelenkt – irgendwo hinten in dem Hubschrauber war eine Kugel eingeschlagen. Dann sah er durch die Plexiglasscheibe des Cockpits, dass die C-130 praktisch schon über den Asphalt der Landebahn schrappte. Ein Fallschirm nach dem anderen öffnete sich. Die Paletten fielen jetzt keine drei Meter mehr und wurden durch die Fallschirme und die Reibung gebremst. Es war wie ein Wettlauf – massives Feuer einerseits, der Transport gigantischer Lasten andererseits. Dreitausend Männer und Frauen feuerten permanent – es war die größte Bewährungsprobe, dem das U.S. Air Mobility Command je ausgesetzt gewesen war.

Der Helikopter näherte sich der Peripherie des Luftstützpunkts, einer aufgewühlten Zone mit gefällten Bäumen, die in dichten schwarzen Rauch gehüllt war. Orangefarbene Blitze zwischen den Bäumen signalisierten Sperrfeuer, Leuchtspurmunition erhellte die zunehmende Finsternis. Es wurde heftig gekämpft, gerade in diesem Augenblick musste ein Angriff im Gange sein. Weitere Kugeln prallten vom Rumpf des Helikopters ab. Die Männer in der voll besetzten Kabine verhielten sich ruhig. Eine Jahrzehnte alte Erinnerung überkam Clark – vor seinem geistigen Auge sah er den Mann, der nach dem brennenden Leuchtspurgeschoss in seinem Körper wie nach einer Fliege schlug. Wieder hörte er das hustende, sputternde Geräusch des alten, einmotorigen Huey.

Sie waren über dem Luftstützpunkt und verloren weiter an Flughöhe. Dann stieß der Blackhawk in Schräglage steil herab. Clark fürchtete, dass die Rotorblätter den Boden berühren würden. Seine Knie gaben nach. Der Lärm wurde lauter, der Helikopter landete mit einem markerschütternden, dumpfen Aufprall. Clark wurde nach vorn geschleudert, Schmerz schoss durch seine Rippen. Er bekam keine Luft mehr, seine Brust tat fürchterlich weh, er konnte sich nicht aufrichten.

Hinter ihm glitt die Seitentür auf, und der Abwind des Rotors strömte in den Hubschrauber. Die Motoren gaben weiterhin ein schrilles Heulen von sich. Reed half ihm, während er auf die Tür zustolperte. Mittlerweile war der Hubschrauber leer. Schon wurde die erste Bahre an Bord gehievt, auf der ein Mann mit blutverschmierten Verbänden lag. Als Clark sprang und auf der Rollbahn landete, hätte ihn ein stechender Schmerz fast von den Beinen geholt. Zwei Green Berets zogen ihn rau auf den gefrorenen Boden hinunter.

Wie aus dem Nichts war der Rumpf des Helikopters plötzlich mit kleinen Einschusslöchern übersät, die Windschutzscheibe zersplitterte. Langsames, methodisches Scharfschützenfeuer – irgendwie wirkte alles irreal. Der Lärm des Rotors übertönte den Einschlag der Kugeln. Wie erstarrt saßen die Piloten in ihrer Kabinenhaube aus Plexiglas, den Angriffen schutzlos ausgesetzt. Sie beobachteten, wie die zunehmend von Kugeln durchsiebte Maschine beladen wurde. Clark versuchte, sich ihre immense Angst vorzustellen, ihre Sehnsucht danach, endlich wieder abheben und die Maschine im Zickzackkurs aus der Gefahrenzone manövrieren zu können. Stattdessen mussten sie dasitzen und warten …

Jetzt hob der Helikopter wieder ab. Fast wäre ein Mann auf den Boden gestürzt, der zu nah vor der Schwelle der noch geöffneten Seitentür stand. Bald hatte der dichte Rauch die Maschine wieder verschluckt.

Erst jetzt wurde Clark die wahre Lautstärke des massiven Feuergefechts bewusst. Aus allen Richtungen wurde geschossen, er hörte das verräterische Geräusch von Kugeln, die pfeifend die Luft zerschnitten. Die zwölf Mitglieder der Spezialeinheit schwärmten mit an die Schulter gepressten

Waffen in einem Halbkreis aus. Dort lagen zwei weibliche Sanitäter. Auch Clark, Reed und die beiden Schützen ließen sich zu Boden fallen. Alle hatten sich freiwillig für diesen Einsatz auf dem belagerten Luftstützpunkt gemeldet, dessen Schicksal ungewiss war.

Die ersten beiden Green Berets erhoben sich, um auf die gestapelten Sandsäcke um die nahe gelegenen Artilleriestellungen zuzustürmen. Über ihnen pfiffen Kugeln durch die Luft. Die beiden Soldaten fielen zu Boden, schienen jedoch unverletzt zu sein.

»Der Scharfschütze hat uns im Visier!«, schrie Major Reed, aber sie hatten momentan keine Möglichkeit, sich zu wehren. Das war das Frustrierende, wenn man es mit Scharfschützen zu tun hatte. Clark erinnerte sich an einen Nachmittag, als er in einem Reisfeld ausgeharrt hatte, bis zu den Hüften im schlammigen Wasser stehend. Ein einziger Scharfschütze hatte dafür gesorgt, dass die vierzig Männer seines Platoons die Köpfe unten behalten mussten und festgenagelt waren.

Aber dieser Krieg war anders als der in Vietnam – es würde kein zehnjähriger Zermürbungskrieg zwischen einer militärischen Supermacht und einer aus Bauern bestehenden Truppe von Guerilleros und Terroristen werden. Dies war ein massives Aufeinanderprallen zweier riesiger Armeen. In einem solchen Krieg konnte man sich keine Zeit lassen und die Risiken minimieren. Man hatte keine andere Wahl, als Risiken einzugehen. Keine andere Wahl als die, Opfer in Kauf zu nehmen. »In Ordnung, alle herhören!«, rief Clark. »Wir werden alle gleichzeitig losrennen!« Schon dieser Ausruf bescherte ihm bohrende Schmerzen.

Der Captain, der Befehlshaber des A-Teams der Special Forces war, begann zu zählen.

Alle erhoben sich gleichzeitig und stürmten auf die Sandsäcke zu, die Green Berets im Zickzackkurs. Aber Clark wusste, dass das wenig Sinn machte. Auf extreme Entfernungen zielten Scharfschützen nur vage auf einen Bereich. Sie verließen sich einfach auf das Glück und die statistische Wahrscheinlichkeit. Da Scharfschützen nur eine langsame

Feuergeschwindigkeit hatten, war es weniger gefährlich, wenn alle gleichzeitig rannten.

Wenn Clarks Stiefel die hart gefrorene Erde berührten, wurde er sofort von Schmerz gepeinigt. Ihm war klar, dass er sich eine Rippe gebrochen hatte. Weil er auf sich selbst wütend war, vergaß er einen Moment lang den Scharfschützen. Allerdings rief ihn ein zischendes Geräusch neben seinem linken Ohr bald wieder in die Wirklichkeit zurück. So schnell wie möglich rannte er weiter auf die Artilleriestellung zu, doch die anderen waren schneller. Es lag nicht nur daran, dass Nate nicht richtig atmen konnte, dazu kam, dass er sich wie ein alter Mann fühlte.

Alle kamen unversehrt hinter den Sandsäcken an. Im Abstand von ein paar Sekunden schoss das automatische 155-Millimeter-Geschütz, dessen Lauf auf maximale Höhe eingestellt war. Das bedeutete, dass die Chinesen sehr nah waren. Die Geschütze feuerten auf kürzeste Entfernung.

Ein Artillerist führte sie zum Befehlsstand der Brigade. Die Green Berets wurden an die entscheidenden Positionen der Verteidigungsstellungen geschickt. Über aus Eisenbahnschwellen bestehende Stufen stiegen sie in einen riesigen, von Sandsäcken geschützten Unterstand hinab. Der Schnee auf den Sandsäcken war geschwärzt und von Mörsern durchsiebt. Von Pfosten und Abstandsstützen hingen in Fetzen die Überreste von Tarnnetzen herab.

In dem Unterstand traf Clark auf einen verwundeten Colonel, der als Befehlshaber der Nachfolger von Brigadier General Merrill war. Er saß in einer merkwürdigen Körperhaltung da, den Rücken an einen großen Kartentisch gelehnt, über dem die beste Lampe des Unterstands hing. Wegen seiner extremen Schmerzen konnte der Colonel Clarks Fragen nicht zusammenhängend beantworten. Aber Clark begriff doch, dass Merrill persönlich zwei Bataillone aus dem Stützpunkt hinausgeführt hatte, weil er das 2nd Battalion des 263rd Infantry Regiment verstärken wollte. Allerdings waren sie unterwegs unter schweren Beschuss geraten. Nur mit Mühe hatten sie sich den Rückweg zum Militärstützpunkt bahnen können; dabei war Merrill ums Leben gekommen.

Es war die mit leiser Stimme vorgetragene Geschichte eines Mannes, der große Qualen litt. Vor langer Zeit hatte Clark so etwas schon einmal miterleben müssen. Der Mann hatte eine teigige Gesichtshaut, schwitzte, wurde von Übelkeit übermannt. Clark befahl ihm, die Krankenstation aufzusuchen, und der Colonel hatte nicht mehr die Kraft zu widersprechen.

Alle Männer in dem Befehlsstand starrten Clark an. An Drähten unter der niedrigen Decke hingen nackte Glühbirnen. Clark legte einen Teil seiner Kleidung und Ausrüstung ab, Major Reed folgte seinem Beispiel. Zwischen den Konsolen mit Funkgeräten und den Tischen mit Laptops waren wenigstens zwanzig Menschen zusammengepfercht, die in dem Dunkel des Unterstands ausharren mussten.

»Sagen Sie ihnen, dass sie Haltung annehmen sollen.«

»Stillgestanden!«, bellte Reed.

Alle Männer und Frauen nahmen Haltung an. Die einzige Ausnahme war eine Funkerin, die in gebückter Stellung vor ihrem Tisch stand, weil das Kabel ihres Kopfhörers zu kurz war.

»Alle herhören!«, rief Clark. »Mein Name ist Lieutenant General Nate Clark. Ich bin Oberbefehlshaber von UNRUSFOR, USARPAC und jetzt – zumindest zeitweise – auch der 2nd Brigade der 25th Infantry Division.«

Als plötzlich Applaus und Hochrufe ertönten, war Clark überrascht. Papiere flogen wie Konfetti durch die Luft. Als er die aufrichtige Begeisterung im Gesichtsausdruck seiner Leute sah, wusste Clark sofort, worum es hier ging. Es war eine Lektion, die er vor langer Zeit gelernt hatte – zuerst durch Bücher, dann im Feld. Und jetzt, während er die plötzlich wieder energiegeladenen Soldaten sah, die auf seine ersten Befehle warteten, lernte er diese Lektion aufs Neue.

»Aus dem Hintergrund kann man keine Truppen führen.« Nachdem Clark sich an diesen Satz erinnert hatte, machte er sich wieder an die Arbeit.

Während Clark und Reed auf die Kommandeure der französischen und belgischen Einheiten warteten, tauchte am Eingang des Unterstands eine kleine Schar Soldaten in weißen Uniformen auf, die mit einem Captain auf Clarks Schreibtisch zukamen. Der Captain hatte einen Stock in der Hand, an dem ein weißes Handtuch befestigt war.

»Die Chinesen haben mich als Vermittler entsandt, Sir«, sagte der hagere, unrasierte Mann. »Captain Lawrence, Sir, Bravo Company, 2nd Battalion des 263rd Infantry Regiment.« Clark bot dem Mann seinen Platz an und befahl dann, unverzüglich heißes Essen herbeizuschaffen. »Ich bin gefangen genommen worden, als sie uns überrannt haben«, sagte der Mann mit brechender Stimme. Er benetzte seine aufgesprungenen Lippen und hustete dann. »Die Chinesen versprechen eine gute Behandlung der Gefangenen und eine Übergabe der Verwundeten, aber sie verlangen, dass Birobidschan sofort kapituliert.« Lawrence blickte Clark direkt in die Augen. »Wenn ich nicht zurückkehre, wollen sie ihren eigenen Worten nach alle Gefangenen töten.«

Clark war erleichtert, dass die Chinesen überhaupt Gefangene machten. Die neben Captain Lawrence stehenden Männer fühlten sich offenkundig unbehaglich, und Nate sah, dass alle Augen auf ihn gerichtet waren. Jetzt erwartete man von ihm eine Entscheidung, ob Lawrence bleiben oder zu den Chinesen zurückkehren sollte. Kurzzeitig dachte Nate darüber nach, ihn selbst entscheiden zu lassen, doch dann wurde ihm klar, dass das nur ein feiger Versuch gewesen wäre, die Verantwortung abzuwälzen. Er wandte sich dem zerzausten Captain zu. »Sie gehen zurück.« Der Mann blickte zu Boden, nickte dann aber. »Wenn Sie wollen, können Sie vor Ihrem Aufbruch einen Brief an Ihre Angehörigen schreiben. Außerdem werden wir Ihnen eine Liste von an der Straße nach Chabarowsk stationierten Einheiten mitgeben, die sich ergeben werden. So bringen sie wenigstens etwas mit.«

Clark wandte sich einem Offizier zu. »Teilen Sie diesen Einheiten mit, dass sie mit der Zerstörung ihrer Waffen beginnen sollen, sobald sie mit den dortigen chinesischen Kommandeuren Kontakt aufgenommen haben.« Dann richtete er sich wieder an den Captain. »Aber was diesen Stützpunkt angeht, teilen Sie den Chinesen mit, dass sie ihn nur kriegen, wenn sie kommen und ihn einnehmen.« Der Captain hob den Kopf. »Bringen Sie es ihnen so bei, wie Sie es für richtig halten.«

Auf einem Metalltablett wurde heißes Essen gebracht, das der Captain mit großen Bissen hinunterschlang.

»Ich will, dass der Mann verhört wird«, sagte Clark leise zum Nachrichtenoffizier der Brigade. »Truppenstärke und Stationierungen. Namen oder Beschreibungen aller Gefangenen, an die er sich erinnern kann.«

Nachdem Captain Lawrence an Clarks Schreibtisch einen Brief an seine Frau und seine Kinder geschrieben hatte, machte er sich mit Nates Antwort im Gepäck wieder auf den Weg in chinesische Gefangenschaft. Während Clark beobachtete, wie Lawrence auf dem Weg zum Ausgang anderen Männern die Hände schüttelte, informierte ihn Major Reed, dass der Stab der Brigade und die untergeordneten Befehlshaber der Einheiten mittlerweile eingetroffen seien. Clark begrüßte die Neuankömmlinge mit einem knappen Händedruck, aber es gelang ihm nicht, jene Gefühle abzuschütteln, die er empfunden hatte, als er Lawrence zu den Chinesen zurückgeschickt hatte. Er blickte sich in dem geschäftigen Befehlsstand um. Wartete auf diese Männer dasselbe Schicksal?

Nate spürte, wie er angesichts dieses Gedankens auf den Armen und auf der Brust eine Gänsehaut bekam, aber nicht aus Angst, sondern aus Wut. Leise fragte Reed, ob Nate bereit sei, einem Reporter von *Newsweek* ein Interview zu geben. Die Antwort war ein Kopfschütteln. »Also dann«, sagte er übertrieben laut, während er sich der Karte zuwandte. »Unser Ziel besteht darin, angesichts unzureichender Ressourcen und eines zahlenmäßig unvorstellbar überlegenen Feindes ein so breites Stück Terrain wie möglich zu verteidigen. Das bedeutet, dass wir unsere Stellung hier durch das Zusammenziehen unserer Soldaten ausbauen müssen, unter anderem auch, indem wir Boden *preisgeben*, auf den wir eigentlich scharf sind und den wir im Moment noch zu halten versuchen. Boden, den wir uns in einer Woche zu einem hohen Preis wieder zurückholen müssen, damit wir in der Lage sind, diesen Luftstützpunkt weiterhin betreiben zu können.«

Mit einem blauen Stift zeichnete Nate auf der Karte einen ungleichmäßigen Kreis um den Luftstützpunkt herum. Sein Radius entsprach ungefähr zwei Kilometern und war wesentlich kleiner als der der jetzigen, schwer durchbrochenen Peripherie ihres Geländes.

»Aber selbst nach dem Eintreffen der Verstärkung werden wir hier immer noch nicht genug Soldaten haben, um überall an unserer Peripherie Verteidigungsstellungen besetzen zu können. Folglich erwarte ich bis vierundzwanzig Uhr eine Einschätzung der Nachrichtenabteilung, die mich darüber informiert, wie die wahrscheinlichsten chinesischen Ziele aussehen. Dort werden wir verteidigen, die nicht verteidigten Gebiete aber nur mit Artilleriefeuer unter Beschuss nehmen. Das bedeutet, dass unsere Linien löchrig sein werden. Zweifellos wird chinesischen Pionieren, Versprengten und selbst ganzen Einheiten ein Durchbruch gelingen. Folglich möchte ich, dass alle Wartungs- und Nachschubeinheiten in der Nachhut nachts Posten aufstellen. Außerdem werden sie provisorische Infanterie-Platoons bilden müssen, um bestimmte Gebiete nach jedem Angriff zu säubern, damit wir kein Opfer von Infiltration werden. Sollten die Chinesen in großer Anzahl durch unsere Linien brechen, werden sie ihre eigenen Stellungen gegen direkte Angriffe verteidigen müssen. Und da wir diese unseren Luftstützpunkt umgebenden Hügel aufgegeben haben«, sagte Clark, während er auf der Karte drei Hügel mit einem Rotstift durchkreuzte, »werden sie uns von dort rund um die Uhr unter direkten Beschuss nehmen können. Folglich will ich, dass auch wir unserseits diese Hügel vierundzwanzig Stunden am Tag angreifen, und zwar durch Artillerie und aus der Luft. Jeder chinesische Soldat da oben muss entweder den Kopf unten behalten oder aber im Kampf fallen.«

Von dem Enthusiasmus, mit dem Clark begrüßt worden war, war jetzt nichts mehr zu spüren.

»Außerdem müssen wir Männer aus den Wartungs- und Nachschubeinheiten heranziehen, um unsere Infanterie aufzufüllen«, fuhr Nate fort. »Wir werden sie zu provisorischen Infanterieeinheiten zusammenschließen. Als Reserve für die Brigade brauchen wir mindestens ein Infanteriebataillon. Dazu können noch Männer kommen, die draußen im Feld waren und den Rückweg zum Luftstützpunkt geschafft haben. Diese provisorischen Trupps innerhalb der Reserve der Brigade werden Gegenangriffe starten, um Löcher in unseren Reihen zu stopfen. Sie werden entweder als drei getrennte Einheiten agieren oder alle gemeinsam ein Angriffsziel attackieren, je nachdem, was ich gerade für richtig halte.«

Mit Clarks Plänen schien niemand besonders glücklich zu sein. Als Erster aus seinem Stab meldete sich ein Lieutenant Colonel zu Wort. »Die provisorischen Einheiten bestehen aus Männern, die Schreiber, Köche oder Mechaniker sind, aber keine Infanteristen. Möglich, dass sie ein paar Löcher buddeln können, aber sie werden Zeit brauchen, bevor sie unter feindlichem Beschuss ins Feld ziehen können.«

»Sie sind Soldaten und tragen dieselbe Uniform wie Sie und ich, Colonel.«

»In ihrem Fall muss man nur bei einer einfachen Taktik bleiben«, schaltete sich Reed ein. »Keine komplizierten Sachen. Nur einfache Linien, massierte Frontalangriffe.« Er blickte Clark an. »Ich könnte dieses Bataillon zusammenstellen.«

Und es befehligen. Clark wusste, dass dies Major Reeds unausgesprochener Vorschlag war. Es würde ein grauenhafter Job werden, und Clark machte sich Sorgen, dass der Verlust so vieler Männer Reed vielleicht innerlich zugrunde richten würde. Nie würde man Reed davon überzeugen können, dass es nicht seine Schuld war – falls er es denn überlebte.

Aber Reed war ein guter Mann, diese Soldaten hatten ihn verdient. Clark nickte. »Machen Sie sich an die Arbeit.«

Reed stürmte aus dem Raum, wobei er im Laufen seinen Parka überstreifte.

Die anderen Anwesenden warteten, während Clark noch auf die Tür starrte. »Okay«, sagte er dann schließlich. »Wie sieht unsere aktuelle Planung für die Feuerunterstützung aus?«

Der zuständige Offizier zeigte auf die Artillerie-Symbole, von Hand auf die Karte gezeichnete Rechtecke mit einer Kanonenkugel darin. »Wir verfügen über drei Artillerieeinheiten, die von der Truppenstärke in etwa Bataillonen entsprechen. Alle sind mit 155er-Geschützen ausgerüstet, so dass sie sich gut gegenseitig aushelfen können. Es handelt sich um eine amerikanische, eine belgische und eine französische Einheit, die die Gebiete sichern, wo die Kontingente ihrer Nationen stationiert sind.«

»Wer befehligt sie?«

»Sie unterstehen drei verschiedenen Kommandos.«

Clark stand auf. »Wollen Sie damit sagen, dass ihre Feuerleitung nicht koordiniert ist?«

»Wir wollten nicht, dass die Feuerleitung von Beobachtern kontrolliert wird, die gar nicht wissen, mit wem sie da zusammenarbeiten. Außerdem gibt es noch die Sprachbarriere. Und die Kommandeure unterschiedlicher Nationalität wollten, dass ihre eigenen Leute *ihnen* zu Verfügung stehen, falls …«

»Und sonst *niemandem*!«, explodierte Clark, der dann sofort sein Temperament zu zügeln versuchte. Aber es war ein entscheidender Fehler gemacht worden, wegen dem genau in diesem Moment Männer ihr Leben lassen mussten. »Ich will eine zentral geregelte Feuerleitung, eine integrierte Feuerplanung für jeden Mörser, jede Rakete und jedes Artilleriegeschoss auf diesem Militärstützpunkt. Wo immer auch die Chinesen Truppen für einen Angriff zusammenziehen mögen, ich will, dass schon vorher ausgearbeitet wird, wie wir sie mit jedem Geschütz auf diesem Stützpunkt angreifen können. Aber nur *ich* bin berechtigt, schließlich die Geschütze der drei Bataillone der Kontrolle eines anderen zu überlassen, der dann für die Feuerleitung zuständig sein wird.« Er beugte sich vor, die Hände fest auf die Tischplatte gepresst. »Das Terrain innerhalb der Reichweite dieser Geschütze *gehört uns*! Wenn wir unsere Waffen adäquat, aufmerksam und konzentriert einsetzen, werden sie den Chinesen sofort Einhalt gebieten. Suchen, das Geschütz herumschwenken und so schnell wie möglich feuern. Vergessen Sie, was dem 2nd Battalion des 263rd Infantry Regiment zugestoßen ist. Diese Geschütze werden exponierte chinesische Infanterieeinheiten dezimieren, sie abschlachten. Es kann funktionieren, es muss funktionieren … Wenn wir diesen Stützpunkt halten können.«

Clark wartete darauf, dass ihm jemand erzählte, dies sei unmöglich, doch niemand ergriff die Gelegenheit. Ansonsten hätte er den Betreffenden unauffällig beiseite genommen, ihn von seinen gegenwärtigen Pflichten entbunden und ihm eine neue Aufgabe anvertraut.

»Haben wir Firefinder-Radargeräte?«, fragte er.

»Sind bereits eingepackt und können rausgehen«, antwortete der zuständige Offizier.

»Lassen Sie sie wieder auspacken. Mir geht's um sofortige Schussbereitschaft unserer Artillerie hier. Wir müssen schon reagieren, bevor irgendein feindliches Geschütz zum zweiten Mal feuert.« Clark blickte auf die Karte. »Also, warum befindet sich diese Artillerieeinheit hier, so dicht an der Peripherie unseres Terrains?«, fragte er, während er mit dem Finger auf die betreffende Stelle zeigte.

»Sie ist noch immer für die Feuerunterstützung von Einheiten zuständig, die entlang der Straße nach Chabarowsk stationiert sind und sich am äußersten Punkt der Reichweite der Geschütze befinden. Ziehen wir sie zurück, werden sie nicht mehr in der Lage sein …«

»Ziehen Sie sie zurück«, sagte Clark, der dafür mit fast verächtlichen Blicken gestraft wurde. Er war verstimmt. Diese Leute mussten schließlich nicht die harten Entscheidungen fällen. »Alle Einheiten, deren Standorte nicht mehr zu halten sind, erhalten von mir die Genehmigung zur Kapitulation. Wir können es nicht riskieren, dass diese Geschütze sich so weit vorn befinden. Bringen Sie sie sicher auf das Gelände unseres Stützpunkts zurück.« Sein Finger bewegte sich in beide Richtungen über die Karte. »Und setzen Sie diese Männer sinnvoll ein. Wenn Geschützstellungen verlagert werden müssen, tun Sie es. Sollten für neue Geschützstellungen Sprengungen oder Bulldozer erforderlich sein, veranlassen Sie auch das. Ich will, dass diese Waffen geschützt und dann nach rationalen Gesichtspunkten neu stationiert werden. Die

Positionen der Geschütze müssen perfekt aufeinander abgestimmt sein, damit auf jeden Befehl der Feuerleitung, welcher Nationalität der Kommandeur auch sein mag, sofort reagiert werden kann. Und ich will, dass um Mitternacht alles geregelt ist.«

Die anderen Anwesenden hatten einen grimmigen, starren Gesichtsausdruck.

»Also, haben wir ein Verzeichnis, wer genau sich auf diesem Luftstützpunkt befindet?«

»Nein, mit hundertprozentiger Sicherheit wissen wir das nicht, Sir«, antwortete der zuständige Offizier. »Während der letzten achtundvierzig Stunden haben wir Einheiten von kleineren Gefechtsstellungen in der Umgebung hier zusammengezogen. Außerdem war unser Stützpunkt eine Durchgangsstation für Verbände, die nach Chabarowsk unterwegs waren, bevor die Straßenverbindung gekappt wurde. Einige Einheiten, die wir noch hier glaubten, hatten sich bereits auf den Weg gemacht, anderen ist es gelungen, über die Straße zu uns zurückzugelangen. Und es gibt noch jede Menge anderer zerstückelter oder überrannter Einheiten aus einem halben Dutzend Länder, über die wir nichts Genaues wissen.«

»Auch darüber will ich bis vierundzwanzig Uhr eine Aufstellung«, befahl Clark.

Der Mann nickte.

»Außerdem will ich, dass alle anderen graben.«

Zuerst hatte Clark den Eindruck, als hätten die Offiziere ihn nicht richtig verstanden.

»Graben«, wiederholte Clark. »Veranlassen Sie, dass Pioniere die obere, fest gefrorenen Erdschicht wegsprengen. Sie werden überrascht sein, wie gut die Jungs aus den Schützengräben mit einer Schaufel umgehen können. Männer, die gut organisiert und von *Ihnen* geführt werden.« Jetzt war die Aufmerksamkeit der anderen geweckt. »Sie müssen ihren Tagesablauf strukturieren. Weil sie keinen Schlaf kriegen werden, werden sie auch keinen klaren Gedanken fassen können. Folglich müssen wir ihnen das Denken abnehmen und ihnen sagen, was sie wann und wie zu tun haben. Wir müssen sie motivieren, um sie in Schwung zu halten, ihnen die Richtung und ein Ziel zeigen. Und wenn dieses Ziel direkt damit verknüpft ist, dass dieser Stützpunkt gehalten wird ... Sie werden Ihren Job genauso gut erledigen wie sie, mehr verlangen diese Männer im Moment nicht von ihnen.«

»Sollen wir ...«, begann der zuständige Offizier. Dann zuckte er die Achseln. »Sollen wir die Soldaten irgendwie ermutigen?«

»Sie sagen ihnen einfach, dass wir heute Nacht die Stellung halten werden. Morgen erzählen Sie ihnen genau dasselbe, übermorgen auch. Wenn die Chinesen den Luftstützpunkt in drei Tagen nicht genommen haben, werden sie es nie schaffen.« Nacheinander blickte Clark allen direkt in die Augen. »Fünfundzwanzig Prozent Truppenstärke in allen Kampfstellungen bis zur Dämmerung, alle Patrouillen müssen vor Einbruch der Dunkelheit zurück sein. Nach Einbruch der Dämmerung werden die automatischen Waffen in andere Kampfstellungen gebracht. Einmal pro Stunde wird testweise gefeuert, damit nichts einfriert. Bis zweiundzwanzig Uhr muss die Truppenstärke fünfzig Prozent betragen, um vier Uhr morgens fünfundsiebzig Prozent. Während der Angriffe in der Morgendämmerung sind wir dann bei einhundert Prozent. Anschließend senden wir Patrouillen aus, aber für den *Kampf* ausgerüstete Patrouillen. Wir werden den Kampf zum Feind tragen, wodurch wir das Schlachtfeld säubern. Damit hindern wir die Chinesen daran, sich so einzugraben, dass sich unsere Linien in Reichweite ihrer Handfeuerwaffen befinden. Außerdem wird das die Moral unserer Soldaten stärken. Und alle, die nicht auf Patrouille oder in den Gefechtsstellungen sind, müssen Tag und Nacht graben, so lange, bis ich den Befehl zum Aufhören gebe.«

Südlich von Birobidschan, Sibirien
27. Januar, 12.45 Uhr GMT (22.45 Ortszeit)

Die ganze Nacht über folgte Stempel mit der kleinen Gruppe seiner neuen Kameraden den dröhnenden Geräuschen des

Schlachtenlärms. Es klang, als wäre eine riesige Fabrik für Feuerwerkskörper in Brand geraten, deren Lagerbestände jetzt langsam explodierten. Manchmal ließ die Intensität des Krachens für ein paar Minuten nach, dann schwoll die Lautstärke innerhalb weniger Sekunden wieder extrem an. Durch die Baumkronen war flackerndes Licht zu sehen.

Wann immer sie einen kurzen Zwischenstopp eingelegt hatten, waren Stempels Glieder taub geworden. Marschierten sie dann weiter, kehrte seine Empfindungsfähigkeit zurück, aber nicht völlig. An der einzigen Straße, die sie überquerten, sahen sie Chinesen. Der Sergeant, der mit einem Fernglas bewaffnet war, teilte ihnen mit, am Straßenrand würden Lastwagen entladen. Da es finster war, stürmten sie alle gemeinsam über die Straße. Offensichtlich hatten die Chinesen keine Nachtsichtgläser, es passierte nichts. Danach hatten sie sich allerdings langsamer und vorsichtiger auf den immer lauter werdenden Schlachtenlärm zubewegt, weil sich in diesen Wäldern Chinesen aufhalten mussten.

Mittlerweile empfand Stempel eine merkwürdige Nähe zu diesen Männern, deren Namen er nicht einmal kannte. Nur ein einziges Mal hatte er kurz ein paar Worte mit dem Sergeant gewechselt. Dennoch fühlte er sich auf eine Art und Weise mit ihnen verbunden, die nur schwer zu beschreiben war. Den schwarzen Plastikabzeichen auf ihren Helmen konnte er ihren Rang entnehmen. Die meisten waren Privates wie er. Dann zwei Privates First Class, der Spec Three und der Sergeant, der alle um sich versammelte, als das Krachen die Nacht erschütterte. Stempel hatte das Gefühl, dass ihm jetzt Ereignisse von großer Tragweite bevorstanden. »Das ist der Luftstützpunkt«, flüsterte der Sergeant, während er mit einer Kopfbewegung in die Richtung der Kampfgeräusche wies. Von irgendeinem Luftstützpunkt hatte Stempel bisher noch nichts gehört. Als eine Schar von Kampfjets über sie hinwegdröhnte, wurde der Lärm noch einmal um etliche Dezibel lauter. Es folgte eine Kette dumpfer Explosionen. »Die Kämpfe sind zu heftig, wir werden warten müssen. Bald werden sie wieder nachlassen. Wir müssen ausschwärmen und uns eingraben. Aber wühlt den

Schnee nicht zu sehr auf. Wir wollen ja nicht Deckung suchen, sondern uns nur verstecken.«

»Und was ist mit den Abdrücken unserer Stiefel?«, fragte der Spec Three. »Wenn wir hier bleiben, werden sie die Chinesen direkt zu uns führen.«

»Mist«, antwortete der Sergeant. »Okay, hört her. Erinnert ihr euch an den kleinen, zugefrorenen Fluss, den wir überquert haben? Dort liegt nicht viel Schnee auf dem Eis. Wir machen auf demselben Weg kehrt, folgen dann dem Flussbett und buddeln uns am Ufer ein. Alle einverstanden?« Niemand antwortete. »Dann los.«

Sie folgten ihren Spuren in Richtung Fluss, wobei sie mit ungelenken Bewegungen und quietschenden Stiefeln in die alten Fußabdrücke traten. Irgendjemand packte in der Finsternis Stempels Arm, es war einer der einfachen Soldaten. Im Licht der Sterne konnte Stempel erkennen, dass der Mann besorgt die Stirn runzelte. »Ich hab kein Gefühl mehr in den Zehen!«, flüsterte er. Von vorn kam ein wütendes »Pst!«.

Stempel konnte nur die Achseln zucken, bemühte sich aber um eine teilnahmsvolle Miene. Der Mann ging weiter. Seine Schritte durch den Schnee wirkten noch ungelenker und linkischer als die der anderen. Stempel fragte sich, ob hier nicht ein ernsthafteres Problem als das tauber Zehen vorlag. Er fand einen Spitznamen für den Mann mit den dunklen Augen und dem tiefen Stirnrunzeln. Für ihn wurde er »Der kein Gefühl mehr in den Füßen hat«.

Bethesda Naval-Krankenhaus, Maryland
27. Januar, 14.30 Uhr GMT (09.30 Ortszeit)

»Wie geht es dir heute Morgen?«, fragte eine lächelnde Elaine.

»Es tut überall weh«, antwortete Gordon.

Sie küsste ihn, wobei sie sorgfältig darauf achtete, sich nicht auf die Matratze zu stützen. »Brauchst du etwas?«

»Eine neue Niere. Vielleicht auch eine neue Hüfte.«

»Ich rede von Schmerztabletten. Möchtest du, dass ich dir welche hole?«

»Ich kann nicht mehr.« Gordon atmete tief durch und zuckte dabei zusammen. Er verschwendet keine Worte mehr. Nur ungefähr eine Stunde pro Tag war er wach, die restliche Zeit über schlief er. Zumindest dann, wenn er nicht so von Schmerzen und Übelkeit gequält wurde, dass er sich nach nichts so sehr sehnte wie nach Schlaf. Wenn er noch mehr Analgetika nahm, würde er noch nicht einmal mehr wach genug sein, um sich die fünfminütigen Kurzberichte über den Fortgang des Krieges anzuhören, die fast immer ausschließlich schlechte Nachrichten enthielten. Sie wurden ihm in einer so schwammigen bürokratischen Sprache vorgetragen, dass er nur spekulieren konnte, wie schlimm die Lage wirklich war. Darüber hinaus war er zu schwach, um gezielt Fragen stellen oder nachdrücklich um konkretere Informationen bitten zu können. »Ich habe noch ein Treffen mit dem Nationalen Sicherheitsrat und mit einigen führenden Leuten vom Kongress.«

»Ich weiß. Sie führen draußen im Flur heftige Diskussionen.«

»Worüber?«

Elaine senkte den Blick. »Über diesen Krieg, Gordon. Es ist entsetzlich.«

»*Alle* Kriege sind entsetzlich!«

Sofort legte sie ihm eine Hand auf die Brust. »Ich weiß, Gordon, ich weiß. Es ist nur … Warum *dieser* Krieg? Warum sind wir dort? Glaubst du nicht, dass die Sache vielleicht eine Nummer zu groß für uns ist?«

»Von wem redest du?«

Elaine griff nach der Tasse und gab ihm einen Schluck zu trinken. »Von den Vereinigten Staaten«, sagte sie leise. »Die ersten Berichte hören sich ganz fürchterlich an, Schatz. Dreitausend Tote, die meisten davon Amerikaner. Und was die Zahl der getöteten *Chinesen* angeht … Kann das stimmen, fünfundvierzigtausend Tote in nur vier Tagen?«

Gordon ließ seinen Oberkörper auf die Matratze zurücksinken. Es gab so viel, was er sagen wollte, leidenschaftliche Argumente, die er gern vorgebracht hätte. Die Europäer stellten ihre Soldaten zur Verfügung, die die Hälfte der gesamten Truppenstärke ausmachen würden. Aber Amerika war praktisch der Leim, der das Bündnis zusammenhielt, und Gordons Entschluss war die sichtbarste Manifestation, dass die Vereinigten Staaten ihre Rolle als Führungsnation der freien Welt einnahmen, die sie seit dem Zweiten Weltkrieg innegehabt hatten. Oder waren die Vereinigten Staaten jetzt nicht mehr bereit, diese Rolle zu spielen, weil die Bürde zu groß geworden war? Würden sie es zulassen, dass das Gleichgewicht zwischen den Weltmächten sich zu Gunsten Chinas neigte und Asien unter die Herrschaft des Totalitarismus geriet? Heute wurde über die Zukunft entschieden.

Aber der zwingendste Grund für diesen Krieg hatte mit Geopolitik überhaupt nichts zu tun. Für Gordon lag er auf der Hand. Es wäre demütigend, angesichts nackter Aggression zu kapitulieren, und zwar nicht nur für ihn selbst. Er konnte um einen Waffenstillstand betteln, die amerikanischen Soldaten herausholen und dann über seinen Rücktritt aus gesundheitlichen Gründen nachdenken. In den Geschichtsbüchern würde man ihm eine höfliche Fußnote widmen. Aber er würde seine Landsleute besiegt zurücklassen, was ihrem Bild von sich selbst und ihrer Selbstachtung eine harten Schlag versetzen würde. Eine ganze Generation würde verheerende psychologische Folgeschäden erleiden müssen. Das so genannte Vietnam-Syndrom war nichts gegen das, was dann folgen würde. Isolationismus statt einer internationalen Führungsrolle. Damit wäre das »amerikanische Jahrhundert« zu Ende, dann würde die Zeit Chinas kommen.

Charakter, dachte er. Die Nation würde einen Teil ihres Charakters verlieren, der Amerika groß gemacht hatte und der Motor des mächtigsten Landes gewesen war, das die Geschichte je gesehen hatte. Dieser Charakter war in der Feuerprobe des Kriegs geschmiedet worden und konnte durch einen feigen Rückzug zerstört werden. Der Krieg brachte einen fürchterlichen Preis mit sich, aber Gordon war nicht bereit, wegen *seiner* Schwäche den wertvollsten Besitz seines Landes zu gefährden.

Alle diese Gedanken gingen ihm durch den Kopf, aber er hatte gerade die Kraft, Elaine einen sehr kurzen Satz zuzuflüstern. »Wir werden gewinnen.« Er war benommen. Nur verschwommen sah er das Gesicht Elaines, die begütigend auf ihn einredete.

»Der Baum der Freiheit ...«

»Was?«, fragte Elaine.

Das hatte er einmal irgendwo gelesen. Der Baum der Freiheit musste ab und zu mit dem Blut von Patrioten und Tyrannen gedüngt werden. *Thomas Jefferson ...*

»Mr. President«, sagte der Minderheitenführer des Senats. Gordon öffnete die Augen. Wie lange hatte er geschlafen? Er war während eines Treffens weggedämmert. »Im Repräsentantenhaus wird es eine Resolution geben, die die Einstellung der Finanzierung des Krieges nach neunzig Tagen verlangt. Geht sie durch, werden die Gelder automatisch gesperrt. Nur eine andere Mehrheitsabstimmung kann weitere Gelder bewilligen.« Der Mann ließ Gordon etwas Zeit, um die entsetzliche Neuigkeit verdauen zu können.

»Wird sie im Senat durchkommen?«, fragte Gordon.

Sein früherer Kollege zuckte die Achseln. Es war eine resignative Geste. »Ich werde es Ihnen kurz erklären, Gordon. Okay?« Gordon nickte. »Niemand will diesen Krieg. Niemand. Weder in Europa noch in Washington. Selbst in Ihrer eigenen Regierung ist man dagegen, in der amerikanischen Bevölkerung sind es neunzig Prozent. Allmählich wird dies der *unpopulärste* Krieg in der Geschichte unseres Landes, den Bürgerkrieg eingerechnet. Jeder auf dem Capitol Hill wird permanent mit Faxen, Briefen, Anrufen oder E-Mails bombardiert.«

»Das ist nicht die Stimme des Volks.«

Der Senator lächelte. »Nein, da haben Sie Recht. Aber ich vermute, dass Sie nicht die Zeitungen gelesen haben.«

»Ich kann sie nicht halten«, krächzte Gordon.

»Laut Titelseite der *New York Times* haben sich über zweitausend Männer unerlaubt von der Truppe entfernt, und diese Zahl könnte noch sehr viel weiter in die Höhe schießen. Außerdem hat es bereits die ersten Demonstrationen gegeben.«

»Also ziehen Sie mir den Teppich unter den Füßen weg?«, fragte Gordon, der jetzt wieder seine Führungsrolle einnahm. Die anderen fühlten sich ganz offensichtlich unwohl.

»Es tut mir Leid, Gordon«, sagte der Speaker of the House schließlich. »Die Sache wird durchgehen. Damit bleiben Ihnen drei Monate, um unsere Leute wieder herauszuholen.«

Alle warteten auf eine Reaktion, doch Gordon sagte nichts. Er konnte nicht, weil er zu wütend war und zugleich zu emsig Pläne schmiedete. Als nur noch ein dümmlich dreinblickender Fein in dem Krankenzimmer zurückgeblieben war, wusste Gordon, was er tun würde.

»Verbinden Sie mich mit Daryl Shavers«, befahl er Klein.

Luftstützpunkt Birobidschan, Sibirien
27. Januar, 20.00 Uhr GMT (06.00 Ortszeit)

An diesem nebligen Wintermorgen war die Sonne noch nicht aufgegangen, aber Flammen erhellten den Himmel an der Stelle, wo sie das Loch in ihren Linien gerade wieder geschlossen hatten. Clark und Reed beobachteten, wie die bereits gefrorenen Leichen der Chinesen wie Klafterholz aufeinander gestapelt wurden. »Das Platoon an unserer Randstellung haben sie überrannt«, sagte ein noch immer benommener Reed. »Sie sind einfach durchgebrochen und hatten offenes Feld vor sich.« Er schüttelte den Kopf. »Aber hier war Schluss.«

Aus einem zerfetzten Zelt, das als Feldküche gedient hatte, zogen Männer Leichen hervor. Noch immer stieg aus riesigen, glänzenden Töpfen Dampf auf. Hier hatten die ausgehungerten Chinesen nach ihrer Attacke angehalten, um sich den Bauch vollzuschlagen. Major Reeds provisorische Truppe hatte einen Gegenangriff gestartet und die völlig ungeschützten Chinesen mit einem Kugelhagel und Handgranaten attackiert. Über hundert in dem Zelt zusammengepferchte chinesische Soldaten waren zwischen Töpfen und Pfannen ums Leben gekommen.

Clarks Funkgerät knisterte, und sein Funkoffizier teilte ihm mit, dass ein weiterer chinesischer Angriff gestartet worden war. »Wo?«, fragte Clark angespannt.

»Südliche Randstellung«, wiederholte der Mann, während er der Funkbotschaft lauschte. »In der Lücke zwischen den amerikanischen und den belgischen Stellungen.« Eine Woge der Erleichterung überkam Clark. Das waren genau die Stelle und der Zeitpunkt, die er erwartet hatte. Er befahl, dem Kommandeur der Luftstreitkräfte das Signal zu geben. Die Piloten, die jetzt hundertzehn Meilen entfernt in ihren Kampfjets auf den Rollbahnen von Chabarowsk warteten, würden in zehn Minuten hier sein.

Damit blieb genug Zeit, um sich auf den Angriff vorbereiten zu können.

Zum Abschied schüttelte Clark Reed die Hand. »Gute Arbeit«, sagte er knapp.

Noch immer hielt Major Reed Clarks Hand, wobei er seinen Vorgesetzten aus verquollenen, blutunterlaufenen Augen anblickte. Um sie herum wurden immer mehr Leichen übereinander gestapelt. Reed hatte den Befehl gegeben, diese Männer abzuschlachten, während sie verzweifelt ihren Hunger zu stillen versucht hatten.

»Sie haben nur getan, was man von Ihnen erwartet, Major.« Reed öffnete den Mund, als wollte er etwas sagen, und Clark drückte noch einmal fest seine Hand. *Bitte nicht jetzt,* dachte er. Nicht diese Fragen. »Sie haben nur getan, was man von Ihnen *erwartet,* Major«, wiederholte er. »Bereiten Sie jetzt Ihre provisorische Truppe für eine weitere Gegenattacke vor.«

Clark machte sich auf den Weg.

Die Chinesen kamen auf den einzigen Hügel auf dem Terrain des Luftstützpunkts zu, der südlich des Flugplatzes lag. In der Nähe des Bergkamms hatte Clark ein halbes Dutzend schwere Maschinengewehre in Stellung bringen lassen, durch deren verheerende Wirkung bereits die zahlenmäßig nicht besonders großen chinesischen Spähtrupps vernichtet worden waren. Deren Aufgabe hatte einzig darin bestanden, die Stellungen der Waffen zu erkunden. Und jetzt würden sie zurückkommen, um diese Waffen auszuschalten. Der Plan für die Feuerunterstützung war bereits ausgearbeitet. Alle achtundvierzig schweren Geschütze, die zu dicht in der Nähe positioniert waren, um das Schlachtfeld noch direkt ins Visier nehmen zu können, waren auf maximale Richthöhe eingestellt und würden die Nachhut direkt hinter den angreifenden Chinesen unter Beschuss nehmen. Aber die Unterstützung, auf die Clark wirklich seine Hoffnungen setzte, würde ihnen über den Wolken zur Hilfe kommen, ohne dass die Chinesen etwas davon wussten: Kampfjets, die in den unter ihren Flügeln angebrachten Lastenträgern große Mengen hochexplosiven Sprengstoffs mit sich führten. Clark blieb stehen, um auf die Uhr zu blicken. In einer Viertelstunde sollten alle achtundvierzig Kampfjets vor Ort sein.

In gebückter Haltung, den Kopf dicht unter der verschneiten Erdoberfläche, bahnte er sich einen Weg durch den engen Splittergraben. Dieser Splittergraben verband die Verteidigungs-Randstellung mit dem Befehlsstand und dem Posten der Sanitäter in ihrem Rücken. Bald würde hier jede Menge los sein. Munition würde nach vorn gebracht werden, schnelle Einsatzteams wären in gleicher Richtung unterwegs. In Gegenrichtung würde man Tote und Verwundete evakuieren müssen. Als Clark gerade den tieferen und breiteren eigentlichen Schützengraben erreicht hatte, hörte er Hörner und Pfeifen ertönen. Der Funkoffizier und zwei für seine Sicherheit zuständige Männer folgten ihm auf dem Fuße.

Die Soldaten saßen oder standen mit hängenden Köpfen in dem Schützengraben, ihre Rücken gegen die auswärtige Wand gepresst. Während Clark an ihnen vorbeischritt, beobachteten sie ihn aus müden, tief in den Höhlen versunkenen Augen. »Wie geht's?«, fragte Clark, der den Männern auf die Schulter klopfte und ihnen die Hand gab. Die Soldaten waren so erschöpft, dass sie eine gewisse Zeit brauchten, um sich seiner Anwesenheit wirklich bewusst zu werden. Aber hinter ihm erwachten sie plötzlich zu neuem Leben. Ein Offizier stand auf einer aus dem Erdwall herausgehauenen Stufe und spähte durch ein Periskop-Fernglas. Als Clark den jungen Platoon-Führer erreicht hatte, mussten dessen Männer zweimal hinschauen. Sie glaubten, in den letzten zweiundsiebzig Stunden schon alles erlebt zu haben, aber diese Visite war etwas Neues.

»Was sehen Sie, Lieutenant?«, fragte Clark laut.

»Noch mehr beschissene Chinesen.« Der Mann wandte sich verunsichert von seinem Fernglas ab und stieg von der Stufe hinunter. »S-S-Sir?«, stammelte er, während er ungelenk salutierte.

»Salutieren ist hier überflüssig, Lieutenant. Es macht keinen Sinn, eine Zielscheibe für Scharfschützen abzugeben.«

»Ja, Sir.«

»Wo ist die nächste Lücke in unseren Linien?«, fragte Clark.

»Ungefähr hundertfünfzig Meter entfernt«, sagte der junge Mann, der nach rechts zeigte. »Das letzte Platoon unserer Linie entlang dieser Flanke haben wir zurückgezogen. So ist eine etwa zweihundert Meter breite Lücke entstanden, auf deren anderer Seite sich eine belgische Einheit befindet, die ihre linke Flanke zurückgezogen hat. Wir haben vor, das Loch mit 4.2-inch-Mörsern und einigen schweren Maschinengewehren zu stopfen, die sich auf dem Hügel hinter uns befinden.«

»Klingt nach einem Plan«, bemerkte Clark. »Darf ich mal?«, fragte er, während er mit einer Kopfbewegung auf das Fernglas wies. Aber er wartete keine Antwort ab, sondern stieg sofort auf die Stufe. In dem Spezialfernglas waren Beobachtungsspiegel angebracht, die es dem Benutzer erlaubten, das Gelände aus der Sicherheit des Schützengrabens zu beobachten. Das leistungsstarke Fernglas war auf den Drahtzaun um den Stützpunkt gerichtet. Als Clark das

Fernglas etwas schärfer stellte, erblickte er chinesische Pioniere, die verstohlen in ihre Richtung geschlichen kamen. Die aufgewühlte und geschwärzte Erde des zuvor gerodeten Schlachtfelds kündete von der schrecklichen Brutalität moderner Kriegsführung. »Wie weit ist es von hier bis zum Waldrand?«, fragte Clark. »Waldrand« war kaum noch die angemessene Bezeichnung, dort ragten nur noch zersplitterte und verkohlte Baumstümpfe auf.

»Zweihundert Meter, Sir«, antwortete der Lieutenant.

Clark pfiff durch die Zähne. »Ganz schön eng. Haben sie da Minen gelegt?«

»Die Letzten haben wir um drei Uhr morgens hochgehen lassen. Wegen der Scharfschützen konnten wir uns nicht mehr aus dem Schützengraben wagen und neue Minen legen.« Die chinesischen Soldaten kamen nur langsam näher, fast immer gebückt. Besonders eilig schienen sie es nicht zu haben. Sie waren mit den neuen CQ-5.56-Millimeter-Schnellfeuergewehren bewaffnet, einer chinesischen Variante des allgegenwärtigen amerikanischen M-16. Durch ihre schussbereiten Waffen wirkten sie, als würden sie mit dem sofortigen Ausbruch eines Nahkampfes rechnen. *Sie werden alle sterben,* dachte Clark.

»Darf ich Ihnen eine Frage stellen, Sir?«

»Natürlich«, antwortete Clark, der das Fernglas weiter nach links schwenkte. Überall entlang des Zauns bot sich das gleiche Bild.

»Wer sind Sie?«

Clark blickte sich zu dem Mann um und streckte ihm seine Hand entgegen. »Lieutenant General Nate Clark.«

Mittlerweile hatte sich eine kleine Menschenansammlung gebildet, und Clark schüttelte auch diesen Soldaten die Hand.

»Sie sind der Oberbefehlshaber dieser … dieser ganzen Aktion, stimmt's?«, fragte der Lieutenant. »Der Kommandeur von UNRUSFOR?«

Clark nickte. »Ja. Dieser Rang und fünfzig Cent verschaffen mir eine Tasse Kaffee.« Der müde Kalauer brachte die erschöpften Männer zum Lachen.

»Nun gut, aber was haben Sie dann *hier* zu suchen?«, wollte der Lieutenant wissen.

Clark lachte, und auch die anderen fielen ein. Er dachte darüber nach, es auf die humorvolle Weise zu versuchen: *Das wollte ich mich gerade auch schon fragen.* Oder auf die Art des tapferen Soldaten: *Wurde mal wieder Zeit für Schießübungen.* Aber dann erinnerte er sich, dass hier bereits Männer gefallen waren. In einem dreckigen, nach Urin stinkenden Schützengraben, dessen Boden blutbefleckt war. Ein Mann hatte einen blutigen Verband um den Hals, ein anderer trug den Arm in einer Schlinge, ein Unteroffizier hatte Teile eines Fußes verloren. Das war ein heiliger Ort, der von diesen Männern und ihren gefallenen Freunden geweiht worden war.

»Ich bin hier, um mit Ihnen zu kämpfen.«

Einige der Männer mit den verschmierten Gesichtern lächelten, der Gesichtsausdruck ihrer Kameraden spiegelte andersartige Gefühle wider. Aber alle waren jetzt hellwach. Clark und seine kleine Entourage folgten dem gewundenen Schützengraben nach rechts, in Richtung der Lücke in ihren Linien. Unterwegs schüttelte Clark den Soldaten wie ein Politiker die Hände. Nachdem er an etwa zweihundert Soldaten in dem personell bereits verstärkten Sektor vorbeigekommen war, wurde der Himmel von Leuchtkugeln erhellt, die durch Stolperdrähte hochgingen.

Nate beschloss, dass er exakt an dieser Stelle den Kampf aufnehmen würde. »Wie weit sind wir hier von diesen Leuchtkugeln entfernt, Lieutenant?«, fragte er den Platoon-Führer. Dann überprüfte er sein M-16. Er hatte ein volles Magazin – zwanzig Schuss.

»Dreihundert Meter, Sir«, antwortete der Mann, der etwa Mitte zwanzig sein musste.

»Irgendwelche Minen?«

»Nein, Sir. Aber wir haben zwischen den Bäumen an einem Draht Handgranaten mit herausgezogenen Stiften angebracht, die sich in Blechbüchsen befinden.«

Die Handgranaten begannen dutzendweise hochzugehen. Die Chinesen rannten in der Dunkelheit gegen den

Draht, wodurch die Granaten aus den Blechbüchsen zu Boden fielen und dann explodierten.

»Und wie weit ist es bis dort?«

»Zweihundertfünfzig Meter, Sir.«

Von den Beobachtungsposten des Schützengrabens her ertönten die ersten Schreie. »Gewehrgranaten!«

Sofort pressten sich alle dicht gegen die Vorderwand des Schützengrabens. Mit einem langen Rauchschweif kamen die Gewehrgranaten aus dem Nebel nach unten geschossen. Bevor Clark den Kopf einzog, blieb ihm noch Zeit, ihre Flugbahn zu verfolgen. Explosionen ließen den Boden an ihrer Linie erzittern, die nächste fegte das Eis von den Sandsäcken. Arme-Leute-Artillerie.

Die amerikanischen Geschütze wurden aktiv. »Feuer eröffnen!«, brüllte der Platoon-Führer. Alle Männer kletterten in ihre Feuerstellungen. Aus allen nur denkbaren Infanteriewaffen regneten Patronenhülsen auf den Boden des Schützengrabens. Die Maschinengewehrnester mit den M-60s hatten mit Sandsäcken bestückte Dächer, doch die Soldaten mit den SAW und M-16 mussten sich bei jeder explodierenden Granate ducken.

Clark trat auf die Erdstufe einer unbemannten Feuerstellung. Als er über die Sandsäcke spähte, fiel ihm zweierlei auf. Ganze Hundertschaften von Chinesen, von denen jeder Einzelne getötet werden musste, stürmten im Zickzackkurs auf sie zu. Und ein dunkles, eingetrocknetes Blutrinnsal auf dem Sandsack vor ihm verriet Clark, dass der Posten aus gutem Grund nicht besetzt war.

Ein Blick auf die Uhr ließ Clark vermuten, dass die Kampfjets in zwei Minuten eintreffen würden.

Er hob sein M-16, nahm den ihm am nächsten stehenden Chinesen ins Visier, stellte die Feuergeschwindigkeit auf »Semi« ein und legte dann seinen Zeigefinger fest um den Abzug. Als der richtige Zeitpunkt gekommen war, fiel ihm das Abdrücken bemerkenswert schwer.

Zuerst glaubte er, die Waffe vielleicht nicht entsichert zu haben, und dass sich der Abzug deshalb nicht bewegen ließ. Aber es war nicht der Mechanismus der Waffe, der ihn vom

Schießen abhielt. Es war lange her, seit er einen Menschen getötet hatte.

Um es hinter sich zu bringen, drückte Clark einfach ab. Er wurde vom Rückschlag erfasst, das Dröhnen des Schusses ließ seine Ohren klingeln. Alles wie erwartet, selbst der dünne Rauchfaden, der aus der Mündung aufstieg. Beim nächsten Mal zielte Clark auf die Brust eines Chinesen. Wieder der Rückstoß, das Krachen, der Rauch aus der Mündung. Diesmal ging sein Opfer zu Boden und blieb reglos liegen.

Er hatte vergessen, wie schwer es war, einen Menschen zu töten, wie sehr es einen emotional mitnahm. Und die Männer, die um ihn herum feuerten, waren keinesfalls aufgrund von Schlafmangel so erschöpft, sondern deshalb, weil es ihnen schon zu lange an etwas anderem fehlte: an Barmherzigkeit, Güte, Vergebung, kurz, an all dem, was man gemeinhin mit dem Wort »Humanität« verband. Clark feuerte erneut, verfehlte sein Ziel, drückte nochmals ab. Diesmal traf er, der Mann krümmte sich schmerzgeplagt am Boden, weil die Kugel sein Hautgewebe zerfetzt und seine Knochen zertrümmert hatte.

Clark nahm kein weiteres Opfer mehr ins Visier. Die Chinesen starben in so großer Zahl, wie er es noch nie zuvor persönlich miterlebt hatte. In Vietnam hatten einige der grauhaarigen alten Veteranen Geschichten aus dem Koreakrieg erzählt, wo die Asiaten wie menschliche Wellen auf die Amerikaner zugekommen waren. Doch Worte konnten solche Szenen nie hinreichend beschreiben. Wenn tausende Männer ums Leben kamen, verloren Individuen schnell jede Bedeutung. Weil es so viele waren, wurden sie einfach nur zu einem Teil des Ganzen. Clark tötete ein Platoon, eine Kompanie, ein Regiment. Mal war es ein Opfer, wenn er selbst auf den Abzug drückte, dann gleich eine Masse von Toten, weil er von seinem Kommandoposten aus Befehle gab. Die Zielscheiben waren keine individuellen menschlichen Wesen. Sie hatten kein Gesicht, keine Familie, keine Vergangenheit. Wäre es so gewesen, hätte er es nicht ertragen können. Das Ausmaß des Gemetzels zwang ihn dazu, sein Gehirn abzuschotten und die Wirklichkeit zu verdrängen.

Auch seine beiden Schützen und selbst der Mann mit dem Funkgerät waren jetzt auf dem Wall und nahmen die zweihundert Meter Boden vor ihnen wie auf einem Schießstand unter Feuer. Der aus den Läufen der Waffen aufsteigende, stinkende Rauch verursachte Clark leichte Übelkeit. Noch immer stürmten die Chinesen auf sie zu. Schon bevor ihre Kameraden gefallen waren, tauchte zwischen den geborstenen Baumstämmen eine neue Welle chinesischer Soldaten auf. *Was denken sich die chinesischen Kommandeure bloß dabei, ganze Regimenter gegen gut vorbereitete Stellungen anrennen zu lassen?*, fragte sich Clark plötzlich verwirrt. *Wie können sie so kühl kalkulierend das Leben ihrer Männer opfern?* Dann erinnerte er sich an Brigadier General Merrill. Man tat, was man tun musste.

Die vorderen Reihen der anrennenden Chinesen, die sich bereits deutlich gelichtet hatten, waren mittlerweile noch einhundert Meter entfernt. Clark begann kleine Salven von drei Schüssen abzufeuern, schnell waren zwei Magazine geleert. Dann ließ er sich drei weitere Magazine von einem Mann geben, der mit einem Rucksack voller Nachschub in dem Schützengraben auf und ab ging. Eine neue Welle von Angreifern sprang über den mittlerweile niedergetrampelten Zaun auf dem Schlachtfeld.

Clark wandte sich dem Mann mit dem Funkgerät zu. *»Finden Sie heraus, wo die Luftunterstützung bleibt!«* Dann feuerte er weiter. Der Sandsack, auf dem sein M-16 ruhte, wurde von einer Kugel zerfetzt, sein Inhalt sickerte wie Blut aus einer Wunde.

Eine weitere Kugel pfiff direkt an seinem Kopf vorbei, und Clark ertappte sich dabei, dass er einen Augenblick lang verblüfft war. Dann hob er fast reflexhaft wieder seine Waffe. Vor drei Jahrzehnten war er ein unerfahrener Second Lieutenant gewesen, und daran schien sich gar nicht so viel geändert zu haben.

Mittlerweile feuerte der Feind aus allen Rohren zurück. Aus dem Augenwinkel sah Clark, wie der erste Mann in dem Schützengraben zu Boden ging. Jetzt waren die zahlenmäßig dezimierten, aber weiter feuernden Chinesen aus der ersten Reihe noch fünfundsiebzig Meter weit entfernt. Wieder blickte Clark auf den gestürzten, sich vor Schmerzen am Boden krümmenden Mann. Die meisten Wunden der Soldaten in dem Schützengraben würden so aussehen – Kopfwunden. Erfolglos versuchte ein Sanitäter, dem schreienden Mann die Hände vom Gesicht zu reißen. Alles war wie damals, stimmte hundertprozentig mit seinen Erinnerungen überein.

»Tango Lima eins-neun, hier spricht X-Ray Yankee fünfacht, können Sie mich hören, over!«, brüllte Clarks Mann in sein Funkgerät, doch er erhielt keine Antwort. Der Mann saß auf dem Boden des Schützengrabens und wiederholte seine Worte. *»Tango Lima eins-neun …«*

Jetzt kam es auf jeden einzelnen Schuss an. Die ersten Chinesen schleuderten aus vollem Lauf Handgranaten in Richtung des Schützengrabens. Bevor Clark und alle anderen sich zu Boden fallen ließen, sah er noch eine weitere Reihe Chinesen aus dem in Rauch gehüllten Wald stürmen.

Überall regneten in der Luft rotierende Handgranaten nieder. Dutzende von Explosionen ließen die Erde erzittern. Um eine Biegung des Schützengrabens schossen Feuer und Rauch, eine unglückselige Gruppe seiner Soldaten war getroffen worden. Pausenlos fielen Granaten vom Himmel. Dessen ungeachtet brüllte ein Unteroffizier: »Alle hochkommen!«

»Tango Lima eins-neun …«

Als Clark wieder in seine Geschützstellung kletterte, wurde er von einem Gefühl der Angst durchzuckt. Ihm blieb keine Zeit, darüber nachzudenken, was schief gelaufen war, auch keine, den für die Anforderung der Luftunterstützung zuständigen Leitoffizier anzuschnauzen. Er konnte nur weiterfeuern. Die ersten Chinesen waren bis auf fünfzig Meter herangekommen. Er drückte pausenlos ab, fast jedes Mal ging ein Chinese zu Boden. Fehlschüsse waren praktisch ausgeschlossen, er hatte den Gegner direkt vor dem Lauf. Er spürte die sengende Hitze der Explosionen auf seiner Haut, das Dröhnen wollte ihm die Nerven zerrütten. Überall um ihn herum wütete Gewalt. Schneller als der Schall pfiffen Kugeln durch die Luft. Clark tötete, ohne weiter darüber nachzudenken.

»Tango Lima eins-neun, können Sie mich hören, over …«

Clark ließ sich wieder in den Schützengraben fallen, um das leere Magazin auszutauschen. Die anstürmenden Chinesen brüllten aus vollem Hals. Plötzlich explodierte die Welt um ihn herum. Die Luft in dem Schützengraben wurde von einer Druckwelle erfasst. Erstickender Staub stieg auf, von den Erdwällen fiel Schnee auf Helme und Schultern. Mittlerweile hatten alle ihre Feuerposten verlassen und lagen auf dem vereisten Boden. Männer sprangen in den Schützengraben oder auf den hinteren Erdwall, als eine weitere dröhnende Explosion die Erde erzittern ließ und den Himmel verdunkelte. Flammen schossen aus Gewehrläufen, und das Mündungsfeuer erleuchtete den Schützengraben, als der tödliche Nahkampf begann. Jetzt gab es nichts mehr außer Lärm, Verwirrung, Tod. Soldaten beider Armeen versuchten, dem Graben zu entfliehen. Eine weitere dröhnende Explosion ließ brennende Trümmer herabprasseln.

Der Kampf in dem Schützengraben war vorbei, die Überlebenden klammerten sich an die Wände. Permanent folgten weitere, alles erschütternde Explosionen, die das Ende der Welt anzukündigen schienen. Clark rollte sich wie ein Fötus zusammen, ohne jede Ahnung, ob sie die Schlacht gewonnen oder verloren hatten. Wie aus dem Nichts waren die Kampfjets aufgetaucht, um die Apokalypse einzuläuten. Aber sie waren für alle eine tödliche Bedrohung – Bomben machten keinen Unterschied zwischen Freund und Feind.

Clarks Herz pochte noch immer heftig, als er schließlich begriff, dass das Schlimmste vorüber war. »Vorwärts!« brüllte jemand, bevor er wegen des erstickenden Rauchs husten musste. »Den Schützengraben säubern!« Clark rappelte sich auf. Durch den schwarzen Rauch, der gleichsam ein Leichentuch über die zahllosen Toten breitete, war der neblige Morgenhimmel kaum noch zu sehen. Überall knisterten Feuer. Niemand rührte sich, alles Leben schien erstorben. Die Schlacht war gewonnen.

»Zum Teufel, ich weiß, wo Sie sind!«, brüllte General Dekker, der über ein Satellitentelefon mit Clark sprach. »Verdammt, Nate, wir haben jahrelang in der Armee zusammengearbeitet, aber Sie haben einen ausdrücklichen Befehl missachtet! Ich muss Ihnen ja wohl nicht eigens erklären, was das für mich bedeutet. Sie begeben sich als Oberbefehlshaber *aller* Truppen im Operationsgebiet auf einen *umzingelten* Luftstützpunkt, wo man damit rechnen muss, *jeden Augenblick* überrannt zu werden! Sie riskieren, auf einem Nebenschauplatz Ihr Leben zu verlieren, Nate! Guter Gott, auf einem *beschissenen* Nebenschauplatz!« Dekkers Seufzer klang, als wäre ein stürmischer Windstoß in das Mikrofon seines Telefonhörers gefahren. »Warum haben Sie das getan? Aus welchem Grund haben Sie meinen Befehl nicht befolgt, sich nicht nach Birobidschan begeben?«

»Ich schicke Männer in den Tod, Ed«, antwortete Clark mit bebender Stimme. »Sie sollten unsere Soldaten sehen, dann wären Sie stolz auf sie. Nach all diesen Jahren weiß ich immer noch nicht, warum sie eigentlich ihre Stiefel schnüren und sich in diese Scheiße begeben. Und ich schwöre bei Gott, dass mich das heute mehr erstaunt als damals, als wir in ihrem Alter waren. Sie haben nicht die geringste Ahnung, warum zum Teufel sie eigentlich hier sind. Sie sind einfach ...« Die Worte blieben ihm im Halse stecken. »Sie sind einfach ...« Clark schüttelte den Kopf. Während er sprach, bekam er eine Gänsehaut. »Bei Gott, sie sind einfach gute Soldaten, Ed. Jeder Einzelne, bis zum letzten Mann. Mir ist es egal, was sie vorher getan haben oder was sie tun werden, falls sie jemals wieder nach Hause gelangen sollten. Nichts kann etwas an der Tatsache ändern, dass sie hier und jetzt die beste Armee bilden, die je ins Feld gezogen ist.«

Eine Zeit lang schwieg Dekker, doch als er schließlich antwortete, schien sein Zorn verraucht zu sein. »Eigentlich sollte ich Ihnen das verdammte Kommando entziehen, Sie um zwei Ränge degradieren und Sie mit um die Hälfte gekürzten Bezügen in den Ruhestand schicken. Aber wenn diese Stellung gehalten wird, ist es wahrscheinlich, dass man Ihnen eine Distinguished Service Medal an die Brust heften wird.«

»Ich werde sie nicht annehmen. Was mich betrifft, bin ich nie hier gewesen. Mein Besuch hier ist nicht für die Öffentlichkeit bestimmt. Dieser Stützpunkt wird nicht fallen, das spüre ich. Wir werden kampfbereite Patrouillen aussenden, damit sie uns die Scharfschützen vom Hals schaffen. Unsere Jungs hier haben genug Mumm, um den Stützpunkt zu halten, und mit mir hat das *nichts* zu tun.«

»Erzählen Sie das mal den Journalisten von *Newsweek*«, sagte Dekker. »Sie haben bereits angerufen. Ihr Bild wird die verdammte *Titelseite* zieren, und zwar unter der fetten Schlagzeile ›Er kam, sah und siegte‹. Im Augenblick kann ich Sie nicht feuern, Nate, weil Sie ein *Held* sind. Aber sollten Sie jemals wieder einer meiner Befehle missachten, so unwichtig dieser auch sein mag, stehen Sie mit dem Rücken zur Wand, und ich werde persönlich dafür sorgen, dass Ihre verdammte Todessehnsucht in Erfüllung geht! Haben Sie das kapiert?«

»Ja, Sir«, antwortete Clark.

Dekker knallte den Hörer auf die Gabel.

Ein Mann mit einer Funkbotschaft wartete auf Clark. Sie stammte von einer der umzingelten, an der Straße nach Chabarowsk stationierten Einheiten, die Clark zur Kapitulation aufgefordert hatte. »Keine Munition mehr, alle Waffen sind vernichtet. Keinerlei Anzeichen für Unterstützung. Meine Einheit wird sich gemäß Ihrem Befehl ergeben. Ich zerstöre das Funkgerät. Bitte beten Sie für uns. Ende.«

5. KAPITEL

Südlich von Birobidschan, Sibirien
27. Januar, 21.00 Uhr GMT (07.00 Ortszeit)

Im Laufe der Nacht war alles immer schlimmer geworden. Ganze Kolonnen von Chinesen hatten sich der kleinen Gruppe genähert, zu der jetzt auch Stempel gehörte. Es mussten Zehntausende sein, die alle zu dem Luftstützpunkt unterwegs waren. Schließlich marschierte eine lange Reihe von Männern mitten zwischen ihren Verstecken hindurch. In seinem Schneeloch wagte Stempel noch nicht einmal Luft zu holen, weil er befürchtete, dass die weiße Atemwolke zum Startsignal für das Morden werden würde. Aber niemand sah sie. Die verängstigten chinesischen Soldaten sorgten sich zu sehr um das, was sie erwartete, um der direkten Umgebung irgendwelche Aufmerksamkeit zu schenken.

Bei Anbruch der Morgendämmerung hatten die letzten Chinesen ihre Verstecke passiert, die Schlacht hatte begonnen. Angesichts der schieren Masse feindlicher Soldaten konnte Stempel sich nicht vorstellen, wie der Luftstützpunkt zu halten war. Der Lärm der Schlacht war durchdringend, doch er war nichts gegen das, was folgen sollte.

Die Wälder explodierten, zumindest war das Stempels Eindruck. Eine Welle von Erschütterungen folgte der anderen. Vier Kampfjets dröhnten über sie hinweg, die einen Bombenhagel auf den Wald niedergehen ließen. Die letzte Bombe explodierte gerade mal einhundert Meter von ihnen entfernt. Unter Stempels Rücken erzitterte der Boden. Dann kamen die in wilder Panik flüchtenden Chinesen zurück. Sie rannten wie gehetzte Tiere, sprangen über umgestürzte Baumstämme, flüchteten in alle Richtungen, brachen durch schwer mit Schnee beladene Zweige. Sie stürzten, der Schnee drohte sie unter sich fast zu begraben. Die fliehenden Infanteristen jagten Stempel Angst ein, aber am meisten fürchtete er sich vor dem Tod aus der Luft. Die dichten

Schneeverwehungen neben dem Flussbett waren ihnen als ein geeignetes Versteck erschienen, doch für die Piloten war der Strom in den dichten Wäldern auch ein Orientierungspunkt.

Kampfhubschrauber flogen den schmalen Fluss entlang. Als sie wendeten, wurde das Geräusch der Rotoren und der heulenden Motoren schriller. Über den Fluss fliehende Chinesen wurden einfach niedergemäht. Die Bordkanonen der Apache-Kampfhubschrauber knickten Äste ab, fällten aber auch ganze Bäume. Dicke Eisschollen flogen in die Luft, Hunderte Explosionen ließen die Erde erzittern. Etliche Opfer wurden einfach zerfetzt. Verzweifelte, kopflos rennende Chinesen überquerten die zehn Meter breite Schneise im Wald. Turbinen heulten, Rotoren zerschnitten die Luft über diesen wendigen Raubvögeln. Überall spritzten Schnee und Eis auf.

Es wäre unmöglich gewesen, die Toten zu zählen, der Boden war mit Leichen förmlich übersät. Die Kampfhubschrauber zogen eine Spur des Todes hinter sich her, doch manche konnten unverletzt fliehen. Leben oder Tod – das hing jetzt nur noch von einem sinnlosen, unwägbaren Lotteriespiel ab. Und im Hintergrund – weit, sehr weit weg – hörten Stempel und seine Kameraden das tiefe, höllische Donnern schwerer Bombenangriffe. *B-52s,* dachte Stempel. Ja, so musste es sein. Alle dreißig Sekunden erinnerten ihn die Explosionen daran, dass es auf der ganzen Erde kein Versteck gab, wenn der Tod es auf ihn abgesehen hatte.

Als die letzten überlebenden Chinesen geflüchtet waren, wurde das Heulen der Hubschraubermotoren immer leiser. Dann war es wieder still, selbst das Heulen und Stöhnen der Verwundeten verstummte schnell.

Der Sergeant stand auf und schüttelte den Schnee von seiner Winteruniform. Mit heftigen Handzeichen scheuchte er die anderen auf. Sechs Männer rappelten sich hoch, zwei schafften es nicht.

»Der kein Gefühl mehr in den Füßen hat« und zwei andere amerikanische Soldaten konnten sich nicht mehr aus ihren Schneelöchern befreien. Weil sie stundenlang reglos in ihrem eiskalten Versteck ausgeharrt hatten, war ihnen jegliches Gefühl in den unteren Extremitäten abhanden gekommen. Im trüben Licht der Dämmerung warf der Sergeant einen Blick auf die bewegungsunfähigen Männer. Dann krempelte er ihnen die Ärmel hoch, um ihre Druckempfindlichkeit und Empfindungsfähigkeit zu testen.

Schließlich flüsterte er dem Spec Three in eindringlichem Tonfall etwas zu. Stempel verstand jedes einzelne Wort.

»Schlimme Erfrierungserscheinungen«, stellte der Sergeant fest.

»Sollen wir versuchen, ihre Haut mit Schnee zu massieren?«. fragte der Spec Three.

»Nein, es ist zu schlimm. Nicht reiben, keine Massage. Versucht nicht einmal, ihre Gliedmaßen zu bewegen. Finger und Zehen werden sie verlieren. Sie können noch von Glück sagen, wenn Hände und Füße nicht amputiert werden müssen.«

»Können sie überhaupt laufen?«

»Völlig ausgeschlossen.«

Das war für Stempel der Anlass, eigene Überlegungen anzustellen. Sechs von ihnen konnten laufen, doch dazu zählte auch ein Mann, den Stempel »Der mit der Beinwunde« nannte. So waren sie nicht in der Lage, die Gelähmten zu tragen.

»Alle runter!«, zischte der Sergeant plötzlich. Auch die Gesunden kehrten wieder in ihre Verstecke im Schnee zurück. Stempel war kaum damit fertig, mit seinen Handschuhen Schnee auf seinen Körper zu schaufeln, als ihm eine Bewegung auffiel. Vor dem Hintergrund des dämmrigen Himmels zeichnete sich die Silhouette eines aufrecht gehenden Mannes mit gehobenem Gewehr ab. Bevor Stempel seine Arme einbuddelte und unter dem Schnee den Kolben seines Gewehr ertastete, ließ er den Mann passieren.

Sein Blick folgte dem runden Umriss des Helms. Jetzt war offenkundig, dass der Mann seinerseits Stempel beobachtete.

»Okay«, sagte der Sergeant in ganz normalem Tonfall. »Keiner bewegt sich. Hast du die Flagge?« Der Spec Three zeigte ihm das weiße Handtuch, der Sergeant nickte. »In Ordnung. Heb sie langsam hoch, *ganz langsam*, und schwenk sie dann über deinem Kopf.«

Der Mann schwenkte das weiße Handtuch, seine Bewegungen beschrieben die Form einer Acht. Zeit verstrich. Stempel zitterte in dem ruhigen, im Frost erstarrten Wald. Er erwartete den Tod. Seine tauben Hände umklammerten seine Waffe so fest, dass sich seine Unterarme verkrampften. Sein Blick fixierte weiterhin den runden weißen Helm.

»Keine Bewegung!«, rief jemand aus einer gewissen Entfernung. Jetzt hing das weiße Handtuch schlaff herab. »Amerikanischer Soldat! Welche Einheit?«

Stempel konnte es nicht fassen. Der Sergeant grinste, der Spec Three lachte gar. »Der kein Gefühl mehr in den Füßen hat« weinte. Es war tatsächlich wahr. Stempel schloss die Augen.

»2nd Battalion, 263rd Infantry Regiment«, antwortete der erfreute Sergeant.

Stempel öffnet die Augen, kniff sie dann wieder zu. Schritte knirschten im Schnee. Stempel blickte gerade lange genug hin, um die GIs mit den M-16 erkennen zu können.

»Ihr seid wirklich vom 2nd Battalion?«, hörte er jemanden fragen. Wieder zwang Stempel sich, die Augen zu öffnen. Mehrere seiner Kameraden nickten. »Ist sonst noch jemand hier?« Weiße Wolken entwichen dem Mund und den Nasenlöchern des Mannes.

Niemand sagte ein Wort, und Stempel schloss die Augen wieder.

Hafen von Wladiwostok, Sibirien
29. Januar, 02.00 Uhr GMT (12.00 Ortszeit)

Von zwei Tagen auf See erschöpft, ging André Faulk die Landungsbrücke hinunter. Die kämpfenden Einheiten waren mit Luxusflugzeugen eingeflogen worden, doch Andrés Postabteilung hatte sich auf dem winterlichen Meer an Bord eines rostenden, stinkenden Frachters durchschütteln lassen müssen. Kalte Luft schnitt durch seinen etwas zu weiten Parka, doch er atmete befreit tief durch. Vor ihm lag das feste Land – frische Luft, offene Räume. Auf dem Kai reihte er sich in die Formation seiner Einheit ein, einer bunt gemischten Schar von übergewichtigen und eher schwächlich gebauten Männern. André bemerkte, dass er leicht von einem Fuß auf den anderen trat.

»Alle herhören!«, rief der Lieutenant, während er auf die Formation zukam. In seiner schweren Winterkleidung wirkte der Lieutenant fast athletisch, doch in Korea hatte André ihn in der Sporthalle gesehen. Er war über einen Meter achtzig groß, wog aber für seine Größe nur sehr wenig.

»Ihr seid jetzt im russischen Wladiwostok! Eine russische Regierung *gibt* es nicht mehr! Diese ganze Gegend hier steht unter militärischer Verwaltung der für Russland zuständigen Truppen der Vereinten Nationen! Außerhalb sicheren militärischen Geländes solltet ihr euch jederzeit so verhalten, als würdet ihr euch auf feindlichem Gebiet befinden! Die Chinesen sind unterwegs, aber die Anarchisten sind bereits hier! Dazu kommt noch, dass die Zivilbevölkerung hungrig ist, und man wird euch die Kehle durchschneiden, um an Lebensmittel oder eure Brieftaschen heranzukommen. Folglich lautet der Befehl, dass das Fraternisieren mit der Zivilbevölkerung verboten ist!« Ein enttäuschtes Stöhnen lief durch die Reihen. »Ich mein's ernst!«, kreischte der Lieutenant, um seiner Devise harten Durchgreifens Nachdruck zu verleihen. André rollte die Augen. »Okay! Morgen geht's mit der Postzustellung los. Wir schaffen das schon!« Er fuchtelte mit den Fäusten in der Luft herum, um seine Männer anzufeuern, wurde aber mit keinerlei Reaktion belohnt.

André beobachtete das Schiff, das neben dem rostigen Kahn vertäut war, mit dem sie gebracht worden waren. Aus diesem Schiff wurden gepanzerte Bradley-Kampffahrzeuge ausgeladen, die in den Depots der Division in Südkorea mit einem frischen weißen Anstrich versehen worden waren. Er fragte sich, wo Stempel wohl sein mochte.

Militärstützpunkt Birobidschan
29. Januar, 10.00 Uhr GMT (20.00 Ortszeit)

Erst nachdem Harold Stempel aufgewacht war, hörte er die dumpfen Explosionen, die den Boden in dem warmen Bunker erzittern ließen. An die extremen Hintergrundgeräusche hatte er sich gewöhnt, aber er konnte nicht weiterschlafen, wenn der Sergeant mit seinem Gebrüll alle aus ihren Schlafsäcken scheuchte. *Wahrscheinlich müssen wir wieder buddeln,* vermutete Harold. Er setzte sich auf, hatte aber einen völlig benebelten Kopf. Er schloss die Augen. Seit er auf dem Gelände des Militärstützpunkts war, hatte er »dienstfrei«, und das bedeutete in seinem Fall, dass er gegraben und geschlafen, nicht aber gekämpft hatte. Seine Ohren waren wie taub von den Explosionen des Sprengstoffs, mit dem die Pioniere den hart gefrorenen Boden lockerten. Die Arbeitstrupps suchten dann an den Wänden der Schützengräben Schutz, während hinter ihnen Rauch und Staub aufstiegen. Bevor er sich anzog, nahm Harold noch zwei Kodeintabletten, die man ihm auf der Krankenstation gegen seine diversen Schmerzen gegeben hatte.

Als er seine mit Blut befleckte Winteruniform anzog, fragte ihn der Sergeant, ob er verwundet sei. Stempel verneinte, doch das war eine Lüge. Er *war* verwundet, nur konnte man die Wunden nicht sehen. Aber er fühlte sie, besonders im Schlaf. Wenn er die Augen schloss, wurde er langsam von Paranoia gepackt, die sich schnell zu unkontrollierbarer Panik steigerte. Leichter Schlaf bedeutete, dass er unter Albträumen litt, Schweißausbrüche hatte und manchmal schrie. Aus wonnigem Tiefschlaf erwachte er durch einen Adrenalinstoß – mit weit aufgerissenen Augen, rasendem Puls, plötzlich hellwach und von einer überwältigenden Angst vor unmittelbar bevorstehender Gefahr gepeinigt.

Gemeinsam mit einem Dutzend anderer führte der Sergeant Stempel in die kalte Nacht hinaus. Die kriegerischen Auseinandersetzungen schienen nur leicht und sporadisch zu sein – gelegentlich hörte man Salven aus Schnellfeuergewehren, die aber rasch wieder verstummten, mal eine in der

Ferne explodierende Handgranate oder einen einzelnen Schuss. Obwohl die Lage augenscheinlich ruhig war, schlich der Staff Sergeant in gebückter Haltung und mit angelegtem Gewehr durch den Splittergraben. Stempel nahm sich ein Beispiel an ihm, stellte den Schalter seines M-16 auf »Feuerstoß« und legte seinen Finger um den Abzug. Als sie einen neben dem Splittergraben liegenden Unterstand erreicht hatten, steckte der Sergeant den Kopf durch dem Eingang. »Wie viele Leute braucht ihr?«

»Einer reicht«, kam von drinnen die Antwort.

Der Staff Sergeant wandte sich Stempel zu. »Du gehst.«

Stempel kroch in den Unterstand, in dem ein stinkender Gasofen brannte. Im Licht einer einzigen Kerosinlampe erkannte Stempel die Silhouetten von acht dick vermummten Soldaten, die einer neunten Person gegenübersaßen. »Setz dich«, sagte Letztere zu Stempel. Harold nahm Platz, wobei sein Parka sich geräuschvoll an denen der anderen rieb. Alle blickten auf die eingetrockneten, dunkelbraunen Blutflecken auf Stempels Parka. »Du gehörst jetzt zum 1st Squad, 3rd Platoon, 1st Provisional Infantry Company.« Der Mann ließ seinen Blick von Harolds Gesicht auf die Blutflecken gleiten. »Mein Name ist Harper – Spec Five. Ich bin der Squad-Führer.«

»Stempel, Private.« Der Squad-Führer notierte auf einem Blatt Papier Harolds Personalien und fuhr dann dort fort, wo das Gespräch durch Stempels Eintreffen unterbrochen worden war. Er schrieb Name, Rang und Dienstnummer eines der anderen auf. »Einheit und militärische Spezialisierung?«

»82-C«, antworete der Mann. »Feldartilleriebeobachter.«

Der Unteroffizier wandte sich dem nächsten Soldaten zu.

»13-M – Fachmann für Mehrkanal-Kommunikationssysteme.«

Plötzlich dämmerte dem immer noch benommenen Stempel, dass hier eine Infanterieeinheit zusammengestellt wurde.

»63-B«, ertönte die Stimme einer Frau. Stempels Kopf schoss herum, doch konnte er in einer Ecke nur ein schemenhaftes Profil erkennen. »Fahrzeugwartung.« Ihr Kinn ruhte auf dem Lauf eines M-16.

»88-M, motorisierte Transporte«, sagte mit zitternder Stimme Stempels Nachbar, der eine bruchsichere Brille mit dicken Gläsern trug.

»457-XB«, beantwortete der Nächste die Frage des Squad-Führers.

»Was zum Teufel soll *das* denn sein?«

»Wartung von Flugzeugen für Luftbrücken«, antwortete der Mann. »Ich gehöre zur Air Force, nicht zur Army.«

»Na großartig«, murmelte jemand. Auch der Unteroffizier hatte einen ungläubigen Gesichtsausdruck. »Ist noch jemand von der Air Force hier?«, fragte er. Das knisternde Geräusch des Nylongewebes der Parkas lenkte alle Blicke auf zwei Männer, die die Hände gehoben hatten. »Scheiße«, fluchte der Unteroffizier. Diese beiden waren Spezialisten für Rollbahnwartung (551XO) bzw. Verwaltungsaufgaben und Reprographie (703XO). Der Squad-Führer knurrte verärgert. »Sind vielleicht auch Leute von der Navy oder von der Küstenwache hier? Oder ein paar Pfadfinder?« Einige lachten. »Okay, wen habe ich vergessen?« Wieder knisterte in der Finsternis ein Nylon-Parka. »Ja?«, bellte der Spec Five.

»M-m-meine *offizielle* Einheit ist 02-B, Sir, aber einberufen wurde ich als medizinischer Laborspezialist zur 92-B. Das ist mein Beruf im Zivilleben.«

»Gehörst du zur *Reserve* der Army?«

»Zur Nationalgarde.«

Einige stöhnten. »Haltet die Klappe!«, schnappte der Unteroffizier, während er die Personalien notierte. »Und was verbirgt sich hinter 02-B?«

»Äh …« Der Mann kicherte nervös. »Eigentlich bin ich – was Sie vermutlich amüsieren wird – Kornettspieler. 02-B ist ein Musikkorps für Kornett- und Trompetenspieler.«

»Oh, oh, wir sind erledigt, Mann«, stöhnte jemand in der Dunkelheit.

»Klappe halten!«, schnauzte der Squad-Führer noch einmal. »Bis ich ihn ausdrücklich frage, sagt niemand auch nur ein einziges Wort!« Er wandte sich Stempel zu, wobei er erneut auf die Blutflecken auf dessen Parka blickte. »Und was ist mit dir?«, fragte er in einem fast respektvollen Tonfall.

»11-B, Infanterist«, antwortete Stempel, dessen Nachbar erleichtert aufseufzte. Ein anderer schüttelte Stempel die Hand.

Während der Unteroffizier schrieb, richtete jemand aus der Finsternis eine Frage an ihn. »Was ist denn *Ihre* Spezialität?«

Bevor er antwortete, zählte der Unteroffizier noch einmal die zehn Namen nach. »00J.« Der Fragesteller wollte wissen, was sich hinter diesem Kürzel verberge. »Ich bin Klubmanager, okay?«, kam die Antwort ihres Squad-Führers.

Niemand sagte ein Wort. Außer dem krachenden Schuss eines draußen abgefeuerten Sturmgewehrs war nichts zu hören.

Ein Offizier mit einem schweren Sack trat ein. »Mein Name ist Lieutenant Dawes.« Der Mann wirkte zuversichtlich, und Stempel versuchte, sich damit zu beruhigen. »Wir müssen ein paar Chinesen erledigen, die auf das Gelände unseres Stützpunkts vorgedrungen sind. Sie sind in alten Mörserstellungen festgenagelt, aber wir müssen angreifen, um unsere Linie wieder schließen zu können.« In dem Unterstand herrschte Totenstille. »Mir ist klar, dass ihr alle nervös seid, aber die Sache muss erledigt werden. Alles ist ganz unkompliziert. Ich nehme euch mit, Sergeant Brunner wird die 2nd Squad übernehmen. Wir werden eine einzige, fest geschlossene Linie bilden und dann die beiden Einheiten im überschlagenden Einsatz vorgehen lassen. Eine Squad rückt zwanzig Meter vor und lässt sich dann hinfallen, um der anderen vorrückenden Einheit Feuerschutz zu geben. Niemand darf zurückfallen! Wenn wir die Löcher erreicht haben, in denen die Chinesen festsitzen, werden wir sie erledigen.« Lieutenant Dawes räusperte sich. »Aber merkt euch eins, ihr müsst unter feindlichem Feuer vorrücken. Kapiert?« Offensichtlich hatte nur Stempel begriffen. Im Gegensatz zu ihm schien es den anderen nicht vor Angst kalt den Rücken hinunterzulaufen. »Wir müssen auf offenem Feld vorrücken. Tut mir Leid, aber so ist es nun mal.«

Jetzt hatten auch die anderen verstanden, was auf sie zukam. Manche hatten einen wütenden, andere einen ungläubigen Gesichtsausdruck. Dawes zerrte den Sack vor die Soldaten. »Jeder schnappt sich fünf Handgranaten.« Der Spezialist für motorisierte Transporte neben Stempel verschluckte sich und begann zu husten. Er legte Stempel die Hand auf die Schulter, als wollte er aufstehen, aber er kam nicht auf die Beine. Zuerst glaubte Stempel, er würde sich erbrechen, doch Dawes gab ihm ein Glas Wasser, und es passierte nichts.

»Zielt auf das Mündungsfeuer«, sagte Dawes, während der schwere Sack weitergerreicht wurde. »Dann werden sie ihre Köpfe unter behalten. Wenn wir nahe genug dran sind, werfen wir die Handgranaten.«

Nacheinander traten sie in den Splittergraben hinaus. Niemand sagte ein Wort.

Dawes wies allen an der Wand eines Splittergrabens im Abstand von fünf Metern ihre Position zu. Als alle breit waren, gab er das Zeichen, und sie kletterten aus dem Graben auf den Schnee hinaus. Sofort reagierten die Chinesen mit stakkatoartigem Feuer. Über ihnen pfiffen Kugeln durch die Luft. Man hatte sie erblickt, und der Gegner war vorbereitet. Stempel presste sich auf den verkrusteten Schnee. Links und rechtes neben ihm folgten seine verängstigten Kameraden seinem Beispiel.

»1st Squad!«, brüllte Lieutenant Dawes. »Sucht euch ein Ziel aus und macht euch schussbereit!«

Stempel presste den Kolben seines Gewehrs gegen die Schulter. Das schneebedeckte Gelände war uneben. Stellenweise stieg es an und behinderte die Sicht, doch Stempel sah eine Feuer spuckende Waffe. Er zielte auf das grelle Mündungsfeuer und stellte den Schalter seines M-16 auf »Semi« ein. Zu seiner Linken ertönte eine Stimme. »2nd Squad, in Linie vorrücken! Auf meinen Befehl!« Einen Augenblick lang herrschte Schweigen. *»Los!«*

»1st Squad, Feuer eröffnen!«

Stempel drückte ab und spürte den schmerzhaften Rückstoß des M-16 an seiner Schulter. Es war dieselbe Waffe, die er im Schnee gefunden hatte. Er hatte sie gesäubert, sie funktionierte perfekt. Ganz plötzlich nahmen die Chinesen das offene Feld vor ihnen unter Dauerbeschuss. Das Mündungsfeuer verriet ihre Position, doch im umgekehrten Fall, wenn Stempel abdrückte, würde es genauso sein. Er bewegte seine Waffe von einem neuen Ziel zum nächsten und drückte so schnell wie möglich ab, wenn er ein Ziel ins Visier genommen hatte. Um ihn herum begann Schnee in die Luft zu spritzen. Aus dem Augenwinkel sah er die geisterhaften, weißen Silhouetten der Soldaten des zweiten Trupps, die sich jetzt alle gleichzeitig zu Boden fallen ließen.

»1st Squad«, brüllte Lieutenant Dawes. *»Zwanzig Meter vorrücken!«*

Stempel und seine Kameraden rappelten sich auf, um sie herum summten die Kugeln wie ein Schwarm wütender Bienen. Wollte man sich hier auf den Beinen halten, musste man alle Vorstellungen von Vernunft und gesundem Menschenverstand sausen lassen. Wenn ihm noch ein rationaler Gedanke durch den Kopf schoss, hätte sich daraus ergeben müssen, dass er sich zu Boden warf, doch Stempel verdrängte solche Erwägungen. Er löste seine Gedanken gleichsam von den Bewegungen seines Körpers, der jeden Augenblick von heißem Stahl zerfetzt werden konnte, und dennoch achtete ein Teil seines Bewusstseins noch auf Kleinigkeiten, etwa diejenige, sich mit seinen Kameraden wie auf einem Exerzierplatz in einer Reihe zu halten.

»1st Squad, *runter*!« Unsanft landete Stempel auf dem Schnee, zuerst mit den Knien, dann mit dem Gesicht. »Auf die feindlichen Waffen feuern!«, schrie Dawes. Nachdem er den Schneematsch ausgespuckt und sich mit dem Rücken seines Handschuhs das Gesicht abgewischt hatte, sah Stempel die zweite Squad vorwärtsstürmen. Er feuerte eine Salve von drei Schüssen auf das jetzt schon mehr in der Nähe aufblitzende Mündungsfeuer, das kurz darauf erlosch. Mit einem überraschten Lächeln auf den Lippen feuerte Stempel auf das nächste Schützenloch, wiederum mit Erfolg. Dann war der Schlagbolzen blockiert, sein Magazin leer. Stempel ließ es herausspringen.

»1st Squad, *vorrücken*!«

Weil er noch am Verschluss seiner Munitionstasche herumfummelte, kam Stempel nur langsam auf die Beine. Als er losrannte, hatten zu seiner Linken seine Kameraden von der zweiten Squad das Feuer bereits eröffnet. Schon jetzt war er zurückgefallen, doch er konnte den verdammten Plastikverschluss seiner Munitionstasche immer noch nicht öffnen! Er taumelte durch die Schneeverwehungen. Um ihn herum pfiffen Kugeln durch die Luft, die wahllos töten konnten. Dann hatte er es geschafft und griff nach einem neuen Magazin.

Er blieb mit seinem Parka an einem Ast hängen und riss den Ärmel los. »1st Squad, *runter*!« Stempel ließ sich zu Boden fallen und rammte das neue Magazin in seine Waffe. In diesem Augenblick sah er das Loch in seinem Parka. Jetzt begriff er zweierlei: Auf diesem Schlachtfeld gab es gar keine Bäume, er war am rechten Arm getroffen worden. Was zuerst nur ein Kratzen zu sein schien, entwickelte sich sehr schnell zu einem beißenden, pochenden, dann glühenden Schmerz. Die Kugel war zwischen seinem Bizeps und seiner Brust eingeschlagen. Als er die Stelle betastete, war sein Handschuh blutbefleckt.

Vor ihm ging mit markerschütterndem Krachen eine Handgranate hoch, dann eine weitere. Dadurch wurde die etwa sechzig Meter breite Fläche erleuchtet, die die beiden Kriegsparteien jetzt noch voneinander trennte. Das Gelände war so flach wie ein Tisch und von einer funkelnden Schneedecke überzogen. Stempel hob das M-16 und gab eine Salve nach der anderen ab.

»1st Squad, *auf*!«

Um wieder auf die Beine zu kommen, musste Stempel seine ganze Willenskraft mobilisieren. Es fiel ihm schwer, den weichen Schnee verlassen und sich dem feindlichen Kugelhagel und den Granatsplittern aussetzen zu müssen. Der Schmerz in seinem Arm war verschwunden. Ebenfalls verschwunden war der schockierend kalte Schnee, der in seinen Kragen gesickert war. Mit zusammengebissenen Zähnen setzte er sich dem fast sicheren Tod aus. Aus den eher aufs

Geratewohl abgefeuerten Schüssen wurde jetzt ein konstanter Kugelhagel. Nun erinnerte sich Stempel an Sergeant Giles' Worte: *Wenn du geradeaus rennst, bist du ein toter Mann.* Im Zickzackkurs rannte er los. Neben sich sah er auf beiden Seiten Männer zu Boden fallen. Neben den pfeifenden Kugeln und den krachenden Granaten waren jetzt auch ihre Schreie zu hören. Ein betäubend heißer Feuerstoß aus der Nähe verdutzte Stempel. Ihm wurde schwindelig, und er hatte das Gefühl, als hätte jemand gegen seinen Helm getreten und ihm zugleich mit den Handflächen auf die Ohren geschlagen. Dennoch schleppte er sich mühsam weiter. »*Gra-na-ten!*« brüllte jemand aus vollem Hals. Überall explodierten welche, Schnee und Flammen schossen in die Luft.

Plötzlich begriff Stempel, dass Sergeant Giles seine 1st Squad aufgefordert hatte, die Handgranaten zu werfen. *Nein, es war Lieutenant Dawes, nicht Sergeant Giles,* dachte er, während er sich zu Boden fallen ließ. Er betastete seine Tasche und zog eine Handgranate hervor. Eine weitere Explosion raubte ihm den Atem. Der Boden unter ihm erzitterte, heiße Luft traf seine Gesichtshaut. Überall um ihn herum kam Schnee herunter, zuerst in großen Stücken, dann wie ein feiner, gefrorener Nebel. Harold sah, dass sein linker Zeigefinger sich in den Stahlring geschoben hatte. Er drehte und zog, drehte und … Der Ring löste sich. Mit der rechten Hand packte er die Granate. Eine weitere Explosion ließ einen Eisregen auf seinen Hals und sein Gesicht niedergehen. Der fürchterliche stechende Schmerz ließ ihm das Wasser in die Augen treten.

Als ganz in seiner Nähe noch eine Granate hochging, blickte Harold sich um, und jetzt begriff er, dass er ganz allein war. Und das konnte nur eines bedeuten – diese Granaten galten nur ihm, die Chinesen hatten es auf sein Leben abgesehen. Er biss die Zähne so fest zusammen, dass er schon fast glaubte, dass einer zerbrochen war. Dann holte er weit aus, zielte mit der Linken auf eine Gruppe Feuer speiender Waffen und schleuderte die Handgranate dann mit einem Grunzen in Richtung Feind. Dann ließ er sich wieder flach auf den Bauch fallen. Seine Schulter schmerzte von der Anstrengung. Über ihm war die Luft mit Blei geschwängert. Als seine erste Handgranate schließlich explodierte, zog er bereits den Stift aus einer zweiten. Unbekümmert um die entsetzliche Gefahr richtete sich Stempel auf, um die Handgranate auf eine andere Stelle zu schleudern, wo er Mündungsfeuer wahrgenommen hatte. Wieder presste er sich auf den Boden, die summenden Bienen über ihm waren nie wütender gewesen. Eine Kugel zerriss seinen Parka, eine andere traf seinen Stiefel. Schmerz schoss durch sein Fußgelenk. Stempel sah, dass die Kugel einen Teil der Gummisohle seines Stiefels weggerissen hatte.

Ein brutaler Schlag traf Stempels Helm. Seine Ohren begannen zu klingeln, sein Hals verrenkte sich, er bekam sofort Kopfschmerzen. Der kugelsichere Kevlar-Helm hatte ihn gerettet, doch zu beiden Seiten schossen weitere Projektile durch den Schnee. Schmerzen bedeuteten jetzt nichts mehr, er musste sein Leben retten. Hektisch zog er den Stift aus einer dritten Handgranate. Als er sich aufrichtete, forderte er das Schicksal erneut heraus. Mit aller Kraft und laut brüllend schleudert er die Granate in Richtung der Chinesen.

Als er sich wieder zu Boden fallen ließ, sah Stempel vor sich im Schnee einen schwarzen Gegenstand verschwinden. Er hatte das Gefühl, sich im Auge des Orkans zu befinden. Als er auf den sternenübersäten Himmel blickte, war das Kampfgetümmel plötzlich in weite Ferne gerückt. Wie geistesabwesend griff er nach seiner Waffe, doch es war wie in einem Traum. Sein Kopf war nicht klar genug, um sie benutzen zu können. Als plötzlich eine Hand seinen Parka griff und ihn schüttelte, strich Stempel immer noch geduldig das Eis von seinem M-16.

»Stürmt die Löcher!«, schrie Dawes, der in Richtung der chinesischen Stellungen zeigte

»Sie bluten ja, Sir«, sagte Stempel, als er die große, klaffende Wunde an der Kinnbacke des Lieutenants sah.

»Mach schon!« Von seinem Kinn tropfte dunkles Blut.

Stempel stand auf und rannte mit dem Gewehr in der Hand in die von Dawes bezeichnete Richtung, direkt auf die

Chinesen zu. Wieder lief er im Zickzackkurs, und dabei wurde ihm klar, dass es weder links noch rechts Soldaten aus seinen Reihen gab. Er war mutterseelenallein. Wie ein Wahnsinniger stürmte er auf die nächste Mörserstellung zu. Die Chinesen feuerten link und rechts, doch in der Mitte, wo er seine Handgranaten hingeschleudert hatte, war alles dunkel. Weil er völlig ungeschützt war, kamen ihm die letzten paar Schritte vor den Sandsäcken wie eine Ewigkeit vor. Jetzt lag das dunkle, runde Loch ruhig vor ihm, doch noch vor ein paar Augenblicken war hier Mündungsfeuer aufgeflammt. Er sprang über die Sandsäcke und landete in der Mörserstellung. Unten rutschte er auf dem Eis aus und krachte schmerzhaft auf den Boden.

Auf die Leichen chinesischer Soldaten, wenn man genau sein wollte. In dem dunklen Loch lagen etliche. Mit jeder explodierenden amerikanischen Granate fiel gespenstisches Licht auf die Leichen, doch nicht alle Chinesen waren tot. Ohne den Grund zu kennen, war Stempel sich sicher, dass sich jemand unter den Leichen versteckte. Er fühlte es. Mit gezückter Waffe warf er sich hart gegen die Wand, den Finger am Abzug. Er ließ die Mündung der Waffe über die Körper wandern, den möglichen Überlebenden im Visier. *Wo bist du?*, fragte er sich wütend.

Inmitten einer Lawine von Schnee stürzte ein Mann über den Erdwall. Fast hätte Stempel Lieutenant Dawes erschossen. Stattdessen feuerte er aus nächster Nähe auf einen auf ihn zuspringenden Chinesen. Die Kugel schlug in sein Ohr ein, direkt unter dem Helm. Teile seines Gehirns spritzten auf die gefrorenen Sandsäcke. Jetzt feuerte Dawes auf jeden einzelnen Chinesen – ein Dutzend Schüsse für ein Dutzend Männer. Nun bewegte sich niemand mehr. Schon vor den Schüssen schien keiner von ihnen noch am Leben gewesen zu sein, doch jetzt war es sicher. Das ganze Loch war mit Eingeweiden und Blut besudelt. Der Lieutenant kam zu Harold herüber. Aus der klaffenden Wunde an seinem Kinn tropfte immer noch Blut. Er tastete Harold ab und fand schließlich die Wunde neben seinem Bizeps und den dazu gehörenden Kratzer an seiner Brust. Harold schloss die Augen.

»Nur eine oberflächliche Wunde«, sagte Dawes, während er die Stelle abtastete, was für Harold mit stechenden Schmerzen verbunden war.

An schlurfende und schlitternde Männer erinnernde Geräusche ließen Harold wieder zu seiner Waffe greifen, doch Dawes schlug den Lauf nieder, bevor Stempel seine Kameraden töten konnte, die einer nach dem anderen in die Stellung hinabstiegen. Die »Kämpfe« in der Nähe erinnerten jetzt eher an Exekutionen. Vereinzelte Schüsse, vereinzelt hochgehende Handgranaten, einsame Tode. Dawes kniff Harold ins Gesicht, als wollte er Pickel untersuchen. »Du hast ein paar kleine Granatsplitter abgekriegt, die auf der Krankenstation entfernt werden müssen.«

»He, Mann«, sagte der Artilleriebeobachter zu Stempel. »Du bist aus der Linie ausgebrochen, und wir konnten keine Granaten mehr werfen, weil du …«

»Er hat dir deinen Arsch gerettet«, schnauzte Lieutenant Dawes. Der Mann verstummte. »Auf *offenem* Feld kann man sich nicht zu Boden werfen! Wenn man angreift, muss man die verdammte Stellung auch *nehmen*! Dieser Private hier ist Infanterist, und ihr solltet für den Rest eures elenden, beschissenen Lebens Gott auf den Knien danken, dass er weiß, was er tut!« Der aufgebrachte Dawes befahl seinen Männern zu warten und verschwand dann, während diese herauszufinden versuchten, wo die anderen geblieben waren. Nur fünf Mitglieder des Trupps hatten es bis zu der Mörserstellung geschafft.

»Der Spec Five ist tot«, sagte der Spezialist für Mehrkanal-Kommunikationssysteme schließlich. Der Mann saß in der finsteren, ruhigen Nacht bequem auf der Leiche eines chinesischen Soldaten. »Ich habe selbst alles überprüft. Die Kugel muss direkt in seinen Mund eingeschlagen sein, weil ich sonst kein Einschussloch gefunden habe. Aber als ich ihm Kapuze und Helm abgenommen habe, hatte ich den größten Teil seines Hinterkopfs gleich mit in der Hand.«

»Das ist ja ekelhaft«, bemerkte der Kornettspieler.

»Wo zum Teufel sind denn diese Arschlöcher von der Air Force?«, fragte der Artilleriebeobachter. Die Schlussfolgerung lag nahe.

»Ich habe gesehen, wie zwei von ihnen getroffen wurden«, berichtete der Experte für motorisierte Transporte.

»Und was ist mit dem dritten?« Niemand wusste es. Folglich musste er entweder ein Feigling oder tot sein.

»Wo ist die Frau?«, fragte Stempel.

»Sie ist tot. Direkt vor ihren Füßen ist eine Granate hochgegangen.«

»Guter Gott«, flüsterte der Kornettspieler. »Damit ist die *Hälfte* von uns ums Leben gekommen.«

Lieutenant Dawes kehrte mit einem Sergeant zurück, den Stempel zunächst für ihren neuen Squad-Führer hielt. Aber er sah zu viele Winkel auf seinem Rangabzeichen aus schwarzem Plastik. »Alle herhören«, sagte Dawes. »Wir werden eure Truppe mit der 2nd Squad zusammenführen. Zwar haben wir die Anzahl der chinesischen Verstecke dezimiert, doch es laufen noch immer ein paar Versprengte herum. Wir bilden eine Schützenlinie und werden uns die Rollbahn vornehmen. Wenn wir sie finden, werfen wir uns einfach hin, feuern zurück und warten auf weitere Befehle. Auf geht's.« Stempel wollte aufstehen. »Du nicht«, sagte Dawes. »Du gehst mit dem First Sergeant hier. Vorn an der Front werden Infanteristen gebraucht, die für Tote oder Verwundete einspringen können.«

»Scheiße!«, fluchte der Spezialist für motorisierte Transporte. »Auch *wir* brauchen ihn, Sir!«

»Er gehört zur Infanterie«, erwiderte Dawes. »Ihr seid nur eine provisorische Einheit.«

»Ja, aber die Infanterie ist nicht hier, um chinesische ›Verstecke‹ anzugreifen.«

»Würdest du vielleicht lieber vorn an der Randstellung kämpfen?«, fragte Dawes wütend. Dann wandte er sich wieder dem First Sergeant zu. »Bei ihm dauert es etwas länger, bis er kapiert, Top! Aber glaubst du, dass du noch einen weiteren Mann gebrauchen kannst?«

Das Lachen des First Sergeants klang, als hätte er Raucherhusten. »Nun, wir haben da eine Patrouille, die bei Sonnenaufgang rausgeschickt wird.« Der Soldat sagte kein einziges Wort mehr. Jetzt musste Harold schon zum zweiten

Mal seit Kriegsbeginn seine Einheit verlassen. Sie schüttelten sich die Hände und wünschten sich Glück. Dann verschwand Dawes mit der kleinen Gruppe, und Harold blieb mit dem First Sergeant zurück. »Du warst beim 2nd Battalion des 263rd Infantry Regiment?«, fragte der Unteroffizier. Stempel nickte. Der Mann ließ seinen Blick über die toten Chinesen gleiten, an deren Anwesenheit sich Stempel schon so gewöhnt hatte, dass er gar nicht mehr an sie dachte. Hier war er in Sicherheit. »Wir haben versucht, euch zu Hilfe zu kommen, sind aber direkt dem größten Kontingent der Chinesen in die Arme gerannt, das diesen Stützpunkt angriff«, sagte Top. »Zwar haben wir den Rückweg geschafft, aber dabei saß uns fast die ganze Volksbefreiungsarmee im Nacken.«

Stempel wusste nicht, was er sagen sollte. »Danke«, stieß er dann hervor.

Der dunkle Helm drehte sich langsam in Stempels Richtung. Dann drückte der Mann seine Schulter. »Eigentlich müsste wohl eher ich mich bedanken, Private«, sagte der First Sergeant mit der Reibeisenstimme leise.

Da Stempels neue Kameraden gerade einen Großangriff überlebt hatten, war es ein eher unglücklicher Zeitpunkt für Begrüßungsrituale. »Private Stempel gehört jetzt zur First Squad«, verkündete Top. Die Männer mit dem leeren Blick saßen in dem großen Schützengraben, den Rücken an die Wand gelehnt. Niemand erhob sich, nickte, streckte die Hand aus oder sagte ein Wort. Der First Sergeant nahm Stempels neuen Squad-Führer zur Seite, um ungestört ein paar Worte mit ihm reden zu können. Die Männer saßen vor den Stufen, die zu den geschützten MG-Stellungen führten, in denen haufenweise leere Magazine lagen. Einige blickten auf Stempels blutbefleckten Parka, aber nicht etwa entsetzt oder auch nur neugierig. Auf Stempel wirkte ihr Blick eher benommen. Der First Sergeant verschwand, und der Squad-Führer kam zu Stempel herüber.

»Besser, wir kümmern uns erst um deine Wunden«, sagte er, während er wegen der kleinen Granatsplitter Stempels

Gesicht studierte, doch dieser erinnerte sich an seine Armwunde und zeigte auf das blutverschmierte Loch in seinem Ärmel.

»Wir besorgen dir ein paar neue Klamotten«, sagte der Sergeant und verschwand, um einen neuen Parka zu holen. Schnell zog Stempel sich um. Der neue Parka war zwar eiskalt, aber sauber. »Leg den alten da auf den Haufen.« Stempel ging hinüber und sah einen Stapel zerfetzter und blutverschmierter Klamotten: Gürtel, Rucksäcke, wollene Unterwäsche, weiße Winteruniformen. Er warf den Parka mit den eingetrockneten Blutflecken, auf dessen Etikett er so ordentlich seinen Namen geschrieben hatte, zu den anderen Sachen auf den Haufen.

Bethesda Naval-Krankenhaus, Maryland
31. Januar, 13.00 Uhr GMT (08.00 Ortszeit)

Das Klopfen an der Tür weckte Gordon Davis. Als er die Augen öffnete, sah er Daryl Shavers. Gordon lächelte. »Nein, wir werden nicht in den Krieg ziehen!«, hörte er leise von draußen her in Sprechchören die Demonstranten rufen.

»Bist du gut durchgekommen?«, fragte Gordon.

Daryl lächelte. »Das sind ja keine Anarchisten. Die leisten nur passiven Widerstand. Da draußen stehen Ärzte in grünen Chirurgenkitteln, die vor den Kameras lamentieren, dass du sie angeblich einziehen willst. Seit der geplanten neuen Gesundheitsgesetzgebung habe ich diese Typen nicht mehr so aufgebracht gesehen.« Er setzte sich. »Also, wie fühlt man sich als Präsident? Sind deine Träume in Erfüllung gegangen?«

»Bitte keine Witze«, sagte Gordon. »Lachen tut mir weh.«

Es entstand eine etwas unbehagliche Gesprächspause. »Du hast dich da in einen schönen Schlamassel hineinmanövriert, Gordon. Meiner Meinung nach hast du es ganz allein geschafft, die schwarze Bürgerechtsbewegung um dreißig Jahre zurückzuwerfen.«

»Ist meine ›Schonfrist‹ als Präsident abgelaufen?«, fragte Gordon. »Wird die Frage der Hautfarbe wieder ins Spiel gebracht?«

Daryl schüttelte den Kopf. »Für dich spricht nur noch, dass du schwarz bist und dass ein Attentat auf dich verübt wurde.« Er versuchte, ein Lächeln zustande zu bringen. »Aber mal ganz im Ernst, Gordon, wie fühlst du dich wirklich?«

»Ziemlich beschissen.« Wieder herrschte ein angespanntes Schweigen. »Hör zu, Daryl, ich möchte darüber reden, was zwischen uns vorgefallen ist.«

»Nun, das Leben geht weiter. Ich hab einen Job bei einem Unternehmen, das biologisch abbaubare Tüten für Kartoffelchips produziert. Es stellt Arbeiter aus den schwarzen Ghettos ein und spendet ein Prozent seiner Profite für liberale politische Ziele. Eben einer dieser Saftläden.«

»Und bist du mit dieser Kartoffelchipfirma verheiratet?«

»Was für eine Frage ist das denn?«, konterte Daryl wütend.

Die Tür öffnete sich, und zwei Agenten vom Secret Service blickten in das Krankenzimmer. »Könnten wir vielleicht einen Augenblick ungestört bleiben?«, sagte Gordon. Die Agenten verschwanden wieder. »Ich möchte, dass du mein Stabschef wirst, Daryl.«

Shavers schnaubte verächtlich, konnte aber doch nicht ganz vermeiden, dass sich ein Lächeln auf sein Gesicht schlich. »Womöglich meinst du es sogar ernst.« Er schüttelte den Kopf. »Ich hatte dir einen besseren politischen Instinkt zugetraut. Was für Infusionen kriegst du denn da? Demerol?«

»Ich brauche dich, Daryl, weil ich völlig allein und ans Bett gefesselt bin. Meine Mitarbeiter kenne ich nicht einmal. Sie verschweigen mir Dinge, über die ich Bescheid wissen müsste. Ich finde mehr heraus, wenn ich *darauf* lausche, als wenn ich meinen Beratern zuhöre«, sagte Gordon, während er mit dem Daumen auf das Fenster zeigte, hinter dem die Demonstranten grölten. »Ich brauche jemanden, dem ich vertrauen kann.«

Daryl lachte. »Sie gehen schon in Deckung, was?«

»Sie ziehen den Schwanz ein, und ich sitze in der Scheiße.« Sie lachten. »Ich brauche dich.«

»Wofür, Gordon?«, fragte Daryl, der sich dicht über Gordons Bett beugte. Er hatte angebissen.

»Hol dir einen Stuhl.«

»Ich wünschte, du hättest eine Krawatte an«, murmelte Gordon Daryl zu, der am Kopfende seines Bettes stand. Einige der mächtigsten Männer Washingtons betraten den Raum, in dem jetzt etliche Landkarten aufgebaut waren. Jeder der neu eintreffenden Politiker versuchte, Daryl einzuschätzen, das neue Tier am Wasserloch. Lächelnd begrüßten alle erst Gordon, dann Daryl, Letzteren mit übertriebener Höflichkeit und Begeisterung. »Ich erinnere mich an Sie ... Es war doch auf dem Parteitag in *Houston*, oder?«, sagte der Verteidigungsminister. »Genau, Sie waren doch einer der Geschäftsführer der Partei!« Als sei einmal nicht genug, schüttelte er Daryl erneut die Hand.

»Daryl wird mein Stabschef«, verkündete Gordon.

Die Männer und Frauen mit den vornehmen Manieren lächelten auch weiterhin gut gelaunt und machten sich erneut über Daryl her. Wieder schüttelten sie ihm die Hände und gratulierten ihm, manche drückten sogar seine Schulter. Aber Gordon wusste, dass schon zum Lunch die langen Messer gezogen werden würden. Sie würden im Dreck wühlen und Einzelheiten an die Presse durchsickern lassen, inoffiziell abfällige Bemerkungen machen und dem neuen politischen Konkurrenten Knüppel zwischen die Beine werfen. Gordon beschloss, ihnen mit einem Präventivschlag zuvorzukommen.

»Daryl hat zugesagt, meinen Stab unter die Lupe zu nehmen, und zwar von oben bis unten.« Jetzt wirkte das Grinsen der Besucher schon angespannter. »Er hat freie Hand, alles für die Reise auf rauer See vorzubereiten, die jetzt vor uns liegt.« *Anspielungen auf gefährliche Seereisen sind immer gut,* dachte Gordon.

Plötzlich hatten alle die Ohren hochgestellt. Mittlerweile tranken sie nicht mehr aus dem Wasserloch, sondern sie lauschten, ob zerbrechende Zweige die Ankunft eines Raubtiers ankündigten. Wahrscheinlich war der Schock schon groß genug, dachte Gordon, wenn er die Cliquen aufbrach und jeder sich um sich selbst kümmern musste. Wenn nicht, konnte er immer noch den Druck verstärken. Was hatte Daryl gesagt, nachdem er Gordons Angebot angenommen hatte? »He, Gordon, die sollen uns *am Arsch lecken*! Du bist der Präsident der Vereinigten Staaten!« Noch immer spürte er den Schmerz, den das Lachen verursacht hatte.

Ausserhalb von Chabarowsk, Sibirien
2. Februar, 04.00 Uhr GMT (18.00 Ortszeit)

Chin blieb gerade lange genug stehen, um einen Blick auf seine neue Uhr werfen zu können, deren beeindruckendes Leuchtzifferblatt in der Dunkelheit glühte. Sie hatten noch zwei Stunden, um für den abendlichen Angriff Stellung zu beziehen, aber wegen der dichten Wälder und des tiefen Schnees kamen sie nur langsam voran. Und in diesem Augenblick traf der schlimmste aller denkbaren Fälle ein.

Betäubender Lärm und Flammenstöße zerrissen die Stille des Waldes. Schneeklumpen fielen von den Ästen und zerbrachen auf dem Boden, wobei ein feiner Nebel von Eiskristallen in die Luft stieg. Chin war so geschockt durch die Heftigkeit der Explosionen, dass er sich nicht auf die Erde warf, wie man es ihm in der Ausbildung beigebracht hatte. Mit wirrem Kopf hockte er sich hin. In diesem Augenblick vor der zweiten Welle von Detonationen hörte Chin das Zerbrechen von trockenem Tannengehölz und die schmerzerfüllten Schreie der Verwundeten. Er zwang sich, seinen Körper tiefer in den Pulverschnee zu pressen. Die Erde erzitterte, und eine gigantische, erstickende Feuersbrunst schoss über ihn hinweg.

Als Chin aufwachte, war er allein. Finsternis und Schweigen hatten sich über den Wald gesenkt. Sein Kopf schmerzte so sehr, dass er zuerst unter seinen extrem kurz geschnittenen Haaren nach einer Wunde tastete. Er fand keine, doch dafür waren seine Glieder von der Kälte taub. Als er wiederholt Finger und Zehen bewegte, schmerzten sie bedrohlich. Er richtete sich halb auf. Seine Haut brannte, als würde er Fieber bekommen. Er erbrach sich und fiel dann rückwärts in den Schnee. Dort blieb er liegen, gleichzeitig schwitzend und frierend. Die Zeit schien nur sehr langsam zu vergehen.

Dann war der Himmel erkennbar heller. Über seinem Körper lag eine Schneedecke, die ihn vor dem Tod durch Erfrieren gerettet hatte, der ihn ansonsten mit größter Sicherheit ereilt hätte. Trotzdem musste er wieder seine tauben Extremitäten bewegen, bis sie vor Schmerzen brannten, doch das war immerhin ein gutes Zeichen. Mühsam richtete er sich auf den Knien auf. Vor seinen Augen drehte sich alles, und als er wieder auf die Beine kam, hätte er fast völlig das Bewusstsein verloren. Chin stemmte die Hände in die Hüften und beugte sich vor. Der Wald war völlig verwüstet. Tannen waren zerbrochen, der verschneite Boden übersät mit grünen Tannennadeln. Aus Baumstümpfen ragten weiße Holzsplitter, die an freiliegende Knochen erinnerten. Weniger als fünfzig Meter entfernt sah Chin gähnende schwarze Krater, die durch die massiven Explosionen in die Erde gerissen worden waren.

Bomben, dachte er. Sie waren bombardiert worden.

Plötzlich wurde er von Panik erfasst. Konnte es sein, dass er ... tot war? Dass sein Geist gerade aufgestiegen war, unschlüssig ... was er als Nächstes tun sollte? Er blickte nach unten, sah aber keine Leiche. *Wo sind sie alle?* Sein Blick schweifte in die Runde, zuerst sah er niemanden. Doch dann wurden die Formen, die er noch Augenblicke zuvor für Holz gehalten hatte, allmählich zu menschlichen Körperteilen, die halb von Schnee bedeckt waren. Ein Ellbogen, ein Kopf mit Helm, ein abgetrenntes Bein. Chin stand nur da, allein unter den Toten, aber lebend. Wenn sie tot waren, musste er am Leben sein. Mit tauben Händen zog er sein Gewehr aus dem Puderschnee. Er lauschte, hörte aber nichts. Der Angriff musste abgeblasen worden sein. Bevor sie es bis zu den

Amerikanern geschafft hatten, waren sie entdeckt und bombardiert worden.

Mit einem letzten Blick auf den im Osten heller werdenden Himmel machte Chin sich auf den Weg – in die Richtung, aus der sie gekommen waren, weg von dem amerikanischen Militärstützpunkt. Als er wieder bei seinem Zug war, teilte ihm sein Feldwebel die Bilanz mit. Zwölf Vermisste, zwei Verwundete, fünfzehn Soldaten anwesend und einsatzbereit.

Chins Zug war um die Hälfte dezimiert worden, ohne dass sie auch nur einen Schuss abgefeuert hatten.

UNRUSFOR-Hauptquartier, Chabarowsk
3. Februar, 17.30 Uhr GMT (03.30 Ortszeit)

Der französische Oberst griff selbst nach dem Mikrofon des Funkgeräts, und der Dolmetscher flüsterte Clark die Übersetzung ins Ohr. »Stützpunkt Toulon, können Sie mich hören, over?« Aber Clark hatte diese Worte jetzt schon so oft gehört, dass er keinerlei Übersetzung benötigte. Zweihundert französische Fallschirmjäger und Pioniere waren mit Helikoptern zum Militärstützpunkt Toulon gebracht worden. Ihre Aufgabe bestand darin, den Stützpunkt für eine Brigade vorzubereiten, die Dutzende Kilometer entfernt durch eine Reihe von kleineren Angriffen aus dem Hinterhalt stecken geblieben war. Der Oberst versuchte es noch einmal, und Clark legte ihm eine Hand auf die Schulter.

Der Offizier beugte sich über das Mikrofon und versuchte es weiter mit seiner Funkbotschaft. Clark ließ ihn allein, doch jetzt war der Bann gebrochen, der die kleine Gruppe um das Funkgerät gepackt hatte, weil Clark mit ihnen Nachtwache hielt. Als er wieder hinter seinem Schreibtisch saß, hatte Clark die Einheit bereits aufgegeben.

In seinem Arbeitsbereich an einem Ende der Einsatzzentrale lagen überall Papiere herum. Er hatte ein geräumiges Büro, mit Orientteppichen ausgelegt und gut möbliert, doch er zog die Gesellschaft anderer der grabähnlichen Stille seines Privatbüros vor.

Die französischen Funksprüche übertönten die Geräusche und Gespräche in der geräumigen Einsatzzentrale. Nicht, dass sie wirklich lauter gewesen wären. Alles war ganz normal. Zuerst die Frage, dann die Pause, während der Funker auf die Antwort wartete, dann die Wiederholung des Rufs. Clark starrte auf die Papiere auf seinem Schreibtisch und wartete auf den nächsten Versuch. Das alles erinnerte an einen tropfenden Wasserhahn. Wenn der Funker länger auf eine Antwort wartete, lastete die Stille umso schwerer auf dem Raum. Clark lauschte angespannt. In dem in dem geschäftigen Raum herrschende Stimmengewirr wartete er einzig auf die paar französischen Worte, doch das Schweigen zog sich endlos in die Länge.

Es war vorbei, selbst der französische Oberst hatte schließlich aufgegeben. Es gibt kein einzelnes Ereignis, das den Tod einer Einheit markiert, dachte Clark. Wie beim Tod eines Menschen war alles nur schwer zu bestimmen. Trat der Tod ein, wenn das Herz stehen blieb, wenn die Atmung versagte oder wenn die Gehirntätigkeit aussetzte?

Auch eine Einheit war ein lebender Organismus, auch ihr Tod reine Definitionssache. Wenn der letzte Mann in die Enge getrieben und wie ein Hund abgeknallt worden war, war die Einheit offensichtlich tot, doch tatsächlich setzte ihr Tod schon früher ein. *Vielleicht in dem Moment, wo die Hauptverteidigungslinie durchbrochen wurde?*, dachte Clark. Nein, in diesem Augenblick lebte eine Einheit noch. Noch kämpften Männer in Schützengräben und Erdlöchern, während ihr Kommandeur verzweifelt seine letzte schwache Reserve losschickte, um das Loch in den Reihen zu stopfen. Trat der Tod ein, wenn ein Kommandoposten überrannt oder der Kommandeur getötet wurde? Nein. Das Militär sorgte dafür, dass seine Männer hart im Nehmen und unverwüstlich waren. Selbst wenn der Kommandoposten überrannt wurde, hielt der untergeordnete Befehlshaber seine von Panik ergriffenen Männer für die letzte Phase jeder entscheidenden Schlacht zusammen – das Abschlachten.

6. KAPITEL

Smidowitsch, Sibirien
4. Februar, 21.00 Uhr GMT (07.00 Ortszeit)

Da sind sie, dachte Chin, während er über einen zerborstenen Baumstumpf hinweg ein kleines Tal beobachtete, das den Bergkamm vom südlichen Rand eines kleinen russischen Ortes trennte. Im Licht des frühen Morgens konnte er deutlich die amerikanischen Soldaten sehen, die geschäftig herumeilten oder sich eingruben. Gern hätte Chin ein Fernglas gehabt, um die Zugänge zu ihrem Ziel zu studieren. Der erstaunliche Blick durch ein Fernglas, das einmal während seiner militärischen Ausbildung herumgereicht worden war, hatte den Anwärter für die Offizierslaufbahn überrascht. Aber in den fünf Monaten, die er jetzt bei der Armee war, hatte Chin nur zwei weitere Ferngläser gesehen, die, gleich anderen Rangabzeichen, um die Hälse zweier Obersten baumelten.

Mittlerweile hatte Chin das Ziel seines Zugs erblickt, die niedrigere von zwei Steinmauern auf dem sanft ansteigenden Hügel ihm gegenüber. »Sehen Sie diese Mauer dort, Feldwebel?«, fragte er den Mann, der neben ihm lag.

Der Feldwebel war schon ein paar Jahre in der Armee und in Chins Zug der einzige Mann über zwanzig. »Ja.«

Chin suchte nach Anzeichen mangelnden Respekts, fand aber keine. »Irgendwelche Fragen?«, wollte Chin wissen.

Der Feldwebel starrte über das Tal hinweg auf die geschäftigen Amerikaner. »Hat man Ihnen gesagt, wie viele Amerikaner sich dort drüben befinden?«

»Nein.«

Ein paar Augenblicke schwieg der Feldwebel. »Haben sie wenigstens etwas darüber gesagt, ob unsere Männer ein drittes Munitionsmagazin bekommen?«

»Sie haben gesagt, dass Bahrenträger vom Regiment Munition mitbringen und auf dem Rückweg die Verwundeten abtransportieren werden«, antwortete Chin, den der Tonfall des Mannes zunehmend vorsichtiger werden ließ.

»Hat der Kommandeur der Kompanie noch ein zweites Ziel benannt?«, fragte der Feldwebel.

»Nein«, antwortete Chin gereizt, während er zu dem Feldwebel hinüberblickte, der seinerseits die etwa dreihundert Meter offenes Feld studierte, die ihren Hügel von dem Rand der kleinen Stadt auf der gegenüberliegenden Anhöhe trennten. Er nickte gemächlich, fast unmerklich, sagte aber nichts.

Chin rieb sich die müden Augen, der Schlafmangel hatte Spuren hinterlassen. Weil sein Zug auf Verstärkung wartete, war es ihnen während der letzten paar Tage erspart geblieben, an den wütenden Angriffen auf den amerikanischen Militärstützpunkt teilnehmen zu müssen, doch dann hatten ihre Befehlshaber ihre Pläne geändert. Querfeldein waren sie an den umzingelten Amerikanern vorbeimarschiert, und Chin hatte seinen Männern erzählt, dies sei ein großer Sieg, und man werde die Verteidiger des Luftstützpunkts aushungern. Doch selbst in dem Augenblick, als er die Worte wiederholte, die ihm der Kommandeur der Kompanie eingetrichtert hatte, war vom Himmel her das Motorengeräusch riesiger Transportflugzeuge zu hören gewesen, die alle paar Minuten auf dem Militärstützpunkt landeten.

Jetzt konzentrierte Chin seine Gedanken wieder auf die Gegenwart. Wirklich Furcht erregend wirkten die feindlichen Linie auf der anderen Seite des Tals eigentlich nicht. Auf dem offenen Feld unter ihnen gab es nur wenig Eis und Schnee, und sie würden sich nicht langsam – und feindlichem Feuer schutzlos ausgesetzt – durch kniehohe Schneeverwehungen schleppen müssen.

Doch mittlerweile war die Sonne aufgegangen. *Wir sind über drei Stunden zu spät dran,* dachte Chin, als er auf seine Armbanduhr blickte. Eigentlich hatten sie für den Sturm durch das offene Tal den Schutz der Dunkelheit ausnutzen wollen. *Aber jetzt?*

Er ließ seinen Blick über die Linie der Helme gleiten. Die Männer seines Bataillons lagen im Unterholz, zwischen ihren Rucksäcken, die laut Befehl des Kommandeurs des Bataillons zurückgelassen werden sollten. Als er sich umwandte, erhaschte er einen Blick auf das 1. Bataillon, das sich dreißig Meter hinter ihnen befand. Diese Männer sollten weiter nach vorne stürmen und auf die Amerikaner feuern, während Chins 2. Bataillon vorrückte. Als er in das Tal blickte, schien ihm die Entfernung plötzlich größer als zuvor zu sein. Er spürte, wie sich sein normalerweise ruhiger Herzschlag beschleunigte.

Die niedrigere der beiden Mauern – das Ziel seiner Kompanie – kam etwa dann, wenn man ein Drittel des gegenüberliegenden Hügels genommen hatte. Der Weg, für den er sich entschieden hatte, schien bequem und ohne Hindernisse zu sein. Wenn man von den Fäkalien der Tiere in dem Tal absah, würden er und seine Männer gute Bodenbedingungen vorfinden. Die Tiere, die zwischen den beiden Mauern eingesperrt worden waren, waren nirgends zu sehen. *Schafe und Ziegen,* vermutete Chin. *Ochsen wären durch die baufälligen Mauern mit den losen Steinen durchgebrochen.*

Durch diesen Gedanken beruhigt, begann Chin zu lächeln. Als Jugendlicher war er auf dem Bauernhof seiner Eltern für die Ochsen zuständig gewesen, und er hatte gesehen, dass diese Tiere mit ihren enormen Kräften die meisten von Menschen errichteten Hindernisse aus dem Weg räumten. Schiere, brutale Gewalt – fast nichts konnte diesen Biestern Einhalt gebieten.

Chin schloss die Augen. Die kühle Morgenluft tat ihm gut, und er atmete tief durch. Als er die Augen wieder öffnete, sah er links neben sich den Zugführer, Leutnant Hung, der verständnislos auf den Dreck zu seinen Füßen starrte. *Einer dieser Knaben von der Universität,* dachte Chin angewidert. *Einer von den Kotzbrocken aus der Stadt.*

Der Lärm von Granaten gefährdete das zerbrechliche Gefühl der Ruhe, das über Chin gekommen war. Er zuckte zusammen und zog in Erwartung des Kommenden den Kopf zwischen die Schultern. Aber die erste Explosion erfolgte nicht über ihren Köpfen, sondern auf dem gegenüberliegenden Hügel, direkt vor den amerikanischen Stellungen. Die

Männer aus Chins Zug begannen, in Beifall auszubrechen. »Ruhe!«, schnauzte Chin angesichts ihrer Dummheit. Wie man es ihm beigebracht hatte, griff er nach seinem Gewehr, um diesem wichtigen Befehl Nachdruck zu verleihen.

Als Chin weit links neben sich einen Pfiff hörte, setzte sein Herzschlag einen Augenblick lang aus. Eine Leuchtkugel schoss in die Luft, während plötzlich zu beiden Seiten Pfiffe ertönten. Chin bekam eine Gänsehaut, ein leichtes Zittern erfasste seinen Körper. Am Rand der kleinen Stadt gegenüber sprangen die letzten amerikanischen Soldaten in ihre Löcher, dann lagen ihre Stellungen ruhig da. Vor ein paar Minuten schien der Zeitpunkt ihres Angriffs noch so weit entfernt gewesen zu sein. Links von Chin brach eine ganze Kompanie aus den niedrigen Büschen hervor und stürmte vorwärts. Wahllos schleuderten die Chinesen Granaten auf die Amerikaner.

Weitere Pfiffe ertönten, zwei kurze, ein langer – der Befehl des Kompaniechefs. In der Tasche seines Parkas suchte Chin nach seiner eigenen Pfeife, führte sie an die Lippen und blies mit aller Kraft hinein. Seine Männer standen auf und rückten durch das nicht besonders dichte Unterholz vor. Chin und der Feldwebel folgten ihnen in dem vorgeschriebenen Abstand. Unter lautem Gebrüll stürmten die Chinesen den Abhang hinab. Das kriegerische Geschrei hallte durch das ganze Tal und riss auch Chin mit. Er war nicht allein und fühlte sich als Teil eines großartigen, tausende Jahre alten historischen Prozesses. Stets waren die Außenseiter auf dem Vormarsch, und dieser Vormarsch begann immer so.

Von den amerikanischen Reihen her ertönte ein mörderisches Knattern und Dröhnen. Chins ganzer Körper zuckte zurück, als wäre er von einem Schlag getroffen worden. Die Schreie des Bataillons, die mittlerweile fast völlig von dem Lärm übertönt wurden, erstarben allmählich, während in der Reihe vor Chin die Männer zu Boden gingen. Einige stolperten, andere glitten mit unbeholfenen Verrenkungen auf die Erde, andere überschlugen sich auf spektakuläre Weise. Einige gaben grauenhafte Schreie von sich, andere nur ein Stöhnen. Summend und zischend pfiffen Kugeln an Chins Ohren vorbei. Ein fast elektrisierendes Gefühl der Wachsamkeit durchzuckte ihn bis in die Nervenspitzen. Seine Beine trugen ihn weiter voran, doch der Rest seines Körpers erwartete die Kugel, die seinem Leben ein Ende bereiten würde.

Schon bevor sie die Talsohle erreicht hatten, war die Hälfte seiner Männer gefallen. Vor ihnen wirbelten die mit einem scharfen Krachen explodierenden amerikanischen Mörser kleine Erdfontänen auf, permanent wurden sie mit MG-Feuer überzogen. Das Tempo des Vormarschs verlangsamte sich. Es war, als müssten sie gegen eine steife Brise anrennen, und die Reihe begann sich zu lichten. Mit zusammengebissenen Zähnen lief Chin schneller, um seinen erlahmenden Zug einzuholen. »Vorwärts!«, brüllte er, doch seine Stimme wurde von dem betäubenden Dröhnen der feindlichen Geschütze verschluckt. Als er sich umblickte, um sich zu vergewissern, dass niemand zurückblieb, sah Chin, dass der ganze Abhang mit Verwundeten und Leichen übersät war. Hinter ihnen tauchte jetzt das 1. Bataillon zwischen den Bäumen auf, das ebenfalls sofort unter Beschuss genommen wurde. Fast wäre Chin auf dem Boden des Tals ins Stolpern geraten, doch dann wandte er sich wieder in Richtung Feind. Als plötzlich links und rechts von ihm eine Reihe von Explosionen das Schlachtfeld erschütterte, kam Chins Zug endgültig zum Stehen. Die Soldaten pressten sich gegen den Boden, rollten sich wie Föten zusammen, hielten ihre Helme und Glieder, aber damit ließ sich nichts gegen die den Tod bringenden Geschosse ausrichten, die aus einer Entfernung von hundertfünfzig Metern abgefeuert wurden.

Chin ließ sich auf die Erde fallen. Er wollte dem knapp fünf Meter neben ihm liegenden Mann etwas zubrüllen, doch dann sah er die roten Fontänen sprudelnden Bluts, die auf seinem Rücken durch die Einschusslöcher seines weißen Parkas hervorbrachen. Aufgewühlte Erde spritzte Chin ins Gesicht. Das dumpfe Geräusch einschlagender Geschosse, die den Boden erzittern ließen, war jetzt fast permanent. Nur noch Sekunden konnten Chin vom Tod trennen, aber er richtete mit aller Willenskraft seinen widerstrebenden Körper auf und rannte im Zickzackkurs in Richtung der niedrigen Mauer auf dem Hügel.

Vor sich sah er einen kleinen, runden Gegenstand aus grünem Kunststoff, der auf Gras unauffällig wirken sollte, aber neben einem grauen Eisstück deutlich ins Auge stach. Wie Spinnenbeine verliefen in alle Richtungen dünne Drähte. Ein Minenfeld! Doch für Chin gab es jetzt kein Halten mehr. Als wollte er Pfützen ausweichen, bahnte er sich seinen Weg durch die bedrohlichen Tentakel, wobei er sich so weit wie möglich von der Mine fern hielt. Endlich bei dem Hügel angekommen, hatte Chin seinen Zug und dessen Schicksal völlig aus den Augen verloren. Weiterhin lief er im Zickzackkurs, um den überall um ihn herum durch die Luft pfeifenden Kugel auszuweichen. Jeder Augenblick glich jetzt einem Glücksspiel. Links und rechts ertönten riesige Detonationen, aber er dachte, sah und fühlte nichts mehr – außer Angst. Er lief wie ein Roboter, die Augen auf den Boden gerichtet. Das Ganze war ein Drahtseilakt zwischen Leben und Tod, ein Balanceakt mit unsicherem Ausgang.

Plötzlich war Chin verwirrt. Er rannte wie in einem Traum, war sich nicht mehr sicher, was er überhaupt tat. Erstickender Rauch ließ ihn husten, eine große Woge Übelkeit überkam ihn. Nichts schien mehr in Ordnung zu sein. Seine Ohren und sein Kopf strahlten einen furchtbaren Schmerz aus, der seinen ganzen Körper übermannte. Als er, von Schwindel erfasst, die Augen öffnete und den Kopf hob, sah er keine zehn Meter entfernt ein rauchendes Loch. Dahinter befand sich der Bergkamm, von dem aus sein Bataillon den Angriff gestartet hatte. Ein Häuflein Männer kroch oder schwankte über den Hügel. Zwischen ihnen spritzten Erdfontänen in die Luft. Zwischen den Bäumen hinter ihnen sah Chin Mündungsfeuer aufblitzen. *Das 3. Bataillon,* erinnerte er sich. *Das ist das 3. Bataillon.*

Zwei Kampfjets flogen über ihn hinweg, Flügelspitze an Flügelspitze. Dann gingen sie steil in Schräglage, um dicht über den Bäumen auf den Hügel zu zu fliegen. Unter Aufbietung all seiner Willenskraft richtete Chin seinen benebelten Blick auf die Kampfjets, die Brandbomben abwarfen, die zwischen die Bäume fielen, unter denen das 3. Bataillon lauerte. Gigantische Flammen stiegen in den Himmel, deren versengende Hitze noch zweihundert Meter weiter zu spüren war. Chin kniff die tränenden Augen zu. Als ein Grollen durch die Luft lief und der Boden erzitterte, wurden die Hitze und der Lärm noch intensiver und schmerzhafter. Er hatte einen öligen Geschmack im Mund und in der Nase.

Genauso schnell, wie der Krach ausgebrochen war, war er auch schon wieder vorbei. Jetzt war das knisternde Geräusch von Bränden an seine Stelle getreten. Ansonsten lag das Tal still da, doch schon nahmen die amerikanischen MGs erneut ihr methodisches Tötungswerk auf. Wieder richtete Chin seine tränenden Augen auf die andere Seite des Tals, wo eine riesige schwarze Wolke über dem Bergkamm hing, der jetzt völlig verkohlt und baumlos war. Man sah nur noch ein paar kleine, emporzüngelnde Flammen, die sich noch an bisher nicht verbranntem Holz nähren konnten. Baumstümpfe ragten wie zerbrochene Speere in den Himmel. Alle Menschen, die sich zwischen den Bäumen aufgehalten hatten, waren innerhalb von Sekunden verbrannt.

Die dichte schwarze Rauchwolke wurde von einer sanften Brise hinweggetragen. Noch immer hatte Chin den schlechten Geschmack von Öl im Mund. Völlig erschöpft ließ er den Kopf sinken. Einige seiner Männer kauerten hinter der Mauer, die überall um sie herum zerschossen war.

Wir haben es bis zu der Mauer geschafft, dachte Chin, während er sich hinlegte, um den Tod zu erwarten. *Wir haben es geschafft.*

Als Chin wieder zu sich kam, war es Nacht. Dichter Schnee fiel, und der Lärm und die Gerüche der Schlacht waren wie weggeblasen. Er lebte! Die Amerikaner hatten nicht die Verwundeten getötet, um das Schlachtfeld zu säubern. Nach den wenigen Geräuschen, die er jetzt vernahm, konnten sie sich sogar zurückgezogen haben. Er tastete seinen Körper ab, um schmerzende Stellen zu entdecken, fand aber keine.

Nachdem er sein Gewehr gesucht und gefunden hatte, richtete er sich auf den Knien auf. Trotz der Kälte spürte er, dass ihm der Schweiß auszubrechen begann. Mit ihren speziellen Nachtsichtferngläsern konnten ihn die Amerikaner in der Finsternis sehen, er sie aber nicht.

Folglich hob Chin schon einmal vorsorglich die Hände, als wollte er sich ergeben. Fast eine Minute lang kniete er in dieser Haltung auf dem Boden, doch er hörte nichts Auffälliges. Ohne seine Hände sinken zu lassen, kam er mühsam auf die Beine. Da stand er jetzt, umgeben von einem unsichtbaren Feind, der über das Sehvermögen von Fledermäusen verfügte. Vor lauter Angst war seine Kehle wie zugeschnürt. Wenn die Amerikaner hier waren, mussten sie mittlerweile ihre Gewehre auf ihn gerichtet haben. Mit einem einzigen Druck auf den Abzug konnten sie ihn genauso achtlos wie einen herumstreunenden Köter abknallen.

Allmählich begannen seine Arme zu schmerzen, und er ließ sie sinken. Mit dem Gewehr in der Hand ging er den Hügel wieder hinab. *Die Minen!*, erinnerte er sich. Sofort blieb er stehen. In dieser Finsternis würde er die kleinen grünen Minen mit den tödlichen Spinnenbeinen niemals erkennen. Trotzdem ging er weiter, wobei er jedes Mal eine Grimasse zog, wenn er mit einem knirschenden Geräusch einen Fuß auf den Boden setzte. Vor seinem geistigen Auge spielte sich wieder und wieder dieselbe Szene ab. Der blendende Lichtblitz, die Feuerwand, der peinigende Schmerz, dann die Finsternis. Aber seine Stiefel knirschten nur im Schnee, der Boden unter seinen Füßen wurde ebener und eine innere Stimme sagte ihm, dass er es geschafft hatte. Jetzt bewegte er sich in einem eher normalen Tempo, und als er den Bergkamm erreicht hatte, hatte das Grauen dieser Nacht nachgelassen.

Zumindest bis zu dem Augenblick, als er zu den verkohlten Überresten der Bäume kam. Noch immer hing der schwere Geruch eines längst erloschenen Feuers in der Luft, der Boden war mit verkohlten Trümmern übersät. Bei jedem zweiten Schritt geriet er ins Stolpern. Schließlich schulterte er seine Waffe, um mit seinen ausgestreckten Händen die

Hindernisse ertasten zu können. Es war fast unmöglich, mit Sicherheit zu sagen, was er da durch seine dicken Stiefelsohlen fühlte oder durch seine Handschuhe ertastete. Chin gab sich alle Mühe, die Gedanken daran zu verdrängen. Aber in der Finsternis des verkohlten Waldes waren seine Sinne hellwach, und der Tastsinn war in gewisser Hinsicht der gründlichste aller Sinne, so dass Chin seine Erkenntnisse schwerlich ignorieren konnte. Zwischen den umgestürzten Bäumen und den Kratern dieses entsetzlichen Ortes lagen die verkohlten sterblichen Überreste der Soldaten des 3. Bataillons.

Straße Wladiwostok-Ussuriisk
6. Februar, 00.30 Uhr GMT (10.30 Ortszeit)

Kate und Woody hatten schließlich jemanden gefunden, der ihnen den Weg zur Front zeigte. In ihrem engen Humvee fuhren sie über die verschneite Straße. Wo der Scheibenwischer nicht hinreichte, war die Windschutzscheibe mit Eis bedeckt. Kate ließ ihren Blick über die endlosen Wälder schweifen, um irgendwelche Anzeichen von Krieg zu erblicken, doch sie sah nichts als eine ewig währende Abfolge von Bäumen.

»Wollen Sie das Interview jetzt machen?«, fragte der dürre Lieutenant vom Beifahrersitz her. Hinten im Wagen saß Kate zwischen Woody und einem mürrischen Soldaten, der eine große Tasche auf seinem Schoß liegen hatte, die nach Kates Vermutung normalerweise auf ihrem Sitz Platz fand.

»Hier?«, fragte Kate. Der Kameramann räusperte sich. »Na klar!«, platzte es aus der Reporterin heraus. »Eine großartige Idee.« Woody zog den Reißverschluss der Tasche mit seiner Kamera auf, Kate suchte in ihrem Rucksack nach einem Mikrofon.

»In dieser Kälte werden die Batterien nicht lange halten«, mahnte Woody zum hundertsten Mal.

»Dann benutzt du eben den speziellen Batterieschoner«,

antwortete die Journalistin, doch Woody kapierte es nicht. »Den *Batterie*schoner, Woody!« Sie schaltete die Kamera aus, das rote Licht für »Aufnahme« erlosch. Der Soldat neben ihr lächelte. »Test, eins, zwei, drei«, sagte sie in das ausgeschaltete Mikrofon. Der Lieutenant richtete mit den Fingern seine Frisur. Dann ließ Kate ihn seinen Namen und Rang, seine Dienstnummer und den Namen der Einheit aufsagen, die er befehligte – 2nd Infantry Division, Abteilung für Postzustellung. Bei jeder Frage hielt sie das Mikrofon sich selbst, bei jeder Antwort ihrem Interviewpartner vor den Mund.

»Kriegen Sie das auch drauf?«, fragte der Offizier.

Weil sie nach brennenden Fahrzeugwracks oder Granatkratern Ausschau gehalten hatte, hatte sie es versäumt, ihm das Mikrofon hinzuhalten. »Oh, das ist ein spezielles Richtmikrofon, modernste Technik. Du kriegst doch alles drauf, Woody?«

»Klar«, sagte Woody, der grinsend in den dunklen Bildsucher blickte. Der Kameramann stank nach Marihuanarauch. Kate bemerkte, dass dem jungen Soldaten ihr Trick aufgefallen war. Jetzt sah sie, dass der Offizier fertig war. »Und Sie begeben sich direkt bis zur Front, um die Post auszuliefern?«

»Wenn's sein muss, Ma'am. Aber die Einheit, der wir heute die Post bringen, hat bisher noch nicht gekämpft.«

»*Wie bitte?* Was wollen Sie damit sagen?«

Der Mann zuckte die Achseln. »Noch sind die Chinesen ein gutes Stück weg.«

»*Mist!*«, bemerkte Kate, die das Mikrofon in ihren Schoß fallen ließ.

»Wenn gekämpft würde, könnte ich Sie sowieso nicht dorthin bringen, weil es zu gefährlich wäre, Ma'am.«

Der grinsende Woody ließ die Kamera sinken, schraubte den Deckel aufs Objektiv und schloss das Fach mit den Reglern. Auch der einfache Soldat grinste. »*Scheiße!*«, fluchte Kate.

Während André Faulk die Post verteilte, folgten ihm die Journalistin und der Kameramann, um die Soldaten nach ihren Gefühlen am Vorabend der Schlacht zu befragen. Weil er ins Fernsehen kommen wollte, hatte der Lieutenant den Job eines einfachen Soldaten übernommen – er lieferte die Post an das nächste Bataillon aus. Schnee fegte durch die still daliegenden, dichten Wälder und türmte sich zu hohen Verwehungen auf. »Verdammter Mist, ich kann's immer noch nicht glauben!«, wiederholte Kate in regelmäßigen Abständen. André ging mit dem Postsack voran, der mit jedem Zwischenstopp leichter wurde. Die Frau war klein, aber sehr hübsch, der Kameramann war älter und trug die Haare zu einem Pferdeschwanz zusammengebunden. Für beide schien André gar nicht anwesend zu sein.

Schon bevor er angekommen war, hörte André die Männer »Post!« brüllen. Wenn er den Sack dann auf der Erde abstellte, hatte sich bereits ein Dutzend Männer versammelt. »Was für ein Platoon ist das hier?«, fragte er.

»3rd Platoon, Charlie Company, 2nd Battalion«, rief jemand aus. An diese Soldaten erinnerte sich André aus der Kaserne in Korea, wo sie über das Funkgerät die Kriegsereignisse verfolgt hatten. Er begann die vertrauten Namen auszurufen. »Aguire!« Er hielt dem Soldaten den Umschlag unter die Nase. »Hmmm! Riecht *gu-u-t*, Aguire.« Der Mann riss André den rosafarbenen Umschlag aus den Händen und streichelte ihn dann mit seinem Fäustling. »Alvarez!« Wie der Nikolaus zauberte André das Päckchen aus seinem Sack hervor. Er hielt es, als wollte er sein Gewicht abschätzen. »So eins hab ich gestern schon mal ausgeliefert. Es ist eine von diesen aufblasbaren Gummipuppen, stimmt's?« Alle lachten. »Bej-growicz! Hast du dir immer noch keinen anständigen englischen Namen zugelegt?« Wieder lachten die Soldaten.

Mittlerweile interviewte die Reporterin bereits einen Soldaten, der am Rande des Halbkreises stand, der sich um André herum gebildet hatte. »Aber kurven Sie normalerweise nicht in gepanzerten Bradley-Kampffahrzeugen herum?«

»Normalerweise schon, aber sie haben uns einfach hier abgesetzt. Seitdem haben wir nichts mehr von gepanzerten Fahrzeugen gesehen.«

»Dann sind Sie hier also völlig auf sich allein gestellt, ohne Nachschub?«, fragte die Reporterin. »Die chinesischen Truppen sind zahlenmäßig viermal so stark wie die von UNRUSFOR. Ich war der Ansicht, die Stationierung ›schwerer‹ Einheiten wie der 2nd Infantry Division solle dazu dienen, die hohe Zahl von Opfern unter den Infanteristen zu minimieren?« Der Mann, der nur Augenblicke zuvor noch sehr glücklich über Andrés Eintreffen gewesen war, hatte jetzt einen sehr besorgten Gesichtsausdruck. »Erwartet man von Ihnen, dass Sie aus diesen Stellungen heraus kämpfen, ohne Panzer und andere Fahrzeuge?«, fragte die Journalistin.

Sie hielt dem Soldaten das Mikrofon direkt vors Gesicht. »Keine Ahnung.« Der Mann runzelte die Stirn und zuckte dann die Achseln. »Vermutlich werden wir den Kampf aufnehmen, sobald wir irgendwelche Chinesen sehen.«

»Aber Sie *wissen* doch, dass die Chinesen mit elf Divisionen auf dem Weg hierher sind, weil sie den Hafen von Wladiwostok einnehmen wollen. Das sind über einhunderttausend Soldaten, die jeden Augenblick vor Ihren Linien hier auftauchen können. Wie fühlen Sie sich angesichts dieser Aussichten?« Wieder hielt sie ihm das Mikrofon hin, doch der Soldat antwortete nicht. Aber das war auch nicht nötig, seine Miene sagte alles.

»Wolfson!«, rief André mit finsterem Blick. »Das war's.« Er warf den mittlerweile leichteren Postsack über seine Schulter und ließ die Soldaten zurück, deren Stimmung sich unterdessen verdüstert hatte. Sie waren um die Freude gebracht worden, die André ihnen eigentlich hätte machen sollen, und das kotzte ihn an. Die beiden Leute vom Fernsehen gingen plappernd hinter ihm her.

»Diese armen Schweine werden einfach hierher geschickt, um sich abschlachten zu lassen«, meckerte die Reporterin. »Das ist kriminell! Keine Frage, sie unterziehen diese Kids einer Gehirnwäsche, damit sie nicht mehr denken können. Sie gehen einfach ihrem Tod entgegen, ohne dass es jemanden kümmert!« André wirbelte herum, und die Frau zuckte überrascht zusammen. Eine weiße Atemwolke strömte aus seinen Nasenlöchern. Jetzt hielten die beiden die Klappe. André ging zur nächsten Einheit.

Kreml, Moskau
9. Februar, 14.00 Uhr GMT (16.00 Ortszeit)

Das schwere Mittagessen und der heiße Tee hatten Valentin Kartschew schläfrig werden lassen, und jetzt fielen ihm hinter seinem Schreibtisch die Augen zu. Wenngleich seine Gedanken sich schon zu verwirren drohten, versuchte er noch ein letztes Mal, diese schwer fassbaren Worte zu finden, die das gedankliche Konzept beschrieben, mit dem er sich beschäftigte. Es ging um einen Prozess, der der Komplexität der Bewegungen der Kugeln auf einem Billardtisch analog war, die gegen Banden stießen und sich dann berührten. Mit Newtons physikalischen Erkenntnissen ließen sich die hier wirkenden Kräfte perfekt beschreiben, und ein Supercomputer konnte die Wege der Kugeln prognostizieren, die diese in den nächsten tausend Jahren zurücklegen würden. Aber es gab so viele das Resultat beeinflussende Variablen, dass die Bewegungen der Kugeln dem bloßen Auge sehr schnell als so unglaublich kompliziert erschienen, dass der Zufall seine Hände im Spiel zu haben schien. Aber nichts an diesen Bewegungen war zufällig, und Kartschew wollte ihre Mechanik erklären.

Auf dem Billardtisch dieser Welt hatte er alle Kugeln ins Rollen und die politischen Verhältnisse bei einem Dutzend Großmächten durcheinander gebracht. Ihm war klar gewesen, dass alles in Bewegung geraten würde, doch hatte er immer noch keine Ahnung, wie das Resultat aussehen würde. Er gähnte. Das Sofa wirkte einladend, aber auf seinem Computer warteten drei neue Nachrichten auf ihn. Er klickte auf das Mailbox-Symbol. Die ersten beiden Nachrichten enthielten lange Namenslisten. Am Tag zuvor hatte er als Bestrafung zwei Männer auf Liste A setzen lassen, doch diese trotzdem noch für vierundzwanzig Stunden observieren lassen. Diese Listen enthielten die Namen der Leute, zu denen die beiden während ihres letzten Tags auf Erden Kontakt gehabt hatten.

Kartschew klickte verschiedene Fenster an. Die genaue Überprüfung eines Namens bedeutete das Todesurteil. Kartschew musste nur kurze Beschreibungen der Kontaktperson überfliegen. »Mittagessen in der Cafeteria des Kreml.« *Viel zu öffentlich,* dachte er. Nie würde sie dort konspirative Treffen abhalten. *Ah, aber ein Abendessen in einem privaten Restaurant.* Er überprüfte das Fenster neben dem Namen »Schapajew, Stepan«. Von dem Mann hatte er noch nie etwas gehört, aber es kam auch selten vor, dass ihm irgendwelche Namen auf diesen Listen etwas sagten. Das war der Preis der Macht. Computer und E-Mails gestatteten es ihm, sich selbst gegen seine engsten Mitarbeiter abzuschotten und seine Arbeit aus räumlicher Entfernung zu verrichten, was seine Leute vermutlich sehr zu schätzen wussten.

Geistesabwesend überprüfte oder übersprang Kartschew die Fenster. Diese Vorgehensweise war willkürlich, doch er bemühte sich, fair zu sein. Einmal ging er sogar zu dem Fenster der Frau zurück, die in der Cafeteria zu Mittag gegessen hatte. Aber Mittagessen, Abendessen, wo lag da schon der Unterschied? Und überdies, gab es einen besseren Platz als die Cafeteria inmitten des Kremls, um sein Ableben zu planen?

Die dritte E-Mail, eine kurze Nachricht mit einer Videodatei als Anhang, war eine willkommene Abwechslung. Kartschew klickte auf »Play«, sofort erschien ein Fenster mit einer Videoaufnahme. »Gibt es irgendetwas, das Sie Ihren Leuten zu Hause mitteilen möchten?«, fragte Kate Dunn einen Soldaten, mit dem sie in einem verschneiten Wald stand. Vom trüben, flackernden Licht des Monitors beschienen, begann Kartschew zu lächeln. Wenn Miss Dunn sie stellte, wirkten selbst die abgegriffensten Fragen wie neu. Der Soldat kämpfte mit seiner Antwort. »Hallo … Vermutlich wird alles gut gehen, macht euch keine Sorgen.« Diese pathetischen Versicherungen ließen Kartschews Lächeln verblassen. Die Kamera schwenkte zu Miss Dunn – eine junge Frau, die junge Soldaten interviewte. »Was ist mit Ihnen«, fragte sie, während sich die Kamera auf einen jungen schwarzen Soldaten mit einem Gewehr und einem schweren Seesack richtete. »Wo kommen Sie her?«

»Aus der Bronx.«

»Wissen Sie, wofür Sie hier kämpfen?«, fragte die Reporterin. »Was Sie hier eigentlich zu suchen haben?« Die Frage war so direkt, dass Kartschew in sich hineinlächeln musste. Der Soldat blickte die Umstehenden an und schüttelte dann achzelzuckend den Kopf. »Meine Aufgabe ist es, die Post zu verteilen.« Alle lachten über ihren verwirrten Kameraden. Die über Satellit gesendete Aufnahme brach ab, das Testbild erschien. Kartschew seufzte.

Alles war still und ruhig. Kartschew zog an dem Kettchen, das unter dem Lampenschirm aus bemaltem Glas herabbaumelte, und nach einem Klicken war der Raum in Finsternis getaucht. Unbelästigt durch Anblicke und Geräusche, sah Kartschew vor seinem geistigen Auge die endlosen Landschaften des russischen Ostens. Der Frost hatte Miss Dunns glatten Wangen Farbe verliehen. Während der Jahre, die er in Sibirien verbracht hatte, hatte Kartschew die Reinheit dieser Kälte immer geliebt. Die meisten Menschen – Häftlinge wie Aufseher gleichermaßen – genossen die kurzen Sommer, in denen das Leben in erstaunlicher Intensität aufblühte. Dort blieb der Natur so wenig Zeit zum Erblühen, dass sie sich sehr schnell in alle Nuancen von Grün kleidete, als wollte sie ausrufen: »Seht mich an, ich lebe!«

Und dasselbe galt für die Menschen. Häftlinge, die aus der Ferne nur dahinschlurfende Mäntel zu sein schienen, legten ihre Kleidung ab, um sich in der Sommersonne zu wärmen, und Aufseher, die im Winter ihre warmen Hütten nur verließen, nachdem sie sich zuvor mit Wodka auf die Kälte vorbereitet hatten, tranken jetzt weniger. Sie erzählten sich über den Zaum hinweg mit den Häftlingen obszöne Witze und ließen sogar Pakete durch, die den Gefangenen aus ihrer Heimat geschickt wurden. Der Sommer in den Lagern war für Kartschew immer mit Gestank, Moskitos und Matsche gleichbedeutend gewesen … und mit der Disziplin, die nur durch Töten herbeigeführt werden konnte. Als die Natur ihren Klammergriff um die Seelen der Menschen löste, hatte Moskau Kartschew geschickt, um die Daumenschrauben wieder anzuziehen.

Jetzt kamen die Worte in einem wahren Schwall zurück, und Kartschew schaltete die Lampe wieder ein, um sie fieberhaft niederzuschreiben. »Gerade die am stärksten unterdrückten Menschen besitzen die größte politische Energie. In ihnen lauert das Leben in seiner größten Intensität. Wenn die Repression ihres Geistes nachlässt, kommt es zu einem kurzen und spontanen Erblühen. Die Kraft der Natur macht sich auf den Straßen breit, die Bevölkerung wird mitgerissen, und wenn sie nicht kontrolliert wird, fällt diese Freisetzung von Kräften immer gewalttätig aus.«

Sechs Stunden lang schrieb er ohne Unterlass weiter, um den Sturzbach neuer Ideen aufs Papier zu bannen. Dann legte er sich erschöpft auf das Sofa, zog die Decke bis ans Kinn hoch und schloss die Augen. Als er vor seinem geistigen Auge sah, wie Billardkugeln an Banden stießen und ihre komplizierten Wege zurücklegten, begann er zu lächeln.

Philadelphia, Pennsylvania
11. Februar, 03.00 Uhr GMT (08.00 Uhr Ortszeit)

Der Kleidung der dick vermummten Passanten hätte Pjotr Andrejew entnehmen können, dass es kalt war. Mit Handschuhen, einem Handtuch um den Hals und in einem Adidas-Trainingsanzug lief er über den vereisten Bürgersteig, doch die schon jetzt strahlende Sonne würde das Eis bald schmelzen lassen und allen einen milden Wintertag bescheren.

Als er um eine Ecke des Häuserblocks bog, erschreckte er eine Frau in einem dicken Wollmantel, die ihren kleinen Hund spazieren führte. Andrejew drehte sich um, weil er sich entschuldigen wollte, und in diesem Augenblick fuhr ein Wagen auf die Kreuzung. Die beiden Männer auf den vorderen Sitzen blickten in Pjotrs Richtung. Der Fahrer schaltete den auf links eingestellten Blinker ab und fuhr geradeaus über die Kreuzung.

Mit hohem Tempo raste der unauffällige Wagen des Geheimdienstes davon. Pjotr suchte die Straße nach den Männern ab, die ihn gleich festnehmen würden. Aber bei der Kälte hatten sie wohl keine Lust, ihre geheizten Autos zu verlassen. Außerdem verrieten sie sich immer durch ihre Sonnenbrillen und dunklen Anzüge.

UNRUSFOR-Hauptquartier, Chabarowsk
13. Februar, 22.00 Uhr GMT (08.00 Ortszeit)

Clark brachte es kaum über sich, das widerwärtige Spektakel mit anzusehen. Es war ein spezielles Verhör hinter geschlossenen Türen, das in einem unterirdischen Raum für Lagebesprechungen stattfand. »Nennen Sie uns bitte Ihren Namen«, sagte der Kongressabgeordnete in sein Mikrofon.

»Henry Adams«, antwortete der arg mitgenommene Offizier, der dem Komitee, den Mikrofonen und den Kameras gegenüberstand, die aus »historischen Gründen« hier waren. »Lieutenant Colonel, United States Army.«

»Und Sie waren der Kommandeur der Artillerieeinheit 2nd Battalion, 263rd Light Infantry?«, fragte der Vorsitzende des Komitees, dessen Anzugsjacke von einem fetten Hals ausgebeult wurde, während er sich vorbeugte.

»Ja, Sir, das war ich.«

»Und wie viele Geschütze haben Sie am Tag der kriegerischen Auseinandersetzung des Bataillons mit den Chinesen im Feld gehabt?«

Der Lieutenant Colonel räusperte sich. »Ich hatte zweiunddreißig 155-Millimeter-Geschütze auf dem Schlachtfeld.«

»Und wie oft haben die gefeuert?«

Der Mann mit der aschfarbenen Gesichtshaut ließ den Kopf hängen. »Hundertdreimal.«

Der Kongressabgeordnete nickte. Schließlich kannte er die Antworten auf seine Fragen bereits, die sämtlich in dem Bericht des Colonels standen, den dieser nach der Schlacht abgefasst hatte. Der einzige Sinn, dass er sie nochmals stellte, lag darin, einen Offizier zu vernichten, der durch diese Erfahrung ohnehin schon wie ein gebrochener Mann wirkte. »Das sind etwas über drei Schuss pro Geschütz. Entspricht das der Feuerunterstützung, die von Ihrem Bataillon erwartet wurde?«

Der Colonel schüttelte den Kopf. »Nein, Sir. Der Plan für die Feuerunterstützung sah konzentriertes Feuer für den Augenblick vor, in dem der Feind auf offenem Feld erschien. Wir hätten pro Geschütz mindesten zwei Dutzend Mal feuern sollen, insgesamt also sieben- bis achthundertmal.« Der Mann konnte seinen Anklägern nicht einmal in die Augen blicken.

»Hätte es in Ihren Augen einen Unterschied gemacht, Colonel Adams, wenn diese Geschütze achthundert- statt hundertmal gefeuert hätten?«

»Ja«, platzte es aus dem Offizier heraus, der wieder den Kopf hängen ließ. Clark fragte sich, ob der Mann seit jenem Tag überhaupt an irgend etwas anders gedacht hatte. »Der Sinn der Artillerie besteht darin, in kürzester Zeit so oft wie eben möglich auf das Ziel zu feuern. Ja, es hätte einen Unterschied gemacht.«

Kopfschüttelnd schloss Clark die Augen. Der Mann hatte sich entschlossen, die volle Verantwortung zu übernehmen. Als er die Augen wieder öffnete, sah er den Vorsitzenden nicken. »Und warum haben diese Geschütze nicht die vorgesehene Anzahl von Schüssen abgefeuert?«

Clark spürte, dass die Antwort im selben monotonen Tonfall erfolgen würde. »Durch die Kälte hatten sich die Schmiermittel verdickt, und einige nicht funktionierende Rückfederungsmechanismen brachten die Waffen erst nach drei oder vier Minuten wieder in Schussbereitschaft. Die *funktionierenden* Geschütze haben Feuerschutz zu geben versucht, hatten aber bald keine Munition mehr. Durch die Kälte wurden auch viele der Geschosse beeinträchtigt, die wir abgefeuert haben. Ihre Treibladungen und ihre Zünder waren eingefroren, was zu einem prozentual hohen Anteil von zu kurz oder zu weit gezielten Schüssen sowie zu Blindgängern geführt hat.«

»Und wie kam es, dass Ihnen das kalte Wetter solche Probleme bereitet hat, Colonel?«

Endlich hob der Mann seinen Kopf, um dem inquisitorischen Fragesteller direkt in die Augen zu blicken. »Uns blieb nicht genügend Zeit, um uns auf diese extremen winterlichen Verhältnisse in Sibirien einzustellen und uns zu akklimatisieren. Wäre es so gewesen, hätten wir die Probleme vor… » Der Colonel verlor den Faden und wandte den gehetzten Blick ab.

»Nennen Sie uns bitte Ihren Namen«, sagte der Vorsitzende in sein Mikrofon.

»Clark, Nate, Lieutenant General, United States Army.«

»Und Sie sind der Oberbefehlshaber der U.S. Army Pacific und der nach Russland entsandten Truppen der Vereinten Nationen?«

»Ja, Sir, das ist richtig.«

»Also, General: Am 26. Januar, drei Tage nach der Invasion in Sibirien, haben die Chinesen die Straßenverbindung zwischen Birobidschan und Chabarowsk unterbrochen, ist das korrekt?« Clark bestätigte die Fakten. »Und das führte dazu, dass der Luftstützpunkt Birobidschan belagert wurde, dessen Besatzung eigentlich vollständig nach Chabarowsk *evakuiert* werden sollte, ist auch das richtig?« Wieder nickte Clark. »Können Sie diesem Komitee erklären, wie es den Chinesen gelingen konnte, die Straßenverbindung zu unterbrechen, bevor die Evakuierung abgeschlossen war?«

»Schon seit Wochen hatten die Chinesen in großer Anzahl Soldaten nach Sibirien eingeschleust. Nach Aussagen von Gefangenen, die wir verhört haben, hatten sie strikten Befehl, jeglichen Kontakt mit UNRUSFOR-Soldaten zu vermeiden. Die enorme Größe unseres Operationsgebietes und die dichten Wälder waren dafür verantwortlich, dass wir nicht entdeckt haben, wo und in welcher Anzahl sie Truppen zusammenzogen.«

»Aber auch noch einige Stunden, *nachdem* die Chinesen die Straßenverbindung gekappt hatten, und zwar wahrscheinlich mit einer Einheit von Divisionsstärke, hat der verstorbene Brigadier General Merrill immer noch nur leicht bewaffnete Konvois auf die Straße nach Chabarowsk geschickt, stimmt's?«

»Die erste Nachricht über die Blockade der Straße kam von Mitarbeitern der Satellitenaufklärung, die von verlassenen Fahrzeugen auf der Straße berichteten. Korrekterweise hat General Merrill daraus geschlossen, dass sie in einen Hinterhalt geraten waren. Also hat er ein Bataillon losgeschickt, das die Situation bereinigen sollte. Auch dann hat Merrill weiterhin Lastwagenkonvois hinter diesen Infanteristen hergeschickt, die auch von Panzern begleitet wurden. Der Grund dafür war ernsthafter Zeitdruck, unter dem die Evakuierung wegen des Hauptkontingents der Chinesen stand. Außerdem ging er von der Annahme aus, dass die Säuberung der Straße erfolgreich abgeschlossen werden würde.«

»Und ist die Straße gesäubert worden?«, fragte der Vorsitzende trotz der offensichtlichen Antwort.

»Nein, Sir ... Die Operation wurde abgebrochen, es hat schwere Verluste gegeben. Die Lastwagen gerieten in einen Hinterhalt und mussten mit Bulldozern von der Straße geschafft werden. Nur sehr wenige der nicht gepanzerten Fahrzeuge haben den Rückweg nach Birobidschan geschafft. Ungefähr fünfhundert Männer sind gefallen, werden vermisst oder wurden vermutlich getötet oder gefangen genommen.«

Der Vorsitzende nickte. »Wie schätzen denn Sie persönlich General Merrills Verhalten in Birobidschan ein, General Clark?«

»Ich glaube fest daran, dass General Merrill, Lieutenant Colonel Adams und jeder andere unter meinem Befehl stehende Soldat unter den schwierigsten nur vorstellbaren Umständen tapfer und gut gekämpft hat. Für das, was ihnen hier widerfuhr, war niemand so gut vorbereitet, wie er es hätte sein sollen. Außerdem glaube ich, dass nicht die Regierung, die die Soldaten hierher geschickt hat, *sie* nach dem Warum fragen sollte ... Eigentlich müsste es genau anders herum sein.«

Militärstützpunkt Birobidschan, Sibirien
14. Februar, 12.00 Uhr GMT (22.00 Ortszeit)

»Bist du ganz sicher, dass du für diesen Job gerüstet bist?«, fragte Stempels neuer Squad-Führer, der in Erwartung der bevorstehenden Gefahr bereits seine Stimme gesenkt hatte. Stempel nickte und versuchte, seine Atmung unter Kontrolle zu kriegen, während der Sergeant weiterging, um die anderen zu überprüfen. Er zupfte an der Ausrüstung, um festzustellen, ob sie Geräusche verursachte, fragte nach ihrem Funksignal, dann nach dem des Kommandeurs der Kompanie und dem des für die Feuerunterstützung zuständigen Offiziers des Bataillons ... nur für alle Fälle. Jeder musste die Parole nennen, die ihnen bei der Rückkehr den Weg auf die andere Seite des Drahtzauns um den Militärstützpunkt ermöglichen würde. Wenn der Sergeant mit seinen Männern sprach, legte er ihnen fest die Hand auf die Schulter und drückte sie, womit er manchmal nachdrücklich seine Kommentare akzentuierte. Er war erst dreiundzwanzig Jahre alt, aber ein guter Unteroffizier.

Das Warten drehte Stempel den Magen um. Seine Mund war wie ausgetrocknet, seine Glieder zitterten. Während die anderen Männer aus seiner Einheit sich schon einige Male außerhalb des Zauns aufgehalten hatten, war Harold wegen seiner geringfügigen Wunden zumindest für solche Einsätze bisher als dienstunfähig eingestuft gewesen. Doch damit war es nun vorbei. Jetzt stand seine erste Patrouille mit Kampfeinsatz bevor.

Es war stockfinster und schien immer kälter zu werden, je näher der Augenblick rückte, wo sie aus dem Schützengraben hinausklettern mussten.

»Also dann, 2nd Squad«, flüsterte der Sergeant. »Auf geht's. Oben entsichert ihr sofort eure Waffen.« Auf notdürftig aus den Brettern von Lattenkisten zusammengezimmerten Leitern stiegen sie an der Wand des Schützengrabens hoch. Stempel ordnete sich in die Reihe ein. Insgesamt waren sie zwölf Mann – die zehn Soldaten ihrer Squad und zwei MG-Schützen des Platoons. Da Stempel acht Magazine in Beuteln an seinem Gürtel und weitere acht in den Hosentaschen an seinen Oberschenkeln mit sich führte, war das Klettern äußerst anstrengend. Doch die Munition war nur eine körperliche Last, die psychologische Bürde war sehr viel schwerer.

Oben waren die Sandsäcke mit Eis und Schnee bedeckt. Vor ihnen erstreckte sich eine fremd wirkende Landschaft. Schon mehrfach hatte Stempel nach den rituellen Attacken in der Dämmerung das Schlachtfeld säubern müssen, doch noch nie hatte er sich jenseits des Drahtzauns aufgehalten. Er stand auf, und alles wirkte anders. Wenn man das Terrain aus einer Feuerstellung beobachtete, den Kopf dicht über dem Boden, wirkte jede kleine Bodenerhebung wie ein Gebirge, wie für eine Ameise, die Gipfel und Täler nach Zentimetern bemaß. Aber jetzt, im schwachen Sternenlicht, musste Stempel erkennen, dass das Schlachtfeld so eben wie ein Tisch war.

Sie liefen auf den Zaun zu, und Harold musste die ersten Male über spiralförmig ausgelegten Stacheldraht springen, der halb im Schnee verborgen war. Hierbei handelte es sich weniger um ein Hindernis, als vielmehr um eine Art Grenze, die das Ende relativer Sicherheit und den Beginn extremer Gefahr markierte. Sie verlangsamten das Tempo. Schwer atmend suchte Stempel durch die silbrige Atemwolke vor seinem Mund die Chinesen zu erkennen. Er hielt sich exakt an den Weg des Mannes vor ihm, wobei er sogar in dessen Fußspuren trat. Vielleicht würden an diesen Stellen ja keine Minen hochgehen.

Als sie die Bäume erreicht hatten, ließen sich alle zu Boden fallen. Stempel hob sein Gewehr und zielte in den finsteren Wald. Patterson, dem er gefolgt war, lag drei Meter entfernt. Nachts wurden die Abstände zwischen den Soldaten verringert, damit diese nicht den Kontakt zueinander verloren. War man von seiner Einheit isoliert, was in Feuergefechten ständig vorkam, konnte man in diesem Fall schlecht nach seinen Kameraden rufen. Dann war man ganz auf sich allein gestellt und konnte von beiden Seiten sofort erschossen werden.

Stempel blickte zu dem kleinen, drahtigen Mann zu seiner Rechten hinüber, unter dessen M-16 ein M-279-Granatwerfer angebracht war. Der Mann war am Vortag eingetroffen, weil er einen anderen ersetzen sollte, der durch ein vor seiner Feuerstellung landendes leichtes Mörsergeschoss erblindet war. Abgesehen von einer Beobachtung, die er an diesem Morgen gemacht hatte, wusste Stempel nichts über den Neuankömmling. Als sie unter einer dünnen Schneedecke in dem Schützengraben aufgewacht waren, schien ihm ein weißer Bart gewachsen zu sein, der in einem harten Kontrast zu seiner dunklen Haut stand. Es hatte ihn mehrere Minuten gekostet, die Eiskristalle von seinem Zweitagebart zu entfernen.

Die Soldaten standen auf und folgten Chavez, der fast immer an der Spitze ging. Nur er hatte ein Nachtsichtfernglas. Alle anderen stolperten wie blind voran, in einer ungefähr keilförmigen Formation, die einem auf den Kopf gestellten »V« glich. Jeweils vier Männer bildeten die Flanken des Keils, Stempel war der vorletzte Mann auf der Linken. Der Sergeant und die beiden Männer für das MG hielten sich in der Mitte. Mit ihrer Feuerkraft konnten sie beide Flanken sichern. Man hörte nur die Geräusche knirschenden Schnees und das Knistern des Synthetikgewebes ihrer Kleidung. Stempel erblickte ein Ziel nach dem anderen. Permanent tauchten dünne Baumstämme hinter anderen Bäumen auf. Unterholz, Stümpfe, herabgefallene Äste, alles schwarz und bedrohlich. Die Nacht war mondlos, aber die Sterne warfen Schatten, die sich bei Windstößen bewegten.

An manchen Stellen glänzte niedergetretener Schnee. Massen von Chinesen waren durch Artilleriefeuer auf das Schlachtfeld am Zaun getrieben worden, doch der Platoon-Führer hatte ihnen versichert, dass sie nur mit Scharfschützen, Beobachtern oder Männern mit von der Schulter abgefeuerten SA-7-Flugabwehrraketen rechnen müssten, die wie eine Schlange nur dann angreifen würden, wenn die Patrouille direkt über sie stolperte. Aber der einzige Sinn dieser Patrouillen bestand darin, diese Wälder von Chinesen zu säubern. Noch vor einer Stunde hatten die Worte des

Lieutenants angenehmer geklungen. Stempel hatte keine Ahnung, warum man dies hier »Kampfpatrouille« nannte. Sie selbst konnten nicht großartig kämpfen. Über ihr Funkgerät sollten sie den Militärstützpunkt benachrichtigen, dass Mörser oder – wenn sie zwei Kilometer weit draußen waren – 155-Millimeter-Geschütze abgefeuert werden sollten. Aber von Kampfpatrouillen verlangte man im Gegensatz zu Aufklärungspatrouillen, dass sie den Feind angriffen. Stempel konnte sich nicht vorstellen, dass zwölf Männer viel gegen die chinesische Armee ausrichten konnten. Es blieb ihnen nur, zu überleben zu versuchen, vor allem dann, wenn sie sechs Kilometer weit draußen waren, wie in der Planung vorgesehen.

Der Mann vor Stempel ließ sich mit einem knirschenden Geräusch in den Schnee fallen, und Harold folgte seinem Beispiel. Mit pochendem Herzen wartete er darauf, dass eine Explosion die Stille der Nacht zerreißen würde. Er presste seine Wange gegen das kalte, harte Gewehr, musste aber feststellen, dass er keine Luft mehr kriegte. Er hatte einen Kloß in der Kehle, konnte jedoch nicht schlucken, um ihn zu beseitigen. Panik erfasste ihn bei dem Gedanken, einen seiner Kameraden bitten zu müssen, durch mehrfachen Druck auf seinen Bauch die Atmung wieder in Gang zu bringen und so gleich einem Fremdkörper den Kloß der Angst zu entfernen, der seine Luftröhre blockierte. Aber schließlich schaffte er es doch, selbstständig wieder Atem zu schöpfen.

Reglos lag der Wald vor ihm. Stempel erblickte den weißen Helm des letzten Mannes auf seiner Flanke und sah auch die Siamesischen Zwillinge, die nebeneinander auf der anderen Seite hinter dem Maschinengewehr lagen. Vielleicht konnte sie ja diese Furcht erregende Waffe retten, wenn sie angreifenden Chinesen in die Arme liefen. In diesem Fall würden die Männer ihre keilförmige Formation aufgeben und sich in einem Kreis um das MG herum aufbauen, das ihr einziger wirklicher Pluspunkt war. Aber Stempel erinnerte sich an die Wellen chinesischer Soldaten, die bei den Großangriffen gegen den Zaun gebrandet waren. Wenn ihre

Patrouille auf eine Kompanie, ein Bataillon oder ein Regiment traf …

Kopfschüttelnd versuchte er, sich von den traumartigen Bildern zu befreien, von den Gesichtern der Männer, die an seinem ersten Kampfeinsatz teilgenommen hatten. Ihre Gesichtszüge waren schnell verschwommen, nicht aber Stempels Erinnerung. Er entsann sich des in sein Funkgerät brüllenden Lieutenants, der schon bald von ohnmächtiger Resignation erfasst worden war, der Wut, die die letzten Augenblicke des Sergeants und des Private First Class bestimmt hatte, der Schreie der namenlosen Soldaten, die sich ergeben wollten.

Stempel schloss die Augen und drückte sein Gesicht in den beißend kalten Schnee. Er überflutete sein Bewusstsein gleichsam mit unzusammenhängenden Gedanken, bis er die Visionen zerstreute, als würde er mit einer Handbewegung Rauchringe auflösen. »Pst!«, hörte er plötzlich. Er hob den Kopf. Patterson war bereits auf den Beinen. Auch Harold stand auf und schleppte sich mühsam vorwärts. Nicht Tapferkeit hielt ihn in Bewegung, sondern Angst, von Dämonen erfüllte Albträume, bösartige Fantasiegestalten, die ihn von der dunklen Peripherie seines Schlafs her beäugten, Geister von Männern, die er nicht kannte.

Harold hatte beschlossen, dass das erste Mal nicht zählte, aber auch gelobt, dass er beim nächsten Mal im Kampf fallen würde.

Umgebung des Flusses Ussuri, Sibirien
16. Februar, 06.30 Uhr GMT (16.30 Ortszeit)

Um halb fünf Uhr nachmittags war Chins Krieg gegen die Europäer für diesen Tag vorbei, doch dafür begann jetzt der Kampf gegen die Kälte. Nicht, dass die UNRUSFOR-Truppen die größere Bedrohung gewesen wären, auch auf dem Schlachtfeld wurde alles von der Kälte dominiert. Jeden Morgen inspizierte Chin den Gesundheitszustand seiner

Soldaten; meistens war einer von ihnen wegen Erfrierungserscheinungen auf medizinische Behandlung angewiesen. Mehrere Männer, die Wache geschoben hatten, wachten nicht mehr auf, weil sie erfroren waren. Gewöhnlich dauerte es bis zehn Uhr morgens, bis sie ihr Lager abgebrochen hatten. Dann marschierten sie einen Kilometer, aßen ihre letzten Rationen, gingen einen weiteren Kilometer. Um zwei Uhr begannen sie nach einem Lagerplatz zu suchen, ab vier dominierte der Kampf ums Überleben. Bevor zum Sonnenuntergang die Temperaturen fielen, musste das Lager aufgeschlagen sein, weil sonst niemand den nächsten Morgen erleben würde.

Chin hatte gelernt, die Gedanken des Kompaniechefs zu lesen. Bei den Lagebesprechungen schwieg dieser, aber seine Wahl der Lagerplätze verriet seine Überlegungen. Hätte er sich Sorgen wegen eines Zusammentreffens mit dem Feind gemacht, dann hätte er das Lager an erhöhten Stellen oder unter Bäumen aufschlagen lassen. Aber der kommandierende Offizier ließ immer auf offenem Feld kampieren, wo es nicht so kalt war, oder aber in Schluchten oder auf flachen Terrassen am Fuß von Hügeln, wo die Zelte der Männer nicht unter dem Schnee zusammenbrechen würden, wenn diese schliefen.

»Rentierfleisch wäre mir lieber als Pferdefleisch«, hörte Chin jemanden sagen, während seine Männer das einzige Zelt ihres Zugs aufbauten.

»Mir auch. Aber an den Straßen, über die der Nachschub kommt, liegen jede Menge tote Lastpferde, und deren Fleisch ist gefroren.«

»Klappe halten!«, zischte Chin, der es gar nicht richtig fand, dass seine Männer so offen über ihren knurrenden Magen debattierten. Vier Tage lang hatte es nur Feldrationen gegeben, eine gezuckerte Mischung aus zerstampften Sesamkörnern, Erdnüssen und Reis.

Gerade kamen die beiden letzten Neuankömmlinge, die für Gefallene eingesprungen waren, von ihrem Ausflug zum Nachschubdepot des Bataillons zurück. Sofort ließen die anderen alles stehen und liegen, selbst Chin. Die beiden stark schwitzenden Männer zogen einen schwer beladenen Schlitten und ließen sich schließlich erschöpft in den Schnee fallen. »Zurücktreten!«, befahl Chin, als seine Männer an der Plane auf dem Schlitten zu zerren begannen.

»Da gibt's keine Lebensmittel«, sagte einer der beiden Neuen atemlos.

»*Wie bitte?*«, schrie Chin. »Und was zum Teufel ist das?«

»Munition, Decken, Seife ...«

Alle waren aufgebracht, einige traten sogar nach den beiden neuen Angehörigen der Einheit. Chin unternahm nichts, um ihnen Einhalt zu gebieten. Als einer seiner Verwundeten angehumpelt kam, befahl er den beiden Neuen, den Schlitten abzuladen und den Verletzten zum Feldlazarett zu ziehen. »Und diesmal kommt ihr nicht ohne Essen zurück! Ein paar Kohlköpfe sind das Mindeste! Wie ihr die besorgt, ist mir egal, kapiert?« Die beiden hatten begriffen. »Und ihr baut weiter das Zelt auf!«, befahl Chin, der seine Männer wieder in Richtung Zelt schubste. Es wurde vor dem Buckel eines Bergkamms aufgebaut, der einen natürlichen Windschutz bildete. Eine Abteilung hatte bereits den Schnee von dem – relativ gesehen – etwas wärmeren Boden geräumt. Jetzt befahl Chin den Männern, den Boden mit Fichtenzweigen zu bedecken, zuerst mit größeren, dann mit kleineren, um ein gewisses Maß an Bequemlichkeit zu gewährleisten. In der Mitte wurde der einzige Holzofen aufgebaut. Vor den drei ungeschützten Seiten des Zelts baute ein weiteres Kommando an einen Meter hohen Schneewällen, die vor dem aus diesen Richtungen wehenden Winden schützen sollten. Der Eingang des Zelts würde sich in einem Fünfundvierzig-Grad-Winkel zur vorherrschenden Windrichtung befinden, die Chin immer noch zu bestimmen versuchte.

In dem Zelt würden die Männer ihren Platz gemäß dem Dienstplan zugewiesen bekommen. Die Ersten, die Wache hatten oder die Schneeverwehungen vor den Wällen entfernen mussten, würden direkt in der Nähe des Eingangs schlafen. In der nächsten Reihe würde die Ablösung der Wachtposten nächtigen, so dass beim Wechsel niemand geweckt werden musste. In jeder Reihe durften die Männer vier Stunden am Stück schlafen. Schliefen alle gleichzeitig, würden sie sämtlich sterben. Nervös warf Chin einen Blick auf die blasse und bereits niedrig am Himmel stehende Sonne. »Haut die Heringe ein! Wo der Boden gefroren ist, sucht ihr nach geeigneten Stellen! Beeilung!«

In der Nähe waren einige weitere Neuankömmlinge damit beschäftigt, alle Äste und Zweige von einem Baumstamm zu entfernen. Chin stürmte auf sie zu. »Nicht *alle* Zweige! Völlig nackte Baumstämme kann der Feind aus der Luft erkennen! Schneidet unten ein paar Zweige ab, dann geht's weiter zum nächsten Baum. Hier gibt's doch schließlich *Millionen* Bäume!« Sie ließen ihre Last fallen und gingen weiter, um Chins Befehlen zu gehorchen. »Was sind obere Zweige, was untere?«, fragte Chin. Offensichtlich hatten die Männer keine Ahnung. »Ich habe doch gesagt, dass wir *obere* Zweige vor Einbruch der Dunkelheit verbrennen, weil sich bei ihnen weißer Rauch bildet. *Untere* Zweige enthalten Teer und Harz! Sie brennen besser und verbreiten mehr Wärme, lassen aber dunklen Rauch aufsteigen! Deshalb kommen die erst an die Reihe, wenn die Sonne untergegangen ist!«

Wie verängstige Kaninchen huschten die Männer an ihm vorbei. Chin rollte die Augen und schüttelte dann den Kopf. *Kein Wunder, dass die nicht lange überleben,* dachte er. Es pfiff ein kalter Wind, aber auch der konnte sein Elend nicht mehr verschlimmern. Schon jetzt war Chin bis auf die Knochen durchgefroren. Und hungrig. Gemeinsam mit seinen Männern sah er einem qualvoll langsamen Tod entgegen.

Bethesda Naval-Krankenhaus, Maryland
17. Februar, 13.00 Uhr GMT (08.00 Ortszeit)

Die führenden Politiker des Senats und des Repräsentantenhauses saßen in einem Halbkreis auf einer Seite von Gordons Krankenbett. Alle hatten einen düsteren Gesichtsausdruck. Deutlich vernehmbar waren die Sprechchöre von mittlerweile fast zehntausend Demonstranten, die sich vor dem Krankenhaus versammelt hatten. Gordon war klar, dass bei diesem Treffen unterschiedliche Meinungen aufeinander prallen würden. Am Tor hatten seine Besucher durch das Spalier von Demonstranten eilen müssen, doch die größten Sorgen machte sich Gordon um unauffälligere Spielarten des Protests. Eine Flut von Anrufen, Briefen und Faxen würde der Antikriegsstimmung der Bevölkerung Ausdruck verleihen. Dies war der kollektive Aufschrei der Wählerschaft, gegen den er kämpfen musste.

»Man hat die Frage gestellt, warum wir eigentlich in Sibirien kämpfen«, begann Gordon. Fast alle anwesenden Politiker hatten sich gegen den Krieg ausgesprochen. »Ich habe Sie hierher bestellt, damit Sie diese Frage beantworten.« Daryl reichte Gordon ein Glas Wasser. Durch die Analgetika war sein Mund wie ausgetrocknet, und seine verschleiften Worte klangen, als würden sie direkt ineinander übergehen. Er räusperte sich. »Die sibirische Landmasse ist genauso groß wie die der Vereinigten Staaten, Westeuropas und Indiens zusammen. Trotzdem haben dort vor dem Bürgerkrieg nur neun Millionen Menschen gelebt. Diese Bevölkerungszahl ist nun um die Hälfte gesunken. Nirgendwo auf dieser Erde gibt es so viele Bodenschätze wie in Sibirien. Mit der Ausbeutung der Vorräte an Kobalt, Chrom, Eisenerz, Molybdän, Nickel, Vanadium und Wolfram ist praktisch noch gar nicht begonnen worden. Gold, Kupfer, Quecksilber, Blei, Platin, Zinn und Zink gibt es dort in Hülle und Fülle, dasselbe gilt für Diamanten, Smaragde, Graphit, Glimmererde und natürlich die Stoffe, die diese Welt in Bewegung halten – Öl, Erdgas, Kohle und Uran. Keine Region dieses Planeten hat mehr Ressourcen zu bieten, und die stehen jetzt auf dem Spiel.«

Gordon schwieg einen Augenblick, um einen weiteren Schluck Wasser zu trinken. »In dem Krieg um Sibirien stehen auf einer Seite die Chinesen, auf der anderen die Vereinigten Staaten und die Westeuropäer. In der Epoche des Imperialismus hätte man mit Fug und Recht behaupten können, wir seien imperialistische Ausbeuter. Damals lagen wir falsch, aber diese Ära ist Vergangenheit, und jetzt sind wir im Recht. Gerade liegt ein halbes Jahrhundert des Wettstreits der beiden großen Ideologien hinter uns, und die Richtlinie unserer Außenpolitik hat immer darin bestanden, die Ausbreitung des Totalitarismus zu verhindern, und zwar unabhängig davon, ob dieser faschistisch oder kommunistisch geprägt war. Dafür haben wir mit Riesensummen und mit Menschenblut bezahlt. Der jetzige Krieg zwischen Ost und West ist eine Fortsetzung dieses Wettstreits und nicht rassisch oder in besonderer Weise ideologisch begründet. Wenn das bevölkerungsreichste Land der Erde, das von einem totalitären, diktatorischen Regime beherrscht wird, sich die Kontrolle über die reichsten Bodenschätze dieser Welt aneignen könnte, müssten wir eines Tages erneut einen hohen Preis dafür bezahlen. Heute kämpfen wir, um einen noch größeren Krieg in der Zukunft zu verhindern, und das ist schon an sich eine gerechte Sache.«

Gordons Stimme war schwächer geworden, wieder musste er einen Schluck Wasser trinken. Mehrere Kongressabgeordnete warfen sich Blicke zu. »Und schließlich ...« Gordon musste sich noch mehrfach räuspern. »Schließlich kämpfen wir für etwas, das wichtiger als Bodenschätze oder die Eindämmung des Totalitarismus ist. Wir kämpfen für unsere Seele, für unsere Identität. Viele sind versucht, diese Identität danach zu beurteilen, wie der Rest der Welt Amerika sieht. Ob wir Entschlossenheit zeigen, wenn wir uns einer Sache verpflichtet fühlen, oder ob wir angesichts des Unglücks Reißaus nehmen. Aber die wichtigste Frage ist die nach unseren inneren Werten. Worin besteht der wahre Charakter der Menschen dieses Landes? Sehen die Amerikaner ihr Land als eine starke Macht, die auf der Seite von Recht und Gerechtigkeit steht? Als eine Nation, die, hat sie sich erst einmal einer Sache verschrieben, nicht zurückschrecken wird, selbst nicht vor einem Krieg, wenn dieser ein gerechter ist? Oder werden wir den Ruf der Pflicht einfach ignorieren, wann immer wir einen zu hohen Preis zahlen müssen? Wie oft können wir uns zurückziehen, den Sinn unseres Engagements leugnen oder einfach weggucken, ohne dabei unsere nationale Identität zu verlieren? Was könnte denn wichtiger sein als das Bild, das wir von uns selbst haben? Amerikaner definieren sich nicht über ihre Hautfarbe oder Religion, wir haben keine singuläre, klar abgrenzbare Kultur. Allein durch das Bild, das die Amerikaner von sich selbst haben, definiert sich dieses Land. Im Laufe der Zeit werden wir zu dem, was wir unserer Meinung nach sind. Und wenn wir auch nicht mehr die triumphierenden Vereinigten Staaten des Jahres 1945 sind, wie sehr *haben* wir uns denn geändert? Wer sind wir? Das ist die Frage, mit der dieser Krieg uns konfrontiert.«

Schon bevor er die letzten Worte ausgesprochen hatte, war Gordon klar, dass sein Werben um Unterstützung ein Fehlschlag gewesen war. Seiner größten Furcht hatte er nicht Ausdruck verliehen. Was war, wenn Amerikas großes soziales Experiment mit der Demokratie an Dynamik verlor? Was war, wenn die Anarchisten mit ihrer These Recht hatten, dass der Niedergang der liberalen Demokratien bereits begonnen hatte? Wurde durch irgendein unabänderliches Naturgesetz die Anarchie letztlich unvermeidlich? Einen unpopulären Krieg zu führen schreckte Gordon nicht so sehr wie das Kleinbeigeben angesichts einer gerechten Sache.

Der demokratische Mehrheitsführer des Repräsentantenhauses räusperte sich. »Ich glaube, zumindest in einem Punkt für alle hier Anwesenden sprechen zu können, Mr. President. Wir alle respektieren die Überlegungen, denen Sie hier gerade so eloquent Ausdruck verliehen haben. Natürlich sind dies schwerwiegende Probleme, und ich bin mir sicher, dass alle meine Kollegen in Washington sich die Zeit genommen haben, besonnen darüber nachzudenken. Aber ich kann Ihnen auch versichern, dass hinsichtlich der Frage der Weiterführung dieses Krieges vom Kongress eine so eindeutige Entscheidung getroffen worden ist, wie sie eindeutiger kaum hätte ausfallen können. Wie Sie wissen, wird die Finanzierung dieses Krieges automatisch am 19. April gestoppt. Vor diesem Termin haben wir noch eine weitere Abstimmung angesetzt. Aber ich bin sicher, dass Ihre Parteifreunde Ihnen dasselbe erzählen werden wie meine: Diese

Abstimmung wird nicht einmal knapp ausfallen. Es tut mir Leid, Mr. President, aber die amerikanische Bevölkerung will diesen Krieg nicht, und der Kongress schenkt diesem Aufschrei des Volkswillens Beachtung. Ich würde Ihnen mit allem gebotenen Respekt – und als Freund – raten, ebenfalls dieser Stimme zu lauschen, Sir.«

Wie aufs Stichwort waren von draußen die etwas lauter werdenden Sprechchöre der Demonstranten zu hören.

Jetzt meldete sich der Minderheitsführer aus dem Senat zu Wort, ein guter Freund des Präsidenten. »Tom Marshall hat dir diesen Schlamassel hinterlassen, Gordon. Wir waren alle gegen die Entsendung unserer Soldaten.« Mit diesem »wir« meinte er die Republikanische Partei. »Es gab reichlich Warnungen, dass die Chinesen diesen Streit gesucht haben. Für Gespräche mit Peking ist es nie zu spät. Wir müssen ihnen ja nichts abtreten, sondern nur ihre Zustimmung erlangen, dass die Kämpfe eingestellt werden. Dann können wir uns aus dieser Bredouille zurückziehen. Ich stimme völlig mit dir überein, dass in dieser Welt große Kräfte im Spiel sind, doch in diesem Fall sind es natürliche. Sibirien gehört zu Asien, nicht zu Europa. Wir stehen hier einer natürlichen Neuausrichtung geopolitischer Grenzen im Wege. Ob wir zum Widerstand dagegen in der Lage sind oder nicht, Gordon, *eines* ist völlig klar: Dieser Krieg überschreitet die Grenzen des Mandats, das die Amerikaner dieser Regierung anvertraut haben. Es tut mir Leid, aber in diesem Punkt bin ich mit meinen demokratischen Kollegen einer Meinung.«

Damit stand Gordon ganz allein da. Seine eigene Partei, die führenden Politiker des Senats, dem er selbst angehört hatte, schwenkten auf die Linie der Demokraten ein. Sie schwammen auf der Woge einer heftigen Reaktion des Volkszorns mit, und Gordon, der noch nicht einmal direkt in sein jetziges Amt gewählt worden war, war in den Meinungsumfragen auf einen historischen Tiefpunkt abgerutscht. Er wusste, dass sie sich nicht anderweitig überzeugen lassen würden. Vielleicht konnte man sie durch kritische Briefe, Faxe, Anrufe, Umfragen oder Presseartikel einschüchtern, aber wenn sie bei einem Thema die gesamte öffentliche Meinung auf ihrer Seite hatten, fühlten sie sich ermutigt und würden bis zu ihrem politischen Tod kämpfen. Sie brauchten irgendein Prinzip, an dem sie sich orientieren konnten, und es waren »diese bodenständigen Stimmen aus dem Volk«, an die sie glaubten.

»It's one, two, three, what're we fighting for?«, drang von draußen die Stimme eines Sängers in das Krankenzimmer. Niemand blickte zum Fenster hinüber, aber alle hörten den Text des Protestsongs.

»Die zweite Abstimmung ist für den 19. April angesetzt, Mr. President«, sagte leise der Mehrheitsführer des Repräsentantenhauses. »Morgens wird der Senat abstimmen, nachmittags das Repräsentantenhaus. Fällt die Abstimmung wiederum zu Ihren Ungunsten aus, wird die Finanzierung des Kriegs direkt danach gestoppt.«

Es war eine Entscheidung gigantischen Ausmaßes. Das Weiße Haus stritt um jene Bewilligung durch den Kongress, die dieser hinsichtlich der Teilnahme an der Aktion der Vereinten Nationen gegeben hatte und die Davis autorisierte, diesen Krieg zu führen. Aber ab dem 20. April würden keine Mittel mehr bereit gestellt werden, um das Engagement in Sibirien aufrechterhalten zu können. Jeder Versuch, Kriegsmaterial zu kaufen, es in den Fernen Osten zu verschiffen und die unzähligen Dinge zu tun, die im Sinne der Weiterführung des Kriegs notwendig waren, würde dann als illegal angesehen werden. Aber nicht Gordon würde wegen einer Verletzung des Gesetzes belangt werden, weil er als Präsident Immunität genoss. An den Kragen gehen würde es zehntausenden Bürokraten in ebenso vielen Büros, die persönlich von Strafverfolgung betroffen sein würden. Wie tapfer Gordon auch seine Position behaupten mochte, diese Männer und Frauen würden nicht genügend Stehvermögen haben. Um Sand ins Getriebe der Regierungsmaschinerie zu streuen und den Krieg zum Stillstand zu bringen, war dann nur irgendein untergeordneter Funktionär erforderlich, der sich weigerte, Gordons ungesetzliche Befehle zu befolgen. Und es würde nicht nur einen, sondern Hunderte und Tausende geben, die zögern, verzögern, Aufklärung suchen oder Berater konsultieren würden. Die Kongressabgeordneten wussten das und waren sich klar darüber, dass sie im Vorteil waren. Amerika würde dadurch den Krieg verlieren, doch diese Niederlage würde man Gordon in die Schuhe schieben. Hatten sie es dann geschafft, die amerikanischen Soldaten nach Hause zurückzuholen, würden ihnen knapp über 88,2 Prozent der Bevölkerung zujubeln.

Gordon atmete tief durch. »Also gut, dann zu einem anderen Thema«, sagte er. »Meine Gesundheit wird es für einige Zeit nicht zulassen, dass ich meine Rede zur Lage der Nation halte.« Alle Kongressabgeordneten nickten, doch Gordon redete schon weiter, bevor sie verständnisvolle Worte äußern konnten. »In zwei Monaten sollte es mir wieder halbwegs gut gehen, und deshalb werde ich mich am 18. April persönlich auf dem Capitol Hill einfinden, um meine Rede zu halten.« Vor Erstaunen blieb den Anwesenden der Mund offen stehen. Sie blickten sich an, aber keiner wagte es zu widersprechen.

7. KAPITEL

UNRUSFOR-Hauptquartier, Chabarowsk
17. Februar, 02.30 Uhr GMT (12.30 Ortszeit)

Clark sah den beleibten Admiral Ferguson aus dem Helikopter steigen, dessen Rotor sich noch drehte. Der Vier-Sterne-General war Oberbefehlshaber des Pazifikkommandos und damit Clarks direkter Vorgesetzter. In seinem marineblauen Mantel und dem grünen Kevlar-Helm wirkte er hier irgendwie deplatziert. Major Reed begleitete den Admiral und seinen großen Anhang von Beratern zu Clark hinüber, der salutierte und dann seinem Vorgesetzten die Hand schüttelte. »Willkommen in Chabarowsk, Sir«, sagte Clark laut, um das schwächer werdende, heulende Geräusch des Rotors zu übertönen. Gemeinsam gingen sie auf den mit Sandsäcken geschützten Eingang des Hauptquartiers zu.

»Gar nicht so kalt, wie ich gedacht hatte«, sagte Ferguson auf dem Weg von dem geheizten Helikopter zu dem ebenfalls beheizten Hauptquartier.

Schon jetzt war Clark wegen des überraschenden Besuchs verstimmt, aber er verkniff sich einen Kommentar zu Fergusons Bemerkung.

»Wie war der Flug?«, fragte er, während er neben dem Admiral herging, der eine ganze Phalanx von Beratern und Leibwächtern im Schlepptau hatte.

»Es ist alles glatt gegangen. Keinerlei Hitzemauern, was bedeutet, dass es kalt sein muss.« Sie gingen die Treppe zur Kommandozentrale hinunter. Am Fuß der Stufen blieb Ferguson abrupt stehen. Beinahe wäre Clark gegen den Mann im marineblauen Mantel geprallt.

Als Erster betrat einer der Berater die Kommandozentrale. »Stillgestanden!«, rief er. Ferguson folgte ihm auf dem Fuße.

»Lassen Sie sich nicht stören!«, sagte er mit Stentorstimme, während er zwischen den Mitgliedern von Clarks Stab umherspazierte. »Wo kommen Sie her?«, fragte er einen der Männer.

»Aus Lyon«, antwortete ein französischer Offizier, der Winterkleidung aus amerikanischen Beständen trug.

Ferguson schaltete blitzschnell. »Ah, *comment allez-vouz?*«, fragte er, als wollte er einen kleinen Smalltalk auf Französisch beginnen. Die Mitglieder des französischen Kontingents lächelten. Doch schon bevor der europäische Offizier antworten konnte, klopfte Ferguson ihm auf die Schulter, um dann weiterzugehen. *Wie ein Politiker,* dachte Clark, während er seinem Vorgesetzten folgte. *Muss man diese Masche beherrschen?* Ferguson brachte die routinemäßige Arbeit der Offiziere völlig durcheinander. Am anderen Ende des Raums drehte er sich plötzlich zu Clark um. »Lassen Sie uns in Ihr Büro gehen.« Clark führte Ferguson nicht zu dem Schreibtisch in der Ecke des großen Raums, sondern in sein Privatbüro, in dem er gewöhnlich nur schlief. Glücklicherweise hatte jemand das Kopfkissen und die Decken vom Sofa genommen.

»Wenn jemand einen aufgeräumten Schreibtisch hat, herrscht auch in seinem Kopf Ordnung!«, bemerkte Ferguson mit dröhnendem Organ. Nachdem er und Clark ihre dicke Winterkleidung abgelegt hatten, wandte sich der Admiral seinem Berater zu, um ihn mit einer Handbewegung zum Verlassen des Büros aufzufordern. Während der Captain der Navy den Raum verließ, spielte Clark mit seiner Klebestreifenrolle, dem Brieföffner und dem Diktaphon herum. Dann überprüfte er, ob die Maschine für die Heftklammern aufgefüllt war. Als die Tür sich endlich geschlossen hatte, nahmen sie Platz. Clark wollte gerade nach dem Grund von Fergusons Besuch fragen, doch dieser kam ihm zuvor.

»Vermutlich fragen Sie sich gerade, was zum Teufel ich hier eigentlich zu suchen habe.« Er blickte Clark direkt in die Augen. »Ich komme ohne Umwege zur Sache. Was Ihre Strategie in diesem Krieg angeht, habe ich Zweifel, und deshalb möchte ich mit Ihnen über einige Veränderungen diskutieren.«

Clark setzte einen verbindlichen Gesichtsausdruck auf, als wollte er sagen, dass er sich selbstverständlich alle Ratschläge hinsichtlich der Taktik seines Bodenkriegs anhören würde. Ratschläge eines früheren Piloten von auf Flugzeugträgern stationierten Maschinen, der durch einen nur historisch zu nennenden Zufall sein Vorgesetzter geworden war. »Sie kämpfen hier nicht, um diesen Krieg zu verlieren«, sagte Ferguson. »Ihre Strategie, alle Männer auf sich gegenseitig unterstützende Militärbasen zurückzuziehen, überlässt den Chinesen die Initiative. Wir lassen sie im Feld tun, wozu sie gerade Lust haben, während wir unsere größten Aktivposten hier und in Wladiwostok zusammenziehen. Dadurch versäumen wir es, unsere überlegene Mobilität auszunutzen. Wir könnten da draußen um ihre Infanterie herumtänzeln und gelegentlich hart zuschlagen.« Der Admiral schlug mit einer seiner fleischigen Hände in die Handfläche der anderen. »Dann gehen wir wieder auf Distanz und legen den nächsten Hinterhalt.«

Ferguson lehnte sich zurück, was Clark so auffasste, dass jetzt er an der Reihe war. Er räusperte sich. »Es ist richtig, Admiral Ferguson, dass …«

»Franklin«, sagte Ferguson.

»… Franklin, dass die UNRUSFOR-Truppen auf dem Papier durch ihre Organisation und ihre Ausrüstung über eine überlegene Mobilität verfügen. Aber dieser Vorteil ist durch eine Anzahl von Faktoren in entscheidender Weise geschwächt worden. Einen nicht unbedeutenden Anteil daran hat das Versagen, die Service- und Nachschubeinheiten bereitzustellen, die unbedingt erforderlich sind, wenn die Ausrüstung unter diesen harten klimatischen Bedingungen anständig gewartet werden soll. Die meisten Einheiten unserer Verbündeten wurden ohne schweres Gerät hier stationiert, und was sie mitgebracht haben, ist durch mangelnde Wartung in einem schlechten Zustand …«

Zu den geduldigsten Männern gehörte Ferguson nicht gerade. Schon bevor Clark seine Ausführungen beendet hatte, schüttelte der Admiral bereits den Kopf. »Sie reden von Wartung, ich hingegen von der Kunst der Kriegsführung,

General, von der Taktik dieses Feldzugs! Von unserer fundamentalen strategischen Ausrichtung, wie dem Vormarsch der Chinesen Einhalt geboten werden kann.« Clark wollte etwas sagen, aber »Franklin« war noch nicht fertig. »Ich will offen mit Ihnen reden. Ein paar Schreibtischhocker in Washington behaupten, Sie hätten Angst vor drastischen militärischen Aktionen und seien gleichsam unser ›General McClellan‹.«

Clark versuchte, seine plötzlich aufkommende Wut zu kaschieren. Wenn man wie er West Point besucht hatte, kannte man sich in der Geschichte der Vereinigten Staaten aus. Im Amerikanischen Bürgerkrieg war General McClellan von vielen aus dem Norden beschuldigt worden, seine überlegenen Streitkräfte zu zögerlich gegen den Süden eingesetzt zu haben. »Die behaupten«, fuhr Ferguson fort, »dass die Sache mit Birobidschan Sie traumatisiert habe und dass Sie jetzt ängstlich vor energischen Maßnahmen zurückschrecken würden.«

Ferguson schüttelte den Kopf und zuckte die Achseln, als wollte er damit ausdrücken, dass er natürlich zu Clarks größten und unermüdlichsten Verteidigern gehöre. »Nun, mir ist klar, dass Sie jetzt sagen werden, Sie hätten alle, die hinhören wollten, vor den Risiken dieses Krieges gewarnt. Des Weiteren werden Sie vermutlich noch einmal darauf hinweisen, Sie hätten mehr Soldaten und schwerere Ausrüstung verlangt, die man Ihnen immer noch nicht zur Verfügung gestellt habe und so weiter und so fort. Aber Tatsache ist, dass die meisten Einheiten unserer Verbündeten, die jetzt im Feld stehen, noch nicht einen Schuss abgefeuert haben. Für viele stellt sich die Lage so dar, und das schließt insbesondere die Medien ein, dass wir dic Chinesen im Spaziergang alles einnehmen lassen. Außerdem gibt es für sie Parallelen zur Strategie unserer Militärstützpunkte in Vietnam. Sicher, in *taktischer Hinsicht* ist eine defensive Haltung besser als eine Offensive, aber in *strategischer Hinsicht* könnten wir durch diese defensive Haltung den Krieg *verlieren*, General.«

Der ungläubig zuhörende Clark hatte keinen Schimmer, wo er mit seinen Ausführungen beginnen sollte. Während er energisch sein Temperament zu zügeln versuchte, begann er, sich eine Antwort zurechtzulegen. Wo sollte er ansetzen? Bei der Politik dieses wackeligen UN-Bündnisses, das vielleicht auseinander brechen würde, wenn er eine riskante Gegenattacke anordnete? Oder bei dem völlig unsinnigen Argument, dass große Einheiten den Chinesen harte Schläge versetzen, sich zurückziehen und sich erneut positionieren könnten, ohne dass sie sich so in den Infight verstrickten, dass es Mann gegen Mann ging? Als Vergeltungsmaßnahmen waren Luftangriffe besser, denen die Chinesen bei ihren Fußmärschen schutzlos ausgeliefert waren, und …

»Washington will, dass Sie Ihre Strategie ändern, Nate«, stellte Ferguson wie beiläufig fest. »Aus diesem Grund bin ich hier.«

Jetzt war es also heraus. Nate zuckte nicht zusammen, nickte nicht, blinzelte nicht. »Admiral Ferguson«, begann er so ruhig wie eben möglich. »Der größte Teil von achthunderttausend chinesischen Soldaten ist in meiner Richtung unterwegs, und ich habe weniger als zweihunderttausend Mann im Feld, die ihnen Widerstand leisten können. Zahlenmäßig sind sie im Verhältnis vier zu eins überlegen. In ein paar Monaten werden wir dieses Verhältnis auf drei oder sogar zwei zu eins verbessern können, indem wir einen Abnutzungskrieg gegen die Chinesen führen und unsere Truppenstärke im Operationsgebiet ausbauen. Bei einem Verhältnis von drei zu eins kann ich der Welt eine Demonstration liefern, bei einem von vier zu eins muss ich nicht nur Boden, sondern auch das Leben von Männern opfern, um Zeit zu gewinnen.«

»Das ist eine Strategie, aber nicht die, die von den Vereinigten Stabschefs gebilligt wird«, erwiderte Ferguson kühl.

»Aber die, die von den Kommandeuren der UNRUSFOR-Truppen gut geheißen wird.«

Schweigend starrten sich die beiden Männer an, bis es schließlich aus Ferguson herausplatzte. »*Verdammt*, Sie sind ein dickschädeliger Scheißkerl.« Der Admiral saß kerzengerade da, die Hände auf den Oberschenkeln. »Hören Sie, Nate, Sie lassen mir nicht gerade viel Spielraum. Seit drei

Wochen führen Sie hier draußen einen Krieg auf eigene Faust. Von mir haben Sie immer nur *einen* Satz gehört: ›Was kann ich tun, um Ihnen zu helfen?‹ Stimmt das etwa nicht?« Nate musste nicken. »Warum komme ich also Ihrer Meinung nach ganz plötzlich hierher, um Ihnen zu sagen, dass Sie Ihre grundlegende Strategie in diesem Krieg ändern müssen?« Nate antwortete nicht. »Die Entscheidung ist bereits gefällt worden, und zwar in Washington.«

»Von den Vereinigten Stabschefs?« Ferguson nickte. »Dekker?« Der Admiral nickte erneut. Wütend sprang Clark auf, um hektisch in seinem Büro auf und ab zu gehen. »Ich könnte *mehr* als nur den Krieg verlieren, nämlich den Krieg *und* das Leben aller Männer unter meinem Befehl! Was zum Teufel denken die sich denn? Für mich hängt hier alles *am seidenen Faden*!«

»Reagieren Sie doch Ihre Wut nicht an mir ab, ich bin nur der Überbringer der Nachricht«, sagte Ferguson. »Ich hasse es, das aussprechen zu müssen, aber diese Sache übersteigt meine Kompetenzen.«

»Übersteigt *Ihre* Kompetenzen?«, fragte Clark. Die Antwort war ein Nicken des Generals. Nachdem er einen Augenblick nachgedacht hatte, sprach Clark leise weiter. »Ich werde diesen Männern nicht befehlen, ihre Stützpunkte zu verlassen. Das ist Selbstmord – oder Mord –, und daran werde ich mich nicht beteiligen.«

»Hört sich ganz so an, als müssten Sie das den Leuten drüben in Washington erklären.« Wieder war Nate verwirrt, Ferguson frustriert. »Wenn Sie Ihren Arsch nicht hochkriegen und sich in Nullkommanichts nach Washington begeben, werden Sie diese Befehle gar nicht mehr erteilen müssen, weil Sie dann *kein Kommando* mehr haben! Timmy Stanton wird Ihren Job übernehmen und den Gegenangriff schon anordnen, wenn er noch in der Maschine sitzt, die ihn von Seoul hierher bringt.«

Clark schüttelte den Kopf. »Das glaube ich nicht. Timmy ist ein guter Mann, der das ebenfalls nicht tun würde. Nicht, wenn er gesehen hat, welche Mittel ihm hier zur Verfügung stehen und mit was für einem Gegner er es zu tun hat.«

»Vielleicht haben Sie Recht, aber das ändert auch nichts an der Tatsache, dass Sie dann Ihren Job los wären, General. Eine Chance bleibt Ihnen noch, Nate, und die besteht darin, schleunigst nach Washington zu fliegen. Sie wissen, wie schnell sich die Dinge in dieser Stadt ändern können. Vielleicht ist es bereits zu spät, ich weiß es nicht.«

»Und was zum Teufel könnte ich Dekker sagen, was möglicherweise ...«

»Niemand hat gesagt, dass Sie mit Dekker reden sollen«, unterbrach Ferguson ihn.

Erstaunt wandte sich Nate langsam zu dem Admiral um. »Wollen Sie damit andeuten, dass ...?«

Ferguson stand auf und begann seine Winterkleidung wieder anzuziehen. »Ich habe gar nichts gesagt, ich bin ja nur ein tumber Bauernlümmel aus Tennessee. Eigentlich weiß ich gar nicht, warum ich überhaupt zur Navy gegangen bin. In der Nähe von Clark County gibt es nirgendwo ein Meer. Ich unternehme nur eine hübsche, kleine Besichtigung der Front, die mich von Chita im Westen wieder zurück nach Pearl Harbour führen wird. Bei meiner Rückkehr werde ich berichten müssen, dass Sie sich weigern, Ihre Strategie zu ändern, aber wahrscheinlich werde ich etwa einen Tag lang über keine direkte Kommunikationsverbindung verfügen. Mein Satellitentelefon ist im Eimer.« Nate begriff und nickte. »Er ist in Bethesda«, sagte Ferguson. »Viel Glück.«

»Danke ... Franklin«, sagte Clark.

»Noch ein Ratschlag, Nate. Wenn Sie in Washington landen, täten Sie verdammt gut daran, einen Plan in der Tasche zu haben, wie Sie diesen Krieg gewinnen können. Klar?«

Straße Wladiwostok-Ussuriisk, Sibirien
19. Februar, 21.00 Uhr GMT (07.00 Ortszeit)

Mit dem schweren Postsack über der linken Schulter stapfte André Faulk durch den Schnee. Mit seiner Rechten umklammerte er den Pistolengriff seines M-16. An den pockennarbigen Baumstämmen war die Rinde stellenweise abgeschält, so dass das helle Holz sichtbar war. Schließlich sah er aus einem Loch dicht über dem Schnee einen weißen Helm aufragen. Als er noch ein paar Schritte von der Stellung entfernt war, fuhren der Helm und ein Gewehr in seine Richtung herum. »He!«, schrie André. »Immer mit der Ruhe, Mann.«

»Guter Gott, wirf dich auf den Boden!« Angesichts des eindringlichen Tonfalls ließ André sich sofort fallen. Dann kroch er zu dem Soldaten in das Loch. »Verdammt, Mann!«, flüsterte der Soldat. »Mein Gott, bist du verrückt geworden?« Überall auf der verschneiten Fläche vor ihnen waren durch die kriegerischen Auseinandersetzungen Bäume umgestürzt. »Seid ihr unsere Ablösung?«, fragte der Soldat, der nervös an seinem Gewehr herumspielte.

»Nein, Mann. Ich suche das 3rd Platoon, C Company, 2nd Battalion. Weißt du, wo die Jungs sind?« Der Soldat zog den Kopf ein und flüsterte André etwas zu, das dieser nicht verstand.

»Was hast du gesagt?«

»Dies *ist* die Charlie Company!«, schnauzte der Mann, während er den Kopf wieder hob, um durch sein Visier zu blicken. Aber die Wälder lagen still da.

»Immer mit der Ruhe. Könntest du mir das 3rd Platoon zeigen?«

Der Soldat sah ganz so aus, als würde er krank werden. Er konnte seinen Kopf nicht ruhig halten, sein Kinn war mit schwarzen Stoppeln übersät, an denen kleine Eiskügelchen hingen. Seine Augen waren gerötet und tief in den Höhlen versunken, darunter hatten sich schwarze Ringe gebildet. André ließ seinen Blick über die desolate Verteidigungslinie schweifen, um festzustellen, ob noch jemand zu sehen war, doch dieser Typ hier schien ganz allein die Stellung zu halten.

Langsam wandte sich der Soldat wieder André zu. »Hast du einen Lastwagen oder irgendetwas in der Art dabei, Mann?«, flüsterte er. »Nimm mich mit.«

André schnaubte und grinste ein bisschen, doch dann kapierte er allmählich, worum der Mann ihn gebeten hatte. »*Scheiße,* Mann, du machst wohl Witze.« In diesem Augenblick bemerkte André, dass sich bei dem Mann etwas verändert hatte. Er wurde nervös, drehte sich um und blickte durch die Bäume zu dem auf der Straße für den Nachschub geparkten Humvee, während er mit beiden Händen krampfhaft sein Gewehr umklammerte.

André versuchte dem Soldaten gut zuzureden. »Hör zu, ich bin mit einem Unteroffizier hergekommen und der ... Du weißt schon.« Der Mann schien gar nicht zuzuhören. »Verdammt, er würde ... Ich weiß nicht, dieser Typ hat einen Granatwerfer dabei und acht Magazine an seiner Hühnerbrust befestigt. Wahrscheinlich würde er dich abknallen oder sonst was tun, wenn du ...«

»Nicht, wenn ich ihm zuerst den Arsch wegschieße.« Der Gesichtsausdruck des Soldaten änderte sich vollkommen. »Guter Gott, *bitte*, Mann! Weißt du eigentlich, in was für einer Scheiße wir sitzen? Verdammt, das hier ist die *Hölle* auf Erden!« Er lehnte sich schräg gegen die Wand seines Lochs und starrte auf den bedeckten Himmel, während André das Gewehr im Auge behielt, das er fest an seine Brust presste. »3rd Platoon, C Company?«, fragte er irgendwie erschöpft. »Sie sind da draußen.« Das war nicht viel, doch André verstand, was mit »draußen« gemeint war. Als er sich in das Niemandsland aufmachte, sah er nichts als Bäume, Schnee und hier und da ... einen im rechten Winkel im Frost erstarrten Arm. Einen Helm, halb von Schnee bedeckt. Den Stiefel eines Soldaten, der vornüber auf einen Baumstamm gefallen war. Dies war ein Friedhof, auf dem die Leichen nur unordentlich vom Schnee beerdigt worden waren. Aber an der Form der Helme konnte André erkennen, dass die Toten chinesische Soldaten waren, keine Amerikaner. Die Männer des 3rd Platoon mussten irgendwo dahinter liegen, auf ähnliche Weise vom Schnee begraben.

»Was willst du damit sagen, dass du sie nicht finden konntest?«, fragte der Lieutenant. Also erklärte André ihm, dass die Männer vom 3rd Platoon als vermisst gelten mussten und dass er den Gefechtsstand ihrer Kompanie nicht finden konnte. »Aber wer war denn dann verantwortlich?« André zuckte die Achseln, und der Lieutenant schickte ihn los, um sich mit der nicht ausgelieferte Post zu befassen. In einem fensterlosen Raum, nicht größer als eine Abstellkammer, zog er einen dicken Stapel Briefe hervor. Das erste Kuvert war rosa, die mit einer Frauenhandschrift geschriebene Adresse des Empfängers lautete: »Aguire, Todd C., Private, USA.« Andrés Augen wurden feucht, und das ärgerte ihn. Der rote Filzstift ruhte auf Aguires Namen, die Spitze hinterließ einen sich etwas vergrößernden Flecken auf dem weichen Papier.

»Zurück an Absender«, kritzelte André über die ordentliche Handschrift einer Frau namens Laney Aguire. Dann warf er den Brief in den Sack für die ausgehende Post. Die Absenderangabe von Aguires Brief war auf einen Weihnachtsaufkleber geschrieben. Mit jedem Brief wurde dieser Job schwieriger. Wütend schmierte André Wörter auf die Postkarten, Briefumschläge und Päckchen. Als er fertig war, wurde ihm bewusst, dass ihm irgendwo zwischen »Aguire« und Wolfson« klar geworden war, dass er jeden dieser Männer gekannt hatte.

In seiner Mannschaftsstube zog André den Brief seines Kommandeurs aus der Grundausbildung hervor, der ihm als Empfehlungsschreiben für die Luftlandetruppen hatte dienen sollen. Sofort marschierte er damit in das Büro des Lieutenants. Eine Viertelstunde lang vertrat er standhaft seine Position, wobei er seinen Worten dadurch Nachdruck verlieh, dass er mit dem Brief in der Luft herumfuchtelte. »Schon gut, letztlich geht's ja um deine Beerdigung«, sagte der Lieutenant schließlich. Nachdem er André aus dem Raum geschickt hatte, griff er zum Telefon. Eine halbe Stunde später trat der Lieutenant aus seinem Büro. »In der Ausbildung für normale Luftlandetruppen sind alle Plätze belegt, aber ein Kumpel aus Fort Campbell hat mir erzählt, bei den Luftlandetruppen für den sofortigen Kampfeinsatz sei noch ein Platz zu vergeben. Die Ausbildung dauert zehn Tage, angeblich soll es die absolute Hölle sein.« André schwieg. »Sieh mal, André, die 101st Airborne ist im Augenblick gerade nach Wladiwostok unterwegs. Wenn du den Job also für eine Fahrkarte nach Hause halten solltest ...« Der Lieutenant schüttelte den Kopf. »In Nullkommanichts wirst du wieder hier sein, und dann sitzt du richtig tief in der Scheiße. Diese Typen müssen die Feuerwehr spielen. Wenn die Chinesen durchbrechen, werden sie mit dem Helikopter eingeflogen, und sie müssen direkt über den feindlichen Linien abspringen und den Vormarsch zu stoppen versuchen.« André schwieg. »Okay«, sagte der frustrierte Lieutenant und rief nach seiner Sekretärin. »Unser guter André hier will unseren glücklichen Freundeskreis verlassen. Tippen Sie ihm einen Marschbefehl für die Ausbildung in Fort Campbell. Jetzt zufrieden, Private Faulk?«

André nickte.

An Bord einer C-141, über dem Pazifik
20. Februar, 10.00 Uhr GMT (20.00 Ortszeit)

Die Verantwortung für die UNRUSFOR-Truppen hatte Clark seinem stellvertretenden Kommandeur aus Großbritannien übertragen. Mit ihm an Bord waren sein J-1, J-2, J-3 und J-4, sämtlich Generäle, außerdem Major Reed. Wieder einmal war das Fundament von Nate Clarks Plan durch Reeds Studien belegt worden. »Im Jahr 1939 griff die in China stationierte japanische Armee Konstantinowitsch Schukows russische Truppen in der Mongolei an. Seinen Frontsoldaten befahl Schukow, die Stellung zu halten, während er zugleich Verstärkung für einen Gegenangriff aufmarschieren ließ. Unter Wahrung strikter operationeller Geheimhaltung gelang es ihm, eine überwältigende Streitmacht zusammenzustellen, außerdem sicherte er sich die Luftüberlegenheit. Er zog seine Panzer zusammen und stellte etliche schnelle Eingreiftruppen auf. Als die Gegenattacke dann kam, konnte er die Japaner tief ins Innere Chinas zurückdrängen.«

Der deutsche Stabsoffizier nickte. »In den Fällen Moskau, Stalingrad, Kursk-Orel und Berlin hat er genauso gehandelt.«

»Aber wie gebieten wir den Chinesen Einhalt?« fragte Clark.

»Wir müssen die *Stützpunkt*-Strategie einsetzen«, antwortete Reed. »Ein Netzwerk von lose verbundenen Verteidigungsstellungen, die von in der Nähe stationierten Reserveeinheiten unterstützt werden. Greifen die Chinesen an, werden wir sie in großer Anzahl erledigen. Wenn der Druck wächst, ziehen wir uns zur nächsten Linie zurück. Eine anständig organisierte Verzögerungstaktik ist unsere einzige Hoffnung, die Front stabilisieren zu können, wenn wir nicht genug Soldaten für eine kontinuierliche Linie haben.«

»Letzteres hat Hitler versucht«, sagte der russische Berater. Der frühere General sprach langsam und mit einem schweren Akzent. »Die faschistische ›Igelstellungs'-Verteidigung‹ an der Ostfront war eine Taktik der Schwäche. Einen Rückzug wollte Hitler nicht, also haben die deutschen Einheiten sich auf offenem Feld zu halten versucht. Als wir dann morgens angriffen, fanden wir in den Geschützstellungen erfrorene Männer. Folglich haben die Nazis sich in die Dörfer zurückgezogen und dort diese Stützpunkte ausgebaut. Damit war das offene Feld uns überlassen und wir konnten ohne Mühe zwischen ihren Stellungen einsickern. Als wir dann mit geballter Macht angriffen, konnten wir uns hindurchzwängen.«

»Starke Stützpunkte haben die Wehrmacht gerettet«, antwortete der deutsche General. »Eine breite Front über dreitausend Kilometer würde einem Stück dünnen und leicht zu durchlöchernden Blatt Papier gleichen. Um die Offensiven stoppen zu können, brauchen wir eine elastische Tiefenverteidigung. Zwei Reihen von Stützpunkten, die in der zweiten Reihe von Verstärkungstruppen besetzt werden. Artilleriebeschuss und Bombardierung aus der Luft können in die Lücken stoßen.«

»Aber in Sibirien gibt es als Unterschlupf keine Dörfer wie damals im westlichen Russland«, bemerkte der französische General aus Clarks Stab, der sich direkt an den Deutschen wandte, mit dem er eng befreundet war. »Wie werden wir unsere Soldaten vor dem Wetter schützen?«

»Unsere Pioniere werden Unterstände bauen.« Er wandte sich Clark zu. »Und wenn kein großer Druck herrscht, können wir die Randstellungen über die Militärstützpunkte hinaus ausdehnen und unsere Positionen verzahnen.«

Einer der amerikanischen Offiziere schüttelte den Kopf. »Ihr System erinnert zu stark an Vietnam. Es ist reaktiv und defensiv, wie maßgeschneidert für lange Abwehrschlachten. Doch seit Vietnam hat die Kunst der Kriegsführung große Fortschritt gemacht, seit dem Zweiten Weltkrieg erst recht. Wir müssen aktiv, aggressiv und entschlossen vorgehen.«

»Diese Strategie wird aggressiv sein«, konterte der deutsche General. »Wir werden Luftangriffe, indirektes Feuer und Spezialoperationen einsetzen, um Nachschublieferungen und Truppenverstärkungen zu unterbinden. Wenn wir das Schlachtfeld isolieren, können die Kommandeure der taktischen Kampfeinheiten regional die Oberhand über die Chinesen gewinnen und ihre Schlachten erfolgreich schlagen. Diese Verteidigungsstellungen sind nicht statisch, sondern können sehr gut aktiviert werden. Durch die Beschaffenheit des Terrains werden die Chinesen sich über Berge und durch Täler schlängeln müssen und wir werden in vorbereiteten Verteidigungsstellungen auf sie warten und sie unter massives Feuer nehmen.«

»Aber wo werden wir ihren Vormarsch definitiv zum Stillstand bringen?«, fragte Clark.

Der deutsche Offizier fuhr mit seinem Stift über die nördliche Route der Transsibirischen Eisenbahn – hunderte Meilen nördlich der Grenze, die sich von Osten nach Westen über die Karte erstreckte. »Das ist die Linie, an der wir uns verstärken und die wir halten müssen.«

»Aber die Chinesen müssen die Eisenbahnverbindung nur an einer Stelle unterbrechen, und schon haben sie gewonnen«, bemerkte der britische Offizier. »Sie schneiden den Osten vom Westen ab. Wie können wir denn sicher sein, dass wir sie stoppen werden?«

Stellungen der Einheiten am 20. Feb.
Ochotskisches Meer
Russland
Swobodny
I. Euro-Corps
Britische Inf.-Bgd.
Britische Inf.-Div.
Deutsche Inf.-Brd.
Urgal
Britische Inf.-Bgd.
Komsomolsk
29th Inf. Bde. (Sep.)
Frz. Inf.-Bgd.
1st Bde., 25th Inf. Div. (Light)
Belg. FSJ-Rgmt.
Franz. Batt.
Luftstützpunkt Birobidschan
Amur
Wanin
Chabarowsk
I. Corps
10th Mtn. Div. (Light)
1st Inf. Div. (Mech)
Frz. Inf.-Div.
Frz. Inf.-Bgd.
2nd Bde., 25th Inf. Div.
3rd Bde., 25th Inf. Div.
Heeresgruppe Peking
Heeresgruppe Schenjang
Sungari
Ussuri
Inf.-Div.
Panzer-Div.
Inf.-Division
Charbin
I. Marine Amphibious Corps
1st Marine Div.
1st Marine Exp. Brig.
2nd Infantry Div. (Mech)
82nd Airborne Division
Dt. Inf.-Div.
Dt. FSJ.-Rgmt.
Chanka-See
Suifenhe
Ussuriisk
China
Tartarischer Sund
Wladiwostok
Hokkaido
Japan
Tsugaru-Straße
Jalu
Nordkorea
Japanisches Meer
Honschu
Meilen 0 50 100
Kilometer 0 81 161

Wie aus der Pistole geschossen antwortete der Offizier, der vom Rang her unter allen anderen stand. »Die größte Schwachstelle der chinesischen Armee ist der Nachschub«, sagte Reed. Clarks Blick folgte dem Reeds. »Wenn sie zu weit vorpreschen, können sie ihre Truppen nicht mehr kontinuierlich versorgen, und der Nachschub wird irgendwann abreißen. Ein Straßen- oder Schienennetz haben sie nicht. Eine zerklüftete Landschaft, brutale Kälte. Die totale Luftüberlegenheit liegt bei *uns*. Durch Luftangriffe müssen wir ihre Nachschublieferungen minimieren und dafür sorgen, dass sie ihren Kulminationspunkt irgendwo südlich der Eisenbahnlinie erreichen.«

»Und was dann?« fragte der französische General.

Clark starrte ihn mit einem festen Blick an. »Wir werden sie so schnell, so hart und so schmerzhaft wie irgend möglich treffen – wenn sie gerade nicht damit rechnen.«

McLean, Virginia
20. Februar, 19.00 Uhr GMT (14.00 Ortszeit)

Als Clark in seinem Haus eintraf, war ihm sofort klar, dass irgendetwas nicht stimmte. Weil er seine Ankunft telefonisch angekündigt hatte, war Lydia losgefahren, um ihre Söhne von der Schule abzuholen. Die Jungen hatten Clark umarmt, wirkten aber irgendwie zurückhaltend. Auch Lydia schien verändert. Müde.

Sie setzten sich an den Tisch, und Nate trank den Kaffee, den er sich während des Wartens auf seine Familie gekocht hatte. »Viel Zeit hab ich nicht, ich muss zum Präsidenten.« Die beiden Jungen nickten. Alle schienen sich unbehaglich zu fühlen. Seine Söhne blickten Nate an, aber nie lange. »Was zum Teufel ist hier los?«, fragte Nate.

Alle starrten ihn an. »Es tut mir Leid, Nate«, sagte Lydia mit einem gezwungenen Lächeln. »Es ist nur … Du hast ja keine Ahnung, wie es hier war. Für die Jungs, meine ich.«

»Wovon redest du?«

»Vom Krieg. Und von den Protesten.«

Nates Söhne blickten niedergeschlagen zu Boden. »Fühlst du dich durch irgendjemanden belästigt?«, fragte er.

»Sie haben Posten vor unserem Haus aufgestellt«, sagte Lydia leise. »Die Polizei hat sie zwar verjagt, aber ich denke trotzdem an einen Umzug. Der Hausbesitzer hat zugestimmt, uns aus dem Mietvertrag zu entlassen.« Ihre Augen hatten einen schmerzerfüllten und verstörten Ausdruck, weil sie bei Nates kurzem Heimaturlaub dieses Thema aufgetischt hatte.

Nate kochte vor Wut. Zu wenig Schlaf, zu viel Kaffee. Enttäuschungen, Rückschläge, Kritik von allen Seiten. Die enorme Belastung durch die Kriegsereignisse. Ihm war klar, dass er gleich die Fassung verlieren würde. Zähneknirschend zwang er sich, leise zu sprechen. »Ich hatte geglaubt, dass ich nach der Titelgeschichte in *Newsweek* ein nationaler Held wäre.«

»Tut mir Leid, Nate«, sagte Lydia. »Ich wollte es dir nicht erzählen. Im Fernsehen gibt's so viele Idioten, die genau wissen, was wir tun sollen oder hätten tun sollen.«

Nate wandte sich seinen Söhnen zu. »Hätte einer von euch beiden vielleicht die Freundlichkeit, etwas zu mir zu sagen?«

Endlich blickten sie zu ihm auf. »Wann fangen wir zu kämpfen an?«, fragte einer der beiden.

»Jeffrey!«, mahnte Lydia.

Wieder ließ der Junge den Kopf hängen, aber der kurze Blick auf seinen aufrichtigen Gesichtsausdruck verriet Nate, was man allen eingehämmert hatte. Der kommandierende General war zu feige oder zu inkompetent für diesen Krieg. Aber es kam noch schlimmer. »Die Leute sagen«, begann Jeffrey schleppend, »Mamas chinesische Herkunft ist dafür verantwortlich.« Er konnte seinen Eltern nicht mehr in die Augen blicken. »Und dass wir … halbe Chinesen sind.«

Jetzt war Nate nur noch von blinder Wut erfüllt. Lydia drängte ihn in sein Arbeitszimmer und schloss die Tür. Nate brachte es nicht über sich, als Erster das Wort zu ergreifen. »Was ist, Nate?«, fragte sie.

Nate war wie überwältigt von den Ereignissen. »Ich denke darüber nach, meinen Posten zur Verfügung zu stellen«, sagte er monoton.

»Dein *Kommando*?« Sie versuchte, ihre Stimme nicht weiter überrascht klingen zu lassen, aber es gelang ihr nicht. »Das passt nicht zu dir, Nate …«

»Ich laufe nicht weg! Glaubst du das etwa?« Sie blickte zur Tür, die Jungen waren immer noch da. »Es tut mir Leid.« Sie umarmten sich. »Ich werde dem Präsidenten einen Plan unterbreiten, einen Plan, wie dieser Krieg zu gewinnen ist. Lehnt er ihn ab, werde ich darüber nachdenken, meine Bitte um Entbindung von meinen Pflichten einzureichen. Damit setze ich alles auf eine Karte, aber ich glaube an meinen Plan.«

Noch immer drückte sich Lydia an ihn. »Und was ist, wenn er dein Rücktrittsgesuch nicht annimmt?«

»Rechtlich gesehen bin ich dann verpflichtet, auf meinem Kommadoposten zu bleiben. Aber er würde meine Bitte nicht zurückweisen. Damit wäre ich aus allem raus. Ohne Kommando, nicht mehr in der Armee. Raus.«

»Wäre das denn so schlimm?«, fragte Lydia. Er versuchte zu antworten, schaffte es aber nicht. Der Kloß in seiner Kehle ließ es nicht zu. Lydia drückte ihn fest an sich. Sie begriff, dass es eine Niederlage wäre, wie immer der Krieg auch ausgehen mochte. Der unvermeidliche Vorwurf der Feigheit, seine Soldaten in einer verzweifelten Lage allein gelassen zu haben.

In seinen eigenen Augen. Und in denen seiner Söhne.

Bethesda Naval-Krankenhaus
20. Februar, 21.00 Uhr GMT (16.00 Ortszeit)

»Mr. President?«

Gordon öffnete die Augen. Neben seinem Bett stand ein Mann. Erst nach mehrmaligem Blinzeln wurde sein vernebelter Blick wieder klar, aber er erkannte den Besucher nicht, der eine Freizeithose und ein am Kragen offenes Hemd trug.

»Ja?«, krächzte Gordon, der mühsam versuchte, seinen Kopf ein paar Zentimeter vom Kopfkissen zu heben. Der Besucher half ihm.

»Mein Name ist General Clark.« Gordon blickte schnell zu ihm auf. »Was ...?« Der Präsident musste husten. Clark schenkte ihm etwas mittlerweile warm gewordenes Eiswasser ein. Gordon trank und räusperte sich dann. »Was tun Sie hier?«

»Ich bin gekommen, um mit Ihnen über diesen Krieg zu reden, Sir. Niemand weiß, dass ich hier bin.« Seine Handbewegung schien andeuten zu wollen, dass im Augenblick die Zivilkleidung sein Tarnanzug war.

Außer den beiden war niemand in dem Krankenzimmer. Gordon musterte den Besucher von Kopf bis Fuß. Er war rasiert und schien sauber zu sein, wirkte aber erschöpft. »Ich höre«, sagte Gordon.

Der General zog sich einen Stuhl an das Bett heran und setzte sich. »Es tut mir Leid, Sie damit behelligen zu müssen, Mr. President, aber was ich Ihnen zu sagen habe, könnte über Sieg oder Niederlage in diesem Krieg entscheiden.«

»Geht's um die Änderung der Strategie?«

Clark nickte. »Das wäre ein Fehler.«

Gordon atmete so tief durch, wie es ohne Schmerzen möglich war. »Diese Frage überschreitet meine fachliche Kompetenz, General. Die Vereinigten Stabschefs haben eine aggressivere Vorgehensweise empfohlen.«

»Ich weiß, Sir. Aber es bleibt trotzdem ein Fehler. Das Bündnis wird auseinander brechen. Die Deutschen, vielleicht sogar die Franzosen, werden sich zurückziehen. Die Zahl der Opfer wird auf beiden Seiten in die Höhe schnellen, aber wir können uns diese Verluste nicht leisten, und zwar aus politischen Gründen. Das amerikanische Volk wird das nicht hinnehmen. Dann werden wir gezwungen sein, einen Waffenstillstand auszuhandeln und unsere Truppen abzuziehen.«

»Sie bitten mich, den einhellig erteilten Ratschlag der Vereinigten Stabschefs abzulehnen und Ihre Meinung zu akzeptieren? Es ist nicht beleidigend gemeint, General Clark, aber ich kenne Sie nicht einmal. Sie hatten Tabellen, Karten und Zitate von Sun Tzu bis Clausewitz im Gepäck – eine Riesenshow. Hörte sich für mich so an, als wären Sie zu zögerlich gewesen.«

Gordon studierte den Gesichtsausdruck des Generals, den seine Worte nicht zu irritieren schienen. Aus seinen gemessen vorgetragenen Worten sprach Überzeugung. »Wir haben die beste Armee der Welt. Weder hinsichtlich der Qualität unserer Soldaten noch der der Ausrüstung müssen wir irgendwelche Konkurrenz fürchten. Aber angesichts eines zahlenmäßig viermal stärkeren Feindes kann man keine Wunder vollbringen. Auf absehbare Zeit werden wir uns auf den taktischen Vorteil verlassen müssen, den die Befolgung der Maxime mit sich bringt, dass Verteidigung besser als Angriff ist. Wir müssen uns in Schützengräben verschanzen, uns eingraben und den Aggressor dann mit unserer überlegenen Feuerkraft traktieren. Da die Luftüberlegenheit auf unserer Seite liegt, wissen wir, wo sie sind, und können sie praktisch nach Belieben bombardieren. Aber wenn wir aus unseren Löchern herauskriechen, schießen die Zahlen unserer Opfer rasant in die Höhe, Mr. President. Und warum sollten wir das in Kauf nehmen? Der Gewinn an Territorium wäre nur minimal.«

»Aber wie sieht's mit der Moral unserer Soldaten aus? Ich dachte, sie würde wegen der Defensivstrategie nachlassen.«

»Die Moral lässt wegen des harten sibirischen Winters nach, Sir. Ein Landkrieg – auf dem asiatischen Kontinent, gegen die chinesische Armee. Sie können gerade noch durchhalten, Mr. President. Würde man von diesen Männern jetzt verlangen, ihre Verteidigungsstellungen zu verlassen, wäre das eine desaströse Entscheidung.«

Gordon hatte ein mulmiges Gefühl. Es schien so, als wäre der Mann ängstlich, ganz so, wie man ihn ihm beschrieben hatte. Von Generälen erwartete man andere Maximen, etwa: »Alles scheint verloren zu sein, also blase ich zum Angriff.« Aber dieser Mann war anders.

»Tut mir Leid, General. Ich will offen und ehrlich mit Ihnen reden. Sie haben mich nicht überzeugt.«

»Wollen Sie mir nicht eine Chance geben und sich meinen Vorschlag anhören, Sir?« Gordon nickte und wartete. »Mittlerweile haben die Chinesen es aufgegeben, Wladiwostok im Osten, Chabarowsk in der Mitte und Swobodny im Westen einnehmen zu wollen. Stattdessen stoßen sie auf unsere letzte verbliebene Ost-West-Eisenbahnverbindung im Norden zu. Mein Vorschlag ist, den chinesischen Vormarsch mit den schon jetzt dort befindlichen Bodentruppen südlich dieser Eisenbahnlinie zum Stillstand zu bringen. Ihre wichtigsten Nachschubwege werden wir rund um die Uhr aus der Luft bombardieren. Während der ganzen Zeit ziehen wir an der Eisenbahnlinie Kriegsmaterial und Verstärkung zusammen. Außerdem werden wir zwei weitere Korps zusammenstellen – ein amerikanisches, dessen Soldaten auf dem Seeweg oder mit dem Zug aus Richtung Osten kommen, und ein europäisches, dessen Männer mit der Eisenbahn aus dem Westen kommen. Damit kämen zwei Korps zu den dreien, die wir bereits im Feld stehen haben.«

Gordon unterbrach Clark mit einer Frage. »Wie können wir denn verhindern, dass die Chinesen von unseren Plänen Wind kriegen?«

»Sun Tzu hat es so formuliert: ›Jeder Krieg basiert auf Täuschung.‹ Wenn die Chinesen sich nicht in ihre Verteidigungsstellungen zurückgezogen haben, bevor wir unseren massiven, wohl überlegten Angriff starten, ist der Krieg entschieden. Wir sind mobil, sie nicht. Und sie haben keine Möglichkeit, unsere Attacke zu erkennen. Da sie nicht mehr über Satelliten oder sonstige Mittel der Luftaufklärung verfügen, reicht ihr Wissen über die Situation gerade maximal dreißig Kilometer über die Position ihrer Linien hinaus.«

»Auch die Chinesen können CNN empfangen«, bemerkte Gordon.

»CNN und all die anderen Medien sind ein wichtiger Bestandteil unseres strategischen Täuschungsmanövers. Dieser Plan besteht darin, dass alle denken sollen, wir würden den Krieg verlieren. Da die Chinesen wissen, dass wir irgendwo Truppen zusammenziehen, werden wir sie glauben machen, dass das auf dem begrenzten Ziel basiert, unsere

Soldaten in Chabarowsk und Birobidschan zu entlasten. Während wir uns weiter westlich für den *Großangriff* rüsten, werden wir in Komsomolsk, nördlich von Chabarowsk, Scheinanlagen errichten, vermeintliche Stützpunkte. Falsche Treibstofflager, Lastwagen, gepanzerte Fahrzeuge. Alles, was auf Nahkampf schließen lässt, alles imitiert. Aus unserem angeblichen Hauptquartier werden wir jede Menge verschlüsselte Nachrichten senden. Wir können die westlichen Medien in unserem Sinne nutzen, indem wir durch sie den Eindruck erwecken, wir könnten *im äußersten Fall* gerade mal die Befreiung Birobidschans planen.«

»Und wie können wir Ihrer Meinung nach diesen Krieg gewinnen, General?«, fragte Gordon.

»Indem wir in China einmarschieren«, konstatierte Clark nüchtern. »Eine Invasion – wir werden von der nördlichen Eisenbahnlinie und von Wladiwostok aus direkt in die Mandschurei vorstoßen.« Clark starrte den Präsidenten mit festem Blick an. »Durch die chinesische Invasion Sibiriens hat sich unser Auftrag geändert, Sir. Mit dem Krieg verhält es sich ganz einfach. Es geht darum, sich seinem Ziel extrem verpflichtet zu fühlen. Auf individueller Ebene geht es darum, zu töten oder selbst ums Leben zu kommen. Auf nationaler Ebene heißt die Alternative totaler Sieg oder vernichtende Niederlage. Und diesen Krieg werden wir nur dann gewinnen, wenn wir ihn ins Land des Feindes tragen. Wir müssen ins nördliche China einmarschieren – die Straßenverbindungen kappen, die Städte einnehmen und die Chinesen so brutal in die Enge treiben, dass wir die Bedingungen des Kriegsendes diktieren können. Entschlossenheit ist die Eigenschaft aller großen Männer, Mr. President. Bevor man ein Risiko eingeht, muss man wissen, dass das Ziel das Risiko lohnt, und ein Übergang von der Defensive in die Offensive bedeutet, alles aufs Spiel zu setzen. Ein lohnender Gewinn kann deshalb nur der totale Sieg sein.«

Gordon musterte den Mann noch ein letztes Mal. Unter all den Militärs war er der Erste, der einen Plan für einen totalen Sieg vorschlug. Aber ein Teil des Puzzles fehlte noch. »Wann würde denn diese Gegenoffensive beginnen?«, fragte er.

»Die Frage des Timings ist verzwickt, Mr. President. Im Sinne des Plans müssen zuerst die chinesischen Nachschubverbindungen gekappt werden, und zu exakt diesem Zeitpunkt muss unsere Truppenverstärkung und unser Material an Ort und Stelle sein. Dazu kommen noch die mit dem Terrain und dem Wetter verbundenen Probleme. Wenn das Eis schmilzt, sind die Flüsse zehn Tage lang unüberquerbar. Warten wir aber zu lange, treten sie über die Ufer, und der Boden weicht auf.«

»Wann, General Clark?«, insistierte Gordon.

»Mitte bis Ende April, Sir.«

Gordon lächelte – der Termin passte ihm bestens. »Dann stimme ich Ihrem Plan zu.« Überrascht blickte Clark auf. »Am 14. April werden Sie mit der Gegenoffensive beginnen.« Clark wirkte verwirrt. »Am 14. April, General. Eine so große Operation, wie Sie sie hier vorschlagen, muss doch bestimmt zwei Monate Vorbereitung erfordern, und ich gebe Ihnen diese Zeit. Unser Angriff beginnt am 14. April – vier Tage vor meiner Rede zur Lage der Nation, fünf Tage vor der Abstimmung über die weitere Finanzierung des Krieges. Aber wir sollten niemandem sagen, dass wir uns auf dieses Datum geeinigt haben, verstehen Sie? Das ist eine Sache zwischen uns beiden.«

Clark hatte verstanden und nickte bedächtig. Als Oberbefehlshaber der UNRUSFOR-Truppen hatte er immer das große Ganze im Auge. Er begann, ein Gefühl für eine noch größere Perspektive zu entwickeln.

New York
25. Februar, 13.00 Uhr GMT (08.00 Ortszeit)

Roger Stempel fummelte an der Verpackung der Magentabletten herum, die sein Arzt ihm verschrieben hatte. Weil sich die Aluminiumfolie partout nicht aufreißen ließ, wurde er schnell wütend. Er war ein Wrack, und die Liste der durch Stress bedingten Symptome und medizinischen Komplikationen wurde länger. Seine Frau war zum Lunch zu ihrer Schwester gegangen. Wenn er jetzt einen Herzinfarkt bekäme, würde er ganz allein sterben. *Genau wie Harold,* flüsterte eine Stimme in seinem Inneren. Wimmernd schlug Roger die Hände vors Gesicht und zog sie dann über seine Wangen hinab. Im Spiegel sah er seine stark geröteten Augen.

Die letzten Wochen waren die schlimmsten seines Lebens gewesen. »Vermisst, wahrscheinlich tot«, hatte die Army ihm mitgeteilt. Zuerst der Schock, dann der Schmerz und die Verzweiflung. Harold war ihr einziges Kind, ihr kleiner Junge. Die Trauer war in Depressionen übergegangen. Er hatte sich mit Einzelheiten des Todes seines Sohns befassen müssen. Sterbliche Überreste konnte die Army nicht präsentieren. Keine Leiche, keine Beerdigung, hatte Gay gesagt. An persönlichem Besitz war nur Harolds blutbefleckter Parka bekannt, auf dessen Etikett er seinen Namen geschrieben hatte. Für das Wort »blutbefleckt« hatte der Mann von der Armee eine euphemistische Formulierung gefunden.

Roger hörte die Post auf den Boden der Diele fallen. Wieder jede Menge Prospekte, Wurfsendungen und eine der gelegentlich eintreffenden Rechnungen. Um gleich in der Nähe des Papierkorbs zu sein, in dem stets mindestens die Hälfte der Post landete, schlurfte er in sein Arbeitszimmer. Ein Katalog, ein Prospekt, ein Subskriptionsangebot für den Kauf einer Enzyklopädie. Angebote für Zeitschriftenabonnements, die wie Schecks aussehen sollten, schon im Voraus bewilligte Kreditkartenanträge, Spendenaufrufe für wohltätige Zwecke. Unter einem Prospekt rutschte etwas heraus, das den seltenen Anblick eines persönlichen Briefs gewährte. Roger drehte das Kuvert um.

Das war Harolds Handschrift! Geschockt ließ sich Roger auf den Bürostuhl hinter seinem Schreibtisch fallen. Dann riss er mit zitternden Händen den Umschlag auf. Das Datum war noch keine Woche alt. In den ersten Absätzen ging es darum, wie Harolds Einheit überrannt worden war, dann um den schwierigen Rückweg zum Militärstützpunkt, schließlich um die leichten Verletzungen, die er sich beim Kampfeinsatz der provisorischen Einheit zugezogen hatte.

»Er lebt!«, brüllte Roger, weil dieser Brief ihn von der unbarmherzigen Trauer erlöst hatte, doch dann ließ seine Freude mit jedem weiteren Wort nach:

Mittlerweile weiß ich, was »beißende« Kälte bedeutet. Dein Gebiss klappert, dein ganzer Körper zieht sich so sehr zusammen, dass es einen erschöpft, der Atem gefriert einem über dem Handtuch oder der Wolldecke, die man sich um den Hals gewickelt hat. Wenn man sich nicht rasiert, bilden sich an jedem einzelnen Barthaar Eiskügelchen. Es ist schmerzhaft, sie zu entfernen, besonders dann, wenn die Haut von dem scharfen Wind ohnehin schon gerötet und wund ist. Gefrorene Tränen verklumpen die Wimpern, die langen weißen Schnurrbärten aus Eis gleichen. Kommen wir nach dem Dienst im Schützengraben in unsere Unterkunft zurück, dampfen unsere Waffen, wenn man sie in der Nähe des Feuers abstellt. Jeder Quadratzentimeter Haut ist rissig, speziell an den Händen, im Gesicht und auf den Lippen. Lässt man seine Nase oder Wangen auch nur für ein paar Minuten ungeschützt, sind Erfrierungserscheinungen unvermeidlich. Gerötete Haut ist in Ordnung, aber wenn sie eine bleiche, gelbe Farbe annimmt, ist die Lage problematisch. Eine gesunde Hautfarbe kriegt man nur wieder, wenn man die Epidermis mit Schnee einreibt. Aber manchmal funktioniert auch das nicht. Zwei Männer aus unserem Platoon sind während ihres Wachdienstes hinter einen Baumstamm gekrochen, um etwas zu schlafen, und dabei erfroren.

Am schlimmsten ist es aber, wenn der Wind bläst. Wie warm man auch angezogen sein mag, es ist, als würde man ein Bad in eiskaltem Wasser nehmen. Bei starkem Wind kann man zumindest sicher sein, dass die Chinesen nicht angreifen. Dann versucht jeder nur noch, sein Leben zu retten. Wenn dir der Wind direkt ins Gesicht bläst, scheint er deine Haut zu zerschneiden, fällt hingegen Schnee, gleichen die Flocken kleinen Pfeilen oder Kieselsteinen, die einem ins Gesicht geschleudert werden.

Selbst in den Unterkünften pfeift der heulende Wind so laut durch die Ritzen zwischen den Dachbalken, dass man keinen Schlaf findet.
Nachts, wenn es am kältesten ist, werden wir auf Patrouille geschickt. Man sieht, dass die Chinesen da waren, und wenn man sein Ohr in den Wind hält, kann man allerlei Geräusche hören. Überall in den Wäldern sieht man Fußspuren, jeder einzelne Schritt ist im Schnee erkennbar. Deine Schritte, ihre, es geht alles durcheinander. Die Männer vom nächsten Bataillon entlang unserer Linie schwören, dass sie an ihrem Frontabschnitt aggressiv patrouillieren, doch wir werden ständig aus ihrem Sektor unter Feuer genommen. Einmal haben wir ihren Sektor gesäubert und dabei Unterstände gefunden, in denen sich die Chinesen tagelang aufgehalten hatten! Aber ich kann das verstehen, diese Patrouillen sind wirklich gespenstisch. Wir feuern überall um den Militärstützpunkt herum weiße Phosphor-Leuchtspurgeschosse ab, damit die Artillerie Maß nehmen kann, und deshalb sind die Schatten ständig in Bewegung. In der Kälte ist das Knirschen deiner Stiefel im Schnee auf weite Entfernungen zu hören, besonders in Windrichtung, und so verrät man seine Position. Unter dem Schnee ist das Eis so glatt wie auf einer Schlittschuhbahn. Die mittägliche Sonne lässt die oberste Schicht schmelzen, die aber nachts sofort wieder zufriert. Permanent schwebt man in der Gefahr zu stürzen, speziell auf den Straßen. Als diese zufroren, waren sie noch matschig von den sommerlichen Regengüssen, und die tiefen Furchen haben jetzt extrem scharfe Kanten. Wenn der Wind den Schnee wegbläst, wirken sie wie über zehn Zentimeter hohe, schwarze Mamorklingen. Stürzt man darauf, bricht man sich die Knochen, weil sie so hart wie Stahl sind.
Aber ich will euch nicht zu sehr verängstigen. Den größten Teil unserer Zeit verbringen wir in den Schützengräben, wo wir relativ sicher sind. Unser Abschnitt der Randstellung ist ziemlich stabil. Noch nicht ein einziges Mal haben die Chinesen es geschafft, auf Granatenreich-

weite an den Hauptschützengraben heranzukommen. Es ist entsetzlich – die Chinesen plündern die Toten aus und durchwühlen unseren Abfall nach Nahrung und Kleidungsstücken. Sie sind hungrig, zerlumpt und verängstigter als wir. Viele der toten Chinesen tragen aufgelesene amerikanische Uniformen. Wir haben sogar einige Weihnachtspäckchen gefunden, die unserer Meinung nach aus den Konvois stammten, die auf der Straße nach Chabarowsk überrannt wurden. Die Chinesen tun mir ein bisschen Leid. Nach einem Schneesturm kehrte eine Patrouille zurück, und die Männer erzählten uns, sie hätten ein ganzes Regiment entdeckt, dessen Mitglieder im Schnee erfroren seien. Ich habe keine Ahnung, wie die Chinesen das überhaupt schaffen, besonders die in der zweiten und dritten Welle anbrandenden Soldaten, die an Bergen von Toten und Sterbenden vorbei müssen.
Glaubt bitte nicht, dass hier alles nur schrecklich ist. Manchmal kriegen wir von den Franzosen frische Lebensmittel, die gewöhnlich gefroren sind, wenn sie damit bei uns auftauchen, aber wir tauen sie einfach wieder auf, und sie schmecken prima. Alles friert. Selbst in den Hütten zum Aufwärmen oder in den Unterständen, wo wir schlafen, muss man das Essen vor dem Kochen erst mit einem Beil bearbeiten. Gewöhnlich kochen wir wegen des Geruchs aber nicht in den Unterständen, die ja zugleich auch unsere Waschräume sind. Aber bei klarem Wetter ist es im Schützengraben gar nicht so schlimm. Der Himmel kann hier so rein wie Kristall und von einer blassblauen Farbe sein, die ich noch nie zuvor gesehen habe. Am Boden sieht es wie in einem winterlichen, durch und durch zugeschneiten Märchenland aus. Schafft man die Toten nicht weg, bleiben sie zumindest bis zum Frühling einfach unter der Schneedecke liegen. Und selbst die Nacht, die immer einen Angriff mit sich bringt, wenn das Wetter es zulässt, hat hier eine ganz eigene Schönheit. Weil die Luft so trocken ist, kann man jeden einzelnen Stern erkennen. Nach dem Beginn der Kämpfe wirken die auf beiden Seiten abgefeuerten und sich vermischenden

Leuchtspurgeschosse wie Feuerwerkskörper, fast wie Blumenbuketts. Grüne Lichtbänder von den Chinesen, lange gelbe Perlenschnüre von den *good guys.*

Also, Mama, Papa, macht euch keine Sorgen. Es wird schon alles gut gehen. Hier sagt man, dass die Chancen steigen, wenn man die ersten zwei Wochen überstanden hat, und ich bin jetzt schon länger dabei. Hoffentlich belastet euch dieser Brief nicht zu sehr. Ich werde es schon schaffen. Viele Leute überleben den Krieg, ohne dass überhaupt etwas Schreckliches geschieht. Es ist einfach ein Job. Ich schreibe bald wieder.

Euer euch liebender Harold.

Ausserhalb von Ussuriisk, Sibirien
27. Februar, 23.30 Uhr GMT (09.30 Ortszeit)

Kate Dunn wies allen ihren Platz zu. »Also dann, Woody! Du filmst oben vom Schützengraben aus. Okay, Jürgen, Sie machen einfach mit Ihrer Arbeit weiter.« Woody kletterte mit seiner Minicam auf den Rand des Schützengrabens, doch die deutschen und amerikanischen Fallschirmjäger zögerten.

»Gibt's ein Problem?«, fragte Kate. Für Filmaufnahmen war dieser Himmel perfekt geeignet, die Sonne war hübsch von kleinen Schleierwölkchen verhüllt. Doch bald würde es wieder wolkenlos sein, und bei direktem Sonnenlicht sah die Lage völlig anders aus. Schatten, dunkle Zonen – die Aufnahme wäre verpatzt.

»Was soll ich denn Ihrer Meinung nach tun?«, fragte der Deutsche.

»Das, was Sie vorher auch getan haben«, sagte Kate. »Künstliche *Inszenierungen* sind nicht mein Ding.« Sie begriffen es nicht und blickten sich ratlos an. Kate erklärte es, indem sie den Mann an seinem Parka packte. Dann bugsierte sie ihn an die Wand des Schützengrabens, direkt unterhalb von Woody. »Also los, dann zeigen Sie den Amerikanern mal, wie Sie die Chinesen bekämpfen.«

Die GIs schnaubten, der Deutsche schüttelte den Kopf. »Nein, nein, nicht, wie wir kämpfen, sondern wie wir im Winter unsere Stellungen vorbereiten.«

»Okay, genau das meinte ich ja. Sagen Sie einfach noch einmal, was Sie ihnen erzählt haben, bevor ich kam. Nur für die Kamera.« Lächelnd zeigte sie auf Woody, der hinter seiner Kamera freundlich winkte.

Kate platzierte die amerikanischen Fallschirmjäger in einem Halbkreis um den Deutschen herum und hielt ihr Mikrofon so, dass es gerade nicht mehr von der Kamera erfasst wurde. Sie ließ den Deutschen seinen Namen und militärischen Rang nennen. Da er sehr gut Englisch sprach, waren keine Synchronisation oder Untertitel erforderlich. Woody gab ihr mit dem Daumen ein Zeichen, die Kamera lief.

»Okay«, begann der deutsche Berater. »In Schützengräben sind Brustwehren aus Eis die beste Deckung, weil die kugelsicher sind. Man legt sie an, indem man einen Regenumhang nimmt …« Mit einem raschelnden Geräusch hob er den Synthetikstoff hoch. »Dann rollen wir kleine Stäbe darin ein, und zwar so …« Das Geräusch war zu laut. Außerdem bemerkte Kate, dass Woody seine Position verändern musste. Mit einem Zeichen gab sie den Amerikanern zu verstehen, dass sie sich hinknien sollten, was sie sofort taten. Der Deutsche hatte die Stäbe jetzt alle in den Regenumhang eingerollt und trat mit dem Bündel auf eine aus dem Wand des Schützengrabens herausgehauene Stufe. Nachdem Kate ihm ein Stück weit mit dem Mikrofon gefolgt war, legte er das Bündel vor die Feuerstellung. »Würde mir bitte jemand das Wasser bringen?«

Überall in dem Schützengraben wurde über Feuern Eis geschmolzen. Nachdem ein Amerikaner dem Deutschen einen schweren Eimer gereicht hatte, traten die Männer zurück. Sie alle gingen mit der Flüssigkeit um, als würde es sich um Säure handeln. Mit einem Stab durchbrach der Deutsche die dünne Eisschicht, die sich oben in dem Eimer gebildet hatte. Dann goss er das Wasser auf den Regenumhang.

Die Amerikaner, dem Anschein nach noch sehr junge Männer, staunten, als sich auf dem Regenumhang langsam eine dünne Eisschicht bildete, die vor ihren Augen immer dicker wurde. *Das dauert alles viel zu lange,* dachte Kate, doch der Berater nahm sich Zeit, um den Eimer bis zum letzten Tropfen zu leeren.

Kate fühlte sich an jene verblüffenden naturwissenschaftlichen Experimente aus ihrer Zeit auf der Highschool erinnert, die eher neugierig machen als wirklich belehren sollten. Eventuell würden es die Fersehleute in New York ja kapieren, aber vielleicht sollte sie es ihnen doch noch einmal erklären.

»Langsam gießen, dann wird alles richtig gefrieren.« Als der Mann fertig war, war das Bündel von Stäben auf dem Rand des Schützengrabens fest gefroren. »Eine Brustwehr aus Eis«, sagte er theatralisch. »Wenn das Eis ganz fest ist, kommt aus Gründen der Tarnung Schnee darüber, der mit Wasser aus zwei Eimern dieser Größe übergossen wird, und kurz darauf haben wir ein ›Glacis aus Schnee und Eis‹.«

Lachend wiederholten die Amerikaner seine letzten Worte.

»Okay, *Schnitt*!«, rief Kate, die ihr Mikrofon sinken ließ. »Großartig! Alles im Kasten, Woody?« Wieder gab ihr der Kameramann das Zeichen mit dem erhobenem Daumen. Wegen einer Halsentzündung, der er mit etlichen Schals zu Leibe zu rücken versuchte, schwieg er im Moment meistens. »Okay, jetzt muss ich den Anfang des Beitrags hinkriegen. Ich werde mich da oben neben ihn stellen. Hier unten gehen alle wieder ihrer normalen Arbeit nach.« Mit ihren Händen zeigte sie den Bildausschnitt der Kamera an. »Gut. Sie haben doch auch alle Gewehre, oder?« Man präsentierte sie ihr, sie waren nicht einmal geladen.

Kate rollte die Augen und kletterte die Wand des Schützengrabens hoch. Oben richtet Woody die Kamera auf sie. Nach einem schnellen Blick in ihren Kosmetikspiegel räusperte sie sich und blickte sich dann um.

Vor ihnen rodeten Soldaten den sanften Abhang, Pioniere zerlegten die Baumstämme mit lärmenden Kettensägen. Als sie noch überlegte, für welche Story sie sich entscheiden sollte, hatte der Kommandeur der Einheit ihr gesagt, dass dies ein gefährlicher Job sei. Man konnte auf Eis stoßen und so vielleicht die Kette ruinieren. Hatte man Pech, kam die Kettensäge vielleicht rückwärts auf einen zugeschossen. *Sterbenslangweilig*, dachte Kate. Bagger brachten Unterholz nach hinten, Soldaten zersägten Baumstämme, die als Deckenbalken dienen sollten. Kate hatte sich dafür entschieden, bei den Fallschirmjägern zu bleiben. Unterdessen sollte Woody versuchen, so viel wie möglich auf Film zu bannen. Pioniere, die das Schlachtfeld vorbereiteten, Soldaten im Schützengraben. Und vor diesem Hintergrund würde sie in Großaufnahme erscheinen.

Woody zählte abwärts, indem er nacheinander die Finger einzog, und gab dann das Zeichen.

»Die 82nd Airborne Division war die erste große Einheit, die nach dem Beginn des Krieges in Sibirien eintraf, doch bis jetzt hat diese fabelhafte Truppe, deren Einsatz traditionell nur in äußerst wichtigen nationalen Notfällen angeordnet wird, noch nicht gekämpft. Jetzt steht auch für diese ›All-American Divison‹ der Ernstfall dicht bevor. Die Soldaten bereiten sich auf den Schock des chinesischen Großangriffes vor. Nachts trägt der Wind die Geräusche von näher kommenden Kämpfen herüber. Bald werden die deutschen Soldaten diese Linie an ihre amerikanischen Kameraden übergeben und die Fallschirmjäger werden aus erster Hand erfahren, wie brutal unter diesen harten winterlichen Bedingungen ein Infanteriekrieg ist. Aber schon jetzt werden zwischen den Verbündeten wertvolle Erfahrungen ausgetauscht. Deutsche Soldaten sind von den Linien zurückgezogen worden, doch ihre Schlachterfahrung hilft verbündeten UN-Truppen, sich besser auf den Einsatz in ihren eisigen Stellungen vorbereiten zu können.« Kate ließ das Mikrofon sinken. »Hier machen wir einen Schnitt, dann kommt die Szene, die wir eben aufgezeichnet haben.«

Woody schüttelte den Kopf. »Der Wisch, den du diesem für die Öffentlichkeitsarbeit zuständigen Typ von der Army unterschrieben hast, wird dich noch teuer zu stehen kommen«, krächzte er. »Das ist ein Pakt mit dem Teufel, Kate. Die Militärzensur wird dieses Band einbehalten. Sie werden dich die 82nd Airborne Division nicht einmal erwähnen lassen, solange sie noch nicht kämpft.«

Von den Hügeln her war lautes Geschützfeuer zu hören, das zwar nicht aus der Nähe kam, aber trotzdem dafür sorgte, dass alle sich umwandten. Selbst bei Tageslicht konnte man deutlich die Blitze erkennen, deren Licht die Wolken illuminierte.

Lächelnd bat Kate Woody, die Kamera laufen zu lassen. Das waren Bilder: brüllende Offiziere, Männer, die ihre Sägen fallen ließen und den Hügel hinaufkamen, ein Sergeant, der durch den Schützengraben marschierte, Waffen, die mit Magazinen geladen wurden. Kate konnte ihr Glück gar nicht fassen.

»He!«, schrie ein Offizier. »Kommen Sie da runter!«

»Wir sind vom Fernsehen«, erwiderte Kate.

»Ich *weiß*, wer Sie sind!« Der Mann war ein Captain, und Kate und Woody kletterten in den Schützengraben. Der Kameramann machte Nahaufnahmen von den hektisch beschäftigten Fallschirmjägern. »Die Show ist zu Ende, raus aus meinen Schützengräben«, sagte der Captain.

»Aber wir wollen diese Szenen aufnehmen«, bettelte Kate. Sie war wütend. Über ihnen sausten Artilleriegeschosse durch die Luft, die von einem eine Meile weit entfernten Bergkamm abgefeuert wurden. Das laute Krachen ließ Kate zusammenzucken. »Und *außerdem*, wahrscheinlich ist es da draußen längst zu gefährlich!«, schrie sie dem Captain zu, während sie sich ihm in den Weg stellte.

»Was zu gefährlich ist, wird in diese Richtung abgefeuert! Also, Lady, es gibt *keinerlei* Möglichkeit für Sie, weiter hier zu bleiben!« Der Captain entfernte sich.

»Was für ein Arschloch!«, empörte sich Kate. Die Männer lachten. Alle standen schon in oder vor den Gefechtsstellungen. Woodys Kamera surrte. Weitere Granaten schossen durch die Luft. Kate rannte zu Woody, weil sie jetzt auf das in die Kamera eingebaute Mikrofon angewiesen war. »Hat man Ihnen gesagt, was los ist?«, fragte sie einen Soldaten. »Uns hat man erzählt, die Chinesen seien dreißig Meilen von hier entfernt.«

»Eine unserer Patrouillen ist einer der Chinesen in die Arme gerannt«, sagte der Soldat, der sich umwandte, um auf die Kamera zu blicken. »Es ist nur eine Art von … Eskalation.«

»Aber wie konnten sie uns so nahe kommen, ohne dass wir es mitgekriegt haben? Trotz Aufklärungssatelliten und Spähflugzeugen und …«

»Es gibt nur eine Möglichkeit zu wissen, wo der Feind ist, Ma'am. Nämlich die, mit ihm zusammenzustoßen. Und so etwas kann Patrouillen passieren. Daher wissen wir, dass sie kommen.«

Um sich zu vergewissern, dass Woody den Originalton mitschnitt, blickte Kate zu dem Kameramann hinüber, aber der war verschwunden. »Scheiße!« Sie fand ihn hinter einer Biegung in einem zickzackförmig verlaufenden Schützengraben, wo sich Woody gerade über den deutschen Berater und zwei Amerikaner beugte, die mit gesenkten Köpfen und geschlossenen Augen neben ihm saßen. Einer murmelte Ave-Marias vor sich hin, ein anderer umklammerte ein selbst gebasteltes Kreuz, das aus zusammengebundenen, kleinen Lederstreifen bestand.

Kate konnte sich nicht helfen. Sie ballte die Faust und reckte sie in die Luft. *Ja!*, dachte sie. Noch bevor sie bei ihrem Humvee angekommen waren, hatte sie bereits den Text für ihren Beitrag im Kopf.

8. KAPITEL

UNRUSFOR-Hauptquartier, Chabarowsk
29. Februar, 20.00 Uhr GMT (10.00 Ortszeit)

Normalerweise hatte Clark für theatralische Inszenierungen nicht viel übrig, doch dieses Mal gab er sich bei seinem Auftritt alle Mühe. Die meisten seiner höheren Offiziere hatte er nicht in die Vorbereitungen einbezogen, sondern so lange Zurückhaltung angeordnet, bis auch der letzte Verbündete dem Plan zugestimmt hatte. Seit der vergangenen Nacht waren diese Voraussetzungen gegeben. »Sind mittlerweile alle da?«, fragte er Reed. Der Major nickte. Clark atmete tief durch, zupfte seinen Uniformrock zurecht und straffte sich. Dann vergewisserte er sich, dass ihm alle seine Berater auf dem Fuße folgen würden. »Okay, dann wollen wir mal.«

Er öffnete die Tür und betrat den Raum für die Einsatzbesprechungen. Die Gespräche in einem halben Dutzend Sprachen verstummten, als die Kommandeure der verschiedenen UNRUSFOR-Kontingente ihre Aufmerksamkeit der von Clark angeführten Gruppe amerikanischer Offiziere zuwandten. Während Clark Platz nahm, bauten sich seine Berater hinter ihm in einem Halbkreis auf. Noch waren die Landkarten mit undurchsichtigen Plastiküberzügen verhängt.

»Guten Morgen, vielen Dank für Ihr Kommen«, begann Clark. »Mir ist ganz und gar bewusst, was für Debatten Sie alle seit meiner Rückkehr aus Washington mit den maßgeblichen Leuten in den Hauptstädten Ihrer Länder geführt haben, und ich entschuldige mich dafür, dass ich Sie nicht schon früher konsultiert habe. Aber ich bin auch darüber im Bilde, dass die Spitzenpolitiker Ihrer Länder mit denen aus meinem sich auf einen allgemeinen strategischen Plan zur Fortsetzung und siegreichen Beendigung dieses Krieges geeinigt haben. Also bin ich heute Morgen gekommen, um die Befehle für diese Operation auszugeben, deren Codename ›Winter Harvest‹ lauten wird.«

Operation Winter Harvest – Vorgesehene Truppenstellungen am Z-Day
Ochotskisches Meer
Russland
Swobodny
XXX
I. Euro-Corps
II. Euro-Corps
III. Corps
Urgal
Raketenabschussbasis Zawitinsk
Heeresgruppe Schenjang (Nord)
Heeresgruppe Peking
Komsomolsk
I.Corps
Amur
Luftstützpunkt Birobidschan
Chabarowsk
Wanin
Heeresgruppe Jinan
China
Jiamusi
Sungari
Heeresgruppe Schenjang (Süd)
Ussuri
Charbin
Chanka-See
Suifenhe
I. Marine Amphibious Corps
Ussuriisk
XVIII Airborne Corps
Wladiwostok
Tartarischer Sund
Hokkaido
Japan
Tsugaru-Straße
Jalu
Nordkorea
Japanisches Meer
Honschu
Meilen 0 50 100
Kilometer 0 81 161

Clark hörte, wie hinter ihm der Plastiküberzug von der Karte des Operationsgebietes gezogen wurde. Reed hatte perfekt auf sein Stichwort reagiert. Alle richteten ihren Blick auf die Karte, auf der zwei geschwungene blaue Pfeile tief ins Innere der Mandschurei zeigten.

»Wenn ich es einmal geradeheraus formulieren soll«, sagte Clark, »sieht unser Plan so aus, dass wir alle ab jetzt eintreffenden Soldaten und Waffen zusammenziehen und in Reserve halten werden. In knapp zwei Monaten werden wir die Chinesen dann mit allen uns zur Verfügung stehenden Mittel angreifen.«

Clark verschwieg den Anwesenden, dass die Gegenoffensive für den 14. April angesetzt war. Sollte es notwendig sein, konnte er Davis von einem anderen Termin überzeugen. Aber Clark wusste, dass er einen Pakt geschlossen hatte. Davis ließ Statements verbreiten, in denen er Clarks Position energisch unterstützte. Weder Ferguson noch Dekker hatten entscheidend in seine Planungen eingegriffen.

Major Reed, der während der letzten Woche wenig Schlaf bekommen hatte, stand mit seinem Zeigestock vor der Karte. »Die erste Marschkolonne«, begann Clark, »wird sich von Wladiwostok aus in westlicher Richtung auf das chinesische Kirin zubewegen, die zweite wird von der Transsibirischen Eisenbahn aus in südlicher Richtung in Marsch gesetzt, westlich der Stadt Urgal. Auch ihr Ziel ist Kirin. Das umfassende Ziel der Operation Winter Harvest besteht darin, das gesamte offensive Bedrohungspotenzial der chinesischen Volksbefreiungsarmee durch diese Kneifzangenbewegung einzuschließen und mit dieser Bedrohung ein für alle Mal Schluss zu machen.«

Köpfe fuhren herum. »Irgendwelche Fragen?«, erkundigte sich Clark.

»Wie können wir denn die Geheimhaltung der Operation garantieren?«, wollte der stellvertretende britische Kommandeur wissen. »Im gesamten Operationsgebiet rennen Journalisten der internationalen Medien herum.«

»Unser strategischer Täuschungsplan besteht darin«, antwortete Clark, »dass wir alle glauben lassen, wir seien praktisch besiegt, könnten gerade noch mit knapper Not unsere Stellungen halten und würden unter der Last der unaufhaltbaren chinesischen Angriffe beinahe zusammenbrechen. Angeblich sind unsere Truppen entmutigt und demoralisiert. In Kürze – wir müssen den Eindruck erwecken, dass unsere Truppen *keinerlei* offensive Bedrohung darstellen. Nach ihrer bisherigen Berichterstattung dürfte unseren Medien das nicht allzu schwer fallen.«

Die aufgestaute, nervöse Anspannung löste sich in allgemeinem Gelächter.

»Durch Nachrichtensendungen und Pressemeldungen werden sich die Chinesen schwerlich durcheinanderbringen lassen«, bemerkte der niederländische Kommandeur.

»Unsere Planung sieht so aus«, antwortete Nate, »dass wir vom Meer aus mit energischen Machtdemonstrationen gegenüber China beginnen. Für amphibische Operationen ausgebildete Truppen der U.S. Marines werden mit ihren Schiffen vor der chinesischen Küste auf und ab fahren und SEAL-Teams an die Küste entsenden, die Informationen über das Gefälle der Strände, die Festigkeit des Sandes, Minenfelder und dort verfügbare Truppen sammeln werden. Auf einem dieser Landungsschiffe werden sich tatsächlich jede Menge Marines befinden – und Vertreter der Medien.«

Wieder lachten die Anwesenden. »Aber die leeren Schiffe werden hoch aus dem Wasser aufragen«, sagte ein britischer Offizier.

»Wir werden die Ausrüstung in Wladiwostok löschen und dort auch die Marines absetzen, die an der südlichen Spitze unserer ins Innere Chinas vorrückenden Truppen mitkämpfen werden. Als Ballast für die Schiffe werden wir mit Steinen beladene russische Lastwagen benutzen.«

»Und wo werden Sie die für die Presse inszenierten Landemanöver stattfinden lassen?«, fragte der grinsende deutsche Offizier.

»In Korea. Dort wird das am besten ausgebildete Bataillon für amphibische Operationen zum Einsatz kommen, das es in der Geschichte der Marines je gegeben hat.« Wieder Gelächter. »Abgesehen davon, dass wir den Chinesen damit eine strategische Überraschung bereiten werden, hoffen wir zusätzlich, dass wir dadurch an der Küste mindestens dreißig chinesische Divisionen binden.«

»Und was wird unser angebliches Ziel sein?«, fragte der französische General.

»Hongkong«, antwortete Clark.

»Und was ist mit den Flanken unseres Hauptangriffs?«, hakte der französische General nach. Diese Frage war schon eine weitaus ernstere Herausforderung. Der Europäer wies auf die beiden Pfeile, die sich weit ins nördliche China erstreckten. »Sie scheinen den engen Abstand zwischen diesen beiden Vormärschen überhaupt nicht vergrößern zu wollen. Wenn die UNRUSFOR-Truppen den Amur und den Ussuri überqueren – *falls* sie die Flüsse überqueren können –, befinden sie sich auf chinesischem Territorium. In diesem Fall wird die Volksbefreiungsarmee alle Truppen zurückziehen, die dann so in Stellung gebracht werden, dass sie die Flanken unseres Vormarsches attackieren können.«

»*Wir* werden die Flüsse überqueren können, die Chinesen nicht«, antwortete Clark. »Bevor das Eis bricht, werden wir auf beiden Flanken unseres Vormarschs mindestens ein Panzerkorps stationieren. Meine Pioniere haben mir versichert, dass von ihnen gebaute provisorische Brücken den Fluten nicht standhalten würden, wenn das Eis erst einmal zu schmelzen beginnt. Die Volksbefreiungsarmee wird zehn Tage lang am russischem Ufer festsitzen, und in diesen zehn Tagen werden wir den Krieg gewinnen.«

Kreml, Moskau
29. Februar, 09.00 Uhr GMT (11.00 Ortszeit)

Als Kartschew aus dem Badezimmer zurückkehrte, blieb er wie angewurzelt in der Tür seines Büros stehen. Irgendjemand war in dem Raum gewesen, mitten auf seinem Schreibtischstuhl lag ein Brief. Jetzt war alles ruhig.

Kartschew tadelte sich selbst wegen seiner Ängstlichkeit

und ging dann zu seinem Schreibtisch hinüber. Er nahm sein halblaut vor sich hingemurmeltes Selbstgespräch wieder auf, blickte dann aber verdutzt hoch. Einen Augenblick lang glaubte er, dass sich die Tür ein paar Zentimeter geöffnet hätte.

Er versuchte, sich wieder zu beruhigen. Warum sollte er sich wegen solcher Dinge beunruhigen? Wenn sein komplexes System von Belohnung und Terror versagte, konnte ohnehin keine Macht dieser Erde das Ergebnis beeinflussen. *Außerdem ist dieses Ende sowieso unvermeidlich,* flüsterte ihm eine innere Stimme zu.

Weil ihm diese innere Stimme nur zu vertraut war, lächelte er. In den vielen langen, kalten sibirischen Nächten hatte sie ihm Ratschläge erteilt. Die meisten Menschen verdrängten dieses entsetzliche Geflüster aus den dunkelsten Hinterstübchen ihres Geistes, aber Kartschew lauschte stets aufmerksam. Diese inneren Stimmen waren ihm nützlich gewesen, weil sie grauenhafte Wahrheiten über die Natur des Menschen formulierten. Und über ihn selbst.

Der dicke, ungeöffnete Umschlag lag mitten auf seinem Bürostuhl. Normalerweise öffnete er seine Post nie. Nie erhielt er irgendwelche persönlichen Briefe. Zumindest hoffte er, dass der Umschlag von den Sicherheitsleuten durchleuchtet worden war, denn er wusste natürlich von Briefbomben.

Eine Absenderangabe stand nicht auf dem Umschlag, auf den einzig Kartschews Name getippt worden war. Er öffnete den Brief – der vom Präsidenten der Vereinigten Staaten stammte.

Lächelnd nahm Kartschew hinter seinem Schreibtisch Platz.

Nachdem er den Brief zweimal gelesen hatte, zog er die Schuhe aus und legte dann die Füße auf den Schreibtisch. *Gut formuliert,* dachte er, während er die Computertastatur auf seinen Oberschenkeln platzierte. Der Mann hatte einen gut organisierten Verstand, der vom Anfang bis zum Ende logisch argumentierte und alle dazwischen liegenden Argumente verknüpfte.

»Ach, schade …«, sagte er ins Leere. Er tippte die kurze Antwort selbst.

Dear Mr. President, verzeihen Sie mir bitte diese so informelle Antwort auf Ihren Brief, aber im Augenblick scheint mir eine E-Mail die angemessenste Form zu sein. Im Hinblick auf Ihre Argumente, nach denen ich meine Rolle als Ideologe der »Anarchistischen Bewegung« niederlegen sollte, muss ich Ihnen zugestehen, dass Ihre Begründung logisch makellos ist. Ich bin mir sicher, dass es auf dieser Erde besser aussehen würde, wenn ich Ihrem Wunsch nachkommen würde, zumindest aus Ihrer Perspektive …
Aber wir scheinen doch leicht unterschiedliche Interessen zu haben, meinen Sie nicht? Angesichts Ihres Appells an meinen Patriotismus, bei dem Sie an den in Sibirien wütenden Krieg gegen China denken – darf ich Sie daran erinnern, wofür der Anarchismus steht?
Die Grenze, um die Ihre Soldaten kämpfen, ist eine willkürliche Linie, die die Grenzen der Macht absteckt, die derzeit von zwei miteinander konkurrierenden, tyrannischen Systemen ausgeübt wird. Der Anarchismus ist grundsätzlich gegen jede Vorstellung einer »Nation«. Sie sind der Präsident der stärksten Nation dieser Welt. Aus meinem Wunsch, mit Ihrer Regierung zusammenzuarbeiten, mögen Sie schließen, was immer Sie wollen.

Mit freundlichen Grüßen, Ihr Valentin Kartschew

Ohne auch nur eine weitere Sekunde Zeit zu verlieren, schickte Kartschew die E-Mail per Mausklick ab. Schon einen Augenblick später war die Nachricht im Weißen Haus eingetroffen.

Es ist ja alles so einfach, dachte Kartschew, der sich sofort darauf mit neu gefundener Energie wieder seiner schriftstellerischen Arbeit zuwandte.

Bethesda Naval-Krankenhaus, Maryland
29. Februar, 21.30 Uhr GMT (16.30 Ortszeit)

»Das ist also das Dossier?«, fragte Gordon, während er dem jungen Rechtsanwalt aus dem Weißen Haus einen Stapel Papiere aus der Hand nahm. Seine ausgewählten Gäste, die er als Zeugen des Ereignisses ins Krankenhaus bestellt hatte, waren eine seltsam gemischte Gesellschaft. Neben seinem persönlichen Anwalt hatte Gordon den Vorsitzenden des Supreme Court eingeladen, außerdem die Vorsitzenden der Ausschüsse für Nachrichtendienste im Senat und Repräsentantenhaus, zu guter Letzt natürlich den Direktor der CIA.

Gordon blätterte die Seiten um, bis er zu dem Abschnitt mit der Überschrift »Untersuchungsergebnisse« gelangte, die, wie unter der Überschrift behauptet wurde, »auf den besten verfügbaren Beweisen beruhten«. Gordon las. »Der Betreffende ist für die Planung und Leitung von über 147 terroristischen Taten verantwortlich, an deren Ende 429 Tote und 238 Verwundete standen.« Im zweiten Abschnitt wurden weitere Beschuldigungen erhoben. »Nach Schätzungen unserer Nachrichtendienste hat der Betreffende persönlich die Ermordung von über zwölfhundert seiner Landsleute angeordnet. Außerdem hat sein repressiver staatlicher Sicherheitsapparat zwischen zehn- und sechzigtausend Zivilisten exekutiert.« Die Beschuldigungen wollten kein Ende nehmen. »Zu seinen Verbrechen gegen die Menschlichkeit gehört weiterhin die Aufwiegelung zum Bürgerkrieg, der einhunderttausend Menschen das Leben gekostet und hundertsechzigtausend Verwundete zurückgelassen hat.«

Das schiere Gewicht der Zahlen war erdrückend. Waren die 429 Opfer terroristischer Anschläge schlimmer als die einhunderttausend Russen, die im Bürgerkrieg gestorben waren? Woher sonst kam es, das diese deutlich kleinere Zahl in den Geschichtsbüchern nur für eine Fußnote reichen würde? Aber es würde eine Fußnote sein, die die Namen von führenden Politikern enthielt: Die Mitglieder von Marshalls Kabinett, Phil Bristol und nicht zuletzt Gordon selbst würden darin verzeichnet sein.

Alle in dem Krankenzimmer beobachteten Gordon, der eigentlich gar nicht weiterlesen musste, es aber wegen des besseren Eindrucks dennoch tat. Jetzt wurde die Grundlage für eine vom Präsidenten erlassene Durchführungsverordnung schon etwas unsicherer. »Der Beschuldigte hat persönlich politische Maßnahmen angeordnet, die zu Hunger und Krankheiten geführt haben, die bis zu dreihunderttausend Menschenleben gekostet haben.«

Diese Zahl hätte Gordon vielleicht nicht in Betracht gezogen. Obwohl er wusste, dass das in »politischer« Hinsicht das Pendant zu den abscheulichsten terroristischen Taten war, klang die Zahl eher nach schlechter Wirtschaftspolitik. Und dann kam der letzte Abschnitt der Seite mit dem Resümee.

»Der Betreffende ist die treibende Kraft hinter der Verbreitung einer Ideologie, die menschlichen Werten und Institutionen jeden Boden entzieht und die moralischen und ethischen Prinzipien zu unterminieren versucht, aus denen demokratische Regierungen ihre Legitimität ableiten.«

Gordon blickte zu seinem Rechtsanwalt auf. »Ich möchte, dass dieser letzte Abschnitt aus dem Dokument verschwindet«, sagte er. Die Anwesenden senkten die Köpfe, um ihn zu lesen.

»In Ordnung, Sir«, antwortete der Jurist. »Wir wollten Ihnen nur das komplette Dossier präsentieren.«

»Vielleicht könnten Sie den Absatz davor – den über die Hungertoten – auch entfernen.«

»Nun, Sir, dieser Abschnitt ist von dem vorhergehenden juristisch gesehen nicht zu trennen. Aufwiegelung zum Bürgerkrieg ist genauso ein Verbrechen gegen die Menschlichkeit wie ein Angriffskrieg.«

»Wobei die Anklagen in beiden Fällen auf *zweifelhaften* juristischen Argumenten beruhen«, bemerkte der Vorsitzende des Supreme Court.

Gordons Rechtsanwalt schwieg.

»Warum bleiben wir nicht einfach bei den ersten beiden Abschnitten?«, schlug Daryl Shavers vor. »Wir haben ihn in der Tasche, erstens nach den Gesetzen gegen den internationalen Terrorismus, zweitens wegen des Massenmords an seinen eigenen Landsleuten.«

»Ich bin ganz Daryls Meinung«, sagte Gordon, der nach einem Stift griff und außer den ersten beiden Abschnitten den Text durchstrich.

»Selbst mit den nachrichtendienstlichen Erkenntnissen, auf denen die ersten beiden Abschnitten basieren, haben wir hinsichtlich der Beweisführung Probleme«, betonte Gordons persönlicher Rechtsanwalt.

»Jetzt passen Sie mal auf«, warf der Direktor der CIA ungeduldig ein. »Ich *weiß*, dass dies alles juristisch einwandfrei erledigt werden muss, aber sind Worte denn wirklich so wichtig? Kann irgendjemand die Tatsache bestreiten, dass dieser Scheißkerl ein Massenmörder ist?«

»Also gut«, sagte Gordon, um die Diskussion zu beenden. Er blätterte die Seite auf, auf der er unterschreiben musste, und las dann laut vor: »Ich, Gordon Eugene Davis, Präsident der Vereinigten Staaten von Amerika, verfüge hiermit, dass durch diese Durchführungsverordnung beschlossen wird, dass Valentin Konstantinowitsch Kartschew festgenommen und vor Gericht gestellt wird. Sollte eine Verhaftung unmöglich sein, wird der Beschuldigte durch angemessene Mittel exekutiert, und zwar so, dass minimale Kollateralschäden entstehen.«

»*Mein* Rechtsanwalt«, unterbrach der Direktor der CIA, »hat mit dieser Formulierung ernsthafte Probleme.«

Gordon blickte zu dem Juristen des Weißen Hauses auf. »Müssen wir zuerst versuchen, Kartschew zu verhaften?«

Der junge Mann zuckte die Achseln. »Wenn sich die Gelegenheit bietet ...«

»Es *wird* sich keine Gelegenheit bieten«, sagte der Direktor der CIA genervt. »Mittlerweile verlässt der Scheißkerl sein Büro nicht mehr! Selbst seine eigenen Berater kriegen ihn nicht mehr zu Gesicht.« Er wandte sich Gordon zu. »Zum Teufel, Sir, ich weiß nicht einmal, wie wir es anstellen sollen, ganz zu schweigen davon, was ›angemessene Mittel‹ sind oder durch welche angemessenen Mittel ›Kollateralschäden‹ minimiert werden könnten. Also, was zum Teufel soll das alles heißen?«

Der Rechtsanwalt starrte ihn an. »›Angemessen‹ bedeutet, dass Sie ihm nicht einfach heißes *Blei* die Kehle hinabgießen können!«

Der dickliche CIA-Direktor blickte ihn argwöhnisch an. »Wovon in Gottes Namen reden Sie?«

»Ich erkläre diesen ersten Abschnitt.«

»Sind Kugeln eine ›angemessene‹ Methode?«, fragte der CIA-Chef. Der Anwalt schürzte die Lippen und nickte dann. »Bomben?« Wieder ein Nicken, das diesmal aber etwas bedächtiger ausfiel. »Brandbomben?« Diese Frage provozierte ein Zögern und ein angedeutetes Achselzucken. »Gift, ein Halseisen, Gas? Ein Eisdorn durchs Ohr? Elektrischer Schlag durch eine Türklinke? Längere Bestrahlung mit Mikrowellen? Wiederholte Dosen von Iridium? Biologische Verseuchung des Trinkwassers im Kreml?«

»Sehen Sie«, antwortete der Rechtsanwalt, »genau aus diesem Grund haben wir uns für die sehr allgemeine Formulierung von der ›angemessenen‹ Methode entschieden. Ich kann Ihnen unmöglich sagen, welche Exekutionsmethode akzeptabel wäre oder nicht.«

»Aber Sie haben diese verdammte Formulierung niedergeschrieben!«, platzte es aus dem CIA-Direktor heraus. »Wenn Sie mir nicht präzise sagen können, was sie bedeutet, wie zum Teufel soll *ich* dann darauf kommen?« Er wandte sich Gordon zu. »Er versucht, die CIA hängenzulassen.«

»Jetzt reicht's!«, schnappte Gordon. »Wir werden Folgendes tun.« Mit einem Federstrich verwarf der Präsident den bisherigen Text. »Wie wär's, wenn wir es einfach dabei belassen: ›Ich, Gordon Eugene Davis, etc., etc., verfüge hiermit, dass aufgrund dieser Durchführungsverordnung Valentin Konstantinowitsch Kartschew exekutiert wird. Punkt.‹«

Zögernd stimmte der Rechtsanwalt des Weißen Hauses zu.

»Ich liebe diesen Vorschlag«, kommentierte der CIA-Chef.

Gordon zeigte mit dem Finger auf den lächelnden CIA-Direktor. »Lassen Sie mich noch darauf hinweisen, dass ich *persönlich* jeder Einzelheit dieser Operation zustimmen will. Überraschungen will ich nicht erleben, haben Sie das verstanden?« Der Mann nickte, und Gordon unterzeichnete die präsidiale Durchführungsverordnung. Dann wandte er sich seinem Rechtsanwalt zu. »Fügen Sie die Veränderungen in den Text ein, dann werde ich die definitive Version für die Akten unterschreiben. Trotzdem, Sie haben gute Arbeit geleistet. Ich weiß es zu schätzen, wenn jemand zu verhindern versucht, dass man mir den Arsch aufreißt.« Gordons Bemerkung wurde mit höflichem Lächeln quittiert. »Also, wie sieht Ihr Plan aus?«, fragte er den CIA-Direktor, der unter vielen Entschuldigungen die anderen höflich aus dem Raum wies.

»Über einen Aktivposten verfügen wir«, sagte er, als er mit Gordon allein in dem Krankenzimmer war. »Es gibt da jemanden, der unmittelbar in Kartschews Nähe vordringen kann.«

»Und wer?«, fragte Gordon.

»Ein Russe, der früher Chef der Präsidentengarde war und jetzt illegal in Philadelphia lebt.«

Philadelphia, Pennsylvania
29. Februar, 02.45 Uhr GMT (21.45 Ortszeit)

Olga und Pjotr verließen Arm in Arm das Kino. Dies war einer der ganz seltenen Abende, die sie bisher in der Innenstadt verbracht hatten. Letztlich waren sie zu der Ansicht gelangt, dass ihre Töchter einer Babysitterin nicht alles erzählen würden. Trotzdem hatten sie sich für alle Fälle dafür entschieden, die dreizehnjährige Tochter ihrer Nachbarn auf die beiden aufpassen zu lassen.

Der Nachteil dieser Wahl bestand darin, dass der Teenager den ganzen Abend lang am Telefon hing.

»Ich werde noch mal anzurufen versuchen«, sagte Olga, als sie unter dem strahlend erleuchteten Vordach des Kinos standen.

»Wenn sie telefoniert, heißt das doch, dass sie bei unseren Töchtern ist. Es ist alles in Ordnung. *Ladno?*«

Damit war Olga zwar nicht zufrieden gestellt, doch Pjotr hatte genug Zeit gewonnen, um sie auf einen Kaffee und ein Eis in ein Restaurant einladen zu können, in dem es ja auch einen Münzfernsprecher geben würde. Das mit Sicherheit zu erwartende Besetztzeichen würde dann garantieren, das sie auch für die nächste halbe Stunde ein Gesprächsthema hatten.

Die Menschenmenge lichtete sich, die Straßen wurden dunkler. Da Olga zu sehr damit beschäftigt war, sich innerlich weiter Sorgen um ihre Töchter zu machen, fiel ihr die langsame Veränderung der Umgebung nicht auf, aber Pjotr wurde mehr und mehr wachsam. Bis jetzt hatte er noch nicht das Auto gesehen, das ihn gewöhnlich beschattete.

»Pjotr Andrejew?«, hörten sie plötzlich von hinten jemanden fragen.

Olga schnappte nach Luft, zog den Kopf ein und schloss die Augen.

Aber es war offenkundig die Stimme eines Amerikaners.

Als Pjotr sich umwandte, sah er zwei Männer in dunklen Mänteln. Die Scheinwerfer eines geparkten Wagens wurden eingeschaltet, das unauffällige Auto kam auf sie zu. Für Pjotr hätte genauso gut »CIA« auf der Tür stehen können.

»Schon in Ordnung«, sagte er leise zu Olga.

»Und von was für einem ›Geschäft‹ reden Sie?«, fragte Pjotr.

Der Mann, der ihm an dem Tisch in dem Vorstadthaus gegenübersaß, schnippte mehrfach die Asche von seiner Zigarette.

»Von einer Operation«, verkündete er, als hätte er sich damit beträchtlich deutlicher ausgedrückt.

Aber für Pjotr war das Offensichtliche sowieso klar. Nachdem er tief durchgeatmet hatte, blickte er sich in dem schummrig beleuchteten Raum um, wo nur über dem Tisch eine grelle Lampe hing. Die anderen Agenten standen alle in einiger Entfernung herum.

»Und von was für einer Operation?«, fragte Pjotr.

Wieder entstand eine lange Gesprächspause. Der Mann zog an seiner Zigarette, blies dann langsam den Rauch aus.

»Von einer Operation im Ausland«, antwortete er, wobei noch bei jeder Silbe Rauchwölkchen aus seinem Mund und seinen Nasenlöchern entwichen.

Es war fast Mitternacht. Zu Hause würde Olga vor Sorgen fast krank werden. »Können Sie sich etwas deutlicher ausdrücken?«

Offensichtlich hatte der Mann zu viele alte Filme gesehen. Wieder nahm er sich mit seiner Antwort sehr viel Zeit. »Nein«, erwiderte er dann schließlich.

Es geht um eine Operation in Russland, spekulierte Pjotr. *Und zwar um eine so schmutzige Angelegenheit, dass sie erst dann darüber reden wollen, wenn ich zugesagt habe.* »Ich würde Ihnen ja gern helfen, aber ...«

»Gut«, unterbrach der Mann. »Wir haben uns gedacht, dass Sie Ihre Lage richtig einschätzen werden.«

Der bedrohliche Unterton konnte Pjotr nicht entgehen. Er beugte sich vor, stützte die Ellbogen auf den Tisch und nahm sich vor, laut zu sprechen – wegen des Mikrofons, wo immer sich dieses auch befinden mochte. Vielleicht hörte draußen jemand mit. »Meine wichtigste Verpflichtung ist die gegenüber meiner Frau und meinen Kindern. Sollten Sie also vorschlagen, dass ich irgendein persönliches Risiko eingehen muss, sind sie an der falschen Adresse. Meine Frau und meine Töchter brauchen mich, und zwar *lebend*.«

Weitere Rauchwolken, doch diesmal verging die Zeit für Pjotr quälend langsam.

»In Ordnung«, verkündete der Mann, bevor er in seine Tasche griff. Der Agent warf eine Visitenkarte auf den Tisch. »Sollten Sie Ihre Meinung ändern, können Sie jederzeit diese Nummer anrufen.« Pjotr beäugte die Visitenkarte, ohne sie an sich zu nehmen. »Wir können in gewisser Weise hilfreich sein ...«, sagte der Mann. »Etwa bei der Legalisierung Ihres Aufenthalts, der Einbürgerung ...« Für Pjotr war nicht eindeutig erkennbar, ob der Mann ihm eine Belohnung versprach oder mit dem Knüppel drohte. Wahrscheinlich beides zugleich. »Und ich würde mir an Ihrer Stelle mit dem Nachdenken nicht allzu viel Zeit lassen.«

Pjotr steckte die Visitenkarte ein, dann chauffierten ihn

die Agenten nach Hause. Er war geschockt, dass man ihn nur um etwas gebeten und dann wieder laufen gelassen hatte.

Bei Olga war das anders. »Das ist *Amerika*!« Erfreut drückte sie ihren Mann an sich. »Hier ist eben alles anders!«

Weil sie sich schon zu sehr in ihre neue Heimat verliebt hatte, beschloss Pjotr, ihr nichts von der geschickt kaschierten Drohung zu erzählen.

Fort Campbell, Kentucky
1. März, 16.00 Uhr GMT (10.00 Ortszeit)

»Heute Morgen bringen wir euch taktisches Abseilen bei!«, verkündete der Sergeant lautstark vor den Mitgliedern von Andrés Ausbildungskurs. »Abseilen aus Hubschraubern in einer ansonsten unzugänglichen Landezone!« Er wandte sich dem Hubschrauber zu, um den herum die Soldaten saßen, und griff dann nach einem Seil. »Passt gut auf, in ungefähr einer Stunde werdet *ihr* euch aus *diesem* Helikopter über dreißig Meter in die Tiefe hinablassen müssen!« Die jungen Absolventen des Kurses zappelten nervös herum, doch André musste vor Angst fast würgen, als er sich vor seinem geistigen Auge unter einem Hubschrauber baumeln sah, während vom Boden aus auf ihn geschossen wurde. »Heute Nachmittag werden wir taktische Luftlandeoperationen durchnehmen, und bei unserer speziellen Variante wird es darum gehen, dass vier von euch nebeneinander an dreißig Meter langen Seilen unter dem Hubschrauber hängen und zum Einsatzort gebracht werden!«

Irgendjemand kicherte.

»Hast du ein Problem damit?«, brüllte ein weiterer Unteroffizier. »Du solltest dir besser darüber klar werden, dass du zur 101st Airborne Division kommst, wenn du hier dein Air-Assault-Abzeichen kriegen solltest. Schon mal was von den Screaming Eagles gehört? Von der Invasion in der Normandie? Operation Market Garden? Der Belagerung von Bastogne im Zweiten Weltkrieg? Von der Tet-Offensive in Vietnam? Von Anhöhe 937? Jemals etwas von der *Hamburger* Anhöhe gehört? Nun, diese Einheit war das Zuhause der Männer, die dort gekämpft haben.«

Der Ausbilder hob einen enorm wichtigen »D«-Ring hoch und erklärte dann erneut, wie man ihn an dem Gurtwerk befestigte. Das Abseilen hatte man ihnen an einem hohen Holzturm beigebracht, doch André war erleichtert, dass alles noch einmal rekapituliert wurde, speziell das Problem, wie man durch die Klammertechnik die Geschwindigkeit des Abseilens kontrollieren konnte. Die Dreiviertelstunde schien so schnell wie eine Dreiviertelminute zu vergehen. »Also dann!«, brüllte der Sergeant plötzlich. »Kommt auf die *Beine*!«

Die Kursteilnehmer blickten sich an. *Einfach mal eben so?* Die Crewmitglieder, die zuvor unauffällig den Helikopter überprüft hatten, saßen nun angeschnallt im Cockpit. André und seine Kameraden standen auf, und die Ausbilder zogen noch einmal an ihrem Gurtwerk. Die Motoren begannen zu heulen, der Rotor drehte sich. »Einsteigen!«, schrie der Ausbilder. Die zwölf verängstigten Soldaten kletterten durch die Seitentür. Als alle an Bord waren, entfachten die Rotorblätter einen Wind von Sturmstärke. André saß auf dem harten Stahlboden. Mit einem Satz setzte sich der Helikopter in Bewegungen, etwa eineinhalb Meter unter ihnen glitt der Rasen vorbei. André spürte, dass ihm der Mageninhalt hochzukommen drohte. Der Hubschrauber wendete und stieg dann steil in die Höhe. Vom Magen bis zu den Schultern hatten sich sämtliche Muskeln Andrés verkrampft. Nur mühsam konnte er atmen. Jetzt schwebte der Helikopter auf der Stelle. Unter ihnen befanden sich Dutzende von Hubschraubern nebst den dazu gehörenden Kursteilnehmern. Der Lärm des Rotors und des Winds, der durch die offenen Türen dröhnte, war ohrenbetäubend.

»Wenn ihr unten seid«, brüllte der Ausbilder, »säubert ihr die Landezone und richtet eine Randstellung um das von uns eingenommene Terrain ein!« André war nicht bereit, sondern verängstigt. »Okay!« Nachdem der Ausbilder einem Mann hart auf die Schulter geklopft hatte, wies er mit dem Daumen auf die Tür. Jetzt fühlte André, dass auch ihm jemand auf die Schulter tippte. Der andere Ausbilder gab ihm ein Zeichen, dass er auf die Beine kommen sollte. Zwei Ausbilder, zwei Seile, zwei offene Türen. »Na los!«

Mühsam wollte André sich hochrappeln, doch die Schwerkraft schien ihn am Boden zu halten. Als er schließlich doch neben dem Ausbilder stand, zog der Mann den Schnappverschluss des »D«-Rings zurück und schlang die beiden Seile durch Andrés Gurtwerk. Dann rekapituliert er schnell noch einmal die Grundsätze, deren Befolgung André vor dem Sturz in den Tod bewahren würde. »Alles klar?« André nickte. »Wird dir gefallen, ist besser als Sex!« Er drängte André an den Rand des Abgrunds. Vor den Spitzen seiner Kampfstiefel klaffte der Abgrund. Gut dreißig Meter trennten ihn von dem grünen Rasen.

»Umdrehen!«, befahl der Ausbilder. »Mit dem Rücken zuerst!« Mit aller Kraft umklammerte André die Seile, die der Ausbilder ihm hinhielt. »Sieht gut aus! Also, rückwärts raus aus der Tür!« In seinem Rücken glaubte André eine Klippe zu spüren. Ihm gegenüber stand ein Soldat mit weit aufgerissenen Augen, der mit winzigen Schritten seine Absätze auf die offene Tür zubewegte, während ihm der Ausbilder permanent etwas ins Ohr brüllte. Als André zentimeterweise zurückglitt, hob er die Sohlen nicht vom Boden. Jetzt spürte er die Kante. Er fühlte sie trotz der dicken Sohlen. Jenseits dieser Grenze gab es nichts als Luft. Seine Absätze hatten die Grenze schon überschritten, doch seine Zehen schienen nicht nachkommen zu wollen.

»Schon gut, Junge! Lass dich einfach zurückfallen!« Doch André brachte es einfach nicht über sich, sich rückwärts aus der Tür zu lehnen. In dem Helikopter sah er seine bleichen Kameraden, draußen waren die rotierenden Rotorblätter, das Dröhnen des Motors, dessen Abgase ihm ins Gesicht schlugen, und der kalte Winterwind. »Wir haben hier nicht den ganzen Tag Zeit!«, schrie der Ausbilder. André sah, wie sein Kamerad auf der anderen Seite mit angewinkelten Knien irgendwie im leeren Raum zu sitzen schien. Fast hätte er sich nicht mehr halten können, doch er schaffte es, wieder in den Helikopter zurückzukommen. Dann ging das Spielchen von vorn los, und der mittlerweile äußerst wütende Ausbilder drängte ihn lautstark zum Absprung.

André ließ das Seil durch seine behandschuhten Hände gleiten und lehnte sich ein Stück zurück. Es waren nur ein paar Zentimeter, doch damit hatte er eine imaginäre Grenze zwischen Innen und Außen überschritten. Der dunkelgrüne Rumpf des Helikopters war der Rahmen, in dem er seine Kameraden sah, deren Welt jetzt schon eine Million Meilen entfernt zu sein schien. Endlich hatte es der Mann gegenüber geschafft, seine Stelle wurde bereits von einer weiblichen Kursteilnehmerin eingenommen. »Du hast dich doch schon fast überwunden!«, rief der Ausbilder, der André mit einer Geste zum Absprung drängte. Er ließ noch ein Stück Seil durch seine krampfhaft zupackenden Hände gleiten. Schließlich sah er den Rotor und den Piloten mit dem großen grünen Helm mit dem schwarzen Visier, der sich zu ihm umgewandt hatte. Noch ein paar Zentimeter, und er befand sich in Rückwärtslage fast auf einer Höhe mit dem Boden des Helikopters.

Jetzt gab es kein Zurück mehr. Nach ein paar weiteren Zentimetern rutschten seine Füße ab, und er fiel. Er umklammerte fest die Seile, straffte die Beine und hing dann unter den Rädern des Helikopters. Zögernd lockerte er seinen Griff. Dann fiel er in Schwindel erregendem Tempo, bevor er erneut fest zupackte. Als er nach oben blickte, sah er den in die Höhe gereckten Daumen des Ausbilders und den aus der Tür ragenden Hintern der Soldatin.

Er ließ sich immer in kleinen Intervallen fünfzehn oder dreißig Zentimeter weiter herabfallen und jedes Mal schien sich ihm der Magen umzudrehen. Aber als er die Hälfte der Strecke bis zum Boden zurückgelegt hatte, erschien ihm schon alles als die einfachste Sache auf der Welt. Einen Augenblick lang hing er in relativer Beschaulichkeit an dem Seil. Oben klammerte sich die Frau krampfhaft an das Seil. Schwungvoll legte André den Rest des Weges zurück, und schon prallten seine Füße mit einem dumpfen Geräusch auf dem Boden auf. Den unten wartenden Ausbilder begrüßte er mit einem breiten Grinsen.

»Man schießt auf dich, du Arschloch!«, schrie der Mann, während seine Fäuste gegen Andrés Brust trommelten.

Also spielte André die Rolle, die ihm in dieser simulierten Schlacht zugedacht war. Nachdem er die Seile aus dem »D«-Ring gelöst hatte, rannte er zur Peripherie der Landezone, wo er sich auf den Boden fallen ließ und sein nicht geladenes M-16 in Anschlag brachte. Er nahm sogar eine Art Ziel ins Visier – einen Hydranten neben dem Parkplatz. »Auf dich wird geschossen, Süße!«, hörte er hinter sich den Ausbilder. Die Frau ließ sich neben André auf den Boden fallen und presste mit einem breiten Grinsen ihre Waffe gegen die Schulter.

»War ja das reinste Kinderspiel, diese Attacke aus der Luft, Kumpel«, sagte sie, während sie triumphierend ihre Hand hob. André schlug schwungvoll dagegen, obwohl er fast damit rechnete, dass die Ausbilder wieder losbrüllen würden. Aber die Unteroffiziere wandten ihre Aufmerksamkeit dem nächsten Kursteilnehmer zu.

An Bord eines F-117A-Tarnkappenbombers, über Charbin, China
7. März, 16.00 Uhr GMT (02.00 Ortszeit)

Major Lauren Russell flog in dem F-117A-Nighthawk in über dreitausend Metern Höhe über die weit verzweigte Industriestadt Charbin. Es war eine klare Nacht, aber die Stadt war verdunkelt worden. Trotzdem bestand keinerlei Zweifel, dass sie über ihrem Zielgebiet angelangt war. Die via Satellit übermittelten GPS-Signale unterrichteten sie mit einer Abweichung von maximal fünf Metern über ihre Position. Das bernsteinfarbene Dreieck, das auf dem Navigations-/Angriffsmonitor die Position ihrer Maschine bezeichnete, befand sich direkt auf der Linie, die ihren Kurs markierte. Jetzt krümmte diese sich direkt vor dem Dreieck – die letzte Kursänderung vor dem Ziel.

Plötzlich stieg Leuchtspurmunition in die Luft, fast direkt vom Feuer der Flakartillerie gefolgt, das wahllos aus jedem Viertel der Stadt eröffnet wurde. Jetzt war die Nacht nicht mehr stockfinster, sondern von einem grellen Feuerwerk erhellt, das wunderschön gewesen wäre, wenn es nicht so eine tödliche Bedrohung dargestellt hätte. Die Chinesen mussten ihre beiden nicht nachbrennenden Turbinen-Propeller-Triebwerke gehört und Meldung erstattet haben, als sie über die Außenbezirke von Charbin geflogen war, und jetzt wurde blindlings in den Himmel gefeuert. Zu Russells Unglück führte ihre Route durch ein Dickicht weißer Leuchtspurmunition und ein Feuerwerk der Flakartillerie, wobei deren brennende, schwerere Geschosse einen tödlichen Hagel von Granatsplittern auslösten.

In dieser Situation musste Lauren Russell ihre ganze Willenskraft aufbieten, um zwischen den explodierenden Feuerbällen auf Kurs zu bleiben. Sie musste eine Entscheidung treffen, und der F-117A-Tarnkappenbomber ließ einem Zeit zum Nachdenken. Das Display im Visier ihres Helms zeigte eine Geschwindigkeit von vierhundertsechzig Knoten an. Hätte sie jetzt in einem der F-15E-Strike-Eagles ihres ehemaligen Geschwaders gesessen, wäre sie etwa in Baumkronenhöhe mit einer Überschallgeschwindigkeit von 1,5 Mach geflogen und hätte den schrillen Warntönen des Receivers gelauscht, der jede Bedrohung meldete. Auch jetzt hätte Russell die Radar-Warnsignale vielleicht noch hören können, aber ihre Lautstärke war deutlich niedriger eingestellt worden, weil für einen Stealth-Bomber vom Typ F-117A eine Entdeckung durch feindlichen Radar praktisch ausgeschlossen war. Vielleicht hätte der vielfach facettierte Rumpf der Maschine von chinesischem Radar geortet werden können, wenn sie direkt darüber hinweggeflogen wäre, doch dann wäre ihr Nighthawk auf dem feindlichen Schirm nur so groß wie eine sofort wieder verschwindende Seemöwe erschienen, was für eine tödliche Attacke nicht ausreichte.

Jetzt steuerte ihr Tarnkappenbomber direkt auf einen massiven Feuerball zu, aber Lauren Russell war klar, dass ihr keine Kollision bevorstand. Sie war eine Frau, die gern ihre eigenen Entscheidungen traf und »das Ruder selbst in die Hand nahm«, und darum ging es völlig gegen ihren Instinkt, nicht der – wenn auch eher illusorischen – Gefahr auszuweichen und dann das Ziel neu zu orten. Aber die jahrelange Ausbildung für einen solchen Einsatz garantierte, dass sie auf Kurs blieb. Sie umklammerte den Steuerknüppel immer fester. Lichtblitze erhellten das schalldichte Cockpit. Russell flog mitten in die Leuchtspurgeschosse hinein. Bei jeder Explosion setzte ihr Herzschlag einen Moment lang aus. Immer wieder zuckte sie zusammen, wenn die Geschütze sich an der Leuchtspurmunition orientierten und auf sie feuerten. Wahrscheinlich hatte ein Flugaufklärer die Motoren ihres Nighthawks gehört und jetzt feuerten sie aus allen Rohren.

Außer dem permanenten, hohen Wimmern der Motoren und den leisen Geräuschen des Navigations-/Angriffssystems war nichts zu hören. Letztere erinnerten sie daran, die Maschine auf eine für den Bombenabwurf ideale Flughöhe herunterzuziehen. Lauren Russell drosselte die Maschine und setzte dann in Schräglage zum Sturzflug an, während sie vom Boden aus weiter energisch unter Feuer genommen wurde. Das Funkgerät blieb auf unheimliche Weise stumm. Stealth-Bomber brauchten keinen Geleitschutz, der die feindlichen Flugabwehrgeschütze ausschaltete, keine Eskorte von Jagdbombern und keine AWACS-Aufklärungsflugzeuge, die ständig warnten und Meldungen über den Feind durchgaben. Hier gab es nur dieses Flugzeug, einen Piloten und zwei Bomben … und tausend chinesische Geschütze, die blindlings in die Luft feuerten. Vom Boden stiegen Flammen auf, als mit erstaunlicher Geschwindigkeit eine Rakete mit Wärmesuchkopf auf sie zuschoss. Aber in weniger als drei Sekunden war die Rakete vorbeigeschossen, da sie keine Wärme registriert hatte. Die im Inneren des Nighthawks eingebauten Antriebe, die flachen Vergaser und die an Schmetterlingsflügel erinnernden Düsen reduzierten die Wärmeemissionen auf nahezu null. Ohne irgendwelchen Schaden anzurichten, explodierte die Rakete hunderte Meter über Russells Maschine.

Ein lautes Klopfen und ein leichtes Schlingern erregten Russells Aufmerksamkeit. Das Geräusch hörte sich an, als wäre ein Stein gegen das Fahrgestell eines Autos geknallt. Aber die Warnlichter blieben dunkel. Die digitale Treibstoffanzeige zeigte die geringer werdende Reserve an. Lauren Russell atmete tief durch. *Muss ein bereits explodiertes Geschoss gewesen sein, das wieder nach unten fiel. Oder ein Vogel, der durch das Geschützfeuer aufgeschreckt worden ist.* Der Himmel wurde wieder finster, sie hatte die Feuerwand durchbrochen. Ein weiterer Signalton kündigte an, dass sie jetzt eine Flughöhe von tausendfünfhundert Metern erreicht hatte. Kurz darauf signalisierte das nächste Piepen, das der letzte Kurswechsel anstand – ein Schwenk um dreißig Grad nach links.

Nun kamen in dem trüben Sternenlicht die hohen Schornsteine in Sicht. Notfalls hätte Russell sich auf ihre Augen verlassen und auch so die Bomben abwerfen können, aber die Planer der Aktion hatten die beiden Positionen für den Abwurf äußerst sorgfältig gewählt. Die erste Bombe war für eine Fertigungsstraße für 155-Millimeter-Artilleriegranaten bestimmt, die am Ende des Fließbands auf Lastwagen geladen und dann abtransportiert wurden. Russells Zweitausend-Pfund-Bombe würde direkt auf die Laderampe krachen. Von diesem Punkt aus würde die Detonation die gesamte Fabrik zerstören. Die zweite Bombe würde direkt durch einen Lüftungsschacht in ein unterirdisches Sprengstoffdepot einschlagen.

Jetzt blieb Russell nur noch wenig zu tun. Kurz vor dem Abwurf würde der Computer automatisch die Klappen des Bombenschachts öffnen. In diesem Moment würde sich der sorgfältig ausgetüftelte Kurs des Stealth-Bombers geringfügig ändern. Das war für die Chinesen der günstigste Augenblick, die Maschine vielleicht auf ihren Radarschirmen zu erkennen. Aber Russell verdrängte diesen Gedanken, während sie die hoch aufragenden Schornsteine studierte. Automatisch schaltete der Computer von einer nach vorn gerichteten Zielerfassung auf eine nach unten orientierte. Aber der Computer war im Notfall doch auf Lauren Russell angewiesen, und deren Daumen lag deshalb schon auf dem Knopf für den Bombenabwurf, während ihr Blick weiterhin den Monitor des Navigations-/Angriffssystems studierte. Als die Entfernung zum ersten Ziel auf null geschrumpft war, öffnete sich der Bombenschacht und der Computer löste den Abwurf aus. Die Maschine hob sich etwas, blieb aber genau auf Kurs. Russell korrigierte die Flughöhe. Die lasergesteuerte Bombe schoss auf ihr Ziel zu. Sofort danach stellten sich die Zahlen der Entfernungsanzeige auf die korrekte Angabe für das nächste Ziel um. Russell hatte die neue Information gerade erst verdaut, als auch schon der Zeitpunkt für den Abwurf der zweiten Bombe gekommen war.

Ein greller Blitz erleuchtete das Instrumentenbrett. Einen Sekundenbruchteil nach dem computergesteuerten Bombenabwurf drückte Russell für alle Fälle noch einmal auf den Knopf, und die F-117A stieg wieder in die Höhe. Der Stealth-Bomber legte sich auf die Seite. Russell gab Vollgas. Mit einem dumpf dröhnenden Geräusch schloss sich der Bombenschacht wieder. Ein zweiter, noch grellerer Blitz zerriss die Nacht. Während die Maschine in Schräglage in die Kurve ging, sah Russell auf dem Display die Erfolgsmeldung – die gesamte Fabrik ging mit furchtbarer Geschwindigkeit in Flammen auf. Als der Bomber wieder gerade und exakt auf der für den Rückweg vorgesehenen Route flog, wurde der Himmel wiederholt durch Explosionen erhellt, die durch die erste Bombe ausgelöst worden waren. Demgegenüber war die Stelle, auf die die zweite Bombe abgeworfen worden war, weiterhin dunkel, aber im Licht der Flammen konnte Russell den schwarzen Rauch erkennen, der mit solcher Wucht aus den Lüftungsschächten entwich, dass man sich an die aus dem Auspuff eines Vollgas gebenden Autos strömenden Abgase erinnert fühlte.

Russell gab die zuvor aufgezeichnete Meldung »Auftrag ausgeführt!« an das 49th Fighter Wing-Geschwader durch. Dann flog sie geruhsam auf dem Kurs zurück, der in Richtung Meer führte. Jetzt feuerten mehr Geschütze als zuvor, aber wenn sie durch die Scheibe des Cockpits blickte, war die Nacht hier oben dunkel und klar.

Fluss Amur, Sibirien
10. März, 16.00 Uhr GMT (02.00 Ortszeit)

Die wolkenlose Vollmondnacht war grausam kalt. Seit drei Stunden lagen sie reglos und schweigend in den tiefen Schneebänken am Ufer des Amur. Nichts war ihnen aufgefallen – keine Geräusche, keine Bewegungen, keine Chinesen.

Captain John Hadley kam als Erster wieder auf die Beine. Dann krochen nacheinander auch die anderen Männer seines »A«-Sonderkommandos, das aus elf Mitgliedern der Special Forces bestand, aus ihren Verstecken im Schnee. Den neun Unteroffizieren und zwei Offizieren musste man nicht erst sagen, was sie zu tun hatten. Sie schwärmten in einem Halbkreis aus, um einander so viel Deckung zu geben, wie das bei einer Einheit von zwölf Männern möglich war. In der tiefen Finsternis traten zwei Lieutenants auf Hadley zu. Außer den im Schnee knirschenden Stiefeln war nichts zu hören.

Hadley und seine beiden Offiziere knieten sich hin. »Ich will, dass diese Sache schnell über die Bühne geht«, sagte Hadley, dessen Stimme kaum lauter als ein Flüstern war. »Wenn der Erste auf dem Eis ist, läuft die Uhr. Verstanden?«

Statt eines »Ja, Sir« vernahm Hadley nur zweimal ein leises »Sir«. In der knappen Sprache der Army wurde das »Ja« auch bei der Bejahung häufig weggelassen. Schon waren die beiden Männer verschwunden. Der Schnee war so trocken, dass Hadley sich an den Strand in der Nähe seiner Heimatstadt in Florida erinnert fühlte. Stapfte man dort durch den Sand, knirschte dieser auch.

Es dauerte einige Zeit, bis sie ihre Ausrüstung zusammengetragen hatten, aber alles geschah diszipliniert, ohne überflüssige Geräusche und Taschenlampen. Hadley blickte zu den Windungen des Flusses, die dieser auf beiden Seiten nahm. Von auf dem Eis patrouillierenden, gepanzerten Fahrzeugen hatten sie nichts gesehen, aber seine beiden Dragon-Teams hätten auch wenig Mühe gehabt, sie aus dem Verkehr zu ziehen. Konnte aber nur einer der Insassen über Funk eine Meldung durchgeben, waren er und seine Männer so gut wie tot. Einen Tag tief hinter den feindlichen Linien verbringen und sich dann wieder zurückziehen – der Erfolg dieses Unternehmens und ihr Überleben hingen nicht von der überlegenen Feuerkraft seines »A«-Sonderkommandos ab, sondern davon, dass sie ihre Aktion hundertprozentig im Verborgenen durchführten.

Vier Männer erhoben sich und betraten das Eis. Einer maß die Entfernung, indem er ein großes, an einem Stab befestigtes Rad vor sich her schob. Hinter ihm schleppten zwei weitere Männer den schweren Bohrer. Ein vierter, ein Lieutenant, folgte mit schussbereitem M-16. Alle hatten Nachtsichtgläser um den Hals hängen – im Gegensatz zu Hadley. Es war nicht notwendig. Das helle Mondlicht warf die Schatten der vier Gestalten vor ihm auf das Eis.

Nervös blickte Hadley ein weiteres Mal in beide Richtungen des Flusses. Auf einer Seite kauerte ein Mann mit Kopfhörer, der an einer Stelle das Eis vom Schnee gesäubert hatte und über eine flaches Mikrofon in Erfahrung zu bringen versuchte, ob sich ein Fahrzeug näherte.

Der Mann, der die Entfernung maß, blieb stehen. Mühelos überwand das hohe Geräusch eines Elektromotors die Entfernung zu Hadley. Als die Bohrerspitze in das Eis eindrang, änderte sich das Geräusch des Motors fast sofort. Weil er schutzlos mitten auf dem zugefrorenen Fluss stand, verlor der Mann mit dem summenden Bohrer keine Zeit.

Schließlich verstummte das Geräusch des Bohrers. Die beiden Männer zogen das Werkzeug heraus und rannten so schnell los, wie es ihre dicke Winterkleidung und ihre schwere Last zuließen.

Als sie das Ufer erreicht hatten, atmeten beide schwer.

»Dann lassen Sie mal sehen«, sagte Hadley. Die beiden Männer hoben den Bohrer in die Luft. Hadley wischte den Schneematsch ab und sah das runde, längliche Eisstück, das einen Durchmesser von über zehn Zentimetern hatte. In dieser Probe bestand das alleinige Ziel ihres Einsatzes.

»Okay, wir machen uns aus dem Staub«, verkündete Hadley.

Der Captain war erleichtert, dem Fluss wieder den

Rücken zukehren zu können, doch der Rückzug war die schwierigste Phase ihrer Mission. Sie folgten ihren Fußspuren in Richtung Landezone. In dem jungfräulichen Schnee glichen die Abdrücke Narben. Bei dichtem Schneefall oder starkem Wind wären die Fußspuren innerhalb von Minuten unsichtbar gewesen, aber in einer niederschlagsfreien und relativ windstillen Nacht wie dieser waren die tiefen Abdrücke verräterisch und somit lebensgefährlich. In diesen Wäldern waren Soldaten die einzigen Zweibeiner. Wenn eine chinesische Patrouille auf die Fußspuren stieß, würde der Feind sie entweder zur Strecke bringen oder einen Hinterhalt legen. Das aus zwölf Männern bestehende Spezialkommando hatte sich in einer hundert Meter weit auseinander gezogenen Linie formiert. Sie zogen zweihundert Pfund schwere Schlitten mit Ausrüstung, Waffen und Munition.

Vor Hadley hob ein Soldat seine rechte Hand und kniete sich dann hin. Sofort folgten Hadley und die anderen seinem Beispiel. Der Captain vergewisserte sich, dass alle reglos verharrten und für den Ernstfall gerüstet waren.

Wofür?, fragte er sich. Um einen Hinterhalt konnte es sich nicht handeln, weil sie den nie bemerkt hätten. In diesem Fall würden dem Mündungsfeuer sofort Schreie folgen, ein guter Teil seiner Männer würde den ersten Salven zum Opfer fallen. Von da an würde alles von Reaktionszeiten, korrekten Einschätzungen und Glück abhängen. Bei zehn Metern Abstand zwischen den Männern hätte Hadley keine Chance, an alle Befehle auszugeben. Dann wäre jeder Mann auf sich gestellt und musste sich ganz auf seine Ausbildung und seine Instinkte verlassen.

Der Mann vor Hadley stand wieder auf und zeigte mit einer Handbewegung nach vorne. Auch die anderen erhoben sich, wiederholten das Handsignal und gingen dann weiter. *Er muss Schatten, Hügel im Schnee oder umgestürzte Bäume gesehen haben*, dachte Hadley. *Oder aus dem Augenwinkel einen Geist.* Hier konnte einem die Einbildungskraft manchen Streich spielen.

Bureja-Gebirge, Sibirien
12. März 00.00 Uhr GMT (10.00 Ortszeit)

Leutnant Chin ging mit seinen verbliebenen achtzehn Soldaten eine gewundene Straße hinab. Zwischen den hohen Bergen schneite es. Nur durch die Reifenspuren war die in einer Schlucht gelegene Straße innerhalb der sie umgebenden Landschaft zu erkennen.

Zumindest hat der Wind nachgelassen, dachte Chin, während er mühsam seine schmerzenden Beine voranschleppte. Den ganzen Morgen über waren sie unter schwerem Beschuss durch den Schnee getaumelt. Hundert Meter Raumgewinn, drei Tote. Eine halbe Stunde lang hatten sie wegen der durch die Luft pfeifenden MG-Kugeln in Deckung gehen müssen. Dennoch musste ein Verwundeter dem nahen Tod überlassen werden. Dann stürmten sie auf eine Felsplatte zu, die ihnen als eine Art Unterstand dienen sollte, aber keinerlei Schutz bot, da der Feind aus einer zuvor nicht aktiven Stellung das Feuer eröffnete. Wieder zwei Tote. Ihre Feinde glichen Geistern. Sie feuerten aus so großer Entfernung, dass Chin nie wirklich wusste, gegen wen er eigentlich kämpfte. Von einem wirkungsvollen Einsatz der Handfeuerwaffen seines Zugs konnte natürlich keinerlei Rede sein. Es waren Gerüchte im Umlauf, dass sie gegen deutsche Soldaten kämpften, doch es hätten genauso gut Briten oder Franzosen sein können.

Den ganzen Tag über waren sie beschossen worden. Der schneidende Wind hatte Schnee und Eis von den Verwehungen gefegt, die ihm in die Augen und gegen die nicht geschützten Hautpartien flogen. Nach einer Weile war der eisige Wind eine genauso große Bedrohung wie der Feind. Zumindest bis zu dem Luftangriff. Da ging alles aus den Fugen. Chin konnte nicht mehr die Pfiffe von der anderen Seite des Bergs hören, die sein einziger Kontakt zum Gefechtsstand der Kompanie waren. Zwischen den Sturzflügen der feindlichen Bomber begannen Chins Männer, in Panik zu flüchten. Als Chin sie mit Schüssen in die Luft zur Räson zu bringen versuchte, waren ihm die Männer seines Zugs schon davongelaufen. Alle ergriffen die Gelegenheit beim Schopf, ihr Leben zu retten, und schließlich rannte auch Chin.

Und die panikartige Flucht hatte ihnen, Chin musste es zugeben, das Leben gerettet. Zumindest den meisten von ihnen. Zu Beginn des Tages hatte er noch über einunddreißig Männer verfügt. Bis jetzt hatten sie dreizehn Männer zurücklassen müssen, die entweder bereits gestorben waren oder bald tot sein würden. Kein einziges Mal hatte sich der Feind die Mühe gemacht, chinesische Verwundete einzusammeln. Der Feind feuerte aus weit weg postierten gepanzerten Fahrzeugen, zog sich unter dem Schutz begleitender Luftangriffe zurück und ging ein paar Kilometer weiter nördlich erneut in Stellung.

»Hast du den Kerl in dem Baum gesehen?«, fragte jetzt einer der Männer in Chins Rücken.

Zwar wandte Chin sich nicht um, doch er lauschte aufmerksam. Weil er über die Köpfe seiner flüchtenden Männer hinweg Warnschüsse hatte abgeben müssen, herrschte eine unangenehme Atmosphäre zwischen ihm und seinen Männern.

»Muss ein Scharfschütze gewesen sein«, wagte ein anderer Soldat zu vermuten. »Er wurde getötet, aber er ist mit seiner Ausrüstung an einem Ast hängen geblieben und deshalb nicht runtergefallen.«

»Nein, er hatte sich nicht irgendwo verheddert, sondern hing *über* dem Ast. Er ist hinaufgeschleudert worden. Hast du nicht gesehen, dass ihm die Haut von den Knochen hing?«

»Vielleicht war es nicht mal ein Chinese«, warf ein dritter Soldat ein. »Eventuell ein Amerikaner.«

Alle lachten. »Na klar, du Idiot! Wie viele tote Amerikaner hast du denn bis jetzt gesehen? Einen? Drei? Und wie viele tote Chinesen?«

»Tausend«, vermutete einer.

»Oh, viel mehr. Was ist denn mit diesem Massengrab?«

Chin erinnerte sich an den langen Riss in der Erde. Männer mit weißen Baumwollmasken hatten Berge von Leichen mit weißem Puder bestreut. Neben dem Loch wartete eine ganze Armee von mit Schaufeln bewaffneten Männern.

»Die Amerikaner machen's richtig«, sagte ein Mann, der sich vorher schon zu Wort gemeldet hatte. »Sie opfern ihre Soldaten nicht, als wären sie der letzte Dreck.«

»Jetzt reicht's!«, brüllte Chin, der sich zu dem plappernden Haufen umwandte. Die Männer blieben wie angewurzelt stehen und beäugten ihren Zugführer. Chin stand achtzehn bewaffneten und vor sich hinbrütenden Männern gegenüber. Männern, in deren Richtung er vor nicht einmal drei Stunden Warnschüsse abgefeuert hatte. Weil Angst ihm die Kehle zuschnürte, musste er schlucken. »Klappe halten!«, brüllte er dann. Jetzt musste er sich irgendeinen Grund einfallen lassen, warum seine Männer auch weiterhin seine Befehle befolgen sollten.

»Die ausländischen Feinde könnten den Wald mit Mikrofonen gespickt haben!«

Fast hätte das Gekicher Chin dazu provoziert, sein Sturmgewehr auf seine Soldaten zu richten. »Ruhe!« Er wandte sich um und ging weiter.

Erst nach einem weiteren, fast einstündigen Fußmarsch trafen sie auf eine andere menschliche Seele. Weil Chin zu dem Entschluss gelangt war, dass die Straße zu weit in Richtung Osten führte, suchte er nach einem alternativen Weg, doch in diesem Augenblick ertönten auf dem Hügel neben ihnen Schüsse.

»Waffen fallen lassen!«, befahl jemand. Als Chin und seine Soldaten herumfuhren, sahen sie einen mit einer Pistole herumfuchtelnden Mann. An der Waffe hing eine Kordel. »Gewehre fallen lassen, sonst schießen wir!« Zwischen den Felsbrocken erkannte Chin die anderen Läufe, die auf den Weg zielten.

»Wir sind Chinesen«, antwortete Chin.

»Laut Anordnung des Oberbefehlshabers der Volksbefreiungsarmee sind Sie alle festgenommen!«, schrie der mit seiner Pistole wedelnde Mann in offiziösem Tonfall. »Also – Waffen fallen lassen, oder wir schießen!«

»Aber warum sind wir denn *verhaftet*?«, fragte der plötzlich wütende Chin provozierend. »Was zum Teufel haben wir denn *angestellt*?«

Der Offizier, wie Chin augenscheinlich um die zwanzig, schien zu zögern. »Sie … Sie sind *Deserteure*! Mein Befehl lautet, alle Deserteure festzunehmen oder sie auf der Stelle abzuknallen, wenn sie sich widersetzen!«

»Wir sind keine Fahnenflüchtigen!«, rief einer von Chins Männern. Fast hätte der Offizier auf den Mann gefeuert.

»Klappe halten!«, brüllte Chin seinen Soldaten zu. Angesichts der auf sie angelegten Waffen hatte er ihm wahrscheinlich dadurch das Leben gerettet, vielleicht ihrer aller Leben. Außerdem fiel Chin auf, dass auch die Waffen seiner Leute zum größten Teil auf die Felsen gerichtet waren. Ein einziger Schuss konnte der Funke sein, der ein unkontrollierbares Feuer ausbrechen lassen würde. Chin wandte sich wieder dem Offizier mit der Pistole zu. »Wir sind keine Deserteure, sondern loyale Soldaten. Dies sind meine Männer, ich bin ihr Zugführer. Wie können Sie denn an Fahnenflüchtige denken, wenn ich sie – als ihr befehlshabender Offizier – über diese Straße führe?«

Chin sah es nicht, spürte aber, wie seine Männer sich ihm zuwandten und ihn beobachteten. Das erfüllte ihn mit Stolz.

»Zum Feind geht's in *der* Richtung!«, schrie der Offizier, während er in der Richtung den Weg hinabzeigte, aus der sie gekommen waren.

»Das wissen wir«, antwortete Chin, der langsam die Oberhand zu gewinnen glaubte und seinen Vorteil ausnutzte. »Seit drei Tagen kämpfen wir ohne Pause. Heute morgen habe ich dreizehn Männer verloren.« Mit erhobener Stimme richtete er sich an seine eigentlichen Adressaten, nämlich die etwa ein Dutzend Männer, die ihre Waffen auf sie richteten. »Ich verliere dreizehn Männer an die Amerikaner.« Für die Amerikaner hatte er sich entschieden, um gebührenden Eindruck zu hinterlassen. »Und jetzt soll ich noch mehr Soldaten verlieren, weil ihre eigenen Landsleute auf sie feuern?«

Obwohl kein Befehl ertönte, zielten die Waffen in den Felsen jetzt nicht mehr auf sie.

Allerdings schien es der kleine Mann mit der Pistole noch nicht bleiben lassen zu wollen. »Sie verlassen Ihre Einheit!«, kreischte er, bevor er wiederholte: »Zum Feind geht's in *der* Richtung!«

»Nichts davon gehört«, sagte Chin, »dass die Amerikaner uns in den Rücken gekommen sind?« Er blickte in die Richtung, in die sie unterwegs waren, wobei er hoffte, dass seine respektlosen Männer sich das Grinsen verkneifen konnten. »Sie haben uns umrundet und hinter unserem Rücken die Straßenverbindungen gekappt.« In den Felsen blickten die Männer in alle Richtungen. »Haben Sie denn kein Funkgerät?« Der mittlerweile blöde aus der Wäsche guckende Offizier antwortete, er habe tatsächlich keines.

»Und sie haben Mikrofone in den Wäldern platziert«, brach es aus einem von Chins Männern heraus. Weil er mit Gelächter rechnete, zuckte Chin zusammen, aber seine Männer rissen sich zusammen.

Plötzlich schien der Mann mit der Pistole ängstlich zu werden und sich seiner Position nicht mehr sicher zu sein. Er blickte sich vorsichtig um und als er dann sprach, tat er es mit deutlich leiserer Stimme. »Wie sind sie denn in unseren Rücken gelangt?«

Dann wollen wir mal zum Höhepunkt kommen, dachte Chin. »Mit Panzern«, flüsterte er gerade laut genug, damit es alle verstehen konnten.

Jetzt hatten die Männer, die sie gefangen nehmen wollten, Gesprächsstoff. »Ruhe!«, brüllte der Offizier, dessen flinke Blicke überall nach dem Feind Ausschau hielten.

»Können wir jetzt gehen?«, fragte Chin.

Die abgelenkten Männer spähten in beide Richtungen die Straße hinab. Der Offizier reckte den Hals, um den Hügel über seinem Kopf in Augenschein zu nehmen. »Ohne einen unterschriebenen Befehl kommen Sie nicht auf dieser Straße zurück!«, flüsterte er Chin im Tonfall einer ernsthaften Warnung zu. »Verstanden?«

Chins Männer kicherten, er selbst musste lächeln. Seit Kriegsbeginn hatte er keinen schriftlichen Befehl mehr zu Gesicht bekommen.

Als sie wieder losmarschierten, ging erneut das Geflüster hinter Chins Rücken los. Das Donnern eines einzelnen, in der Ferne abgefeuerten Schusses rollte über die Berge. Jetzt wurde das Gemurre vernehmlicher. »Die sollen uns doch am Arsch lecken«, sagte jemand so laut, dass es offensichtlich jeder mitkriegen sollte.

Zuerst war Chin aufgebracht, aber dann dachte er noch einmal darüber nach, was dieser Satz zu bedeuten hatte. Seine Männer vertrauten ihm, hielten ihn für einen von ihnen. Solange sie nicht ganz sicher sein konnten, dass jeder in Hörweite zuverlässig war, kritisierten Chinesen nicht offen die Regierung. Und mit Sicherheit sagten sie nicht »Die sollen uns doch am Arsch lecken« im Hinblick auf die Armee, wenn sie gerade gehört hatten, wie ein Deserteur erschossen worden war.

Chin blieb stehen und wandte sich seinen Männern zu, die nach der Bemerkung verstummt waren und jetzt alle angespannt und abwartend ihren Zugführer anblickten. »Seid vorsichtig«, sagte er ruhig. Chin drehte sich um und ging weiter. So konnten seine Soldaten sein Grinsen nicht sehen. Zum ersten Mal kehrte er ihnen ohne Angst den Rücken zu, ohne das Gefühl, dass sie eine Gefahr für ihn waren.

9. KAPITEL

Bronx, New York
14. März, 14.00 Uhr GMT (09.00 Ortszeit)

Bevor er an die Tür klopfte, richtete André noch einmal seine Krawatte. Er konnte sich das Grinsen kaum verkneifen. Etwas schob sich vor den Spion, dann ertönten ein Kreischen und die metallischen Geräusche von Schlössern und zurückgezogenen Sicherheitsketten. Die Tür flog auf.

»Mein *Kleiner*!«, rief Evelyn, während sie sich auf ihren Sohn stürzte. Sie ließ ihrer Freude so ungezügelt freien Lauf, dass André trotz seines Lachens Tränen über die Wangen liefen. »Mein Junge, mein Kleiner, mein Baby!« Sie schüttelte ihren Sohn durch. Andrés Schwestern kamen herbeigeeilt, die ganze Familie feierte geräuschvoll das Wiedersehen. Andrés Mutter trat einen Schritt zurück, trotz ihrer Tränen lächelnd, und sagte dann: »Seht ihn euch nur an! Steht ihm die Uniform nicht prima?« Sie zog ihren Sohn ins Innere der Wohnung. »Warum hast du nicht angerufen? Was tust du hier in Amerika? Ich glaubte dich in Korea.«

»Da war ich auch. Zurückgekommen bin ich, weil ich an einem weiteren Ausbildungskurs teilnehme. Jetzt habe ich zwei Tage Urlaub, also habe ich mich in ein Flugzeug nach New York gesetzt.«

»Hört ihn euch an, er hat sich einfach mal eben ins Flugzeug nach New York gesetzt! Ist er nicht ein echter Weltreisender? Mein kleiner Junge.« Sie kniff ihrem Sohn in die Wange, doch der machte sich los. »Aber du hast nur zwei Tage Zeit? Und was kommt danach?«

André zögerte und wandte sich ab. »Danach geht's zurück.«

»Wohin?«

»Zu meiner neuen Einheit.« Er blickte zu seiner Mutter auf, die ihn anblinzelte.

»Von was für einer Ausbildung redest du?« André zuckte

nur die Achseln, doch sie packte sein Kinn und hielt sein Gesicht hoch.

Wieder befreite sich André. »Bei den Luftlandetruppen, aber wir werden speziell für sofortige Kampfeinsätze ausgebildet. Ich bin jetzt sozusagen ein Kavallerist der Lüfte. Statt Pferden benutzen wir Helikopter.«

Evelyn Faulk stieß ihre Töchter zur Seite, verschwand in der Küche und begann zu kochen.

André folgte ihr. »Mama.« Sie drehte sich nicht um. »Ich bin jetzt in der 1st Brigade, 101st Airborne Division.« Jetzt kamen auch seine Schwestern nach. »Vorher hatte ich keinen guten Job. Ich habe die *Post* ausgeliefert, Mama!«

»Ist nicht weiter schlimm, die Post ausliefern zu müssen!« Wütend wandte sich Evelyn ihrem Sohn zu. »Mister Großkotz! Wer bist du denn, dass das Verteilen der Post nicht gut genug für dich ist?«

André zuckte die Achseln. »Ich bin Soldat, Mama.«

Sie stemmte die Hände in die Hüften. »Ein Soldat? Du bist *siebzehn Jahre alt*! Du bist kein Soldat, sondern ein kleiner Junge, der Armee spielt.«

Sie wollte ihr Trockentuch auf den Tisch werfen, doch es flog bis in eine Ecke der Küche.

»Aber ich mache meine Arbeit gut, Mama. Ich bin ein guter Soldat.«

Sie nickte, ihr Mund stand offen. »Schon jemanden umgebracht?« André zuckte die Achseln. »Hat man schon auf dich geschossen?« Ihr Sohn rollte die Augen. »Antworte, Junge! Hast du auch nur einmal mit deiner Waffe auf einen anderen Menschen geschossen? Antworte!«

»Nein.«

»Wie kommst du dann darauf, dich für einen Soldaten zu halten?«

Ihre letzten Worte verletzten André. Ihre Hand legte sich auf seine Wange, sie ließ den Kopf hängen. »Soldat ist das Einzige, was ich je wirklich gewesen bin, Mama.« Sie erstarrte. Als André spürte, dass ihm die Tränen kamen, griff er nach seiner Mütze und ging zur Tür. Sie packte seinen Arm und zog ihn zurück. Wieder wurde André von seinen Angehörigen umarmt, doch diesmal war es keine freudige Angelegenheit.

In der Nähe von Aldan, Sibirien
17. März, 20.00 Uhr GMT (06.00 Ortszeit)

»Wir müssen die Fracht abladen, Miss Dunn«, sagte der Fahrer, der das Lenkrad des großen Lastwagens herumriss und dann anhielt. »In einer Stunde treffen wir uns hier wieder.«

Kate und Woody stiegen aus und fanden sich auf der verwaisten Straße eines Dorfes mit baufälligen Häusern wieder. Der Lastwagen der U.S. Army polterte davon. Als er verschwunden war, herrschte völlige Stille. Nirgendwo gab es irgendein Anzeichen von Leben, der gesamte Ort schien aufgegeben worden zu sein.

»Nun«, sagte Kate, die sich mit den Händen auf die Oberschenkel schlug. »Wirklich *aufregend* hier.«

»Du wolltest doch irgendwo jenseits der ausgetretenen Pfade sein. Viel abgelegener als dieses Fleckchen geht's nicht mehr.«

»Ja, aber ... Es ging doch darum, eine Story auszubuddeln.« Sie ließ ihren Blick in beide Richtungen über die leere Straße gleiten. Hier gab es nichts zu sehen, nicht einmal einen herumstreunenden Hund.

»Dann lass uns mal buddeln«, sagte Woody, der an den Gebäuden mit den geschwärzten Scheiben entlangzugehen begann. Als Kate ihn eingeholt hatte, zündete sich der Kameramann gerade einen Joint an.

»Woody«, mahnte Kate.

»Was gibt's?« schnappte er. Kate runzelte die Stirn, während Woody demonstrativ einen langen Zug nahm und tief inhalierte. »Wer bist du eigentlich?«, stieß er hervor, ohne allzu viel von dem kostbaren Rauch entweichen zu lassen. »Meine Mutter?«

»Ich hab einfach keine Lust, mitten in einem gottverdammten *Krieg* permanent den Antreiber spielen zu müssen.«

»Hier, nimm.« Woody hielt Kate den Joint hin.

Sie seufzte und rollte die Augen. Dann ging sie auf einen kleinen Vorgarten zu, der mir Löchern und Brandspuren übersät war. »Also, wohin geht's?«, fragte sie.

»Weiß ich doch nicht«, antwortete Woody, der tief die eiskalte Morgenluft einatmete und ein breites Grinsen aufgesetzt hatte.

»Hier gibt's keine Story«, sagte Kate, während sie sich umblickte.

»Aber sicher, Kate. Überall gibt's eine Story.« Jetzt balancierte der Kameramann mit seitlich ausgestreckten Armen über eine niedrige Mauer, den Joint zwischen Daumen und Zeigefinger geklemmt. »Die Truppen der Weißen Armee kamen feuernd in diesen Ort.« Er hob ein imaginäres Maschinengewehr und imitierte mit seiner Stimme das Geräusch von Schüssen. »Aaaah!«, kreischte er in gespielter Qual. »Viele Menschen kamen ums Leben, überall war Blut zu sehen. Zwei Minuten Primetime – garantiert! Doch dann schlagen die Anarchisten mit wehenden schwarzen Fahnen die Weiße Armee zurück, wobei sie *Tausende* von ihnen abschlachten.« Wieder versuchte er, mit einer schauspielerischen Einlage das Massaker wiederzugeben. »Beide Seiten waren erschöpft, beide wollten kapitulieren. Am Ende beschlossen sie, ihre Waffen niederzulegen und nach Hause zu gehen. Und das alles genau hier, Kate, in diesem kleinen Dorf. Genau hier hat sich der Zusammenbruch Russlands ereignet.«

Kate blickte Woody an und musterte dann die paar Schuppen am Straßenrand, die sämtlich mit Granaten beschossen worden und ausgebrannt waren. »Woher weißt du, dass all das hier passiert ist?«

Der Kameramann zuckte die Achseln und sprang dann von der Mauer herunter. »Und woher willst du wissen, dass es *nicht* hier passiert ist?« Er zündete seinen erloschenen Joint wieder an.

»Guter Gott, Woody!«, stieß Kate wütend hervor, wobei sich eine Wolke weißen Nebels vor ihrem Mund bildete. »Was schlägst du denn vor, was wir tun sollen? Soll ich dich filmen, während du hier als Soloschauspieler den russischen Bürgerkrieg zum Besten gibst?«

In diesem Augenblick hörten sie das schwere Dröhnen eines Zugs. Beide starrten in die Richtung, aus der der Lärm kam. Durch den Garten des verlassenen Hauses ging Kate zu dem dahinter liegenden Waldrand. Der Kameramann folgte ihr. In der Regel folgte der Lastwagen, der sie hierher mitgenommen hatte, der Eisenbahnlinie vom Hafen Wanin. Während der fünfstündigen Fahrt hatten sie mehrere lange Züge vorbeifahren gesehen, doch diesmal hörten sie andersartige Geräusche. Dieser Zug hielt.

»Komm schon«, sagte Kate, die bereits in den tief verschneiten Wald stapfte.

»He, Kate«, rief Woody ihr nach. Sie drehte sich um. »Ich weiß wirklich nicht, ob das eine gute Idee ist.«

»Wie bitte? Ich will einfach nur sehen, warum dieser Zug hier anhält.«

»Ja, aber …« Woody war unentschlossen.

»Aber was?«

»Was, wenn sie nicht wollen, dass wir ihnen zusehen? Diese ganze Gegend ist von UNRUSFOR zum Sperrgebiet erklärt worden.«

»So? Dann willst du mir also erzählen«, sagte sie sarkastisch, »dass du glücklich bist, weil du hier deinen Joint qualmen kannst, und Schiss davor hast, dich ein bisschen umzusehen?«

»Ich hab keine Angst, dass sie mich einlochen, sondern davor, dass sie mich abknallen.«

Verächtlich lachend wandte Kate sich um. »Wir werden leise sein und nur mal einen Blick über diesen Hügel werfen.« Mühsam ging sie weiter, ihre Stiefel knirschten im Schnee. Woody folgte ihr. Erneut hörte Kate das Klicken seines Feuerzeugs, als Woody seinen mittlerweile schon ziemlich kurzen Joint wieder anzündete.

Sie kamen nicht so schnell voran, wie Kate vermutet hatte, speziell dann nicht mehr, als sie den Hügel hinaufsteigen mussten. Dort standen sie bis zu den Knien im Schnee. Als Kate ein paar Mal besonders tief einsank, musste der Kameramann ihr helfen. Schließlich hatten sie den Kamm des Hügels erreicht.

In westlicher und in östlicher Richtung erstreckte sich die Eisenbahnlinie von Horizont zu Horizont. Der Zug, den sie eben gehört hatten, stand etwa vierhundert Meter weiter mitten im Niemandsland. Er bestand aus mindestens siebzig Wagons, die Militärfahrzeuge jeden Typs und jeder Größe transportierten. Auffällig in dem Durcheinander waren nur etwa zwei Dutzend hintereinander angehängte Tieflader, auf denen weiß gestrichene M-1-Kampfpanzer standen, deren dicke Rohre nach hinten zeigten.

Mehrere Leute gingen an dem Zug entlang. Zuerst vermutete Kate, dass er eine Panne hatte, weil er mitten in der Wildnis stand. Auf den offenen Feldern neben den Gleisen lag der Schnee besonders hoch. Urplötzlich begann sich der verschneite Boden zu öffnen, und sofort tat sich vor Kates Augen eine andere Welt auf. Was tiefe Schneefelder zu sein schienen, entpuppte sich plötzlich als eine riesige weiße Plane, unter der künstliche Beleuchtung zum Vorschein kam.

»Ach du Scheiße!«, flüsterte Woody, der reflexhaft seine Minicam hob, die sofort leise zu surren begann. Jetzt tauchte aus der Öffnung ein großer Laster auf, der eine keilförmige grüne Rampe hinter sich her zog. Die Männer und das Fahrzeug rückten alles in den richtigen Maßstab. Tatsächlich war die schneeweiße Plastikplane das Dach irgendeines riesigen Depots. Die dicken Stahlklammern, die die Plane hochhielten, bestätigten zusätzlich die riesigen Dimensionen des unterirdischen Labyrinths.

Soldaten kletterten auf die Panzer. Als einer den Motor anließ, stieg eine Rauchwolke auf. Trotz der Entfernung war das dumpfe Knurren deutlich vernehmbar. Noch mehr Qualm entwich den Auspuffrohren, als der Panzer sich in Richtung Rampe drehte. Behutsam manövrierte der Fahrer den Panzer vor, dessen Spitze sich dann senkte und auf den Boden zubewegte.

Der Panzer verschwand in der weißen Höhle, andere folgten.

Das Geräusch der Kamera verstummte.

»Warte noch«, sagte Kate, die konsterniert zusah, wie riesige Mengen militärischer Ausrüstungsgegenstände von der Erde verschluckt wurden. »Ich möchte, dass du mich vor diesem Hintergrund filmst.«

»Kate ...«, begann der Kameramann.

»Ich weiß, ich weiß!«, unterbrach sie. »Wenn ich nicht gut rüberkomme, schneiden wir's einfach raus. Ich will nur nicht, dass der Sender das Bildmaterial nimmt, auf dem ich nicht zu sehen bin, und dann sein eigenes Süppchen kocht ...«

»Kate«, unterbrach Woody flüsternd.

Die Reporterin drehte sich um und sah eine Gruppe Männer mit erhobenen Waffen auf sie zukommen.

Militärstützpunkt Birobidschan, Sibirien
17. März, 20.00 Uhr GMT (06.00 Ortszeit)

»Kommt auf die Beine!«, brüllte der Platoon Sergeant. Einen Augenblick lang glaubte Stempel, der gerade aus dem Tiefschlaf aufgeschreckt war, sich überhaupt nicht bewegen zu können. Wie eine Art Schwerkraft schien ihn die Müdigkeit am Boden halten zu wollen. Er konnte es nicht über sich bringen, seinen warmen Schlafsack zu verlassen. Er litt an Husten und stechendem Kopfschmerz, seine von der trockenen Kälte ausgedörrten Nebenhöhlen schmerzten, seine Nase blutete oft. Seine Kehle war entzündet, seine Augen waren völlig ausgetrocknet. Wie eine Epidemie breitete sich in den Unterständen und Schützengräben der so genannte »Armeehusten« aus.

Wieder brüllte der Sergeant die Soldaten an. Noch immer vermochte Stempel es nicht, den Reißverschluss seines Schlafsacks aufzuziehen. Die Luftmatratze speicherte seine Körperwärme und war ein weiches, bequemes Ruhekissen. Eine Hälfte der Männer verbrachte die Nächte mit der Waffe in der Hand in den Feuerstellungen, die andere wurde nur im Falle eines Angriffs geweckt. In der jetzt zu Ende gehenden Nacht, in der es nur eine flüchtige Attacke gegeben hatte, hatte Stempels Squad zu der zweiten Kategorie gehört. Wenn es jetzt wieder dunkel wurde, mussten er und seine Kameraden die ganze Nacht über in den Schützengräben ausharren.

Und diese Nächte in den Schützengräben waren am schlimmsten. In eine zusätzliche Schicht von Klamotten eingemummt, den Kopf durch eine Wollkappe, den Helm und eine Kapuze geschützt, fühlte Stempel sich wie in einem Kokon eingesponnen. Dann zog er sich in die Welt seiner langsam arbeitenden Gedanken zurück. Drei Nächte zuvor hatte er in einer aus der Wand des Schützengrabens herausgehauenen Feuerstellung an der Peripherie des Militärstützpunkts Dienst gehabt. Das Gewehr auf den Sandsäcken neben sich, spähte er über das offen vor ihm liegende Schlachtfeld. Obwohl er hellwach war und die Augen offen hielt, sah er nichts. Auch dachte und empfand er nichts. Schließlich erblickte er im nebligen Licht der Leuchtspurgeschosse eine Unmenge chinesischer Infanteristen. Vor seinem geistigen Auge, aber mehr im Unterbewusstsein, hatte er sie schon die ganze Zeit gesehen. Aber wie die Maschinen, die sie nach Sibirien mitgebracht hatten, arbeitete auch sein Gehirn bei dieser Kälte langsamer.

Als er jetzt den Reißverschluss des Schlafsacks aufzog, wurde er sofort von einem bitterkalten Luftzug erfasst. Schnell zog er seine Winterkleidung an. Im Nu war die Körperwärme von vier Stunden wertvollem Schlaf verflogen. Am Ausgang stellten sich Männer auf, die wegen ihrer Verletzungen darum baten, vom Dienst freigestellt zu werden. Der Erste in der Reihe war ein Mann, der an entsetzlichen Kälteverbrennungen litt, weil er mit nackten Händen einen Gewehrlauf angefasst hatte. Irrtümlicherweise hatte er die Waffe für seine eigene gehalten, aber das eiskalte Gewehr war gerade aus einem Schützengraben zurückgebracht worden, wo es die ganze Nacht über gelegen hatte. Nur diesem Mann gab der Sergeant dienstfrei. Dann drückte er Stempel ein kalorienreiches Snickers in die Hand, und Harold verließ den Unterstand durch die doppelten Planen am Ausgang, die so hart gefroren waren, dass sie aus Sperrholz zu sein schienen. Die Planen blockten zwar den Wind ab und verdeckten das Licht, aber die kümmerliche Wärme der chemischen Öfen konnten sie nicht halten. Acht Männer einer Wartungseinheit hatten ihren Unterstand luftdicht verrammelt und waren durch eine Rauchvergiftung ums Leben gekommen.

Tatsächlich war es ein gutes Gefühl, in die frische Luft hinauszutreten. Draußen blieb Stempel stehen, um das Snickers zu essen, bevor es steinhart gefroren war. *Snickers zum Frühstück, Mama wäre entsetzt.* Dann ging er zu den anderen in den breiten Hauptschützengraben, der fünfzig Meter von dem Unterstand entfernt war, in dem sie übernachteten. Alle schulterten ihre Gewehre. Sie mussten ausschwärmen, wahrscheinlich sollte der Zaun von dem jüngst gefallenen Schnee befreit werden.

Harold sah die Müllsäcke. Jeder Dritte kriegte einen in die Hand gedrückt. Während sich der Squad-Führer näherte, zählte er mit. Eins, zwei … *Mist!* Schon drückte ihm der Sergeant einen der Kunststoffsäcke in die Hand. Er kletterte über den vorderen Erdwall des Schützengrabens. Die Morgensonne verbreitete ein nur mattes Licht, dichte Nebelschwaden behinderten die Sicht. In Zweiergruppen kamen die ersten Männer des benachbarten Platoons zurück. Zwei trugen einen hart wie ein Brett gefrorenen, toten Chinesen, wobei einer Kopf und Schultern, der andere die Füße umklammerte.

»Wir sollten sie wie Brennholz verfeuern«, sagte ein großer Mann aus Arkansas neben Stempel.

»Würde wie Scheiße stinken«, bemerkte ein drahtiger Jüngling aus Detroit. In ihrer dicken Vermummung waren die beiden Männer – ein Schwarzer, ein Weißer – nicht zu unterscheiden.

»Warum lassen wir sie nicht einfach da draußen liegen?«, fragte Jumpy. Nie zuvor hatte Stempel einen so nervösen Typ kennen gelernt. Seine bloße Anwesenheit hatte eine beruhigende Wirkung auf Harold, weil Jumpy immer wieder aufs Neue unter Beweis stellte, dass es stets jemanden gab, der noch mehr Angst hatte als er selbst.

»Bei Tauwetter würden sie verwesen«, bemerkte jemand.

»Nichts da, dann würden die Wölfe kommen, die was zu fressen suchen«, kommentierte ein anderer lachend. »Jede beschissene Nacht in diesem beschissenen Schützengraben gegen Wölfe kämpfen, das wär' genau das Richtige für uns!«

»Schneeverwehungen!«, hörten sie hinter sich ihren Squad-Führer rufen. »Um die Leichen herum würde sich Schnee ansammeln, und die Schneeverwehungen würden uns beim Schießen behindern und den Chinesen Deckung verschaffen. Dazu kommt, dass im Frühling Seuchengefahr bestehen würde.«

Sie kamen an Männern mit langen Stecken vorbei, die im Schnee herumstocherten, um von den Chinesen angelegte Tunnel zu entdecken. Die ersten Leichen entdeckte Harolds Trupp nebeneinander an der Stelle, wo sie von den plötzlich feuernden Maschinengewehren niedergemäht worden waren. Sie sahen herumliegende Eingeweide, verkrümmt daliegende Leichen im karmesinrot gefärbtem Eis, für immer in ihren grotesken Körperhaltungen gefroren. Stempel fühlte sich an eine Ausstellung über Pompeji erinnert, die er als Kind mit seinen Eltern besucht hatte. Jetzt stellte er sich vor, dass diese im Permafrost begrabenen Chinesen tausende Jahre später wieder ausgebuddelt werden würden. Anhand ihrer Überreste würden Wissenschaftler herausfinden, wie sie gelebt hatten und gestorben waren.

»Diesen hier hat's so hart erwischt, dass ihm die Augäpfel rausgeflogen sind«, rief jemand. »Muss Kaliber 50 gewesen sein.« Der Mann hatte ein Dutzend automatischer Gewehre geschultert, darunter etliche M-16, die mit Sicherheit von Stempels untergegangenem Bataillon stammten. »Die Leiche da gehört dir, Stempel«, sagte der Soldat mit den Waffen.

Stempel begann nach der Leiche zu suchen. Um ihn herum ächzten die Männer unter ihrer gefrorenen Last. »Mach schon, Stempel!«, brüllte ein anderer seiner Kameraden, der auf einen bräunlichen Krater zeigte, bevor er einen abgetrennten Oberkörper stemmte, der so leicht war, dass er von einem Mann getragen werden konnte. Am Rand des Lochs registrierte Stempel, dass dieses sich sehr schnell mit

Schneeflocken füllte. Er warf einen Zeigefinger in seinen Müllsack, der sich noch um einen imaginären Abzug zu krümmen schien.

In Gedanken sah er sich als Paläontologen, der in einer sehr, sehr fernen Zukunft diesen Ort untersuchte.

Bethesda Naval-Krankenhaus
17. März, 22.00 Uhr GMT (17.00 Ortszeit)

»Danke, dass Sie dem Treffen mit uns zugestimmt haben, Mr. President«, sagte einer der Fernsehmoderatoren.

In dem gleißenden Licht der Scheinwerfer waren die Anchormen der großen Sender – CBS, ABC, NBC und CNN – kaum auszumachen. Auf Gordons Stirn und Hals hatte sich eine dünne Schweißschicht gebildet, doch er wollte sich nicht über die Stirn fahren, da er vor den Augen der ganzen Nation nicht das entsetzliche Bild eines verwundeten und schwachen Präsidenten abzugeben gedachte.

Gordon lag im Bett und trug einen königsblauen Morgenmantel, dessen linke Brusttasche mit dem Amtssiegel des Präsidenten bestickt war. Die Infusionsschläuche, Kabel und sonstigen medizinischen Utensilien waren dem gnadenlosen Blick der Kameras entzogen. Alle Einzelheiten des Interviews waren zuvor gründlich abgesprochen worden. Die Anzahl der Kameras, ihre Perspektiven, die Nahaufnahmen, die Regularien der Befragung. Darüber hinaus war sogar die Zustimmung der Fernsehsender eingeholt worden, dass das Interview weder geschnitten noch mit einem redaktionellen Beitrag über den Krieg eingeleitet werden durfte.

So war aus den strengen Auflagen des Weißen Hauses selbst eine Story geworden, die zu einer Flut von negativen Medienbeiträgen geführt hatte.

Zuerst ergriff der Moderator von CBS das Wort. »Wir haben uns vorab darauf geeinigt, dass unser Kollege von NBC die erste Frage stellt.« Er wandte sich dem Repräsentanten des konkurrierenden Networks zu.

»Mr. President, die Zahl der Opfer dieses Krieges gegen China, die das Verteidigungsministerium gerade bekannt gegeben hat, ist entsetzlich. 3212 amerikanische Soldaten sind ums Leben gekommen, siebentausend weitere sind verwundet worden oder gelten als vermisst. Die jüngste CNN/*Wall Street Journal*-Meinungsumfrage, die *vor* der Bekanntgabe der Zahlen durchgeführt wurde, hat ergeben, dass zweiundsiebzig Prozent der Amerikaner gegen diesen Krieg sind. Berichte aus den Hauptstädten der mit uns verbündeten Nationen weisen darauf hin, dass die dortigen Regierungen für alle Fälle Pläne für den sofortigen Rückzug aus Sibirien vorbereiten, wenn der Krieg eine schlimme Wendung nehmen sollte …«

»Impliziert das eine Frage?«, unterbrach Gordon, der Feins Direktive befolgte, dem Sprecher ins Wort zu fallen, falls dieser eine Rede hielt, statt eine Frage zu stellen.

»In Washington sind seit Tagen gewisse Gerüchte im Umlauf. Also, haben Sie die Absicht, den völligen und totalen Abzug der amerikanischen Truppen aus Sibirien anzuordnen?«

»Nein«, antwortete Gordon.

»Dann haben Sie also vor, diesen Krieg weiter zu führen?«

»Ja, das ist meine Absicht.«

»Und mit welchem Ziel?«, fragte der Moderator von ABC.

»Ihn zu gewinnen.«

Der Mann rutschte auf seinem Stuhl hin und her und beugte sich dann vor. »Aber warum …? Wo liegt der Sinn dieses Krieges?«

»Die chinesischen Kommunisten sind in Sibirien einmarschiert. Uns blieben zwei Optionen: Wir hätten angesichts der Aggression fliehen und China die Kontrolle über die Territorien überlassen können, die es durch Gewalt erobert hat. Die zweite Option war militärischer Widerstand. Wir haben diesen Krieg nicht gewollt, aber nachdem die Würfel gefallen waren, gab es nur diese zwei Möglichkeiten. Wir haben uns für die zweite Option und gegen die Flucht entschieden.«

»Sie sprechen von ›wir‹, aber tatsächlich haben Sie diese Entscheidung gefällt«, warf der Anchorman von NBC ein. »Die Mitglieder Ihrer Regierung lassen fast ausnahmslos verlauten, außerhalb Ihres innersten Kreises sei niemand für diesen Krieg. Unverblümt wird man es wohl so formulieren müssen, Sir: Ihre eigenen Leute wollen sich so weit wie irgend möglich von diesem vielleicht unpopulärsten Krieg in der Geschichte unseres Landes distanzieren. Angesichts dieser Tatsache stellt sich doch die Frage, warum Sie persönlich so hinter diesem Krieg stehen, den Sie doch mit Leichtigkeit als Entscheidung Ihres Vorgängers hätten hinstellen können? Schließlich waren Sie ursprünglich ein deutlich vernehmbarer Kritiker von Präsident Marshalls Entscheidung, Truppen nach Sibirien zu entsenden.«

»Wir kämpfen dort nicht, weil wir es gern tun, sondern weil wir es *müssen*. Wir können nicht zulassen, dass Schurkenstaaten für ihre Aggression die Belohnung einstreichen. Die Vereinigten Staaten sind die mächtigste Nation, die es in der Geschichte je gegeben hat, und unser politisches System ist wundervoll und weltweit einmalig. Wir schrecken nicht davor zurück, Ungerechtigkeit zu bestrafen, und werden unsere Rolle als führende Nation der Welt nicht aufgeben. Unsere erste und wichtigste Verpflichtung besteht darin, die Schwachen vor brutalen Übergriffen zu schützen und Aggressoren zu bestrafen, die trotz aller Lektionen, die sie aus der Geschichte hätten lernen können, Blut, Tod und Zerstörung über Menschen bringen, um ihre Ziele diktatorischen Herrschens erreichen zu können.«

Einen Augenblick lang schwiegen die vier Fernsehjournalisten. Allein das sagte Gordon, das er Recht hatte.

Im weiteren Verlauf des Interviews nahm Gordons Optimismus noch zu. Allerdings zeigten sich die Moderatoren unbeeindruckt, die ihn, durch ihre Meinungsumfragen ermutigt, weiterhin mit Fragen löcherten. Aber Gordon war sich sicher, dass er Prinzipientreue demonstriert hatte. Sprach man tapfer die Wahrheit aus, würden die Menschen zuhören und, wenn vielleicht auch nur kurz, über seine Worte nachdenken.

UNRUSFOR-Hauptquartier, Chabarowsk
18. März, 01.00 Uhr GMT (15.00 Ortszeit)

Major Reed reichte Clark die High-Quality-Videokassette, die größer als das handelsübliche Format war.

»Sie warten dort, Sir«, sagte Reed, der die Tür öffnete und dann zurücktrat. Clark betrat den kleinen Raum.

Dort sah er eine Frau, die permanent lamentierte. »Vielleicht sollten Sie *Schilder* aufstellen oder sich sonst etwas einfallen lassen«, sagte sie zu einem Militärpolizisten. Der Kameramann mit dem Pferdeschwanz blickte Clark an.

»Ist das das einzige Band?«, fragte Clark. Der Mann nickte.

»Sie sind General Clark, stimmt's?«, fragte die Reporterin, die aufstand und ihre rechte Hand ausstreckte. »Katherine Dunn, NBC News.« Sie wartete, doch Clark starrte sie nur an. Schließlich ließ sie ihre Hand wieder sinken.

»Lassen Sie uns eines gleich klarstellen«, sagte Nate. »Hier geht's nicht um eine geringfügige Verletzung der militärischen Sicherheitsvorschriften. Auch nicht darum, Ihre Presseausweise einzukassieren und Sie aus dem Kriegsgebiet auszuweisen. Falls Sie es noch nicht bemerkt haben sollten – Sie stehen beide unter Arrest.«

Der Mann mit dem Pferdeschwanz kapierte es, doch die Reporterin forderte Clark heraus. »Was wirft man uns denn vor?«

»Es besteht Verdacht auf Spionage.«

»*Wie bitte?*«, brach es aus Kate hervor. »Um Himmels willen, wir sind *Journalisten*!«

»Kate«, sagte Woody beruhigend, während er seiner Kollegin eine Hand auf die Schulter legte.

»Was?«, schnauzte sie den Kameramann an, als sie sich von seinem Griff befreite.

»Hör ihm doch einfach mal zu, okay?«, empfahl Woody mit ruhiger Stimme.

Ihre Ausrüstung lag auf dem Tisch, und Clark wusste, dass die Militärpolizei in einer der Taschen Marihuana gefunden hatte. Zuerst blickte er den Kameramann an. »Wir haben ein Problem.« Dann wandte er sich Kate zu. »Sie beide wissen jetzt über etwas Bescheid, und da Sie Journalisten sind, widerspricht es ihren Instinkten, diese Tatsache geheim zu halten. Aber für mich ist die Geheimhaltung gleichbedeutend damit, einen Vorteil zu gewinnen. Täuschung ist eine Kunst.« Jetzt blickte er Kate direkt in die Augen. »Ihr Wissen könnte tausende meiner Männer das Leben kosten, wenn es an die Öffentlichkeit käme, und ich würde alles in meiner Macht Stehende tun, um ihr Leben zu retten.«

Kate spürte Woodys Blick und schaute ihn achselzuckend an. »Über welche wichtige Tatsache sind wir denn im Bilde? Darüber, dass Sie mitten im Niemandsland ein geheimes Waffendepot haben?« Verständnislos schüttelte sie den Kopf. Woody räusperte sich, was Kate verärgerte. Ihrer Meinung nach verhielt sich der Kameramann übertrieben defensiv. »Was wollen Sie von uns, General Clark?«

Der große Mann mit den blutunterlaufenen Augen und den tiefen Falten wirkte müde und saß zusammengesunken auf seinem Stuhl.

»Zunächst will ich dieses Band behalten.« Er reichte dem neben ihm stehenden Offizier die Videokassette. »Zweitens will ich, dass Sie mit mir zusammenarbeiten und Stillschweigen bewahren.«

Kate wartete, bis offensichtlich war, das Clark fürs Erste fertig war. »Also, was wollen Sie genau? Meinen Sie, dass wir *völliges* Stillschweigen bewahren sollen?« Clark nickte, Kate lächelte in sich hinein. »Hören Sie, General Clark, ich verstehe ja, dass Sie auf Diskretion angewiesen sind, und ich würde sogar verstehen, wenn Sie uns gerade unverblümt gesagt hätten, was aus dem Bericht herausgeschnitten werden muss. Aber Sie verlangen, *gar* keinen Bericht zu machen …« Kate glaubte nicht, ihren Gedanken expressis verbis zu Ende führen zu müssen, doch als sie Clarks Gesichtsausdruck sah, überlegte sie es sich anders. »Ich habe nicht die Absicht, das Leben Ihrer Soldaten zu gefährden, General Clark! Aber das verfassungsmäßig zugesicherte Recht auf freie Meinungsäußerung ist auch in Kriegszeiten nicht außer Kraft gesetzt. Sie können uns nicht einfach im

Militärgefängnis einbuchten lassen, nur weil wir mit einem Beitrag auf Sendung gehen wollen, den Sie nicht ausgestrahlt sehen möchten.«

Ein paar Augenblicke lang starrte Clark die Reporterin an. »Wollen Sie damit sagen, dass ich Sie nur durch Arrest von der Ausstrahlung eines Bericht über das abhalten kann, was Sie heute gesehen haben?«, fragte Clark vorsichtig.

»*Kate*«, flüsterte Woody flehend.

»Nein, General Clark, das ist nicht die einzige Möglichkeit«, sagte Kate, die den Kameramann einfach ignorierte. »Es gibt noch eine andere.« Clark und Woody warteten; die Körpersprache des Kameramanns verriet, dass er noch gespannter war. »Ich wäre dazu bereit, mit Ihnen und Ihrem Stab gemeinsam an dieser Story zu arbeiten.«

Kate war sich nicht sicher, ob Clark auch nur einen blassen Schimmer davon hatte, was ihr Vorschlag bedeutete.

»An was für einer ›Story‹?«, fragte der General.

Kate zuckte die Achseln. »Worin auch immer Ihr großes Geheimnis bestehen mag«, fuhr sie beiläufig fort, »ich nehme doch an, dass der Tag kommen wird, an dem alles in ganzem Ausmaß an die Öffentlichkeit gelangt. Und bis zu diesem Tag – dieses Zugeständnis mache ich Ihnen – geht kein Wort über diese Angelegenheit über den Sender. Sie können mich überall hin von bewaffneten Männern verfolgen lassen. Im Gegenzug kriege ich von Ihnen die ganze Story. Hintergrundinformationen, Interviews, die Möglichkeit, alles aufzuzeichnen. Ganz so, wie es Ihre Militärhistoriker tun. Nur so kann ich einen echten Insiderbericht machen – wenn der richtige Zeitpunkt gekommen ist.«

Einen Augenblick lang saß Clark da, ohne auch nur eine Miene zu verziehen.

Woody seufzte laut und schien sich zu entspannen.

»Also, was ist?«, fragte Kate vorsichtig.

»In Ordnung, Sie können diese Story machen. Damit Sie Ihre Arbeit anständig erledigen können, werde ich Ihnen dort, wo es nötig ist, Zugang verschaffen. Aber bis ich mein Einverständnis gebe, werden Sie kein einziges Wort senden.«

Nach Woodys ganz offensichtlich erleichtertem Gesichtsausdruck zu urteilen, schien dieser dem Angebot unbesehen Glauben zu schenken, aber Kate war entschlossen, ihre Integrität als Journalistin zu wahren. »Schönfärberei gibt's bei mir nicht«, sagte sie mit fester Stimme. »Und ich mache auch keine Propaganda, die die Schattenseiten übertüncht.« Trotz Clarks Nicken redete Kate weiter. »Wenn ich irgendwo um Zugang bitte oder eine Frage stelle, die Sie oder irgendjemand sonst beantworten kann …«

»Wir reden hier nur von *dieser* Operation, nicht von irgendwelchen anderen«, unterbrach Clark.

Nach kurzem Nachdenken über diese Modifikation des Angebots antwortete Kate: »Ich will, dass meine Fragen beantwortet werden.«

Erneut nickte Clark.

Kate setzte sich gerade auf und zuckte dann die Achseln. »Also gut. Können wir jetzt unsere Ausrüstung und unser Band zurückhaben?«

Clark nickte Major Reed zu, der ihnen die Kamera und die Videokassette rechte. Zuerst protestierte Woody, als Kate ihn zum Filmen aufforderte, doch dann ging er um den Tisch herum, um mit der Aufnahme zu beginnen. »Also los«, sagte er schließlich.

»Wir sitzen hier im UNRUSFOR-Hauptquartier, und bei uns ist Nate Clark, der befehlshabende General der UN-Truppen. Was haben wir heute unter der schneeweißen Tarnplane neben der Eisenbahnlinie gesehen, General Clark?«

Sie hielt Clark das Mikrofon hin. »Ein Depot für militärische Ausrüstung, Munition und Treibstoff«, antwortete der General.

»Wollen Sie damit sagen, dass es sich hier um ganz normalen Nachschub handelt?« Schon überkam Kate hinsichtlich ihres Abkommens die erste leise Enttäuschung.

»Ja.«

»Warum dann die außergewöhnlichen Sicherheitsmaßnahmen um dieses angeblich so normale Nachschubdepot?«

Wieder wurde Clark das Mikrofon vors Gesicht gehalten. »Wegen der Lage dieses Depots. Es befindet sich sehr viel weiter westlich, als die Chinesen vermuten. Außerdem wird dort viel mehr Material gehortet, als der Feind glaubt.«

Unschlüssig über die Richtung, in die sie das Interview lenken sollte, dachte Kate kurz darüber nach, ihre Strategie zu ändern und einfach mit einer mit dem Thema nicht in Zusammenhang stehenden Frage herauszuplatzen. Aber sie versuchte es noch einmal. »Können Sie erklären, General Clark, warum diese Tatsachen so außergewöhnlich wichtig sind, und was sie einem chinesischen General verraten würden?«

»Es würde den Gedanken nahe legen, dass UNRUSFOR einen massiven Gegenangriff plant. Man könnte es als Beweis dafür sehen, dass wir weit im Westen unseren Nachschub für eine Großoffensive zusammenziehen, durch die die gesamten Expeditionsstreitkräfte der Chinesen eingekesselt werden könnten. Das könnte die Chinesen dazu bewegen, ihren Vormarsch zu verlangsamen und eine defensivere Haltung anzunehmen, statt in etwas hineinzurennen, das sich als Falle herausstellen könnte.«

»Wollen Sie damit sagen, dass UNRUSFOR eine große Gegenoffensive *plant*?«, fragte Kate, die durch diese Aussichten die ersten Anzeichen von Enthusiasmus verspürte. Wieder hielt sie Clark das Mikrofon hin.

»Nein«, antwortete Clark. »Ich sage nur, dass diese Vermutung aus *Sicht der Chinesen* plausibel erschiene.«

»Aber stimmt das wirklich? Planen Sie tatsächlich eine große Gegenoffensive?«

»Ja.«

Fast wäre Kate das Mikrofon aus der Hand gefallen. »Schnitt!« Sie blickte Woody an, der hinter seiner Kamera hervorlugte. »Sind Sie sicher, dass Sie *das* vor laufender Kamera sagen wollen?«

Der General zuckte nur die Achseln. »Sie wollten doch die ganze Story.«

»Ja, aber ... In Ordnung.« Nachdem sie Woody zugenickt hatte, hielt sie Clark das Mikrofon wieder hin. »Wie sieht Ihr Plan aus?«

»Wir werden von unseren Nachschubdepots entlang der

Transsibirischen Eisenbahn in Richtung Süden vorstoßen, die sich zurückziehenden Chinesen überholen, ihnen am Amur den Weg abschneiden, sie dann nördlich des Flusses einkesseln und den Krieg gewinnen, bevor im Frühjahr das Tauwetter einsetzt und Überflutungen mit sich bringt.«

In Kates Gedanken jagte eine Frage die nächste, doch eine war in erster Linie wichtig. »Haben Sie vor, auf das Territorium der Volksrepublik China vorzudringen?«

»Nein«, antwortete Clark.

»Schnitt«, sagte Kate, während sie das Mikrofon sinken ließ. Das schwache Surren der Kamera verstummte. »Guter Gott«, murmelte sie.

»Jetzt wissen Sie Bescheid«, sagte Clark, der sich Major Reed zuwandte. »Keine Anrufe nach draußen, Kontakte sind nur zu unseren Leuten gestattet. Filmen können sie, was immer sie wollen. Von unseren Männern können sie auch mit jedem reden, aber sie müssen komplett abgeschirmt werden. Wo sie auch hingehen, sie müssen rund um die Uhr von einer bewaffneten Eskorte begleitet werden.« Er wandte sich wieder Kate und Woody zu. »Sollten Sie versuchen, irgendwelche nicht autorisierten Kontakte herzustellen, wird die Militärpolizei Sie daran hindern. Ich habe sie berechtigt, alle Mittel einzusetzen.«

Ungerührt blickte Kate den General an. Diese kleine Show hatte sie nicht eingeschüchtert. »Sonst noch was?«, fragte sie.

»Gekifft wird nicht.«

»Wie bitte?«, fragte Kate lachend.

»In meinem Hauptquartier raucht niemand Marihuana.«

»Glaubst du, dass dieser Raum verwanzt ist?«, fragte Kate, während sie durch ihr unterirdisches Quartier ging.

Woody machte sich konzentriert an seiner Kamera zu schaffen. »Quatsch«, sagte er verächtlich. »Das hier sind Militärs, keine Spione. Sollte ihnen nicht gefallen, was wir tun, werden sie uns einfach abknallen.«

Woody Naivität brachte Kate zum Lachen. »Das kann doch nicht dein Ernst sein, dass sie uns erschießen würden!«

»Und ob«, antwortete Woody, der gerade mit einem kleinen Werkzeug eine Schraube anzog. »Das ist ihr Geschäft, Räume verwanzen ist nicht ihr Ding.«

Clark hatte sich in jeder Hinsicht großzügig gezeigt. Auf dem früheren russischen Militärstützpunkt durften sie sich frei bewegen. Ihr »Quartier« war ein großer Konferenzraum, an den vier kleine Schlafzimmer angrenzten, von denen sie sich beide eines aussuchen konnten. Als sie den unterirdischen Raum zuerst betreten hatten, hatte Woody die einzige Tür verschlossen und so lange die Riegel getestet, bis er von deren Sicherheit überzeugt war. Nur einmal hatte er die Tür kurz geöffnet, um den sie bewachenden Männern zuzuwinken, doch diese machten, selbst nachdem Woody die Tür geräuschvoll wieder geschlossen hatte, keinerlei Versuch, in ihre Privatsphäre einzudringen.

»Er hat uns reingelegt, Woody. Clark hat uns in die Falle gelockt und sie dann zuschnappen lassen. Jetzt ist die Sache hier im Grunde für uns gelaufen. Was wir von jetzt ab herausfinden, unterliegt alles der Geheimhaltung.«

»Hm.« Blinzelnd und mit geneigtem Kopf untersuchte Woody gewissenhaft das Innenleben seiner Kamera.

»Was *machst* du da?«, fragte Kate, während der Kameramann mit seinem Schraubenzieher eine Platine lockerte. Vor lauter Konzentration stand sein Mund offen, seine Zunge blickte zwischen den Zähnen hervor.

»Ich hab's«, sagte Woody schließlich, der einen kleinen Klumpen aus der Kamera nahm.

»*Was* hast du?« Kate ging auf den Tisch zu, musste Woody aber schließlich ins Badezimmer folgen. »Was *ist* das?« Der Kameramann bedeutete ihr, die Tür zu schließen. Dann sah sie, was er auswickelte. »Woody!«, schrie Kate.

»Pssst!«, zischte er.

»Aber das ist *Marihuana*!« Nachdem Woody die Plastikfolie entfernt hatte, sah Kate ein Bündel Joints, die von einem Gummiband zusammengehalten wurden.

»Wie ich schon sagte, diese Typen sind Soldaten. Keine Spione und erst recht keine Bullen!« Er grinste bis über beide Ohren.

»Hier wird nicht gekifft, hat Clark gesagt!«, rief Kate.

Woody setzte sich auf die Kommode und knipste sein Feuerzeug an.

»Woody!«, stieß Kate wütend zwischen zusammengebissenen Zähnen hervor, doch schon glühte die Spitze des Joints. »Wegen dir könnten wir ernsthaften Ärger kriegen, Woody! Etwas Dümmeres könntest du gar nicht tun!«

»Mach dir keine Sorgen«, sagte der Kameramann grimassierend. Seinen zusammengekniffenen Lippen entwich Rauch. Er stellte sich auf den Klodeckel und blies den Rauch in einen großen Lüftungsschacht. »Hier gibt's Luftfilter. Dies ist ein bombensicherer Bunker. Die werden nie was riechen.«

»Ist das das Risiko wirklich wert?«, fragte Kate in einem bekümmerten Tonfall. »Ist es so verdammt wichtig, high zu sein?«

»*Na klar!* Was glaubst du denn, warum ich das ganze Theater in Kauf nehme?« Er inhalierte tief.

»Ja, warum eigentlich?«

Mit einem ernsten Gesichtsausdruck wandte sich Woody seiner Kollegin zu. Der Kameramann atmete mit genüsslicher Langsamkeit den Rauch aus, als wollte er – obwohl er sich augenscheinlich reichlich eingedeckt hatte – den Genuss bis zum Letzten auskosten, da er dafür bezahlt hatte. »Weil ich ein schlechtes Gefühl habe.«

»Worüber willst du dich denn *jetzt* noch beschweren?«, fragte Kate. »Wir sind im UNRUSFOR-Hauptquartier und schlafen in einer bombensicheren Unterkunft. Sicherer kann man als Kriegsberichterstatter doch gar nicht untergebracht sein.«

»Und du willst wirklich hier bleiben?«, fragte Woody plötzlich lebhaft. »Für die gesamte Dauer des Krieges? Du bist wirklich damit einverstanden, die größte militärische Operation seit Ewigkeiten vorübergehen zu lassen, während du hier in diesem Bunker sitzt und Däumchen drehst?«

Kate zuckte die Achseln. Da sie gerade erst hier eingetroffen waren, konnte sie das nur schwer sagen. »Clark hat nicht gesagt, dass wir die eigentliche Offensive filmen dürfen.« Aber in Gedanken sah sie bereits die Argumente, die sie

Clark gegenüber vorbringen konnte. Wenn die Offensive erst einmal begann, würde sie ein beispielloses Wissen über die Operation haben und genau darüber im Bilde sein, wo sich das wahre, für ihre Story erforderliche Drama abspielen würde.

Erledigte sie ihren Job seriös, vielleicht im Stil eines Dokumentarfilms, würde es ihr möglicherweise gelingen, Clarks Vertrauen zu gewinnen. *Ein Dokumentarfilm,* dachte Kate, während sie eine Gänsehaut bekam. *Der definitive Dokumentarfilm über den Krieg gegen China!*

Was ihr durch die Lappen ging, war der brandaktuelle Knüller, ein paar flüchtige Sekunden im nächtlichen Fernsehprogramm. Doch auf der Habenseite würde möglicherweise ein Spezialprogramm zu Buche schlagen. Ein Film von einer, vielleicht sogar zwei Stunden Länge, exklusiv und mit Insiderinformationen über die größte militärische Operation seit Ewigkeiten!

Einfach perfekt. Ob die Schlacht gewonnen wurde oder verloren ging, es würde nicht notwendig sein, bei diesem Drama irgendetwas hinzuzuerfinden.

Und das Sahnehäubchen, das wurde ihr jetzt klar, mussten die Actionszenen sein. Nicht einfach Bilder von einer beliebigen militärischen Auseinandersetzung, sondern von der alles entscheidenden Schlacht des gesamten Kriegs. Von der erbittertsten Schlacht, der, bei der die Kräfte am gleichmäßigsten verteilt waren, von der wichtigsten überhaupt. Und sie würde auf Draht sein, um sich diese Chance nicht entgehen zu lassen.

Obwohl sie über keinerlei militärisches Spezialwissen verfügte, war sie sich doch sicher, dass einer Schlacht im Vergleich zu allen anderen eine herausragende Bedeutung zukommen würde. Und sie würde es durch ihre überzeugenden Argumente schaffen, über diese Schlacht zu berichten. Sie *musste* das einfach hinkriegen!

Woody nahm einen weiteren Zug aus seinem Joint.

Kreml, Moskau
21. März, 08.30 Uhr GMT (10.30 Ortszeit)

»Vasiliew, Ludmila, Lehrerin in Kalina, anonyme Denunziation«, las Kartschew auf dem Monitor.

Anonyme Denunziation?, dachte er. Das reichte ja wohl nicht. Weshalb war sie denunziert worden, diese Ludmila Vasiliew? »Nein«, murmelte er halblaut vor sich hin und klickte dann ein Fenster weiter nach unten. Allmählich taten ihm Augen und Schultern weh. Vornüber gebeugt hockte er vor dem Monitor.

Ein anderes Fenster, ein weiterer Name. *To check or not to check,* variierte Kartschew auf Englisch Shakespeare. Überprüfen oder nicht überprüfen, in der Tat, das war hier die Frage, die Frage von Sein oder Nichtsein. Kartschew musste sich zur Konzentration auf den Monitor zwingen.

»Iwanow, Grigorij«, sprach er laut vor sich hin. Unauffälliger konnte ein Name kaum sein. »Mechaniker in Moskau, möglicherweise in eine Verschwörung verstrickt, in die auch unbekannte Personen involviert sind.« Das war's? Was denn für Personen, was für eine Verschwörung? »Diese Leute, es ist unfassbar«, murmelte Kartschew verächtlich. Etwas mehr muss ich schon wissen, dachte er. Wegen unzureichender Informationen übersprang er einen weiteren potenziellen Verdächtigen. *Aber sie werden die Informationen nachliefern,* dachte Kartschew. Im Grunde gab es nur einen Weg, um von dieser Liste beschatteter Personen zu verschwinden.

Die Beschuldigung, die gegen den nächsten Mann erhoben wurde, war schon nützlicher. »Andrejew, Pjotr, ehemals Befehlshaber der Präsidentengarde. Hat sich in den Vereinigten Staaten mit Männern der CIA getroffen.« Nun, das war eigentlich keine Beschuldigung, eher die Benennung der früheren Position des Mannes, der aber potenziell gefährlich sein konnte.

Und er hält sich in Amerika auf, dachte Kartschew, während er seinen steifen Rücken krümmte. Nach der Ermordung des Präsidenten hatte er das Interesse an den Vereinigten Staaten völlig verloren. Drei von fünf Operationen waren vereitelt worden, die beiden erfolgreichen Aktionen schienen keine weiteren Auswirkungen gehabt zu haben. Er hatte ein ganzes Kapitel über seine Beobachtungen geschrieben, das den Titel »Verringerung der marginalen Effekte des Terrors – eine ökonometrische Analyse« trug. Aber vielleicht würden diese Auswirkungen sich nach einer gewissen Zeit noch zeigen.

Nach einem Mausklick überprüfte Kartschew das Fenster neben dem Namen »Andrejew, Pjotr«. Seine Hand begann sich zu verkrampfen.

Philadelphia, Pennsylvania
24. März, 20.00 Uhr GMT (06.00 Ortszeit)

»Sollen wir die Wurst von Oscar Meyer kaufen?«, fragte Pjotr Andrejew.

»Ist das Mortadella mit Truthahnfleisch?«, fragte Olga. Als sie den fremdartigen Akzent hörte, blickte eine Frau in ihre Richtung.

»Zumindest steht das auf dem Etikett.« Pjotr warf die Wurst in den Einkaufswagen. »Meiner Ansicht nach muss Einkaufen nicht immer gleich stundenlang dauern«, knurrte er, während er Plätzchenkrümel vom Sweater seiner Tochter entfernte.

»Stundenlang ist übertrieben«, gab Olga zurück, die vor einem Käseregal stehen blieb. Jedes Stück war in Wachspapier eingewickelt, und es gab Dutzende verschiedener Sorten. Pjotr war klar, dass seine Frau jede Einzelne unter die Lupe nehmen würde.

»Ich kümmere mich schon mal um die Cornflakes.« Pjotr bog um die Ecke in einen leeren Gang.

»Honig-*Nuss*!«, rief ihm seine Frau nach.

»Honig-*Nuss*, Honig-*Nuss*«, echoten aus dem Einkaufswagen die Kinder, bei denen Pjotr keinerlei Anzeichen eines Akzents mehr entdecken konnte.

Es gab unzählige Sorten von Cornflakes – Special K, Kellog's, Cap'n Crunch …

Am Ende des Gangs erregte etwas Pjotrs Aufmerksamkeit, und er blickte auf. Ein Mann in einem Mantel hob eine Maschinenpistole. Hinter einem Kühlregal mit Orangensaft warf sich Pjotr zu Boden. Die MP knatterte, kalter Saft tropfte auf Pjotr. Cornflakepackungen explodierten, ihr Inhalt rieselte herab. Er hörte Gebrüll, dann Schreie, schließlich Schritte.

Vier, drei, zwei ... Pausenlos wurden Schüsse abgefeuert. Dann knallte die Maschinenpistole plötzlich neben Pjotr auf den Boden. Als er um die Ecke des Regals spähte, sah er zwei Männer in dunklen Anzügen, die durch den Gang auf den Killer zugingen, der hingestreckt in einer immer größer werdenden karmesinroten Blutlache lag.

Die Schreie, die Schreie ...

Pjotr wandte sich um. Es war seine Frau, die schrie. Sie blutete und klammerte sich an dem Einkaufswagen fest, neben ihren zusammengesunkenen Kindern. *O mein Gott, mein Gott,* dachte Pjotr, während er zu seiner Familie rannte. Mit jedem Schritt bewahrheiteten sich seine Ängste mehr. Seine Töchter lagen blutüberströmt in dem Einkaufswagen. Schnell hatte Pjotr in Maschas Oberschenkel eine offene Arterie entdeckt, deren Enden er sofort mit Daumen und Zeigefinger zusammenpresste. Die arme Oksana saß völlig geschockt da. Im Gegensatz zu der kleinen Maschenka schrie sie nicht. Sie bewegte sich kaum, blickte sich auch nicht um. Ihre Haut war leichenblass, und sie starrte verängstigt ihre schreiende Mutter an.

Jetzt traten die beiden Männer von der CIA zu ihnen. Während die anderen Kunden des Ladens entsetzt Abstand hielten, wurden die beiden Agenten sofort aktiv. Einer tastete unter Oksanas Mantel herum, der andere drückte Pjotrs um sich schlagende Frau auf den besudelten Boden.

»Scheiße!«, zischte der Mann, der Oksana untersuchte.

Die Kleine begann zu schreien. Wie ihre Mutter und Mascha war auch sie getroffen worden.

Jetzt kämpfte der Fremde um das Leben von Pjotrs ältester Tochter. Mit jedem durch Pjotrs Finger rinnenden Tropfen Blut schien das Leben seiner Jüngsten seinem Ende näher zu kommen. Bis zum Eintreffen der Krankenwagen schien es Stunden zu dauern. Als es schließlich so weit war, hatten die beiden Mädchen das Bewusstsein verloren.

Olga schrie, bis sie ohnmächtig wurde.

Für den Rest der Nacht verwirrten sich Pjotrs Eindrücke – Infusionsschläuche, die Gerüche des Krankenhauses, schwitzende Ärzte, die düstere Worte an ihn richteten. Pjotr wusste nicht mehr, was die Mediziner taten, meistens saß er einfach nur da. Erst als er die beiden Agenten sah, die mit dem Blut seiner Familienangehörigen befleckt waren, brach er in Tränen aus. Die beiden blieben die ganze Zeit über bei ihm, wie alte Freunde.

Am frühen Morgen teilten ihm die Ärzte mit, dass seine Frau und seine Töchter außer Lebensgefahr waren.

Westlich von Urgal, Sibirien
27. März, 07.30 Uhr GMT (17.30 Ortszeit)

Gemeinsam mit drei anderen Zugführern saß Chin vornübergebeugt in einem kleinen Zelt.

»Da kommt er«, sagte einer der Scheißkerle von der Universität, während er die Klappe des Zelts schloss.

Kurz darauf kroch der Kommandeur der Kompanie herein. Sofort begann er zu nörgeln. »Was machen Sie hier eigentlich?«, schnauzte er die vier Leutnants an. Verdutzt und wortlos starrten Chin und die anderen ihn an. »Das Licht kann man aus hundert Metern Entfernung sehen!« Der Mann sprach mit gedämpfter Stimme, doch durch seine angespannte Haltung und seinen aufgebrachten Gesichtsausdruck wirkte es trotzdem, als würde er schreien. »Bei meinen Offizieren muss ich darauf zählen können, dass sie ihren Verstand benutzen!«

Chin wagte es nicht, die anderen anzublicken. Noch nie hatte er den Hauptmann so wütend gesehen; dazu kam noch, dass die anderen Zugführer Arschlöcher waren.

Nachdem der Hauptmann seine Handschuhe abgestreift

hatte, zauberte er eine ramponierte Kunststoffröhre aus seinem weißen Umhang, öffnete sie und zog behutsam eine zusammengerollte Landkarte heraus. Schon jetzt zitterten seine Finger vor Kälte. Während er mit einem geräuschvollen Knistern die Karte glatt strich, wuchs Chins Erwartung. Schließlich kam es nicht oft vor, dass sie eine Karte zu Gesicht kriegten.

Während der Hauptmann seine Hände in den Achselhöhlen vergrub, rollte sich die farbenprächtige Karte wieder auf. »Also dann«, sagte der Hauptmann mit klappernden Zähnen. »Ich habe dieses Treffen einberufen, um Sie über die Befehle von ganz oben zu informieren, über die Soldaten unterhalb Ihres Rangs nichts wissen dürfen.«

Angesichts einer so erhabenen Verantwortung geriet Chins Blut in Wallung. Worum es auch gehen mochte, es war ein Privileg, in so wichtige Geheimnisse eingeweiht zu werden. Als er sich umblickte, war er sofort verärgert. Die anderen Zugführer hatten alle einen respektlosen Gesichtsausdruck. Leutnant Hung, den Chin damals in der Kaserne beim Lesen des subversiven Textes erwischt hatte, lächelte sogar höhnisch.

»Die Volksrepublik sieht einem glorreichen Sieg entgegen«, zitierte der Hauptmann hölzern die Worte seiner Vorgesetzten. Sein Tonfall dämpfte Chins Erwartungen. »Ihre Anstrengungen werden mit einer lobenden Erwähnung honoriert.« Als Leutnant Hung ungewöhnlich tief durchatmete, wirkte das fast wie ein ungeduldiger Seufzer, was von dem Hauptmann sofort mit einem drohenden Blick quittiert wurde. Dann wandte der Befehlshaber der Kompanie seine Aufmerksamkeit der Karte zu, auf die mit verschiedenfarbiger Tinte Symbole aufgemalt waren. »Wir müssen bereit sein, Angriffe auf unsere Flanken zurückzuschlagen. Hier, hier und hier.« Er zeigte auf drei verschiedene Stellen. Da sich jetzt alle über die Karte beugten, wurde ein Großteil des Lichts der einzigen Laterne verschluckt. »Zurücklehnen!«, schnauzte der Hauptmann. Trotzdem versuchten alle auch weiterhin, die Stellungen der Einheiten und das Terrain zu studieren.

»Sie zeigen auf unsere linke Seite, die Mitte und unser rechte Flanke«, sagte Leutnant Hung in einem ans Unverschämte grenzenden Tonfall.

»*Na prima*«, sagte der Hauptmann sarkastisch. »Sie können ja tatsächlich eine Karte lesen!« Chin mischte sich nicht ein.

»Warum machen wir uns denn Sorgen um unsere Flanken, wenn wir vor einem so glorreichen Sieg stehen?«, hakte Hung nach.

»So lauten Ihre Befehle!«

Aber Hung ließ nicht locker. »Und warum wechseln wir permanent zwischen einer lächerlichen Zerstreuung unserer Einheiten am Tag und einer engen, defensiven Gruppierung in der Nacht?«

Bisher war Chin das so noch nie aufgefallen, aber es war tatsächlich jeden Tag und jede Nacht dasselbe Spielchen. Wenn sie morgens ihr Lager abbrachen, verteilten sich ihre vier Züge in großen Abständen, bevor sie ausschwärmten, doch nachts schlugen sie ihre Lager im Abstand von nur wenigen Metern auf.

»Ja«, pflichtete ein anderer bei. »Früher haben wir nachts agiert. Wenn die Europäer bei Sonnenuntergang ihre Soldaten zusammenzogen, haben wir sie angegriffen.«

»Gefällt es Ihnen, nachts zu patrouillieren?«, bellte der Hauptmann, der alle mit herausfordernden Blicken bedachte. »Wollen Sie wieder Nacht für Nacht gegen die Militärstützpunkte anrennen? Ihren Patrouillen in die Arme laufen und dann auf den Artilleriebeschuss warten?«

Schaudernd erinnerte sich Chin an diese Furcht einflößenden Nächte. Die einzige Möglichkeit, den Artilleriebeschuss zu überleben, bestand darin, sich so dicht bei den Europäern zu halten, dass diese mit ihren schweren Geschützen mit großer Reichweite nicht auf sie feuern konnten.

»Unsere Befehle sehen so aus«, sagte der Hauptmann, »dass wir jede Nacht auf Defensive umschalten und darauf vorbereitet sind, Vormärsche gegen unsere drei oder vier Fronten zurückzuschlagen!« Er starrte den Klugscheißer unter den Zugführern mit einem durchbohrenden Blick an.

Aber Leutnant Hung zuckte nicht zusammen und erwartete einfach den Angriff, wie Chin es an seiner Stelle auch getan hätte. Er saß reglos da, was an sich schon beinahe einem aufsässigen Verhalten glich.

»Habe ich mich deutlich genug ausgedrückt?«, fragte der Hauptmann leise in Hungs Richtung.

Es schien so, denn der renitente Zugführer nickte.

Chin versuchte zu begreifen, was sowohl Hung als auch dem Hauptmann klar zu sein schien. Aber er gab es bald auf. Der Lagebeschreibung des Hauptmanns entnahm er nur die wichtigsten Fakten. Bis jetzt hatte Chin geglaubt, China würde den Krieg gewinnen, doch nun erfuhr er, dass es ihn verlieren würde und dass sie sich darauf vorbereiten mussten, von allen Seiten angegriffen zu werden. Außerdem konnte er dem Verhalten seiner Kameraden entnehmen, dass der Zusammenhalt und die Disziplin innerhalb der Armee nachzulassen begannen.

Aber es war auch gut möglich, dass sie bald von einem noch stärkeren Band zusammengehalten wurden, weil die Atmosphäre der Angst in dem Zelt mittlerweile deutlich spürbar war. Und deshalb hörte jetzt auch das Gezänk auf.

10. KAPITEL

Wladiwostok, Sibirien
30. März, 17.00 Uhr GMT (03.00 Ortszeit)

In der ersten Nacht bei seiner neuen Einheit konnte André Faulk wegen des Schnarchens seiner Kameraden nicht schlafen. Die Soldaten waren Infanteristen vom 1st Squad, 3rd Platoon, Alpha Company, 3rd Battalion, 1st Brigade, 101st Airborne Division (Airmobile). Weil alle in kompletten Kampfanzügen schlafen sollten, wurde die Kaserne nicht geheizt. Ganz wie die Feuerwehr mussten auch sie auf verzweifelte Notrufe reagieren können: Eine Stellung, die überrannt zu werden drohte, ein Loch in der Linie, das gestopft werden musste, ein Durchbruch, der in letzter Sekunde vehindert werden musste. Menschliche Notnägel gegen einen an hundert Stellen brechenden Damm.

Andrés Magen gurgelte laut. Er wälzte sich auf den Rücken, wobei seine Kleidungsstücke verrutschten und die Stahlpritsche quietschte. Das Schnarchen des schweren Brockens auf der Pritsche über ihm geriet ins Stocken. In dem trüben Licht, das aus dem Raum des Wachhabenden in den Schlafsaal fiel, sah er die fehlenden Stahlverstrebungen unter dem oberen Bett. Wie ein alter Reifen drückte sich die Matratze durch die offenen Stellen. Als André seufzte, bildete sich eine Nebelwolke vor seinem Mund.

Mit André waren neun weitere Soldaten zu diesem Platoon der Luftlandetruppen gestoßen. Zehn Nachrücker für eine Einheit, die bei voller Stärke nur dreiunddreißig Mann zählte: Das bedeutete, dass in den sechswöchigen Kämpfen fast ein Drittel der Soldaten verwundet worden oder ums Leben gekommen war. Aber vielleicht, mutmaßte André, waren sie auch gar nicht die ersten Nachrücker. Sein Magen brannte.

Was zum Teufel habe ich hier eigentlich zu suchen?

Im Raum des Wachhabenden schellte das Telefon. Das

Geräusch der altmodischen Klingel drang gedämpft durch die Wände. André horchte. Als gerade das zweite Klingelzeichen ertönte, wurde der Hörer abgenommen. Die ferne Stimme des Wachdienst schiebenden Unteroffiziers verstummte abrupt, dann wurde der Hörer auf die Gabel geknallt. In den entsetzlichen Augenblicken nach dem Telefonat nahm André jedes Schnarchen, Schnüffeln und Husten seiner zwei Dutzend schlafenden Kameraden überlaut wahr.

Außerdem hörte er das lauter werdende, heulende Geräusch der Turbine eines Helikopters.

Die Tür flog auf, und André hätte sich beinahe zu Tode erschrocken. Das flackernde Neonlicht glich einer von Menschen herbeigeführten Morgendämmerung. »Einsatzbefehl!« Stöhnend mühten sich alle aus ihren Betten, aber niemand war schneller als der ansonsten vor Schreck versteinerte André.

Direkt vor der Kaserne rotierten auf den Hubschrauberlandeplätzen die Rotoren von vierzig Helikoptern in der beißend kalten Nachtluft. Der ganze Militärstützpunkt war von Lärm erfüllt und lag in grellem Licht da. Mit ihren über fünfzig Kilogramm schweren Rucksäcken auf dem Rücken marschierten André und seine Kameraden nacheinander auf die hell beleuchteten Blackhawks zu, die teilweise bereits in den Nachthimmel aufstiegen.

»Luftlandeoperation!«, brüllte jemand anfeuernd über das Dröhnen hinweg, was von einigen mit einem *»A-a-a-airborne!«* quittiert wurde, das aber nicht gerade begeistert klang und kaum besonders ansteckend wirkte. Tatsächlich sagte aus Andrés Squad niemand ein Wort, als sie an Bord des weißen Hubschraubers stiegen. Überall am Himmel sahen sie rote und grüne Positionslichter und die blinkenden weißen Lampen am Heck der Maschinen. Es war ein Einsatz in voller Bataillonsstärke, komplett mit Hubschraubern zur Materialbeförderung, unter dessen Rümpfen Netze mit Munitionskisten angebracht waren.

André war der Letzte in der Reihe. Als er von dem Luftzug der Rotorblätter erfasst wurde, bückte er sich unfreiwillig. Die eisige Nachtluft wirkte wie eine kalte Dusche auf ihn. Wegen seiner tränenden Augen konnte er kaum sehen. An der offen stehenden Schiebetür griff Sergeant Moncreif – ihr Squad-Führer – nach Andrés M-16, um sich zu vergewissern, dass die Waffe gesichert war. Nachdem er sie zurückgegeben hatte, schlug er aufmunternd auf Andrés Helm. Zwei seiner Kameraden zogen André an Bord. Ein Crewmitglied schloss die Tür. Jetzt drang der heulende Wind nicht mehr in den Helikopter.

André ließ seinen Rucksack fallen und zerrte ihn über den belagerten Boden zur Rückwand. Dort drückte er ihn an seine Brust. Ihm hatte sich der Magen zusammengezogen, seine Muskeln waren verkrampft. Er beugte sich vor und atmete tief durch. Noch immer war es so kalt, dass seine Zähne klapperten. Durch die gepanzerten Bodenplatten hindurch spürte er das Vibrieren der Motoren. Mit einem markerschütternden Ruck hob der Helikopter ab, schwebte einen Moment lang auf der Stelle und schoss dann urplötzlich nach vorn. Die Beschleunigung der Maschine, deren Spitze nach unten zeigte, war Übelkeit erregend. Nahezu sofort sah man durch die vereisten Fenster des Blackhawks nur noch tiefe Finsternis. In dem Helikopter wurde die Beleuchtung auf ein mattes Rot eingestellt, damit die Nachtsichtfähigkeit der Männer später nicht beeinträchtigt war.

An den Wänden saßen André, seine neun Kameraden und zwei Sanitäter, in der Mitte der Kabine war die Ausrüstung aufeinander getürmt. Niemand sagte ein Wort, alle starrten nur vor sich hin. *Zwei Sanitäter,* dachte André mit geschlossenen Augen. Die Minuten verrannen. Mit Höchstgeschwindigkeit flog der Helikopter auf die Landezone zu. Fünf Minuten? Zehn? Eine halbe Stunde? Mittlerweile war die Kabine warm. Die innerliche Anspannung war physisch erschöpfend. André versuchte zu schlafen, aber vor lauter Furcht bekam er kaum Luft. Jetzt war er weitaus mehr verängstigt, als er zuvor geglaubt hatte. Wenn er auf dem Schlachtfeld überleben wollte, soviel war ihm klar, musste er irgendwie mit dieser Angst fertig werden.

In schneller Abfolge hörte André ein zweimaliges, lautes Klopfen, und der Helikopter legte sich auf die Seite. Einen

Sekundenbruchteil lang glaubte André, dies wäre das Ende, doch der Sturzflug schien gewollt und kontrolliert zu sein. Ein weiterer scharfer Schlag klang, als hätte jemand mit einem Hammer auf den dünnwandigen Rumpf des Helikopters eingedroschen. Sie wurden beschossen. Bei einigen weiteren Treffern hoben sich die gepanzerten Bodenplatten. Als sie sofort darauf wieder unter Feuer genommen wurden, ließ ein markerschütterndes dumpfes Dröhnen den Boden erzittern. Unwillkürlich rissen die Männer ihre Füße in die Luft. Rauch stieg ihnen in die Nase. Während an den Wänden Funken hochschlugen, schlingerte der Helikopter von einer Seite zur anderen. Eine Fensterscheibe zersplitterte. Kalte Luft strömte in die Kabine. Eine schwere Erschütterung presste dem aufstöhnenden André den Kopf gegen die Brust.

Die Tür flog auf. »Alle raus!« Ein konstanter Kugelhagel durchschlug die Wände, während die Männer in den Abgrund sprangen. Als André seinen Rucksack zur Tür schleifte, musste er sich mehrfach ducken, weil weitere Geschosse die Wand durchlöcherten. Ein wahllos zuschlagender, brutaler Tod streckte seine Fänge in die Kabine aus. In dem rot glühenden Kabinenlicht erinnerten die von den Propellern aufgewirbelten Schneeflocken an Glühwürmchen. Wegen dem in sein Gesicht spritzenden Schnee musste André die Augen schließen. Jetzt beurteilte er seine Überlebenschancen danach, wie häufig die laut krachenden Geschosse, denen er hilflos ausgesetzt waren, den Helikopter trafen. Ein Trommelwirbel von Schüssen traf den Hubschrauber wie eine Salve aus einer Schrotflinte. Ein an der Tür stehender Mann fiel rückwärts gegen André.

»*Aaaaaahhh!*«, ertönte ein grauenhafter Schrei, gefolgt von einem markerschütternd lauten Heulen.

»*Guter Gott,* hilf mir!«, brüllte ein Besatzungsmitglied André zu. Kugeln zerbeulten den Rumpf wie Steine, die gegen dünnes Blech geschleudert werden. André half dem Mann von der Crew, den Verwundeten wieder ins Innere des Helikopters zu ziehen. Der Mann hatte die Hände vor das Gesicht geschlagen, durch seine Finger sickerte Blut.

»Raus mit dir!«, schrie das Crewmitglied André an, der blindlings nach seinem Rucksack griff, zu Boden sprang und seine Ausrüstung mit einer Hand nach draußen zog. Mit der anderen umklammerte er krampfhaft sein Gewehr. Wie aus dem Nichts tauchte vor ihm ein Mann auf. »Mich hat's erwischt«, sagte der Verwundete, der seine Hände auf der linken Körperseite gegen den Brustkorb presste. Der Mann war bleich und hatte einen glasigen Blick. Ein weiterer Kugelhagel schickte André zu Boden. Während der Helikopter wieder abhob, zog er seinen Rucksack zu sich heran. Der Fallwind des Rotors wurde doppelt so stark und wirbelte Schnee und Eis auf. Als der künstlich ausgelöste Schneesturm nachgelassen hatte, hob André den Kopf. Nicht nur der Hubschrauber, sondern auch der Verwundete war verschwunden.

An die Stelle des Lärms der Motoren und des Rotors war das Krachen von Explosionen und das Pfeifen von Kugel getreten. Vor ihm wurden die Wälder durch Leuchtspurmunition erhellt. An den Bäumen abprallende Geschosse gingen in einem an Sternschnuppen erinnernden Funkenhagel auf. Granaten wühlten Schneefontänen auf und illuminierten kleine Flecken des Waldbodens. Für einen Sekundenbruchteil erblickte André eine stehende menschliche Gestalt. Jetzt begriff er, dass die Landezone ein zugefrorener, an allen Seiten von bewaldeten Hügeln gesäumter See war. In dieser Schüssel zwischen den verschneiten Anhöhen herrschte ein Höllenlärm, aber es waren nirgends irgendwelche Soldaten zu sehen. Wäre der Lärm nicht gewesen, hätte die Atmosphäre fast friedvoll gewirkt.

André rappelte sich hoch. In gebückter Haltung rannte er so schnell wie möglich auf den entsetzlichen Lärm zu. Am Rand des zugefrorenen Sees kniete er sich hinter einem Baum nieder, wo er den Schalter seines M-16 auf »Feuerstoß« stellte. Dann begann er den verschneiten Hügel zu erklimmen, was wegen der schweren Ausrüstung mühselig war. Seine Oberschenkel begannen zu schmerzen. Jetzt gab er es auf, im Zickzackkurs durch den Wald zu laufen, weil er sich nur noch darauf konzentrieren wollte, den Kamm des Hügels zu erreichen. Hoch über ihm zischten verirrte Kugeln durch die Zweige. Auf halber Strecke hörte André plötzlich Stimmen. Sie sprachen Englisch! Er orientierte sich an den Geräuschen und brach durch schneebedeckte Zweige.

Direkt vor ihm blitzte Mündungsfeuer auf. Blitzschnell ließ er sich mit dem Gesicht nach unten in den Schnee fallen. In seinen Rucksack einschlagende Kugeln rissen mehrfach an den Schulterriemen. Offensichtlich wurde aus einem amerikanischen M-16 auf ihn geschossen.

Als das Magazin leer war, hörte er den Soldaten nachladen. André hob den Kopf. »Ich bin *amerikanischer Soldat*!«, schrie er. Erschöpft ließ er sich wieder in den Schnee zurückfallen. Mit pochendem Herzen wartete er auf den Tod.

»Komm raus, damit ich mich davon überzeugen kann!«, ertönte eine laute Stimme ganz aus der Nähe.

André nahm alle seine Kräfte zusammen und rappelte sich langsam hoch. Flüsternd winkte der Mann ihn auf sich zu. Am Fuß eines dicken Baumstamms lagen zwei Soldaten, von denen einer sich den blutenden Bauch hielt. Der andere hatte ein rauchendes Gewehr in der Hand. »Scheiße!«, sagte er zu André. »Fast hätte ich dir den Arsch weggeschossen!«

»Verdammtes Arschloch!«, schnauzte Andre.

»So kommt man nicht auf jemanden zugerannt! Mensch, bist du ein verdammter Neuling?«

Aus der Ferne hörten sie die krachenden Explosionen eines Luftangriffs. Grelle Flammen erhellten die Szenerie. Mit vor Wut gefletschten Zähnen starrten sich die beiden Männer an.

Als Erster brach André das Schweigen. »2nd Squad, wo sind die?«

»Welche 2nd Squad?«

»Vom 1st Platoon.«

»Welches?«, fragte der Typ erneut. »Zu was für einer beschissenen Kompanie gehörst du? Mir doch scheißegal, gekämpft wird *da*.« Er zeigte auf den Kamm des Hügels. Blitze von verschiedenen Artilleriegeschützen illuminierten die Baumkronen. Kontinuierliche Schüsse aus Handfeuerwaffen begleiteten Explosionen der Artilleriegranaten.

»Und was tust *du* hier?«

»Verdammt, ich bin *verwundet*!« Seine Wade war mit einem kleinen Verband umwickelt. »Außerdem kann ich den Lieutenant nicht allein zurücklassen.«

Tatsächlich, der andere Mann war Lieutenant. »Wird er wieder in Ordnung kommen?«, fragte André.

»Woher zum Teufel soll ich das wissen?«, schnauzte ihn der Mann an. »Ich hab versucht, einen Sanitäter zu finden, aber leider keinen gesehen, okay?«

»Er braucht Hilfe«, bemerkte André.

»Das weiß ich selber! Hab ich nicht gerade gesagt, dass ich einen Scheißsanitäter gesucht habe? Kommt mir tatsächlich so vor, als hätte ich es bereits gesagt!«

Weil André mit dem Scheißkerl nichts zu tun haben wollte, stieg er einfach weiter bergan. »Hier!«, rief ihm der Mann nach, während er ihm eine schwere Tasche aus Sackleinwand zuwarf. »Wegen dieser Granaten haben sie mich zurückgeschickt.« André warf sich die Tasche über die Schulter. Schon jetzt hatte er weiche Knie. Mit der riesigen Last hätte er es kaum noch auf den Kamm des Hügels geschafft. Dort oben war es schon sehr viel lauter. Er warf sich zu Boden und kroch ein Stück vor, um über den verschneiten Hügel zu blicken, wo er zugleich alles und nichts sah. Mündungsfeuer spie Flammen über den Sattel zwischen zwei Hügeln. Alle paar Sekunden explodierten Artilleriegeschosse, so dass André die Konturen der Umgebung erkennen konnte. Zwischen den Bäumen erkannte er Lücken, wo sich Teiche oder Flüsse befinden konnten. In dem kleinen Tal hallte das Krachen der Gewehre und das Knattern der MGs wie ein Hupkonzert in einem Tunnel. Unter den immergrünen Tannen existierte eine Welt, die von Lärm, Gefahr und Tod erfüllt war.

Nachdem er sich innerlich für das Kommende gewappnet hatte, begab er sich ins Getümmel der Schlacht. Er schlitterte durch tiefe Schneeverwehungen, die das Tempo seines Abstiegs bremsten. Am Fuß des Hügels angekommen, war er völlig erschöpft. Er ließ sich auf die Knie sinken und atmete tief die kalte, trockene Luft ein. Seine Lungen schmerzten, seine Beine brannten. Als er wieder auf die Füße gekommen war, schleppte er sich immer weiter auf die Gefahrenzone zu. Ein unnatürliches Frösteln lief über seine Brust. Es war wie bei einer beginnenden Grippe, doch André begriff schnell, dass hier seine Angst im Spiel war. Eine fast mit Händen greifbare Angst. Bald zitterte er beinahe am ganzen Körper.

Fast hätte André denselben Fehler zum zweiten Mal gemacht. Ale er aus der Nähe die knisternden Störgeräusche eines Funkgeräts hörte, ging er in diese Richtung. Dann gebot er sich Einhalt, ließ sich zu Boden fallen und atmete tief durch. »Ich bin amerikanischer Soldat! Amerikanischer Soldat!«

»Komm rüber!«, kam die Antwort. »Aber langsam!« André stand auf und trat bedächtig vor. Fast wäre er auf den Mann getreten. Sofort ließ er sich neben ihm in den Schnee fallen. Er fühlte sich so mitgenommen, als würde er kurz vor einem Nervenzusammenbruch stehen. »Faulk, Private«, stieß er mühsam hervor. »Melde mich zum Dienst.«

»Dundrey, Private First Class! Gut, dich zu sehen.«

»2nd Squad, 1st Platoon, Charlie Company?«, fragte André.

Der Mann lachte. »Woher zum Teufel soll *ich* denn wissen, wo die rumhängen? Ich bin nur ein Funker! Das hier ist die Alpha Company, 3rd Platoon. Am besten sprichst du mit dem Lieutenant da oben.« Er wies auf das Inferno flammenden Mündungsfeuers und explodierender Handgranaten. Dann beantwortete er über das Funkgerät einen Ruf. André begann loszukriechen, doch der Mann hielt ihn am Bein fest. »Roger, India Tango, Ende.« Er ließ das Funkgerät sinken. »Sag dem Lieutenant, dass ein Schwarm Maschinen für taktische Luftangriffe unterwegs ist. Der Leitoffizier sagt ›Köpfe einziehen‹, also gib die Meldung weiter.«

Weil André jetzt einen Auftrag hatte, gleichsam einen rationalen Grund für seine ansonsten selbstmörderische Annäherung an die Front, kroch er zielstrebiger vorwärts. Der betäubend laute, die Luft zerreißende Lärm ließ seine Ohren klingeln. Immer wieder war er gezwungen, das Gesicht in den Schnee zu pressen. Vor ihm blitzte in der Finsternis erneut Mündungsfeuer auf. Zum ersten Mal kam ihm der Gedanke, dass er eigentlich zurückschießen konnte. Einmal zielte er sogar auf die Stelle, wo er den letzten Blitz gesehen hatte, doch irgendetwas hielt ihn zurück. Vielleicht war es ja kein Chinese, sondern ein Amerikaner. Er kroch weiter.

»He!«, brüllte plötzlich jemand hinter ihm. »Wo zum Teufel willst *du* denn hin? Zurück zur Linie, du verrücktes Arschloch!«

André war direkt an der vordersten amerikanischen Stellung vorbeigekrochen. Jetzt hastete er so schnell wie möglich zurück. Der Mann, der ihn angschrien hatte, feuerte mit einem Maschinengewehr. André rollte sich hinter den Baumstamm, hinter dem sich der MG-Schütze mit einem Kameraden verschanzt hatte. Das Knattern des MG war so laut, dass er sich nicht verständlich machen konnte. Deshalb klatschte er auf den Stiefel des Schützen, doch dieser schenkte ihm kaum Aufmerksamkeit. Das gelbliche Mündungsfeuer des MGs beleuchtete das Eis vor ihnen.

Weil der zweite Mann nachladen musste, verstummte das Maschinengewehr.

»Ich suche den Lieutenant!«, rief André. Der Schütze zeigte mit seinem behandschuhten Zeigefinger nach rechts. André nickte. »Zieht die Köpfe ein, gleich kommt ein Luftangriff!« Erneut eröffnete das MG das Feuer, und eine Phosphorgranate erhellte den Wald vor ihm. Dicht aneinander gedrängte, vorrückende Angreifer, vielleicht eine ganze chinesische Kompanie, stapften feuernd durch den Schnee.

André ließ seinen Rucksack zu Boden gleiten.

Sein Oberkörper richtete sich wieder auf, als hätte man eine Fessel gelöst. Fast gleichzeitig gingen Dutzende chinesischer Granaten vor den amerikanischen Linien hoch, deren mächtige Explosionen André überraschten. Puderschnee rieselte auf ihn herab. Der Lärm, der einem das Trommelfell zu zerreißen drohte, verursachte ihm Schwindel und Übelkeit. Trotz seiner Ohrenschmerzen hob er den Kopf. In kaum vierzig Metern Entfernung sah er Mündungsfeuer, und er presste sein Gewehr an die Schulter. Ein chinesischer Soldat schleuderte eine Granate, die in den Zweigen eines Baums hängen blieb. Der Mann brüllte seinen Kameraden etwas zu, und sie ließen sich fallen. Die Granate explodierte direkt vor ihnen. Als sie wieder auf die Beine kamen, stellte André den Hebel auf »semi« und drückte ab. Der Kolben schlug hart zurück. Sein Opfer ging zu Boden.

Als er zu den beiden Männern mit dem MG hinüberschaute, sah er dort niemanden mehr. Sein Blick ging in die Runde, aber sie waren wie vom Erdboden verschluckt. Jetzt gab es nur noch ihn und die Chinesen. André begann zu feuern, seine Kugeln zerfetzten das Unterholz. Sein Geist und sein Körper schienen sich voneinander abzuspalten. Ein Teil von ihm zuckte noch immer bei jeder vorbeipfeifenden Kugel zusammen, ein anderer war nur noch ein perfekt funktionierender Schütze. Zielscheiben tauchten auf, André riss die Waffe herum. Volltreffer! Jetzt waren die beiden Hälften seiner gespaltenen Persönlichkeit vollständig voneinander abgelöst. Einerseits war er so von Panik erfasst, dass er selbst vor der Flucht in sichere Gefilde Angst hatte, andererseits feuerte er, völlig darauf konzentriert, sein Leben zu retten, indem er anderen das Leben nahm.

Kampfjets kreischten über ihn hinweg. Der Druck auf seine Ohren schien seine Trommelfelle bersten lassen zu wollen. Ein markerschütterndes Dröhnen ließ Himmel und Erde erzittern. Nie zuvor hatte er dergleichen erlebt. Bäume zersplitterten und stürzten zu Boden. Riesige Flammen schossen wie Fontänen in den Himmel. Keine dreihundert Meter entfernt explodierten weitere Bomben. Wieder schien die Druckwelle seine Trommelfelle zerreißen zu wollen.

André sah einen knienden Mann, der seinen hilflos dakauernden Kameraden zuwinkte. Er hatte ihn voll im Visier. Der Rückstoß seines Gewehrs, von dem Mann war nichts mehr zu sehen. Drei weitere Wellen von Kampfjets mit grell glühenden Auspuffrohren fegten dicht über die Bäume hinweg. Bombensplitter spalteten große Äste von den nahen Bäumen, die André die Sicht versperrten. Also machte er sich auf dem Weg. Mittlerweile war alles ruhig, er hörte nur noch die knisternden Brände.

Aber er wusste, dass die Chinesen noch da waren. *Was werden sie tun?* Er fischte ein volles Magazin mit dreißig Schuss aus seiner Munitionstasche und schob es mit einem leise klickenden Geräusch in die Waffe. Trotzdem provozierte das Geräusch eine aufs Geratewohl abgefeuerte Salve aus einem feindlichen Gewehr. André nahm das Mündungsfeuer ins Visier, schoss aber nicht. Eigentlich brauchte er nur noch abzudrücken, doch dann würde er seine Position verraten. Behutsam zog er aus der Tasche aus Sackleinen mehrere Handgranaten hervor, die er vor sich aufeinander stapelte. Erneut wurden mehrere Schüsse in seine Richtung abgegeben. Überall entlang der Linie wurden kurze Salven abgefeuert. Noch immer wurde der gegenüberliegende, von den Chinesen gehaltene Bergkamm mit Artillerie beschossen, aber das war praktisch ein anderer Kriegsschauplatz. In Andrés gegenwärtiger Welt konnte man nie über dreißig Meter hinausdenken.

Er hörte gedämpfte Stimmen – offensichtlich schmiedeten seine Gegner Pläne. Als nichts mehr zu hören war, presste er sich so fest wie möglich gegen den Boden. Wieder erhellte chinesisches Geschützfeuer die Nacht. *Denen ist klar, dass ich noch hier bin, aber sie wissen nicht genau, wo.* Er zog den Stift aus der ersten Handgranate. *Dann wollen wir mal sehen, ob die sie aufmischt.* Das Verzwickte war, dass er sich zumindest auf die Knie aufrichten musste. Weit ausholend schleuderte er die Granate, begleitet vom Rascheln des Synthetikgewebes seines Parkas. Er hörte einen Schrei. Aus einem Gewehr wurde das Feuer eröffnet. André griff nach einer weiteren Handgranate und zog den Stift heraus.

Jetzt explodierte die Erste mitten in einer Gruppe Chinesen. Etliche weitere Waffen feuerten, doch weil seine Gegner von den Blitzen der Granate geblendet waren, war er für sie unsichtbar. Diese Chance nutzend, schleuderte er eine Granate nach der anderen in ihre Richtung. Kugeln pfiffen um Haaresbreite an ihm vorbei, aber nach und nach flammte das Mündungsfeuer an immer weniger Stellen auf. Nach einem Dutzend Würfen begann sein Arm zu schmerzen. Im Licht der letzten Explosion sah er davonrennende Männer, von denen zwei noch von den Beinen gerissen wurden. Sie flüchteten! André ließ sich fallen und hatte sofort wieder den Finger am Abzug. Er suchte ein Ziel, fand aber keines mehr. Jetzt beleuchtete der Artilleriebeschuss ein fernes Tal. Um ihn herum lagen die von Rauch erfüllten Wälder still da.

Die Chinesen waren fort.

Militärstützpunkt Birobidschan, Sibirien
2. April, 16.00 Uhr GMT (02.00 Uhr Ortszeit)

Harold Stempel kauerte an der eiskalten Wand des Schützengrabens, der mit einem Sperrfeuer von Artilleriegeschossen und Mörsern angegriffen wurde. Unbeschreibbares orangefarbenes Feuer erhellte die Nacht. Jede einzelne der markerschütternden Explosionen schüttelte einen brutal durch und schien das Ende der Welt einzuläuten.

»Was ist los?«, schrie der unrasierte Mann neben Stempel.

Der dachte nicht daran, etwas an seiner zusammengekrümmten Körperhaltung zu ändern. Mit einer Hand hielt Stempel seinen Helm fest, mit der anderen presste er seine Knie gegen den Brustkorb. Auch seine Kapuze hatte er fest zugezogen. Sein Oberkörper war durch eine der kugelsicheren Westen geschützt, die kürzlich ausgegeben worden waren. Er beobachtete das Gewitter von Blitzen. Jede neue Explosion, die die Erde erzittern lief, riss in ihm eine neue Wunde, wenn auch eine, die man nicht sehen konnte.

Sein Blickfeld verengte sich. Ihm waren Tränen in die Augen getreten, so dass er die heftigen Blitze nur noch als verschwommene Lichtflecken wahrnahm. Sein schnelles, stoßweises Atmen und sein pochender Herzschlag jagten ihm Angst ein. Er kriegte nicht genug Luft. Der nahe Einschlag eines nicht gut genug gezielten Geschosses riss Stempel vom Boden hoch und sorgte dafür, dass er unter Schnee begraben wurde. Er war wie betäubt, alle seine Eingeweide waren durchgeschüttelt worden. Jetzt hatte es selbst die Erde auf ihn abgesehen.

»Guter Gott im Him... », begann er, aber jetzt explodierte auch der Schützengraben, und seine Stimme wurde von dem Donner verschluckt. »Bitte aufhören!«, schrie er.

Ein Sanitäter richtete ihn auf. Stempel sah das Profil des Mannes vor dem Hintergrund einer niedrig hängenden Wolkenschicht, wegen der die für die Luftunterstützung zuständigen Flugzeuge keine Starterlaubnis erhalten hatten. Nachdem der Sanitäter Stempel wieder fallen gelassen hatte, rannte er in die Richtung der Schreie. Alle standen in ihren Feuerstellungen – alle außer Stempel. Niemand schenkte ihm Beachtung, und ihm war klar, dass er wieder auf die Beine kommen musste. Hektisch griff er nach seinem Gewehr, um sich dann halb an der Wand aufzurichten.

Eine massive Explosion ließ den Boden erzittern, und über der hinteren Seite des Schützengrabens stieg eine pilzförmige Rauchwolke auf. Die Chinesen hatten ein ein paar hundert Meter in ihrem Rücken befindliches Munitionsdepot in die Luft gejagt. Überall um sie herum ertönten kleinere Detonationen., doch Stempel sah etwas noch weitaus Beängstigenderes. Ihr Squad-Führer kam den Schützengraben hinabgelaufen. »Vorwärts, jeder zweite Mann kommt mit! Macht schon!« Er zerrte Soldaten von der Wand zurück und schickte sie durch einen schmäleren Schützengraben nach hinten.

Die Druckwelle einer schweren Granate warf Stempel auf die Knie. Sergeant Moncreif trat zu ihm. »Komm schon, Stemp.« Zuerst begriff Harold nicht. »Sie sind innerhalb des Zauns!«

Stempel rappelte sich hoch und folgte den anderen Männern, die er mittlerweile besser kannte als irgendjemand sonst auf dieser Welt. Mit eigenen Augen hatte er gesehen, wie sie jede nur denkbare Extremsituation durchgemacht hatten. Sie hatten ihren Mann stehen müssen. Auf einige von ihnen konnte man zählen, andere musste man im Auge behalten. Aber Harold war zuversichtlich, dass sie als Einheit ihren Job erledigen würden.

»Sie sind innerhalb des Zauns!«, hörte Stempel Sergeant Moncreif hinter sich zum zweiten Mal brüllen, um die ande-

ren zum Aufstehen zu bewegen. Stempel folgte seinen Kameraden durch den von dem Schützengraben abzweigenden Splittergraben, der so eng war, dass er sich nur seitlich hindurchzwängen konnte. Als die vorn gehenden Männer ihr Tempo verlangsamten, kam es weiter hinten zu Zusammenstößen, die die Männer auf dem dick vereisten Boden ausrutschen ließen. Aber Zeit war jetzt alles. Mit jeder Sekunde, während der lebende chinesische Soldaten innerhalb der Peripherie des Militärstützpunkts verblieben, sanken die Chancen, diesen halten zu können. Wenn sie in ihren Rücken gelangten, um von hinten einen Abschnitt der Schützengräben zu treffen, würden sie damit ein so großes Loch reißen, dass die Verteidigungsstellungen des Militärstützpunktes wie ein Ballon platzen würden. So viel hatte Harold verstanden, und bei den anderen jungen Männern mit den grimmigen Gesichtern war es genauso.

Irgendjemand schrie eine Warnung, die aber von einer Explosion verschluckt wurde.

Wieder einmal wurde Stempels Leben nur durch Leichen gerettet, da die Körper der vor ihm gehenden Männer die in den engen Graben schießenden Granatsplitter abfingen. In seinem rechten Arm spürte Stempel einen sengenden Schmerz. Er lag unter einem toten Mann. Ihm schwindelte, Kugeln schossen über seinen Kopf hinweg. Der auf Harolds Beinen liegende Sterbende umklammerte seine Brust, während er vergeblich um Atem rang.

Stempel zog das Kinn ein, um seinen Körper in Augenschein zu nehmen. Seine Jacke war aufgerissen und zerfetzt, der Schmerz in seinem Oberarm überwältigend. Überall um ihn herum schossen Projektile durch die Luft. Von den Erdwällen über ihm splitterten große flache Eisstücke ab. Hilf- und schutzlos lag er da.

Zwei Granaten explodierten zwischen den Chinesen, die ihnen weiter vorn den Weg versperrt hatten. Jetzt sprangen französische Soldaten in den Schützengraben, die wie wild aus ihren kürzeren Gewehren feuerten. Einer der Legionäre wurde von einem seiner eigenen Kameraden in den Rücken getroffen, einem anderen flog der Helm vom Kopf. Sofort stürzte er rückwärts zu Boden, als ihn eine chinesische Kugel erwischte. Aber die Franzosen töteten mehr Feinde, als sie Opfer zu beklagen hatten.

Stempels Körper wurde von Stiefeltritten gequält, jeder dritte oder vierte Mann trampelte ihm auf den Kopf oder die Brust. Als er um Hilfe schrie, erhielt er nur unverständliche französische Antworten. Alle liefen weiter. Endlich trafen amerikanische Sanitäter ein, die hektisch die Kleidungsstücke an Stempels Oberarm zerschnitten. Schon das verursachte ihm immense Schmerzen, mit dem beißenden Alkohol und dem Druckverband wurde es noch schlimmer. Stempel schrie auf und wollte unfreiwillig um sich treten, doch auf seinen Stiefeln lag noch der Tote. Die Pille des Sanitäters musste er ohne Wasser hinunterschlucken. »Kommt alles wieder in Ordnung«, sagte der Mann, der Stempel mit dem Oberkörper an die Wand des Schützengrabens lehnte und dann in Richtung des heftigen Feuergefechts rannte, dessen Geräusche jetzt aus weiterer Ferne an sein Ohr drangen.

Stempel konnte sich kaum noch daran erinnern, was überhaupt passiert war. Das Sperrfeuer der Artillerie hatte aufgehört. Eine Zeit lang wurde der Boden durch ein tiefes Donnern erschüttert, was einen feinen Schneenebel in den Schützengraben rieseln ließ. Der sonore dumpfe Krach erinnerte ihn an die wummernden Basslautsprecher der Boxen der Hifi-Anlage seines Vaters. Es war, als würden gleichzeitig viele Dutzend Fünfhundert-Pfund-Bomben detonieren.

Jetzt fühlte er sich fast gut. Er erinnerte sich, wie er das Sperrfeuer in dem großen Schützengraben überstanden hatte, dann daran, wie er sich durch den Splittergraben gezwängt hatte. An den Angriff selbst konnte er sich nicht erinnern. Seiner Meinung nach hatte er nicht einmal mehr gefeuert, und jetzt war er überrascht, sein Gewehr immer noch neben sich zu finden. Eine weitere Horde Männer kam vorbei, die auf Stempels Beine traten. Aber es war ihm egal. »Auf in die Schlacht?«, fragte er schleppend.

Doch sie blieben stehen, um die Leichen der Gefallenen aus dem Graben zu hieven. »He, das sind meine Kumpels!«, schrie Stempel, aber seine Stimme war nicht laut genug, um ihre Aufmerksamkeit zu erregen. Nur die am dichtesten bei ihm stehenden Soldaten warfen ihm einen flüchtigen Blick zu.

Nachdem sie die letzte Leiche vorsichtig in den Schnee neben dem Schützengraben gelegt hatten, gingen sie weiter, und Stempel blieb allein mit den Toten zurück.

UNRUSFOR-Hauptquartier, Chabarowsk
3. April, 08.00 Uhr GMT (18.00 Ortszeit)

Clarks J-2 berichtete vor den versammelten Truppenkommandeuren. »Erst war das Eis über sechzig Zentimeter dick, jetzt sind es weniger als zehn.« Was das Eis auf dem zugefrorenen Amur anging, war der Chef der Nachrichtenabteilug der Vereinigten Stabschefs unterdessen zum Experten geworden. »Schon jetzt sehen wir, dass die Chinesen mit ihren schweren Fahrzeugen Probleme haben. Sie benutzen Pontons, um das Gewicht zu verteilen. Außerdem haben sie die Fracht auf ihren Lastwagen halbiert. Es scheint, dass sie sich auf Treibeis einstellen. Um ihr Material über den Fluss zu bringen, setzen sie alle verfügbaren Transportmittel ein, selbst Lasttiere bringen Ausrüstung an die Front.«

Clark blickte seinem J-2 in die Augen. »Was sagen die jüngsten Prognosen darüber, wie viel Zeit uns noch bleibt, bis das Eis bricht?«

»Meiner Ansicht nach zwischen zwei und vier Wochen, vom heutigen Tag an gerechnet.«

Diese Antwort löste rund um den Tisch herum etwas Unruhe aus. »Das bedeutet, dass wir spätestens in vierzehn Tagen angegriffen haben müssen«, sagte der französische Kommandeur. »Aber wann genau? Wie können wir das wissen?«

»Ich habe ein Team, das sich heute Nacht vor Ort kundig machen könnte«, bot der Chef von Clarks Einheit für Spezialoperationen an.

»Wir werden die Offensive am 14. April starten, und zwar um vier Uhr morgens hiesiger Zeit«, verkündete Clark. Es herrschte ein verdutztes Schweigen. Alle wussten über die entscheidende Kraftprobe in den USA hinsichtlich der Kriegsfinanzierung Bescheid, aber niemand schnitt das Thema direkt an, am ehesten vielleicht noch der deutsche Kommandeur.

»Wir müssen in wirklich bedeutsamem Ausmaß Truppen auf die andere Seite des Amur bringen«, sagte er. »Wenn Ihr Plan funktionieren soll, muss das Eis zwischen sieben und zehn Tagen nach dem Start unserer Offensive brechen, was vom Tempo unseres Vormarschs abhängt. Was aber, wenn das Eis zu schnell bricht, nämlich bevor wir in nennenswerter Anzahl übergesetzt haben? Oder wenn das Eis zu lange trägt und die Chinesen ihre Streitkräfte aus Russland zurückziehen? Da die Bestimmung des Zeitpunkts, wann das Eis bricht, von so entscheidender Wichtigkeit ist – sind wir hinsichtlich des Datums des Beginns der Offensive einigermaßen flexibel? Je nachdem, was wir über die Dicke des Eises wissen?«

Clark antwortete, es sei keinerlei Spielraum vorgesehen. Wenngleich die Frage nach dem Warum über dem Raum schwebte, wagte sie niemand auszusprechen.

»Hat Präsident Davis dem Eindringen auf chinesisches Territorium bis zu der Linie Kirin-Charbin-Zizikar zugestimmt?«

»Ja«, antwortete Clark. »Er hat mir zugesichert, dass es keinen Waffenstillstand geben wird, solange wir diese Ziele nicht erreicht haben. Diese Linie befindet sich etwa fünfhundertsechzig Kilometer südlich des Amur und sollte dafür garantieren, dass der Großteil der chinesischen Invasionstruppen und ihre mobilen Reserven völlig umklammert sind.«

»Wir können uns nicht darauf einlassen, die Zivilbevölkerung kontrollieren zu müssen«, bemerkte der britische General. »Wenn wir die chinesischen Machthaber aus dem Norden verdrängen, könnte Chaos ausbrechen, etwa in Form von Aufständen und Massenunruhen.«

»Wir werden uns nicht darauf einlassen«, unterstrich Clark. »Wenn die Diplomaten am Konferenztisch zu verhandeln beginnen, werden wir die eingekesselten Chinesen durch Gewaltanwendung besiegen und uns dann zurückziehen. Unsere Aufgabe besteht darin, das offensive Potenzial der Volksbefreiungsarmee zu vernichten. Wir werden schnell wieder über den Amur übersetzen, für etwas anderes als die Sicherung unserer Operation, etwa humanitäre Erleichterungen oder zivile Verwaltungsaufgaben, bleibt uns da keine Zeit. Diesmal geht's nur um Krieg, Gentlemen, und zwar einen mit äußerster Härte und bestmöglichem Einsatz unserer Fähigkeiten geführten Krieg, zu dem wir in einer gemeinsamen Kraftanstrengung in der Lage sind. Von dem Augenblick an, in dem diese Offensive beginnt, bis zu dem Moment, in dem der letzte Panzer wieder über den Amur rollt, habe ich nur ein Ziel, nämlich die Kampffähigkeit meines Gegners so vollständig zu vernichten, dass er keine unmittelbare Bedrohung mehr für die Sicherheit Sibiriens darstellt.«

Eine weitere Diskussion fand nicht mehr statt. Dennoch war sich Clark sicher, dass es Zweifel und Ängste gab. Und die meisten davon bezogen sich auf das Eis.

Bethesda Naval-Krankenhaus, Maryland
6. April, 22.00 Uhr GMT (17.00 Ortszeit)

»Wir haben neunzig Prozent unserer Ressourcen in die Bereitstellungsräume umgeleitet«, informierte General Dekker den Präsidenten. »Das hat echten Druck auf die Truppen ausgelöst, die im Moment direkt mit den Chinesen konfrontiert sind. Offen gesagt, sie stehen kurz vor dem Zusammenbruch. Wenn die Gegenoffensive erst einmal beginnt, gibt es für sie keine Entlastung mehr. Wir planen sie zur Sicherung unserer Flanken und unserer Nachhut einzusetzen.«

»Wie sieht es gegenwärtig mit unseren Opfern aus«, fragte Gordon Davis.

»Im Augenblick haben wir über achttausend Tote zu beklagen, die Zahl der Verletzten beläuft sich auf zwanzigtausend. Bis zum Ende der Gegenoffensive könnten sich diese Zahlen verdoppeln.«

»Wird Clarks Gegenoffensive uns den Sieg bringen, wenn alles nach Plan läuft?«, fragte Gordon.

Damit brachte der Präsident Dekker in Verlegenheit. Clark hatte Dekker nicht konsultiert, bevor er mit seinen Plänen bei Gordon vorstellig geworden war, und soweit dieser Bescheid wusste, waren die beiden mittlerweile eingeschworene Feinde. Wie auch immer, da Dekker Clarks Plan nicht abgesegnet hatte, konnte er sich die Freiheit nehmen, ihn im Nachhinein zu kritisieren, und das war eine gute Sache. So hatte Gordon eine Möglichkeit, sich professionell zu vergewissern, ob er sich nicht in übertriebener Weise auf Clark verließ, den er kaum kannte.

Es war unübersehbar, dass Dekker sich unbehaglich fühlte. »Sein Plan birgt Risiken und ist aggressiv, aber er ist solide. Mittlerweile haben wir genug Soldaten und Material zusammengezogen, um den Plan in die Tat umsetzen zu können. Die größten Unwägbarkeiten sind das Eis und der Gegenangriff, den die Chinesen mit ihrer strategischen Reserve mit Sicherheit aus dem Raum Peking starten werden. Wir müssen ihnen Einhalt gebieten, aber wenn das Eis bricht, bevor wir nicht wenigstens ein Korps über den Amur gebracht haben …« Der General blickte Gordon an, sagte aber nichts mehr.

»Damit haben Sie meine Frage nicht beantwortet. Ich will Folgendes wissen: Wird Clarks Gegenoffensive, *falls* alles nach Plan läuft, die chinesische Armee so vernichtend schlagen, dass ich mich auf keine Geschäfte mit Peking einlassen muss?«

Der Vorsitzende der Vereinigten Stabschefs atmete tief durch. »Sollte alles wie vorgesehen laufen, Sir, werden wir die Volksbefreiungsarmee von der Mongolei bis zur Bucht von Korea in Stücke schlagen. Aber, Mr. President, nie läuft etwas hundertprozentig nach Plan.«

Gordon nickte, weil er begriff, dass Clarks Plan nur wenig Spielraum für mögliche Fehler ließ und praktisch keinerlei alternative Optionen in Reserve hielt. »Wie denken Sie über General Clarks Ziele und seine zeitlichen Planungen?«, fragte Gordon.

Dekker runzelte die Stirn. »Sie sind aggressiv, *sehr* aggressiv. Wenn die südlich des Amur stationierten Chinesen Brücke für Brücke und Fluss für Fluss anhaltenden Widerstand leisten, wird unser Blutzoll der höchste seit der Ardennenoffensive im Jahr 1944 sein. Und die Chinesen *werden* für ihr Heimatland kämpfen.«

»Sie werden für die kommunistischen Greise in Peking kämpfen«, konterte der Marinechef. »Und diese Männer sind alle drittklassige Einberufene. Mit den besten Soldaten, die China zu bieten hat, hatten wir bereits die Ehre.« Gordon wusste, dass die Marine unermüdlich »ihren« Mann Clark unterstützte, der der Marineabteilung CINCPAC unterstand.

Jetzt herrschte Schweigen in dem Krankenzimmer. Jeder hatte seinen Teil zu der Unterhaltung beigetragen, aber niemand hatte einen Versuch unternommen, Gordon umzustimmen. »Also gut, ich bin bereit, die Offensive wie geplant für den 14. April zu autorisieren.« Niemand erhob Einspruch, niemand kritisierte den starren Zeitplan.

Dekker räusperte sich. »Wie sieht's mit dem Stichtag des Kongresses aus, Sir? Wir werden die chinesischen Linien gerade erst durchbrechen, wenn die Uhr für die Finanzierung des Kriegs abläuft. Sollte der Kongress nicht …«

»Lassen Sie den Kongress meine Sorge sein«, unterbrach Gordon. »Sie müssen nur den Krieg gewinnen.«

Die Tür öffnete sich, und Gordons Tochter Celeste betrat das Krankenzimmer. Gordon war froh, sie zu sehen, doch als sie seinen Blick bemerkte, schlug sie die Augen nieder. Mit vor dem Körper gefalteten Händen trat sie auf ihren Vater zu. »Hi, Papa.« Sie gab ihm einen Kuss.

»Hat deine Mutter dich am Flughafen abgeholt?«, fragte Gordon. Celeste nickte. »Wo ist sie?«

»Sie musste ein paar Besorgungen machen«, antwortete Celeste, die ihrem Vater immer noch nicht direkt in die Augen blickte.

»Willst du damit sagen, sie wollte, dass du allein kommst?«

»Nein«, flüsterte sie. »Ich wollte allein kommen.«

»Geht's um die Demonstration in deiner Schule, Honey?«, fragte Gordon lächelnd.

Sofort beugte sich Celeste über ihren Vater, um ihn zu umarmen. »Ich wollte nie irgendetwas tun, das dich verletzen könnte, Papa!«

Gordon zuckte vor Schmerz zusammen, während ihn seine Tochter drückte. »Schon gut, Schatz, vergiss es.«

»Es sollte nur eine Gedenkfeier der Schüler für die Toten sein, aber die Zeitungen und das Fernsehen haben mein Bild vergrößert, als ob ich ... Als sie begonnen haben, all diese schrecklichen Dinge über dich zu sagen, bin ich sofort gegangen, Papa! Die Presse hat es so dargestellt, als wäre *auch ich* dieser Meinung, aber das stimmt nicht!«

Celeste weinte, und Gordon gab sich alle Mühe, sie zu beschwichtigen. Elaine hatte ihm bereits erzählt, wie aufgewühlt sie war. Als seine Tochter nicht mehr weinte, stelle Gordon ihr eine Frage. »Habe ich dir je gesagt, warum wir diesen Krieg führen?«

Konsterniert und überrascht nahm Celeste die Hand von der Brust ihres Vaters. »Du musst mir deine Gründe nicht erklären.«

»Doch. Du bist mittlerweile fast erwachsen und hast das Recht, mich zu fragen und eine Antwort zu erwarten.« Sie schüttelte den Kopf, doch Gordon redet weiter. »Ich muss mich gegenüber allen Bürgern dieses Landes verständlich machen, Celeste, und werde das auch tun. Es ist in Ordnung, gegen den Krieg zu sein. *Ich selbst* bin gegen den Krieg, gegen *jeden* Krieg. Aber im Leben bleibt einem nur eine begrenzte Auswahl von Möglichkeiten. Manchmal sind alle Optionen schlecht, aber trotzdem muss man sich für eine entscheiden. Man kann sich mehr Möglichkeiten oder andersartige Alternativen wünschen, aber das Leben sieht anders aus. Man trifft einfach die unter den gegebenen Umständen beste Entscheidung.«

»Geht's um meinen Ausflug nach Cape Cod am letzten Wochenende?«, fragte Celeste schüchtern.

Gordon verzog das Gesicht. »Nein, ich rede vom *Krieg*. Und überhaupt, was für ein Ausflug nach Cape Cod?«

»Oh, vergiss es«, sagte Celeste kichernd. »Ich hatte nur gedacht, dass es hier vielleicht um verschlüsselte väterliche Ratschläge an seine Tochter ging.«

Gordon war irritiert. »Du warst am letzten Wochenende in Cape Cod?«

Celeste fuchtelte mit beiden Händen in der Luft herum, als wollte sie ihre Worte vergessen machen. Dann sprach sie so schnell, dass Gordon sie praktisch nicht unterbrechen konnte. »Wir müssen das jetzt nicht vertiefen, ich habe Mama nach meiner Rückkehr alles erzählt. Sie ist einverstanden, alles ist okay. Also, wie geht's *dir*?«

Gordon schnitt das Thema nicht noch einmal an. Sie unterhielten sich über die Schule, darüber, ob Celeste im Sommer Freunde ins Weiße Haus einladen durfte, über die Rollen in den Dramen von Tschechow, Ibsen und Wilde, die in den Theateraufführungen von Celestes Schule zu vergeben waren. Sie redeten über alles, nur nicht vom Krieg. Und auch nicht darüber, ob bei dem Ausflug nach Cape Cod Jungen dabei gewesen waren.

St. Matthews's-Krankenhaus, Philadelphia
7. April, 13.00 Uhr GMT (08.00 Ortszeit)

»Kannst du mir das Buch vorlesen, Mama?«, fragte Maschenka mit ihrer hohen Mädchenstimme auf Englisch.

»Ich komme nicht dran«, antwortete Olga Andrejew. Mascha hielt das Buch über das Seitengeländer des Betts, doch wegen ihres von den Hüften bis zu den Füßen reichenden Gipsverbandes konnte sie es nicht weit genug ausstrecken. Auch Olga war ans Bett gefesselt. Die Ärzte hatten sie gewarnt, auf ihre frisch genähten Wunden Rücksicht zu nehmen und ihre Glieder nicht zu sehr zu dehnen. Sie dachte darüber nach, die Schwester zu rufen, aber sie hatte deren Geduld bereits überstrapaziert. Also widerstand sie der Versuchung, wegen einer so geringfügigen Angelegenheit auf den Knopf zu drücken.

Oksana lag Mascha in einem Zusatzbett gegenüber. Wie gewöhnlich verhielt sie sich beunruhigend still.

»Wo ist Papa?«, fragte Mascha enttäuscht.

»Ich weiß es nicht, Maschenka«, antwortete Olga zum hundertsten Mal. Pjotr war erst seit kurzer Zeit weg, aber seither hatte sie Schwierigkeiten, mit ihren Töchtern fertig zu werden. Wenn man es genau nahm, galt das eigentlich nur für die dreijährige Mascha. Oksana hatte seit dem Attentat keine zehn Worte mehr gesprochen. »Alles in Ordnung, Sweetheart?«, fragte Olga ihre sechsjährige Tochter erneut.

»Wo ist Papa?«, murmelte sie, ohne ihre Mutter anzublicken.

»Ich weiß es wirklich nicht, meine Süße.«

Die Tür öffnete sich, aber weder die Krankenschwester noch Pjotr trat ein, sondern einer der zu ihrem Schutz abgestellten Polizisten. Pjotr sprach regelmäßig mit ihnen, aber es kam nur selten vor, dass einer von ihnen das Krankenzimmer betrat.

»Das hier ist für sie abgegeben worden, Ma'am«, sagte der Polizist, der ihr einen unbeschrifteten Briefumschlag übergab und dann wieder verschwand. Olga öffnete das Kuvert.

Es war ein handschriftlicher, auf Russisch abgefasster Brief ihres Manns. Fast sofort glaubte Olga an einem Erstickungsanfall zu leiden, und sie umklammerte ihre Brust. »Liebe Olga, ich musste weggehen. Hoffentlich begreifst du das, aber es musste sein. Meine erste Chance habe ich nicht genutzt, bei der zweiten darf mir das nicht noch einmal passieren.« Olga atmete tief durch und schloss die Augen. *Nein!*, schrie sie innerlich auf. Ihr war völlig klar, was Pjotr damit sagen wollte.

Wiederholte Bitten Maschas zwangen Olga, die Augen zu öffnen. Erneut musste sie erklären, dass sie ihr das Buch nicht vorlesen konnte. Olga blickte zu Oksana hinüber, die ihre Mutter aus ihren dunklen Augen aufmerksam anschaute. Nachdem diese sich die Tränen abgewischt hatte, legte sie ihre Hand auf die Matratze von Oksanas Bett, ohne sie berühren zu können. »Es wird alles wieder gut, ja?«

Das Mädchen wurde wieder traurig. Sofort begann Mascha, die Musik eines Werbespots für Cornflakes zu trällern. Olga wandte sich wieder dem Brief zu, und diesmal kontrollierte sie ihre Gefühle. Zumindest zeigte sie sie nicht offen. Mit zusammengebissenen Zähnen und unbewegter Miene las sie.

»Ich will dies nicht tun. Nein, so stimmt das nicht, ich will es doch. Aber mein scheinbar egoistisches Verhalten beruht einzig und allein darauf, dass wir nie wieder ein normales Leben führen können, solange ich diese Sache nicht erledigt habe. Solange wir nicht frei von Angst sind, werden wir nie das Leben führen können, von dem du träumst. Wir haben versucht, das Böse zu ignorieren und es als nicht existent zu betrachten, aber es existiert eben doch. Es lebt und atmet um uns herum, und ich muss ihm Einhalt gebieten. Weil ich einen einzigen Fehler gemacht habe, hat das Schicksal dich und unsere Töchter bestraft. Ich werde diesen Fehler wieder gutzumachen versuchen und dann zu euch zurückkehren. Das wünsche ich mir mehr als alles andere, Olga. Und ich schwöre bei Gott dem Allmächtigen, das ich es versuchen werde. Ich schwöre es vor dir, Olga. Dein dich, Maschenka und Oksana liebender Pjotr.«

Olga konnte sich nicht helfen, sie begann zu schluchzen. Selbst der stechende Schmerz ihrer Wunden konnte nichts daran ändern.

Die Tür flog auf. Wieder war es keine Krankenschwester. Zwei Polizisten mit gezückten Waffen stürmten in den Raum.

Olga blickte sich um. Oksana starrte ihre Mutter aus weit aufgerissenen, verängstigten Augen an und läutete hektisch nach der Krankenschwester.

Ausserhalb von Soflysk, Sibirien
8. April, 08.45 Uhr GMT (18.45 Ortszeit)

Noch immer klingelten Chins Ohren, sein Kopf dröhnte. Taumelnd begab er sich zu einem Treffen, bei dem nur Offiziere zugegen sein würden. Die anderen Zugführer hatten sich bereits im Schutz eines Baumes versammelt. Chin geriet ins Stolpern, wäre fast vor den anderen gestürzt und rechnete mit Spott. »Wie viele Männer haben Sie verloren?«, fragte stattdessen Leutnant Hung ernst. Wegen leichter Verletzungen trugen die anderen drei Zugführer Verbände.

»Vier«, antwortete Chin.

Hung schnaubte verächtlich. »Ist Ihnen eigentlich klar, wie viele Soldaten von meinem Zug noch übrig geblieben sind? *Fünf!* Fünf von ehemals zweiunddreißig Männern!« Die anderen bedeuteten ihm, leiser zu sprechen.

Einen Augenblick lang schwieg Chin. »Auf diesem gefrorenen See haben Sie einfach Pech gehabt«, sagte er dann mitfühlend.

Der für den Nachschub zuständige Zugführer blickte sich um. »Wo bleibt eigentlich die Unterstützung aus der Luft?«, flüsterte er. Mit Blicken und Handbewegungen mahnten ihn die anderen zur Vorsicht, aber er sprach trotzdem weiter. »Ständig treiben sie uns an! *Wir* erledigen unsere Aufgabe, aber wo bleiben die Luftstreitkräfte?«

Nervös blickten sich alle um. Es waren Gerüchte im Umlauf, dass Sicherheitskräfte während der letzten paar Tage mehrere Männer der unteren Offiziersränge verschleppt hatten. Man las eine Anklage vor und nahm dann einen Mann – in der Regel einen Offizier – fest, von dem man nie wieder etwas sah oder hörte.

»Wo ist der Hauptmann?«, fragte Chin. Die Erwähnung ihres Befehlshabers provozierte verbittertes Gelächter. »Ist er noch bei dem Treffen?«, versuchte es Chin noch einmal. Die anderen zuckten die Achseln oder runzelten die Stirn. »Allmählich brauche ich wirklich neue Munition«, sagte er zu dem für den Nachschub zuständigen Offizier.

Der Mann konnte sich einen angewiderten Gesichtsausdruck kaum verkneifen. »Dann stellen Sie sich hinten an. Die letzte Munition haben wir aus dem Depot des 104. Regiments geklaut.«

Jetzt wirkten die anderen Offiziere besorgt. »Soll das heißen, dass wir vom Nachschub abgeschnitten sind?«, fragte Chin.

Sofort wurde der für den Nachschub zuständige Offizier wütend. »Was sollen wir eigentlich mit solchen *Nieten* anfangen?«, fragte er die anderen.

»Unsere Nachschubwege sind viel zu lang«, erklärte Hung.

»Ja, weil wir auf dem Vormarsch sind und diesen Krieg gewinnen«, entgegnet Chin energisch. »Seit *Wochen* sind wir auf keinen nennenswerten Widerstand mehr gestoßen.«

»Bis heute Morgen«, bemerkte ein anderer Offizier. »Der Artillerieangriff war nicht sofort wieder vorbei, wir hatten lang anhaltendes Sperrfeuer. Und als wir weiter vorgerückt sind, stießen wir auf bestens vorbereitete Stellungen. Bis wir dann auf allen Vieren den Rückzug antreten konnten, hatte ich bereits sechs Männer verloren.«

Die anderen nickten zustimmend. »Irgendetwas stimmt da nicht«, wagte Hung zu äußern. »Als wir den Befehl erhielten, unsere Nachtlager aufzuschlagen, lagen deren Positionen vier Kilometer hinter den Stellen, wo die Feindberührung stattgefunden hatte. Vier Kilometer!« Er blickte die anderen an und streifte sogar Chin mit einem flüchtigen Blick.

»Und die Soldaten, auf die Sie gestoßen sind«, sagte der für den Nachschub zuständige Offizier, »waren Amerikaner.« Besonders das letzte Wort hatte einen unheilvollen Klang. »Im Bataillonsdepot wurde über nichts anderes mehr gesprochen.«

»Was zum Teufel haben die denn *hier* zu suchen?«, fragte Chin. »Wir sind mitten im Niemandsland.«

»Weiter kommen wir auch nicht«, sagte Hung. »Das war's dann wohl mit unserem ›glorreichen Sieg‹!«

Chin vergewisserte sich, dass niemand mithörte. »Soll das heißen, dass wir den Krieg *verlieren*?«, fragte er sicherheitshalber nach.

»Ich weiß nicht, ob ich Sie beneiden oder bemitleiden soll, Chin«, kommentierte Hung kopfschüttelnd. »Sie sind der perfekte chinesische Staatsbürger, sozusagen der Mann von der Straße, der an den Sieg glaubt, weil er an ihn glauben soll. Und wenn das Ende direkt bevorsteht, werden Sie immer noch den Lügen glauben, mit denen man Ihnen das erklären will.« Zwar empfand Chin das als ungerecht, doch ihm entging auch nicht der seltsame Unterton in Hungs Stimme, der Mitleid auszudrücken schien. »Ich werde das nur einmal sagen«, ließ Hung verlauten, der sich vergewisserte, ob sie auch allein waren. Dann blickte er nacheinander alle an, zuletzt auch Chin. »Der wahre Feind befindet sich nicht vier Kilometer weiter nördlich, sondern zweitausend Kilometer weiter südlich«, sagte er in einem leisen und gemessenen Tonfall.

Jetzt herrschte Schweigen. Chin kam das gelegen, denn es gab genug, worüber er nachdenken musste. Leutnant Hung hatte unter denselben Härten leiden müssen wie er selbst. Mehr als nur einmal hatte sein Zug den Feuerschutz gewährt, der Chins Soldaten den Rückzug ermöglicht hatte. Dasselbe hatte Chin auch für Hungs Zug getan. Obwohl sie sich nicht mochten, waren sie doch durch ein Band gemeinsamer Erfahrungen verbunden. Hungs Kommentar konnte Chin nur eines entnehmen: Er hatte gerade festgestellt, dass der Feind nicht die NATO, sondern die Kommunistische Partei war, denn zweitausend Kilometer weiter südlich lag *Peking*.

Leutnant Hung war ein Verräter, was Chin schon vermutet hatte, seit er ihn damals beim Lesen des englischen Textes im Badezimmer der Kaserne erwischt hatte. Seine Ansichten kamen einem Hochverrat gleich, er musste dafür erschossen werden. Aber nur drei Männern auf dieser Welt hatte er dieses große Vertrauen entgegengebracht, und einer davon war Chin. Jetzt gab es ein neues Band zwischen ihnen.

UNRUSFOR-Hauptquartier, Chabarowsk
10. April, 03.00 Uhr GMT (13.00 Ortszeit)

»Schnitt!«, sagte Kate zu Woody, der seine Kamera daraufhin sinken ließ. Dann wandte sie sich wieder dem deutschen Oberst zu. »Wir haben genug Filmmaterial von Leuten, die über Nachschub und Logistik reden. Ich brauche jemanden, der mir etwas über Strategie erzählt. Darüber, wie die chinesische Armee besiegt werden wird.«

Der Oberst zuckte die Achseln. »Aber genau so werden wir sie besiegen«, antwortete er. »Wir sorgen dafür, dass alle Räder rollen und unsere Munitionsdepots voll sind. Unsere mobilen Truppen werden jeden Tag drei, vier oder fünf Gefechte schlagen, die Chinesen vielleicht nur eins oder zwei pro Woche.«

»Können Sie mir sagen, wann? Und mir auf der Karte zeigen, wo die Schlachten stattfinden werden?«

»Wenn Sie auf Karten mit Markierungen scharf sind, sollten sie eine der Divisionen oder besser noch der Brigaden begleiten. Wir sind für die Lieferung schwerer Waffen und für Luftunterstützung zuständig, aber in der Hauptsache dafür, Material zu sammeln und zu verteilen.« Er zuckte die Achseln.

Woody setzte ein blödes Grinsen auf. Sie kehrten in ihre höhlenartige, unterirdische Unterkunft zurück, wo Kate ihre Notizen studierte. Ihr Filmmaterial war sterbenslangweilig, außer Aufnahmen des Hauptquartieres hatten sie nichts zu bieten. Im Badezimmer steckte Woody sich wieder einen Joint an. Er setzte sich auf die Toilette und ließ die Tür offen stehen.

»Interviews über den Bau provisorischer Straßen mit Baumstämmen senden sie nicht, da müssen schon *Bilder* her! Und was steht für morgen auf dem Programm?« Kate tippte auf ihren Notizblock. »Wie sie ihre Kisten mit Etiketten mit Strichcodes bekleben!«

Aus dem Badezimmer hörte sie ein lautes Schnalzen. »Wir könnten doch das Material aus dem Offizierskasino verwenden.«

»Wie bitte?«

»Ja, das erinnert mich irgendwie an *Star Wars*. An diese Szene mit den Aliens in der Bar, wo jeder eine andere Sprache spricht.«

»Eine großartige Idee, Woody, einfach *super*! Actionszenen vom Schlachtfeld und anstürmende Chinesen sind im Moment natürlich *sekundär*! Wir könnten ja einen zweistündigen Dokumentarfilm darüber drehen, wie sich diese Typen hier vom Stress erholen. Vielleicht sind die Zuschauer mittlerweile so weit, dass sie sich für die unterhaltsame Seite des Krieges interessieren!«

Woody antwortete nicht, und Kate ließ ihren Stift auf den Notizblock fallen. Ihre dramatischsten Filmaufnahmen zeigten die ruhige, dreißig Meilen außerhalb liegende Randstellung. Die Verteidigungsstellungen waren so gut besetzt, dass die Chinesen sie seit der ersten Phase des Kriegs nicht mehr angegriffen hatten. Auf dem Luftstützpunkt hoben Kampfflugzeuge ab, aber wie oft konnte man diese ewig gleichen Aufnahmen verwenden?

Woody kam aus dem Badezimmer und setzte sich neben Kate an den Schreibtisch. »Geh zu Clark und mach ihm klar, dass du an die Front musst. Probier deinen Charme an dem Typ aus. Er hat bereits gekriegt, was er von dir wollte.«

»Und was war das?«

»Wie viele Berichte haben wir denn schon gemacht über heldenhafte Verteidiger, denen ihr Gegner zahlenmäßig überlegen ist? Ein Dutzend. Und wie viele haben wir über die Gegenoffensive gemacht, von der wir wissen, dass sie kommen wird? Noch Fragen?«

Kate war wütend. Trotzdem versuchte sie, sich ein Lächeln abzuringen, doch es wollte ihr nicht gelingen. Sie stand auf und ging auf die Tür zu.

»Herein!«, sagte Clark, der hinter seinem Schreibtisch saß.

»Hier ist eine Miss Dunn«, verkündete ein Unteroffizier von der Tür her. »Sie arbeitet für NBC News.«

»Ich kenne sie.« Clark bedeckte ein paar auf seinem Schreibtisch liegende Papiere. »Bitten Sie sie herein.« Er erhob sich.

»Ich habe Ihnen einen Vorschlag zu machen, General Clark«, sagte Kate sofort beim Eintreten.

»Wollen Sie sich nicht erst einmal setzen?«

Kate zögerte. »Nein danke, ich bleibe lieber stehen.« Clark ließ sich wieder auf seinen Stuhl fallen. Kate ging in dem Büro auf und ab. »Mein Problem sieht so aus. Ein paar großartige Hintergrundberichte habe ich mittlerweile, und ich kann Ihnen wirklich meine Bewunderung darüber versichern, mit welcher Hingabe Ihre Leute sich ihrer Aufgabe widmen. Und diese Einsichten, die ich hier in Chabarowsk gewonnen habe …! Nun, unterdessen habe ich einen hervorragenden Eindruck dessen, was bei einer Armee hinter den Kulissen läuft, aber …«

»Ich bin froh, dass Sie vorbeischauen«, unterbrach Clark. »Ihren Teil des Vertrags haben Sie erfüllt, und deshalb wollte ich Sie fragen, ob Sie nicht vielleicht an der Front ein paar Szenen filmen wollen? An Ort und Stelle, wenn alles losgeht? Vielleicht wollen Sie einige der wichtigsten Phasen der Gegenoffensive verfolgen und die Männer und Frauen treffen, für die es ernst wird? Was halten Sie von meinem Vorschlag?«

»Nun …« Kate grinste. »Das ist wirklich eine *großartige* Idee! Ja, natürlich! Danke! Ich schätze, ich nehme den Vorschlag an.«

Clark nickte. »Dann packen Sie Ihre Sachen, es geht los.«

VIERTER TEIL

»Das Individuum wird von den mikrogesellschaftlichen Gesetzen kontrolliert, die im kleinen Rahmen die Interaktion zwischen den Menschen definieren und den Einzelnen zur Mäßigung, Zurückhaltung und Selbstkontrolle drängen. Die makrogesellschaftlichen Gesetze bestimmen die Massen und definieren die menschlichen Handlungen in einem größeren Maßstab. Sie tendieren dazu, das Individuum zu befreien, seine Ketten zu sprengen, es die Selbstkontrolle verlieren zu lassen. Die gleiche Person, die angesichts des Mitleid erregenden Anblicks eines verwundeten Tieres in Tränen ausbricht, kann lauthals nach Krieg schreien und die wahllose Tötung von Männern, Frauen und Kindern durch Bomben oder Kugeln fordern. Die Zivilisation hat das Individuum gezähmt, aber in den Adern des Mobs fließt immer noch das Blut des Primitiven. Will man Menschen wirksam manipulieren, muss man sowohl die mikro- als auch die makrogesellschaftlichen Gesetze verstanden haben.«

Valentin Kartschew
Die Gesetze der menschlichen Geschichte
(postum in Moskau erschienen)

1. KAPITEL

Weißes Haus, Washington, D.C.
11. April, 14.00 Uhr GMT (09.00 Ortszeit)

Auf der Treppe vor dem Säulengang warteten Freunde und politische Sympathisanten des Präsidenten, als Gordons Rollstuhl auf die Auffahrt herabgelassen wurde. Alle applaudierten höflich, doch gegen das höhnische Gelächter und die Megafone der Demonstranten im Lafayette-Park konnte das wenig ausrichten. Kameras surrten, während der Krankenpfleger Gordons Rollstuhl die grüne Rampe hinaufschob. Eine lächelnde Elaine folgte den beiden.

Zu beiden Seiten der Korridore des Weißen Hauses standen Mitarbeiter. Obwohl man seine Familie mittlerweile komfortabel in der Präsidentenwohnung seines Amtssitzes untergebracht hatte, war es Gordons erster Besuch seines neuen Zuhauses.

»Willkommen, Sir«, riefen Berater, die Gordon nie zuvor gesehen hatte.

»Machen Sie ihnen die Hölle heiß!«, schrie jemand, was bei anderen Zuschauern nervöses Gelächter provozierte.

Langsam verlief sich die Menge, und schließlich wurden die Flure nur noch von schweigsamen Secret-Service-Agenten gesäumt. Irgendwie hatte sich Gordon daran gewöhnt, die Entscheidungen zu treffen, die das Amt des Präsidenten mit sich brachte, aber er war nicht im Geringsten auf das Oval Office vorbereitet. Die mittlerweile vertrauten Männer vom Nationalen Sicherheitsrat hießen ihn willkommen, während der Rollstuhl zu dem wundervollen Schreibtisch geschoben wurde. Fast wäre Gordon von seinen Gefühlen überwältigt worden.

Aufs Neue wurde er sich seiner wahrhaft Furcht einflößenden Macht bewusst. Er legte die Hände auf die Schreibtischplatte, auf der alles ordentlich und sorgfältig arrangiert worden war. Füllfederhalter, Schreibpapier, ein einzelner Aktenhefter. Als er die Schublade aufzog, war er überrascht, dort Büroklammern, Heftklammern und andere Büroartikel zu finden. Obwohl der Schreibtisch Gordon wie ein Museumsexponat erschien, war er offensichtlich für echte Arbeit gedacht. *Für meine Arbeit,* dachte Gordon.

Als die anderen aus dem Büro geführt wurden und sich die Tür hinter ihnen geschlossen hatte, blieb Gordon mit Elaine allein zurück. Erst lächelten sie sich an, schließlich brachen sie in regelrechtes Gelächter aus. »Ich werde mich in den Schreibtischsessel setzen.« Elaine half ihm. Seufzend ließ er sich in den weichen Ledersessel sinken, dann studierte er die Porträts seiner Amtsvorgänger. Schließlich fiel sein Blick auf den Aktenhefter. Er öffnete ihn und fand einen übergroß gedruckten Redeentwurf, der mit »Meine amerikanischen Landsleute« begann.

Gordon blickte auf.

»Daryl hat ein paar Redenschreiber gebeten, sich daran zu versuchen«, erklärte Elaine. »Es ging nur darum, dass bei deiner Ankunft ein erster schriftlicher Entwurf vorliegt. Du solltest dich nicht damit überanstrengen, die ganze Rede selbst zu schreiben.«

Während Gordon langsam Seite für Seite las, fiel ihm auf, das in dem Entwurf nichts als Unsinn stand, nicht als hunderte von leeren, inhaltslosen Phrasen. Nachdem er das Manuskript in den Papierkorb geworfen hatte, suchte er in den Schubladen nach einer Ledermappe mit Schreibpapier. Als er auch einen Stift gefunden hatte, begann er, seine Rede zur Lage der Nation aufzusetzen. Nach ein paar Sätzen blickte er auf. Elaine stand immer noch da.

Sie kam um den Schreibtisch herum und küsste Gordon auf die Wange. »Dort drüben werde ich arbeiten«, sagte sie, während sie mit einer Kopfbewegung auf einen kleinen Tisch wies. »Ich schreibe einen wichtigen Artikel für eine Frauenzeitschrift, in dem es um mein Verständnis des Jobs der First Lady geht. Den ersten Entwurf haben sie mir zurückgeschickt, weil ich meine ›Vorgängerinnen‹ in der schwarzen Bürgerrechtsbewegung nicht genügend gewürdigt hätte.« Ihre Belustigung war unübersehbar. »Ich denke darüber nach, den Titel zu ändern. Mir schwebt vor: ›Wie mich mein Weg von Malcolm X in die Republikanische Partei geführt hat‹.«

Lächelnd schrieb Gordon weiter. Eine Weile später blätterte er zur ersten Seite zurück. »Okay, ich bin fertig«, sagte er, ohne aufzublicken.

Elaine hatte es sich noch gar nicht richtig bequem gemacht. »Womit?«

»Mit meiner Rede.«

Sie stürmte auf den Schreibtisch zu und griff nach dem Block. Zuerst zählte sie die Seiten. »Das sind keine zehn Minuten, Gordon!«

»Ich werde langsam sprechen.«

»Aber hier geht's um die Rede zur Lage der Nation.«

»Lies sie«, antwortete Gordon. Elaine zögerte. »Mach schon.«

Sie nahm den Block und las schweigend. Als sie mit der Lektüre fertig war, blickte sie auf. »Du willst diese Rede wirklich halten?« Gordon nickte. »Du willst die Gegenoffensive nicht einmal erwähnen? Dass wir bereits auf dem Weg zum Sieg sind, wenn du die Rede hältst? Das ist ein ziemlich dramatischer Augenblick.«

»Unsere Kriegsanstrengungen sollen für sich selbst sprechen. Keine politischen Ideen, keine Programme, keine Gesetzesinitiativen. Kein Wort über das Budget, Steuern oder die Reform der Sozialhilfe. Keine sozialen Themen oder außenpolitischen Doktrinen. In dieser Rede geht es um ein wichtigeres Thema. Mit voller Absicht habe ich kein Wort niedergeschrieben, bis ich mir nicht in Gedanken zurechtgelegt hatte, was ich sagen will, und dabei bleibt's. Das war's, Elaine. Sollten die Amerikaner mich, den Krieg und ihr Land unterstützen, wenn sie sich angehört haben, woran ich glaube und was ich zu sagen habe, dann soll ich wohl Präsident der Vereinigten Staaten sein. Andernfalls ziehen wir in vier Jahren wieder in unser Haus in Bethesda zurück und leben in dem Bewusstsein weiter, dass wir versucht haben, den richtigen Weg zu gehen.«

Amur, Sibirien
12. April, 17.20 Uhr GMT (02.20 Ortszeit)

Der bedeckte Himmel erfüllte Captain Hadley mit einem Gefühl der Sicherheit, das er bei seinen früheren Ausflügen zum Amur noch nie empfunden hatte. Durch die niedrig hängenden Wolken hielt sich die relative Wärme des Tages noch etwas. Während des mühsamen Fußmarsches durch die tiefen Schneeverwehungen im Wald ertappte er sich sogar dabei, dass er den Reißverschluss seines Parkas aufzog.

Aber Wolken waren auch gleichbedeutend mit Finsternis, kein Mond- oder Sternenlicht drang durch den bedeckten Himmel. Das war Segen und Fluch zugleich. Ersteres, weil seine Männer über Nachtsichtferngläser verfügten, die Chinesen aber nicht. Die vorn und hinten marschierenden Männer sowie der MG-Schütze benutzten ihre Ferngläser ständig. Aber die Dunkelheit war auch mit Risiken verbunden. Nichts provozierte mit so großer Sicherheit ein Feuergefecht wie der unvermutete Zusammenprall mit einem im Hinterhalt lauernden Chinesen.

Vorn in der Linie hörte Hadley jemanden fluchen, und dies war bereits das zweite Mal, dass einer seiner Männer überflüssige Geräusche verursacht hatte. Wahrscheinlich war nur jemand auf niedrig hängende Zweige getreten. Allmählich wurden seine Männer bei diesen Exkursionen zu zuversichtlich. Bei ihren fünf bisherigen Ausflügen zum Amur hatten sie nicht einen einzigen Chinesen gesehen, was zu dem Glauben führen konnte, dass sie in diesen unaussprechlich weitläufigen Wäldern völlig allein waren. Und genau *das* führte zu Nachlässigkeit. Ein zufälliger Zusammenprall mit den Chinesen konnte bedeuten, dass sie nie mehr aus diesen endlosen Wäldern herauskommen würden.

Vier mit einem Seil aneinander gebundene Männer betraten mit dem Bohrer das Eis. Der Erste rollte das Rad vor sich her, mit dem die Entfernung gemessen wurde, und die drei folgenden Männer …

Ein lautes, hallendes Knirschen zerriss die Stille wie ein Schuss. Hadley blickte über den zugefrorenen Fluss, sah aber nur drei Männer. Zwei weitere Soldaten stürmten auf das Eis. Auch Hadley lief die Uferböschung hinab, um ihnen zu folgen. Bisher war er selbst noch nicht auf dem Eis gewesen und hatte nicht gewusst, wie schutzlos ausgeliefert man sich dort fühlte.

Er hörte kurze Schreie und laut keuchende Männer. Alle lagen auf den Bäuchen und krochen zentimeterweise vor. »Hilfe!«, ertönte die Stimme eines Mannes, der offensichtlich Wasser geschluckt hatte. Danach hörte man das platschende Geräusch eines Untergehenden. Hadley und die beiden zusätzlichen Männer ließen sich auf den Bauch fallen und robbten auf die Unglücksstelle zu. Zwei Arme ragten aus dem Loch im Eis, die Männer vor Ort zählten. Als sie »Drei!« riefen, zerrten sie unter lauten Stöhnen an den Armen des Pechvogels. Einen Augenblick lang schien es ihnen zu gelingen, den Soldaten aus den finsteren Fluten zu ziehen.

Der Mann schnappte nach Luft und hustete, bevor er wieder zurückfiel. Es war, als würde ein großer Hai die zur Hilfe geeilten Männer bekämpfen, indem er die Füße des Eingebrochenen fest hielt, der langsam in dem immer größer werdenden Loch verschwand. Vor dem nächsten Rettungsversuch schlangen die Männer ein Seil unter den Achselhöhlen des Eingebrochenen hindurch. Auch Hadley stürmte mit den beiden anderen Soldaten zu dem Loch, um sich an dem Tauziehen mit der kraftvollen Strömung zu beteiligen. Auf dem Eis sitzend zerrten sie an dem Seil, um die Kraftprobe mit dem reißenden Strom zu bestehen.

Hadley kam wieder auf die Beine und bohrte seine Absätze in das Eis. Wortlos folgten die anderen seinem Beispiel. Hadley spürte, dass das Eis unter seinen Füßen jeden Augenblick zu brechen drohte. Mehrfach musste er in letzter Sekunde seine Stellung wechseln. Vom Ufer her stießen zwei weitere Männer zu ihnen. Einer zählte flüsternd, die anderen fünf zogen den Eingebrochenen mit vereinten Kräften aus dem Wasser. Der Sanitätsoffizier presste ihm eine Sauerstoffmaske aufs Gesicht, die anderen zogen ihrem Kameraden schweigend die Kleidungsstücke vom Leib: den Parka, das Futter, die Uniform, die Stiefel, die langen Unterhosen und die extra isolierte Strumpfhose. Jetzt lag der Sergeant, ein dunkelhäutiger Afroamerikaner, nackt auf dem weißen Eis.

Hektisch streiften sie ihm trockene Kleidungsstücke über, bis er von Kopf bis Fuß neu eingekleidet war. Das Ganze ging in aller Eile über die Bühne, aber trotzdem litt der Eingebrochene unter einer abnorm niedrigen Körpertemperatur.

»Alle zurück in den Wald!«, befahl Hadley.

»Und was ist mit der Eisprobe?«, fragte der Lieutenant, der das Team für die Bohrung leitete.

»Zum Teufel mit der Probe!«, antwortete Hadley. »Wir machen uns aus dem Staub. Fordern Sie über Funk einen Sanitätshubschrauber an. Die nassen Klamotten und den Bohrer lassen wir in dem Wasserloch verschwinden. Dann geht's in doppeltem Tempo zum Notfall-Treffpunkt.«

»Aber unsere Befehle lauten doch …«, begann der Lieutenant zu widersprechen.

»Hören Sie gut zu, Sie Experte aus West Point«, entgegnete Hadley in scharfem Tonfall. »Die wollen wissen, wie dick das Eis ist? Nun, wir haben die Antwort! Die Aktion muss abgeblasen werden!«

UNRUSFOR-Hauptquartier, Chabarowsk
12. April, 20.00 Uhr GMT (06.00 Ortszeit)

Clark heftete die Eichenlaubspange an Major Reeds Epauletten und schüttelte dann seinem Adjutanten die Hand. »Gratuliere, Lieutenant Colonel Reed«, sagte Clark. Die Anwesenden applaudierten und reichten Reed die Hand, der jedoch gar nicht guter Laune zu sein schien.

Weil Clark ein Telefonat zu führen hatte, ging er in sein Büro und schloss die Tür. Er wählte die Nummer der speziellen Verbindung, sprach mit ein paar Vermittlern und übte sich dann in Geduld. »General Clark?«, vernahm er schließlich die Stimme des Mannes, auf den er gewartet hatte.

»Ich habe den Einsatzbefehl gegeben, Mr. President. Die

Operation Winter Harvest wird am 14. April beginnen, also in zwei Tagen.«

»Wunderbar«, antwortete Davis. »Aus meiner Sicht könnte das Timing gar nicht besser sein. Sie sorgen dafür, dass wir fünf Tage lang auf dem Schlachtfeld Erfolge feiern, und dann werden wir erst die Abstimmung am 19. April gewinnen, schließlich den Krieg.«

Nach dem Ende des Telefonats klopft jemand an die Tür. Es war Major Reed, und wieder hatte er einen eher unglücklichen Gesichtsausdruck. »Ich muss Sie um einen Gefallen bitten, Sir«, sagte er, ohne Clark direkt anzublicken. »Ich würde gern im Feld stehen und helfen, wo immer ich kann. Selbst wenn es nur ein Posten in einem Stab sein sollte, ich möchte einfach …«

»Verstehe«, sagte Clark. »Aber ich brauche Sie.« Reed erhob keinen Widerspruch. »Ich werde die Augen offen halten, vielleicht ergibt sich ja eine Möglichkeit.« Reed nickte. »Dann wollen wir mal beginnen, die Befehle auszugeben.«

Militärstützpunkt Birobidschan
13. April, 22.00 Uhr GMT, (08.00 Ortszeit)

»Jetzt ist's mit dem Faulenzen vorbei, Scheißer«, sagte jemand scherzhaft. Stempel blickte von seinem Computer auf.

»He!«, brüllte er seinen Kameraden zu, die durch die Tür in den Bunker stürmten. Er begrüßte die sieben Männer wie lange verloren geglaubte Freunde. Mehrere Male hatte er an der Peripherie des Militärstützpunkts seine Einheit besucht, doch dies war das erste Mal, dass *sie ihn* besuchten. Sie begrüßten sich wie Basketballspieler mit *»Give me Five«*. Im Großen und Ganzen waren Harolds Wunden verheilt, aber trotzdem zuckte er noch gewohnheitsmäßig zusammen, als seine Freunde gegen seine Hand schlugen. »Habt ihr Typen Urlaub gekriegt?«, fragte er.

»Schluss jetzt!«, dröhnte die Stimme eines unsichtbaren Unteroffiziers durch die offene Tür seines Büros.

McAndrews griff sich in den Schritt und bedachte den nichts sehenden Unteroffizier mit einer obszönen Geste. Dann blickte er auf die nackten Wände mit den Sandsäcken davor. »Und warm ist es hier also auch?«

»Ja«, antwortete Harold, der stolz auf den Elektroofen zeigte. »Außerdem lassen sie einen hier durchschlafen.«

»Zu schön, um wahr zu sein!«, antwortete Patterson.

Der Master Sergeant erschien. »Was zum Teufel habt ihr hier drin zu suchen?«, brüllte er.

»Wir wollen Stemp abholen«, erwiderte Patterson.

»Und wer schickt euch?«

»Der befehlshabende Offizier persönlich. Er sagt, mit Stempels nur bedingter Dienstfähigkeit sei jetzt Schluss. Wir sollen ihn zurückbringen.«

»Ihr könnt hier nicht einfach hereinschneien und einen meiner Männer entführen«, knurrte der Mann mit gefletschtem Gebiss. »Scheiße, wer führt denn dann am Computer über Material und Vorräte Buch?«

Stempels Kameraden blickten sich an. »Ich übernehme das!«, riefen mehrere gleichzeitig.

Der murrende Master Sergeant verließ den Raum, um einen Offizier zu suchen, und Stempel beeilte sich, weil er seinen Kram zusammengepackt haben wollte, bevor er zurückkam. Seine Besucher beäugten den Laptop, auf dem gerade ein Programm für die Verwaltung der Lagerbestände lief. Dann bemächtigten sie sich eines Sechserpacks Cola Light, das sie in einem Rucksack entdeckt hatten.

»Scheiße, Mann!«, sagte Stempel. »Der Master Sergeant wird euch den Arsch aufreißen, wenn ihr die klaut!«

»Der kann mich mal am Arsch *lecken*!«, antwortete Patterson, der gerade zwei Dosen in seinem Parka verschwinden ließ. »Dann muss er eben seinen Hintern hochkriegen, sein Ferienparadies hier verlassen und mich draußen suchen.«

Aus dem Büro des Master Sergeants schallte Musik.

»Guter Gott!«, schrie Stempel, der auf den engen Raum zurannte. Aus dem Gettoblaster des Master Sergeants dröhnte Country Music, zwei von Stempels Kumpels tanzten. »Was zum Teufel ...?« Stempel sprang auf den Gettoblaster zu und drückte auf die »Stopp«-Taste. Die Musik verstummte, dafür erschallte Gelächter. »Wenn er mitkriegt, dass ihr seine Batterien verbraucht, wird er euch *umlegen*!«

Sofort hob Chavez sein M-16. Aus einer Entfernung von einem guten halben Meter starrte Stempel auf die Waffe, unter deren Lauf ein 40-Millimeter-Granatwerfer angebracht war. Er war geladen, außerdem gab es da noch das Magazin mit dreißig Schuss. Auf dem weißen Tuch über dem Helm von Chavez stand BORN TO KILL. Chavez entspannte sich wieder und richtete das Sturmgewehr in eine andere Richtung. Aber sein Grinsen war alles andere als beruhigend, und seine Kameraden hielten Abstand von ihm.

Noch vor der Rückkehr des Unteroffiziers stürmten sie wieder aus dem Bunker. Bald gesellte sich auch Stempel in der kühlen frischen Luft zu ihnen. Das Heulen der Jet-Motoren war mittlerweile eine fast permanente Geräuschkulisse. Seit Tagen schon landeten riesige C-17, der Lärm war bereits ein vertrautes Hintergrundgeräusch.

Patterson blickte Stempel an und zog dann eine Grimasse. »Ist das nicht ein beschissener Schreibtischhengst geworden?« Er griff nach Stempels ausgebeultem Rucksack und schwenkte ihn von einer Seite zur anderen. »Schleppt so viel Scheiße mit sich rum, dass er seinen Rucksack gar nicht mehr allein stemmen kann.« Die Männer stürzten sich auf den aus allen Nähten platzenden Rucksack.

»He, was soll das?«, brüllte Stempel, während sie seine Sachen in den Schneematsch warfen. Nachdem Harolds Gepäck auf diese Weise leichter geworden war, gingen seine Kameraden durch einen Graben zur Peripherie des Militärstützpunkts. Stempel las noch ein paar der wichtigsten auf dem Boden verstreuten Sachen auf, ließ aber das meiste liegen. Dann beeilte er sich, die anderen einzuholen, die nacheinander durch den engen Graben schritten.

Sie bogen in einen weiteren Schützengraben, der entlang der Rollbahn verlief. Aus Transportmaschinen wurden riesige Lattenkisten mit Nachschub entladen. Stempels Kameraden brüllten den neu eingetroffenen Fliegern höhnische Bemerkungen zu. »Willkommen in der Hölle!«, schrie einer. Die Dreckskerle von der Air Force trugen Ohrschützer, die an übergroße Kopfhörer erinnerten. Einer nahm sie ab und kam auf sie zu.

»Hast du Fusel oder Dope?«, fragte Patterson.

»Klar«, sagte einer der Flieger lachend. »Natürlich. Und was hast du so zu bieten?«

»Wie wär's mit einer chinesischen Waffe, komplett mit Blutflecken und allem Drum und Dran! Dann kannst du den Typen zu Hause erzählen, du hättest den Besitzer persönlich umgenietet!«

Die Männer von der Air Force standen lachend um ihre Traktoren und Gabelstapler herum. Offensichtlich waren sie gerade eingeflogen worden, um beim Entladen zu helfen. Seit einem Tag war Stempel nicht mehr hier gewesen, und in der Zwischenzeit hatte sich der Flugplatz mit einer Unmenge Lattenkisten, Treibstoffkanistern, Lastwagen und Humvees gefüllt.

»Für eine Kette mit Ohren oder Nasen der Schlitzaugen kriegt du einen Fünftelliter Scotch!«, antwortete einer der Flieger.

Patterson drehte sich um. »Für einen Fünftelliter Scotch besorge ich dir eine Halskette mit *Schwänzen*, du Arschgesicht!« Alle lachten, die Flieger setzten ihre Ohrschützer wieder auf. Am Rand der Landebahn rumpelte eine riesige C-17-Transportmaschine dahin. »Wer räumt eigentlich heute Morgen die Leichen am Zaun weg?«, fragte Patterson.

»Die haben gar keine Flachmänner mit Scotch!«, sagte McAndrews verächtlich.

»Du hast gehört, was der Typ gesagt hat!«, schnauzte ihn Patterson an. Seine Kameraden seufzten. »He, im Ernst! Die Schlitzaugen liegen da draußen herum, und für ihre Schwänze haben sie auch keine Verwendung mehr!«

»Du bist ja völlig gestört, Patterson!«

Als Patterson den illusorischen Gedanken an den Whisky schließlich sausen gelassen hatte, ergriff Stempel das Wort. »Irgendwelche Neuigkeiten über Verstärkung?«

»Hast du denn nichts mitgekriegt?«, sagte McAndrews.

»Junge, Junge, Stemp wird sich vor Schiss in die Hosen machen, wenn er das hört.« Einige lächelten.

»Worum geht's?«, fragte Harold. Die Männer blieben stehen, lehnten sich gegen die Wände des Schützengrabens und blickten Harold an. »Was zum Teufel ist los?«, hakte Stempel nach.

»Irgendein Arschloch von General im Pentagon glaubt, wir würden hier nur faul rumhängen«, sagte Patterson. »Vielleicht denkt er, dass wir uns bei unserer Arbeit nicht genügend für den Staat ins Zeug legen.«

Stempel schüttelte den Kopf. »Ich verstehe gar nichts mehr.«

»Wir haben ›Das Wort‹ vernommen. Volle Kampfausrüstung, dann geht's los.«

»Was?«, fragte Stempel. »Wie bei einer Patrouille?«

Die anderen schüttelten den Kopf. »Wir gehen in die Offensive«, erläuterte McAndrews. Die Blicke seiner Kameraden variierten zwischen aufgeregt und erschöpft, aber die meisten hatten einen grimmige Miene. »Morgen früh, noch vor der Dämmerung, packen wir unseren Kram zusammen, und dann geht's in Richtung Süden.«

»Richtung *Grenze*?«, fragte Stempel ungläubig. »Richtung *China*?«

Niemand beantwortete seine Frage, aber das war auch nicht nötig. Ihre Gesichter verrieten alles.

»Seht euch das an!«, sagte Patterson, der auf ein gerade gelandetes Transportflugzeug zeigte.

Ein für die Fracht zuständiger Mann ging rückwärts die hintere Rampe der C-17 hinunter, wobei er wie ein Verkehrspolizist mit zwei Taschenlampen herumfuchtelte. In dem trübe beleuchteten Laderaum konnte man die Ketten eines Kampfpanzers erkennen. Ein weiß gestrichener Bradley mit 25-Millimeter-Geschütz und vier TOW-Panzerabwehr-Raketenwerfern rollte ins Sonnenlicht.

»Heiliger Strohsack!«, bemerkte McAndrews gedehnt.

Schnell machte sich ein aufgeregtes Lächeln auf den Gesichtern der Infanteristen breit. »Sieht ganz so aus, als würden wir stilvoll auf die Reise gehen!«, sagte Patterson munter. Erneut klatschten sie einander ab. Dann eilten sie weiter in Richtung Zaun, wobei sie unterwegs mehrfach stehen blieben, um den anderen die jüngsten Neuigkeiten zu erzählen.

Ausserhalb von Soflysk, Sibirien
14. April, 16.00 Uhr GMT (02.00 Ortszeit)

In der Finsternis konnte Chin seine lautlos am Boden kauernden Kameraden fast nicht erkennen. »Wo zum Teufel waren Sie?«, zischte der Kommandeur der Kompanie.

»Ich habe einen Mann mitgebracht und nach einem Feldlazarett gesucht«, erklärte Chin.

»Und deshalb rennen Sie hier in der Gegend herum, während wir auf Sie warten?«

»Wo ist der Mann?«, fragte Hung Chin.

»Er ist gestorben.«

Die anderen Leutnants blieben stumm, doch der Kommandeur der Kompanie sprach ihren Gedanken aus. »In Ordnung, wir ziehen uns zurück.« Das war's? Drei Monate eines ständigen Vormarschs Richtung Norden, ein Vierteljahr, in dem schon die bloße Erwähnung eines Rückzugs wahrscheinlich mit Erschießung wegen Hochverrats geahndet worden wäre, und jetzt dieser in lässigem Tonfall erteilte Befehl?

»Was ist denn los?«, fragte Hung.

»Geht Sie nichts an!«, schnauzte der Hauptmann. »Sold wird nicht für Fragen gezahlt, sondern dafür, dass Sie parieren!«

»Ich habe schon seit zwei Monaten keinen Sold mehr gekriegt«, murmelte Hung.

»Was sagen Sie da?«, fragte der befehlshabende Offizier, dessen Stimme vor Wut lauter geworden war. Chin hörte den Stoff seiner Uniform rascheln, als der Hauptmann sich unblickte und sich vergewisserte, dass niemand mithörte.

»Dass ich schon seit zwei Monaten kein Geld mehr gesehen habe. Außerdem habe ich seit fast zwei Tagen nichts mehr gegessen. Und seit fast drei Wochen hat es auch keinen einzigen Tag mehr gegeben, wo wir nicht in die Schlacht ziehen mussten.«

Es herrschte Schweigen, alle warteten auf die Reaktion des Hauptmanns. »Wollen Sie unbedingt eingelocht werden?«, fragte dieser dann in einem leisen und bedrohlichen Tonfall. »Sollten Sie sich so drücken wollen, können Sie es *vergessen*! Und wo wir schon bei diesem Thema sind, es sind gerade neue Befehle erlassen worden: Sollte es in diesem Regiment noch irgendwelche weiteren Fälle von Selbstverstümmelung geben, wird der Oberst die Sache persönlich zu Ende bringen!«

»Mein Mann hat nicht auf sich selbst geschossen!«, widersprach Hung. »Er wurde in einem Feuergefecht verwundet.«

»Da hat man ihn in den Fuß geschossen? Und *ganz zufällig* hat er nur einen Zeh verloren, den kleinen Zeh, um genau zu sein?«

»So was kommt vor! Soldaten haben an allen möglichen Stellen Schusswunden. Einem meiner Männer haben sie die Hoden abgeschossen. Soll das etwa auch absichtliche Selbstverstümmelung gewesen sein? Zwei meiner Soldaten haben den Unterkiefer verloren, und zwar durch *dieselbe Kugel*! Einer hatte eine Fleischwunde in der Schulter, ist aber leider gestorben, weil die Kugel nicht, wie wir geglaubt haben, vom Knochen abgeprallt, sondern in den Brustkorb eingedrungen war. Einen Feldwebel habe ich verloren, als er nach Artilleriesperrfeuer über Kopfschmerzen zu klagen begann. Als er das Bewusstsein verlor, haben wir seinen ganzen Körper nach einer Wunde abgesucht. Weil er leichenblass war, haben wir ihn im Schnee komplett ausgezogen. Schließlich bemerkte jemand den kleinen Blutfleck an einer Schläfe und einen anderen auf der gegenüberliegenden Schädelseite, direkt unter den Haaransatz. Ein winziger Metallsplitter von einem dieser Granatengehäuse ist direkt durch sein Gehirn geschossen. Bevor er zusammenbrach, hat er gar nicht gewusst, dass er verletzt war. Vier Stunden später ist er gestorben.«

Ganz offensichtlich hatte Hung vergessen, worauf er eigentlich hinauswollte, aber angesichts seines aufgewühlten Zustandes machte niemand den Versuch, ihn zum Schweigen zu bringen. Als ihm die Worte schließlich ausgegangen waren, konterte der Kompaniechef mit einer schlichten Feststellung. »Alles zusammenpacken, in einer Stunde beginnt der Rückzug.«

»Mitten in der Nacht?«, fragte Hung. »In finsterer Nacht sollen wir uns in Richtung unserer eigenen Geschütze zurückziehen?«

»Hier geht's um einen totalen Rückzug!«, erklärte der Hauptmann. »Kapieren Sie denn gar nichts? Dringt der Sinn meiner Worte in Ihren Dickschädel nicht ein? In einer Stunde. Achten Sie auf die Pfiffe!«

Damit sie sich in der Finsternis nicht verloren, hatte Chin seine Soldaten dicht um sich versammelt. Aus der Ferne hörte er mehrfach ein zaghaftes Pfeifen, doch das waren nicht mehr die energischen, wiederholten Pfiffe, mit denen zuvor stets zum Angriff geblasen worden war. Es waren die kurzen und nur zögernd abgegebenen Pfiffe von Männern, die ganz offensichtlich weder gehört noch gesehen werden wollten. Chin konnte nicht sagen, welcher Pfiff seiner Kompanie galt und welcher einer anderen, aber er kam zu der Ansicht, dass das eigentlich keine Rolle mehr spielte. »Kommt auf die Beine!«, befahl er.

Seine Männer standen auf und folgten ihm zurück über jenes Terrain, um das sie noch am Vortag gekämpft hatten. Dann kam das Gebiet von vorgestern. Überall um sie herum waren die Wälder von Bewegungen erfüllt, den Kontakt zu den Zügen seiner Kameraden hatte Chin völlig verloren. Nach den ersten spannungsgeladenen Begegnungen mit fremden Soldaten gaben Chin und seine Männer jegliche Vorsichtsmaßnahmen auf. Irgendwie war es ihnen sogar angenehm, die anderen schattenhaften Gestalten neben sich zu wissen, die gleichfalls in Richtung Süden strömten. Chin kam der Gedanke, dass einige davon eingeschmuggelte Amerikaner sein könnten, aber er fegte diesen Gedanken innerlich beiseite. Er war entschlossen, um jeden Preis jegliche Feindberührung zu vermeiden.

Aufflammende Blitze waren das erste Anzeichen von Gefahr. Zumindest schien es sich um Blitze zu handeln, doch das Ganze dauerte zu lange, und der Sekunden darauf ertönende Donner wollte kein Ende nehmen. Die unwirklichen Geräusche des fernen Luftangriffs lösten bei seinen Männern Diskussionen aus.

»Ruhe!«, schnappte Chin.

Der nächste Angriff ging schon sehr viel dichter bei ihnen nieder. Zwar schien das Verhältnis zwischen Blitzen und Donnerschlägen immer noch nicht zu stimmen, doch jetzt konnte man die einzelnen Explosionen voneinander unterscheiden. Schon waren die Detonationen so nah, dass sie einem durch Mark und Bein gingen. Bei jeder Serie von Abwürfen zuckte Chin zusammen. Die Blitze eines von Menschen entfesselten Gewitters erhellten die dunklen Wälder. In dem flackernden Licht sah Chin den verängstigten Gesichtsausdruck seiner unruhig in alle Richtungen spähenden Männer, die mittlerweile deutlich schneller gingen.

Im Laufschritt glitten Soldaten an Chin vorbei, dessen erste Reaktion darin bestand, ihnen Einhalt gebieten zu wollen, da sie ihm eigentlich folgen sollten. Doch nach kurzem Nachdenken beschleunigte auch er seine Schritte, genau wie die Soldaten der anderen Einheiten.

Plötzlich gingen die finsteren Wälder in Flammen auf. Als Kampfjets mit kreischenden Motoren über sie hinwegfegten, warfen sich alle zu Boden.

Jetzt bombardierten die Flugzeuge die unterdessen bereits fernen Gebiete, die Chin und seine Kameraden geräumt hatten. Die aus einer Entfernung von mehreren Kilometern ertönenden Detonationen ließen hier nur noch den Schnee von den Zweigen rieseln.

Zumindest glaubte Chin das zunächst. Als alle wieder auf den Beinen waren, liefen sie nicht mehr, sondern sie rannten. »Langsam!«, schrie Chin, aber niemand hörte mehr auf ihn. Die paar Männer, die noch an seiner Seite waren, blickten sich nervös um.

»Amerikaner!«, brüllte jemand aus vollem Hals, als die Bombardierung, diesmal noch viel näher, erneut einsetzte.

Das Stichwort löste Panik aus. In dem Gewitter von Blitzen konnte Chin nur noch die sich bewegenden Silhouetten Reißaus nehmender Landsleute ausmachen. Wie eine durch einen ungewöhnlichen Geruch verängstigte Herde flohen sie jetzt vor Dämonen, die nur in ihrer Einbildung existierten. Chin sprang auf, um hinter seinen Männern herzurennen und sie wie ein Hirte seine Schafe wieder einzusammeln, doch seine gesamte Aufmerksamkeit wurde von lautem Geschützfeuer hinter ihnen in Anspruch genommen. So schnelles Sperrfeuer hatte er noch nie erlebt.

Als er sich hinter einem Baum niederkniete, sah er zu seiner Rechten ein großes, gepanzertes Fahrzeug näher kommen, das sich weder von den dünnen Bäumen noch von den hohen Schneeverwehungen aufhalten ließ und dessen Geschütz erneut das Feuer eröffnete. Mit unglaublicher Geschwindigkeit schoss glühende Leuchtspurmunition durch die Luft, doch bereits deutlich weiter seitlich von Chins Position. Offensichtlich wurde auf ein Ziel außerhalb von Chins Sichtweite gefeuert. Aber der durch seine technischen Möglichkeiten über die Nachtsichtfähigkeiten einer Fledermaus verfügende Schütze auf dem beschleunigenden Kampffahrzeug konnte es zweifellos sehen. Für ihn waren überall Ziele identifizierbar.

Auf der anderen Seite neben Chin fuhr ein identisches Fahrzeug vorbei, noch weiter entfernt ein drittes. Mit einer Geschwindigkeit von dreißig Stundenkilometern dröhnten sie zwischen den chinesischen Einheiten hindurch, die in Panik gerieten und keinerlei Widerstand mehr leisteten. Und was hätten sie schon tun können? Chin hatte nur sein Gewehr und eine einzige Handgranate.

Kurz bevor eine zweite Reihe von gepanzerten Fahrzeugen auf gleicher Höhe mit Chin auftauchte, presste sich dieser hinter einem Baum fest auf den Boden. Das Geknatter von MG-Feuer und Gewehren erfüllte die Wälder. Chin blieb liegen, bis die Motrorengeräusche in der Ferne hinter ihm verebbt waren. Anschließend wartete er, bis er das Geschützfeuer und die Bomben nicht mehr hören konnte, schließlich darauf, dass die Sonne aufging.

Er stand erst wieder auf, als er unter Androhung von Waffengewalt dazu gezwungen wurde. Ein nervöser Amerikaner brüllte für Chin unverständliche Befehle. Langsam erhob er sich, mit hoch über den Kopf erhobenen Händen.

Südlich von Urgal, Sibirien
14. April, 23.00 Uhr GMT (18.00 Uhr Ortszeit)

Das voll besetzte, gepanzerte Bradley-Kampffahrzeug rumpelte mit hoher Geschwindigkeit dahin, und Kate und Woody wurden von einer Seite zur anderen geworfen, wobei ihre Schultern und Knie gegen die der Soldaten der Infanterieeinheit stießen. Zunächst hatte Woody filmen wollen, es dann aber aufgegeben und Beschwerden über die schlechten Lichtverhältnisse vor sich hingemurmelt.

Die Soldaten lehnten schweigend und mit besorgten Mienen mit dem Rücken an der Wand. Bei den am Vorabend der Schlacht geführten Interviews mit einigen Männern hatte Kate erfahren, dass sie in diesem Krieg Neulinge waren. Nachdem sie zuvor gemäß dem »strategischen Täuschungsplan« in Japan gewartet hatten, waren sie gerade erst nach Sibirien eingeflogen worden. Sie schienen nur wenig über das Highschool-Alter hinaus zu sein und hatten ohne viel Erfolg versucht, ihre Ängste zu kaschieren. Und das alles waren für Kate die ersten wirklich guten Bilder seit Wochen.

Der Squad-Führer begann, lautstark in sein Funkgerät zu sprechen, aber wegen des heulenden Motorengeräuschs konnte Kate seine Worte kaum verstehen. Sein Finger glitt über die Koordinaten auf seiner Landkarte. »Roger«, sagte er. »Roger.«

Nachdem der Sergeant das Funkgerät zur Seite gelegt hatte, kauerte er sich in den engen Mittelgang zwischen seinen Leuten nieder. »Alle herhören! Bei dem großen Durchbruch werden wir die Flanke sichern. Nach dem Absteigen folgen mir alle zu einer Reihe von niedrigen Hügeln. Dort werden wir in Stellung gehen und keinen durchlassen. Eine Aufklärungseinheit vor uns hat chinesische Infanteristen gesichtet, die auf diesen Hügelkamm zukommen! Wir werden unsere Rucksäcke ablegen und mit doppelter Geschwindigkeit marschieren, damit wir vor ihnen auf dem Bergkamm sind!«

Schon bevor der Sergeant ausgesprochen hatte, begann das gepanzerte Kampffahrzeug abzubremsen. Der Lärm der Motoren wurde merklich leiser. Die Soldaten krabbelten herum, um ihre Ausrüstung zusammenzuklauben. Der Sergeant zog seinen ausgebeulten Rucksack nach hinten und hockte dort in einer unbequemen Haltung zwischen den Knien seiner Soldaten. Die Türen öffneten sich, die Männer stürmten in die Finsternis hinaus. Kate und Woody waren die Letzten.

Nachdem die Türen sich wieder geschlossen hatten, fuhr der Bradley los. Die Soldaten ließen ihre Ausrüstung fallen und rannten auf die dunkle Silhouette eines Hügels zu. Kate und Woody folgten ihnen, aber sie verloren sehr schnell den Anschluss. Der Kameramann packte Kates Arm und zog sie in den Schnee hinab.

»Woody!«, beschwerte sich Kate, doch der Kameramann bedeutete ihr wütend, sie solle sich leise verhalten. »Wir können doch nicht einfach hier in der Finsternis herumhocken«, flüsterte Kate. »Das ist gefährlicher als …«

Er presste sie flach gegen den Boden. Da Kate nicht wusste, warum Woody sie so hart niederdrückte, ließ sie ihren Blick über die Wälder schweifen, um sich zu vergewissern, ob von dort Gefahr drohte. Ein paar Augenblicke brauchte sie, bis sie die dunklen Silhouetten sich bewegender Männer entdeckt hatte.

Fast ein Dutzend tauchte jetzt am Waldrand auf. Sie bewegten sich langsam, ganz wie Männer auf einer Patrouille. Zuerst war Kate sicher, dass es Amerikaner waren, aber ihre andersartigen Helme verrieten sie.

Chinesen!

Kate und Woody lagen absolut reglos da, aber das würde

ihnen auch nicht helfen. Die Chinesen kamen direkt auf sie zu, die Schritte ihrer im Schnee knirschenden Stiefel erklangen immer näher.

Kate hob den Kopf. Sie sah chinesische Soldaten um sich herumstehen, die ihre Waffen in den Schnee geworfen hatten. Ihre Hände lagen oben auf den Helmen. Woody kam auf die Beine.

»Ihr seid alle festgenommen«, sagte er. »Runter auf die Knie.« Da die Chinesen ihn vermutlich nicht verstanden, unterstrich er seine Forderung mit Handbewegungen.

»Woody!«, mahnte Kate, aber die Chinesen, die Hände noch immer erhoben, ließen sich langsam auf den Boden sinken. Einige winselten Mitleid erregende Worte auf Chinesisch vor sich hin, andere weinten. Ihre Gesichter zeigten Spuren von Erfrierungserscheinungen. Ein Mann mit mehreren Zahnlücken hielt bettelnd Familienfotos hoch. Als die ersten amerikanischen Soldaten eintrafen, belief sich die Zahl der Gefangenen auf nahezu hundert.

Die »Farm«, West Virginia
15. April, 23.00 Uhr GMT (18.00 Ortszeit)

Pjotr Andrejew folgte dem Ausbilder zum Schießplatz. Es war ein sonniger Tag, die Örtlichkeit wirkte wie ein öffentlicher Park. Vor einem Picknicktisch mit mit Schindeln überdachten Bänken blieben sie stehen. Auf dem Tisch lag ein halbes Dutzend Waffen.

»Also gut, Nr. 253«, begann der Ausbilder, der Pjotr immer nur mit der anonymen Nummer anredete. Seine grauen Haare waren sehr kurz geschnitten, und er hatte den Bauchansatz eines Mannes in mittleren Jahren. »Hier haben wir also die Waffe Ihrer Wahl, ein halbautomatisches Scharfschützengewehr, Kaliber 50, wie es auch vom Militär benutzt wird, dann die in zweiter Linie für Sie in Frage kommenden Waffen, ebenfalls von Ihnen selbst ausgesucht.« Zu der Sammlung auf dem Tisch gehörten eine Uzi, eine Heckler & Koch MP-5 und eine Ingram Mac-10. Der Mann referierte über Vorzüge und Schwächen der Waffen. Pjotr entschied sich für die Ingram. Es war die Kaliber-45-Version, nicht die leichtere 9mm-Variante. Er schob ein Magazin in den Pistolengriff der MP.

»Okay«, sagte der Ausbilder, während er ihm die kurze Strecke zu dem Schießstand mit den Zielscheiben folgte. »Die MAÇ-10 ist eine höllische Waffe für den Nahkampf.« Er blieb neben Pjotr stehen. Auf einer mit Einschusslöchern übersäten Mauer aus Betonquadern standen drei mit Wasser gefüllte Kunststoffgefäße. Dahinter befand sich ein massiver Erddamm. In der Ferne krachten mit mörderischer Geschwindigkeit aufeinander folgende Schüsse. Pjotr hielt die Waffe in Hüfthöhe. Mit der Rechten umklammerte er fest den Pistolengriff der MP, seine Linke umwickelte er mit dem an der Mündung herabhängenden Ledergurt. »Sie wird mit der üblichen Kaliber-45-Pistolenmunition geladen. Der harte Rückstoß ist auch der größte Nachteil der Waffe, deren Lauf nach oben gerissen wird, wenn Sie …«

Pjotr drückte ab. Ein donnerndes Krachen, der Rückstoß, eine dreißig Zentimeter lange Flamme schoss aus dem kurzen Lauf. Eineinhalb Sekunden lang kämpfte Pjotr vergeblich darum, die Maschinenpistole wieder unter Kontrolle zu kriegen, schließlich verstummte sie. »Verdammt!«, brüllte der Ausbilder. »Auf diesem Schießplatz befehle ich, wann gefeuert wird! Sollte sich das noch mal wiederholen …«

Wortlos und mit offen stehendem Mund suchte der Ausbilder die Ziele, doch auf der Mauer standen keine Gefäße mehr. »Feuer einstellen«, sagte er, als wäre es ihm jetzt erst eingefallen. Er ging über den Schießplatz, Pjotr folgte ihm. Auf dem Boden vor der Mauer lagen zerfetzte und deformierte Plastikstücke herum. Die grauen Betonblöcke waren trocken, das Wasser auf den Erddamm hinter der Mauer gespritzt.

»Feuern Sie auf meinem Schießplatz nicht noch einmal, egal mit welcher Waffe, bevor ich den ausdrücklichen Befehl gegeben habe«, sagte der Ausbilder, ohne Pjotr anzublicken. »Haben Sie das kapiert?«

Pjotr nickte nur. Wegen seines verräterischen Akzents hatte man ihn gebeten, so wenig wie möglich zu sprechen.

Der Ausbilder griff nach einem weiteren mit Wasser gefüllten Gefäß und stellte es auf die Mauer. Als er sich umwandte, goss Pjotr die Flüssigkeit aus dem Gefäß an der rechten Seite die Mauer hinab. »He, lassen Sie es voll! Wir benutzen diese Milchkannen mit viereinhalb Litern Inhalt aus dem Grund, weil ihre Dichte, wenn man sie mit Wasser füllt, in etwas der eines menschlichen Oberkörpers gleicht.« Als die hellgrauen Betonblöcke auf der rechten Seite sich dunkel verfärbt hatten, stellte Pjotr die Kanne links auf die Mauer. Dann ging er wieder zu dem Picknicktisch zurück. »Sie haben sich also für die MAC entschieden«, sagte der Ausbilder. »Dann wollen wir uns jetzt mal mit dieser Knarre befassen.« Er hob das große, schwarze Gewehr hoch. »Barrett 82A1, zehn Schuss, Kaliber 50, wird mit dieser Munition betrieben.« Er hielt Pjotr die geöffnete Oberseite des riesigen schwarzen Magazins hin, damit dieser die etwa fünfzehn Zentimeter langen, dicken und mit einem Metallmantel versehenen Kugeln sehen konnten, die durch eine enorme Ladung angetrieben wurden. Der Durchmesser der Patronen war so breit wie der Daumen eines Mannes.

»Standardmäßige BMG-Patronen, Kaliber 50, wurden für das Browning-M2-Maschinengewehr entwickelt, auch unter dem Namen ›Ma Deuce‹ bekannt. Diese Waffe gibt's schon seit 1917. Der Schuss auf die weiteste Distanz, der erwiesenermaßen tödlich war, wurde im Februar 1967 in Vietnam abgefeuert, und zwar von Lance Corporal Carlos Norman Hathcock II. – etwa zweitausendfünfhundert Meter.« Er blickte Pjotr an. »Zweieinhalb Kilometer.«

»Statt der Halbautomatik wäre es mir lieber, wenn ich manuell spannen könnte«, sagte Pjotr.

»Schon klar, woran Sie denken«, antwortete der Ausbilder, der aber dennoch den Kopf schüttelte. »Dieser Schlagbolzen ist hochgradig stabil, perfekt auf die Patronenkammer abgestimmt und in jeder Hinsicht so zuverlässig wie der irgendeiner Springfield. Nur ist diese Waffe sechsmal tödlicher.«

Doch Pjotr runzelte nur die Stirn. Die anderen Patronen in dem Magazin waren bloß überflüssiger Ballast. Schon der erste Versuch musste tödlich sein.

»Versuchen Sie, ein Gefühl für das Gewicht der Waffe zu entwickeln«, sagte der Ausbilder. Das Barrett-Gewehr war ein auf das Wichtigste reduziertes Modell mit ziemlich kleinem Schaft. Eingebautes Zielfernrohr, Zweifuß, Tragegriff. Die einzigen überdimensional großen Komponenten waren der dicke Lauf und das riesige Magazin. Pjotr nahm dem Ausbilder die Waffe aus der Hand, dann auch das Magazin. »Maximal vierunddreißig Schuss«, kommentierte der Mann. »Mit Zielfernrohr und Zweifuß wiegt die Waffe exakt 13.620 Kilogramm.« Pjotr rammte das Magazin in die Waffe und riss dann den Schlagbolzen gegen die stramm gespannte Feder zurück. »Gefeuert wird erst, wenn ich es sage, erinnern Sie sich?« Nickend sicherte Pjotr die Waffe. »Lassen Sie uns ein Stück zurückgehen, für Schüsse aus fünfzehn Meter Entfernung ist diese Knarre nicht geeignet.«

Während sie gingen, belehrte ihn der Ausbilder über die von Scharfschützen zu beherzigenden Prinzipien. Über elementar wichtige Themen wie Beobachtung, geeignete Verstecke, Licht, Wind, die Auswirkungen der Luftfeuchtigkeit auf die Flugbahn der Kugel. Dann folgte eine Einführung über gezielte Todesschüsse aus weiter Entfernung. Schließlich hatten sie ihr Ziel erreicht, das, wie einem Schild zu entnehmen war, zweihundertundfünfzig Meter von der Mauer entfernt lag. »Meine Distanz wird vierhundertfünfundzwanzig Meter betragen«, bemerkte Pjotr.

»Ich weiß, aber heute ist unser erster Tag.«

Die beiden Männer beäugten sich misstrauisch. »Vierhundertfünfundzwanzig Meter«, wiederholte Pjotr. Nachdem der Ausbilder einen kleinen Sandsack an sich genommen hatte, gingen sie weiter. Auch der Vortrag ging weiter. Als der Mann Pjotr informierte, dass die Waffe nicht nach unten absacken würde, blieb Pjotr überrascht stehen. »Hier, auf dem Schießplatz, wird das Visier des Gewehrs auf diesem Sandsack justiert. Die Höhe ist exakt auf vierhundertfünfundzwanzig Meter abgestimmt. Die Kugel wird eine Flugbahn beschreiben, die etwa knapp drei Meter über Ihrer Sichtlinie liegt. Sie müssen nur darauf achten, dass Sie die Waffe nicht zu sehr zur Seite reißen.«

»Wie soll ich ...« Pjotr unterbrach sich. Beim Thema Infiltration war Verschwiegenheit angebracht, dieser Mann würde nichts über die Operation wissen. Während des restlichen Weges kochte Pjotr vor Wut, weil diese Waffe eine lächerliche Wahl war. Stellte er sie vor sich auf den Boden, reichte sie ihm fast bis zur Brust. Und man erwartete von ihm, damit über den Roten Platz zu laufen.

Alle fünfundzwanzig Meter standen Schilder mit Entfernungsangaben, ganz wie auf der Drivingrange eines Golfplatzes. Schließlich waren sie angekommen, und der Ausbilder ließ den Sandsack auf den Boden plumpsen. Nachdem er die Waffe seitlich auf den Sandsack gelegt hatte, begann Pjotr seine Muskeln zu dehnen.

»Sehr gut, sehr gut«, sagte der Ausbilder. »Viele Leute ignorieren, wie wichtig die sorgfältige vorherige Entspannung der Muskeln ist. Leiden Sie von Natur aus an irgendwelchen Zuckungen oder unwillkürlichen Muskelkontraktionen?« Pjotr schüttelte den Kopf. Dann beugte er sich vor, um ein paar Grashalme auszureißen. »Ein professioneller Scharfschütze muss auch eine gute Atemtechnik haben.« Der Russe ließ die Grashalme aus Augenhöhe herabfallen. Sie trieben etwas nach links. »Tief und regelmäßig atmen.« Jetzt lag Pjotr auf dem Bauch hinter der Waffe. Der Ausbilder legte sich neben ihn und nahm die Schutzdeckel von den Gläsern seines überdimensional großen Fernrohrs. »Kurz vor dem Abdrücken gehen Sie dann zu einem flachen, rhythmischen Atmen über.« Pjotr presste den Kolben fest neben seinem Hals gegen die Schulter und drehte dann den Knopf für die Justierung gegen die Abweichung der Kugel durch den Wind ein Klicken weiter zur »Plus«-Seite. »Wenn Sie das Ziel ins Visier genommen haben, füllen Sie Ihre Lungen zur Hälfte und halten dann den Atem an.«

Als Pjotr durch das Zielfernrohr spähte, befand sich sein Auge etwa zehn Zentimeter hinter der gepolsterten hinteren Linse. Bei diesem Abstand war das Sichtfeld auf einen fast extremen Tunnelblick verengt, aber das war immer noch besser als die verräterischen roten Druckstellen um die Augen herum, die die Neulinge unter den Scharfschützen spazieren führten. Außerdem füllten die mit Wasser benetzten Betonblöcke das Sichtfeld des Zielfernrohrs ganz aus. Pjotr entsicherte die Waffe.

»Halt!«, schnauzte der Ausbilder sofort, bevor er Pjotr große Ohrschützer reichte und dann selbst welche aufsetzte. »Diese Waffe ist mit Mündungsbremsen ausgestattet, um den Rückstoß abzuschwächen. Bei den alten Gewehren war's, als würde man von einem Esel getreten, doch bei diesem Modell entspricht der Rückstoß eher einer 12-Kaliber-Waffe. Aber die Mündungsbremsen verursachen einen Höllenlärm. Würden Sie diese Waffe ohne Ohrschutz abfeuern, wären Sie sofort stocktaub.«

»Kann ich endlich schießen?«, fragte Pjotr.

»Erst wenn ich es sage!«

Nach einer Wartepause wiederholte Pjotr seine Frage.

»In Ordnung, Mr. Vollprofi. Man könnte auch Mr. Klugscheißer sa… »

Selbst mit Ohrschützern klang der Schuss noch wie eine Explosion. Hätte seine Hand nicht gewohnheitsmäßig nach dem Schlagbolzen gegriffen, hätte Pjotr sofort ein weiteres Mal abgedrückt. So löste sich der nächste Schuss erst einen Sekundenbruchteil später, dann umgehend noch einer, noch einer und noch einer. Pjotr blickte zu dem Ausbilder hinüber.

Der nahm gerade sein leistungsstarkes Fernglas von den Augen. »Wollen Sie nicht zur Abwechslung mal zuhören?«, fragte er gereizt.

»Ich höre immer zu«, antwortete Pjotr.

»Mir ist klar, dass Sie einer von der schnellen Truppe sind, aber es gibt ein paar wichtige Grundregeln, deren Beherzigung Ihnen helfen wird, beim nächsten Mal das Ziel zu treffen. Unser Motto lautet: ›Ein Schuss, ein Toter‹.«

»Aber ich habe das Ziel getroffen«, widersprach Pjotr höflich.

Der CIA-Mann hob sein Fernglas. »Der Behälter steht immer noch da. Sollte eine dieser Kugeln dass Ding auch nur gestreift haben, will ich …« Er erstarrte, weil er jetzt vermutlich die rechte Seite der Wand sah, die Pjotr durch das Wasser verdunkelt hatte, bis die benetzte Fläche in etwa der Breite und Höhe des Oberkörpers eines Mannes entsprach. Nachdem der Ausbilder das Fernglas wieder heruntergenommen hatte, stand er auf, ohne Pjotr anzusehen. »Waffe sichern«, sagte er, während er auf das Ziel zuzugehen begann. Pjotr folgte ihm.

In der Wand klaffte ein mannshohes Loch, die benetzten Betonblöcke waren verschwunden. Auf dem Boden zwischen der Mauer und dem Erddamm lagen überall allenfalls faustgroße Betonstücke herum. »Sie haben unsere Mauer ruiniert«, sagte der Ausbilder nur. Pjotr entschuldigte sich.

2. KAPITEL

UNRUSFOR-Hauptquartier, Chabarowsk
17. April, 04.00 Uhr GMT (14.00 Ortszeit)

Als Clark den Raum betrat, herrschte um den Konferenztisch herum eine aufgeregte Atmosphäre, doch das Stimmengewirr ebbte rasch ab. Offensichtlich waren die Kommandeure der Truppen verschiedener Nationen viel zu zufrieden mit den Erfolgen, die bereits drei Tage nach Beginn der Gegenoffensive zu verbuchen waren. Clark beschloss, ihrer Euphorie einen Dämpfer zu verpassen.

»Bei Luobei bricht das Eis«, verkündete er. Jetzt wirkten die Mienen der Männer schon ein bisschen angespannter. »Aufklärungsflüge haben ergeben, dass fünfzehn Prozent der vormals vereisten Fläche mittlerweile bereits Wasserlöcher sind.« Er warf Fotos vom Amur auf den Tisch, auf die sich die Generäle alle gleichzeitig stürzten. Einen Augenblick später studierten sie eingehend die aus hoher Höhe geschossenen Schwarzweißaufnahmen. Das ehemals weiße Eis war mit schwarzen Flecken gesprenkelt wie das Fell eines Dalmatiners. »Mit dem Eis könnte es jeden Augenblick vorbei sein, Gentlemen«, warnte Clark düster.

»Gott sei Dank sind wir unserem Zeitplan voraus«, bemerkte der britische Kommandeur, der seine Lesebrille so hielt, dass er ein Foto eingehender studieren konnte.

»Ganz im Gegenteil, wir hinken unserem Zeitplan hinterher«, entgegnete Clark. Irritiert blickten ihn die Stabsmitglieder an. »Ich habe den Zeitplan verschärft und will, dass die ersten Einheiten in drei Tagen den Fluss überquert haben.«

Jetzt wurde es turbulent. »Unmöglich!«, widersprach der französische Kommandeur. Die anderen reagierten mit energischem, zustimmenden Kopfnicken. »Damit verlangt man von den Soldaten einen zu hohen Preis. Und außerdem …« Er senkte seine Stimme und warf einen Blick in die Runde. »Außerdem sind wir damit Angriffen auf unsere Flanken überall schutzlos ausgeliefert. Bricht das Eis denn schneller, als wir geglaubt haben?«

»Nein«, antwortete Clark. »Die Chinesen sind schneller.« Er nickte Lieutenant Colonel Reed zu, der den neuen Zeitplan zu verteilen begann. »Unsere Ziele sind nach wie vor dieselben«, fuhr Clark fort. »Wie auch immer, angesichts unserer Anfangserfolge bei der Durchbrechung der chinesischen Linien – und nach der Überprüfung des Eises auf dem Amur – habe ich die zur Erreichung dieser Ziele zur Verfügung stehende Zeit auf die Hälfte zusammengestrichen.«

Wieder herrschte Unruhe im Raum, wenn es auch diesmal deutlich leiser blieb. Clark schlug eine risikoreiche Änderung des strategischen Plans vor. »Was sagen Sie zu der Gefahr, die unseren Flanken droht?«, hakte der deutsche General nach.

Endlich nahm Clark Platz. Es war nicht nur Show, dass er sich mit seiner Antwort Zeit ließ. Der äußerst schnelle Vormarsch machte auch ihm Sorgen, und zwar nicht nur deshalb, weil ihre Flanken zum großen Teil ungeschützt waren, sondern auch, weil damit aufgegebene Möglichkeiten und unvorhersehbare Risiken verbunden waren. Von den Kommandeuren im Feld verlangte man so, wider besseres Wissen zu handeln. Man nahm sich die Chance, die Stellungen zu festigen, indem man Gelände eroberte. Der Vormarsch war nicht in ausreichendem Maße durch Aufklärung abgesichert. Vielleicht konnten die umgangenen und gelähmten chinesischen Truppen sich wieder erholen und sie von hinten angreifen.

»Entweder gewinnen wir den Krieg mit *dieser* Operation«, begann Clark gemächlich, »oder wir werden ihn verlieren. Und wenn wir den Krieg nicht hier und jetzt gewinnen, *ist* das eine Niederlage. Das ist kein militärisches, sondern ein politisches Faktum. Nachdem eine chinesische Einheit nach der anderen zusammengebrochen ist, weiß jeder von uns, dass wir ihre Armee nördlich des Amur besiegen können. Wir können sechshunderttausend Männer töten oder gefangen nehmen, ihre schweren Waffen zerstören, ihren Materialnachschub konfiszieren und das gesamte Gebiet zurückerobern, das sie Russland abgenommen haben … und werden den Krieg so dennoch verlieren. Wie erfolgreich diese Operation *militärisch* auch sein mag, unsere Soldaten werden bald wieder nach Hause zurückkehren, und wenn wir uns aus Sibirien zurückziehen, überlassen wir es der halben Million chinesischer Soldaten *südlich* des Amur … Es sei denn, wir vernichten auch sie.«

Clark wusste, dass er nur das Offensichtliche konstatiert hatte, und auch das bereits zum hundertsten Mal. Da niemand das Wort ergriff, konnte er fortfahren, um sie den Krieg in einem größeren Rahmen sehen zu lassen. Clarks wichtigste Aufgabe als kommandierender General bestand darin, die umfassendere Perspektive in Befehle umzusetzen und zu garantieren, dass ihre Einsätze und Pläne weiterhin mit den übergeordneten geopolitischen Zielen im Einklang blieben.

»Im Sinne eines Sieges auf der ganzen Linie müssen wir auch eine totale Niederlage riskieren. Selbst wenn sich in ihrem Rücken weiterhin einsatzfähige und starke chinesische Truppen befinden, müssen wir unsere Leute über den Amur nach China bringen, und zwar auch dann, wenn wir wissen, dass sehr bald der Tag kommen wird, wo sie durch das Treibeis abgeschnitten sein werden. Wir riskieren den Untergang, Gentlemen, und setzen *alles* auf eine Karte. Es geht sofort los, und zwar anhand des Zeitplans, den Sie in Händen halten.«

»Da Sie das Thema gerade angesprochen haben …«, unterbrach der britische Kommandeur, der mit gerunzelten Augenbrauen den dicken Stapel Papiere durchblätterte. »Es sieht so aus, als hätten sie auf Seite vier einen Fehler gemacht.«

Alle begannen, ihre Kopien durchzusehen … alle außer Clark. »Da ist mir mitnichten ein Fehler unterlaufen«, sagte er.

»Verzeihen Sie, Nate, aber das ist doch *Selbstmord*«, sagte sein guter Freund von der britischen Armee, der seinen gewöhnlich kurz angebundenen, professionellen Tonfall ablegte. »Sie schicken eine Brigade Ihrer Soldaten und Ihr gesamtes 75th Ranger Regiment in einen Einsatz, der in einem totalen Fiasko enden könnte, und zwar selbst dann, *falls* es uns gelingen sollte, den Amur in Übereinstimmung mit unserem neuen Zeitplan zu überqueren! Sie schicken Ihre Truppen viel zu früh in dieses Tal. Es tut mir Leid, Nate, aber ich muss widersprechen.«

Clark atmete tief durch. »Gerade haben wird die Nachricht erhalten, dass die in Tsinan stationierten chinesischen Soldaten bereits auf dem Vormarsch sind.« Es wurde unruhig im Raum. »Aber *exakt* in diesem Augenblick gibt es eine Lücke, in die ich diese Brigade hineinstoßen lasse. Wenn wir das Tal jetzt nehmen, werden wir die Straßen- und Eisenbahnverbindung kappen, den Norden vom Rest Chinas isolieren und zudem fünfzig Divisionen südlich des Amur einkesseln – über siebenhundertfünfzigtausend Soldaten.«

Der französische Kommandeur überprüfte die Tabelle für die Organisation des Einsatzes und die Bereitstellung der Ausrüstung. »Aber sie werden allein eine ganze Armeegruppe aufhalten müssen. Zwei Panzerdivisionen, zehn Infanteriedivisionen, drei Divisionen Luftlandetruppen. Insgesamt macht das über hundertfünfundsiebzigtausend Mann, General Clark.«

»Wir haben die Luftüberlegenheit«, antwortete Clark, »und ich habe dem Kommandeur der Air Force Befehl erteilt, diese Marschkolonnen rund um die Uhr zu bombardieren, und zwar mit allem, was wir zu bieten haben. Dann sollte weniger als die Hälfte der chinesischen Soldaten dieses Tal erreichen, und diejenigen, die es schaffen, werden desorganisiert, erschöpft und verängstigt sein. Außerdem sind sie unerfahren. Dagegen sind meine Männer ausgebuffte Profis, und sie werden auf einem Terrain kämpfen, das für die Defensive *ideal* geeignet ist. Unsere Aufklärung vor Ort hat ergeben, dass die Hügel von tiefen Furchen und flachen Rinnen durchzogen sind. Außerdem gibt es Felsvorsprünge. Die Verteidiger werden gut in Deckung gehen können, die Angreifer werden in Bahnen gezwungen, wo sie direkt in unser Feuer laufen. Dazu kommt noch, dass der Luftraum uns gehört.« Clark spürte, dass den anderen ein schwerer Stein vom Herzen fiel. »Dies sind meine Soldaten, und sie können mit leichterem Gepäck dort hingebracht werden als die 82nd Airborne. Außerdem hat mich Brigadier General Lawson gebeten, diesen Job übernehmen zu dürfen. Für das 75th Ranger Regiment und die 1st Brigade, 101st Airborne, übernehme ich persönlich die volle Verantwortung.« Clark erhob sich. »Das Treffen ist beendet.«

Wladiwostok, Sibirien
18. April, 06.00 Uhr GMT (16.00 Ortszeit)

»Das Ganze geht bestimmt in die Hose«, sagte einer von Andrés Kameraden.

»Unsinn, Mann«, entgegnete ein anderer. »Dieser Wichser von der Fernmeldetruppe hat mir erzählt, die Chinesen würden wegrennen wie Hunde, die sich die Pfoten verbrannt haben! Der Krieg ist vorbei, Mann!«

Die Tür flog auf, und zwei Schreiber aus dem Hauptquartier des Bataillons betraten den Raum.

»Macht die verdammte Tür zu!«, brüllte jemand, weil es sofort kalt wurde. Die beiden Männer zogen ein dickes Bündel aus einem Sack, was André an eine längst vergessene Zeit erinnerte. An die Briefe für Aguire und die anderen, bis dann als Letzter Wolfson an die Reihe kam …

Die beiden Männer entfernten geräuschvoll Gummibänder von den Bündeln.

»Was zum Teufel ist das?«, fragte ein Soldat.

»Wonach sieht's denn aus?«

»Nach gottverdammten *Karten*! Aber damit ist meine Frage noch nicht beantwortet!« Der Mann musste von seinen Kameraden zurückgehalten werden. Der Büromensch drohte all ihren Hoffnungen ein Ende zu machen.

Mit einem mokanten Grinsen verteilte der Mann aus dem Hauptquartier die Karten. »Um achtzehn Uhr findet im Hangar B ein Bataillonstreffen statt.« Die beiden verließen den Raum, in dem die Stimmung sich bereits verdüstert hatte.

»Was zum Teufel soll das denn?« Die Soldaten entfalteten ihre Karten. »Suibin, Tangyuan? Russisch hört sich das für mich nicht gerade an.«

André konzentrierte sich nicht auf Städte, Ströme und Gebirge, sondern auf den ins Auge springenden Fluss, der sich an der oberen Kante der Karte entlangschlängelte, in Richtung Norden. Der Fluss hieß Amur.

In dem großen Hangar herrschte ein Riesenlärm. Es war, als würde jeder einzelne Soldat des Bataillons stänkern.

»*Stillgestanden!*«, ertönte ein dröhnendes Organ.

Als André Faulk gemeinsam mit den Kameraden aufstand, kratzten Stuhlbeine auf dem Fußboden. Während der Kommandeur des Bataillons auf die Bühne stieg, ebbte das nervöse Geplapper ab. Schließlich war es mucksmäuschenstill. Andrés Blick richtete sich auf das Gesicht ihres Befehlshabers. »Rührt euch!«, rief der Colonel mit lauter Stimme vom Podium herab. »Setzen.«

Als die sechshundert Männer Platz genommen hatte, war es wieder still.

Der Kommandeur des Bataillons starrte auf ein einzelnes Blatt Papier und schob es in seine Brusttasche, nachdem der Lärm abgeebbt war. »Vermutlich habt ihr alle die Gerüchte gehört, von denen einige zutreffend sind. Im Augenblick treten wir die Chinesen kräftig in den Arsch.« Gelächter und Beifall brandete auf, als die aufgestaute Anspannung wich. »Aber noch ist dieser Krieg nicht vorbei!« Sofort wurde es wieder ruhig. »Zumindest für uns nicht!«

»Scheiße«, murmelte der Mann neben André, dem es kalt den Rücken hinunterlief.

Der Kommandeur senkte den Kopf. »Und ich weiß, dass wir schon mehr Opfer zu beklagen haben, als zu erwarten war.«

»Oh, Scheiße«, wiederholte Andrés Nachbar.

»Aber wir müssen vor unserer Rückkehr nach Hause noch einen letzten Einsatz übernehmen.«

»Das hört sich ganz und gar nicht gut an«, kommentierte der redselige Typ neben André. Das provozierte ein »Halt's

Maul!« von seinem Hintermann und ein »Schluss jetzt!« von einem Unteroffizier.

»Vor vier Tagen haben wir mit der Operation Winter Harvest begonnen, jetzt tritt diese Offensive in ein neues Stadium. Wir werden über die Grenze in die Volksrepublik China eindringen, und dieses Bataillon wird nach China geschickt, sobald die ersten Truppen den Amur überquert haben.« Aufkommende Unruhe wurde von brüllenden Unteroffizieren im Keim erstickt. Plötzlich überkam André eine große Müdigkeit, und als der Colonel fortfuhr, bemerkte er, dass er die Augen geschlossen hatte. »Wir werden weit hinter den feindlichen Linien zuschlagen.« Es war kein Husten, kein Flüstern, kein lautes Atmen zu hören. »Ein Ranger-Bataillon wird abspringen, um die Landezone zu sichern, dann folgt unsere gesamte Brigade in Hubschraubern, die morgen um neunzehn Uhr abheben werden.«

Einige murmelten Flüche vor sich hin, André drohte sich der Magen umzudrehen.

»Insgesamt werden wir nur siebentausend Mann sein«, fuhr der Colonel fort. »Unsere Aufgabe besteht darin, die wichtigste Nachschubroute zwischen der Mandschurei und Peking abzuschneiden.« Er kam hinter dem Podium hervor, den Kopf tief gesenkt, in Gedanken versunken. Wieder fielen André die Augen zu. »Unser Auftrag ist es, ein Bergtal mit steilen Felswänden einzunehmen. Dort werden die Chinesen durchzubrechen versuchen. Kämpfe in den Bergen, Krieg zwischen Infanteristen. Es geht um die Eroberung der Höhenzüge, und zwar im Nahkampf. Können wir wichtiges Terrain halten, werden wir den Krieg gewinnen, gelingt uns das nicht, werden wir ihn verlieren. So einfach ist das. Ich habe nicht vor, euch zu verarschen. Die Chinesen werden alle Reserven mobilisieren. Sie werden uns einschließen und um jeden Zentimeter Boden kämpfen.«

André drohte einzuschlafen. Einmal merkte er noch selbst, dass ihm der Kopf auf die Brust fiel, beim zweiten Mal stieß ihn sein Nachbar an. Für den Rest der Veranstaltung hörte er nur noch oberflächlich hin. Zusätzliches Gepäck, Inspektionen, letzte Postauslieferung. Nüchterne

Details, keine Appelle an die Tapferkeit. Die Soldaten beschwerten sich mit keinem einzigen Wort. Das verstand André. Extreme Furcht hatte eine abstumpfende Wirkung. Bei André löste sie eine extreme Schläfrigkeit aus.

Südlich von Birobidschan, Sibirien
18. April, 08.00 Uhr GMT (18.00 Ortszeit)

Der Zweieinhalbtonner rumpelte über den holprigen Weg, der hier offenbar als Straße durchging. Frierend und zusammengekrümmt hockte Harold Stempel auf der mit einer Plane überspannten Ladefläche des Lastwagens. Mit knirschenden Geräuschen wechselte der Fahrer die Gänge. Alle starrten sich mit düsteren Blicken an.

Dieser Lkw war alles andere als einer der Bradleys, mit denen sie gerechnet hatten. Zwar waren die Bradleys genauso unbequem, aber die Schande, auf einem ordinären Diesellaster in die Schlacht ziehen zu müssen, war für die Infanteristen nur schwer zu ertragen.

»Diese ganze Scheiße nervt!«, begann Patterson erneut über ihre schlechte Behandlung durch die Army zu nörgeln. »Die Dreckskerle werden aus den Staaten, Japan oder von sonst wo eingeflogen, klettern aus geheizten Flugzeugen in geheizte Bradleys und *reiten* dann los, um den Krieg zu gewinnen.«

»Würdest du vielleicht lieber mit den Chinesen tauschen?«, konterte McAndrews. »Ich bin sicher, dass jede Menge von diesen Arschlöchern gern ihren Platz mit dir tauschen würden.«

»Darum geht's doch gar nicht! Hier geht's um Respekt, und genau daran lässt es die Army uns gegenüber fehlen. Seit dem ersten Tag dieses Kriegs, als ...« Er warf Stempel einen Blick zu und redete auch nicht weiter, aber es wussten sowieso alle, was er hatte sagen wollen. Er dachte an das »verlorene Bataillon«, jene überrannte Einheit, mit der Stempel nach Sibirien gekommen war. Alle hatten das Gerede gehört. Die leichte Infanterie war nicht so gut wie die Luftlandetruppen, und sie war nicht so gut ausgerüstet wie motorisierte Einheiten oder Panzerverbände. Aber Stempel hatte auch noch anderes Gerede gehört. Demnach wäre vielleicht dies oder das anders gelaufen, wenn das verlorene Bataillon energischeren Widerstand geleistet hätte.

»He, Mann«, sagte Chavez mit einem höhnischen Lächeln. »Wir sind Soldaten für den Schützengraben, doch wahrscheinlich sollen wir nur vor irgendeinem Nachschubdepot Wache schieben.«

»Ach du Scheiße«, war noch eine der gemäßigteren Bemerkungen.

Plötzlich verlangsamte der Lastwagen das Tempo, und die Männer auf der Ladefläche begannen, die Plane loszubinden. Zum letzten Mal knirschte die Gangschaltung, dann bremste der Wagen. Der Motor wurde abgestellt.

»Alle absteigen!«, ertönte der Befehl von draußen.

Stempel und die anderen kletterten durch die hinten geteilte Plane. Sie waren mitten im Niemandsland, aber nach der turbulenten Fahrt auf der Ladefläche des Lastwagens war die kalte Luft belebend. An der Heckklappe schulterten sie ihre schweren Rucksäcke.

»Dann mal los, ihr Süßen!«, sagte der Sergeant von Stempels Platoon. Mit dem schweren Gepäck auf dem Rücken stapften sie einen niedrigen Hügel hoch. Oben angekommen, starrten alle in das unter ihnen liegende Tal, in dem Tausende und Abertausende gefangene Chinesen saßen oder kauerten. Ein Lieutenant mit einer Armbinde der Militärpolizei stieg den Hügel hinauf und kam dann auf sie zu. »Bin ich froh, dass ihr gekommen seid!«

»Gab's irgendwelche Probleme?«, fragte der Sergeant den sehr viel jüngeren Offizier.

»Nein, aber ich habe gehört, dass noch ein paar tausend Festgenommene auf dem Weg hierher sind, und in ein paar Stunden ist es Nacht.«

Der Sergeant wandte sich seinen Männern zu. »Rucksäcke ablegen!«, befahl er. »Sichern und laden.«

Wortlos gingen sie zum Zaun des Gefangenenlagers, aber

alle tauschten angewiderte und wütende Blicke aus. Ihnen war klar, dass man ihnen die einzige Aufgabe überantwortet hatte, deren Bewältigung die Army ihnen offenkundig zutraute.

Weißes Haus, Washington D.C.
18. April, 23.00 Uhr GMT (18.00 Ortszeit)

Gordon Davis stand vor dem Spiegel und richtete seine Krawatte.

»Du solltest dich setzen«, sagte Elaine.

»Mir geht's gut«, antwortete Gordon.

Sie drängte ihren Mann zu dem Bänkchen vor dem Toilettentisch. »Wenn du deine Rede im Stehen halten willst, musst du deine Kräfte schonen.«

»Mir geht's *gut*«, wiederholte Gordon, während er sich auf die gepolsterte Bank setzte. »Sag mir jetzt lieber, was für ein großartiger Typ ich bin.«

Elaine lachte. »Gordon …« Sie stemmte ihre Hände auf Gordons Oberschenkel. »Gordon, mein Liebling, du wirst einen *spektakulären* Auftritt hinlegen!« Sie drückte ihn, wobei sie darauf achtete, nicht sein Jackett mit Make-up zu beschmutzen.

Gordon grinste über beide Ohren. »Und weiter?«

»Ich bin so stolz auf dich. Habe ich dir das schon mal gesagt?«

»Weiter.«

»Geht nicht. Noch mehr Lobhudelei würde dir nur zu Kopf steigen, und du würdest dich dieser Welt völlig entrückt fühlen.«

Sie lachten.

»Mamaaa!«, greinte Celeste aus dem Wohnzimmer. »In dem Outfit sehe ich wie eine *Zehnjährige* aus! Kann ich wenigstens diese lächerliche Schleife weglassen?«

Ihre Eltern lächelten und küssten sich dann zärtlich.

»Mama! Alle meine Freunde werden dieses lachhafte

Ding sehen! Diese Schande wird mich bis an mein Lebensende verfolgen!«

»Hier geht's nicht um *dich*, Celeste!«, antwortete Elaine schließlich.

»Schon gut, schon gut ... Dann komme ich eben nicht mit!« Die Wohnzimmertür wurde zugeschlagen.

»Soll ich mich darum kümmern?«, fragte Gordon.

»Das fehlte noch! Dann trägt sie am Ende ein schwarzes T-Shirt und Wanderstiefel!«

Als Gordon nach seinem drei Seiten langen Manuskript griff, überkam ihn ein Gefühl der Unruhe. Man konnte nie wissen, wie eine Rede ankam. Mit dem dramatischen Ende seiner Ansprache konnte er auch übel hereinfallen. Vielleicht würde man ihn nicht mit donnerndem Applaus und Standing Ovations entlassen, sondern mit geschocktem und überraschtem Gemurmel. Niemand hatte auch nur die geringste Ahnung, was er zu erwarten hatte. Bei den Prognosen hinsichtlich des Inhalts seiner Rede zur Lage der Nation war die *New York Times* der Sache am nächsten gekommen, die in einem Artikel darauf hingewiesen hatte, dass seine Rede kurz ausfallen würde – »als ein Versuch, wie ein souveräner Staatsmann aufzutreten«, wie die wörtliche Formulierung lautete. Aber diese Vermutung war in einem Meer von unzutreffenden Spekulationen untergegangen.

Manche Kommentatoren vermuteten, dass er öffentlich ein Friedensangebot unterbreiten, wieder andere, dass er unter der Hand mit einem Nuklearschlag drohen würde. Einige rechneten sogar mit der Ankündigung eines nationalen Referendums, bei dem angeblich darüber abgestimmt werden sollte, ob man den Krieg fortführen oder sich mit einem möglichst geringen Gesichtsverlust aus dem Bündnis zurückziehen sollte.

Gordon atmete tief durch und blickte dann in den Spiegel. Er hatte etliche Pfunde verloren, aber das würde durch die Kameraeinstellungen nicht auffallen. Er legte sein Redemanuskript auf den Toilettentisch und ging dann nach unten, um seinen Auftritt abzuwarten. Sein Herz kannte die Rede auswendig, weil sie ihm entsprungen war.

»Ich trete heute Abend nicht vor Sie, um über Politik, politische Taktiken oder über den Krieg zu sprechen«, begann Gordon seine Rede vor den versammelten Mitgliedern des Senats und des Repräsentantenhauses. »Meine Rede gilt der Lage der Nation. Ich bin hier, um vor Ihnen über den Charakter unserer Landsleute zu sprechen, über etwas, das uns verloren gegangen ist und das wir wieder finden müssen. Rudyard Kipling hat vor vielen Jahren diese Worte niedergeschrieben, die dem, der sie hören will, noch immer etwas zu sagen haben. ›Es macht keinen Sinn, noch weiter zu gehen – dies ist die Grenze der bereits bekannten Welt, hat man gesagt, und ich habe es geglaubt …‹«

Die Mitglieder des Kongresses lauschten schweigend.

»Aber welchen Sinn macht das Ringen, der erbitterte Kampf, das Voranstreben? ›Dies ist die Grenze der bereits bekannten Welt. Der Weg ist zu Ende und Stopp! Es macht keinen Sinn, noch weiter zu gehen!‹ Haben nicht wir Amerikaner eine großartige Nation geschaffen, eine so großartige, wie sie nie wieder erstanden ist? Warum sollten wir, ein reiches, fortschrittliches und im Wohlstand lebendes Land, die *führende Nation der Welt*, alles riskieren und einer Zukunft entgegenstürmen, die mit Sicherheit nur endlose Probleme bietet?«

Plötzlich empfand Gordon eine Art rauschhaftes Gefühl. Es war, als würde er sich erst jetzt wirklich der Situation bewusst werden. Bis zu diesem Augenblick war er ein anderer gewesen, weil sein Geist und sein Körper voneinander abgespalten waren. Irgendwie hatte er gar nicht das Gefühl gehabt, tatsachlich hier zu sein und endlich die Rede zu halten, die über sein Schicksal als Präsident entscheiden würde. Eben hatte er noch nicht die Bürde empfunden, erkennen zu müssen, wie wichtig dieser Moment nicht nur für sein eigenes Leben, sondern auch für das seines Landes war. Wie ein Schlafwandler war er über den kunstvoll gemusterten Teppich geschritten und dann vor zwei Telepromptern aufgewacht. Jetzt lauschte ihm das größte Publikum, dass sich in der Geschichte des amerikanischen Fernsehens je vor der Mattscheibe versammelt hatte.

»Wenn etwas verloren gegangen ist, muss man es suchen

und finden! Ängstliche, übervorsichtige und verwirrte Menschen haben stets am Rande der bereits bekannten Welt innegehalten, aber die ehrgeizigen, neugierigen und wagemutigen Männer und Frauen, die dieses Land *geschaffen* haben, das wir Amerika nennen, sind aufgebrochen und haben die Straßen gebaut, auf denen wir heute so mühelos in unseren Autos dahingleiten. Sie, meine Damen und Herren, haben den Ruf dieses Kongresses gehört und sind ihm gefolgt: ›Das Unbekannte – lasst uns aufbrechen!‹«

Jetzt brandete spontaner Applaus auf, der von so viel unerwarteter Energie kündete, dass Gordon eine Gänsehaut bekam und sich ermutigt fühlte.

»›Aber sind die Zeiten der Entdeckungen nun vorbei?‹, werden Sie fragen.« Gordons laute Worte ließen alle im Saal verstummen, der tosende Beifall hatte aber ohnehin keine Unterhaltungen nach sich gezogen. Da keine Kopien von seinem Manuskript verteilt worden waren, die das Publikum hätten ablenken können, warteten jetzt alle auf den Fortgang der Rede. »›Aber führt uns dieser Ruf nicht eher auf eine Bahn fruchtlosen Abenteurertums? Auf *Feldern* muss die Saat ausgestreut, *Zäune* müssen errichtet, weitere *Scheunen* gebaut werden!‹«

Als Gordon zur Galerie aufblickte, sah er eine lächelnde Elaine. Er war sicher, dass dieses Bild um die Welt gehen würde.

»Vor uns liegt gleichsam ein riesiges Land, auf das noch kein Mensch den Fuß gesetzt hat, das unbekannte Land der Zukunft. Niemand kann in die Zukunft blicken, aber sie wartet auf uns. Und genau wie unsere Vorfahren haben auch wir unsere Chance. Eine Chance. Wagen wir es, vorwärts zu schreiten? *Entdecken* wir diese noch unbekannten Regionen mit einem aggressiven *Geist* und innovativen *Gedanken*, und zwar auf *Wegen*, die *manchmal* richtig sein, uns bei *anderen Gelegenheiten* aber auch auf Abwege führen können? Oder werden wir unseren Mut *aufgeben* und diesen Drang, diese Kraft und diesen glühenden Ehrgeiz *vernachlässigen*, die die Motoren unseres Fortschritts *angetrieben* und das alles verzehrende *Feuer* menschlicher Leistungen entfacht haben?«

Eine Gruppe von Gordons Parteifreunden, sämtlich altgediente Redner der Republikaner, brach in Applaus aus.

»Dieser Ruf richtet sich an uns«, fuhr Gordon fort, »doch manche werden ihn niemals hören, weil sie für immer durch die Gegenwart versklavt sein werden. Als eingeschüchterte und ängstliche Menschen werden sie nicht begreifen, welche Wunder um sie herum geschaffen werden, die für sie alltägliche Wunder sind, die ihnen selbstverständlich erscheinen, als bloße Zugaben eines bequemen Lebensstils, die aber einst *Triumphe* des Einfallsreichtums und der Energie waren! Diese Menschen werden Formeln auswendig lernen, Sätze nachplappern und notdürftig Bücher verdauen, die die mächtigsten und brillantesten Gedanken der Menschheit enthalten, aber sie werden nie selbst die Fackel des Wissens weitertragen! Sie werden keine *neuen Wege* öffnen und nicht zu erkennen *wagen*, welcher Ruhm dort zu erlangen gewesen wäre!

Wenn wir als eine Nation freier Menschen überleben und die Feuer nähren wollen, die in uns brennen müssen, um uns die Stärke und die Willenskraft für die Suche nach den verborgenen Wahrheiten der Zukunft zu verleihen, müssen wir zuerst in unser Inneres blicken. Wir müssen diese Überzeugungen wieder finden, die unter der Last der Gewohnheiten, des Komforts, der Bequemlichkeit und der Behaglichkeit verschüttet sind, und wir müssen ihnen Ausdruck verleihen! Und damit richte ich mich an diejenigen unter Ihnen, die den Ruf hören. Ergreifen Sie das Wort, und schreien Sie aus vollem Hals heraus, dass wir kein Volk sind, dessen große Zeit vorbei ist! Treten Sie vor, und zeigen Sie, dass man auf Sie bauen kann, oder begnügen Sie sich mit faulen Kompromissen!«

Als die Menschen im Saal und auf der Galerie aufsprangen, brach ein vielstimmiger Beifallssturm los. Gordon atmete tief durch. So selbstbewusst hatte er sich noch nie gefühlt. Sein Stirnrunzeln verschwand, er fühlte sich ganz entspannt. Zum ersten Mal an diesem Abend lächelte er. Die Energie, die ihn jetzt durchströmte, erlöste ihn von den Schmerzen, die sonst seine Tage erfüllten. Er wartete, bis es wieder völlig still geworden war.

»Vor diesem Kongress, meine Damen und Herren, möchte ich betonen, dass die Lage der Nation in unser aller Hand liegt. Auf der einen Seite haben wir Komfort und Sicherheit, auf der anderen ein aufgewühltes, sturmgepeitschtes Meer, über das das Schiff unseres Staates manövriert werden muss. Es ist unsere Wahl, ob wir die Begrenztheit unserer Zeit überschreiten, unsere jetzigen Vorurteile und unsere Unwissenheit abschütteln und die Grenzen durchbrechen wollen, die uns wie schwere Ketten an unsere sichere Gegenwart fesseln! Wir, meine amerikanischen Landsleute, müssen die Ströme des Lebens genau im Auge behalten und dürfen es nicht zulassen, dass uns die Angst vor Schwierigkeiten zurückhält! Wenn wir das zulassen, werden wir vielleicht nie die in unberührten Wäldern liegende Quelle des Flusses kennen lernen oder die fruchtbaren Niederungen, durch die dieser Strom fließt. Die Lage unserer Nation, meine Damen und Herren, liegt in Ihren Händen. Etwas ist verloren gegangen. Suchen und finden Sie es.«

UNRUSFOR-Hauptquartier, Chabarowsk
19. April, 01.05 Uhr GMT (11.05 Ortszeit)

Einen Augenblick lang schien es, als wäre der kleine Lautsprecher des Fernsehers abgeschaltet. Präsident Davis' aufwühlende Rede ließ das Publikum für einen Moment konsterniert schweigen.

Als dann auf der Kongresssitzung im fernen Washington tosender Applaus ausbrach, brandete auch in dem überfüllten Konferenzraum ähnlich begeisterter Beifall auf. Offiziere und Soldaten wirkten gleichermaßen ekstatisch und euphorisiert. Nate beobachtete die Szenerie. Selbst die Europäer waren von diesen Gefühlen ergriffen, speziell die Briten, die lebhaft über die mehrfache Erwähnung Kiplings diskutierten.

Nate wandte sich wieder zu dem kleinen Fernseher um und sah, wie Präsident Davis unter dem Beifall von gleichermaßen lächelnden Republikanern und Demokraten gemächlich durch den Mittelgang schritt. Hände reckten sich ihm entgegen, als wäre er irgendein vorbeikommender Prominenter. Unterdessen richtete sich die Kamera auf Mrs. Davis und ihre beiden reizenden Töchter, die ungefähr im selben Alter waren wie Nates Söhne.

Die Erinnerungen an sein Heimatland machten Nate unruhig und ungeduldig. In wenigen Stunden würde sein Konterfei auf den Bildschirmen erscheinen. Im gleißenden Licht der Kameras internationaler Fernsehsender stand dann seine Show auf dem Programm, und er sehnte sich danach, dass sie ein Erfolg werden würde. Seine Jungen würden sehen, dass ihr Vater aufrecht der Gefahr trotzte und den erstaunlichen Sieg ihres Heimatlandes beschrieb. Weil seine Männer um ihr Leben kämpften, impfte dieser eitle Gedanke Nate ein Schuldgefühl ein.

Dennoch überließ er sich mit geschlossenen Augen den schwelgerischen Gedanken an einen Sieg, obwohl dieser noch keineswegs außer Zweifel stand. Er genoss seinen Triumph über alle Zweifler, selbst über diejenigen, für die er eigentlich Sympathie empfand.

»Sir?«, meldete sich Lieutenant Colonel Reed. Nate öffnete die Augen. »Der Kommandeur des Seventh Corps ist am Apparat, um Ihnen die aktuellen Positionen unserer Einheiten durchzugeben.«

Nate spürte, wie sich ihm der Brustkorb zusammenzog. In dem eben noch von Lärm erfüllten Raum wurde es still. Um den großen Tisch herum ging Nate zum Funkgerät hinüber. Schon jetzt konnte er die Stimme des Generals hören, der den Nachrichtenoffizier danach fragte, wie er über die Rede zur Lage der Nation dachte, die Gordon Davis eben gehalten hatte. Der lebhafte Tonfall des Mannes war ein gutes Omen.

»Hier Clark«, sagte Nate laut.

»Sind Sie bereit, die aktuellen Positionen zur Kenntnis zu nehmen, General Clark?«, fragte der Befehlshaber des Korps.

Überall um Nate herum raschelten Papiere.

»Ich bin so weit«, antwortete Clark mit pochendem Herzen und zugeschnürter Kehle. »Nennen Sie mir zuerst die Stellung unserer am weitesten vorgerückten Einheit.«

»2nd Battalion, 173rd Armored Cavalry Regiment, nördliches Ufer des Amur«, meldete die dünne Stimme über das Funkgerät.

Erneut brandete in dem Raum Beifall auf. »Ruhe!«, rief Nate. Es wurde wieder still.

»... kein nennenswerter Widerstand. Die chinesischen Einheiten an der Front sind völlig erschöpft. Ihre Munitionsvorräte müssen extrem geschrumpft sein, viele dieser Einheiten haben praktisch gar keine mehr. Aber bei unserer Aufklärung wird darüber spekuliert, dass vielleicht einige eingekesselte Einheiten auf substanziellen Munitionsreserven sitzen könnten, die sie nie weiter nach vorn befördern konnten. Daher möchte ich um einen Aufschub bei der Überbrückung des Flusses bitten, damit wir unsere Flanken nördlich des Amurs sichern können. Wir sind unserem Zeitplan so weit voraus, dass eine Verzögerung von vierundzwanzig Stunden ...«

»Kommt nicht in Frage«, unterbrach Clark. »Sobald die Pioniere die Brücke freigegeben haben, werden Sie und Ihre Männer den Amur überqueren.« Es entstand eine längere Gesprächspause. »Haben Sie das verstanden?«

»Vollkommen, General Clark«, antwortete der zögernde Kommandeur nach einer weiteren kurzen Pause. »Sie befehlen, mit der Überquerung des Amur zu beginnen.«

Nach dem Ende des Gesprächs wartete Reed auf Clark. »Was ist mit der 25th Light Infantry Division?«, fragte er. »Sie ist auf leichten Widerstand gestoßen und steht südlich von Birobidschan am Amur.«

»Schicken Sie sie rüber«, sagte Clark.

»Was ist ihr Ziel?«

»Über den Amur nach China einzudringen«, sagte Clark lapidar.

Kreml, Moskau
19. April, 01.10 Uhr GMT (03.10 Ortszeit)

»Für eine endgültige Bewertung des heutigen Auftritts von Präsident Davis ist es noch zu früh«, verkündete der Kommentator eines amerikanischen Fernsehsenders. Kartschew schüttelte angewidert den Kopf. »Angesichts seiner sehr schlechten Umfrageergebnisse und der trostlosen Aussichten hinsichtlich der Abstimmung über die Kriegsfinanzierung musste er sich als mutiger Präsident präsentieren. Aber eine solche Rede ist wahrlich beispiellos, und sie kam, wie ich vielleicht noch hinzufügen darf, in dieser Form völlig unerwartet. Uns war klar, dass die Ansprache angesichts des immer noch prekären Gesundheitszustandes des Präsidenten kurz ausfallen würde, doch für eine Bewertung müssen wir wirklich die ersten Blitzumfragen abwarten.«

Zwar hielten sich die amerikanischen Medien noch bedeckt, aber es war eine unbestreitbar brillante Rede gewesen. Davis hatte es geschafft, sich über das Parteiengerangel zu erheben, dessen die Amerikaner so überdrüssig waren, und zugleich einen hochgradig unpopulären Krieg zu verteidigen, ohne diesen auch nur ein einziges Mal zu erwähnen.

Kartschew schaltete den Fernseher aus. Berichte von Miss Dunn hatte er nicht gesehen, und die anderen Beiträge über den Krieg bedeuteten ihm nichts, weil sie ihn so wenig betrafen. Als Wissenschaftler hatte er den Katalysator bereitgestellt, der das System in Aktion setzte, doch wenn er danach intervenierte, würde er vielleicht genau die Dynamik verändern, die er zu analysieren versuchte. Nachdem er nach einem Stift und einem Notizblock gegriffen hatte, listete er die Resultate seiner bisherigen Experimente auf. Zuerst war da der Zusammenbruch der russischen Regierung – nicht eben eine gering zu veranschlagende Leistung. Dann die Zerstörung der noch verbliebenen russischen Machtinstitutionen im Bürgerkrieg, auch das eine äußerst respektable Leistung. UNRUSFOR und China waren in das Vakuum hineingesogen worden, und nach dem Gesetz von Ursache und Wirkung, für das hier ein klassisches Beispiel vorlag, war der Krieg das unvermeidliche Resultat gewesen. Den Krieg gewinnen würde UNRUSFOR, was ebenfalls zu einem nicht geringen Teil Kartschews Verdienst war. Einer seiner Attentäter hatte Gouverneur Bristol umgebracht, der ein sehr viel konventionellerer Mann als Davis gewesen war. Mit Bristol als Präsident – da war sich Kartschew sicher – wäre der Krieg ganz anders ausgegangen.

Die Spitze von Kartschews Stift ruhte auf dem noch unbeschriebenen Papier unter seiner Liste, dem Grenzpunkt zwischen Vergangenheit und Zukunft. »Was wird in China passieren?«, kritzelte er auf das Blatt. Durch den Kollaps der russischen Gesellschaft hatte sich ihm eine Chance geboten, die man nur einmal im Leben erhielt. Anarchie in Russland, das war zugleich ein Ziel in sich und ein Katalysator zukünftiger Ereignisse. Aber die schriftliche Analyse der gesellschaftlichen Kräfte, die durch sein Experiment in großem Rahmen entfesselt worden waren, beinhaltete auch ein Element des Zufalls. Der Rahmen, in dem sich diese Kräfte austobten, hätte gar nicht größer sein können: China, das war ein Viertel der Weltbevölkerung. Und jetzt hatte er die Frage vor sich, die nicht zu beantworten war: *Wie würde es in China weitergehen?*

Inzwischen stand Kartschew mitten auf dem strahlend roten Orientteppich. Plötzlich musste er daran denken, wie er wohl einem allwissenden Auge erscheinen mochte. Schnell ging er zu den Bücherregalen neben dem Kamin hinüber, um müßig in seiner eklektisch zusammengewürfelten Sammlung von wissenschaftlichen Abhandlungen herumzublättern. Aber anhand einer solchen Blütenlese war auch nichts Neues zusammenzustellen, da der Inhalt seiner Bücher genauso wenig mit dem modernen Leben zu tun hatte wie er selbst. Eigentlich hätte er im neunzehnten Jahrhundert leben sollen, das besser zu ihm gepasst hätte. Damals hatte man, wie es auch seine Angewohnheit war, noch umfassendere Fragen gestellt.

»Ich muss unbedingt …«, begann er, wusste aber nicht, was er unbedingt musste. Mit zusammengebissenen Zähnen beschloss er, sich wieder aus der Malaise zu befreien, in die er hineingeraten war. Er ging zum Schreibtisch und drückte auf den Knopf der Gegensprechanlage. »Hallo?« Er wartete. Nichts. *»Hallo!«*, wiederholte er ungeduldig.

Die Tür öffnete sich. Kartschew erschrak zu Tode, doch es was war nur ein ungepflegt aussehender Berater. Noch nicht, dachte er. Kartschew war erleichtert, dass ihm noch eine Gnadenfrist blieb. Jetzt stand er so kurz vor dem Abschluss seiner Arbeit. Der Berater beobachtete ihn, als hätte er den allwissenden Blick. Kartschew blickte so abrupt zu ihm auf, dass der Mann deutlich wahrnehmbar zusammenzuckte. Eine interessante Reaktion, menschlich und unfreiwillig. Kartschew lächelte.

Solche Kontakte bräuchte ich häufiger, dachte er, während ihm Gedanken über die Macht und das Ziel des Terrors durch den Kopf zu schießen begannen. *»Lasst sie ruhig hassen, solange sie nur Angst haben«*, erinnerte er sich. *Wer hat das gesagt?*

»Wie bitte?«, fragte der aschfahle Berater wie aus heiterem Himmel.

Jetzt erst begriff Kartschew, dass er seinen Gedanken laut ausgesprochen hatte. Er ignorierte den Mann. *Wenn mir schon ein menschlicher Kontakt solches Material liefert …* Er blickte auf. »Ich will bei einer Massenversammlung auftreten«

Der Mann zog eine Grimasse und neigte dann den Kopf. »Bitte?«

»Bei einer *Kundgebung*. Sie verstehen doch Russisch, oder?«

»Ja, aber … Was für eine Kundgebung?«

»Eine große. Ich will, dass der Rote Platz von einem Ende zum anderen gefüllt ist.«

»Mit Menschen?«

»Nein, Sie Idiot! Mit Ziegen und Hühnern!« Jetzt wirkte der Mann noch verängstigter als zuvor. »*Natürlich* mit Menschen! Ich will auf dem Roten Platz eine Rede über die historischen Zeiten halten, in denen wir leben!« Im Gesicht des Beraters konnte man lesen wie in einem offenen Buch. Fast hätte Kartschew ihn hören können, wie er eine Liste praktischer Probleme herunterleierte. »Bestechen Sie sie mit Brot und Wodka«, sagte Kartschew niedergeschlagen. Um seinen Schreibtisch herum ging er zu seinem Computer, auf dessen Monitor eine halb geschriebene Seite auf ihre Vollendung wartete. *Zukünftige Historiker werden ganze Bände über diese Zeit schreiben*, dachte er wütend, *aber diese Rüpel haben nichts als Brot und Wodka im Kopf!*

Der Berater räusperte sich. »Sie wollen, dass ich eine Kundgebung auf dem Roten Platz organisiere und das Publikum mit Brot und Wodka ködere?« Nach einer kurzen Pause nickte Kartschew dem Dummkopf zu. »Und Sie werden auf dieser Massenveranstaltung reden?«

Eigentlich war das gar keine Frage, sondern eine Chance für Kartschew, seine Meinung zu ändern. Er bedachte den Mann mit einem finsteren Blick, zögerte aber. Seine Herrschaft beruhte, wie er im zwölften Kapitel seines Werks dargelegt hatte, auf einem komplexen System, dessen wichtigste Stütze das »Prinzip der voneinander abhängigen Interessen« war. *Dieser* Mann, wer immer er auch sein mochte, verdankte Kartschew alles: seine komfortable Wohnung, Essen und Trinken, die Frauen oder Männer, mit denen er sich nachts amüsierte, einfach alles. Jedes Risiko für Kartschew bedrohte daher auch ihn selbst. Und aus diesem Grund funktionierte sein System, ohne dass man sich groß um seine Instandhaltung kümmern musste.

Es war eindeutig, dass der Mann Gefahr gewittert hatte, aber Kartschew ging es darum, den ins Auge gefassten Abschluss seines Manuskripts zu feiern, und diese Idee hatte eine gewisse Folgerichtigkeit. Schließlich hatte das erste Kapitel seines Buchs mit einer Massenkundgebung auf dem Roten Platz begonnen. »Am 1. Mai!«, platzte es aus Kartschew heraus, der sofort grinsen musste. »Wir werden eine gute, altmodische Veranstaltung zum 1. Mai abhalten, nur ohne Militärparade. Diesmal gibt's nur eine Kundgebung. Alles klar? Na los, verschwinden Sie! Treffen Sie alle erforderlichen Vorbereitungen.«

Zögernd verließ der Berater den Raum. Kartschew musste daran denken, dass die Vorbereitungen des Ereignisses für seinen Berater einige rein persönliche Handlungen einschließen würden: gefälschte Pässe, Bargeld, Flugtickets. Für einen untergeordneten Berater mochte eine solche Flucht im Bereich des Möglichen liegen, für Kartschew selbst jedoch nicht. Die ihm noch bleibenden Tage, wie viele es auch sein mochten, würde er in seinem fensterlosen Büro verbringen. Niemals konnte er darauf hoffen, der »Rechtsprechung« einer rachsüchtigen und selbstgerechten Welt zu entgehen.

Er blickte sich in dem leeren Raum um. »Aber was habe ich schon zu verlieren?«, murmelte er dann vor sich hin, bevor er so schnell zu tippen begann, dass das Klackern der Tasten an ein Wettrennen gegen die Zeit erinnerte.

Weißes Haus, Washington, D.C.
19. April, 11.00 Uhr GMT (06.00 Ortszeit)

»Wer ist dran?«, fragte Gordon Davis.

»Ralph Stevenson«, antwortete Daryl, der dem Präsidenten den Hörer hinhielt.

»Ralph!« Gordon massierte seine pochenden Schläfen. »Haben Sie die großartigen Neuigkeiten gehört?«

Der Kongressabgeordnete schien unsicher zu sein. »Über den Krieg?«

»Allerdings! Wir treten ihnen kräftig in den Hintern und treiben sie bis nach Peking zurück! Wie denken die Menschen in Kentucky darüber?« Während der Mann nur vorsichtig antwortete, spielte Gordon an dem kindersicheren Verschluss des Gläschens mit seinen Schmerztabletten herum. Elaine tauchte mit einer Tasse Tee auf und legte ihre kühle Hand auf seine feuchte Stirn. »Ich weiß, dass Sie Verpflichtungen gegenüber Ihrer politischen Führung haben, Ralph, aber es gibt doch auch eine Verpflichtung gegenüber der Ehre, oder? Gegenüber den Bürgern von Kentucky und Ihrem Land?«

»Mr. President, wir haben Ihnen reichlich Zeit gelassen, diesen Krieg zu beenden, und …«

»Wie wär's denn mit einem *Sieg*, Ralph? Auf diesem Weg

sind wir jetzt, wir stehen kurz vor dem Sieg. Was werden Sie vor der nächsten Wahl den Menschen in Louisville erzählen, wenn Sie mithelfen, die erfolgreichste militärische Operation der Vereinigten Staaten seit der Invasion in der Normandie zu beenden?«

Schon die bloße Erwähnung, dass er zu so etwas imstande sein könnte, entlockte Stevenson ein nervöses Lachen. Elaine tupfte Gordon mit einem Taschentuch die Stirn ab. »Hören Sie, Ralph, die Zeit ist knapp. Da drüben sterben Männer und Frauen, die diesen Krieg zu gewinnen versuchen. Sie müssen nur abstimmen. Kann ich auf Sie zählen?«

Gordon vernahm ein schwaches Seufzen. »In Ordnung, Mr. President«, sagte Stevenson dann mit müder Stimme.

»Besten Dank, Ralph!«

»Jim Berne auf Leitung zwei«, meldete Daryl.

»Jim«, begann Gordon lebhaft.

»Nein, ich bin's«, antwortete ein kleines Kind. »Mein Papa musste mal aufs *Töpfchen*! Er hat Bakterien im Bauch.«

»Ah, okay. Hör zu, meine Kleine. Ich bin der Präsident der Vereinigten Staaten. Weißt du, was das ist?«

»Klar, ich hab Sie im Fernsehen gesehen, Sie sind ›der Dummkopf‹.«

»Genau, der bin ich. Hast du auch die Soldaten gesehen, die in diesem Krieg kämpfen?«

»Ja, sie tragen weiße Klamotten, weil es so kalt ist.«

»Richtig. Dann erzähl deinem Papa mal, dass der Dummkopf sagt, er soll nicht gemein zu den frierenden Soldaten sein. Sag ihm, dass er ihnen nicht ihr Essen, ihre warmen Decken und …« Elaine gab Gordon einen Klaps auf die Schulter. »Na ja, stell dich einfach vor die Klotür und erklär das deinem Papa.«

Mit einem begeisterten »Okay!« übernahm das kleine Mädchen seinen Auftrag.

»Bill Craft auf Leitung vier«, sagte Daryl prompt, nachdem die Kleine aufgelegt hatte.

»Hier spricht Gordon, Bill.«

»Sie können ja wohl kaum aus dem Grund anrufen, den ich vermute«, sagte Senator Craft. »Gordy, ich bin einer der gottverdammten *Förderer* der Resolution gegen die Verlängerung der Kriegsfinanzierung.«

»Lassen Sie mich einfach nur ausreden und meine Sache vorbringen, Bill, mehr verlange ich nicht.«

Craft schnaubte, antwortete aber dennoch entgegenkommend. »Natürlich, Mr. President. Schießen Sie los.«

Als alles gelaufen war, lehnte sich Gordon in dem gepolsterten Sessel hinter dem historischen Schreibtisch zurück. Alles war ruhig, das Oval Office fast menschenleer. »Verbinden Sie mich mit General Clark«, sagte er mit schleppender Stimme, ohne einen speziellen Mitarbeiter dabei anzusehen. Ein Berater reichte ihm das Telefon. »Nate?«, sagte er mit rauer Stimme. »Wir haben die Abstimmung gewonnen. Die Finanzierung des Kriegs läuft noch dreißig Tage, bis dahin sollten Sie ihn gewinnen.«

Fluss Amur, Sibirien
19. April, 23.00 Uhr GMT (09.00 Ortszeit)

Harold Stempel und seine Kameraden warteten am Ufer. Erst kürzlich war die am Amur entlangführende Straße angelegt worden, doch bereits jetzt war sie von tiefen Rissen durchzogen. Wegen seines schweren Rucksacks schmerzten Stempels Rücken und Beine, aber er konnte sich nicht setzen, weil ihm klar war, dass er dann nicht wieder auf die Beine kommen würde.

Pioniere brachten zusätzliche Drahtseile an, um die Pontons zu sichern. Die Brücke wirkte Vertrauen erweckend, doch gelegentlich bewegte sich das dünne Eis, und das ächzende, durch Reibung verursache Geräusch sorgte bei den Pionieren für besorgte Mienen.

Ein mitten auf dem Ponton stehender Mann brüllte ihnen etwas zu, wirbelte mit den Armen herum und reckte dann eine Faust in die Luft.

»In Ordnung, los geht's!«, rief Stempels Platoon-Führer.

Sie marschierten in zwei Reihen über die Brücke, jeweils eine über eine solide Metallspur, die für Fahrzeuge eingerichtet worden war. Der Lieutenant führte Stempels Reihe an, gefolgt von dem Mann mit dem Funkgerät, dessen Antenne in der Luft hin und her schwankte. Dann kam Stempels Squad-Führer, schließlich er selbst, als vierter Mann in der Reihe. Die Männer auf der anderen Seite der Brücke folgten dem Platoon Sergeant. Ein schneller Blick auf das Eis flussaufwärts verursachte Harold ein definitiv unbehagliches Gefühl.

Vom Ufer aus gesehen wirkte das Eis ziemlich stabil, doch von der Brücke aus war offensichtlich, dass es gefährlich dünn war und dass sich diese Tendenz durch den sonnigen Tag noch verstärken würde. Neben der sanft schaukelnden Pontonbrücke war das Eis von einem Ufer zum anderen gebrochen. Das Wasser war dunkel und schien ein böses Omen zu sein.

Sie kamen an einer Gruppe Pioniere vorbei, die mühsam Drahtseile an der Brücke zu befestigen versuchten, um ihre Sicherheit zu gewährleisten. Am liebsten wäre Harold schneller gegangen, doch er durfte seinen Platz in der Reihe nicht verlassen.

Als ein weiteres lautes, unheilvolles Ächzen des Eises ertönte, wandten sich alle um, aber dem bloßen Augenschein nach hatte sich nichts verändert. Das graue Eis war weiterhin nicht gebrochen. Harold spürte, wie ihm wegen der warmen Sonne ein Rinnsal Schweiß den Rücken hinunterlief.

Mehrmals fühlte er die Brücke unter seiner Füßen schwanken, doch es war keine heftige Bewegung, sondern eine sanfte, durch die Strömung ausgelöste. Er spähte um den aus allen Nähten platzenden Rucksack des Manns mit dem Funkgerät herum. Die Brücke neigte sich nach links. Lange, am Ufer befestigte Spanndrähte hielten sie, aber wegen der unbarmherzigen Strömung neigte sie sich dennoch zu einer Seite. Wieder wünschte sich Harold, seine Schritte beschleunigen zu können, aber es ging nicht.

Als er seinen Fuß endlich auf trockenen Boden setzen konnte, atmete er erleichtert auf.

»Hätte ich nie gedacht, jemals nach China zu kommen«, sagte McAndrews.

Stempel blickte auf die von Hunderten vorbeikommender Fahrzeuge verursachten Risse in der Straße. *China*, dachte er erstaunt.

»Was ist das denn?«, fragte Patterson, der einen grünen Behälter entgegennahm, der wie eine übergroße Haarspraydose aussah.

»Tränengas«, antwortete der Platoon-Führer, der auch den anderen Soldaten eine der kalten, schweren Dosen reichte. Jetzt tauchte Chavez mit Stofftaschen mit Gasmasken auf.

»Und wofür sind *die*?«, hakte ein ungläubiger Patterson noch einmal nach. Allmählich war die Geduld des Sergeants erschöpft, aber Patterson wollte nicht lockerlassen.

Schließlich hatte der Sergeant die Nase voll. »Hast du eigentlich eine Ahnung, wie viele Chinesen es gibt, du Arschgesicht? Eineinhalb Milliarden! Und auch dort geben sie Tränengas aus! Dreimal darfst du raten, wofür die Gasmasken also sind!«

Nördlich von Tangyuan, China
20. April, 11.00 Uhr GMT (21.00 Ortszeit)

Der Blackhawk-Helikopter schlingerte durch die von Sturm gepeitschte Luft. André Faulk war speiübel. Es war schon Stunden her, dass sie aufgetankt und die chinesische Grenze überflogen hatten. Noch nie zuvor hatte er so lange in einem Helikopter gesessen. Wegen des Gewichts der außen angebrachten, zusätzlichen Treibstofftanks hatte auf die Bodenpanzerung verzichtet werden müssen. Nach dem Überqueren der Grenze hatten sich alle auf ihre Rucksäcke oder Helme setzen müssen. André taten Rücken und Gesäß weh.

Das größte Unbehagen verursachten ihm weder die Bedrohung durch Flugabwehrgeschütze noch der mangelnde Komfort. Das gesamte Bataillon war direkt in eine Kaltwetterfront hineingeflogen. Jetzt wurden sie hin und her geschleudert wie ein kleines Boot auf rauer See. Über den Bergen waren die Windstöße gegen den Hubschrauber so brutal, dass es einem fast den Atem verschlug. Mehrere seiner Kameraden hatten sich bereits in die dafür vorgesehenen Tüten erbrochen. Auch bei André war es ein paar Mal fast so weit gewesen, aber er konnte es gerade noch verhindern, obwohl er die muffig riechende Tüte bereits vor sein Gesicht gehalten hatte.

»Dreißig Meilen!«, brüllte der Squad-Führer, nachdem er sich über die Bordsprechanlage über ihre Position informiert hatte. »Noch dreißig Meilen bis zur Landezone!« Dann musste auch er sich mitten in der Kabine erbrechen. André spürte, wie ihm das Blut in den Adern zu gefrieren begann. Seine Haut kribbelte, seine Hände wurden kalt. Eine unkontrollierbare Angst hatte von seinem ganzen Körper Besitz ergriffen.

Alle warteten darauf, dass Kugeln gegen den stählernen Rumpf des Helikopters schlugen, aber sie hörten nichts dergleichen. Niemand sagte etwas, als der Hubschrauber sein Tempo verlangsamte.

Mit einem markerschütternden, dumpfen Geräusch setzte der Helikopter auf. Die Tür öffnete sich einen Spalt weit, der Abwind des Rotors drang ins Innere. Als die Tür dann ganz aufglitt, kam noch der wirbelnde, kühle Sturm hinzu. Der Sergeant sprang nach draußen. Nacheinander verschluckte die Finsternis die mit ihrer schweren Ausrüstung beladenen Männer. André rutschte auf dem Hintern auf die offene Tür zu. Das Gewicht seines Rucksackes hinderte ihn am Aufstehen. Als seine Beine dann unter den Rotorblättern in der Luft baumelten, kamen die ersten Männer zurück, um Lattenkisten mit Material auszuladen.

»Komm endlich!«, brüllte jemand, doch die Worte wurden fast völlig vom Dröhnen der Maschinen verschluckt. André sprang zu Boden, hatte aber die Höhe falsch eingeschätzt und fiel auf die Knie. Zwei der zurückkehrenden Männer halfen ihm hoch. Schwerfällig schleppte sich André über

den unebenen Boden. Dutzende Helikopter standen in der Landezone. Der Sergeant stieß André in die richtige Richtung. Die Ausrüstung der anderen war aufeinander gestapelt. Schnell löste auch André die Riemen seines Rucksacks, der mit einem dumpfen Geräusch zu Boden fiel.

Ohne diese Last fühlte er sich geradezu leicht. Gemeinsam mit einem anderen Soldaten kehrte André zum Helikopter zurück, um eine der schweren Lattenkisten herauszuziehen, die sie dann zwischen andere fallen ließen, aus denen ihr kleines Materialdepot bestand. Die Helikopter, die sämtlich ihre roten, grünen und weißen Lichter eingeschaltet hatten, um Zusammenstöße zu vermeiden, stiegen wieder in die Luft auf. Eine veritable Anzahl von Männern war durch die eigenen Helikopter ums Leben gekommen.

Der Abwind eines niedrig über ihren Köpfen hinwegfliegenden Hubschraubers zwang die Soldaten am Boden auf die Knie. Als er, gefolgt von anderen Helikoptern, verschwunden war, wurde es immer stiller. Schließlich – sie standen wieder neben ihren Rucksäcken – war keiner der Blackhawks mehr zu sehen.

»Immer hinter dem M-60-MG her«, sagte der Squad-Führer flüsternd. »Räumt die Landezone, vorwärts!« Mit den anderen marschierte André in die Finsternis. Insgesamt waren sie sechshundert Mann mit Tonnen von Gepäck. Mittlerweile war die Nacht still und friedlich. Schon bei anderen Einsätzen hatte André dieses Gefühl der Desorientierung kennen gelernt. Stundenlang der Lärm der Motoren, dann der Abwind des Rotors, schließlich völlige Stille. Es war eine plötzliche Veränderung, auf die man nicht vorbereitet war.

Aber sobald sich das Gehör an die Stille gewöhnt hatte, musste man sich gegen etwas anders wappnen. Man durfte nicht zulassen, dass einen der Lärm eines Feuergefechts handlungsunfähig machte. Angestrengt lauschte man auf das geringste Geräusch, aber gleichzeitig bereitete man sich auch auf die Explosionen vor. Man versuchte, sich gegen die Todesgefahr abzuhärten, die einen jeden Augenblick aus der Stille heraus anspringen konnte. War man in den ersten paar Sekunden paralysiert, verlor man sein Leben fast mit Sicherheit. Bei anderer Gelegenheit hatte er bereits im plötzlich aufflammenden Scheinwerferlicht auftauchende Chinesen wie Rehe aus dem Hinterhalt ins Visier genommen – diese entsetzlichen ersten Sekunden waren entscheidend.

André schloss zu seinen Kameraden auf. Durch Zufall ergatterte er den Platz neben dem Maschinengewehr. Auf Befehl des Sergeants entsicherten sie ihre Waffen, dann brachen sie in das unbekannte Land auf. André hielt sich dicht neben dem M-60-Maschinengewehr, das zwar feindliches Feuer auf sich ziehen würde, neben dem er sich aber immer noch am sichersten fühlte. Funktionierende Maschinengewehre wurden fast nie überrannt. Sie waren mörderische Waffen, die Wellen von Angreifern das Genick brechen konnten und im modernen Infanteriekrieg von entscheidender Bedeutung waren.

Das Platoon marschierte auf die hohen, gezackten Felsen zu, die überall um die Landezone herum aufragten. Andrés Nerven waren bis zum Zerreißen gespannt – er wusste nicht, was auf ihn zukam, und stolperte blind und nichts ahnend voran. Als sie die Ebene verließen, wurde eine Nachricht von Mann zu Mann weitergegeben. Nirgendwo in ihrer Umgebung standen verbündete Soldaten, sie konnten in alle Richtungen feuern. Und sie würden jeden töten, der sich ihnen in den Weg stellte.

3. KAPITEL

UNRUSFOR-Hauptquartier, Chabarowsk
21. April, 11.00 Uhr GMT (21.00 Ortszeit)

An der Tür von Clarks Büro wurde geklopft. Sein Sekretär trat ein. »Tut mir Leid, Sie stören zu müssen, Sir, aber diese Reporterin ist zurück.«

Verwirrt blickte Nate auf. »Wer ist zurück?«

»Ich!«, sagte Kate Dunn wütend, während sie sich ihren Weg in das Büro bahnte. »Sie haben gesagt, Sie würden mich an die Front schicken, aber da wurde kaum ein Schuss abgegeben! Und Sie haben mich *ausgenutzt*! Sie setzen mir irgendwelche unsinnigen Storys über die angebliche Schwäche Ihrer Truppen vor, und ich wiederhole sie auch noch wie ein Handlanger!«

Clark nickte seinem Sekretär zu, der daraufhin das Büro verließ. »Haben Sie je etwas von einem strategischen Täuschungsplan gehört?«

»Mit *Täuschung* habe ich allerdings Bekanntschaft gemacht! ›Strategisch‹ hört sich einfach nur gut an, weil es um eine militärische Angelegenheit geht! Aber mein Job ist es, die Wahrheit zu berichten, und Sie haben mich seit unserer ersten Begegnung von vorn bis hinten *verarscht*!« Kate befürchtete, vielleicht doch etwas dick aufgetragen zu haben.

»Ich hätte ja auch Ihren Freund wegen Besitzes von Marihuana einbuchten lassen können«, antwortete Clark.

»Wegen ein bisschen Dope, hier, mitten in Sibirien? Hier herrscht Anarchie, Gesetze gibt's nicht mehr.«

»Es gibt das Militärgesetz, und Sie haben es gebrochen, als Sie bei dem Nachschubdepot herumgeschnüffelt haben.«

»Ich habe nicht geschnüffelt, sondern war als Reporterin unterwegs! Das ist mein Job!«

»So wie Sie Ihren Job erledigen, halten Sie mich davon ab, *meinen* zu tun! Außerdem hätte Ihr Verhalten eine ganze Reihe von Menschen das Leben gekostet! Das Leben *Ihrer*

Landsleute, der Soldaten der Armee *Ihrer* Nation. Sie und Ihre Kollegen von den Medien glauben, sich über nationale Gesichtspunkte erheben zu können, und nehmen einen unausgegorenen Standpunkt der ›Neutralität‹ ein! Sie glauben, von einer Position irgendwo in der Mitte zwischen den verfeindeten Parteien berichten zu müssen, ungeachtet der Tatsache, dass eine Seite im *Recht* ist und die andere im *Unrecht*!« Nate musste sich selbst Einhalt gebieten. Nachdem er monatelang von den Medien verspottet worden war, waren jede Menge Ressentiments zurückgeblieben.

Aber Kate änderte ihre Linie nicht. »Ich reiße mir den Hintern auf, um eine anständige Story darüber hinzukriegen, wie es in diesem Krieg *wirklich* läuft, und Sie schicken mich zu diesem Micky-Maus-Angriff im Westen. Ich habe geglaubt, wir hätten ein Abkommen, und außerdem habe ich Sie für einen Mann gehalten, auf dessen Wort Verlass ist.« Ihre letzten Worte schienen den gewünschten Effekt zu haben.

»Sergeant Scott!«, bellte Clark. Der General und die Journalistin starrten sich über den Schreibtisch hinweg an. »Sergeant *Scott*!« Als der erneute Ruf erfolglos blieb, murmelte Clark etwas vor sich hin, um dann persönlich nach dem Mann zu suchen. Kate blieb allein zurück. Das Büro war spartanisch eingerichtet. Außer der farbenfrohen Karte auf dem Schreibtisch gab es hier praktisch nichts Interessantes zu sehen. Aus ihrer Perspektive sah sie die Karte umgekehrt, aber sie konnte den vertrauten Lauf des Amurs ausmachen. Es war die Generalstabskarte eines Oberbefehlshabers, die die Kriegslage im großen Maßstab offenbarte. Die Stifte mit den blauen Köpfen markierten UNRUSFOR-Einheiten, die mit den roten chinesische. Zwei blaue Stifte ragten tief in eine Masse von roten. Ein bescheidener, von Wladiwostok ausgehender Vormarsch übte aus östlicher Richtung Druck aus, und ein riesiger Keil erstreckte sich aus dem Norden zwischen hungernde chinesische Einheiten, die Nahrung, Wasser und Schutz suchten. Es waren junge Männer, die sich nur noch nach dem Ende des Grauens sehnten. Auf der Karte wirkte die Offensive großartig, aber die Realität vor Ort spiegelte sie nicht wider, die menschlichen Katastrophen und den verzweifelten Kampf darum, welchen Ausgang dieser Krieg nehmen würde.

Ein kleiner blauer, tief im Norden Chinas vergrabener und von den restlichen verbündeten Truppen isolierter Kessel erregte Kates Aufmerksamkeit. Sie verrenkte ihren Kopf und las. Unter der kleinen blauen Insel stand »75th/101st«. Vom Vorzimmer her hörte Kate Stimmen, aber sie konnte schnell noch dreierlei registrieren: den massiven roten Hammer einer chinesischen Armeeabteilung, der sich in nördlicher Richtung auf den blauen Flecken zubewegte, die beiden Spitzen, die sich derselben Stelle zu nähern schienen, und den Namen, der auf der Karte am dichtesten neben der Einheit stand: »Tangyuan«. *Tangyuan*, dachte sie wieder und wieder.

Als Clark mit seinem Sekretär zurückgekehrt war, begann er zu diktieren. »An: Alle Angehörigen der UNRUSFOR-Truppen. Absender: Lieutenant General Clark, oberster UNRUSFOR-Kommandeur. Heutiges Datum. Empfänger: Ms. Kate Dunn.« Die Reporterin starrte ihn wartend an. »Ms. Dunn ist Auslandskorrespondentin der National Broadcasting Company. Hiermit ordne ich an, dass ihr unbeschränkter Zugang zu allen Bereichen gewährt wird, die unter der Kontrolle von UNRUSFOR stehen, was auch, und zwar ohne jede Einschränkungen, alle Kriegsschauplätze und Einheiten einschließt, die sich im Kampf mit dem Feind befinden. Sie werden auf diesem Weg aufgefordert, Ms. Dunn in jeder Hinsicht zu unterstützen, damit sie und ihr Kameramann, wie oben ausgeführt, überall Zugang erhalten.«

»Inklusive Transport an die betreffenden Orte«, ergänzte Kate fast flüsternd.

»… inklusive Transport«, fügte Clark seinem Schreiben hinzu.

Kate streckte die Hand aus. »Ich weiß Ihre Unterstützung wirklich zu schätzen, General Clark.« Als Nate ihr gerade die Hand schüttelte, klingelte das Telefon.

»Es ist der Präsident«, vermeldete Clarks Sekretär, der Kate zur Tür drängte.

Stellungen der Einheiten am 21. April
Russland
Ochotskisches Meer
Britische Inf.-Bgd.
Swobodny
I. Euro-Corps
III. Corps
II. Euro-Corps
Frz. Inf.-Bgd.
Urgal
1st Inf. Div. (Mech)
Dt. Panzer-Div.
Frz. Inf.-Div.
Frz. Inf.-Bgd.
Dt. Inf.-Bgd.
Britische Inf.-Bgd.
Britische Inf.-Div.
1st Cavalry Div.
Inf.-Division
Heeresgruppe Schenjang (Nord)
Britische Panzerdiv.
3rd Arm. Cav. Rgmt.
Inf.-Div.
Grenztruppen
Luftstützpunkt Birobidschan
1st Bde., 25th Inf. Div. (Light)
Belg. FSJ-Rgmt.
Franz. Batt.
Komsomolsk
205th Inf. Bde. (Light) Minn.
29th Inf. Bde. (Sep.)
2nd Bde., 25th Inf. Div.
I. Corps
Amur
5th Marine Exp. Brig.
Wanin
Panzer-Div.
85th Inf. Bde. (Mech) Ohio
3rd Bde., 25th Inf. Div.
3rd Infantry Div. (Mech)
Chabarowsk
Heeresgruppe Peking
Heeresgruppe Jinan
Zentrale Tiefebene
75th Ranger Regiment
1st Bde., 101st Airborne Div. (Airmobile)
Sungari
Ussuri
Tartarischer Sund
Charbin
Heeresgruppe Schenjang (Süd)
2nd Infantry Div. (Mech)
1st Marine Div.
Chanka-See
Dt. Inf.-Div.
3rd Marine Div.
1st Marine Exp. Brig.
I. Marine Amphibious Corps
Suifenhe
2nd Bde., 101st Airborne Div. (Airmobile)
Ussuriisk
3rd Bde., 101st Airborne Div. (Airmobile)
XVIII. Airborne Corps
Reserve
82nd Airborne Div.
Dt. FSJ-Rgmt.
China
Wladiwostok
Jalu
Nordkorea
Japanisches Meer
Hokkaido
Tsugaru-Straße
Japan
Honschu
Meilen 0 50 100
Kilometer 0 81 161

»Sind Sie für Ihren großen Auftritt vorbereitet?«, fragte Präsident Davis.

»Ja, Sir!«, antwortete Clark. »Aber es ist schon manchmal etwas schwierig, Ihnen folgen zu können, Sir. Das war ja eine Wahnsinnsrede, die Sie da gehalten haben.«

Davis lachte. »Ja, mir hat sie irgendwie auch gefallen. Jetzt möchte ich, dass Sie zu dieser Pressekonferenz gehen und den Journalisten ebenfalls die Hölle heiß machen, General Clark. Und halten Sie mit nichts hinter dem Berg. Ich möchte, dass die Menschen daran glauben, dass wir den Krieg gewinnen können. *Sie* sollen alle davon überzeugen, dass das realistisch ist.«

»Aber es kann immer noch jede Menge schief gehen, Mr. President. Bisher hat nur eine Division den Amur überquert, dazu kommen Teile von einem halben Dutzend Einheiten aus ebenso vielen Ländern. Und wenn das Eis jetzt bricht …«

»All das ist mir bewusst, Nate. Aber Sie haben einen Job zu erledigen und müssen dazu beitragen, dass die Amerikaner hinter diesem Krieg stehen, damit Sie ihn gewinnen können. Meine Aufgabe besteht darin, alle davon zu überzeugen, dass die Gegenoffensive *bereits jetzt* ein Erfolg ist. Sie müssen das Steuer in die Hand nehmen und Vollgas geben, um diesen Zug ins Rollen zu bringen. Vielleicht ist er im Moment noch halb leer, aber immer mehr Menschen werden sich beeilen, auf ihn aufzuspringen. Schieben Sie Ihre Sorgen einfach für eine halbe Stunde zur Seite, Nate. Genießen Sie einen Augenblick lang die Erfolge, die Sie und Ihre Männer bereits erreicht haben! Und sorgen sie dafür, dass die Journalisten Ihre Genugtuung auch spüren.«

»Guten Morgen«, hallte Clarks Stimme durch den Raum für die Lagebesprechungen, in dem unter den Journalisten gespanntes Schweigen herrschte. »Heute kann ich Ihnen von einem großartigen Sieg berichten.« Zwei Berater entfernten einen grauen Plastiküberzug von der wandgroßen Landkarte. Die Reaktion war allgemeines Erstaunen, manche schnappten gar sprachlos nach Luft.

Kate und Woody verfolgten die Pressekonferenz aus der hintersten Reihe. Da waren die beiden blauen Zinken, die Kate in Clarks Büro aufgefallen waren, doch auf dieser Karte hatte sich irgendetwas verändert, was vermutlich auf ein weiteres von Clarks Täuschungsmanövern zurückging. Das kleine blaue Inselchen in der Nähe der chinesischen Stadt Tangyuan war verschwunden. Die Reporterin zog ihren Kameramann zur Tür.

»UNRUSFOR-Truppen«, fuhr Clark lautstark fort, »sind südlich des Amurs aus westlicher Richtung ins Innere Chinas vorgedrungen, weitere Einheiten aus dem Bereich Wladiwostok in westlicher Richtung.« Wieder wurde es laut. »Folglich sind die Resultate der Operation Winter Harvest bislang ... spektakulär.« Die silberne Spitze von Reeds Zeigestock zeigte auf die Stelle des größten Vorstoßes in südlicher Richtung. »Innerhalb von sechzig Stunden sind die UNRUSFOR-Einheiten über sechzig Meilen vorgerückt. Dabei haben sie über zweihunderttausend chinesische Soldaten eingekesselt.«

Erregte Unterhaltungen erfüllten den Raum.

»Im Osten«, fuhr Clark fort, während Reeds Zeigestock mittlerweile auf Wladiwostok zeigte, »ereignet sich etwas gleichermaßen Bedeutsames. Chinesische Linien, die sich während der ersten Tage dieses Krieges stabilisiert hatten, sind jetzt kollabiert, wir haben alle vier Verteidigungsringe durchbrochen.« Jetzt ruhte Reeds Zeigestock auf der Mitte der Landkarte. »Hier in Chabarowsk und auf dem lange umzingelten Luftstützpunkt Birobidschan stationierte Einheiten sind in getrennten Vormärschen in Richtung Amur aufgebrochen. Überall hatten wir weniger Opfer als erwartet zu beklagen, und zwar auf beiden Seiten. Kommandeure vor Ort berichten von vierzigtausend gefangen genommenen chinesischen Soldaten.«

Die nunmehr fürs Erste beendete Erfolgsgeschichte stieß auf begeisterte Zustimmung.

»Sie müssen Verständnis dafür aufbringen, dass ich aus Besorgnis um die Sicherheit der Operation im Moment über Winter Harvest nicht viel mehr sagen kann. Aber ich möchte die Gelegenheit doch nutzen, um Ihnen einen persönlichen Eindruck mitzuteilen. Kein Krieg ist jemals populär, jeder Krieg ist eine entsetzliche, abscheuliche Verschwendung von Menschenleben. Doch wenn alle Bemühungen um eine friedliche Lösung erfolglos geblieben sind und die Diplomaten vergeblich ihr Bestes gegeben haben, bleiben einem nur zwei Möglichkeiten: davonlaufen und dem Gegner das Feld überlassen oder aber kämpfen. Nun gibt es Menschen, die sich lautstark gegen diesen Krieg ausgesprochen haben, und das ist auch gut so, denn *gerade* in Zeiten wie diesen steht das Recht auf freie Meinungsäußerung an erster Stelle. Aber vielleicht sollten sich jetzt, wo für alle offensichtlich ist, dass wir diesen Krieg gewinnen können, die Debatten auf die militärische Realität konzentrieren.«

Mit einer ausladenden Armbewegung wandte sich Clark zu der Karte um. »Was Sie hier sehen, haben wir schon die ganze Zeit über geplant, und der Erfolg hat selbst unsere *kühnsten* Träume übertroffen!« Alle blickten Clark an. Stifte lagen unbenutzt auf den Blöcken, Kameras surrten. »Es wird weitere Kämpfe geben, doch eines sollte aus der auf dieser Karte verzeichneten Lage einwandfrei hervorgehen. Die chinesische Volksbefreiungsarmee wird im Feld besiegt. Wir werden diesen Krieg gewinnen.«

Der Major, auf den Kate und Woody warteten, telefonierte noch. Es war wieder einer dieser unerträglichen, für die »Öffentlichkeitsarbeit« zuständigen Offiziere, die ständig vorgaben, auf der gleichen Seite zu stehen wie die Medien. Stets stimmten sie zu, dass nicht alles mit rechten Dingen zugehe, aber was konnten sie schon tun? Sie waren ja nur »ein Rädchen im Getriebe«, wie sie dann pausenlos betonten, und bekamen ihre Anweisungen von »ganz oben«, vom Befehlshaber persönlich.

Auf dem Schreibtisch des für die Öffentlichkeitsarbeit zuständigen Offiziers standen zwei Schilder. Auf dem Ersten war zu lesen: VIER FEINDLICH GESINNTE ZEITUNGEN SIND MEHR ZU FÜRCHTEN ALS TAUSEND BAJONETTE – NAPOLEON. Der zweite Ausspruch war jüngeren Datums: Wo

IMMER KOMMANDEURE AUCH HINGEHEN MÖGEN, SIE SOLLTEN MIT CNN GENAUSO RECHNEN WIE MIT DEM WETTER. WIR WERDEN VOR ORT SEIN UND AUF DEM SCHLACHTFELD EINFACH MIT DAZUGEHÖREN. – JAMIE MCINTYRE, CNN-KORRESPONDENT.«

Nachdem der Major den Telefonhörer aufgelegt hatte, überflog er erneut ein bereits eselsohriges Memorandum von General Clark. Dann verließ er den Raum. Kate bemerkte, dass Woody sie anblickte. Ihr Reisegepäck lag neben ihnen, inklusive der Kamera. »Was gibt's?«, fragte die Reporterin.

»Wohin geht die Reise, Kate?«

Der Major kam mit einem Colonel zurück, der der Chef der Armee für Lufttransporte war und Clarks Memorandum in Händen hielt. »Was kann ich für Sie tun?«, fragte er.

»Ich möchte nach Tangyuan«, sagte Kate. Woodys Kopf flog zu ihr herum.

Der Colonel lachte nur. »Keine Ahnung, wovon zum Teufel Sie da reden«, log er ungeschickt.

Kate beugte sich vor. »Ich sage nur 75th/101st«, flüsterte sie. Dem Gesichtsausdruck des Colonels war nichts anzumerken. »General Clark hat gesagt, ich soll mich an *Sie* wenden.« Kate blickte auf den Namen über der Brusttasche des Colonels. »An Colonel Wheatley auf dem Luftstützpunkt.«

»Whatley«, korrigierte der Major.

»General Clark hat mich *namentlich* erwähnt?«, fragte der Colonel. Kate nickte nachdrücklich.

»Nun, da schicken wir nur Luftlandetruppen hin«, erwiderte der Colonel mit einem breiten, freundschaftlichen Grinsen, »aber ich bezweifle, dass Sie aus Flugzeugen abspringen können.«

»Wie sieht's mit Sanitätshubschraubern aus?«, fragte Woody fast zögernd. Seine Stimme klang hölzern und müde.

Der Colonel blickte den für die Öffentlichkeitsarbeit zuständigen Major an, der achselzuckend antwortete: »Im Sinne der freien Berichterstattung sind die Kommandeure vor Ort gehalten, Journalisten die Mitreise in Militärfahrzeugen und Flugzeugen zu gestatten, wann immer dies irgend möglich sein sollte.« Kate blickte den Colonel mit einem ironischen Gesichtsausdruck an.

Kate und Woody wurden zu einem mobilen chirurgischen Lazarett der Army gebracht und dann von einer Krankenschwester in einem Fliegeranzug zu einem großen, mit zusätzlichen externen Treibstofftanks ausgerüsteten Helikopter geführt. Die Motoren liefen bereits, die Rotorblätter begannen sich zu drehen. Sie hievten ihr Gepäck in den Hubschrauber und kletterten dann an Bord. Nachdem eine Sanitäterin geräuschvoll die Tür geschlossen hatte, suchten sie sich zwischen den Bahren einen Platz.

Obwohl der Flug lange dauerte, waren die beiden Krankenschwestern die ganze Zeit über beschäftigt. Sie mussten Infusionstüten an Haken befestigen, Sauerstoffmasken auf die Kopfkissen legen und kleine Fläschchen mit bereits abgeschraubten Deckeln bereit stellen. Ihre Stiefelsohlen quietschten auf dem Stahlboden, während sie ein Handtuch nach dem anderen unter den Bahren anbrachten. Als der Helikopter wegen der zunehmend rauen meteorologischen Verhältnisse zu schlingern begann, wurde Kates Blick von den Handtüchern angezogen. *Hier muss man einen festen Stand haben,* dachte sie, *und die Handtücher werden dafür da sein, den Boden trocken zu halten.*

Die letzten Augenblicke vor der Landung waren am schlimmsten. Der Helikopter war durch eine sibirische Kaltwetterfront geflogen, die wie eine Lawine auf sie zugekom men war. Jetzt schlingerte und ruckte er, während der Pilot die Flughöhe verringerte. Wann immer der Boden unter einem Stoß erzitterte, glaubte Kate, dass der Rotor den Boden gestreift hätte und zerbrochen wäre.

Ein brutaler Stoß ließ einen stechenden Schmerz durch ihren Rücken schießen. Die Tür glitt auf, der Wind des Schneesturms drang mit voller Wucht ins Innere des Helikopters. Nachdem sie ihr Gepäck zusammengesucht hatten, gingen Kate und Woody zur Tür hinüber. Schon von dort aus sahen sie den ersten blutigen Körper, der durch den höllischen Wind zu dem Helikopter getragen wurde. Kate beobachtete eine Szenerie des Grauens: weinende Männer, von denen einer sogar nach seiner Mutter schrie. Sie sprang aus dem Hubschrauber, Woody folgte.

Die Tür schloss sich wieder, und der Abwind des Rotors zwang Kate und Woody auf die Knie. Schnee und Dreck wurden aufgewirbelt. Als der Helikopter verschwunden war, kamen ihnen die stürmischen Windstöße fast leise vor.

»Was zum Teufel haben Sie hier zu suchen?«, ertönte eine laute Stimme.

Als Kate Woodys Gesichtsausdruck bemerkte, war ihr klar, dass der Kameramann sich dieselbe Frage stellte.

Brigadier General Lawson, der Kommandeur der Brigade, warf einen Blick auf General Clarks Memorandum, zerknüllte das Papier und schleuderte es gegen die vom Wind ausgebeulte Wand des Zelts. »Sie haben vielleicht *Nerven*, einfach hierher zu kommen! Wissen Sie eigentlich, auf was Sie sich da einlassen?«

»Wir berichten als Auslandskorrespondenten über eine militärische Operation und tun nur unseren Job«, antwortete Kate.

»Ach, *tatsächlich*? Na gut, großartig. Wenn Sie auf Krieg scharf sein sollten, sind Sie hier genau richtig!« Er führte sie zu einer Karte des felsigen Geländes, die unter einer batteriebetriebenen Lampe lag. »Hier stehen *wir*. Und überall sonst« – seine Hand umschloss die Felskämme mit den blauen Stiften – »befinden sich chinesische Soldaten aus Tsinan, eine Viertelmillion Männer.«

Verwirrt schüttelte Kate den Kopf. »Ich verstehe das nicht. Wie sollen Sie denn mit ein paar tausend Männern eine Viertelmillion Chinesen aufhalten?«

»So wie ich den Plan verstanden habe, sollen wir mit allen Mitteln kämpfen. Auf hohen Bergkämmen überleben und uns nachts schnell bewegen. Den Chinesen harte Schläge versetzen und uns dann aus dem Staub machen. Das bedeutet, tagelang ohne eine warme Mahlzeit auskommen zu müssen und immer nur zwei oder drei Stunden am Stück schlafen zu können. Wird man verletzt, sieht's nicht gut aus. Jetzt wissen Sie also, worauf Sie sich hier eingelassen haben und dass Sie obendrein für mich nur ein beschissener Klotz am Bein sind!«

Das Geschrei des Mannes machte Kate nicht nervös, aber was er sagte, verängstigte sie zu Tode. »Aber man würde Sie und Ihre Männer doch mit Sicherheit nicht als Kanonenfutter hierher schicken.«

»Man hat uns hierher geschickt, um das Schlachtfeld zu isolieren und es anrückender chinesischer Verstärkung unmöglich zu machen, unsere Einkesselung der Invasionstruppen zu verhindern.« Der Blick des Generals richtete sich auf die Karte. »Die Felswände dieses Tals sind steil, die Talsohle kanalisiert die Chinesen und verengt unsere Front. Wenn wir uns festsetzen und um jeden Felsbrocken kämpfen, können wir das hoch gelegene Terrain halten und gewinnen. Sie werden weiter Todgeweihte gegen unsere Feuerstellungen anrennen lassen, und wir werden sie weiterhin umlegen. Das ist ein ganz einfaches und brutales Kalkül. Erfreulich ist daran absolut gar nichts.«

Nördlich von Tangyuan, China
22. April, 22.00 Uhr GMT (08.00 Ortszeit)

Der Schuppen schützte André zwar vor dem Sturmwind, aber es hatte sich Schnee darin angesammelt, der ihn frösteln ließ. Es war ein grauer, dunkler Vormittag.

Ein Maschinengewehr eröffnete das Feuer.

»Kommt schon, vorwärts!«, schrien fast alle Männer wie aus einem Mund. Es klang, als würden sie eine unter Druck stehende Heimmannschaft anfeuern. Schon zweimal hatten sie es so gehalten, und beide Male hatte es in ihrer Squad keinerlei Verluste gegeben.

Gemeinsam mit den anderen kroch André in den Sturm hinaus. Als er gerade auf die Beine gekommen war, stieß ihn der Wind einen Schritt zurück. Nur in gebückter Haltung konnte sich André auf seine Feuerstellung zubewegen. Im Zickzackkurs schlängelte sich die Linie von zehn Soldaten durch die dicht mit Bäumen bestandene Talsohle. Zuerst war es nur ein extrem schlauchender Dauerlauf in unglaublicher Kälte. Dann begannen die Chinesen aus vollem Hals zu schreien. Sie hatten Rückenwind, der ihre Stimmen weitertrug, deren Lautstärke zusätzlich noch durch das Echo in der engen Bergschlucht anschwoll.

Nur noch ein paar hundert Meter trennten die aufeinander zustürmenden Soldaten. Die Amerikaner liefen auf ihre Feuerstellungen zu, die chinesischen Infanteristen überfluteten das südliche Ende des Tals wie Wasser, das durch einen geborstenen Damm strömte. Auf einen Schlag eröffneten die schweren, auf den hohen Bergkämmen ringsum stationierten amerikanischen Maschinengewehre den Kugelhagel, Granatwerfer feuerten zwölfmal pro Sekunde. Das knatternde Feuer verlangte einen Blutzoll, den man nach den verstummenden Stimmen der Chinesen bemessen konnte. Entweder waren sie zu verängstigt, um noch schreien zu können – oder tot.

Mühsam kämpfte André gegen die steife Brise an. Er wollte seine Waffe überprüfen und einen Schuss abfeuern, um sich zu vergewissern, dass der Schlagbolzen nicht eingefroren war, doch das Schneetreiben trieb ihm das Wasser in die Augen. Da er nichts sehen konnte, gab er seinen Plan auf. Der Lärm in dem Tal wurde von einem schweren Donnern übertönt. Ein weiterer, in der Ferne von B-52s geflogener Luftangriff erstickte den Lärm der mickrigen Infanteriewaffen. Meistens wurde die Luftunterstützung durch hohe Winde und schlechte Sicht unmöglich gemacht. Aber bei einer Flughöhe von fünfzehntausend Metern öffneten die Maschinen einfach die Bombenschächte. Den Rest erledigte die Schwerkraft.

Sie erreichten die zuvor eingerichtete Verteidungslinie, doch André geriet in Panik, weil er sein Loch nicht finden konnte. Am Vorabend der ersten Schlacht hatte er es in aller Eile ausgehoben. Vor ihnen lag das freie Schussfeld. Das Unterholz und die unteren Äste der Bäume hatten sie abgehackt oder verbrannt. Hier musste er definitiv an der richtigen Stelle sein.

Die anderen entfernten frisch gefallenen Puderschnee aus ihren Feuerstellungen. André taumelte umher, doch dann versank ein Stiefel in seinem Loch. Nachdem er das Gewehr an einen Baumstamm gelehnt hatte, begann er, mit seinen behandschuhten Händen den Schnee aus dem Loch zu schaufeln. Dann packte er seine Waffe, um sie zu überprüfen. Der Schlagbolzen schien frei beweglich zu sein, dennoch blies er auf den Mechanismus. Schließlich strich er mit seinem Handschuh darüber, doch dadurch gelangte nur noch mehr Eis und Schnee auf das schwarze Metall.

Der Sergeant des Platoons überprüfte die Soldaten entlang der Linie. Neben sich sah André etwas von einem dünnen Baum absplittern. Eine Kugel hatte ein tiefes Loch in der ansonsten unversehrten Rinde hinterlassen. Die Chinesen feuerten aus extremer Distanz. André wühlte sich so tief wie möglich in sein Loch ein.

»Ihr feuert so lange nicht, bis die Jungs vom Beobachtungsposten sich zurückgezogen haben!«, brüllte der Sergeant, während er sich neben Andrés Loch niederkniete. »Da sind drei Linien, jeweils ein Bataillon pro Linie. Ein voll ausgewachsener Regimentsangriff!«

Der Sergeant ging weiter.

Das war's?, wunderte sich André. Keine Pläne für irgendwelche Manöver, kein vorab bestimmtes Signal für den Rückzug? *Drei Linien, drei Bataillone, drei Angriffswellen.* Ein volles Regiment, das waren jede Menge Soldaten. Etwa fünfzehnhundert Chinesen gegen zweihundert Amerikaner. Zwei zu Andrés Bataillon gehörende Kompanien legen neben ihrer Linie in Stellung.

André öffnete die großen Taschen seines Parkas, die randvoll mit frisch gefüllten Magazinen waren. Sechs Magazine steckten in den ausgebeulten Taschen, vier weitere in seiner Jacke. Zusammen mit dem vollen Magazin in der Waffe machte das insgesamt elf – einhundertfünfundsechzig Schuss.

Auch wenn er sich nicht vorstellen konnte, so viele Magazine zu leeren – darüber hinaus hatte er zwei Handgranaten, die in seinen Brusttaschen steckten. *Und dann noch die Munition von den Toten,* dachte er mit einer Art Schuldgefühl, während er sich umblickte. Der Mann zu seiner Linken versteckte sich hinter einem Baumstamm, der zu seiner Rechten hockte wie André in einem Loch. Sollte er hinüberflitzen müssen, um einen seiner gefallenen Kameraden wegen zusätzlicher Munition auszuplündern, hoffte er, dass es sich um den Private First Class zu seiner Linken handeln möge – der Baumstamm schien einen Durchmesser von knapp dreißig Zentimetern zu haben.

Der Wind hatte etwas nachgelassen, die schweren Bomber hatten ihre Luftangriffe beendet. Jetzt hörte er wieder deutlich die Maschinengewehre und Granatwerfer, die von den hoch gelegenen Bergkämmen feuerten. Mittlerweile war es schon fast windstill. Das Knattern der MGs und das dumpfe Ploppen der 40mm-Granatwerfer hallte noch immer durch das Tal, doch ansonsten war es fast ruhig. Wie im Auge eines Hurrikanes schien der Sturm eine Pause einzulegen. Von den Baumzweigen rieselten die letzten durch das Feuer aufgewühlten Schneeflocken.

»Hast du noch irgendwelche zusätzlichen Handgranaten, André?«, rief der Soldat zu seiner Linken.

André antwortete mit einem energischen Kopfschütteln. »Hab nur zwei.«

»Ich sehe Bewegungen«, rief jemand.

»Nicht feuern!«, antwortete der Unteroffizier.

Die GIs aus dem Beobachtungsposten sprinteten in halsbrecherischem Tempo durch den Wald auf ihre Linie zu. Von niedrig hängenden Zweigen fiel Schnee auf den Boden. Selbst an der Verteidigungslinie bremsten sie noch nicht ab. Drei Männer waren angekommen.

»Wie viele waren auf eurem Beobachtungsposten?«, fragte einer von Andrés Kameraden die Flüchtenden, die nicht einmal in ihre Richtung blickten. »Ich habe fünf Jungs vorbeikommen sehen!«, brüllte jemand. Weiter vorn sah André weitere Männer.

»Nicht feuern!«, bellte der Squad-Führer.

»He«, bemerkte jemand. »Das sind *Chinesen*!«

Aus zwanzig Metern Entfernung eröffnete die löchrige Angriffslinie der Chinesen das Feuer.

Sie wurden von den M-60 niedergemäht, deren schnelle Feuerstöße die Luft durchschnitten. Schon nach ein paar Sekunden konnte André keine menschlichen Ziele mehr erkennen, doch das gleichsam industrielle Töten ging weiter. Die MG-Schützen drückten ab, rissen die Läufe ihrer Waffen herum, feuerten erneut. Über eine Meile weit raste ihre NATO-Munition durch die Wälder. Zumindest dann, wenn den Kugeln nichts in den Weg kam. Meistens war es ein Baum, ein Felsvorsprung oder eine der kleinen Wölbungen, die sich zu beiden Seiten wie Rippen die Berge hinaufzogen. Aber gelegentlich trafen die Kugeln auf etwas Weiches, zerfetzten Fleisch, Organe, Knochen.

Sechs Schüsse, eine kurze Pause, dann wieder sechs. Andrés Squad verfügte über eines der Maschinengewehre, und er wünschte sich, dichter bei ihm zu sein. Das MG befand sich zwanzig Meter zu seiner Linken, zu seiner Rechten war eines dreißig Meter entfernt, wenn nicht noch weiter. Seine Position war der wunde Punkt dazwischen, genau dort, wo die Chinesen noch am ehesten auf einen Durchbruch hoffen durften.

Der Wind frischte wieder auf. Schon nach ein paar Sekunden bliesen ihm die Böen wieder eisigen Puderschnee in die Augen. Wie kalter Regen schien die eisige Luft durch seine Kleidung zu sickern. Die plötzliche Kälte drohte André zu übermannen. Seine Muskeln zitterten, sein Atem ging stoßweise.

Angestrengt versuchte er, sich von seinen Gedanken nicht ablenken zu lassen und sich auf den dunstigen Wald zu konzentrieren. Die Sicht war schlecht, manchmal etwa sechzig Meter, dann wieder nicht mehr als zwanzig. Letzteres war gefährlich, zwanzig Meter war schon die Distanz für Handgranaten. Bei diesem Abstand zum Feind liefen sie Gefahr, nach ein paar Augenblicken überrannt zu werden.

Fast überrascht erblickte André das Hauptkontingent der Chinesen, die mit fliegenden Mantelschößen auf sie zustürmten, doch der Schnee bremste ihr Tempo, so dass sie leicht zu treffen waren. Aber es waren Hunderte und Aberhunderte. Die amerikanischen Gewehre begannen zu feuern. Den Geräuschen nach schien es sich um die gleiche Entfernung wie auf dem Schießplatz während der Grundausbildung zu handeln. Mit dem Daumen überprüfte André den Wahlschalter seines M-16. Einzelne Schüsse, keine Feuerstöße von drei Kugeln. Der kalte Lauf berührte die Haut unter seinen Augen. Durch das Zielfernrohr sah er eine übergroße weiße Gestalt.

Er drückte ab, das Mündungsfeuer erleuchtete den grauen Schnee, die Gestalt in dem großen Parka ging zu Boden. Ein starker Windstoß peitschte André Schnee in die Augen. Um erneut schießen zu können, musste er sich mit dem Handrücken das Gesicht abwischen. Weil das Flackern des Mündungsfeuers den Wald orangefarben illuminierte, waren trotz des Schneetreibens Chinesen zu erkennen, die ihre Waffen sämtlich auf vollautomatischen Betrieb eingestellt hatten. Offensichtlich hatten sie im Gegensatz zu ihren Feinden keinen Befehl, ihre Munitionsvorräte zu schonen. Trotz seiner tränenden Augen nahm André die Mündungsblitze einer feindlichen Waffe ins Visier. Als dann etwa vierzig Meter entfernt der schwache Umriss eines Chinesen sichtbar wurde, feuerte er, und der Mann ging zu Boden.

Die durch die Luft pfeifenden Kugeln ließen André innerlich zusammenzucken. Zweifellos kündeten diese Geräusche von nichts anderem als vom Tod, und man musste die verheerenden Auswirkungen dieser Munition nicht erst persönlich gesehen haben, um schon durch den akustischen Eindruck verängstigt zu sein. Man musste noch nicht einmal wissen, worum es sich handelte. Jeder, der etwas mit Schallgeschwindigkeit durch die Luft peitschen hörte, wusste sofort, dass dieses Objekt zu fürchten war. Und jeder würde sich sofort auf dem Boden seines Lochs zusammenkrümmen.

André nahm einen weiteren Chinesen ins Visier und feuerte. Drei Schüsse, drei Treffer.

Als er plötzlich vor sich aus dem Schneegestöber einen

rennenden Soldaten auftauchen sah, verfehlte er sein Ziel zum ersten Mal. Der Chinese stürmte direkt auf den Soldaten links neben André zu. Der riss seine Waffe herum, schoss aber übereilt. Der Angreifer feuerte aus der Hüfte. Mit ihren nächsten Schüssen holten André und sein Kamerad den Mann von den Beinen. Drei Schritte vor ihrer Linie brach er im Schnee zusammen.

Direkt vor Andrés Loch tauchten drei weitere rennende Chinesen auf. Fast im selben Augenblick legte er den Schalter um und drückte ab. Ein Feuerstoß von drei Kugeln, sofort darauf ein weiterer. Er musste noch einmal abdrücken, um den dritten Mann niederzustrecken, doch diesmal lösten sich nur zwei Schüsse.

Fluchend ließ er das leere Magazin aus der Waffe springen. Er ging in seinem Loch in Deckung. Die drei Soldaten hatte er erledigt, aber es warteten noch hunderte anderer Chinesen in diesen Wäldern. Ein gleich bleibend lautes Gebrüll brandete auf. Das musste die zweite Welle sein! Überall um sein Loch herum spritzte Schnee in die Luft. Wegen seiner zitternden Hand konnte er das neue Magazin nicht einlegen. Er presste die Waffe gegen seinen Körper und nahm beide Hände zur Hilfe. Das Magazin rastete ein.

Die durch die Luft pfeifenden feindlichen Kugeln verängstigten ihn, weil er befürchtete, dass alles verloren war, wenn er über den Rand seines Loches spähte. Aber da er um sein Leben kämpfte, hob er den Kopf, um das Inferno in Augenschein zu nehmen.

Es mussten etwa hundert Männer sein, die mit Schreien auf den Lippen auf sie zustürmten. Wieder und wieder drückte André auf den Abzug, doch die Treffer waren in der Minderzahl. Aber in diesem Augenblick ging es nicht um äußerste Präzision beim Zielen, sondern einfach darum, so viele Schüsse wie möglich abzugeben. Die zehn Sturmgewehre seiner Squad mussten wie ein MG feuern und das Maximum an Blei in die Wälder pumpen.

André bückte sich, um nachzuladen. Als sein Kopf wieder hochkam, knallte irgendetwas gegen seinen Helm. Wie betäubt schob er den verrutschten Helm wieder zurecht. Der nächste Angreifer war noch etwa zwanzig Meter entfernt, kam aber feuernd auf André zugerannt. Orangefarbene Blitze schlugen André entgegen, der sofort das M-16 hob und abdrückte. Er behielt die Brust des Mannes im Visier. Während der Chinese zu Boden ging, lösten sich weitere Schüsse aus seinem Sturmgewehr. Das Mündungsfeuer überquerte Andrés Brust, doch er glaubte, nicht getroffen worden zu sein. Dennoch wartete er vorsichtig ab. Vielleicht hatte es ihn in einer Art Schockzustand erwischt. Wie betäubt beobachtete er, dass immer weniger Chinesen auf dem Schlachtfeld zu sehen waren.

Als ihn schließlich etwas aus seiner Benommenheit riss, begriff er, dass sie die Schlacht gewonnen hatten.

»*Faulk!*«, hörte er wie aus weiter Ferne jemanden rufen.

Er wandte sich um – die anderen zogen sich bereits von der Linie zurück. Der Squad-Führer winkte André zu, um ihm zu bedeuten, dass er nachkommen solle. Der Soldat zu seiner Linken lag über dem Baumstamm, seine Deckung hatte ihm nichts genutzt. Mit fürchterlich schmerzenden Muskeln kletterte André aus seinem Loch. Seine Gelenke waren eingeschlafen, als hätte er stundenlang zusammengekrümmt in einem engen Raum ausharren müssen.

»*Los!*«, brüllte der Sergeant.

André ging zu ihm und nahm dann die Gewehre des Sergeants und des Verwundeten an sich. Der schwer verletzte Soldat stöhnte, sein Blick ging ins Leere. Der Squad-Führer stemmte den Körper des Verletzten hoch und warf ihn sich über eine Schulter, ganz wie ein Feuerwehrmann. Dann taumelte er los, gefolgt von André. Alle anderen waren bereits verschwunden.

»Was ist los?«, fragte André.

»Wir ziehen uns zurück«, antwortete der schnaufende Sergeant.

»Aber warum ...?«

Seine Frage wurde durch dröhnendes Gewehrfeuer übertönt. Der Krach in seinem Rücken ließ André zusammenzucken. Ein halbes Dutzend Kugeln pfiff durch die Luft und schlug in Baumstämme ein. Während der Sergeant vorwärtsstolperte, ließ André sich zu Boden fallen, um das Feuer zu erwidern. Eine Unmenge von Angreifern näherte sich, die auf keinerlei Widerstand mehr stießen. André feuerte eine Salve nach der anderen ab, aber das richtete nicht viel aus. Ein paar Männer gingen zu Boden, doch das waren nur Tropfen auf den heißen Stein. Mit den drei Gewehren im Arm schloss er schnell wieder zu dem Sergeant auf.

Der stark schwitzende Mann hatte einen schmerzverzerrten Gesichtsausdruck. Da er sich wegen des Verwundeten nur mühsam vorwärtsschleppen konnte, hatte André keinerlei Mühe, mit ihm Schritt zu halten. Tatsächlich bestand sein Problem darin, ihn nicht zurückzulassen. Er blickte über die Schulter. Der Wind peitschte durch die Wälder. Sehen konnte er die feindlichen Soldaten nicht, aber wahrscheinlich machten sie bereits Boden wett.

Die Glieder des Verwundeten hingen schlaff wie die einer Stoffpupppe herab. Als der Sergeant stehen blieb, um das Gewicht seiner Last zu verlagern, betrachtete André das Gesicht des Verwundeten. Der Blick seiner Augen war glasig und leblos.

»Ich glaube, er ist tot, Sergeant!«

Der Squad-Führer antwortete nicht und schleppte sich einfach weiter mühsam auf ihre Ausweichstellungen zu. Als André über die Schulter blickte, erkannte er verschwommene Silhouetten.

Ein gewaltiges Dröhnen erfüllte die Wälder, doch diesmal kam das Feuer von vorn, von den Amerikanern, die auf ihre Verfolger feuerten. André zuckte zusammen und ging dann hinter einem Baum in Deckung. Nicht vor den Chinesen, sondern vor den Amerikanern in den Feuerstellungen vor ihnen. Da die ersten Salven ihn nicht erwischt hatten, glaubte er, dass sie von ihren Kameraden als Amerikaner erkannt worden waren. Also kam er wieder hinter dem Baum hervor, um sich zu dem schwer tragenden Sergeant zu gesellen.

Aber jetzt schossen auch die Chinesen. Der Gefechtslärm war schockierend. Es war, als würde man quer über einen Schießplatz rennen. Weiter aufrecht zu gehen, erforderte eine unendlich mühsame Willensanstrengung. Außer einem einzigen Gedanken verdrängte Andrés Gehirn jetzt alle anderen. Er sprintete los und ließ den ächzenden Sergeant zurück. Als er die Verteidigungslinie der Ausweichstellung erreicht hatte, ließ er sich hinter einem Baum zu Boden fallen. Von dort beobachtete er, wie sich der Sergeant mit dem Verwundeten auf dem Rücken mühsam vorwärtsschleppte. Er hatte es schon fast geschafft, als plötzlich seine Beine nachgaben und er auf die Knie fiel. Der Körper des Sergeants wurde unter der Leiche begraben. Fünfzig Meter weiter brachen die Chinesen zwischen den Bäumen hervor. Nachdem der Sergeant mit Mühe unter der Leiche hervorgekrochen war, begann er, diese auf die amerikanische Linie zuzuzerren.

»Lassen Sie ihn doch *liegen*, Sarge!«, brüllte André, dessen Worte aber von dem Lärm verschluckt wurden. Er hob das Gewehr und feuerte mehrmals, doch es kamen weiterhin Chinesen auf sie zu. »Los jetzt, Sarge!«, brüllte André, ohne den Gegner aus dem Auge zu lassen. Innerhalb von Sekunden war sein Magazin leer.

»Scheiße!«, fluchte er, legte sein Gewehr neben den Baum und kroch vorwärts. Überall um ihn herum regneten aus vollem Lauf geschleuderte chinesische Handgranaten nieder, die sofort explodierten.

Dicht gegen den Boden gepresst, kroch er so schnell wie möglich weiter. Als er den Sergeant erreicht hatte, sah er die wippenden Köpfe der rennenden Chinesen. Der Sergeant schleifte den Toten voran, indem er an dessen Kapuze zog. Eine Blutspur im Schnee markierte ihren Weg.

»Sie sind zu nah!«, brüllte André, doch der Sergeant biss nur die Zähne zusammen und mühte sich weiter ab. Überall um sie herum schlugen verirrte Kugeln in den Boden. Es war nur noch eine Frage der Zeit, wann es ihn erwischen würde. Schneesturm, laut heulender Wind. André packte den Arm des Verwundeten und zerrte mit aller Kraft die Leiche zentimeterweise durch die hohen Schneeverwehungen. Plötzlich sah er die Chinesen, trotz des Schneegestöbers. Verängstigt ließ er sich niedersinken, um das Unvermeidliche zu erwarten. Zehn Meter trennten ihn von seinem Gewehr. *Meine Handgranaten!*, dachte er. Er riss die Tasche auf, kramte eine Handgranate hervor, zog den Stift heraus und schleuderte sie durch die Luft. Weit flog sie nicht, aber es war genau die richtige Entfernung.

Die Explosion war markerschütternd, schleuderte zwei Chinesen in vollem Lauf in die Luft und riss eine ganze Reihe anderer zu Boden. Nachdem er den Stift aus seiner letzten Handgranate herausgezogen hatte, richtete er sich auf den Knien auf und schleuderte sie in den dichtesten Pulk der vorrückenden Soldaten. Die Kugeln schossen wie Schrotkörner durch die Luft, eine schlug in ein Bein des Toten, dessen Blut auf André spritzte.

Die Explosion der zweiten Handgranate tauchte die verschneiten Wälder einen Augenblick lang in orangefarbenes, taghelles Licht. Granatsplitter durchsiebten die Angreifer. André hastete zu dem Sergeant zurück, packte den Toten. Sie zogen mit vereinten Kräften, Andrés Schreie gingen in dem Tumult unter, seine hervorgekeuchten Flüche verrieten die Kraftanstrengung, die die Bergung der Leiche erforderte. Als seine Ellbogen hart auf das halb unter Schnee begrabene M-16 stießen, wurde André klar, dass sie es geschafft hatten. Der Sergeant begann mit Wiederbelebungsmaßnahmen, André leerte sein noch halb volles Magazin. Dann feuerte er mit den M-16 des Sergeants und des Toten weiter.

»Feuer einstellen!«, hörte er jemanden rufen.

Aber auf dem immer noch lebensgefährlichen Schlachtfeld wurde weiterhin geschossen. Zwischen den Salven hörte André die keuchenden Atemzüge des Sergeants, der sich jetzt über den Kameraden beugte, um es mit Mund-zu-Mund-Beatmung zu versuchen. André kroch zu ihm hinüber.

»Er ist tot, Sarge«, flüsterte er, aber der Sergeant ließ nicht von seinen hektischen Anstrengungen ab.

Neben ihnen kniete ein Sanitäter nieder, der die Augenlider des Mannes hochschob, eine Schere aus seiner Tasche zog und die Kleidung zerschnitt. Die beiden legten dem Mann Verbände an, während andere die Wiederbelebungsversuche übernahmen. André entfernte sich und lehnte sich gegen einen Baum.

Der Mann lebte noch – er hatte ihn im Stich gelassen, um seine eigene Haut zu retten. Sein Blick traf den des erschöpften Sergeants, der zu ihm hinübergekrochen kam. André machte sich auf einiges gefasst.

»Danke, André«, sagte der Sergeant stattdessen.

Seine Worte hätten Andrés Schuldgefühle mildern sollen. Auch seine Kameraden kamen, lobten ihn, versetzten ihm einen aufmunternden Klaps oder kamen mit tröstenden Sprüchen. André ignorierte sie.

Der Mann war eigentlich tot gewesen, bevor sie ihn vom Schlachtfeld weggeschleppt hatten, doch selbst das erlöste ihn nicht von dem tief sitzenden Schuldgefühl.

Nördlich von Tangyuan, China
22. April, 01.00 Uhr GMT (11.00 Ortszeit)

Woody legte den Bildausschnitt fest. Im Vordergrund war Kate mit ihrem Mikrofon zu sehen, im Hintergrund stieg der Rauch der Feuergefechte in die Luft. Die Kamera begann zu surren. »Der Himmel über dem engen Bergtal hat aufgeklart, und das Sonnenlicht offenbart nichts als die Allgegenwart des Todes.«

Kopfschüttelnd unterbrach sich Kate. »Vielleicht etwas dick aufgetragen, findest du nicht?«

»Mach einfach weiter, wir werden es herausschneiden.«

Kate bemühte sich um den der Situation angemessenen Gesichtsausdruck. »Um dieses Tal zu erreichen, müssen die chinesischen Soldaten unter permanenten Luftangriffen auf gewundenen Bergstraßen vorrücken. Aus bestimmten Quellen verlautet, dass schätzungsweise vierzig Prozent der Chinesen vor dem Erreichen des Tals getötet oder verwundet werden, und diejenigen, die es schaffen, werden dort von einem Feuer erwartet, dass man wahrlich nur als mörderisch charakterisieren kann. Hinter jedem Felsbrocken und jedem Baum scheint sich ein amerikanisches Maschinengewehr, ein Granatwerfer oder ein Gewehr zu befinden. Auch von den hohen Felswänden aus wird die Talsohle permanent unter Beschuss genommen. Vermutlich haben vierzigtausend Chinesen seit dem Beginn der Kämpfe vor zwei Tagen versucht, sich ihren Weg an diesen Ort zu bahnen, doch es ist ihnen nirgends gelungen, auch nur eine Meile weit in dieses Tal vorzudringen, das insgesamt zwölf Meilen lang ist.«

Das monotone Brummen der Motoren eines weiteren Schwarms von C-130-Maschinen zwang Kate, bei ihrem Text umzudisponieren.

»Jetzt, wo das Wetter aufgeklart hat, sind die C-130 am Himmel bereits ein vertrauter Anblick.« Woody schwenkte die Kamera, um die geräumigen Transportflugzeuge zu filmen. Aus dem Augenwinkel sah Kate, was sie jetzt zu beschreiben hatte. »Von den hinteren Rampen wird tonnenweise Material abgeworfen, das für die heftigen, rund um die Uhr gehenden Kämpfe absolut unverzichtbar ist. Hunderte Nylonfallschirme hängen an den Ästen der Bäume. Hoch am Himmel sieht man die sich kreuzenden Kondensstreifen der Bomber. Dies mag zwar chinesisches Hoheitsgebiet sein, doch der Luftraum ist unter UN-Kontrolle.«

Woodys Kamera folgte den langsam und niedrig dahinfliegenden Transportmaschinen, die weiterhin an Fallschirmen befestigte Paletten mit Lattenkisten und Kartons abwarfen, die dann auf der Lichtung landeten. Aus der Luft waren die zuvor gelandeten Fallschirme eine gute Orientierungshilfe.

Woody ließ die Kamera sinken, Kate setzte sich auf einen Felsbrocken. »Bist du nicht glücklich, dass ich dich zu diesem Trip überredet habe?«, fragte die Reporterin.

»Ich finde gar keine Worte für meine Freude«, sagte Woody, der das Bandzählwerk studierte und sich Notizen über seine Aufnahmen machte.

»Werden sie dich in dem Lazarett deine Batterien wieder aufladen lassen?«

»Ja«, antwortete Woody, ohne seine Kollegin anzublicken. Der Kameramann hatte einen finsteren Gesichtsausdruck.

»Du wirst doch nicht wieder mit den Joints anfangen?«,

fragte Kate. »Mein Gott, Woody, was ist nur *los* mit dir? Du bist ganz und gar nicht mehr derselbe wie früher.«

Woody atmete tief durch und ließ dann seinen Blick über die zerklüftete Landschaft schweifen. »Hast du dir eigentlich jemals darüber Gedanken gemacht, dass wir hier mitten in China sind?«

Kate wartete ab, ob er noch etwas zu sagen hatte, doch offensichtlich war das nicht der Fall. Sie kicherte. »Ja, tatsächlich, der Gedanke ist mir auch schon gekommen.« Der Kameramann ignorierte ihre ironische Bemerkung. »Worauf willst du hinaus?«

»Darauf, dass wir eigentlich nicht hier sein sollten. Früher oder später werden die Chinesen mit der Rückeroberung dieses Tals ernst machen.«

Diese idiotische Bemerkung brachte Kate zum Lachen. »Glaubst du nicht, dass sie bereits jetzt ernst machen? Hast du nicht zugehört, als ich meinen Text gesprochen habe? Vierzigtausend Soldaten scheint mir zu bedeuten, dass sie es ziemlich ernst meinen.«

»Das ist nur ein Tropfen auf den heißen Stein, Kate. Selbst bei vierhunderttausend Soldaten wäre das noch so. Aber ihre Armee verfügt über *Millionen* Männer. Um Himmels willen, China hat eine Bevölkerung von eineinhalb Milliarden! Früher oder später wird das Ganze hier biblische Ausmaße annehmen. Sie werden diese Berge mit Menschen überfluten, die alle umbringen werden, die sich ihnen in den Weg stellen, und zwar völlig unabhängig davon, wer die Luftüberlegenheit haben mag.«

»Glaubst du nicht, dass den Leuten von UNRUSFOR dieser Gedanke auch schon gekommen ist und dass Clark für diesen Fall einen Plan in der Schublade hat?«

Woody zuckte die Achseln. »Vielleicht ist es Bestandteil seines Plans, dass er unsere Soldaten opfern will.«

»Ich bitte dich, Woody. Du glaubst doch wohl nicht ernsthaft, dass Clark siebentausend Männer als Kanonenfutter missbraucht!«

»Wenn ihm das den Sieg bringt? Was sind denn schon siebentausend Menschenleben?« Stirnrunzelnd schüttelte Woody den Kopf. »Und selbst wenn es nicht so sein sollte, Kate, man kann leicht in die Scheiße geraten. Solche Sachen können schief gehen. Im Interesse des Sieges muss Clark Risiken eingehen. In diesem Fall ein höllisches Risiko, findest du nicht? Wir sitzen hier tief im Inneren *Chinas*, Kate. China!«

Eben noch hatten sie nur das Pfeifen des Windes gehört, doch jetzt kam ein schwirrendes Geräusch hinzu, das ein bisschen an eine Kettensäge erinnerte.

»Sieh mal, ein Luftangriff mit AC-130-Helikoptern«, sagte Kate, die aufstand und auf einen kreisenden schwarzen Kampfhubschrauber zeigte. Man konnte die Leuchtspurmunition aus dem Himmel in Richtung Boden schießen sehen. Der Kameramann blieb ungerührt sitzen. »Willst du nicht langsam mal *filmen*?«, fragte Kate ungeduldig.

»Von den Dingern hab ich schon jede Menge Aufnahmen«, murmelte Woody lethargisch.

»Aber die hast du nicht am helllichten Tage und bei klarem Wetter geschossen«, erwiderte Kate. Jetzt waren am Himmel ein zweiter und dritter verwischte Streifen zu erkennen, und die kreisenden Specter-Kampfhubschrauber feuerten auf ihre Ziele. Fast immer reagierten sie auf Informationen der Feuerleitung, die ihnen über Funk aus AWACS-Aufklärungsflugzeugen übermittelt wurden. Die Maschinen observierten Bewegungen am Boden, welche zuvor von einem Satelliten namens J-STARS registriert worden waren. Die Kampfhubschrauber versetzten den Chinesen vernichtende Schläge, und zwar lange, bevor diese überhaupt gesehen hatten, was sich ihnen da aus der Luft näherte. Die schwirrenden Geräusche stammten von 25-Millimeter-Geschützen und 5.56-Millimeter-Miniguns, das dumpfe Krachen von 105-Millimeter-Artilleriegeschützen, die die Ziele unter sich fest ins Visier genommen hatten. Alle Waffen befanden sich jeweils auf der linken Seite der träge kreisenden Kampfhubschrauber.

Woody hob die Kamera und begann zu filmen. Unterdessen ging Kates Blick zwischen den Kampfhubschraubern und ihrem Kameramann hin und her. Woodys Worte hatten sie verängstigt, doch sie versuchte, sich nichts anmerken zu lassen.

Kriegsgefangenenlager Soflysk, Sibirien
22. April, 24.00 Uhr GMT, (10.00 Ortszeit)

»Ziehen Sie Ihre Kleidung aus«, ertönte die hohe Stimme einer weiblichen Angehörigen der U.S. Army auf Kantonesisch. Chin und die anderen blickten sich verunsichert an, doch schon wurde der Befehl wiederholt. Die Kriegsgefangenen, etwa ein Dutzend Chinesen, starrten die Frau einfach nur an. Sie schien chinesischer Abstammung zu sein, hatte aber einen unverkennbar fremden Akzent. Und außerdem war sie eine Frau.

Ein großer schwarzer Soldat mit gezücktem Gewehr schrie sie auf Englisch in bedrohlichem Tonfall an, und alle begannen, sich zu entkleiden. Das Zelt war geheizt. Dann mussten sie eine warme Dusche nehmen. Während man sie auf Englisch zur Eile anzutreiben schien, seiften sie sich ein. Schließlich trockneten sie sich mit rauen Baumwollhandtüchern ab. Als die Prozedur vorüber war, warteten bereits Ärzte und Krankenschwestern auf sie.

Mit einer Hand vor den Genitalien trat Chin verschüchtert in die hell beleuchtete Krankenstation. Der Arzt tastete seinen ganzen Körper ab, er trug dünne Gummihandschuhe. Chin musste sich sogar vornüber beugen und seine Hinterbacken auseinander ziehen. Nachdem die Demütigung überstanden war, wurde er mit Socken, Segeltuchschuhen und einer neuen Uniform versorgt, einem grell orangefarbenen Overall mit einer langen Nummer auf der Brusttasche. Dann wurde ihm mit einer elektrischen Haarschneidemaschine der Schädel kahl geschoren. Schließlich versammelten sie sich an der hinteren Seite des Zelts.

»Wir werden erfrieren«, flüsterte jemand. Obwohl das Zelt geheizt war, klapperten Chins Zähne. Er blickte zu der geschlossenen Klappe am Eingang des Zelts hinüber, wo zwei Männer mit Armbinden und Gewehren standen. Jenseits dieser Klappe lagen die Temperaturen unter dem Gefrierpunkt. Als schwere Decken ausgegeben wurden, ließen ihre Befürchtungen allmählich nach. Alle legten sich die Decken um Köpfe und Schultern, dann wurden sie zu einem grünen Bus geführt, der direkt vor dem Zelt wartete. Auch der Bus war geheizt, sie saßen auf gepolsterten Sitzen. Einige begannen zu lächeln. Vorn im Bus standen zwei bewaffnete Männer. Der Fahrer, der gerade mit einem Knirschen den Gang einlegte und losfuhr, war durch eine Trennwand aus Maschendrahtzaun von den Passagieren abgeschirmt.

»Wohin fahren wir wohl?«, fragte Chins Nachbar.

Chin zuckte nur die Achseln und starrte durch das vereiste Fenster. In der neuen Kleidung und zudem in die Decke eingemummt, fühlte er sich so behaglich wie schon lange nicht mehr. Monatelang erduldete Schmerzen ließen nach. Ihm war egal, wo man ihn hinbrachte, allzu schlimm würde es schon nicht werden. Schließlich machte es keinen Sinn, einen Mann unter die Dusche zu schicken, bevor man ihn umbrachte. Und für Arbeit unter freiem Himmel eignete sich ihre Kleidung auch nicht.

Der Bus wurde durch die Einfahrt eines Stacheldrahtzauns gewunken, dahinter befanden sich endloses Reihen von Baracken. Vor einer davon hielt der Bus. Die Türen öffneten sich, ein kühler Windstoß drang in den Bus. Alle standen auf und folgten einem Wachtposten nach draußen. Dann taumelten sie in die Baracke, wo man allen eine Pritsche zuwies. Die Hälfte der langen, nicht weiter unterteilten Baracke war bereits besetzt, die menschliche Fracht aus dem Bus mit Chin nahm die andere ein. Ein Amerikaner mit einem Notizblock, der gerade Chins Nummer aufschrieb, gab ihm die untere Pritsche des Etagenbetts, auf der ein Metallbecher mit Zahnbürste und Zahncreme stand. Chin bestaunte seine neuen Besitztümer wie ein Wunder.

Der Mann auf der unteren Pritsche des nächsten Etagenbetts saß im Schneidersitz da, aß mit Stäbchen Reis aus einer Schüssel und grinste dabei bis über beide Ohren. »Auch mal probieren?«, fragte er. Viel war nicht mehr in dem Napf, aber Chin war halb verhungert und nickte. »Da unten kann man so viel holen, wie man will«, sagte sein Kamerad, der mit seinen Essstäbchen auf das Ende der Baracke zeigte.

Sofort stand Chin auf. Beim Herd angekommen, warteten zwei Männer vor ihm. Ein chinesischer Koch in einer orangefarbenen Gefangenenuniform rührte heiße Suppe um und gab Reis aus. Auf einem hohen Regal an der Wand standen Schüsseln. Chin nahm sich eine, Stäbchen fand er nicht. Also griff er nach einer Tüte mit Plastikbesteck und einer Papierserviette.

Wieder bei seiner Pritsche angekommen, hörte Chin Geplauder und Gelächter. Nirgends in der langen Baracke waren Amerikaner zu sehen. Chin setzte sich auf die Matratze, die Schüssel mit dem dampfenden Reis in der Hand. Neben der Decke, die er mitgebracht hatte, fand er hier noch eine Wolldecke. Erfolglos versuchte er, die durchsichtige Kunststofftüte mit dem Plastikbesteck aufzureißen, was seinen Nachbarn zum Lachen brachte. Schließlich entschloss sich Chin, den klebrigen Reis mit den Fingern zu essen.

Erneut lachte der Nachbar, wobei er ein gelbes Gebiss entblößte. Er klickte seine Stäbchen gegeneinander. »Das hab ich auch nicht kapiert, aber ansonsten ist es hier nicht übel, oder?« Er ließ seinen Blick durch den Raum schweifen. Chin war zu sehr durch das Essen in Anspruch genommen, um mehr als ein Nicken zustande zu bringen. »Ich bin schon seit drei Tagen hier. Zweimal am Tag bringen sie uns Essen und Kohlen für den Ofen. Bei der Gelegenheit werden wir auch gezählt. Sie reden nicht viel.«

»Die Amerikaner?«, murmelte Chin, der dabei versehentlich ein paar Reiskörner ausspuckte.

Sein Kamerad nickte. »Das sind schon seltsame Menschen, aber so gut habe ich zum letzten Mal vor meiner Zeit beim Militär gegessen«, sagte der Mann grinsend.

»Und dabei bleibt's dann?«, fragte Chin. »Keine Arbeit, einfach nur den ganzen Tag hier herumsitzen?« Sein Nachbar nickte, während Chin weiter Reis in sich hineinstopfte. »Irgendwas über den Kriegsverlauf gehört?«

Der zuvor so redselige Mann legte sich plötzlich auf sein Bett und starrte auf die Matratze der Pritsche über ihm. Chins Frage beantwortete er nicht.

Er tat so, als hätte er sie nicht gehört – die Unterhaltung war beendet. Jetzt begannen Chin allmählich die Auswirkungen des Krieges aufzufallen. Er studierte die verdrossenen, von Schmerzen geplagten, dumpf vor sich hin brütenden Männer. Er hielt Abstand, beobachtete die anderen aber stets aufmerksam. Allmählich konnte er das Ausmaß der psychologischen Schäden erkennen, die sie alle infolge des Krieges davongetragen hatten, und manchmal fiel ihm sogar der Fachterminus ein, mit dem das Phänomen bezeichnet wurde. Jetzt verspürte Chin ein verwandtschaftliches Gefühl für die Männer, die mit ihm überlebt hatten, das er so noch nie zuvor empfunden hatte.

UNRUSFOR-Hauptquartier, Chabarowsk
23. April, 02.00 Uhr GMT (12.00 Ortszeit)

»Das Eis ist gebrochen, Sir«, berichtete Lieutenant Colonel Reed. Nate Clark und diverse Offizier anderer Armeen des UNRUSFOR-Bündnisses blickten auf. Reed schaute auf den Ausdruck. »Vor ungefähr einer halben Stunde haben wir unsere erste Pontonbrücke verloren, innerhalb der nächsten zwanzig Minuten folgten noch vier. Sowohl die Boden- als auch die Luftaufklärung berichten, dass das Eis mit einer Geschwindigkeit flussabwärts treibt, die in etwa der Strömung des Wassers entspricht.«

»Einfach so?«, fragte Clark erstaunt. Schon lange hatten sie dieses Ereignis erwartet, aber nicht, dass es so plötzlich und ohne jede Vorwarnung passieren würde. Alle Blicke richteten sich auf Clark, der dadurch aus seinen Gedanken gerissen wurde. »Ich möchte einen genauen Bericht, wer und was bereits über den Fluss gebracht worden ist. Jede Einheit, jedes Fahrzeug, Vorräte, Aufenthaltsorte, Ziele, zu erwartender Widerstand.« Er blickte auf die Uhr. »Für sechzehn Uhr Ortszeit wird eine Vollversammlung des kompletten UNRUSFOR-Stabs einberufen.«

Alle standen auf. »Es gibt Arbeit, Gentlemen. Fangen wir an.«

Zizikar, China
23. April, 02.30 Uhr GMT (12.30 Ortszeit)

Mit quietschenden Bremsen kam der Zweieinhalbtonner zum Stehen. Nachdem der Motor abgestellt worden war, hörten alle die lärmende Menge. Die Plane am hinteren Ende des Lastwagens öffnete sich, strahlend helles Tageslicht fiel auf die Ladefläche. Sie befanden sich auf einer staubigen, verwaisten, von zweistöckigen Gebäuden gesäumten Straße, die sich offenbar in einer mittelgroßen bis großen chinesischen Stadt befand. »Alle Mann *raus*!«, rief der Platoon Sergeant. »Waffen, Tränengas und Gasmasken mitnehmen!« Bevor sie von der Ladefläche kletterten, blickten sich die Soldaten an. Irgendwo weiter unten auf der Straße musste es Unruhen geben.

»In Formation antreten!«, bellte der Sergeant. Die ungläubig dreinschauenden Soldaten stellten sich in Reih und Glied auf, ganz wie auf einem Exerzierplatz. Stempels 1st Squad stand in der ersten Reihe, 2nd und 3rd Squad waren hinter ihnen angetreten. Platoon um Platoon baute sich die ganze Kompanie in Formation auf. Alle trugen braungrün gesprenkelte Tarnjacken und Kampfanzüge. »Stillgestanden!«, befahl der Platoon Sergeant. »Rechtsum!« Der Drill wurde nicht so streng gehandhabt wie während der Grundausbildung. Sie streckten ihre linken Arme aus, um einen gleichmäßigen Abstand zu gewährleisten, während ihre Augen über die Fenster der umstehenden Gebäude glitten.

»Wo glotzt du denn hin, Patterson?«

»Zu Private Chavez, Sergeant.«

»Quatsch keinen Unsinn!« Der Lieutenant begann mit einer formellen Inspektion. Laute Befehle hallten über die Straße, doch Stempel versuchte angestrengt, die Bedeutung des aus der Ferne an sein Ohr dringenden Lärms zu ergründen. Dieser Krach musste durch eine große Menschenmenge verursacht werden. Der Platoon-Führer trat auf Patterson zu. »Wo ist dein Bajonett?«

»Scheiße, keine Ahnung, Lieutenant. Vermutlich bei meinem Gepäck.«

»Hol es.« Patterson kletterte wieder auf die Ladefläche des Lastwagens. Nachdem der Lieutenant Harold eher flüchtig gemustert hatte, ging er weiter. Als die Inspektion beendet war, marschierte die Kompanie die Straße hinab. Befehle hallten durch die Luft. »Rechtsum, im Gleichschritt, marsch!« Da niemand den Marschrhythmus angab, wirkte das Ganze etwas nachlässig. Nachdem sie um eine Straßenecke gebogen waren, standen sie einem gepanzerten Bradley-Kampffahrzeug gegenüber, neben dem sich zu beiden Seiten eine lockere Linie von Militärpolizisten mit Gasmasken erstreckte. Vor ihnen hatte sich ein Menschenmeer schreiender chinesischer Zivilisten gebildet.

»Guter Gott!«, stieß Patterson hervor.

»Klappe halten!«, schnauzte der Squad-Führer von vorn. Die Platoons stellten sich zwischen den Bürgersteigen auf – drei nebeneinander, vier Squads tief. Stempel stand in der ersten Reihe, dreißig Meter hinter der Linie der Militärpolizisten.

»Gasmasken rausholen!«, rief der Kommandeur der Kompanie den hundert Soldaten zu. Die vor den Reihen auf- und abgehenden Platoon-Führer wiederholten seinen Befehl.

»Was für ein Unsinn, ich kann's einfach nicht glauben.«

»Noch ein Wort, Patterson, und ich …«

»Ich hab' doch gar nichts gesagt, Lieutenant«, jammerte Patterson.

Es war Chavez gewesen. Alle warfen verstohlene Blicke zu dem wortkargen Mann aus Los Angeles hinüber, der fast nie mit irgendjemandem sprach. Nachdem er seinen Helm abgenommen hatte, setzte Harold die Gasmaske auf und zog sie fest. Dann setzte er den Helm wieder auf und spähte durch die Plastikgläser der Gasmaske. Schon zuvor hatte alles irgendwie irreal gewirkt, die Gasmaske verstärkte dieses Gefühl noch.

Der Befehlshaber der Kompanie schob seine Gasmaske hoch. »Bajonette aufsetzen!« Dieser Befehl überraschte alle, und die ersten Männer begannen zu murren. Im Flüsterton wurden Fragen gestellt. Harold fummelte an seinem Bajonett herum. Es brauchte seine Zeit, bis er es an seinem Gewehr befestigt hatte. »Fällt das Gewehr!«, kam der vorbereitende Befehl des Kommandeurs. Harold presste das M-16 gegen seine Brust.

Da standen sie, der Menschenmenge direkt gegenüber. Im Infanteriekrieg des späten zwanzigsten Jahrhunderts war ein Abstand von zehn Metern zwischen den Soldaten üblich, hier standen sie Schulter an Schulter, ganz wie im achtzehnten Jahrhundert. Ein paar Schritte vor ihnen warteten die zu beiden Seiten von den Sergeants flankierten Platoon-Führer. In der Mitte standen der Kommandeur der Kompanie, sein Adjutant und der Mann mit dem Funkgerät. In den kriegerischen Auseinandersetzungen des achtzehnten Jahrhunderts hatte es kein Funkgerät gegeben, doch auch in dieser Situation war es eigentlich überflüssig.

»Kompanie ...!«, rief der Sergeant.

»Platoon!«, echoten die Lieutenants.

»Im Gleichschritt ... marsch!«

Die Hälfte der Männer marschierte los, die andere rückte nur vor, um in Formation zu bleiben. Zur zweiten Hälfte gehörte Stempel. Direkt hinter dem Bradley-Kampffahrzeug blieben sie stehen. Nun stand ein halbwegs organisierter Haufen von Soldaten der völlig desorganisierten Masse chinesischer Zivilisten gegenüber. Schon klafften Lücken in der zuvor dicht gedrängten Menschenmenge. Einige der noch ausharrenden Chinesen schüttelten die Fäuste, andere fuchtelten mit irgendwelchen offiziellen Dokumenten herum. Wieder andere schwenkten Transparente mit unverständlichen chinesischen Schriftzeichen. Ein amerikanischer Militärpolizist wiederholte eine immer gleiche Botschaft in der Landessprache. Schließlich entschloss sich ein Major, mit dem Kommandeur der Kompanie zu reden. Dann wurden die Lieutenants hinzugezogen.

Harolds Platoon-Führer kam zurück. »Vordere Reihen, alle herhören! Jeder zweite Mann schultert seine Waffe!« Stempels Squad-Führer zählte sie und zeigte dann auf ihn, der sich gerade sein Gewehr umhängte. »Die Männer in der ersten Reihe mit der Waffe in der Hand nehmen Straßenkampfposition ein!« Auch der Lieutenant hob seine Waffe, sein Bajonett wies den Weg. »Bei jedem Schritt zustechen!«, schrie er aus vollem Hals. »Die Männer mit den umgehängten Gewehren versprühen Tränengas! Auf die Gesichter zielen! Hintere Reihen: sichern und laden!« Die Soldaten der beiden Gruppen hinter Harold schoben deutlich vernehmbar ihre Magazine in die Waffen.

»Was wollen diese Chinesen eigentlich?«, fragte Patterson.

Der Platoon-Führer wirbelte zu ihm herum. »Woher zum Teufel soll *ich* das wissen? Unser Befehl lautet, diese Straße zu säubern, also halt die Klappe!« Ab jetzt wurden abweichende Meinungen nur noch leise artikuliert, aber es gab sie auch weiterhin. »Das nervt!«, flüsterte jemand – ein Gefühl, dem auch in anderen Reihen Ausdruck verliehen wurde. Harolds Finger fand den Knopf oben auf der übergroßen, grünen Spraydose, die – wie bei Insektiziden – mit eindeutigen Warnhinweisen hinsichtlich der Ausrichtung des Sprühventils bedruckt war.

»Im Gleichschritt, Marsch!«, brüllte der Kompaniechef.

Sie begannen vorzurücken, mit winzigen Schritten, ganz wie man es ihnen bei einer kurzen Übung während der Grundausbildung beigebracht hatte. In der vorderen Reihe stießen die Soldaten bei jedem Schritt mit ihren Bajonetten nach den Demonstranten. Durch diese konventionelle Form des Vormarschs sollten die Gegner durch Einschüchterung ausgedünnt werden. Ihr Marschschritt wirkte bedrohlich und energisch, doch Harold erschien er eher langsam. Als sie noch etwa ein Dutzend Meter von den Zivilisten entfernt waren, waren die meisten von denen schon über die mit Trümmern übersäte Straße geflüchtet. Die Menschenmauer war durchlöchert, die Kette der Demonstranten nur noch lose. Die meisten schienen vor Wut zu schäumen, doch der Grund war Harold schleierhaft. Dennoch standen sie den Amerikanern nicht wirklich wie Feinde, sondern eher wie Demonstranten oder Bittsteller gegenüber.

»Grunzen!«, befahl der Offizier. Aus den Reihen stieg gedämpftes, aber durch die Vielzahl der Stimmen dennoch voll tönendes Geräusch auf. »Huh!« Die Gleichzeitigkeit von Stimmen und Bewegungen trieb ihre Formation voran. Vortreten, zustechen, grunzen ... Sie marschierten im Gleichschritt, sie waren eins, sie waren darauf vorbereitet, mit den Bajonetten zustechen zu müssen. Alle außer den Männern mit den Spraydosen – Patterson, Stempel und – ausgerechnet – Chavez. Wie von einem Bulldozer fühlte Harold sich von der Formation vorangeschoben. Er versuchte, wie die anderen zu grunzen, doch ohne Bajonett schien es ihm irgendwie gekünstelt zu wirken, und er kam sich eher als Zuschauer denn als Teilnehmer der Aktion vor.

Zuerst setzten die Offiziere die Spraydosen mit dem Tränengas ein. Die Chinesen zuckten zusammen und schreckten zurück. Während Harold seine Spraydose schüttelte, hielt er nach einem Opfer Ausschau. Ein Mann mit einem gegen die Nase gepressten Taschentuch fuchtelte mit einem Stock herum und wollte nicht weichen. Harold beschloss, dass er versuchen würde, das Leben des Mannes zu schonen. Aus einer Entfernung von sechs Metern drückte er auf den Knopf. Er justierte den Sprühstrahl so lange, bis das Gas die Augen des Mannes traf, der aufschrie, den Stock fallen ließ, auf die Knie sank und sich die Augen rieb. Dann rollte er auf den Bordstein zu, jaulend, wie ein hyperaktives Kind zappelnd und sich windend. Er kratzte seine Gesichtshaut und trat aus, bis seine Freunde ihn schließlich wegzerrten, wobei er sich erbrach. Danach besprühte Harold meistens Männer, aber auch ein paar Frauen. Die meisten Chinesen waren jung, aber es befanden sich auch ein paar Alte darunter. Die Mehrheit war zornig, einige wirkten eher traurig. Harold hatte keinen blassen Schimmer, weshalb sie so aufgewühlt waren, er sprühte einfach nur.

Als alles vorbei war, machten sie zwar keine Gefangenen, richteten aber diejenigen übel zu, die zuvor Widerstand geleistet hatten, und schickten sie dann blutend weg. Sie töteten niemand, behandelten aber auch keine Verwundeten. Als sie in einer Seitenstraße verschnauften, ließ die ganze Kompanie erschöpft die Köpfe hängen. Niemand sagte ein Wort, die Luft stank nach Tränengas. Die Männer spuckten aus, um den üblen Geschmack in ihren Mündern loszuwerden. Und sie lauschten den Worten ihres tobenden, aufgebrachten befehlshabenden Offiziers. Zuerst sagte er dem Major Bescheid, der das Kommando gehabt hatte, dann über das Funkgerät einem Mann vom Stab der Bataillons. Schließlich kriegte es auch der Kommandeur des Bataillons persönlich zu hören, dessen Humvee auf der Hauptstraße vorgefahren war.

Ein endloser Konvoi von Fahrzeugen rollte über die mittlerweile menschenleere Durchgangsstraße, aber man musste sich trotz der Motorengeräusche nicht sonderlich bemühen, das Geschrei des Captains zu verstehen. Und alle waren seiner Meinung, selbst der Kommandeur des Bataillons, der eine überraschende Geduld an den Tag legte. Niemand aus Harolds Einheit wollte noch kämpfen. Sie waren erschöpft und reif für die Heimreise. Aber es herrschte Krieg, und sie waren Soldaten.

Weißes Haus, Oval Office
23. April, 03.00 Uhr GMT (22.00 Ortszeit)

Daryl hatte geradezu überschäumend gute Laune. Hingegen machte sich Gordon Sorgen, aber der Grund war ihm nicht klar. Elaines Stimmung lag irgendwo zwischen diesen beiden Extremen. Gordon wollte genau wissen, warum sie welche Haltung einnahm.

»Wir werden den Krieg gewinnen, Gordon!«, sagte Daryl. »Um Himmels willen, ich kann hier nichts Negatives herauslesen.« Er warf ein nur einseitiges Kommuniqué auf den Schreibtisch. »Die Chinesen sind am Ende. Dies ist nur ihr erstes Angebot, der japanische Botschafter in Peking hat es uns persönlich gesagt.«

»Denkst du darüber nach, den Vorschlag zu akzeptieren?«, fragte Elaine.

Nach kurzem Zögern schüttelte Gordon den Kopf. »Im Grunde bieten sie uns nur einen Waffenstillstand an«, murmelte er. »Wir haben einen zu langen Weg hinter uns, um uns damit zufrieden zu geben.«

»Zum Teufel«, sagte Daryl grinsend, »wenn wir es ihnen mit dieser Zangenbewegung gezeigt haben, können wir unser Ding durchziehen und uns dann aus dem Staub machen.« Gordon nickte bedächtig, runzelte aber immer noch die Stirn. »Etwa nicht, Gordon? Was ist bloß in dich gefahren? Für uns hätte alles gar nicht besser laufen können.«

»Ich weiß, ich weiß.« Gordon blickte seine Frau an. »Keine Ahnung, warum ich mir Sorgen mache.«

»Vielleicht bist du nur ein bisschen melancholisch«, sagte Elaine. »Jetzt, wo alles dem Ende entgegengeht. Eventuell holen dich nun auch einfach die ganzen Ereignisse ein. Du weißt doch, was der Arzt gesagt hat. Ernsthaft traumatisierte Menschen müssen emotional manchmal lange leiden.«

»Möglicherweise«, stieß Gordon mühsam hervor. Er *war* deprimiert, aber er glaubte nicht, dass seine jetzigen Sorgen etwas damit zu tun hatten. Er witterte dunkel irgendein Risiko, irgendeine Gefahr, konnte sein Gefühl aber nicht präzisieren. Schließlich blickte er zu Daryl auf. »Ich werde den Außenminister anweisen, die Offerte nicht zu beantworten. Sollen sie ruhig ein paar Tage schmoren, die wir nutzen können, um weiter auf dieses Tal vorzurücken. Aber du wirst persönlich mit den Leuten im Pentagon reden. Es müssen Pläne bereit liegen, damit wir unsere Truppen innerhalb kürzester Frist aus China zurückziehen können.« Doch schon wurde Gordon von weiteren verwirrenden Sorgen übermannt.

FÜNFTER TEIL

»Machtgewinn über Mitmenschen ist das tief verwurzelte Motiv aller menschlichen Aktivität. Was für eine bessere Methode der Kontrolle über das eigene Schicksal gibt es denn, als andere den eigenen Plänen und dem eigenen Willen zu unterwerfen? Ob Macht durch Reichtum, Schönheit, ein politisches Amt, Waffengewalt oder durch die moralische Überzeugung anderer von den eigenen Ideen zustande kommt – letzten Endes ist Machtanhäufung an sich das Ziel jedes lebenden Menschen.«

Valentin Kartschew
Die Gesetze der menschlichen Geschichte
(postum in Moskau erschienen)

1. KAPITEL

Nördlich von Tangyuan, China
23. April, 15.00 Uhr GMT (01.00 Ortszeit)

»Miller?«, fragte der Squad-Führer, der auf einem Notizblock über ihre Munitionsvorräte Buch führte. Drei volle Magazine, noch acht Patronen in dem angebrochenen. »Faulk?« André antwortete, er habe noch zwei volle Magazine und elf Schuss. »Drück ab und sorg dafür, dass du die Kugeln effektiv einsetzt, Faulk.« André nickte, während er sich wieder seiner aus Hühnerkleie mit Spargelspitzen bestehenden Notration zuwandte. Gewehrfeuer brandete auf, doch niemand hob auch nur den Blick, bis durch den anschwellenden Gefechtslärm klar wurde, dass wieder ein Großangriff im Gang war. Ohne ausdrückliche Aufforderung suchten die noch verbliebenen acht Männer aus Andrés Squad ihre Ausrüstung zusammen. Ein paar Minuten später war es dann so weit.

»Los geht's!«, rief der neue Platoon Sergeant. Niemand murrte, während sie ihre schmerzenden Muskeln dehnten. Keiner von Andrés normalerweise nicht eben maulfaulen Kameraden beschwerte sich. Man hörte nichts als das Klicken von Magazinen, das metallische Kreischen von Ladehebeln, die geölt werden mussten, und dem Verschluss von Granatwerfern, die gesichert und geladen wurden. Die Resignation der acht jungen Männer war fast mit Händen greifbar.

Um sich in der Dunkelheit nicht aus den Augen zu verlieren rückten sie in einer einzigen Linie durch die zunehmend von Rauch erfüllten Wälder vor. Ihr Schweigen stand in einem schroffen Kontrast zu den Donnerschlägen der chinesischen Granaten, die zu beiden Seiten über die hohen Kämme fegten und die oberen Zweige der Bäume wie Blitze erleuchteten. In dem flackernden Licht wirkten die Nadeln der Tannen farblos. Bei jeder Explosion blickten die verängstigten Soldaten zum Himmel auf. Das sporadische Feuer aus den schweren chinesischen Geschützen war neu und beunruhigend. Sie stiegen einen niedrigen, buckligen Hügel hinauf. Kurz vor dem Kamm gingen sie in gebückter Haltung und mit gezückten Gewehren weiter. Da sich diese Prozedur schon unzählige Male wiederholt hatte, waren Befehle mittlerweile überflüssig. Als Warnung vor dem möglicherweise bevorstehenden Tod war der anschwellende Gefechtslärm völlig ausreichend. In dem infernalischen Krach, der das enge Tal erfüllte, waren einzelne Waffen für André bereits nicht mehr auszumachen. Auf dem Felskamm angekommen, sah er das Schlachtfeld, das von Mündungsfeuer und Flammen erleuchtet wurde.

Während sie zwischen die wie Glühwürmchen durch die Luft schießenden Blitze hinabstiegen, wollte sich André der Magen umdrehen. Der Lärm war so groß, dass man allenfalls einen Schrei gehört hätte, und deshalb behielt André seinen Vordermann fest im Auge. Wenn der Mann zusammenzuckte, sich auf die Knie fallen ließ oder plötzlich sein Gewehr hob, waren das sämtlich Anzeichen drohender Gefahr, und wenn André sofort reagierte, konnte ihm das das Leben retten. Es war wie bei einer nervösen Tierherde – wenn der Vordermann floh, würde der Hintermann ihm auf den Fersen folgen.

Andrés verkrampfter Magen schmerzte, sein Mund war wie ausgetrocknet und von einem metallischen Geschmack erfüllt. Seine Handflächen wurden feucht, unter den Achseln brach ihm der Schweiß aus. Die Soldaten marschierten hinter der dunklen Silhouette eines Mannes her, der jetzt die anderen nach links oder rechts stieß. »Hier buddeln wir uns ein!« Der üble Mundgeruch des Sergeants schlug André direkt ins Gesicht. Der Mann schubste André zur rechten Seite, wo ihn kurz darauf sein Squad-Führer an der Schulter packte und auf den Boden zeigte. André ließ sein Gepäck fallen und begann zu graben, genau wie seine Nebenmänner, die zu beiden Seiten gut fünf Meter von ihm entfernt waren. Tatsächlich hätte André es vorgezogen, nachts zu kämpfen, weil dann der Abstand zwischen den Männern um knapp die Hälfte reduziert wurde. Er schaufelte, hackte und kratzte, bis sein Rücken schmerzte und seine Lungen brannten. Mehrfach musste er innehalten, um die bittere, von Angst kündende Galle hinunterzuschlucken.

»Die Delta Company wird sich zurückziehen und dabei unsere Linie passieren«, informierte der Sergeant die Männer, während er hinter ihren Feuerstellungen vorbeiging. »Uns bleiben noch fünf Minuten. Grabt tiefe Löcher, es wird gefährlich.« Niemand sagte ein Wort, aber André hörte das Keuchen der schuftenden Männer. Schweiß lief ihm die Stirn und den Hals hinab. Kurze Zeit überlegte er, ob er seinen Parka ausziehen sollte, aber wenn das Loch nicht tiefer wurde, hätte er sich sein eigenes Grab geschaufelt. Die nächsten paar Minuten waren wertvolle Zeit, die genutzt werden musste.

André hatte keine Ahnung, warum er jetzt nach vorn spähte, aber er sah Bewegungen in dem dunklen Wald. Er ließ seine Schaufel fallen und sank auf die Knie, um nach seinem Gewehr zu greifen, doch es waren nur zwei Amerikaner, die einen verwundeten Kameraden in Sicherheit bracht. Während sie vorbeihumpelten, kratzte André mit seinen Handschuhen die lose Erde zusammen. Dabei schwor er sich, die Ereignisse vor seinem Loch genauer im Auge zu behalten. Wenn alles gut ging, würde es jede Menge Warnungen geben. Der Sergeant oder der Platoon-Führer würden erneut vorbeigucken, dann würde der geordnete Rückzug der Delta Company über die Bühne gehen. Der letzte Mann, in der Regel ein Unteroffizier, würde »Linie passiert!« ausrufen. Und dann würde von allen Seiten der Befehl ertönen, dass ohne Gefahr für die eigenen Leute geschossen werden konnte. Aber nicht immer lief alles so reibungslos. Wenn die Delta Company einbrach oder überrannt wurde, würde sich die Gefahr dadurch ankündigen, dass er einen flüchtigen Blick auf rennende Soldaten erhaschte. Vielleicht würden es Amerikaner sein, vielleicht Chinesen, eventuell auch Soldaten beider Seiten. Die ersten Chinesen würden stehen bleiben und den Kampf eröffnen. Sie würden ihnen in den Rücken zu gelangen versuchen, wobei ihnen die Verwirrung der Amerikaner zugute kommen würde, und dann von hinten angreifen.

André verstaute die zusammenklappbare Schaufel wieder in seinem Rucksack. Bei einem hastigen Rückzug wollte er nicht erst noch seine Sachen zusammensuchen müssen, und die äußerst wichtige Schaufel wollte er definitiv nicht verlieren. Er legte seine beiden Reservemagazine neben sich auf den Boden. Mittlerweile hatten sich seine Augen längst an das Dämmerlicht gewöhnt, doch nachts wäre alles anders, und er versuchte, sich ihre Position genau einzuprägen. Jetzt stand ihm die schlimmste Zeit bevor. Er spähte durch das Zielfernrohr seines M-16 auf den vor ihm liegenden Wald. Als er schlucken wollte, fiel ihm erneut auf, dass sein Mund wie ausgetrocknet war. Kurze Blitze schwerer Granatwerfer und Artilleriegeschütze sorgten für etwas Licht und mit Zielfernrohren kannte André sich mittlerweile deutlich besser aus. Nichts bewegte sich, nichts änderte sich, der Wald lag still vor ihm. Die Anspannung steigerte sich zu einem pochenden Kopfschmerz direkt hinter den Augen und André presste seine Finger gegen die geschlossenen Augen und massierte seine Schläfen.

Als er wieder aufblickte, war sein Blick immer noch getrübt, aber er sah rennende Soldaten. Er riss die Waffe an seine Wange und legte den Schalter auf halbautomatischen Betrieb um. »Nicht feuern!«, wurde zu beiden Seiten der Linie gerufen. Mit klopfendem Herzen sah André zu, wie die Delta Company sich so schnell wie möglich zurückzog. Die Männer rannten so dicht an André vorbei, das er zwischen ihren keuchenden Atemzügen unfreiwillige ängstliche Laute hörte. Stöhnende Verwundete wurden von ihren Kameraden an André vorbeigetragen. Zwei Soldaten mit einem Maschinengewehr ließen sich neben ihm auf die Knie fallen, und der Mann zu seiner Linken feuerte sofort eine lange Salve ab. »Sie sind etwas zweihundert Meter hinter uns!«, rief der völlig außer Atem geratene Schütze. »Es muss ein ganzes Bataillon sein! Viel Glück!« Nachdem die beiden stöhnend wieder auf die Beine gekommen und dann davongelaufen waren, war Andrés Einheit für die neue Hauptverteidigungslinie verantwortlich. Neidisch blickte André den sich zurückziehenden Soldaten nach, die für den Rest des Tages wahrscheinlich frei hatten … wenn nicht alles zusammenbrach.

»Feuer freigegeben!« Von Mann zu Mann wurde die Nachricht entlang der Linie weitergesagt. André machte keine Ausnahme, dann legte er sich in sein flaches Loch. Mit zusammengebissenen Zähnen hielt er zwischen den Bäumen nach Chinesen Ausschau. »Keine Munition verschwenden!« und etliche andere Rufe schwirrten durch die Luft, bis alles still wurde. Irgendwie vermittelte es André ein beruhigendes Gefühl, wie die Botschaften weitergegeben wurden. *Wir werden es alle überstehen,* sagte er sich. Der Rückzug durch ihre Linie war ordentlich über die Bühne gegangen, sie lagen auf alles gefasst in halbwegs gut vorbereiteten Stellungen. Nicht sie würden in dieser Nacht sterben, sondern die Chinesen. Ein Schauder lief über seinen Oberkörper, der aber nicht auf Angst, sondern auf einen plötzlichen Adrenalinstoß zurückging. Jetzt sah er jeden einzelnen Baum klar und deutlich. Er atmete schwer, wie nach einer erschöpfenden körperlichen Anstrengung. Seine Hände schmerzten und er löste etwas den Klammergriff um seine Waffe. Er biss die Zähne so fest zusammen, dass sein Kiefer zu schmerzen begann. Nachdem er seine Nackenmuskulatur entspannt hatte, blickte er wieder durch das Zielfernrohr. Er atmete tief durch und versuchte, sich zu entspannen.

Weit links begannen Maschinengewehre kurze Feuerstöße abzugeben, dann regneten 40-Millimeter-Granaten nieder, schließlich ertönte Gewehrfeuer. Jetzt gab auch der Platoon-Führer den Schießbefehl, und ihr Maschinengewehr begann zu knattern. Ein letztes Mal prägte sich André genau die Stellung des MGs ein, das etwa fünfzehn Meter entfernt war. Im schlimmsten Fall konnte er sich in diese Richtung orientieren. Sollten sie überrannt werden, würde er neben dem MG noch am ehesten sein Leben retten können. *Jetzt muss es jede Sekunde so weit sein,* dachte er, während er synchron mit jedem pochenden Herzschlag die Sekunden zählte. Amerikanische Mörsergranaten pfiffen durch die Luft und fielen etwa hundert Meter vor ihnen in die Bäume, wo sie zwischen den oberen Zweigen explodierten. Granat- und Holzsplitter regneten nieder. Wurde man von ihnen getroffen, hatte das verheerende Folgen. Jetzt zielten die Männer an den Granatwerfern auf den umliegenden Höhenzügen noch präziser. Andre wusste, dass sie über Nachtsichtgläser verfügten, die es ihnen erlaubten, die chinesischen Infanteristen zwischen den Bäume zu erkennen.

Zwischen den von Blitzen erhellten Bäume tauchten die Silhouetten rennender Männer auf. Auf dreißig Meter Entfernung waren sie eine leichte Beute. Alle eröffneten gleichzeitig das Feuer. *Immer mit der Ruhe,* dachte André. *Sorgfältig zielen und dann abdrücken.* Er feuerte, der Mann fiel wie eine Puppe mit schlaffen Gliedern zu Boden. Während er den nächsten Chinesen ins Visier nahm, konzentrierte sich André auf seine Atmung. Der Rückstoß des Sturmgewehrs traf seine Schulter, sein Opfer war tot. *Langsam und regelmäßig,* dachte er, während sich sein Magazin langsam leerte. Aber trotz des verheerenden Feuers von drei Seiten wurde die Zahl der brüllenden Chinesen immer größer. Während er feuerte, verlor André den Überblick über die Zahl der Kugeln, die ihm vor dem Nachladen noch blieben. Als der Abzug dann blockiert war, ließ er das leere Magazin herausspringen und legte ein neues ein. Die Luft war erfüllt von zischenden Geräuschen, die an eine gleich zuschlagende Giftschlange erinnerten. Die anstürmenden Chinesen wichen im Zickzackkurs Bäumen aus und feuerten dabei aus der Hüfte. André schoss so schnell er konnte, doch der Kugelhagel aus der Gegenrichtung wurde immer dichter. Erstaunt nahm er zur Kenntnis, dass der Abzug schon wieder blockiert war.

»Scheiße!«, fluchte er. Jetzt blieb nur noch ein Magazin. *Verdammter Mist, nur noch elf Schuss!* Trotz der Vielzahl leicht zu treffender Ziele zögerte er, auf den Abzug zu drücken. Erst drei direkt auf ihn zurennende, aus allen Rohren feuernde Soldaten überzeugten ihn davon, dass er sich von seinen wertvollen Patronen trennen musste. Jeder Schuss holte einen Mann von den Beinen, doch als ein weiterer Angreifer unerwartet aufsprang, reagierte André zu schnell. Der vierte

Schuss ging daneben, der anstürmende Chinese fiel erst dem fünften zum Opfer.

Noch sechs Kugeln! Fast von Panik gepackt beschloss André, die verbliebene Munition für den Nahkampf zu reservieren. Aber wenn er nicht feuerte, fühlte er sich irgendwie isoliert, als wäre er nur ein Zuschauer. Links neben André legte der Mann sein M-16 an. Mechanisch wurden leere Magazine gewechselt. Zu seiner Rechten erwartete André derselbe Anblick. In diesen entscheidenden Momenten, wo es auch um sein Leben ging, war er selbst nutzlos und zur Untätigkeit verdammt. Kurz dachte er darüber nach, einfach loszurennen und einem Chinesen das Gewehr zu entreißen, aber solche selbstmörderischen Aktionen würde er nie unternehmen. Er konnte einem Verwundeten helfen oder die Munition von Toten retten. Aber außer ihm schienen alle in Aktion zu sein.

Der Soldat zu seiner Linken richtete sich auf und schleuderte eine Handgranate. Eine spiralförmige Rauchspur zog sich ein Stück weit durch die Luft, dann flogen Funken. André sah, dass die Handgranate von einem Baum abprallte.

André setzte sich auf. Seine Haut war feucht und kalt. »Hörst du mich jetzt?«, fragte jemand. Ein strenger, säuerlicher, beißender Geruch stieg ihm in die Nase. Sein Kopf knallte gegen den Baumstamm in seinem Rücken. Sein Schädel schien vor Schmerz zu bersten. Er beugte sich vor und übergab sich. »Guter Gott«, sagte der Mann angewidert. Als André die Augen wieder öffnete, sah er den Mann das Riechsalz auf die Erde werfen. Erschöpft rollte sich André halb auf die Seite, bettete dann seinen pochenden Kopf auf den Boden. Er schwitzte stark und hatte das Gefühl, als würde an der Nase ein Riss in seinem Gesicht klaffen. Ihm fehlte die Kraft, auch nur die einfachsten Dinge zu tun, und er wollte nur noch atmen, ohne sich wieder erbrechen zu müssen.

Rötliches Licht drang durch seine geschlossenen Lider, die dann geöffnet wurden. Der helle Lichtstrahl einer stiftförmigen Taschenlampe fiel auf sein Auge. »Geht's ihm sehr schlecht?«, hörte André den Platoon-Führer fragen, als das Licht wieder ausgeschaltet wurde.

»Nein, Sir. Vielleicht nur eine leichte Gehirnerschütterung.« Der Lieutenant kauerte neben ihm nieder. »Alles in Ordnung, Faulk?«

André murmelte etwas vor sich hin. Seine Worte kamen so schleppend und undeutlich aus seinem Mund, dass er sich selbst nicht mehr sicher war, was er eigentlich hatte sagen wollen, aber der offensichtlich beruhigte Platoon-Führer stand wieder auf. »Wie sieht unsere Bilanz aus?«, fragte er.

»Zwei Tote, beide aus dem 3rd Squad. Fünf Verwundete, zwei davon schwer.«

»Scheiße!«, antwortete der Lieutenant nach einem Augenblick leise. André lauschte mit geschlossenen Augen. Seine Kopfschmerzen waren so stark, dass er sie einfach nicht öffnen konnte. Das Funkgerät knisterte, der Sergeant antwortete. Dann das Rascheln einer Karte. »Wir machen uns auf den Rückweg, Sarge Davis«, sagte der Lieutenant nach dem Ende des Gesprächs. André glaubte, er meinte den Rückzug aus dem umkämpften Gebiet hinter die Front. Nur ein paar hundert Meter, um einen Platz zum Schlafen zu suchen. Doch irgendetwas an dem Tonfall des Lieutenants war ihm aufgefallen.

»Wir brauchen etwas *Zeit*, Sir!«, flüsterte der Sergeant. »Wir haben ein paar Verletzte!«

»Ich weiß, verdammt! Aber was zum Teufel soll ich tun? Dem Kommandeur eine abschlägige Antwort erteilen? Wir ziehen ab, die ganze Kompanie. Die Männer sollen sich bereit machen.« Der Lieutenant verschwand.

Das Rascheln von Stoff, der Sergeant griff nach Andrés Arm. »Na los, Faulk«, sagte er, offensichtlich immer noch wütend. Als er André an dem Baumstamm hochzog, kam es diesem so vor, als würde ihm der Arm ausgerissen. Dann stand er verwirrt wieder auf den Beinen. »Dann wollen wir dich mal zu deinen Kameraden zurückbringen.«

»Aber ...«

»Aber was?«, schnauzte ihn der Sergeant an.

André befeuchtete seine ausgetrockneten Lippen. »Ich hab' keine Munition.«

Der Sergeant war älter als André, vielleicht sechsundzwanzig. »Wir werden dir ein chinesisches CQ- oder ein 56-2-Gewehr besorgen. Davon haben wir mehr als genug.«

Camp David, Maryland
23. April, 15.00 Uhr (10.00 Ortszeit)

Die Vereinigten Stabschefs waren alle in Uniform angetreten, Gordon Davis trug eine bequem geschnittene Hose und ein am Kragen offenes weißes Hemd. Zwischen zwei Kaminen und vor der dunklen Holztäfelung standen auf Staffeln Landkarten. »In Zizikar und Nancha gibt's ernsthafte Probleme mit zivilen Unruhen«, berichtete General Dekker, der auf zwei chinesische Städte direkt südlich der Grenze zeigte. »Dort ist die öffentliche Ordnung völlig zusammengebrochen.«

»Hat es Blutvergießen gegeben?«, fragte Gordon.

»Ja, aber kein durch uns verursachtes, Sir. Die Menschen haben die örtlichen Büros der Kommunistischen Partei und des Ministeriums für Innere Sicherheit geplündert. Da wir die militärisch organisierten Polizeikräfte nicht entwaffnet hatten, gab es Schießereien. Bis jetzt haben wir direkte Auseinandersetzungen vermeiden können, aber die Situation verschlimmert sich.«

Plötzlich wurde Gordon von einem Gefühl der Besorgnis überwältigt. »Wie sieht denn die militärische Situation aus?«

Bevor er antwortete, blickte Dekker die anderen Vereinigten Stabschefs an. Diese Unruhen müssen ein ernsthaftes Problem sein, dachte Gordon. Offensichtlich zögerte Dekker, zum nächsten Thema überzugehen. »Es gibt Feindberührungen an unseren Flanken«, fuhr Dekker dann fort, »aber die Chinesen versetzen uns keine harten Schläge. Sie versuchen eher, mit kleinen Nadelstichen unsere Reaktion zu testen. Weil sie über keine nennenswerte Luftaufklärung verfügen, versuchen sie wahrscheinlich, unsere genaue Position und unsere Truppenstärke herauszukriegen. Da ist es dann die beste Methode, einfach vorzurücken und zu testen, ob man auf entschiedenen Widerstand stößt.«

»Wie sieht's mit unseren Opfern aus?«

»Seit Beginn der Gegenoffensive haben wir etwa zweitausend Soldaten verloren, weitere neuntausend wurden verwundet. Die Hälfte der Gefallenen hat in dem Tal bei Tangyuan das Leben verloren. Insgesamt beläuft sich die Zahl der Todesopfer mittlerweile auf knapp über zehntausend, die der Verwundeten auf dreißigtausend.«

Gordon blickte Dekker in die Augen. »Wie lange wird es noch dauern, bis wir zu unseren Soldaten in dem Tal aufgeschlossen haben, General?«

Dekker runzelte die Stirn. »Schwer zu sagen, Mr. President. Im Moment sind wir in Bezug auf unseren Zeitplan noch nicht in Verzug. Wenn's dabei bleibt, sind wir in fünf Tagen da.«

Gordon nickte befriedigt. Dann wandte er sich dem Chef des Kommandos für Spezialoperationen zu. »Wie steht's mit der Wiederbewaffnung der russischen Armee im Fernen Osten?«

UNRUSFOR-Hauptquartier, Chabarowsk
23. April, 22.00 Uhr GMT (08.00 Ortszeit)

»Sie hat die Bilder mittels eines Sanitätshubschraubers herausschmuggeln lassen«, sagte Lieutenant Colonel Reed. Clark saß vor einem Monitor und studierte ein Video, auf dem sich gerade hinter einem bulligen grünen Militärflugzeug Fallschirme öffneten. Es wurde geschossen, von den Schlachtfeldern unter dem hohen Bergkamm stieg Rauch auf. Dies waren die ersten Bilder, die Clark von den erbitterten Kämpfen sah.

Die Stimme der Reporterin war ohne jeden Zweifel die Kate Dunns. »Niedrig durch das Tal fliegende Transportmaschinen werfen riesige Mengen an Kriegsmaterial und Munition ab, und Letztere wird in atemberaubenden Tempo wieder verbraucht. Weil pausenlos Wellen chinesischer Infanteristen anstürmen, gibt es für die amerikanischen Soldaten bei dieser Schlacht praktisch keinerlei Verschnaufpause. Obwohl die genaue Zahl der tief im Inneren Chinas gelandeten Soldaten geheim gehalten wird, handelt es sich mit Sicherheit um eine groß angelegte Operation, deren Ziel ein weiterer Vorstoß ins Landesinnere ist. Und die Volksbefreiungsarmee setzt alle Hebel in Bewegung, um die ausländischen Eindringlinge von ihrem Boden zu vertreiben.«

Auf dem Bildschirm sah Clark Männer mit Bahren auf Sanitätszelte zurennen. »Die Zwanzigjährigen, die diesem Sturm trotzen müssen, sehnen sich nicht gerade danach, hier kämpfen zu müssen, aber sie gehören zu den besten Soldaten der Welt und sind durch ihren monatelangen Einsatz im sibirischen Winter gestählt.« Es folgten Großaufnahmen von tief in den Höhlen versunkenen Augen mit glasigem Blick. »Ihnen ist klar, dass der Sinn dieses Krieges, den später Historiker zu bewerten haben werden, unter Umständen vom Ausgang dieser Schlacht abhängt. Aber noch wichtiger ist ihr Wissen darum, dass sie um ihr eigenes Leben und das ihrer besten Freunde kämpfen.« Die Kamera zeigte zwei schlafende, in einem Loch aneinander gedrängte Soldaten. »Die durch diesen Krieg geschmiedeten Bande sind so stark, dass sie nur durch den Tod wieder zerrissen werden können.«

Die letzte Einstellung zeigte die über einen toten Soldaten gebreitete Kunststoffplane. Von dem Gefallenen waren nur die Stiefel zu sehen.

»Aus dem Norden Chinas berichtete Kate Dunn für NBC News.«

Kopfschüttelnd blickte Clark Reed an. »Völlig ausgeschlossen. Konfiszieren Sie jedes Videoband, das sie herausschmuggelt.« Reed nickte. »Trotzdem würde ich jeweils gern einen Blick darauf werfen«, fügte Clark hinzu, dessen Adjutant erneut nickte. »Dann wollen wir uns mal auf den Weg machen.«

Nate Clarks Blackhawk schwebte über dem Amur, weit flussaufwärts von der Luftbrücke. Riesige Helikopter des U.S. Marine Corps brachten gigantische Lasten von einem Ufer ans andere, aber noch beeindruckender war der Anblick der gezackten, manchmal aufeinander getürmten Eisschollen, die in Richtung Meer trieben.

»Wunderschön, finden Sie nicht auch?«, fragte General Cuvier. Clark blickte den für dieses Gebiet zuständigen Kommandeur an. Sie saßen Knie an Knie hinter der großen, rechteckigen Scheibe. Der französische General betrachtete die Szenerie. »Bevor ich hierher kam, hatte ich keinerlei Ahnung von den riesigen Entfernungen, von dem Ausmaß dieser Wildnis. Kaum Straßen, Dörfer, Menschen, zumindest auf der russischen Seite der Grenze.«

Während auch Clark aus dem Fenster blickte, schweiften seine Gedanken ab. Gleich waren sie in einem anderen Land – ein neuer und dichter bevölkerter Kriegsschauplatz. »Ich werde das alles nicht vermissen«, sagte Clark, ohne sich bewusst zu sein, dass er sprach. Als er aufblickte, starrte er in die Gesichter der Männer ihres Geleitschutzes.

Cuvier dagegen war wachsam und beugte sich herüber. Da der Motor des Helikopters so laut war, konnte man sich leicht der Illusion hingeben, dass die sechs Berater in der Kabine ihr privates Gespräch nicht mithören konnten. »Sie scheinen Angst vor einer Niederlage zu haben«, sagte der General leise. Sein Englisch hatte einen schweren Akzent. »Hoffentlich macht es Ihnen nichts aus, wenn ich über dieses Thema spreche.« Clark verneinte. »Was ich gerade über Sie gesagt habe, ist bei einem Kommandeur eine sehr *gute* Eigenschaft. Es hat Gerede gegeben – in Paris, aber man hat uns gesagt, dass die Gerüchte ursprünglich aus Washington kamen. Es heißt, Sie würden Ihren Job als Oberbefehlshaber zur Verfügung stellen.« Er sprach, als wüsste Clark Bescheid. »Aber ich selbst habe nie daran geglaubt und ihnen das auch gesagt.« Cuvier verzog das Gesicht und machte eine wegwerfende Handbewegung »Sie haben gesagt … Ach, tun Sie einfach Ihren Job, schlagen Sie Ihre Schlachten. Wir werden Sie schon über diese Dinge auf dem Laufenden halten.«

Cuvier lehnte sich mit einem finsteren Gesichtsausdruck zurück, seine Hände lagen auf den Knien.

Wieder blickte Clark aus dem Fenster. »Zumindest haben diese Scheißkerle aus dem Pentagon noch keine Pistole auf meinen Schreibtisch gelegt, damit ich mir selbst das Licht ausblase.«

Alle Insassen des Helikopters lachten. Jetzt hatten alle bessere Laune, von der zuvor nichts zu spüren gewesen war.

Alle trugen Ohrschützer, die wie große Kopfhörer aussahen. An der Luftbrücke über den Amur warfen riesige CH-53E ihre Ladung ab. Die leistungsstarken Motoren der Transportflugzeuge waren voll aufgedreht und der Lärm wahrlich ohrenbetäubend.

Angestrengt lauschte Clark den Worten des Marine Colonels und des französischen Kommandeurs, die ihn zu dem mit Bulldozern geebneten und mit Matten weich gepolsterten Platz geleiteten, wo die Ladung der Maschinen abgeworfen wurde. Männer lösten die Seile von einer Lattenkiste, die dreißig Meter unter einem der besten Helikopter baumelte, den die U.S. Army zu bieten hatte. »Die Navy hat uns ein Dutzend Echo-Helikopter ausgeliehen!«, brüllte der Colonel.

Die an der Luftbrücke beteiligten Hubschrauber brauchten keinen weiten Weg zurücklegen. Im Pendelverkehr brachten sie Fahrzeuge, Tarnnetze und Treibstofftanks ans andere Ufer. Der Transport ging nur in eine Richtung. Auf der russischen Seite wurde die Fracht an Bord genommen, dann im kommunistischen China abgeladen. Während Clark die Operation beobachtete, überkam ihn plötzlich ein unerklärliches, rauschhaftes Gefühl. Gedanken und Gefühle fluteten durch sein Gehirn. Es war, als ob er aufgewacht wäre und sich selbst beim Schlafwandeln ertappt hätte. Er blickte auf den geschäftigen Hubschrauberlandeplatz, den Wagenpark, die Zeltstadt, die Berge von Lattenkisten und Paletten. Die Straße, die sich in der Ferne verlor, hatte es vor zwei Tagen noch gar nicht gegeben. Alles war ausschließlich für diese Überquerung des Amurs gebaut worden. In einem

Monat würde nur ein Meer aus Matsch zurückgeblieben sein, doch bis dahin war dieser Ort eine lebenswichtige Arterie, durch die das Blut seiner Armee floss.

Und all dies geschah auf dem Terrain der Volksrepublik China.

General Cuvier wies darauf hin, wie schnell alles vor sich ging und dass die Helikopter nie auf dem Boden aufsetzten. Aber in Gedanken war Clark bereits tief im Inneren der Mandschurei. Hinter den Zweieinhalbtonnern, die die Fracht weiterbeförderten, stiegen Rauchfahnen in die Luft auf, die auch auf der russischen Seite zu sehen waren. Vor seinem geistigen Auge sah Clark eine Art riesiger Pipeline, die von amerikanischen und japanischen Fabriken und Häfen direkt zu den Soldaten vor Ort führte, die riesige Nachschubkette, die sich über den halben Erdball erstreckte, bis sie dann die Luftbrücke über den Amur erreichte.

Das auf dem Fluss treibende Eis gemahnte an die Macht der Natur, doch Clarks Blick wurde zunehmend von den Ereignissen am Ufer angezogen. Was zuvor nur trockene Theorie über die Arbeit der Pioniere gewesen war, sah er jetzt mit eigenen Augen. Sie mussten die Belastung ausrechnen, welcher Kraft die Haltetaue einer Pontonbrücke maximal standhalten konnten, wenn Millionen Tonnen Eis darauf zutrieben. Die dicken Eisschollen waren teilweise gebrochen und hatten sich manchmal mehrere Schichten hoch übereinander geschoben. Weiße Denkmäler einer alles zermalmenden Kraft, der phänomenalen Energie der Flussströmung. Trotz der konstanten Dröhnens der Hubschrauber hörte man gelegentlich ein unheimliches Ächzen.

»In zehn Tagen sind die Pontonbrücken installiert!«, sagte der neben Clark stehende, für Transporte zuständige Offizier der Marines. »Nicht hier, sondern etwa zehn Meilen weiter flussabwärts.« Er zeigte mit seiner behandschuhten Hand. »Die Luftbrücke mit den Helikoptern musste ich hier organisieren, weil es weiter flussabwärts kein flaches Gebiet für zwei Landezonen an beiden Ufern gab.«

Clark ertappte sich bei dem Gedanken, dass alles zu einfach zu sein schien. Noch vor Monaten waren die einst gegen die Sowjets errichteten chinesischen Verteidigungstellungen auf dem Papier als unüberwindlich erschienen. Rational war Clark sich aller Antworten bewusst. Diese Verteidigungsstellungen waren von den Soldaten verlassen worden, die an der Invasion Sibiriens teilgenommen hatten. Aber er wusste, dass die Dinge nicht so einfach lagen und dass für jeden Meter Raumgewinn Männer gekämpft hatten und gestorben waren. Es war deprimierend, wie sehr er sich von dem Töten und Sterben auf dem Schlachtfeld isoliert und wie effektiv er die Gedanken an das Grauen verdrängt hatte, dessen Augenzeuge er in jungen Jahren selbst gewesen war.

Clark wandte sich seinem französischen Gastgeber zu. »Ich habe beschlossen, meine Route zu ändern.«

Der Helikopter landete auf der breiten Straße einer Stadt, und Clark und seine Entourage stiegen aus. Ein britischer Colonel gab dem amerikanischen und dem französischen General die Hand und zog dann schnell seine Handschuhe wieder an, wobei er zugleich nervös über die Schulter blickte. Der Rotor des Hubschraubers wurde immer langsamer und blieb dann stehen.

»Es tut mir Leid, General Clark ...«, begann der Colonel, aber schon duckten sich alle, als einen Häuserblock weiter eine laute Explosion ertönte. Clarks Sicherheitskräfte drängten sich enger um den Oberbefehlshaber. Über den niedrigen Gebäuden stieg hellgrauer Rauch auf.

»Wie ich schon sagte, es tut mir Leid, dass ich Ihnen keinen besseren Empfang bereiten konnte, Sir«, sagte der Kommandeur des britischen Bataillons.

Eigentlich war eher Clark nach einer Entschuldigung zumute. Drei Helikopter waren ohne Vorankündigung gelandet, zuerst die beiden grünen Blackhawks, dann ein Cobra-Kampfhubschrauber, der ihnen gefolgt war. Ein halbes Dutzend Leibwächter und in Zivil gekleidete Mitarbeiter des Verteidigungsministeriums umringten die drei Offiziere. Mindestens ein Platoon britischer Infanteristen hatte um den improvisierten Hubschrauberlandeplatz herum Position bezogen.

Aus derselben Richtung, wo zuvor die Explosion erfolgt war, eröffnete jetzt ein monoton knatterndes Maschinengewehr das Feuer.

»Sieht ganz so aus, als hätte *ich* Sie an diesem Nachmittag bei der Arbeit gestört, Colonel«, sagte Clark. »Aber ich werde Sie nicht lange aufhalten. Ich wollte mich nur mal ein bisschen umsehen.«

»Natürlich, Sir«, antwortete der Brite in einem Tonfall, der genauso wenig verriet wie sein Verhalten. War er genervt, ohne dass Clark etwas davon mitgekriegt hatte? Der britische Colonel blickte über die Schulter. »Es ist eher Arbeit, die von heute Morgen liegen geblieben ist, Sir. Ein paar Widerständler harren noch in den Kellern aus, die wir zu räumen versuchen. Es ist wirklich schade, dass wir die Keller mit Explosionen säubern müssen, aber ich will nicht, dass jemand hinter unseren Linien zurückbleibt. Es könnte etwas *unangenehm* werden, wenn die Sonne untergeht, weil unsere Randstellung sich etwa fünfhundert Meter in dieser Richtung befindet.«

Er zeigte auf die Straße hinter dem knatternden Maschinengewehr.

»Ist an der Randstellung alles ruhig?«

»Meistens ja, Sir.«

»Kann ich mir die Sache mal ansehen?«

Mit gerunzelter Stirn blickte der Colonel auf Clarks Anhang, ein Dutzend Männer. »Ganz wie Sie wünschen, General Clark.«

Diesmal konnte Clark den Offizier verstehen. »Alle warten hier, während General Cuvier und ich die Randstellung inspizieren«, sagte Clark laut. Der Chef des Sicherheitskommandos blickte Clark durch seine dunkle Sonnenbrille an. »Sie warten hier«, wiederholte Clark, der sich dann mit den Ellbogen seinen Weg zwischen den Leibwächtern hindurch bahnte.

»General Clark …«, sagte der Offizier vom Sicherheitskommandos.

Nate knirschte mit den Zähnen. Schließlich war er selbst Soldat und konnte auf einem Schlachtfeld auf sich aufpassen. Der Mann streckte Clark eine Waffe entgegen, ein auf Karabinerlänge zusammengestutztes M-16. Mit einer kurzen Schlinge sollte man die Waffe an der Hüfte befestigen.

Nate nahm das M-16 entgegen. Der Feind stand nur fünfhundert Meter entfernt, und er hatte keinerlei Waffe mitgebracht. Nachdem er das Gewehr umgehängt hatte, griff er nach einem Munitionsgürtel. Seinen normalen Gürtel musste er lockern. Alle warteten geduldig. Das Gewicht von sechs Magazinen zog den Munitionsgürtel nach unten, ein für Clark längst vergessenes Gefühl.

»Vielleicht sollte ich mir auch eine bessere Waffe als *diese* besorgen, was?«, fragte General Cuvier grinsend, während er die Pistole in seinem Holster tätschelte. Gemeinsam mit dem britischen Colonel stießen die beiden Generäle zu dem Platoon, Schützen geleiteten die hintereinander gehenden Männer die Straße hinab.

»Viel Schaden scheinen die Kämpfe nicht angerichtet zu haben«, sagte Clark, dem ständig das M-16 von der Schulter rutschte. Schließlich ließ er die Schlinge baumeln und hielt die Waffe an dem Pistolengriff fest.

»Besonders viel mussten wir auch gar nicht kämpfen«, antwortete der Colonel. »Wir kamen mit gepanzerten Fahrzeugen und motorisierter Infanterie, so dass die hiesige Miliz beschloss, lieber nicht allzu viel zu riskieren.«

Die Straßen wirkten auf eine seltsame Weise verlassen, kein Rauch stieg aus den Schornsteinen auf. »Wo sind alle diese Menschen?«, fragte Nate. »Diese Stadt hat doch ein paar hunderttausend Einwohner.«

»Wir haben wirklich keine Ahnung, wo sie geblieben sind. Allerdings haben wir Berichte erhalten, nach denen die Straßen in Richtung Süden verstopft sind. Das durch die Flüchtlinge verursachte Chaos muss den Chinesen schwer zu schaffen machen.«

»Aber uns sind sie genauso im Wege«, bemerkte Cuvier. »Dadurch wird unser Tempo negativ beeinträchtigt.« Eine weitere laute Explosion ließ den Boden der Straße erzittern. Instinktiv ließen die Infanteristen sich auf ein Knie sinken. Eilig gingen sie weiter auf die Randstellung zu.

»Nun, es scheint doch zumindest ein paar Milizen zu geben, die sich zum Kampf entschlossen haben«, sagte Nate.

Der Colonel blickte über die Schulter. »Sie kämpfen nicht, sondern wollen nur nicht herauskommen. Wenn wir sie finden, gewöhnlich in den Kellern, ziehen wir uns zurück, um die Zivilisten aus dem Gebäude zu evakuieren. Stundenlang haben wir auf einen Dolmetscher gewartet, doch im Laufe des Tages bin ich dann zu der Ansicht gelangt, nicht länger warten zu können.«

»Wollen Sie damit sagen, dass Sie einfach Sprengstoff in diese Keller werfen lassen, wenn sie nicht aufgeben?«

»Wir versuchen, sie zur Aufgabe zu bewegen, aber ohne Dolmetscher ist das leider sinnlos.« An einer Kreuzung blieb der Colonel stehen. »Wie bereits gesagt, es ist *wirklich* schade, aber wir müssen so handeln.«

Nur das monotone Knattern eines Maschinengewehrs durchbrach das Schweigen. Die Männer des Colonels brachten zu Ende, was sie am Morgen nicht hatten erledigen können.

»Bis zum Einbruch der Nacht haben wir Ihnen einen Dolmetscher besorgt«, sagte Clark.

Nacheinander überquerten sie im Laufschritt die Kreuzung. Die vorauseilenden Infanteristen wurden mit jeder Kreuzung nervöser. Eine breite Straße vor ihnen war durch Barrikaden blockiert. Jetzt wurde nur noch durch Handzeichen kommuniziert – durch Fingerzeige und geballte Fäuste, durch Winken wie auf dem Exerzierplatz oder das Stoppzeichen eines Verkehrspolizisten. Sie gingen in Deckung, kniend, mit schussbereiten Waffen.

Nate fühlte sich angespannt, doch das war nur natürlich. Die herausragendste Erinnerung an den Krieg, an dem er in jungen Jahren teilgenommen hatte, war die an die ekelhafte Furcht vor einem möglicherweise unmittelbar bevorstehenden Tod. Wenn es nicht einen selbst traf, war es der Kamerad neben einem. Dazu kamen noch endloser Stress und Schlafmangel. Eine betäubende Müdigkeit, unterbrochen nur durch Schocks drohender Gefahr. Erschöpfung, weil man ohne Schutz unter freiem Himmel lebte. Schmerzen von einem Dutzend Schnitten und Prellungen. Extreme Erfahrungen aller Art, die einen alle gleichzeitig bedrängten.

Jetzt war Nate an der Reihe, die Kreuzung zu überqueren. Ein britischer Soldat lief neben ihm über die Straße, doch Nate empfand diesen Begleitschutz als demütigend. Tatsächlich war er so wütend, dass er keinerlei Sinn für die Gefahr mehr hatte. Als er sich dann hinkniete, lächelte General Cuvier ihn an. Nates finsterer Blick verriet dem Franzosen alles über seine Gefühle. »Wenigstens habe ich mich nicht hingelegt und mir die Hüfte gebrochen«, knurrte Nate.

Der freundliche Franzose begann gerade zu lachen, als sich irgendwo ein einzelner Schuss löste. Sofort begannen die britischen Soldaten aufgeregt zu suchen. Mitten auf der Straße lag ein brüllender Mann, der seinen blutenden Oberschenkel umklammerte und sich, von Schmerzen gequält, auf dem Kopfsteinpflaster wand. »Mein Gott! Ah! Himmel!«

»Bewegungen in dem *Fenster*!«, brüllte jemand. Auf einen Schlag eröffneten sechs britische Soldaten aus ihren automatischen Gewehren das Feuer.

»Ich brauche Hilfe!«, rief der Verwundete mit entblößten Zähnen. Er hatte das Gesicht zu einer schmerzverzerrten Grimasse verzogen, seine Augen waren geschlossen. Als er ausatmete, wölbten sich seine roten Wangen vor, und während er nach Luft schnappte, formten seine Lippen ein »O«. Sein Brustkorb hob und senkte sich.

Mehrere seiner Kameraden legten ihre Waffen nieder, Clark hingegen hob seine. Er lehnte sich etwas hinter der Ecke hervor und nahm sein Ziel ins Visier – ein Fenster im zweiten Stock eines Gebäudes. Bei jedem Schuss begannen die dünnen Vorhänge zu tanzen. Mit dem Daumen legte Nate den Schalter auf automatisches Feuer um.

»Vorwärts!«, brüllte der Lieutenant.

Clark drückte ab. Das kurze M-16 hatte einen erstaunlich harten Rückstoß. Erneut nahm er das Fenster ins Visier und schoss fünfmal hindurch. Zwei weitere Kugeln trafen die Wand. Klirrend fielen leere Patronenhülsen auf die Pflastersteine. Er schaltete auf »halbautomatisch« und feuerte dann einen Schuss pro Sekunde ab.

Während die Soldaten den Verwundeten zur anderen Straßenseite schleiften, ließ Nate das leere Magazin aus seiner Waffe herausspringen. Gerade trafen die restlichen Soldaten des Platoons ein, die ebenfalls sofort feuerten.

An der Kreuzung bauten zwei Männer ein Maschinengewehr auf. Sobald sie dahinter auf dem Boden lagen, begann das MG zu knattern. Über einen halben Meter lange Flammen schossen aus der Mündung. Es war ein schockierender Anschlag auf alle Sinne, ein eruptiver Ausbruch infernalischen Krachs, der durch die enge Straßenschlucht noch verstärkt wurde.

Der Kugelhagel endete.

»In Zweierreihen!«, brüllte ein schnurrbärtiger Sergeant. »Vorwärts, los!«

Wieder begann das MG zu knattern.

Jetzt machte sich keiner der Männer mit den Gewehren mehr die Mühe, selbst zu feuern. Dicht an die Wände gedrängt sprinteten die Männer die Seitenstraße hinab.

»Feuer einstellen!«

Jetzt lag die Straße still da, wenn man davon absah, dass eine Haustür eingetreten wurde. Wieder ein Moment Stille, dann polterten die Männer die Treppe hoch und brachen durch die Tür, hinter der sich der Scharfschütze verschanzte. Sekunden verstrichen, dann explodierte der Raum.

Gleichzeitig schossen aus beiden Fenstern Flammen, gefolgt von schwarzem Rauch.

»Situation bereinigt!«, schrie ein Mann aus dem dunklen Fenster. »Der Scharfschütze ist tot!«

»Waffen sichern!«, brüllte der Platoon-Führer. Auch Clark, zwischen glänzenden Patronenhülsen kauernd, folgte instinktiv seinem Befehl.

Der Gestank von Gewehrfeuer hing in der Luft. Nates Knie schmerzten von dem Kopfsteinpflaster. Seine Gelenke knackten, seine Muskeln kamen ihm nicht gerade elastisch vor. Alle standen auf, um sich zu sammeln und ihre Nerven zu beruhigen.

In dem Fenster, hinter dem sich der Scharfschütze verschanzt hatte, tauchte ein Lieutenant auf.

»War es ein Partisan?«, brüllte der britische Colonel.

»Nein, Sir, ein gewöhnlicher Soldat der Volksbefreiungsarmee«, antwortete der Platoon-Führer.

»Gott sei Dank!«, murmelte der Kommandeur des Bataillons neben Nate.

»Gab es irgendwelche Partisanenaktivitäten?«, fragte Clark leise.

»Bis jetzt noch nicht, Sir.«

Die beiden Männer blickten sich an. »Haben Sie für alle Fälle einen Plan parat?«, fragte Clark.

Der Colonel atmete tief durch. »Im schlimmsten Fall verlassen wir die Städte, um auf dem Land unser Lager aufzuschlagen. Natürlich nur, wenn das Ihre Zustimmung findet.« Clark nickte. »Auf dem Land können wir etwas Abstand halten und für ein freies Schussfeld sorgen. Trotzdem gibt es keine effektive Defensivstrategie gegen … gegen *eineinhalb Milliarden Menschen*. Nicht wenn sie aufgebracht sind, Sir. Dann nicht.«

Clark schwieg. »Wenn das kein erfreulicher Gedanke ist«, fügte Cuvier ironisch hinzu. Offenbar war das Thema damit für ihn erledigt.

»Sagen Sie mir Bescheid, wenn Sie darüber im Bilde sind, wie schlimm es um Ihren Soldaten steht«, sagte Nate. »Ich möchte ihn im Lazarett besuchen. Aber jetzt sollten wir uns auf den Weg machen.«

Die Squad formierte sich wieder, um den restlichen Weg bis zur Randstellung zurückzulegen. Die »Front«, das waren zwei nebeneinander liegende, ramponierte Busse, und diese von den chinesischen Verteidigern gebaute, improvisierte Panzerfalle war vom Feuer geschwärzt und auf den letzten Metern eine exzellente Deckung für Clarks kleine Gruppe. In gebückter Haltung liefen die Männer über den Bürgersteig, nach ein paar Metern verschwanden sie in einer offenen Tür. Der Raum dahinter war völlig zerstört.

An den Wänden lehnten sitzend vier Männer, die fast reglos verharrten, aber ihren Blick auf die Neuankömmlinge richteten. Ihre Waffen lagen in Reichweite, einer hatte sein Gewehr gegen die Brust gedrückt, das eines anderen lag in seinem Schoß. Die anderen Gewehre lehnten neben den Soldaten an der Wand.

Etwa ein Dutzend Neuankömmlinge bevölkerten den Raum.

»Wie ist es heute gelaufen, Lance Corporal?«, fragte der Kommandeur des Bataillons.

»Oh, es war erträglich, Sir. Erträglich. Und jetzt ist alles ruhig. Hörte sich allerdings so an, als hätten Sie auf dem Weg hierher ein paar Probleme gehabt, Sir. Wurde jemand verletzt?«

»Einen meiner Jungs hat eine Kugel erwischt, und zwar hier«, sagte der Colonel, der mit dem Finger auf seinen Oberschenkel zeigte.

»Stark blutende Beinwunden können eine üble Sache sein.«

Mehrere Anwesende nickten zustimmend.

»Nun dann …« Der Colonel wandte sich Nate zu, der sich plötzlich unbeholfen und unsicher fühlte. Er empfand eine Art Schuldgefühl, weil er sich auf diese kleine Exkursion eingelassen hatte. »Ich möchte Ihnen Lieutenant General Nathaniel Clark von der United States Army vorstellen, den kommandierenden General aller UNRUSFOR-Einheiten.«

Die Soldaten wollten aufstehen, doch Clark gab ihnen nachdrücklich zu verstehen, dass das überflüssig sei. »Außerdem können Sie mich Nate nennen. Nicht Nathaniel, sondern Nate ist mein Vorname.«

Die vier Männer nickten ihm höflich zu. »Wie geht es Ihnen, Sir? Ist mir ein Vergnügen, Sir.«

»Lance Corporal Sheffield, Sir. Edgar, Sir. Aus Spilsby.«

Einige der anderen kicherten.

Nate schüttelte dem Mann die Hand. »Spilsby? Das liegt …?«

»Im Norden, Sir, in der Nähe der Küste.«

»Ah«, sagte Clark nickend.

Dann drehte er eine Runde durch den Raum, um allen wie ein Politiker die Hand zu drücken. Dabei fielen ihm die völlig durchlöcherten Wände auf. Die Fenster waren zersplittert, die Tür lag geborsten am Boden. Alle Möbel waren in eine Ecke des Raums geworfen worden.

»Also, wie schlimm war's wirklich?«, fragte er auf dem Rückweg zu Sheffield.

»Oh, nicht besonders schlimm, Sir«, antwortete der Lance Corporal. »Nicht so schlimm, wie man nach dem Zustand dieses Raums glauben könnte. Zumindest für uns nicht, Sir. Den Schaden in diesem Raum haben *wir* angerichtet. Wir haben sieben von ihnen getötet. Nachdem wir drei Handgranaten geworfen hatten, haben wir sie gefunden.«

»Vier«, korrigierte ein anderer.

»Stimmt, es waren vier, jetzt erinnere ich mich. Als wir sie fanden, lagen sie *aufeinander*.« Der Helm des Mannes rutschte so weit nach unten, dass Clark seine Augen kaum noch sehen konnte. »Einer der unten Liegenden hat noch etwas gesagt. Ja, tatsächlich, er hat noch eine ganze Weile geredet. Aber wir hatten gerade noch Zeit, um uns zu vergewissern, dass er nicht bewaffnet war, Sie verstehen schon. Dann mussten wir uns mit einigen seiner Genossen im Nachbarraum befassen. Als wir zurückkamen, war er tot.

»Jeder Raum ist anders«, sagte einer der anderen Soldaten, der fast völlig flach auf dem Boden lag. Wegen seiner Übermüdung sprach er schleppend und undeutlich. »Einige von ihnen machen *wir* fertig, andere erledigen *sie*. In der Regel geht es hin und her. Ist man dann fertig, sieht das ganze Gebäude so wie dieses aus.«

Schnell entschloss sich Sheffield, selbst wieder mit Clark zu reden. Während der soeben gefallenen Sätze hatte er einen besorgten Gesichtsausdruck gehabt. Ganz offensichtlich hielt er sich für den gewandteren Redner. Sobald er konnte, meldete er sich wieder zu Wort. »Sie brechen diese Löcher in alle Wände, Sir. Es ist wie in einem Kaninchenstall, wie in einem Labyrinth. Man muss im Zickzackkurs durch jede Wohnung laufen. Aber ein Sack Handgranaten hat uns gereicht, um sie zu vertreiben.

»Eineinhalb Säcke.«

»Fast zwei«, räumte der Lance Corporal ein. »An jeder Tür wirft man eine Handgranate.«

»Manchmal kommen sie wieder zurückgerollt«, fügte ein anderer hinzu, dessen Absätze geräuschvoll über den Boden kratzten, während er kreisende Bewegungen wie ein Radfahrer vollführte. Alles war von staubigem Putz bedeckt, selbst die Männer. »Die Chinesen kicken sie durch die Tür zurück.«

»Einer unserer Männe hat deswegen die Arme verloren«, sagte der Lance Corporal, während er mit seiner linken Hand direkt unter der rechten Schulter gegen seinen Bizeps schlug.

»Wo befinden sich die nächsten chinesischen Soldaten denn jetzt?«, fragte Clark.

Zu diesem Thema hatte jeder eine Meinung.

»Ich hab gehört, dass sie in ein paar Minuten wieder hier sein könnten.«

»Die haben sich alle verpisst, bis zum letzten Mann.«

»Ich wette, dass sie vielleicht fünf oder sechs Häuser weiter in Deckung gegangen sind. Ungefähr vier Wohnungen hatten wir schon gesäubert, bevor wir uns zurückgezogen haben.«

»Wir haben Geräte zur Beobachtung installiert«, sagte der Lance Corporal in einem etwas herrischen Tonfall. »Und flexible Kameraröhren, mit denen man um Ecken spähen kann. Alle Geräte sind für schlechte Lichtverhältnisse ausgelegt. Angeblich sollen Leute beobachten und lauschen und wenn die etwas sehen oder hören, sagen sie uns Bescheid.« Er tätschelte das neben ihm liegende Funkgerät. »Zumindest ist es in der Theorie so vorgesehen.«

»Hört sich nach einem guten System an«, kommentierte Clark.

»Zumindest so lange, bis man die Batterien austauschen muss«, nörgelte jemand.

»Das muss alle sechs Stunden passieren«, erklärte der Lance Corporal.

»In vier Stunden ist es wieder so weit«, sagte ein Mann von der anderen Seite des Raums, der Sheffield anstarrte. »Schon in drei Stunden ist es stockfinster.«

»Wir werden das in vier Stunden erledigen«, sagte der Lance Corporal bestimmt. »Wenn du tauschen willst, gehe ich zuerst. Dann bist du am Morgen dran.«

Der Soldat schaute weg. Dieses Angebot war offensichtlich noch weitaus weniger attraktiv.

»Nun gut«, sagte der Colonel, der sich auf die Schenkel schlug und dann langsam aufstand. »Der General hat einen vollen Terminkalender, und ihr habt euren Job bis Sonnenuntergang erledigt.«

Obwohl Clark die Andeutung verstanden hatte, wollte er sich noch ein bisschen umsehen, und ging weiter ins Innere der verwüsteten Wohnung. Die vier ruhenden Soldaten rappelten sich hoch. Als Nate sich einem dunklen Loch in der Wand näherte, wurde seine Schulter mit einem festen Griff gepackt. Er drehte sich um und sah den Lance Corporal. Der bohrte einen Zeigefinger durch das Loch und schüttelte den Kopf. Clark nickte. Dieser Raum war noch stärker von Kugeln durchsiebt worden als der, wo sie sich zuvor aufgehalten hatten. Das Loch in der Wand vor ihnen war etwa einen Meter hoch und ungefähr genau so breit. Ein Dutzend Kabel verlief zu den Abhörgeräten und Kameras, die näher bei den feindlichen Soldaten installiert waren.

Clark gestattete es General Cuvier, einen Blick darauf zu werfen, dann gingen sie zurück. Am Ausgang des Gebäudes kauerten sie sich nieder, und damit begann der schwierige Rückweg. Direkt vor der Tür hatten sich die schwer bewaffneten Soldaten aufgebaut. »Viel Glück«, sagte Clark.

»Sir!«, hörte Clark. Er drehte sich zu dem Lance Corporal um. »Sie haben ganze Arbeit geleistet, Sir, den Rest erledigen wir. Machen Sie sich keine Sorgen.« Die anderen drei Soldaten nickten zustimmend.

Nate bedankte sich, doch dann erinnerte er sich plötzlich an den ursprünglichen Grund seines Besuchs. »Sie haben exzellente Arbeit geleistet, Sie alle. Sie und Ihre Offizier sollten mit hoch erhobenem Kopf nach Hause zurückkehren. Und ich werde alles in meiner Macht Stehende tun, dass das so schnell wie möglich der Fall sein wird. Das verspreche ich Ihnen.«

Diesmal fiel das Nicken der Männer etwas zurückhaltender aus, doch Nate wusste, dass es aus ganzen Herzen kam.

Den Rückweg zu den Helikoptern legten sie laufend

zurück. Es war ein gutes Gefühl. Niemand hatte den Befehl zu laufen gegeben, es hatte sich einfach so ergeben. Doch je weiter Nate rannte, desto mehr ärgerte er sich über sich selbst. Er hatte diese Männer in Gefahr gebracht, nur weil er zur Frontlinie wollte, über die er dann gerade mal einen Zeh gesetzt hatte. Das ließ sich in keiner Weise mit dem Grauen vergleichen, dem diese Männer ausgesetzt waren. Und am schlimmsten war die Verwirrung darüber, wie schwach er geworden war. Nicht physisch, sondern emotional. So schwach, dass er seine Anwesenheit an der Front damit verschleierte, seinen Soldaten Mut zusprechen zu müssen, wobei eigentlich er dieses Zuspruchs viel mehr bedurfte.

Unter seinem Kampfanzug begann ihm der Schweiß auszubrechen. Es war ein gutes Gefühl, alles auszuschwitzen, weil er schon zu viele Tage ohne schweißtreibende sportliche Anstrengungen verbracht hatte. Doch wirklich notwendig war, sich von den emotionalen Giften zu befreien. Von den tausend neuen Erinnerungen an Tragödien und Verzweiflung. Die Bemerkung des britischen Soldaten hatte ihm Auftrieb gegeben. Letztlich war seine Meinung Clark am wichtigsten, aber das erlöste ihn nicht von seinen Qualen. Durch einen weiteren Verwundeten war gleichsam wieder Gift in seinen Körper injiziert worden.

Aus der Ferne hörte Clark die Sprengstoffexplosionen und knatternde Maschinengewehre.

Nördlich von Tangyuan, China
23. April, 23.00 Uhr GMT (09.00 Ortszeit)

Kate und Woody waren dem Leitoffizier auf einen hohen Berggipfel gefolgt und betrachteten jetzt die niedrig durch das Tal fliegenden Kampfflugzeuge, die in Höhe der Baumwipfel ihre Fracht abwarfen. Dann stiegen die Kampfjets hoch, wobei sie sich zugleich in die Kurve legten und Leuchtkugeln abwarfen, um Raketen mit Wärmesuchkopf abzulenken. Die pechschwarzen, hochexplosiven, durch

Landefallschirme abgebremsten Bomben sanken auf einem immer steileren Gleitpfad zu Boden.

Mit vernichtender Wucht traf der Bombenteppich die Talsohle. An den Einschlagstellen stiegen mit erstaunlicher Geschwindigkeit weiße Dampfringe auf. Bäume kippten um, als hätten sie einem unsichtbaren Riesen im Weg gestanden. Als dann die dröhnende Schallwelle über ihren hohen Beobachtungsposten hinwegfegte, erschrak Kate zu Tode. Es kam ihr vor, als hätten sich Eisdorne durch ihr Trommelfell gebohrt. Ihre Kopfschmerzen waren so stark, als wären sie durch einen brutalen Schlag ausgelöst worden. Und dabei fielen die Bomben über eine Meile entfernt.

»Okay, Dodger Two, Sie sind als Nächster dran«, gab der Captain der Air Force ruhig über sein Funkgerät durch. Er saß mit seinen Sicherheitsexperten von der Army um das Funkgerät herum, dessen Antenne drei Meter weit ausgezogen war und hoch über ihren Köpfen schwebte.

Aber es gab noch ein anderes Funkgerät, aus dessen Lautsprecher aufgeregte, schrille Stimmen drangen. Das Geschrei war verzerrt und unverständlich, aber im Hintergrund hörte man unverkennbar Schlachtenlärm.

»Sagen Sie es noch einmal!«, antwortete der Lieutenant. »Ich wiederhole, sagen Sie es noch einmal!«

Nach einem Zischen kam die lautstarke Antwort. »Wir sind überrannt worden!« Ein lautes Knistern, dann war die Übertragung gestört. »... vorbei an unseren ... und wir sind ...! Wir brauchen *Luftunterstützung* – sofort!«

Der Captain der Air Force wandte sich seinem Gegenpart von der Army zu. »Bringen Sie ihn dazu, seine Position durchzugeben.«

»Foxtrott Zulu eins-neun, können Sie die Position durchgeben?«, fragte der Lieutenant.

Als die Antwort kam, hatten zwei Offiziere die Koordinaten schnell gefunden.

»Sagen Sie ihm, dass sie Rauchbomben werfen sollen«, ordnete der Mann von der Air Force an. Der Befehl wurde durchgegeben, und ein paar Sekunden später mischte sich purpurfarbener Rauch mit dem grauen und schwarzen

Dunst, der über dem Schlachtfeld aufstieg. »Sagen Sie ihm, dass sich alle auf den Boden werfen sollen, der Luftangriff wird ganz in ihrer Nähe erfolgen.«

Während der Offizier der Army über Funk mit dem Mann von der bedrängten Bodeneinheit sprach, redete der Captain von der Air Force in ruhigem Tonfall mit dem Piloten. »Einmal kreisen, um den purpurfarbenen Rauch zu orten. Geben Sie es durch, wenn Sie ihn sehen. Dann fliegen Sie aus nördlicher in südlicher Richtung und werfen die Bomben direkt hinter dem Rauch. Ich wiederhole, von Norden nach Süden, Bombenabwurf *hinter* dem Rauch. Nicht weiter als hundert Meter. Sie sind überrannt worden. Haben Sie alles verstanden?«

»Verstanden«, ertönte über das Funkgerät eine kühle Stimme. »Beginne sofort zu kreisen.«

Woody tippte Kate auf den Arm und streckte dann seinen Zeigefinger aus. Direkt über der gegenüberliegenden Kammlinie sahen sie eine F-16, die in einer dünnen weißen Wolke verschwand und dann an deren anderen Ende wieder auftauchte. Das Funkgerät des Mannes von der Air Force knisterte. »Rauch gesichtet. Steuere Ziel an, Bomben startklar.«

»Köpfe runter!«, brüllte der Offizier von der Army in sein Funkgerät. Als Antwort kamen keine verständlichen Worte, sondern nur Schreie und das Krachen von Schüssen.

Während der Kampfjet über dem Tal allmählich zum Tiefflug überging, fiel Kate auf, wie distanziert man aus einer gewissen Entfernung die Ereignisse aufnehmen konnte. Von einem hohen Beobachtungsposten aus erschien der Krieg nur als ein Durcheinander von Lärm und Rauch. Das wichtigste Element der Story entging ihr – die unmittelbare Erfahrung der Schlacht konnte man aus der Ferne nicht mitempfinden.

Schließlich wurden die sechs Bomben abgeworfen. Sofort danach riss der Pilot die Maschine hoch. Grelle Blitze illuminierten den wirbelnden purpurfarbenen Rauch. Durch den Lautsprecher des Funkgeräts drangen knisternde Störgeräusche. Schüsse oder Schreie waren nicht zu hören, auch keine knatternden Maschinengewehre oder explodierende Granaten im Hintergrund. Nichts ließ darauf schließen, ob die Bomben ins Schwarze getroffen hatten oder zu früh abgeworfen worden und zwischen den amerikanischen Soldaten niedergegangen waren.

Eine schwarze Rauchwolke stieg hoch in die Luft.

»Foxtrott Zulu eins-neun, können Sie mich hören, over?«, fragte der Lieutenant von der Army, doch er blieb ohne Antwort. »Foxtrott Zulu eins-neun, können Sie mich hören, over?«

Der aus der Ferne zu ihnen hinüberdringende Lärm der Schüsse und Explosionen ließ nicht nach, doch von der bedrängten Einheit kam kein Wort. Der Captain der Air Force übernahm wieder seine Aufgabe als Leitoffizier, der den Luftverkehr der Maschinen über dem Tal zu koordinieren hatte. Er hatte einen langen Arbeitstag vor sich. Aber der Lieutenant der Army hockte weiter da, das Mikrofon in der Hand. Er wirkte völlig erschöpft, auch bei allen anderen war die Stimmung jetzt eher gedrückt. Da niemand redete, wusste Kate nicht, was in den Köpfen der Männer vor sich ging. Was *sie* beschäftigte, war eine einzige, ganz simple Frage. *Waren diese Männer von den Chinesen getötet worden oder von den Bomben, nach denen sie so verzweifelt gerufen hatten?*

Doch je länger sie darüber nachdachte, desto klarer wurde ihr, dass es keine Rolle spielte. Sie waren im Kampf gefallen, im Krieg … Warum sollte man sich darüber Gedanken machen, durch wen oder warum? Nur aus der Ferne erschien *friendly fire* als bestrafenswürdig, aus der Nähe sah man lediglich die Allgegenwart des Todes.

»Soll ich noch ein paar weitere Aufnahmen von den Luftschlägen drehen?«, fragte Woody apathisch.

Stirnrunzelnd schüttelte Kate den Kopf. »Von Bombenabwürfen, Artilleriesperrfeuer und Materialabwürfen aus der Luft haben wir mittlerweile reichlich Bilder.« Kate war klar, was sie jetzt brauchten, doch Tatsache war, dass dieser Gedanke ihr Angst einjagte. Aus dem Augenwinkel sah sie, dass der Kameramann sie beobachtete. Als sie ihn anschaute, hielt Woody ihrem Blick stand. Ihr war unbehaglich zumute, und sie wandte sich ab. »Glaubst du, dass sie vielleicht einige der Filme gesendet haben, die wir mit den Sanitätshubschraubern herausgeschmuggelt haben?«

Mit der Antwort ließ sich Woody Zeit. »Warum rückst du nicht einfach mit der Sprache heraus, Kate?«

»Ich hoffe nur, dass unsere Videobänder die Zensur passiert haben, das ist alles.« Noch immer starrte sie der Kameramann an, dessen Augen jetzt nicht mehr blutunterlaufen wirkten. Sein Blick bohrte sich in ihren. »Wie wär's, Woody? Noch ein letzter Trip zum Kriegsschauplatz unten im Tal! Dann werden wir verschwinden, ja?« Der Kameramann schwieg. »Okay, Woody?«

2. KAPITEL

Kreml, Moskau
24. April, 08.00 Uhr GMT (10.00 Ortszeit)

Was Kartschew schrieb, kam ihm mittlerweile schal und gezwungen vor. Seine Abhandlung war fast fertig, doch ihre Qualität litt darunter, dass er wie ein Mönch nur noch innerhalb der Mauern des Kremls lebte. Bis zu seiner Ansprache am 1. Mai blieb noch eine Woche Zeit, aber er hatte völlig den Kontakt zur Realität verloren. Wie konnte man eine Gesellschaft interpretieren, die man nicht kannte? Unter den Papieren auf seinem Schreibtisch fand er die Gegensprechanlage. »Würde bitte jemand hereinkommen?«, fragte er, erhielt jedoch keine Antwort. Kartschew spürte den Adrenalinstoß. »Hallo?«

Schließlich betrat ein bleicher, junger Mann den Raum, der es nicht über sich brachte, Kartschew in die Augen zu blicken. Mit seinem gesenkten Kopf und den verschränkten Händen wirkte er wie der Diener eines Königshauses, der in die Privatgemächer des Königs gerufen wird.

»Ich will ausgehen«, verkündete Kartschew. Überrascht hob der Mann den Kopf.

Die vor den eintönig grauen Häusern liegenden Müllberge zwangen die Fußgänger, von den Bürgersteigen auf die Straßen aufzuweichen. Kartschews vorbeibrausender Autokonvoi bespritzte die leidende Menge mit Schneematsch. »Langsamer!«, befahl Kartschew, der alles genauer in Augenschein nehmen wollte, über die Gegensprechanlage. Seine Limousine und die beiden Mercedes seiner Leibwächter verringerten das Tempo. Kartschew fiel auf, dass viele Menschen ihre Gesichter mit Taschentüchern oder Schals geschützt hatten. »Tun sie das wegen des Gestanks oder weil sie Angst vor Erkrankungen der Atemwege haben?«

Bevor er antwortete, warf Kartschews nervöser Berater

einen Blick zu dem Chauffeur hinüber. »Meiner Ansicht nach wegen des schlechten Geruchs. Die Temperaturen sind gestiegen.«

Kartschew nickte, wollte aber doch noch Genaueres wissen. »Ist das verrottender Müll, oder handelt es sich um verwesende Leichen?«

Der Berater und der Chauffeur diskutierten die Antwort. »Wahrscheinlich beides«, antwortete Ersterer schließlich.

Der Abfall wurde zwar nicht abgeholt, aber dennoch ordentlich aufeinander getürmt. »Anhalten!«, befahl Kartschew.

Der Berater wandte sich um, um Kartschew durch die Trennscheibe anzublicken. Dann gab er über Funk einen Befehl, und der Wagenkonvoi hielt. Männer in schweren schwarzen Mänteln stürmten auf die Straße. Erstaunte Fußgänger mit leeren Einkaufstaschen duckten sich ängstlich. Kartschew wartete nicht erst, bis ihm jemand die Tür öffnete.

Entgegen seinen Erwartungen war die Luft nicht faulig, sondern kühl und erfrischend. Durch einen engen Gang zwischen den Müllbergen ging Kartschew auf den Eingang eines Wohnhauses zu. Dann betrat er den düsteren Flur. Seine überraschten Leibwächter rasten an ihm vorbei. Der Uringestank war unerträglich. Kartschew stieg die Stufen zur ersten Wohnungstür hoch, deren Nummer mit einer Schablone auf den abblätternden Putz gesprüht war. Er klopfte, doch da niemand antwortete, ging er zur nächsten Tür. Wieder keine Reaktion. Als sein Klopfen auch an der dritten Tür erfolglos geblieben war, wurde er ungeduldig. Er blickte zu seinem Berater hinüber und wies dann mit einer Kopfbewegung auf die Tür.

Ein brutal wirkender Mann zog eine Pistole, zielte auf den Türknopf und feuerte wiederholt. Jedes laute Krachen ließ Kartschew zusammenzucken. Nach einem festen Tritt flog die Tür auf. Mehrere Männer betraten mit gezückten Waffen die Wohnung, gefolgt von Kartschew, der sich keinerlei Sorgen machte. Die geduldig Leidenden, die in diesen aus der Sowjetzeit stammenden Gräbern lebten, gehörten nicht zu der Sorte Mensch, die Ärger machte.

Als Kartschew das enge Wohnzimmer betrat, begrüßte ihn das Wimmern einer Frau, die von einem von Kartschews Leibwächtern an den Haaren hinter einem Sofa hervorgezerrt wurde. »Aufhören!«, schnauzte Kartschew. Der Mann ließ die kniende Frau los, die schluchzend auf den Boden fiel und sich dabei den Kopf hielt. Ein ungefähr fünfjähriger Junge, der sich hinter dem Sofa versteckte, war kaum zu sehen.

Andere Leibwächter kamen aus dem Schlafzimmer zurück. »Die Wohnung ist sauber. Außer der Frau und dem Jungen ist niemand hier.«

Kartschew ging zu der verstörten Frau. »Wie heißen Sie?« Sie antwortete nicht, und Kartschew musste einen Leibwächter zurückhalten, der bereits mit dem Stiefel zutreten wollte. »Ich werde Ihnen nicht weh tun. Mein Name ist Valentin Kartschew.« Die Frau erstarrte. Einen Augenblick später musste sie sich übergeben. »Mein Gott!«, rief Kartschew aus, der sich abwandte und sich ein parfümiertes Taschentuch unter die Nase presste. Der Junge hatte einen gehetzten Blick. Kartschew ging auf das Sofa zu. »Und wie heißt *du*?«

»Nein!«, kreischte die Frau, die Anstalten machte, nach Kartschews Beinen zu greifen.

Bevor die anderen Leibwächter das Feuer eröffnen konnten, presste einer von ihnen der Frau seinen Stiefel auf den Rücken. Während die Frau so dalag, zeichneten sich durch das dünne Kleid hindurch ihre Knochen ab. Der Mann zielte auf ihren Hinterkopf. Er hatte einen gelangweilten Gesichtsausdruck und blickte Kartschew aus geröteten und verquollenen Augen fragend an.

»Lassen Sie sie los!«, befahl Kartschew. Der Mann zog seinen Fuß zurück. Da die Frau noch nicht dick war, hielt Kartschew sie für jung. »Warum stehen Sie nicht auf?«, fragte er. Sie tat es. Ihre Körperhaltung war schlaff, sie starrte zu Boden. »Also, wie ist Ihr Name?«

Ihr Kleid war viel zu groß für ihren mageren Körper. »Tatjana«, antwortete sie.

»Ah, Tatjana! Aber das ist ein *wunderschöner* Name.« Ihr Haar war ungewaschen, aber sie hatte ein hübsches Gesicht. »Sagen Sie, Tatjana, hat jemand versucht, aus irgendeinem

Grund in diesem Haus etwas zu organisieren? Mir ist der ordentliche Durchgang zwischen den Müllbergen auf der Straße aufgefallen. Gibt es ein System, nach dem der Weg frei gehalten wird?«

Sofort schüttelte die Frau energisch den Kopf, wobei ihr die unordentlichen Locken in die Stirn und über die Augen fielen. »*Nein*, ich schwöre es bei meinem Leben!«

»Beruhigen Sie sich, ich bin kein Polizist, sondern ein Gelehrter. Ein Wissenschaftler, der Ihnen nur ein paar Fragen stellen will.«

Als die Frau zu schwanken begann, glaubte Kartschew, dass sie zusammenbrechen würde. »Nehmen Sie Platz. Alles in Ordnung?«

»Sie sollen sich setzen!«, bellte in bedrohlichem Ton ein Leibwächter. Schluchzend taumelte die Frau auf das Sofa zu, über dessen Rückenlehne jetzt ihr kleiner Sohn kletterte. Die plötzliche Bewegung ließ die Männer wieder ihre Waffen ziehen.

»Lasst das endlich bleiben!«, befahl Kartschew. Zwar war es kühl in der Wohnung, doch die Luft war stickig. »Warum gehen Sie alle nicht einfach kurz hinaus?«, fragte Kartschew, während er seinen Mantel aufknöpfte. Als er Hut und Handschuhe abgelegt hatte, war er mit der Frau und dem Kind allein. Er zog sich einen Stuhl zu dem Sofa heran. »Geh in dein Zimmer«, flüsterte die Frau dem Jungen zu, der sich an seine Mutter klammerte. »Geh schon!«, sagte sie, während sie seine Hände von ihrem Körper löste.

Nachdem der Junge durch die Küche gestürmt war, verschwand er in einem Raum von der Größe eines Schranks für Mäntel. Die ungeschminkte Frau brachte ihr Haar in Ordnung. Ihr bleiches, jugendliches Gesicht war durch keinerlei Falten verunstaltet.

»Sind Sie verheiratet?«, fragte Kartschew. Die Frau schüttelte den Kopf, ihre Blicke trafen sich. Dann war es Kartschew, der sich abwandte. »Wie kommen Sie über die Runden? Haben sie Arbeit?«

»Nein, ich schwöre es bei Gott!«

»Aber es ist doch in Ordnung, Arbeit zu haben. Bei diesem Thema hat es große Verwirrung gegeben. Ich wiederhole, es ist in Ordnung, Arbeit zu haben. Die einzige verbotene Form gesellschaftlichen Verhaltens ist *erzwungenes* Verhalten.« Die Frau blickte ihn an, schluckte aber so schwer, dass Kartschew sah, wie sich ihr dünner Hals zusammenzog. Ihre Arme ragten wie dürre Stängel aus ihrem kurzärmligen Kleid hervor. »Wie lange ist es her, seit Sie zum letzten Mal etwas gegessen haben?«

Ihre Unterlippe zitterte. »Zwei Tage.«

Kartschew kritzelte ihre Antwort auf einen Notizblock. »Und was haben Sie da gegessen?«

Sie zuckte die Achseln. »Ein bisschen Kohl.«

»Wo hatten Sie den her?«

Sie blickte zu Boden. »Aus dem Abfall«, antwortete sie fast flüsternd. »Aber ich habe ihn gewaschen.«

Kartschew lehnte sich gegen die harte Rückenlehne des Stuhls. »Würden Sie Ihren Lebensstandard als durchschnittlich, unterdurchschnittlich oder überdurchschnittlich bezeichnen?« Da die Frau verwirrt zu sein schien, versuchte er es erneut. »Sie haben seit zwei Tagen nichts gegessen. Glauben Sie, dass es Ihnen schlechter geht als ihren Nachbarn?«

»Das sind alles *Schweine*«, stieß sie mit gefletschten Zähnen hervor.

»Warum sagen Sie das?«

»Die haben Essen, verstehen Sie? Für ein schimmeliges Stück Brot erwarten die Männer …« Sie verstummte.

»Sie erwarten was?«

Die Frau beugte sich vor. »Ich tue alles, um hier herauszukommen«, flüsterte sie. Erst nach einem Augenblick des Zögerns begriff Kartschew. »Ich bin sauber und habe keine Krankheiten.«

»Ja«, sagte Kartschew, während er sich erhob. »Nun …« Er begann, in dem Zimmer auf und ab zu gehen.

Allmählich schien die Frau verärgert. »Ich kann mich ja waschen. Die Männer in dem Institut, wo ich früher gearbeitet habe, hatten es immer auf mich abgesehen.«

Kartschew wandte ihr den Rücken zu und ging zur Küche hinüber. »Ich bin nicht *deshalb* hier.«

Das quietschende Geräusch verriet ihm, dass sie vom Sofa aufgestanden war. Als er sich umdrehte, sah er sie mit geballten Fäusten auf sich zukommen. »Meinen Sohn bekommen Sie nicht!«, kreischte sie erstaunlich energisch.

»Nein, nein!«, rief der entsetzte Kartschew. Die Tür öffnete sich, doch Kartschew bedeutete seinen Leibwächtern, draußen zu warten. »Sie haben mich völlig missverstanden!«

Sie sackte in sich zusammen, richtete sich dann aber gerade auf. Unter ihrem Kleid zeichneten sich deutlich ihre kleinen Brüste ab. »Gefalle ich Ihnen nicht?«

»Doch, doch, Sie sind eine sehr attraktive Frau.«

Tatjana trat auf ihn zu. »Ich tue alles, was Sie wollen. So eine Frau wie mich hatten Sie noch nie, ich bin fast noch Jungfrau. Mein Sohn, das war das einzige Mal … Damals war ich siebzehn.« Sie kam noch näher. »Ich würde Ihnen bestimmt gefallen.«

»Bitte«, sagte Kartschew. Er war erregt, was alles noch schlimmer machte. »Wirklich, ich wollte Ihnen nur ein paar Fragen stellen.« Sie begann zu weinen. »Was ist denn *jetzt*? Weinen Sie etwa, weil ich mich weigere, Sie zu schänden?«

Als sie mit einem aufblitzenden Lächeln erneut ihre Attraktivität unter Beweis stellen wollte, hatte Kartschew die Nase voll. »Entschuldigen Sie, dass ich Sie gestört habe.« Er verließ den Raum, und seine Leibwächter wandten den Blick ab, als er an ihnen vorbei auf die Treppe zuging.

Am Eingang des Gebäudes fiel ihm ein, dass er seinen Mantel in der Wohnung vergessen hatte. Fluchend machte er kehrt, was von den Leibwächtern mit erstaunten Blicken quittiert wurde. Wieder in der Wohnung, sah er die junge Frau auf dem Boden knien. Ein großer, grobschlächtiger Mann stand vor ihr und hielt ihr Haar fest. Kartschew ging auf den Mann zu, der die Augen geschlossen hatte. Als er die Anwesenheit eines anderen wahrnahm, blickte er sich um. Sofort wirkte er verängstigt. Die Frau ließ sich auf die Fersen zurücksinken.

Kartschew verließ die Wohnung ohne Mantel und Hut. Auf dem Treppenabsatz wartete sein Berater. »Nehmen Sie die Frau und das Kind, und bringen Sie sie in eine Wohnung im Kreml. Es soll ihnen an nichts fehlen.« Er blickte dem Mann direkt in die Augen. »Außerdem möchte ich, dass Sie den Mann da drin auf die Liste setzen.« Der Berater nickte. »Und bringen Sie meine Sachen mit.«

Kartschew wartete in dem kalten Treppenhaus. Kurz darauf wurden die Frau und der Junge an ihm vorbeigeführt. Während die Mutter ihrem Sohn die Jacke anzog, lächelte sie Kartschew zu. Von oben war ein Schuss zu hören. Die Frau blieb stehen und blickte zu ihrer Wohnung hoch, wirkte aber ruhig. »Ihr Mantel«, sagte Kartschews Berater zu ihm.

Nördlich von Tangyuan, China
24. April, 13.00 Uhr GMT (23.00 Ortszeit)

»Köpfe einziehen«, ertönten Schreie über den Schlachtenlärm hinweg.

Neben einem unausgebildeten Neuen kauerte André Faulk in einem engen Loch. Um ihre Stellung herum, die aus der Wand eines steilen Abhang herausgehauen worden war, prallten Kugeln vom Felsgestein ab. Zwar schossen auch die Chinesen, aber der größte Teil des Kugelhagels stammte von den drei Maschinengewehren, die über den Stellungen ihres dezimierten Platoons postiert waren, und wenn der Ruf »Köpfe einziehen!« ertönte, töteten sie jeden, der dieser Aufforderung nicht Folge leistete.

Zum dritten Mal innerhalb von zehn Minuten waren sie überrannt worden.

André Faulk blickte zu dem ungewaschenen, stinkenden Private aus Iowa oder Indiana hinüber, der hier sein erstes Gefecht mit der 101st erlebte. Felssplitter sausten durch die Luft. Der Lärm, die Flammenstöße, das ständige Gebrüll der angreifenden Chinesen – all das führte dazu, dass André keinen klaren Gedanken mehr fassen konnte. Er schloss die Augen und verzog das Gesicht zu einer Grimasse, als wieder mit Überschallgeschwindigkeit Kugeln an ihm vorbeipfiffen.

André war fast am Ende seiner Kräfte, aber der Neue schien schon längst völlig fertig zu sein und hatte keinerlei Nutzen. Erst heute war er mit einem Hubschrauber eingeflogen worden, und er hatte behauptet, bereits mit der 3rd Infantry gekämpft zu haben, doch irgendwie schienen seine Aussagen nicht ganz stimmig.

Der feindliche Kugelhagel ließ nach. »Köpfe hoch!«, brüllte der Unteroffizier ihres zahlenmäßig arg dezimierten Platoons. Mit achtunddreißig Mann waren sie eingeflogen worden. Davon waren jetzt noch neunundzwanzig Soldaten übrig, aber inklusive neun völlig nutzloser Ersatzleute!

»Na los, Arschloch!«, schrie André, während er sich hochrappelte.

Durch das dämmrige Licht kamen hunderte Chinesen den steilen Abhang hinaufgekrochen. Ihre Bewegungen wirkten, als würden sie durch klebrigen Zuckersirup waten. André zielte und tötete, zielte und tötete. Das Mündungsfeuer seines Gewehrs erleuchtet die Felsen. Der Granit war eine Panzerung und zwischen den Felsen hatte er schon Mörser- und Artilleriebeschuss überlebt.

Das einzige Problem war, dass die Chinesen dieselbe Deckung hinter dem undurchdringlichen Stein nutzen konnten. Jedes Mal schien es, als wollten sie ihr Überleben durch einen erneuten Kugelhagel feiern. Sie schienen mit ihren Schlupflöchern völlig zufrieden zu sein. Zumindest solange, wie sie nicht wieder vorwärts getrieben wurden. Die schrillen Trillerpfeifen der chinesischen Offiziere erinnerten an Schiedsrichter bei einem Basketballmatch, aber hier schickten die Pfiffe Männer in den Tod. Es war, als wären die Pfiffe zu mächtig, um sie einfach ignorieren zu können. Auch André lauschte auf sie und feuerte, sobald die Männer aus ihrer Deckung gescheucht wurden.

Bei jedem Schuss spürte er den harten Rückstoß an seiner Schulter, bei jedem Blitz des Mündungsfeuers war er für einen Sekundenbruchteil geblendet. Er trat den Ersatzmann brutal in den Hintern, feuerte dann erneut. »He, du Scheißkerl! Beweg *sofort* deinen Arsch her!« Überall waren dunkle, sich bewegende Silhouetten zu sehen, die sich vor dem Hintergrund der Flammen in dem Tal abhoben. »Ich mein's *ernst*, Arschloch!« André gab zwei gut gezielte Schüsse ab, die beiden Chinesen gingen zu Boden. »Wenn du nicht kämpfst, werden sie dich wie ein Schwein abschlachten!«

Ein Chinese, der André den Rücken zukehrte und bergab blickte, blies mit voller Kraft in seine Trillerpfeife, und André drückte sofort ab. Blitzartig schien der Mann wie vom Erdboden verschluckt worden zu sein.

Endlich hatte sich der Scheißkerl aus Iowa oder Indiana doch entschlossen, zu André zu kommen, und nachdem er sein Gewehr auf den Felsen gelegt hatte, leerte er in zwei Sekunden ein halbes Magazin. Dann ließ er sich wieder zurücksinken. Offensichtlich war jetzt für den Rest der Nacht mit ihm schon wieder nicht mehr zu rechnen. Mit zusammengebissenen Zähnen musste André erkennen, wie tief er in der Scheiße saß, aber er würde nicht in die Knie gehen. Dem Typen würde er also auch noch den Arsch retten müssen! Weil er seinem Ärger über den so genannten »Kameraden« irgendwie Luft machen wollte, mussten wieder Chinesen dafür bezahlen. *»Dieser elende, nutzlose Scheißkerl«*, fluchte er leise vor sich hin, permanent feuernd.

Ein sengender Schmerz schoss durch sein Ohr, sofort begannen seine Augen zu tränen. »Mist!«, brüllte André, während ihm eine warme Flüssigkeit den Hals hinabrann. Jetzt war der Feind nur noch fünfzehn Meter entfernt. Er feuerte und feuerte, dann war das Magazin leer. Als er es ausrasten ließ, um seine Waffe nachzuladen, kam der Typ aus Iowa oder Indiana wieder auf die Beine, aber er gab keinen einzigen elenden Schuss ab! Stattdessen stürzte er sich direkt auf André.

»Du *Arschloch*!«, schrie André. Das Körpergewicht des Mannes nagelte ihn am Boden fest, doch als er ihn ein Stück zur Seite stieß, erkannte er das Problem. Der Soldat hatte einen Kopfschuss. »Scheiße!« Instinktiv befreite er sich ganz von der Leiche.

»Köpfe einziehen!«, ertönte aus einem halben Dutzend Kehlen.

Wieder feuerten die MGs, die ganze Luft schien vom Tod

erfüllt. Kugeln pfiffen nur Zentimeter an seinem Körper vorbei, kleine Granitsplitter trafen sein Gesicht und seine Augen. *Das war's dann wohl!*, dachte André wieder und wieder. Er wagte es nicht aufzustehen. Vorsichtig hob er mit ausgestreckten Armen das Gewehr über den Felsbrocken, blieb aber weiterhin auf dem Rücken auf dem Grund des Lochs liegen. Er drückte dreimal direkt hintereinander auf den Abzug – die neun Kugeln mussten dem Feind aus nächster Nähe entgegenschlagen. Als er zum vierten Mal abdrücken wollte, war der Abzug blockiert, das Magazin leer. Er ließ seine Waffe fallen, griff nach dem M-16 des Toten und legte sich dann erneut auf den Rücken.

Als die erste dunkle Silhouette sich vor die Sterne schob, reagierte André sofort, und der Feuerstoß schickte den Mann den Hügel hinab. Offensichtlich ging der nächste Chinese davon aus, dass André nicht mehr lebte. Um dem MG-Feuer auszuweichen, kam er in gebückter Haltung den Hügel hinauf. André zielte durch seine Knie hindurch und erledigte den Mann. Da er keine Lust hatte, erneut nachzuladen, stellte er den Schalter auf halbautomatischen Betrieb um. Genau in diesem Moment tauchten zwei Männer am Rand seines Lochs auf. Aus einem Abstand von einem Meter eröffnete einer von ihnen sofort automatisches Feuer. Die Kugeln durchsiebten den bereits leblosen Körper des Ersatzmanns. André feuerte nur einmal, sofort taumelte der Mann tödlich getroffen zurück. Aber der zweite Chinese trat André die Waffe aus der Hand. Als Maschinengewehrfeuer die Stellung bestrich, stürzte er auf André.

Der griff nach dem sengend heißen Sturmgewehr des Chinesen, der zu seiner Überraschung mit dem Ellbogen zuschlug. Sein Knie verpasste Andrés Genitalien nur knapp. Aber das chinesische Sturmgewehr war fest zwischen ihren Körpern eingeklemmt. Während sie um die Waffe rangen, lösten sich Schüsse. Einen guten halben Meter weiter schlugen Kugeln gegen die Felswand. Aber der chinesische Soldat mit den weit aufgerissenen Augen machte einen entscheidenden Fehler. Da er kleiner war als André, versuchte er, sein Gewehr einzusetzen.

Der mobilisierte jetzt alle Kräfte und es gelang ihm, den überraschten Mann abzuwerfen. Ohne die Waffe loszulassen, setzte er sofort nach. Jetzt lag der Chinese unter André und der Waffe, ganz seinem Mitleid ausgesetzt. Aber André kannte kein Erbarmen. Brutal rammte er dem feindlichen Soldaten seinen Helm ins Gesicht. Dabei verlor er zwar den Helm, aber der Stoß hatte den Chinesen betäubt, dessen Nase jetzt stark zu bluten begann.

Nun war André klar, dass er sein Messer benutzen musste. Er presste den Oberkörper auf den Mann und ließ mit der Rechten das Gewehr los. Mit Brust und Schultern nagelte er den kleineren Mann am Boden fest, dann bohrte er sein Kinn hart in das Schlüsselbein seines Gegners. Ein sengender Schmerz schoss durch sein bereits verwundetes Ohr, als der Chinese ihn mit aller Kraft biss. Fast geräuschlos zog André sein Messer aus der Lederscheide, doch der Mann unter ihm witterte etwas.

Erneut löste sich aus der zwischen ihren Körpern eingeklemmten Waffe automatisches Feuer. Immer wieder knallte der Schlagbolzen gegen Andrés Brust, bis er durch den Stoff des Parkas drang. Ein entsetzlicher Schmerz schoss durch Andrés rechte Körperhälfte. Er richtete sich auf und rammte seinem Opfer noch in der gleichen Bewegung das Messer in die Brust. Aber die Klinge traf auf etwas Hartes – einen Gürtel, eine Munitionstasche, einen Knochen. Einen Augenblick lang verharrten die beiden Männer reglos. Der Chinese flüsterte etwas in seiner Sprache, aber André hob mit beiden Händen das Messer und stieß erneut mit aller Kraft zu. Es war grausamer als alles, was er bisher erlebt hatte – das entsetzliche Geräusch, das Gefühl, ein Mörder zu sein.

André warf sich zurück. Sein ungeschützter Kopf lehnte an dem eiskalten Felsen. Er schwitzte aus allen Poren, sein linkes Ohr strömte einen brennenden Schmerz aus. Vom Oberschenkel bis zu den Rippen quälten ihn Wunden. Mit jeder neuen Körperposition änderte sich die Richtung der Blutrinnsale. Er starrte auf den Nachthimmel. Die Leuchtspurmunition erinnerte an Sternschnuppen, der Krach der beiden M-60-MGs und eines Kaliber-50-Gewehrs überlappte sich. Das Töten nahm kein Ende. Schließlich hörte er nur noch amerikanische Waffen, die immer weiter feuerten.

André wachte auf, als man ihn aus dem Loch zerrte. Irgendjemand hatte seine Hände unter seine Achselhöhlen geschoben und zog heftig. Als André nach seiner Waffe griff, ließ man ihn wieder auf den Felsen zurückknallen. »Au!«, schrie er. Wegen der Schmerzen begann sich vor seinen Augen alles zu drehen. Als die Qualen sich immer weiter steigerten, glaubte er das Ende nah. Der entsetzliche Schwindel ließ ihn gequält aufstöhnen.

»Mein Gott!«, ertönte die Stimme des Squad-Führers. Als er zu André kam, öffnete dieser die Augen. Alles schmerzte, noch nie zuvor hatte er sich so elend gefühlt. Mittlerweile war es Morgen, die Sonne aufgegangen. »Ich dachte, ihr hättet gesagt, er ist *tot*«, schnauzte der Squad-Führer einen der Neulinge an.

»Man muss ihn sich doch nur *ansehen*! Er lag mit weit aufgerissenem Mund da und starrte in den Himmel!«

»Das bedeutet nichts«, sagte der Sergeant, während er sich neben André niederkniete. »Bist du schwer verletzt?«

»Ich …« Die Worte blieben André in seiner knochentrockenen Kehle stecken. Er musste husten. Von seinen Rippen gingen unglaubliche Schmerzen aus. »Wasser«, krächzte er. Man gab ihm einen Schluck. Je wacher er wurde, desto stärker empfand er den Schmerz, und das war kein gutes Zeichen.

»Was ist hier los?«, bellte ein Unteroffizier, den André noch nie zuvor gesehen hatte. Er hob seinen pochenden Kopf. Der Mann strich um das Loch herum, und Andrés Blick folgte ihm. Der Boden war mit Leichen, glänzende Patronenhülsen und Ausrüstungsgegenständen übersät, aber der dramatischste Anblick bot sich neben Andrés Füßen. Sein Messer steckte bis zum Heft in der Brust des Chinesen, und neben ihm lag der Typ aus Iowa oder Indiana, dessen Gesicht bis zur Unkenntlichkeit entstellt und dessen Körper von Kugeln durchsiebt war.

Alle starrten André an, in erster Linie das chinesische 56-2-Sturmgewehr – eine nachgebaute Variante eines AK-47 –, dessen Schlagbolzen sich in den Stoff seines Parkas gebohrt hatte und noch jetzt gegen seine Brust drückte. Endlose Wellen von Übelkeit überkamen André, der keine Fragen beantworten konnte. Die anderen machten sich an dem Schlagbolzen zu schaffen, der aber zu fest saß und sich nicht lösen wollte. Schließlich hatten sie es geschafft. In Andrés Parka klaffte ein fünf Zentimeter großes Loch. Als der André unbekannte Unteroffizier seine Brust betastete, schrie er vor Schmerz auf. *Muss ein neuer Platoon-Führer sein,* dachte er. Es war nicht dass erste Mal, dass ihr Platoon einen neuen Befehlshaber gekriegt hatte. Sie rollten ihn auf die linke Seite und schnitten weiteren Stoff weg.

»Soll ich das Ding für dich säubern?«, fragte einer von Andrés Kameraden, der dessen blutverschmiertes Messer in der Hand hielt.

André spürte, wie etwas Brennendes in ihm aufstieg. »Ich muss kotzen«, stöhnte er. Die anderen traten zurück, und er erbrach sich.

»Schon in Ordnung«, sagte der neue Platoon-Führer. »Mach ruhig weiter und kotz den Dreck aus.« Als es vorbei war, machten sie sich wieder an die Arbeit. »Sagt den Ärzten, dass er sechs Wunden von Granatsplittern hat. Dazu kommt noch eine, die wie eine Schusswunde aussieht.« André winselte, als der Mann seine Seite abtastete. »Scheint ein glatter Durchschuss zu sein, aber sie müssen sich das genau ansehen.« Seine Kameraden legten ihm Druckverbände an.

»Hier oben ist noch ein Loch«, sagte ein Ersatzmann, der Andrés rechten Arm hochhob. »Aber es ist klein und blutet nicht mehr.«

Wo sie den Stoff weggeschnitten hatten, spürte André die kalte Luft eindringen.

»Die Ärzte sollten es trotzdem wissen. Sieht nach dem Splitter einer Kugel aus, die von einem Felsen abgeprallt ist. Ist aber nicht tief reingegangen, ich kann ein Stück des Splitters sehen.« Als André den Kopf hob, sah er den Mann mit seinem eigenen Messer einen Metallsplitter aus seinem Arm herausholen. Die silberne Klinge des Messers war scharf geschliffen. Wieder glaubte André sich übergeben zu müssen, aber es kam nichts mehr heraus. Der Unteroffizier gab den anderen Anweisungen, was sie im Lazarett sagen sollten.

»Soll das heißen, dass es auf der *anderen Seite* des Bergs ist? Wir müssen unsere Verwundeten tatsächlich zum gegenüberliegenden Abhang bringen?«

»Tut es einfach. Dieser Mann braucht *Hilfe*.«

Fluchend und keuchend hievten sie André hoch, der Squad-Führer auf der einen, ein Neuling auf der anderen Seite. Immerhin schaffte es André, sich auf den Beinen zu halten. Zum ersten Mal überblickte er das ganze Ausmaß der Verwüstung, das diese Schlacht angerichtet hatte. Der Abhang war mit Leichen chinesischer Soldaten übersät, und nirgendwo lagen mehr davon als um seine Feuerstellung herum.

»Hat er gekämpft?«, fragte der Squad-Führer.

»Wer?«, erwiderte André.

»Hansen, dieser Typ aus Illinois. Hat er gekämpft, oder war dieses ganze Gerede über die 3rd Infantry nur Unsinn?«

André starrte Hansen an. Die anderen hatten seine Hand- und Fußgelenke gepackt und zogen die Leiche aus dem Loch. »Er hat mir das Leben gerettet«, sagte er schließlich. *Hansen*, prägte er sich ins Gedächtnis ein. *Hansen aus Illinois.*

Moskau, Russland
24. April, 24.00 Uhr GMT (02.00 Ortszeit)

Zuerst glaubte Pjotr Andrejew die Laute eines Wahnsinnigen zu hören. Von der verwaisten Straße her drang ein heulendes, nur ansatzweise an einen Menschen erinnerndes Geräusch an sein Ohr. Aber er hörte auch schallendes Gelächter, als jemand das Geräusch nachzuäffen versuchte.

Andrejew kauerte in einer Nische unterhalb der Höhe des Bürgersteigs, direkt neben dem Fenster einer Kellerwohnung. Angesichts der Geräusche hatte er in diesem gut geeigneten Versteck Unterschlupf gesucht. Jetzt wagte er es, durch ein Geländer und ein paar verwelkte Blumen hindurch auf die Straße zu spähen. Besonders hell war es nicht, aber immerhin fiel das Licht einer einzelnen, auf dem gegenüberliegenden Bordstein stehenden Straßenlaterne auf das nasse Pflaster. In dem dreieckigen Lichtfleck erkannte Pjotr Bäume, eine Bank und ein kleines Denkmal.

Drei Straßen liefen auf den kleinen Park zu, und über eine davon torkelten ein paar Männer. Der Erste hielt ein AK-47, das auf seiner Schulter ruhte und in den Himmel zeigte. Mit der anderen Hand hob er gerade eine Flasche Wodka an den Mund, die er schon ungefähr zur Hälfte geleert hatte. Andrejew tastete nach seinem geöffneten Koffer, in dem, in weiche Stoffe verpackt, die Ingram-Mac-10-MP lag, die er jetzt geräuschlos hervorzog.

»*Nein!*«, jaulte ein Mann in der Mitte der Gruppe, der gerade auf die Knie fiel. Jemand zerrte an der Hundeleine, die man ihm um den Hals gelegt hatte, und der Mann knallte auf das Pflaster. Seine Hände waren auf dem Rücken zusammengebunden. Um den Gefangenen herum zählte Pjotr vier Männer, doch plötzlich tauchte hinter ihnen noch ein Fünfter auf.

»Ah, seht mal!«, lallte der Anführer, der auf den Park zeigte. »Bringt ihn da rüber!« Dem Klang seiner Stimme nach war der Mann betrunken, gelangweilt und müde. Die bewaffneten Männer waren alle von Kopf bis Fuß schwarz gekleidet. Ihre Stiefelsohlen kratzten über den Asphalt, während sie ihren Gefangenen am Hals packten und auf den Park zuzerrten. Verzweifelt versuchte der Mann, wieder auf die Beine zu kommen, aber über Ansätze kam er nicht hinaus. Pjotr bückte sich langsam wieder, worauf er darauf achtete, keinerlei Geräusche zu verursachen. Nur allzu schnell wurde klar, was hier passierte.

»Hier, genau hier!«, ertönte die ungeduldige Stimme des Anführers der Schwarzhemden, der das Stadium der Trunkenheit erreicht hatte, das durch unberechenbare Temperamentsausbrüche charakterisiert war.

»Zieh *du* doch den Hurensohn, wenn du glaubst, dass das ein Kinderspiel ist!« *Das war der Mann mit der Hundeleine,* dachte Andrejew.

»Steh auf, du elendes *Arschloch*!« Zwei dumpfe Geräusche, gefolgt von einem Stöhnen. »*Hörst* du schlecht?«

Einer der beiden Männer, die ihn gerade getreten haben, vermutete Andrejew. Alle waren in sicherer Entfernung in dem Park, doch wo war der fünfte Mann, der eben hinter ihnen hergeschlendert war? Fluchend schleiften die anderen das Opfer auf die ins Auge gefasste Stelle zu. »Hoch, komm endlich mit dem Hintern hoch!«, befahl der wütende Anführer. Aber Andrejew beschäftigte in erster Linie, wo der fünfte Mann war. Er hob die MP, bereit, jeden zu töten, der in das enge Loch vor der Kellerwohnung spähte.

Wieder erschallte Gelächter. Offensichtlich urinierten die Männer auf ihr Opfer. »Ganz schön nass geworden, der Ärmste!«, krähte der Anführer, der offenbar eine Zigarette zwischen den Lippen kleben hatte. Die vier Männer kugelten sich vor Lachen, der fünfte aber nicht. Jetzt begann der Gequälte zu betteln und zu flehen. Es waren die letzten Versuche eines Erniedrigten, dass man Mitleid mit ihm zeigen möge. Der entkräftete, schluchzende Mann konnte kaum noch sprechen und brachte seine Sätze nicht mehr zu Ende.

»Hängt ihn da drüben auf«, befahl der Anführer, der plötzlich wieder nüchtern geworden zu sein schien.

»Augenblick!« Das war der fünfte Mann. »Warum sollten wir ihn aufknüpfen? Niemand hat gesagt, dass wir ihn *töten* sollen. Wir wissen ja nicht einmal, was der Typ überhaupt getan hat!«

»Weißt du es denn nicht?«, fragte der Anführer. »Er ist ein *Konformist*, ein Anhänger der orthodoxen Kirche oder ein Verfechter des Objektivismus!« Alle lachten. »Oder eventuell auch – und das ist meine Vermutung – ein Anhänger des Establishments!«

»Dieses Miststück«, sagte der mittlerweile wieder halbwegs Ernüchterte theatralisch, »ist ein sehr, sehr schlechter Mensch! Und wir sind sehr, sehr gute Menschen, oder etwa nicht? Ja, das sind wir! Und wir sind es, weil wir schlechten Menschen *dies* antun!«

Ein Schuss ertönte – ein einzelner Schuss.

Mit geschlossenen Augen lauschte Andrejew dem von

den Häusern zurückhallenden Echo. Vermutlich haben sie ihn erledigt, dachte er, doch dann hörte er das Opfer aus vollem Hals schreien. Offenbar wollte der Mann gleichzeitig weinen und nach Luft schnappen.

Nach einem weiteren Schuss war alles vorbei, die Straße lag wieder ruhig da.

»Warum zum Teufel hast du das getan?«, rief der alkoholisierte Anführer aus.

»Du wolltest es doch so!«, schrie der fünfte Mann. »Das hatten wir doch sowieso vor!«

»Aber nicht *jetzt*! Wir sind doch gerade erst hier angekommen! Wir können den Scheißkerl doch nicht einfach einen lausigen Häuserblock weit von seiner Wohnung entfernt kaltmachen! Was für eine Art von Bestrafung ist das denn?«

»Scheiß drauf«, sagte einer der anderen, der den aufgebrachten Anführer beruhigen wollte. »Lasst uns verduften, es ist spät geworden.«

»Nein, ich will eine Antwort! Also, wie sieht deine Antwort aus, Junge? Hast du Schiss, was deine Mama sagen würde, wenn sie dich mit uns auf der Straße erwischen würde? Vielleicht würde sie dir Hausarrest verordnen und bloß noch zulassen, dass du den *Müll* runterbringst!«

»Komm schon, Serjoscha. Lass uns nach Hause gehen.«

Wieder hörte Andrejew den Wodka gluckern, dann folgte ein lautes Rülpsen. Erneut brachen alle in Gelächter aus. Genauso seelenruhig wie zuvor gingen die Männer die Straße hinab.

Andrejew wartete, bis das Geräusch ihrer Schritte schwächer wurde, dann noch etwas länger, nur für den Fall, das jemand seine Wohnung verließ, um die Lage auf der Straße zu überprüfen. Aber soweit er es beurteilen konnte, öffnete noch nicht einmal jemand eine Tür oder ein Fenster. Es herrschte Totenstille. Die sieben Millionen Einwohner Moskaus, die noch geblieben waren, hatten sich in die Sicherheit ihrer vier Wände zurückgezogen.

Langsam erhob sich Pjotr, um über den Bürgersteig zu spähen und die Lage zu sondieren. Die Straße lag verlassen da. In dem Park hing der schlaffe Körper eines Mannes von dem ausgestreckten Arm der Statue herab, an den seine Hände gefesselt worden waren. Andrejews Herzschlag setzte einen Moment lang aus, als er die dunkle Silhouette neben der Bank sah. Ein einsamer Mann lehnte an einem Baumstamm. Man konnte unmöglich sagen, welcher von den Männern es war und was er tat, doch Andrejew hatte eine Vermutung, wie die Antworten auf diese Fragen lauteten.

Mit einem deutlich vernehmbaren Seufzen richtete sich der fünfte Mann auf. Dann ging er die Straße in die entgegengesetzte Richtung hinab, nicht in die, die seine Kameraden genommen hatten. Sein Gewehr baumelte an seiner Schulter, und er starrte auf den regennassen Asphalt.

Kriegsgefangenenlager Soflysk, Sibirien
25. April, 24.00 Uhr GMT (10.00 Uhr Ortszeit)

Leutnant Hung, einer der anderen gefangen genommenen chinesischen Zugführer, saß am Fußende von Chins Pritsche. Er war mit der letzten Schwemme von Neuankömmlingen eingetroffen, die die Baracken mittlerweile aus allen Nähten platzen ließen. Jetzt lagen zwischen den Etagenbetten bereits Matratzen auf dem Boden. Eine von ihnen gehörte Hung, der Chin erzählt hatte, was in den zwei Tagen nach dessen Gefangennahme passiert war. Es war die Geschichte eines totalen Zusammenbruchs.

»Würden Sie zurückgehen, wenn die Amerikaner Ihnen die freie Wahl ließen?«, fragte Hung.

»Wie meinen Sie das?«, fragte Chin trotz des lauten Stimmengewirrs mit gesenkter Stimme.

Hung beugte sich vor. »Würden Sie auch dann nach China zurückkehren, wenn die Amerikaner es nicht von Ihnen verlangen?«

Chin runzelte die Stirn. »Aber natürlich. Wohin sollte ich denn sonst gehen?«

Hung zuckte die Achseln. »Sie würden also einfach ›Bitte

zurück nach China‹ sagen, wenn die Amerikaner Sie überall hingehen ließen?«

Das schien zwar eine einfache Frage zu sein, doch Hungs Verwunderung über seine erste Antwort veranlasste Chin, noch einmal darüber nachzudenken. *Wo sonst auf dieser Welt könnte ich hingehen?*, dachte er. *Nach Amerika?* Er blickte Hung an und nickte. Sein Kamerad rollte die Augen. »Ja und?«, fragte Chin. »Mein ganzes *Leben* ist mit China verbunden. Dort leben meine Familienangehörigen und meine Freunde, dort ist unser Bauernhof. Warum sollte ich denn woanders hingehen?«

»Weil dort ein besseres Leben wartet«, flüsterte Hung gereizt.

»Inwiefern?«

»Weil die …« Hung unterbrach sich und blickte sich um. Obwohl andere in Hörweite waren, schien niemand zu lauschen. Trotzdem – wie konnte er in aller Öffentlichkeit einfach so mit Chin über ein solches Thema reden? »Weil die politische Lage nicht so schlimm ist«, sagte Hung schließlich.

Chin zuckte nur die Achseln. »Was habe ich mit Politik zu tun?«

Jetzt reichte es Hung. »Die politischen Dinge sind die einzig entscheidenden! Diese Greise unterdrücken uns und versuchen, uns wie in den Fünfzigerjahren zu kontrollieren! Für sie hat sich nichts geändert, obwohl sich tatsächlich *alles* geändert hat! Schon mal was vom Internet gehört?« Chin schüttelte den Kopf. »Es verbindet Computer auf der ganzen Welt. Man kann mit Ausländern reden und Ideen austauschen. Und es gibt nichts, was sie dagegen tun können.«

Nach kurzem Nachdenken zuckte Chin wieder nur die Achseln. »Warum ist das denn so wichtig?«

»Immer noch nicht *kapiert*? Wir können lesen, was die Menschen in der freien Welt lesen. Im Internet kann man sich über alle großartigen Ideen informieren. Man braucht nur einen Computer mit Modem.«

Wieder das obligatorische Achselzucken. »Ich verstehe nicht, warum ich das alles lesen muss.«

Hung schnaubte. »Ja, *Sie* begreifen das nicht.« Jetzt blickte er Chin mit offener Verachtung an. »Haben Sie jemals ein Buch von der ersten bis zur letzten Seite gelesen?« Chin spürte, dass er errötete. »Nein, natürlich nicht«, beantwortete Hung seine Frage selbst, doch ohne Spott. »Sie sind der perfekte Bürger für ein kommunistisches Regime, Chin. Selbst wenn Sie lästern und stöhnen, die Machthaber würden eine weitere Milliarde Untertanen wie Sie geradezu lieben. Gott behüte, dass Sie Ihre grauen Zellen auch mal zum *Nachdenken* benutzen!« Mit einer rauen Bewegung rubbelte er über Chins stoppeliges Haar.

Irgendetwas an Hungs Worten beunruhigte Chin. Es war kein bewusster Entschluss gewesen, nichts zu lesen, er hatte nur einfach keine Ahnung gehabt, was für einen Sinn das machen sollte.

Er konnte sich nicht vorstellen, was jemand schreiben könnte, das von so außergewöhnlicher Wichtigkeit war. Nicht, dass nicht auch er eine gute Ausbildung genossen hätte, doch da war er Lehrern und Ausbildern der Armee begegnet, die ihre Vorträge mit praktischen Demonstrationen aufgelockert hatten. Bücher brachte er in erster Linie mit Fächern mit politischen Inhalten in Verbindung, und das waren die nutzlosesten überhaupt.

»Soll ich Sie aufklären?«, fragte Hung.

»Worüber?«, fragte Chin errötend zurück.

Hung lächelte auf eine seltsame Weise. »Einige der widerstandsfähigeren Charaktere, wie ich es mal nennen will, um Ihnen auf die Sprünge zu helfen, haben ein paar alte Magazine aus Hongkong besorgt. Darin geht's nicht gerade um Atomphysik, aber sie sind für gebildete Menschen geschrieben.« Chin wollte erklären, er selbst gehöre zu den Gebildeten, aber die Worte blieben im Hals stecken. Er ließ den Kopf hängen.

»Schon gut«, sagte Hung lachend. »Vielleicht können Sie ja nach Ihrer Rückkehr die Universität besuchen!« Sein Gelächter wurde noch stärker, was Chin auf eine falsche Fährte lockte. Aber Hungs Angebot, ihn über einiges aufzuklären, war höflich gemeint, und Chin beschloss auf der

Stelle, ihn beim Wort zu nehmen. Dies war der geeignete Ort, einen Versuch zu wagen.

»Und was ist mit Ihnen?«, fragte Chin schließlich.

»Was soll mit mir sein?«

»Werden Sie nach China zurückkehren, wenn die anderen Ihnen … Wenn Sie Ihnen …?«

»… Asyl anbieten?«, ergänzte sein neuer Lehrer.

Chin nickte. »Asyl«, wiederholte er, um sich das erste neue Wort einzuprägen. Als die Antwort noch ein paar Sekunden ausblieb, wurde Chin klar, dass die Frage Hung großes Kopfzerbrechen bereitete. Er schien fast krank vor Sorge. Stirnrunzelnd schluckte Hung. Sein Blick ging ins Leere, seine Lippen waren fest zusammengepresst.

»Ihnen ist klar, was die tun würden?« Das war eher eine Feststellung als eine Frage. Hungs Stimme schien aus weiter Ferne zu kommen. »Was die meiner Familie antun würden?« Chin blickte finster drein und nickte dann. Die Diffamierung illoyaler Familien war ziemlich einfach. »Aber vielleicht würden sie es sowieso tun«, flüsterte Hung.

»Was?«

»Uns denunzieren, weil wir gefangen genommen wurden, und unseren Familien alles nehmen. Vielleicht schicken sie uns zur Zwangsarbeit in landwirtschaftliche Betriebe, wenn nicht sogar in Arbeitslager!«

»Aber warum?«, fragte Chin, der sofort wütend und verängstigt war, als er daran dachte, dass seine Gefangennahme vielleicht seine Familie ruinieren konnte. »Wir konnten doch nichts gegen unsere Gefangennahme tun, wenn man vielleicht mal davon absieht, dass wir uns ohne jeden Sinn hätten töten lassen können! Der einzige Unterschied zwischen uns und den Gefallenen besteht darin, dass wir mehr Glück gehabt haben!«

»Nein, das ist ein Irrtum. Es gibt einen weiteren Unterschied.« Jetzt sprach Hung noch leiser. »Die Toten haben die Ausländer nicht näher kennen gelernt.«

UNRUSFOR-Hauptquartier, Chabarowsk
26. April, 07.00 Uhr GMT (17.00 Ortszeit)

Nate Clark aß gerade früh zu Abend, als die Neuigkeiten eintrafen. Da er nicht zu Mittag gegessen hatte, war er sehr hungrig. Am Morgen hatte er ein UNRUSFOR-Krankenhaus besucht, und danach war ihm der Appetit vergangen. Aber jetzt hatte er Heißhunger auf das dampfende Risotto mit Pilzen.

In UN-Hauptquartieren wechselten sich die verschiedenen Truppenkontingente mit dem Kochen ab. Das sorgte zwar für Abwechslung, führte aber auch dazu, dass die Köche verschiedener Nationalitäten sich gegenseitig zu übertreffen versuchten. Die Briten hatten die Kühnheit besessen, mit Nierchen gefüllte Pasteten zu servieren, aber die Amerikaner hatten mit ihren Hotdogs auch keinen größeren Erfolg gehabt. Im Grunde war es ein Zweikampf zwischen den Franzosen und dem nominellen italienischen Kontingent, das die Italiener regelmäßig gewannen.

Mit knurrendem Magen rührte Clark den Reis mit der Käsesauce um, hob dann eine gefüllte Gabel, wartete aber noch einen Augenblick, um das kochend heiße Essen etwas abkühlen zu lassen. Genau in diesem Augenblick klopfte es, und Lieutenant Colonel Reed steckte den Kopf zur Tür herein. Clark winkte ihn herbei. Nachdem er seine Gabel hingelegt hatte, las er die kurze Nachricht, die ihm Reed überreicht hatte und die nur aus dreißig Wörtern bestand. Clark studierte den Text noch einmal.

Er stand auf und begleitete Reed zur Tür. »Mobilisieren Sie alles, was wir in der Luft einsetzen können. Wartungsarbeiten, Ruhepausen für Piloten und dergleichen werden gestrichen. Wir brauchen jeden einzelnen Mann.«

»Was ist mit dem Weißen Haus?«, fragte Reed. Clark blieb stehen. »Er hat um Ihren Anruf gebeten, falls ...« Reed beendete den Satz nicht.

Clark atmete tief durch und blickte dann auf die Uhr. »Gehen Sie vor, und rufen Sie schon mal für mich beim Präsidenten an.«

Weißes Haus, Wohntrakt
26. April, 07.05 Uhr GMT (02.05 Ortszeit)

Gordon Davis schlief so fest, dass Elaine ihn an der Schulter schütteln musste, um ihn zu wecken. Zuerst sah er einen Mitarbeiter des Nationalen Sicherheitsrats.

»Ein Anruf von General Clark, Mr. President.«

Gordon nickte und stand dann mit Mühe auf. Das war noch immer ein schwieriges, stets von Ächzen und Stöhnen begleitetes Unterfangen. Der Arzt hatte gesagt, dass die Schmerzen noch länger bleiben würden und dass er sich an kalten, regnerischen Tagen schlecht fühlen würde. Als er den Korridor zu dem kleinen Büro hinunterschlurfte, bemerkte er, dass es draußen tatsächlich in Strömen goss. Man sah den Regen deutlich im Licht der grellen Scheinwerfer, die im Rahmen der zusätzlichen Sicherheitsmaßnahmen für das Weiße Haus installiert worden waren, damit die bewaffneten Männer vom Secret Service eine bessere Sicht hatten. Durch seinen Morgenmantel hindurch fühlte sich das Leder des Schreibtischsessels kühl an. Der Berater reichte Gordon das Telefon.

»Gordon Davis«, meldete er sich, doch wegen der durch die Satellitenverbindung bedingten Verzögerung musste er warten.

»Hier spricht General Clark, Mr. President. Tut mir Leid, dass ich Sie wecken musste, Sir, aber hier gibt's eine neue Entwicklung.«

»Sie brauchen sich nicht zu entschuldigen. Was ist passiert?«

»Es sieht so aus, als wäre ein ernsthafter Angriff auf unsere Blockadestellung im Tangyuan-Tal im Anzug.«

»Wollen Sie damit sagen, dass dieser Angriff über die bisherigen Versuche der Chinesen hinausgeht?«, unterbrach Gordon.

»Ja, Sir. Lassen Sie mich Ihnen die Nachricht vorlesen, die ich von Brigadier General Lawson erhalten habe, unserem Kommandeur vor Ort. ›Aus Richtung Süden kommt eine Großoffensive auf uns zu. Schwere Verluste. Nur noch geringe Munitionsvorräte. Situation kritisch. Letzte Reserven wurden mobilisiert. Kann nicht garantieren, dass wir die Stellung halten können.‹«

Gordon schloss die Augen und legte den Kopf in den Nacken. »Was meint er mit ›schweren Verlusten‹? Ich glaubte, sie wären bis jetzt schon schwer gewesen.«

»Waren Sie auch, Sir. Nachrichten wie diese bekommen wir normalerweise nicht oft, aber in diesem Krieg habe ich schon so viele erhalten, dass ich gar nicht mehr mitzähle. Ein gutes Zeichen ist das nicht, da Lawson nicht zu den Männern gehört, die zu Überreaktionen neigen. Schon seit Tagen ist er selbst ziemlich schwer verwundet, aber er will sich nicht ablösen lassen. Er hat wirklich eine ruhige Hand.«

»Was können wir tun?«, fragte Gordon.

»Ich habe befohlen, alle Kräfte in der Luft zu mobilisieren. Ungefähr zwölf Stunden lang können wir sie so mit einem Bombenhagel überziehen, dass sie keinen neue Verstärkung an den Kriegsschauplatz bringen können. Aber diese Art von Luftunterstützung ist nur begrenzt wirksam und birgt auch Risiken. Da das Terrain so felsig ist, sind Bombardierungen aus dem Grund so gefährlich, weil man wegen der Flugbahnen der Bomben das Ziel manchmal nur aus einer Richtung ansteuern kann. Wenn man in Talrichtung bombardiert und sein Ziel nur um ein oder zwei Grad verfehlt, landet die Bombe nicht wie im Flachland einige Meter, sondern hunderte Meter daneben.«

»Sonst können wir nichts tun?«, fragte Gordon.

»Wir können ein paar Luftlandetruppen hinbringen. Ein deutsches Fallschirmjägerregiment steht für alle Fälle bereit. Aber wir haben Abstand davon genommen, Verstärkung hinzubringen, weil unsere Logistik schon genug mit den Einheiten zu tun hat, die bereits vor Ort sind. Haben die neuen Soldaten erst einmal den Proviant verzehrt, den sie mitbringen, müssen nur zusätzliche Mäuler gestopft werden.«

»Wie schlimm sind denn die Probleme mit dem Nachschub? Ihr Kommandeur behauptet, die Munitionsvorräte seien zusammengeschrumpft.«

»Wir haben rund um die Uhr Material abgeworfen, aber

auch unsere Vorräte an Fallschirmen gehen zur Neige. Für heute ist eine Lieferung aus Belgien angekündigt worden, die uns fürs Erste über die Runden helfen sollte. Aber wir haben einfach nicht genug Frachtkapazitäten in der Luft frei, um ihnen sehr viel mehr zu bringen. Natürlich könnten wir die Zusammenstellung der Fracht ändern – weniger Lebensmittel, Wasser, Medikamente, dafür mehr Munition, irgendetwas in der Richtung. Aber sehr viel mehr können wir einfach nicht tun. Unsere Männer da unten kämpfen um ihr Leben, Sir. Jetzt hängt alles von ihnen ab.«

»Haben wir irgendwelche Pläne für den Notfall in der Schublade?«, fragte Gordon. »Für den Fall, dass die Chinesen durchbrechen?«

Diesmal war die längere Pause nicht nur auf die technisch bedingte Verzögerung zurückzuführen. »Sie werden so lange kämpfen, wie sie können. Möglich wäre, dass sie sich in die Berge zurückziehen und sich in immer kleinere Gruppen aufteilen.«

»Wie sehen ihre Chancen vermutlich aus?«

Wieder eine Pause. »Einige der Ranger könnten sich ziemlich gut schlagen. Damit ist nichts gegen die Männer von der 101st gesagt, die zu den besten Soldaten der Welt gehören. Aber sie sind nicht für dieselbe Art von Kampf ausgebildet, nämlich dafür, hinter die feindlichen Linien zu gelangen und dort zu überleben. Außerdem sind sie hauptsächlich auf dem ebenen Gelände unten im Tal stationiert. Sie sind die Blockade, die die Chinesen zu durchbrechen versuchen. Die meisten von ihnen hätten gar keine Chance, das Tal zu verlassen und die Berge zu erklimmen. Die Ranger hingegen haben sich auf den dem Tal abgewandten Abhängen verschanzt oder patrouillieren in der Umgebung. Sie fordern die Luftangriffe an.«

»Welche Auswirkungen auf den Verlauf des Krieges hätte es, wenn wir die Kontrolle über dieses Tal verlieren würden?« Gordon fühlte sich gezwungen, diese Frage zu stellen.

Clark seufzte. »Keine guten, Mr. President. In diesem Fall könnten die Chinesen einen Großteil ihrer Einheiten aus Tsinan losschicken, und zwar entlang der durch dieses Tal verlaufenden Eisenbahnlinie. Dann müssten unsere in China stationierten Einheiten an der gesamten Front eine Defensivstrategie verfolgen.«

»Könnten wir unseren Vormarsch irgendwann später wieder aufnehmen?«

»Nicht ohne massive Verstärkung, Mr. President. Damit meine ich mindestens ein Korps, also weitere einhunderttausend Soldaten, wenn man Personal für Nachschub und technische Unterstützung einbezieht.«

Gordon runzelte die Stirn. Damit wären weder der Kongress noch das amerikanische Volk einverstanden. »Mir ist bewusst, dass ich vielleicht ein bisschen viel verlange, aber besteht irgendeine Möglichkeit, dass unsere verbliebenen Männer die Eisenbahnverbindung dennoch unterbrechen können, wenn die Chinesen das Tal zurückerobern? Können sie sie von den umliegenden Hügeln aus nicht so unter Druck setzen, dass es ihnen nicht gelingt, weitere Lastwagen in Richtung Norden zu bringen?«

»Maximal für ein bis zwei Tage, Mr. President. Danach würde man einfach zu viel von unseren Soldaten verlangen. Wir hätten keinerlei Chance, sie mit Nachschub zu versorgen, und unsere Vorräte sind jetzt schon arg geschrumpft. Sehr schnell würden sie ohne Munition dastehen. Und es würde nicht lange dauern, bis die *Chinesen* sich in diesen Hügeln verschanzt hätten und nicht wir.«

Gordon begriff, dass letztlich alles von diesem Tal abhing, ganz so, wie man es ihm auch erklärt hatte. Dieses Tal und der Zeitpunkt der Eisschmelze – das waren die beiden großen Risiken dieser Operation. Bisher hatte die Natur gut mitgespielt. Eine ganze chinesische Armee saß am nördlichen Ufer des Amur fest.

»Was ist denn mit der als Verstärkung gedachten Kolonne, die vom Amur aus auf das Tal zukommt?«

Clark stieß heftig die Luft aus, was sich an anderen Ende der Leitung ziemlich laut anhörte. »Wir treiben sie schon ganz schön an, Mr. President.«

»Nun, dann geben Sie eben noch etwas *mehr* Gas.«

»Da gibt's Probleme, Mr. President. Ihr größtes Hindernis

besteht darin, dass die Straßen durch ein paar Millionen in Richtung Süden fliehende Chinesen verstopft sind. Die einzige Möglichkeit, diese Straßen zu säubern … Nun, Sir, ich glaube nicht, dass das völkerrechtlich oder moralisch vertretbar wäre.«

»In Ordnung, General Clark. Halten Sie mich über alles auf dem Laufenden, auch über vermeintlich weniger bedeutende Ereignisse. Wenn Sie irgendetwas hören, will ich stündlich oder noch besser *halbstündlich* über alles informiert werden.«

»Ja, Sir. Oh, vielleicht würden Sie ein paar Videobänder interessieren, die wir hier konfisziert haben. Die Filmaufnahmen wurden von einem NBC-Nachrichtenteam gedreht, das sich in dem Tal aufhält. Sie haben das Material mit einem Sanitätshubschrauber herausgeschmuggelt, aber die Militärzensur hat es konfisziert, weil die Bilder zu drastisch sind. Wenn Sie wollen, lasse ich Ihnen die Filme über einen Militärsatelliten überspielen.«

»Ja, tun Sie das, ich bleibe auf und warte darauf. Ich möchte gern wissen, wie es da unten vor Ort aussieht.«

Noch war der Bildschirm im unterirdischen Situation Room dunkel. Zusammen mit dem Chef des im Weißen Haus beherbergten Military Office saß Gordon, der sich unterdessen angezogen hatte, an dem Konferenztisch.

Zuerst kam das Bild, einen Augenblick später folgte der Ton, erschreckend lauter Gefechtslärm. Die Kamera lag auf der Seite, Kugeln pfiffen an ihr vorbei. Dann folgte ein Schnitt, die Szenerie wechselte. Das verwackelte Bild zeigte eine Reporterin, die einen Helm und eine kugelsichere Weste trug und neben einem Bahndamm saß. Die Eisenbahnlinie, dachte Gordon. Die Luft hing voller Rauch und war von dem lauten Krach der Kriegshandlungen erfüllt.

»Alles klar?«, fragte die Journalistin den Kameramann.

»Schieß los«, kam die laute Antwort.

Nachdem die Reporterin sich geräuspert hatte, schaute sie auf ihre Notizen. Dann richtete sie sich gerade auf und blickte direkt in die Kamera, um mit ihrem Text zu beginnen. »Während der letzten Nacht haben die Kämpfe im Tal von Tangyuan eine dramatische Wende zum Schlechteren genommen. Im Augenblick stehe ich neben der Eisenbahnlinie und der nicht asphaltierten Straße, um die es bei dieser Schlacht in erster Linie geht. Bis Mitternacht ...« Eine laute Explosion, die im Bild nicht zu sehen war, unterbrach den Bericht. Die Kamera erzitterte, die Frau zuckte zusammen und zog den Kopf ein. Dann wackelte das Bild nicht mehr, in dessen Hintergrund jetzt eine schwarze Rauchwolke in die Luft stieg. »Bis Mitternacht sind viele Chinesen gestorben, ohne dass ihre Armee mehr als einen Raumgewinn von ein paar Metern hätte verzeichnen können. Aber als es dann in dieser Winternacht zwölf Uhr schlug, hallte erneut lautes Geschützfeuer durch das tiefe Tal. Diesmal waren es allerdings chinesische, auf Panzern montierte Geschütze. Dieser überraschende Panzerangriff durchbrach trotz des energischen Einsatzes von Panzerabwehrwaffen eine Linie nach der anderen. Aus kürzester Entfernung feuerten von den umliegenden Hügeln Raketenwerfer. Einmal, in den dunklen, frühen Morgenstunden brannten über hundert Panzer lichterloh, doch es rückten ständig neue nach, denen Massen von chinesischen Infanteristen folgten. Mit jeder überrannten Linie nahmen die Chinesen ein bedeutendes Stück dieser staubigen Landstraße ein. Auch als die Sonne aufging, hatten die auf den Hügeln verschanzten Amerikaner die Chinesen noch nicht zurückdrängen können, die jetzt noch energischer nachrückten.«

Im Bildhintergrund näherten sich amerikanische Soldaten, die in langen Reihen zu beiden Seiten der Bahnlinie auf die Kamera zumarschierten. Um die Deckung des Bahndamms auszunutzen, gingen sie in gebückter Haltung.

Jetzt blieb ein Soldat vor der Reporterin stehen, der mit einer Hand seinen Helm, mit der anderen seine Waffe hielt. »Sie müssen Ihre Sachen packen und verschwinden, Ma'am«, sagte der Mann, der völlig außer Atem war.

»Wie sieht die Situation vor Ort aus, Lieutenant?«, fragte die Journalistin, während die Kamera auf die lange Schlange hinter ihm schwenkte. Alle anderen lagen mit schussbereiten, nach hinten zielenden Waffen auf dem Boden.

»Offensichtlich haben Sie mich nicht richtig verstanden. Verschwinden Sie *sofort*, und zwar so schnell wie möglich.«

Jetzt folgte ein abrupter Szenenwechsel, der aus künstlerischer Sicht nicht eben gut gelungen war. Das Fernsehteam hatte eine Anhöhe erklommen und hinter ein paar Felsbrocken Schutz gesucht, von wo aus es das Schlachtfeld filmte. Wegen des über dem Tal hängenden Rauchs war ein Großteil der Szenerie nicht erkennbar. Erneut begann die Frau mit ihrem Kommentar.

»Weil es hier sicherer ist, haben wir uns mittlerweile in die Hügel begeben. Kurz nachdem wir die Eisenbahnlinie verlassen hatten, haben britische Tornado-Bomber die anstürmenden Chinesen mit Napalmbomben attackiert. Die Hitze war so extrem, dass wir sie selbst durch unsere dicke Winterkleidung hindurch spürten. Wenngleich die Brandbomben mit Sicherheit verheerende Auswirkungen gehabt haben, halten die Chinesen auch weiterhin diesen Abschnitt der Straße, und sie stürmen sogar mit einem selbstmörderischen Eifer weiter voran.«

Der Kameramann zoomte durch eine Lücke in den Rauchschwaden. Deutlich konnte man vorwärtslaufende Chinesen erkennen, aus deren Gewehren Mündungsfeuer flammte. Hinter ihnen feuerte ein Panzer ohne Kanzel hoch in den Himmel. Durch die Luft darüber schoss eine Rakete, die dünne, silbrige Rauchfäden hinter sich her zog. Gordon sah erst einen, dann einen zweiten Infanteristen zu Boden fallen. Als das Dröhnen eines Kampfjets ertönte, wurde die Kamera herumgerissen, gerade noch rechtzeitig, um die flüchtige Aufnahme einer einsamen Maschine zu erhaschen, die in einer Höhe von weniger als dreißig Metern flog. Der Schatten des Kampfjets sprang von den Baumwipfeln auf den Boden und schoss dann wieder nach oben. Einen Augenblick später waren Schatten und Kampfjet verschwunden, aber Letzterer hatte eine Reihe Bomben abgeworfen, die jetzt ihrerseits kleine Schatten warfen.

Die durch die sechs Explosionen ausgelöste Erschütterung ließ das Bild erneut erzittern, doch als der Mann seine Kamera wieder ruhig halten konnte, schwenkte er sie herum. Jetzt erfasste der Bildausschnitt die Straße, die Eisenbahnlinie und die aufsteigenden Rauchsäulen. Es waren sechs pilzförmige Rauchwolken wie von winzigen Atombomben. Die Bomben waren im Abstand von etwa hundert Metern entlang der Straße eingeschlagen.

»Die Amerikaner haben schwere Verluste hinnehmen müssen«, fuhr die Reporterin fort, doch dann musste sie schlucken. Anschließend klang ihre Stimme belegt, als empfände sie Übelkeit oder Angst. »Mittlerweile werden etliche ganze Einheiten vermisst. Aber wirklich Schwindel erregend ist die Zahl der getöteten Chinesen. Wegen des anhaltenden Feuers der Amerikaner hatten die Chinesen kaum Gelegenheit, die Leichen ihrer gefallenen Soldaten zu bergen. Folglich liegen in den Wäldern und am Fuß der Hügel viele chinesische Leichen, die teilweise schon zu verwesen beginnen. Dennoch strömen immer neue chinesische Soldaten herbei, was offenbar ein Anzeichen für die wachsende Verzweiflung der Volksbefreiungsarmee ist. Mit gefühlloser Respektlosigkeit vor dem menschlichen Leben wurde eine Einheit nach der anderen dem amerikanischen Dauerfeuer ausgesetzt. Die genaue Anzahl der getöteten Chinesen ist für die amerikanischen Kommandeure hier vor Ort schwer zu schätzen, aber sie vermuten wohl mit Recht, dass sie in die Zehntausende geht.«

Erneut folgte ein abrupter Szenenwechsel. Als das Bild nicht mehr wackelte, drohte sich Gordon vor Übelkeit der Magen umzudrehen. Der ganze Bildschirm war von anscheinend endlosen Reihen toter Amerikaner erfüllt, deren Leichen mit grünen Planen bedeckt worden waren, unter denen nur die Stiefel hervorlugten. Alle Stiefel waren identisch, alles war ordentlich arrangiert. Während der Kameramann langsam an den Leichen entlangging, fragte sich Gordon, wann er wohl das Ende der Reihe erreicht haben mochte.

»Aber auch die Zahl der gefallenen Amerikaner ist steil in die Höhe geschossen. Und der Nachschub der Amerikaner wird in diesem Tal sehr viel schneller erschöpft sein als der der Chinesen.« Weiterhin zeigte der Kameramann die Stiefel der Gefallenen in Großaufnahme. »Alle diese Männer sind bei den Kämpfen der letzten Nacht ums Leben gekommen, und sie können nicht schnell genug ersetzt werden, um den Ausgang dieser Schlacht noch herumzureißen.«

»Mein Gott«, sagte der Offizier vom Military Office entsetzt. Der Colonel der Army, der eine tadellose grüne Uniform mit einer weißen Kordel unter der Epaulette auf seiner Schulter trug, war aufgebracht, weil der Kameramann so genüsslich die Leichen gefilmt hatte. Aber für Gordon ging es nicht darum, ob hier die Gefallenen entehrt wurden. Es war eine Szene, die zumindest er – als Oberbefehlshaber der toten Soldaten – sehen musste. Dies waren die Konsequenzen der militärischen Aktionen, die anzuordnen nur er die Macht hatte ... Die mit Flaggen geschmückten Särge, welche auf der Dover Air Force Base eintreffen würden – das waren Bilder, die den wahren Sachverhalt beschönigten, der durch staubige, in den blauen Himmel zeigende Stiefelspitzen drastischer verdeutlicht wurde. *Und das zentrale Problem ist,* dachte er, während der Bericht der Reporterin sich dem Ende zuneigte, *dass dieser Krieg schnell zu einem Ende gebracht werden muss.*

»Der Herr ist mein Hirte«, begannen die knienden Soldaten aus kleinen Bibeln vorzulesen. »Nichts wird mir fehlen. Er lässt mich lagern auf grünen Auen und führt mich zum Ruheplatz am Wasser. Er stillt mein Verlangen; er leitet mich auf rechten Pfaden, treu seinem Namen.« Der Militärgeistliche trug einen Talar über der Uniform. »Muss ich auch wandern in finsterer Schlucht, ich fürchte kein Unheil; denn du bist bei mir, dein Stock und dein Stab geben mir Zuversicht. Du decktest mir den Tisch vor den Augen meiner Feinde. Du salbtest mein Haupt mit Öl, du füllst mir reichlich den Becher. Lauter Güte und Huld werden mir folgen mein Leben lang, und im Haus des Hirten darf ich wohnen für lange Zeit.«

»Amen.« Die Männer standen auf. Gordon hatte eine Gänsehaut. Jetzt schwenkte die Kamera wieder zu der Reporterin herum. »Aus der finsteren Schlucht des Todes«, sagte sie mit zitternder Stimme und tränenfeuchten Augen, »berichtete für Sie Kate Dunn von NBC News.«

3. KAPITEL

UNRUSFOR-Hauptquartier, Chabarowsk
26. April, 07.30 Uhr GMT (17.30 Ortszeit)

Die Mitglieder des Operations- und Planungsteams des UNRUSFOR-Bündnisses studierten die Karte so gründlich, als könnten Sie noch etwas Neues entdecken, wenn sie es nur lange genug versuchten. Im Gegensatz dazu hatte Nate Clark schon nach fünf Sekunden begriffen, welche Optionen ihm blieben. »Okay!«, sagte er laut. Die Anwesenden wandten sich von der hell erleuchteten Karte ab und blickten ihren Kommandeur an. »Also, was hat die chinesische Volksbefreiungsarmee entlang des Sungari zu bieten, und zwar zwischen der 25th Light Infantry Division und dem Tangyuan-Tal?«

Alle blickten den für Aufklärung und Nachrichtenbeschaffung zuständigen niederländischen Offizier an. »Es sieht so aus, als befänden sich zwei komplette chinesische Divisionen und ein Teil einer dritten entlang jener Straße. Es gibt Überlebende der Kämpfe um Birobidschan, die über den Amur zurückgelangt sind, bevor das Eis gebrochen ist. Als wir die 101st in das Tangyuan-Tal gebracht haben, saßen sie in der Falle.«

»Werden sie kämpfen?«, fragte Clark.

Der niederländische Oberst zuckte die Achseln. »Die am weitesten südlich liegende Einheit hat ein bisschen Druck auf das nördliche Ende des Tangyuan-Tals ausgeübt, aber dank unserer Luftangriffe werden daraus nicht mehr als ein oder zwei Angriffsversuche pro Tag. Die nicht vollständige Division hat es so hart getroffen, dass man eigentlich nur noch von einem sich mühsam auf den Beinen haltenden Lazarett sprechen kann. Am meisten Sorgen bereitet uns die dritte Einheit, die wir für die 549. Infanteriedivision halten. Deren Truppenstärke können wir noch nicht abschätzen.«

Clark schürzte die Lippen. »Kann irgendjemand die Flan-

Stellungen der Einheiten am 26. April
Russland
Ochotskisches Meer
Britische Inf.-Bgd.
Swobodny
II. Euro-Corps
Urgal
Luftstützpunkt Birobidschan
1st Batt. 501st Inf. (Airborne)
Belg. FSJ-Rgmt.
Franz. Batt.
Komsomolsk
5th Marine Exp. Brig.
Amur
Frz. Inf.-Div.
Frz. Inf.-Bgd.
Dt. Inf.-Bgd.
I. Euro-Corps
III. Corps
Dt. Panzer-Div.
Heeresgruppe Schenjang (Nord)
Inf.-Division
Inf.-Div.
Panzer-Div.
I. Corps
Wanin
Grenztruppen
1st Cavalry Div.
3rd Arm. Cav. Rgmt.
Brit. Panzerdiv.
3rd Infantry Div. (Mech)
205th Inf. Bde. (Light) Minn.
Chabarowsk
85th Inf. Bde. (Mech) Ohio
29th Inf. Bde. (Sep.)
25th Inf. Div. (Light)
Heeresgruppe Jinan
Tangyuan-Tal
75th Ranger Regiment
1st Bde., 101st Airborne Div. (Airmobile)
Sungari
Ussuri
Heeresgruppe Peking
Tartarischer Sund
Charbin
Inf.-Division
Panzer-Div.
2nd Infantry Div. (Mech)
1st Marine Div.
Chanka-See
3rd Marine Div.
Dt. Inf.-Div.
1st Marine Exp. Brig.
I. Marine Amphibious Corps
Suifenhe
2nd Bde., 101st Airborne Div. (Airmobile)
XVIII. Airborne Corps
Ussuriisk
China
Reserve
83nd Airborne Div.
Dt. FSJ-Rgmt.
Wladiwostok
Hokkaido
Jalu
Nordkorea
Japanisches Meer
Tsugaru-Straße
Japan
Honschu
Meilen 0 50 100
Kilometer 0 81 161

ken oder die Nachhut der 25th Light Infantry Division bedrohen, wenn wir sie in Richtung Süden schicken?«

Jetzt antwortete ein Brite. »In dieser Gegend sind die Berge sehr zerklüftet. Straßen und Flüsse verlaufen von Nord nach Süd. Will man nach Osten oder Westen, muss man Gebirgszüge überqueren. Meiner Meinung nach können die Chinesen gegen die 25th Light Infantry Division nur die Truppen einsetzen, die sich jetzt an den Ufern des Sungari befinden.«

»Sollten die Chinesen sich dort festsetzen«, meldete sich der deutsche Offizier zu Wort, »wie es die 101. im Tangyuan-Tal getan hat, wird die 25th Light Infantry Division sie aus ihren Stellungen vertreiben müssen.«

»Aber wir haben die Luftüberlegenheit«, konterte Lieutenant Colonel Reed. »Darin besteht der große Unterschied zwischen unserer Verteidigung des Tangyuan-Tals und den chinesischen Verteidigungstellungen entlang des Sungari.«

Allmählich kamen die Debattierenden in Fahrt, aber da Clark sich seine Meinung bereits gebildet hatte, unterbrach er die Diskussion. »Wir werden so schnell wie möglich das deutsche Fallschirmjägerregiment in diesem Tal landen lassen. Und wir werden die 25th Light Infantry Division möglichst rasch auf dieser Straße in Richtung Süden schicken.« Die anwesenden Offiziere blickten sich ungläubig an. »Nach Straßenkilometern ist sie nur halb so weit von dem Tangyuan-Tal entfernt wie das Hauptkontingent unserer Truppen.«

»Wenn ich mich einmal so ausdrücken darf, General Clark«, begann der Brite zaghaft, »bestand ihre Mission ausschließlich darin, den Hauptangriff zu unterstützen. Ihnen sind nur zwei schwere Bataillone angegliedert, und das Terrain begünstigt ganz offensichtlich die Verteidiger.«

»Wir können keine weiteren Soldaten über diesem Tal abspringen lassen«, erinnerte Clark die anderen an die begrenzte Zahl ihrer Optionen. »Es gibt keinerlei Raum mehr zum Manövrieren. Schon jetzt sind unsere Männer dort in einer sechs Quadratkilometer großen Schachtel eingeklemmt, und ich werde nicht weitere Soldaten in eine Schlacht schicken, bei der ihnen nach dem zweiten oder dritten Feuergefecht die Munition ausgehen wird. Die 25th Light Infantry Division ist am dichtesten dran. Die Tatsache, dass sie es über den Amur geschafft hat, verdankte sie einzig und allein dem Tempo, mit dem sie aus Birobidschan ausgerückt ist. Wir wussten nicht einmal, was wir überhaupt mit ihr anfangen sollten, wie Sie sich wohl alle erinnern werden, und folglich haben wir der 25th Light Infantry Division die Rolle zugewiesen, entlang der zweispurigen Landstraße unsere Flanken zu unterstützen. Aber jetzt ist diese Division unsere einzige echte Hoffnung, die Männer im Tangyuan-Tal zu retten, und ich beabsichtige, sie genau darum zu bitten. Gehen Sie jetzt bitte, und kommen Sie zurück, wenn Sie einen Plan ausgearbeitet haben.«

Einige Stunden später klopfte Lieutenant Colonel Reed an die Tür von Nate Clarks Büro. »Wir haben den Plan für die Operation fertig, Sir.« Nate bat Reed, den Plan mit ihm durchzugehen, bevor er sich mit den anderen traf. »Die Straße folgt dem Sungari, der durch ein breites Tal fließt und ihre rechte Flanke schützen wird, solange die Chinesen keine Kanonenboote auf dem Wasser haben. Jegliches indirekte Feuer werden wir durch taktischen Erfassungsradar orten und durch den Einsatz von Kampfhubschraubern ausschalten. Aber das vorherrschende Charakteristikum des Terrains entlang des ganzen Weges zur 101. sind Berge an der linken Seite der Straße, die insgesamt durch hügeliges Gelände führt.«

»Hört sich nach guten landschaftlichen Gegebenheiten für eine Verteidigung an«, kommentierte Clark beunruhigt.

Reed nickte. »Es besteht ein sehr großes Risiko, dass sie die ungepanzerten Fahrzeuge der 25th Light Infantry Division mit Flankenfeuer bestreichen. Wir müssen die Chinesen ungefähr siebenhundert Meter weit von der Straße zurückdrängen, und zwar entlang des gesamten Wegs. Zwar werden wir ihre Stellungen durch intensive Luftangriffe attackieren, aber wenn wir schnell vorwärts kommen wollen, müssen wir die ganze Gegend säubern. Glücklicherweise gibt es hier einen dichten Baumbestand von Kiefern, außerdem jede Menge Buckel und Bodenwellen, die einen abschirmen. Mit chinesischen Unterständen werden taktisch gute Kommandeure kurzen Prozess machen, aber es wird eine erschöpfende und blutige Angelegenheit werden. Nach vier bis sechs Stunden werden diese Männer völlig am Ende sein, und wir werden abwechselnd ein Bataillon nach dem anderen einsetzen müssen. Wir werden diese Männer in die totale Erschöpfung treiben müssen, General Clark.«

Nate nickte. »Mit was für Verteidigungsstellungen werden uns die Chinesen Ihrer Meinung nach erwarten?«

»An der Straße gibt's ein paar Hütten, die wir säubern müssen, aber wahrscheinlich werden wir schnell errichtete Unterstände vorfinden, die die Mörserstellungen auf der hinteren Seite dieser Hügel schützen. Unsere Soldaten auf diesen Lastwagen werden links, wo die Straße in die Hügel gehauen ist, Deckung haben, aber vom Fluss aus, wo die meisten Niederungen überflutet sind, sind sie ziemlich verwundbar. Wir können ein Panzerbataillon und ein motorisiertes Infanteriebataillon erübrigen. Wir werden eine Panzerkompanie vorschicken, die sich den Weg durch Straßensperren freischießen kann, und die restlichen Panzer entlang der Kolonne postieren, wo sie vor Ort Feuerunterstützung leisten können. Außerdem werden ihnen gepanzerte Bulldozer zur Verfügung stehen, mit denen sie die Straße verbreitern, Löcher auffüllen und Erdhügel abtragen können. Die motorisierten Infanteristen können auf ebenem Gelände eingreifen, die leichte Infanterie werden wir in die Hügel schicken.«

»Was ist mit unserer Artillerie?«

»Wir werden sie verteilen, damit die Vorhut und die Nachhut einander Deckung geben können. Sie werden abwechselnd vorrücken, wobei sechs Batterien jederzeit bereit sein werden, einen Angriff zurückzuschlagen oder ein Ziel vorzubereiten. Und wir werden die höherrangigen Offiziere der Division verteilen, damit sie vor Ort den Widerstand organisieren können, falls die Kolonne durch einen chinesischen Angriff aufgesplittert werden sollte. Bei einem Vormarsch auf einer einzigen Straße ist das das größte Risiko.

Die Chinesen können sich durch parallel verlaufende Täler vorwärts bewegen und unsere Flanken attackieren. Sollte ihnen ein Durchbruch gelingen, besteht die Gefahr, dass sie die Kolonne Stück für Stück vernichten.«

Der angespannte Nate atmete tief durch. »Wie sieht's mit der chinesischen Zivilbevölkerung entlang dieser Straße aus?«

»Das Gebiet ist nur dünn besiedelt«, antwortete Reed. »Das Terrain ist zerklüftet. Vermutlich leben hier etwa dreißigtausend, vielleicht auch fünfzigtausend Menschen.«

Nate nickte. »Ich werde ... für die Feuerleitung alle bisher gültigen Einschränkungen aufheben.« Reed blickte zu Boden und nickte dann. Nate fiel nichts ein, was er hätte sagen können, um das schlechte Gewissen zu kaschieren, dass er angesichts dieses Befehls empfand.

In der Nähe des Sungari-Flusses, südlich von Suibin
26. April, 10.00 Uhr GMT (20.00 Ortszeit)

Die Nacht war hereingebrochen, und Harold Stempel schlief schnell ein. Es war ein ruhiger Tag gewesen, an dem sie sich sogar den Luxus gegönnt hatten, ein kleines Lagerfeuer anzuzünden. Mit den Stiefeln am Feuer und in der warmen Winterkleidung war die Frühlingsnacht einigermaßen erträglich.

»Also dann!«, ertönte das laute Organ des Sergeants des Platoons. Stempel und einige andere stöhnten auf, als der Unteroffizier mit dem Rest des Platoons im Schlepptau auftauchte.

»Alle herkommen!«, befahl der Platoon-Führer. »Hoffentlich macht's euch nichts aus, wenn wir euer Lagerfeuer austreten müssen.« Ein Neuankömmling wollte Stempel seinen Platz neben dem warmen Feuer streitig machen, worauf dieser ihm einen Tritt versetzte und sich unter Einsatz seiner Ellbogen näher an das Feuer herankämpfte. Unter den schlecht gelaunten Männern gab es Rempeleien, doch dann hatte der Lieutenant, der ein dünnes Blatt Papier in der Hand hielt, seinen Platz in der Mitte eingenommen. »Ich habe dieses Treffen einberufen, weil wir gerade ›Das Wort‹ erhalten haben.« Stöhnen, einige laute Flüche, gefolgt von den Drohungen der Unteroffiziere. »Wie viele von euch vielleicht schon gehört haben, sitzen hundert Kilometer weiter südlich von hier ein paar der Guten in einem Tal in ihren Löchern fest. Sie zu verstärken war ursprünglich die Aufgabe der jenseits des Sungari stationierten schweren Truppen vom 3rd Corps. Die 25th Light Infantry Division sollte nur ihre Flanken sichern.«

Angesichts dieser untergeordneten Rolle wurde erneut gemurrt, doch diesmal blieben die Unteroffiziere stumm.

»Ich sage *war*, weil wir gerade diese Nachricht hier erhalten haben.« Er hob das Blatt hoch und las dann im Schein des Feuers laut vor. »›Datum des heutigen Tages. Absender: Nate Clark, Oberbefehlshaber der UNRUSFOR-Truppen. An die Soldaten der 25th Light Infantry Division. Während der fürchterlichen ersten Tage dieses Kriegs war ich mit vielen von Ihnen in Birobidschan. Die dortige Schlacht war eine der brillantesten Verteidigungsleistungen der gesamten Militärgeschichte. Jetzt muss ich Sie bitten, sich in der Offensive genauso gut zu schlagen und diesen Krieg für uns zu gewinnen.‹«

Als der junge Lieutenant aufblickte, verhielten sich die dreißig Männer mucksmäuschenstill, und Stempel sah, dass alle aufmerksam zuhörten.

»›In ein hundert Meilen südlich von Ihnen gelegenes Tal wurde bereits eine Brigade der 101st und der 75th Rangers geschickt. Ihre Mission ist entscheidend, weil der erfolgreiche Abschluss dieses Kriegs davon abhängt, dass das Tal gehalten wird. Aber diese Männer haben bereits eine Woche heftiger Angriffe aushalten müssen. In der letzten Nacht begann das schlimmste Kapitel. Die Chinesen haben aus südlicher Richtung einen Großangriff gestartet, und unsere Soldaten befinden sich in einer verzweifelten Lage. Viel länger können sie das Tal nicht mehr halten. Die 25th Light Infantry Division ist diesem Tal räumlich am nächsten und ab jetzt unsere wichtigste Angriffstruppe. UNRUSFOR wird Sie mit allen Mitteln unterstützen. Ich habe vollstes Vertrauen, dass Sie unter den Augen Ihrer Landsleute unter Beweis stellen werden, was für großartige Soldaten Sie sind. Was mich angeht, so werde ich für immer in Ihrer Schuld stehen. Viel Glück und alles Gute.‹«

Nachdem der Lieutenant das Blatt sorgfältig zusammengefaltet hatte, ließ er es wieder in seiner Tasche verschwinden. »Weiter unten an der Straße sollen ein paar Lastwagen warten. Sucht eure Sachen zusammen und bereitet euch auf den Abmarsch vor.«

Stempel stand auf, packte sein Zeug ein und schulterte seine Last dann. Es gab keinerlei Diskussionen, niemand beklagte, die Befehle seien ungerecht. Die Sehnsucht nach Anerkennung war eine starke Motivation. Jeder von ihnen akzeptierte auf seine ganz persönliche Weise schweigend seine Aufgabe.

Tangyuan-Tal, Nördliches China
26. April, 17.00 Uhr GMT (03.00 Ortszeit)

Irgendwo kam Unruhe auf, und André Faulk öffnete seine verschlafenen Augen. An der Decke des aufblasbaren, mobilen Lazaretts waren in zwei Reihen nackte Neonröhren angebracht. André blickte zum Eingang hinüber, wo sich ein Offizier mit zwei Ärzten und ein paar Krankenschwestern ein heftiges Wortgefecht lieferte. Der der Übermacht allein gegenüberstehende Mann schüttelte energisch den Kopf. Nacheinander knöpfte er sich erst einen Arzt, dann eine Krankenschwester, schließlich den zweiten Mediziner vor. Alle Mitglieder des Lazarettpersonals durften ihre Meinung äußern, aber dann behielt doch der Offizier das letzte Wort.

André glaubte, dass ein hastiger Umzug bevorstand. Seit er in das Lazarett eingeliefert worden war, hatten sie schon zweimal ihre Sachen packen müssen. Er hatte sich nicht auf einer Bahre hinaustragen lassen, sondern eine Krücke benutzt. Beide Male schien der Gefechtslärm aus ziemlicher Nähe zu kommen.

Der Offizier begab sich in den mittleren Gang und nahm dann seinen Helm ab. »Ich bitte um eure Aufmerksamkeit«, sagte er höflich. »Tut mir Leid, euch stören zu müssen, aber die Ereignisse haben eine schlimme Wendung genommen. Diesmal machen die Chinesen ernst, und so Leid es mir auch tut, wir werden dasselbe tun müssen, wenn wir diese Sache noch herausreißen wollen. Mir ist klar, dass ihr bereits alles gegeben habt, was euer Land von euch verlangen kann, aber im Augenblick sind wir auf jeden Mann angewiesen, der noch eine Waffe halten kann. Alle Kommandostellen und Nachschubeinheiten können mit keinerlei Ersatzleuten mehr rechnen. Die kämpfenden Einheiten schicken Verwundete nur noch dann zurück, wenn diese lebensgefährlich verletzt sind. Also muss ich mich um ein paar Freiwillige kümmern, die den Kampf wieder aufnehmen wollen. Ihr werdet keine weiten Strecken zurücklegen, sondern nur aus einem Loch heraus feuern, das ihr nicht einmal selbst ausheben müsst.«

Vermutlich sollte das lustig sein, doch niemand lachte. Die Ärzte und Krankenschwestern warfen dem Offizier wütende Blicke zu.

Von seiner Pritsche aus beobachtete André, wie der Captain nervös an seinem Helm herumspielte. Zuerst erhob sich niemand, um sich zu dem Offizier zu gesellen. Dann aber humpelten allmählich die ersten Männer auf den Ausgang zu. Die Krankenschwestern bedachten die Verwundeten mit finsteren Blicken und versuchten, sie in die Betten zurückzuschicken. Der Offizier legte Fürsprache für die Freiwilligen ein, doch schließlich gestattete er einem Arzt, sich jeden noch einmal anzusehen. Letztlich wurde nur ein Mann als zu schwer verwundet zurückgewiesen.

»Idioten«, sagte der Mann neben André, doch dieser hatte bereits die Beine über die Bettkante geschwungen.

Noch zögerte er, aber er beschloss, dem Gerede seines Nachbarn keine Aufmerksamkeit zu schenken. »Hör zu«, sagte er stattdessen. »Wenn niemand diese Arschlöcher aufhält, sind wir *alle* tot. Die Chinesen werde einfach eine Ladung Sprengstoff durch die Tür da werfen und weiterziehen.«

Sein Nachbar verzog das Gesicht zu einer Grimasse, der man nicht mit Sicherheit entnehmen konnte, ob er weiterhin nicht überzeugt oder verstört oder beides zugleich war.

André verlagerte das Körpergewicht auf seine Füße. Nichts schmerzte so sehr, dass ihm das Gehen unmöglich gewesen wäre, aber ihm war klar, dass er das zum Teil den Schmerzmitteln verdankte. Nachdem er zu dem Captain gehumpelt war, verwies dieser ihn an den Arzt. Während eine Krankenschwester seinen Blutdruck maß, horchte der Mediziner mit einem kalten Stethoskop Andrés Herz ab. »Wissen Sie, was Sie da tun?«, fragte der Arzt.

»Nein«, sagte André.

Die Antwort des erschöpften Arztes ließ nicht lange auf sich warten. »Schwester, geben Sie ihm etwas Ampicillin und etwas Vicodin.« Dann wandte er sich dem nächsten verwundeten Freiwilligen zu.

Die Krankenschwester reichte André zwei Fläschchen mit Pillen, von denen die größere das Schmerzmittel enthielt. »Das Antibiotikum nehmen Sie alle vier Stunden, das Vicodin wenn erforderlich«, sagte sie, während sie immer noch Andrés Hand hielt. Dann trat sie dicht an ihn heran. »Sie müssen sich nicht darauf einlassen.«

Als der nächste Mann kam, ließ sie André abrupt mit seinen Pillen stehen, und dieser überdachte noch einmal seine Entscheidung, das saubere, warme Lazarett zu verlassen. Schon trafen Männer mit Gewehren und warmer Kleidung für die Freiwilligen ein. Wenngleich Andrés Wunden imponierend genug waren – sein linkes Ohr und seine ganze rechte Körperhälfte waren verbunden – waren andere Freiwillige noch sehr viel schlechter dran. Ihre Kopfverbände ließen manchmal nur ein Auge frei, und ihre Beine waren so dick bandagiert, dass sie an Baumstämme erinnerten. Alle Arten unsichtbarer Wunden durchtränkten die Verbände mit Blut.

André zog die warme Kleidung an und griff dann nach einem M-16.

Das provisorische Platoon setzte sich aus über zwanzig Verwundeten zusammen, die jetzt einen steilen Berg erklimmen mussten. Vor André ging etwa ein Dutzend Männer, durch deren Schritte sich die dünne Schneedecke in glitschiges Eis verwandelte.

Jeder unsichere Schritt bereitete André Schmerzen, aber er beschwerte sich nicht. Je höher, desto besser, dachte er. Auf der mühsamen Wanderung durch die Finsternis halfen sich alle gegenseitig. Diejenigen, die es weniger schwer getroffen hatte, halfen den ernsthaft Verwundeten. Mittlerweile hatte sich der Schlachtenlärm in ein konstantes Dröhnen verwandelt.

Hinsichtlich der Feuerstellungen hatte der Captain gelogen. Er wies den Männern keine Löcher zu, sondern schickte sie in unvorbereitete Stellungen zwischen Felsbrocken. André lag auf einer Felsplatte hinter einem gezackten Vorsprung, von wo aus er keinen einzigen seiner neuen Kameraden sehen konnte. Wie er hatten auch sie sich versteckt, meistens in dunklen Rissen und Spalten. Dennoch war der räumliche Abstand zwischen ihnen so gering, dass der Captain sie im Plauderton alle gleichzeitig ansprechen konnte. »Euer Job hier ist ganz einfach. Ihr bewegt euch nicht von der Stelle und verhindert, dass die Chinesen diesen Gipfel einnehmen.« Da sie sehr weit von den Kampfhandlungen entfernt waren, wirkte der Befehl lächerlich. Die Männer des Captains verteilten zusätzliche Munition. »Von hier oben aus«, fuhr der Captain fort, »könnte der Feind unsere Gebiete hinter der Front unter Feuer nehmen, wodurch uns die Möglichkeit genommen wäre, ganz nach unseren Wünschen auf einen chinesischen Durchbruch zu reagieren.« Ein Soldat reichte André acht Magazine. Zusammen mit dem in seinem Gewehr und den beiden Magazinen, die man ihm vor dem Lazarett gegeben hatte, konnte er jetzt hundertfünfzigmal feuern – seit den ersten paar Tagen in dem Tal hatte er nie mehr so viel Munition zur Verfügung gehabt.

Folglich drängte sich die Frage auf, warum sie plötzlich so großzügig mit der Munition umgingen.

»Alles Gute«, schloss der Captain. »Wir werden so schnell

wie möglich Soldaten zur Entlastung schicken, wenn wir Glück haben bereits am Morgen.«

Der Captain verschwand. Die Gespräche der Männer, die aus ihren Verstecken heraus miteinander redeten, erinnerten an das Zirpen von Grillen auf einem menschenleeren Feld. Kurzzeitig sah André etwa zehn Meter weiter rechts den Umriss eines Helms auftauchen. Dem Klang der Stimmen nach waren die anderen dicht neben und über ihm postiert.

»Hat jemand ein MG?«, fragte einer.

Ein paar Augenblicke später kam eine Antwort. »Ich hab eine SAW.«

Den Fragesteller schien diese Antwort nicht sehr zu beglücken. Eine Squad Automatic Weapon hatte ein beeindruckendes Magazin mit einer Kapazität von sechshundert Schuss, aber die Waffe wurde mit 5.56-Millimeter Gewehrmunition betrieben, nicht mit den schwereren 7.62-NATO-Patronen des M-60-MGs. Bei Dauerfeuer war die Waffe schnell überhitzt.

»Und wie sieht's mit Granatwerfern aus?«, fragte dieselbe Stimme.

Drei Männer meldeten sich, letztlich waren es fünf.

Wenigstens das ist gut, dachte André. Fünf 40-Millimeter-M-279-Granatwerfer, die unter dem Lauf eines M-16 befestigt wurden, konnten aus dieser Höhe schon etwas ausrichten.

Ein tiefes Heulen wandelte sich zu einem ohrenbetäubenden Dröhnen, als ein Kampfjet dicht über sie hinwegflog. »Mein Gott!«, brüllte jemand, als die Maschine mit den heißen Dampfaustritten sich steil in die Kurve legte. Der Kampfjet kreischte durch das Tal und verließ es dann wieder, ohne dass ihm etwas zugestoßen wäre. Irgendwie erschien es merkwürdig, dass der Pilot hier einen solchen Tiefflug riskierte.

Dann zerrissen sechzehn grelle Blitze die nächtliche Finsternis. Markerschütternde Explosionen folgten, während die grellweißen Flammen erst orangefarben, schließlich rötlich wurden. Nur Augenblicke später tauchte ein weiterer Kampfjet über dem Bergkamm auf, der die gleichen Verwüstungen anrichtete. Schließlich waren es acht Maschinen, die insgesamt hundertachtundzwanzig Fünfhundert-Pfund-Bomben abwarfen, die entlang der Straße und den sie umgebenden Hügeln niedergingen. Trotz des schmerzhaften Klingelns in seinen Ohren fand André dieses Feuerwerk faszinierend. Direkt nachdem die Kampfjets etwa dreißig Meter über dem Bergkamm erschienen, tauchten die Explosionen das bewaldete Tal in grelles Licht, und die Blitze verdunkelten sich bereits, bevor die Detonationen seine Trommelfelle platzen zu lassen drohten. Zwischen Blitz und Donner lag etwa eine halbe Sekunde.

Aber je länger André das Schauspiel beobachtete, desto stärker wuchs ein Gefühl der Furcht in ihm. Die Bomben wurden immer dichter vor ihrer Stellung auf dem Berg abgeworfen und schlugen schließlich direkt am Fuß der Anhöhe ein. Als das gewalttätige Spektakel schließlich zu Ende war, hatte sich der Gesprächston zwischen den Männern bereits geändert. Er hatte an Anspannung gewonnen und eine Bestimmtheit, die neu war.

»Alle mal aufpassen!«, rief jemand. Die Wälder unter ihnen wurden von Leuchtspurmunition erhellt. Erbitterte Kämpfe tobten, die Chinesen rückten immer weiter vor.

»Wir werden diesen Job hier anständig erledigen! Ich bin Master Sergeant Golden und werde hier das Kommando führen, so lange ich kann. Sieht so aus, als hättet ihr euch in einem Halbkreis verteilt! Und ganz rechts, am Ende der Klippe, haben wir ein M-16. Der Mann ist Nummer eins. Hast du verstanden, Junge?«

»Nummer eins«, echote der Mann, der halbwegs fit zu sein schien.

Der Master Sergeant grunzte, gab dann einen lauten Fluch von sich und bahnte sich schnaufend seinen Weg zur nächsten Feuerstellung. »Ungefähr fünf Meter links neben Nummer eins haben wir ein Fleckchen ebenen Boden und einen Mann mit Granatwerfer. Er deckt den Weg, auf dem wir gekommen sind. Wir sollten es vielleicht so machen: Droht Gefahr, dass wir von hier aus überrannt werden, will ich, dass ihr beiden da ›rechts‹ schreit. Wir werden ein Reaktionsteam organisieren, um diesen Abschnitt zu verstärken.

Wenn ich unsere Stellung hier umrundet haben, werde ich die Mitglieder dieses Teams bestimmen. Du bist Nummer zwei«, sagte der Mann mit leiserer Stimme. »Bestätigen!«

»Nummer zwei!«, ertönte eine andere Stimme in der Nacht.

So ging es weiter. Auf zwei oder drei M-16 kam ungefähr ein Granatwerfer. Als der Sergeant bei Nummer sechs angekommen war, ertönte dessen Ruf direkt rechts neben André. »Alles in Ordnung?«, fragte der höherrangige Unteroffizier.

»Richtig gut geht's mir nicht gerade«, antwortete der Mann. »Ich glaube, ich blute immer noch, und mein Bein tut ganz schön weh.«

Ein Klicken ertönte, dann sah André den schwachen Lichtstrahl einer Taschenlampe auf einen überhängenden Felsen fallen. »Ja, das blutet tatsächlich noch«, hörte er den älteren Mann sagen. »Du bewegst dich einfach nicht vom Fleck. Vielleicht solltest du versuchen, deinen Fuß auf einen Felsbrocken zu legen und ihn oben zu behalten.«

»Etwa so?« Der Sergeant war einverstanden.

Weil sein Mund ausgetrocknet war, griff André nach seiner Feldflasche, und nach einem Schluck kalten Wassers fühlte er sich erfrischt. »Geht sparsam mit dem Wasser um«, befahl der Sergeant, der sein Gewehr umgehängt hatte und jetzt mit entblößten Zähnen zwischen die Felsen humpelte. »Du Glückspilz hast die Nummer sieben, verstanden?«

»Nummer sieben!«, antwortete André nicht besonders laut. Seiner Stimme nach schien er gar nicht verwundet zu sein, und das erfüllte ihn mit einem Gefühl der Befriedigung.

Im Schein seiner schwächer werdenden Taschenlampe nahm der Sergeant André in Augenschein. »Du gehörst zum Reaktionsteam.« André widersprach nicht. In dem Lichtstrahl sah er, dass der Sergeant offensichtlich Schmerzen hatte. Sein Gesicht glänzte vor Schweiß. Er musste mindestens vierzig Jahre alt sein, wahrscheinlich kam er vom Bataillonsstab. »Achte genau auf meine Rufe. ›Rechts‹ bedeutet, dass du dich in die Richtung bewegst, aus der wir gekommen sind.« Er zeigte zwischen riesigen Felsbrocken hindurch den

Hügel hinauf. »Sage ich ›links‹, meine ich den Weg.« Diesmal deutete er in die andere Richtung, aber ebenfalls nach oben.

André nickte, und der Captain setzte seine Inspektionstour fort. Unter ihnen wüteten noch immer die Kämpfe. Mündungsfeuer, explodierende Handgranaten und Leuchtspurmunition verrieten André, dass die bedrängten Amerikaner auf dem Rückzug waren, und zwar von südlicher in nördlicher Richtung. André hatte Mitleid mit den armen Schweinen da unten, doch schon bald wurde er von Angst erfasst, während er den langsamen Rückzug weiter beobachtete. Den Berg, auf dem André und seine Kameraden sich befanden, ließen sie weit hinter sich.

»Wohin zum Teufel wollen die denn?«, fragte Andrés Nachbar, der Mann mit der Nummer sechs.

Die Frage richtete sich nicht direkt an einen bestimmten Adressaten, aber als niemand antwortete, fühlte sich André zu einer Reaktion verpflichtet. »Sie lassen sich zurückfallen.«

»Aber wie weit? Sieht doch ganz so aus, als zögen sie sich *hinter* unsere Position zurück.«

Aus der Ferne ertönte die leiser werdende Stimme des Sergeants. »Der Letzte hat einen Granatwerfer!«

»Nummer zweiundzwanzig!«, rief jemand deutlich lauter.

»Insgesamt macht das dann dreiundzwanzig Mann!«, stieß der Sergeant mühsam hervor. Sein vormals lautes Organ war jetzt viel schwächer, aber er hatte seine Zählung abgeschlossen. *Dreiundzwanzig,* dachte André, während er die Kämpfe im Tal beobachtete, wo tausende Waffen Mündungsfeuer ausspieen.

Die in fast völliger Finsternis auf sie zukletternden Gestalten wirkten wie verstohlene Bergsteiger. André richtete seine Waffe auf den Chinesen, der ihm am nächsten war, doch von Zeit zu Zeit suchte er sich ein besseres Ziel. Schweigend erwarteten die verwundeten Amerikaner die vorrückenden Chinesen.

Von oben rieselten kleine Kiesel in Andrés Stellung.

Wie angewurzelt blieben die Chinesen stehen, die sich

darauf leise in ihrer Heimatsprache unterhielten. Nach ein paar Augenblicken ertönte ein kurzer Befehl, und der Aufstieg ging weiter.

Alle warteten drauf, dass der Master Sergeant den ersten Schuss abgab. Wieder nahm André einen neuen Chinesen ins Visier, der gerade einen steilen Felsbrocken erklomm und dann einen Moment lang aufrecht dastand. Sein Gewehr hatte er umgehängt. Dann kletterte er weiter. Jetzt betrug der Abstand zu André keine fünfzehn Meter mehr.

Ein einzelnes M-16 feuerte, sofort folgte eine wahre Lärmlawine. Schon mit dem ersten Schuss holte André einen Mann von den Beinen. Während der ersten paar Augenblicke verlief das Feuergefecht einseitig. Die Chinesen waren dem amerikanischen Feuer schutzlos ausgeliefert, aber dennoch hielt sich das Tempo des Tötens in Grenzen, weil die Amerikaner immer nur einen Schuss auf einmal abgaben. Zuerst waren sie die Einzigen, die schossen.

Doch bereits nach fünf oder sechs Sekunden hatte sich alles geändert. Der ganze Berg wurde von Mündungsfeuer erhellt, Kugeln prallten mit stiebenden Funken von dem nackten Fels ab. Die amerikanischen 40-Millimeter-Granaten explodierten fast unmittelbar, nachdem sie abgefeuert worden waren. Sie schienen gefährlich nah zu detonieren.

Auf der kalten Felsplatte liegend, gab André sein Bestes, um bei jedem Schuss sorgfältig zu zielen. Aber überall um ihn herum schlugen Kugeln gegen den Stein. Wann immer er auf den Abzug drückte, folgte sofort das wütende Pfeifen eines wahren Kugelhagels. Beide Seiten feuerten aus nächster Nähe aufeinander. Als ein Chinese durch automatisches Feuer gerade schnell sein ganzes Magazin geleert hatte, bot sich den Amerikanern für eine oder zwei Sekunden ein leichtes Ziel. Bevor André selbst abdrücken konnte, wurde der Mann rückwärts in den Abgrund geschleudert.

Die chinesischen Soldaten fielen in so großer Anzahl, dass die Schlacht bald beendet war. Die amerikanische Stellung befand sich oben auf einem steilen Abhang, und außerdem war das Überraschungsmoment ein zusätzlicher Vorteil. Jede Sekunde – oder mit jedem dritten Schuss – hatte

André einen Menschen getötet Schon eine Minute nach dem Beginn des Kampfes lag eine Kompanie chinesischer Infanteristen am Boden.

»Feuer einstellen!«, rief der Master Sergeant. »Feuer einstellen!«

Damit war das Töten beendet, und jetzt hörte man nur noch die gequälten Laute der Verwundeten. Noch einmal eröffnete ein Chinese das Feuer. Die simultan abgegebenen Gewehrschüsse eines Dutzends Amerikaner, die alle auf das Mündungsfeuer zielten, ließen an ein MG denken. Dann herrschte wieder Stille.

Nach einer Weile ließ André sich zurücksinken, um das halb geleerte Magazin in seinem Gewehr durch ein volles zu ersetzen. Sorgfältig suchte er die Finsternis nach Bewegungen ab, aber er hörte nur Gestöhne, weinerliche Rufe und Würgen. Schon bald würde hier alles ruhig sein.

»Irgendjemand verletzt?«, fragte der Master Sergeant.

Zuerst kam keine Antwort. »Was soll die Frage, hier waren doch vorher schon alle verletzt!«, erwiderte schließlich jemand. Auch André fiel in das Gelächter ein, und dann folgte eine kurze Siegesfeier. Einen Augenblick lang genossen sie das Gefühl, diese erste Schlacht als verwundete Freiwillige überlebt zu haben.

»Keine acht Stunden mehr«, sagte Nummer sechs triumphierend.

»Was ist in acht Stunden?«, fragte André verwundert.

»Dann kommen sie zurück, um uns zu helfen. Hast du denn nicht zugehört?«

Das war die dümmste Bemerkung, die André je zu Ohren gekommen war. Hatte der Typ keine Augen im Kopf? Konnte er nicht sehen, dass ihre »Entlastung« immer weiter zurückgeschlagen wurde? Aber der Typ schwafelte weiter über ihre bevorstehende Rettung. Jedes seiner Worte nervte André, aber er sagte nichts. Wenigstens für diese Nacht sollte der Mann sich seine Träume noch bewahren können.

Weißes Haus, Oval Office
26. April, 04.00 Uhr GMT (23.00 Ortszeit)

Gordon Davis saß einsam an seinem Schreibtisch. Bevor er ins Bett ging, wollte er Kartschews Brief noch ein letztes Mal lesen. »Verehrter Herr Präsident, vermutlich haben Sie mittlerweile angeordnet, mich töten zu lassen. Ich verstehe Ihre Entscheidung vollkommen. Bis zum heutigen Tag haben Sie sich immer richtig entschieden, und die Resultate waren für Sie und Ihr Land immer außergewöhnlich positiv. Aber das Ergebnis Ihrer nächsten Entscheidung wird radikal andersartig ausfallen. Am schicksalsträchtigsten Wendepunkt der modernen Geschichte werden Sie sich irren und dadurch das in unmittelbare Gefahr bringen, was Ihnen am liebsten ist. Ich spreche von der weltweiten Ausbreitung der Anarchie.«

Jedes Mal, wenn er diese Zeilen las, überkam Gordon ein Gefühl der Unruhe, und auch jetzt war er plötzlich nicht mehr müde.

Mittlerweile liegt das nördliche China in Trümmern, und zehn Millionen Flüchtlinge leben am absoluten Existenzminimum. Weitere hundert Millionen Menschen sind arbeitslos. Und zu dieser Mischung aus Not und ökonomischem Zusammenbruch kommt jetzt noch das Problem der Rückkehr einer geschlagenen, demoralisierten Armee. Ihre Kriegsmaschinerie hat Hunderttausende entsetzlich brutalisiert. Viele dieser Soldaten werden sich in psychologischer Hinsicht verändert haben und nach dem Sinn des Ganzen suchen. Nach irgendeinem Glauben, der ihnen die Schrecken verständlich machen kann, die sie in jungen Jahren durchleben mussten. Ihre Antwort wird in dem schlichten Wörtchen »nein« bestehen. Sie werden alles und jedes verneinen, jede Autorität, jede Norm, jeden Befehl, jede Bitte, jedes Flehen. Warum die Verneinung? Weil nur sie den Machtlosen Macht verleiht. Dieses *Nein!* weigert sich, die Herrschaft der Starken über die Schwachen zu akzeptieren, es ist die Droge, die die Leiden der

Gequälten, Traumatisierten und von Schuldgefühlen Geplagten lindert. Diese Verneinung artikuliert die Hoffnung, dass das, was geschehen ist, niemals wiederkehren wird.

Dieses Nein, dieses schlichte, simple Wort, wird die Menschheit schließlich den süßen Duft wahrer Freiheit schmecken lassen. Nicht der Freiheit, die Sie in Ihrer demokratischen Rhetorik beschwören, mit den für Juristen typischen Wortspielen über Rechte, Privilegien und die Kontrolle der Macht. Sie werden an die totale Freiheit von allen Fesseln denken. Männer und Frauen werden das tun, wonach ihnen der Sinn steht. Und Sie spielen eine wichtige Rolle in diesem großartigen Prozess, Sie sind ein wichtiges Rädchen in diesem geschichtlichen Getriebe. Bald wird für Sie der Augenblick der Wahrheit kommen. Sollen die Amerikaner in China bleiben und das dreckige Geschäft übernehmen, eine widerspenstige Bevölkerung zu kontrollieren? Sollen sie den notwendigen Druck aufrecht erhalten, der erforderlich ist, wenn man verhindern will, dass die niederen Instinkte der Menschen an die Oberfläche kommen? Dieser Kurs würde weder bei Ihren Verbündeten, beim Kongress oder der Sie noch bewundernden amerikanischen Öffentlichkeit auf Gegenliebe stoßen. »Bringen Sie unsere Jungs für eine große Militärparade nach Hause!« Natürlich werden Sie die amerikanischen Truppen zurückrufen, wodurch ein gewaltiges Machtvakuum entstehen wird, das dann eine unvermeidliche Kettenreaktion auslöst. Dem kurzen Aufflackern von Freiheit wird grimmige Unterdrückung folgen, ein eskalierender Zyklus von Aufständen und ihrer Niederschlagung. Mit jeder Grausamkeit wird das Pendel weiter ausschwingen, bis die Gewalt dann unkontrollierbar ist. Und diese explosive Mischung wird einen Führer hervorbringen, den Funken, der die unausweichliche Explosion auslöst. Einen Führer, der die unterdrückten natürlichen Instinkte von eineinhalb Milliarden Menschen entfesselt. Stellen Sie sich die unermesslichen Höhen dieses Einfallsreichtums vor, aber auch die Untiefen und verschiedenen

Gesichter des Bösen. Diese beispiellose gesellschaftliche Flutwelle wird Ihre stolze Bastion von Gesetz und Stabilität hinwegfegen. Auch das Schiff Ihres Staates wird in stürmische See geraten, Mr. President. Willkommen im postideologischen Zeitalter.
Der Sinn meines Briefes besteht nicht darin, meine Hände in Unschuld zu waschen. Tatsächlich bin ich stolz darauf, der Gesellschaft einen Dienst erwiesen zu haben, weil ich daran glaube, dass die Menschheit triumphal aus den finstersten Schrecken auferstehen wird. Durch die bevorstehende Katharsis wird sie ein Stadium der menschlichen Entwicklung überwinden und das nächste erreichen. Stellen Sie sich doch nur eine Zukunft vor, in der die gewalttätige Unterdrückung durch den König oder den Hof überflüssig sein wird und in der der Mensch frei von der Zwangsjacke der Konventionen lebt. Wenn sich mein Optimismus hinsichtlich des menschlichen Geistes als wahr herausstellt, wie werden dann die Historiker über einen Häretiker wie mich urteilen, der gegen die Ungerechtigkeiten der alten Ordnung aufbegehrt hat? Und in welchem ganz anderen Licht werden ihnen Repräsentanten des alten Regimes wie Sie erscheinen? Die Verteidiger des Glaubens, dass sich durch den verzweifelten Versuch der Entfesselung einer Todesmaschinerie etwas bewahren, schützen und verteidigen ließe?
Oh, wie gern würde ich diese nahe Zukunft studieren, aber mit Ihnen würde ich nicht den Platz tauschen wollen. Ich halte Sie für einen anständigen Mann, der schwer arbeitet, um eine ehrenvolle Aufgabe zu erledigen. Ihr einziger Nachteil ist, dass Sie nicht das gesehen haben, was ich erkannt habe. Sie waren keines der glänzenden Rädchen im großen Getriebe der Staatsmaschinerie, das langsam menschliches Fleisch zermalmt. Betrachtet man das Leben von einem extremen Standpunkt aus, öffnet einem das die Augen und befreit den Geist. Dann stürzt die Regierungsfassade zusammen, um die Scheußlichkeiten dahinter zu enthüllen. Es tut mir Leid, Mr. Davis, dass an diesem Wendepunkt der Geschichte ausgerechnet Sie die

Zügel der Macht in die Hand nehmen mussten. Aber an jeder unschuldigen Biegung des Wegs zur Grausamkeit werden Sie anständige Männer finden, die alles nur der Vernunft unterordnen wollen. Ich weiß, dass dies wahr ist, Mr. President, weil ich als Erwachsener stets auf dieser Straße gewandert bin.

Valentin Kartschew

Sungari-Fluss, Nördlich von Tangyuan
26. April, 05.00 Uhr GMT (15.00 Ortszeit)

Während Harold Stempel gemeinsam mit seinen Kameraden Sandsäcke in die Lastwagen lud, hörten sie aus der Ferne die Kämpfe. Sie stapelten die Säcke am Rand der Ladefläche aufeinander und setzten sich dann mit schussbereiten Waffen Rücken an Rücken in die Mitte. Die Plane des Lastwagens war fest mit einer Kordel verschnürt. Falls es nötig sein sollte, würden sie die Plane hochziehen und seitlich von der Ladefläche feuern. Stempel hatte keine Ahnung, wie die Frau am Steuer des Lastwagens sich in einem solchen Fall verhalten würde.

Doch sobald der Lastwagen angefahren war, sahen sich die Soldaten dem wahren Feind gegenüber. Eine entsetzliche Kälte betäubte ihre Haut und ließ sie bis auf die Knochen frieren. Allmählich nahmen es die Männer mit ihrer sofortigen Kampfbereitschaft nicht mehr so genau. Hände, die eben noch Gewehre umklammert hatten, verschwanden jetzt unter den Decken, die sie vor dem Frost schützen sollten. Es gab nur einen einzigen Heizofen, ohne den sie keine fünf Meilen überstanden hätten. Harold sehnte sich nach der lauwarmen Luft, die gelegentlich in seine Richtung strömte. Jedes Bremsgeräusch verhieß Erleichterung, wenn die Kolonne ganz anhielt, war das der Himmel auf Erden. Die Männer standen auf, reckten ihre Glieder, sahen sich um. Nachdem sie ihre Hände und Füße massiert hatten, schüttelten sie sich wie Hunde, die gerade aus dem Wasser gestiegen waren. Für den gesamten Konvoi erging der Befehl, von den Lastwagen abzusteigen. Stöhnend und fluchend gehorchten die Soldaten, um draußen Liegestützen und andere Freiübungen zu machen. Als sie dann weiterfuhren, war es Harold für kostbare fünf oder zehn Minuten warm.

Die Straße schlängelte sich durch Täler entlang des Flusses. Es war eine raue Landschaft, von der Harold, der sich auf dem Boden der Ladefläche zusammengekrümmt hatte, jedoch nur die Bergspitzen sah, auf die er durch eine kleine Öffnung in der Plane einen Blick werfen konnte. Mit Ausnahme der Augen bedeckte der Parka seinen ganzen Körper. Die Geschütze der schweren M1A1-Kampfpanzer vor ihnen dröhnten wie Donner, dem noch ein lang gezogenes, grollendes Echo folgte. Die Panzer schossen einen schmalen Weg durch die Hügel frei. Von den Abhängen und aus den geschwärzten Kratern entlang der Straße stieg Rauch auf. Panzer mit vorn montierten Bulldozerschaufeln krachten durch Straßensperren und füllten Löcher. Den beiden schweren Bataillonen, die von Birobidschan aus den Vormarsch nach Süden angeführt hatten, konnten die chinesischen Infanteristen praktisch nichts anhaben. Sie waren die Speerspitze, die mühelos notdürftig hergerichtete Infanteriestellungen ausschaltete.

Am Himmel über dem Konvoi wimmelte es von Apache-Kampfhubschraubern und Kiowa-Aufklärungshelikoptern. Lastwagen beförderten das Bodenpersonal für die Helikopter, außerdem Treibstoff und Munition, so dass diese am Straßenrand der schmalen Landstraße ständig mit Nachschub versorgt werden konnten. Dann stürzten sich Männer auf die Hubschrauber wie Mechaniker bei einem Boxenstopp beim Indy-500-Rennen auf die Autos. Anschließend hoben die Helikopter sofort wieder ab, um die ungeschützten Flanken der Kolonne zu überwachen. Der Lärm der Propeller war ein fast permanentes Hintergrundgeräusch. Befehle der weiter vorn postierten Leitoffiziere schickten die Kampfhubschrauber in den Einsatz, deren Raketen und Geschütze kurzen Prozess mit dem Feind machten.

Nur ein einziges Mal konnten die Chinesen einen bedrohlichen Hinterhalt legen, doch sie wurden sofort mit einer Breitseite von über einem Dutzend Lastwagen aus attackiert. Fast zwei Kompanien feuerten aus nächster Nähe in die Hügel. Harolds Einheit war bereits zu weit entfernt gewesen, um noch in dieses Feuergefecht hineingezogen zu werden, aber er hatte aus der Ferne sehen können, wie ein ohrenbetäubend lauter Luftangriff mit dem Hinterhalt aufgeräumt hatte. Über den in Höhe der Baumwipfel manövrierenden Hubschraubern flog ein Schwarm schwer beladener Kampfjets, die in der Luft kreisten und auf den Befehl zur Bombardierung warteten. Als sie in die Tiefe stießen, wurde der riesige Unterschied zwischen den 2000-Pfund-Bomben und den Raketen und Artilleriegranaten der Kampfhubschrauber drastisch sichtbar.

Unterdessen rollte der Konvoi weiter. Weil er sich Sorgen gemacht hatte, während eines Feuergefechts auf dem Lastwagen festzusitzen, freute sich Harold über den Etappensieg. Aber er musste schnell begreifen, dass Sorgen auch weiterhin berechtigt waren, weil sie gerade auf das brennende Wrack eines Lastwagens zusteuerten, dessen Umrisse trotz der Flammen noch klar zu erkennen war – Reifen, Fahrerkabine, Karosserie. Die sengende Hitze war so erdrückend, dass Harold und seine Kameraden sich so gut wie möglich dagegen abzuschirmen versuchten.

Danach stand der Wind halbwegs günstig. Kälte bedeutete einen langsamen Tod, Feuer unter Umständen den sofortigen. Außerdem vertrieb die Brise den Gestank des Brandes aus Harolds Kleidungsstücken.

Tangyuan-Tal, Nördliches China
27. April, 07.00 Uhr GMT (17.00 Uhr Ortszeit)

»Das war's!«, brüllte Woody über den Gefechtslärm hinweg. »Weiter können wir uns nicht vorwagen!« Ungläubig betrachtete Kate den überall um sie herum aufsteigenden Rauch. Zwischen einem dicken, umgestürzten Baum und einem Felsbrocken zog Woody sie auf den Boden hinab. Knatternde Maschinengewehre, explodierende Granaten, Detonationen von Bomben, die die Erde erzittern ließen, sechs auf dem Luftweg hergeschaffte 105-Millimeter-Haubitzen, die jedes Gespräch übertönten und gerade mit extremer Geschwindigkeit ihre noch verbliebene Munition abfeuerten. Anschließend würden die Männer hinter den Haubitzen ihre Geschütze zerstören und selbst das Gewehr in die Hand nehmen.

Tage- und nächtelang waren sie vor den Chinesen zurückgewichen, doch jetzt schienen sie das Ende dieses Wegs erreicht zu haben. Eine halbe Meile vor ihnen befanden sich die nördlichsten Linien, eine Meile hinter ihnen stürmte eine ganze chinesische Armee auf sie zu. Kate glaubte, wie bei einem unaufhaltsamen Waldbrand in der Falle zu sitzen. Über ihr Versteck hinweg pfiffen aus beiden Richtungen MG-Kugeln mit einer Reichweite von mehrerer Meilen, deren Krachen an Feuerwerkskörper erinnerte, wenn sie vorher in Bäume einschlugen oder mit einem Funkenhagel von nacktem Fels abprallten.

Als sie und Woody an diesem Morgen aufgewacht waren, hatten sie an einem blauen Himmel Fallschirme gesehen. Zunächst glaubte Kate, dass weiteres Kriegsmaterial abgeworfen worden wäre. Die deutlich bessere Laune der Soldaten um sie herum hatte auch ihre Stimmung bereits gehoben, bevor sie begriff, was tatsächlich geschah. Mit den Fallschirmen war Verstärkung abgesetzt worden. Kate und Woody eilten sofort zu den Neuankömmlingen, einem kompletten deutschen Fallschirmjägerregiment, das den Chinesen Einhalt gebieten sollte. Weil dieses Fallschirmjägerregiment für UNRUSFORs Entschlossenheit stand, das Tal nicht preiszugeben, war es wertvoller als tausend neue Soldaten. Von seinem Olymp herab hatte Clark ihnen ein Zeichen gegeben, dass das Tal um jeden Preis gehalten werden würde.

Die Neuankömmlinge gliederten sich schnell in die Reihen ein, doch allem Anschein nach konnten auch sie wenig tun, um die Chinesen zu stoppen. Später am Morgen waren erneut Fallschirme am Himmel zu sehen, aber diesmal brachten sie keine Soldaten, sondern Lattenkisten und Kartons. Um die Mittagszeit aßen Kate und Woody auf die Schnelle einen Happen. Wieder waren Flugzeuge am Himmel zu sehen, aber diesmal waren es keine Transportmaschinen. Weil die Chinesen massenweise Infanteristen geschickt hatten, antworteten die Verbündeten mit dem Einsatz von Bombern, die zwar den ganzen Nachmittag über aktiv gewesen waren, aber letztlich auch nichts Entscheidendes bewirken konnten.

»Okay, was nun?«, fragte Kate jetzt, während sie konsterniert auf den Rauch blickte, der die stetig schrumpfenden Grenzen des Terrains markierte, das die Verbündeten in China eingenommen hatten.

»Wir können uns hier im Tal verstecken oder so schnell wie möglich in die Hügel verduften.«

Kate sehnte sich danach, sich auf einer Anhöhe zusammenzurollen, zu schlafen und erst dann wieder aufzuwachen, wenn alles vorbei war. Wann immer sie daran erinnert wurde, dass sie von den Chinesen gefangen genommen werden könnte, konnte sie keinen klaren Gedanken mehr fassen. Folglich konnte sie sich auch nicht innerlich auf die entsetzlichen Ereignisse vorbereiten, die sie möglicherweise erwarteten. Woodys gewöhnlich lächelnde Augen waren tief in den Höhlen versunken. Seit ihrer Ankunft in diesem Tal hatte er keinen Joint mehr geraucht. »Es tut mir Leid«, flüsterte sie mit bebender Stimme. »Oh, Woody, es tut mir ja so Leid! All das ist meine Schuld!« Kate begann zu schluchzen, wurde aber schon sehr bald von einer extremen Erschöpfung überwältigt. Irgendwie konnte sie kaum noch Gefühle empfinden – sie saß einfach da, völlig erledigt und wartend.

Schließlich brach Woody sein Schweigen. »Hast du jemals Soldaten zusammenbrechen sehen?«, fragte er langsam. »Wenn das Ende gekommen ist und sie nur noch um ihr Leben rennen?« Kate zitterte und schob ihre Hände zwischen die Knie. Dann schüttelte sie den Kopf. »In Burundi hat eine französische Kompanie, die für friedenserhaltende Maßnahmen zuständig war, ein Flüchtlingslager mit Tutsis bewacht.

Dann kamen Tausende von mit Macheten bewaffnete Hutus, und die Franzosen hatten bald keine Munition mehr.«

»Haben die Hutus … die Franzosen getötet?«

Woody schüttelte den Kopf. »Sie haben die Tutsis getötet.«

Kate versuchte, sich das mittelalterliche Gemetzel vorzustellen, doch es gelang ihr nicht. »Und was werden die Chinesen tun?« Bei dieser Frage dachte Kate an die besiegten UNRUSFOR-Soldaten, aber auch an sich selbst. Außer den Krankenschwestern war sie unter den Amerikanern die einzige Frau.

»Am gefährlichsten ist es gleich zu Anfang, Kate. Wenn sie einen überrennen, man selbst aber wegen des Schocks noch nicht wieder bei klarem Verstand ist. Dann geht's ums nackte Überleben, kapiert? Versuch nicht, dann noch an irgendetwas anderes zu denken. Außer dem Gedanken an dein eigenes Überleben musst du jeden anderen verdrängen. Einen anderen Maßstab gibt es dann nicht mehr. Die Zeit heilt alle Wunden, und ein Menschenleben ist lang. Du tust einfach, was die Situation erfordert. Hast du mich verstanden?«

Bis zu der letzten Frage hatte Kate schweigend zugehört. Um sich etwas gegen die Kälte zu schützen, zog sie ihre Knie so dicht wie möglich an die Brust. Dann nickte sie, um daraufhin auch ihren Kopf auf die Knie zu legen. »Ich bin für die Berge, Woody.«

»Dann lass uns verduften. Wenn die Chinesen durchbrechen, werden die UNRUSFOR-Soldaten ihr gesamtes Waffenarsenal über diesem Tal abwerfen. Napalmbomben, hochexplosiven Sprengstoff, Streubomben und was immer sie sonst noch an Scheußlichkeiten für spezielle Gelegenheiten zurückbehalten haben mögen. Und das bedeutet auch, dass wir uns für den richtigen Hügel entscheiden müssen, weil auch dort bombardiert werden könnte.«

»Wir könnten doch …«, begann Kate mühsam. »Wir könnten doch versuchen, uns mit in einen Sanitätshubschrauber zu zwängen«, schlug sie dann zögernd vor. Woody schwieg. »Nein«, sagte Kate rasch. Der Gedanke, dass sie vorgeschlagen hatte, ernsthaft Verwundeten den Platz streitig zu machen, erfüllte sie mit Scham.

Plötzlich fiel ein dünner Ast oben aus einem Baum. Kate und Woody zuckten zusammen, als der grün belaubte, gesunde Ast dicht vor ihnen auf dem Boden aufkam. »Lass uns abhauen«, sagte Kate, die sich bereits erhob.

Tangyuan-Tal, Nördliches China
27. April, 08.30 Uhr GMT (18.30 Ortszeit)

Die Chinesen hatten drei ernsthafte Versuche unternommen, den Berg einzunehmen, auf dem André Faulk und seine Kameraden Stellung bezogen hatten. Der erste Angriff, vermutlich als Attacke vor dem Morgengrauen geplant, scheiterte knapp. In dem trüben grauen Licht beobachteten sie, wie die Männer über die vereisten Felsen kletterten. Weil ihre Füße keinen richtigen Halt fanden, waren sie nach zwei Schritten vorwärts wieder einen zurückgerutscht. Schon bevor die amerikanischen Schnellfeuerwaffen sie in großer Zahl niedermähten, hatten viele sich bei Stürzen auf scharfe Felskanten verletzt. Schließlich waren noch Dutzende von Granaten auf sie niedergeregnet.

Die nächsten beiden Angriffe entwickelten sich zu Gemetzeln unter einem strahlend blauen Morgenhimmel. Alle drei Versuche wurden blutig zurückgeschlagen. Anschließend waren die Munitionsvorräte der Verteidiger geschrumpft und hunderte Angreifer tot. Danach begannen Maschinen der Alliierten den Fuß des Berges zu bombardieren. André hatte keine Ahnung, wie viele Attacken die Luftangriffe schon vereitelt hatten, aber selbst in fünfhundert Meter Entfernung zischten noch immer tödliche Granatsplitter über den Hügel. Jedes Mal, wenn wieder neue Bomber kamen, war André wie versteinert. Ihre aus einer Hand voll Verwundeter zusammengestellte Mannschaft hatte – im Gegensatz zu einer regulären Einheit – keine Nummer, und ihr einziges Funkgerät hatte einen Schuss abgekriegt und war folglich nutzlos. Dennoch musste sich irgendjemand an sie erinnert haben, weil man bei den Bombenabwürfen den –

wenn auch minimalen – Sicherheitsabstand einhielt. Die Marine F/A-18-Jagdbomber warfen ihre Bomben am dichtesten vor Andrés provisorischer Einheit ab, aber als der Letzte verschwunden war, herrschte plötzlich Stille. Nur aus der Ferne drang Gefechtslärm zu ihnen herüber. Alle zuvor zum Angriff bereiten Chinesen lagen tot zwischen den rauchenden Bombenkratern. Obwohl es Tag war, stand ein strahlender Mond am leicht bewölkten Himmel.

»Da ist noch einer!«, krächzte Nummer sechs rechts neben André. Obwohl dieser ihm mit ein paar Schmerztabletten ausgeholfen hatte, ließ ihn seine Stimme gleich wieder im Stich. Er klammerte sich an jede Hoffnung auf eine Rettung, diesmal an den Helikopter, den er angeblich gesehen hatte. Als André einnickte, schlug sein Helm an den Felsbrocken, der ihm das Leben gerettet hatte. Die untere Seite der Felsplatte war mit Einschusslöchern übersät, hatte ihn aber wie ein Panzer seine Mannschaft geschützt. Dicht vor ihnen waren mit ohrenbetäubendem Krach Granaten explodiert, aber auf die Verteidiger war nur ein Regen von Gesteinsplittern niedergegangen. Tote durch *friendly fire* waren durch den Felsbrocken verhindert worden, es hatte nur zwei leichte Verwundungen gegeben. Doch der Master Sergeant hatte einmal schlechte Nachrichten verkünden müssen. Der Gesundheitszustand von zwei Kameraden hatte sich verschlechtert, aber nicht etwa wegen neuer Wunden, sondern wegen der alten. Weil ein Mann bereits ihre Munition verteilt hatte, musste es wirklich schlimm um sie stehen.

»Da ist er wieder!«, rief Nummer sechs jetzt mit rauer Stimme. Diesmal sah auch André den Helikopter, doch es war keiner der für lange Strecken ausgelegten Blackhawks, mit denen sie eingeflogen worden waren, sondern ein Kampfhubschrauber, der gerade Raketen abfeuerte. Das also war jetzt der kleine Funke Hoffnung, von dem nach der Meinung von Nummer sechs sein Leben abhing. »Wie weit kann ein Apache bei einem Kampfeinsatz ohne Auftanken fliegen?«, fragte Andrés Nachbar, aber niemand antwortete ihm. »Doch nur etwa hundert Meilen, oder?«

Mehr als zwei- oder dreihundert Meilen, dachte André, aber er sagte es nicht laut. Nummer sechs war wie diese alten Seefahrer, über die André während seiner Schulzeit Bücher gelesen hatte. Die wurden immer ganz aufgeregt, wenn sie einen Vogel sahen, weil das auf nahes Land schließen ließ. Aber sie waren nicht an Bord eines Schiffes, das vor einem Gestade Anker werfen wollte. Ihre Rettung bewegte sich so langsam wie ein Eisberg auf sie zu, wie ein über die Erde kriechender Gletscher. So langsam, dass man nicht mit Sicherheit sagen konnte, ob sich überhaupt etwas bewegte. Millimeter für Millimeter.

André wurde von einer lauten Explosion geweckt. Als er die Augen aufriss und sofort nach seinem Gewehr griff, zog bereits Rauch über ihre Stellung. Während er auf seine Brustwehr aus Stein zukrabbelte, schoss ein sengender Schmerz durch seine verkrampften Muskeln. Noch immer war der Abhang mit Chinesen übersät, von denen sich aber keiner mehr bewegte. In der Sonne des späten Nachmittags begannen die Leichen bereits zu stinken. Als eine weitere Granate explodierte, wurde Andrés Gesicht von ein paar Gesteinssplittern getroffen. Sofort presste er sich mit tränenden Augen gegen die Felsplatte. Fluchend musste André den karmesinroten Fleck auf seinem weißen Handschuh zur Kenntnis nehmen – er hatte eine Schnittwunde im Gesicht. Schon erschütterte die nächste Explosion ihre Stellung, die nicht auf eines der schweren Artilleriegeschütze zurückzuführen war, es erst recht nicht mit dem höllischen Lärm eines Luftangriffes aufnehmen konnte. Dennoch ließ die neue Bedrohung André nur noch stoßweise atmen. Ein Dutzend Meter weiter ließ die nächste Detonation die Erde erzittern. *Mörsergranaten!*, dachte André entsetzt. Mit diesen einfachen Waffen mit ihren 60- oder 80-Millimeter-Geschossen konnte man sie den ganzen Tag lang attackieren. Er blickte zu den rötlichen Schleierwölkchen auf, die über ihm am Himmel trieben. Die Mörsergranaten wurden hoch in die Luft gefeuert und fielen dann fast senkrecht vom Himmel.

Eine weitere Granate explodierte. Jede Detonation erschreckte André so, dass er fürchtete, an einem Herzinfarkt sterben zu müssen. Um ihn herum ging ein leichter Regen aus Steinstaub nieder. Er rollte sich wie ein Fötus zusammen und bereitete sich auf alles vor. Zusammengekrümmt daliegend, jeden einzelnen Muskel hart gegen den Felsen gepresst, spähte er erneut zum Himmel hinauf. In diesem Fall gab es kein Versteck, das ihn vor den aufs Geratewohl abgefeuerten Mörsergranaten hätte schützen können, die von oben auf sie herabfielen. Das nächste Krachen, doch die Granate schlug in sicherer Entfernung von ihm ein.

»Aaaaahh!«, ertönte plötzlich ein Schrei, der einem das Blut in den Adern gefrieren ließ. »Ah! Ah! Ah!« Zuerst glaubte André, irgendjemand wäre übergeschnappt, was bei seiner alten Kompanie während Artilleriesperrfeuers zweimal passiert war. Das Entsetzen und die Hilflosigkeit der Gefahr gegenüber ließ die Männer einfach durchdrehen. Aber hier war das nicht der Fall. »Nummer sechzehn hat's erwischt!«, berichtete einer der Männer links neben André.

Ein explodierendes Mörsergeschoss übertönte die Hilferufe. »Wie schlimm?«, fragte der Master Sergeant.

»Sehr schlimm!«, übertönte der Mann die Hilferufe der anderen. »Er hat beide Beine verloren!«

Stöhnend schloss André die Augen. Er fühlte sich elend. *Guter Gott, bitte,* flehte er innerlich. *Bitte, bitte, bitte, bitte!* Dann versuchte er, alle Gedanken an die Gegenwart zu verdrängen. Wieder ein dumpfer Aufprall, aber keine Explosion – ein Blindgänger. Weitere Schreie, doch André hörte sie nur noch aus wachsender Ferne. Der Campingausflug, den er als Neunjähriger mit seiner Jugendgruppe nach New Jersey gemacht hatte … Sein Schlafsack, die Taschenlampe, die Busse. Die Kinder aus der Bronx waren total aufgeregt, weil sie unter freiem Himmel schlafen mussten. Vor der Grundausbildung war dies das einzige Mal gewesen, dass er die Stadt verlassen hatte. Wenn er spät nachts nicht einschlafen konnte, dachte er immer an diesen Ausflug zurück. In seinem Bett stellte er sich dann vor, unter dem Sternenhimmel zu liegen. Aber nun hatten diese Sterne ihren Zauber verloren, das Abenteuerliche, das ihn und zwei Dutzend andere Jungs so fasziniert hatte. Jetzt assoziierte er mit den Sternen nur noch Kälte, Töten und Schmerzensschreie, wie sie der Mann ausstieß, der beide Beine verloren hatte.

Wieder explodierte eine Granate am Boden, und ganze Erdschollen regneten um André herum nieder. Mittlerweile wimmerte der schwer Verwundete nur noch leise, dann verstummte er ganz. Nicht so der Mann, der ihm Hilfe leistete. »Hör zu! Nein, nein, nein! Öffne die Augen, nicht einschlafen! He! Nein, Mann! Guter Gott, mach schon! Du musst dagegen ankämpfen! Nicht die Augen schließen!«

Leise riet André dem Mann, er solle es aufgeben. Er kannte das alles. Die Schreie des Entsetzens, wenn der Verletzte zum ersten Mal die Wunden sah, die schwer lastende Stille, den glasigen Blick. Den Schweiß, der aus allen Poren brach, bevor der bitterkalte Griff des Todes den Verwundeten erzittern ließ. In der Grundausbildung hatte man ihnen erzählt, der Schock sei der Verteidigungsmechanismus des Körpers, um massive Blutungen zum Stillstand zu bringen, aber er schien mehr Menschenleben zu fordern als zu retten. Jetzt waren keine beschwichtigenden Worte mehr zu hören. Der Schock, das war Schweigen, etwas Persönliches, der Tod.

Aus einem für André unerfindlichen Grund fielen keine tödlichen Mörsergranaten mehr vom Himmel. Vielleicht hatten die Chinesen keine Munition mehr, vielleicht waren sie von einer amerikanischen Artilleriebatterie getötet worden, vielleicht hatten sie sich neue Ziele gesucht. Es spielte keine Rolle. Diese Stille, die für den Verwundeten den Tod ankündigte, war für alle anderen mit dem Überleben identisch.

»In Ordnung!«, ertönte die wütend klingende Stimme des Master Sergeants. »Durchzählen!«

Der Mann ganz rechts begann, gefolgt von seine beiden Nachbarn. André blickte über die Felsplatte hinweg, die ihn geschützt hatte. Der Hügel war verwaist. Offenbar wurde auch kein neuer Angriff mit Mörsergranaten koordiniert. »Sechs!«, rief Andrés Nachbar. Schon diese Anstrengung bereitete ihm Schmerzen.

»Sieben!«, brüllte André. Die Zählung ging weiter, bis

Nummer elf an der Reihe war. Das Schweigen signalisierte, dass die Kette der Feuerstellungen unterbrochen war.

»Nummer elf?«, fragte der Master Sergeant nach. Wieder keine Antwort. »Irgendeiner muss nachsehen!« Es dauerte ein paar Augenblicke, bis sich die auf der Hand liegende Vermutung bestätigt hatte. »Er ist von einer Mörsergranate getroffen worden!«, ertönte die traurige, zitternde Stimme von Nummer zehn. Eigentlich hatte sich der Rest seines Berichts damit schon erledigt. »Es hat ihn genau in seiner Feuerstellung erwischt. Direkt auf den Rücken, er sieht aus … Ich kann's gar nicht sagen!«

In der ersten Nacht hatte es geregnet. Schwere Tropfen erzeugten einen monotonen Trommelrhythmus auf dem dünnen Zelttuch, der an Artilleriefeuer erinnerte. Aber mittlerweile hatten sich Andrés Erinnerungen an den Ausflug verändert. Anstelle des Wimmerns von Neunjährigen, die vergeblich tapfer zu sein versuchten, ließ ihn jetzt jeder Donnerschlag an erwachsene Männer denken, die nach ihrer Mutter riefen.

Die Zählung ging weiter, wegen der beiden Gefallenen mussten die Nummern geändert werden. »Okay!«, brüllte der Master Sergeant. »Ich bin Nummer neunzehn! Munition neu verteilen!«

Kurze Zeit später tauchte ein Mann auf. Obwohl Andrés Tränen längst getrocknet waren, fragte ihn der Mann, ob alles in Ordnung sei. André nickte. »Also, wie viel Munition hast du noch?«

Andrés Magazine waren unten vor seinem großen Felsbrocken aufgestapelt. »Vier volle, sieben Schuss in dem angebrochenen.«

Der Mann hatte mehrere kleine Gesichtswunden und blickte auf zwei blutverschmierte Magazine hinab. Wegen seines Kopfverbandes saß der Helm höher auf seinem Kopf. »Du hast genug Munition, ich werde die Magazine weiter unten in der Linie ausgeben.«

André nickte, der Soldat wandte sich ab. »He!«, rief André. »Wer bist du?«

»John«, antwortete der Mann lächelnd.

»Ich meinte deine Nummer.« Irgendwie passte es André nicht, dass er jetzt den Namen kannte.

»Oh, Nummer zehn. Ich liege gleich da drüben, wo der kleine Baum aus dem Riss im Felsen wächst.« Er zeigte auf die Stelle. Weil er nicht unhöflich sein wollte, blickte André hinüber. »Und wie heißt *du*?«, fragte Nummer zehn.

»Sieben«, antwortete André. Mit finsterem Blick wandte sich der Mann ab. »Ich heiße *André* ... André Faulk. Aus der Bronx.« Er schüttelte dem lächelnden Mann aus Minnesota die Hand.

4. KAPITEL

Weißes Haus, Situation Room
27. April, 12.00 Uhr GMT (07.00 Ortszeit)

Auf diversen Bildschirmen waren Landkarten verschiedenster Maßstäbe zu sehen. Gordon Davis biss in sein Blätterteiggebäck. »Die 25th Light Infantry Division kommt am Sungari ganz ordentlich voran«, sagte General Dekker, »aber die Chinesen haben herausgefunden, was sie vorhat. Ihre Verteidigungsmaßnahmen sind jetzt besser organisiert und vorbereitet. Während der letzten paar Stunden mussten unsere Bataillone von den Lastwagen absteigen und dreimal die umliegenden Anhöhen säubern. Das Tempo des Vormarschs der Kolonne hat sich damit auf ein paar Meilen pro Stunde verlangsamt.«

»Das ist die Geschwindigkeit eines Fußmarsches auf einer Straße«, bemerkte der Kommandeur des Marine Corps. »Haben Sie schon einmal darüber nachgedacht, sie sich vielleicht zu Fuß ihren Weg bahnen zu lassen?«

»Die Vorhut dieser Kolonne ist immer noch fast vierzig Meilen von dem Tal entfernt«, antwortete Dekker. »Wir wollen nicht, das sie aus dem letzten Loch pfeifen, wenn sie ihr Ziel erreichen.«

»Nun, General Dekker«, antwortete der General der Marines, der nicht locker ließ. »Bei diesem Match ist das letzte Viertel angebrochen, und die Uhr läuft ab. Unsere Jungs sollen sich ja schließlich nicht hinterher in der Kabine verausgaben.«

»Diese Männer«, erwiderte Dekker energisch, »kämpfen seit über drei Monaten ohne jede Pause! Obwohl sie nur über zwei schwere Bataillone verfügen, kommen sie besser voran als die beiden Flügel unserer Zange.«

»Aber nur, weil die Chinesen, mit denen sie es zu tun haben, völlig ausgepowert sind! Die lassen sich ja einfach so abschlachten und versuchen gar nicht erst, unseren Vormarsch zu stoppen. Sie ziehen sich einfach nicht schnell genug zurück. Während sie von Männern in Fahrzeugen gejagt werden, müssen sie zu Fuß laufen. Die Chinesen sitzen in der Falle, General Dekker.«

»Was würden Sie denn vorschlagen?«, fragte der General von der Army. »Sollen wir sie zur Kapitulation zu überreden versuchen?«

Gordon und die anderen warteten auf die Antwort des Kommandeurs der Marines.

»Ich würde vorschlagen, dass sie die Lastwagen verlassen und vorrücken. Zurück zu den guten alten Gesetzen der Kriegsführung. Den Weg versperren und sie niederringen. Hier geht's schließlich nicht um Raketentechnik.«

»Und auch nicht um ein Spiel«, antwortete Dekker mit zusammengebissenen Zähnen und einem verkniffenen Gesichtsausdruck.

»Ist es denn denkbar, dass die Männer zu Fuß schneller vorrücken könnten?«, fragte Gordon. Dekker vergaß seinen Stolz und nickte kurz. »Nun, im Moment zählt nur das Tempo. Also werde ich den Befehl geben.«

Sungari-Fluss, Nördlich von Tangyuan
27. April, 14.30 Uhr GMT (04.30 Ortszeit)

»Alle absteigen!«, ertönte der Befehl von der Heckklappe des Lastwagens her. Harold wachte auf. Überall entlang der Straße erging der gleiche Befehl. Weil vor ihnen Kämpfte tobten, standen die Lastwagen seit fast einer Stunde. Als jetzt alle nacheinander stöhnend aus einem tiefen, tiefen Schlaf erwachten, war die Morgendämmerung noch nicht angebrochen. »Gepäck schultern!«, rief der Platoon Sergeant.

»Warum zum Teufel sollen wir denn unser Gepäck durch die Gegend schleppen?«, fragte Patterson von der finsteren Straße her, auf der geschäftiges Treiben herrschte.

»Von diesen Lastwagen kannst du dich jetzt verabschieden!«, antwortete der Sergeant. »Pack deinen Mist zusammen und geh zum Straßenrand rüber. Erste und dritte Squad hintereinander am linken Straßenrand aufstellen, zweite und vierte Squad am rechten! Zehn Meter Abstand! *Macht schon*!«

Schnell wurden unter den Soldaten leise Meinungsverschiedenheiten ausgetauscht. Zwar waren sie zu klug, um offen die Entscheidung des Platoon Sergeants zu kritisieren, aber dem Squad-Führer wurden mit gesenkter Stimme Fragen gestellt. »Warum verlassen wir die Lastwagen?«, wollte Patterson wissen.

»Woher zum Teufel soll *ich* das wissen?«, kam die Antwort des Mannes mit den drei Streifen. Er stand zwei Ränge unter dem Platoon Sergeant und wusste häufig auch nicht mehr als seine Männer.

»Als Squad-Führer sollte man das wissen!«

»Ich hab gepennt, genau wie ihr! Setz deinen Rucksack auf und halt die Klappe.« Damit waren die Beschwerden aber noch lange nicht verstummt. Harolds wunde Schultern schmerzten unter dem schweren Rucksack, und er zog unwillkürlich eine Grimasse. Zwar empfanden auch die anderen denselben Schmerz, aber sie mussten nicht das M-60-MG schleppen.

»Vergiss das hier nicht«, sagte Chavez mit einem höhnischen Grinsen, während er Harold das brandneue M-60 reichte. Bomber, Kampfhubschrauber und Panzer waren organisiert worden, um ihre Division zu verstärken, aber irgendjemandem war es auch gelungen, ein paar zusätzliche Maschinengewehre aufzutreiben. Durch das Ziehen von Strohhalmen hatte Harolds Squad ermittelt, wer das MG schleppen musste, und er hatte unter dubiosen Umständen verloren.

Stöhnend streifte er den langen Riemen des deutlich über zehn Kilogramm wiegenden MGs um Hals und Schulter. Die anderen lachten. »Wie viel wiegst du eigentlich, Stempel?«, fragte Patterson. »Knapp siebzig Kilo? Du bist ja die reinste *Ameise*, Mann. Ameisen können das Zehnfache ihres eigenen Körpergewichts schleppen.«

»Leck mich am Arsch.« Harolds Antwort provozierte

weiteres Gelächter. Dann stellten sie sich hintereinander an der linken Straßenseite auf.

»Vorwärts!«, ertönte der Befehl von der Spitze der Kolonne her. Harold marschierte los, vornüber gebeugt wegen seiner schweren Last. Seine Lungen schmerzten, auf seiner Stirn und seinem Hals begannen sich trotz der morgendlichen Kälte Schweißperlen zu bilden, die bald seinen Körper hinabrannen. In der Finsternis musste er vorsichtig einen Fuß vor den anderen setzen. Bei jedem Buckel in der Straße konnte er sich den Fuß verstauchen. Als es schließlich bergan ging, begannen seine Beine und Lungen zu brennen.

Während das Manöverteam unter heftigem feindlichem Feuer vorwärtskroch, wartete Harold. Die Chinesen wussten genau, wo die Amerikaner waren, wohin sie wollten und was sie vorhatten ... Sie wollten die Chinesen töten. Patterson und die anderen, die langsam auf den Unterstand vorrückten, fanden gelegentlich Deckung, aber nicht oft. In die Erde und das Unterholz um sie herum schlug ein wahrer Kugelhagel ein. Obwohl sie ihre Körper nie auch nur ein Stück vom Boden hoben, sah Stempel mehrmals, wie Soldaten kleine Fleischwunden verbanden, die sie sich durch Querschläger oder Fels- oder Gesteinssplitter zugezogen hatten. Er hätte ihnen gern geholfen, doch sein Befehl lautete, sich versteckt zu halten, bis der Squad-Führer das Signal gab.

Als die vier Soldaten vor ihnen nur noch knapp sechs Meter von dem Unterstand entfernt waren, kam das Signal. Jetzt war es für Harolds Team an der Zeit, das Feuer zu eröffnen. Alle beobachteten den Squad-Führer, der mit den Fingern von fünf abwärts zählte. Harold hob das M-60-MG und legte es auf einen bemoosten Felsbrocken. Um ihn herum begannen die Männer mit den Gewehren auf den schwarzen Riss in der Erde zu schießen. Die Soldaten mit den Granatwerfern feuerten 40-Millimeter-Granaten ab, die überall um die lange Feuerstellung herum explodierten. Nun war Harold an der Reihe. Er nahm die schwere Waffe in dem offenen Schlitz des unterirdischen Unterstands ins Visier und drückte auf den Abzug. Das MG begann zu knattern, der Rückstoß traf seine Schulter hart, aus der Mündung schoss eine über einen halben Meter lange Flamme. Mit ruhiger Hand zielte Harold auf die Öffnung. Auf eine Entfernung von siebzig Metern konnte er gut beurteilen, ob seine Schüsse vor dem Ziel in die Erde einschlugen oder ob die großen 7.62-Millimeter-Kugeln sauber in dem dunklen Unterstand einschlugen, wo sich ein halbes Dutzend Männer verschanzt hatte.

Aus dem Augenwinkel konnte Harold sehen, dass das Manöverteam seinen Angriff startete. Die vier Männer richteten sich auf und stürmten dann bergan auf den Unterstand zu. Jetzt waren die chinesischen Verteidiger so gut wie tot. Wenn einer von ihnen den Kopf hob, um selbst zu feuern, würden ihn Harold oder einer von seinen fünf Kameraden mit den M-16 erwischen. Wenn keiner von den Chinesen die Angreifer zu stoppen versuchte, würden sie alle im Splitterhagel der Handgranaten sterben.

Niemand versuchte, den Angreifern Einhalt zu gebieten, die sich wie ein Mann aufrichteten und Handgranaten schleuderten. Das war riskant, weil ihr Ziel sich über ihnen befand, und tatsächlich kam eine der Granaten die Anhöhe hinuntergerollt. Aber sie explodierte im sicheren Abstand von ein paar Metern, während die anderen drei Handgranaten das Innere des Unterstands erleuchteten. Grelle Flammen schossen durch den Schlitz, gefolgt von schwarzem Rauch.

»Feuer einstellen!«, brüllte der Squad-Führer. Die Soldaten gehorchten, die vier Angreifer krabbelten die Anhöhe hinauf. Harold zuckte schon zusammen, weil er mit Minen rechnete, aber es gab keine. Die vier Männer krochen direkt auf das rauchende Loch zu und schoben dann auf einen stillen Befehl hin vier weitere Handgranaten durch den Schlitz. Dann schlitterten sie den Hügel hinunter, wobei sie sich alle die Ohren zuhielten. Wieder schossen Flammen durch den Schlitz der Feuerstellung. Harold sicherte das MG und begann, sich zu entspannen. Mit geschlossenen Augen massierte er seine pochenden Schläfen. Er war zu müde, um noch einen Gedanken an die chinesischen Soldaten zu verschwenden, die soeben gestorben waren. Ihm war nichts mehr wichtig.

UNRUSFOR-Hauptquartier, Chabarowsk
27. April, 21.00 Uhr GMT (07.00 Ortszeit)

»Nate?« Mit geschlossenen Augen lauschte Clark der Stimme seiner Frau, die über die abhörsichere Verbindung aus der Heimat an sein Ohr drang. »Alles in Ordnung, Nate?«

»Ich liebe dich, Lydia. Und ich vermisse dich und die Jungs.« Seine Stimme klang belegt.

»Was ist denn los?«, fragte sie, offenbar sofort alarmiert. Aber Clark konnte nicht gleich antworten. »Alles scheint doch so *gut* zu laufen! Wir sind alle so stolz auf …«

»Ich habe einen schweren Fehler gemacht, Lydia.« Nate räusperte sich. »Ich habe ein paar tapfere Männer zu weit hinter die feindlichen Linien geschickt, und jetzt werden sie sterben. Damit bin ich zu weit gegangen. Ich habe mich auf ein Glücksspiel eingelassen und …« Er war unfähig, seinen Satz zu Ende zu bringen.

Lydia seufzte. »Erzähl mir doch, was du deiner Meinung nach falsch gemacht hast – aber bitte genau.«

Zunächst beschrieb Nate ihr die ursprünglichen Pläne für die Gegenoffensive, dann die Veränderungen, die er vorgenommen hatte, um den zeitlichen Ablauf zu beschleunigen. Jedes Risiko, das er eingegangen war, hatte sich ausgezahlt … außer dem größten und letzten. »Ich hätte mich mit etwas Bescheidenerem zufrieden geben sollen. Besser, man hätte alles in Etappen organisiert und die Chinesen erst nördlich des Amur, dann jenseits der Grenze eingekesselt.«

»Aber hätten die Chinesen dann nicht Verteidigungsstellungen am Fluss errichtet und euch an der Überquerung zu hindern versucht?«

»Wenn wir dieses Tal verlieren, Lydia, könnten wir den Krieg verlieren. Alles, was wir mobilisieren konnten, bewegt sich auf dieses eine Nadelöhr zu. Sind wir erfolgreich, haben wir sechshunderttausend Soldaten mitsamt ihrer Ausrüstung im Flussbecken des Amur eingekesselt. Aber falls die Chinesen das Tal nehmen, sitzen wir in der Klemme. Dann können wir sie nicht einkesseln, und unsere Flanken wären völlig schutzlos. Wir würden uns zurückziehen und unsere Stellungen ausbauen müssen, während die Chinesen der Falle entkommen würden. Rein militärisch gesehen wäre dann kein Ende mehr in Sicht.«

Einen Augenblick lang schwieg Lydia. Nate kam es so vor, als wäre er in einer Kiste eingesperrt, aus der es keinen Ausweg gab und in der ihm die Luft zum Atmen ausging. »Du sagtest, *falls* die Chinesen dieses Tal nehmen«, bemerkte Lydia schließlich. »Dass kann doch nur heißen, dass es noch nicht sicher ist.«

Nate seufzte. Die Sorgen hatten ihn erschöpft. »Ich habe alles getan, was ich tun konnte.«

»Nein, hast du nicht. Man kann immer noch etwas mehr tun! Denk nach! Du warst schon immer der beste Soldat auf dieser Welt, jetzt bis du sogar der beste *General* der Welt! Du kannst es schaffen, ich weiß es!«

Trotz der strahlenden Morgensonne hatten die Special Forces ihre Gesichter mit Fettschminke eingerieben. Gemeinsam mit zwölf Männern saß Clark auf dem nackten Stahlboden des Helikopters. Er hatte den Green Berets den Vorzug gegenüber den Bodyguards des Verteidigungsministeriums gegeben, weil es bei der bevorstehenden Bedrohung nicht auf Feinheiten ankommen und keinerlei Zweifel daran bestehen würde, wer und wo der Feind war.

Durch das Fenster beobachteten Clark und Reed, wie unter ihnen die bewaldeten Berge des nördlichen China vorüberglitten. Schließlich landeten sie auf einer schmalen, nicht asphaltierten Straße, die sich in der Nähe der Spitze der Kolonne von Infanteristen befand. Nachdem sie ausgestiegen waren, hob der Helikopter wieder ab. Der von dem Rotor aufgewirbelte Dreck flog Nate in die Augen. Der Hubschrauber würde ein paar Meilen bis zu ihrer Nachhut zurückfliegen, auftanken und dann zurückkommen, um Nate abzuholen.

Selbst als der Lärm des Helikopters noch nicht abgeebbt war, hörte Nate von vorn bereits den Gefechtslärm. An beiden Straßenrändern lagen erschöpfte Infanteristen, deren Gewehre schussbereit auf ihren riesigen Rucksäcken ruhten. Die zwölf Green Berets schwärmten aus, weil sie vermeiden wollten, dass Neugierige Clark umringten oder dass dieser zu einer Zielscheibe wurde. Clark und Reed gingen auf das Krachen und Knattern der schweren Waffen zu.

»Wie geht's?«, rief Nate, als amerikanische Soldaten überrascht die Köpfe hoben. Andere wachten aus ihrem Schlummer auf und wirkten verwirrt angesichts des seltsamen Anblicks. »Guten Morgen!«, sagte Nate zu Männern, die sich mühsam hochrappelten. Er gab keinen einzigen Befehl. Stattdessen grüßte er die Männer höflich, aber auch laut. Überall entlang der Straße, und zwar in beiden Richtungen, standen die eben noch ruhenden Soldaten auf, um ihre Rucksäcke zu schultern.

Bald kam aus der Richtung, wo die Kämpfe tobten, eine Delegation von Offizieren, die alle kurz salutierten und sich dann um Nate scharten. Einem Lieutenant Colonel schüttelte Clark die Hand. »Wo liegt das Problem?«, fragte er.

Offensichtlich war der Kommandeur eines Bataillons von Nates unerwarteter Ankunft überrascht. »Nun, Sir, die Straße ist nicht frei«, sagte er, während er über die Schulter blickte. »Da vorn sind ein paar Panzer, die die Chinesen richtig in die Mangel nehmen. Wir warten nur auf die Nachricht, dass wir wieder marschieren können. Unterdessen sind wir unter schweres Feuer von dem Berg direkt über uns geraten.« Er zeigte nach oben.

Nate versuchte, sein Temperament unter Kontrolle zu behalten. Damit die in der Nähe stehenden Soldaten nicht mithören konnten, sprach er leise. »Wir haben hier einen Krieg zu gewinnen, Colonel. Sollte es irgendwo weiter vorn ein Hindernis geben, schlage ich vor, dass Sie und Ihre Männer es aus dem Weg räumen.«

Der Mann nahm Haltung an. »Ja, Sir.«

»Was das Feuer von dieser Anhöhe angeht, würde ich ihnen sofort eine Kompanie auf den Hals hetzen. Wenn sie nicht die *Beine in die Hand nehmen*, greifen Sie sie aus einer gesicherten Deckung frontal an. Danach machen Sie sich auf und gehen gegen ihre Flanken vor. Angriff und Mobilität, Colonel. Dafür werden Sie vom Steuerzahler finanziert.«

»Ja, Sir«, antwortete der Mann, der sich sichtbar unwohl fühlte. Dann machte er kehrt, um seine Befehle zu geben. Während Nate weiterging, wurde der Gefechtslärm immer lauter. Jetzt verließen die Männer zu beiden Seiten der Straße nicht mehr den Platz hinter ihren schützenden Rucksäcken, nur weil der kommandierende General von UNRUSFOR vorbeikam. Ihre Augen verweilten jetzt unablässig in der Nähe der Visiere ihrer Gewehre.

Der Captain, der das »A«-Sonderkommando der Green Berets anführte, trat auf Nate zu. »General Clark«, sagte er nur.

»In Ordnung«, antwortete Nate, der sich zur linken Straßenseite begab und dann in gebückter Haltung weiterging. Neben der Straße gaben Männer kurze Maschinengewehrsalven ab. Als er dem Kriegsschauplatz noch näher war, sprintete Nate nur noch von einer Deckung zur nächsten. Die M1A1-Panzer weiter unten an der Straße hatten ihre 120-Millimeter-Geschütze auf maximale Richthöhe eingestellt. Die aus den Rohren schießendem Flammen und die Explosionen auf dem Gipfel des Bergs schienen fast simultan zu erfolgen. Die Ziele waren nur ein paar hundert Meter entfernt.

Hinter einem Panzer trat ein weiterer Kommandeur eines Bataillons auf Nate zu. Der Mann salutierte nicht, aber in so unmittelbarer Nähe des Feindes hielten das auch die Captains und Majors aus Clarks Stab für verzichtbar. »Was hält uns denn auf?«, schrie Clark über den Gefechtslärm hinweg.

Der ihnen am nächsten stehende Kampfpanzer feuerte, und alle zuckten zusammen. Überall neben dem Panzer stiegen Staubwolken auf. Clarks Ohren dröhnten. Durch den extremen Lärm waren seine Nerven so gereizt, als hätte jemand dicht neben ihm mit voller Wucht eine Tür zugeknallt.

»Sie haben uns mit einem Dutzend Maschinengewehren unter Beschuss genommen, die sich auf dem Gipfel des Bergs da direkt vor uns befinden!«, antwortete der Colonel schließlich. »Sie haben erst gefeuert, als die Panzer aus der Kurve kamen, wo man vorher nichts sehen kann! Dann haben sie sich aus ihrer verdeckten Feuerstellung diesen Abschnitt der Straße vorgenommen. Ungefähr vierhundert Meter weit in dieser Richtung ist eine ganze Kompanie festgenagelt!« Er zeigte in Richtung Süden, wo das Tangyuan-Tal lag.

Nate bat den Mann um sein Fernglas und blickte dann hindurch. Auf der Anhöhe vor ihnen sah er eine Linie, in identischen Abständen angeordnete Punkte. An einigen Stellen stieg Rauch auf, wenn auch nicht an allen. Neben den chinesischen Feuerstellungen erblickte er größere und kleinere Explosionen. Weiter vorn lagen Männer mit dem Gesicht nach unten auf der Straße. Es war unmöglich, die Lebenden von den Toten zu unterscheiden, da alle Soldaten reg- und hilflos dalagen. Um sie herum spritzte Dreck in die Luft, weil Maschinengewehre die ganze Straße beharkten.

Nate ließ das Fernglas sinken. »Was zum Teufel *unternehmen* Sie dagegen?«, fragte er mit wachsendem Zorn. Er konnte es ja irgendwie verstehen, wenn jemand sich über seinen Befehl hinwegsetzte, weiter vorzurücken, und sich weigerte, das Leben seiner Männer zu opfern, indem er sie über eine noch nicht gesäuberte Straße jagte. Aber hier waren *seine* Männer festgenagelt, und sie brauchten Entlastung.

»Wir haben einen Luftangriff angefordert, aber irgendetwas ist schief gelaufen. Aus irgendeinem Grund ist umdisponiert worden.«

Clark war stinksauer. Er blickte sich um. Alle anderen Offiziere waren Major oder Captain. Nate wandte sich Reed zu – Lieutenant Colonel Reed. In dem kurzen Augenblick, bevor er das Wort an Reed richtete, dachte Clark über die möglichen Konsequenzen seines Befehls nach. Etwa darüber, was seine Entscheidung für den Sohn des Mannes bedeuten konnte, der ihm das Leben gerettet hatte. Aber das permanente Feuer der schweren chinesischen Maschinengewehre überzeugte ihn davon, dass er alle Ressourcen mobilisieren musste. Jetzt musste er das Leben des jungen Mannes aufs Spiel setzen. »Ab sofort sind Sie der Kommandeur dieser Einheit, Colonel Reed!« Der Bataillonsstab war verdutzt. »Sagen Sie den Luftangriff ganz ab, nehmen Sie diese Anhöhe ein, und säubern Sie die verdammte Straße!«

Einen Moment lang starrte Reed ihn unerschrocken an. In Gedanken hörte Clark eine Uhr ticken. Trotz des Gefühls der Trauer, das er jetzt empfand, schäumte er andererseits immer noch vor Wut. Sein Augen fixierten Reed. Sollte dieser auch nur einen Blick auf einen der anderen werfen, das schwor sich Clark jetzt, würde er einen anderen Kommandeur finden. Wenn er nur noch einen Moment länger zögerte, würde er ihn feuern und sich stattdessen für einen dieser nassforschen Majors entscheiden. Nicht etwa, um Reed abzustrafen oder um unter den anderen Offizieren einen besseren Kommandeur zu finden. Er musste jedem einzelnen Soldaten in dieser Kolonne klar machen, dass es ihm ernst war, wenn er den Befehl zum Vormarsch gab.

»Ja, Sir!«, rief der neue Kommandeur des Bataillons. Seine Stimme erinnerte an die Begeisterung, die Soldaten in der Grundausbildung noch hatten, aber sein Blick wirkte trübselig und leblos.

Als Clark zwanzig Minuten später wieder in den Helikopter stieg, war die Straße frei und die Kolonne wieder auf dem Vormarsch. Reed hatte persönlich eine Kompanie von hundertzehn Männern auf den Hügel geführt. Mit Kugeln und Handgranaten hatten sie die MG-Nester gesaubert. Durch das Fenster des Blackhawk-Hubschraubers hatte Clark noch einen letzten Blick auf Reed geworfen, der schweigend zwischen zwölf gefallenen amerikanischen Soldaten stand, deren Leben er riskiert und verspielt hatte.

Später beobachtete Clark durch dasselbe Fenster die Luftangriffe, die amerikanische Jagdbomber über dem Tangyuan-Tal flogen. Von hier aus hatte er einen perfekten Blick auf die Marine-F/A-18, die aus einem dunstigen Himmel herabstießen und eineinhalb Meter über den Bäumen abgefangen wurden. Die zweimotorigen Kampfjets zogen über dem Wald eine längliche, schimmernde Rauchwolke hinter sich her.

Eine Maschine nach der anderen verschwand in dem Tal. Sie folgten der Straße, die sich in Richtung Süden schlängelte. Auf den umliegenden Anhöhen tobten Bodenkämpfe. Die pilzförmigen Rauchwolken der schweren Bombenexplosionen lösten sich allmählich über den felsigen Kämmen auf.

Nate griff nach dem Headset für ein zusätzliches Besatzungsmitglied und hörte die angespannt klingende Stimme des Kopiloten, der Warnungen durchgab.

»... Geschütz auf dem Radar. Scheint sich um ein ZSU-24 zu handeln. Wahrscheinlich steht es weiter südlich auf einer Anhöhe.«

»Fordern sie einen Luftschlag an«, befahl der Pilot. »Sie sollen sich die Stellung vorknöpfen.«

»Hier spricht General Clark«, unterbrach Nate. »Ist irgendwo in diesem Tal eine Landung möglich?«

Es folgte ein bedeutungsvoller Moment der Stille. »Nun, da ist die Situation ganz schön angespannt, Sir. Die Chinesen bringen Boden-Luft-Flugkörper und Anti-Flugzeug-Artillerie an die Front. Dazu kommt der Kugelhagel der Handfeuerwaffen.«

»Aber es *gehen* doch Flüge in dieses Tal, oder?«

»Ja, Sanitätshubschrauber. Ja, Sir.«

»Dann können wir das auch.« Clark nahm das Headset ab und wandte sich dem Captain der Special Forces zu, der mit seinen elf Green Berets bis an die Zähne bewaffnet auf dem Stahlboden des Helikopters saß. Sie verfügten über M-60-MGs, Squad Automatic Weapons und Dragon-Panzerabwehrraketen. Ihre M1-16s waren mit M-279-Granatwerfern und langen Infrarotvisieren ausgestattet.

Der Helikopter legte sich in die Kurve und beschleunigte.

»Wir fliegen in das Tal!«, informierte Clark den Captain. Ohne dass man es ihnen ausdrücklich hätte sagen müssen, legten die Green Berets los. Als sie an Bord des Hubschraubers gegangen waren, hatte sie ihre Waffen abgelegt. Während sie jetzt die Schlagbolzen überprüften, klickten zwölf Sturmgewehre und MGs gleichzeitig. Nachdem sich alle vergewissert hatten, dass der Mechanismus in Ordnung war, zogen sie schwarze Magazine und lange Patronengürtel hervor. Dann luden sie mit angespannt wirkenden Blicken ihre Waffen, die schließlich gesichert und von den anderen überprüft wurden.

Einen Augenblick später erinnerte sich auch Clark seiner Waffe. Er hatte auf die Vorsichtsmaßnahmen der Green Berets verzichtet. Seine Waffe war zwar gesichert, aber bereits geladen. Er musste nur noch den Hebel umlegen und feuern.

Mittlerweile flogen sie niedrig. Die Spitze des Blackhawk-Helikopters zeigte nach unten, der Pilot holte alles aus dem dröhnenden Motor heraus. Nur die lautesten Schreie waren überhaupt zu verstehen. Die Green Berets verständigten sich meistens durch Handzeichen. Sätze wurden in Gesten übersetzt, bestimmte Sachverhalte durch gespreizte Finger verdeutlicht. Zwei aneinander gelegte Hände, die eine Schwimmbewegung imitierten. Ein kurzes Nicken des Einverständnisses. Ein in die Höhe gereckter Daumen als Antwort an einen MG-Schützen. Es war eine schnelle, effiziente und lautlose Form der Verständigung, praktiziert von Männern, die man in jederlei Hinsicht als Team bezeichnen konnte.

Immer stärker empfand Clark das Gefühl, dass seine Mission hier etwas Egoistisches an sich hatte. Was konnte er schon wirklich tun, um den Männern in diesem Tal zu helfen? Sie waren völlig erschöpft und hatten keinerlei Reserven mehr, die er hätte mobilisieren können. Irgendwie war es der Gipfel der Arroganz, sich auch nur etwas anderes vorstellen zu wollen, als dass ihnen Clarks Besuch scheißegal war. Jetzt erinnerte er sich an die ferne Zeit, als er Platoon-Führer in Vietnam gewesen war. Er musste daran denken, wie sehr er den Anblick des Helikopters des Bataillon-Kommandeurs gehasst und wie er sich gefühlt hatte, wenn er die Männer in den sauberen Uniformen sah.

Damals versuchte er einmal, einen Hügel zurückzuerobern. Permanent wurden sie von einem alten französischen Flakgeschütz unter mörderisches Feuer genommen. Derselbe Mann, der ihm erst die Aufgabe der Anhöhe, dann ihre Wiedereinnahme befohlen hatte, verließ seinen Huey-Helikopter, um verängstigten Einberufenen kumpelhaft auf die Schulter zu klopfen. Clark hatte die Schnauze gestrichen voll, und seine nicht eben hilfreichen Kommentare hätten fast das Ende der militärischen Karriere des erschöpften jungen Lieutenants bedeutet. Damals bestand Nates schönste Fantasievorstellung darin, dem Mann einen Gewehrkolben unter das Doppelkinn zu rammen oder ihm die Nase zu zertrümmern. Selbst jetzt ließ ihn die Erinnerung daran noch mit den Zähnen knirschen.

Als sie die Landezone erreicht hatten, stand Nate kurz davor, seinen Befehl zurückzuziehen. Jetzt sah er, wie der Abwind des Rotors purpurfarbenen Rauch nach unten drückte. Einen knappen Meter über dem Boden der felsigen Lichtung öffnete sich bereits die Tür. Wind und Lärm drangen in das Innere des Helikopters, der einen Augenblick später mit einem dumpfen Geräusch aufsetzte. Unverzüglich verließen die Green Berets den Hubschrauber. Als Clark die Tür erreicht hatte, brüllte der Captain der Spezialeinheit zwei Männern etwas zu, die in gebückter Haltung eine Bahre unter den Propeller schleppten. Unterdessen blieb der Pilot angeschnallt in seinem Sessel sitzen, der Motor lief weiterhin auf Hochtouren. Die Männer mit der Bahre wurden zurückgeschickt, und der Captain geleitete Clark in den Schutz einiger naher Felsbrocken. Ein paar hundert Meter weiter weg knatterten Handfeuerwaffen. Beißender Rauch hing über dem Tal.

Am Rande der kleinen Lichtung, auf der Nates Helikopter gelandet war, warteten Verwundete, und aus beiden Richtungen wurden weitere Verletzte gebracht, deren Bahren dort abgesetzt wurden, wo der von dem Rotor aufgewirbelte Dreck auf sie niederegnete. Die weniger ernsthaft Verletzten halfen den paar Sanitätern bei der Versorgung derjenigen, deren Leben am seidenen Faden hing. Sie hielten Tüten mit Infusionslösungen in den Händen und pressten Sauerstoffmasken auf die Gesichter von Männern, die sich vor Schmerzen krümmten. Schwere Brustwunden wurden mit großen Kompressen verarztet, die sich schnell karmesinrot färbten. Einige der nicht so schwer Verwundeten lagen sogar am Boden und spendeten ihren um ihr Leben kämpfenden Kameraden Blut.

Absichtlich hatte Nate den Helikopter nicht direkt an der Front landen lassen, wo er die Verteidiger hätte anfeuern können, sondern weiter hinten, wo die Konsequenzen seiner Entscheidungen augenfällig wurden. Und seine Entscheidung, in dieses Tal zu fliegen, das wurde ihm jetzt klar, würde nur dazu führen, dass tapfere Männer von ihren hektischen Anstrengungen abgelenkt wurden. Clarks Helikopter verhinderte sogar die Landung von Sanitätshubschraubern.

»In Ordnung!«, brüllte er dem Captain der Special Forces zu. »Hier kann ich nichts tun! Wir gehen wieder an Bord des Blackhawk und fliegen nach Chabarowsk zurück!« Sie liefen über die völlig verwüstete Landezone zu dem Hubschrauber zurück. Überall lagen Männer, nebeneinander oder Fuß an Kopf. Alles wirkte chaotisch und unorganisiert. Viele Verwundete hatten sich auf den Ellbogen aufgestützt und beobachteten Clark durch den von dem Helikopter aufgewirbelten Dreck.

Clark kletterte wieder in den Blackhawk. In seinem ganzen Leben hatte er sich noch nie so sehr als Feigling gefühlt. Aber ihm war klar, dass er hier nicht bleiben konnte. Und das nicht etwa, weil er vor einem Verweis von Dekker oder gar vor einer Gefangennahme Angst gehabt hätte. Er musste diesen Ort verlassen, weil er hier nichts Positives bewirken konnte. Diese Soldaten waren nicht auf einen Führer angewiesen, der sie aggressiv anfeuerte. Auch so kämpften sie mit allen Kräften um ihr Leben. Um zu überleben, stellten sie ihren ganzen Mut unter Beweis.

Während Clark allein in der Tür des Helikopters wartete, fühlte er sich alt und müde. Im Lauf der Zeit waren seine Erinnerungen verblasst, doch jetzt holten sie ihn mit voller Wucht wieder ein. Hubschrauber, die Sterbenden und die Toten, die ganze verdammte, sinnlose Tragödie …

Draußen brüllten die Green Berets ihrem Captain etwas

zu. Die hochgradig disziplinierten Soldaten ließen sich auf eine erhitzte Debatte mit ihrem Befehlshaber ein, der dann zögernd auf Nate zukam. »Wollen Sie direkt nach Chabarowsk zurückfliegen, General Clark?« Zwölf Augenpaare richteten sich auf Nate. Clark nickte. »In diesem Fall möchten meine Männer lieber hier bleiben, Sir!« In diesem Augenblick verwirrten sich Clarks Gedanken. Er wollte nach dem Grund fragen, gebot sich dann aber selbst Einhalt. Über die Schultern des Captains hinweg sah er die notdürftige Versorgung der Verwundeten. In seiner Kehle hatte sich ein Kloß gebildet, der ihn am Antworten hinderte. Welche ermutigenden oder dankenden Worte hatten die Männer vor der Tür des Helikopters verdient? Letztlich nutzten sie ihnen sowieso nichts.

»Wir werden Verwundete mitnehmen«, antwortete er schließlich. Er saß an der hinteren Wand, während Sanitäter und Green Berets Verwundete an Bord brachten. Jetzt wurde er von der plötzlichen Erkenntnis gequält, dass alle Vorstellungen, die er sich von den Möglichkeiten eines Kommandeurs gemacht hatte, Illusionen waren. Was er tat oder sagte, machte kaum einen Unterschied. Seine Armee kämpfte, weil ihre Soldaten die besten waren. Die Offiziere im Feld und die erfahrenen Unteroffiziere waren das Rückgrat, das alles zusammenhielt. Sein einziger Beitrag bestand darin, dass er auf Landkarten mit Stiften Orte markierte, etwa den Luftstützpunkt Birobidschan oder das Tangyuan-Tal.

Weil die Bahren in dem Tal benötigt wurden, lagen die entsetzlich verwundeten Soldaten auf dem nackten Stahlboden des Hubschraubers. Sofort war Clark klar, dass die meisten der Männer im Sterben lagen. Ein paar Glückliche, die nur leicht verwundet waren, halfen den Kameraden, die es wirklich schlimm getroffen hatte. Schnell war der Hubschrauber mit fast zwanzig stöhnenden und weinenden Männern belegt. Schließlich saß Clark in der hintersten Ecke der Kabine. Obwohl einige der Männer kaum bei Bewusstsein waren, mussten sie an die Wände gelehnt werden, um mehr Platz für weitere Verwundete zu schaffen.

Schließlich schloss sich die Tür, während draußen auf einer endlosen Kette von Bahren Verwundete zurückbleiben mussten. Fast sofort hob der Hubschrauber ab. Clark beobachtete, wie ein junger Sanitäter mit einer Armbinde mit einem roten Kreuz auf weißem Grund das Kommando übernahm, dem selbst ein Auge verbunden worden war.

»Bei dem hier ist Blut im Infusionsschlauch!«, rief er einem Mann zu, der wegen seiner Schmerzen den Kopf in den Nacken gelegt hatte. Der Verwundete hielt die Plastiktüte mit der klaren Flüssigkeit höher, und die Schwerkraft ließ das wertvolle Blut wieder in den Körper des Patienten zurückfließen, der beide Beine verloren hatte. Der Sanitäter riss ein weiteres Paket mit weißen Verbänden auf. »Der Mann da blutet schlimm!«, rief er einem weiteren seiner ebenfalls verwundeten Assistenten zu.

Clark stand auf und ging mit kleinen Schritten zwischen den Verwundeten hindurch, um dann seine Hand nach den frischen Verbänden auszustrecken. Überrascht blickte ihn der Sanitäter an. »Her damit!«, forderte Clark. Der Sanitäter gehorchte instinktiv. »Wer blutet so schlimm?« Der Sanitäter zeigte auf einen Mann mit einer Wunde im Oberschenkel.

Und damit begann Clarks bescheidener Versuch, Buße zu tun. Er folgte den Anweisungen eines Unteroffiziers, der ebenfalls die Armbinde eines Sanitäters trug. Als der lange Flug schließlich überstanden waren, hatten zwar drei der zwanzig Männer ihr Leben verloren, aber mit den anderen stand Clark jetzt auf vertrautem Fuß. Auf dem Hubschrauberlandeplatz in Chabarowsk brüllte er den verdutzten Krankenschwestern Informationen zu. »Der da hat den größten Teil seines Fußes und jede Menge Blut verloren! Wir haben seinen Stiefel loszuschneiden versucht, was aber wegen einiger offner Frakturen unmöglich war!« Dann eilte er zu einem anderen Team mit einer Bahre hinüber, »Nein, nein. Über die Wunde in der Brust brauchen Sie sich keine Sorgen zu machen! Sein Zustand ist stabil! Sieht so aus, als wäre er an der Wirbelsäule von einer Kugel oder ein paar Granatsplittern getroffen worden! Weil ich etwas Hartes an einem Wirbel ertastet habe, wollte ich mich nicht selbst darum kümmern! Drehen Sie ihn vorsichtig um!«

Das Leben seiner Patienten lag ihm so am Herzen, dass er die Verletzten förmlich zu dem großen Krankenwagen jagte. »Bauchwunde!«, rief er einer nickenden Krankenschwester zu. Die Türen des grünen Lastwagens wurden zugeknallt. »Er braucht Antibiotika!«, schrie Clark noch durch das Fenster. Der Krankenwagen fuhr Los. Clarks Uniform war mit Blutflecken übersät, dazu kamen die orangefarbenen Tupfer des Antiseptikums.

Unterdessen war der Motor des Helikopters abgestellt worden. Die erschöpften Crewmitglieder schlurften auf den Hangar zu. Alles war ruhig. Nur drei Menschen waren zurückgeblieben, über deren leblose Körper Wolldecken gebreitet worden waren. Clark setzte sich neben ihnen auf den harten Betonboden und wartete darauf, dass die Personalien der Toten aufgenommen wurden.

Fluss Sungari, Nördlich von Tangyuan
28. April, 01.00 Uhr GMT (11.00 Ortszeit)

»Das gibt's doch gar nicht«, sagte Patterson zu dem Mann, der die Munition verteilte.

»Und ob's das gibt«, antwortete der Soldat, während er Stempel zwei Patronengurte mit je hundert Schuss gab.

Sie lagen am Straßenrand, geschützt durch eine Furche am Fuß des Bergs. Die Kompanie vor ihnen war in ein Furcht erregendes Feuergefecht verstrickt. Die Chinesen, mit denen sie es jetzt zu tun hatten, waren in Schützengräben in Deckung gegangen. »Der verdammte General Clark *höchstpersönlich*?«, fragte Patterson.

Der Mann mit der Munition watschelte in gebückter Haltung an Stempel vorbei, den großen Sack hinter sich herschleifend. »Der Fahrer des Zweieinhalbtonners, von dem ich die Munition habe, hat Clarks Helikopter mit eigenen Augen direkt am Straßenrand landen sehen!«

»Warte mal, immer mit der Ruhe!«, schaltete sich McAndrews ein. »Da sucht Clark also die Spitze der Kolonne auf und … *Was* wolltest du noch gleich sagen?« Seiner schrillen Stimme war zu entnehmen, dass er kein Wort glaubte.

»… und befiehlt dem Kommandeur des Bataillons, einen Hügel einzunehmen, aber der Dreckskerl sagt Clark direkt ins Gesicht, dass er sich weigert!«

»Völlig unmöglich!«, riefen alle gleichzeitig.

»Ehrenwort, genauso war es«, beharrte der Mann.

»Soll das heißen, dass Clark den Typ erschossen hat?«, wollte Patterson wissen. Der Mann mit der Munition nickte. »Quatsch!«, bemerkten mehrere Soldaten gleichzeitig. »Willst du damit sagen, dass er mal einfach eben so einen *Colonel* umgelegt hat?«, fragte Patterson ungläubig.

»Der Typ ist ein verdammter *General*!«, sagte der Munitionsträger vom Befehlsstand der Kompanie. »In seinen Augen ist ein Colonel der letzte Dreck, Mann!«

»Wohin hat er denn gezielt?«, hakte Patterson nach.

»Direkt auf die Stirn.« Der Mann zeigte mit dem Finger auf eine Stelle unter dem Rand seines Helms.

»Quatsch, Arschgesicht! Willst du uns etwa weismachen, dass er den Typ auf der Straße kaltgemacht hat?«

»Woher zum Teufel soll *ich* das wissen?«

»Du kennst also den ganzen Rest dieser beschissenen Geschichte, aber ausgerechnet *das* weißt du nicht?«

»Jetzt pass mal gut auf!«, sagte der Soldat, während er seinen Munitionssack schulterte. »Hast du vielleicht eine bessere Erklärung dafür, warum wir seit ein paar Stunden im Eilmarsch über diese Straße gejagt werden und warum sie sich entschlossen haben, die Anhöhen mit Infanterie zu nehmen, statt sie mit Kampfjets zu bombardieren?«

Damit war der Mann verschwunden, und Harolds Squad hatte Zeit, um über die Neuigkeiten nachzudenken.

»Wir haben unsere Ärsche über diese Straße geschleppt«, sagte McAndrews. »Und wie oft mussten wir in die Hügel, nur um fünf oder vielleicht auch zehn Chinesen umzulegen? Sechs- oder siebenmal?«

Ihr Squad-Führer kam von einem Treffen der Verantwortlichen des Platoons zurück und schlitterte zu den anderen in die Furche hinab. »In Ordnung, los geht's!«, sagte er außer Atem. »Die Bravo Company ist festgenagelt, und wir werden diesen Hügel da säubern.« Er zeigte über den Erdwall, hinter dem sie in Deckung lagen. »Der Angriff wird von der Anhöhe neben dieser ausgebrannten Hütte starten. Sobald wir den Gipfel erreicht haben, werden wir das Feuer auf uns ziehen.«

»Wo zum Teufel liegt denn das Problem der Bravo Company?«, nörgelte Patterson. »Scheiße! Können sie nicht einen elenden Berg ohne unsere Hilfe einnehmen?«

»Quatsch keinen Unsinn, Patterson!«, schnauzte der Squad-Führer. »Schafft eure Rucksäcke auf die Straße. Mitgenommen werden Waffen, Munition und Schlafsäcke. Jeder kriegt eine 81-Millimeter-Mörsergranate, die er mit nach oben schleppt. Dort bauen wir uns hinter dem Mörser auf, übergeben nacheinander die Mörsergranaten und marschieren dann weiter.«

Hinter ihm tauchte der Platoon Sergeant auf, der ganz offensichtlich schlechte Laune hatte. Wegen eines glatten Durchschusses war eine seiner Hände mit einem dicken Verband verarztet worden. *»Setzt euch in Bewegung!«*, verkündete er mit dröhnendem Organ, das den anderen klar machte, dass er keinen Spaß verstand. Alle rappelten sich hoch. Niemand glaubte wirklich daran, dass jemand exekutiert worden war, erst recht kein Colonel durch den kommandierenden General. Aber der Tonfall der Sergeants und Lieutenants verdeutlichte eines: Pausen und Erholung für müde Beine und schmerzende Rücken würde es ab jetzt nicht mehr geben. Und es würde auch keine Zeit mehr bleiben, um kleine Wunden zu verbinden, die man sich durch Querschläger, Granatsplitter, Stürze oder Blasen zugezogen hatte. Mittlerweile hatte Harold keine Ahnung mehr, wie oft er schon die Rufe »Vorwärts!« oder »Los geht's« in Verbindung mit anderen Befehlen vernommen hatte. Und stets wurden die Befehle in einem gereizten Tonfall gegeben, der keinerlei Widerspruch duldete.

Tangyuan-Tal, Nördliches China
28. April, 08.00 Uhr GMT (18.00 Uhr Ortszeit)

Zuerst glaubten Kate und Woody, die richtige Entscheidung getroffen zu haben. Sie waren ganz oben auf die Berge gestiegen, die Kämpfe schienen weit entfernt. Zwar sahen sie die Flammen in dem Tal, und auch der dröhnende Lärm drang zu ihnen hinauf, aber hier oben waren sie dennoch distanzierte Beobachter. Kate hatte sogar noch einen Bericht über das letzte Kapitel der Schlacht erstellt, den Woody mit dramatischen Bildern von dem über dem Tal aufsteigenden Rauch unterlegt hatte.

Doch dann kam Artilleriesperrfeuer von den Chinesen, die die Berge und die Talsohle zugleich unter Beschuss nahmen. Erneut waren Kate und Woody gezwungen, eine Entscheidung zu treffen, von der ihr Überleben abhängen würde. Sie konnten sich versteckt halten und darauf hoffen, durch Abwarten das Inferno zu überstehen. Ansonsten mussten sie das Risiko auf sich nehmen und den Berg verlassen, auf dem sie bisher Zuflucht gefunden hatten. Da das Sperrfeuer immer noch den nördlichen Abhang unter Beschuss nahm, gab es nur einen Weg nach unten, und der führte in südlicher Richtung auf die anstürmenden Chinesen zu.

Wieder trafen sie die richtige Entscheidung. Unter gelegentlichem Artilleriefeuer stiegen sie unbeschadet den Hügel hinab, aber als sie gerade in einer Mulde zwischen zwei Kämmen eine Verschnaufpause einlegen wollten, tauchten Bomber über dem Tal auf. Natürlich waren es keine chinesischen Maschinen, sondern amerikanische F-16-Kampfjets. Seltsam war jedoch, dass sie denselben Berg bombardierten, auf den auch die chinesische Artillerie feuerte, exakt den, auf dem Kate und Woody Zuflucht gesucht hatten.

Einige Bomben schlugen nur ein paar hundert Meter von ihnen entfernt ein. Sofort warfen sich Kate und Woody zu Boden. Um sie herum begann der Berg in Flammen aufzugehen. Die Bomben waren exakt an der Stelle niedergegangen, wo sie eben noch ihren Bericht gefilmt hatten, und die nächsten explodierten auf dem südlichen Abhang, den sie gerade hinuntergestiegen waren. Diesmal blieb keine Zeit für Debatten. Sobald die Bomber über sie hinweggefegt waren, erklommen sie mühsam die nächste Anhöhe weiter südlich. Schon legte sich der nächste Kampfjet dicht vor dem Tal in die Kurve und sie konnten gerade noch Deckung suchen, bevor wieder ein Bombenhagel niederging. Diesmal waren die durch die Detonationen ausgelösten Erschütterungen noch Furcht einflößender als zuvor. Als sie wieder aufblickten, mussten sie erkennen, dass die Bomben in der Mulde eingeschlagen waren, wo sie eben noch eine Pause eingelegt hatten. Die Bombardierungen der Amerikaner verschoben sich in Richtung Süden, und das bedeutete, dass sich Kate und Woody genau am falschen Ort aufhielten.

So schnell wie möglich erklommen sie den nächsten Hügel, doch sie mussten sich bald wieder zu Boden werfen. Jetzt schlugen die Bomben noch dichter bei ihnen ein. Schon die Druckwellen der Explosionen ließen dünne Tannen umstürzen, deren trockene Nadeln bald in den Flammen zu knistern begannen. Als Woody Kate auf die Beine half, wäre diese fast ohnmächtig geworden. Woody selbst war von den donnernden Detonationen schwindlig. Kate fluchte, während Woody sie auf die Anhöhe zog.

Jetzt kam in Augenhöhe ein schwer mit Bomben beladener F-16-Kampfjet auf sie zu. Sie konnten sich gerade noch zwischen ein paar Felsbrocken kauern, als die Maschine über sie hinwegdonnerte. Kates Kehle war vor Angst wie zugeschnürt, und sie hielt sich mit beiden Händen die Ohren zu. Mehrfach erzitterte der Boden der kleinen Schlucht, in der sie Zuflucht gesucht hatten. Jede einzelne der ohrenbetäubenden Explosionen schien die Erdachse selbst zu erschüttern. Staub- und Rauchwolken stiegen in die Luft, aufgewirbelte Erde regnete wieder auf den Boden hinab. Würgend schnappte Kate nach Luft. Ihr war schwindlig. Ihre Schläfen pochten, ihre Ohren klingelten.

Wieder packte Woody ihre Arme. »*Nein!*«, schrie sie. Es war sinnlos. Sie verloren das Wettrennen gegen die Bomben.

Auf dem Rücken liegend erwartete Kate das Ende. Nur gelegentlich war durch die über sie hinwegtreibenden schwarzen Rauchwolken ein Fleckchen blauer Himmel zu sehen. Sie sah die sich überkreuzenden Kondensstreifen und fragte sich, welcher Bomber ihrem Leben ein Ende machen würde.

Jetzt riss Woody so brutal an ihrem Arm, dass er ihr fast die Schulter ausgerenkt hätte. Mühsam kam Kate auf die Beine. In ihren Augen standen Tränen. Gemeinsam mit Woody rannte sie den südlichen Abhang hinab. Ihr war schwindelig. Sie geriet ins Taumeln und drohte auszurutschen, doch Woodys fester Griff hielt sie auf den Beinen.

Der nächste Bomber kam zu schnell, als dass sie noch hätten reagieren können. Die Druckwelle schüttelte sie brutal durch, die schmerzhaft laute Explosion hätte ihnen fast die Trommelfelle zerfetzt. Die Erde erzitterte, überall schossen Flammen in den Himmel. Aber wie durch ein Wunder konnten sie sich weiter auf den Beinen halten. Erst als sie den Fuß des Bergs erreicht hatten, ließen sie sich erschöpft zu Boden fallen. Jetzt begriff Kate allmählich, dass sie außer den Bomben auch den Lärm eines nahen Feuergefechts hörte. Eine Fortsetzung ihrer Flucht war nun nicht mehr möglich.

Sie waren vom Krieg umzingelt. Es gab keinen Ausweg mehr, keinerlei Hoffnung, mit heiler Haut davonzukommen. Weinend vergrub sie ihr Gesicht zwischen den Knien.

»Komm schon, Kate! Wenn du überleben willst, musst du jetzt sofort mitkommen!«

Sie hatte keinerlei Reserven mehr, weder physische noch psychische. Trotzdem ließ sie es zu, dass Woody sie einen weiteren Hügel hinaufzog. Auf den Felsen lagen tote Chinesen. Kates Lungen brannten, sie fühlte sich wie benommen. Ihr brach der Schweiß aus. Mittlerweile war der Gefechtslärm lauter als die Bomben. Schließlich blieben sie stehen, und Woody kletterte auf eine flache Felsplatte. »Komm her und sieh es dir an!«, sagte er. Als er auf seiner Forderung bestand, kletterte auch Kate an der glatten Wand des Felsbrockens empor. Zweimal wäre sie beinahe abgerutscht und hätte das Gleichgewicht verloren, doch das lag nicht an weiteren Bombenabwürfen. Noch immer litt sie unter den

Nachwirkungen des durch die Explosionen ausgelösten Schocks. Als sie schließlich neben Woody stand, erblickte sie eine relative flache, felsige Kammlinie, die sanft zum Gipfel des nächsten Bergs anstieg. Und dort, zwischen den Felsbrocken des benachbarten Bergs, sahen sie das Mündungsfeuer. Darunter, permanentem Feuer ausgesetzt, schien die gesamte chinesische Armee den Berg erklimmen zu wollen.

Da ging plötzlich das bewaldete, parallel neben dem ihren verlaufende Tal in Flammen auf. Durch die Druckwelle von hundert Bombenexplosionen bildeten sich weiße Dunstringe, die mit Überschallgeschwindigkeit nach außen gepresst wurden. Der Feuersturm raste die Felswand des anderen Tals hinab. »B-52«, bemerkte Woody ehrfürchtig.

Mit der Ankunft des nächsten Bombers begann das von Menschenhand entfesselte Erdbeben erneut. Als es vorbei war, war Kate nervlich völlig zerrüttet. Sie starrte auf die Flammen und die umgestürzten Bäume, dann auf den mit Kondensstreifen übersäten Himmel. Drei Flugzeuge flogen hintereinander her. Wieder ging das Tal auf einer Länge von einer Meile in Flammen auf. Schon nach ein paar Sekunden – der letzte Kampfjet hatte gerade seinen Bombenschacht geleert – war alles vorbei. Kate schrie aus vollem Hals. Sie zerrte an ihren Haaren, schüttelte den Kopf, biss die Zähne zusammen. Der über den Hügel treibende, beißende Rauch verdunkelte die Sonne und trieb ihr Tränen in die Augen.

Woody hob sie hoch und lief los. In seinen Armen wurde Kate von jedem seiner mühsamen Schritte durchgeschüttelt. Als er sie schließlich wieder auf den Boden legte, wurde Kate klar, dass sie kurzzeitig das Bewusstsein verloren hatte. Jetzt erblickte sie einen Soldaten mit einem Helm der U.S. Army und angelegtem Gewehr. Er lächelte mit entblößtem Gebiss, seine Zähne lugten aus einem dichten, ergrauenden Bart hervor. Sein Haar war zu einem langen Pferdeschwanz zusammengebunden.

Jetzt tauchte ein weiterer Soldat über der am Boden liegenden Kate auf, doch dieser hatte kurzes Haar und ein mit Bartstoppeln übersätes Gesicht. Bei nochmaligem Hinsehen begriff Kate, dass der erste Mann niemand anderer als Woody war.

Weil Kate sich zu schnell aufsetzte, musste sie sich fast übergeben. Es ging nicht anders, sie legte sich wieder hin.

»Immer mit der Ruhe, Ma'am«, ertönte die raue Stimme des echten Soldaten.

»Wo sind wir?«, fragte Kate.

Jetzt antwortete Woody. »Eben waren wir noch verloren, jetzt sind wir nur noch von Chinesen umlagert. Meiner Ansicht nach ist das eine Verbesserung der Lage.« Er hob ein chinesisches Sturmgewehr und betrachtete es eingehend. »Oh, und die Chinesen hier oben sind alle verwundet, bis zum letzten Mann.«

Sungari-Tal, Nördlich von Tangyuan
28. April, 10.00 Uhr GMT (20.00 Ortszeit)

Mehr schlafend als wach stolperte Harold Stempel über den schmalen Grat des steil abfallenden Berges. Hinter einem niedrigen Kamm in der Nähe der unter ihm liegenden Straße tobte eine Schlacht. In der Ferne wurde in allen Himmelsrichtungen gekämpft, doch das spielte für ihn nur eine untergeordnete Rolle. Seine Welt war eng umgrenzt, genau wie seine Sorgen. Seine Gedanken, seine Gefühle – alles bewegte sich nur noch an der Oberfläche. Seine Lungen brannten von der kalten Luft, die er durch fast geschlossene Lippen einatmete. Seine gesamten Kräfte waren dadurch in Anspruch genommen, einfach die Beine zu bewegen, ohne den Abhang hinabzustürzen. Bei jedem Schritt zitterten seine Beine. Seine schmerzenden Knie drohten jedes Mal nachzugeben, wenn er sie anflehte, ihn weiterzutragen. Seine Füßen waren von Blasen übersät.

Aber die richtigen Schmerzen setzten erst ein, als sie unter Beschuss gerieten und innehielten. Seine Gelenke wurden unbeweglich, seine Muskeln zogen sich zusammen. Um nicht sofort Krämpfe zu bekommen, musste Harold sie permanent dehnen und massieren. Trotz des Mündungsfeuers der chinesischen Waffen war er so erschöpft, dass er sich nur noch im Schneckentempo bewegte. Wie ein alter Mann würde er sich erst auf die Knie, dann auf den Bauch fallen lassen. Anschließend würde er seinen Rucksack abschnallen und ihn im Zeitlupentempo an die Front schleppen. Obwohl Kugeln an ihm vorbeipfiffen, zuckte er nicht einmal mehr zusammen. Mit nur noch lethargischen Bewegungen würde er das M-60-MG auf die grellen orangefarbenen Flammen richten und feuern, während die Männer mit den M-16 und den Granaten sich in diesem Schutz dicht an den Feind heranarbeiten würden. Wegen Harolds MG würden die Chinesen die Köpfe unten behalten, die dann durch die Granaten vernichtet werden würden. Dann würde das Mündungsfeuer der chinesischen Waffen allmählich erlöschen.

Anschließend würde Harold einnicken, bis der Ruf »Die Luft ist rein!« ertönte. Wieder würde er einschlafen, bis der Tritt des Squad-Führers ihn weckte. Da der heisere, stets wütende Mann in solchen Situationen kaum noch ein Wort herausbrachte, schubste, trat und zischte er mit gefletschten Zähnen. Mit Hilfe seiner Kameraden würde Harold wieder auf die Beine kommen, das M-60 schultern und sich durch die bergige Landschaft auf die nächste chinesischen Linie zubewegen, immer in der völligen Finsternis der dichten Wälder. Rückten sie dann weiter vor, würden der Widerstand energischer, die Hinterhalte häufiger und die Zahl der Chinesen größer werden. Mittlerweile hatten sie die Diskussionen darüber aufgegeben, was für eine beschissene Pflicht sie hier erfüllen mussten. Letztlich war es ja egal, ob sie ihre Ärsche durch die Hügel schleppten, um Flanken aufzurollen, oder ob sie auf der schönen, ebenen Straße dem bis an die Zähne bewaffneten Feind in die Arme liefen. Nach einem neunstündigen, erbarmungslosen Kampf waren ihre Köpfe völlig leer, ihre glasigen Augen tief in den Höhlen versunken. Sie hatten es aufgegeben, sich noch um irgendetwas oder irgendjemanden kümmern zu wollen.

Harold rannte gegen einen Baum. Er war völlig verdutzt, als ihm sein Helm auf die Nase knallte, aber dadurch wurde er wieder wach. Um die Schützenlinie einzuholen, lief er ein paar Schritte, und schon diese kleine Anstrengung erschöpfte alle Kraftreserven, die ihm noch geblieben waren. Er begann, am ganzen Körper zu zittern, als litte er an Schüttelfrost, und dieses Zittern war nicht auf eine Ermüdung der Muskeln, sondern auf eine völlige Erschöpfung seines gesamten Körpers zurückzuführen. »Ich kann nicht mehr«, murmelte er in der Hoffnung, dass ihn jemand hörte. Aber seine Kameraden neben ihm waren mittlerweile völlig abgestumpft. Schon seit Stunden stolperten sie wie Zombies auf die feindlichen Waffen zu, ohne jede Vorstellung davon, was sie eigentlich erwartete. Als hätten sie sich damit abgefunden, Kanonenfutter zu sein, gingen sie einfach weiter. Am schlimmsten war allerdings, wie schnell Harolds Zorn wieder verrauchte, wie resigniert er dem Tod mittlerweile gegenüberstand und dass ihm außer dem Ende dieses Marsches alles scheißegal war – wie immer dieses Ende auch aussehen mochte.

Als vor ihnen laute Worte auf Chinesisch ertönten, ließ Harold sich erst auf die Knie und dann auf den Bauch fallen. Während die amerikanischen und chinesischen Waffen das Feuer eröffneten, schoss ein sengender Schmerz durch seine Hüfte. Entweder war er von einer Kugel getroffen worden oder auf seiner Feldflasche gelandet. Von der Last seines schweren Rucksacks hart gegen den Boden gepresst, begann er zu zielen und zu töten. Das MG zuckte, bis die letzte Patrone des Munitionsgurts durch die Kammer geglitten war.

Fluchend griff Harold nach einem neuen Patronengurt, aber er war nicht etwa wütend, weil er nachladen musste, weil ein über fünfzig Kilogramm schwerer Rucksack auf seinen Rücken drückte, weil Kugeln an seinem Kopf vorbeipfiffen oder weil überall um ihn herum Granaten explodierten. Stattdessen verfluchte er die erbarmungslosen Befehle, die sie zum Vormarsch zwangen, und die Dreckskerle, die diese Befehle erließen. Einmal, als ihre müden Beine sie praktisch ohne Absicht bergab auf die Straße zugeführt hatten, die sie taktisch absichern sollten, hatte sie irgendein Hurensohn von First Sergeant angebrüllt: »Ihr habt alle nur

Schiss, ihr schlappen Feiglinge!« *So ein Arschloch!*, dachte Harold, während er zugleich den Squad-Führer mit seinen Fußtritten verfluchte, den Platoon Sergeant mit seinem ewigen Gebrüll und dieses Weichei mit seinen Mitleid erregenden Entschuldigungen, das das Platoon befehligt hatte, bevor es aus dem Hinterhalt getötet worden war. Harold verfluchte alle und jeden, bis hinauf zu General Clark, den er sofort abgeknallt hätte, wenn er Zeuge gewesen wäre, wie dieser jemanden exekutierte.

Er knallte die Klappe des Verschlussstücks zu, rammte den Schlagbolzen nach vorn und legte seine Wange an das heiße MG. Dann zielte er auf das Mündungsfeuer und drückte ab. Es war, als würde er Kerzen auf einer Geburtstagstorte ausblasen. Die flackernden Lichter erloschen. Manchmal, wenn er ein neues Ziel ins Visier nahm, schlug aus einer Mündung erneut eine Flamme. Es kotzte Harold an, die Waffe wieder herumreißen und eine lange Salve von zehn oder fünfzehn Schüssen abfeuern zu müssen. Fast immer war das Mündungsfeuer dann endgültig erstickt.

Als der Ruf »Feuer einstellen!« ertönte, bettete Harold seinen Kopf auf den Boden. Mit geschlossenen Augen fühlte er, dass ihn gleich tiefer Schlaf übermannen würde. Dieses Bedürfnis hatte ihn fest im Griff, und schon Sekunden später war er tatsächlich eingeschlafen.

»Vorwärts!« Das war der Befehl, den Harold am meisten hasste. Er biss die Zähne zusammen und ballte die Fäuste. Sollte ihn dieser Dreckskerl noch einmal treten, würde er sofort zuschlagen. Aber der Squad-Führer ging ein Stück den Berg hinab und trat den nächsten Mann. Stöhnend und knurrend, den schweren Rucksack auf dem Rücken, kam Harold wieder auf die Beine. Das schwere MG konnte er allerdings nicht allein hochhieven. Er blickte sich nach Hilfe um.

»Was gibt's«, fragte ein gut gelaunter Typ, den Harold nicht erkannte.

»Ich kann dieses *beschissene* MG nicht allein stemmen«, schrie Harold und wischte sich dann ein bisschen Speichel vom Kinn. Der Mann half ihm, das MG hochzuheben und dann zu schultern. Selbst in der Finsternis konnte Harold erkennen, dass der Soldat lächelte. »Was ist denn mit *dir* los?«, fragte Harold gereizt.

»Mit mir? Ich hab keine Probleme, überhaupt keine!« Offensichtlich war er wunschlos glücklich. Nachdem er Harold auf die Schulter geklopft hatte, machte er sich in Richtung der Chinesen auf den Weg.

»He!«, rief Harold, weil er glaubte, dass der Mann sich in der Dunkelheit noch einmal nach ihm umgedreht hatte. Aber der ignorierte Harolds Ruf und stürmte auf das Unbekannte zu, das sie hinter ihrer Schützenlinie erwartete. Aus den dunklen Wäldern tauchten weitere Soldaten auf. Einer von ihnen trat auf Harold zu, zugleich grinsend und weinend. Er legte seine Arme und Harolds Hals und drückte ihn. Erst in diesem Augenblick begriff Harold, was passiert war. Sie hatten das Tal erreicht, sie hatten das geschafft, wofür sie die ganze Zeit gekämpft hatten.

Der schluchzende Mann drückte Harold fest an sich. »Nie hätte ich geglaubt, dass ich das überleben würde, niemals.«

Weitere nach Schweiß stinkende, verdreckte Männer scharten sich um Harold. Einige schubsten ihn gut gelaunt, andere schüttelten ihm die Hand oder begrüßten ihn mit Abklatschen.

»Vorwärts, Charlie Company!«, ertönte das dröhnende Organ des First Sergeants der Kompanie.

Wohin denn?, fragte sich Harold einen Moment lang irritiert. Aber dann formierten sie sich und marschierten zwischen den Abhängen hindurch, die mit toten Chinesen übersät waren. Doch sie kamen auch an begeisterten Amerikanern vorbei, die wegen Verwundungen ihre Feuerstellungen nicht verlassen konnten. Mit jedem Schritt wurde der Gefechtslärm lauter. Wiederholt sausten Kugeln über die Bäume über ihnen. Überall waren die Relikte schwerer Kämpfe zu sehen: blutige Verbände, hastig geöffnete Lattenkisten, rauchende Krater. Ihr Vormarsch mündete in die eigentliche Schlacht. Jetzt war Harold nicht mehr schläfrig. Seine schmerzenden Muskeln fühlte er schon fast nicht mehr. Wie die motorisierten Infanteristen hatten auch sie es rechtzeitig geschafft, aber am Ende der Straße warteten weitere Chinesen. Sie ließen ihre Rucksäcke fallen und gingen nur mit den Waffen weiter. Der Kugelhagel wurde dichter. Als sie die vorderste Verteidigungslinie erreicht hatten, füllten sie dort die Lücken auf und eröffneten das Feuer. Die Waffen der Verteidiger und der zur Verstärkung geschickten Soldaten erledigten die angreifenden Chinesen.

Obwohl das Töten noch in vollem Gange war, kam der Mann aus dem Loch neben Harold zu ihm herübergekrochen. »Was gibt's?«, fragte Harold.

»Wer zum Teufel bist du?«

»Ich gehöre zur 25th.«

»Zur was?«

»Zur 25th Light Infantry Brigade!«, schrie Harold, bevor er eine lange Salve auf fliehende Chinesen abgab, die einknickten wie trockene Gräser. Der Mann neben Harold lag am Boden und hatte sein Gesicht in der Armbeuge verborgen. »Hat's dich erwischt?«, brüllte Harold. Er begann, den Mann nach einer Wunde abzutasten, doch dann hob dieser den Kopf. Er weinte wie ein Baby.

»Alle hochkommen!«, ertönte der Befehl. Jetzt griffen sie an – und töteten die flüchtenden Chinesen.

Weißes Haus, Wohntrakt
28. April, 11.00 Uhr GMT (06.00 Ortszeit)

Gordon Davis lag reglos neben seiner Frau im Bett und dämmerte vor sich hin. Längst hatte er die Hoffnung aufgegeben, einschlafen zu können. Die Truppen zurückziehen? Bleiben und den Frieden sichern? Er musste eine Entscheidung treffen. Die Army hatte ihren Job erledigt, das Volk hatte ihr den Rücken gestärkt. *Alles ist in Ordnung,* dachte er. *Alles ist gut.*

Aber was war, wenn Kartschew mit seiner These Recht behielt, dass China in die Anarchie abrutschen würde? Würde die Welt eine Mauer um das Land herum bauen und diese gewalttätige Ideologie unter Quarantäne stellen, ganz wie eine von der Pest geplagte Stadt des Mittelalters, wo ja auch die Gesunden mit den Kranken eingesperrt worden waren in dem verzweifelten Bemühen, die Ausbreitung der Krankheit zu verhindern? Aber konnte man ein Viertel der Weltbevölkerung einfach brennenden Scheiterhaufen und marodierenden Kannibalenbanden überlassen?

Diese unsinnige Vermutung ließ Gordon den Kopf schütteln. Elaine bewegte sich, schlief aber wieder ein. *Und überhaupt, was zum Teufel weiß dieser Kartschew schon?*, dachte Gordon. Doch der Versuch, sein Gewissen mit dieser Frage zu entlasten, hatte exakt die gegenteilige Wirkung. Offensichtlich wusste Kartschew doch etwas, über das andere so nicht Bescheid wussten. Irgendetwas über die primitive Seite der menschlichen Natur.

In dem finsteren Raum fanden Gordons Gedanken keinen sicheren Ankerplatz. Sie wurden von der Strömung hinweggetragen, und am Ende standen albtraumhafte Visionen. *Was, wenn sich die Anarchie über Chinas Grenzen hinweg verbreitet? Nach Indien, Indochina, an die Pazifikküste? Dann könnte die Hälfte der Weltbevölkerung in dem Wahnsinn gefangen sein.* Charismatische Psychopathen würden ihre Anhänger zur Gewalt verführen, wie Warlords mit einer hypnotischen Macht. Das menschliche Elend würde apokalyptische Ausmaße annehmen. Was konnte er tun, was?

Jemand klopfte leise an die Tür. Jetzt begriff Gordon, dass er doch eingeschlafen sein musste. Seine Träume lösten sich auf, sein Verstand arbeitete klar. Er schwang die Beine über die Bettkante, aber die Bewegung war wohl etwas zu forsch gewesen. Wieder schossen von den Wunden aus Schmerzen durch seinen Körper. Aber schließlich hatte der Arzt auch gesagt, dass dieser Schmerz ihm für immer erhalten bleiben würde. Und das ist auch gut so, dachte Gordon, während er seinen Morgenmantel anzog. Gerade hatte er ganz allein zwei Stunden mit seinen Schuldgefühlen verbracht, mit dem Nachdenken über die emotionale Bürde, tausende Männer in den Tod schicken und dem Militär befehlen zu müssen, hunderttausende zu töten. Stundenlang hatte er gezweifelt, Fragen gestellt, alles der Vernunft unterzuordnen versucht.

Er hatte gebetet, sich selbst gegeißelt, geweint. Am Ende existierte nur der reinigende Schmerz, jener Schmerz, der die Absolution ermöglichte. Und in diesen klaren Momenten nach dem Aufwachen traf er seine Entscheidung. Das war wirklich das Einzige, was er tun konnte, und es war die richtige Entscheidung! Nur das spielte eine Rolle, nur diese Einschätzung zählte.

Gordon öffnete die Schlafzimmertür. »Ein Anruf von General Clark, Sir«, sagte ein Berater, der Gordon dann den Flur hinab zu dem Telefon geleitete, wo bereits der Offizier wartete, der im Weißen Haus für die militärischen Belange zuständig war. Dessen Lächeln führte Gordon auf die richtige Spur. Als er den Hörer ans Ohr hob, empfand er bereits das begeisternde Gefühl des Sieges. »General Clark?«

»Ich habe wunderbare Neuigkeiten, Sir«, sagte Clark, der offenbar aus einem Raum telefonierte, wo es hoch herging.

Clark redete weiter, sein Tonfall war ekstatisch. Gordon machte sich nicht die Mühe, allen Einzelheiten zu folgen. Was er wissen musste, konnte er Clarks Stimme entnehmen. Er atmete tief durch und hatte fast das Gefühl, als wäre es das erste Mal seit dem Beginn des Krieges gewesen. *Es ist die richtige Entscheidung,* dachte er und wiederholte den Satz innerlich etliche Male.

5. KAPITEL

Tangyuan-Tal, Nördliches China
28. April, 13.00 Uhr GMT (23.00 Ortszeit)

Zuerst glaubte André, nicht verstanden zu haben, was Nummer sechs sagte, dann wollte er es nicht glauben. Anschließend vergingen noch Stunden, bevor er zum ersten Mal die beiden Zivilisten sah – einen langhaarigen Freak und eine wunderschöne Frau, die unter ihm über das Schlachtfeld streiften. Beide sammelten chinesische Gewehre und Patronengürtel ein, die sie sich um die Schulter hängten.

André nahm erst die kleine Frau unter die Lupe, die gerade mit einem halben Dutzend 7.62-Millimeter-Sturmgewehren vom Typ 56-2 zurückkam, dann den Langhaarigen, der ihr vermutliche gerade zurief, sie solle die Waffen auf den Boden legen. Er sicherte die Waffen, die die Frau eingesammelt hatte, nachdem sie den sterbenden Chinesen aus den Händen gefallen waren. Schließlich erkannte André die beiden, es waren die Leute vom Fernsehen, die er damals beim Austragen der Post kennen gelernt hatte.

Er fand, dass dieser merkwürdige Zufall irgendwie Sinn machte. Die Frau war Kriegskorrespondentin, er selbst hatte sich freiwillig bei den Luftlandetruppen beworben. Sie beide waren von ihren Vorgesetzten den aussichtslosesten Situationen ausgesetzt worden, die dieser Krieg zu bieten hatte, und es war bemerkenswert, dass sie das Inferno überlebt hatten. Diesen Krieg, der einer gigantischen Kollision von zwei Zügen glich, bei der tausende gesunde Männer und Frauen gestorben waren.

Der Krieg verschlang die Jungen und spuckte sie achtlos wieder aus. Wie kam es, dass ihn von den unzähligen Kugeln keine einzige verkrüppelt oder getötet hatte? Einige Männer, beispielsweise Hansen, waren bereits in den ersten paar Minuten einer Schlacht ums Leben gekommen. Andere – wie er selbst – hatten alles mehr oder weniger unbeschadet überstanden. Und er *hatte* es überstanden, da war er sich mittlerweile fast sicher. Schon seit geraumer Weile hatten die Chinesen nicht mehr in nennenswerter Truppenstärke angegriffen.

Ein paar Minuten nach der Rückkehr des Kameramanns und der Journalistin kletterte der Langhaarige auf die Felsplatte neben André. »Da bist du ja!«, sagte er. »Mann, die haben gesagt, du wärst hier, aber ich konnte dich nicht finden.« Er reichte André ein chinesisches 56-2-Sturmgewehr. »Das Magazin ist voll, hier sind noch zwei. Solltest du Nachschub brauchen, wir haben jede Menge.« André wartete, aber der Kameramann erkannte ihn nicht. »Also dann … Nett, mit dir gesprochen zu haben. Jetzt muss ich gehen.«

»Es wäre besser, mal nach Nummer sechs zu sehen«, sagte André, als der Mann sich bereits abwandte.

»Nach wem?«

»Nach dem Typ hinter dem Felsbrocken da.«

»Oh, der ist tot«, sagte der Kameramann nach kurzem Zögern. »Er lag zusammengerollt da, richtig friedlich. Zuerst habe ich geglaubt, er schläft, aber dann habe ich das viele Blut gesehen.« André starrte ihn nur an. Nach einem Augenblick unbehaglichen Schweigens verschwand der Mann.

Noch nie in seinem Leben hatte sich André so allein gefühlt. Er hatte kein besonderes Interesse an Nummer sechs gehabt, aber der Kamerad war während der wichtigsten Tage seines Lebens an seiner Seite und der einzige Mensch gewesen, zu dem er regelmäßigen Kontakt gehabt hatte. Doch jetzt war er wieder allein. So wie immer.

Tangyuan-Tal, Nördliches China
28. April, 21.00 Uhr GMT (07.00 Ortszeit)

»Stempel!«, brüllte der Platoon Sergeant.

Harold musste alle Kräfte aufbieten, um seinen Kopf von dem Rucksack zu heben. Jetzt wurden alle zusammengetrommelt. Schweigend begannen die Soldaten, ihre Ausrüstung zusammenzusuchen. In Anwesenheit des Platoon Sergeants, der einen Augenblick lang mit ihrem Squad-Führer sprach, stöhnte oder nörgelte niemand. Dann wandte sich der Sergeant Stempel und seinen Kameraden zu. »Eure Rucksäcke braucht ihr nicht mitzunehmen. Du bleibst hier und passt darauf auf, McAndrews.« Mit einem Lächeln auf dem Gesicht legte sich McAndrews wieder hin. »Du sollst darauf *aufpassen*, McAndrews!« bellte der Sergeant, dessen Stimmbänder bald zu versagen drohten.

»In drei Minuten ist er sowieso wieder eingepennt«, bemerkte Patterson.

»Wenn nicht schon in zwei Minuten«, kommentierte ein anderer wütend.

»Maul halten und zuhören!«, rief der Sergeant. »Wir werden mit dem 1st Squad auf den Berg da gehen und ein paar Kameraden auf dem Gipfel helfen herunterzukommen.«

»Wie bitte?«, protestierte Patterson. »Nichts da! Genau diese Art von beschissenen Entscheidungen kotzt mich an! Das ist nicht richtig! Wir haben uns den Arsch aufgerissen, sind marschiert und haben gekämpft. Letzte Nacht ist Chavez abgekratzt. Und jetzt sollen wir diesen beschissenen Berg raufklettern und irgendwelchen faulen Arschlöchern dabei helfen herunterzukommen?«

»Sie sind verwundet«, schaltete sich der Squad-Führer ein. »Wir evakuieren sie, du Idiot!«

Noch immer war Patterson nicht überzeugt. »Für die geht's doch bergab. Wir kümmern uns um *unsere* Verwundeten, ihre eigenen sollen sie selbst evakuieren!«

»Sie sind *alle* verwundet! Man hat sie direkt aus dem Lazarett geholt und ihnen gesagt, sie müssten diesen Berg halten!«

»Diesen Berg?«, fragte Patterson, der sich umblickte, um sich zu orientieren. »Aber den Abschnitt haben wir doch letzte Nacht eingenommen!«

»Sie wurden zurückgelassen«, sagte der Sergeant, als Harold gerade wieder einschlief. »Sie sind schon lange abgeschnitten.« Jetzt lachte der gewöhnlich brüllende Mann, als hätte jemand einen großartigen Witz gerissen. Harold öffnete die Augen und blickte ihn an. »Ist das nicht typisch für diese beschissene Army! Die rennen unter dem Feuerschutz von ein paar Verwundeten davon!« Unter dem Gelächter der anderen schnappte er nach Luft. Offenbar hatte er die Schnauze gestrichen voll. »Ist das nicht typisch für diesen beschissenen Haufen? Verdammt! Typisch für die Army, die überall so viel Scheiße baut, wie man nur Scheiße bauen kann!«

»Immer mit der Ruhe, Sarge …«, begann Patterson.

»Also, gehen wir eben auf diesen elenden Berg und holen sie herunter! Und ich möchte von niemandem mehr auch nur ein Sterbenswörtchen darüber hören! Also, vorwärts!«

Gemeinsam mit den anderen sprang Harold auf. Dann gingen die Soldaten der beiden Squads nacheinander den steilen Berg hoch, dessen Fuß und untere Abhänge wie eine Mondlandschaft wirkten: geschwärzte Krater, zersplitterte Bäume, menschliche Körperteile, die glücklicherweise so verkohlt waren, dass man sie nicht wieder erkennen konnte.

»Oh, Mann«, sagte Patterson, der direkt vor Harold ging. Das Dutzend Männer umrundete gerade einen großen, halb im Erdboden vergrabenen Felsbrocken. Vor ihnen lag ein Abhang, der mit chinesischen Leichen übersät war. Die Szenerie wirkte, als hätte man einen Friedhof umgepflügt und hunderte Tote exhumiert. Schweigend bahnten sie sich einen Weg durch die Körper, die bereits zu verwesen begannen. Einige lagen in verrenkten Haltungen da, andere auf dem Rücken, als wären sie im Bett gestorben. Wieder andere lagen in ordentlich Reihen hinter den Felsen, wo sie sich versteckt hatten, weitere auf offenem Feld, Arme und Beine von sich gestreckt.

Stempel blickte auf und versuchte, sich vorzustellen, wie es wohl sein mochte, als Angreifer diesen Berg einnehmen zu müssen. Hier konnte man sich nur auf Routen nähern, wo man völlig schutzlos dem gegnerischen Feuer ausgesetzt war, und der Gipfel bestand aus nacktem Fels. Dort gab es überall kleine Schluchten, Mulden und Spalten, aus denen mit Sicherheit permanentes Mündungsfeuer aufgeblitzt war. Die Salven hatten die Chinesen aus nächster Nähe ereilt.

Bis sie den ersten Verwundeten fanden, sagte niemand ein Wort. »Ich hab hier drüben einen gefunden!«, rief jemand. »Hier ist auch einer!«, meldete jemand von der anderen Seite.

Sie schleppten alle Verwundeten auf die ebene Bergkuppe. Der einzige Mann, den Harold fand, ein weißer amerikanischer Soldat, der in einer Lache bereits getrockneten Bluts lag, war bereits tot. Auf der Felsplatte mussten um die dreihundert leere Patronenhülsen herumliegen, von denen manche in ordentlichen Reihen von vierundzwanzig Stück angeordnet waren. Die Stunden des Tages, die Tage der Woche, Tag für Tag. *Unglaublich,* dachte Harold erstaunt.

»Ich brauche hier Hilfe!«, rief Harold, der dann mit einem seiner Kameraden den Toten auf den nackten, windigen Gipfel schleppte.

Dort legten sie ihn neben zwölf andere Leichen. Schließlich warteten sie, während sich Sanitäter um die Verwundeten kümmerten. Dabei halfen auch eine Krankenschwester und ein bärtiger Mann mit einer Kamera. Geredet wurde kaum. Der Verwesungsgestank war überwältigend.

»Stempel?«, hörte Harold jemanden fragen. Er blickte sich um, aber keiner seiner Kameraden hatte etwas gesagt. *»Stemp!«*

Als Harold sich umwandte, starrte ihn ein auf die Ellbogen gestützter Verwundeter an. Stempel stand auf und ging zu ihm hinüber. Nur langsam dämmerte ihm etwas. Mühsam erhob sich der andere.

»André?«, fragte Harold zögernd.

Sie standen sich gegenüber, wussten aber beide nicht, wie sie sich verhalten sollten. André lachte, dann schlang Harold seine Arme um ihn. Sofort traten ihm Tränen in die Augen. Sie drückten sich fest. Nur das Surren der Kamera des Langhaarigen war zu hören.

UNRUSFOR-Hauptquartier, Chabarowsk
29. April, 12.00 Uhr GMT (22.00 Ortszeit)

Vor Nate Clarks Büro herrschte eine ausgelassene Stimmung. Die Franzosen ließen die Korken der Champagnerflaschen knallen, um den Sieg zu begießen, die Briten hoben feierlich ihre Gläser, um der Gefallenen zu gedenken. Dann brach nach dem ehrerbietigen Schweigen plötzlich Gelächter los, als sich der deutsche Kommandeur lautstark zu Wort meldete. »Auf die Artillerie!« Alle tranken.

In Clarks Büro sah es dagegen ganz anders aus. Nate hatte Lieutenant Colonel Reed zu sich bestellt, der ihm jetzt an seinem Schreibtisch gegenübersaß.

Mühsam musste Nate darum kämpfen, das in Worte fassen zu können, was er so lange in seinem Inneren verschlossen hatte. Schon der bloße Gedanke an diese Dinge verdüsterte seine Stimmung. Er empfand das deprimierende Gefühl fast physisch. »Von niemandem sollte je verlangt werden, in einem Krieg Truppen kommandieren zu müssen, Chuck«, sagte er zu seinem jungen Berater. »Der Preis, den man seelisch dafür bezahlen muss, ist einfach zu hoch. Die Erinnerungen daran, wo man seiner Meinung nach anders hätte handeln sollen, verblassen nicht etwa, sondern werden immer schlimmer. Man vergisst dann, wie erschöpft man war, wie verworren die Lage während der Schlacht war und wie wenige Optionen man hat, wenn man mit dem Rücken zur Wand steht. Noch immer sehe ich fast jede Nacht die Gesichter von Männern, die als Mitglieder des Platoons gefallen sind, das ich vor dreißig Jahren in Vietnam geführt habe. Die Last dieser Erinnerungen wird immer schwerer. Manchmal erscheint mir diese Bürde zu schwer, als dass ich sie noch tragen könnte. Und wenn das geschieht, kann man nicht länger ein effektiv arbeitender Offizier sein. Man muss aus allem raus, seine Wunden ausheilen und seine Psyche Ruhe finden lassen.«

Reed starrte ihn verblüfft an, während Nate das kurze Schreiben erneut las. »Hiermit kündige ich meinen Rückzug aus dem aktiven Dienst für die United States Army an. Ich werde meine noch verbliebenen Pflichten erfüllen und für einen geordneten Übergang sorgen, aber ich wünsche, dass mein Name bei sämtlichen im nächsten Jahr anstehenden Beförderungen nicht in Betracht gezogen wird. Meine Entscheidung ist endgültig.« Nate atmete tief durch und reichte den Brief Lieutenant Colonel Reed. »Ich möchte diese Gelegenheit nutzen, um Ihnen zu sagen, dass Sie der beste Stabsoffizier waren, der mir je zur Verfügung gestanden hat, Chuck. Und in taktischer Hinsicht sind Sie einer der besten Kommandeure, die mir je begegnet sind.«

Reed öffnete den Mund, brachte aber kein Wort heraus. Sein Gesichtsausdruck, der zuerst wie eine Grimasse wirkte, wandelte sich zu einem seltsam schiefen, matten Lächeln. Mit zusammengebissenen Zähne wandte er sich ab. Als er dann endlich sprach, drohte seine zitternde Stimme zu brechen. »Für mich war es die größte Ehre und das größte Privileg meines gesamten Lebens, unter Ihrem Befehl dienen zu dürfen, General Clark. Ich weiß, dass Sie nicht wollen, dass ich es ausspreche, aber kein Soldat hat mehr für den Gewinn dieses Krieges getan als Sie. Ihre Stärke und Ihre Führungskraft hat diesen Kommandostab in den finstersten Stunden zusammengehalten. Mir ist klar, dass dies vertraulich ist, aber ich habe gehört, dass man Sie mit einem vierten Stern dekorieren will und dass Sie als Nachfolger von Dekker vorgesehen sind. Es entspricht meiner aufrichtigen Meinung, dass niemand die Beförderung in das Gremium der Vereinigten Stabschefs mehr verdient hat als Sie.«

Nate seufzte. Er wusste nicht, was er sagen sollte. Das verwandtschaftliche Gefühl, das er für Reed empfand, ermutigte ihn zur Offenheit, aber er brachte es nicht über sich, Reed zu erzählen, auf welche feige Weise er mit der psychologischen Last fertig wurde. Mit der Bürde, die Reed ganz offensichtlich nicht tragen konnte. Mit den fürchterlichen, unsichtbaren Narben, die es bei dem jungen Offizier hinterlassen hatte, dass er wiederholt Männer in den Tod hatte schicken müssen. Nate schämte sich einfach zu sehr des Verbands, den er sich immer noch selbst anlegte, um die Schmerzen seiner eigenen emotionalen Wunden zu lindern.

Er konnte Reed nicht erzählen, dass seine Erinnerungen an die Gefallenen von seinen Gedanken an die Überlebenden nicht zu trennen waren und dass für ihn diese Verstorbenen irgendwie immer noch lebten. Gesunde Zwanzigjährige in der Blüte ihrer Jugend. Das war eine schlichte Verleugnung der Tatsachen. Nachts, wenn seine Gedanken rasten und um die Million Dinge kreisten, die er noch zu erledigen hatte, führte er stille Gespräche mit seinen alten Kameraden, und diese bloß imaginierten Gespräche hatten einen beruhigenden Effekt.

Dieser Trick half ihm, einschlafen zu können und somit dem immer größeren Schuldgefühl zu entkommen, dass ihn quälte, wenn seine Gedanken abschweiften. Dann scherzte Nate mit den Toten. Sie plauderten und beschwerten sich über das Leben bei der Army. Diese Männer, die Lebenden und die Toten, waren ihm so vertraut, dass sie ihm wie alte Freunde vorkamen.

Aber Clark war zu beschämt, Reed davon zu erzählen, weil sein engster Freund unter den Verstorbenen ein junger Second Lieutenant namens Chuck Reed senior war.

Er stand auf und ging um den Schreibtisch herum. Auch Reed erhob sich, und sie schüttelten einander die Hand. Dann ergriff Nate Reeds Schultern und drückte ihn an sich, wie er es bei seinem eigenen Söhnen getan hätte. Reed weinte. Er würde lernen müssen, für den Rest seiner Tage mit diesen Tränen zu leben.

Wladiwostok, Russland
30. April, 13.00 Uhr GMT (23.00 Ortszeit)

Während sie an der Tür des verrauchten Cafés wartete, zog Kate den Reißverschluss ihrer Skijacke zu. Woody saß noch immer mit einigen niederländischen Journalisten an einem Tisch und nahm gerade einen letzten Zug aus ihrer Haschischpfeife. Außerdem gab es eiskalten Wodka. »Komm endlich, Woody!«, rief Kate.

Damit begann eine lächerliche Abschiedsszene, bei der herzliches Händeschütteln schließlich durch Umarmungen abgelöst wurde. Kate hätte schwören können, dass sie nach der Verbrüderung um die Haschischpfeife herum noch in Tränen ausbrechen würden. Jetzt machte Woody mit gespreizten Fingern das Peace-Zeichen, das von den alternden holländischen Freaks erwidert wurde.

»Was für ein wahrhaft *bewegender* Augenblick«, sagte Kate, als Woody endlich am Ausgang auftauchte.

Er war völlig stoned. »Hast du diesen riesigen Haschischklumpen gesehen?«, fragte er in ehrfürchtigem Tonfall.

»Ist das eigentlich eine Art Religion für dich? Wie für die Indianer, die dieses … Was essen die gleich noch?«

»Meskalin!«, rief Woody grinsend.

Plötzlich wurde Kate brutal von zwei Männern gepackt, die sie aus dem Café herauszerrten und Woody wieder hineinstießen. Ein Mann hielt die Tür zu, während Kates Schreie über die verwaiste Straße gellten. Nachdem man sie in einer Lieferwagen gestoßen hatte, wurde dessen Tür hinter ihr zugeknallt. Sie saß in völliger Finsternis da, während der Wagen schaukelnd durch die menschenleere Stadt fuhr.

In der Nähe des Roten Platzes, Moskau, Russland
30. April, 16.00 Uhr GMT (18.00 Ortszeit)

Obwohl auf dem breiten Boulevard über ihm keinerlei Verkehr herrschte, trug Pjotr Andrejew den zusammengerollten Teppich durch einen düsteren, unterirdischen Fußgängertunnel, in dem es nach Urin und dem Körpergeruch der ungewaschenen Männer stank, die an den Wänden herumlungerten.

Plötzlich sah er an der Treppe am Ende des Tunnels im strahlenden Sonnenlicht die Umrisse zweier Männer, die nebeneinander vom Ausgang zum Roten Platz her auf ihn zugeschlendert kamen. Beide trugen Militärstiefel, einer hatte einen Schlagstock dabei. Wegen des von hinten einfallenden

Lichts sah er nur ihre Silhouetten ... und die beiden Maschinenpistolen, die an Riemen über ihren Schultern hingen.

Nun musste Andrejew eine Entscheidung treffen. Sollte er sich neben dem Abschaum der Gesellschaft in den Dreck hocken oder ruhig an den beiden Männern vorbeigehen? Ein Mann hustete. Pjotr warf ihm einen verstohlenen Blick zu, doch schon sein vom Wetter gegerbtes Gesicht und sein verfilzter Bart belehrten Pjotr eines Besseren. Ihm war klar, dass er unter diesen Männern auffallen würde.

Jetzt fasste er die große Rolle so an, dass seine rechte Hand der Ingram näher war. Er konnte den beiden Schwarzhemden den schweren Teppich reichen und dann, wenn diese noch von dem Gewicht überraschten waren, die MAC-10 herausziehen, sie entsichern und die beiden Männer töten.

Doch dann wäre seine Mission einen Tag vor ihrem Abschluss beendet gewesen.

Das Licht einer Taschenlampe fiel ihm direkt in die Augen. Andrejew blieb stehen und stellte den zusammengerollten Teppich vor sich auf den Boden. Als der Lichtstrahl die Rolle hinabglitt, begannen sich seine Augen wieder an die Dunkelheit zu gewöhnen. Einer der beiden Männer trug die schwarze Kluft der Anarchisten, der andere eine Kappe mit einem glänzenden Schirm – ein Polizist. Der unglaubliche Anstieg gewalttätiger Straßenkriminalität hatte eine Verstärkung der Sicherheitsorgane unumgänglich gemacht, und Paare wie dieses hier waren mittlerweile in Moskau ein vertrauter Anblick. Aber die Aufgabe des Schwarzhemds bestand darin, ein Auge auf den Polizisten zu haben. Er konnte sicher sein, bei jedem Verhalten straflos auszugehen, der Ordnungshüter musste vorsichtiger agieren.

»Was haben wir denn da?«, fragte das Schwarzhemd. Obwohl Pjotr den Gesichtsausdruck des Mannes nicht erkennen konnte, ließ ihn dessen Tonfall auf ein höhnisches Grinsen schließen.

»Einen Teppich«, antwortete er.

»Und wohin soll's damit gehen?«, hakte der Polizist nach.

»Zum Kaufhaus GUM, ich will ihn gegen Lebensmittel eintauschen.«

Das Schwarzhemd schnaubte. »Rollen Sie ihn auseinander«, befahl er herrisch.

»Aber auf dem nassen Boden wird er schmutzig werden«, erwiderte Pjotr, während seine Hand sich langsam der MAC-10 näherte.

Zuerst hörte Pjotr den Gurt der Waffe des Schwarzhemds gegen die Maschinenpistole schlagen, dann tauchte die Mündung vor seinem rechten Auge auf. Das klickende Geräusch, mit dem die MP entsichert wurde, war unverkennbar. Das kalte Metall presste sich hart gegen Pjotrs Wangenknochen. Bei seinen Bewegungen beschränkte sich Pjotr stoisch auf ein absolutes Minimum. »Ich sag's nicht zweimal«, verkündete das Schwarzhemd.

Wieder schaltete der Polizist die Taschenlampe an. »Gib mir Deckung, während ich ihn überprüfe«, sagte er. Das Schwarzhemd trat ein paar Schritte zurück, wobei er die Maschinenpistole mit einer Hand hielt und direkt auf Pjotrs Gesicht zielte.

Pjotrs Herzschlag begann zu rasen. Ungünstiger hätte die Situation gar nicht sein können. Der Polizist hob seine Taschenlampe und spähte in die Rolle. Pjotr konzentrierte sich völlig auf das Schwarzhemd. Obwohl er es nicht wagte, den Mann direkt anzublicken, sah er doch, dass der Lauf der MP kein bisschen zitterte. Der Mann schien nüchtern zu sein, und auf eine Entfernung von drei Metern konnte er ihn schwerlich verfehlen.

Der Polizist tastete in der Rolle herum, während Pjotr sich einen Plan zurechtzulegen versuchte. Er konnte den Polizisten als menschliches Schutzschild benutzen und dann seine Waffe ziehen. Aber dem Schwarzhemd war der Bulle genauso egal wie Pjotr. Ohne auch nur einen einzigen Augenblick zu zögern, würde er sie beide erledigen müssen. Pjotr hatte keine Hoffnung, aus diesem düsteren Tunnel zu entkommen. Bestenfalls konnte er darauf hoffen, das Schwarzhemd zu töten, bevor er selbst dran glauben musste. Und das war schwerlich der große Coup, für den er notfalls alles opfern würde, selbst das wundervolle neue Leben mit Olga und seinen beiden Töchtern. Ging es schief, würde er nie mehr ihre weichen Gesichter auf seiner morgendlich unrasierten Haut spüren oder ihr freudiges Quieken hören, wenn Schnee fiel oder er ihnen Süßigkeiten mitbrachte.

»Drehen Sie den Teppich um«, befahl der Polizist.

Das war's dann wohl, dachte Pjotr wie benommen. Vielleicht sollte er lieber nach der Pistole des Polizisten statt nach seiner eigenen Waffe greifen ... Er drehte den zusammengerollten Teppich langsam in der Luft und hob dabei das offene Ende vor das Gesicht des Mannes.

Die Taschenlampe leuchtete auf. Außer der Kappe des Polizisten sah Pjotr nichts. Bruchstücke unausgegorener Pläne durchzuckten seine Gedanken, doch diese Fragmente fügten sich nicht mehr zu einem Ganzen, weil ihn die niederschmetternde Einsicht erfasste, dass er seine Familie nie mehr wieder sehen würde.

Plötzlich bewegte sich die Hand des Polizisten nicht mehr weiter. Pjotrs Sinne waren aufs Äußerste konzentriert und angespannt. Die Hand des Ordnungshüters steckte so tief in dem zusammengerollten Teppich, dass er jetzt in dem ruhigen Lichtstrahl seiner Taschenlampe direkt in die dunkle Mündung der MP starren musste.

»Irgendwas entdeckt?«, fragte das Schwarzhemd.

Der Schirm der Kappe des Polizisten bewegte sich langsam wieder nach oben. Pjotr war klar, dass er jetzt handeln musste. Die Zeit war reif. Aber irgendetwas ließ ihn zögern. Unter dem schwarzen Mützenschirm tauchten zwei graue, typisch russische Augen auf, die Pjotr fixierten.

»Also?«, fragte das Schwarzhemd ungeduldig.

Die Taschenlampe wurde ausgeschaltet, in dem Tunnel wurde es wieder düster.

»Er ist sauber«, sagte der Polizist, dessen Blick weiterhin fest auf Pjotr gerichtet war. »Sie sollten sich besser beeilen, wir schließen das Kaufhaus GUM heute zeitig. Morgen Vormittag findet die große Kundgebung zum 1. Mai statt.«

Pjotr nickte, hob den schweren Teppich hoch und ging auf das graue Licht am Ausgang zum Roten Platz zu.

Weißes Haus, Ostflügel, Washington
30. April, 13.00 Uhr GMT (08.00 Uhr)

Elaine, die schon seit vier Uhr morgens auf den Beinen und fertig angezogen war, ergriff Gordon am Ellbogen. Nachdem sie ihn in ihr privates Esszimmer geführt hatte, schloss sie die Tür. Auf Serviertischen standen riesige Mengen heißen Essens, doch außer ihnen war niemand hier. Lächelnd nahmen beide Platz, nicht einander gegenüber, sondern dicht nebeneinander. Sie umarmten und küssten sich. Die Vertrautheit und Nähe zwischen ihnen war wohltuend. Elaine wusste, dass ihr Mann zutiefst besorgt war.

Aber nicht sie begann zu sprechen, sondern Gordon. »Es ist nur, Elaine …« Mehr sagte er nicht. Niemand sonst hätte etwas verstanden, doch bei Elaine war das anders. Nach zwanzig Jahren Ehe genügte ein bloßer Satzbeginn. Manchmal brauchte er nur den Mund zu öffnen, und sie begann zu sprechen.

»Was sagt denn das Außenministerium?«, fragte sie.

Gordon runzelte die Stirn. »Dass wir unsere Truppen abziehen sollen.«

»Und das Verteidigungsministerium?« Gordon antwortete, dort sei man derselben Meinung. »Und die CIA? Unsere Botschafterin bei den Vereinten Nationen? Dein Berater für nationale Sicherheit? Die widerlichen, großmäuligen Speichellecker aus dem Kongress?« Gordon zog eine Grimasse. »Alle deine Verbündeten sagen, dass du unsere Soldaten zurückholen sollst. Übrigens teile ich ihre Meinung.«

Seufzend schloss Gordon die Augen. Er lehnte sich zurück. Jetzt, wo Elaine das Thema offen angesprochen hatte, fühlte er sich entspannt. »Diese Aufgabe ist zu groß für nur einen Mann. Sieh dir doch bloß die anstehende Entscheidung an. Was ist, wenn ich das tue, was mir alle empfehlen, diese Entscheidung aber falsch ist? Natürlich will niemand die Armee in Sibirien stationiert lassen. Es ist auch keineswegs so, dass das mein Wunsch wäre! Und niemand denkt auch nur darüber nach, China zu besetzen, wie es dieser Kartschew …« Gordon unterbrach sich selbst.

»Dann geht es also darum? Um diesen Brief von Kartschew?« Weil jetzt jemand offen seine tiefste Angst angesprochen hatte, zuckte Gordon innerlich zusammen. »Dieser Mann ist gut, wenn's darum geht, wehrlose Menschen zu töten, Schatz. Über was für spezielle Einsichten verfügt er deiner Meinung nach? Glaubst du etwa, er kann die Zukunft vorhersagen? Dass die Anarchie auf China übergreift, wenn nicht einmal die Russen selbst Anarchisten sind? Sein ganzes Machtsystem versagt total. Es verrottet von oben nach unten und steht kurz vor dem Zusammenbruch.«

»Ist denn nicht gerade das die Idee des Anarchismus?«, konterte Gordon. »Vielleicht ist gerade das ein Teil von Kartschews Plan. Der Staat löst sich auf und dann ... nichts. Vielleicht kommt auch etwas noch Entsetzlicheres.«

»Du tust schon das Richtige, Gordon. Du kümmerst dich um das Problem.«

»Ich bin im Begriff, einen Mann umbringen zu lassen, Elaine. Einen Mann, den ich nie gesehen und mit dem ich nie gesprochen habe, von dem ich eigentlich *nichts* weiß ... Wenn man einmal von der E-Mail und dem Brief absieht. Vielleicht bin ich deshalb so von dieser verdammten Geschichte besessen. Es ist, als würde mich der Dreckskerl verhöhnen, verstehst du? Denn wenn er Recht behalten sollte, Elaine, wenn Russland *und* China in die Anarchie abrutschen ...«

Er führte weder den Satz noch den Gedanken zu Ende, aber Elaine hatte ihm beruhigend ihre Hand auf den Unterarm gelegt. Dann bettete sie den Kopf auf seine Schulter und drückte seinen Arm. Du musst diese Entscheidung treffen, Gordon, riet sie ihm, ohne es laut auszusprechen. Du hast keine andere Wahl.

»Meine amerikanischen Mitbürger«, sagte Gordon in die Fernsehkamera. Seine Hände lagen gefaltet auf dem Schreibtisch, wie man es ihm geraten hatte. »Ich trete heute Abend nicht vor Sie, um über den Sieg, sondern um über den Frieden zu reden. Jetzt ist dieser lange und entsetzliche Krieg vorbei, und es ist an der Zeit, dass die Wunden zu heilen beginnen. Generalsekretär Lin Tso-chang hat die vom Weltsicherheitsrat für einen Waffenstillstand gestellten Bedingungen akzeptiert.« Gordon öffnete seine Hände und beugte sich demonstrativ vor, um seinen Worten Nachdruck zu verleihen. »Um achtzehn Uhr Greenwich Mean Time, also in etwa sechs Stunden, werden alle offensiven Operationen der UNRUSFOR-Truppen gegen die Volksbefreiungsarmee eingestellt. Die Chinesen werden sämtliche Einheiten, die in Kämpfe mit UNRUSFOR verstrickt waren, dreißig Kilometer weit zurückziehen. Anschließend wird sofort eine umfassender Austausch von Kriegsgefangenen beginnen.«

Während der Kameramann mittels seines Zooms auf Großaufnahme umschaltete, legte Gordon eine kurze Pause ein. Gemäß Skript waren in dem Bildausschnitt jetzt nur noch Gesicht, Hals und Schultern zu sehen. Der Regisseur gab ihm ein Zeichen mit dem Zeigefinger.

»Wenngleich wir alle offensiven Operationen eingestellt haben, möchte ich mich doch in folgendem Punkt völlig unzweideutig ausdrücken. Die gesamte militärische Ausrüstung und Infrastruktur der Chinesen, soweit sie unter der Kontrolle von UNRUSFOR steht, wird zerstört werden, und das schließt Panzer, gepanzerte Kampffahrzeuge, Militärflugzeuge, Artillerie-Lastwagen und andere Ausrüstung ein, die von einer Million der am besten bewaffneten und ausgebildeten Soldaten der Volksbefreiungsarmee benutzt worden ist. Insgesamt macht das über die Hälfte des chinesischen Arsenals an schweren Waffen aus. Chinesische Truppenstationierungen in der nördlichen Mandschurei unterliegen strengen Restriktionen. Jegliche Verletzung der demilitarisierten Zone wird unverzüglich und energisch militärisch beantwortet. Dasselbe gilt für jede zukünftige Störung des Friedens und eine Verletzung der russischen Grenze. In diesem Krieg haben wir die Entschlossenheit unserer Nation unter Beweis gestellt, gegen eine chinesische Aggression anzugehen, und dabei wird es auch weiterhin bleiben, in welcher Form diese Aggression auch auftreten mag.«

Diesmal war keine Pause im Skript vorgesehen, keine

vorab geplante Geste, keine Großaufnahme und kein Kameraschwenk. Die kurze Unterbrechung verdankte sich der Tatsache, dass Gordon noch ein letztes Mal von einem nagenden Zweifel übermannt wurde, einem letzten Nachhall von Kartschews Warnung.

Dann kam er zum Schluss. »Wenngleich UNRUSFOR vorerst in ausreichender Truppenstärke im Fernen Osten präsent bleiben wird, um regionale Verpflichtungen wahrzunehmen, hat der Weltsicherheitsrat schon einem Zeitplan für den Rückzug der Truppen vom asiatischen Kontinent zugestimmt.«

Das war's dann also, dachte Gordon. Trotzdem war er damit irgendwie immer noch nicht von seinen Sorgen erlöst.

»Und so haben wir mit dem heutigen Tag die Erledigung dieser großen Aufgabe hinter uns gebracht. Die Opfer unter unseren Soldaten von Army, Navy, Air Force und Marine Corps waren nicht umsonst. Sibirien steht unter der Schirmherrschaft der Vereinten Nationen, im östlichen Asien herrscht wieder Frieden. Die Aggression ist hart bestraft worden. Die offensiven Kapazitäten des chinesischen Militärs sind zerstört. Und wir werden äußerst wachsam gegenüber zukünftigen Verletzungen des Friedens bleiben. Gott segne die Vereinigten Staaten von Amerika. Ich danke Ihnen und wünsche allen eine gute Nacht.«

Übergang über den Amur bei Jiayin, China
30. April, 22.00 Uhr GMT (08.00 Ortszeit)

»Ich bin glücklich, dass du deine Meinung geändert hast«, flüsterte Chin Leutnant Hung zu, der mittlerweile sein Freund geworden war. Hung schwieg. Der Bus rumpelte über die löchrige Straße. »Hör zu«, fuhr Chin fort. »Du hattest in so vielen Punkten Recht. Ich habe vieles in so kurzer Zeit gelernt! Wenn ich erst wieder zu Hause bin, werde ich mich sofort für die Aufnahmeprüfung der Universität melden. Aus meinem Dorf werden dort nur drei Leute berücksichtigt, aber du kannst dir vorstellen, wie beschränkt die anderen sind. Ich weiß, dass ich einer von diesen Dreien sein werde!«

Diese Neuigkeiten schienen Hung nicht gerade zu beglücken, und das schmerzte Chin, weil er seinem Freund so viel verdankte. Von der Vielfältigkeit dieser Welt hatte er schon reden gehört, aber er hatte keinerlei Ahnung von dem Reichtum und der Verschiedenheit in der Welt der Ideen gehabt, keinerlei Begriff davon, wie die Verhältnisse anderswo waren. Tag und Nacht hatte Hung ihm Artikel aus englischsprachigen Magazinen übersetzt, doch war dieser Crashkurs durch das Kriegsende abrupt beendet worden. Aber Chin war ein äußerst wissbegieriger Schüler, und nichts interessierte ihn mehr als die verbotenen Früchte aus der Welt des Wissens.

»Du hast mir ja so viel beigebracht!«, sagte er. Wie üblich bedeutete ihm Hung, leiser zu sprechen. »Ich verdanke dir mein Leben«, flüsterte Chin. Hung rollte protestierend die Augen. »Nein, wirklich, ich meine es ernst! Ich verdanke dir das Leben, das du mir geschenkt hast, dieses Leben voller Ideen! Wer sonst hätte mir denn die europäische Renaissance erklären können? Oder den Niedergang des Kommunismus in ….«

»Pst!«, mahnte Hung, während er Chin einen eindringlichen Blick zuwarf.

»Niemand wird mir das jemals wieder nehmen können, weil diese Dinge jetzt in meinem Gedächtnis gespeichert sind. Hier oben.« Chin tippte gegen seine Stirn. »Ich kann sie nie wieder verlernen, und dafür muss ich dir danken!«

»Geh vorsichtig mit deinem Wissen um«, sagte Hung leise. Mehr hatte er dazu im Augenblick nicht zu sagen. Sein Kopf war auf seine Brust gesunken.

»Was willst du damit sagen?«, erkundigte sich Chin. Da Hung weiter schwieg, kam er zu seinem eigentlichen Anliegen. »Aber es gibt auch Dinge, die ich *dich* lehren kann. Keine spektakulären Dinge, sondern ganz einfache.« Chin zögerte noch etwas, bevor er das Thema anschnitt, denn es war ein Tabuthema. Aber letztlich ließ er sich nicht davon abhalten. »Das mit deinem Bruder tut mir Leid.« Hungs Kopf schoss nach oben. »Aber du kannst nicht mehr ändern, was ihm zugestoßen ist!«

»Was sie ihm *angetan* haben!«, stieß Hung zwischen den zusammengebissenen Zähnen hervor. Diesmal redete er zu laut.

Bevor er im Flüsterton weitersprach, blickte Chin sich vorsichtig um. »Viele Menschen sind ums Leben gekommen. Gute Menschen. Sie starben bei den Unruhen an der Pekinger Universität im vergangenen August, so wie früher welche auf dem Platz des Himmlischen Friedens gestorben sind.«

»Mein Bruder ist nicht bei den Unruhen ums Leben gekommen«, erwiderte Hung.

»Ich weiß, aber ...«

»Er ist im Keller irgendeines Gebäudes in Peking ums Leben gekommen. In welchem genau, weiß ich nicht. Nie haben sie uns seine Leiche gezeigt. Aus welchem Grund wohl?« Er richtete seinen Blick herausfordernd auf Chin.

Der wackelte nur verlegen mit dem Kopf. »Ich weiß, aber das Entscheidende ist doch ....«

»Vier Tage! Sie hatten ihn vier Tage lang, so viel wissen wir!« Hungs gequältem Gesichtsausdruck konnte Chin entnehmen, dass sein Freund sich das Ende seine Bruders vorstellte. Altersmäßig waren sie nur ein Jahr auseinander gewesen. Sie waren eine Seltenheit, was Hung mit Stolz erfüllt hatte. Zwei Kinder in einer Familie waren an sich schon eine Seltenheit, besonders zwei Jungen. Fast niemand bekam noch ein Kind, wenn das Erstgeborene ein Junge war. Chin hatte schon gar nicht mehr mitzählen können, wie oft Hung die Worte »mein Bruder« gebraucht hatte, wenn er sich an irgendein Abenteuer seiner Jugend erinnerte. Dann war jedes Mal ein düsterer Schatten über ihr Gespräch gefallen.

Obwohl Chins Mund wie ausgetrocknet war, versuchte er es noch einmal. »Vermutlich wollte ich einfach sagen, dass sehr viele Menschen gestorben sind. Du musst doch nur an den Krieg denken.« Wegen seiner aufgewühlten Gefühle war Chins Kehle wie zugeschnürt. »Aber jetzt ist der Krieg vorbei, genau wie die Unruhen. Es wird Zeit, wieder nach Hause zu gehen.« Hung schnaubte verächtlich – ganz der Kotzbrocken von der Universität, der er früher für Chin gewesen war. Nur war er diesmal nicht mehr verärgert. »Du hast das Richtige getan und wirst glücklich sein, wenn du wieder zu Hause bist und alles seinen gewohnten Lauf nimmt«, sagte Chin.

Mit quietschenden Bremsen kam der Bus zum Stillstand. Alle traten in die kühle Luft hinaus. Eine Floßbrücke führte über den Fluss mit der starken Strömung. »Erinnerst du dich noch an das letzte Mal, als wir den Amur gesehen haben?«, fragte Chin aufgeregt. Hung ging mit den Händen in den Hosentaschen und gesenktem Kopf umher, blickte aber auf die Brücke. Auf der anderen Seite des Flusses stand ein kleines Grüppchen chinesischer Soldaten. Mit den grünen Lastwagen der Armee sollten sie wahrscheinlich nach Hause gebracht werden. Vier riesige Zelte waren dort aufgeschlagen worden. »Der Amur war zugefroren, erinnerst du dich?«

Auf der nicht asphaltierten Straße hinter ihnen standen überall Busse. Hung schwieg, während die Amerikaner sie auf die Brücke zudrängten. Am russischen Ufer des Amurs bildete sich eine Menschenmenge von annähernd tausend chinesischen Kriegsgefangenen. All schauten mit erwartungsvollen Blicken in Richtung Süden – nach China hinüber. Kaum jemand sagte etwas. Nach ein paar Minuten tauchten drei Männer am anderen Ende der Stahlbrücke auf, die sich jetzt langsam Schulter an Schulter näherten. Jetzt sah Chin, dass es Europäer waren. Sie trugen Fliegeranzüge, einer ging mit Hilfe einer Krücke.

Als die Flieger das andere Ufer fast erreicht hatten, traten ein paar breit grinsende amerikanische Offiziere mit dunklen Sonnenbrillen und blauen Kappen auf die Brücke hinaus. Sie schüttelten den zurückkehrenden Männern die Hände und umarmten sie dann. Es war eine sehr emotionsgeladene und fröhliche Rückkehr. Rasch wurden die ehemaligen Kriegsgefangenen zu wartenden Sanitätswagen geleitet.

Ein Amerikaner chinesischer Herkunft in der Uniform der U.S. Army wandte sich in einem steifen, fast monotonen

Kantonesisch an die chinesischen Kriegsgefangenen. »Überqueren Sie die Brücke!« Einige kicherten, aber alle gehorchten. Kurz bevor Chin und Hung an der Reihe waren, die Brücke zu betreten, versperrten ihnen amerikanische Soldaten mit Gewehren den Weg. *Die Kapazität der Brücke ist ausgelastet,* vermutete Chin. Also mussten sie warten. Vor ihnen schlurften zweihundert Männer langsam auf das andere Ufer zu.

Hung reckte den Hals und blickte dann nach hinten. Zuerst auf die sich verabschiedenden amerikanischen Kriegsgefangenen, dann auf die Busse, die langsam wieder abfuhren. Als sie schließlich an der Reihe waren, musste Chin Hung einen Klaps geben.

Die Brücke schwankte und wurde von dem Gewicht der vielen Männer nach unten gedrückt. Am anderen Ufer betrat die Gruppe, die vor ihnen den Amur überquert hatte, gerade ein Zelt. »Wahrscheinlich weitere medizinische Untersuchungen«, sagte Chin zu dem schweigenden Hung. Chin kicherte. »Ich wette, dass man uns wieder einen Finger in den Hintern schieben will.«

Doch Chins Versuch, eine lustige Bemerkung zu machen, schien Hung nicht zu amüsieren. Als sie das andere Ufer erreichten, wurden sie von einem Begrüßungskomitee mit Gewehren empfangen. Hier gab es keine Umarmungen und Händedrücke, nicht einmal verbale Begrüßungen. Sie wurden einfach in ein Zelt mit Trennwänden aus Stoff getrieben, das an ein Lazarett erinnerte. Das Prozedere erschien Chin nicht besonders überraschend. Alle wurden nacheinander in das Zelt und schließlich in einen der »Räume« des Labyrinths geführt, wo das Klackern von Schreibmaschinen ertönte. Hung wurde vor Chin von einem bewaffneten Soldaten hereingerufen.

Als Hung verschwunden war, kauerte sich Chin hin. »Pass gut auf deinen Arsch auf«, ertönte wie aus dem Nichts eine Stimme. Chin drehte sich um und sah einen Mann vom Land, der in der Baracke des Kriegsgefangenenlagers eine Pritsche neben ihm belegt hatte.

»Was hast du gesagt?«, fragte er.

»Die Dreckskerle von der Universität glauben, dass sie die Herren der Welt sind«, kam die Antwort. Jetzt begriff Chin, dass der Mann von Hung redete. Als er gerade antworten wollte, wurde er von einem bewaffneten Offizier gerufen und durch das Labyrinth zu einem Schreibtisch geführt, hinter dem ein rauchender Mann an einer Schreibmaschine saß. Mit einer Handbewegung bot er Chin einen Sitzplatz an.

»Name?«, fragte der Mann, ohne die Zigarette aus dem Mund zu nehmen. Chin antwortete. Militärischer Rang, Geburtsort, Dienstnummer der Armee, alle sonstigen notwendigen Informationen. Weil er es kaum erwarten konnte, auf einen Lastwagen zu steigen und nach Hause gefahren zu werden, zeigte er sich kooperativ und gut gelaunt bei seinen Antworten. »Sind Ihnen irgendwelche gegen den Staat gerichteten Aktivitäten aufgefallen?«, fragte der Mann gelangweilt, ohne die Finger von den Tasten der Schreibmaschine zu nehmen. Als Chin zögerte, blinzelte ihn der Mann durch eine Rauchwolke hinweg an.

»Nein!«, platzte es aus Chin heraus. Dann lächelte er. »Alle Männer in *meiner* Kaserne waren absolut loyale chinesische Soldaten.«

»Wirklich alle?«, hakte der Mann nach, die Finger noch immer auf den Tasten. »Und was ist mit den Verrätern, die bei den Amerikanern geblieben sind? Waren das etwa loyale chinesische Soldaten wie Sie?«

»Nun … nein! Die natürlich nicht.« Chin blickte auf die vom Nikotin gelblich verfärbten Fingerspitzen des Mannes, der immer noch nicht zufrieden war und tippen wollte.

»Das ist Ihre Antwort?«, fragte er. Chin hob den Blick. Plötzlich spürte er, dass sich auf seiner Stirn Schweißperlen zu bilden begannen. Er nickte.

Der Mann tippte das offizielle Dokument mit Chins Personalien und Angaben. Wegen seines ausgetrockneten Mundes versuchte Chin zu schlucken, und das erregte die Aufmerksamkeit des Fragestellers. Er zögerte, tippte dann aber weiter. Als er fertig war, zog er das Blatt aus der Schreibmaschine, legte es vor Chin hin und reichte ihm einen Stift. »Unterschreiben«, sagte er knapp.

Chin griff nach dem Stift. »Was ist das?«, fragte er. Die Augen des Mannes hatten sich zu Schlitzen verengt. Er starrte auf die Schweißperlen, die Chin das Gesicht hinabrannen. Während er unterschrieb, warf Chin einen verstohlenen Blick auf das Dokument, das eine Art Erklärung war, mit der er bezeugte, dass die Deserteure feindliche, schon Jahre zuvor von der CIA angeheuerte Agenten waren, die aktiv die Verteidigung ihres Vaterlandes sabotiert und alle hundert Dollar vom amerikanischen Geheimdienst eingestrichen hatten.

Er legte den Stift auf das Blatt Papier und stand auf. Eine bewaffnete Eskorte brachte ihn zum anderen Ende des Zelts, wo Chin erleichtert aufseufzte. Auf einer Seite sah er Hung kauern, und er ging zu ihm hinüber.

Hung blickte Chin an und schüttelte einmal kurz den Kopf. Dann blickte er weg, als wären sie Fremde. Sofort war Chin alarmiert. Die Angst jagte ihm einen Schauer über den Rücken. In einer gewissen Entfernung zu Hung kauerte er sich nieder. Chin standen die Nackenhaare zu Berge. Mittlerweile vermieden alle Männer jeglichen Blickkontakt. Niemand sagte ein Wort. Alle waren anders als noch vor ein paar Minuten, alle fühlten sich unbehaglich. Chin verhielt sich so unauffällig wie irgend möglich. Zwar kannte er einige der um ihn herumstehenden Männer, aber er wagte es nicht, in ihre Richtung zu blicken.

Es dauerte eine halbe Stunde, bis auch die letzten Männer die Prozedur überstanden hatten. Aus dem Labyrinth zwischen den Trennwänden tauchte ein glatzköpfiger Offizier mit Lesebrille auf, der ein einzelnes Blatt Papier in der Hand hielt. Neben ihm pflanzten sich zwei Wachtposten auf, weitere bewaffnete Soldaten erschienen am Ausgang des Zelts. Zwischen den Gewehren kauerten die ehemaligen Kriegsgefangenen.

Der Offizier begann Namen vorzulesen. Nacheinander standen Männer auf, die nach draußen gingen. Wenn jemand das Zelt verließ, fielen Sonnenstrahlen herein, die nach dem langen Aufenthalt in dem trüben Licht fast blendeten.

»Hung, Wu shi!«, rief der Offizier.

Aus dem Augenwinkel sah Chin, dass Hung auf das strahlende Sonnenlicht zuging – in Richtung des draußen wartenden Lastwagens. Chin gab der Versuchung nach und schaute hin. Am Eingang des Zelts zögerte Hung kurz, um sich noch einmal umzublicken, aber einer der Wachposten drückte ihm die Mündung seiner Waffe in den Rücken und stieß ihn hinaus.

Nacheinander verschwanden auf diese Weise zwanzig Männer. Nachdem der Offizier die Namensliste einem Hauptfeldwebel gereicht hatte, wandte er sich den verbliebenen Männern zu. »Sie alle haben eine gewisse Zeit bei den Betreibern der imperialistischen Kriegsmaschinerie verbracht und ihre *Hinterlistigkeit*, ihre *Grausamkeit* und ihre *bösartige Natur* kennen gelernt! Einzelne Soldaten mögen Sie vielleicht freundlich behandelt haben, aber die sind selber Opfer eines repressiven Regimes! Und dieses inhumane System bringt die schlimmsten Seiten der Menschen zum Vorschein! Sie plündern Asiens Rohstoffe, um damit die Fabriken gieriger Kapitalisten zu füttern! Sie werfen Bomben und massakrieren unschuldige Chinesen, deren einziges Vergehen darin besteht, dass sie die Rückgabe Asiens an die Asiaten fordern, und deren einzige Sehnsucht es ist, Grenzen neu zu ziehen, die im Verlauf der Jahrhunderte durch westliche Aggression zustande gekommen sind! Sie wollten Grenzen wiederherstellen, die unserer Meinung nach auf *Naturgesetzen* beruhen, und sie wollten der *Ausplünderung* von Asiens Reichtum durch Menschen aus dem Westen ein Ende setzen! Und noch schlimmer als die Tatsache, dass in unseren Städten ein Häuserblock nach dem anderen durch die kriminellen Bombardierungen der UN-Truppen in Schutt und Asche gelegt worden ist, war *Ihr* Schicksal! Unter den Bürgern der Volksrepublik haben *Sie* am schlimmsten gelitten! Sie mussten das Unerträgliche ertragen, aber jetzt ist der Albtraum zu Ende! Die Volksbefreiungsarmee und alle Chinesen heißen Sie zu Hause willkommen!«

Nach diesen Worten sanken die Gewehrläufe, die Wachtposten verschwanden. Als Wegzehrung für die Reise bekam jeder einen Laib Brot. Sie wurden nach draußen geführt, wo weder von Hungs Gruppe, noch von dem Lastwagen, noch von Hung selbst etwas zu sehen war. Nie wieder sollte Chin etwas von seinem Freund hören oder sehen.

Und damit begann für Chin das große Erwachen. Es war keine plötzliche Erleuchtung, keine Geburt großartiger Ideen, kein Erblühen seines gesellschaftlichen Bewusstseins. An diesem kalten Tag, auf dieser staubigen Straße, die vom Amur nach Süden führte, begann sich ein grenzenloser, alles verzehrender Hass zu entwickeln, der noch größer wurde, als Chin Hungs Familie besuchte. Der größer wurde mit jedem Besuch Chins bei Hungs radikalen und mittlerweile untergetauchten Freunden von der Universität, auch durch einen einmaligen, riskanten Ausflug ins Verteidigungsministerium, wo Chin herausfand, dass Hung niemals Mitglied der Armee gewesen war. Er hatte nie existiert, was ihm von einem Angestellten bestätigt wurde, nachdem dieser einen Blick in ein großes Buch geworfen hatte, in dem die Namen von Menschen verzeichnet zu sein schienen, die nie existiert hatten.

Chins Wut nahm solche Dimensionen an, dass er mit niemandem darüber sprechen konnte. Keiner wusste, wie tief verwurzelt sein Hass war, wie er sein ganzes Leben verzehrte, jeden Tag, jede Handlung, jeden Gedanken bestimmte. Dieser Hass motivierte und inspirierte ihn zu harter Arbeit und dazu, sich wie nie zuvor Ziele zu setzen und sich zu bilden. Diese gefährlichen Gedanken hätte er einzig und allein einem Bruder anvertrauen können, doch dieser Bruder existierte nicht mehr … hatte nie existiert.

Kreml, Moskau
1. Mai, 12.00 Uhr GMT (14.00 Ortszeit)

Die Tür des Büros öffnete sich, und Miss Dunn tat ein. Um sich zu vergewissern, dass seine Pistole nicht zu sehen war, zupfte Kartschew kurz an seinem Jackett. Dann stand er mit einem aufrichtigen Lächeln auf und streckte seine Hand aus.

Kate Dunn hatte die Arme vor der Brust verschränkt und brachte es nicht einmal über sich, ihr vom scharfen Wind gerötetes Gesicht zu heben.

Kartschew nieste laut und unerwartet, zog dann ein Taschentuch hervor. »Entschuldigen Sie«, sagte er. »Frühlingsallergie, tut mir Leid.« Sie blickte trotzig zu ihm auf und starrte ihn mit geschürzten Lippen an. Kartschew musste lächeln. Er konnte sich nicht mehr daran erinnern, wann ihm jemand zum letzten Mal so offen seine Abneigung gezeigt hatte. »Hoffentlich hat man Sie nicht zu schlecht behandelt. Ich habe spezielle Instruktionen gegeben, Ihnen kein Haar zu krümmen, aber heutzutage sind die Menschen ein bisschen ruppig ...« Kate starrte ihn mit einem finsteren Blick an. »Wie auch immer, ich bin sicher, dass Sie begreifen werden, warum ich Sie hierher bringen ließ und warum dies so ein bedeutender Tag ist.«

Kate schnaubte wie ein ungezogenes Kind. »Natürlich, der 1. Mai«, erwiderte sie sarkastisch. »Ihre große Rede vor dem Sie bewundernden Volk.« Bei ihrem spöttischen Lächeln verzog sie nur einen Mundwinkel. Die ganze Zeit über blickte sie Kartschew direkt an.

»Sie haben sich verändert«, sagte Kartschew zwar laut, aber dennoch eher zu sich selbst.

Kate setzte einen blasierten, gelangweilten Gesichtsausdruck auf. »Ich habe mir schon zu viel Mühe gegeben, den Unsinn zu verstehen, der in Ihrem Kopf herumspukt«, sagte sie mit schleppender Stimme. Offensichtlich hatte sie keine Angst vor Kartschew.

Während sie sich weiter anstarrten, verdüsterte sich Kartschews Stimmung. Er ging zu seinem Schreibtisch hinüber, aber Kate Dunn folgte ihm nicht. »Nun«, begann er zögernd, um sich von seiner Niedergeschlagenheit zu befreien. »Tatsächlich habe ich nicht von meiner Ansprache geredet. Kommen Sie, ich werde Sie aufklären.«

Nach kurzem Zögern ging Kate zum Schreibtisch hinüber. Die Hände in den Hintertaschen ihrer Bluejeans vergrabend, beugte sie sich neben Kartschew über den Monitor des Computers.

»Sehen Sie das da?«, fragte Kartschew. Kate waren die Haare etwas ins Gesicht gefallen, aber dennoch sah Kartschew, dass sie auf den Bildschirm blickte. Das bläuliche Licht des Monitors reflektierte sich in ihren Augen. »Das ist mein Lebenswerk, dem ich den Titel *Die Gesetze der menschlichen Geschichte* gegeben habe. Wenn ich der Wahrheit die Ehre geben soll – ich bin stolz darauf.«

»Hm.« Kate Dunn runzelte die Augenbrauen, nahm dann einen Papierbeschwerer von der Schreibtischplatte und dreht ihn hin und her.

»Ich wollte Sie zu meiner ›Publikationsparty‹ einladen«, bemerkte Kartschew unverzagt, während er mit einer Handbewegung auf das menschenleere Büro wies. Kate sagte nichts. Jetzt war die Stimmung auf dem Tiefpunkt. Da Kartschew nichts einfiel, war er sagen konnte, rollte er den Cursor mit der Maus auf den »Send«-Button und klickte dann. Langsam bewegte sich die blaue Anzeige für den Datentransfer auf »100%« zu. Kartschew richtete sich auf. »Das hätten wir!«

»Was denn?«, fragte Kate Dunn nach ein paar Augenblicken. Nun hatte Kartschew ihre Neugier doch noch erregt.

»Jetzt ist es publiziert.«

»Wovon reden Sie?«

»Ich habe mein Buch über das Internet an ein paar tausend Server geschickt, und zwar in ungefähr zwei Dutzend Spra... » Wieder musste er unerwartet niesen. »Entschuldigen Sie! Also, ich habe mein Werk in zwei Dutzend Sprachen übersetzen lassen und es ins Internet gestellt, damit jeder es lesen kann. Ich wollte einfach nur, dass Sie dabei sind, wenn ich es publiziere.«

Mittlerweile war Kate alarmiert und wieder ganz die Alte. Ihr Blick glitt zu dem Bildschirm. »Worum geht's denn in dem Buch?«

»Eigentlich ist es nichts weiter als ein ... als eine Art Sachbuch, wenn Sie so wollen.« Kartschew schlug den Blick zu Boden. »Angesichts der Anzahl kühner Thesen, die ich darin aufstelle, könnten Sie es vielleicht auch eine seriöse Abhandlung nennen.« Kartschew lachte. »Ich habe mir große Mühe gegeben, Spuren zu hinterlassen.«

»Oh, Sie haben auch so schon Spuren hinterlassen«, sagte Kate zähneknirschend. »Man wird sich noch lange an Sie erinnern.«

»Aber ich hoffe auf so viel mehr als bloße Berühmtheit«, sagte Kartschew. »Gesellschaftliche Experimente sind eine Pflicht, die wir der Menschheit schulden. Kein System ist perfekt. Unschuldig reine Ideologien werden durch den Versuch ihrer Umsetzung in die Praxis befleckt. Beispielhafte Systeme kommen vom rechten Weg ab, lassen sich korrumpieren oder werden einfach im Laufe der Zeit vom Niedergang eingeholt. Jede menschliche Institution entwickelt sich zwar auf eine sehr komplexe Weise, die aber dennoch zu deuten ist.«

»Und Sie haben diesen Prozess enträtselt?«, fragte Kate.

»Ich habe versucht, meinen Teil dazu beizutragen, vielleicht einen Teil dieses Prozesses zu beschreiben.«

»Und welchen?«

»Gewisse ... Formen der Übersetzung gesellschaftlicher Kräfte. Mehr wie Strömungen, die ...« Kartschew brach ab.

»Haben Sie Schwierigkeiten damit, die Frage zu beantworten?«, fragte Kate nach ein paar Augenblicken.

»Nun, Sie fragen auf eine ziemlich rüde Weise!« Kartschew beruhigte sich sofort wieder und wollte sich entschuldigen.

»Ist Ihnen eigentlich klar, dass Sie krank sind?«, fragte Kate, deren Verachtung noch nie so offensichtlich gewesen war wie jetzt.

»Ach, daher weht der Wind«, antwortete Kartschew seufzend.

»Finden Sie diese Charakterisierung etwa ungerecht nach allem, was Sie getan haben?«

Kartschew ignorierte ihre bissige Bemerkung und bemühte sich um eine erneute Erklärung. »Begreifen Sie denn nicht das Ausmaß, in dem alles mit allem zusammenhängt, die sich kräuselnden Wellen der Moden und Kulturen, die permanent über unseren Erdball hinweggehen? Dadurch ergeben sich komplizierte Muster von Interferenzen. Verhaltensweisen entwickeln sich nicht linear, sie sind gleichsam dissonante Felder in einem multidimensionalen Raum. Selbst wenn man sie mit mathematischer Präzision – durch ein genaues Modell – beschreiben könnte, wäre das menschliche Gehirn unfähig, sich ein Bild davon zu machen.«

»Und wie haben Sie diesen Prozess in Ihrem Buch beschrieben?«

»Auf sehr primitive Weise, fürchte ich«, antwortete Kartschew lächelnd. Dann senkte er in einer bescheidenen Geste den Kopf. »Ich kann nur hoffen, das menschliche Denken ein kleines Stück vorangebracht zu haben.«

»Und das rechtfertigt, was Sie *getan* haben?«, schrie Kate wütend. »Gibt Ihnen das die Erlaubnis, auch nur einem anderen Menschen auf dieser Erde etwas anzutun?«

»Wer sagt denn, dass ich eine Erlaubnis brauchte?«, entgegnete Kartschew mit einem unschuldigen Gesichtsausdruck. »Warum bin ich denn nicht frei, das zu tun, was mir gefällt? Weil irgendjemand in einem Buch ein Gesetz niedergeschrieben hat? Ich könnte ganze *Bände* mit Gesetzen und Vorschriften füllen. Vermutlich würden Sie sie alle fehlerhaft finden.«

»Weil das Volk Ihnen kein Mandat gegeben hat, es zu regieren.«

»Und wer sagt, dass ich ein Mandat brauche? Reiche und Monarchien regieren ziemlich effektiv. Der Pluralismus ist nur die diktatorische Herrschaft der Mitte über die Extreme, eine Verteilung der Macht. Repräsentanten der Demokratie lechzen nach einem Konsens, als läge in der Mitte irgendeine magische Wahrheit verborgen. Was für ein komisches System! Wer sagt denn, dass die Übereinstimmung mit den Normen ein Gradmesser der Regierungsfähigkeit ist? Wer definiert das Ausmaß der Abweichung von der Norm, die noch erlaubt ist? Jede Gesellschaft zieht ihre eigenen Grenzen. Was in Amsterdam akzeptabel ist, muss man in Afghanistan mit der Todesstrafe büßen. Wo liegt der Sinn dabei? Wem obliegt es denn, richtig und falsch voneinander abzugrenzen? Den Menschen? Einem Gott? Aber welchem? Wessen Gesetze und Normen sollen denn herrschen?«

Kate schüttelte nur den Kopf. »Sie haben im Namen des Bösen allem Guten die Grundlage entzogen und eine gegenaufklärerische Bewegung angeführt. Dabei haben Sie gleichsam die Renaissance in ihr Gegenteil verkehrt und ihr Land wieder ins Mittelalter zurückgeführt. Sie haben einen Krieg ausgelöst und Millionen getötet.«

Kartschew lächelte. »Glauben Sie wirklich, dass ein Mann für alles verantwortlich ist, was sich aus seinen Taten ergibt?« Kate schwieg. »Und klagen Sie den Handelnden auch dann wegen des Resultats an, wenn er ursprünglich gute Absichten hatte?«

»Sie haben nie gute Absichten gehabt.«

»Ich rede ja auch gar nicht von mir«, antwortete Kartschew breit, aber dennoch nicht bedrohlich grinsend. »Stimmt, ich bin ein schlechter Mensch. Für Sie muss ich gleichsam die Verkörperung des Satans sein, die Inkarnation des Antichristen.«

»Damit schmeicheln Sie sich. Ich sehe in Ihnen etwas Banaleres – einen kleinen Tyrannen mit den Ambitionen eines Naziarztes.«

Kartschew zuckte die Achseln und nickte dann. Sein Lächeln war längst verschwunden. »Vermutlich ist das eine zutreffende Beschreibung, aber vielleicht sollten Sie doch mein Buch lesen.« Er betastete geistesabwesend seine Taschen, fand einen Stift und steckte ihn dann in die Innentasche seines Jacketts. »Meiner Meinung nach müsste der Rote Platz mittlerweile voll sein.« Plötzlich kam ihm eine wundervolle Idee. »Haben Sie den Roten Platz jemals vom Dach von Lenins Mausoleum aus gesehen, Miss Dunn? Als Reporterin müssten Sie doch darauf sehr neugierig sein. Es könnte ein historischer Augenblick werden. Stellen Sie sich doch nur einmal vor, auf dieses *Meer* von menschlichen Gesichtern hinabzublicken. Ich selber habe bisher noch nie auf der Rednertribüne gestanden, aber in meinen jungen Jahren oft zu ihr aufgeblickt. Tatsächlich ist es da unten viel angenehmer, weil man Teil der Masse und nicht allein ist.«

Da Kartschew eine Antwort erwartete, flüsterte Kate mit belegter Stimme: »Ich möchte nach Hause.«

An der Tür wurde geklopft. Ein Berater trat ein, sagte aber nichts. Nach einem Nicken Kartschews verschwand der Mann wieder. Kartschew steckte sein Redemanuskript in die Tasche. »Selbstverständlich«, sagte er. »Meine Leute werden sich darum kümmern. Leben Sie wohl, Miss Dunn. Leben Sie wohl.« Traurig ging er auf die Tür zu.

»Wen meinten Sie?«, platzte es aus Kate herum. Kartschew blieb stehen und drehte sich dann um. »Von wem haben Sie gesprochen, als Sie die Frage stellten, ob jemand für die Resultate seines Handelns auch dann verantwortlich gemacht werden könne, wenn er ursprünglich gute Absichten hatte?«

Jetzt strahlte Kartschew. »Oh, natürlich von Ihrem geliebten Präsidenten Davis, den Ihre Kollegen von den Medien vermutlich den Abraham Lincoln dieser Generation nennen. Nach allem, was ich so höre, ist er ein ehrenwerter, aufrechter Mann. Seine Handlungen schienen von den besten Absichten geleitet zu sein, was sie immer auch hochgradig vorhersehbar macht. Dennoch, wer ist verachtungswürdiger? Valentin Kartschew, der höchstens den Tod von ein paar Millionen Menschen verursacht hat, oder Gordon Davis, der verantwortlich ist für den Tod von Hunderten und Aberhunderten von Millionen Menschen?«

Verständnislos starrte Kate Kartschew an. »Reden Sie von dem Krieg?« Kartschews einzige Reaktion war ein nichts sagendes Hochziehen einer Augenbraue. »Ihre Frage ergibt keinen Sinn. In diesem Krieg sind nicht hunderte Millionen Menschen gestorben.«

Kartschew richtete seine Krawatte und strich sich dann mit den Händen über die Oberschenkel, als wäre er nervös. Dann zupfte er sein Jackett zurecht, straffte sich und atmete tief durch. »Aber sie werden sterben.« Er wandte sich um und verließ den kühlen, düsteren Raum.

Über den Roten Platz strich eine leicht böige Brise. Pjotr Andrejew justierte den Knopf, mit dem der Einfluss des Windes auf die Abweichung des Geschosses reguliert werden konnte. Am strahlend blauen Himmel stand eine wärmende Sonne. Die Masse Mitleid erregender, armer Seelen unter ihm war von schwarz gekleideten Männern umringt.

Pjotr wartete in dem engen Zwischenraum zwischen den altertümlichen Schornsteinen auf dem Dach des Kaufhauses GUM. Er war ruhig und konzentriert. Als er noch Chef der russischen Präsidentengarde gewesen war, hatte er sich über die Position eines möglichen Attentäters fast immer am meisten Gedanken gemacht. Schon vor Jahren war er einmal durch diesen engen Zwischenraum gekrochen – und gestern auch. Für Sicherheitsbeamte war das hier ein Albtraum. Der Zugang lag verborgen hinter den Wänden des ehemaligen Kaufhauses für Mitarbeiter der Regierung. Das runde Fenster, durch das man aufs Dach gelangte, ließ sich mühelos öffnen. Lenins Mausoleum lag direkt vor Pjotr, aber etwa in einem Dreißig-Grad-Winkel tiefer. Man konnte sich sogar schnell wieder aus dem Staub machen, indem man an zickzackförmig verlaufenden Holzverstrebungen in ein Kellergeschoss hinunterkletterte. Von dort gelangte man in einen Abwasserkanal und konnte anschließend durch Tunnel für das Wartungspersonal der U-Bahn entkommen.

Damals hatte er einen detaillierten Bericht geschrieben und Ratschläge gegeben, wie alle Sicherheitsrisiken ausgeschlossen werden konnten. Aber der Präsident hatte sich persönlich eingeschaltet und Pjotrs Plan ohne Begründung zurückgewiesen. Pjotr kannte sich zu gut mit den Gepflogenheiten innerhalb des Kremls aus, um eine Erklärung zu verlangen. Alle Kopien von Pjotrs Bericht kamen in den Aktenvernichter, die Reste wurden verbrannt. Danach hatte Pjotr persönlich vor jeder Versammlung auf dem Roten Platz dieses Versteck in Augenschein genommen.

Vom Roten Platz stieg ein vielstimmiges Gebrüll auf, und Pjotr sah einen winkenden Mann auf das flache Dach des Mausoleums steigen. Er entfernte die Schutzkappe am vorderen Ende des Zielfernrohrs. Die Reflexion von Sonnenlicht auf der Linse konnte ihn verraten. Er wickelte den Gurt seiner MP immer fester um seinen linken Unterarm, wo der Riemen die Blutzirkulation eindämmen würde, was eventuell zu einem Zittern führen konnte, da die Muskeln keinen

Sauerstoff mehr bekamen. Aber er würde schnell sein und die erste sich bietende Gelegenheit beim Schopf ergreifen. Überstürzt handeln würde er nicht, doch durch eine Verzögerung war auch nichts zu gewinnen.

Ein Schuss, ein Toter, hörte er erneut das permanent wiederholte Motto seines amerikanischen Ausbilders. Und das waren auch seine einzigen Wörter, die Pjotr im Gedächtnis geblieben waren. Während des Spezialtrainings bei der russischen Armee, das er vor zwanzig Jahren absolviert hatte, war ihm diese Maxime nie zu Ohren gekommen. Die Russen hatten sich weniger Sorgen um die anschließende Flucht und das Überleben des Scharfschützen gemacht.

Jetzt stand Kartschew oben auf dem Mausoleum. Die Waffe ruhte fest an Pjotrs Schulter, der sein rechtes Auge vor das Zielfernrohr brachte.

Obwohl Kartschew wusste, dass der Beifall die reinste Farce war, hob die schiere Lautstärke des Gebrülls der Masse irgendwie seine Stimmung. Als er das obere Ende der Treppe erreicht hatte, ärgerte er sich allerdings über die wartende Horde von Speichelleckern, die alle sofort aufgestanden waren und applaudierten. In ihren schwarzen Anzügen wirkten sie wie Leichenbestatter. Aber ganz so, als wäre das nicht genug, trugen sie auch noch schwarze Armbinden und Anstecker in Form einer schwarzen Flagge am Revers. Das Klatschen ihrer feisten kleinen Hände war kaum zu hören. Jetzt kamen alle auf Kartschew zu, um vor ihm zu katzbuckeln.

Kartschew hatte vergessen, dass die meisten von diesen Männern, mit denen er in den Monaten vor dem Sturz der Regierung zusammengearbeitet hatte, immer noch am Leben waren. Ihre gelblichen Augen und ihre bleiche Haut erinnerten ihn an lebende Tote. Sie hatten auf Kosten anderer aus dem Vollen geschöpft und mussten jetzt, da nichts mehr zu holen war, die Knochen abnagen. Diese Männer hatten keine wirklichen Überzeugungen. Die meisten derjenigen, die wahrhaft an die Bewegung geglaubt hatten, verwesten jetzt in Gräbern, die auf Befehl dieser Männer hier ausgehoben worden waren, die keine Sozialwissenschaftler, sondern nur bürokratische Verwalter einer Todesmaschinerie waren.

Während er auf das Rednerpult zuging, begrüßte er niemanden. Er schlängelte sich zwischen den desinteressierten Hauptmännern und Leutnants seiner Armee der lebenden Toten hindurch. Erst als er das Podium erreicht hatte, konnte er seine Aufmerksamkeit der Menge zuwenden. Lächelnd beobachtete er die in die Höhe gereckten Fäuste des aus vollem Hals schreienden Publikums und die wehenden schwarzen Fahnen. Alle blickten erwartungsvoll zu ihm auf.

Was für eine Macht, eine solche Menschenmenge mobilisieren zu können. Er hob die Hand und winkte.

Mit jedem Herzschlag erzitterte das Zielfernrohr ein bisschen, durch das Pjotr jetzt in extremer Vergrößerung nur noch Kartschews Oberkörper sah. Er konzentrierte sich einzig und allein darauf, das Fadenkreuz richtig zu justieren. Außer der Ingram-MAC-10 und dem Zielfernrohr existierte jetzt nichts mehr für ihn. Seine linke Hand war durch den Gurt fest an den Schaft gepresst, sein Rechte umklammerte den Pistolengriff. Seine Schulter stabilisierte die Waffe am Kolben, seine Wange berührte leicht den kühlen Kunststoff. Unter dem schweren Lauf ruhte der zusammengerollte Teppich.

Sein Zeigefinger übte einen festen Druck auf den Abzug aus. Vergrößerte er ihn nur ein winziges bisschen mehr, würde sich der Schuss lösen. Das Fadenkreuz ruhte auf Kartschews Oberkörper. Zwar bewegte es sich etwas, aber von der Schulter zur Hüfte und dann zur anderen Schulter. Eigentlich zielte er nicht wirklich auf Kartschew, sondern auf einen fest definierten Punkt in einem imaginären Raum. Und dieser Punkt war die Überschneidung zweier Linien. Die vertikale Linie lag in der Mitte über Kartschews Krawatte, die horizontale verlief zwischen den beiden Brustwarzen. Geduldig wartete Pjotr auf den Moment, wo die imaginierten Linien und die des Fadenkreuzes zur Deckung kommen würden.

Plötzlich ertönte ein lautes Krachen. Pjotr konnte sich

nicht einmal daran erinnern, auf den Abzug gedrückt zu haben. Als der Rauch sich verzogen hatte, war das Podium leer.

Er kletterte durch das Fenster und war verschwunden.

Kartschew nieste heftig und knickte dabei in der Taille ein. Trotzdem hörte er das laute Krachen. Innerlich hatte er keinerlei Zweifel, was das zu bedeuten hatte. Er verharrte in gebückter Körperhaltung, geschützt durch das gepanzerte Rednerpult. Direkt hinter ihm lagen drei tote Männer am Boden. Alles war mit Blut bespritzt, Knochensplitter lagen herum. Die Rückenlehnen ihrer Stühle waren in einer absteigenden Linie durchlöchert. Die blutverschmierten Löcher wurden größer: Das oben in der Lehne des ersten Stuhl hatte die Größe einer Melone, das in der Nähe der Sitzfläche des dritten die eines Basketballs. Die Männer waren durchbohrt worden.

Wie verzweifelte Küchenschaben trippelten alle vor dem Dach herum. Einige standen gerade aufgerichtet da, andere duckten sich, aber alle waren von Panik gepackt.

Doch es fielen keine dröhnenden Schüsse mehr. Der Attentäter hatte sein Ziel verfehlt … ohne es zu merken. Jetzt hörte Kartschew nur noch den Lärm der Menschenmenge. Auf dem Roten Platz breiteten sich schnell chaotische Zustände aus.

»Er ist tot!«, hörte Kartschew jemanden schreien. Überall wurden die Worte wiederholt. Zu spät begriff er, was passierte. Als er sich wieder aufrichtete, war bereits alles zu spät, und er konnte das Ende gleichsam aus der Vogelperspektive betrachten. Ein Ende, dessen wahrscheinliches Eintreten an genau diesem Tag er schon vermutet hatte. Das Ganze war eine interessante Fußnote zu seiner Studie über das Verhalten der Menschen. Die wogende Menschenmasse bestätigte die Gesetze, über die er geschrieben hatte. Mit den stakkatoartigen Feuerstößen aus den Gewehren der Schwarzhemden war es bald vorbei. Ohnehin hatten sie keine oder nur geringe Wirkung gehabt. Als Kartschew sich umwandte, sah er die loyalen Speichellecker aus der Höhe des zweiten Stockwerks nach unten springen. Für sie war es ein vergeblicher Versuch, ihre Haut zu retten. Tatsächlich hatten sie ihr Ende damit beschleunigt, denn Kartschew hörte jetzt ihre kaum noch menschlich wirkenden Schreie, die von unten an sein Ohr drangen.

War der Mob erst einmal losgelassen, konnte ihn niemand mehr aufhalten. Dann konnte man nicht mehr einfach von einer Ansammlung von Individuen reden. Der Pöbel schweißte sich zu einer Einheit zusammen, die mitleidslos ihren eigenen Verhaltensgesetzen folgte. Jetzt sah ein distanziert zuschauender Kartschew, wie der Rote Platz von Hysterie erfasst wurde. Schwarzhemden töteten, wurden überwältigt, starben selbst. Manchmal erhaschte er einen Blick auf die noch Lebenden, die in die Luft gehoben und dann nach kurzer Qual von der Masse verschluckt wurden.

Am wundersamsten an dem ganzen Spektakel war allerdings der Lärm, ein wahre Kakophonie, in dem sich die aufgestaute Energie einer Gesellschaft Luft machte, die der Raserei verfiel.

Die feisten Männer auf Lenins Mausoleum feuerten die Treppe hinab, ohne etwas damit auszurichten. Als ihnen die Munition ausgegangen war, starben auch sie. Die wogende Menge verschlang die fette Beute wie verhungernde Raubtiere. Einige wurden erst noch brutal misshandelt, andere sofort über die Mauer geworfen; keiner überlebte.

Schließlich entdeckten die ausgemergelten Angreifer Kartschew, der ganz allein dem Zorn dieser aufgepeitschten Menschen ausgesetzt war. Dennoch zögerten sie, als sie diesem so mächtigen Mann gegenüberstanden. Noch immer waren sie eingeschüchtert von ihrer Urangst vor Kartschew dem Schrecklichen, der letzten Autoritätsperson Russlands.

Kartschew zog seine Pistole und besiegelte das Ende selbst.

EPILOG

»Ein gerechtes Regierungssystem ist stabil. Wenn die Katalysatoren nicht mächtig genug sind, wird es sich wieder selbst stabilisieren und in die Mitte zurückkehren. Aber in ungerechten Systemen rumort Gewalt. Die Vibrationen der aufgeregten Moleküle treiben die Unruhe mit stetig wachsender Energie voran. Und in solchen Systemen kann ein einzelner Mann alles verändern. Es braucht nur einen Mann, der diese schwankende Gesellschaft die Straße der Geschichte hinabschickt.«

Valentin Kartschew
Die Gesetze der menschlichen Geschichte
(postum in Moskau erschienen)

Pekinger Universität, China
27. Oktober, 13.00 Uhr GMT (23.00 Ortszeit)

Am späten Abend war in der Universitätsbibliothek praktisch nichts mehr los. Bis zur Schließung blieb Chin noch eine Stunde Zeit. Hausmeister putzten die Flure, aber die meisten Angestellten hatten sich an dem großen Schreibtisch versammelt und unterhielten sich.

Chin saß an einem von ein paar Dutzend Computern, die den Studierenden der Universität mittlerweile zur Verfügung standen. Er hatte sich ins Internet eingeklinkt, wagte es aber nicht, einen prüfenden Blick in die Runde zu werfen, der ihn vielleicht verdächtig gemacht hätte. Stattdessen starrte er auf die Online-Grafiken einer Patentanmeldung für eine Wasserpumpe. Seinen Bericht über die Konstruktion der Pumpe, den er am nächsten Morgen seinen Kommilitonen im ersten Studienjahr der Ingenieurswissenschaften zeigen würde, hatte er bereits fertig. Jetzt wartete er darauf, sich absolut sicher sein zu können, dass niemand mehr einen Blick auf seinen Monitor warf.

Als es so weit war, tippte er eine lange und komplizierte Webadresse ein. Dann drückte er die »Enter«-Taste und wartete, während der Server die Verbindung herstellte. Schon bald erschien die vertraute Titelseite auf dem Bildschirm. Dann mussten noch das Inhaltsverzeichnis und die Kapitel geladen werden. Solange dieser Prozess nicht beendet war, ging er das größte Risiko ein. Sein Zeigefinger lag auf der Maustaste, der Mauspfeil zeigte auf den »Exit«-Button. Als das 1,6-Megabyte-Dokument unterwegs war, reagierte der Computer zunehmend langsamer. Manchmal schlossen sich Fenster auf unvorhersehbare Weise. Vielleicht war der kleine Kasten mit den gefährlichen Worten länger auf dem Monitor zu sehen. Wenn er dabei erwischt wurde, soviel war Chin klar, bedeutete das den sicheren Tod.

Während das Buch weiter geladen wurde, flackerten die kleinen LEDs. Für den Notfall hatte er einen Plan – den brauchte man immer. Er würde einfach den Computer ausschalten und so den Arbeitsspeicher löschen. Dann blieb keinerlei Spur von dem, was er heruntergeladen hatte. Aber das würde ihn mindestens das Privileg kosten, überhaupt an einem Computer arbeiten zu dürfen. Schlimmstenfalls würde man ihn auf Jahre in einem Umerziehungslager verschwinden lassen.

Hung hatte nicht so viel Glück gehabt. Erneut dachte Chin darüber nach, welcher von den Männern aus dem Kriegsgefangenenlager seinen Freund verpfiffen haben mochte. Es musste der Mann vom Land gewesen sein, den Hung so oft und so bösartig lächerlich gemacht hatte. Aber letztlich würde er nie wissen, wer es tatsächlich gewesen war. Es war eines jener Rätsel, von denen es auf dieser Welt anscheinend so viele gab. Rätsel wie das, warum jetzt in Russland bereits der zweite Bürgerkrieg wütete. Jedermann wusste, dass die Gewalt in Moskau ihren Ausgang genommen hatte, bei einer Großkundgebung auf dem Roten Platz, wie er gelesen hatte. Die anarchistische Führung war im wahrsten Sinne des Wortes zerstückelt worden, und es waren Gerüchte über einen Scharfschützen im Umlauf, die aber nie bestätigt worden waren. Ereignisse dieser Größenordnung blieben immer irgendwie verworren, ein Wirbel von Aktion und Reaktion, Gewalt und Gegengewalt.

Doch mittlerweile wusste Chin, dass die chaotischen »Dissonanzen« durch ein »komplexes Wechselspiel gesellschaftlicher Variablen« bedingt waren. Nie zuvor hatte er diese Termini vernommen, die jetzt so viel erklärbar machten. Seine neue Welt – die Welt der Ideen – faszinierte ihn, und zwar besonders dann, wenn Dinge verständlich wurden, die ihn direkt etwas angingen. Mit Sicherheit war es eine Herausforderung für einen ehrgeizigen angehenden Ingenieur, ein ausländisches Patent zu klauen, aber Wasserpumpen nahmen in Chins neuem Weltbild nur eine untergeordnete Rolle ein. Durch seine Art des Studiums, an das sich zunehmend auch Taten anschlossen, gab es so viel zu gewinnen.

Schließlich erlosch das rote Licht des Browsers. Chin brachte den Mauszeiger auf den »Zurück«-Button und klickte. Jetzt erschienen wieder die Grafiken auf dem Monitor. Chin begann sich zu entspannen. Als er auf den »Vorwärts«-Button klickte, tauchte sofort erneut das verbotene Buch auf.

Über ein Drittel der Abhandlung, einer ausführlichen und faszinierenden Studie über die Natur des Menschen, hatte er bereits gelesen. Die Lektüre beantwortete Fragen, über die er vor dem Krieg nie nachgedacht hatte. Was treibt Menschen zu extremen Verhaltensweisen? Wie verändert Gewalt die Persönlichkeit? Das Buch beschrieb mikro- und makrogesellschaftliche Modelle mit mathematischer Präzision.

Es gab nur einen Weg, die Stelle wieder zu finden, wo er in der letzten Nacht seine heimliche Lektüre abgebrochen hatte: Er musste die letzten Worte auswendig lernen und die Stelle dann durch einen Suchbefehl finden. Das war nicht weiter schwierig. Schon jetzt hatte sich ein Großteil des Textes seiner Erinnerung eingeprägt. Nichts hatte ihn je so angesprochen wie dieses Buch, auf das er beim nächtlichen Surfen im Internet gestoßen war. Die offizielle Propaganda über den großartigen Sieg im Norden des Landes hielt keinerlei Antworten auf Chins Fragen bereit. Weder Chins Familie noch seine Freunde sprachen darüber, was es wohl für ein Gefühl sein musste, aus der Hölle nach Hause zurückzukehren. Aber Chin war auf Newsgroups gestoßen, wo E-Mails von Soldaten westlicher Armeen ins Chinesische übersetzt worden waren. Natürlich wagte er es nicht, darauf zu antworten, aber er wusste die Lektüre zu schätzen, diese Diskussion über das Gefühl der großen Leere, das sowohl er als auch die Soldaten aus dem Westen kennen gelernt hatten und das auch mit dem Kriegsende nicht verschwunden war. Über die Kontinente hinweg sprachen hier Menschen über die einschneidendste Erfahrung ihres Lebens, der dann die des großen Nichts gefolgt war. »Ich war in der 1st MEF westlich von Wladiwostok ...«, begann beispielsweise eine dieser erschütternden E-Mails, die von Menschen aus Deutschland, Belgien, den Niederlanden oder Frankreich beantwortet wurde.

Wenn er die Bekenntnisse dieser Männer las, musste Chin die größte Willenskraft aufbieten, um seinen Gefühlen nicht einfach freien Lauf zu lassen und weiterhin einen neutralen Gesichtsausdruck zu bewahren. Eine E-Mail war der gequälte Aufschrei eines traumatisierten amerikanischen Soldaten gewesen, der seinen neunzehnten Geburtstag hinter einem Mündungsfeuer ausspeienden Maschinengewehr hatte verbringen müssen und hier beschrieb, was für ein Gefühl es war, zu seiner Familie zurückkehren zu müssen, nachdem er hunderte Menschen getötet hatte. Damals war Chin nach der Lektüre aus der Bibliothek zu seinem Zimmer gerannt, wo er sich schluchzend aufs Bett legte. Zum Teil erleichterte ihn das Gefühl, nicht allein zu sein, andererseits war es aber auch traurig, die Feuerprobe in Gedanken noch einmal durchleben zu müssen. Aber diese Erfahrung, nur ein Rädchen im Getriebe zu sein, war überall dieselbe, und Chin empfand ein verwandtschaftliches Gefühl brüderlicher Nähe für seine Leidensgenossen, das über nationale Grenzen hinausreichte.

Aus der Lektüre dieser E-Mails lernte er viel, so etwa auch, dass es ganz normal war, wenn er schweißgebadet und von Panik erfasst aufwachte. Der Fachterminus lautete »posttraumatische Angstanfälle«, aber in China redete niemand über dieses Phänomen. Doch seine Leidensgenossen, für die er diese brüderlichen Gefühle empfand, beschrieben die Symptome genau. Dasselbe galt auch für körperliche Beschwerden wie die fast permanenten Gelenkschmerzen. Laut Aussage eines britischen Veteranen war einer von vier Soldaten der UN-Truppen nach ärztlicher Untersuchung mit der Diagnose »kältebedingter Rheumatismus« entlassen worden. Dagegen hatten die Ärzte von der Pekinger Universitätsklinik die Existenz eines solchen Phänomens schlichtweg geleugnet. Doch Chin vertraute nur noch seinen neuen Brüdern, und die hatten keine guten Neuigkeiten für ihn parat: Die Schmerzen würden in den nächsten Jahrzehnten ständig schlimmer werden.

Aber seine größte Entdeckung hatte er vor zehn Tagen gemacht. Ein französischer Veteran hatte auf einige mit dem

Krieg in Zusammenhang stehende Websites verwiesen, von denen eine den Text dieses Buchs enthielt, das unterdessen zu Chins Bibel geworden war, die ihm bei der Entschlüsselung des Rätsels half, warum sich sein Leben verändert hatte. Dieses Buch beantwortete nicht nur seine bisherigen Fragen, sondern konfrontierte ihn auch mit neuen, die er bisher nie gestellt hatte.

Aber das Faszinierendste war die Breite und Tragweite seines Themas. Das Buch beantwortete nicht nur die Frage nach dem Warum – neben den weitaus simpleren Fragen nach dem Wann, Wo und Wer –, sondern es behandelte auch in langen Abschnitten die Frage, wie Ursache und Wirkung menschliches Verhalten bestimmten, und zwar das der Masse und des Individuums. Dieser Autor machte bei der Formulierung seiner allgemein gültigen Wahrheiten auch vor finsteren und deprimierenden Erkenntnissen nicht halt.

Was im Norden des Landes nach dem Abzug der UN-Truppen geschehen war, war zwar nur ein erstes Anzeichen möglicherweise bevorstehender Ereignisse gewesen, doch der Schock hatte Peking veranlasst, die gesamte Mandschurei vom Rest Chinas zu isolieren. Weder Nachrichten noch Menschen verließen die aufständigen Provinzen, aber Chin hatte im Internet Berichte gelesen, nach denen dort immer noch Kämpfe tobten.

Spät nachts, allein in der Finsternis seines Zimmers, überließ er sich seinen Fantasien. Vor seinem geistigen Auge sah er dann eine Bevölkerung, in der es bereits brodelte und die einer Unzahl neuer Stimuli ausgesetzt war, die Gewalt in einem nie gekannten Ausmaß entfesseln würden, das destruktive Potenzial einer Bevölkerung von eineinhalb Milliarden Menschen. Er stellte sich die hilflosen Versuche der altersschwachen kommunistischen Regierung vor, dieser Flutwelle Einhalt zu gebieten, und dachte an die Befreiungsschläge, die das Gebäude dieses bereits geschwächten Staates zum Einsturz bringen würden. Erst knirschte er wütend mit den Zähne, dann lächelte er, schließlich fiel er in einen seligen Schlaf. Am nächsten Morgen wachte er mit schmerzenden Knien, Hüften, Schultern und Ellbogen auf und nahm

Schmerzmittel, die er in immer größeren Mengen auf dem Schwarzmarkt kaufte.

Tatsächlich hatten seine ersten Ausflüge auf den Schwarzmarkt, wo er nach den Medikamenten gesucht hatte, zu seinem großen Durchbruch geführt. Zuerst dachte er noch daran, die Studenten der Pekinger Universität in einer Art Organisation zusammenzufassen oder »Studierzirkel« zu gründen, in denen er dann behutsam auf die Diskussion gesellschaftlicher Fragen und schließlich die auf Kritik an den Verhältnissen zusteuern konnte. Aber als er in gewissen finsteren Gässchen Pekings nach Medikamenten gegen seine unaufhörlichen Schmerzen suchte, begriff er, was für eine Zeitverschwendung es gewesen wäre, sich mit Studenten abzugeben. Statt diese vorsichtig zur Subversion zu bewegen, konnte er Opiumhöhlen aufsuchen, deren Besucher bereits von Hass erfüllt waren. Während studentische Gruppen eingehend observiert wurden, war die Unmenge normaler Bürger kaum genauer unter die Lupe zu nehmen. In den Opiumhöhlen gab es Veteranen wie Chin, die schlecht behandelt worden waren, zornige Männer wie Hung, deren Angehörige in fensterlosen Kellerräumen oder in Arbeitslagern ums Leben gekommen waren, und Flüchtlinge, die vor den blutrünstigen Vergeltungsmaßnahmen in der Mandschurei geflohen waren. Und dann gab es noch das riesige Heer der Entrechteten, deren trübe Augen aufleuchteten, wenn Chin ihnen von einer Welt erzählte, in der es die Freiheit gab, einfach Nein zu sagen. Was Chin ihnen in Aussicht stellte, war unwiderstehlich: die Befreiung von einer trübseligen Existenz und permanenter Langeweile. Er bot ihnen eine Rechtfertigung, die geballten Fäuste zu schwingen, die sie so lange nur wutentbrannt in der Tasche behalten hatten, ein Zusammenhaltsgefühl, das die Außenseiter der Gesellschaft süchtiger machte als das Opium, das sie tagaus, tagein rauchten.

Schon jetzt hatte Chin sie so weit gebracht, andere Menschen zu töten. Das war auch nicht schwieriger, als einem Zug Soldaten Befehle zu geben, wie er es früher getan hatte. Man musste sie nur ein bisschen herausfordern, ein bisschen

Zwang ausüben, ein bisschen betteln – das Resultat waren drei tote Polizisten mit durchschnittenen Kehlen gewesen, mit deren Dienstwaffen ihr stetig größer werdendes Arsenal aufgestockt worden war. Aber es war die Entdeckung der Abhandlung im Internet gewesen, die Chins Bemühungen gebündelt, die Richtung gewiesen und motiviert hatte. Mit den Ideen dieses Buchs bewaffnet, konnte er einen Zusammenstoß der Massen mit dem Regime dieser Dreckskerle inszenieren, die Hung auf dem Gewissen, Hunderttausende in den Tod geschickt und unendlich viele Männer wie Chin einem Leben überlassen hatten, das ganz von emotionalen und körperlichen Schmerzen geprägt war.

Das Klackern der Absätze auf dem Boden der Bibliothek hatte auf Chin denselben alarmierenden Effekt wie damals das Knirschen der Militärstiefel im Schnee. Wenngleich sich jetzt Schweißperlen auf seiner Stirn zu bilden begannen, bewahrte er Ruhe und klickte auf den »Zurück«-Button. Obwohl sein Herz raste und sein ganzer Körper angespannt war, verfügte er über eine Klarsichtigkeit und gedankliche Präsenz, die er vor dem Krieg nicht gekannt hatte. Der Feind ging an ihm vorbei, ohne dass etwas passiert wäre. Er trug die Uniform eines gewöhnlichen Polizisten – weißer Gürtel, weiße Handschuhe, ein weißes Holster mit einer schwarzen Pistole an einer weißen Kordel. Für Chinas Eliteuniversität war nur das Beste gut genug. Aber Chin wusste genauso gut wie alle anderen, dass er und seine Kollegen vom Ministerium für Staatssicherheit kamen. Das konnte man schon daran erkennen, wie sich die echten Polizisten am Eingang der Universität verhielten. Diese schlecht bezahlten, gelangweilten Ordnungshüter trugen schmuddelig graue Uniformen und nahmen sofort Haltung an, wenn die Männer vom Ministerium für Staatssicherheit vor der Universität anhielten. Chin konnte es gar nicht abwarten, das Blut auf ihre feinen weißen Uniformen tropfen zu sehen.

Die Regierung warf ein wachsames Auge auf die Pekinger Universität. Nachdem es hier jahrelang immer wieder Unruhen gegeben hatte, durften sich nur noch einige wenige immatrikulieren, denen man vertrauen zu können glaubte:

Söhne von Bauern, Kriegshelden, apolitische Zeitgenossen. Als man in Chins Dorf Erkundigungen eingezogen hatte, hatte er unter den drei Bewerbern den ersten Platz eingenommen. »Herzlichen Glückwunsch!«, hatte der für die Zulassung zur Universität zuständige Beamte gesagt. »Bei der Überprüfung Ihrer Vergangenheit haben wir nichts über politisch verdächtige Bemerkungen herausgefunden, noch nicht einmal etwas über Bemerkungen, die *überhaupt* politischer Natur gewesen wären. Und das ist wirklich selten.«

Aber das war vor dem Krieg gewesen, vor der Lektüre des Buches *Die Gesetze der menschlichen Geschichte* von Valentin Kartschew.

Jetzt flirtete der »Polizist« mit einer Frau, die an der Anmeldung der Bibliothek arbeitete. Chin wandte sich wieder dem Buch zu und gab in einem kleinen Fenster als Suchbefehl den letzten Satz ein, den er am vergangenen Abend gelesen hatte, bevor er die Bibliothek verlassen musste: »Es liegt in der Natur des Menschen, alle Versuche zunichte zu machen, ihn zu kontrollieren.« Schnell fand der Computer die Textpassage. Als Chin mit seiner nächtlichen Lektüre begann, musste er sich zwingen, weiterhin wachsam zu bleiben. Das Buch nahm ihn so gefangen, dass er aufpassen musste, Anzeichen von Gefahr nicht zu übersehen. Wie Funken lösten die Worte ein wildes Feuer in seiner Fantasie aus. Vor seinem geistigen Auge sah er wehende Fahnen, Barrikaden, hinter denen bewaffnete, rebellische Menschen standen, die Entfesselung des »kreativen Potenzials der Zerstörung«.

Der Tag wird kommen, schwor Chin sich feierlich. *Schon bald …*

DANKSAGUNG

Ein angemessener Dank kann nur mit meiner Frau Marina beginnen, die für mich und meine Kinder sorgt, wenn die ganze Familie den manchmal mühsamen Prozess der Entstehung eines meiner Bücher durchleben muss.

Außerdem stehe ich erneut in der Schuld der Männer vom 147th IMA Detachment der Reserve der U.S. Army, die das Kriegsszenario dieses Romans zweimal durchgespielt haben. (Beim ersten Mal lief der Krieg für die Truppen der Vereinten Nationen nicht so gut.) Schließlich gilt ein spezieller Dank einer Gruppe von Männern, von denen mir nie jemand persönlich begegnet ist. Sie haben im wahren Leben vollbracht, was in diesem Buch Fiktion ist. In einer so bitteren Kälte, dass ihnen der Speichel im Mund gefror, wurden fünfundzwanzigtausend U.S. Marines unerwartet von hundertzwanzigtausend chinesischen Soldaten angegriffen. Unter den härtesten Bedingungen, denen Menschen überhaupt ausgesetzt sein können, haben sie eine Tapferkeit und eine militärische Tüchtigkeit unter Beweis gestellt, die bis heute konkurrenzlos sind. Was für mich als Teil der Recherche für einen Roman begann, endet jetzt mit einem schwachen und unangemessenen Dank an die toten und noch lebenden Männer der 1st Marine Division, die zwischen dem 27. November und dem 10. Dezember 1950 im Koreakrieg eine große Schlacht geschlagen haben.